KONG

DU MÊME AUTEUR

Un rêve d'or

La Porte d'Or, Paris, Grasset, Paris, 1986. Rééd. Points-Seuil, Paris, 2000.
La fièvre de l'or, Gallimard, Paris, 1988. Rééd. 1995 et 1998.
Les Flibustiers de la Sonore (roman), Flammarion, Paris, 1998. Rééd. J'ai lu, 2000.
Quand la Californie était française, Le Pré aux Clercs, Paris, 1999.
D'or, de rêves et de sang. L'épopée de la flibuste (1494-1588), Hachette-Littérature, Paris, 2001. Rééd. Hachette-poche, coll. Pluriel, 2004.
Pirates et flibustiers des Caraïbes (catalogue, direction), Abbaye de Daoulas-Musée de la Marine, Hoebeke, Paris, 2001.
L'aventure de la flibuste (colloque, direction), Abbaye de Daoulas, Hoebeke, Paris, 2002.
La beauté du monde (roman) Grasset, 2008. Rééd. Points-Seuil, Paris, 2009.
Dictionnaire amoureux des explorateurs, Plon, 2010.

Littérature-monde

Pour une littérature voyageuse, Complexe, Bruxelles, 1992 (collectif). Rééd. 1999.
Pour une « littérature-monde » (collectif, sous la direction de Michel Le Bris et Jean Rouaud), Gallimard, NRF, 2007.
Le Grand Dehors, Paris, Payot, Paris, 1992.
Étonnants voyageurs, anthologie Gulliver de la littérature voyageuse (direction), Flammarion, Paris, 1999.
Pour une « littérature-monde » (collectif, sous la direction de Michel Le Bris et Jean Rouaud), NRF, Gallimard, 2007.
« Je est un autre » : pour une identité-monde (collectif, sous la direction de Michel Le Bris et Jean Rouaud), Gallimard, 2010.
Étonnants Voyageurs : 25 années d'une aventure littéraire (collectif, direction), Hoebeke, Paris, 2015.

Le défi romantique

L'homme aux semelles de vent, Grasset, Paris, 1977. Rééd. Payot, Paris, 1992, 1998, 2001, coll. Petite Bibliothèque Payot/Documents.
Le Paradis perdu, Grasset, Paris, 1981.
Le Journal du romantisme, Skira, Genève, 1981 (Grand Prix de la Société des gens de lettres).
Le défi romantique, Flammarion, Paris, 2002 (nouvelle édition, revue et augmentée, du *Journal du romantisme*).

(Suite en fin d'ouvrage)

MICHEL LE BRIS

KONG

roman

BERNARD GRASSET
PARIS

Photo bande : © JF Paga

ISBN : 978-2-246-75821-1

« Mets-nous dans l'histoire, Monty et moi ! Et imagine-la dans l'esprit des expéditions Cooper-Schoedsack… »

Merian C. Cooper à Ruth Rose, scénariste de *King Kong*.

« La poésie veut quelque chose d'énorme, de barbare, de sauvage. […] Quand verra-t-on naître des poètes ? Ce sera après des temps de désastres et de grands malheurs […] alors les imaginations, ébranlées par des spectacles terribles, peindront des choses inconnues à ceux qui n'en ont pas été les témoins. »

Diderot, *De la poésie dramatique*.

Le monde perdu

New York
McAlpin Hotel
2 juin 1922

Sa voix grondait, dominant le tumulte, enflait comme si elle voulait passer les lourds battants et le hall plus loin, porter jusqu'à la rue où se bousculaient les curieux déçus de n'avoir pu entrer et qui restaient là, dans l'attente d'ils ne savaient trop quoi. Le Congrès des Magiciens américains était un événement réservé à ses seuls membres, choisis par un jury dont les noms suffisaient à décourager les débutants, mais dans l'après-midi la foule s'était massée sur les trottoirs de Broadway et de la 34e Rue, devant l'hôtel McAlpin, avant d'envahir le hall aux allures de cathédrale, malgré la résistance il est vrai débonnaire des portiers. Convaincus comme sceptiques, tous voulaient l'entendre, le voir, le toucher. Edwin McAlpin, l'auguste propriétaire, passant outre aux instructions de Harry Houdini, sourcilleux ordonnateur de la cérémonie, avait ouvert en grand la salle réservée. Pour éviter un désastre, expliquait-il d'un air soucieux que démentait certaine lueur dans le regard – l'événement ne serait-il pas ainsi à la démesure de son établissement, l'hôtel aux mille cinq cents chambres et aux vingt-cinq étages, le plus grand de New York et donc du monde ? Depuis son arrivée, Conan Doyle faisait passer un vent de folie sur l'Amérique.

Ce n'était pas le père vénéré de Sherlock Holmes qui avait posé le pied à Ellis Island, mais le défenseur du spiritisme, qui évoquait « l'autre monde » avec l'assurance d'un explorateur rentrant de terres lointaines, tenait pour assurée l'existence des fées – n'en possédait-il pas cinq photographies, prises par deux jeunes cousines, à Cottingley ? –, convoquait à l'appui de ses dires médiums et tables tournantes, parlait avec les morts. Larry Hunt, le reporter du *New York Times*, était revenu effaré de sa conférence de presse inaugurale, mais la prestation de l'écrivain au Carnegie Hall, devant une salle bondée, avait été si passionnée, précise, argumentée, que le journaliste reconnaissait que le gaillard avait laissé « une impression extraordinaire ». Et de conférence en conférence, depuis, les passions s'exacerbaient, injures et quolibets s'échangeaient virilement, les femmes en transe se bousculaient pour entrer en contact, qui avec un mari, qui avec un enfant défunt, un potier de Brooklyn, croyant se débarrasser de l'« esprit diabolique » qui le suivait depuis le Carnegie Hall, avait assassiné sa femme à coups de pic à glace, un jeune homme, disait-on, avait tué sa fiancée avant de se donner la mort pour gagner au plus vite cet autre monde « où l'on ne payait pas de notes de gaz ». Houdini, pourtant ami déclaré de Conan Doyle, s'ingéniait à démonter les preuves apportées, dénonçait comme trucages les révélations des médiums, s'amusait à les reproduire en public. Et voici que l'écrivain, relevant le défi, venait croiser le fer avec ses adversaires rassemblés, bien décidé, avait-il annoncé, à les confondre tous ! Qui pouvait manquer pareil événement ? répétait Larry, avec l'enthousiasme des débutants pressés de faire leurs preuves, entraînant à sa suite son ami Merian Cooper, pas plus convaincu que cela, et l'esprit ailleurs, il est vrai, vers les îles de corail et les ciels sans nuages des mers du Sud où il se retrouverait dans quelques semaines, et dès lors adieu aux bureaux gris du journal…

Place au *New York Times* ! hurlait Larry fendant la foule, jouant des coudes, tout à l'urgence de sa mission. La chaleur de haut-fourneau qui pesait sur la ville depuis trois bonnes semaines mettait les nerfs à vif, des débuts d'émeutes avaient éclaté vers le Lower East Side, et il en irait ici de même si la cohue persistait, se disait Cooper en s'efforçant de suivre, à demi étouffé par la marée humaine, au milieu d'un concert exaspéré de klaxons et de cris. Un dernier effort les projeta dans le hall, où le nom du journal eut sur le digne McAlpin des effets magiques, et c'est presque portés à bout de bras par ses cerbères qu'ils se retrouvèrent aux premiers rangs, malgré les protestations de la salle.

La tradition voulait qu'à chaque congrès les meilleurs proposent un tour inédit, en mettant leurs confrères au défi de le reproduire, mais la foule entassée n'était pas venue pour ces gamineries, la salle bruissait comme mer avant la tempête

qu'agitent des vents divers et les numéros se succédaient dans l'indifférence générale, tandis qu'au plafond des pales exténuées s'efforçaient de brasser l'air poisseux. Quand donc viendrait l'orage salvateur ? Les plus hardis, depuis longtemps, avaient tombé la veste, et le reste allait suivre s'ils ne se hâtaient pas, sur scène. Houdini lui-même n'avait recueilli que de maigres applaudissements quand il avait réussi, bien qu'enchaîné, à s'extirper d'un coffre rempli d'eau fermé à double tour. Après tout, c'était le moins qu'on pouvait attendre du maître de l'illusion. Si seulement il avait fait venir la pluie ! Hé, tu nous l'amènes avant qu'on ait fondu ? avait lancé un loustic proche de l'ébullition – une star, cette année, éclipsait toutes les autres.

Le plancher, les murs, avaient tremblé quand le magicien, beau joueur, était revenu des coulisses tenant par le bras celui qu'ils attendaient. Le géant écossais s'était avancé à pas lents jusqu'au centre de la scène, et tout dans son allure, massive, sa manière de poser les mains sur le pupitre, le corps penché en avant, l'œil féroce et la moustache frémissante, disait le gaillard prêt à en découdre. Le tumulte reflua jusque dans la rue, tandis qu'il fixait du regard, l'un après l'autre, ses contradicteurs magiciens. Bon sang, souffla Larry, je n'aimerais pas me trouver face à lui sur un ring ! Le silence se fit. Et c'est alors, très loin, qu'on entendit monter le grondement d'un orage.

« Je fais beaucoup de conférences, mais je ne cherche pas à convertir. Je ne crois pas aux conversions soudaines ! Je ne cherche qu'à vous exposer les choses aussi clairement que je le puis… » Ton ferme, propos décidé, le colosse bourru n'avait apparemment rien de l'illuminé. À vrai dire, Merian Cooper se fichait bien du spiritisme, des esprits frappeurs et des tours de magie : c'était un autre Doyle qu'il était venu voir. Le nom de l'écrivain, répété de bureau en bureau par un Larry qui se rêvait le « Sherlock Holmes du reportage », avait fait affluer tout à coup bien des souvenirs – des jours passés en prison militaire, huit ans auparavant, et de ce qui s'ensuivit.

Huit années, et tant de mondes, tant de rêves en allés… Permission de sortie lui avait été accordée pour la nuit de Noël, et avec sa petite amie, fuyant le bal de l'Académie navale d'Annapolis, il avait refait le monde pendant des heures, sur le quai de la *Reina Mercedes*, le vieux bâtiment espagnol où il purgeait sa peine. Le ciel criblé d'étoiles n'était-il pas le plus beau des sapins de Noël ? Ils s'étaient blottis dans la respiration tranquille de la nuit, à l'abri d'une coque retournée. La mer luisait comme un miroir, le cliquetis des haubans, seul, troublait le silence alentour et il lui semblait qu'une part de lui, manquante, l'attendait par-delà l'horizon. Là-bas, passé le môle, il y avait des mondes inconnus, des villes fabuleuses, des jungles impénétrables, où il irait un jour – mais d'Europe arrivaient des rumeurs de guerre, de quoi demain serait-il fait ? Mon Dieu, s'était-il surpris à penser, brisez-moi si vous le jugez bon, prenez ma vie, mais laissez-moi d'abord goûter à tout cela ! À l'instant de se quitter, Lisa lui avait glissé dans la main le livre qui l'avait accompagnée dans le train. La couverture toilée gardait de son parfum, et il s'était plongé dans le roman dès son retour en cellule, pour prolonger un peu sa présence, oublier les barreaux. Combien de fois l'avait-il lu, depuis ? De Conan Doyle, il connaissait quelques aventures de Sherlock Holmes, comme tout le monde, mais ce *Monde perdu* était différent : sinon un chef-d'œuvre, une vision d'une telle puissance qu'elle lui avait mis l'esprit en feu. Et dès lors il avait été le professeur Challenger, cerveau génial dans un corps de gorille, brave cœur imbu de lui-même jusqu'au point de la caricature, coléreux volcanique. Il avait été le naïf Edward Malone, de la *Daily Gazette*, amoureux transi de la belle Gladys. Il avait été lord John Roxton, le chasseur émérite, et même le sceptique professeur Summerlee s'aventurant au fin fond de l'Amazonie dans un territoire perdu grand comme un comté anglais, isolé du monde par un cataclysme, où s'était perpétuée la préhistoire. La découverte, dans un vacarme de mastications obscènes, de ptérodactyles grouillant par centaines au bord d'un marécage fétide, l'attaque surprise des hommes-singes, l'épouvante des nuits dans le déchaînement de la vie carnivore, les clameurs des iguanodons mis en pièces par les mégalosaures : tout un monde se déployait de page en page, dans un cloaque où la vie et la mort s'échangeaient continûment, mêlant horreur et merveille, des plantes y croissaient en une nuit pour se refermer en pièges sur les explorateurs, des lianes rampaient sur les mousses, serraient déjà leurs proies, la vase engloutissait les bêtes imprudentes et de l'universel carnage naissaient pourtant les plus belles fleurs, des aubes de Paradis. N'était-ce pas la quintessence de l'aventure ?

Chaque explorateur portait le rêve d'un monde perdu – par lui seul retrouvé…

Sur les rives du Rio Grande, quelques années plus tard, lancé à la poursuite de Pancho Villa, c'est vers lui que Cooper revenait chaque soir au bivouac et la nuit alors paraissait s'agrandir, peuplée de présences mystérieuses, lui encore qu'il retrouvait, retour de mission sur le front de guerre en France, lui dont il tentait de se remémorer les pages, les scènes, les chapitres, pour ne pas s'abandonner au désespoir dans le camp russe où ses compagnons s'entre-tuaient pour un morceau de pain, toute humanité oubliée – et lui toujours qu'il relisait avant son départ pour les mers du Sud, quand Larry avait fait irruption dans son bureau, porteur de la nouvelle.

Pour Merian Cooper, c'était un peu, ce soir, comme s'il avait rendez-vous avec ses rêves.

« S'il se trouve dans la salle quelqu'un qui doute de ma sincérité, je serais très heureux de lui dire deux mots après la conférence… »

L'homme, près de Cooper, qui s'était risqué à un quolibet se tassa sur son siège. Penché vers la foule, la voix grondante, le colosse paraissait plus formidable encore et les contestataires mis au défi du regard, l'un après l'autre, se turent prudemment. Le descendant en ligne directe des Plantagenêts et de Conan Ier, roi de Bretagne, en sa jeunesse sacré le meilleur arrière du Hampshire, boxeur émérite jamais défait sur un ring, était fort chatouilleux sur le chapitre de son honneur, comme avaient pu le mesurer, trop tard, deux journalistes – après certains articles par lui jugés diffamatoires. *Ma parole*, se dit Merian, *je suis dans les premiers chapitres du* Monde perdu *!* Deux jours plus tôt, comme ils évoquaient au bureau son roman préféré, Larry avait soutenu que Conan Doyle, d'humeur farceuse, aimait battre la campagne sous les traits du simiesque professeur, barbe en bataille, perruque mérovingienne. Nul besoin cette fois de déguisement : face à la foule, il était bel et bien le fulminant Challenger.

Mais serait-il le Challenger chahuté, bousculé, criblé de quolibets des premières pages du livre, ou bien le Challenger retour d'Amazonie, porté finalement en triomphe par les mêmes ? Déjà revenait le tumulte, depuis les profondeurs du hall, des rires fusaient de nouveau çà et là, couverts par des « Chut ! » courroucés, le bloc hostile des magiciens reprenait ses mines entendues, et l'on allait droit vers le grand chahut, deux groupes dans le hall menaçaient d'en venir aux mains, une dame bien mise contenait de son ombrelle un jeune trublion. « Des preuves ! » hurla quelqu'un au cœur de la foule. « Des preuves, oui, des preuves ! » reprirent en chœur des jeunes grimpés sur des chaises : « Un fantôme ! On veut voir un fantôme ! » Conan Doyle fit un pas en avant, leva les bras et il y avait quelque chose de si impressionnant dans cet homme face à tous que le vacarme s'apaisa, tandis que deux aides, derrière lui, dévoilaient ce qui paraissait être un écran. Sa voix s'éleva, triomphante :

« Les images que je vais vous présenter… ces images n'ont rien d'occulte ! Elles sont psychiques, dans la mesure où tout ce qui émane de l'esprit humain est psychique. Elles ne sont pas surnaturelles. Rien ne l'est ! Mais, ça oui, elles sont extraordinaires… »

Quelque chose, dans le ton, alerta Cooper. *Il va leur sortir un ptérodactyle !* se dit-il, songeant à la manière dont, rentré à Londres, Challenger avait retourné la salle de ses détracteurs. Les magiciens échangèrent des regards perplexes. Quel tour leur préparait ce diable d'homme ?

— Extraordinaires ! Parce qu'elles ne sont pas accessibles à nos sens ordinaires.

Un coup de tonnerre retentit, plus proche, puis un autre, et un autre encore, un souffle plus frais venu de la rue passa sur l'assemblée.

— Elles sont nées de la conjugaison de deux pouvoirs ! D'une vision, d'un côté – oui, messieurs, du pouvoir visionnaire, du pouvoir réellement créateur de l'imagination –, et de l'autre d'un pouvoir de matérialisation.

À quoi rimait ce galimatias ? Les murmures reprirent.

— L'imagination est mienne. Quant au pouvoir de matérialisation… eh bien, disons qu'il vient d'ailleurs !

L'orateur fit un geste, les lumières s'éteignirent. Et la salle se dressa d'un seul bond, dans un cri effaré.

Là, sur l'écran, au cœur d'une jungle épaisse, des bêtes monstrueuses broutaient, paisibles, le cou ployé. L'une d'elles déracinait un arbre avant de l'engloutir, une autre, dressée sur ses pattes, arrachait goulûment les hautes branches d'un arbre géant. Sur les rives d'un marécage, des reptiles grouillaient, dans un amas obscène, tout à coup déployaient leurs ailes – des ptérodactyles ! Des ptérodactyles et des dinosaures ! Dans une scène venue de la plus lointaine préhistoire…

On n'entendait plus un bruit, pas même de voitures au-dehors, comme si la rue elle aussi retenait son souffle. Disparus, les sourires narquois des magiciens, bouche bée comme tous les autres. Comment était-ce simplement concevable ? Qu'une photo puisse être truquée, tous le savaient, mais ces bêtes-là vivaient, bougeaient, mangeaient, il avait bien fallu que quelqu'un voie cette scène ! Cela dépassait l'entendement.

Mais la salle se dressait de nouveau, hurlant d'épouvante. Un monstre plus grand encore surgissait, la gueule ouverte, dégouttant de bave, aux dents comme des lames, envahissait la scène, il allait bondir dans la salle, les premiers rangs déjà refluaient, tentaient de s'échapper, mais la bête, d'une torsion formidable, se retournait vers le grand herbivore, l'agrippait par la gorge et c'était un cyclone de dévastation dans la boue des marécages, au milieu des arbres fracassés, jusqu'à ce que l'herbivore s'effondre, les viscères déchirés, en une effroyable agonie – déjà un rhinocéros géant, aux cornes d'aurochs, le corps hérissé de pointes, protégé par des plaques qu'on aurait dit d'une armure, fonçait sur le mastodonte vainqueur, dans un arrachement furieux le soulevait de terre et le combat reprenait, féroce. L'image vacilla, se couvrit de zébrures, disparut…

Cooper, cloué sur son siège, fixait l'écran vide : là, devant lui, *Le Monde perdu* un instant matérialisé ! Puis il prit conscience du tumulte, dans la salle, des cris, des bousculades, on voulait revoir Doyle, il fallait qu'il vienne, où était-il passé ? Un échalas au visage de croque-mort – son agent, souffla Larry – monta sur scène, obtint à grand-peine le silence : laissant ces images à la méditation de chacun, le maître ne donnerait aucune explication, ne répondrait à aucune question. Les protestations fusèrent de tous côtés, les plus hardis déjà envahissaient la scène : il ne pouvait pas les laisser ainsi !

Une déflagration fit trembler les murs, violemment éclairés. Une odeur de poudre brûlée envahit la salle et ce fut comme si le ciel, déchiré par une main de géant, croulait en avalanche. L'orage enveloppait l'hôtel, crêté d'éclairs, sous le vacarme du tonnerre un crépitement montait des profondeurs de la ville – et la pluie déferla, si serrée qu'on n'y voyait pas à dix mètres.

Un homme hurla que les forces convoquées par la vision de Conan Doyle se déchaînaient là-haut, allaient tout emporter, un autre, juché sur une table, que les monstres libérés allaient suivre, et ce fut, sous le déluge, une débandade générale.

Cooper, sous le choc, était resté dans la salle désertée. Larry revint des coulisses, dépité : Conan Doyle avait disparu.

DES DINOSAURES BATIFOLENT DANS UN FILM
DE DOYLE !

LE SPIRITE MYSTIFIE LES PLUS GRANDS MAGICIENS
DU MONDE
AVEC DES IMAGES D'ANIMAUX PRÉHISTORIQUES

DES MONSTRES D'UN AUTRE ÂGE
MONTRÉS
CERTAINS JOUANT
D'AUTRES COMBATTANT
DANS LEUR JUNGLE NATALE

LEUR ORIGINE TENUE SECRÈTE

« Ce 2 juin 1922, demain, sera-t-il dit historique ? Ces monstres vieux de millions d'années – ou d'un nouveau monde que sir Arthur a découvert dans l'éther – sont incroyablement vivants. S'il s'agit d'un trucage, alors c'est un chef-d'œuvre, par des moyens inconnus à ce jour ! »

Le *New York Times* n'avait pas coutume de Unes aussi spectaculaires, mais Larry, pour une fois encouragé par Adolph S. Ochs, son tout-puissant patron, présent dans la salle, n'avait pas lésiné sur le dithyrambe. Le *Post*, le *Herald* étaient à l'unisson, toutes les radios ne parlaient que de ça, portant de plus en plus loin l'incroyable nouvelle, l'impérial McAlpin multipliait les interviews, non, il n'y avait aucun trucage, monsieur Doyle lui avait simplement demandé dans l'après-midi d'installer écran et projecteur, oui, l'écrivain venait de quitter l'hôtel pour une destination inconnue. Les spécialistes se chamaillaient sur la nature des bêtes aperçues, cet ancêtre du rhinocéros était de toute évidence un tricératops, les deux autres monstres un brontosaure, dinosaure saurischien, et un allosaure, dinosaure théropode comme chacun savait, comment pouvait-on être à ce point ignare ? Nous étions peut-être au seuil d'un continent nouveau de l'esprit humain, déclarait un philosophe, ce film ouvrait des perspectives immenses : si en nous était la mémoire enfouie, non seulement des premiers âges de l'homme, mais aussi de la longue chaîne de l'évolution, ne pouvait-elle pas se trouver en effet réactivée par ce que Doyle disait un pouvoir « psychique » ? Elmore T. Schweisgut avait appelé la WBAY, affolé. En rentrant d'une réunion entre amis, au petit matin, il avait vu de manière indiscutable un dinosaure, sans doute échappé du film de ce Mr. Doyle, traverser Creek Road devant sa voiture, avant de disparaître dans un champ de maïs. Alan Mowbray Smith, de Poughkeepsie, informait les auditeurs que lui aussi avait voyagé dans l'éther, visité les mêmes lieux, il reconnaissait les animaux filmés mais les Atlantes lui avaient fait jurer le secret, Houdini, critique jusque-là si prolixe, fermait sa porte aux journalistes. Un lecteur du *Monde perdu* avançait une autre explication : et si les aventures du professeur Challenger avaient un fond de vérité ? Si Conan Doyle, ou un explorateur de ses amis, avait réellement trouvé ce « monde perdu » en un lieu qu'il voulait garder secret ? Washington, Chicago, Saint Louis, Detroit, San Francisco déjà s'embrasaient, avant, demain, les capitales européennes, il se disait que le président Harding lui-même avait demandé à ses services de tirer l'affaire au clair. Où était passé Conan Doyle ?

Trois jours plus tard, Houdini, sourire retrouvé, rendait publique une lettre de son ami. Une farce. Tout cela n'avait été qu'une innocente farce – une mystification à l'adresse de ceux qui jouaient un peu trop légèrement aux démystificateurs. Mais rien de ce qu'il avait dit, pour autant, n'était inexact. Par « pouvoir de matérialisation », il entendait que ces dinosaures, ptérodactyles et autres tricératops avaient été élaborés, avec une attention extrême aux détails, pour une adaptation au cinéma du *Monde perdu*. « Avec pareil matériel entre les mains, je n'ai pas pu résister à la tentation de piéger vos collègues présents, dont il m'avait semblé qu'ils me prenaient d'un peu haut. Je suis certain qu'ils ne m'en voudront pas de les avoir ainsi taquinés ! » Et le bouillant Écossais de conclure, en forme de pirouette : « Maintenant cher ami, confidence pour confidence, je veux savoir comment diable vous avez fait pour sortir de votre coffre, l'autre jour. »

Désolation, éclats de rire, cris de colère : roulés, tous, dans la farine ! En tout cas, la plus sensationnelle campagne de promotion de l'histoire du cinéma, avait soupiré Larry, déçu mais beau joueur. Le *New York Times*, moins fair-play, y était allé d'un billet acide : comment des trucages aussi grossiers avaient-ils pu abuser une salle entière ? Pas seulement une salle : après quelques jours, malgré les démentis, il devint évident qu'une large majorité de lecteurs s'obstinaient à y croire. Cela ne crevait-il pas les yeux, résumait un lecteur du *Post*, que Doyle, devant les polémiques, avait juste choisi de battre en retraite ? Le public n'était pas encore mûr pour la révélation des grands mystères. *Car enfin, chacun dans la salle avait pu vérifier que ces images étaient réelles !*

Merian Cooper, pris dans un tourbillon de sentiments contradictoires, se sentait pour le coup redevenu Edward Malone – mais cette fois à l'orée d'un continent inconnu qu'il pressentait formidable.

New York
Astor Theatre
2 février 1925

— Autant dire qu'on a du souci à se faire…

Réfugié dans un *grog-shop* qui sentait le vin chaud et le houblon jusqu'au milieu de la rue sans que les policiers frigorifiés, sur le trottoir, y trouvent à redire, Cooper, quelque peu sonné, s'absorbait dans la contemplation de sa pipe. Face à lui, « Shorty » Schoedsack, l'ami fidèle, fixait son verre d'un air pensif. Et sous le choc encore de ce qu'ils venaient de voir, c'est à peine s'ils prêtaient attention à la bousculade des malheureux venus comme eux chercher un réconfort. Le poêle ronflait, chargé jusqu'à la gueule de combustible, autour duquel se pressaient les nouveaux venus en claquant des dents, et à chaque arrivée, malgré le sas et les lourds battants, s'engouffrait un blizzard qui vous mordait aux chausses. Qui pouvait à cette heure encore s'attarder au-dehors ? Bientôt les loups seraient aux portes de la ville, gémit un arrivant en soufflant dans ses doigts. Les loups, ou pire…

— Question spectacle, sûr, c'est un sacré spectacle…

Shorty allait risquer une objection quand une tempête de rires secoua la foule pressée autour du bar. Joe, le *bartender* hydrophobe, proposait sa dernière création, un « booze du dinosaure » propre à réveiller les gosiers les plus blasés, et déjà les verres se tendaient vers le bienfaiteur, qui rosissait sous les vivats. Avec un temps pareil on ne prenait jamais assez de précautions : seul l'alcool ne gèle pas, c'est bien connu. Une voix domina le tumulte. Et si l'on portait secours aux pauvres gardiens de l'ordre, dehors, avant qu'ils meurent ? Un vent de mansuétude passa sur l'assemblée. Après tout, prohibition ou pas, les flics étaient aussi des êtres humains. Secours, oui, mais alors à titre médical, précisa un prudent, en sortant son ordonnance. Depuis le jour fatal où des forcenés avaient mis l'Amérique à sec, en restreignant le recours à l'alcool aux seuls usages médicaux, la moitié des bars de New York s'étaient transformés en pharmacies et les citoyens avisés ne se risquaient plus au-dehors sans une ordonnance en poche. Le « booze du dinosaure » ! Décidément, soupira Cooper, il était écrit que ces damnées bestioles les suivraient partout...

Comme tout New York ou presque, ils s'étaient précipités à la première que nul n'était en droit de manquer. *Le Monde perdu* enfin achevé, après trois années de tournage ! Combien de fois Cooper avait-il raconté à Shorty la soirée du McAlpin Hotel ? Essai plus que transformé, répétait à l'envi la presse conviée quelques jours plus tôt à une projection privée. L'annonce d'une ère nouvelle du cinéma, pour le critique du *New York Times* sorti « titubant d'effroi » de la projection de presse. Et de détailler, gourmand, la démesure voulue par Conan Doyle, le million de dollars[1] dépensé, les six années et demie de préparation, les scènes d'animation tournées image après image, seize images par seconde, les décors monumentaux, deux rues entières de Londres reconstituées en studio, 2 000 figurants, 200 voitures, 18 caméras mobilisées, 6 000 mètres carrés de jungle en réduction pour les animations, l'Amérique seule pouvait oser pareille folie ! Le monde dans la férocité et la splendeur de ses premiers instants, le grondement des forces premières, aujourd'hui oubliées, destruction et création mêlées, s'enthousiasmait un critique de l'*Evening Standard* plus porté au lyrisme – le film « touchait au mystère même du monde » ! Harry Hoyt, le réalisateur, était la star du moment, mais où se cachait donc Willis O'Brien, le maître magicien qui avait conçu cette féerie ? interrogeait le *Post*. On voulait tout savoir de ses procédés, on le disait colérique et secret, vagabond dans l'âme, tour à tour jockey, cow-boy, champion de rodéo, boxeur, *bartender* et bootlegger à l'occasion, trappeur dans l'Oregon, serre-frein, contremaître sur les voies de chemins de fer – fuir les journalistes grossissait sa légende.

1. Pour une conversion en dollars actuels, voir le tableau en fin de volume. [Toutes les notes sont de l'auteur.]

L'Astor Theatre, ce soir-là, brillait de tous ses feux dans une tempête de neige comme la ville n'en avait pas connu depuis des années, à croire qu'il fallait un temps d'apocalypse pour accueillir les monstres d'outre-temps qui menaçaient le public dans le hall, leurs gueules grandes ouvertes dans des postures supposées terrifiantes, mais la foule hilare n'en avait cure et les flasques de *booze* passaient de main en main, dans l'interminable file grelottante, sous l'œil envieux des policiers. Rien de tel qu'un coup de raide pour tenir en respect les gros lézards !

À la sortie, des crieurs transformés en bonhommes de neige s'époumonaient pour rabattre les chalands vers d'autres spectacles. En vain. Il n'y en avait ce soir-là que pour les dinosaures. Et, vrai, si les scènes classiques traînaient en longueur, la vision des monstres, elle, vous arrachait du sol. L'éruption du volcan, les mastodontes par dizaines fuyant le cataclysme, s'entre-dévorant dans leur fuite en un vertige de destruction, le brontosaure dévastant les rues de Londres, tandis que les spectateurs debout dans la salle mêlaient leurs cris à ceux des passants piétinés sur l'écran… au moins, c'était du grand spectacle !

Huit jours avant leur première, à eux… Des mois de galères, d'espoirs, de risques pris, leur vie dans la balance si souvent, et tout cela pour rien, finalement – balayé, ironie de l'histoire, par l'adaptation de son livre préféré. Pas une première, avait voulu les rassurer Jesse Lasky, leur producteur – juste une mise en bouche, au Plaza Hotel, pour titiller les journalistes : la grande affaire, ce serait la vraie sortie de leur film au Criterion, dans deux mois. Et là, promis, il « mettrait le paquet ». Mais quel « paquet », devant pareil mastodonte ? On n'en parlerait même plus, s'était esclaffé Lasky – deux mois, c'était plus qu'il n'en fallait à New York pour passer à autre chose. Mais il ne jouait pas sa vie là-dessus, lui – seulement un peu d'argent. Eux revenaient de tellement loin…

— Du grand spectacle, oui…

Tout de même, la magie de l'hôtel McAlpin s'en était un peu allée, soupira Cooper. Le contexte, différent. Ou lui, qui avait changé. Shorty opina. Qui n'aurait pas changé, après ce qu'ils venaient de vivre ?

— Moi non plus, je ne suis pas sûr d'en être revenu.

Et d'ailleurs, revenu de quoi ? Aujourd'hui encore, ils restaient incertains. Ce voyage-là n'avait pas été que géographique. La lutte avec Haidar Khan, dans les tourbillons du Karun en crue, la glace taillée mètre après mètre aux flancs du Zard Kuh et puis, rendu au bout de la souffrance, se sentir vaste et terrible comme l'univers entier, dans la lumière… Le réel était plus fantastique que toutes les fantasmagories.

— Plus fantastique que ce qu'on vient de voir, répéta Schoedsack, en fixant son ami.

— Bien sûr, balbutia Cooper en baissant les yeux. N'empêche. J'aimerais bien rencontrer le gars qui a bricolé ça… Image après image, tu te rends compte ?

Enfermé pendant six ans, en bougeant ses figurines d'à peine un millimètre entre chaque prise, pendant qu'eux galopaient dans le vent des steppes, tout à l'ivresse du Grand Dehors. Avaient-ils vraiment perdu au change ?

Filmer au plus près du réel. Pas de comédie, pas de fiction, pas d'artifices. Rien que le réel. Quand des hommes, confrontés aux forces déchaînées de la création doivent, pour survivre, puiser en eux des ressources qu'ils ne soupçonnent pas – et se découvrent alors plus grands qu'eux-mêmes. Filmer la sauvagerie, la cruauté, la splendeur du monde, filmer cette force à l'œuvre aussi au cœur des hommes, tel était leur pacte, oui, depuis la guerre, il ne l'oubliait pas, acquiesça Cooper. Mais il sortait troublé de l'Astor Theatre.

— Juste des figurines de cire ! Un peu de fil de fer, de mousse, de caoutchouc. Et pourtant, par moments, il faut bien reconnaître…

— Lasky peut dire ce qu'il veut, grommela Shorty en s'enveloppant dans un nuage de fumée, ce qui est sûr, c'est que ce foutu film va nous voler la vedette. Qui, après ça, ira voir le nôtre ? Comme en plus il est loupé…

Loupé ? Une standing ovation avait salué *Grass*, projeté en privé dix jours auparavant, lors du dîner de l'Explorers' Club, à l'hôtel McAlpin – là même où Conan Doyle avait mis New York sens dessus dessous. Vilhjalmur Stefansson, le conquérant des pôles, les avait pris dans ses bras, non, jamais on n'avait rendu ainsi pareille démesure. Des hommes. De la nature. Et il savait de quoi il parlait, treize jours perdu dans le blizzard, sans autres vivres qu'une vieille langue de baleine.

— L'enfer ! Mais on voit des choses, aussi... Vous, au moins, vous savez. Bon Dieu, quel film !

Loupé, s'obstinait Shorty contre l'avis de tous. Pas assez fort, pas assez fou. Ils en avaient rêvé pendant des mois, ricoché de lieu en lieu, en vain, peut-être après tout n'était-ce que chimères, une manière de ne pas revenir à la vie normale, après la guerre, jusqu'à ce qu'ils trouvent, enfin, ce qu'ils cherchaient, quand ils croyaient tout perdu. Cette équipée du peuple bakhtiari à travers torrents et montagnes avec femmes, enfants, troupeaux, avait touché à la démence. Au point que quelque chose de lui était resté là-bas. Quelque chose qui manquait au film.

Et c'est pourquoi il veut repartir, songeait Cooper avec un pincement au cœur – sans même attendre la sortie du film, fin mars. Officiellement, pour renflouer leur caisse commune, trouver les moyens d'une autre expédition, plus risquée s'il était possible, et les moyens d'un autre film – plus sûrement, il le voyait bien, parce qu'il se sentait étranger, de retour à New York...

Deux policiers firent irruption dans la salle, visages violacés, barbes gelées, pitoyables. À titre médical, balbutia l'un d'eux, tentant de serrer un verre entre ses doigts gourds. Bon Dieu, j'ai bien cru qu'on allait crever, dit l'autre, les gars, on n'oubliera pas ça ! Joe fit passer son cruchon de *booze* de main en main sous les applaudissements, jusqu'à la table de Cooper. Ils allaient bien porter un toast, tous les deux, avec les autres ? Au « booze des dinosaures » !

Dans une semaine, Shorty quitterait le quai de Brooklyn à bord de l'*Arcturus*, simple cameraman de William Beebe, l'explorateur des grands fonds, direction les Galapagos. Pendant que lui, Cooper, resterait pour assurer promotion, articles, conférences, et tenter de rentrer dans leurs frais. Si les dinosaures de Willis O'Brien n'écrasaient pas tout sur leur passage.

— Trois bouts de fils de fer et de la pâte à modeler ! Et pourtant...

Se pouvait-il qu'un homme, enfermé dans sa folie, à l'écart de tout, ait pu approcher ce qu'ils étaient allés chercher au plus loin, dans le vertige du Grand Dehors ? Il jeta l'*Evening Standard* sur la table, souligna du doigt la phrase du critique : « le mystère même du monde ! ».

Hollywood
12 décembre 1931

Stupéfiant. C'était tout simplement stupéfiant. Il devinait, dans la pénombre, les coups d'œil furtifs, les silhouettes figées, en attente. Cooper le héros ? Pour eux, il était surtout l'oiseau de mauvais augure, le tueur de coûts – un briseur de rêves, et de vies. *Surtout, ne rien laisser paraître, se concentrer sur les images*. Aigrettes et pluviers qui voletaient dans le frisson du jour naissant, au-dessus des roseaux, étaient-ils réels, ou illusions comme le jeune dinosaure – tricératops, avait soufflé un assistant – qui s'ébrouait dans l'herbe haute, à demi endormi ? Réel, au moins, était le chasseur qui fuyait la fureur de la mère. Un cyclone d'épouvante balayait l'étendue dans le fracas des arbres effondrés, la gueule du monstre s'ouvrait, hideuse – comment avaient-ils pu saisir homme et bête dans le même plan ? L'image vacilla, disparut.

Neuf années avaient passé, le temps pour lui d'au moins cinq vies, mais le souvenir de la soirée à l'hôtel McAlpin ne l'avait pas quitté, le ciel de suie zébré d'éclairs sous le déluge, les eaux grasses débordant des égouts de Broadway Avenue, les monstres surgis d'outre-temps s'affrontant tout là-haut dans un tohu-bohu de fin du monde – et six années depuis la première du *Monde perdu*, à l'Astor Theatre ! Mais les images, là, devant lui, dépassaient de loin les fantasmagories de Conan Doyle. C'était le même homme, pourtant, qui les avait conçues : une parfaite tête de lard, un ivrogne hyperbolique, bref, un voyou irlandais, l'avait prévenu Selznick, avant de l'envoyer au front. Prompt à jouer des poings, avait grincé Horatio, le comptable, qu'on sentait rancunier. Willis O'Brien était peut-être tout cela, mais, bon sang, c'était d'abord un magicien. De génie.

Il prit conscience du silence, autour de lui, des lumières rallumées. L'équipe, debout, attendait son verdict, un geste, un signe. *Surtout, ne pas leur donner de faux espoirs.* Le grand maigre, autour duquel ils se serraient, devait être Harry Hoyt, le réalisateur. Pas n'importe qui : il avait mené à bien *Le Monde perdu*, maîtrisé son énorme machinerie. Cooper toussota.

— Impressionnant, oui, impressionnant. Peut-on passer à la suite ?

Les sourires qui s'esquissaient déjà s'effacèrent. Une nouvelle scène serait bientôt prête. Mais pas avant un mois. Ou deux.

Cinq minutes à peine, en deux ans de travail ? Deux ans, et 200 000 dollars engloutis – le budget d'un film complet, sans que personne s'en inquiète… Dans quelle galère s'était-il fourré ? Selznick et lui s'épuisaient à colmater la coque d'un navire qui avait peut-être déjà sombré.

Depuis deux ans l'équipe de Willis O'Brien vivait coupée du monde extérieur, au point que leur bâtiment, sans besoin de panneau ou de gardes, était devenu une zone interdite – où, se murmurait-il dans les premières semaines, s'élaborait LE projet qui précipiterait la firme vers les sommets. Ou la ruinerait. Le grand patron lui-même, l'auguste William LeBaron, n'osait y pénétrer, craignant les foudres de l'irascible O'Brien et, les mois passant, tous les avaient oubliés – jusqu'au brusque réveil, quand LeBaron avait fui le navire pour rejoindre la Paramount. Avant le naufrage, disait-on à Wall Street. Depuis, la firme connaissait le goût amer des purges, tandis qu'une armée d'experts épluchait les comptes, taillait dans les dépenses. L'action avait chuté à 75 cents en quelques semaines, les pertes prévisibles, pour l'année, seraient de 5 millions. Les oiseaux de malheur évoquaient la banqueroute avec des airs gourmands. Deux ans, pour produire cinq minutes !

Ils avaient dû tout inventer, protestait Hoyt, d'une voix tremblante. Insistait un jeune Mexicain, qui devait être Mario Larrinaga, l'artiste peintre. Renchérissait un troisième. Tout mettre au point. Les machines. Les techniques. Sans compter que le passage au parlant avait démultiplié leur travail, en passant des 16 à 24 images par seconde. Mais ils étaient au point, maintenant. Enfin, presque. Willis O'Brien lui expliquerait cela mieux que personne.

O'Brien. Où était-il, au juste ? Souffrant, murmura Hoyt en s'absorbant dans la contemplation de ses chaussures. Souffrant, ou cuvant quelque part son whisky dans les bras d'une fille ? Selznick le cherchait depuis une semaine – après certain atterrissage dans la poussière du brave Horatio, le comptable, qui avait eu l'inconscience de se risquer dans l'antre de l'Irlandais. Producteurs associés, réalisateurs, scénaristes, tous s'étaient vu remettre en main propre la même lettre, juste avant l'arrivée du nouvel homme fort, David O. Selznick, leur annonçant la suspension sous soixante jours de leur contrat. Soixante jours pour tout remettre à plat, avant, ménage fait, de réembaucher les survivants. Depuis, les bureaux de la direction restaient allumés la nuit, tandis que Selznick et son adjoint, allongés sur la moquette au milieu des dossiers, griffonnaient fiévreusement mémo sur mémo – même en dormant, assurait Horatio. Tout devait être revu, décortiqué, scénarios, projets, films en cours, et c'était vers lui, Merian C. Cooper, l'as de l'aviation, le héros de la guerre, évadé des geôles russes, l'auteur risque-tout de films à vous glacer les sangs, que David O. Selznick s'était tourné pour nettoyer la production. À commencer par ce monstre dont personne ne savait que faire…

— L'histoire commence quelque part vers les quarantièmes rugissants, dans les eaux dangereuses de la Patagonie, à bord du yacht d'un milliardaire, Armitage. D'épaisses nuées se massent à l'horizon, un vent glacé griffe les eaux grises. Des goélands, qu'éparpillent les bourrasques, poussent des cris déchirants. Et aux regards échangés par les marins, on devine que l'affaire devient sérieuse…

« À bord du yacht les passagers, tout à leurs jeux, ne se doutent de rien ! Le jeune Steve, amoureux d'Elaine la frivole héritière, se désespère : certes, ils ont échangé un baiser, mais pour Elaine qui n'aime qu'elle-même ce n'était qu'un jeu, déjà oublié – et Steve, blessé par son indifférence, se promet de fuir à la première escale, sans se douter que Ned, le fiancé officiel, a surpris le baiser échangé… Vous voyez ?

Jusque-là, oui, il voyait. D'autant mieux que Mario et Byron, les deux dessinateurs, lui glissaient les planches de chaque scène. Hoyt reprit son souffle, sa voix monta d'un ton :

— La tempête se rapproche ! Le capitaine, très pâle, fait irruption dans la cabine. Vite ! Il faut se préparer au pire ! Les vagues grossissent de plus en plus. Un typhon ! Sauf miracle, ils sont perdus.

— Et ?

Hoyt devint tout rouge :

— Un sous-marin surgit devant eux. Sauvés !

— Un sous-marin ?

— Ils embarquent en hâte malgré la mer forte. Juste à temps : une lame déferle, qui brise le yacht, tandis qu'un grondement monte des profondeurs. Un promontoire rocheux surgit, une île tout entière dans un gigantesque bouillonnement, si puissant que le sous-marin se trouve précipité lui aussi dans les abysses. Par les hublots, les rescapés devinent des créatures monstrueuses nageant dans des eaux vertes, juste avant que le submersible bascule, et heurte un éperon rocheux. La coque déchirée, c'est miracle si, vidant en hâte ses ballasts, le sous-marin parvient à remonter à la surface. Et là, surprise…

— Oui ?

— Une mer intérieure ! Les voilà dans un vaste lac bordé d'une végétation tropicale, d'arbres immenses, de lianes enchevêtrées : le cratère d'un volcan éteint, au cœur de l'île. Le jardin d'Éden, balbutie Elaine, brisée par l'émotion. Mais son jeune frère montre une bête énorme sur le rivage. Ned s'écrie : un dinosaure !

— Amphibie ?

Hoyt haussa un sourcil, étonné.

— Mais non : un monde souterrain !

Pour lui, tout semblait relever de l'évidence. Comme le passage, sans doute, du sous-marin d'un monde à l'autre. Bref, ils étaient revenus au *Monde perdu*. Qui, lui, avait été réalisé en quatorze mois…

La suite ? Des brontosaures, deux tricératops engagés dans une lutte féroce, une course éperdue à flanc de montagne pour échapper à un arsinoitherium, une attaque de ptérodactyles, quelques marins grignotés en guise d'apéritif par des dinosaures gastronomes, des sauriens, aussi, quelques serpents épouvantables grouillant dans la vase, des plantes carnivores. Ned étant mort en punition de ses traîtrises, c'est Steve, intrépide, qui prend les commandes du groupe des survivants, et se met en tête de récupérer le matériel radio du sous-marin. Nouvelle traversée de l'île, découverte d'un temple prodigieux et d'un trésor de pierres précieuses, attaque d'un stégosaure, auquel ils n'échappent que pour affronter un tyrannosaure particulièrement irascible. Péripéties diverses, suspense insoutenable, jusqu'à ce qu'enfin Steve parvienne à envoyer un SOS. Trop tard ! Juste à ce moment le volcan se réveille ! Coulées de lave, lac en ébullition, jungle embrasée, course folle des dinosaures, tout est perdu, se dit le spectateur fou d'angoisse – quand surgissent deux avions amphibies ayant capté par miracle l'appel du brave Steve. Elaine se blottit dans les bras de son héros. Fin heureuse.

Hoyt, essoufflé mais victorieux, paraissait attendre des applaudissements. Ses assistants le regardaient, éperdus d'admiration. Tout était parfait, dessins plan par plan, axes des caméras, éclairages, longueur des focales. Parfait, à un détail près…

David Selznick, comme à son habitude, était allongé sur la moquette, tête-bêche avec son second Pandro Berman, au milieu des dossiers. Ainsi allongé, les lunettes sur le front, il faisait penser aux monstres aquatiques aperçus par les hublots du sous-marin.

— Alors ?

— Génial !

— Génial-génial, ou juste génial ?

— … Et nul. Juste des bestioles qui bougent. Incroyables. Mais une histoire idiote. Ou plutôt pas d'histoire du tout. Arrête tout !

Deux cent mille dollars envolés ? Pour le coup, Selznick se redressa. Il avait bien senti ce matin en se levant que ce serait une journée pourrie. Tout arrêter ! Bon, il s'en doutait un peu. Restait à trouver comment annoncer ça aux actionnaires…

— Mais j'ai une idée. Qui pourrait rattraper le coup. Et l'homme de la situation.

— Ton fichu projet ?

— Et « Shorty » Schoedsack. Il va rentrer.

PARTIE I

Au commencement était la guerre

I

La terrible franchise de la guerre

Vienne – Varsovie
Février 1919

— Si revient la paix…
— Elle ne reviendra pas.

Au loin, on entendait, sporadiques, des coups de feu en rafales, puis des détonations brèves, plus sourdes – de l'artillerie ? Les lumières s'étaient éteintes, au-dehors, les unes après les autres, repliant chacun sur sa solitude et sur ses peurs, tandis qu'une autre ville s'éveillait, dangereuse, derrière la muraille de ténèbres. Les Italiens, dit un homme, en se retournant dans son lit. Ou un raid de gangsters, ils se faisaient de plus en plus hardis. Une femme cria dans la rue en contrebas, il y eut des bruits de coups, une course précipitée, puis le silence revint, seulement troublé par le ronflement d'un homme derrière la cloison. La pièce sentait fort la sueur et le rance, malgré le froid qui s'insinuait par les carreaux brisés. Ainsi allaient les nuits à Vienne oubliée du monde, depuis des mois. Et rien, nulle éclaircie ne se dessinait. D'ici quelques semaines, les gens les plus paisibles s'entre-tueraient à leur tour pour survivre – cela commençait, dans les faubourgs…

Ils s'étaient rencontrés à la gare Franz Josef, en fin d'après-midi. Ernest Schoedsack, dit « Shorty » pour cause de double mètre, battait la semelle dans le hall, en guettant l'arrivée du convoi de la Croix-Rouge annoncé depuis des jours et sans cesse différé, mais le seul train entré en gare, venu disait-on de Padoue, était vide, sans doute pillé à la frontière ou dans quelque gare intermédiaire, sujet sur lequel les conducteurs se montraient évasifs. Un vent gris balayait les quais déserts, tout, autour de lui, disait l'abandon et la désolation et il allait faire demi-tour quand un personnage improbable avait sauté d'une plate-forme, manifestement perdu. Trapu, de taille moyenne, un pantalon trop grand fourré dans des bottes dépareillées, l'une allemande, l'autre française, il serrait entre ses mains, comme la chose la plus précieuse au monde, un sabre de l'US Navy. Un marin ? Plutôt un aviateur, à en juger par sa veste rapiécée. L'homme restait là, sur le quai balayé par le vent, hésitant sur la conduite à tenir. Un prisonnier, tout juste libéré, s'était dit Schoedsack, en se portant vers lui – un malheureux surgi comme tant d'autres de nulle part, pour se rendre il ne savait sans doute où. L'Europe avait sombré dans un chaos dont nul ne voyait la fin. Dans de lointaines chancelleries, diplomates et généraux élaboraient traités, stratégies, règlements sans la moindre conscience de la réalité. Personne, depuis longtemps, ne maîtrisait plus rien et le prétendu armistice n'y avait rien changé. À la vue du géant, le visage de l'apparition s'était éclairé : presque un gamin, malgré ses traits tirés, et ses cheveux rares.

— Merian Cooper. Du 20e escadron d'aviation. Bon Dieu ! Ça fait rudement plaisir de trouver quelqu'un à qui parler. Pas compris un traître mot depuis deux jours. Sinon qu'on en voulait à mes bottes. Et au reste.

Il était volubile et vif, se déplaçait avec la légèreté d'un boxeur, passait dans la même phrase de l'espièglerie à la gravité. Sans son sabre – une longue histoire que ce sabre, il était allé le récupérer tout exprès à Venise, une affaire d'honneur, répétait-il –, il serait arrivé nu comme un ver. Ou aurait été jeté quelque part sur le ballast. Nu, encore, ça ne l'aurait pas trop gêné, mais qu'on lui prenne sa pipe…

— Jamais vu ça ! À chaque halte, une ruée. À la dernière, les chauffeurs se sont battus à coups de pelle pour garder de quoi arriver à Vienne.

Ici, c'étaient les habitants d'un village qui prenaient d'assaut le train et partaient en courant avec des caisses d'ils ne savaient même pas quoi. Là, des soldats italiens qui descendaient les bras chargés, pressés de déserter. Ailleurs, c'était au charbon du train qu'en voulaient ceux qui barraient la voie.

— J'ai cru un moment que le train n'aurait plus de roues à l'arrivée !

Merian Cooper, avait-il répété, et, timide, comme s'il s'en excusait :

— J'étais du 1er groupe de bombardiers, à la bataille de Dun-sur-Meuse, et…

Dun-sur-Meuse ! Là où tant étaient morts, dans l'offensive d'Argonne… Le 1er groupe de bombardiers appartenait déjà à la légende – des casse-cou qui passaient les lignes en rase-mottes pour repérer les batteries allemandes et les signaler à l'artillerie alliée. Tous y étaient restés, disait-on. Schoedsack avait devant lui un survivant.

— J'étais dans le secteur, moi aussi. Signal Corps, service photographique. Le premier passage des bombardiers… Bon Dieu ! Ça fichait la chair de poule. Tellement bas ! L'air, le sol, tout vibrait. Je m'étais dit : ils ne s'en tireront pas. Il n'y en avait plus que trois, au retour, enveloppés par des Fokker. Et puis j'ai vu l'avion de tête qui tombait en flammes.

— En flammes ? Ça devait être moi.

Il montra ses mains, ses cicatrices de brûlures. Au juste, s'enquit Schoedsack, avait-il un endroit où dormir ? À la Croix-Rouge il restait quelques places.

— Ce soir, ce sera haricots. Sans viande. Mais demain, avec un peu de chance…

Des haricots ? Les yeux de Cooper pétillèrent de gourmandise. N'importe quoi, attendu qu'il n'avait pas mangé depuis deux jours ! N'importe quoi. Sauf les rats.

— Jamais pu m'y résoudre, au camp…

Décidément, le garçon était du genre accommodant.

Dans la Konitzgasse, au sortir de la gare, les rafales d'un vent aigre éparpillaient les passants qui se hâtaient, le col relevé, en jetant alentour des regards furtifs. Une femme en haillons fouillait un tas de détritus et partout ce n'était que volets battants, vitres brisées, bâtisses abandonnées. Sur une petite place, des hommes en uniforme, occupés à abattre un arbre, se tournèrent vers eux, menaçants. Des Italiens, dit Schoedsack, et il pressa le pas. Les Italiens avaient expédié à Vienne une mission militaire chargée de récupérer leurs trésors artistiques volés jadis par les Autrichiens mais, livrés à eux-mêmes, les soldats avaient progressivement interprété leurs instructions comme un permis de piller, de dévaster, de violer à leur guise, bref, de se comporter en parfaits occupants, ce à quoi aucune force présente n'était en mesure de s'opposer. Les membres de la Croix-Rouge avaient pour instruction d'éviter les incidents. Les coups de feu partaient facilement, ces derniers temps.

— Plus rien pour se chauffer ! Bientôt, il ne restera pas un arbre dans Vienne.

Depuis l'effondrement de l'Empire austro-hongrois, chaque pays affirmait son indépendance. Les Tchèques bloquaient le charbon en Silésie, en Bohême, en Moravie.

— Le métro, sans charbon, s'est interrompu. Bientôt ce sera le tour des trams. Puis du gaz et de l'électricité. Déjà, on ne trouve ni bougie ni pétrole.

Les pommes de terre, autrefois, arrivaient de Pologne. La farine, de Bohême, de Hongrie, de Moravie. Le bétail, de Hongrie. Plus rien ne passait, depuis des mois. Pire : les vivres achetés par Vienne en Allemagne et en Hollande, stockés à Bodenbach, à la frontière, venaient d'être confisqués par les Tchèques. Pourquoi diable Cooper venait-il à Vienne, que tout le monde cherchait à fuir ?

— La Pologne ! On m'a dit qu'ici je trouverais un moyen de gagner Varsovie.

La Pologne. Ce type était peut-être un héros, mais un héros dérangé.

— Vous avez seulement une idée de ce qui se passe là-bas ? J'en reviens. Un foutu merdier, croyez-moi. On m'a exfiltré juste à temps.

— Une affaire d'honneur, répéta Cooper.

Et cela, à l'évidence, lui paraissait une explication suffisante.

D'honneur. Si un mot n'avait plus de sens, là-bas, c'était bien celui-là. Polonais, Russes, Allemands, Tchèques, Lituaniens, Ukrainiens, Silésiens, tous se battaient les uns contre les autres. Ou entre eux, Russes blancs contre bolcheviks, catholiques contre orthodoxes, nationalistes contre nationalistes. Dans la boue et la neige, tous crevant de froid, décimés par les épidémies, tous pillant, tuant, violant, emportés dans un vertige de destruction. Plus de civils et de militaires : le grand chacun pour soi. Un seul mot d'ordre, survivre. Qu'avait à faire l'honneur, dans ce cauchemar ?

— Si revient la paix... reprit Schoedsack.

Elle ne reviendrait pas. Du moins, pas ce que l'on appelait ainsi, jadis. Cela, ils le savaient tous les deux, n'est-ce pas ? Leurs voix, contenues, prenaient des résonances étranges dans l'opacité des ténèbres que seule perçait la lueur rougeoyante de leurs pipes. La guerre, poursuivit Cooper, avait gagné de proche en proche, au fil des ans, rongé les êtres, pris possession des esprits. Et nul n'avait été épargné.

— Mondiale ? reprit-il, après un silence. Je ne sais pas. Contre nous-mêmes, oui…

Il eut un petit rire amer.

— Plus qu'une guerre : la fin d'un monde.

Les tirs reprirent. Qui pouvait encore croire au retour du monde ancien ?

Dans une cantine délabrée sur la Felberstrasse, non loin du bâtiment de la Croix-Rouge, de vieilles femmes tranchaient hâtivement des choux fanés, qu'elles jetaient dans des cuves où bouillait un brouet jaunâtre. Devant elles, la queue se prolongeait jusque dans la rue, femmes, gamins en haillons, les yeux fiévreux, leur gamelle à la main, et le pire, peut-être, était leur silence morne. Soixante mille repas étaient servis chaque jour dans une dizaine de cantines semblables, avait expliqué Schoedsack. Un demi-litre de bouillon par personne et par jour. Jusqu'à octobre les enfants avaient eu droit à un bol de café au lait. Puis le lait avait manqué, et les réserves de café s'épuisaient… Où était la Vienne d'autrefois ?

— À la bibliothèque de l'Académie, j'avais trouvé un livre… *Vienne la romantique* ! La musique de Schubert, de Mozart, de Beethoven, tout ça. Les valses de Strauss. Bon, j'étais amoureux, alors, ou je croyais l'être, un peu niais, je suppose, je m'étais dit qu'un jour… Et il en reste quoi ?

Il rit sans joie, comme s'il se moquait de lui-même.

— Le vernis est mince, n'est-ce pas ? Et dessous il y a le sauvage des premiers âges, en attente, depuis toujours. L'homme primordial ! Celui qui le premier s'est dressé en frappant sa poitrine de ses deux poings. Pour annoncer que le plus grand prédateur de la création venait de naître. Et qu'il allait tout détruire. Parce qu'il n'avait que sa force brute pour conjurer la peur.

Une explosion, plus forte, fit trembler la fenêtre. On entendit monter une clameur au loin, puis plus rien.

La guerre avait libéré des forces colossales. Mais seulement de destruction ?

— Notre professeur, à l'Académie, nous répétait que c'est par les cataclysmes que la vie se renouvelle. Tremblements de terre, éruptions volcaniques, cyclones : sans eux, selon lui, il n'y aurait plus de vie sur terre depuis longtemps !

Et sans la guerre ? On ne le saurait – peut-être – que rendu au bout de cette folie.

Cooper avançait en hésitant. Juste une voix étouffée, enveloppée de ténèbres. Lui aussi, comme tout le monde, essayait de croire qu'il y aurait un « après » – un autre monde.

— Mais s'il était déjà là, si c'était celui où nous nous trouvons ? Qui détruit tout sur son passage, nous traverse, nous emporte ?

« La terrible franchise de la guerre » dit-il après un silence.

— Parce qu'il y a de la jubilation, n'est-ce pas, dans cette fureur ? De la jubilation. Et de l'effroi aussi, bien sûr.

Pendant un moment, on ne vit que les foyers rougeoyants des deux pipes dans le noir. Shorty n'avait pas l'air d'être un grand causeur, et d'ailleurs quoi ajouter ?

— Et nul ne sera sauf, reprit Cooper. Car le plus effrayant, vois-tu, est ceci : de comprendre que ce qui vient, c'est nous-mêmes. Et que nous ne nous reconnaissons plus.

Ils restèrent ainsi longtemps, pensifs. Les tirs, au-dehors, avaient cessé. Ce qui les réunissait, cette nuit, n'était-ce pas surtout qu'ils ne parvenaient pas à rentrer ? Pour ça, murmura Schoedsack, il faudrait d'abord pouvoir retrouver la paix. En soi…

— Ce n'est pas l'Allemagne, dit soudain Cooper. Ce n'est *plus* l'Allemagne…

C'est toute l'Europe qui se défaisait, pièce après pièce. Comme si une main de géant dispersait les pièces d'un puzzle. Qui demain les rassemblerait ?

— Il y avait des Russes, avec moi, à Breslau…

À Breslau ? Tout à l'heure, c'était à Venise. Ce Cooper, décidément, gardait bien des mystères…

— Mon dernier camp. Les malheureux fuyaient les bolcheviks. Ce Lénine… Dans tous les livres d'histoire, il y a ce tableau, *Le Serment des Horaces*. Eh bien, Lénine et ses partisans se pensent comme eux. Des hommes en acier, tranchants comme leurs épées, sans passé, sans attaches ni sentiments. Dévoués à leur seule cause. Des pages blanches, sur lesquelles s'écriront les temps nouveaux.

Leur chance ? La guerre avait fait l'essentiel du travail, ruiné l'ordre ancien. Et leur force était d'être indifférents aux nations, aux langues, aux cultures : la grande coalition des réprouvés et des bannis, de tous lieux, de toutes races.

Il chantonna :

— *Et l'Internationale sera le genre humain...*

Ce Lénine allait pousser son avantage. Si rien ne s'y opposait, il allait traverser la Pologne, rejoindre les révolutionnaires allemands, hongrois, autrichiens. Et dès lors qui pourrait l'arrêter ?

— C'est maintenant que la guerre commence. Et celle-là sera mondiale. Parce qu'elle traversera toutes les sociétés, divisera les consciences, ira au plus intime de chacun. Commence la guerre des valeurs. Et l'enjeu sera la conquête des esprits.

« Une question d'honneur... » commença Cooper, à l'instant où Shorty se promettait de l'étrangler, s'il répétait le mot encore une fois. Fichu sudiste ! Figé comme tous les sudistes dans la mémoire des fastes de sa famille, de sa gloire passée, de sa culture forcément raffinée – d'un monde depuis longtemps en allé. Par la faute, bien sûr, de ces rustauds de Yankees... Si on lui avait dit qu'un jour il fraterniserait, lui né dans une ferme de l'Iowa, avec un de ces snobinards. Parce que, en l'espace d'une nuit, aussi improbable que cela pût paraître, ils étaient devenus inséparables.

Après un passage vain à la gare – ce convoi attendu prenait des allures de train fantôme –, ils avaient trouvé refuge au petit matin dans ce qui avait été un café, où un serveur bougon leur avait servi un alcool incertain. L'être humain était capable de fabriquer de l'alcool à partir d'à peu près n'importe quoi, avait constaté Schoedsack, le temps de retrouver sa voix, mais sur *ça*, mieux valait ne pas trop s'interroger...

— Après deux ou trois verres, à mon avis, on ne s'interroge plus sur rien.

Un verre avait suffi pour qu'ils commencent à se découvrir des points communs sur les sujets *réellement* importants.

— *L'Île au trésor*. Pour moi, tout a commencé avec *L'Île au trésor*. Le coffre de l'homme mort. L'auberge de l'amiral Benbow...

— Moi, c'étaient les chasses de Paul Du Chaillu… *Voyages et aventures en Afrique équatoriale* ! Avant même de savoir lire. Avec un gorille, dressé, en ouverture du livre – épouvantable ! Il venait vers moi, chaque nuit, sa gueule s'ouvrait, je me réveillais en hurlant. Pourtant, dès le matin j'y revenais, tournais les pages d'image en image, le cœur battant…

Qui dirait le bonheur, le nez dans la poussière, de s'enfoncer dans une jungle épouvantable, rongé par les fièvres, au péril des tigres et des serpents ? D'agoniser sans eau dans les déserts brûlants, d'affronter les crocodiles dans des marécages putrides, avant de se retrouver dans une marmite, entouré de sauvages hilares ?

Schoedsack, lui, s'était rêvé Jim Hawkins – avec une tendresse particulière pour Long John Silver, comme tous les gosses, et les ondulations des champs de blé, jusqu'à perte de vue, devenaient alors les vagues de l'océan. Qu'il découvrirait, un jour.

L'un explorateur, l'autre pirate. Ces deux-là faisaient la paire. L'un, géant longiligne aux cheveux en broussaille qui le grandissaient encore, l'autre, petit, musculeux, aux cheveux blonds déjà clairsemés ; l'un taciturne, flegmatique, en retrait, l'autre volubile, enthousiaste, boule d'énergie, traversé de loin en loin par des accès de mélancolie ; l'un, homme de l'Ouest jusque dans sa démarche déhanchée de cow-boy, l'autre, homme du Sud dans ses moindres réflexes – tous deux incrédules de se découvrir si proches.

Vagabonds, tous les deux. Dès l'âge de douze ans, pour Schoedsack.

— À peine refermée *L'Île au trésor*, j'ai couru à Council Bluffs, sauté dans un wagon de marchandises. Vers où ? Je n'en savais rien : ailleurs. Un surveillant m'a récupéré à Glenwood… Au retour j'ai pris une sérieuse avoinée.

Ce qui ne l'avait pas empêché de recommencer. Et de recommencer encore, d'avoinée en avoinée, jusqu'à ce que sa mère lui arrache la promesse de terminer ses études. Il avait tenu parole. À dix-sept ans il avait filé, cap à l'Ouest, comme jadis les pionniers, avec 10 dollars en poche, sautant de train en train, expert en la manière d'échapper aux agents qui faisaient la chasse aux *hobos*. Il avait débarqué à San Diego, heureux comme il ne l'avait jamais été.

— Les nuits étaient douces, l'air embaumait les roses et les chèvrefeuilles, les jardins débordaient de fleurs inconnues. J'ai dormi dans les parcs, avec les étoiles au-dessus de moi, la nuit palpitait doucement. Il n'y avait plus de passé, plus de souci du lendemain, rien que la pure vibration du présent…

Il flânait sur les quais, des îles l'attendaient par-delà l'horizon, il avait fini par s'engager comme matelot à bord d'un caboteur à destination de San Francisco – et c'est ainsi, un peu plus tard, que descendant la San Joaquin Valley, il s'était retrouvé sur les quais de Los Angeles, et de là chez Mack Sennett, à Edendale, où il avait appris sur le tas le métier de cameraman.

Cooper soupirait. Comme il aurait aimé courir le monde, lui aussi !

— Mais il y avait mon père…

Son père si écrasant, notable respecté de Jacksonville, Floride, homme de loi devant lequel, quoi qu'il fît, il se sentait en faute. Il y avait le poids de la famille, de la tradition, du devoir.

— Du devoir ! C'est toute mon histoire, ça – mais passons…

Et il jeta un œil noir sur le sabre qu'il avait posé sur la table, près de lui.

Il avait été enfant sage jusqu'à l'Académie navale. Qu'il avait quittée dans sa dernière année, pour… Il avait hésité : pour incompatibilité d'humeur.

— Besoin de me retrouver. Ce n'est pas si facile, d'être un sudiste. Ça te colle à la peau, ça réapparaît quand tu ne t'y attends pas…

Il avait mis le cap à l'Ouest, lui aussi. Ne rien devoir à personne, se construire seul ! Il avait vagabondé au hasard des routes, se louant de loin en loin dans les fermes du Midwest, avant de trouver un job de reporter à Minneapolis.

— Reporter… Pas d'horaires, le grand air, la quête de la vérité ! Du moins c'est ce que j'imaginais. Ce n'était plus le Wild West, mais enfin… Pas question de décevoir le lecteur ! C'est quoi, ça, la vérité ? hurlait mon patron en brandissant son cigare : des adjectifs ! Je veux des adjectifs ! Des points d'exclamation !

L'aventure, glissa-t-il d'un air innocent, en s'amusant de l'étincelle éveillée dans le regard de son ami, ce devait être un peu plus tard, vers la frontière mexicaine, sur les traces de Pancho Villa…

Son arrivée à El Paso blanc et ocre, écrasé de chaleur, dans le tumulte furieux des rues bondées, restait une des grandes émotions de sa vie. Devant lui se croisaient piétons et cavaliers, *rancheros* dédaigneux, le poing sur la hanche et le rifle à la selle, péones se faufilant sans un regard, soldats américains quelque peu égarés, Mexicaines aux yeux profonds et vagues, cow-boys couverts de poussière de la piste, réfugiés fuyant les combats : deux mondes se croisaient, étrangers l'un à l'autre, et le danger pouvait venir de partout. Les deux rives du Rio Grande bruissaient des exploits de Pancho Villa, et de la guerre que lui livrait le général Pershing. La bataille du San Geronimo Ranch, la charge du 7e de cavalerie, l'entrée en jeu des Apaches à la San Varas Pass, la bataille de Tomochic – que venait-il faire là, lui, le jeune blanc-bec affecté pour son service militaire à la Garde nationale de Géorgie ? Une force d'appoint, avait-on décrété en haut lieu – que Pershing, à l'évidence, tenait pour un ramassis de pouilleux. Mais il gardait en mémoire l'odeur entêtante du désert au petit matin, la toison d'or des *paloverdes* frissonnant sous les premiers rayons de l'aube, les crépitements des braises de *mesquite* ranimées pour le premier café, l'agitation des chevaux – avait-il jamais connu vie plus libre et plus fière ? Les vallées prenaient des transparences d'opale, le soleil accrochait des perles de lumière au flanc des montagnes mauves, et il lui semblait alors s'agrandir aux dimensions de l'espace devant lui…

Avait-il dîné, un soir, sans le savoir, avec la sœur de Pancho Villa dans un ranch suspecté d'accointances avec l'ennemi ? Elle était belle et mystérieuse, les hommes autour d'elle chuchotaient en jetant aux *gringos* des regards furtifs, mais ses camarades et lui n'étaient pas en position d'intervenir et tout cela n'avait peut-être été qu'imagination, avivée par les racontars d'un vague espion. Pancho Villa, au fil des jours, devenait un fantôme, une ombre insaisissable, un bruissement de rumeurs portées par le vent. Sa traque avait pris des airs de grandes vacances. Qui se doublaient, pour lui, d'une révélation : sa demeure, désormais, serait le dehors.

Cooper jeta autour de lui un regard étonné, comme s'il revenait de très loin.

— Jeunesse ! Et tout cela pour nous retrouver ici, gelés, occupés à boire de l'alcool frelaté.

Il lampa son verre d'un coup, frissonna. De grandes vacances, oui – mais le soir de Noël, rentré à El Paso pour la messe de minuit, il avait entendu des coups de feu vers la gare, un cri, trouvé un employé noir qui agonisait sur les rails, abattu par deux rôdeurs mexicains.

— Il est mort dans mes bras en me demandant : « Est-ce que je vais mourir à Noël, monsieur ? » Ce regard…

Il s'ébroua. Ce tord-boyaux devait avoir des vertus curatives singulières, qui portaient à la confidence. Ou bien était-ce cette ville ?

Un groupe de soldats dépenaillés entra bruyamment dans la salle, poussant les chaises, réclamant de la gnôle à grands cris et comme le garçon tardait, l'un des hommes lança un cendrier contre une glace, au mur, qui vola en éclats.

— Des Italiens, chuchota Schoedsack en retenant Cooper. Mieux vaut se tirer. De vrais sauvages…

— *Croce Rossa*, fit-il, en montrant son brassard au soldat qui se tournait vers eux.

L'homme hésita, ricanant :

— Yankees, hein ?

Maigre, les traits creusés, il titubait, les yeux brûlants, se pencha vers Cooper.

— *Americani figli di puttane !*

Et comme ce dernier restait de marbre, il lui secoua l'épaule, fit mine de s'emparer de son sabre, sur la table.

— Tu y touches, l'ami, et tu es un homme mort…

Le soldat ne parlait pas anglais, mais la voix, calme, était si tranchante qu'il recula. Sourcils froncés, il cherchait une autre insulte, mais la bagarre, déjà, éclatait à la table voisine, le chef du groupe recrachait l'alcool que venait de lui servir le garçon, le prenait au collet en hurlant.

— D'accord, ce n'est pas une tisane pour fillettes, mais enfin…

— Tirons-nous, coupa Schoedsack en se levant.

Trop tard. Un des soudards venait de briser la bouteille sur le crâne du serveur qui s'écroulait, en sang, un deuxième lançait sa chaise dans la dernière glace au mur, les autres entreprenaient de finir à coups de botte le malheureux à terre. Le temps pour Schoedsack de déplier son double mètre, Cooper déjà fonçait au cœur de la mêlée, cueillait le chef d'un uppercut si violent qu'on entendit craquer sa mâchoire, envoyait un deuxième soldat au tapis d'un crochet au foie, avant de vaciller sous le nombre, heureusement secouru par son flegmatique compagnon, d'un style certes moins académique mais tout aussi efficace. Ce n'est rien de dire que Cooper était rapide : Schoedsack venait d'assommer son vis-à-vis avec un ahan de bûcheron quand il entendit un cri, vit dans une sorte de ralenti un des hommes à terre sortir son pistolet, Cooper se projeter pieds en avant, presque à l'horizontale, dans le temps même que l'autre tirait, l'arme voler dans les airs – et le supposé chef se retrouver le sabre piqué dans le cou.

Il n'était pas besoin de longues explications. Tenu à bout de bras par Cooper, sous la menace de son sabre, le chef bégaya quelques mots étranglés et ses hommes refluèrent vers la porte, en jetant leurs armes à terre, que Schoedsack confisqua prestement.

— Des Glisenti, des Brexia. Valent pas un clou, c'est bien connu. S'enrayent tout le temps !

Tout le temps ? Ramassant un pistolet, il le retourna vers son agresseur, qui recula vers la porte, fit un bond dans la rue et s'enfuit en courant, suivi par tous les autres. Les courageux attendirent d'être hors de portée pour leur lancer des bordées d'injures, le poing brandi.

Cooper, après un petit salut moqueur depuis le pas de la porte, remit le sabre dans son fourreau en sifflotant.

— Il me donne l'air ridicule, mais j'ai déjà pu constater qu'il simplifie les problèmes de traduction…

Des ennuis. On allait au-devant de sérieux ennuis, marmonnait Schoedsack. Mais il devait reconnaître que ça le démangeait depuis un moment. Foutus Italiens !

Rien de tel qu'une bonne bagarre pour sceller une amitié naissante. Pour l'un et l'autre, ils étaient désormais « Shorty » et « Coop ». Et ils regagnèrent la Croix-Rouge d'un pas léger, en poursuivant leurs confidences comme si de rien n'était.

Un gigantesque chaos où chacun se trouvait livré à lui-même – et au hasard. De son expérience au front, Shorty tirait une philosophie désabusée : aucun scénariste d'Hollywood, même le plus allumé du gang de Mack Sennett, n'aurait osé proposer un scénario aussi absurde. Dès la déclaration de guerre il avait voulu s'engager, mais la défense côtière de la Californie qu'on lui proposait n'avait que peu de chances de se retrouver en première ligne, aussi avait-il intrigué pour rejoindre le Signal Corps quand celui-ci avait reçu mission de filmer la zone des combats. Mais à Fort Sill, Oklahoma, supposé former aux prises de vues aériennes, s'il y avait bien deux avions, manquait par contre le matériel. À l'université Columbia, l'instructeur n'avait jamais manipulé de caméra, et c'est lui, Schoedsack, qui avait dû lui montrer comment la fixer sur un tripode. À Hoboken, personne ne savait dans quel navire son unité devait embarquer, et ils s'étaient retrouvés sur le mauvais navire, débarqués à Brest sans la moindre instruction, récupérés au bout de deux semaines par la police militaire, conduits à Vincennes dans les locaux de Pathé... pour découvrir que l'officier instructeur était opticien de son état. Et comme, à la surprise générale, il insistait pour aller au front plutôt que de goûter aux nuits parisiennes, on l'avait lâché dans la nature avec une Bell et Howell, la plus lourde et la plus malcommode des caméras disponibles, 50 kilos sans compter le pied – les légères Debries étant plus utiles, sans doute, pour filmer les nymphes des Folies-Bergère.

— Aucune directive, aucun laissez-passer. Même pas de masque à gaz, ou de casque. J'ai fini par trouver un Colt 45 et des munitions et, hum, par emprunter un véhicule militaire. Tout ça pour me faire arrêter par la police militaire à l'approche du front : « Sans masque ni casque, vous êtes fou, ou quoi ? » Coup de chance, il y avait des tombes fraîches, près de nous. D'où dépassait un casque, justement. Tout cabossé, avec un nom, Kelly, à l'intérieur. Et, bon, en creusant un peu j'ai récupéré son masque. Le pauvre garçon en avait moins besoin que moi...

Au front, enfin, dans la zone de combat ! Mais, au juste, à qui s'adresser ? Que filmer ?

— Personne ne m'avait dit qu'il ne se passait pas grand-chose, de jour. Les bombardements, les tirs d'artillerie, tout ça se déroulait la nuit. La nuit, pour un cameraman !

Il avait dû tout faire lui-même, se bricoler un camion avec un réservoir d'eau sur le toit, qu'il renouvelait à chaque fontaine, ou dans les mares, à l'aide d'une pompe à main, tirer lui-même les films. Pour rien, probablement – perdus dès qu'expédiés, dans quelque immense hangar où des fonctionnaires oubliés de tous accumulaient des fiches qu'ils savaient inutiles. De toute manière, qui voudrait montrer, ou voir, ses images ? Les politiques comme le public voulaient des histoires héroïques, certainement pas la réalité de la guerre. Il filmait pour lui, pour tenter de saisir ce que cette folie mettait en branle, dans le tréfonds, malgré sa conviction qu'il ne reverrait jamais les bobines qu'il tournait…

Il avait fini par apprendre que quelqu'un l'ayant, à son insu, nommé à la tête du détachement photographique d'une 77e division dont il ignorait tout, il était chargé de filmer la signature de l'armistice à Rethondes, le 11 novembre 1918.

— Tous ces dignitaires tiraient une figure… Et pas un regard vers la caméra, évidemment. J'ai demandé à un camarade, derrière moi, de hurler tout ce qu'il pouvait, et Lloyd George a sursauté, levé la tête !

La guerre était finie. Demain, dans quelques semaines, dans quelques mois, s'était-il dit d'abord, il retrouverait Hollywood, les studios d'Edendale, la douce dinguerie de la Sunset Inn, du Ship Cafe, les crises de fous rires de Hampton Del Rut, d'Eric Kenton, les *gagmen* de Mack Sennett. Mabel Normand se disputerait avec Chaplin, comme d'habitude, et tout ceci n'aurait été qu'une parenthèse. Une parenthèse ? Il aurait dû danser, chanter, crier comme les autres, embrasser les femmes qui leur tendaient les bras. D'où lui venait alors cette tristesse ? Ça ne pouvait pas se terminer ainsi…

Les voyous, casquette sur l'oreille, la lippe dédaigneuse, tourbillonnaient autour de lui, dans le bouge de Montmartre où il s'était laissé entraîner, l'orchestre jouait trop fort, ou c'était lui qui avait trop bu, ses compagnons éméchés allaient déclencher une bagarre, c'était couru d'avance et, comme il restait seul à sa table, l'homme s'était invité sans façons. La guerre, non, n'était pas finie, il était capitaine de la Croix-Rouge et cherchait des volontaires pour porter secours dans les zones de combat, en Pologne…

— En Pologne ! C'était bien la première fois que j'en entendais parler. Et ça avait quelque chose d'irréel, ce cours de politique en accéléré, dans le vacarme d'une java vache, tandis que les chaises commençaient à voler…

Après cent vingt-trois ans d'occupation, partagée entre l'Allemagne, la Russie et l'Empire austro-hongrois, pillée, réduite à la famine, dévastée par la guerre, la Pologne venait de proclamer son indépendance et mobilisait à tout-va – cinq cent mille hommes, disait-on. Comme une mèche allumée au cœur d'une poudrière.

Les Allemands, aux termes de l'armistice, renonçaient aux territoires qu'ils occupaient depuis plus d'un siècle et retiraient progressivement leurs troupes, remplacées non sans heurt par des troupes polonaises. Mais les Russes, ne s'estimant pas tenus par le pacte, faisaient mouvement, eux aussi, de plus en plus nettement, à mesure qu'ils en finissaient avec leur guerre civile. Dans le même temps, les pays de l'Empire austro-hongrois se déclaraient à leur tour indépendants et les conflits de frontière se multipliaient, particulièrement entre la Pologne nouvelle et la Tchécoslovaquie. Pour tout arranger, le leader polonais Joseph Pilsudski, afin de se protéger de ses deux encombrants voisins, l'Allemagne et la Russie, entendait créer une fédération englobant entre autres la Lituanie, la Galicie, l'Ukraine – et récupérer au passage les territoires historiques perdus dans le premier dépeçage, au XVIIIe siècle, Wilno en Lituanie, Lwow en Galicie, n'étaient-elles pas le berceau de Kosciuszko, du poète national Adam Mickiewicz, de Pilsudski lui-même ? Si l'on ajoutait à cela que les occupants avaient mis en place des administrations locales, et que des minorités germanophones, russophones ou tchèques n'étaient pas prêtes à se laisser faire, on avait toutes les conditions réunies d'un monstrueux bordel.

— Un bordel sans nom, avait répété le capitaine. Vous aurez le froid, la boue, la neige, la famine, le choléra, attendez-vous au pire !

Le pire ? C'est ce qu'il lui fallait, avait-il répondu d'un air bravache, en se disant qu'il lui faudrait trouver d'urgence des cartes, car les noms égrenés lui étaient parfaitement inconnus…

C'est ainsi qu'il s'était retrouvé lieutenant de la Croix-Rouge dans un immense nulle part épuisé par trop de guerres, ravagé par les épidémies, traversé de groupes hagards en lutte les uns contre les autres, et parfois contre eux-mêmes, où les alliés d'hier se déchiraient le lendemain. Le capitaine n'avait pas menti. La détresse des gens dépassait l'imagination, leur férocité ou leur générosité aussi, selon les circonstances. Ceux qu'il avait secourus un jour l'attaquaient le lendemain, leurs forces retrouvées. Il avait failli y rester, pris entre deux feux par les Tchèques, alors qu'il les filmait, mais un détachement envoyé en renfort l'avait exfiltré de justesse – jusqu'à Vienne. Dans l'attente d'une autre mission.

— Dites-moi que c'est une blague ! Bon Dieu, on n'avait pas besoin de ça…

Le capitaine, incrédule, s'était fait raconter par deux fois leur aventure, les officiers rassemblés à la hâte échangeaient des regards consternés. Les Italiens devenaient des bêtes fauves que nul ne contrôlait plus. Une de leurs casernes avait été attaquée dans la nuit. Par un parti de soldats autrichiens exaspérés. Ou par des jeunes qui s'organisaient en bandes dans les faubourgs, et s'armaient on ne savait comment…

— Je ne vous fais pas de reproches, notez bien. Mais, bon, ça ne pouvait pas tomber plus mal.

Croix-Rouge ou pas, il fallait s'attendre à une attaque en règle, d'ici à quelques heures. Le plus urgent était de les mettre à l'abri. Un train spécial était en formation. Une affaire de deux ou trois jours, en principe. Pour quelle destination ? Il gloussa, comme s'il trouvait la plaisanterie fameuse.

— Pour Varsovie. Varsovie, ça vous connaît, n'est-ce pas, Schoedsack ?

Ça, pour connaître… Quelque part, là-haut, un dieu fou jouait le monde aux dés. Avec qui ? Le diable, peut-être bien. En attendant, il allait établir leurs ordres de mission, fit le capitaine, en feuilletant distraitement les papiers présentés par Cooper – le seul dont le visage s'était éclairé à l'annonce de sa destination. D'où sortait-il, celui-là, avec son sabre ridicule ?

— L'agence d'Herbert Hoover, c'est bien ça ? Bon sang, il en naît une nouvelle tous les jours. Humanitaire, hein ? Là où vous allez, le mot n'a plus grand sens. Enfin, vous verrez avec l'ambassadeur, à Varsovie. En attendant, vous serez lieutenant de la Croix-Rouge, d'accord ? Cooper… Merian Cooper… *Merian* ? L'aviateur de Dun-sur-Meuse ?

Et comme Coop hochait la tête :

— Bon sang, j'ai lu des choses… Merian Cooper, oui, c'est ça. Messieurs, nous avons un héros avec nous !

Le héros jetait des regards désespérés vers la porte. Il avait été abattu, oui, comme tant d'autres. Mais il avait eu plus de chance qu'eux. Et ça s'arrêtait là.

Ah non ! Il ne se défilerait pas ainsi. Tous se pressaient autour de lui, ils voulaient voir de près, toucher, écouter le héros de l'Argonne, le sergent Eddie revenait avec un broc fumant – du café ! annonça-t-il, avec un optimisme que l'assemblée assez vite jugea exagéré, il y avait peut-être de l'orge grillé, là-dedans, *mais quoi d'autre* ? Et c'est au supplice que Cooper livra, bribe après bribe, son aventure.

Il avait été de l'offensive de Dun-sur-Meuse, oui. Après celle de Saint-Mihiel et quelques autres, où les meilleurs avaient laissé leur peau…

Il hésitait, la tête baissée, d'un air coupable, comme si avoir survécu était une trahison. Temps effroyable, vent en rafales, cercueils volants pour avions – des Haviland 4, avec le réservoir placé par un ingénieur fou tout juste derrière le siège du pilote, une balle, une seule balle et l'avion s'embrasait, avec l'équipage – tous, ils avaient accepté qu'ils ne reviendraient pas, et s'étaient envolés le cœur léger. Les sept Haviland à peu près en état avaient franchi la ligne de front en direction de Dun-sur-Meuse sous un déluge de fer et de feu, avant d'être assaillis par une nuée de Fokker. Le temps d'en abattre un et douze autres arrivaient, le Haviland de son meilleur ami, Dick Matthews, s'était transformé en torche devant lui, un choc sourd lui avait fait tourner la tête : Léonard, son observateur, venait de s'effondrer. Une balle lui avait traversé le cou.

— Je rebroussais chemin avec les deux bombardiers rescapés quand le mien s'est embrasé à son tour – la rafale d'un Fokker surgi par l'arrière, qui n'était plus défendu. J'ai piqué en vidangeant mon réservoir pour arrêter l'incendie, et j'ai réussi à me poser dans un champ, derrière les lignes allemandes. Fin de l'histoire.

Sûrement pas ! Le capitaine, triomphant, agitait un magazine sorti de ses tiroirs. Tout y était, en détail. Comment, le visage et les mains brûlés, le lieutenant Cooper avait rampé hors du cockpit, résolu à sauter dans le vide plutôt que d'être brûlé vif, quand son mitrailleur, Léonard, avait ouvert les yeux. Encore vivant ! Il avait regagné sa carlingue et, ne pouvant plus se servir de ses mains, c'est avec ses genoux et ses coudes qu'il avait repris les commandes, réussi à piquer vers le sol en espérant que le vent éteindrait les flammes. Miracle, il avait redressé à temps pour se poser dans une prairie.

— Le Fokker s'est posé derrière nous. Dans un demi-brouillard j'ai vu le pilote courir vers nous… Un gentleman, bardé de décorations. Qui a veillé à ce que l'on soit transférés dans un hôpital.

Où le médecin avait fait des miracles, ajouta-t-il en faisant jouer ses mains, couvertes de cicatrices.

Et Léonard, autre miracle, avait survécu : la balle lui avait traversé le cou, sans toucher d'organe vital. La suite ? Une captivité banale…

Pas tout à fait, rectifia le capitaine : c'est la fin de l'histoire, qui l'avait rendue célèbre.

Il y avait de cela quelques mois, un jeune homme que le journaliste décrivait « vêtu d'une grosse veste de velours d'où dépassait le col déchiré d'un vieux pull-over » s'était présenté au QG de la Croix-Rouge, à Paris… venu « prendre des nouvelles de son ami Léonard ». Cooper et Léonard officiellement déclarés morts, après des semaines de recherches !

— Mais le plus beau… Figurez-vous qu'il a demandé au commandement militaire de partir à la recherche de ses autres camarades portés disparus. Et il les a retrouvés, un par un, morts ou prisonniers ! Messieurs, j'avais bien dit : un héros.

Tous se pressaient autour de lui, lui serraient la main, le criblaient de bourrades amicales tandis qu'il appelait du regard Shorty à son secours.

Fichu sudiste ! songeait ce dernier. L'enfant lecteur de *Don Quichotte* avait trouvé dans l'aviation l'équivalent des tournois de chevalerie des temps jadis – cette manière qu'il avait eue de dire son adversaire un « gentleman » ! Au fond, il n'avait rien vu de la vraie guerre, dans la boue, le sang, la merde, rien vu des corps pourrissant sur les routes, le ventre gonflé, les chiens et les rats déchirant leurs entrailles, rien, de la pourriture des tranchées, des bêtes humaines enfoncées dans la glaise, se confondant peu à peu avec elle. Rien – juste la vie d'un camp de prisonniers. Où il devait avoir, en plus, des conversations « entre gentlemen » avec les officiers allemands. Shorty allait s'en irriter quand il surprit le regard de son ami, tellement lointain, absent. Où était-il, en ces instants – resté près de ses compagnons disparus, ou plus loin encore, en un royaume où nul ne pénétrait ? *Il aurait préféré être mort*, se dit-il, *coupable, il se sent coupable !* Ce sabre qu'il se refusait à lâcher était pour lui comme le dernier fragment de son monde en allé. Une seconde, il l'imagina chevauchant son avion comme un destrier, fonçant sur l'ennemi en brandissant son sabre, et il dut sourire, car Cooper se raccrocha à son regard. Sudiste ou pas, quelque chose le liait désormais à cet homme-là. Comme s'ils partageaient un secret.

II

Une affaire d'honneur

Varsovie, mars 1919

— Assez parlé de guerre, de morts, de ce qu'on va trouver, là-bas ! décréta Coop en se roulant dans une couverture, près de la vitre, Shorty, si tu nous parlais d'Hollywood, pour changer ? Un peu de rêve, ça ne nous ferait pas de mal...

Il sortit sa pipe, en s'excusant par avance : question odeur, ce ne serait pas du plus pur virginien. Il y eut au-dehors un roulement de sifflets, des cris, le train cracha en hoquetant une épaisse fumée noire, ils étaient partis. Après deux jours d'inquiétude, pendant lesquels le capitaine avait joué les innocents face aux Italiens furibards. Ils étaient une vingtaine de volontaires pour Varsovie, dans le train spécial tant attendu – mais la moitié des secours chargés à Paris, vivres et médicaments, étaient restés à Vienne et il faudrait peut-être se battre, avait prévenu le capitaine, pour que le reste du chargement arrive à bon port. Une jeune recrue voulut entonner un chant altier, mais nul ne reprit son refrain : la plupart étaient des vétérans et ils savaient trop ce qui les attendait, à l'arrivée. La nuit les enveloppa au sortir de la gare, et chacun se cala comme il pouvait dans les wagons. Les sièges étaient de bois, les voitures puaient la pisse et le vomi, le voyage promettait d'être long et froid.

J'ai vu un film de Douglas Fairbanks, autrefois, dit doucement un grand gaillard. De Fairbanks, oui, renchérit un autre – il ne se souvenait plus du titre, mais l'acteur sautait de vergue en vergue, à vous donner le tournis. Mabel Normand, dit un troisième, à mi-voix – elle était avec Charlie Chaplin, et puis...

Juste quelques images tremblées d'un monde qui avait été le leur, jadis. C'était si loin ! Le silence retomba, traversé de soupirs, que Cooper brisa de nouveau.

— Vous savez qu'il a travaillé avec Mack Sennett ? Allez, Shorty, raconte-nous ! On a toute la nuit devant nous.

Shorty se réfugia prudemment derrière un nuage de fumée, prit le temps de se caler, déplia ses longues jambes. Par moments il se demandait si c'était lui, vraiment, s'il n'avait pas rêvé.

Il n'y a pas grand-chose à en dire, vous savez, commença-t-il, mais devant les mines qui s'allongeaient il poussa un soupir, à son tour.

— La cambrousse. C'était juste la cambrousse ! Rien qu'une bourgade endormie, à 15 bornes de Los Angeles. Pas de rues, des routes bordées de poivriers et de palmiers, des pistes entre les vergers d'orangers et de citronniers, qui se perdaient au flanc des collines. De grosses maisons enfouies sous les fleurs, les poinsettias et les eucalyptus. Les fleurs ! Au printemps, tout fleurissait d'un coup – jusqu'aux caniveaux, qui débordaient de lupins et de coquelicots. Et puis les troupeaux qui passaient dans la plaine, les jappements des coyotes la nuit... Le paradis ! C'est d'ailleurs pour ça que des gens s'y étaient installés...

Ses compagnons le regardaient, surpris : ce n'était pas exactement ce qu'ils attendaient.

— Alors imaginez quand une bande de sauvages a fait irruption chez eux, dans un vacarme de tous les diables ! Pour eux, un peu comme une attaque de diligence. Ou de train.

Leur réaction avait été : Dehors ! Dehors par tous les moyens. Impossible de trouver à se loger. Les annonces de location se terminaient invariablement par : « Ni "movies" ni animaux ». La banque à l'angle de Sunset Boulevard et d'Hollywood Boulevard refusait même les dépôts des « movies ». Et bien sûr tous les lieux chics leur étaient interdits.

— Les « movies » ! Pour eux, nous étions des gueux. Des parias. Des bandits !

Des bandits, c'est bien ce qu'ils étaient, d'ailleurs. En tout cas, dans les premiers temps, à New York et Chicago. Les producteurs les plus puissants avaient passé alliance avec Edison, qui avait des brevets sur à peu près tout, depuis les caméras jusqu'aux perforations des pellicules, et leur Trust entendait imposer sa loi aux rebelles – en engageant des gangsters, s'il le fallait.

— Une vraie guerre, quand les rebelles indépendants ont répondu du tac au tac. Trop d'argent en jeu…

— Sûr ! Mon frère s'est fait un fric d'enfer, à l'époque.

Tous se tournèrent vers l'homme qui venait de parler, au fond du wagon – Luigi, d'ordinaire taciturne :

— Il était du gang de Jo Costello, dans le Lower East Side. Presque tous les jours Jo l'appelait : « Toni, tu veux te faire 20 dollars ? » Et hop, Toni filait avec ses potes à l'adresse indiquée. Sur un tournage. Sur le trottoir où arrivait l'équipe technique adverse. Une balle dans la caméra, et c'était réglé. Ou bien ils piquaient la caméra, pour la revendre en douce. Ou ils fichaient le feu, la nuit, à un studio. Ni vu ni connu. Avec les produits stockés dedans, des fois le feu partait tout seul – comment savoir ? Des fois c'était plus compliqué : les autres arrivaient avec des gars armés jusqu'aux dents et ça tirait dans tous les coins.

Luigi gloussa, les yeux brillants. Sûr, c'était le bon temps.

— Et puis, quand Toni passait chercher son fric, Jo lui disait : dis donc, puisque tu es là, Vitagraph cherche des acteurs pour un film. Gangster, tu sauras jouer ça, non ? Et Toni se faisait 10 dollars de plus. C'est pour ça qu'il y a tant de films de gangsters ! Ils en avaient des vrais sous la main.

Visiblement, la chose le plongeait dans le ravissement. Ce frère devait lui ressembler comme un jumeau, se dit Cooper. Petit, vif, l'œil et le cheveu noir, toujours prêt à la bagarre.

— Ils les recrutaient comment ? Par petites annonces ?

Luigi le regarda, interloqué. Il sortait d'où, celui-là ?

— Qu'est-ce que tu crois ? Ils venaient du même quartier. Tenderloin. Le Bronx. Le Lower East Side. On a tous grandi ensemble. Youpins, Russes ou Polaks, Ritals, négros. Dans le trou du cul du monde.

Les « installés » avaient le théâtre, l'opéra – mais le cinéma ! Aucun d'eux n'y croyait. Un amusement pour le bas peuple. Du coup, les jeunes les plus à la coule du ghetto s'en étaient emparés. En projetant ce qui existait, des bobines de 10 ou de 20 minutes, dans des salles crasseuses, minuscules. Et puis en se lançant à leur tour dans la production, pour répondre à la demande. Toujours sur le fil du rasoir. Avec pour seules règles celles de la rue. Et l'argent des bootleggers, souvent.

— Les hommes de main du Trust ! intervint Schoedsack. C'est ce qui a poussé Allan Dwan, le meilleur réalisateur que j'aie connu, à quitter l'Est pour la Californie. Comme il craignait une expédition punitive, il avait choisi une bourgade perdue près de San Diego et embauché quelques cow-boys. Un homme arrive un jour, l'air sournois, qui « voulait voir le patron ». Pas besoin de lui demander ses papiers pour comprendre d'où il venait. Allan l'a invité à faire quelques pas, à l'écart. À hauteur d'un arroyo, au fond duquel traînaient quelques canettes de bière, l'homme tout d'un coup sort son flingue, tire sur une canette – et la manque. Allan, impassible, a dégainé à son tour et fait mouche trois fois de suite. Le type a rebroussé chemin, pour tomber nez à nez avec les cow-boys, Winchester à la main. À partir de là, Allan a pu tourner son film. Voilà, c'était ça, le cinéma à ses débuts, en Californie…

Cooper, éberlué, hochait la tête.

— Mais il n'y avait personne, disons, de normal dans cette affaire ?

— Normal ? Mais il fallait être fou pour se lancer dans le business ! Et être prêt à la bagarre pour ne pas se laisser bouffer tout cru.

Au cas où Cooper aurait gardé quelques restes d'innocence, Luigi entreprit de l'affranchir, avec des airs gourmands. Son frère, décidément, avait été un grand bavard. Ou lui-même ne s'était pas contenté d'être son confident.

— Mais c'était avant, tout ça. Aux débuts – mais ça ne dure jamais. Sûr, ça doit être fini…

Le train ralentit dans un bruit de ferraille, toussa, cracha, et finit par s'arrêter dans un concert de crissements.

— Tiens, en parlant de gangsters…

Cooper se pencha à la fenêtre. On n'y voyait pas grand-chose, dans la lumière tremblante de ce qui paraissait une petite gare de campagne.

— Ça m'a tout l'air de soldats autrichiens…

— On est à la frontière ?

— Non, c'est trop tôt.

On entendit des éclats de voix. Le capitaine revint vers eux, pâle de colère.

— Ils prétendent bloquer le train. Un vol de vivres et de médicaments, d'après Vienne. Du coup, ils veulent saisir notre chargement. Bon sang ! C'est cousu de fil blanc…

Tous se portèrent vers l'avant, où le sergent autrichien regardait ses pieds avec application : les ordres étaient les ordres, et… Que les papiers fussent en règle ne paraissait pas l'émouvoir.

C'est alors que Cooper surprit son monde. Écartant le capitaine, il se campa devant le sergent, et aboya si violemment que le sergent, surpris, se redressa en claquant des talons. Et à l'étonnement de tous il parut se décomposer sous la mitraille, sembla découvrir avec le plus vif intérêt les papiers qu'il tenait à la main, les tendit à Cooper et sortit en claquant une dernière fois des talons.

— Ça, tu peux m'expliquer ?

— Oh, dans mon camp j'ai eu le temps d'observer les officiers allemands. Leur manière délicate de donner les ordres. Et puis le temps aussi d'apprendre un peu d'allemand. La manière, mon cher, tout est dans la manière.

— Mais tu lui as dit quoi ?

— Que je représentais le commandement allié. Et que s'il s'amusait à ce petit jeu, je me chargeais personnellement de l'envoyer en camp d'internement…

— Tout de même, Shorty, dit Coop, après avoir rallumé sa pipe comme si de rien n'était, je ne t'imaginais pas fricotant avec les gangsters…

Les regards se tournaient vers lui : ce type n'avait donc pas de nerfs ? Mince, il venait de les sortir d'une tentative de hold-up ! Un coup de chance, grommela le capitaine, que l'on sentait chagrin : l'épreuve de vérité était un peu plus loin, à la frontière tchèque. Comme le train traversait juste le pays, sans s'y arrêter, il n'était pas besoin de visa. En principe. Mais que valaient règles et documents dans ce vaste foutoir ?

— On verra bien, à la frontière, coupa Luigi, dont l'estime pour son supérieur semblait avoir été revue à la baisse. D'ici là on a tout notre temps.

— À Edendale, m'avait dit un copain docker… commença Shorty, songeur, surpris de se trouver tout à coup submergé par tant de souvenirs qu'il croyait en allés.

« À Edendale, tu peux pas te tromper. Heureusement qu'un gars m'a pris en camionnette. Une sacrée trotte ! Quinze bons kilomètres de L.A. Alors comme ça tu cherches les « movies » ? Ben oui, paraît qu'ils embauchent. Le gars a craché son jus de chique par la vitre : m'est avis que c'est juste une bande de cinglés. Finiront en taule, sûr et certain. Mais ils paient bien, à ce qu'on dit. Sauf que… où c'est, Edendale ? Ben, ici, m'a dit le gars, pile où on est. Ici ? On était en plein champ. Quelques hangars, de-ci, de-là, des vergers. Tu m'as bien dit Sennett, non ? Il a rigolé, en me montrant un hangar sans plus de toit : ben, c'est là ! Et il m'a laissé sur le bord de la route. Les studios, c'était ça, à l'époque : des hangars, des granges louées aux paysans dont on enlevait les toits pour profiter du soleil au maximum. Ou alors juste un terrain, qu'on délimitait par des bâches tendues.

« Et le tout ouvert aux quatre vents ! La prochaine fois que vous irez au ciné, regardez bien les scènes d'intérieur… On les tournait en plein air. Des fois, les napperons, les cheveux, les rideaux volaient. Monsieur Sennett, il faudrait reprendre la scène, on a eu un coup de vent. Et alors ? On voit bien que ce ne sont pas vos dollars ! Un film devait être tourné, monté, prêt à être diffusé en une semaine. Le plus drôle, c'est qu'à la projection les gens n'y voyaient que du feu !

« J'ai été engagé tout de suite. C'est toi, le gars qui doit sauter du toit sur un cheval au galop ? Euh, non… Mais tu veux quoi, alors ? Être cameraman ! Pas de chance, mon gars, on a ce qu'il nous faut. Un gars tout mince passait par là, qui lance : prends-le, il a l'air costaud, il portera ta caméra ! C'était Mack Sennett. Et c'est comme ça que j'ai débuté. Tout le monde, à l'époque, apprenait sur le tas.

« Le gars qui m'avait pris dans sa camionnette avait raison : une bande de cinglés, qui couraient en tous sens en hurlant. Mais quelles rigolades ! Dwan m'a raconté l'arrivée de Mack Sennett… Il sort juste de la gare avec son équipe quand il voit une procession s'avancer avec bannières, chants et tout. Vite, il dit à un technicien de préparer sa caméra, envoie un gars chercher une poupée dans un magasin à deux pas, la donne à Mabel Normand – elle débutait à l'époque, jolie à rendre fous les plus coriaces –, qui la roule dans un châle, et se précipite en brandissant le bébé, hurle son désespoir. À l'aide ! Il m'a abandonnée, le vil séducteur. Ayez pitié d'une pauvre enfant ! Les hommes s'arrêtent, l'entourent. Quel est le salaud qui vous a fait ça ?

C'est alors que Ford Sterling, son acteur, s'avance, désigne un des hommes en criant : c'est lui ! Je le reconnais ! Protestations, bagarre, arrivée des policiers, fuite de Sterling, poursuite – et pendant tout ce temps Mack tournait. Voilà comment on faisait un film pour pas cher.

« Tous les jours, Mack lisait la presse, ou donnait la pièce à ceux qui lui filaient un tuyau. On allait détruire une usine ? Les *gagmen* devaient imaginer une histoire dans l'heure, et, même sans histoire, on se précipitait avec deux ou trois acteurs, ils se poursuivaient sur les toits pendant que les ouvriers, les vrais, hurlaient : fichez le camp, nom de Dieu, ça va sauter ! Et quand ça sautait, on lançait les acteurs dans le nuage de poussière, les vêtements en haillons, pour les filmer en ressortant, hagards. Et puis on bricolait ensuite une scène, par exemple une frêle jeune fille enchaînée sur un tonneau de poudre avec une mèche allumée.

« Une fois, à Hollywood, je tournais une histoire tragique supposée se dérouler en Hollande, je crois bien, au XVIIe siècle. Tout était prêt, les filles, les hommes en costumes, les hallebardiers en armure – non, ça ne va pas, hurle le réalisateur. Le décor est nul ! J'avais dit un intérieur hollandais, pas un salon californien ! Trouvez-moi un truc hollandais, ou je ne tourne pas ! Les gars partent en chasse de vieux meubles, et cinq minutes après l'un d'eux arrive portant une sorte d'énorme rouet. Parfait ! On démarre. La jeune fille à genoux tord ses bras de douleur, aux pieds d'un père inflexible, les hommes d'armes vont l'entraîner quand une dame arrive, folle de rage : mon rouet ! Vous avez volé mon rouet ! Elle rentre dans le cadre, soulève son rouet, trop lourd, essaie de le tirer, un hallebardier la ceinture, le réalisateur fou de rage rentre dans le cadre à son tour… Moi je continue à tourner. Au dérushage tout le monde hurlait de rire – le réalisateur n'a fait ni une ni deux, a appelé ses *gagmen* : les gars, vous m'inventez quelque chose à partir de ça ! La tragédie est devenue un film comique et quelques heures après on tournait la suite.

« Le génie de Mack Sennett c'était cela : faire de la rue son studio. Filmer les gens en situation, et s'il n'y avait pas de situation… eh bien en créer une. Bientôt, tous les habitants d'Edendale, de Culver City, d'Hollywood sont devenus ses figurants. Gratuits, ça va sans dire. Sauf les flics.

C'est bien connu, les taciturnes, lancés, font les plus grands bavards. On ne l'arrêtait plus, comme si le flot des images l'emportait sans qu'il pût le freiner. Et tous se serraient autour de lui, le vacarme du train avait disparu, comme la puanteur du wagon, et les ténèbres hostiles où ils s'enfonçaient.

— Imaginez : ces bourgeois, ces rentiers venus profiter du paradis, précipités dans ce délire ! Ils se promenaient dans la rue quand tout à coup une voiture folle fonçait sur eux, remplie de types hurlant d'épouvante, le conducteur brandissant le volant détaché de l'axe de direction. Ou bien une vraie banque se trouvait attaquée sous leurs yeux, ça tirait dans tous les coins, les flics arrivaient, sirènes hurlantes, s'écroulaient sous les balles, les passants s'égaillaient en tous sens, terrorisés, plongeaient dans la poussière, se cachaient sous leur voiture, et tout d'un coup : « Merci, messieurs-dames, pour votre collaboration ! » Des Vikings vêtus de peaux de bête croisaient dans la rue des Indiens sur le sentier de la guerre, des cow-boys traversaient au galop la pelouse que vous veniez de tondre et encore heureux quand des fauves loués à un cirque de passage ne s'échappaient pas entre deux prises ! Un jour « Suicide » Lehrman – « Suicide » était son surnom, donné par des cascadeurs estropiés –, bref, Suicide devait tourner l'irruption d'un lion dans la cour d'une ferme, mais rien n'allait, le lion était dans un piteux état, quasiment édenté, les acteurs manquaient de nerfs. Exaspéré, il embarque le lion dans un camion, le lâche en plein carrefour, au centre de Culver City. Là, pour le coup, on a eu du spectacle, courses éperdues, hommes sur le toit des voitures ou se barricadant. Il y en avait un, le pauvre… presque obèse, il essayait de grimper à un poteau, mais glissait à chaque fois. Épuisé, il a fini par se laisser tomber au sol. Le lion, un peu éberlué, s'est penché vers lui, en le poussant du museau, comme s'il voulait engager la conversation : Excusez-moi, je me suis perdu, pourriez-vous m'indiquer le chemin ? Lehrman applaudissait : Eh bien, on n'a pas perdu la journée ! Ça aurait été juste un peu embêtant si l'obèse était mort d'une crise cardiaque, évidemment…

« Les seuls à être payés étaient les flics. 3 dollars par jour. En dehors du service, bien sûr. Mais en uniforme. Sennett leur collait de grosses moustaches. Et hop ! Poursuites frénétiques, coups de pistolet – comment les gens auraient-ils pu distinguer les vrais des faux, *puisque c'étaient les mêmes* ?

Deux hommes qui s'affairaient depuis un moment dans le fond du wagon s'avancèrent en ahanant, portant ce qui parut être un poêle.

— On l'a trouvé dans l'autre wagon ! À la halte, tout à l'heure, Duane me dit : « Herbie, viens, on va surveiller notre chargement, des fois que ces enfoirés essaieraient de nous le piquer. » On monte dans le wagon, et Duane a repéré l'engin, derrière les caisses…

Pour un poêle, il avait une drôle de forme, mais au bout de cinq minutes il dégageait une chaleur bienvenue. Duane rigola en douce.

— Je l'ai reconnu tout de suite. Il y avait le même dans le bistrot russe de ma rue, à New York.

Et comme tous le regardaient, intrigués :

— Un samovar ! Le vieux Vladimir m'avait montré comment ça fonctionne. Je m'y suis assez brûlé les doigts quand j'étais gamin !

Le gros réservoir d'eau, dans la partie ventrue, doté d'un robinet, le foyer rougeoyant, au-dessus, lui-même couronné par une grosse théière, dans laquelle préparer un thé noir plus que concentré, qu'on allongeait d'eau bouillante prise au robinet… Pour l'eau, une bonne partie des réserves du voyage y passa. Pour le foyer, une pelletée prélevée dans la chaudière de la locomotive. Mais le thé ? Herbie brandit un petit sac de toile : pendant que ces messieurs traitaient des questions importantes, il avait négocié avec deux des soldats autrichiens. Un dollar contre le sac. Chacun sortit sa timbale, tandis que sifflait le samovar. Alors Shorty, tu nous racontes ?

— Les poursuites ? Vous faisiez comment ? Moi, c'est ce qui me faisait le plus rire…

— C'était la spécialité de Mack Sennett ! Toujours plus folles, toujours plus frénétiques. L'équipe de *gagmen* travaillait à jet continu. Pendant les tournages. Tout s'arrêtait. Ils cogitaient une heure, sifflaient une bouteille de bourbon, s'étouffaient de rire, et ça repartait.

Pour pimenter la chose, Sennett avait imaginé les glissades. Au petit matin, quand tous dormaient encore, son équipe répandait de l'huile sur la chaussée et ils filmaient ensuite les dérapages. Celles prévues dans le scénario – il avait imaginé en particulier une Ford à volant rétractable qui faisait toujours son effet – mais aussi celles qui suivaient, des habitants, des voitures privées, des gosses en route pour l'école, parce que évidemment il ne nettoyait pas la rue après ses prises.

— Sous l'avalanche des plaintes, il a fini par remplacer l'huile par du savon. Voilà, c'était ça, Hollywood. Une bande de gosses en délire. Mais le plus extraordinaire c'est qu'au bout de quelque temps tous avaient fini par s'y habituer.

— Et tous les trucages ? demanda Cooper. Ces voitures qui passent de justesse devant un train arrivant à toute allure ? Les gars qui sautent dans le vide ? Les voitures qui explosent après une demi-douzaine de tonneaux ? Je me suis toujours demandé comment vous vous y preniez…

— Mais… en les tournant ! Qu'est-ce que tu crois ? Que Sennett louait un train ? Non : la voiture attendait l'arrivée du train, moteur en marche et le conducteur avait intérêt à viser juste. Trop tôt, il fallait attendre le prochain train.

— Et trop tard ?

— Valait mieux pas. Pour le conducteur.

On se récria. Et il n'y avait pas eu de morts ?

— À la fin, des acrobates de cirque ont commencé à arriver, attirés par la paie. Mais au début le régisseur passait juste sur les docks : salut les gars, qui veut gagner dix dollars dans la journée ? Personne ne demandait pourquoi. Tous levaient la main. Bientôt il n'a pas eu à se déplacer : les gars attendaient devant la grille, chaque matin. Dix dollars ! Cela valait la peine, même si on se luxait l'épaule, ou une cheville. Et puis, Sennett payait l'hôpital. « Vous faites partie de la famille quand on vous accueille à l'hôpital par votre prénom », disait Talmadge, le plus casse-cou de tous : le gang du Mercurochrome !

« À l'écran, il fallait que la scène vous fasse hurler de peur. Alors, imaginez, nous, pendant le tournage… La casse était telle, au début, que la justice a interdit les cascades – et il a fallu les tourner clandestinement, ce qui aggravait encore les risques. Très vite, il a fallu trouver des experts pour les régler, Del Lord, qui avait été coureur automobile, Lefty Hough, Carl Harbaugh, un vrai salaud, celui-là, qui prenait plaisir à casser ses gars, Lehrman dit "Suicide"… Officiellement, ils étaient là pour contrôler les risques. Mais surtout pour aller toujours plus loin, surpasser les folies du film précédent. Quand j'y repense aujourd'hui, je me dis que, dans toute cette aventure, il y avait quelque chose comme une course avec la mort.

Nous habitons nos rêves, dit soudain Isy, qui jusque-là n'avait pas pipé mot – Isy, surnommé le Rabbin car il avait fait des études religieuses avant d'être précipité en enfer, comme eux tous, et qui avait pris la manie de penser à voix haute. C'est qu'il en avait, des questions à poser à Dieu !

— Nous habitons nos rêves... Et ce sont eux, en retour, qui nous font habiter le monde.

Et comme tous le regardaient, perplexes :

— Vous n'y avez jamais pensé ? Vous vous promenez dans un bois, vous y cueillez des champignons, la tête baissée – ce bois vous le connaissez comme votre poche, tellement d'histoires, d'aventures vous rattachent à lui ! Vous avancez le cœur léger, tout à votre cueillette, et puis tout d'un coup, peut-être êtes-vous allé trop loin ? Vous vous redressez et vous ne reconnaissez plus ce qui vous entoure. Perdu ! Vous n'avez jamais vécu ça, ce moment de panique ? Et tout devient hostile, alors, menaçant, et c'est le même bois, pourtant... Ou bien c'est votre maison, après une longue absence, qui vous semble, un bref instant, étrangère. Ou un bruit qui vous réveille en sursaut, que vous n'identifiez pas, et cette panique, encore, quand ce qui vous entoure vous paraît étranger...

— Pourquoi, poursuivit-il, comme s'il se parlait à lui-même, pourquoi nos légendes, nos mythes, tant d'histoires ? Ça ne vous a jamais paru bizarre, ce besoin que nous avons, partout, depuis toujours, de nous raconter des histoires ? Moi je crois que c'est pour habiter l'inconnu du monde. Nous sommes tous des enfants perdus dans les forêts obscures – et nos histoires sont comme les cailloux laissés par le Petit Poucet pour se diriger dans le noir...

— J'y avais pas pensé, convint Luigi, mais c'est pas faux. Non, ce n'est pas faux. Mais pourquoi tu nous dis ça ?

— C'est Shorty, à propos d'Hollywood, du réel et du rêve... L'usine à rêves ! Enlève nos rêves, enlève nos histoires, et le monde nous dégringole dessus, toutes griffes dehors, nous écrase, nous engloutit. La guerre ! Elle tue les rêves. Des fois, je me dis qu'elle n'a pas d'autre but. La meilleure preuve : regarde ce qu'elle a fait de nous – des étrangers. Des étrangers à nous-mêmes, plus fichus de pouvoir rentrer...

Décidément, soupira un de ses voisins, Isy avait le chic pour plomber l'ambiance. Lequel Isy balbutia :

— Mais je voulais juste dire : vive Hollywood !

Le train ralentit dans un long crissement. Le jour pointait, triste et gris. La frontière, dit le capitaine en bouclant son ceinturon.

— Messieurs, c'est le moment de me souhaiter bonne chance…

— Dites, c'est sinistre, dehors, constata Luigi en se penchant à la fenêtre. Et les gars sur le quai m'ont l'air de méchante humeur.

— C'est leur métier, de prendre cet air-là, risqua un autre, sans conviction.

Les minutes passèrent, interminables. Enfin, le capitaine réapparut, la mine défaite, encadré par deux douaniers. Tous étaient priés de descendre.

— Ils refusent le passage. Pas de visa, pas de passage.

— Mais ce n'est pas illégal ?

Ça l'était, mais qu'y faire ? Indifférent aux protestations du groupe entassé dans son bureau, le sergent tchèque se caressait gravement la moustache, d'un air de diplomate confronté à un délicat point de droit. Cette affaire, finit-il par concéder, dépassait ses compétences. Seul son capitaine pourrait trancher. Mais il était en déplacement, pour une affaire importante…

— Il se propose de me conduire à lui. À… bref, dans une ville au nom imprononçable. À une journée d'ici. D'ici là, vous serez consignés dans le train.

— Ou deux jours, précisa le sergent, suave. Peut-être trois ? Le capitaine se déplace beaucoup…

Shorty vit la mâchoire de Coop se crisper, son poing se refermer sur le sabre qu'il n'avait pas quitté. Il se pencha à son oreille.

— Ne fais pas l'idiot, contente-toi de traduire !

Et s'avançant vers le sergent, qu'il dominait de près d'un demi-mètre :

— Nous comprenons bien que nous sommes en faute, sergent. Par négligence, oui. Et que nous vous causons beaucoup de tracas…

Coop jetait à son ami des regards interrogatifs. Shorty leur jouait quoi, exactement ? S'aplatir devant ce jean-foutre ?

— Oui, oui… beaucoup de tracas.

— Et… est-ce qu'une amende, je veux dire payée, là, immédiatement, serait, hum, de nature à compenser ce dérangement ?

Coop s'étrangla : lui faire dire ça, à lui ? Mais le visage du sergent n'était plus que jovialité trop longtemps contenue.

— Absolument.

Il considéra le groupe de l'œil avisé d'un maquignon, il allait risquer un chiffre, se ravisa en considérant le capitaine, qu'il semblait tenir en piètre estime.

— Disons… cinquante francs par personne ?

Ça faisait quoi, en dollars ? Le capitaine blêmit.

— Déconnez pas, les gars. Videz vos poches. Capitaine, puisez dans votre réserve, mais, nom de Dieu, payez !

Et c'est avec des tapes amicales sur les épaules de la part des douaniers hilares qu'ils remontèrent dans le train.

— Un peu de compréhension des choses humaines peut parfois aider, glissa Shorty à son ami.

Coop, jusque-là renfrogné, sourit. Ils étaient tous rincés, mais, bon, ils passaient.

— C'est à ce genre de détail qu'on se découvre encore des goûts de luxe, soupira Cooper en considérant, non sans mélancolie, les ressorts qui perçaient la toile du sommier. Ça ne te file pas l'envie de retrouver Hollywood ?

Un jeune délégué de la Croix-Blanche, dès leur arrivée, les avait conduits à l'hôtel Bristol – sous ce nom prestigieux, une grande bâtisse qui avait dû connaître des jours meilleurs. Dans la lumière pauvre, rien, au sortir de la gare, ne leur avait paru différent de Vienne : des rues glaciales, boue et neige partout. Vers le centre de la ville des drapeaux nationaux flottaient au fronton des immeubles, des hôtels et des bars – et des groupes frigorifiés, de loin en loin, se réchauffaient en entonnant des airs martiaux. *Jeszcze Polska nie zginela / Kiedy my zyjemy*, avait clamé fièrement le délégué : demain il partait libérer Poznan des griffes des Allemands. Duane et Herbie étaient arrivés bons derniers, titubant sous le poids du samovar qu'ils ne voulaient plus quitter, mais leur invite d'une dernière tournée était restée sans écho : chacun n'aspirait plus qu'à un bon lit.

Enfin, au moins, à un lit. Les leurs avaient rendu l'âme depuis un moment, et pour autant qu'on pût en juger dans la semi-obscurité, le reste de la chambre pareillement. Au moins, on y a vécu intensément, dit Cooper en reniflant : aux odeurs de moisi se mêlait *quelque chose d'autre* qui témoignait d'une récente et trop humaine débâcle. Non, pas d'autre chambre, avait grommelé l'homme qui somnolait à la réception – et en réponse à leur demande, au moins, d'un soupçon de chauffage il avait levé une paupière lasse : « *Popsuta.* » Hors service. Tout paraissant *popsuta*, ils s'étaient allongés sur leurs grabats sans faire d'histoires. Demain serait un autre jour.

— Peut-être est-ce mon usine à rêves à moi qui est en panne…

La guerre. La guerre avait tout changé.

— J'ai connu un type, à Issoudun… De Des Moines, je crois. Chaque soir, il écrivait sa journée. Sur n'importe quoi, des bouts de papier récupérés, qu'il entassait dans une boîte à biscuits. Pour comprendre ce qu'il venait de vivre, qu'il disait, avec un doux sourire. Mettre un peu d'ordre, quoi, dans ce foutoir. Les autres haussaient les épaules : le pauvre, il vire cinglé. Mais qu'est-ce que je faisais d'autre, moi, avec mes images ? Et je ne sais même pas où elles sont, ni ce qu'on en a fait… Au moins, ce que je vais tourner ici sera à moi.

Et après un silence :

— Pour plus tard, qu'il disait… Je l'ai vu partir en morceaux, explosé, ses entrailles à l'air, dégueulasses, sa tête fracassée par un obus. Et le pire, avec sa mâchoire de traviole : il avait l'air de rire, lui qui ne riait jamais.

Il se dit que c'est peut-être notre dernière nuit, songea Coop. Qu'on risque de ne plus se revoir. Shorty le taciturne !

— Le Rabbin est un peu bizarre. N'empêche : ça me trotte dans la tête. « Nous habitons nos rêves » ! Tu y avais pensé, toi ?

Très loin, on entendait monter des chants altiers – ce rêve-là allait les précipiter dans la guerre, ricana Shorty.

— Si on n'essaie pas de montrer ce qu'on a vécu, qui le fera ? Et je ne dis même pas « témoigner »… Cette blague ! Tout le monde n'aura rien de plus pressé que d'oublier, quand ce sera fini. Non : juste essayer de comprendre. Pour moi.

Les chants se rapprochèrent, repris de proche en proche, venus aurait-on dit des profondeurs de la ville. Pour moi, répéta Shorty à mi-voix.

— L'autre soir, à Vienne, tu as dit un truc : « Le monstre s'est réveillé. » Je ne serai pas quitte, tant que je n'aurai pas tiré ça au clair.

Tirer au clair, peut-être était-ce ce qui les réunissait tous en un hôtel de Varsovie, cette nuit. Les empêchait de « rentrer ». On pouvait bien signer un armistice, la fin des hostilités, mais comment faisait-on pour retrouver la paix ?

— De toute manière, Hollywood n'existe probablement plus. Enfin, celui que j'ai connu.

Qui pourrait poursuivre comme si de rien n'était ? La fin de l'innocence, sûrement, objecta Coop, mais pas du désir de s'étourdir.

— À Paris, déjà, il y avait de la musique partout, les filles dansaient, riaient – tout le monde veut oublier ! Et d'abord oublier les gens comme nous.

— Ils feront ce qu'ils voudront. Pour moi, c'est ici que ça se passe. Et peut-être même qu'au bout de cette histoire je serai devenu un cinéaste.

Ils restèrent longtemps silencieux, perdus dans leurs pensées. « *Que frio* », gémit quelqu'un, dans la chambre voisine. Si seulement il y avait une table, une commode, une chaise, quelque chose dans la pièce, on pourrait y mettre le feu, soupira Cooper en se battant les flancs pour se réchauffer. Schoedsack, qui depuis un moment considérait la fenêtre, déplia son double mètre : ces rideaux, au moins, pouvaient servir de couvertures…

En se retournant, il sursauta : un singe monstrueux le fixait en hurlant, une massue à la main, une femme aux vêtements déchirés sous son bras. « *Destroy this mad brute !* proclamait l'affiche, *Enlist !* » La lumière de la rue éclairait par à-coups le fond de la chambre et il semblait à chaque fois que le grand singe habillé en soldat allemand, sans doute punaisé là par un militaire américain, bondissait vers eux.

— Bon sang, murmura Cooper, j'ai cru… Un moment j'ai cru que c'était mon gorille ! Celui de mon enfance…

La lumière de la rue, à son tour, vacilla, s'éteignit. *Popsuta* elle aussi.

— Si jamais nous nous en tirons, reprit Coop, après un silence, j'aimerais bien me faire explorateur. Pendant qu'il reste encore des blancs sur les cartes. Les gorges de Brahmapoutre… elles n'ont jamais été cartographiées, à ce qu'on dit, et aucun homme blanc n'y a posé le pied. J'aimerais y aller voir d'un peu plus près, tant qu'il est encore temps. Ça ne te dirait pas ? Tu ferais le film. Et après on se risquerait…

— Dans des jungles dangereuses, pleines de serpents ?

— Et de tigres mangeurs d'hommes…

— De sauvages épouvantables…

— Et de civilisations disparues…

— D'araignées gigantesques…

— J'aime pas trop les araignées.

— Alors des sangsues ?

— Des sangsues.

— Ça serait tout de même plus rigolo que de finir dans un bureau, non ?

— Si nous nous en tirons.

Demain, ils se sépareraient. Shorty partirait vers l'Ukraine, où il aurait sans doute à traverser les lignes russes. Coop prendrait ses instructions auprès de l'ambassadeur Gibson – et fuirait Varsovie, prédisait son ami : toutes les associations de bienfaisance de la planète paraissaient s'y être donné rendez-vous et, de bals en dîners, y animaient une intense vie mondaine. Tout ce qu'il aimait.

Ils se sépareraient demain, mais se retrouveraient. De cela, chacun, en cet instant, voulait s'en convaincre.

Il y eut des bruits de pas, sous leur fenêtre, des chuchotements, des rires étouffés. Voilà au moins ce qui distinguait Varsovie de Vienne, dit Cooper : tout y était peut-être *popsuta*, mais les gens riaient. Une voix grave entonna un chant nimbé de nostalgie et le silence se fit dans la rue, pour l'écouter :

Jeszcze Polska nie zginela
Kiedy my zyjemy

fredonna Schoedsack, et comme Cooper le regardait, surpris :

— La *Marche de Dombrowski* ! Le chant des légions polonaises en Italie, recrutées par Bonaparte… Tu auras tout le temps de l'apprendre, ils l'entonnent à tout bout de champ.

La Pologne n'a pas encore disparu
Tant que nous vivrons

Ce que l'étranger nous a pris de force
Nous le reprendrons par le sabre

— « Le peuple qui ne meurt jamais » murmura Cooper. C'est ce que répétait quelqu'un de très cher à notre famille, quand il passait nous voir. Un Polonais...

Une autre voix se joignit au chanteur, puis une autre encore, et bientôt toute la rue.

— La Pologne est d'abord une musique, que chaque Polonais emporte avec lui où qu'il aille, insistait cet ami : que reste-t-il aux peuples dispersés, sinon le chant ?

La nouvelle Pologne venait de se choisir comme président l'illustre Ignacy Paderewski, le pianiste virtuose...

— Mon arrière-arrière-grand-père, le colonel John Cooper de Savannah, conduisait la cavalerie de Géorgie dans la guerre d'Indépendance, commença Cooper, comme s'il se parlait à lui-même. Et c'est ainsi qu'il a fait la connaissance du général Pulaski...

Le bouillonnant, l'extravagant, le génial Kazimierz Pulaski. Le héros de la cause polonaise, qui avait combattu les Russes, les Prussiens, les Autrichiens jusqu'à ce que, submergé par le nombre, il se trouve contraint à l'exil – et se voie confier par le Congrès américain l'organisation et le commandement de leur première unité de cavalerie. Flamboyant, portant casque à plumes et veste de hussards, expert en guérilla, insaisissable, il était devenu le cauchemar des Anglais. À l'occasion d'un de ses coups de main, John Cooper et lui avaient sympathisé. Bretteur émérite, un des plus brillants de son temps, disait-on, il avait entraîné son nouvel ami jusqu'à en faire son égal, son frère d'armes, son frère tout court – ils luttaient côte à côte à la bataille de Savannah quand Pulaski était tombé sous les balles anglaises.

— Mon aïeul l'a secouru, conduit à travers les lignes jusqu'à l'estuaire de la Savannah, où il est mort dans ses bras. Tous, de génération en génération, nous avons grandi dans le souvenir de cette amitié. Du coup, la Pologne occupe une place particulière dans l'histoire familiale.

Il eut un petit rire gêné :

— C'est un peu une dette à régler qui m'a conduit ici...

Une dette familiale, après tant d'années ? Ce Cooper était un peu spécial, mais tout de même... Qu'était-il venu expier, en remontant si loin dans sa saga familiale ? *Il se sent coupable*, se dit Schoedsack, intrigué. Mais de quoi ? D'être en vie ? D'être un héros ? L'idée le traversa, qu'il chassa aussitôt, que son ami n'était venu en Pologne que pour s'y faire tuer.

C'est alors qu'une voix s'éleva, doucement, dans la rue qu'ils croyaient désertée, et elle disait dans un murmure la nostalgie du pays perdu, la douleur de l'absence…

Blyszza, krople rosy
Mruczy zdroj po bloni

— « *Wionia* », balbutia Cooper – « Le printemps ». Mon Dieu ! Ma sœur Nancy le jouait, quand j'étais enfant. Une petite pièce de Chopin. Si belle… « Les gouttelettes de rosée étincellent / Le printemps chuchote dans les prairies… »

Et c'était comme si la nuit, au-dehors, l'accueillait, le ramenait à lui-même.

— Le temps n'efface rien, poursuivit-il après un silence. Il vous hante, au contraire, comme une ombre, vous ronge… J'avais tellement de colère en moi, alors – et puis que sait-on de la vie à seize ans ?

Une confession, au cas où il ne reviendrait pas, se dit Schoedsack, dans une de ces nuits où il vous semble que tout vous fait signe, où l'on se retrouve face à soi-même…

— Si la Croix-Rouge perd ma trace, coupa-t-il, il y a un petit hôtel, à Paris, rue Gît-le-Cœur, enfin, une pension de famille… la logeuse saura toujours où me trouver.

Mais Cooper poursuivit, comme s'il ne l'avait même pas entendu :

— J'ai mal agi, autrefois. À l'Académie. Jeu, alcool – ce besoin de faire le malin ! Peut-être aussi d'échapper à ma famille. L'histoire familiale ! C'est une spécialité sudiste, celle-là, qui vous colle à la peau…

Il eut un petit rire triste.

— On n'y échappe pas : j'ai essayé. Un mouton noir, oui. À la maison. À l'Académie… Bref, j'ai été renvoyé. Dans des conditions… Le fils du premier magistrat de Jacksonville, renvoyé ! J'ai vendu mon sabre pour payer un peu de mes dettes de jeu, et je me suis enfui. Que nul n'entende plus jamais parler de moi ! Ou alors, qu'une action d'éclat…

Il aurait poursuivi ses va-et-vient sur le Rio Grande s'il n'avait pas lu, un jour, le discours du président Wilson appelant à la création d'un corps d'aviation. L'aviation ! La guerre, en Europe ! Il s'était inscrit à l'École aéronautique d'Atlanta et, brevet en poche, s'était retrouvé en France, à Issoudun, au 201e Squadron – Shorty connaissait la suite.

— Ce sabre… J'étais à Paris, après Breslau, quand j'ai su que le garçon à qui je l'avais vendu, jadis, était à bord d'un destroyer, à Venise. J'ai sauté dans un train, et je l'ai racheté.

Mais pouvait-on racheter une faute ? Les symboles ! dit-il en le serrant contre lui. Et il chantonna, tandis que la voix au-dehors se taisait dans un souffle :

Au-dessus des prairies et des champs il vole
Poussant toujours plus loin son chant
Et cette musique née de la terre
Par lui se transporte jusqu'aux cieux

« Une affaire d'honneur » lui avait-il dit quand ils s'étaient rencontrés. Cooper se cramponnait à son sabre, comme lui à sa caméra : ce à quoi se raccrocher, dans le chaos du monde.

III

La griserie du chaos

Londres, septembre 1921

Des fantômes en haillons surgissaient du brouillard, visages maigres, yeux fiévreux, pour disparaître aussitôt. D'autres, vêtus de noir, portant calotte et longues tresses, allaient sans un regard en marmonnant on ne savait quoi, indifférents aux ordures qui débordaient des trottoirs luisants, légumes pourris, cartons éventrés, chaises brisées. Tout sentait la crasse et la misère. Les écharpes de brume laissaient deviner, de loin en loin, des façades de briques luisantes de suie, des cheminées branlantes penchées sur de vagues entrepôts, devant lesquels les charrettes à bras se mêlaient aux voitures dans un concert de cris et de jurons, mille langues aurait-on dit se croisaient, où Cooper croyait reconnaître parfois des mots de polonais et de russe – mais pas un seul d'anglais. Des gargotes serrées entre des échoppes de tailleurs et des bars à peine éclairés, où l'on devinait derrière les vitres embuées des vieillards fripés jouant aux cartes, proposaient dans une langue improbable anguilles en gelée, carpes farcies, *latkess* de pommes de terre, et l'on se serait cru dans quelque quartier juif de Pologne ou d'Ukraine, à Lwow ou à Kiev, n'étaient les Chinois et les Indiens qui se glissaient dans la foule pour s'engouffrer, furtifs, dans un entrepôt ou une échoppe seulement signalée par deux ou trois idéogrammes.

Brick Lane, avait dit la vieille dame retrouvée à Paris, rue Gît-le-Cœur. Il vérifia une nouvelle fois l'adresse. Un groupe impatient se pressait devant une boulangerie, où un grand échalas aux cheveux rouges découpait de la viande de bœuf en fines lamelles, au côté d'un colosse couvert de farine des pieds à la tête qui pétrissait sa pâte avec des gestes de lutteur, tandis qu'un jeune commis garnissait en toute hâte ses bagels fumants (*beigels*, disait la devanture) de fromage blanc et de cornichons, de viande ou de saumon, au choix. L'adresse devait être bonne, car en dépit de la puanteur d'une poissonnerie, à deux pas, la boutique ne désemplissait pas. Il finit par découvrir le numéro cherché, griffonné à la craie sur une porte coincée entre les deux commerces. Shorty n'avait pas engagé de frais superflus de logement…

L'escalier puait l'urine et le vomi. La femme qui lui ouvrit, sur le premier palier, l'agonit d'injures avant de lui désigner l'étage supérieur. Les murs étaient si délabrés qu'à l'instant de frapper il hésita. Combien d'entre eux vivaient leur après-guerre comme un naufrage ? Mais le visage dans l'embrasure de la porte était le même, les traits un peu plus creusés, peut-être.

— Eh bien, tu en as mis, du temps !

Dans la boîte à chaussures qui lui tenait lieu d'appartement, Schoedsack paraissait encore plus grand, encore plus maigre, s'il était possible. Une saucisse grillait sur un petit réchaud à alcool, surveillée de près par un matou aux oreilles en dentelle, qui, craignant la concurrence, cracha en direction du visiteur. « Coop », présenta Shorty :

— L'a sauté un jour par la lucarne. Juste au moment où j'apprenais ton évasion, dans le journal. Il s'est installé sur le lit, en me crachant dessus. Du genre : « Discute pas, c'est chez moi. » Du coup, il est devenu Coop. En t'attendant.

Ils se regardèrent une fois encore, incrédules. C'était comme s'ils s'étaient quittés la veille.

— On n'a pas trop changé, on dirait, risqua Cooper, après s'être raclé la gorge.

Schoedsack le souleva de terre et il était bien le seul à pouvoir s'autoriser pareille privauté.

— Dix-huit mois ! Mais j'étais sûr…

La disparition de Cooper, Shorty l'avait apprise au retour d'une mission en Ukraine – deux cents Polonais à exfiltrer depuis les champs pétrolifères. Laissant là ses hommes, il avait fini par trouver un major Fauntleroy, au QG des forces aériennes, qui ne lui avait guère laissé d'espoir : Cooper était devenu la bête noire des Cosaques de Boudienny, bombardés, mitraillés sans relâche par la ronde infernale des casse-cou yankees. Le général russe avait mis sa tête à prix, et aucune information n'était parvenue, indiquant qu'il pût être prisonnier. L'escadrille avait multiplié en vain les vols de reconnaissance. Chacun essayait de se convaincre qu'il avait pu survivre au crash de son avion et tentait de rentrer à travers les lignes russes, mais l'espoir s'était évanoui au fil des jours. Les miracles n'en étaient que parce qu'ils ne se répétaient pas.

Pourtant, contre toute raison, il avait gardé la conviction qu'ils se retrouveraient, qu'un jour Coop frapperait à sa porte comme si de rien n'était, tenant à la main son sabre de la Navy. Si quelqu'un pouvait survivre à n'importe quoi, c'était bien lui. Et les mois avaient passé…

— Au juste, tu en as fait quoi, de ton sabre ?

— La démobilisation des lascars de l'escadrille a pris des semaines, soupira Coop, en s'asseyant prudemment sur le rebord du lit, surveillé par un matou à l'évidence peu enclin aux concessions territoriales. Et puis – il piqua du nez avec cet air coupable que Schoedsack commençait à lui connaître – des problèmes, hum, très personnels m'ont retenu à Varsovie.

— Une affaire d'honneur, ou je me trompe ?

Coop acquiesça, en rosissant. Dans quoi s'était-il encore fourré ?

— Mais surtout, à Paris, la Croix-Rouge n'a pas été fichue de me dire où te retrouver.

Rentré aux États-Unis, probablement, comme les autres, lui avait jeté une revêche, à l'accueil, l'air de penser qu'il devrait en faire autant. Il désespérait quand lui était revenu le nom si étrange de la rue où trouver la logeuse de son ami : Gît-le-Cœur. Et c'est ainsi que la brave dame, en poussant des soupirs – « un si gentil garçon » ! –, l'avait envoyé à Brick Lane…

— Le sabre ? Envoyé à mon père. Juste avant de m'envoler avec mon escadrille.

Tout en parlant, il balayait la pièce du regard : un taudis, pour faire court.

— De la paraffine, dit Shorty d'un air détaché, surprenant son coup d'œil vers les pieds du lit fichés dans des seaux. Ça bloque les cancrelats. Et les cafards.

C'était encore pire que ce qu'il avait imaginé, songea Cooper. Un oiseau aux ailes coupées. Peut-être était-ce cela qui les attendait tous. Et il n'eut plus en tête que de le sortir de là, de retrouver la rue, dehors, où fêter leurs retrouvailles. Et d'abord en sustentant son ami, qui à l'évidence crevait de faim. La saucisse ferait sûrement la joie de son colocataire, lança-t-il sur le pas de la porte, en soutenant le regard de défi du matou.

— La poubelle de Londres, répétait Schoedsack, en lui faisant les honneurs du quartier. Déjà, à l'époque des Romains, on y entassait les ordures ! Et les morts, aussi…

Puis étaient venus les pauvres hères chassés de leur pays par la misère ou les persécutions, huguenots, Flamands, ouvriers agricoles irlandais, Juifs fuyant les pogroms – pas moins de cent vingt mille, disait-on, en quatre décennies – vague après vague, s'entassant là dans des taudis.

— *Le Peuple de l'abîme*… il faudra que tu lises ça. D'un gars d'Oakland, Jack London. Il a vécu ici quelques semaines, parmi les clochards. C'est peut-être un peu forcé, mais, bon, ça te fiche des frissons.

Le rideau de brouillard se déchirait peu à peu, découvrant les blessures à vif de la rue dévastée, des échappées de loin en loin qui se perdaient en ruelles poisseuses, d'où montait, venu des soupiraux, le bruissement affairé d'ateliers clandestins. Dès le soir venu, une autre vie s'éveillait, dangereuse, de trafics, de prostitution et de crimes. Mais il y avait de la chaleur, aussi, à Brick Lane, insistait Shorty, et de la générosité, souvent. Moshe, chaque matin, lui glissait entre les mains le *Daily Mail* que venait de feuilleter son patron, où il trouvait, caché, un *bagel* encore chaud. Plus haut, Jack the Ripper, le boucher débonnaire qui se promettait de franchir quelque jour l'Atlantique, l'appelait à grands cris : Shorty, quand partons-nous tous les deux ? Et lui fourrait dans la poche, d'autorité, un paquet de « déchets pour le chat » qui se révélaient être un solide beefsteak. Après quelques semaines d'observation, il était devenu l'un des leurs, un de plus dans la vaste tribu des laissés-pour-compte de l'Angleterre, et il s'y sentait bien.

À l'angle d'une rue, il fit halte devant une grosse bâtisse. La Neuve Église résumait l'histoire du quartier, tour à tour huguenote puis méthodiste, avant de devenir une synagogue. Au fronton d'un cadran solaire, on pouvait lire l'inscription, à demi effacée par le temps : *Umbra sumus* – Nous sommes des ombres.

— Gravée par les huguenots, il y a longtemps. Des ombres ! C'est bien ce que nous sommes, non ?

Se souvenait-il de leur conversation, dans le train vers Varsovie ? Jamais plus Hollywood ! Pourtant, rendu à bout de ressources, il avait tenté d'y retourner. Les véritables héros de la Grande Guerre y paradaient : Charlie Chaplin, Douglas Fairbanks, Mary Pickford n'avaient-ils pas donné de leur temps dans les campagnes des Bons de la Liberté qui finançaient l'effort de guerre ?

— Un vétéran ! Forcément, ça dérange. Même s'il la boucle, ça finit par se savoir... Ou alors c'est moi, qui ne supporte plus rien. Si tu voyais leurs films anti-allemands ! Dans l'un, un officier sadique arrache les cheveux d'un enfant, avant de faire fusiller ses parents devant lui. Dans un autre, il viole une jeune femme dans un train, avant de jeter son bébé par la fenêtre.

C'était donc ça, pour eux, la guerre...

— Même Griffith... Tu sais qu'il est venu sur le front ? Il en est reparti vite fait ! Pas assez pittoresque. Et ce salopard a filmé une bataille à son goût dans les plaines de Californie. Alors moi, avec mes pauvres films...

Par chance, un producteur, Lewis Selznick, lui avait proposé de tourner des sujets d'actualité pour ses « Selznick News ». Envoyé spécial à Londres ! Ça sonnait bien. Cinquante dollars par semaine plus les frais. Il était reparti aussitôt.

— Et puis je suis resté ici. En rade. À la porte. Entre deux mondes. Un petit air de Pologne, probablement. Comme si je n'arrivais pas à rentrer. Même ici.

Une ombre, soupira-t-il.

— Pour eux aussi, c'est ce que je dois être devenu. Ça fait trois mois que j'attends d'être payé !

Ainsi donc, on pouvait *réellement* « avoir l'estomac dans les talons ». Où, sinon, Schoedsack aurait-il pu engranger ce qu'il engloutissait ? Les *pirojkis* à la viande et au chou avaient été avalés dans le feu de la conversation, les harengs à la crème aigre pareillement, mais le *tcholent* de bœuf amoureusement mijoté, aux senteurs aigres-douces de miel et de vinaigre relevées d'une pointe de ciboulette, l'avait rendu brusquement silencieux, au point que le serveur du tout nouveau et rutilant

Bloom Restaurant, intrigué puis ému par une si fervente action de grâces, avait fini par poser la marmite sur la table, « avec les compliments du chef ». Ce n'est que le récipient vidé, raclé, saucé, que Schoedsack avait levé des yeux mouillés de contentement.

— Moi qui me demandais à quoi pouvait ressembler la cuisine polonaise…

Le fait est qu'ils avaient surtout eu droit, là-bas, à des ratas innommables. Il se redressa, prit conscience du silence aux tables alentour, et, rosissant comme un gamin pris en faute, émit l'idée qu'une petite pause agrémentée d'une pipe et pourquoi pas d'un vin hongrois de Szekszard, si dense, si velouté, serait la bienvenue, *en attendant la suite*.

La suite, c'était d'abord dix-huit mois à combler. Mais à l'instant de se confier chacun d'eux hésitait, comme si les mots lui manquaient.

— On revient de loin, non ?

— Si on est revenus.

— Ce n'est pas ce qu'on s'était déjà dit à Vienne, la première fois ?

— Je me suis souvent demandé… un fantôme, qu'est-ce qui lui paraît réel : lui, ou le monde extérieur qu'il visite ?

— Des fois, quand je regarde autour de moi je me sens très, très vieux.

Ils n'avaient guère eu le temps d'adieux, à Varsovie, après leur nuit au Bristol. Au petit matin, un envoyé de la Croix-Rouge était passé prendre Schoedsack : un convoi l'attendait, en partance pour Coblence.

Coblence – *en Allemagne* ? Alors que les Polonais se battaient encore contre les Allemands, vers Poznan, que les troupes allemandes, en se retirant, ne laissaient que des ruines, que l'Allemagne jusqu'au bout considérerait la Pologne comme sienne ?

— Le garçon venu me chercher me regardait : où est le problème ? La Croix-Rouge est neutre ! Il s'agissait juste de ramener des médicaments, des vivres, des camions, le plus possible de camions. Pour secourir des civils. Et moi : *des civils* ? Il voulait dire des Polonais bloqués par les bolcheviks ? Par les Tchèques ? Par les Ukrainiens ? Par d'autres Polonais ?

Par les Allemands ? Personne, à la Croix-Rouge, n'avait donc vu que la frontière entre civils et militaires, ici, se brouillait de plus en plus ? Mais non, il continuait à sourire, béat. Et c'est comme ça que nous nous sommes retrouvés sans armes au milieu d'un bordel sans nom, pataugeant dans la neige et la bouillasse, sur des routes défoncées, tirés à vue sans savoir par qui. Si j'avais eu sous la main le crétin qui avait signé notre ordre de mission !

À l'arrivée, le garçon souriait nettement moins. Le plus difficile, pourtant, avait été le retour. La Croix-Rouge de Coblence, en fin de compte, avait fait du bon travail. Une quarantaine de camions les attendaient, remplis du nécessaire. Mais à chaque contrôle se répétait la même scène : des camions pour ces chiens de Polaks ? Vous délirez, ou quoi ? À chaque fois ils s'en tiraient, après des heures de palabres, avec la sensation d'un miracle qui ne pouvait pas se répéter indéfiniment. Dantzig avait bien failli être le point final de l'aventure. Croix-Rouge ou pas, on ne passait pas.

— Tous les officiers du poste étaient rassemblés dans un bureau. Depuis le couloir je les entendais hurler au téléphone, s'engueuler en agitant mes papiers. J'ai fait quelques pas vers la sortie, de l'air de quelqu'un qui va s'allumer une cigarette… Le planton, sur le perron, me regardait, l'œil vide. Et là… qu'aurait fait Merian Cooper ?

Il gloussa, et son visage, un instant, s'éclaira d'un éclair de malice.

— Je l'ai toisé en aboyant, fait le geste d'ordonner le départ et, ma parole… Tu avais raison, ils ont ça dans le sang : le pauvre bougre a claqué des talons, salué ! On a glissé en convoi, doucement, jusqu'à la route, en serrant les fesses. Le temps que les officiers comprennent, on fonçait pied au plancher, droit sur Varsovie et là, plus question de s'arrêter aux contrôles : la course, à bloc !

À bloc, répéta-t-il à mi-voix, avant de s'abîmer dans un long silence, avec un geste las de la main, comme s'il renonçait à lutter contre les ombres. Ils n'étaient plus à Londres, à Brick Lane, au Bloom Restaurant, mais retournés là-bas, d'où ils n'étaient peut-être jamais partis, chacun seul avec ses fantômes.

Les mois s'étaient succédé, dans une horreur qui semblait sans fin. À la famine et à la guerre s'était ajouté le choléra, puis un froid comme la Pologne n'en avait pas connu de mémoire d'homme. On parlait de centaines de milliers de morts, peut-être même d'un million, sinon plus, et malgré cela la furie des combats ne baissait pas, les voisins d'hier s'entr'égorgeaient aujourd'hui.

Depuis la signature de l'armistice, des émeutes secouaient l'Allemagne, jusque dans l'armée. Le traité qui attribuait la province de Poznan à la nouvelle Pologne restait lettre morte, le traité de Versailles qui avait suivi au mois de juin ne réglait en rien les conflits entre les communautés et, au sein de celles-ci, entre insurgés et collaborateurs, vrais ou supposés, des anciens occupants. À l'Est, les bolcheviks se faisaient de plus en plus pressants, en donnant à leur guerre des allures de libération des paysans et prolétaires jusque-là sous le joug des propriétaires terriens polonais. De tenter, comme les Juifs, de vivre tout simplement en paix était évidemment tenu par chaque camp comme la preuve d'un soutien à l'ennemi... Bref, un bordel sans nom.

À qui faire croire cela, s'il ne l'avait pas vécu ? Et à qui le faire comprendre, s'il y avait quelque chose à comprendre ? Vieillards à l'agonie, dont les os perçaient la peau livide, brûlants de fièvre, les yeux exorbités, enfants trop faibles pour pleurer, hommes et femmes couverts d'ulcères, les membres gangrenés : Shorty et ses hommes portaient de village en village les secours qu'ils pouvaient, vivres, premiers médicaments – et demain, après-demain, dans une semaine, les survivants se lèveraient de leur couche, encore chancelants, pour prendre les armes cachées dans une meule de foin, une étable, quelque taillis, et porteraient la mort dans le village voisin, où ils pilleraient, violeraient les femmes s'ils pouvaient, cloueraient, pourquoi pas, les enfants aux portes des maisons avant d'y mettre le feu, pour que la ronde reprenne. Puis, quand il ne resterait plus rien debout, de part et d'autre, les rescapés rejoindraient les longues colonnes des sans-abri, et c'était le plus terrible, peut-être, de voir monter vers soi ces convois silencieux, hallucinés, de morts-vivants gris de poussière et de boue, aux yeux vagues, allant ils ne savaient vers où – une marée humaine charriant dans son tumulte ballots de linge, horloges, machines à coudre, matelas, cadres de lit, berceaux, poussant, tirant des charrettes, parfois de simples brouettes, une marée humaine qu'il fallait contenir et guider, tous trop las pour réagir, chacun rendu à bout, seulement préoccupé de sauver son maigre bien de tous les autres, prêt comme eux à voler, ou tuer, s'il pouvait…

Shorty leva vers son ami un regard égaré. Jetés, lui et ses hommes, dans cette farce tragique et dérisoire, quelle voie suivre pour ne pas être emportés à leur tour ? Des démons sans visage dansaient sur les charniers en une sarabande infernale, et nulle promesse ne venait d'une possible lumière.

— Ce n'était pas, ce n'était plus de la compassion, ce qui nous précipitait en avant. C'était l'action. L'action, oui. Pour ne plus se poser de question, j'imagine. L'excitation imbécile de l'aventure !

Il hésita, comme s'il craignait d'être pris en flagrant délit de sensiblerie.

— Et ces moments de fraternité, aussi, entre nous…

Ivres de fatigue, ses hommes et lui multipliaient les raids sur route, ou par trains blindés quand il restait des voies, en prenant de tels risques qu'à chaque nouvelle mission ses supérieurs pensaient ne plus les revoir. Jusqu'à ce raid épique à travers les lignes russes sur les champs pétroliers d'Ukraine, où des Polonais se trouvaient pris au piège…

— Ils arrivaient avec leurs fleurs en pot, leurs caniches. Et nous : pas question, on doit embarquer tout le monde, laissez tout derrière vous ! Les trafiquants qui avaient rempli leurs matelas de cigarettes sortaient déjà leurs couteaux. Bon Dieu ! Il a fallu se battre avec eux. Heureusement, j'avais le pied de la caméra, pour cogner… Puis le choléra s'y est mis, on a dû jeter deux corps sur la voie. Mais tu ne sais pas le pire ! Ou le plus drôle, tu me diras : *à la frontière personne ne nous attendait*. Les gardes nous barraient le passage : Hé ! Vous sortez d'où, comme ça ? Tout le monde nous avait oubliés. Ou bien celui qui avait signé notre envoi au casse-pipe croyait tellement à notre succès qu'il n'avait prévenu personne. Il a fallu parlementer, hurler. Finalement deux officiers sont montés à bord – accueillis en héros à l'arrivée. À ce l'on m'a dit : moi, j'étais sur le flanc, malade, crevant de fièvre…

Ce qu'il avait l'air d'ignorer, songeait Cooper, c'est qu'il était devenu une figure de légende. Schoedsack et sa caméra sur les champs de bataille. L'impassible Schoedsack et ses risque-tout sans armes, qui à chaque équipée revenaient vivants du fond de l'enfer…

— J'étais à Lwow avec mon escadrille, quand j'ai eu enfin de tes nouvelles. « Schoedsack le héros de Pinsk », le seul à se risquer dans l'arrière-pays ravagé par le choléra – où nul n'osait plus se risquer pour porter sérum et médicaments. Les journaux ne parlaient que de toi !

Schoedsack haussa les épaules. Foutaises ! Comme les routes étaient infranchissables, il avait fini par dégotter un aérodrome à Wolynsk. Par chance, il y avait là un avion à peu près en état de voler. Et c'était tout.

— La seule question était de savoir où se poser. Et surtout, si ce fichu coucou serait capable de repartir…

Il parlait à voix basse, comme s'il craignait d'être entendu. Un héros ? Quelle blague ! D'être sans armes ne valait pas un brevet de vertu.

— Ils étaient devenus une masse grise, pour nous, tu comprends ? Peut-être qu'il faut ça, pour supporter – oh ! pas tellement leur souffrance, non, mais quand ils s'effondrent, renoncent à tout. À eux-mêmes. Cette impression d'une lumière, qui s'éteint… Voilà, on ne les voyait plus. Pour ne pas… oui, pour ne pas les mépriser. Alors, de la compassion… non, juste l'aventure. Le frisson imbécile du danger. Une seule chose comptait : plonger dans le chaos, pour en revenir, mission accomplie. Et repartir tout de suite, pour ne pas se mettre à penser. Il y a… oui, une griserie du chaos.

Il répéta : la griserie du chaos. Et à mi-voix, comme pour lui-même :

— Tout compte fait, c'est peut-être filmer, qui m'a sauvé. Parce qu'on ne peut pas filmer que des masses, tu comprends ? Il faut des visages, des regards, sans ça, pas de montage possible. Sauf qu'ils vous hantent, après…

Après tout, reprit-il après un silence, comme étonné par son idée, filmer se résumait peut-être à cela : chercher un regard, qui vous fait face…

Le restaurant s'était vidé, sans qu'ils y prennent garde. Les garçons de salle baissaient les lumières, changeaient déjà les nappes pour le dîner en leur jetant des regards furtifs. Sur un geste de Cooper réclamant l'addition, le serveur s'approcha avec, à ses côtés, celui qui à l'évidence devait être son patron, ou le gérant. Monsieur Tuwin serait très honoré s'ils acceptaient d'avoir été les invités de son établissement. L'homme paraissait très ému, cherchait ses mots :

— J'étais à Lwow, pendant le siège, finit-il par articuler, la gorge serrée. Et je me souviens d'un Américain...

Cooper devint tout pâle. Le personnel s'était rassemblé, silencieux, derrière le vieillard, comme pour une haie d'honneur, il y eut de longues poignées de main, et ils s'esquivèrent en hâte, tels des voleurs.

— J'ai encore dû parler trop fort, souffla Shorty, quand ils furent à l'air libre.

Ni l'un ni l'autre n'était décidément fait pour endosser les habits de héros.

IV

Revenus d'entre les morts

Londres, septembre 1921

Ils avaient trouvé refuge au Blind Beggar, sur Whitechapel Road, dont les sièges de cuir sombre, dans les box discrets, leur avaient paru presque luxueux après le dédale de ruelles sombres où Shorty les avait entraînés, au sortir de chez Bloom. Avec la marée montante venaient des nappes plus denses de brouillard, d'où jaillissaient des ombres furtives et brutales pour disparaître sans un regard, à croire que l'espace se vidait devant eux, les maisons se barricadaient, murs aveugles, volets clos, les pavés gluants suaient la peur et le crime – il n'avait jamais pensé, lisant Dickens, songeait Cooper, qu'il croiserait un jour Bill Sykes, l'inquiétant personnage d'*Oliver Twist*. Pas seulement Dickens, avait glissé Schoedsack, ravi : ici, sur Buck's Row, Mary Ann « Polly » Nichols avait été retrouvée dans la nuit du 31 août 1888 la gorge tranchée, la langue, l'abdomen, et les organes génitaux tailladés, et une semaine plus tard, dans une cour de Hanbury Street, « Dark Annie » Chapman avait été découverte la tête presque détachée du corps, le ventre ouvert, les intestins posés sur la poitrine, les organes génitaux retirés. Les deux premiers crimes de Jack l'Éventreur ! Encore aujourd'hui les policiers, même en groupe, hésitaient à se risquer dans Dorset Street, le rendez-vous des trafiquants de drogue, qui se faisait gloire d'être la rue la plus meurtrière de Londres…

— Et c'est là que tu te sens chez toi ?

— On ne m'a pas trop laissé le choix, remarque. Et puis, on a vu pire…

Des cris éclatèrent, non loin, si déchirants qu'ils sursautèrent. Une bagarre de chats, songèrent-ils d'abord, mais il y avait quelque chose de plus, une souffrance si intense qu'ils pressèrent le pas. À leur vue, un groupe de gamins en haillons détalèrent, non sans leur adresser, un peu plus loin, des gestes de défi.

C'était bien un chat. Les yeux crevés, et les pattes écrasées. Le ventre ouvert laissait voir les entrailles.

— Pire, je ne suis pas sûr. Mais ces gaillards-là n'auraient pas déparé parmi les Cosaques de Boudienny…

Lénine lui aussi avait arpenté ces ruelles, aux temps pas si lointains de son exil, dit Schoedsack. Il avait flâné sur les quais, parmi les caisses et les containers venus des quatre horizons. Qui sait s'il n'avait pas rêvé, lui aussi, les jours de brume, au mystère de Jack l'Éventreur, avant de trouver refuge au Blind Beggar ? Tout comme George Bernard Shaw, qui avait lancé sa Fabian Society devant sa porte. Ou que l'on allât, ici, l'histoire vous rattrapait toujours.

— J'étais à Lwow, pendant le siège… commença Cooper.

Lumières discrètes, sièges profonds – pousser la porte de la taverne était entrer dans un autre monde, fait de secrets murmurés. Le garçon, silencieux, disposa devant eux, à gestes précis, tasses, pot de thé fumant, avant de s'éclipser.

— Mon Dieu ! Ils tenaient à peine debout, à force de privations, hommes, femmes, enfants, enterrés dans des tranchées. Tous prêts à mourir. Pratiquement aucun n'était militaire et pourtant ils résistaient depuis des mois. Il y avait cette femme… si jeune ! Elle était arrivée de Chicago en 1914 pour voir ses grands-parents et elle avait choisi de rester. Une cartouchière lui barrait la poitrine, elle avait du mal à soulever son fusil, elle fermait les yeux quand elle tirait… Je lui ai proposé de l'exfiltrer. Ce n'était pas sa guerre ! Mais elle, maigre à faire peur – si tu avais vu son regard ! – « Une Pologne libre ! cela vaut la peine de mourir ici ». Elle rayonnait… Tu t'es déjà dit ça, toi, que les seules vraies raisons de vivre sont celles pour lesquelles on est prêt à mourir ?

Les Ukrainiens du colonel Stefaniv bloquaient la ville depuis des semaines, la ligne de chemin de fer était détruite, Cooper avait dû passer en force avec un convoi de camions – les premiers vivres depuis un mois !

— Mais rester neutre… J'ai fait tout mon possible, toujours à la limite. Pendant qu'eux… J'ai revu cette jeune femme. Une balle en pleine poitrine, elle savait qu'elle allait mourir, elle m'a juste murmuré que jamais elle ne s'était sentie aussi vivante. Et dans ses yeux, je voyais qu'elle disait vrai.

Lwow libéré en mai par une offensive des forces polonaises dans l'est de la Galicie contraignant les Ukrainiens au reflux, il avait tenté de poursuivre sa mission d'assistance. En vain.

— Cette misère, ces malheureux… Je n'étais pas assez fort pour ça. Tu peux comprendre ça, toi : je ne pouvais pas. J'étais venu pour me battre ! Avec des hommes debout… Dès juin, j'ai démissionné.

Et c'est alors qu'il avait conçu ce projet fou qui allait faire de lui une légende, semer l'épouvante parmi les Cosaques de Semion Boudienny : l'escadrille Kosciuszko.

Le maréchal Pilsudski, d'abord réticent, s'était laissé convaincre – il manquait tellement de tout ! Deux ou trois cents coucous en mauvais état, laissés derrière eux par les Allemands et les Autrichiens, ou cédés par les Alliés, une poignée d'hommes pour les piloter et guère plus de mécaniciens, des terrains à peine aménagés, comment lutter avec si peu ? Les casse-cou américains que lui proposait ce Cooper avec des accents passionnés pour la cause polonaise lui seraient d'une aide précieuse.

Deux mois plus tard, il était à Paris, libéré de son engagement à la mission Hoover. Et il les avait retrouvés les uns après les autres, ses lascars, incapables comme lui de revenir à la vie civile, qui traînaient de bar en bar jusqu'à épuisement de leurs derniers dollars.

— Paris au mois d'août ! Les enfants jouant dans le jardin du Luxembourg, les jupes légères des filles, il y avait une telle douceur dans l'air… En levant les yeux je l'ai vu à la terrasse d'un bistrot, juste à l'angle du boulevard Saint-Michel… Le major Fauntleroy ! Le second de Rickenbacker, l'as aux vingt-six victoires !

Cedric Errol Fauntleroy. Sa mère l'avait nommé ainsi après une lecture trop enthousiaste du roman de Frances Hodgson Burnett, et s'il était devenu un dur à cuire c'était, disait-il, qu'avec un nom pareil il avait dû apprendre très tôt à se servir de ses poings.

Trois mots avaient suffi pour le convaincre. Et Buck Crawford, son vieux complice, retrouvé le soir même en pleine bagarre dans un bar de Pigalle, avait balbutié avant de s'assoupir dans un taxi que ça ne le dépayserait pas beaucoup, étant déjà soûl comme un Polonais. Au bout d'une semaine ils étaient dix, et le 1er octobre, intégrés dans les forces aériennes polonaises, ils avaient retrouvé Lwow libéré, qui allait être la base de l'escadrille Kosciuszko. Un des pilotes avait dessiné leur emblème : le couvre-chef de Kosciuszko sur deux faux en croix symbolisant les paysans qui l'avaient rejoint dans son combat, le tout sur fond de drapeau américain. Et le grand bal avait commencé...

— La Pologne ? La lutte contre les bolcheviks ? Pour Fauntleroy et moi, peut-être. Mais les autres ? Ils auraient dit l'aventure, sans doute. Mais il y avait cette sorte de fureur... Tous, nous savions que nous ne reviendrions pas. À quoi bon ? Il n'y avait plus de place pour nous nulle part.

Le danger, maintenant, venait de l'Est. Une offensive hardie de Pilsudski auquel s'étaient ralliés les Ukrainiens de Simon Petlioura, hier encore ses ennemis, ayant d'abord contraint les Russes au repli, il n'avait pas fallu quinze jours pour que tombe Kiev – ou qu'elle se libère, selon les points de vue –, mais les bolcheviks, jusque-là empêtrés dans le chaos de leur guerre civile, se rassemblaient, la 1re armée de cavalerie des Cosaques de Semion Boudienny se mettait en branle, précédée d'une rumeur d'épouvante.

— Stopper Boudienny coûte que coûte ! Ou au moins le ralentir, le temps de rassembler les forces d'une contre-offensive. Si seulement il y avait eu une ligne de front, comme en Argonne... Mais non, ces Cosaques étaient comme un feu courant sur la plaine. Face à eux, il n'y avait plus que nous... Bombarder les trains, bombarder les gares, bombarder les troupes quand elles étaient assez nombreuses – avec des chasseurs ! Nous avions percé un trou dans la carlingue, pour larguer les bombes à la main. On les lâchait à 600 pieds à peu près, et puis on revenait en rase-mottes pour mitrailler les troupes à revers. À 12 pieds maximum ! On les voyait s'éparpiller, leur sabre au poing, leurs toques en agneau noir, le *bashlik* à leur cou rejeté en arrière, leurs culottes rouges bouffantes, certains avaient gardé leur *bourka*, un large manteau noir sans manches pour paraître plus effrayants encore, on voyait leur visage aux pommettes hautes, convulsé de fureur. Et derrière eux, les villages dévastés, les hommes, les enfants, quasiment nus, pendus, égorgés, éventrés, le bétail abattu, les femmes troussées sur lesquelles les traînards s'acharnaient encore. Les affiches partout distribuées par les bolcheviks appelaient paysans et prolétaires à la révolte contre les Polonais qui pillaient et brûlaient les terres sacrées d'Ukraine, mais que leur restait-il à espérer après le passage des Cosaques ? À peine rentrés, on repartait, on tenait à peine debout, on repartait, comme soûls de fatigue, de fureur. Il n'y avait plus que cela, les explosions, les tirs saccadés des mitrailleuses, la course des chevaux, jour après jour…

— J'y étais, dit Schoedsack. Les avions passaient au-dessus de nos têtes. Yankees ! Yankees ! criaient les soldats. J'ai su comme ça que c'était toi – ça ne pouvait être que toi ! J'étais là, quand les Polonais de Rydz-Smigly et les partisans de Petlioura sont entrés dans Kiev. C'était au début du mois de mai, les arbres bourgeonnaient, ça sentait bon le printemps. Deux jours plus tard, les troupes avaient voulu parader dans la rue principale, mais ça n'avait pas été la liesse prévue. Libérateurs, traîtres à l'Ukraine, occupants ? La ville hésitait, chacun se méfiait de son voisin, tout pouvait basculer, à chaque instant. Et j'étais là, en juillet, le 12, je crois, au moment de la grande débandade. On entendait vos bombardements, au loin, qui se rapprochaient jour après jour, chaque matin on découvrait, collés sur les murs : « Petlioura traître à l'Ukraine », « Ouvriers, paysans, rejoignez la révolution prolétarienne », « Ne laissez pas l'Ukraine aux seigneurs polonais ». Et puis, tout à coup, les hommes de Boudienny ont été là, qui arrivaient de partout à la fois…

La retraite, d'abord en bon ordre, avait, au fil des heures, pris des allures de déroute. Avec son convoi de la Croix-Rouge, Shorty avait été le dernier à passer le pont sur le Dniepr, que les artificiers avaient miné dans la nuit, tandis qu'au loin, dans les ténèbres montaient les flammes des villages incendiés.

— J'étais encore sur le pont avec mes hommes quand un abruti a commandé la mise à feu ! J'avais ma caméra toute prête, mais le temps de me retourner, j'ai loupé l'explosion. N'empêche : j'ai eu le pont qui s'écroulait, pan après pan, pile derrière les roues de mes camions. Un de mes gars m'a tiré en arrière juste à temps, le dernier pilier commençait à s'écrouler sous moi…

« Oui, de rudement belles images. Et une sacrée course, après, pour rapatrier mon convoi à Varsovie ! Ces foutus bolcheviks étaient partout, les Polonais nulle part et quelque chose nous disait que les Cosaques n'en avaient rien à faire de notre Croix-Rouge. Bref, jusqu'au dernier moment on a serré les fesses…

— Ça, il faut bien reconnaître que ce sont de rudes gaillards… Bon sang, quels guerriers ! M'est avis qu'ils n'ont jamais su ce que signifiait le mot « paix ».

Pour un peu, on aurait dit Coop admiratif.

— Il faut dire que le lendemain, j'ai eu le plaisir de faire leur connaissance. Déjà en juin, ça avait tenu à un cheveu. Ces loustics avaient caché leurs mitrailleuses dans des charrettes de paysans. Un officier de Petlioura nous avait expliqué la tactique de la Tatchanka, imaginée par Makhno – encore un féroce, celui-là. Dissoudre l'armée dans la population. Plus de militaires ni de civils : l'artillerie dans les meules de foin, dans les charrettes et tout à coup un cortège nuptial se transforme en un détachement armé, une mitrailleuse sort de la calèche ou d'un cercueil, le prêtre, soutane enlevée, devient lieutenant, une heure après tout se retrouve au fond d'une grange, d'un puits, d'un grenier. Bref, avec Buck Crawford on passe en rase-mottes, rien à signaler, juste des paysans dans un champ qui nous font des signes de la main et tout d'un coup… des rafales croisées depuis les fourrés. On a réussi à se poser dans une prairie, quelques kilomètres plus loin, poursuivis par des Cosaques sortis de nulle part. Le temps de nous poser, ils arrivaient déjà au galop ! Buck a fauché les premiers, mais d'autres n'étaient pas loin, on entendait le sol trembler sous le galop de leurs chevaux. On a couru comme des fous jusqu'au bois tout proche – après avoir mis le feu à l'avion. Le temps qu'ils découvrent qu'on n'était plus dans la carlingue, on était loin. Mais il nous a fallu marcher pendant deux nuits, en nous cachant de jour, pour rentrer. C'était tout juste ! La prochaine fois… disait Buck. Sauf qu'il n'y aurait pas de nouvelle chance. »

Puis la vague avait grossi, irrésistible, des barges partout se lançaient sur le Dniepr, il aurait fallu le triple d'avions pour les repousser – et la débâcle avait commencé, si soudaine que Cooper avait échappé de peu à la capture. Dernier de l'escadrille, il se mettait en position quand les Cosaques avaient envahi la piste, deux d'entre eux avaient galopé quelques secondes à sa hauteur tandis qu'il décollait, ils étaient magnifiques, penchés sur leur monture, l'un tirant sans discontinuer, l'autre sabre au poing. Ce qui ne les avait pas empêchés, lui et ses hommes, de repartir au combat le lendemain, avec les engins encore en état de voler – lui en solo dans un petit avion arrivé d'Italie.

Des fumées noires couvraient la plaine jusqu'à l'horizon, par les routes, les pistes, à travers champs, une marée humaine avançait vers le fleuve couvert d'embarcations – ce n'était pas une armée avançant en colonne, c'était la mer envahissant l'espace, noyant tout sur son passage, d'une poussée inexorable. Il avait vu des tableaux jadis, dans un musée, de visions de l'enfer, mais le spectacle, là, devant lui, les surpassait tous. Cette furie sans plus de frein était d'une stupéfiante beauté. Il s'absorbait en elle, fasciné, quand une succession de rafales avait fait trembler la carlingue. L'avion, aussitôt, avait piqué du nez, il devait se trouver à 20 milles de Rovno, la terre se rapprochait à toute vitesse…

— Un coup de botte dans le bas-ventre m'a fait revenir à moi. Ces gueules ! Je me suis dit : tiens, Shorty aurait aimé être là – juste les boucaniers d'Henry Morgan. Un autre coup en pleine figure m'a vraiment réveillé. Autour de moi, une horde de sauvages, de vrais loups affamés, l'œil brillant ! Hirsutes, dépenaillés, dans des accoutrements invraisemblables, couverts de chaînes d'or, de bagues d'argent, leurs prises de guerre. Les Cosaques de Boudienny ! J'ai mis la main à la poche : ma fiole de poison avait disparu. Et déjà ils sautaient sur moi, me bourraient de coups, m'arrachaient mes bottes, mon pantalon, mon sweat-shirt – je me suis dit : ils vont me découper en morceaux, me manger, là, tout de suite !

« Quand je suis revenu à moi, j'étais attaché à un cheval, pieds nus, en caleçon. Ils vociféraient, en russe, en me montrant leurs blessés, dans une charrette – fauchés par un de nos chasseurs ? Nous nous sommes mis en route, moi trébuchant, bientôt les pieds en sang, fouetté quand je tombais, traîné à même le sol. À force, ils en ont eu assez d'un type qui tombait dans les pommes tout le temps et ils m'ont jeté dans la charrette, parmi les blessés. J'étais en train de me dire que j'allais peut-être m'en tirer, puisqu'ils ne m'avaient pas tué tout de suite, quand j'ai entendu des cris, le galop de chevaux : leur régiment arrivait.

« L'instant d'après, j'étais entouré de fous furieux, fouetté, battu, ils me montraient leurs morts, leurs blessés, en mimant des avions en piqué : mon escadrille. Un grand gaillard a balancé une corde par-dessus la branche d'un arbre, passé un nœud coulant à mon cou, cette fois c'était la fin, quand un autre homme est arrivé – un officier ? Il avait l'air très jeune, parlait un peu anglais. Je ne sais pas ce qu'il leur a dit – qu'il fallait que leurs chefs puissent m'interroger ? –, en tout cas ça râlait sec, mais ils ont fini par me rendre mon pantalon, dans l'état où il était, plein de cambouis, de toute façon ce n'était pas une grande prise et mon sweat-shirt, dont je n'imaginais pas à ce moment-là qu'il allait me sauver la vie. Quant à mes chaussures... leur nouveau propriétaire avait sorti son pistolet en roulant des yeux furibards. Personne n'avait insisté.

« Autant dire qu'en arrivant au QG de la brigade, deux jours plus tard, je n'avais plus de pieds. Ils m'ont traîné jusqu'à une bicoque de paysan, jeté dans une pièce comme un sac de déchets, ce que je devais être, pour eux, et là j'ai su que mon sort allait se jouer.

L'homme assis à la table, penché sur une carte qu'éclairaient deux chandelles, ne portait ni insigne ni décoration, mais à l'évidence était le chef. Cooper, inerte, à bout de forces, s'était surpris à observer la pièce avec détachement, les Cosaques autour de l'officier parlant tous en même temps, les ombres formidables projetées sur les murs par les chandelles – quelle scène cela ferait, au cinéma ! s'était-il dit avant de revenir à la réalité. Tous étaient tournés vers lui, un jeune homme l'interrogeait, dans un anglais hésitant.

— J'avais eu tout le temps d'y penser, en route : s'ils découvraient qui j'étais, c'en était fait de moi. Boudienny avait mis ma tête à prix un million de roubles – je n'ai jamais su ce que valait le rouble, mais un million, tout de même, ça flatte ! Coup de chance, il faisait chaud, le matin du 13 juillet et au moment de décoller j'avais ôté ma grosse veste, pris le sweat-shirt qu'on me tendait, sur lequel était imprimé « F. Mosher ». Je me suis levé, j'ai montré mes mains, calleuses depuis mes brûlures : « travailleur, travailleur ». Puis, en montrant mon sweat-shirt : « Mosher, Frank Mosher ». Un colosse hirsute s'est penché sur mes mains, et c'est vrai qu'elles ne sont plus belles à voir, a hoché la tête. Et j'ai vu dans les yeux du chef qu'il me croyait. Travailleur ! Ça avait l'air d'être un mot magique, chez eux.

Magique, en effet : le colosse l'avait conduit à une baraque proche, cette fois sans le bourrer de coups, où dînaient une demi-douzaine de Cosaques, et il avait partagé leur repas, pommes de terre et viande bouillie, le premier depuis sa capture. Tous mangeaient en silence, sans un regard, mais il sentait que la tension s'était atténuée. Et c'est alors que son premier sauveur, celui qui avait empêché son lynchage, était apparu…

— Ce n'était pas un officier, comme j'avais cru – il paraissait si jeune, et si peu cosaque, avec ses petites lunettes rondes d'instituteur ! –, mais un journaliste, correspondant de guerre pour l'agence de presse bolchevique. Il voulait me parler. M'interroger, sans doute, mais aussi bavarder – m'est avis que les sujets de conversation devaient être assez rares avec ses compagnons cosaques. Pourquoi un prolétaire américain avait-il choisi de lutter aux côtés des aristocrates polonais ? Quels étaient mes compagnons ? Qui étaient Fauntleroy et Cooper ? Il m'avait entraîné à l'écart, près de la fenêtre. Les autres, restés à la table, parlaient à voix basse, un bourdonnement traversé de brusques colères, un homme avait soudain planté sa dague devant lui, les autres paraissaient prêts à bondir, le corps tendu à la lueur vacillante de l'unique lampe. « Ce n'est rien, ils jouent », avait chuchoté le jeune homme. J'avais louvoyé comme je pouvais : n'était-il pas légitime de soutenir un peuple opprimé luttant pour retrouver son indépendance ? Il s'était échauffé, avait entrepris de me montrer mon erreur. La véritable lutte était celle des travailleurs contre les possédants. Mes pieds me lançaient terriblement, mais je m'étais forcé à le cribler de questions, à mon tour, sur la révolution socialiste. Du coup, il avait entrepris de me convertir. Et moi de m'étonner : si cette armée était de libération pourquoi dévastait-elle tout sur son passage ? Une ombre était passée dans son regard, il avait eu un geste d'impuissance : « Les Cosaques ! » Et il avait changé de sujet de conversation. Est-ce que je connaissais Paris ? Les cafés de Paris ? Les librairies ? Il avait beaucoup lu Maupassant et Flaubert… Pour un révolutionnaire rêvant de table rase, m'étais-je dit, ce garçon paraissait bien nostalgique des charmes de la vieille Europe. Comment, simple prolétaire américain, aurais-je pu connaître ces auteurs ? Il avait hoché la tête : Mark Twain, alors ? Oui ? Ah, *Huckleberry Finn* ! Quel était mon auteur préféré ? Conan Doyle ? Son visage s'était éclairé – et quand j'avais ajouté que je plaçais au-dessus tout son *Monde perdu*, il était allé me chercher un verre de leur alcool, un atroce tord-boyaux, « Ah ! Le professeur Challenger ! » Si l'on m'avait dit qu'un jour je me retrouverais discutant du *Monde perdu* avec un bolchevik, entouré de Cosaques ivres morts qui commençaient à se battre…

« Le brave garçon ! Je crois que lui-même était dans un grand trouble, accroché à ses convictions pour ne pas sombrer – c'est peut-être à lui que je dois la vie…

Le lendemain, c'est lui encore, voyant qu'il ne pouvait plus marcher, qui avait fait monter Cooper dans un chariot, auprès de deux blessés, et il lui avait fait la conversation tout le long du chemin – visage inquiet, mobile, comme réfugié derrière ses lunettes, passant de l'exaltation à l'abattement, débitant mécaniquement le discours officiel de son dieu Lénine, puis dans un cri débitant de longues tirades sur les Juifs, Odessa, la Thora, l'enfer dans lequel ils étaient tous. Cooper l'écoutait, les yeux mi-clos. Il faisait beau, les élancements dans ses jambes s'atténuaient, des paysans dans les champs commençaient les moissons, indifférents aurait-on dit aux chariots renversés, les roues brisées, aux chevaux morts dans les fossés, le ventre gonflé, aux ruines noircies. Pavots et lupins, sur les talus, ondoyaient dans le vent. Vers midi, un avion avait décrit de larges cercles dans le ciel – peut-être de son escadrille, avait-il songé, en train de le chercher. La troupe avançait en désordre, déployée à l'approche des villages pour les envelopper avant leur mise à sac, cochons, poules, bétail, dans un concert de lamentations, les soldats sortaient des maisons les bras chargés de tout ce qu'ils pouvaient emporter – les Cosaques, soupirait son protecteur, avec des gestes d'impuissance quand Cooper l'interrogeait du regard. Le lendemain, après une nuit d'apocalypse, sous des trombes d'eau, dans des gerbes d'éclairs, une nervosité nouvelle avait gagné le groupe. Des émissaires partaient au galop, d'autres arrivaient en hâte, la 1re armée de Boudienny se rassemblait pour une grande offensive. On l'avait jeté à bas du chariot, poussé, tiré jusqu'à une grande bâtisse. Là, il s'était retrouvé face à un homme massif au visage de pierre, barré d'une grosse moustache, qui le fixait d'un œil féroce – le général Boudienny en personne…

— Il pouvait bien être attifé comme un paysan, dans des vêtements froissés… bon Dieu ! Il dégageait une autorité incroyable. Pas étonnant, lui parti du rang, s'il s'était imposé à la tête de la plus formidable des cavaleries. J'avais eu le temps, pendant toutes ces journées, d'observer mes Cosaques : leur ivresse, c'est l'espace. L'espace grand ouvert, le galop des chevaux sur la plaine sans limites. Eh bien ! C'était comme si cet espace était entré en lui. Peu de gens m'ont impressionné, mais lui…

Son jeune protecteur avait fait son apparition, pour servir d'interprète. Et sans doute avait-il eu un entretien avec le général, car les questions étaient les mêmes – pour les mêmes réponses. Le général hochait la tête, sans le quitter des yeux. Il avait une proposition à lui faire, avait-il dit, après un long silence : il pouvait comprendre qu'Américain, il avait été abusé par la propagande polonaise, mais l'avenir du monde était le communisme – un monde sans plus d'exploitation, sans plus de barrières entre les hommes. Pourquoi ne rejoindrait-il pas leur aviation, comme instructeur ?

— J'ai refusé, bien sûr. Même si mes opinions changeaient, comment imaginer d'être déloyal vis-à-vis de mes compagnons d'armes ? Il avait hoché la tête, sans dire mot, et l'on m'avait conduit dans une autre pièce – où une brave fermière en blouse bleue m'attendait avec une soupe fumante et du pain blanc. Madame Boudienny ! On dit qu'habillée en homme elle montait aux côtés de son mari, avait chargé comme lui sabre au poing… Encore aujourd'hui j'ai honte de lui avoir menti, elle qui m'a traité comme son fils, pendant toutes ces journées, apporté des cerises, des cigarettes, trouvé des chaussures, elle qui voulait soigner elle-même mes pieds. « Considérez-vous comme mon invité », avait grommelé son mari. J'ai su, le dernier jour, qu'il voulait ainsi remercier à travers moi l'escadrille d'avoir sauvé sa femme, quelque temps auparavant. Nous avions appris en effet qu'elle se trouvait à bord d'un train et, après avoir mitraillé les troupes alentour, nous étions passés au-dessus du train en balançant les ailes, pour dire que nous l'épargnions…

« Chaque jour, un peu plus tendu, Boudienny revenait à la charge : rangez-vous à nos côtés ! L'agitation croissait, il n'était pas besoin d'être grand stratège pour comprendre que l'offensive de la 1re armée était proche, que Boudienny aurait alors d'autres chats à fouetter que de s'occuper de moi, bref, que j'étais bon pour un camp de prisonniers, avec de fortes chances d'être démasqué. Plus personne ne faisait attention à moi – j'ai tenté le tout pour le tout…

Il s'en était fallu de peu qu'il ne réussisse, mais le soir du deuxième jour un groupe de cavaliers l'avait cerné alors qu'il sortait d'un petit bois – dénoncé par des paysans, à ce qu'il avait compris. Boudienny avait grommelé qu'il en aurait fait autant, dans sa situation, mais qu'il ne pouvait plus rien pour lui. Son jeune ami d'Odessa était venu lui serrer la main, il allait regretter le temps de leurs conversations, s'il écrivait un livre, un jour, sur cette aventure, promis, il évoquerait son ami Frank Mosher. La douce et fière Madame Boudienny lui avait glissé un gros paquet de tabac, et le chariot s'était ébranlé vers un camp de prisonniers, quelque part du côté de Moscou…

La suite… Cooper eut un geste las, comme s'il voulait repousser quelque chose. C'était trop proche, encore. Quelquefois, il lui semblait avoir vécu dans une parenthèse du temps. Ou il se réveillait en pleine nuit, tremblant d'horreur, et il était encore là-bas, rongé de vermine. Mais lui venait aussi, de plus en plus pressante, l'idée que par des voies qui lui restaient mystérieuses, il avait vécu là-bas les étapes nécessaires d'une terrible initiation.

— Trop proche, oui – et puis, tu sais la suite…

Et comme Shorty restait silencieux :

— Tu me disais… ces malheureux sur les routes, surtout ne pas les mépriser ! Jusque-là je ne les avais pas vus. Ou pas voulu les voir. Le combat ! Ça simplifie tout, n'est-ce pas ? Mais là… J'ai été l'un d'eux, tu comprends ? Enfin, peut-être pas tout à fait. Mais j'ai été parmi eux, je les ai vus mourir autour de moi, les uns après les autres. J'en ai vu se battre pour quelques bouchées de pain, se dénoncer les uns les autres, certains ramper la nuit jusqu'à la couche de leur voisin pour l'étrangler. J'en ai vu qui se comportaient comme des saints. J'ai tenu la main d'un garçon qui est mort en me demandant « Pourquoi ? » L'âme humaine, à nu… Qui peut supporter ça ?

Il allait mourir, comme tous les autres. Cela, il l'avait su dès son arrivée. Le premier camp avait été une longue attente, pain noir, vermine, pourriture, puis des bruits avaient couru, Pilsudski contre-attaquait, enfonçait les troupes de Boudienny, les prisonniers russes se comptaient par dizaines de milliers, on évoquait un armistice, des échanges de prisonniers. Un matin, vers la fin de l'été, on l'avait transféré dans un camp où l'on mangeait une fois par jour, et où l'on pouvait lire. La bibliothèque lui avait paru une cave aux trésors – prélude à une libération ? Vains espoirs : américain, il était tenu pour un espion, un criminel de guerre, pas un soldat polonais. Et ses illusions s'étaient envolées quand on était venu le chercher, pour un nouveau camp dont le seul nom avait fait passer un frisson parmi les prisonniers : de Wladykino, on ne revenait pas. Un gardien, désolé, l'avait autorisé à emporter quatre livres – dans son regard, à l'instant où il montait dans un fourgon, il avait lu son destin.

Il allait mourir là-bas, à quelques kilomètres de Moscou. Ou, sinon, à Arkhangelsk, dernière étape de ceux qu'on ne fusillait pas à l'aube pour « trahison », ou pour faire de la place quand on ne mourrait pas assez vite. Deux, trois repas par semaine, de seul pain noir, le travail forcé dans les bois jusqu'à l'épuisement, aucun soin. La survie, ici, se comptait en jours, pour les plus coriaces en semaines. Et le pire était cette volonté têtue, systématique, chez ses bourreaux, de briser les êtres, de nier en eux toute humanité… Chaque matin il se réveillait un peu plus faible, une de ses jambes commençait à enfler, sans doute la gangrène. Il aurait sombré s'il n'avait eu ses livres, où il se réfugiait à chaque instant volé. Et c'est ainsi qu'un jour il avait commencé à lire *Les Quatre Plumes blanches* d'A.E.W. Mason…

— Il y a des signes… ajouta-t-il, comme très loin en lui-même. Au fond du désespoir, il y a des signes, oui, pour chacun de nous…

Des signes, pour peu qu'on les reconnaisse, de cela il en était certain maintenant. Le premier avait été ce livre.

— Chaque page, chaque ligne… Le héros de Mason, c'était moi ! Dans les moindres détails. Ce Harry Feversham, tu sais, qui remonte le Nil jusqu'aux confins du Soudan, déguisé en marchand grec ou en joueur de cithare, se mêle aux tribus révoltées, affronte les déserts du Sud, agonise dans la terrible prison de la Maison de Pierres… Les lèvres brûlées, couvert de plaies, c'était moi, bien sûr. Ce livre n'était pas là par hasard : c'était un signe venu me dire de tenir, de tenir jusqu'au bout, comme Feversham l'avait fait, pour triompher un jour de ses bourreaux.

Un signe, plus encore qu'il ne le dit, songeait Schoedsack. *Les Quatre Plumes blanches*, cette longue quête de rédemption d'un jeune homme accusé de lâcheté par trois de ses amis et par sa fiancée était une lecture presque obligée des adolescents, mais quel avait pu être le motif du renvoi de Cooper de son

Académie navale pour qu'il s'identifie ainsi à Feversham ? Son « affaire d'honneur », décidément, n'aurait jamais de fin…

Le deuxième avait été… une femme. Dans des circonstances qui aujourd'hui encore lui paraissaient tenir du pur miracle.

Il fallait tenir, se battre, s'évader au plus vite. Mais l'hiver avait enserré le camp dans un étau. Dès les premiers jours de septembre, ils partaient en escouades casser la glace accumulée sur les rails, non loin. Il ne tiendrait pas longtemps, à ce rythme. Par Josip, un prisonnier yougoslave autorisé à se rendre en ville, – ses geôliers étaient assurés de son retour, car sa femme était prisonnière dans un autre camp –, il avait fait passer à la Croix-Rouge française un appel au secours griffonné sur la page de garde d'un de ses livres. Josip était revenu avec un gros colis, une couverture, quelques conserves, du savon, des saucissons. La Croix-Rouge ne pouvait rien, avait-il expliqué, c'était le don d'une Américaine rencontrée là-bas.

— Une Américaine ! Il me fallait savoir son nom, établir le contact – elle pourrait faire savoir, chez moi, que j'étais en vie. Bien sûr, ce pouvait être un piège. Mais qu'avais-je à risquer ? Josip était revenu la semaine suivante avec un autre colis, et le nom de ma bienfaitrice : Marguerite Harrison. Et là, j'ai su que c'était un signe. Le deuxième ! Parce que je la connaissais. Je… enfin, j'avais dansé avec elle, mon dernier soir à Varsovie, avant de retrouver l'escadrille, à Lwow. Une réception de l'ambassade, au Bristol. Une très belle femme. Journaliste. Une risque-tout, à ce qu'on disait.

Dansé, seulement ? Cooper avait piqué du nez. En tout cas, ce n'était pas un piège – car nul ne pouvait savoir qu'ils se connaissaient. Il lui avait fait parvenir son véritable nom, sur une feuille de papier à cigarette, et il avait reçu des colis, semaine après semaine. Jusqu'au jour où Josip était revenu, navré : la dame américaine avait été arrêtée, elle aussi. Pour espionnage. Et chaque jour, dès lors, il s'était demandé si ce n'était pas à cause de lui…

S'échapper. Un froid terrible isolait le camp du reste du monde, tous étaient si faibles qu'on ne les surveillait guère. Quelques anarchistes, derniers arrivés, s'étaient rebellés en mettant le feu à leurs baraquements, mais ils avaient été fusillés peu après. Lui-même avait été amené dans la cour, le lendemain de leur exécution, un officier avait placé son arme contre son visage, pressé la détente – à vide. En guise d'avertissement, avait ricané l'homme. Et Cooper avait réalisé qu'il était un des rares survivants, de ceux qu'il avait trouvés là en arrivant. La mort, dehors, dans le froid de l'hiver, ou la mort misérable et certaine dans le camp : il avait convaincu deux officiers polonais, Zalewski et Sokolowski, de se joindre à lui, dès les premiers signes de redoux. Et c'est ainsi que dans la nuit du 12 avril, ils avaient pris la fuite...

Ils avaient couru, marché, couru, marché toute la nuit jusqu'à ce qu'ils trouvent un petit bois où dormir au matin, non loin d'une gare. Le soir suivant, ils avaient sauté dans un train de passage et ils avaient progressé ainsi, cinq jours durant, ne voyageant que la nuit venue. Ils n'étaient pas les seuls. Cela semblait même la méthode de transport préférée des Russes sans le sou, c'est-à-dire de tout le monde – ce qui l'obligeait à jouer au muet. L'anonymat de la cohue, à tout prendre, était leur meilleure protection. Les vrais risques étaient à l'abord des villages, quand ils devaient se risquer à quémander un peu de nourriture, s'ils n'étaient pas parvenus à en voler. À l'approche de la frontière la distance entre les gares devenait dangereuse, aussi leur avait-il fallu progresser à pied, en évitant les grandes routes. Mais les patrouilles se multipliaient, sans cesse ils butaient sur un entrelacs de bois épais, de marécages et de bras de rivière. Les ponts étaient surveillés, il allait falloir se jeter à l'eau, malgré le froid – c'est alors que Sokolowski avait avoué... ne pas savoir nager.

— Si seulement il nous l'avait dit plus tôt ! Là, nous étions dans la nasse. Sans autre choix, au risque d'être dénoncés, que de demander à des paysans – Zalewski avait un peu d'argent sur lui – de nous faire traverser telle ou telle rivière. Avec la probabilité qui croissait chaque jour d'être dénoncés. Une première alerte nous avait obligés à nous cacher d'une patrouille dans un marais, dans l'eau gelée jusqu'à la taille, pendant plusieurs heures. Au sortir de là j'avais, enfin tu sais quoi, bref, les roubignolles de la taille de petits pois. Il a fallu prendre le risque d'allumer un feu, sans ça je crois bien qu'on y restait.

On les cherchait, maintenant, ils en étaient presque sûrs. Et ils en avaient été convaincus quand au débouché d'un bois ils s'étaient retrouvés nez à nez avec un soldat russe.

— Nous avions répété la situation, au camp. S'il nous conduisait jusqu'à son groupe, nous étions cuits ! Je me suis baissé, brusquement, comme pour lacer une de mes chaussures, il a buté contre moi, et j'ai pivoté en lui cisaillant les jambes pendant que mes compagnons lui sautaient dessus pour lui bloquer les bras, à terre. Moi, j'avais le couteau dans la poche, il me regardait dans les yeux, épouvanté, et… je lui ai tranché la gorge. C'était lui ou nous. Et, par Dieu, ça ne me tourmente pas la nuit…

Ils avaient caché le corps dans des fourrés, sans illusion : la chasse à l'homme n'allait pas tarder. La seule voie possible vers la liberté était désormais la zone de marécage qui s'étendait jusqu'à la frontière, où nul ne se risquait, en dehors des contrebandiers. Seuls, ils étaient à peu près certains de s'y perdre, et d'y périr dans les sables mouvants. Les quelques paysans approchés avaient refusé, terrifiés. Ils avaient fini par trouver un contrebandier qui avait accepté de les conduire, après d'âpres marchandages.

— On n'avait plus un sou ! Sokolowski a fini par lui donner son manteau, mais l'autre marmonnait que, non, ce n'était pas assez, en fixant mes chaussures. J'ai dû les lui donner, et découper ma chemise en bandelettes pour m'emmailloter les pieds. Il y avait un beau clair de lune, les eaux noires brillaient comme des lames de plomb, les herbes, les arbrisseaux rabougris se dressaient devant nous tels des fantômes silencieux. On n'entendait pas un bruit, juste le clapot de la coque et des rames sortant de l'eau, la scène avait quelque chose de tout simplement féerique… Et voilà qu'au beau milieu cette crapule s'arrête, exige de l'argent, plus de vêtements, ou sinon il appelle à lui les bolcheviks ! La canaille ! Je lui ai sauté à la gorge, mis la main sur la bouche, et lui ai planté un bon centimètre de mon couteau dans le gras du cou. Sokolowski s'est fait un plaisir de me traduire : « Il n'y a pas cinq heures, j'ai égorgé un soldat russe, ou tu nous conduis au bout, ou tu y passes aussi ! » Sokolowski devait être bon traducteur, ou mes accents étaient convaincants, toujours est-il qu'il a hoché vigoureusement la tête, et nous a conduits ensuite à travers le fleuve, jusqu'à la frontière.

Pas tout à fait. Des rouleaux de barbelés leur barraient le passage sur des dizaines de mètres de profondeur. Au loin, côté russe, ils entendaient des cris, des lumières dansaient vers le marais. Ils avaient dû ramper, leurs vêtements déchirés, se débattre dans l'inextricable entrelacs. Quand ils avaient été récupérés, de l'autre côté, ils étaient en sang de la tête aux pieds.

— Aux pieds ! Quand je pense que j'aurais pu récupérer mes chaussures… Mais non : un marché est un marché. Toujours ma fichue éducation sudiste.

Il était exactement deux heures du matin, et l'on était le 23 avril. Ils venaient de parcourir près de 500 milles. Le temps de vérifier leur identité, et ils avaient pu prévenir la Croix-Rouge, avant un bon bain et un repas, enfin. Après avoir appris que la guerre était finie, depuis des mois. Le lendemain ils étaient dans le train pour Riga, puis Varsovie, où toute la ville leur avait fait fête.

— Ça, je le sais ! Quand j'ai lu cet article sur ta réapparition, j'ai couru au bureau du *New York Times*. Si je m'en souviens ! « Tout Varsovie est aux pieds de l'as américain qui a été abattu par deux fois en plein ciel, a subi deux fois l'horreur des camps, a été déclaré mort deux fois ! »

Cooper hésita.

— L'histoire ne pouvait pas se terminer ainsi. Il y avait tous les autres, tu comprends ! Tous les Américains encore internés dans des camps bolcheviques. Je n'imaginais pas qu'il puisse y en avoir autant. Quand l'ambassadeur m'en a donné la liste… bon sang ! Et l'on ne faisait rien pour les délivrer ? L'autre, gêné : « Si, si, nous leur envoyons des vivres, des vêtements. » Mais enfin, c'est d'aller les chercher, qu'il s'agit ! et lui, toujours : « Cher ami, ce serait aller à l'incident diplomatique, nous marchons sur des œufs ! » Comme si les bolcheviks en avaient quelque chose à faire de – comment ils disent, déjà ? – de la légalité bourgeoise !

Et puis, surtout, il y avait Marguerite Harrison…

— Elle m'avait sauvé la vie. Peut-être même était-ce à cause de moi qu'elle était en prison. Je n'aurais pas pu me regarder en face si j'avais quitté la Pologne sans essayer de la délivrer. J'ai écrit à Herbert Hoover. Il était maintenant secrétaire d'État au Commerce, mais enfin, il pouvait actionner bien des leviers. J'ai écrit à tout le monde. Des raids éclairs ! J'avais les hommes de l'escadrille encore sous la main, prêts à se lancer dans l'aventure, les Polonais avaient des hommes à eux implantés dans toute la Russie – ces damnés bolcheviks avaient tellement multiplié leurs camps qu'ils étaient mal gardés, ils ne verraient rien venir.

Un jour il avait reçu une lettre de Charles E. Hughes du secrétariat d'État…

— Ah, je l'ai gardée ! Il louait mon patriotisme et mon « sens du sacrifice » – comme s'il s'agissait de ça – avant de glisser qu'une étude attentive de mon projet l'avait convaincu qu'il se conclurait nécessairement par ma mort et des « complications internationales ». Le lâche !

Il s'était tourné vers Pilsudski, qui lui avait prêté une oreille attentive. Le plan ? S'engager dans l'aviation polonaise, pour ne pas impliquer les États-Unis dans l'affaire. Puis frapper comme la foudre. Une évasion par les airs !

— Nous savions où Marguerite était enfermée, à l'extérieur de Moscou. Un agent polonais, sur place, soudoierait un gardien de nuit. À une heure convenue, le gardien la ferait sortir discrètement. L'agent la récupérerait à la porte pour la conduire à une prairie, non loin, que nous avions repérée. Moi, je serais dans les airs, parti en solo de Varsovie. Quelques feux au sol, visibles seulement du ciel, me suffiraient pour me poser, l'embarquer, repartir. Tout était prêt ! Juste quand est arrivée la nouvelle qu'elle venait d'être libérée, ainsi que tous les prisonniers américains.

À sa mine, on le sentait déçu.

Il avait sauté aussitôt dans un train pour la retrouver sur la route du retour. Elle avait eu la surprise, descendant d'un train, à Berlin, de le trouver sur le quai, le premier à la serrer dans ses bras…

Schoedsack le regardait, impressionné. Si ce n'était pas le genre de type avec lequel on pouvait aller jusqu'au bout du monde, alors il n'y comprenait plus rien.

Un héros. Et en plus, songeait-il, il ne s'en rendait même pas compte.

V

Blessés de guerre

Londres, septembre 1921

La porte s'ouvrit à la volée, un groupe de marins, yeux fous, visages de brique, s'engouffra dans la taverne, et avec eux venait la rumeur des quais, plus bas, bruits de grues et de treuils, cornes de brume, sifflets, battements lourds des machines, comme si la ville, au soir tombant, faisait irruption dans l'ombre silencieuse où ils s'étaient tous deux réfugiés. Il y eut des rires, des cris, les garçons en hâte allumaient les lumières que multipliaient les miroirs aux murs vers le bar, d'autres déjà arrivaient, commerçants en blouse et tablier, employés s'échappant de leurs offices, avec à la main des cornets aux odeurs de frites grasses et de poisson, des brocs de bière mousseuse poussaient comme par miracle aux poings des garçons et Schoedsack faisait le geste de se lever, quand Cooper le retint : un géant engoncé dans sa vareuse, les yeux mi-clos, à la voix de rocaille, entonnait un chant empli de nostalgie, traversé d'accents de révolte, et le silence se fit aussitôt :

Dans le port d'Odessa, là-bas,
vivent les bandits et les voleurs

— *Murka* ! Je connais cet air. Il le chantonnait souvent quand il se portait à hauteur de ma charrette. Une chanson à la gloire des voyous d'Odessa, disait-il… Je me moquais : un communiste, chanter les voleurs et les assassins ? Il partait au galop, fâché, revenait presque aussitôt : « C'est ainsi que le peuple exprime sa révolte ! »

Les compagnons du marin, serrés autour de lui, hochaient la tête, reprenaient le refrain à mi-voix. il n'y avait que les marins et les Russes pour laisser ainsi pleurer leur âme – avec la nuit venaient bien des fantômes, murmura Cooper.

— Je pense souvent à ce garçon, qui m'a sauvé des Cosaques. Il n'avait que huit mois de moins que moi, mais il paraissait si jeune ! Enthousiaste et désespéré – si fragile... Où est-il aujourd'hui ? Ou je me trompe sur le bolchevisme, ou il finira lui aussi dans un camp... Il était juif. Un Juif d'Odessa. Et il portait ce monde en lui, à un point qu'il ne soupçonnait pas. Il se redressait, il rayonnait, dès qu'il évoquait la synagogue des bouchers, le marché de la Moldavanka, où les Moldaves venaient vendre leurs produits, devenu le repaire des contrebandiers, le café, au cœur de la ville, où se croisaient Grecs, Polonais, Russes, Serbes, Ukrainiens, marchands français, anglais, allemands – le café Fanconi, je crois, ou quelque chose comme ça. Il était d'une famille de marchands aisés et d'hôteliers, mais il aimait se perdre dans les ruelles de la ville pauvre, traîner dans les cafés où les mauvais garçons se donnaient en spectacle. Ses vraies universités, disait-il. Mes pieds me faisaient un mal de chien, les autres blessés ne valaient guère mieux, mais on se tordait de rire aux exploits de Benia Krik, le roi des voyous d'Odessa, et de Mandel, son père. Je crois bien qu'il les inventait à mesure, ce n'était pas possible autrement, mais lui jurait que non, que c'était la vérité vraie, juré, craché, l'âme d'Odessa, à nulle autre pareille. Et moi : que faisait-il donc ici, dans ce cas, au milieu de cette horreur ? Furieux, il poussait son cheval au galop, d'un coup d'éperon. Et c'était un autre homme qui revenait, l'air sévère, appliqué, soucieux de me convaincre : c'est qu'il croyait dur comme fer, lui si tendre, à la parole de Lénine, à la vérité du communisme, que la Révolution serait la libération de tout le genre humain – c'est lui, bien sûr, qu'il voulait convaincre. Mais quand il laissait parler son cœur...

Le jour ils volent,
La nuit ils tuent
Et Murka est leur reine

Et c'était le cœur d'Odessa qui battait ce soir-là dans le cœur des marins, au bar enfumé du Blind Beggar, les larmes d'Odessa qui tremblaient dans leurs voix, tandis que les verres se succédaient dans un halo doré. Les voyous d'Odessa promettaient aux puissants bien des tourments, poursuivait la chanson – que savaient ces belles âmes des souffrances des pauvres gens ? La prison était leur seule réponse, ils récolteraient la révolte, conduite par Murka. Le géant avait empoigné la bouteille de whisky et buvait au goulot, tandis que les autres reprenaient le refrain, chacun réclamait déjà sa bouteille, et les garçons échangeaient des regards inquiets.

— Quand son cœur parlait... Ah ! Il aurait pu être avec nous, pendant cette première nuit, à Vienne. La guerre avait pris possession de lui, pour le meilleur et pour le pire, et son âme depuis se débattait de toutes ses forces. Nous étions tous perdus en d'improbables confins, sur une terre dévastée, et il y voyait le miroir de son âme. Il se raccrochait à cette idée que quelque part était un centre, ordonné, rationnel, dispensant ses lumières par ondes concentriques, vers les lointains en proie au chaos et aux ténèbres. « L'espace convulsé de l'incompréhensible », disait-il – et il faisait alors lecture aux Cosaques, qui s'en fichaient, des dépêches de Lénine. Les Cosaques ! Ils hantaient les confins depuis des siècles, ils étaient l'esprit même du chaos, un vertige de destruction, pillant, brûlant, violant – à commencer par les Juifs, comme lui. Il venait vers moi : « C'est l'enfer. La façon dont nous portons la liberté, c'est horrible. Nous passons comme un tourbillon, comme un torrent de lave, détestés de tous ! »

« Mais le lendemain lui venait que les confins, ravagés par la barbarie, étaient aussi un carrefour de cultures – un livre d'histoires dont il tournait les pages et c'était comme s'il coloriait pour moi un livre d'images là où je n'avais vu que dévastation. Ici, me montrait-il, se croisaient, se heurtaient, se superposaient l'Orient de Byzance et des Juifs, l'Occident des buveurs de bière, la gaieté de l'Ukraine, la morosité russe, l'ascétisme des Juifs du Nord, si loin de ceux enjoués et replets d'Odessa. Au gris des *hassidim* répondaient les couleurs vives des catholiques, les tertres cosaques jouxtaient les synagogues, les grandes croix polonaises, dans les cimetières, côtoyaient celles, plus petites, des orthodoxes galiciens – le cœur battant de l'Europe n'était-il pas ici, en vérité ? Et il se persuadait alors, avant une nouvelle crise, qu'il vivait les épreuves d'une initiation, qui lui livrerait quelque jour son mystère : il fallait que cette perte de soi, parmi ces assassins, eût un sens, que cette orgie sanglante fût une étape nécessaire dans l'accouchement d'un monde nouveau.

« Il rêvait d'être écrivain. Qui pouvait encore penser à la littérature, dis-moi, dans cette folie ? Quelques nouvelles de lui avaient paru dans une revue de Gorki, insistait-il. Le grand homme lui avait même conseillé de se plonger "au cœur de la vie, dans ce qu'elle pouvait avoir de plus dur, de plus brutal, pour en nourrir ses écrits". Au cœur de la vie ! Oui, il aurait pu être avec nous, à Vienne... Qui sait ? C'était un vrai artiste, je crois. Peut-être a-t-il réalisé son rêve. S'il n'est pas déjà mort.

— Son nom ?

— Oh ! Babel. Isaac Babel.

Un parti de marins fit irruption à grand fracas, au parler de rocaille et de vent, déjà se précipitait vers le bar en jouant des coudes, et malgré les rires et les bourrasques on pouvait deviner comment l'affaire se terminerait. Pourquoi les marins, partout où ils passent, dans tous les bars du monde, finissent-ils toujours par tout casser ? maugréa Cooper, arraché à ses souvenirs.

— Parce qu'ils ont le cœur trop vaste, soupira Shorty. Parce qu'ils ont trop de chagrin en eux. Et qu'ils n'ont que leurs poings.

Il avait vécu si longtemps avec eux, sur les docks de L.A. !

— Dans le fond, ils sont comme toi et moi : pas fichus de poser sac à terre.

Cooper hocha la tête. En tout cas, mieux valait filer. À la complainte d'Odessa commençaient à répondre les accents sauvages de Stornoway et des Orcades, où les hommes naissent dans l'océan, clamait un grand rougeaud au faciès de broussailles en brandissant un broc de bière, et la houle des épaules annonçait la venue de plus grands vents. Un géant titubant, au torse de grizzly, voulut leur barrer le chemin, ils n'allaient pas les quitter sans partager un verre ou deux ? mais Shorty lui murmura quelques mots à l'oreille et la brute, émue, l'étreignit avant de s'écarter, que Dieu te garde, l'ami ! Dehors, la ville avait disparu, les fanaux du Blind Beggar, seuls, brillaient comme feux Saint-Elme à travers la masse cotonneuse, derniers repères offerts aux âmes errantes. Shorty frissonna. Trop de fantômes, ce soir...

— Tu lui as dit quoi, au juste, à ce mastard ?

— « Ce soir, mon âme est trop triste, mon frère... » La vérité.

C'est vers les docks Sainte-Katharine, ou ce qui en restait, dans cette purée de poix dissolvant tous contours, les jambes ballantes au-dessus du vide, que fut scellé le pacte qui allait décider du reste de leur vie. Le premier acte s'était joué entre Vienne et Varsovie, mais il leur semblait que leurs mille aventures n'avaient été que les voies nécessaires pour les conduire à cet instant. Derrière le mur de brume se devinaient des présences formidables, géants endormis venus des Amériques ou de l'Orient extrême, portiques, grues de levage, des bruits résonnaient, à demi étouffés, grincements d'aussières, clapot des eaux grasses, auxquels se mêlaient, tout proches, les murmures fuyants d'invisibles créatures.

— On ne reviendra pas, n'est-ce pas ? soupira Cooper. Parmi les gens normaux. Les gens en paix.

Il y eut comme un froissement au ras de l'eau, un rauquement bref, le bruit d'un plongeon, puis le souffle large, puissant, d'un monstre s'ébrouant.

— Une baleine, chuchota Cooper.

— Ou un phoque.

Se pouvait-il que des phoques remontent la Tamise ? Mais peut-être n'étaient-ils plus à Londres, emportés très loin dans leur enveloppe de brume, que des lumières incertaines, très haut, nimbaient d'un halo irréel.

— *Umbra sumus*, dit Shorty, après un silence. Trop de fantômes.

Il aurait fallu pouvoir les laisser derrière eux. Les oublier. Mais avec qui parler, après ? Ensemble, ils avaient *partagé le mystère*.

— C'est peut-être eux, les gens normaux, qui ont raison, dit Cooper, à voix basse, comme s'il craignait d'être entendu. Ou qui ont eu la chance, va savoir, de ne pas l'avoir vécu.

Il ne cessait, depuis, d'y faire retour, comme à une énigme – ce sentiment, face à cette folie, d'avoir été comme soulevés chacun par une force venue du plus profond de soi, unis dans le même élan.

— Et il n'y avait plus rien qui nous séparait, origine, croyance, hiérarchie, frères dans la mort acceptée, l'âme mise à nu. Et libres, splendidement libres, sans plus rien qui pesait.

Une lame de fond venue – d'où exactement ? Il n'en savait trop rien. Mais il s'était senti, alors, plus grand que lui.

Et comme son ami restait silencieux :

— S'il faut la guerre, pour connaître ces moments-là, il y a de quoi se poser des questions, non ?

Mais peut-être la guerre s'était-elle insinuée en eux telle une drogue, et ils vivaient depuis une illusion – juste en état de manque. Pas des héros, non : des infirmes.

— Voilà ce que nous sommes, tous les deux : des blessés de guerre.

C'était décidément la nuit de toutes les solitudes, quand la vie paraît à ce point s'absenter qu'il ne vous reste plus qu'à laisser couler vos larmes. Le fleuve lui-même paraissait immobile. C'est alors que retentit un cri – un cri comme un appel, de désespérance et d'attente à vous serrer le cœur, la plainte d'une créature perdue. Ils frissonnèrent tous deux.

— Il n'y a pas que la guerre, dit enfin Shorty, d'une voix hésitante. Tu sais que ce type, Jack London, a été chercheur d'or ? Au Klondike. Et crois-moi, ceux-là en ont bavé. Pourquoi ? À la fin, ils ne savaient même plus. L'or ? S'ils en trouvaient, ils le dépensaient tout de suite, sur les tables de jeu. Pour recommencer.

L'épopée de la Chilkoot Pass, des milliers de marches taillées à vif dans la glace, des mois de va-et-vient pour hisser vivres et matériel, la démence du Dead Horse Trail, au sortir de Skagway, trois mille chevaux et mules morts dans l'ascension, piétinés par les suivants pataugeant dans la boue et le sang, la faim, le scorbut et le froid, le froid terrible, la lutte de chaque instant quand la moindre erreur signe votre arrêt de mort…

— Le Grand Nord ! Personne, je crois bien, n'en a parlé mieux que lui. Et dans un de ses bouquins… Écoute bien ! C'est l'histoire d'un chien domestique qui s'échappe, devient loup. À l'appel d'une clameur, venue du cœur du monde. D'une force primordiale. De création tout autant que de destruction – face à laquelle tu ne survis que si tu la découvres aussi en toi, et la maîtrises. Son titre ? *L'Appel de la force*[1]. Qu'est-ce que tu en dis ? Ce n'est pas tous les jours qu'on trouve des livres où l'on a l'impression de *se* lire…

Il se tut, guettant une réaction de son ami, reprit :

1. *The Call of the Wild*, d'abord traduit par *L'Appel de la forêt*, puis par *L'Appel sauvage* (aux éditions Phébus) et enfin par *L'Appel du monde sauvage* dans la récente édition de la Pléiade. Plus approprié me paraît *L'Appel de la force*.

— Il n'y a pas que la guerre. J'ai repensé souvent à cette nuit à Varsovie… Je me disais : qu'est-ce qu'il fout, Coop, s'il est encore en vie ? C'est ça, qu'on devrait faire : chercher les pires endroits du monde, la nature la plus sauvage, où les hommes se battent, survivent, en dépit de tout, et filmer !

Comme Cooper demeurait silencieux, il insista, inquiet :

— Hein, qu'est-ce que tu en dis ?

Son ami esquissa un sourire moqueur.

— Shorty le taiseux ! Eh bien…

— Charrie pas. Dix-huit mois ! Je me dépêche. Des fois que tu serais venu m'annoncer ton départ.

Il devina dans la pénombre son ami qui piquait du nez. C'était donc ça : juste une journée, avant de disparaître, Dieu savait où ?

Mais l'autre, en s'accompagnant d'une bourrade :

— Tu m'as coupé tous mes effets. C'est juste ce que je venais te proposer. La guerre est finie. Mais peut-être pas l'aventure ?

Filmer la force obscure au cœur du monde ! Une deuxième bourrade scella leur accord : à compter de cet instant, ce serait leur seul but.

Un souffle passa, à peine un soupir, au ras des eaux noires annonçant la bascule de marée. Le rideau du brouillard presque aussitôt se déchira et ils restèrent là sans dire mot tandis que se déployait devant eux le prodigieux spectacle de la Tamise, les lumières vacillantes de Jacob's Island, le Pont de Londres illuminé et la Tour, à main droite. Les quais sombres de Sainte-Katharine sortaient derrière eux de la nuit, hérissés de mâts, de grues, de passerelles par lesquelles décharger directement dans les entrepôts tabacs de Virginie, laines et bois d'Australie, ivoire des côtes d'Afrique, soieries du Japon, thé, épices, parfums, poudre d'indigo, vins et cognac – le ventre grondant de Londres où s'entassait la plus grande concentration de richesses des cinq continents, qui demain repartiraient, transformées, aussitôt remplacées. Sous leurs pieds courait une autre ville, souterraine, entrelacs de caves voûtées aux forts piliers, les plus vastes du monde, où reposaient des dizaines de milliers de tonneaux de vins fins, de rhums et de cognacs. Dans les risées légères passaient, entêtantes, les senteurs lourdes des tabacs virginiens mêlées à celles des épices et, plus aigres, celles des barriques, qui masquaient à peine la puanteur des tanneries de Jacob's Island, pourtant de l'autre côté du fleuve. Le ventre, oui, d'un monstre sans visage brassant les denrées et les êtres, télescopant la plus extravagante richesse et la misère la plus abjecte : aux demeures de marbres rares des maîtres de la Cité répondaient les taudis de l'East End. Un entre-deux, philosophait Cooper, où se côtoyaient, s'opposaient, s'égaraient, entraient en incandescence tous les extrêmes. Une porte, ou une prison. Qui ne prenait pas le large, homme comme navire, finissait sur la rive, échoué.

— La dernière fois où je me suis trouvé sur un quai, à échafauder des projets, c'était à Annapolis, près de la *Reina Mercedes*. Avec ma petite amie dans les bras… C'était il y a sept ans à peine. Dis-moi, est-ce que c'est nous, ou est-ce que c'est le monde, qui est devenu plus vieux ?

Un souffle rauque retentit sous leurs pieds. Se penchant, ils distinguèrent, qui les observait, la tête penchée, un phoque hirsute, d'humeur apparemment joviale. Ce n'était donc pas une légende, murmura Shorty, que ce phoque arrivé un jour derrière le marché de Billingsgate, entretenu depuis lors par les poissonniers. Nourri peut-être, mais seul, séparé de ses semblables. Lui aussi avait besoin de compagnie, ce soir.

— Il ne t'a pas échappé que je suis fauché ?

Frigorifiés, ils avaient trouvé refuge dans un pub enfumé, au bout de Wapping Wall. Le plus ancien de Londres, prétendait l'écriteau en façade près du trois-mâts qui grinçait toutes voiles dehors au-dessus d'une fenêtre à croisillons, repaire depuis des siècles de forbans, de contrebandiers, de coupeurs de bourse et de gorge – et le bar préféré du terrible Jeffreys, le juge-pendeur aux temps enfuis du roi Jacques. Le front baissé, des brutes tatouées jouaient aux dominos à la table voisine, d'autres se parlaient à l'oreille en jetant autour d'eux des regards furtifs, un coup de poing, de temps en temps, faisait trembler une table, par tous les diables, John, prends garde ! et le brouhaha un instant interrompu reprenait – de toute évidence, de parfaits gentlemen, apprécia Cooper, ravi. Les dalles de pierre usées, le comptoir monumental posé sur des tonneaux, les piliers de la salle faits de mâts de bateaux : le lieu avait du charme. Sans doute moins jadis, quand il avait nom Devil Tavern, nuança Shorty : à quelques pas de là on pouvait voir encore, au-dessus du fleuve, le gibet où furent pendus le capitaine Kidd et des dizaines d'autres pirates. Mais aujourd'hui il était surtout le rendez-vous des mariniers et des derniers marins-pêcheurs de la Tamise.

— Pas plus d'un meurtre ou deux par an, et encore, les bonnes années…

Par la fenêtre, ils pouvaient voir miroiter au-dessous d'eux le fleuve, où traînaient encore des écharpes de brume.

— Une caméra, remarque, c'est déjà ça, soupira Shorty, revenant à leurs grandioses projets. Mais pour le reste, mon vieux, je suis raide. Fauché.

— Oh ! Moi aussi, fit Coop, pas plus tracassé que cela. J'ai trouvé un job de commissaire, sur un cargo, pour rentrer à New York. Avec un peu de chance, il me restera 2 ou 3 dollars, à l'arrivée…

Fauchés, donc, ça ne faisait aucun doute. Ce qui, ajouta Coop, après un troisième grog, « laissait largement ouvert le champ des possibles ».

— Je trouverai bien un job de journaliste. Après tout, je l'ai été, avant… J'ai un contact, au *New York Times*. Et des histoires à raconter, non ?

Journaliste, c'était le job idéal pour renifler l'air du moment, nouer des contacts. Il se pencha en avant, déjà à New York, et la salle disparut : la Société de géographie, *Asia Magazine*, il ne lui faudrait pas longtemps pour trouver le bon projet, un coin sauvage, hostile, un monde perdu, une civilisation inconnue. Après tout, ça ne devait pas être plus difficile que de monter une escadrille en Pologne !

— L'argent, je le trouverai, si je fais rêver. Et puis, cette Marguerite Harrison dont je t'ai déjà parlé… Elle rentrait à New York, elle aussi. Et elle connaît beaucoup de monde. Elle m'aidera.

Marguerite Harrison… Ce nom-là revenait un peu trop souvent, nota Shorty, intrigué par le regard quelque peu fuyant de son compagnon.

— De l'argent, on n'en a pas tellement besoin, si ? poursuivait Cooper, sur sa lancée. Le voyage, bien sûr. Quelques armes, aussi, des munitions. Mais on sait vivre à la dure. Comme les gens sur place. Pas de porteurs, de trucs comme ça. Juste comme eux. Et puis il y a ton film. Tu me diras ce qu'il faut compter. Après tout, tu as déjà une caméra, non ? Il te faut juste un peu de pellicule ?

Un peu ? Shorty le fixa, interloqué : *ma parole, il n'a pas la moindre idée de ce qu'est un film.*

— *Beaucoup* de pellicule. Tout un équipement pour la protéger. Et puis il faudra la développer. Avant de monter le film – en éliminant les neuf dixièmes des images. Avant de trouver des salles où le projeter. Beaucoup de pellicule. Et beaucoup d'argent.

Il commanda un autre grog, se racla la gorge.

— Dis-moi, tu en as vu beaucoup, de films ?

— Oh, une dizaine. Douglas Fairbanks, des choses comme ça. Pourquoi ?

— Je veux dire : des films comme celui que nous allons tourner ?

— Non, aucun.

Ça n'avait pas l'air de le troubler. Cooper cligna des yeux, malicieux.

— J'y ai pensé. Il faudra que tu m'expliques, pour que je n'aie pas l'air d'un demeuré. Quand viendront les discussions sérieuses avec des financiers.

Shorty soupira.

— Et tu restes combien de jours ?

— Trois, en principe.

Dans la lueur tremblante des lampadaires se devinaient des corps effondrés sur le pavé, des ombres glissaient le long des murs luisants de suie, des visages menaçants jaillissaient des ténèbres. Des gosses en haillons disputaient aux rats des monceaux d'ordures. Ou bien c'était le bloc sombre d'un groupe de sans-abri qui dormaient debout, serrés les uns contre les autres pour ne pas tomber, puisque telle était la loi : qui tombait au sol pouvait être arrêté. Des vieillardes sortaient d'une encoignure en tendant vers eux leurs moignons ou, remontant leurs jupes, les invitaient avec des ricanements obscènes. La ville se creusait en pièges, en trappes, en souterrains, devenue le territoire d'une chasse à l'homme où rôdaient en meutes des fauves occupés à survivre : le peuple de la nuit.

La jungle de Londres ! La Devil's Tavern, devenue Prospect of Whitby, était un havre de paix au regard du cloaque où ils avaient dû s'enfoncer pour rejoindre Brick Lane. Mariniers et dockers s'étaient éclipsés les uns après les autres et ils avaient suivi le mouvement. Peut-être avaient-ils leur sujet tout trouvé devant eux, sans besoin de voyage, avait soufflé Schoedsack en s'engageant dans Leman Street : y avait-il pire jungle que la jungle urbaine ? Il s'était laissé dire que les Parisiens appelaient leurs voyous des « apaches » – c'était dire. Mais non, grommelait Cooper, en serrant les poings, prêt à en découdre avec qui s'approcherait, ici, c'était le pire combat de tous, dont il ne voulait plus : celui de l'homme contre l'homme. Les tigres, en comparaison, étaient des âmes innocentes…

C'étaient les mêmes visages, les mêmes regards qu'à Lwow, qu'à Kiev, qu'à Poznan. En vérité, ils n'avaient pas quitté la Pologne. Il n'avait pas quitté le camp Koschukovki. Sous des formes différentes, c'était la même guerre.

Le chat s'en était allé, dédaignant la saucisse. Signe de courroux, diagnostiqua Shorty, tout en considérant, perplexe, l'exiguïté des lieux. Une simple couverture par terre fera l'affaire, trancha Cooper. On exagérait grandement l'incommodité des cancrelats, innocentes créatures qu'il avait fréquentées assidûment, plus soucieuses qu'on ne l'imaginait de cohabitation pacifique. De pouvoir délacer ses chaussures, dans l'instant, suffisait à son bonheur : ces rues de Londres étaient interminables. Dans quelques semaines, deux à trois mois au plus, ils auraient devant eux l'horizon grand ouvert : le monde, dans sa splendeur !

Trois mois, ou six, ou douze, corrigea Shorty : monter une expédition prenait toujours plus de temps qu'on ne pensait. Mais il attendrait. Et si ce Selznick de malheur s'obstinait à l'oublier, eh bien, la Croix-Rouge lui avait proposé une nouvelle mission : une guerre se préparait, à ce qu'il avait compris, ou avait commencé, entre Grecs et Turcs. Où qu'il se trouve, au premier signe, il accourrait. Et Coop savait maintenant comment le joindre.

— Rue Gît-le-Cœur, s'entendit-il murmurer, en glissant dans un demi-sommeil.

Il se réveilla en sursaut. Une masse grondante venait d'atterrir sur son ventre.

— T'inquiète ! dit la voix ensommeillée de Shorty. C'est Coop. T'as entendu ? Il ronronne !

Il se redressa à demi : dans le noir, deux yeux féroces le fixaient, tandis que des griffes acérées se plantaient dans sa poitrine. Il réprima un cri de douleur. Pas de doute : il ronronnait.

— Il t'a adopté ! poursuivit Shorty, ravi.

Coop et Coop réunis sous le même toit. C'était un signe…

PARTIE II

La profondeur mystérieuse du temps

VI

La profondeur mystérieuse du temps

Abyssinie, janvier-février 1923

Des grondements sourds le réveillèrent, un va-et-vient irrité dans les cages au-dessous de lui, le cliquetis de harnais. Il s'étira, tenta, en vain, de rassembler le tournoiement des images qui l'assaillaient, comme au sortir d'un rêve dont il ne retrouvait plus le fil. Du lointain des collines venaient des jappements de chiens errants. Puis il distingua au-dehors, rassurants, un froissement de pas pressés, le brouhaha de voix étouffées. À l'odeur âcre des grands fauves se mêla celle des bouses de vache séchées qu'on allumait, puis, plus aigre, celle du beurre rance. La nuit frémit comme un voile qu'agite un souffle léger, dans les replis lavande des ténèbres ondoyaient des lueurs pâles et tout à coup un rugissement éclata sous ses pieds, roula sur l'étendue, une clameur aussitôt reprise en un concert furieux, qui disait, malgré les chaînes et les barreaux, une puissance indomptée, et les flots déferlèrent d'une lumière bleue et or, envahirent la chambre aux plafonds hauts, éveillant des ruisseaux de pierreries, de broches, de bracelets, de boucles jetées çà et là sur des plateaux d'argent, l'extravagant amoncellement de trésors débordant des coffres de cuir damasquinés aux peintures d'or, peaux de bêtes, coupes, chandeliers, vases, armes et boucliers sertis de pierres précieuses, sous le regard dédaigneux de l'ancien maître des lieux, campé en grand apparat par un artiste – les lions de Juda, à leur manière, saluaient la naissance du jour.

Ce n'était pas un rêve. Il était remonté aux temps bibliques du roi Salomon et de la reine de Saba, dans les ors et les fastes du palais de Lyg Yasou, le prince déchu. Les draps dans lesquels il s'attardait étaient peut-être les siens, ce lit, celui des débauches qui l'avaient conduit à sa perte, où tant de jeunes vierges, enlevées aux tribus alentour, avaient été forcées avant d'être livrées à ses soldats. Tout à l'heure, la cour bourdonnerait d'activités, les jeunes esclaves s'affaireraient autour des feux, les rires fuseraient, des gamines occupées à tresser des paniers, des convois de mules et de chameaux passeraient les portes du palais gardées par des soldats impassibles, tandis que des seigneurs arrogants, lance et bouclier à la main, des peaux de lion, de léopard ou de mouton aux couleurs éclatantes jetées sur leurs épaules, se rassembleraient sur leurs cavales piaffantes, entourés de leurs guerriers et serviteurs pour aller rendre hommage au ras Tafari, maître de toutes choses sur cette terre. Et Omar, le digne majordome, viendrait s'enquérir des désirs du seigneur Cooper, invité extraordinaire du ras et de l'impératrice Zaoditou la toute-puissante. Rien, ici, n'avait changé depuis mille six cents ans…

Deux jours plus tôt, il était encore installé à l'entrée de la ville, dans une auberge miteuse tenue par un ancien *poilu* français qui se cramponnait à lui au nom de leur guerre commune. Sur les péripéties qui l'avaient conduit là, le brave Chopinot restait des plus discrets. Ce qu'ils avaient vu, répétait-il, ce qu'ils avaient vécu dans les tranchées, aucun homme n'aurait dû avoir à le supporter – et dès lors il n'avait eu en tête que de se perdre au plus loin d'un monde capable d'une telle horreur. « Un bon Français, monsieur, je suis un bon Français ! » insistait l'homme. À l'autre bout de la pièce, Taylor, son compagnon de voyage, tentait de dénicher dans un semblant de bar de quoi se concocter un vrai cocktail américain, sous les yeux intrigués de Noirs en haillons. Plus loin de tout, le pauvre Chopinot n'aurait pas pu trouver, songeait Cooper, encore étourdi par ce qu'il avait vu. Depuis son départ sur le *Wisdom,* quatre mois auparavant, il avait sillonné les mers du Sud dans l'émerveillement de paysages sans cesse renouvelés, accosté des îles dangereuses, approché des peuplades sauvages, mais rien n'égalait ce qu'il avait découvert ici : une civilisation raffinée et barbare, un bloc des temps anciens. Comment diable le poilu avait-il pu s'y faire une clientèle ?

L'autre eut un geste évasif. Peut-être, en effet, était-il *allé trop loin*…

Et c'est alors que s'était annoncé le plus improbable des personnages, serré dans une redingote à l'occidentale, un chapeau melon depuis longtemps flétri par le soleil d'Afrique rejeté en arrière, trottinant sur une mule somptueusement caparaçonnée, harnais serti de pierreries, selle de velours cramoisi, suivi de cavaliers piaffants, armés en guerre, aussi féroces d'apparence que les Cosaques de Boudienny – mais d'avoir appris qu'à la manière des Danakils du désert ils considéraient un homme au nombre de ses ennemis tués ou castrés, et subsidiairement à celui de leurs femmes violées, influait sans doute sur son jugement. Monsieur Abraham, un Arménien ayant échappé par miracle aux massacres perpétrés par les Turcs, présentement gardien de la Bourse personnelle du ras Tafari le Tout-Puissant, venait les informer qu'un palais les attendait, plus accordé que ce taudis à leur condition d'invités exceptionnels de Sa Grandeur...

La porte du premier mur d'enceinte, en ruine, témoignait de la violence de combats récents. Derrière lui se déployait un espace couvert de tentes entre lesquelles somnolaient des chameaux aux yeux vagues, des gosses à demi nus jouaient sur des détritus, et ils avaient dû se frayer un passage dans la cohue des paysans venus vendre bois et légumes, au milieu d'un concert effaré de mules, de chèvres et de moutons – la vie ordinaire d'un village. Les chevaux avaient renâclé à l'entrée de la deuxième muraille et renâclé encore pour avancer entre les *tukuls* en pisé, demeures de la maisonnée du prince Lyg Yasou. Peut-être était-ce une alerte, avait glissé Taylor à mi-voix, pas plus rassuré que cela : qui sait si on ne les conduisait pas vers quelque prison discrète ?

Un grondement profond, derrière une dernière hutte, avait apporté une réponse aux frayeurs des chevaux : quatre lions, dans des cages de bois, gardaient la porte d'une haute muraille. Passé la porte, le monde extérieur s'était comme éloigné. De son vacarme ne se percevait plus qu'une lointaine rumeur. Une allée de fin gravier bordée de fleurs serpentait à travers des pelouses jusqu'au palais : une tour carrée de trois étages, hier encore la demeure du prince Lyg Yasou, leur avait dit alors l'honorable Abraham. Des portraits de dignitaires, sévères dans leurs longues robes de soie blanche brodée, décoraient la grande salle à manger – les partisans du prince, aujourd'hui en prison, avait sobrement commenté Abraham, suivi d'Omar le majordome. Taylor avait couru de pièce en pièce comme un gamin, ouvrant coffres et armoires – comment pouvait-on laisser ainsi pareils trésors ? Une armoire ouvragée, dans la salle à manger, lui avait arraché des cris de bonheur : s'y entassaient des dizaines, des centaines de bouteilles de champagne, de vins fins, d'alcool rares – le prince converti à l'islam n'en appréciait pas moins certaines douceurs de la civilisation occidentale corrompue…

Cooper, lui, agitait d'autres pensées : où diable était Schoedsack ?

Djibouti, depuis le pont du *Widom II*, dix jours auparavant, lui avait paru abandonné. Quelques bicoques blanches sur une terre rase, brûlée par le soleil. Aucun signe de vie, pas le moindre mouvement en réponse à leur pavillon de quarantaine hissé en tête de mât. Au bout d'une heure, ils avaient distingué quelques têtes à fleur d'eau nageant vers eux : une douzaine de gamins qui criaient « Deux sous à la mer ! Deux sous à la mer ! » en agitant les bras, mais quand le capitaine Salisbury et lui s'étaient exécutés, les deux chiens airedales de l'équipage avaient sauté à l'eau en aboyant de joie, et les gamins s'étaient enfuis, effrayés. L'attente avait repris, sous un ciel de feu. Chacun, sur le pont, cherchait un coin d'ombre. Cooper, silencieux, tentait de repousser un pressentiment : Schoedsack n'était pas là. « J'arrive », avait-il répondu presque aussitôt au câble envoyé depuis Ceylan. Suite à une tempête, leur cameraman s'était enfui, laissant l'équipe en plan, et le capitaine Salisbury avait accepté sa suggestion d'appeler Shorty. Au consulat américain de Colombo, ils avaient appris la fin, depuis octobre, de la guerre entre Grecs et Turcs, Shorty, à tout coup, se trouvait libre… Rendez-vous avait été donné à Djibouti et depuis, Cooper comptait les jours de mer – ce *Wisdom* n'avançait pas ! Seize mois s'étaient écoulés depuis leur pacte de Londres, seize mois qui lui avaient paru une éternité, mais pas un instant il n'avait douté qu'ils se retrouveraient.

Le cri d'un matelot l'avait arraché à sa torpeur : quelque chose, là-bas, bougeait. Un canot contournait le môle, mettait le cap sur eux. Il avait distingué un homme, debout à la proue, saisi ses jumelles – mais non, ce n'était pas Shorty. Où diable se trouvait-il ? Le second du capitaine du port, par ailleurs « officier de santé intérimaire », s'était présenté le nouvel arrivant en se hissant à bord. Pressé d'en finir, il s'épongeait le front avec un vaste mouchoir à carreaux, et le temps pour Salisbury de glisser dans sa poche quelques billets, le *Widom II* avait pu entrer au port – vide, à l'exception de quelques barques de pêche.

Cooper avait détesté Djibouti. Quelques centaines de Grecs et de Français s'y traînaient, épuisés de chaleur, avec pour seul refuge un hôtel grec infesté de mouches où chacun buvait trop en attendant, en vain, que du cœur de la nuit vienne un soupçon de fraîcheur. Agacé, il avait repoussé une invite à s'encanailler chez les indigènes, où quelques danseuses « valaient le détour », insistait le barman. Où était donc Schoedsack ? Pareille occasion ne se représenterait pas de sitôt. Si seulement il leur avait envoyé un câble ! Djibouti était un cimetière, un piège d'où on ne repartait plus, marmonnait un Italien mélancolique qui se présentait de table en table comme « soldat en déroute », en quémandant un verre.

L'homme n'avait peut-être pas tort. Le lendemain de leur virée nocturne, l'équipage du *Wisdom*, Salisbury le premier, se tordait sur le pont en se tenant le ventre et Cooper s'était repris à espérer en un nouveau délai offert à son ami. Malgré son état, qu'il soignait à l'anisette sur les conseils de l'adipeux « officier de santé intérimaire », Salisbury, tout comme lui, avait dressé l'oreille, un soir, aux récits du clochard italien – revenu par miracle, disait-il, d'un royaume perdu par-delà le désert, dans les montagnes du Nord-Est. Grand comme l'Allemagne et la France réunies, dernier royaume chrétien d'Afrique, sur lequel régnait sans partage le descendant du roi Salomon, peuplé de terrifiants guerriers que nul, jamais, n'avait vaincus, chasseurs de lions à la lance et mangeurs de chair crue. Il décrivait d'une voix tremblante les rituels somptueux et barbares de cette Abyssinie encore presque inconnue. Un peu plus de vingt ans auparavant, les Italiens avaient cru les vaincre – mais leurs colonnes, les unes après les autres, avaient été exterminées, les fugitifs pourchassés sur des dizaines de kilomètres puis massacrés tandis que des feux de joie s'allumaient au sommet des collines. Cooper et Salisbury s'étaient regardés, l'œil brillant : quel sujet ce serait ! Comme un signe, un câble leur était parvenu le lendemain de Port-Saïd : Shorty était en chemin.

Mais Salisbury trépignait d'impatience. Que Cooper et Taylor, les seuls valides, partent en éclaireurs ! Il suivrait avec Schoedsack. Taylor, le navigateur, presque le sosie de Cooper par la corpulence, tout en nerfs et en muscles, avait souri d'un air entendu. Quelque chose lui disait que ce cinéaste dont Cooper lui rebattait les oreilles depuis des semaines serait seul à les rejoindre – l'honorable capitaine Salisbury était un aventurier prudent.

C'est ainsi qu'ils s'étaient retrouvés, deux jours plus tard, dans l'improbable tortillard supposé les conduire, si tout allait bien, jusqu'à la capitale de l'Abyssinie. La ligne avait été initiée par deux aventuriers, l'un suisse et l'autre français, qui avaient su gagner la confiance de l'empereur Ménélik II. Épuisés par les attaques incessantes des Somalis et des Danakils, abandonnés par les ouvriers européens rendus fous par la fournaise du désert, bientôt ruinés, ils n'avaient pu aller au-delà du premier tiers. L'entreprise serait tombée dans l'oubli si le gouvernement français, échaudé par l'affaire du canal de Suez et craignant quelque intrusion des Anglais dans ce qu'il estimait son pré carré, n'avait jugé bon, pendant la guerre, de terminer la ligne. Depuis, quatre wagons bringuebalants tirés par une antiquité qui répondait, non sans hoquets, toux et crachotis, au prénom de *Rosalie* mettaient trois jours à parcourir, ou pas selon les humeurs des nomades du désert, les neuf cents kilomètres qui séparaient Djibouti d'Addis-Abeba, capitale de l'Abyssinie.

À chaque halte, deux groupes en armes les attendaient en se défiant du regard, soldats abyssins mousquets au poing et Somalis bardés de sabres et de lances, qui vérifiaient du pouce le tranchant de leurs lames, et il n'y avait rien d'autre à faire, avait soupiré leur voisin, un négociant en vins fournisseur officiel du ras Tafari, qu'à prier pour que l'équilibre des forces ne se trouve pas rompu d'ici l'arrivée…

Quant à rouler la nuit, il ne fallait même pas y songer, sauf à embarquer avec soi un régiment – et encore, à condition d'éclairer la voie, car les pillards du désert montraient une fâcheuse propension à démonter les rails.

Les rares occupants du train s'étaient égrenés au fil des haltes. Au dernier matin, il ne restait plus en leur compagnie que monsieur Théophraste, le négociant coureur de mondes, fournisseur attitré à l'en croire du roi de Siam et du sultan de Zanzibar, sans parler de quelques roitelets africains et d'un maharadjah des Indes, destinations que sa très bourgeoise corpulence, ses petits gilets et sa montre à gousset rendaient inattendues. Mais on n'imaginait pas, confiait-il d'un air entendu, les quantités, notamment de champagne, que ces gens-là pouvaient ingurgiter.

— Ah, c'est que j'en ai vécu, des aventures, moi, messieurs ! répétait-il.

L'escalade avait commencé, cahotante, vers les hauts plateaux abyssins. Au bush avaient succédé des arbres de plus en plus serrés, daims et faisans s'égaillaient devant eux, et comme Taylor s'inquiétait de l'heure d'arrivée, le bon Théophraste avait cligné de l'œil, en riant sous cape. Il le saurait toujours assez tôt : ici, c'étaient des chapelets de pendus qui souhaitaient la bienvenue aux imprudents. Et les chiens, à leurs pieds, sautant pour leur arracher quelques lambeaux de chair…

Il tendait déjà le bras, sûr de son effet, à l'amorce d'une courbe mais n'avait pu retenir un cri de déception : les gibets étaient bien là, mais vides.

Une foule compacte les avait happés dès leur descente du train, dans un tohu-bohu de mules ployant sous des piles de fagots, de chameaux couverts de poussière sortant des déserts de l'Est, d'ânes chargés de ballots, de blocs de sel, de sacs de grain que menaient des paysans en haillons, bousculés sans ménagement par des seigneurs en *shamma* blanc sur leurs mules chamarrées, suivis par leurs serviteurs trottinant arme au poing. Les guerriers aux costumes extravagants, hérissés de lances et de fusils, s'enfonçaient à cheval dans la cohue, sans égard pour la piétaille. Ils surgissaient de routes étroites, à flanc de collines noyées dans un moutonnement serré d'eucalyptus, disparaissaient par des sentes invisibles, aussitôt remplacés par d'autres, et le fleuve grossissait sans cesse, des gamins demi-nus poussaient devant eux, à grand renfort de coups de bâton, des troupeaux affolés, jusqu'à une place bruyante nimbée de poussière ocre sentant fort le poivron grillé, le beurre rance et l'urine. Là, des marchands accroupis sous des gibets garnis encore de leurs cadavres vendaient comme si de rien n'était poteries, peaux de zèbre et de léopard, plumes d'autruche, fouets en peau de rhinocéros, légumes, poulets aux pattes liées. Des élégantes drapées dans des étoffes multicolores passaient, indifférentes, portant au bout de longs manches de minuscules parasols. Taylor avait saisi le bras de Cooper : une femme, à l'écart, vaquait à ses achats en traînant un homme, penaud, enchaîné à son poignet.

— Un débiteur insolvable, s'était esclaffé Théophraste. Il restera ainsi jusqu'à ce que sa famille ait remboursé sa dette.

Telle était la loi de Salomon.

— Dites donc, s'enquit Taylor, le métier de banquier ne doit pas être simple tous les jours ? Ou alors il doit se promener avec en permanence un chapelet de débiteurs ?

— Oh ! Un arrangement a été trouvé, répondit très sérieusement le négociant : le banquier a fini par installer une prison dans ses sous-sols, et engager une armée d'hommes de main pour traquer les mauvais payeurs, qu'il enferme dans sa cave jusqu'à ce qu'ils aient réglé leur dû.

Cooper et Taylor s'amusaient déjà à imaginer la taille des caves des banques américaines, avec pareil système, quand leurs rires s'arrêtèrent net. Devant une église aux murs sombres, un grand arbre tendait ses bras maigres chargés de malheureux encore vivants suspendus par le cou, et les implorations stridentes des mendiants montrant leurs moignons coupés dominaient le vacarme, dans l'indifférence générale. Telle était la justice de Salomon, inchangée depuis les temps bibliques.

Le plus terrible était un peu plus loin, avait ajouté Théophraste, en montrant un vaste espace, à l'écart :

— Le terrain des supplices !

Là, les voleurs avaient la main droite ou le pied gauche tranchés et restaient, sans soins, hurlant de détresse, jusqu'à ce qu'un des leurs vienne le chercher. Là, les criminels étaient livrés à la famille de leur victime, qui leur appliquerait le juste châtiment : pour chaque vie, une vie, pour chaque souffrance, la même souffrance. Il en allait ainsi depuis les temps bibliques. Et comme les deux hommes frissonnaient de dégoût :

— Ne vous méprenez pas ! Le ras est un homme de progrès. Mais il est l'otage de son pouvoir. Son peuple n'admettrait pas qu'il rompe la règle millénaire.

L'auberge de Chopinot, par contraste, leur avait paru un havre de paix. Le poilu, leurs bagages installés, avait entrepris leur éducation autour d'une bouteille de picrate imbuvable. Le royaume sortait d'années terribles qui avaient vu s'affronter l'héritier désigné par Ménélik, son neveu Lyg Yasou, guerrier, chasseur, brute vicieuse assoiffée de femmes et de sang, et Zaoditou, sa fille, héritière légitime. Lyg Yasou, converti à l'islam après la mort de son oncle, se rêvait déjà à la tête d'un empire islamique à la dimension de l'Afrique. La jeune Zaoditou était bien trop faible pour lui résister, mais il y allait de la survie du royaume millénaire de Salomon, aussi les nobles chrétiens s'étaient-ils tournés vers Tafari, le jeune prince de Harrar, petit, presque malingre, tout l'opposé du flamboyant Yasou, mais à la réputation de grande sagesse. Sage, il l'avait été, en effet, en exigeant d'eux qu'ils couronnent comme héritière légitime Zaoditou, se limitant à n'être que régent. Une guerre totale avait alors commencé, folie sanguinaire contre intelligence, et le ras Tafari, déjouant les pronostics, avait réduit à merci Lyg Yasou, puis les forces rassemblées par le père de ce dernier. Et s'il restait le régent, pour tous il était le maître, craint et admiré, du royaume…

L'ambassadeur de Grande-Bretagne, l'honorable Claud Russell, survint sur ces entrefaites pour saluer sans cérémonie les nouveaux arrivants. Ses premiers contacts, quelques années auparavant, avaient été un peu difficiles, leur confia-t-il : tout était tellement différent !

— Mais j'étais un lecteur passionné de sir Thomas Malory, voyez-vous, du roi Arthur, des chevaliers de la Table ronde. Ils m'ont beaucoup aidé.

La lettre d'introduction rédigée par Louis Froelick, le directeur d'*Asia Magazine*, qui campait ses interlocuteurs en quasi-représentants officiels du gouvernement américain, fit sourire Russell :

— Elle ne sera même pas nécessaire. L'Amérique ! Il sera ravi de vous recevoir. C'est un homme étonnant, vous verrez. Oui, étonnant…

Que venait faire ici roi Arthur ? Taylor haussa les épaules : grand, large d'épaules, la quarantaine, Claud Russell avait le teint rouge du parfait gentleman anglais – espèce aux sinuosités mentales aussi mystérieuses que celles des Abyssins.

Où était Schoedsack ? Demain à 7 heures, avait dit le ras, quand Cooper, d'un air innocent, lui avait demandé si par hasard il n'avait pas une petite guerre en préparation quelque part, ou à défaut des manœuvres militaires : ses guerriers avaient une telle allure ! Une guerre ? Non, juste quelques escarmouches çà et là, à la frontière, des bricoles sans intérêt. Mais des manœuvres, ça oui. Plus informé du monde extérieur que Cooper ne l'imaginait, le ras s'était enthousiasmé à l'idée d'un film sur lui et sur son pays.

— Demain à 7 heures. Je serai dans la plaine, avec mon armée.

On ne discutait pas les décisions du ras. Une seule journée pour mobiliser une armée ? Cooper était sorti de l'entrevue quelque peu sceptique. Depuis une semaine déjà, Taylor et lui allaient d'effroi en émerveillement, chaque jour apportait son lot de scènes surprenantes, effrayantes et splendides. Ce monde hors du temps obéissait à des codes incompréhensibles, dans un télescopage de luxe et de misère, de raffinement et de brutalité qui les laissait partagés entre révolte et fascination. Quelles images auraient su capter Schoedsack ! se désolait Cooper : les quelques mois qu'il venait de passer sur le *Wisdom* lui avaient appris que les belles occasions ne se représentent jamais.

Jamais ils ne retrouveraient la splendeur sauvage du convoi de lions en cage qui avait traversé la voie principale de la ville deux jours auparavant – une vingtaine de monstres défiant la foule compacte, les bœufs aux flancs maigres tirant les chariots grinçants, les cavales nerveuses des guerriers qui allaient et venaient, lance au poing, au rythme oppressant des tambours de guerre… Jamais non plus, ce moment quand les barreaux d'une cage avaient cédé, l'éclair roux du fauve bondissant dans la foule, les cris, le tumulte, le tournoiement des chevaux l'isolant, le bref combat et les convulsions de son agonie, criblé de coups de lance. Et jamais, surtout, il ne retrouverait l'émotion, cette sensation de pénétrer au plus secret d'un mystère, la surprise de sa première rencontre avec Zaoditou la très glorieuse, dernière descendante de Salomon.

L'agitation de la cour, à leur arrivée au palais, les rugissements d'une dizaine de lions, les lionceaux promenés en laisse comme des chiots, les notes égrenées, fragiles, d'un ménestrel, tandis que des esclaves aux seins nus passaient, portant des plats d'argent fumant de victuailles, devant des soldats à l'écart qui déchiraient des lambeaux de chair crue à même un bœuf planté sur un piquet – tout, ici, disait un temps figé depuis des siècles. Un chambellan en robe de soie les attendait, encadré de soldats impassibles, et ils s'étaient enfoncés à sa suite dans la pénombre d'une succession de salles et de couloirs jusqu'au cœur du palais. Le monde s'effaçait un peu plus à chaque pas et Cooper avait songé à la belle Ayesha, la sublime héroïne imaginée par Rider Haggard, recluse au plus secret de son volcan éteint, attendant depuis plus de deux mille ans le retour de l'homme qu'elle aimait. Un sépulcre, avait murmuré Taylor, mal à l'aise, au moment où leur guide, écartant un rideau, les introduisait dans une salle circulaire tendue de velours rouge. D'abord ils ne virent, dans le tremblement des torches, qu'une douzaine de prêtres de haute taille, au crâne rasé, dans leurs longues toges drapées depuis l'épaule, entourant un trône richement damasquiné qui leur parut vide, seulement encombré d'un tas de gaze blanche. Puis Cooper avait aperçu dans le moutonnement de mousseline deux yeux perçants qui le fixaient, et au-dessus d'eux une couronne d'or. La puissance suprême du royaume, recluse, loin du monde, dans la pénombre et le silence, était une naine.

N'arrivaient de Djibouti, dans le meilleur des cas, que deux trains par semaine. Une fois déjà, Cooper avait attendu en vain sur le quai et il en venait à imaginer le pire, quelque accident en chemin, ou une catastrophe sur le *Wisdom*. Si Shorty, cet après-midi, faisait faux bond, tout serait perdu. Ou presque, commençait-il à se dire : il avait assisté le cameraman du *Wisdom*, jusqu'à sa fuite. Peut-être parviendrait-il à se débrouiller seul ?

La plaine était plus vaste encore qu'il n'avait cru. Où placer la caméra ? Comment tenir compte du soleil ? Il allait et venait, fébrile, quand Taylor poussa un cri en agitant les bras. Et Schoedsack apparut, avec à ses côtés l'inévitable monsieur Abraham, suivi d'une dizaine de porteurs – si grand, sur sa mule, qu'il devait lever les jambes pour ne pas heurter le sol, en sorte qu'on aurait dit, de loin, qu'il marchait à grandes enjambées au-dessus de sa monture. L'œil aigu, la tignasse en bataille – inchangé.

— Il paraît que j'arrive pile ?

— Shorty, bon sang… J'ai cru devenir fou !

Cooper se tourna pour cacher la houle d'émotions qui le submergeait.

— Quatorze mois ! Je m'étais juré…

Shorty se contenta d'une bourrade. Ils n'allaient tout de même pas se mettre à pleurer dans les bras l'un de l'autre, là, devant tout le monde ?

— Ton foutu capitaine ! Deux jours à me la jouer « Je viens, je viens pas, je suis encore fragile ». J'ai fini par le laisser en plan.

Et, se tournant vers le digne Abraham :

— Paraît qu'ici on vous coupe assez jovialement les couilles pour un oui, pour un non ?

C'était du moins ce qu'avait retenu Salisbury – d'où peut-être ses timidités. Abraham protesta : seulement de ses ennemis ! Et l'usage, à l'en croire, se perdait...

Mais déjà, redevenant pratique, Shorty balayait l'étendue du regard :

— Dis donc, il va en falloir, du monde...

Abraham, en chemin, lui avait expliqué ce qui se préparait.

— En dessous de cinq mille, ça va faire vide...

Abraham eut un sourire entendu.

— Ils y seront.

Pour l'occasion, Chopinot avait tenu à une « soirée privée » et Théophraste s'était joint à la fête par quelques bouteilles « de sa réserve ». L'excellent homme était de la meilleure humeur, ayant élargi sa pratique à celle du prince Lyg Yasou. En fait de prison, celui-ci vivait sous bonne garde dans un palais lointain et se consolait en fêtes et beuveries. Le flamboyant guerrier avait viré au grincheux ventripotent, en état quasi permanent d'ébriété, dont la consommation, et celle de sa maison, « incitait au respect », répétait le négociant en prenant un air avantageux. S'agissant d'un repas entre hommes, Chopinot avait par principe exclu légumes et mignardises d'ouverture pour passer directement aux choses sérieuses, deux agneaux grillés posés directement sur la table. Le bordeaux aidant, chacun y était allé de ses confidences.

Abraham, abandonnant sa majesté de gardien de la cassette royale, revenait sur sa fuite d'Albanie, tous les siens égorgés par ces chiens de Turcs, sa maison brûlée comme le reste du village, les scènes de dévastation, jour après jour, et comment il avait poursuivi son errance désespérée jusqu'à ce qu'un jour, à Djibouti, il entende évoquer un mystérieux royaume chrétien résistant depuis des siècles aux musulmans. Non seulement chrétien, mais proche de la foi orthodoxe des siens, avait-il découvert après la traversée d'un désert en feu qui avait bien failli lui être fatale, et c'était comme s'il se retrouvait un peu chez lui. Même si, avait-il soupiré, les autochtones gardaient quelques pratiques un peu étranges...

— Mais vous verrez, ce jeune ras, il va vous étonner...

Théophraste avait détendu l'atmosphère par quelques aventures vinicoles. L'illumination lui était venue au sortir de la guerre, à la lecture d'un vieux numéro du *Journal des voyages*, sur les fêtes d'un maharadjah, pendant lesquelles, disait le rédacteur, le champagne coulait « tel un fleuve en crue ». Les affaires en France étaient en berne. Sur une brusque impulsion qui l'avait étonné quand il avait vu les côtes françaises s'éloigner, mais il était trop tard, il avait pris un passage à Marseille sur un paquebot des Messageries maritimes. Et d'escale en escale, Port-Saïd, Djibouti, Colombo, Singapour, Hong Kong, Shanghai, Yokohama, il avait prospecté avec un résultat dépassant ses espérances : les clients potentiels étaient partout en manque.

Une deuxième illumination lui était venue en Inde. Le champagne, partout en ces contrées, était le signe premier de la puissance, ce par quoi riches marchands, monarques, dictateurs, la donnaient à voir en leurs fêtes, avec un sens réjouissant de la démesure. Ce qui n'allait pas sans quelques mécomptes – c'est ainsi, il en frissonnait encore, qu'il s'était retrouvé suspendu par les pieds au-dessus d'une fourmilière, sur l'ordre d'un roi nègre qui n'avait pas bien saisi les principes de conservation du vin. Avant, cette année-là, d'être attaqué sur les côtes de Zanzibar par des pirates dont il avait par miracle réussi à se faire des clients alors qu'il s'imaginait déjà soumis au supplice de la planche. Ils pouvaient bien lui prendre les caisses qu'il portait au sultan, mais elles seraient sans suite, avait-il fait valoir à leur chef, un effroyable lascar couturé de cicatrices, couvert de bijoux et de bracelets. Pour quelqu'un comme lui, ne regardant pas à la dépense, ne serait-il pas plus intéressant de s'ajouter à la liste de ses clients, et d'être régulièrement livré, en même temps que le sultan ? L'épouvantable brute avait mastiqué un moment sa carotte de tabac, essuyé la lame de son cimeterre encore rouge de sang, avant d'éclater de rire : livré comme le sultan ? Tope là, l'ami !

— Et vous l'avez livré ? s'inquiéta Taylor, qui gardait l'âme naïve.

— Bien sûr ! s'étonna Théophraste.

Il était à la tête d'une maison sérieuse.

Depuis, il suivait de près les convulsions qui agitaient la planète. Chaque nouvelle révolution le voyait accourir. Le brave homme, en toute innocence, rêvait d'un monde couvert de dictatures, flottant sur un océan de bulles, pour la plus grande prospérité du vignoble champenois et de la maison Théophraste.

Le voyage du *Wisdom*, après ça, prenait des allures de croisière touristique, soupira Taylor, privé de ses effets. Cooper, jusque-là silencieux, dut venir à sa rescousse.

Il hantait les couloirs d'*Asia Magazine* depuis des mois quand Froelick, le redouté rédacteur en chef, l'avait appelé depuis son bureau :

— Une croisière dans les mers du Sud, ça te dirait ?

Un explorateur, enfin, si on voulait, cherchait un garçon, bref, un pigeon, capable d'écrire à sa place. Cent vingt-cinq dollars par mois, plus la moitié, à ce qu'il prétendait, de ce que rapporteraient leurs écrits.

— Quitter un bon job au *New York Times* pour ce tarif-là est parfaitement idiot, si tu veux mon avis, avait grommelé Froelick. Mais quelque chose me dit que tu vas accepter ?

Il avait accepté. Et, toutes affaires cessantes, rejoint le *Wisdom II* à Singapour.

De l'équipage initial, ne restaient plus que Taylor, le navigateur, McNeil et Burghard, deux jeunes armoires à glace sorties tout juste de Yale et de Columbia, et Thomas, le cameraman. Les autres avaient déserté, escale après escale, pour des raisons obscures, remplacés par un assemblage hétéroclite de trois Chinois, d'un Bushman des Fidji, d'un colosse tahitien, fils d'une princesse fidjienne et d'un trafiquant écossais, d'un Sri Lankais au faciès d'assassin, d'un pêcheur de perles des Paumotous et d'un Danois qui sortait de trois années passées dans la jungle malaise. Hétéroclite mais à l'image des mers du Sud : ce qu'ils cherchaient au plus loin sur les cartes était peut-être au plus près, à bord. Quant au capitaine Salisbury, la cinquantaine passée et un rien solennel dans son uniforme de yachtman, il n'attendait plus que Cooper, et le *Wisdom II* avait levé l'ancre dès le lendemain, cap sur Sumatra…

Les mers du Sud ! C'était comme si le monde renaissait devant lui, dans l'éblouissement des matins clairs. Il sentait vibrer le bateau se couchant sur la lame, des îles tout à l'heure monteraient à l'horizon : il était vivant. Et chaque escale était comme un chapitre nouveau du grand poème du monde. Des noms passaient, portés par le vent, Marquises, Samoa, Fidji, Salomon,

Bali, Java, et avec eux s'éveillaient des légendes. Sans doute Taylor en rajoutait-il un peu dans le récit de leurs aventures – les rites cannibales des Big Namba de Malekula, l'homme-singe deviné dans les hauteurs de la montagne, les chasseurs de têtes des Salomon et comment ils leur avaient échappé, la grâce infinie des femmes de Bali, le mélange violent, partout, de sauvagerie et de sublime beauté – mais qu'importe ! Cooper se laissait porter par ses histoires, tandis que le *Wisdom II* taillait sa route et que la ligne sombre de Sumatra montait à l'horizon – Sumatra hantée par les démons appelés, conjurés à chaque instant du jour et de la nuit, par des tribus batak tremblant de terreur, enfoncées dans un cauchemar sans fin. Puis étaient venues les îles Andaman, et, la plus étrange de toutes, Murderer's Island, où vingt mille assassins déportés par les autorités britanniques vivaient en quasi-liberté, sous la surveillance d'une maigre compagnie de soldats pendant que gouverneur et officiels s'efforçaient de préserver leur mode de vie « à l'anglaise », avec tennis, club-house, restaurants. Et peut-être étaient-ce eux les véritables prisonniers, s'efforçant d'ignorer jusqu'au bout le monde sauvage où ils avaient été précipités, tandis que dans les profondeurs mystérieuses de la montagne chassaient des Pygmées que l'on disait féroces sans vraiment les connaître. Dans un décor de commencement du monde se télescopaient tous les âges de l'humanité, la civilisation et la sauvagerie, l'innocence des premiers temps et le crime, la déchéance et la grandeur, le culte de la beauté et la cupidité la plus abjecte. Il aurait voulu prendre le temps d'un vrai film, ralentir la course du *Wisdom*, dont il commençait à se demander quel était le but, mais à peine quelques images avaient-elles été captées qu'il fallait lever l'ancre.

Dans le golfe de Bengale, une violente tempête, presque un ouragan, les avait ramenés à la réalité, et ils avaient fini par trouver refuge à Ceylan, où le cameraman, paniqué, avait sauté à terre sans demander son reste. La suite, Shorty la connaissait...

— Il ne dit pas tout, protesta Taylor. C'est dans les tempêtes qu'on voit les chefs. Sacré nom ! Si vous l'aviez vu ! Tout valsait, les paquets d'eau balayaient le pont, sûr, c'était foutu, et lui, au milieu de tout ça... Ma parole, on aurait dit qu'il riait ! Avec un gars pareil, rien ne peut nous arriver, qu'on s'est dit. Salisbury, lui, devait prier dans sa cabine, ou chier dans son froc, en tous les cas, il avait disparu...

Il regardait Cooper en secouant la tête.

— Crénom ! c'est là que j'ai compris ce qu'on racontait sur lui, au front.

Sur ces entrefaites, l'ambassadeur fit son entrée, en quête d'un peu de conversation. Son visage s'éclaira en avisant les bouteilles – la rumeur d'une fête chez Chopinot était donc fondée… Et puis, avoua-t-il, en reposant son verre après un claquement de langue appréciateur, il avait appris l'arrivée de l'ami tant attendu par Cooper.

— Vous savez que j'ai eu des informations, sur vous ? Quand le ras saura… Cooper, vous l'avez déjà beaucoup impressionné, savez-vous ? Mais là…

Et, se tournant vers Schoedsack :

— Vous étiez sur le front grec, n'est-ce pas ?

Schoedsack était resté jusque-là silencieux, comme absorbé dans la contemplation de sa pipe, malgré les coups d'œil implorants de monsieur Abraham. Non, finit-il par grommeler, juste du côté des victimes. Tout en filmant pour une organisation américaine liée à la Croix-Rouge. Et comme on se tournait vers lui, dans l'attente de détails, il esquissa un geste d'impuissance.

— Juste une guerre. Comme toutes les guerres. Des morts, et puis des morts, toujours plus de morts. Au début je croyais… Mais qu'est-ce qu'on peut dire, dans le fond, d'une guerre ?

— Et… Smyrne ? risqua Abraham, vous étiez à Smyrne ? J'ai entendu des choses terribles, à Djibouti. Je sais bien qu'on exagère toujours, mais…

Schoedsack hésita, puis :

— J'étais à Smyrne, oui. J'ai eu de la chance.

Il secoua la tête.

— Il n'y a plus de Smyrne…

VII

Ainsi vivent les hommes, et meurent

Abyssinie, janvier-février 1923

— Ça a été terrible, n'est-ce pas ?

Par les fenêtres du palais leur venaient les odeurs lourdes des euphorbes et des épilobes, la respiration profonde de la nuit.

— Le plus dur, c'est après. Revenir. Comment on dit, déjà ? La vie continue – quelle blague !

Avec les réticences de Schoedsack s'était installée une gêne, chez Chopinot. Et Cooper n'avait plus eu qu'une hâte, de se retrouver seul avec son ami. Abraham balbutiait des imprécations contre le Turc maudit, il ne resterait donc rien de ce qui avait été son monde, Taylor, sentant le charme rompu, s'était levé, entraînant les autres : une rude journée les attendait.

— Toute la ville brûlait. Le théâtre, les églises, les entrepôts, les quartiers grecs, juifs, arméniens, américains – tout !

Le mur de flammes s'avançait sur trois kilomètres de front, vers les quais où s'étaient réfugiés des dizaines de milliers de malheureux refoulés par les Turcs. Des flammes de vingt mètres de haut, dans un rugissement épouvantable, les explosions des réservoirs, le fracas des bâtiments s'effondrant, et par-dessus tout les hurlements des gens fous de terreur : non, personne ne pouvait imaginer cela.

— Les Turcs... Ils avaient installé des batteries de mitrailleuses à chaque extrémité, les réfugiés étaient pris au piège. Les quelques barques de pêche, dans le port, avaient été prises d'assaut. La plupart, surpeuplées, avaient chaviré. Mais le pire...

Il se recula, comme s'il voulait s'effacer, se dissimuler dans les ténèbres.

— Le pire, vois-tu, c'est qu'on était tous là. Toute une armada dans le port, à deux milles à peine. Française, britannique, italienne, américaine. J'ai eu le temps de compter : vingt et un navires au total. Tout l'Occident, présent – l'Occident de la démocratie, des valeurs humaines. Et personne ne bougeait. Ordre de rester neutre. Pour ne pas froisser le vainqueur turc. Moi, j'étais sur le destroyer *Litchfield*, et le mur de flammes, devant nous, grandissait heure après heure, rouge, violet, orange, jaune. Des langues de feu jaillissaient vers le ciel, éclataient en gerbes d'étincelles sur le noir des fumées, pour retomber en pluie multicolore. C'était d'une incroyable beauté.

Il répéta « beauté » avec un petit rire, avant de s'abîmer dans un long silence.

— Et tout d'un coup, à la bascule du vent, est venue l'odeur… Une odeur atroce de chair brûlée ! On était là, accrochés à nos jumelles, on voyait des grappes humaines tomber à l'eau, un matelot avait hurlé, en montrant une extrémité du port. Des Turcs, là-bas, coupaient les mains, les bras de gens accrochés dans le vide au rebord du quai, d'autres leur jetaient des seaux d'essence enflammée…

« C'est à ce moment-là qu'on a entendu… de la musique. De la musique, qui venait du navire amiral britannique ! *Humoresque*, je m'en souviens. Et je les ai vus, à la jumelle… Tous ces officiers habillés en veste blanche, comme si de rien n'était, qui dînaient sur le pont. Ils avaient mis de la musique pour couvrir les cris des suppliciés !

Il s'arrêta, la voix nouée, reprit :

— *Humoresque*. C'est comme ça que des doutes vous viennent, sur l'espèce humaine… Fichus Anglais !

Avec Claflin Davis, un ami de la Croix-Rouge, il avait interpellé leur commandant. Ils avaient deux grandes barges, au milieu du port, qu'est-ce qu'il attendait pour sauver ceux qui pouvaient l'être ? Peut-être avait-ce été le grondement de l'équipage, indigné, derrière eux, ou bien l'horreur qui dépassait le supportable : il avait cédé. Mais il fallait des bateaux à moteur pour les tracter, que Français et Britanniques étaient seuls à posséder. Davis et lui avaient sauté dans un canot pour demander leur aide. Mais l'amiral français était à terre – sans doute à la table de Yachar Kemal. Et Brock, l'amiral anglais, les avait pris de très haut. De si haut que Davis avait explosé : au moins, s'il lui restait un soupçon de décence, qu'il arrête sa foutue musique ! Pour qu'il entende les cris, là-bas, qu'il les entende jusqu'à la fin de ses jours, pendant toutes ses nuits, pour se souvenir qu'il avait été complice, et se sache damné à jamais !

Un officier s'était levé pour éteindre la musique, et d'autres après lui avaient ôté leurs vestes de soirée, en interrogeant du regard leur amiral, qui pâlissait sous les imprécations de Davis, mais n'avait pas cédé.

— Vers minuit, l'équipe du *Litchfield* était au bord de la mutinerie quand est arrivé l'accord de Brock. L'apostrophe de Davis, la pression de ses officiers – ou un dernier sursaut de sa conscience, va-t'en savoir.

L'annonce avait couru de navire en navire, dans un brouhaha de cris, de galopades dans les coursives. De toutes parts chaloupes, baleinières étaient mises à l'eau, comme si chaque puissance n'avait attendu que cela : que quelqu'un rompe le *statu quo*. Les ordres fusaient, les hommes se précipitaient à bord avec armes et gourdins, sachant trop ce qui les attendait.

— En s'approchant... l'eau était noire, noire de cadavres qui flottaient, serrés les uns contre les autres. Les rames cognaient contre les corps, il fallait les repousser avec des gaffes, la chaleur était insupportable, l'odeur des chairs carbonisées prenait à la gorge, des jets de flammes projetaient des nuages de suie – mon vieux, crois-moi, j'ai vu l'enfer, ce jour-là...

Un verre ne serait pas de trop, souffla Cooper pour tenter d'interrompre la litanie de l'horreur où son ami s'enfonçait, mais l'autre poursuivait, la voix monocorde :

— Quand nous avons accosté, c'était déjà une mêlée indescriptible, un torrent de malheureux qui se déversait dans les chaloupes, ils tombaient à l'eau, s'agrippaient aux plats-bords, se battaient entre eux, menaçaient de nous faire chavirer. Il a fallu cogner, cogner, cogner encore pour les forcer à reculer, et organiser un peu les sauvetages – pendant que les Turcs, aux extrémités des quais, poursuivaient leurs massacres. C'est qu'il en faut du temps, le bras fatigue, à force, pour tuer un demi-million de personnes. Ils les jetaient dans les flammes, ou à l'eau, ou bien ils emportaient les femmes, les filles pour les violer. Filmer... Il y a des moments où tout devient dérisoire, il y avait plus urgent, mais Davis hurlait, couvert de suie et je ne devais pas être mieux : « Filme, filme, il faut qu'on sache ! » et il m'a collé quatre hommes pour me protéger. Et que Dieu me pardonne, s'il existe, mais il n'était pas là, ces jours-là, ça, je le sais. J'ai filmé, filmé, pendant que les gens mouraient autour de moi…

Le reste…

— Pendant deux jours et deux nuits, le va-et-vient des chaloupes s'est poursuivi, jusqu'à ce que tous les navires soient pleins à craquer. Combien ont été sauvés ? Trente, quarante mille ? Fais les comptes : il ne restait plus rien. Plus rien, de la ville, que des décombres. Et les quartiers turcs, sur les hauteurs. Plus rien, des malheureux sur les quais…

La plupart des rescapés, à bord, restaient silencieux, les yeux fixes. Quelques autres parlaient, parlaient, sans pouvoir s'arrêter – d'enfants violés, cloués vivants aux portes des maisons, de jeunes filles aux seins coupés, ou jetées dans les flammes, arrosées d'essence, ou débitées en morceaux, du métropolite Chrysostome lynché par la foule des Turcs, énucléé avec un couteau, les oreilles, les mains et le nez coupés.

Schoedsack eut un geste las de la main.

— Ce que la Turquie a fait, ce qu'elle a voulu, c'est détruire le symbole de Smyrne. Effacer jusqu'à l'idée d'un monde où Juifs, chrétiens, musulmans pouvaient vivre ensemble. Je ne sais pas si Yachar Kemal sera dit un grand homme, mais cette Turquie-là aura à vivre avec ce crime, ce péché originel…

Il ouvrit en grand les battants de la fenêtre, respira à pleins poumons les senteurs de fleurs qui venaient jusqu'à eux.

— J'ai connu Smyrne avant, tu sais ? Oh, pas longtemps, mais tout de même… Les Américains disaient leur quartier le paradis. Imagine les odeurs de rose et de jasmin, les fruits séchés aux étals des marchés, les abricots, les raisins secs, les figues qui débordaient des docks… Smyrne la cosmopolite, perle de l'Orient ! Les paquebots du monde entier se croisaient dans le port, les fez, les turbans, les bonnets brodés des Arméniens se mêlaient dans les rues, et puis les échoppes du quartier turc, l'odeur de café grillé et de cannelle, et la musique, le soir, sur les quais, le défilé des élégantes… Ils n'ont rien vu venir, rien compris. Pas même quand les réfugiés ont commencé à affluer. Pas même quand les cavaliers turcs, cimeterres brandis, ont envahi la ville, derrière eux, en criant « *Korkma ! Korkma !* N'ayez pas peur ». Les fous ! Ils les ont crus…

Des cris retentirent au-dehors, qui ressemblaient à des vivats, tandis que montait un grand feu, derrière les murs du palais, projetant des ombres mouvantes sur les façades alentour. Des rires leur parvinrent par vagues, un chant repris par plusieurs voix auquel répondit le grondement irrité des lions au-dessous d'eux, et c'était comme si un frisson passait sur la ville endormie. Très loin dans la montagne, des feux s'allumèrent. Cooper rejoignit Schoedsack à la fenêtre : les guerriers du ras semblaient avoir répondu à son appel…

La suite ? Schoedsack s'arracha en soupirant au spectacle de la ville. Le destroyer les avait tous débarqués, lui comme les autres, malgré ses protestations, dans l'île de Lesbos. Dès lors il n'avait plus eu qu'une pensée : retourner à Smyrne. Pour témoigner, filmer la suite. Peut-être aussi pour se délivrer des scènes qui le réveillaient en sursaut, chaque nuit… Pas question, avaient tranché les Alliés. Smyrne, désormais, était zone interdite. Et interdit pareillement, le détroit des Dardanelles. Surtout, plus de témoins ! Il fallait que la vie se poursuive ailleurs, en Occident, comme si de rien n'était.

Il allait et venait dans son île-prison, désemparé. Et puis, un soir, alors qu'il marchait sur une plage, il avait vu briller au loin une gargote de pêcheurs – où dînait un très digne Anglais qui s'était révélé être le capitaine du port. Une première bouteille avait contribué à ouvrir aimablement la conversation, celles qui suivirent jusqu'au milieu de la nuit aidèrent aux confidences, à la recherche d'ancêtres communs, puis aux serments d'amitié éternelle. Au point que le capitaine, exemple vivant de ce qu'en matière maritime on n'atteint son but que par la maîtrise de l'art subtil de tirer des bords, mit le cap sur le port d'une manière qu'un terrien peu au fait des techniques de navigation aurait jugée un rien hésitante. Il avait sauté dans un canot, entraînant à sa suite Shorty : il ne serait pas dit qu'il n'avait pu donner un coup de main à son ami ! Ricochant de bateau en bateau, il avait fini par tomber sur un vague rafiot d'où avait émergé une trogne hirsute. Les Dardanelles ? On se foutait de lui, ou quoi ? La dernière fois, ces maudits Turcs avaient failli le couler ! Après l'échange rituel d'insultes, de jurons, d'imprécations, et la découverte que le marin, comme Schoedsack, parlait un peu français, un accord avait été trouvé. Le temps d'embarquer sa caméra, l'hirsute, un Roumain bougon, avait quitté discrètement le port.

Ils arrivaient aux abords du détroit, le lendemain après-midi, quand un navire britannique les avait interceptés et, comme Schoedsack ne pouvait fournir le moindre laissez-passer, alors que le marin soutenait avec la dernière énergie que cet Américain inconnu l'avait forcé, il s'était retrouvé arrêté céans pour « piraterie », conduit à terre sous bonne garde et jeté en prison. Un air écossais venu du baraquement voisin l'avait tiré d'affaire. « Un régiment arrivé de Thrace. Passent leurs nuits à boire et à chanter », avait grommelé le garde, non sans une pointe d'envie. Thrace ! C'était peut-être sa chance. Le garde, contre un paquet de cigarettes, avait accepté de leur passer un mot, et une demi-heure plus tard déboulait un groupe hilare, derrière leur commandant. Shorty ! Damné vieux fou ! Qu'est-ce que tu fiches là ? C'étaient bien ceux qui lui avaient infligé une cuite sévère en Thrace, trois mois plus tôt. Et qui, le sortant illico de sa cellule, lui en infligèrent une autre, pour célébrer leurs retrouvailles de la manière la plus authentiquement celtique.

Le réveil avait été brutal : des explosions en cascade, des rafales de mitrailleuses, des courses en tous sens, des appels – les Turcs montaient à l'assaut de leurs positions. Pour découvrir que des Highlanders, surtout échauffés par quelques *drams* de pur malt, les égalaient dans la furie au combat. Lui filmait, au milieu des balles…

— Là, je ne sais pas ce qui m'a pris. Deux fois déjà, les gars m'avaient plaqué au sol. À quoi tu joues ? Tu vas te faire descendre ! Comme si… quelque chose, oui, m'aspirait. Tout d'un coup, j'ai foncé devant moi, traversé la ligne en agitant la main, « Croix-Rouge ! Croissant-Rouge ! ». Ils ont dû se demander ce qui se passait… Bref, ils m'ont laissé venir, sans tirer. Je leur ai donné un paquet de cigarettes. Il y en avait un qui avait fait des études à Paris, on a pu se parler un peu, lui de sa mère et de ses sœurs – tous, ils se demandaient ce qu'ils foutaient là. Ils aspiraient juste à rentrer chez eux. Ils riaient, ils voulaient tous être filmés, ils étaient comme toi et moi. Humains. Et pendant que je les filmais je me demandais ce qu'ils auraient fait si le destin les avait placés à Smyrne. Et c'est le pire, de penser qu'à Smyrne c'étaient peut-être des gens comme toi et moi…

« Et puis, tout d'un coup, des cris sont venus de l'arrière, ils s'embrassaient, me tapaient sur l'épaule, m'ont fourré dans la poche le reste de mon paquet. La paix ! La paix ! Et ils se sont repliés. Une demi-heure après, les amis m'ont retrouvé là, en train de fumer une cigarette. Et c'est en revenant au camp qu'on a su que la paix venait d'être signée. La paix !

Ensuite… ensuite, il avait erré pendant des semaines sans se résoudre à rentrer, tourné un petit film sur les monastères du mont Athos, quelques scènes familiales pour le roi de Grèce. La vie, comme on dit, reprenait ses droits – sauf pour lui. Il avait regagné Paris, avec le vague espoir qu'un signe viendrait.

— De toi, pour être précis. Tant de mois, sans nouvelles ! Quand madame Choquart m'a tendu la lettre, arrivée depuis quelques semaines, j'ai reconnu tout de suite ton écriture. Je l'ai presque déchirée, tellement j'étais pressé. Et là… Le coup de poignard ! Tu partais dans les mers du Sud. Tout seul…

D'un geste de la main il retint Cooper, qui ouvrait la bouche.

— Pas de souci ! Tu as bien fait. Les choses s'emmanchaient mal, c'est tout.

Il avait commencé, sans conviction, à monter ses petits films sur le mont Athos, sur le roi de Grèce. Paris paraissait emporté dans un tourbillon, Paris chantait, Paris dansait jusqu'au pied de son immeuble et sans doute les jeunes avaient-ils raison – mais lui restait sur le bord de la vie, incapable d'oublier.

— Prisonnier de guerre en temps de paix, résuma-t-il avec un petit rire.

Et puis était arrivée la deuxième lettre. Pour lui décrire les merveilles des mers du Sud ? Il avait hésité, avant de l'ouvrir, puis l'avait relue plusieurs fois pour s'assurer qu'il ne rêvait pas.

— Djibouti, Singapour : n'importe où, pour échapper à tout ça ! J'ai fourré mes affaires dans un sac, mis en caisse ma Debrie. J'embrassais madame Choquart sur le pas de la porte quand m'est arrivé un télégramme : l'organisation de Hoover me réclamait un film sur les massacres de Smyrne. J'ai failli lui répondre que personne ne voudrait voir ça. Mais si je ne le faisais pas, qui témoignerait ? J'ai travaillé jour et nuit, en me disant que je ratais ma chance, que j'étais un idiot, que j'arriverais trop tard à Djibouti – avec tous ces morts qui tournoyaient autour de moi, leurs yeux qui me fixaient. Pendant que dehors, dans la rue, Paris dansait. Ces yeux ! Ils disaient : il n'y a rien, au-delà…

Il allait lui falloir du temps, beaucoup de temps, pour revenir, songeait Cooper. Et comme si Schoedsack avait deviné sa pensée :

— Ce jour-là, dans le détroit… J'ai *vraiment* franchi la ligne, tu sais ? La mort, mon vieux, qui m'appelait.

Il hésita, puis :

— Je crois bien que c'est ma dernière guerre. Fini pour moi.

Dehors, la musique s'accélérait, rythmée par des tambourins et des claquements de mains, les ombres se projetaient sur les murs en des sauts de plus en plus gigantesques.

— Ils dansent sur des épées croisées, au sol. Le tranchant vers le haut, bien sûr. Et gare à celui qui se loupe ! Le jeu est d'aller de plus en plus vite, jusqu'à…

— Ils ont la même chose dans les Highlands, remarqua Schoedsack. Sur des claymores croisées. Et sans doute dans toutes les tribus guerrières. Histoire de s'entretenir le moral, avant de s'étriper…

Mais il n'était plus temps de se laisser aller aux confidences, dit brusquement Schoedsack, comme s'il se reprochait déjà de s'être confié. La nuit serait courte, et demain, s'il avait bien compris, un grand jour. Il craqua une allumette et le visage du prince déchu jaillit du mur face à lui, le fixant d'un œil féroce. Lyg Yasou avait installé un portrait de lui dans chaque pièce, à chaque fois différent, pour que tous, en tous lieux, se sentent sous son regard. Shorty éclata de rire.

— Tu te souviens du gorille, au mur de l'hôtel, à Varsovie ? M'a l'air plus mauvais que la pauvre bête, ce garçon…

Et sans plus de façons il décrocha la toile pour la retourner face au mur.

Le plus urgent était de vérifier sa caméra. C'est à peine s'il avait accepté de jeter un œil, dans l'après-midi, sur celle rapportée du *Wisdom* par Cooper et Taylor.

— Vous imaginiez que j'allais tourner avec *ça* ?

Imaginait-on d'imposer à un musicien virtuose d'autres instruments que le sien ?

— Une Debrie, dit-il, en sortant le bijou de sa caisse. La meilleure de toutes. Elle charge jusqu'à 400 pieds de pellicule.

Son œil s'éclaira de malice en notant comme Cooper suivait chacun de ses gestes

— Tu t'y es mis, finalement ?

— Oh ! Juste assistant. Je voulais ne plus avoir l'air idiot, comme à Londres.

Il y eut tout à coup des cris, une bousculade, la musique s'interrompit. Un des danseurs, probablement, venait d'apprécier le tranchant d'une lame…

— La nuit de mon arrivée à New York, commença Cooper…

Cela faisait si longtemps depuis leurs brèves retrouvailles, à Londres ! Il lui fallait tout raconter, maintenant, avant que les événements ne les emportent, ou ce serait jamais. Il avait tellement de choses, en lui, qui se bousculaient !

— Ma première nuit ! Elle s'était passée comme dans un rêve…

Un vent froid d'octobre griffait l'Hudson, balayait les quais d'Ellis Island, et il avait débarqué avec pour seules richesses un gros paletot polonais et un dollar en poche. Le paletot avait fait le bonheur du premier clochard rencontré, le dollar, celui du deuxième et il s'était senti merveilleusement libre, de rentrer ainsi, après quatre ans d'absence, sans le sou et presque sans vêtements. Les grandes parades des troupes retour du front étaient déjà loin, quand la foule se pressait par millions dans la Ve Avenue, et il avait marché toute la nuit dans une sorte d'ivresse. Comme New York lui avait paru belle ! La ville de toutes les promesses, de tous les désirs. Les théâtres de Broadway avaient fermé leurs portes, mais leurs frontons ruisselaient toujours de lumière et la rue elle-même lui avait paru le plus beau des spectacles. Au petit matin, il avait découvert la face plus sombre de la ville, dans un parc derrière la Public Library : la foule des sans-abri, sales, hirsutes, affamés, avait trouvé là refuge et il s'était dit qu'il allait falloir qu'il se bouge, s'il ne voulait pas les rejoindre… Mais le *New York Times* lui avait fait bon accueil, en lui commandant une série d'articles sur ses aventures polonaises – avant, lecture faite du premier, de lui proposer un travail régulier. Buck Crawford, son vieux complice de l'escadrille Kosciuszko, semblait avoir inondé la ville de messages à son intention, et ils étaient tombés dans les bras l'un de l'autre. Mettant leurs ressources en commun, ils avaient déniché un petit appartement à louer dans Soho. Tout s'annonçait pour le mieux. Il avait choisi d'intégrer la rédaction de nuit, ce qui lui laissait le jour pour ses projets, prendre des contacts, étudier à l'American Geographical Society, où il n'avait pas tardé à se lier d'amitié avec le directeur.

Pourtant, une gêne lui venait, le sentiment de rester spectateur d'un monde qui n'était plus le sien.

— Un vieux fonds sudiste, probablement. Et puis, trop de fantômes, comme tu dis…

Ces filles à demi nues, cheveux courts, buvant sec, cette urgence de tous à s'étourdir dans un tourbillon de musique, à vivre au présent, sans mémoire ni projet, vivre sa vie comme un spectacle, non, ce n'était pas son monde. Son désir de fuir s'augmentait d'autant. Restait à trouver le bon sujet…

Le sujet, tout est là, avait insisté Froelick, le patron d'*Asia Magazine,* dès sa première visite. Le sujet qui vous fait rêver – mais le sujet, aussi, qui fera rêver le lecteur. Hé, mon garçon, vous croyez être tout seul sur le business ?

Seul, il ne l'était pas. À croire qu'ils s'étaient tous donné le mot, au retour de la guerre, pour courir la planète, Asie, Afrique, Amérique, mers du Sud, pôle Nord, pôle Sud, restait-il seulement un endroit à découvrir ?

— Tu t'en souviens, sur le quai de Londres ? Je t'avais lancé : « Il ne me faudra pas longtemps pour comprendre les règles du jeu ! » Eh bien, pas longtemps non plus pour découvrir qu'on arrivait bons derniers, tous les deux. Un malin génie avait déjà battu les cartes.

Des sujets – et des investisseurs.

— C'est là que tu m'as manqué ! C'est simple, sans film à la clé, plus de projet viable, aujourd'hui. Et là-dessus, question références…

Si seulement il avait pu trouver Marguerite Harrison ! Au fil du temps, il s'était persuadé qu'elle serait la solution – directement, ou par ses relations. Mais elle était à Baltimore quand il la cherchait à New York, et déjà repartie en Asie pour de nouvelles aventures quand il pensait avoir retrouvé sa trace. Les mois avaient passé. Une ouverture, une seule, n'importe laquelle, et il ferait ses preuves ! Il avait sauté sans hésiter sur la proposition de Salisbury.

— Remarque, glissa-t-il à Shorty, ce n'est pas plus mal que tu arrives seulement maintenant.

Et comme le regard un rien ironique de son ami disait : « Pour travailler avec cette outre gonflée de vent ? »

— Oh ! C'est plutôt un brave homme. Qui, à force de jouer à l'explorateur, s'est pris à son propre jeu…

Ce qu'aimait par-dessus tout Salisbury, c'était de paraître sur le pont du *Wisdom* en veste et casquette de capitaine. Puis de briller à chaque escale dans la société des notables et des officiels locaux par le récit de ses aventures, largement imaginaires mais auxquelles il finissait par croire. Il était, résuma Cooper, un *rêveur de voyages*.

— Je le pressais de questions, les premiers jours. Il restait dans le vague : « Se laisser porter par l'appel de l'inconnu ! » Quant au cameraman, il haussait les épaules : T'excite pas, mon gars ! Ou tu vas déchanter…

De fait, l'héroïque explorateur de l'inconnu vagabondait sans but précis. Les images filmées ? Des illustrations, pour donner un semblant de poids à ses divagations.

Ses dernières illusions, Cooper les avait perdues à Murderer's Island. Quel sujet il tenait, pour peu qu'ils y consacrent du temps ! Salisbury, lui, ne voyait que le pittoresque, épuisé en cinq jours. Qu'avait-il à faire du reste ? Le sommet avait été la rencontre avec les Big Nambas de Malekula, précédés par une réputation terrifiante – à en croire leur capitaine. Qui avait déjà prévu les quelques scènes à tourner, propres à effrayer les spectateurs de New York.

— Et voilà qu'on tombe sur des gens qui nous font presque fête ! Et qui nous ramènent en grande cérémonie, conservée comme une relique… une grande affiche *Martin Johnson Cannibals of the South Seas*, le film que ce Martin Johnson avait tourné sur eux en 1919 et qu'il était revenu leur présenter depuis !

Ce n'était plus de l'exploration, mais du tourisme.

Schoedsack, un rien perplexe, dévisageait son ami.

— Et c'est *dans ça* que tu veux m'entraîner ?

Cooper esquissa un pas chassé, boxa dans le vide, en riant.

— Mais non ! La tempête, mon vieux, la tempête !

La tempête dans le golfe du Bengale avait tout changé. Dépassé par les événements, anéanti, son autorité mise à mal, le pauvre homme avait de fait passé la main – à Cooper, devenu son homme de confiance.

— C'est notre chance. Le premier film jamais tourné sur le royaume de Salomon ! Tu verras, chaque jour, ici, ce sont dix, vingt scènes incroyables. Tout un monde, à montrer ! Un vrai film, sans capitaine ou qui que ce soit pour nous contrarier.

Les feux s'éteignaient, au-dehors, les uns après les autres. Les ombres des danseurs avaient disparu, les lions retrouvaient leur calme. En attente du lendemain.

VIII

À la cour du roi Arthur

Abyssinie, janvier-février 1923

— Ils arrivent…

D'abord, ce fut un bruissement au loin, un long frisson passant sur l'étendue, l'envol d'oiseaux dans les futaies. Puis leur vint un grondement que rythmait le martèlement sourd de tambours. Cooper, sous lui, sentait son cheval s'agiter, et le grondement enflait toujours, qui paraissait venir de tous les côtés, mais la plaine restait vide, devant eux – le ras Tafari savait ménager ses effets.

Là-bas ! cria Schoedsack perché sur son échafaudage, en montrant l'horizon. Les hommes d'Abraham avaient travaillé toute la nuit pour lui offrir la plate-forme souhaitée, d'où sa caméra dominait la plaine. Cooper, dans un premier temps, ne vit rien. Puis un ondoiement s'esquissa, d'éclats lumineux sur la ligne des collines, enfla en un long serpent hérissé de lances tandis que le battement des tambours s'accélérait, s'accélérait encore comme si, invisible, se concentrait là-bas une puissance formidable. Abraham, modeste, triomphait, serré dans une redingote noire qui lui donnait un air de croque-mort. Des émissaires du Raj avaient galopé vers les quatre horizons, dès le rendez-vous donné – ils revenaient, avec les troupes promises !

Brusquement, les tambours se turent, et le silence de cette masse immobile, face à eux sur les hauteurs, avait quelque chose de terrifiant. Combien d'ennemis avaient su leur dernière heure venue, en pareils instants ? Puis ils reprirent, plus graves, inexorables, et le flot des guerriers se mit en branle, lentement puis de plus en plus vite, où l'on distinguait, à l'avant, le tournoiement de cavaliers. Schoedsack sur sa plate-forme hurlait, oui, c'était bon, il les avait, Cooper retenait à grand-peine sa cavale, l'air vibrait au son des tambours de guerre et le flot grossissait, vague après vague, débordait des crêtes, couvrait les flancs des collines, envahissait la plaine. Combien étaient-ils ?

— Là-bas, s'écria Abraham, le bras tendu. Regardez ! Là-bas !

À l'autre extrémité de la plaine surgissait une ligne mouvante de cavaliers, en un chatoiement brutal de couleurs vives, se défaisant et se recomposant sans cesse, comme prise dans un kaléidoscope agité par une main de géant, et derrière elle suivait la masse sombre des fantassins. Cooper, n'y tenant plus, partit ventre à terre dans leur direction et le tourbillon lui parut s'ordonner, à mesure qu'il s'approchait, en compagnies rassemblées chacune autour de son seigneur et des officiers en costume d'apparat. Dès qu'ils l'aperçurent, un détachement de cavaliers situé en leur centre se porta à sa rencontre au galop, comme une traînée de flammèches courant sur la prairie, et stoppa net à cent pas de lui. À leur tête, l'homme qui paraissait leur chef poursuivit sa course, droit sur lui, cabra son cheval à l'instant presque de le heurter et sauta à terre avec la légèreté d'un jeune homme, aussitôt imité par Cooper, et les deux hommes se serrèrent longuement la main. Maigre, de haute taille, regard d'aigle, le guerrier était tout simplement extraordinaire. D'une extravagance dans sa parure qui partout ailleurs aurait paru le sommet du mauvais goût, mais qui impressionnait, ici, par sa splendeur barbare. Sa coiffe en crinière de lion frémit quand il s'inclina, une cape de peau de léopard rejetée en arrière découvrait une étole en velours jaune safran sur une tunique de soie pourpre descendant aux chevilles, et s'il avait fiché sa lance en terre il gardait, passé à son bras gauche, un bouclier en cuir de buffle cerclé d'un cuir rouge sombre damasquiné, fileté d'or et incrusté de pierres précieuses, et, passé à sa ceinture dans un fourreau d'argent et de velours, un long cimeterre au pommeau en cuir de rhinocéros. La selle, la bride, tout le harnachement de son cheval qui piaffait, soufflait par les naseaux comme s'il était pris du frisson des combats, était pareillement incrusté d'or, d'argent, de pierreries.

D'un geste, l'homme invita Cooper à le suivre et, sautant lestement en selle, lui fit passer en revue ses troupes, ses officiers habillés de couleurs vives, armés jusqu'aux dents, lances, fusils, épées, poignards, frondes, boucliers, que l'on devinait brûlant de se lancer à plein galop. La plaine, devant eux, n'était qu'un chaos de cavaliers se croisant en tous sens. Comment ranger en ordre de bataille pareil tumulte ? s'interrogeait Cooper, quand l'éclat impérieux des trompes royales déchira le brouhaha, tandis qu'au loin s'ouvraient les portes du palais, d'où une masse compacte émergeait en colonne. Sur son passage la cohue s'apaisait, les flots de guerriers peu à peu s'ordonnaient. Cooper, forçant le passage, se porta à sa rencontre et resta bouche bée.

En tête chevauchaient une centaine de chefs, bouclier au bras, lance à la main, sur des chevaux tremblant aurait-on dit de fureur, qu'ils contrôlaient de leurs genoux sans effort apparent. Derrière eux venait un groupe serré de cavaliers vêtus de rouge sombre des pieds à la tête, portant en croupe d'énormes tambours de guerre et, derrière eux encore, la cohorte des musiciens, hérauts pointant leurs trompes vers le ciel, ou soufflant à perdre haleine dans leurs longues salpinx au pavillon en forme de cloche. Aux stridences des trompes répondait le son grave, profond, des buccins, semblable à des barrissements d'éléphant, que rythmaient les grondements des tambours, le martèlement des gongs. Puis, comme en répons aux clameurs guerrières des musiciens, venaient des rugissements furieux – la longue colonne de chariots supportant les cages d'une trentaine de lions dressés, les yeux fous, contre les barreaux de leurs prisons. À une centaine de pas derrière eux s'avançait le général en chef, entouré de son état-major, suivis, eux aussi à cheval, vêtus d'une tunique blanche, par les ménestrels du Raj chantant des chants de guerre :

Ensemble, ensemble
Tue, tue
Christ, pardonne-nous

Abraham traduisait :

Frères, avez-vous faim ? Avez-vous soif ?
N'êtes-vous pas des oiseaux de proie ?
En avant !
Devant est la chair de vos ennemis
En avant !
Si tu manques de vin je te donnerai du sang à boire !

Le soleil était déjà haut dans le ciel quand la houle des chevaux s'apaisa. Alors seulement retentirent des sonneries de trompettes, plus impérieuses encore, tandis que sortait du palais une masse mouvante, brillante comme une coulée d'or, hérissée de lances étincelantes dans le soleil – un millier de cavaliers ondoyaient au trot à travers la plaine avant de s'ouvrir en un ballet réglé et de laisser apparaître le plus glorieux de tous, vêtu de pied en cap de velours noir, et noir était son cheval, noire sa selle, noirs ses harnais et son caparaçon : le ras Tafari, grave, sévère, comme perdu dans un rêve lointain, qui passa en revue ses troupes. Une clameur retentit sur la plaine pour le saluer tandis qu'il s'éloignait déjà, au pas, vers son palais – digne héritier du roi Salomon et de la reine de Saba.

Taylor tremblait encore d'excitation :

— Dis-moi, on a bien vu ce qu'on a vu ? Ah ! c'était…

Ils galopèrent ensemble vers Schoedsack qui agitait les bras du haut de sa plate-forme.

— Putain de putain de putain de nom de Dieu ! hurlait-il. Si seulement j'avais eu douze caméras dans la plaine. Ah, misère…

Et comme Taylor et Cooper se regardaient, déjà inquiets, Shorty sauta lestement à terre en sifflotant.

— Vous en faites, des têtes ? Bien sûr que j'ai tout pris !

Et, hochant la tête, encore incrédule, comme les autres, sous l'œil amusé d'Abraham :

— N'empêche ! Je parie que le Yankee de Mark Twain, à la cour du roi Arthur, n'a jamais posé ses yeux sur quelque chose d'aussi grandiose que ce qu'on vient de voir…

Quand on vint les chercher, une cohue de guerriers se pressait devant les hautes portes, qui s'écartèrent aux ordres brefs des gardes à cheval, non sans jeter des regards farouches à ces étranges invités venus de mondes inconnus que le Raj, disait-on, avait pris en amitié. À l'appel d'une trompe, les battants s'entrouvrirent et ce fut aussitôt une mêlée furieuse, brisée net par une rangée de chambellans armés de fouets, frappant sans retenue épaules et visages comme on chasse des chiens et ils purent enfin pénétrer, en cabrant leurs chevaux, dans la vaste cour tandis que derrière les battants refermés montaient des imprécations. Le Raj, ce soir, invitait à sa table ses hôtes américains – et ce serait festin pour l'armée rassemblée.

Le jour avait passé en joutes et en courses. Les compagnies désignaient leurs champions qui s'opposaient en de multiples jeux. Ici, ils se lançaient au galop à la poursuite d'une balle de chiffon, se penchaient jusqu'au sol pour la saisir au vol, se heurtaient violemment, d'une volte se retournaient en un nouveau défi. Là, ils s'affrontaient, lance au poing comme jadis dans les tournois de chevalerie, à peine protégés par leurs boucliers de peaux. Plus loin des fantassins, torse nu, se jaugeaient à la lutte, et les arbitres avaient fort à faire pour qu'ils ne s'étripent pas, brisent une nuque ou transpercent un adversaire. Les vaincus, déjà l'écume aux lèvres, contestaient bruyamment la décision inique et leurs compagnons d'armes se défiaient, front contre front, déjà les cimeterres sortaient des fourreaux, avant que les arbitres du Raj n'interviennent.

Shorty, descendu de son estrade, courait de lieu en lieu, portant caméra et trépied. Ce n'était pas tous les jours, exultait-il, qu'il était donné de se retrouver projeté en plein Moyen Âge !

Puis le soleil avait baissé à l'horizon, nimbant la plaine de poudre d'or. Les ombres s'allongeaient de plus en plus vite et quelques compagnies s'étaient déployées en ligne aux deux extrémités de la plaine avant de foncer ventre à terre les unes vers les autres, dans un tohu-bohu bariolé, en faisant tournoyer leurs armes, sous les cris suraigus de la foule s'écartant. Certains se dressaient debout sur leur selle, s'allongeaient sur la croupe de leur monture, ou même se tenaient droit sur la tête, d'autres lançaient devant eux leur fusil et le rattrapaient au vol, Taylor s'était dressé en criant, ils allaient se heurter – au dernier moment, presque à se toucher, ils avaient cabré leur monture en tirant en l'air, avant de revenir à leur point de départ dans un galop frénétique. Trois fois ils avaient répété l'exercice, puis le soleil s'était noyé dans un océan pourpre, aux odeurs âcres de poudre et de suint se mêlaient maintenant celles, plus lourdes, des viandes grillées. Laissant chevaux et armes à la garde de jeunes gens, les hommes convergèrent vers le lieu du festin annoncé.

La salle aux murs rouge sang était immense, qu'éclairaient des torches sur les côtés et, dans les allées, des vasques d'huile posées au sommet de hautes colonnes, où brûlaient des mèches plates. Les tables se succédaient en rangs serrés, cinquante, compta Taylor sur les pas d'Abraham, chacune pouvant accueillir au moins cent personnes. Un bruissement de voix montait du fond de la salle, derrière de lourdes tentures blanches, semblables aux rideaux d'un théâtre et c'était bien d'une scène qu'il s'agissait, où des hommes assis en petits groupes sur de riches tapis, les jambes croisées, entouraient un trône d'or aux coussins de soie rouge séparé d'eux par une garde de jeunes hommes. Sur le trône, indifférent à l'agitation autour de lui, le ras, immobile, le buste droit, les yeux perdus dans les lointains, esquissa à leur vue un sourire en les invitant près de lui, puis, se penchant à l'oreille de Cooper, dans un excellent français :

— Merci d'avoir accepté de dîner avec nous.

Demain, ajouta-t-il, toujours à voix basse, nous nous verrons en privé. Et il reprit sa pose hiératique.

On apporta des plats fumants et chacun se servit avec les doigts, les rinçant après chaque bouchée dans un liquide versé de fines aiguières qui ressemblait fort à de la vodka. Cooper, à la première bouchée, crut que sa tête allait exploser et il surprit entre ses larmes un regard malicieux du ras. Il avait en sa jeunesse un peu pratiqué la cuisine mexicaine, mais là… Seul Schoedsack, impassible, dévorait comme si de rien n'était : cette journée était de celles qui ouvraient l'appétit.

… Et donnaient au bon Théophraste des raisons de croire en l'avenir : le feu des piments, la gloire des batailles appelaient aux plus ferventes libations, lesquelles ne se concevaient, à la cour du Raj, que sous les formes d'un flot interrompu de champagne. À peine vidées, pour apaiser le feu qui brûlait les gorges et les entrailles, les coupes se trouvaient remplies, en sorte que le salon princier se trouva bientôt nimbé d'un sympathique halo, sinon pris de tangage.

Les nobles rassemblés mangeaient toujours ainsi, chuchota Abraham, à l'abri des regards de la foule « par crainte du *mauvais œil* ». Dès leurs plats ôtés, les rideaux s'écartèrent, les lourds battants de la porte d'entrée s'ouvrirent, violemment repoussés par la foule des guerriers affamés se bousculant sans ménagement. En quelques minutes la salle fut pleine, dans un vacarme de cris, de rires, d'apostrophes. La foule avait faim et à bout de patience frappait les tables en cadence en réclamant son dû.

Mais déjà apparaissait une longue ligne d'esclaves, groupés par deux, portant sur leurs épaules, passés dans de longues tiges de métal, des taureaux entiers aux chairs fumantes. Cinq mille, ils sont cinq mille ! comptait à voix basse Taylor effaré, tandis que s'allongeait continûment la file des porteurs. Ceux-ci s'avançaient lentement entre les tables, et sur leur passage les guerriers plantaient leurs dents dans la chair de la bête, avant de trancher de leur poignard la pièce ainsi saisie, encore sanguinolente.

— Et il n'y en a jamais un qui se coupe le nez en même temps ? s'inquiéta Schoedsack.

Quelqu'un pouffa, à la gauche de Cooper. Le Raj, l'œil brillant, se força à reprendre une pose méditative.

Plus la viande est crue, meilleure elle est pour le guerrier, expliqua Abraham : plus ardent est leur cœur au combat. Et crue, elle l'était en effet, les bêtes ayant été tuées dans l'après-midi. À l'odeur âcre des chairs brûlées se mêla bientôt celle, plus lourde, du sang chaud qui ruisselait au sol et sur les visages. D'autres esclaves suivirent, chargés de grandes outres d'un vin sombre et lourd qu'ils versaient à chacun dans des cornes de bœufs et des chants de guerre furent repris par la salle, tandis que s'installaient sur les côtés ménestrels, joueurs de flûte et de harpe et l'on aurait dit, dans les flammes dansantes des torches, que s'agitaient les vagues d'un océan, battant les falaises du rivage. Les chants montaient, sauvages, le vin coulait à flots, Taylor dodelinait de la tête, Schoedsack derrière son trépied, dans un coin de la scène, tentait de capter, sans trop de conviction pour cause de lumière incertaine mais savait-on jamais, quelque chose de la splendeur de l'instant, et Cooper songeait qu'à poursuivre ainsi ils seraient portés jusqu'à leurs lits sur des civières quand le ras, d'un signe discret, l'incita à prendre congé.

Dehors, une masse grondante s'impatientait, qu'ils eurent toutes les peines du monde à traverser malgré les gardes à cheval fendant la cohue sans ménagement. Abraham gloussa : il y aurait cinq services, et le repas durerait jusqu'au cœur de la nuit, cent cinquante taureaux avaient été tués en leur honneur, pour un coût, ajouta-t-il, pas gardien de la cassette royale pour rien, de plus de 2 000 dollars...

Un océan de barbarie, traversé d'éclairs de foi chrétienne, quand la valeur première restait la fureur au combat et, au centre de ce tourbillon de forces prêtes à se déchaîner, les contenant par sa présence même, immobile, perdu dans un rêve immense, le plus frêle de tous et pourtant le plus puissant – le ras.

— Bon Dieu, vous vous rendez compte, exultait Schoedsack, Nous sommes à la cour du roi Arthur !

Cooper tressaillit. N'était-ce pas ce qu'avait voulu dire l'ambassadeur, chez Chopinot, en évoquant le livre culte de Thomas Malory ? Peu importait l'Afrique et les couleurs de peau, ce voyage n'était pas géographique mais historique, ils avaient fait un saut de plusieurs siècles. Il prit Schoedsack par le bras : quel film ça allait être !

Il y eut encore des jours de merveilles, de longues cavalcades, d'errance dans les grands bois – plus loin, commençaient des territoires inconnus peuplés, assurait Abraham, d'animaux fabuleux, de tribus farouches aux mœurs étranges, où ils iraient peut-être, s'ils revenaient un jour. Mais Schoedsack restait sourd à ses invites. Son film était ici, et il savait le temps compté. Chaque jour, la ville lui offrait des scènes de rue ou de marchés qui suffisaient à son bonheur et Cooper, à ses côtés, découvrait la rigueur du métier, l'art subtil de composer les scènes en variant les plans, le souci de la lumière, et la nécessité de rester concentré sur un sujet. Tout le contraire, en somme, des pratiques de Salisbury. Le reste du temps, il s'essayait aux étriers locaux, sans doute inventés par quelque masochiste puisque les guerriers n'y passaient que le gros orteil, mais il ne serait pas dit qu'il n'avait pu les égaler, fanfaronnait-il en essayant de masquer une claudication de plus en plus marquée. Taylor, quant à lui, devenait nerveux, en songeant à Salisbury cloué dans la fournaise de Djibouti : ils auraient dû partir depuis longtemps. Rien qu'une bobine, répondait Schoedsack, rien qu'une bobine ! Cooper et lui tenaient leur film, il le sentait, il le savait.

Les ayant pris en amitié, le ras lui-même multipliait les ruses pour les retenir, et les invitait chaque jour en son salon privé. Là, le protocole oublié, ils découvraient un homme curieux de tout, à l'intelligence vive. Un capucin, vicaire de Harar, lui avait appris le français et il devait ses rudiments d'anglais à l'amitié de Gilbert Thesiger, ambassadeur d'Angleterre qui avait mis ses enfants sous la protection du royaume, lors des guerres de succession, quand on le croyait au bord de la défaite, aussi prenait-il plaisir à passer d'une langue à l'autre. L'ambassadeur actuel, Russell, lui avait raconté ce qui courait sur les exploits de Cooper et de Schoedsack, Taylor en avait rajouté de son côté, aussi pressait-il les deux hommes de questions. Sur la guerre gréco-turque et ce Yachar Kemal qui tant fascinait, et inquiétait, sur le régime étrange de ce Lénine qui déclarait la guerre à l'Occident – et puis surtout sur la conquête des airs. L'aviation n'était-elle pas la clé de l'avenir ? D'avoir face à lui un as victorieux de tant de combats le fascinait. Lui-même, avait-il confié, l'œil brillant encore d'excitation à ce souvenir, avait reçu son baptême de l'air quatre mois plus tôt, à Aden.

— Voir Aden, depuis le ciel. Et le désert, à l'infini, la mer qui scintillait… Cooper, je vous envie !

Il pouffa : les dignitaires qui l'accompagnaient lors de cette visite très officielle avaient refusé avec effroi de suivre son exemple. Tous les esprits n'étaient pas prêts encore pour les temps modernes… Comme Taylor soupirait – pourquoi vouloir changer, plutôt que préserver le miracle du temps aboli en son royaume ? – le ras s'était tourné vers lui :

— Combien de pays avez-vous visités ?

Sur le *Wisdom* ? Taylor compta sur ses doigts : trente-trois dans les seules mers du Sud.

— Et combien étaient indépendants ?

Cooper et Taylor se regardèrent, surpris. Ils n'y avaient jamais pensé… en fait, aucun.

— Dans ce cas, qui les possède ?

— La Grande-Bretagne. La France. L'Amérique. Et puis les Pays-Bas.

Le ras avait esquissé un sourire devant leur embarras. Lui avait la responsabilité de maintenir l'indépendance d'un royaume vieux de deux mille ans.

— La guerre a rétréci le monde. Des temps nouveaux arrivent. Et nul ne pourra vivre à l'écart.

Depuis des mois, il préparait une initiative qui frapperait les esprits : une demande d'adhésion à la Société des Nations. La première d'un pays africain ! Était-il de meilleure protection, que d'être reconnu par tous comme un État de plein droit ? Il parlait vite, emporté par l'enthousiasme, devant son auditoire médusé. Le père Azaï et monseigneur Jarosseau, le nouvel évêque de Soatra, l'avaient aidé dans la mise au point du dossier. La principale difficulté tenait à l'esclavage. Son abolition serait comme un séisme, auquel il était prêt. La justice, bien sûr, était un autre problème…

— Elle a dû vous paraître un peu… brutale, n'est-ce pas ? Le jugement de Salomon ! J'ai le droit de vie et de mort, dit-on. C'est vrai. Sauf sur la tradition. Sauf sur Salomon. Voyez ce qu'il en a coûté à Lyg Yasou, de l'oublier ! Je suis le gardien, vous comprenez ? Et c'est pour cela qu'il m'est accordé en retour ce pouvoir. Pour une vie, une vie. Pour une souffrance, la même souffrance. Telle est la loi, depuis deux mille ans. Tout au plus puis-je l'adoucir…

Quelques semaines auparavant, une famille s'était présentée, réclamant justice. Un homme qui élaguait les plus hautes branches d'un arbre était tombé sur un des leurs, qui dormait à ses pieds, le tuant net. C'était, à l'évidence, un accident. Mais les frères ne l'entendaient pas ainsi : pour une vie, une vie.

— Comment empêcher cette folie ? J'ai réfléchi à toute vitesse, et j'ai trouvé. Qu'on amène à moi le bûcheron, et que mes gardes l'allongent sous le plus haut des arbres. Puis que les plaignants grimpent en haut de l'arbre, et sautent – et recommencent jusqu'à ce qu'ils tuent l'homme au sol ! Bien sûr, s'ils le manquaient c'est eux qui risquaient d'y laisser la vie, ou de s'estropier. Ils se sont jetés à mes pieds. Réflexion faite, ils choisissaient l'argent. Et moi, sévère : Non, la loi est la loi, qui dit que le meurtrier doit périr de la même manière qu'il a tué. C'est sa vie à prendre, ou rien ! Et ça a donc été rien. La loi de Salomon !

L'éducation serait la clé de tout. Il venait de construire, sur ses deniers, une école qui ouvrirait au printemps. Sur ses deniers encore, il avait envoyé quelques jeunes prometteurs s'instruire en France et en Italie. Trois autres prendraient bientôt le chemin des États-Unis. Une imprimerie venait d'arriver d'Allemagne et il comptait bien, dans quelques mois, être à même d'éditer un hebdomadaire dont il avait déjà trouvé le titre : *Paix et lumière*. Quelques centaines d'exemplaires suffiraient à ce que lecture en soit faite dans tous les quartiers. Et dans quelques mois il prévoyait de se rendre à Londres et à Paris, avec une délégation des plus hauts dignitaires du royaume. Pour qu'ils prennent conscience, eux aussi, du monde extérieur.

— Comme cela ils ne pourront pas profiter de mon absence pour comploter…

Mais c'étaient moins les périls intérieurs, querelles de pouvoir, pulsions guerrières toujours prêtes à exploser, que le jeune ras aurait à craindre, que les puissances occidentales si empressées à se dire ses amies – et, de l'Occident, moins peut-être une action militaire « colonisatrice », si la Société des Nations tenait ses promesses, que sa modernité même, balayant sans pitié codes anciens, traditions, et même mémoire, pour ne plus exalter que la griserie du présent. Comment faire entrer son pays dans pareil siècle sans détruire son âme – et du coup le détruire ?

Peut-être était-ce pour cela que le ras s'intéressait à eux, songeait Schoedsack – des Américains qui avaient pris le large, en quête de ce que lui, précisément, tentait de préserver.

— Messieurs, je crois qu'on vient d'entendre un homme d'État, dit Cooper au sortir de la rencontre. C'était le dernier soir – demain la pimpante *Rosalie* les ramènerait à Djibouti, pour de nouvelles aventures, et Schoedsack déjà paraissait très loin, orchestrant mentalement les séquences de son film…

Théophraste les avait quittés dès le lendemain du festin, en les remerciant chaleureusement pour « cette magnifique soirée », ce qui les avait d'abord surpris, vu qu'il n'en était pas – jusqu'à ce qu'ils comprennent que le digne négociant se référait au champagne consommé pour l'occasion, dans des proportions qui « dépassaient l'imagination ».

IX

La proie des flammes

Savonne, Italie, mars 1923

— … Et c'est alors que nous les avons vus, dans les premières lueurs du jour, qui nous guettaient, depuis le rivage, en aiguisant leurs poignards ! Notre dernière heure, à coup sûr, était venue…

Le capitaine Salisbury, sa superbe retrouvée, tenait son public en haleine. Il y avait là, qui l'entouraient dans les jardins du consulat américain, la plupart des notables de Savonne et leurs épouses, flattés de rencontrer si superlatif conquérant des mers, en fin de tour du monde. Un héros ! répétait la femme du consul, en le dévorant des yeux. Il est vrai qu'il avait belle allure, dans sa veste aux galons d'or, tandis qu'après le thé le majordome faisait passer des liqueurs plus accordées à l'intensité du moment. Il y avait dans l'air une douceur grisante, où passaient, légères, les senteurs de primevères, de jasmin et d'orangers en fleurs auxquelles se mêlait par bouffées, portée par le vent, celle, vanillée, d'une clématite. Cooper, du coin de l'œil, surveillait Schoedsack, au fond de la pièce, qui affectait un détachement très olympien, et Taylor, pour le coup au bord de l'explosion. D'un geste de la tête, il les invita à s'éclipser. Qui s'apercevrait de leur absence ? Et puis leur valeureux capitaine se sentirait plus à l'aise pour ce qu'il appelait « faire le métier » – autrement dit mentir effrontément.

Dans la rue, Taylor envoya valser d'un coup de pied rageur une boîte de conserve qui traînait là.

— Ah, le voyou ! Le voyou ! Et tu le laisses dire ?

— De quoi te plains-tu ? Après tout, ce n'est pas si loin de la vérité.

Pas si loin, non, à un détail près : Salisbury, dans cette fameuse tempête, implorait à genoux la pitié du Seigneur, tant et si bien que Little John, le géant tahitien, l'avait jeté dans sa cabine.

Ils trouvèrent sur le port une trattoria qui, décréta Taylor, « leur tendait les bras ». Une bouteille de blanc Pigato bien fraîche, puis deux, accompagnées de quelques douceurs, *cacciatorini* de la vallée d'Aoste, salade de poulpes et autres calamars frits leur firent considérer la conjoncture avec bienveillance. Après tant d'aventures, un peu de détente n'était pas du luxe…

Ils revenaient de loin. À Djibouti, ils avaient trouvé un Salisbury hagard, pressé de « fuir ce lieu maudit ». En vain le capitaine du port, le patron de l'hôtel grec et même l'Italien, bien qu'en piteux état, avaient-ils tenté de le retenir : la mer Rouge était traîtresse, agitée de courants contraires, ce n'était pas pour rien qu'on appelait la passe de Bab el-Mandeb la Porte des lamentations. L'île de Perim, en son milieu, était un cimetière de bateaux. Pourquoi de pas attendre le jour et que tombe le vent ? Rien n'y avait fait, et dix heures à peine après leur arrivée, en pleine nuit, le *Widom II* quittait le port, toutes voiles dehors…

Le vent soufflait en brusques rafales, la mer se creusait en lames dures, serrées, qui secouaient la carcasse du voilier, Taylor, soucieux, hochait la tête : les choses sérieuses commenceraient au sortir du golfe de Tadjoura, quand ils ne seraient plus à l'abri de la terre.

— Là, on va le prendre plein nez. Si en plus le courant s'y met…

Salisbury n'avait pas de ces soucis et les *Instructions nautiques* n'étaient pas ses lectures quotidiennes, aussi, tout au soulagement d'échapper à l'enfer, avait-il décidé de s'octroyer un petit somme.

Les îles Moucha laissées sur bâbord, le vent forcit en hurlant et au virement de bord le *Wisdom* resta un instant en équilibre, comme un boxeur cueilli à froid par un crochet, avant de s'ébranler de nouveau, secoué par des vagues croisées – au vent debout s'ajoutait un courant contraire.

Au bout d'une heure de lutte, il fallut se rendre à l'évidence, la seule voie possible se trouvait vers la côte yéménite – la plus dangereuse, hérissée de récifs, barrée de bancs de sable, mais où le courant s'inversait. Fort heureusement, les *Instructions nautiques* mentionnaient que le phare de Moka les guiderait, visible depuis 19 milles. Le *Wisdom*, ragaillardi, taillait sa route mais c'est en vain que Taylor scrutait les ténèbres, devant lui : où était ce fichu phare ?

— Une succession de lumières blanches, on devrait le voir depuis un moment…

Le choc les précipita cul par-dessus tête. Un récif, pensa Cooper, en se raccrochant à la lisse, tandis qu'une vague énorme balayait le pont en bouillonnant. Il y eut un craquement terrible de toute la structure, tandis que le bateau s'inclinait dangereusement, puis des chocs répétés comme si la coque heurtait, et heurtait encore un obstacle. Aussi solide qu'il pût être, le *Wisdom* ne tiendrait pas longtemps. Jeté en bas de sa couchette, Salisbury surgit sur le pont, encore en pyjama, quand une vague déferla dans un bouillonnement effarant et on le crut un instant emporté avec elle. On le retrouva à demi inconscient, plaqué contre un dinghy. Tous accouraient, à demi nus, qui en caleçon, qui dans le plus simple appareil et sous la lune pâle, dans les sifflements du vent, le grondement des déferlantes, le bateau paraissait déjà perdu. Les voiles battaient violemment, la grand-voile plongeait dans l'eau, le mât allait s'effondrer, songea Cooper en se cramponnant à un espar. Taylor hurla :

— La grand-voile ! Amenez la grand-voile !

Tous, galvanisés, se précipitèrent dans les vagues qui continuaient à balayer le pont et Dane le Danois entonna un vieux *shanty* repris en chœur par tous les autres. Mètre après mètre, la voile fut amenée. Le mât, au moins, serait sauvé.

Il y eut un craquement plus violent, une secousse nouvelle et le *Wisdom*, couché sur le flanc, se dégagea enfin, pour basculer dans des eaux plus calmes.

— Un banc de sable, souffla Taylor, c'était un banc de sable. Sur des récifs, on ne s'en serait pas sortis !

Le répit fut de courte durée. Ils avaient lancé une ancre pour bloquer le navire, mais celui-ci talonnait de plus en plus fort. La marée baissait, comprit Cooper. À ce rythme-là ils allaient y laisser la quille – ou la coque.

C'est alors que Salisbury poussa un cri, en agitant les bras : des lumières s'allumaient sur le rivage. Amis ou ennemis ? Bien des récits couraient, tout au long des côtes yéménites, sur ces Bédouins naufrageurs qui vous égorgeaient un équipage comme d'autres se coupent une tranche de pain. Taylor lança des torches éclairantes pour tenter d'en avoir le cœur net, en vain. Salisbury, voulant croire en des secours, multipliait les projets absurdes en se tordant les mains –, jusqu'à ce que Cooper prenne l'initiative. D'abord, trancha-t-il, prévoir le pire, rassembler armes et munitions et se préparer à vendre chèrement sa peau. Pendant ce temps Shorty et Dane le Danois emballeraient pellicules et caméras dans des boîtes étanches. Et Taylor dirigerait le pompage dans la cale : Jack le Fidjien venait de remonter en courant, la coque faiblissait, des voies d'eau commençaient à s'ouvrir. La dernière secousse avait coupé l'alimentation électrique et c'est à la lumière tremblante de deux bougies que tous s'affairèrent. Quatre fusils à répétition, deux fusils de chasse, une demi-douzaine de revolvers et d'automatiques, plus une mitraillette Thompson et des munitions à profusion, vu que les armes n'avaient guère servi jusque-là : ils auraient de quoi supporter un assaut…

Le ciel pâlit. D'abord, ils ne virent qu'une côte sombre, hostile, à un mille à peine, puis elle sortit de l'ombre. Ils étaient là. Une centaine de Bédouins, assis sur le rivage, les fixaient, immobiles, leurs armes à la main, et leurs visages étaient de pierre. Plus loin, au pli d'une colline, on devinait un mouvement : d'autres encore arrivaient pour la curée. Nous sommes perdus, balbutiait Salisbury. Sur un signe de Cooper, Little John le ramena dans sa cabine : qu'il serre dans une enveloppe étanche tous les papiers utiles, au moins, ça l'occuperait…

C'est alors que Schoedsack, à la stupéfaction générale, choisit de sortir sa caméra :

— Si on y reste, bon, on y reste. Si on s'en tire, ça fera des putains d'images ! Attaqués par des pirates, c'est pas tous les jours !

Dane, qui remontait tout juste, partit d'un rire énorme : Au moins, ça, c'était parlé ! Shamrock rugit en brandissant son coutelas : ces Bédouins allaient regretter d'être venus !

Taylor leva le bras, réclamant le silence. Tous le regardèrent, étonnés.

— Vous n'avez pas senti ? On ne talonne plus…

L'eau frémissait contre la coque

— La marée ! La marée monte. Dane ! Mets l'auxiliaire en route.

Le vent avait faibli, les vagues de l'autre côté de la barre de sable paraissaient moins menaçantes. Dane lança le moteur et le

Wisdom, prudemment, se tourna vers le large. Chacun retenait son souffle. Il y eut une dernière secousse quand le navire passa le banc qui le retenait captif, et ils se retrouvèrent libres tandis qu'éclatait sur le rivage un torrent d'imprécations.

Little John, Big Johnny et Dane hissaient déjà la grand-voile en chantant, souquaient les drisses. Sauvés ! Salisbury revenu sur le pont serrait les mains.

— Bravo, les petits ! Ah, je vous l'avais bien dit, qu'on s'en sortirait !

Taylor prit le vent, borda l'écoute, et… le bateau faillit chavirer, tandis que Jack remontait en hurlant : la coque fuyait comme une passoire ! On comprit alors l'origine des craquements : le *Wisdom*, dans l'affaire, avait perdu sa quille – en tout cas, le lest de plomb de plusieurs tonnes. L'eau rentrait à pleins bouillons par les trous des boulons qui avaient sauté.

Le vent, heureusement avait viré au sud-est et c'est sous voile réduite, grand largue et au moteur, que le *Wisdom*, la coque colmatée tant bien que mal, remonta jusqu'à Djeddah, où ils espéraient réparer.

— Il est temps que ça se termine, maugréait Schoedsack qui n'avait plus en tête que le montage de son film.

— Le saligaud, répéta Taylor, porté aux idées fixes.

On n'est pas bien, là ? objecta Cooper. On était au printemps, sur la Riviera italienne, dans un port de rêve, le jour s'assoupissait dans les senteurs d'œillets, la mer chantonnait au pied du quai – et les calamars frits étaient un pur bonheur.

— Mmm, fit Shorty en s'étirant.

Tout de même, tant de mansuétude le tracassait un peu.

— Ça ne t'embête pas, toi, que cette outre boursouflée se pavane en piquant notre boulot ?

— Tu sais, ce n'est pas un si mauvais bougre…

Et comme Shorty ouvrait de grands yeux :

— Un rêveur de voyages ! Il faut le prendre comme il est. Mais j'ai beaucoup appris à ses côtés…

— Oui ?

— Nous, on court après cent dollars et lui – tu as vu les moyens qu'il a ? Pour lever des fonds, il est le meilleur.

— En somme, tu t'en fous, de notre film ?

Le gaillard à coup sûr lui cachait quelque chose, se dit Shorty.

— Oh ! Je n'ai pas eu le temps de te dire – j'ai eu une conversation avec notre capitaine. Tout à l'heure…

Il fit durer le suspense, d'un air innocent.

— Il nous laisse tout. Tout, de notre équipée ! Les articles qu'on pourrait faire sur elle. Je signerai les chapitres que je lui consacrerai, dans le livre pour lequel il m'a engagé comme nègre. Tout. Et même…

Il rit, en voyant la tête de Shorty.

— Le film, oui ! Il nous laisse le film ! On indiquera juste qu'il a été tourné lors du voyage du *Wisdom*.

D'émotion, Shorty commanda au garçon une bouteille à suivre. Et il l'avait laissé remuer ses idées noires ? Pris d'un doute il releva la bouteille au moment de le servir.

— En échange de quoi ?

Mais de rien ! Qu'allait-il chercher là ?

— En quittant le ras, je lui ai juste demandé un certificat authentifiant notre visite. Pour *Asia Magazine*. En, hum, lui expliquant notre, comment dire, embarras vis-à-vis du capitaine Salisbury. Bref, il a ajouté son nom…

Du coup, c'est Taylor qui protesta – avec l'excuse, il est vrai, d'être le plus ancien à la barre du *Wisdom*.

— Tu as fait *quoi* ?

— Ça l'a énormément touché, tu sais ? Si, si, touché. Et puis, comme il se sentait peut-être un peu gêné, après les derniers événements… Bref, il nous donne tout.

Shorty le fixa, pensif.

— Bien sûr, la question de savoir s'il s'agit de ta part d'une grandeur d'âme touchant à la bêtise, ou du sommet du machiavélisme, restera ouverte ?

Cooper s'autorisa une gorgée de Pigato, en prenant un air modeste.

— Certes… Mais d'autres pourraient dire que la perfection est atteinte quand les deux trouvent à se confondre…

Un *bollito misto* accompagné d'une *salsa rossa* mêlant tomates, oignons et piments parut du coup le complément idéal de cette douce soirée.

— Bien sûr, je ne lui ai pas dit le commentaire du ras, à son endroit… Mais si nos projets capotent, au moins j'aurai un point de chute. Bref, si j'en ai assez un jour d'un « capitaine à ce point sans honneur », je cite le ras, je serai le bienvenu chez lui. Pour doter l'Abyssinie d'une aviation. Civile et militaire.

— T'es un rien gonflé ! Je croyais que tu t'éloignais de la civilisation, vers un peu de sauvagerie ?

— Oui, mais lui fait le chemin inverse. On s'est croisés.

— C'est ça : tu l'aiderais à se précipiter vers le monde moderne que tu fuis ?

— Non, mais qui sait ?

Il éclata de rire devant l'air redevenu maussade de son ami.

— Bref, on a intérêt à le réussir, ce film !

Ils se réveillèrent dans le chant des oiseaux. Salisbury avait bien fait les choses, en louant une villa dans les hauts de Savonne. Les montagnes bleues, derrière eux, se teintaient de rose, et vers le port, à leurs pieds, c'était un moutonnement d'arbres déjà en fleurs. Au large, la mer était comme piquetée de taches claires – les voiles des pêcheurs déjà au travail. Le petit déjeuner leur fut servi dans un jardin débordant de roses et de jasmin.

Salisbury était rentré tard dans la nuit, passablement fatigué vu le bruit de ses porteurs dans l'escalier, dit Taylor arrivant sur ces entrefaites. Lui-même n'était pas très frais, ayant tenu à « ne pas laisser seuls » les membres de l'équipage, peu habitués aux coutumes européennes mais néanmoins assoiffés après leurs émotions.

Pour les croyants en route vers La Mecque, Djeddah était sans nul doute la porte du Paradis. Pour les marins du *Wisdom*, elle avait été le port de l'interminable attente, sous une fournaise où s'épuisaient les corps tandis que s'effilochaient les promesses de réparations et que soufflait le vent du nord. Le vent ! Il devenait l'obsession de l'équipage. Une puissance maléfique, obstinée, porteuse de miasmes et de fièvres, qui leur refusait le passage, tout comme les murailles de la ville les retenaient captifs. Le kaïmakan de Djeddah les avait aimablement reçus, tout serait fait pour réparer au plus vite le *Wisdom*, mais il s'était renfrogné quand Schoedsack avait émis le désir de filmer les pèlerins. Le Coran proscrivait les images.

La ville leur avait paru triste et sale, un fouillis de ruelles poussiéreuses serpentant entre des maisons basses, décrépites

– à l'exception, en son centre, d'un étincelant ensemble d'immeubles de cinq ou six étages sur lesquels flottaient les drapeaux des puissances européennes. Le grand rassemblement des fidèles aurait lieu à La Mecque en juillet, mais les pèlerins arrivaient déjà en masse. Chaque jour, hommes, femmes et enfants débarquaient de bateaux surpeuplés, et dans les rues se mêlaient Turcs coiffés de fez, Indiens enturbannés, derviches, garçons à la peau brune menant à cru des ânes, femmes pieds nus enveloppées de noir, aux visages voilés, lépreux disputant leur pitance aux chiens, Noirs en boubous de couleurs vives, que les autorités reléguaient au-delà des murs, dans des huttes de terre. Pour la première fois, seuls Européens dans la rue, ils prenaient conscience de la puissance de l'islam, mais une frontière invisible les séparait des pèlerins, et les portes de la ville leur restaient closes. Par précaution, assurait-on : au-delà, commençaient le désert et la piste vers La Mecque sur laquelle ils pouvaient voir des caravanes s'engager, à la merci des Bédouins qui, plus loin, derrière les dunes, les attendaient…

Le *Wisdom*, en cale sèche, avait révélé l'étendue de ses blessures. Le lest arraché, ce qui restait de la quille ne tenait que par miracle, les structures basses étaient sérieusement endommagées. Taylor, Cooper, Salisbury faisaient le siège d'ouvriers pleins de bonne volonté mais dépassés par la tâche à accomplir. Les hommes d'équipage, pris de fièvre, s'alitaient les uns après les autres. Ils ne seraient bientôt plus assez nombreux pour appareiller quand bien même le bateau serait en état suffisant – ils étaient pris au piège, s'exaspérait Taylor, comme était prise au piège la petite colonie européenne qui tentait, en vain, de maintenir un semblant de vie sociale, et s'obstinait à des rituels dérisoires, comme de construire un parcours de golf à l'extérieur des murailles, malgré les réticences du kaïmakan…

Seul Schoedsack restait d'humeur égale. À la surprise du kaïmakan, le roi de La Mecque, joint par téléphone, lui avait accordé le droit de filmer Djeddah. Intrigué par la présence d'une belle Ukrainienne lors d'une soirée donnée par le gouverneur, il avait découvert que vivait à l'écart un petit groupe de Russes – un ingénieur, époux de la belle, au visage barré d'une vilaine cicatrice, souvenir d'une lutte au sabre avec un bolchevik, et deux pilotes qui formaient avec lui la force aérienne du pays –, fauchés au point de n'avoir pas de vêtements à se mettre pour se montrer en société. Il avait aussitôt sympathisé avec eux et c'est ainsi qu'il s'était retrouvé invité à survoler, caméra au poing, Djeddah et le désert alentour. Le premier film aérien sur Djeddah, le premier film peut-être sur les pèlerins de La Mecque ! Le comique de la situation le mettait en joie : deux improbables biplans anglais pilotés par deux hurluberlus dont un ex-colonel de l'armée russe devenu jockey au Caire, puis chômeur pour cause de prise de poids, avant d'échouer dans un pays où l'alcool se trouvait fermement prohibé ! Cooper, tout en nerfs et volonté tendue, restait estomaqué devant la capacité de son ami à s'accommoder de tout.

Après dix jours d'attente, il n'était plus temps de s'accommoder de quoi que ce soit, trancha-t-il. À l'évidence, aucune réparation ne serait menée à bien, il leur fallait tenter de gagner Suez au moteur, sous voilure réduite, par le bras de mer oriental, au courant favorable, en espérant que le vent tomberait en chemin, ou virerait au sud. Au onzième jour, c'est un navire blessé, peuplé de marins mal en point, qui avait quitté Djeddah à petite vitesse – vent debout. Les plus valides s'activaient aux pompes, le pilote donné par le kaïmakan s'était mis en tête de convertir le troupeau d'infidèles au milieu duquel on l'avait jeté, et, tout à sa tâche, ne jetait qu'un regard distrait sur la route suivie, que tous pourtant savaient dangereuse. Si seulement le vent tombait ! Le moteur n'était jamais qu'un moteur auxiliaire, savait-on seulement s'il tiendrait tout le long ? Chaque nuit, tous fanaux allumés, ils jetaient l'ancre et ne repartaient qu'au petit matin. Ce qui n'avait été qu'un soupçon, au départ, était devenu une certitude le jour où Cooper, agacé par les exhortations à la piété du pilote, et voulant le ramener à sa tâche première, lui avait demandé tout de go s'il était déjà allé à Suez.

— À Suez ? Non, jamais. Pourquoi ?

— Mais au moins tu as une idée d'où nous sommes ?

— Pas la moindre. Prie Allah de veiller sur nous !

Un marin-pêcheur croisé au septième jour de navigation avait accepté de les guider sur une partie du chemin et ils avaient poursuivi à la sonde. Ils s'étaient réveillés le lendemain avec le sentiment que le bateau tirait sur son ancre différemment. Miracle : le vent avait tourné au sud. Et le soir même ils entraient, saufs, dans le port de Suez.

Saufs, mais aussi mal en point que le bateau. Presque tous grelottaient de fièvre. Et aucun chantier naval ne se disait capable d'entreprendre les réparations. Il avait fallu attendre deux semaines encore avant que la plupart des hommes se sentent d'aplomb. Seul Shamrock le Malais avait dû être rapatrié, aussi Salisbury avait-il engagé deux marins grecs en renfort, avant de prendre le risque de se lancer à travers la Méditerranée. Toujours à petite vitesse, sous voilure réduite, jusqu'à Savonne, où l'équipage avait gagné le droit d'une nuit de retrouvailles avec la civilisation.

— *Cooper and Schoedsack Productions*, ça sonne bien, non ?

Le voyage se terminait ici. La réparation achevée, ils mettraient le cap sur l'Amérique, et retrouveraient le monde ordinaire. Déjà se refermait un chapitre du livre de leurs aventures et tous deux n'avaient en tête que l'avenir. L'un ne songeait qu'à son film à construire, à son montage, à son propos, il ne suffisait pas d'aligner des plans spectaculaires comme le plus souvent dans les films de voyage, l'autre, à l'entreprise qu'il fallait lancer dès son retour, à la manière de diffuser le film, d'en faire un des événements de l'année – et à la prochaine expédition, où ils seraient leurs propres maîtres.

— *Cooper and Schoedsack Ltd* ! J'ai observé Salisbury, j'ai discuté avec lui. Le plus urgent est de créer une société. Pour trouver des investisseurs. Avec un bon projet.

Le temps que Shorty monte son film, et, pour Salisbury, ce qu'il pouvait tirer des bobines laissées par son prédécesseur, Cooper aurait écrit, à la place du titan des mers du Sud, le livre dont ils étaient convenus. Et puis surtout, en son nom propre, il aurait publié ses articles dans *Asia Magazine*... Il en avait trois en tête. Froelick ferait des bonds en l'air quand il en saurait le sujet. Et les photos ! Elles étaient sublimes. Le film, les articles : ils tenaient le point de départ tant cherché.

— Les Français disent « le pied à l'étrier », n'est-ce pas ?

— À condition de réussir notre film. Et d'avoir un bon projet derrière...

Ma parole, pour lui le film est terminé, songeait Schoedsack, interloqué. Alors que tout restait à faire. Chez Pathé, à Paris, il avait pu visionner des films de voyage – sans intérêt. Une succession de scènes sans lien entre elles, sans vrai propos, le plus souvent des clichés pittoresques pour plaire au public. Tout était à inventer, et il n'était sûr de rien.

La guerre avait tout changé, les conventions romanesques du temps jadis leur paraissaient insupportables. Comment jouer la comédie, se satisfaire de bluettes et de bons sentiments, après ce qu'ils avaient vécu ? La fiction s'était comme épuisée d'un coup dans le gouffre noir de la guerre. N'en restait plus que coques vides, faux-semblants, manières de se cacher la réalité, de n'en plus rien savoir. Ils avaient *vu* quelque chose, tous deux, dans la guerre, mais comment en rendre compte ? *Comme dire le monde* ? Rien ne pouvait plus aller comme avant – une autre littérature, un autre cinéma allaient naître, à coup sûr. De nouvelles fictions ? Toujours chez Pathé, il avait visionné quelques films, tous allemands, faits d'ombres et de lumière, de perspectives faussées, à l'atmosphère de cauchemar, *Le Cabinet du docteur Caligari*, *Le Golem*, *Nosferatu* – ceux-là ne disaient-ils pas, à travers leurs fantasmagories, quelque chose de plus vrai que les comédies ordinaires ? Mais ce n'était pas sa voie – comment appeler ce cinéma du réel qui était encore à inventer ?

Il lisait et relisait ses notes, agençait mentalement les séquences, dont certaines, sans doute, seraient spectaculaires, mais quelque chose, il le mesurait chaque jour un peu mieux, manquerait au bout du compte. Leur vrai sujet était ailleurs : l'homme en lutte contre la nature hostile, contraint dans ce combat à aller au-delà de lui-même, à retrouver en lui cette part que l'ordinaire des jours lui faisait oublier. Ailleurs : restait à trouver où. Et avec qui.

Restait à trouver la forme artistique qui saurait en rendre compte. Mais de cela, Coop paraissait se fiche éperdument. Il lui suffisait de vivre les événements à leur plus haute intensité, de les précipiter, s'il fallait – et le reste suivrait. Dans le fond, il n'avait pas la moindre idée de ce qu'était le cinéma.

Shorty le regardait avec envie aller et venir dans ce jardin où tout invitait au farniente, comme un sportif boxant dans le vide tandis qu'il détaillait son « plan d'attaque ». Il lui fallait cela, entreprendre sans relâche, être en état de projet, toujours, en chaque instant, pour se sentir en vie, et c'est cela qui séduisait, en lui, en faisait un chef sans même qu'il s'en rende compte. Tout ce dont Schoedsack se sentait incapable et c'est sans doute pourquoi ils s'étaient trouvés immédiatement : ils se complétaient. Il faudra qu'un jour on ait une vraie conversation, se dit

Shorty. Ce n'était tout de même pas rien, d'avoir à inventer un nouveau cinéma ! Seul un film vu chez Pathé ouvrait peut-être la voie…

— En novembre dernier, j'ai vu un film, à Paris… Le premier qui ressemble à ce que j'ai en tête.

— La diffusion ! Tout sera dans le lancement. À New York, bien sûr. Oui – qu'est ce que tu disais ?

— J'ai vu un film, à Paris… *Nanouk l'Esquimau.*

— *Nanouk* ? Formidable. Tous les autres : nuls. Mais celui-là ! Je l'ai vu en août, l'année dernière, au Capitol, à New York. C'est ce que tu veux faire, non ?

Pour lui, ça avait l'air d'aller de soi. Allez ! Peut-être avait-il réfléchi lui aussi, plus qu'il n'y paraissait, à ce cinéma encore à naître…

Il y eut un crissement de pneus, une portière qu'on claquait, et un homme fit irruption dans le jardin, les yeux fous – le *shipchandler* avec lequel ils s'étaient entendus, à leur arrivée. En nage, il bégayait des mots sans suite, où ils distinguèrent *fuoco*.

— *Fuoco ! Fuoco !* Et devant leurs mines perplexes : Le feu ! Le feu !

Ils ne firent qu'un bond jusqu'à la guimbarde de l'homme, qui invoquait la Vierge en agitant les mains, se frayait un passage à coups de trompe, traversait les carrefours sans un arrêt. Un brusque virage, et un instant ils virent le port en contrebas, le nuage de fumées noires. Les films ! Il fallait sauver les films.

— Ils sont dans la chambre noire. Dans des boîtes scellées.

— Les photos ?

— Dans une mallette. Dans ma chambre. Avec ma caméra.

Ils débouchèrent sur le quai dans un long dérapage. Trop tard. Le feu rugissait sur toute la longueur du pont. Le mât de misaine s'effondra, dans des gerbes d'étincelles. Le *Wisdom* n'était plus.

PARTIE III

Dans la splendeur et la colère des dieux Taurus

X

Interdit aux femmes

New York,
juin-juillet 1923

— Quel film ça aurait fait...

Un mois plus tard, il ne s'en consolait toujours pas. Et toujours lui revenaient les images, flamboyantes et brutales, que nul ne verrait, le tournoiement des cavaliers dans la poussière d'or sur la plaine sans limites, les cinq mille guerriers ruisselants de sang de bœuf sous la lumière dansante des torches, les lions conduits au combat. Maggie, sous le charme, le pressait de questions. Comment pareil royaume avait-il pu survivre inchangé depuis deux mille ans ? Quels étaient ses projets ? En savait-il plus, sur l'incendie ?

— On n'aura jamais le fin mot de l'affaire... Les ouvriers avaient travaillé tard le soir. Le tuyau d'alimentation du moteur coupé par mégarde et tout qui explose à la première étincelle ? Possible... Mais ce film perdu, en quelques instants !

Avec lui, les portes se seraient ouvertes, il en était certain. Tout, maintenant, était à recommencer. Schoedsack, plus secoué qu'il ne le laissait paraître, était resté à Paris. Lui, depuis son retour, travaillait d'arrache-pied à *The Sea Gypsy*, le livre que signerait Salisbury, en commençant par trois chapitres sur leur odyssée abyssine, à paraître d'abord sous son nom à lui, Merian C. Cooper, dans *Asia Magazine*, avec les photographies de Schoedsack puisqu'elles au moins avaient été sauvées. Leur dernier atout, pour tenter de séduire un investisseur, espèce qui paraissait s'évanouir à son approche, à croire qu'une partie de la jeunesse américaine s'était donné le mot de courir le monde par tous les moyens, asséchant le marché. Et c'était alors à Maggie de soupirer – elle aussi clouée à quai par un livre à écrire, quand la tourmentaient des désirs de partance.

Depuis qu'ils s'étaient retrouvés sur les marches du Muséum d'histoire naturelle, au sortir d'une causerie de Barnum Brown, le traqueur de dinosaures du Wyoming, ils avaient pris l'habitude de déjeuner ensemble au Vesuvio, sur la 128e Rue, deux à trois fois par semaine. Ils se connaissaient si peu ! Une soirée à Varsovie, le souvenir d'un air de danse, à l'instant du départ, quand on croit qu'on ne reviendra pas, celui d'un parfum sur la peau, et puis une heure entre deux trains, à Berlin, à sa sortie des geôles russes, elle déjà en route pour Londres. Si peu, et tant de choses… Il arrivait, le corps projeté en avant, avec cet air, toujours, de boxer dans le vide, clignant des yeux de trop d'heures passées dans la pénombre d'une salle de la Société de géographie, elle, le dos cassé à force de taper à la machine un nouveau chapitre de ses dernières aventures en Extrême-Orient et en guise de bonjour ils se lançaient le nombre de mots écrits depuis la dernière fois. Les arbres, au-dehors, étaient en fleurs, l'air vif pétillait comme du champagne, flottait dans l'air, à l'approche de l'été, quelque chose comme une promesse. La salle, joyeuse, bourdonnait de rires, d'apostrophes en italien, Silvio, dansant entre les tables, leur apportait déjà poivrons grillés, calamars frits, *crostini* aux légumes, *bruschette* à la tomate et une bouteille du vin blanc devenu leur favori, Fiano di Avellino, sec et corsé. Et ils se découvraient chaque fois un peu plus, fascinés l'un par l'autre plus peut-être qu'ils ne se l'avouaient, et un peu inquiets, aussi, comme s'ils pressentaient qu'ils s'aventuraient en des zones dangereuses – mais avec qui, sinon, partager ce qui les agitait tous deux ?

— Celle qui m'a sauvé la vie, l'avait-il présentée au dîner mensuel des quelques rescapés de l'escadrille Kosciuszko. Depuis le temps que je la recherchais !

— Celle que *toi* tu tenais tant à sauver ? Si vous l'aviez vu… Marguerite Harrison par-ci, Marguerite Harrison par-là. Son plan… Ah ! Quel dommage… Ça aurait été un des grands exploits de la guerre !

— Dites tout de suite que vous auriez préféré que je ne sois pas libérée avant ?

Ils lui avaient fait fête, la dévoraient des yeux. Vrai, elle avait une classe folle. Grande, élancée, des yeux de velours – comment, si belle, avait-elle pu choisir une vie d'aventures ? avait risqué Buck, sous le charme.

— Au lieu d'être une poule de luxe, c'est ça que vous voulez dire ?

Buck avait viré au coquelicot. Parce que l'aventure est réservée aux femmes laides et infirmes ? avait-elle poursuivi d'un air innocent. Pourtant, vous n'êtes pas mal, vous non plus…

Crénom, quelle tigresse ! avait soupiré Buck à l'instant de se quitter, avec un clin d'œil chargé de sous-entendus.

— Mon vieux Coop, tu dois pas t'embêter…

— Vos amis, ils ne sont pas un peu lourds, des fois ? s'était inquiétée Marguerite sur le chemin du retour. Ou alors ils sont restés de grands enfants, sans vouloir vous vexer…

Cooper, piqué au vif, prenait déjà leur défense : ils étaient presque des enfants, aussi, quand ils risquaient leur vie, en Pologne. Il n'y avait pas meilleurs garçons qu'eux !

Elle lui avait pris le bras, pour faire la paix.

— N'empêche, il faudrait qu'ils se réveillent ! Le monde a changé. Les femmes ont changé.

Changé ? Pas forcément en bien, disait la moue dubitative de son compagnon.

— La mère de famille au foyer ravaudant les chaussettes de son mari, c'est ça votre idéal ?

Cooper gémit : une féministe. Il tenait le bras d'une féministe. Qui lui fila un coup de pied dans les tibias.

— Sudiste !

Pas de doute, on n'aurait pas pu trouver plus différents l'un de l'autre. Lui, né dans une famille de planteurs cramponnés à un monde qui n'existait plus et à ses codes. Elle, d'une famille d'hommes d'affaires cosmopolite de Baltimore, partageant son enfance entre États-Unis et Europe, France, Allemagne, Angleterre, où elle avait fréquenté la famille royale, rencontré Baden Powell, vécu dans un milieu de diplomates, d'artistes, d'aventuriers. Lui, conservateur malgré lui, elle, progressiste passionnée par le monde naissant.

Eux, si semblables, pareillement tourmentés par le démon de l'aventure.

D'elle, il voulait tout savoir. Et d'abord où elle avait disparu quand il la cherchait partout avant de s'embarquer sur le *Wisdom*. La première chose qui lui avait sauté au visage, lors de son retour, à New York, après l'incendie du bateau, c'était le titre du *New York Times* : sur trois colonnes, l'annonce de sa libération d'une prison soviétique.

— Sur le coup, j'ai cru que j'avais un vieux numéro sous les yeux. Mais non… Elle y était retournée, cette folle ! Pour être jetée en prison, à nouveau. C'était quoi, au juste ? Du vice ? De l'inconscience ?

Elle avait ri. Juste de la curiosité. Autrement dit, un mélange des deux. Plus quelque chose d'autre…

— Pourtant, je m'étais juré… Le retour au bercail, la fin des folies ! Et puis écrire un livre, sur ce que je venais de vivre. Personne n'a l'air de comprendre ce qui se joue en Russie. Retrouver mon travail au *Sun* de Baltimore. En prenant le temps de retrouver mon fils. Je ne l'avais pas vu grandir, toutes ces années ! Et voilà que je découvrais un garçon de vingt ans, bref, un homme, venu m'accueillir à Londres. J'avais du retard à rattraper…

Un fils de vingt ans ? On lui en donnait à peine trente ! Elle avait éclaté de rire à la mine stupéfaite de Cooper. Eh oui, presque la quarantaine. Mariée très tôt, pour se libérer de sa mère. Et contrainte de prendre sa vie en main à la mort de son mari, ruiné.

— Réveil brutal, tout le monde descend ! Mari ruiné, père en faillite, la débandade. Moi qui avais toujours vécu dans le luxe ! Il a bien fallu que je me bouge.

De leur grande maison, elle avait fait une pension de famille. Et, mise à l'essai au *Sun* – il lui avait fallu apprendre en quelques jours à taper à la machine –, elle y avait arraché de haute lutte la rubrique culturelle. Pour 25 dollars par semaine.

Mais la guerre avait tout changé.

— C'était tellement caricatural ! Bien sûr, j'étais du côté des Alliés, mais comment avaler les récits des atrocités allemandes ? Est-ce que nous avions vraiment besoin de ça, pour le moral de la nation ? Je connaissais l'Allemagne, je parlais l'allemand, si seulement j'avais pu m'y rendre, me faire ma propre idée, témoigner de la réalité…

Enfant déjà, elle exaspérait ses parents par sa manie de toujours demander « Pourquoi ? ».

— Journaliste américaine en Allemagne, par temps de guerre, il ne fallait pas y songer. Je me suis dit que la seule manière d'y aller était… de devenir espionne. Un peu romanesque, sans doute, mais, bon, j'ai posé ma candidature au MID[1] et… j'ai été prise !

Un rendez-vous fin septembre 1918 dans le salon d'un hôtel de Baltimore, un escogriffe mystérieux sur lequel elle avait dû faire bonne impression – il est vrai aussi qu'outre l'allemand elle parlait le français couramment, l'italien et l'espagnol –, et quelques jours plus tard elle recevait son ordre de mission.

— Je devais prendre une identité suisse, passer en Allemagne depuis là-bas et collecter des informations sur le moral des gens, leur situation économique, sociale – exactement ce qui m'intéressait. Et patatras…

La signature de l'armistice, le 11 novembre, avait tout fichu par terre. Avait-elle pensé.

— Le 12, voilà que je reçois une invitation du général Churchill à passer le voir, à Washington ! Le courrier avait dû partir avant l'annonce, mon voyage n'allait servir à rien… Pas du tout ! Churchill m'explique qu'il veut créer une agence permanente, couvrant la planète entière pour informer l'Amérique sur l'état du monde. Tout était prévu, je partais en France comme correspondante du *Sun*, de là je devais gagner l'Allemagne, enquêter sur tous les aspects : politique, économie, état social, militaire, psychologique.

Elle s'était penchée, pour chuchoter comme une gamine confiant des secrets :

— Nom de code, langage secret pour crypter les messages – je me réveillais, la nuit, incrédule : je suis une espionne ! J'ai même acheté quelques romans pour savoir comment faisaient les vrais. Quelques jours plus tard, j'étais à bord de *L'Espagne*, direction Bordeaux, après avoir confié Tommy à ma famille. Ne vous inquiétez pas, je ne serai pas longtemps absente !

En somme, songeait Cooper épaté, pour elle l'espionnage était comme une forme supérieure de journalisme.

— Et voilà, vous savez la suite : Allemagne, Pologne. Russie. Le voyage a duré un peu plus longtemps que prévu.

1. Military Intelligence Department.

Elle revenait riche d'une expérience unique, pour avoir pénétré tous les milieux, à Moscou, des quartiers les plus misérables aux sphères politiques, et quel meilleur révélateur d'une société que ses prisons ? Des mois dans les geôles de la Loubianka et de Novenski, parmi les autres détenues, des jours, des heures d'interrogatoires et de débats avec Mogilevsky, du Présidium, et Menjinski, le chef de la « section spéciale » de la Tchéka, lui avaient donné une vision aiguë de cette Russie en marche, de ses objectifs, de ses manières si singulières de penser le monde.

— On m'accueille comme une reine, un ami avait même mobilisé son yacht pour me ramener en grande pompe à Baltimore : l'héroïne américaine arrachée aux griffes des monstres communistes ! Mais de ce que j'avais à dire sur la Russie d'aujourd'hui, ça, tout le monde s'en fichait. À la limite, je gênais.

Le général Churchill l'avait reçue avec chaleur – mais, dénoncée comme agent américain, elle était grillée, désormais. Sa carrière d'espionne s'arrêtait là. Et les services de son département, lors des séances de débriefing, tout comme les journalistes, ne s'intéressaient guère qu'aux conditions de sa détention…

— Torturée ? Non, désolée, je n'ai été ni torturée, ni insultée, ni violée par des hordes de soudards. Non, je n'ai pas été témoin d'exécutions sommaires. Ah bon ? Mais je peux vous expliquer comment fonctionne la société communiste naissante. Oui, bien sûr, plus tard… Ils s'en fichaient !

Elle avait fini par rencontrer Herbert Hoover, qui l'avait écoutée poliment. Qu'une femme se pique de géopolitique devait lui paraître du dernier pittoresque, mais il n'attendait d'elle, à l'évidence, que l'approbation de sa propre analyse : ce gouvernement communiste ne pouvait tenir très longtemps. Quand elle avait eu le front de soutenir le contraire, qu'on l'apprécie ou pas ce régime était là pour très longtemps, il avait froncé les sourcils en pianotant de plus en plus nerveusement sur son bureau et quand elle avait entrepris de lui montrer que refuser de reconnaître la Russie soviétique, la tenir pour le Mal absolu, était une faute majeure qui plus tard se paierait très cher, il s'était levé pour couper court à ces « considérations si personnelles ». Aveugles – ils étaient tous aveugles !

— Même Hoover ! Le brave homme avait renoncé à sa carrière, et même à sa fortune, pour se consacrer corps et âme à son entreprise d'aide humanitaire, c'était sans doute la plus belle, la plus généreuse initiative suscitée par la guerre. Il était en train de négocier avec les Russes menacés de famine pour leur apporter une aide alimentaire à travers son Comité de Secours[1], mais il ne voulait pas m'entendre…

Un livre. Il fallait qu'elle rassemble son expérience dans un livre. Elle avait repris son job au *Sun*, à mi-temps, pour l'écrire au plus vite. De mémoire, puisqu'elle était sortie de Russie sans notes. Temps de vaches maigres : de tout l'argent qu'elle avait placé avant guerre, elle avait découvert qu'il ne lui restait plus que 200 dollars. Et sa maison avait été pratiquement vidée de ses meubles par son dernier locataire…

— Coup de chance, au bout de quelques mois un ami de notre famille a proposé à Tommy un job dans les bureaux de la marine marchande, à New York. New York ! Je commençais à mourir d'ennui, moi, à Baltimore. Le *Sun* a accepté de me nommer correspondante à New York et voilà : à deux, nous avons loué un petit appartement à Manhattan…

New York ! Elle s'était engloutie avec volupté dans son tumulte. New York était un show, New York était un tripot clandestin, New York était un air de jazz et toute la ville dansait, *toddle*, *black bottom*, *cake walk*, *two steps*, les voitures fonçaient dans un concert de klaxons, se frôlaient, se heurtaient, le rugissement des moteurs se mêlait aux cris de la rue, les *tap dancers* multipliaient les voltes sur les trottoirs, au milieu des voitures, toujours plus haut, toujours plus vite, toujours plus fort, New York était un immense orchestre, New York, oui, était unique !

Les femmes. On ne voyait qu'elles, cheveux courts, cigarette aux lèvres, sans plus de corset ni souvent de soutien-gorge, visage peint, court-vêtues, perchées sur des semelles extravagantes et le regard provocant, mieux que tout elles disaient la fin des temps anciens.

1. Committee for Relief, devenu l'American Relief Administration le 24 février 1919.

Elle surveillait du coin de l'œil Cooper, tandis qu'elle s'enflammait, particulièrement lorsque arrivait le sujet sensible des *flappers*, ces jeunes femmes affichant leur corps comme un défi. Combien de fois avaient-ils eu cette conversation ?

— Ah oui. Et vous pensez que c'est *ça*, l'avenir du monde ?

— Quoi ? Les femmes ?

— Mais non ! Qu'il suffise de danser et de boire...

Pour lui, cette agitation n'était qu'écume vaine, manière de s'étourdir pour ne plus rien savoir de la guerre. Mais la bête était toujours là, prête à se réveiller, d'autant plus dangereuse si on venait à l'oublier...

— Bon sang, nous avons vécu quelque chose – d'incroyable, non ? Quelque chose, même – il avait hésité – de... précieux. D'unique, en tous les cas. D'essentiel. Non ?

Et comme elle sursautait – précieuse, la guerre ? il avait poursuivit, la voix lointaine, comme s'il se parlait à lui-même :

— Il faut bien que tout cela ait un sens – ou alors, à quoi bon ? Parce que nous sommes descendus en des profondeurs qu'on ne soupçonnait pas. Ou que l'on avait oubliées. D'abomination, oui – mais pas seulement. Sinon, ce serait simple. Et c'est ce qu'on veut à tout prix oublier : que ce n'est pas si simple. Des « blessés de guerre », dit de nous Shorty. Des rescapés, oui. D'une sacrée plongée. En nous.

Une porte, répéta-t-il. La guerre avait ouvert une porte. Que nul ne pouvait refermer. Même s'il n'y avait pas de mots, ou alors trop de mots, pour dire ce qu'on avait vu.

— Pour le pire – la bête... On ne la réveille pas impunément, celle-là. L'Allemagne, c'est fini ? Peut-être. Mais la Russie ! Et puis nous-mêmes – chacun de nous. Elle est là, elle attend. Et on devrait fermer les yeux ? Il suffirait de regarder ailleurs, d'oublier ?

La guerre avait réveillé des monstres. Aucun armistice, aucun traité ne les ferait disparaître. Ils étaient là, ils attendaient, détourner les yeux revenait à leur laisser le champ libre.

Il hésita, lui jeta un coup d'œil à la dérobée et, comme s'il se risquait en un terrain dangereux :

— Mais c'est au-delà aussi, passé la porte, qu'il y avait ce qui nous a permis de la vaincre, la bête, de la contenir. Cette force qui nous soulevait, nous grandissait, nous unissait... La fraternité ! Ça fait rire, n'est-ce pas ? Et pourtant... J'ai appris cela, voyez-vous, qui vaudra pour le reste de ma vie : *que nous sommes plus grands que nous*.

Il se mit à parler de plus en plus vite :

— Tous, de l'escadrille, en Pologne… Nous savions chaque matin, en nous réveillant, que nous allions mourir. Mais nous étions légers, libres comme nous ne l'avions jamais été, tous frères, oui, si intensément ! Tout manquait, mais plus rien ne pesait, codes sociaux, habitudes, souvenirs, origines. Plus de querelles, plus de rivalités, plus de petites jalousies, rien. Et il n'y avait plus de hiérarchie entre nous, juste le but à atteindre, pour des valeurs plus grandes que nous. Des valeurs ! Ce n'est plus un mot à la mode, n'est-ce pas ? La liberté ou la mort ! On ne se bat jamais que pour des idées, dans le fond.

Il s'interrompit, sur un geste d'excuse. Voilà qu'il radotait…

Elle avait pris l'habitude des humeurs sombres qui submergeaient de loin en loin son ami. Elle n'avait pas participé aux combats, certes, mais avait côtoyé assez de soldats pour deviner ce qui les hantait, et qu'il valait mieux les laisser parler tout leur soûl. Mais fallait-il pour autant refuser la vie ? risqua-t-elle, doucement – la vie était d'abord une puissance d'oubli. Un élan sans autre fin que de nous projeter dans le futur. Il la regardait, étonné.

— Et vous trouvez que je fuis la vie, en courant le monde ?

Certes non, mais diverses étaient les formes que celle-ci empruntait pour croître, se renouveler. Pourquoi se recroqueviller comme un vieux bougon racorni devant le tourbillon des *flappers* et des *gofhats* ? Comment ne pas sentir cette énergie folle qui soulevait la ville ? Il y avait, là, autour d'eux, un appétit de vivre, de se projeter, d'inventer de nouvelles manières d'être. Le vieux monde était mort, dans les tranchées, et avec lui ses valeurs, ses mensonges, un nouveau monde était en train de naître, en Russie, en Asie, à Paris et à Londres – différent, bien sûr. Il était là, dans la jeunesse de New York !

— C'est sans doute pour ça que vous vous êtes empressée de la fuir ?

Là, c'était au tour de Maggie de s'absorber dans la contemplation du plat fumant de *seppie al nero* que Silvio lui apportait en chantonnant, la *bella ragazza* travaillait trop, il fallait venir plus souvent chez Silvio, il saurait la requinquer, et puis sans vouloir se mêler de ce qui ne le regardait pas, qu'est-ce qu'il attendait, monsieur Cooper, pour l'inviter à danser ? C'était péché, de la laisser ainsi !

— Peut-être que ce n'est plus de mon âge, le New York d'aujourd'hui... Vous me voyez, jouer à la *flapper*, jupe au ras des fesses, dansant des *jitterburgs* effrénés ?

Une lueur soudaine dans l'œil de Cooper l'avait incitée à changer de conversation. Elle soupirait : bon, il avait gagné – à elle non plus, mais pour des raisons différentes, ce n'était pas son monde. Toute cette jeunesse se fichait éperdument de ce qu'elle pouvait raconter.

Son livre, tôt publié, *Marooned in Moscow*, n'avait pas rencontré l'écho espéré. Les « Rouges » américains l'avaient dénoncé comme un libelle anticommuniste, acharné à calomnier la révolution prolétarienne. Les autres, libéraux, comme son plus scandaleux éloge. Pour tenter de s'expliquer, et aussi pour vivre, elle avait entrepris une tournée de conférences – mais elle s'était vite lassée.

Une nostalgie n'avait pas tardé à lui revenir, des grands espaces de Russie. Que lui importait de vivre à la dure, si l'horizon restait ouvert, le lendemain une aventure ?

— C'est peut-être ce qui me manquait : vivre à la dure.

Coop hochait la tête. En vieux sudiste, même en rupture de ban, il avait un fort penchant à croire que ce n'étaient pas là des propos de jeune femme, mais il lui fallait bien reconnaître que c'était exactement ce qu'il était impatient de revivre...

— Le plus étonnant était que je ne repensais plus à mon année de prison avec horreur. J'en venais même à me dire qu'elle avait été pour moi une révélation. Mon sens des valeurs avait changé. J'étais devenue indifférente aux choses matérielles, aux petits bobos, aux privations. Prendre un bain, manger du pain blanc, dormir dans une chambre ouverte, pouvoir aller et venir librement, me paraissaient, et me paraissent toujours, le comble du bonheur !

Au retour de ses tournées de conférences, elle s'attardait, le soir, sur les rives de l'Hudson. Les sirènes des bateaux en partance lui déchiraient à chaque fois un peu plus le cœur, et elle essayait alors de se convaincre que Tommy n'avait plus besoin d'elle, qu'il avait maintenant le travail dont il rêvait...

Cooper l'observait à la dérobée, le corps tendu, regard intense, toute à sa passion. Il y avait en elle, si fragile d'apparence, une force incroyable.

— Et elles diffèrent en quoi des miennes, ces raisons ?

Mais en tout, protestait-elle aussitôt. Une partie capitale se jouait en Extrême-Orient, entre Japon, Chine, Russie, dont nul en Amérique ne paraissait se soucier, elle brûlait d'envie d'y aller voir, et que l'on prenne enfin conscience des enjeux. Il haussait les épaules : prétextes ! Elle enrageait :

— Pourquoi, les femmes n'ont pas le droit de se passionner pour les enjeux politiques ?

Fort heureusement, le rédacteur en chef du *Cosmopolitan Magazine* lui avait commandé une série d'articles. Et c'est ainsi qu'en mai, l'année précédente, trois mois avant que Coop ne quitte l'Amérique pour les mers du Sud, elle s'était embarquée à Vancouver pour Yokohama…

Il y avait un mystère en cette femme. Comment s'y prenait-elle pour glisser avec cette aisance dans le chaos du monde, passant les lignes, ignorant le danger, aux côtés des uns un jour, des autres le lendemain ? Une femme du monde, assurément, songeait-il fasciné, aussi familière des cours et chancelleries que des bandits de grands chemins, maîtresse en déguisements. Des plus confuses, au moment de son départ, était la situation d'Extrême-Orient. Les puissances occidentales avaient perdu la main dans la conduite désastreuse d'une guerre laissant Japon, Chine, Russes blancs et bolcheviks face à face sur des lignes incertaines, et il s'égarait quelque peu dans les considérations géostratégiques de son amie – elles n'avaient jamais été que des prétextes, se moquait-il, en s'amusant de la manière dont elle fronçait alors les sourcils, des prétextes pour vivre aux grands vents de l'aventure, vibrer aux frissons de l'inconnu.

De gigantesques bouleversements étaient en cours, qui ne laisseraient rien de l'ordre ancien. Et ce qui naîtrait de ce tumulte gouvernerait les temps nouveaux, plus encore que ce qui s'était joué dans la vieille Europe. La Sibérie ne resterait pas longtemps un grand blanc sur les cartes et elle partait à sa découverte en l'imaginant comme un vaste Far East, pendant du Far West américain, où s'affrontaient troupes éparses de Russes blancs, légions bolcheviques, paysans en rébellion ouverte contre tous, forces anglaises, italiennes, canadiennes, américaines, françaises, perdues dans ces immensités, forces japonaises jouant leur propre jeu. Les Alliés refluaient en désordre vers Vladivostok tandis que s'effondrait le supposé régime du général blanc Koltchak – mais avait-il seulement existé ? Restaient, voulait-on croire, ceux de Semenov et de Kalmykov, mais pour combien de temps ? Et c'était ce chaos, quand il n'est plus de bons et de méchants mais des êtres ramenés au tragique de l'existence, qui exerçait sur elle une attraction irrésistible…

Le train qui l'avait conduite de Yokohama à Tokyo était ultra-moderne, électrique, mais les villages qu'elle voyait par la vitre, les paysans pieds nus dans leurs rizières, paraissaient sortis de livres d'images du XVIIIe. Dans les rues de Tokyo se pressaient, se croisaient femmes en kimonos portant leur bébé sur le dos, *flappers* japonaises aux cheveux courts, marins de tous les pays, hommes portant chapeau de paille, *haori*, *hakama* traditionnels et chaussures américaines – résumé d'un Japon entre deux mondes. Mais elle n'avait guère eu le temps de s'attarder. Des officiels l'avaient reçue comme une spécialiste reconnue de ces bolcheviks qu'ils comprenaient si mal et qui les inquiétaient si fort. Allaient-ils demain occuper toute la Sibérie, camper à leurs portes ? Elle avait mieux saisi l'urgence de leurs questions lorsque à la mi-juillet les Japonais, sous la pression des Alliés, avaient annoncé leur retraite des territoires qu'ils occupaient. Ce que tous, au Japon, prenaient pour une nouvelle ruse – comment imaginer une restitution des îles Sakhaline, et d'ailleurs, à qui ? Ça y est, avait-elle pensé, le grand jeu commence !

Elle avait gagné en hâte Otaru, dans le nord de l'île, sauté dans un caboteur infesté de blattes qui l'avait débarquée à Alexandrovsk, la capitale du nord de Sakhaline. La Sibérie continentale était là, devant elle, mystérieuse, inquiétante. Elle n'avait pas résisté. Son caboteur retrouvé avait franchi au petit matin le bras de mer, et c'est le cœur battant – ses premiers pas sur la terre russe, depuis longtemps ! – qu'elle avait débarqué à Nikolaevsk occupé par les Japonais, où les habitants vivaient au milieu des ruines…

C'est là, à cet instant précis, posant le pied sur le quai malodorant, qu'elle avait retrouvé ce qui lui avait tant manqué en Amérique…

Le point stratégique était bien sûr Vladivostok. Les troupes alliées y avaient reflué en désordre quelques mois plus tôt, tandis que s'effondrait le régime du général blanc Koltchak. La ville faisait théoriquement partie de la nouvelle et incertaine « République soviétique de Sibérie orientale » reconnue du bout des lèvres par les Alliés mais toujours occupée par les Japonais qui soutenaient plus ou moins les deux forces blanches, concurrentes, de Semenov et de Kalmykov. La route serait dure et dangereuse, l'avait-on prévenue, mais c'est précisément ce qui la faisait frissonner d'excitation.

— Enfin ! Je le sentais enfin vibrer en moi, mon satané démon de l'aventure ! Vivante de nouveau. J'en avais plus qu'assez de la sécurité, du confort, et de la vie facile !

Une antiquité branlante propulsée par une roue à aubes remontait tous les quinze jours le fleuve Amour jusqu'à Khabarovsk, et de là, si tout allait bien, elle pourrait prendre le Transsibérien, au moins sur une partie de la route. Dans le bateau s'entassait une foule bigarrée, mais quelques minuscules cabines avaient été réservées aux « passagers de première classe », ainsi qu'une pièce pompeusement appelée « salon », où trônait un piano désaccordé. Ils progressaient à petite vitesse, faisant halte à chaque village pour y charger du bois et c'était alors un va-et-vient bruyant de passagers, marchands chinois venus échanger farine et épicerie contre du poisson séché et du charbon de bois, paysans chargeant leurs légumes, coolies coréens, chinois, russes, contrebandiers mandchous, Gilyaks dans leurs costumes aux couleurs vives, Cosaques en tunique blanche et manteau d'astrakan, prospecteurs russes, coréens, armés jusqu'aux dents, jetant alentour des regards furieux en serrant leurs sacs de poudre d'or – les collines en étaient pleines, lui avait confié un jeune ingénieur monté avec elle à Nikolaevsk.

— Un jour prochain, tout le bassin de l'Oussouri connaîtra une ruée vers l'or comparable à celle de Californie ! On trouve de la poudre d'or et des pépites dans le sable de toutes les rivières, de tous les ruisseaux ! Ou presque…

Les marchands chinois se pressaient autour d'eux, négociaient à voix basse et s'éclipsaient prestement. Ils rentreraient par des pistes de contrebandiers à travers la Mandchourie, poursuivait l'ingénieur. Le reste de la foule, riverains comme passagers, s'écartait prudemment d'un groupe de jeunes armés jusqu'aux dents – de la racaille qui se donne pour des groupes de partisans, avant-garde de l'Armée rouge, mais ce sont plus sûrement des bandits, avait grommelé un homme.

Le contrôleur, à bord, n'était pas loin de partager son point de vue, bien que communiste déclaré. Il avait été soldat dans l'armée impériale pendant la Grande Guerre, puis, après la révolution de 1917, s'était retrouvé en Sibérie, de groupe en groupe de francs-tireurs de l'Armée blanche avant de rejoindre l'armée rouge et d'en être nommé instructeur. « Ainsi va la vie », résumait-il, dans un sourire triste. Comme il avait une belle voix, ils avaient pris l'habitude de chanter en duo chaque soir dans le salon en martelant le vieux piano. Confidence pour confidence, elle lui avait raconté son premier séjour en Russie et comme il s'était terminé dans la prison de la Loubianka – et elle avait frissonné quand, avec un sourire entendu, il avait glissé qu'il le savait depuis le début :

— C'est notre travail, de tout savoir…

Pas de doute, elle était de retour en Russie.

Le deuxième jour, ils avaient quitté la zone japonaise pour entrer dans la République rouge de Sibérie orientale. Elle avait eu la surprise de reconnaître, dans l'officier contrôlant ses papiers, un prisonnier de guerre rencontré au printemps 1919 dans un camp près de Berlin, auquel elle avait donné un paquet de cigarettes. Les contrôles, du coup, s'étaient trouvés réduits pour elle au minimum.

Le voyage avait duré encore cinq jours, au fil du fleuve, avec les mêmes hameaux désolés, seulement égayés de loin en loin par les huttes des Gilyaks, le peuple autochtone, d'origine mongole, étonnamment semblable aux Indiens d'Amérique du Nord, y compris par les totems plantés au centre de leurs villages.

Bâtiments incendiés, éventrés par les bombes, rues défoncées, carcasses çà et là de véhicules abandonnés, Khabarovsk, jadis puissant carrefour de trente-cinq mille âmes dominant le fleuve, avait été envahi neuf fois par l'une ou l'autre des factions en lutte, après de durs combats, et neuf fois abandonné avant que les Japonais y fassent leur entrée avec dans leurs bagages quelques leaders de « l'Armée blanche » devenus des chefs de bandes semant la terreur dans toute la région.

À la gare, au petit matin, on aurait dit que la moitié de la ville avait décidé de monter dans le train, un tortillard essoufflé qui mettait cinq jours pour atteindre Vladivostok. La vraie aventure commençait maintenant ! Il allait lui falloir franchir les lignes de trois armées, soviétique, japonaise, Russes blancs, affronter les assauts prévisibles de bandits russes, de contrebandiers, mais aussi de paysans insurgés à force d'avoir été pillés par les uns et les autres. L'anarchie la plus totale régnait le long de la voie ferroviaire, objet d'incessants combats. Les Japonais en avaient détruit une partie en se repliant, Rouges et Blancs l'attaquaient à tour de rôle et c'était à qui en contrôlerait un bout, ou ferait sauter un pont.

Encore fallait-il pouvoir monter dans un wagon, tous bondés des heures avant le départ. Elle désespérait quand des soldats, l'apercevant, lui portèrent secours en l'installant avec ses bagages sur la plus haute couchette de leur compartiment. Le train avait toussé, craché, s'était étranglé plusieurs fois avant de s'ébranler dans un long gémissement, mais si lentement que des grappes de jeunes gens continuaient de courir le long de la voie, grimpaient à l'assaut du train par les fenêtres ouvertes, repoussés tant bien que mal à coups de crosse par les soldats et elle se demandait pourquoi ils s'obstinaient malgré tout quand elle avait découvert la disparition, dans le tumulte, de sa machine à écrire : ils ne cherchaient pas à faire le voyage, mais profitaient du départ pour piller ce qu'ils pouvaient.

Le train progressait cahin-caha, s'arrêtant toutes les heures pour charger du bois empilé sur le bord des voies. Les passagers en profitaient pour s'égailler dans les alentours. À peu près toutes les gares traversées étaient en ruine, brûlées, mais la plaine était splendide, couverte d'une profusion extraordinaire de fleurs, asters, gentianes, lobelias, queues-de-renard, toutes plus grandes, aux couleurs plus vives, de se déployer dans les grands espaces – comme elle, s'émerveillait-elle en respirant à pleins poumons. Les mois passés à Baltimore et à New York lui paraissaient si loin, alors, et étriqués !

Parfois, la locomotive s'époumonait dans les montées, il fallait descendre et pousser en calant son épaule comme on pouvait, c'était à qui trouverait la meilleure plaisanterie, et quand on n'en pouvait plus c'étaient de grands pique-niques partagés dans l'herbe. Les soldats lui offraient du thé, jouaient aux cartes avec elle, lui racontaient leur guerre. À peu près tous avaient été de plusieurs factions opposées, au hasard des circonstances, avant de se replier vers l'Armée rouge, et ils faisaient assaut d'anecdotes sur Koltchak, que tous tenaient pour un incapable et un bandit.

À Ossouri, à la sortie de la République rouge, ils avaient été transférés avec leurs bagages sur des « wagonnettes » – de grands plateaux bricolés, fixés sur des roues de voitures – poussées par des hommes de peine et tirées par un cheval sur le plat et dans les montées. Dans les descentes, les hommes de peine sautaient à bord après avoir dételé le cheval qui galopait à leur côté et c'était une dégringolade de plus en plus rapide dans un concert de rires et de cris de terreur en espérant ne pas se retrouver dans un virage nez à nez avec une wagonnette arrivant en sens inverse. Les ponts réparés à la hâte n'inspiraient guère confiance, aussi les passagers les passaient-ils à pied pour alléger les wagonnettes que les hommes poussaient avec mille précautions. Les planches pliaient sous le poids, craquaient, prêtes à se rompre, et il semblait alors que les torrents, en contrebas, rugissaient plus fort.

La zone neutre comprise entre les lignes russes et japonaises pullulait de bandits, la voie serpentait entre des bosquets propices aux embuscades et ils avaient été attaqués par deux fois, mais par deux fois les bandits s'étaient éparpillés sous le feu nourri des soldats du train et c'est sans encombre qu'ils avaient atteint les lignes de l'armée blanche, à partir desquelles un train les attendait. Les soldats rouges s'étaient entre-temps évaporés dans la nature. Les choses se compliqueraient certainement à la frontière de la Province maritime, autour de Vladivostok, où la police politique du général blanc Kappel traquait les espions venus de Khabarovsk, fusillés sans se perdre en vaines formalités.

L'inquiétude des contrôleurs de la Tchéka blanche se devinait à leur nervosité au passage de la ligne, à Spassk. Ils avaient fait irruption dans le train, bloqué les portières et entrepris de contrôler minutieusement papiers et bagages. Comme aucun ne savait lire les caractères latins, le passeport américain de Maggie leur avait paru du dernier suspect et c'est sans ménagement qu'elle avait été amenée au poste de contrôle, où un officier lui avait prêté une oreille distraite en lissant sa moustache d'un air suffisant, jusqu'à ce qu'elle explose, exigeant sur un ton de commandement qu'il fasse venir son supérieur. Coup de chance, un colonel qui passait par là l'avait écoutée et fait conduire à l'unique hôtel de Spassk, puant le moisi et l'urine, où il la rejoignit peu après au dîner, ou à ce qui en tenait lieu.

Élancé, les traits fins, il affichait une distance rêveuse qui l'avait intriguée. Comment se retrouvait-on colonel en un pareil endroit ? Croyait-il vraiment en une victoire possible ? Il s'était absorbé dans la contemplation de son verre de vodka, avant de soupirer : l'ironie de l'Histoire... La paix de Brest-Litovsk signée, il avait retrouvé son domaine, et, loin des jeux politiques, il entendait bien s'y consacrer, mais les bolcheviks en avaient décidé autrement. Il avait dû fuir en Sibérie, où il avait servi dans diverses factions blanches, de défaite en défaite. Pourquoi ne rentrait-il pas chez lui ? s'était-elle étonnée : les Soviétiques avaient décidé une amnistie de tous les officiers blancs. À la condition de ne plus avoir d'autres activités que civiles. Et comme elle le sentait ébranlé, cela il l'ignorait, on lui avait même dit le contraire, elle avait insisté, au risque de passer pour un agent des bolcheviks. Croyait-il vraiment à une victoire possible ? Partout, elle avait senti le désir d'une union avec Moscou. Le colonel avait hoché la tête :

— C'est trop tard, maintenant. Tellement trop tard !

Et, se penchant vers elle, à mi-voix :

— Nos troupes... Voilà des mois qu'elles ne sont pas payées. On ne les tient encore que par la promesse de vivres et de butin quand nous ferons mouvement vers les bolcheviks. Si on leur disait qu'on arrête tout, si on essayait de partir... ils nous tueraient tous. Alors, autant mourir au combat contre les Rouges.

Trop tard, avait-il murmuré de nouveau, à l'instant de la quitter. Et haussant les épaules avec un petit rire :

— L'ironie de l'Histoire !

« Mange, bois, amuse-toi, demain tu seras mort », chantait Vladivostok prise de vertige, au bord du gouffre. Les réfugiés s'entassaient dans les rues, abandonnés de tous. La plupart des boutiques étaient fermées, le port qui rayonnait hier encore sur tout l'Extrême-Orient n'abritait plus que quelques canonnières étrangères et des cargos japonais. Tout disait l'abandon et la peur – mais une autre ville s'éveillait à la nuit venue, dans un tourbillon de musique et de danses, pressée de vivre ce que chacun savait être ses derniers moments. Officiers en uniformes élimés, officiels en tenues d'apparat, marchands et hommes d'affaires jadis prospères en vestes d'alpaga lustrées, employés de bureau endimanchés, femmes de tous âges en leurs plus beaux atours, se pressaient en une ronde fantastique dans les lumières pâles du centre-ville. Cafés et cabarets débordaient de joueurs aux tables de loto, de baccara, d'écarté, de poker, et dans les restaurants on ne commandait que les plats les plus chers, on ne buvait que du champagne, devant les familles en guenilles quémandant en vain un peu de pain, à la porte. Sur les trottoirs titubaient drogués en manque, soldats et marins en bordée, pleins de mauvaise vodka, les prostituées interpellaient les passants au milieu de la rue, se donnaient dans les recoins des portes cochères, tandis que dans les profondeurs secrètes de la ville se poursuivait au couteau une lutte sauvage pour la survie…

Elle avait réussi à obtenir un entretien avec le général Dieterichs, dictateur de la Province maritime. Celui que l'on disait le grand stratège de l'amiral Koltchak, qui lui aurait apporté la victoire s'il avait été écouté, paraissait ailleurs, enfermé dans un rêve mystique, répétant que la victoire finale était assurée, que bientôt la Russie se trouverait libérée. Les temps sont venus, assurait-il, les yeux vagues : nous sommes prêts et nous vaincrons avec l'aide de Dieu – la prière est plus puissante que les armes.

Mais Dieu n'était plus à Vladivostok…

La suite, elle l'avait balayée d'un geste de la main.

— Juste de la politique, Coop, ça ne va pas vous intéresser !

Un journal lui ayant commandé un reportage sur une conférence russo-japonaise prévue à Changchun, en Mandchourie, elle s'était mis en tête, pour mieux apprécier la situation, de visiter la Corée et la Chine. Elle avait sauté dans un petit caboteur dès qu'elle avait obtenu les visas nécessaires, cartes d'embarquement et autres formalités, et quatre jours plus tard elle était en Corée. De là, elle avait gagné la Mandchourie, où Chang Tso-lin, le maître de la région et le grand concurrent de Sun Yat-sen, déployait tous ses efforts pour voir aboutir la conférence, promesse d'échanges économiques renforcés. Las, la conférence s'était terminée au bout d'une semaine sur un constat d'échec, et sans attendre elle avait mis le cap sur la Chine, Harbin, Mukden, Pékin.

— Tout était tellement fascinant ! Il m'avait fallu deux années pour commencer à comprendre la Russie. J'ai vite réalisé qu'il me faudrait au moins autant pour approcher le mystère de la Chine. Et j'avais si peu de temps !

Et puis, avait-elle ajouté à mi-voix, comme une gamine prise sur le fait au moment de commettre une folie, un autre désir lui venait, devant le grand tumulte de l'Histoire en train de se faire devant elle : revoir la Russie. Là-bas, les choses bougeaient très vite, une expérience absolument unique était en cours, qu'elle voulait suivre...

— Si je pouvais me rendre à Tchita, la capitale de la République d'Extrême-Orient, et plaider ma cause en ne leur cachant rien, ni ma prison, ni mon expulsion, mais en leur montrant que depuis mon retour en Amérique j'avais toujours milité pour la reconnaissance de la Russie et l'ouverture de relations commerciales avec elle, j'obtiendrais peut-être d'entrer en Russie ?

Cette fille est folle, se dit Cooper. *Folle à lier !* Comment pouvait-elle se jeter une seconde fois volontairement dans la gueule du monstre ? *Et pourquoi ?* Journaliste, d'accord, mais tenir ce qui se passait là-bas pour une expérience si passionnante qu'elle valait la peine qu'on risque sa vie...

— Et puis, avait-elle poursuivi d'un air dégagé, en se versant un nouveau verre de son vin d'Avellino, si à Tchita ils me disaient non, au moins, comme ça, j'aurais traversé le désert de Gobi...

Parce que, bien sûr, au lieu de gagner Tchita par le chemin de fer, comme il était prévu avec les autorités, elle avait choisi... de traverser la Mongolie et le désert de Gobi jusqu'à la frontière sibérienne. Ce qui risquait de lui prendre quelques semaines, et de lui poser de sérieux problèmes à la frontière : les relations diplomatiques entre Pékin et la Mongolie étaient rompues. Mais, avait-elle ajouté avec un sourire innocent :

— Il faut bien croire en la chance, non ? Et au passeport américain...

Des vols d'oies sauvages passaient au loin, des amis chinois prédisaient un hiver précoce sur les plateaux de Mongolie, et l'on était déjà aux premiers jours d'octobre. Elle avait fourré quelques vêtements et une paire de bottes dans un sac de couchage, sa nouvelle machine à écrire et le « minimum nécessaire à une femme » dans un sac à dos et quitté en hâte Pékin pour Kalgan, à bord d'un tacot bondé de Chinois qui l'observaient du coin de l'œil.

À Kalgan, ville triste et grise ensevelie sous la poussière, atteinte après deux jours de cahots sur une route défoncée, le consul américain avait poussé de hauts cris : elle ne pouvait poursuivre ainsi ! Une étrangère arrivant dans une voiture collective chinoise serait immédiatement refoulée à la frontière mongole. Si elle arrivait.

— Mais avec ce genre de raisonnement, on ne fait jamais rien, n'est-ce pas ?

Par chance, elle avait rencontré un marchand de fourrure anglais se rendant à Ourga, qui lui avait donné rendez-vous en dehors de la ville, le lendemain aux aurores.

— Et là, j'ai su que je changeais de monde…

La ville si morne, le soir, n'était plus que tumulte. Chinois, Mongols, Tibétains sortaient de partout, se heurtaient sans ménagement, des coolies hurlaient à pleins poumons, debout sur des charrettes tirées par des bœufs, bloquées par des troupeaux de moutons et de chèvres affolés. La moitié de l'Asie se pressait à la porte de Kalgan, au milieu des cris, des bousculades, dans un nuage de poussière qui piquait la gorge et les yeux.

— Un chameau m'a fichu son museau en pleine figure, un bœuf, d'un coup de corne, a failli renverser mon rickshaw. À travers la poussière je distinguais un énorme fleuve serpentant dans la plaine. Le garde, surtout préoccupé de ne pas se faire écraser, n'a jeté qu'un regard distrait à mon passeport. Ça y était, j'étais passée !

Son Anglais l'attendait au-dehors, avec un chauffeur russe et un missionnaire suédois, au pied d'une automobile où était empilée une montagne de caisses et de sacs. Plus quatre bœufs au front bas, l'air endormi, attachés à l'arrière, ce qui laissait supposer une vitesse modérée…

— J'ai compris pourquoi quand nous nous sommes engagés sur la piste, vers la passe d'Hanibar… La voie avait été tracée bien des siècles avant l'invention de l'automobile !

Au sommet du premier col, son cœur avait battu plus vite : devant elle se déployait l'immensité de la plaine mongole, parsemée de lacs couleur saphir bordés d'un liseré de sel qui brillait au soleil comme un collier de perles – derrière elle se refermait, hostile, la barrière sombre des montagnes, adoucies d'ombres mauves par le soleil d'après-midi.

Ils avaient dormi à la Mission suédoise et au petit matin, laissant là leur passager missionnaire et ses quatre bœufs, ils s'étaient enfin engagés dans le désert, vers Ourga.

Sa voix tremblait encore, à sa seule évocation. L'espace si vaste qu'il lui semblait parfois s'y dissoudre – c'était comme si le monde venait à sa rencontre, passait à travers elle, tel un souffle léger…

D'y repenser, elle baissait la voix, avec dans les yeux une lumière que Cooper connaissait bien.

— Un monde si vaste, et vide, que le temps lui-même paraît s'absorber en lui, s'abolir…

Il n'y avait rien, autour d'eux, ni oiseaux ni animaux, aucun bruit sinon celui de leur moteur et, parfois, des cliquetis de harnais annonciateurs d'une caravane, le grincement des essieux d'un chariot. Ils passaient, les hommes les saluaient avec gravité, à la mongole, « Allez en paix », et le silence reprenait possession de l'étendue. Durant le jour la steppe paraissait grise, sous le ciel turquoise, mais les matins et les soirs étaient de purs enchantements, comme si le désert s'éveillait de longue attente, les collines au loin se nappaient d'or et de pourpre, les herbes rases luisaient comme un tapis de soie, les pierres prenaient toutes les couleurs de l'arc-en-ciel. Puis la nuit les enveloppait doucement, la voûte céleste s'éveillait comme elle ne l'avait jamais vue. La lune montait, si vive qu'on se serait crus en plein jour, dans un autre univers aux couleurs d'argent. Elle était dans la paix du monde, et elle n'avait plus peur – pas même une nuit, quand un parti de Mongols ivres les avait entourés, avant de s'en aller.

— Un voyage où il ne s'est rien passé, dans le fond. Mais quel rien ! Il m'habite encore…

Cinq jours plus tard ils étaient à Ourga, la cité interdite du Bogdo Gegen, le Bouddha vivant, au carrefour des pistes de caravanes…

Mais Ourga n'était plus la flamboyante cité des temps jadis. Le Bouddha vivant était vieux et infirme, des Mongols et des Bouriates arrivés de Sibérie tenaient l'administration d'une poigne de fer. Les Soviétiques étaient partout et il ne faisait aucun doute qu'à la mort du Bouddha ils prendraient ouvertement le pouvoir. Partout lui revenait l'histoire du baron Ungern, le Baron sanglant, le Baron fou, né en Autriche, ou en Pologne, qui pouvait dire ? Cet homme était un mystère, devenait une légende, qui avait combattu en Sibérie aux côtés de l'ataman Grigori Semenov, rival de Koltchak, avant de s'opposer à lui, à la tête de deux mille cavaliers cosaques, mongols, bouriates, kalmouks, kazakhs, bachkirs, en se proclamant la réincarnation de Gengis Khan venu faire renaître par le glaive et le feu le Grand Empire mongol. Il avait traversé la Mongolie comme un vent de mort, pris Ourga, fait régner une terreur comme le monde en avait rarement connu, avant d'être capturé par un prince mongol aidé, disait-on, par les troupes soviétiques, et promptement fusillé.

— Un dément. Et un mystique… Il fascinait les Mongols, savez-vous, alors qu'il les massacrait ! Le Bouddha vivant a toujours refusé de le désavouer : pour lui il était le dieu de la Guerre, le Mahakala courroucé annoncé par le bouddhisme tibétain.

Elle hésita :

— C'est étrange à dire, mais je crois pouvoir le comprendre. Ces immensités – elles peuvent éveiller d'étranges choses, en soi…

C'était un an auparavant, et Ourga encore sous le choc paraissait figé dans un temps suspendu. Les rues étroites et poussiéreuses étaient encombrées d'ordures que se disputaient des centaines de chiens errants qu'on entendait aussi la nuit dans les collines, où ils dévoraient les cadavres jetés là par des Mongols – puisque ceux-ci refusaient d'être enterrés. Le commerce avec la Russie s'était interrompu depuis la révolution et ce n'est que par instants, vers le marché chinois, qu'on devinait ce qu'avait été Ourga au temps de sa splendeur, quand un prince mongol surgissait au galop dans sa robe éclatante brodée de fourrure, ses poignards à pommeau d'argent passés à la ceinture, bousculant les piétons aux vêtements multicolores pressés autour des marchands chinois en robe noire. Un ordre pesant régnait sur la ville comme éteinte…

Il fallait rebrousser chemin, insistait un couple d'Américains venus là commercer il y avait longtemps, ayant échappé par miracle aux exactions du Baron fou. La route vers la Russie était fermée, la zone entre Ourga et Verkne-Oudinsk infestée de bandits, et puis Maggie arrivait au pire moment : elle allait se trouver arrêtée par une multitude de rivières que l'on ne pouvait traverser qu'en été, ou en hiver quand elles étaient gelées :

— Pas maintenant. Pas après tant d'efforts ! Je me suis dit : s'il le faut, j'irai seule. Les membres de la colonie russe n'étaient guère plus encourageants. Finalement un homme a accepté de me conduire à Verkne-Oudinsk…

Elle en riait encore.

— Korsakov… « Si la petite dame veut, je peux la conduire où elle veut. Cent roubles, moitié d'avance. Troïka, très bonne voiture, si, si ! » J'avais eu un geste de recul : une vraie tête de bandit, hirsute, des mains d'étrangleur, bref, un géant comme on en imagine dans les livres d'enfants, pour leur faire peur. Je ne sais pas pourquoi, ou c'est peut-être pour ça, je lui ai trouvé quelque chose de sympathique. Il roulait des yeux féroces en parlant, mais avec quelque chose dans le regard… Je lui ai dit oui. Renseignement pris, il avait été *yamstchitz*, conducteur de diligence sur la route que nous allions prendre, et avait bonne réputation. Selon les Russes. Parce que mes Américains, quand ils l'ont vu… Ils m'imaginaient déjà violée dès la sortie de la ville, dépouillée, mon cadavre jeté aux chiens sauvages. Moi-même, à dire vrai, je me suis interrogée, quand il a réapparu, le lendemain.

Sa voiture n'était plus qu'une ruine. Une botte de paille tenait lieu de siège arrière, les lambeaux de sa capote flottaient au vent. Quant à la suspension, il n'y en avait jamais eu. Le cheval de tête était un vétéran de vingt-deux ans, et les deux autres, des haridelles qu'il venait d'acheter le matin même avec les 50 roubles d'avance…

— Mais il était trop tard pour faire marche arrière, n'est-ce pas ? Mas amis se lamentaient autour de moi tandis que je chargeais mes bagages. Korsakov m'a soulevée de terre, calée entre les ballots d'avoine pour les chevaux, enveloppée dans une peau de mouton car il gelait déjà, le vent mordait le visage… Un coup de fouet, un hurlement pour réveiller ses canassons et hop ! nous étions partis. Au galop, pour faire bonne figure. Des chiens noirs jappaient au ras des roues, les clochettes de la troïka tintaient, et en quelques minutes nous nous sommes retrouvés seuls dans l'immensité.

La suite avait été dantesque. Sous la pluie, glacée, le blizzard, dans la boue qui commençait à geler, la neige, si dense parfois qu'on n'y voyait pas à un mètre. Korsakov devait descendre pour ouvrir la voie, à pied, devant les chevaux, dans un no man's land dévasté, pillé, meurtri tour à tour par les Blancs, les Rouges, les Chinois, où une humanité improbable s'efforçait de survivre. Dans une yourte solitaire, ils avaient même trouvé, occupé à se bâtir un four en briques de boue séchée, un ancien professeur d'Odessa, militant révolutionnaire de 1905 qui avait perdu la foi dans le communisme quand il avait compris qu'il n'avait fait qu'aider à installer une nouvelle bureaucratie : abandonnant tout, il s'était retrouvé là, seul et misérable, pour ce qu'il estimait être une rédemption spirituelle. « C'est étrange, avait-il dit sans cesser de caler ses briques, vous avez fait des milliers de kilomètres pour rejoindre la Russie soviétique et j'ai fait des milliers de kilomètres pour lui échapper ! »

— Je vis comme une bête, travaille comme une brute, dors, mange – et ne pense plus à rien. Surtout, ne plus penser à rien !

À l'instant où ils se quittaient, il avait couru après leur voiture pour lui confier, à bout de souffle :

— Il y a quelque chose qui ne va pas, dans les théories de Marx...

Le cinquième jour, ils avaient atteint Maimachen, sur la frontière sibérienne, où les Mongols avaient visé son passeport. Un peu plus loin, à Kiakhta, une sentinelle russe l'avait laissée passer sans même un regard, et le soir tombait quand ils étaient arrivés à Troitsk-Kovavsk, où Korsakov avait sa maison – une petite cabane à l'abri de palissades, derrière lesquelles s'ébattaient en liberté cochons, chèvres et poules. Sa femme était aussi menue et souriante qu'il avait l'air farouche, mais Maggie avait vite compris qu'elle avait l'art de le mener par le bout du nez.

Elle avait séjourné là une semaine, en attendant que gèle le fleuve, mais la course du temps n'avait plus guère d'importance.

— Je me sentais tellement libre ! Tous les fils rompus avec ma vie ancienne...

Et le voyage avait repris, cette fois avec un compagnon supplémentaire, un jeune Cosaque, Yevseev, chargé de porter le courrier diplomatique à Tchita, et armé d'un fusil et d'un revolver. Toujours aux aguets, il avait deviné des mouvements furtifs entre les arbres, au matin du deuxième jour, et tandis qu'elle prenait les rênes, les deux hommes s'étaient installés à l'arrière, les armes à la main. Yevseev avait vu juste, mais les bandits, sans doute crevant de faim, s'étaient figés à la vue des armes braquées sur eux et ils s'étaient égaillés à travers les broussailles quand Korsakov s'était dressé en poussant un cri effrayant, tandis que Yevseev tirait en l'air. Le reste du voyage n'avait été que pur bonheur.

L'air était si sec qu'elle ne sentait plus le froid. Les jours se succédaient sans qu'elle y prenne garde. Déblayer la neige, allumer un feu sur lequel faire bouillir un peu d'eau pour le thé, ou y jeter quelques poignées de raviolis gelés – Korsakov en avait un sac plein –, trouver une halte où dormir : le temps se réduisait à l'essentiel, il lui semblait parfois que son corps s'agrandissait jusqu'à toucher l'horizon.

— C'était merveilleux : je ne pensais plus à rien…

Un discret toussotement leur fit prendre conscience du silence, autour d'eux. La salle du Vesuvio s'était vidée de ses clients, quelques garçons balayaient, changeaient nappes et couverts pour le service du soir, Luigi derrière sa caisse les fixait d'un œil sombre. Silvio, qui depuis un moment époussetait la table voisine pour ne pas perdre une miette du récit de la *ragazza*, soupira – il ne saurait donc rien de la suite de ses folles aventures. Mais quelle femme ! disaient ses mimiques en direction de Cooper. Quelle femme ! Qu'attendait son ami pour la prendre dans ses bras ?

Ils avaient trouvé refuge à Central Park, où les loups, surtout en cet été, étaient plus rares que là où elle l'avait transporté. Les pelouses sentaient bon l'herbe coupée, les oiseaux pépiaient dans les branches au-dessus d'eux, un Chinois, près d'un banc, terminait sa gymnastique, et l'air bourdonnait doucement de chaleur dans la lumière dorée de l'après-midi, mais elle était encore sur les vastitudes gelées de Sibérie. Tellement peu journaliste, tellement proche de lui, de ce qu'il avait cherché, éprouvé, qu'il lui avait pris la main. Elle avait répondu à sa pression avant de s'ébrouer, confuse.

— Quand j'ai vu les toits de Verkne-Oudinsk, au loin… j'en ai eu le cœur serré ! Voilà, c'était la fin de l'aventure. Le temps reprenait ses droits. Demain, sans doute, je serais dans le Transsibérien, en route pour Tchita. Avec un peu de chance j'obtiendrais le droit de traverser la Russie… Sinon, je rentrerais par Vladivostok. La fin de l'aventure !

Elle se força à en rire, mais sa voix tremblait un peu :

— J'étais loin de me douter que c'était le début…

Remontant la rue principale, Maggie et Yevseev s'étaient étonnés : le drapeau rouge et bleu de la République d'Extrême-Orient avait disparu. Partout, au fronton des maisons, flottaient des drapeaux rouges. Aux premières maisons où elle avait frappé, en quête d'un logis pour la nuit, on lui avait fermé la porte au nez – c'était bien la première fois, depuis le début de son voyage. Un commerçant danois qui pensait s'être protégé en hissant un drapeau américain lui avait livré le fin mot de l'affaire : les communistes avaient pris le pouvoir en ville, aboli la propriété privée, et tout étranger était a priori suspecté d'être un espion à la recherche d'un refuge. Verkne-Oudinsk vivait dans la peur – et lui-même ne voulait prendre aucun risque. Une famille juive, finalement, les avait accueillis, mais cinq minutes ne s'étaient pas écoulées qu'un policier frappait à la porte : tous auraient à se présenter le lendemain matin devant le tribunal révolutionnaire. Yevseev et Maggie s'étaient prestement éclipsés. Il faisait nuit, le train ne serait là que dans quarante-huit heures, Yevseev se tordait les mains d'angoisse : où trouver refuge ? Puis, en rougissant, il avait balbutié qu'il connaissait bien un endroit, enfin, un peu spécial, là où vont les soldats, au sortir de la ville et…

— Et moi, comme une idiote : c'est quoi ? Une caserne ? Non ? Un hôtel ? Eh bien, allons-y ! Et lui, non, c'est un endroit où il y a, hum, des dames. Encore mieux, dépêchons-nous ! Et tout d'un coup j'ai compris : un bordel ! Mais bon, que faire d'autre ? Korsakov nous attendait sur la place du marché, un peu nerveux. On prétendait réquisitionner ses chevaux, aussi comptait-il filer au plus vite, dans la nuit. Nous nous sommes embrassés en pleurant. Brave, si brave Korsakov ! C'est ainsi que j'ai vécu deux jours dans un bordel russe tenu par une Chinoise…

Sous son regard ironique – dans le Sud ce n'est pas le genre de sujet qu'on aborde avec les femmes honnêtes –, Coop avait fixé ses pieds.

Le répit avait été de courte durée. Yevseev et elle dînaient dans une chambre, le deuxième soir, quand un individu avait frappé à leur porte : un journaliste local, s'était-il présenté, l'air si cauteleux que c'en était risible, désireux de l'interroger pour un petit article sur les hôtes de passage. À peine était-il sorti qu'ils avaient rassemblé leurs bagages, la police allait arriver dans les cinq minutes, c'était couru d'avance. Ne leur restait que la gare…

— Heureusement, il n'y avait personne dans les rues. La gare était vide et venteuse, il gelait à pierre fendre et nous avons dormi blottis l'un contre l'autre. Le malheureux ! Il était tellement embarrassé, il osait à peine respirer, mais, bah, il faisait tellement froid…

Le train, vers 6 heures, avait surgi telle une apparition, enveloppé de fumée sous la lumière pâle de la gare. Elle avait frissonné, vaguement inquiète, devant cette masse aveugle, immobile, dont personne ne descendait, et qui avait glissé de nouveau dans la nuit. Le wagon était vide. Un train fantôme, avait-elle songé, venu de nulle part, et qui y retournait. Fantôme mais chaud, avait-elle corrigé avant de s'assoupir.

Elle s'était réveillée en sursaut : le train était à l'arrêt, Yevseev, penché vers elle, tenait à la main un journal – qu'il venait d'acheter sur le quai de la gare. Son regard inquiet la réveilla tout à fait. La veille, 17 novembre, l'Assemblée nationale de la République d'Extrême-Orient s'était dissoute, cédant la place à un Soviet révolutionnaire. Son cœur avait fait un bond : en clair, cela signifiait qu'elle se trouvait depuis vingt-quatre heures illégalement en territoire soviétique, dont elle avait jadis été expulsée.

Elle avait beau se raisonner – elle était de bonne foi, munie d'un visa parfaitement légal au moment de son émission, ce n'était pas sa faute si le pouvoir avait changé de main à son insu. Au pire, elle risquait une expulsion vers la Mandchourie. Yevseev n'était guère plus rassuré. Ce nouveau régime ne lui disait rien qui vaille. Par précaution, à la halte suivante, elle avait envoyé à Edward Thomas, le vice-consul américain à Tchita, qu'elle avait rencontré lors de la conférence de Changchun, un télégramme le priant de venir l'attendre sur le quai.

Il était au rendez-vous, le lendemain, malgré l'heure matinale et l'avait réconfortée : sa bonne foi serait aisée à établir. Elle avait pu enfin se reposer chez lui, prendre un bain, le premier depuis des semaines. Elle s'était inquiétée pour rien, lui avait répété le soir même, à l'occasion d'un dîner auquel elle avait été conviée, l'ancien ministre des Affaires étrangères Yanson, avec lequel elle avait sympathisé, à Changchun. Il n'était plus en poste, certes, mais il avait intégré le Soviet révolutionnaire. Elle avait appris par la même occasion la chute de Vladivostok. C'est donc le cœur léger qu'elle avait retrouvé Yevseev, le lendemain. Le garçon tenait absolument à emporter avec lui, à Troitsk-Kovavsk, quelques tirages des photos prises pendant le voyage et ils s'étaient mis en quête d'un photographe. Ils riaient dans la rue, bras dessus bras dessous, quand un militaire avait surgi devant eux, revolver au poing.

— Il aboyait « Haut les mains ! » J'ai cru à une agression – depuis quelque temps elles étaient nombreuses, en pleine rue, m'avait-on dit. Mais non : « Vous êtes la citoyenne Garrison ? » Il savait mon nom, c'était donc autre chose. Avant de dire ouf, Yevseev et moi étions embarqués dans une voiture, conduits dans une prison à l'extérieur de la ville. Une prison de la Tchéka, avait chuchoté Yevseev, avant qu'on nous sépare. Je n'ai jamais su ce qu'il est devenu…

La Tchéka, devenue depuis quelques mois la Guépéou, se souciait peu de la légalité.

— Je l'avais craint tout le long du chemin, mais je ne voulais pas le croire. Tout me paraissait tellement irréel ! Videz vos poches. Vos papiers, s'il vous plaît. Posez votre argent ici. Remplissez le questionnaire. Signez là, en bas. Je m'exécutais, mécaniquement. Madame, vous êtes accusée d'espionnage au bénéfice des États-Unis. J'ai protesté, bien sûr, mais le commandant ne m'écoutait pas. À l'évidence, les ordres venaient de plus haut que lui. Madame, vous partirez pour Moscou par le prochain train, vous aurez toutes les explications à votre arrivée. Tout cela paraissait tellement délirant, si loin de ce que je venais de vivre !

On lui avait accordé de récupérer bagages, argent, objets de toilette, notes de voyage et elle avait pu s'entretenir avec Edward Thomas juste avant son départ. Yanson avait tout tenté, en vain : les ordres venaient de trop haut. Mais le vice-consul restait optimiste. Il allait alerter les plus hautes autorités américaines, qui interviendraient énergiquement. Elles disposaient d'un puissant levier : depuis la famine qui mettait en péril, là-bas, des millions de personnes, le Comité de secours d'Herbert Hoover apportait une aide alimentaire massive à la Russie, que celle-ci ne mettrait pas en péril pour une pareille affaire ! Mais une petite voix lui chuchotait, tandis qu'il s'éloignait, qu'un mauvais coup se tramait. La voix avait monté d'un cran lorsque, une fois installée dans le train, le gardien, au regard soudain fuyant, s'était levé : il lui manquait des papiers nécessaires au voyage, c'était l'affaire de quelques minutes. À son retour, il était plus fuyant encore. Les papiers l'attendaient à leur prochaine halte, à la sortie de Tchita. Où lui avait été annoncé qu'en fin de compte elle n'allait plus à Moscou mais à Novo-Nikolaevsk, capitale administrative de la Sibérie…

En clair, cela signifiait que la Guépéou effaçait ses traces, soutiendrait ne pas la détenir, et que les États-Unis la chercheraient en vain…

— Et là, à Novo-Nikolaevsk, je me suis effondrée. On m'a jetée dans un cul-de-basse-fosse grouillant de vermine, sans lumière, où quatre autres malheureuses gisaient sur des couchettes sans couvertures, dans une puanteur indescriptible d'excréments et de légumes pourris. Quand on m'a sortie de là pour me conduire à Moscou, je n'étais qu'une loque, sans réaction.

Elle avait retrouvé les locaux de la Loubianka, sans voir personne pendant quatre jours, avant d'être transférée de nouveau à la prison de Boutyrki, où les jours avaient succédé aux jours. Un autre détenu lui avait chuchoté qu'elle se trouvait parmi des criminels déjà condamnés. S'ils avaient voulu la briser en procédant ainsi, eh bien, c'était fait : elle était perdue, dans une nuit noire dont elle ne reviendrait pas, elle le savait, maintenant. La confection d'un arbre de Noël avec quatre autres détenues l'avait ramenée un bref moment à la vie, puis les semaines s'étaient succédé, elle avait été changée de prison de nouveau mais que lui importait ! Elle était oubliée de tous, la seule manière de tenir était de se laisser engloutir dans la fuite du temps, sans résistance… À la mi-janvier, on l'avait fait chercher, enfin. Elle s'était retrouvée face à son « vieil ami-ennemi Mogilevsky » qui l'avait déjà soumise à la question à la Loubianka, après sa première arrestation. Il souriait comme s'il venait de lui jouer un bon tour. Et comme elle trouvait un semblant de force pour protester : oui, il était derrière tout cela. Mais il y avait de puissantes raisons, auxquelles elle serait sensible. Il avait fait le voyage tout exprès depuis le Caucase pour lui mettre le marché en main. Qu'elle l'accepte, et elle se retrouverait libre sur-le-champ. Qu'elle le refuse, et à son grand regret elle pourrirait à jamais en prison, à moins qu'elle ne soit condamnée à mort. Nul ne savait plus où elle se trouvait, elle n'avait aucun secours extérieur à espérer.

Son offre ? Devenir espionne à sa solde. Oh, pas pour livrer des informations sur les Anglais et les Américains de Moscou, il avait déjà essayé cela en vain, la première fois. Il comprenait son refus : c'était même à son honneur. Non : à Moscou même, parmi les Russes, dans les sphères du pouvoir, où se fomentaient les trahisons. Nul ne se méfierait d'une Américaine. Elle toucherait 250 dollars par mois.

— Et comme je me redressais, pour protester : Oh ! Nous avons pensé à tout : votre fils sera invité, à nos frais, à poursuivre ses études à Moscou. Pour une heureuse vie de famille. Nous sommes un pays fait pour la jeunesse, nous inventons l'humanité de demain ! Vous refusez ? Je vous laisse réfléchir : ça ou la mort – au minimum, dix ans en Sibérie. À Irkoutsk ou Arkhangelsk. Vous avez le choix. Et il s'en est allé…

Les semaines, les interrogatoires, les menaces, les retours en cellule, s'étaient succédé, une date avait été annoncée pour son procès devant un tribunal révolutionnaire, en session secrète. Elle s'affaiblissait peu à peu, prostrée sur son grabat, en état de stupeur, parfois, elle était prise d'une crise de fou rire qui se terminait en sanglots, devant toute cette absurdité. Puis, un jour, deux semaines avant son procès, on était venu la chercher. Un de ses tourmenteurs, d'une voix rogue, lui avait annoncé qu'elle était libre, lui avait fait signer une décharge : elle avait une semaine pour passer la frontière.

— Là, je me suis effondrée. Mes genoux se dérobaient sous moi, ma main tremblait tellement que j'ai eu toutes les peines à signer. Le temps d'empaqueter mes affaires, je me suis retrouvée dehors, devant la Loubianka…

Son premier réflexe avait été d'appeler le QG du Comité américain de secours – et c'est ainsi qu'elle avait appris qu'elle lui devait sa libération. La Guépéou, en effet, avait nié savoir où elle se trouvait, sa trace semblait perdue, quand un Russe qui travaillait pour les Américains l'avait aperçue dans un couloir de la Loubianka. Et la Guépéou, de mauvaise grâce, avait dû céder.

— Le reste a été une course folle pour obtenir les papiers nécessaires à mon départ. J'ai passé la frontière quinze minutes avant l'heure fatidique !

Depuis combien de temps étaient-ils là, sur ce banc de Central Park ? Le Chinois s'en était allé, des gamins sérieux comme des capitaines affrontant le cap Horn mettaient à l'eau deux voiliers, surveillés par leurs mères. Tout dans le parc paraissait immobile, écrasé de chaleur. Et comme Cooper restait silencieux, elle toussota.

— Je vous parais folle, c'est ça ?

— Je me disais juste qu'avec vous on peut sans crainte envisager d'aller au bout du monde.

C'était bien la plus gentille chose qu'on lui avait dite depuis longtemps.

Elle se pencha, l'embrassa sur la joue, hésita, et, prise d'une brusque impulsion, l'embrassa doucement sur les lèvres. Et comme leurs regards se croisaient :

— Oh, oh, je crois que je viens de faire une bêtise, non ?

— Une bêtise, oui. Tout à fait.

Elle ne se blottit pas moins au creux de son épaule.

Les cris des gamins les arrachèrent à leur embarras. Au premier souffle d'air les deux voiliers venaient d'emmêler leurs gréements.

— Vous voyez bien : deux bateaux semblables de front, ça ne peut pas marcher.

— Il faut juste bien choisir son cap. Et s'y tenir…

Il se leva, vint prêter main-forte aux gamins. Le plus jeune le remercia d'un salut militaire. Il est des choses avec lesquelles on ne plaisante pas, quand on a dix ans…

— Tous les enfants du monde rêvent aux royaumes inconnus qui les attendent par-delà l'horizon. Et quelques adultes, aussi.

Leurs regards se croisèrent de nouveau, et tout bascula…

Elle en avait encore pour trois ou quatre mois, clouée à quai, se désolait-elle : ce bouquin était épouvantablement compliqué à écrire. Pas tellement pour ses aventures, encore qu'avec ces frontières changeantes, ces noms imprononçables, dans des contrées inconnues, ça n'était pas si évident – mais pour rendre, à travers elles, la partie qui se jouait là-bas. Le monde changeait de base. Cooper haussait les épaules : contente-toi de tes aventures ! Et certes, il n'était pas confronté à ce genre de problèmes, mais à celui plus prosaïque de se débarrasser au plus vite de Salisbury. Écrire à partir de notes brouillonnes les « aventures » – si tant est qu'on pouvait les qualifier ainsi – de quelqu'un d'autre était une torture. Et il avait d'autres urgences, à commencer par bâtir le projet qui les expédierait, Shorty et lui, à l'autre bout du monde.

Y participer était pour elle un jeu. Une manière, plaisantait-elle, de voyager par procuration, quand elle sortait épuisée de ses journées de travail. À peine réunis, ils refaisaient le tour du monde et de ses mystères, recensaient les zones encore blanches sur les cartes, les légendes qui couraient sur ceux qui s'y étaient perdus. Mais aussi c'était sa faute, à lui : ses articles à paraître dans *Asia Magazine* vous mettaient l'esprit en ébullition ! Et les photos de Shorty étaient magnifiques, il fallait qu'il lui en dise un peu plus, de ce garçon…

— Il m'attend, à Paris. Aux dernières nouvelles, il a trouvé des petits boulots chez Pathé. Le garçon le plus épatant que j'aie jamais rencontré. Tu peux le faire dormir sur un lit de cactus, le nourrir avec des cailloux à sucer, il s'en fiche, pourvu qu'il puisse filmer !

Il avait ri franchement en la regardant.

— Et le plus grand misogyne de la création…

— Le genre amitié virile, c'est ça ? On boit des coups, on se raconte des histoires de cul et on ne se lave pas les pieds ?

— Parce que c'est comme ça que les femmes nous imaginent ?

Il trouverait l'idée à laquelle personne n'avait songé, elle en était certaine. Pour ce qui la concernait, c'était moins sûr. Deux fois jetée en prison, forcément, les journaux hésiteraient à l'envoyer quelque part en reportage. Et d'ailleurs, où ?

C'est au Vesuvio, un soir, que leur était venue la première idée. Les nomades sont plus intelligents que les sédentaires, avait lancé Coop, et ils s'étaient mis tous deux à chercher des exemples à l'appui de cette thèse : courir le monde, oser affronter l'inconnu, bref, porter sa curiosité à incandescence ne pouvait que développer l'esprit.

— Tu parles pour nous ? avait ironisé Maggie.

Pas du tout, allait protester Coop, quand tout à coup l'idée lui était apparue évidente : un film réalisé par des voyageurs quittant le lit douillet de la civilisation, sur des voyageurs qui l'étaient, eux, depuis l'aube des temps, par culture ou nécessité.

— Des nomades au plus près de la nature, contraints d'épouser la nature, de vivre avec elle, en elle, de lutter contre elle, pour survivre !

— Les nomades de la mer. Les Mokken des îles Mergui, les Badjos d'Indonésie, enfin, ceux qui vivent encore toute leur existence dans des pirogues, du côté de l'île de Komodo. Non ? C'est vrai, toi, il te faut des barbares féroces galopant sabre au clair, façon Gengis Khan. Eh bien, les Cosaques ! Non, peut-être pas tout de suite, tu sors d'en prendre. Alors les Kurdes. Oui, les Kurdes. Dans les paysages d'Anatolie, sublimes. Des irréductibles. Toujours en guerre contre les Turcs.

En guerre contre les Turcs, ça plairait à Schoedsack.

Il s'était précipité dès le lendemain, avec Maggie, à la Société de géographie. Elle aussi était tombée amoureuse de la bibliothèque silencieuse où Coop avait trouvé refuge et des trésors qu'elle recelait, dont le directeur Isaiah Bowman s'était fait le passionné initiateur. Combien d'heures Coop et lui avaient-ils passées là, penchés sur des cartes ? La raie stricte au milieu du crâne, des petites lunettes rondes, le col toujours strictement serré, Isaiah avait tout de l'administrateur austère, mais il devenait un autre homme, tout en mouvement, les yeux pétillants, dès qu'il se laissait aller à ses passions. Il avait mené pas moins de trois grandes expéditions en Amérique latine, et il s'était mis en tête d'attirer Cooper dans son vaste projet de cartographie au millionième de toute l'Amérique latine. Quel atout ce serait, d'avoir avec soi un aviateur ! Mais, soupirait-il, il avait fini par comprendre que d'autres rêves animaient son ami, et il faisait de son mieux pour les encourager. Les sources du Brahmapoutre. Ou bien le Rub-al-Khali encore inexploré, cet immense désert de la péninsule arabique, mille kilomètres sur cinq cents…

— L'endroit le plus inhospitalier du monde ! Des températures qui passent de 60 degrés à moins 10 degrés, des dunes de sable de trois cents mètres de haut qui se déplacent en quelques heures quand souffle le vent. Et pour le reste, des chaos de gypse et de roches. Des marais saumâtres. Pas d'eau. Et des légendes. La cité disparue d'Iram, au carrefour des caravanes de l'encens, il y a des millénaires… Quel exploit ce serait !

L'idée était de tenter l'aventure en avion, malgré les vents violents, ce qui supposait un as, comme Cooper.

— Mais l'argent ! J'ai fait le détail de l'opération : une fortune. Il faudra que vous deveniez célèbre avant, mon cher Coop. Ou que la Société de géographie trouve un mécène supplémentaire. En attendant…

En attendant, les Kurdes, donc.

Il leur avait apporté tout ce qui lui paraissait utile à lire sur le sujet. Et c'est le nez plongé dans un atlas que Maggie avait lancé tout à coup :

— Mais je connais quelqu'un qui a vécu là-bas ! Harry Dwight. Il travaille au département d'État, à Washington. Il n'arrêtait pas de parler de sa jeunesse parmi les Kurdes, à la maison ! Son père a été missionnaire parmi eux, ou quelque chose comme ça. Et je crois que Harry a écrit un ou deux romans sur eux, ou des nouvelles…

— Harrison Griswold Dwight, avait corrigé Isaiah. Il a vécu plusieurs années là-bas, en effet, et publié deux recueils de nouvelles, *Nuits d'Istanbul* et *L'Empereur d'Elam*.

Sa moue suggérait que c'était là chose bien futile : que n'avait-il écrit plutôt une solide monographie !

Une semaine plus tard, un télégramme était arrivé de Washington : « Dwight sait tout sur Kurdes. Dit que très bonne idée. Évoque tribu plus féroce encore : les Bakhtiari. Mais en Iran… Maggie. »

Coop avait voulu y voir un signe. Depuis trois jours, sur la suggestion d'Isaiah, il était plongé avec passion dans les deux volumes des *Aventures de jeunesse en Perse et à Babylone, comprenant un séjour parmi les Bakhtiari et autres tribus sauvages, avant la découverte de Ninive*, de Sir Henry Layard, relatant son premier voyage, aux alentours de 1840. Et quel voyage ! D'aimables gaillards, à l'en croire, dotés d'une enviable férocité, pillards et assassins :

> La plus exécrable réputation de toute la Perse. Dénoncés comme une race de voleurs – capables de toutes les traîtrises, cruels et sanguinaires. Leur nom est murmuré avec effroi et détestation par les timides habitants des régions exposées à leurs déprédations. Et l'on m'avait maintes fois répété que je courais les plus grands périls, de me placer entre leurs mains, et que si je pouvais peut-être réussir à pénétrer dans leurs montagnes, les chances d'en sortir vivant étaient des plus minces. Malgré cela, je voulus croire que ma

bonne fortune ne m'abandonnerait pas et qu'avec un peu de tact et de prudence je réussirais à sortir sain et sauf de cette aventure. Je décidai de me conformer aux manières, aux habitudes, aux traditions du peuple avec lequel j'allais vivre, d'éviter d'offenser leurs sentiments religieux et leurs préjugés, et d'être particulièrement attentif à ne rien risquer qui puisse leur faire penser que j'étais un espion ou avais un autre but, en visitant leur pays, que celui de satisfaire ma curiosité et d'explorer d'anciens vestiges.

Et une belle leçon d'intelligence, songeait Cooper, de la part de l'explorateur : ses aventures donnaient furieusement envie d'y aller voir…

Avec Isaiah, il avait compulsé les cartes, imaginé les scénarios possibles. Tout dépendrait des moyens, bien sûr, mais c'était rudement tentant… Les Kurdes, sinon, seraient le meilleur choix.

— On a intérêt à se bouger…

Ils étaient sortis du Capitol passablement ébranlés. Le fastueux Rothafel, patron des lieux, avait fait les choses en grand. *Trailing African Wild Animals*, de Martin Johnson, serait l'événement de l'année, proclamaient les lumières au fronton du théâtre. « Le plus extraordinaire film sur la vie sauvage qu'il m'ait été donné de voir ! » avait déclaré Carl Akeley, le grand maître du Hall africain du Muséum. Et le Capitol, pour l'occasion, avait fait les choses en grand : têtes de rhinocéros, d'éléphants, peaux de lions et de léopards dans le hall. La prochaine fois, ce sera toi, avait lancé Maggie. Mais c'était moins la promotion de l'événement que le film lui-même, qui le laissait pensif : avait-on jamais montré l'Afrique ainsi ? Il allait falloir suivre de près ce Martin Johnson.

— Les images sont belles, d'accord. Mais en plus ce type a une vision. M'a tout l'air sur la même voie que nous.

Combien de fois avait-il discuté de l'idée de Shorty – un film qui raconterait une histoire, avec un début, une fin, une intrigue, mais refuserait les conventions de la fiction pour dire le réel, sans fard ni artifice ! Eh bien, c'est ce qu'avait approché ce satané Martin Johnson, avec sa femme Osa. Leur quête du lac Paradis, perdu dans le nord du Kenya, ça vous prenait aux tripes !

— Eh bien, ça prouve que vous avez vu juste, que c'est le cinéma de l'avenir, s'était écriée Maggie, se voulant positive. Pourquoi ne pas essayer de les voir ? Ils ont l'air bien sympathiques, tous les deux.

Cooper s'était figé. Ah ça, jamais ! Pas sans un film à leur montrer. On avait sa fierté !

Dommage, avait soupiré Maggie, avec à l'évidence une autre idée en tête – cette Osa était rudement jolie…

— Tu as remarqué que tous les explorateurs fonctionnent en couple, aujourd'hui ? Robert et Frances Flaherty, Martin et Osa Johnson, Roy Chapman et Yvette Andrews, Carl et Marie Jobe Akeley. Non seulement les femmes ont changé, mais certains hommes aussi, visiblement. Pas tous, mais certains…

Cooper, pressant le pas, prit un air absent.

— Sudiste !

D'autres pensées agitaient Cooper. Il finit par s'en ouvrir au Vesuvio, un peu plus tard.

— Toutes les places ont été prises, pendant que je faisais du tourisme en Pologne et dans les camps soviétiques…

Deux jours plus tôt, il avait été accueilli à bras ouverts par le terrible Froelick.

— Vos papiers ? Formidables, mon vieux ! Formidables ! Je suis preneur des suivants. Et des photos de votre Schoedsack. Un sacré tandem, que vous formez là !

Il mimait les gestes brusques du patron redouté d'*Asia Magazine*, son cigare brandi comme une matraque.

— Bon Dieu ! Quel sujet ! Ils passeront à partir d'octobre. Avant ? Non, pas possible. Vous avez vu les sommaires ? Sven Hedin, Martin Johnson, Roy Chapman Andrews. C'est un véritable embouteillage, ces temps-ci !

Octobre. Ses articles ne l'aideraient donc pas à séduire d'ici là des mécènes. Et *Asia Magazine* ne pouvait en aucune manière participer au financement de son expédition. Froelick l'avait tout de suite coupé, quand il avait essayé de tâter le terrain : tous ses fonds étaient mobilisés sur de gros projets – sous-entendu : de stars confirmées.

— Partout, la même rengaine : votre projet est formidable. Si seulement vous étiez célèbres ! D'avoir fait de son mieux pendant la guerre n'ouvre pas de portes. Et même en ferme.

À preuve, ces malheureux que les Français appelaient les « gueules cassées », qui portaient sur leur visage la vérité de la guerre et que tous s'empressaient de mettre à l'écart.

— Pendant ce temps Shorty attend, à Paris…

L'ami Cooper, ce soir, était d'humeur sombre. Sur un geste discret de Maggie, Silvio avait remplacé leur vin habituel par un *booze* à l'en croire des plus explosifs, fabriqué tout exprès dans sa baignoire par un ami pharmacien. Et c'est en s'absorbant dans la contemplation de son verre que Maggie avait glissé, d'une voix qui tremblait un peu :

— Moi aussi, je deviens folle, à force ! Je vois bien que je suis grillée. Deux fois jetée en prison, à chaque fois une affaire d'État, ça n'encourage pas les journaux à prendre des risques. Alors je me suis dit…

Elle avala son verre cul sec. Ça file un putain de coup de fouet, avait confié Silvio, suave, ou ça rend aveugle. Ça rendait aveugle, effectivement, mais ce n'était pas plus mal, pour la suite.

— Je me suis dit : il faut que tu te refasses. Alors voilà : en raclant tous les fonds de tiroir, je peux mettre dix mille dollars.

— Oui ? Et sur quoi ? fit mine de s'étonner Cooper, qui avait compris. J'ai passé l'âge de détrousser les dames.

Elle avala un grand bol d'air, prit son élan :

— Je parle business ! Si vous voulez bien de moi, tous les deux, bien sûr.

Ça ne pouvait se terminer que comme ça – il aurait dû le savoir, dès le début. Il le savait, d'ailleurs. Ça n'en était pas moins comme si le sol se dérobait sous lui. Comment refuser ? Il lui devait tout, et d'abord la vie. Et elle était aussi risque-tout qu'eux, aussi dure au mal. Mais comment l'expliquer à Schoedsack ?

— Business ? Dix mille de ta poche, rien de la mienne, rien de celle de Shorty. Tu parles d'un business…

Impossible, décréta-t-il d'un ton qu'il jugea définitif. C'était juste une question de morale. C'était ça : de morale.

Il avait dû être moins assuré qu'il ne le pensait, car Maggie revint à la charge, avec le large sourire de qui s'apprête à conclure.

— Eh bien, coupons la poire en deux ! Non : en trois. Cinq mille directement de ma poche dans l'affaire. Et puis cinq mille que je te prête, sans intérêts, que tu mets en ton nom. Remboursables sur les ventes, au retour. Le troisième tiers, ce sera pour Shorty : sa caméra et la valeur de son travail. Qu'est-ce que tu en penses ? C'est d'accord ?

— Eh bien…

Et elle, déjà :

— Ce n'est pas beaucoup, bien sûr, mais en se serrant la ceinture… Nous sommes le 20 mai. Le temps de tout régler, on pourrait partir en juillet ?

Si elle n'avait pas fini son livre, elle emporterait le manuscrit avec elle, et le terminerait en route. Les Kurdes n'avaient qu'à bien se tenir !

D'enthousiasme, elle se leva pour l'embrasser. Elle savait bien qu'il dirait oui !

Il n'avait pas l'impression de l'avoir dit, mais comment faire autrement ? L'essentiel, essayait-il de se convaincre, en répondant à son étreinte pour ne pas avoir l'air idiot, sous l'œil approbateur de Silvio, était de partir enfin. Mais une voix inquiète lui répétait : comment l'annoncer à Shorty ?

XI

Le film introuvable

Turquie, août 1923-janvier 1924

Ils n'y arriveraient jamais. Shorty, d'humeur si égale d'ordinaire, allait et venait dans la chambre miteuse, et ses deux associés, assis sur le rebord du lit, courbaient la tête sous l'orage. Le babil des gamins, dans la cour, s'était tu, comme les bruits de cuisine derrière la cloison, et sa voix devait tonner jusqu'à la rue, car des têtes intriguées passaient par le portail entrouvert. Depuis le départ ils faisaient fausse route – combien de fois avait-il essayé de les alerter ? Mais non, il fallait satisfaire les caprices de madame, se perdre en mondanités, interroger tel ou tel puissant, chère amie, Adnan Bey est un être délicieux, si, si, je vous assure, et ce Yachar Kemal ! Très surprenant, oui, très loin de l'idée qu'on s'en fait, et bien sûr il fallait attendre, toujours attendre, des laissez-passer qui ne viendraient jamais, ne voyaient-ils pas qu'ils étaient surveillés par des nuées d'espions, que les Turcs savaient qui ils étaient, ou s'imaginaient qu'ils étaient là en mission secrète, et faisaient tout pour les décourager ? Quatre mois ! Ils étaient là depuis quatre mois, bloqués à Constantinople, bloqués à Ankara, et bloqués maintenant à Konya, l'argent filait à toute vitesse, ils n'avaient rien filmé – et comme Cooper esquissait un geste de protestation il roula des yeux furibards : non, rien de ce qu'il appelait, lui, un film. Et ce ne serait bientôt plus une question d'argent, l'hiver venait et il serait trop tard. Du coup, les choses devenaient simples : que Maggie arrête d'emmerder le monde avec ses histoires de journaliste, ses reportages sur la nouvelle Turquie ou autres idioties, et que Cooper enfin se réveille au lieu de toujours céder, fonce comme il savait, jadis, ou, par Dieu, lui pliait bagage et rentrait ! Voilà, c'était dit. Et ce n'était ni le lendemain ni le surlendemain, mais là, tout de suite, que ça allait se décider.

À Paris, sur le quai de la gare Saint-Lazare, cinq mois plus tôt, il leur avait fait bonne figure. Il attendait Coop depuis si longtemps ! Maggie, prévenue, avait su se faire discrète, mais dès qu'ils s'étaient retrouvés seuls, Cooper et lui, Shorty avait livré tout à trac le fond de sa pensée : dans ce genre d'aventures – il s'était retenu d'ajouter « et d'ailleurs, d'une manière générale », mais ses mimiques parlaient pour lui – les femmes n'attiraient jamais que des ennuis. Les femmes, oui, mais pas celle-là, avait protesté Coop, en brossant d'elle un tableau proche de l'épique. *Toutes* les femmes, s'était entêté Schoedsack. En tous lieux, toujours, « femme » signifiait « ennuis », tout le monde savait ça ! À l'évidence, celle-là était une dure à cuire, une risque-tout, intelligente, en plus, ça se voyait, et belle, ça se voyait encore plus : si elle ne risquait pas de semer la zizanie entre eux deux, elle le ferait à tout coup parmi les hommes qu'ils auraient à filmer.

— Des sauvages, des guerriers, des mâles qui ne perdent pas de temps en bavardages – ils vont devenir fous, quand ils la verront ! On aura même de la chance s'ils ne nous égorgent pas la nuit pour la sauter. Non ? Pense à tes Cosaques : ils feraient quoi, à ton avis ? Ou bien alors, oui, c'est comme ça que ça va se passer, elle va séduire le chef, en faire son toutou. Et ça reviendra à foutre notre film par terre.

Il ne fallait pas exagérer, avait timidement protesté Cooper, de plus en plus de femmes, de plus en plus de couples d'explorateurs couraient le monde, sans rencontrer de problème particulier !

— À moins, bien sûr, avait glissé son ami, le fixant d'un air suspicieux, qu'il n'y ait une histoire entre toi et cette fille ? Parce que alors ce n'est même pas la peine de partir…

Cooper avait ouvert des yeux emplis d'innocence juvénile, mais non, qu'allait-il imaginer ? Et comme le regard de Schoedsack se faisait insistant, il avait écarté les bras en un geste d'impuissance.

— Bon Dieu, Shorty, j'ai une dette envers elle ! Elle m'a sauvé la vie. Et puis elle met cinq mille dollars dans l'entreprise.

Sans elle, il n'y aurait même pas d'expédition. Alors tu peux lui faire bon accueil !

Et les cinq mille restants ? Cooper avait piqué du nez, marmonné : un prêt familial. Et, devant son embarras, Schoedsack avait compris que mieux valait ne pas insister...

Fine mouche, Maggie avait proposé de rejoindre Constantinople sans délai, « en éclaireuse ». Shorty et Coop avaient besoin de se retrouver, après tant de mois, et pendant qu'ils compléteraient leur équipement à Paris elle hâterait les formalités, obtiendrait les laissez-passer pour le Kurdistan. Tout serait prêt à leur arrivée.

Rien n'était prêt. Les « officiels » s'étaient faits évasifs, au fil des jours, mais y avait-il encore des officiels dans la Sublime Porte ? La Turquie était en plein tumulte, le traité de Lausanne mettant fin au conflit avait été signé un mois seulement auparavant, d'énormes déplacements de populations entre Grecs et Turcs avaient été planifiés, les promesses d'autonomie du Kurdistan et de l'Arménie rayées d'un trait de plume. De combien de massacres, encore, de combien de révoltes était gros ce séisme ? Les Alliés, pressés d'avoir la paix, se lavaient les mains des suites prévisibles. Kemal Atatürk, légitimé, maintenait sa capitale à Ankara, loin de l'Occident corrupteur. Constantinople n'était plus qu'un décor, un théâtre d'ombres pour une Turquie en allée, une pièce aux multiples intrigues. Chaque jour, un Adnan Bey désolé annonçait à Maggie qu'Ankara n'avait pas répondu à ses demandes – mais aussi, chère amie, que diable iriez-vous faire avec vos amis dans un Kurdistan en plein chaos ?

Rien n'était prêt, mais elle s'était forcée à l'optimisme quand, dix jours après elle, Coop et Shorty avaient débarqué, pleins d'ardeur et leur connivence retrouvée. Une affaire de quelques jours : les services d'Ankara étaient passablement bousculés depuis la signature du traité. Mais elle n'avait pas chômé, tout ce temps, insistait-elle, tandis qu'elle interpellait les porteurs, appelait à elle une voiture, déjà chez elle dans le tumulte de la rue. Elle n'a pas l'air si contrariée que ça pour le retard, avait grommelé Shorty pendant qu'elle entassait d'autorité des paquetages sur ses genoux. Elle paraissait même radieuse, débordante d'énergie. Non, pas chômé, répétait-elle, tandis que le taxi, chargé jusqu'au toit de malles et de paquets, fonçait dans la cohue au mépris de toute règle, freinait, accélérait dans un concert de protestations et d'injures. La naissance de la Turquie nouvelle s'annonçait passionnante. Savaient-ils que la femme d'Adnan Bey, le représentant des Affaires étrangères, était à la tête d'un mouvement féministe ? En terre d'islam ! Une véritable héroïne, qui avait échappé aux Alliés, à Constantinople, pendant la guerre, et aidé Yachar Kemal à s'installer à Ankara. De plus en plus de jeunes femmes militaient pour l'obtention du droit de vote et rejetaient le voile, elle les avait rencontrées, toutes d'un courage incroyable. Ma parole, elle a rencontré la ville entière, maugréa Schoedsack en levant les bras comme pour se protéger du déluge de réceptions, de visites, de reportages qu'elle énumérait avec enthousiasme. Elle retrouvait ce pour quoi elle était faite, au cœur du monde en gésine, décryptant ses lignes de force, déjà reçue dans tous les salons, mondaine s'il le fallait, fille du peuple le lendemain, enquêtrice dans l'âme – mais en quoi cela les concernait-il ? s'était inquiété Schoedsack, comme ils se remettaient de leurs émotions autour d'un verre, à l'hôtel. Ils n'étaient pas là, sauf erreur, pour faire du journalisme. À trop insister, ses enquêtes allaient passer pour de l'espionnage déguisé. S'il fallait vraiment des laissez-passer, pourquoi ne pas foncer à Ankara, où était le pouvoir – ou, même, pourquoi ne pas filer directement au Kurdistan ? Quant à la Turquie nouvelle, avait-il grondé, merci bien !

— Je l'ai vue naître à Smyrne. Et Yachar Kemal était à la manœuvre.

Maggie avait encaissé, mais tenu bon. Quand ils rentreraient tous les trois fauchés de leur aventure, ils seraient contents de pouvoir placer des articles un peu partout ! L'épouse d'Adnan Bey l'y avait même encouragée. Pour le reste, plus important, tout gâcher si près du but serait de la folie. Une affaire de deux ou trois jours, lui avait assuré Adnan Bey, le matin même. Quant à prendre le risque de circuler sans laissez-passer, dans cette période troublée, il n'y fallait même pas songer. Les geôles turques, surtout dans les provinces reculées, n'avaient pas la meilleure réputation…

Deux, trois jours… Ils avaient trompé leur impatience en s'abandonnant au charme de la ville, à ses lumières incroyables quand le soleil couchant incendiait les coupoles d'étain des mosquées, nimbant d'or les façades des demeures peintes, s'étaient perdus dans le labyrinthe odorant des galeries aux colonnes sculptées du bazar, avant de goûter la paix des ruelles, au flanc des sept collines, si étroites que les maisons en vis-à-vis se touchaient presque, aux étages supérieurs, mais toutes leurs promenades les ramenaient au port, à l'invraisemblable enchevêtrement d'étals de poissons, de fruits, d'étoffes et de bijoux, dans les odeurs de fritures, harcelés par les marchands de pastèques ou de sorbets. Dans les gargotes obscures où se pressaient marins et débardeurs, Shorty, bientôt mélancolique, retrouvait comme un écho de la Smyrne disparue. Pour combien de temps encore, Constantinople, au carrefour de l'Orient et de l'Occident ? Là aussi, Grecs, Arméniens, Juifs s'en allaient, qui avaient auparavant vécu en paix avec les Turcs. Et Schoedsack rentrait alors à l'hôtel, impatient de plier bagage…

Les trois jours étaient devenus quatre, puis cinq, puis une semaine. À l'évidence, les Turcs jouaient la montre. Et Adnan Bey les menait en bateau.

— Pardi ! s'irritait Schoedsack, tout peut exploser d'un jour à l'autre au Kurdistan et voici trois Américains, dont une espionne quasi déclarée – parce qu'ils savent, pour Maggie, évidemment –, qui demandent comme par hasard de s'y rendre ! Vous feriez quoi, à leur place ?

Cooper, jusque-là d'une discrétion toute diplomatique, n'était pas loin de partager ce point de vue. L'inaction rongeait tel un acide, et vivre à l'hôtel n'avait pas le même coût que de partager la vie frugale des nomades. Il fallait d'urgence un plan de secours. Et commencer à tourner, d'une manière ou d'une autre.

Tourner, certes – mais quoi ? Cooper avait toussoté. Une idée lui était venue, qui ménageait le futur, une sorte d'introduction…

— Voilà. Une jeune femme désenchantée, marquée par une secrète douleur, enfin, tu vois le genre, débarque à Constantinople. En quête, pourquoi pas, d'un « peuple oublié », d'une « tribu perdue », quelque chose comme ça, dans une contrée lointaine. Hein ? Tu en penses quoi ?

— Comme cliché éculé, sûr, on ne peut pas trouver mieux. Tu sais qu'un film de voyage sur deux commence comme ça ?

Et venir ici pour tourner un film sur Maggie au lieu des nomades projetés, la chute était brutale, disait sa moue narquoise. Mais il avait un plan de secours, qu'il avait eu tout le temps d'étudier sur les cartes : gagner Beyrouth, traverser la Syrie, jusqu'en Irak, où retrouver vers le nord d'autres tribus kurdes. Et le faire tout de suite.

Tentons les deux, avait proposé Cooper.

— Deux jours de tournage et on file. D'accord ?

Deux jours. L'un pour filmer Maggie descendant d'un paquebot dans un caïque mené par six hommes, jusqu'à un quai du vieux port où une nuée de porteurs se disputeraient ses bagages, plus, s'il restait du temps, quelques plans de la ville. L'autre, pour la saisir au balcon d'un hôtel donnant sur le Bosphore, les yeux chargés il va sans dire de sa secrète douleur, perdus dans les lointains – où trouver le « peuple oublié ». Tourner, enfin, chassait l'humeur sombre de Shorty, et Maggie l'avait découvert en action, concentré sur son seul objectif, l'œil aigu, comme s'il ne voyait le monde qu'à travers sa caméra.

Ils préparaient leur départ pour Beyrouth quand un messager était accouru à la hâte. Des laissez-passer pour Ankara les attendaient chez son excellence Adnan Bey. Le temps de tout rassembler, de courir à la gare après quelques adieux, et le surlendemain, au petit matin, ils étaient à Ankara.

La gare, en pleine nature, n'était pas celle qu'on attendait d'une capitale. Au bout d'une demi-heure de cahots sur une route incertaine, Cooper avait fini par s'inquiéter : elle était où, cette fichue ville ?

Un dernier hoquet de la guimbarde les avait amenés au sommet d'une côte, et, d'un geste large du bras, le chauffeur, oubliant son volant, avait fait les honneurs du quartier général où se terrait l'homme qui avait repoussé les Alliés.

— Ankara !

Pas même une ville, mais une grosse bourgade de maisons en pisé.

Rayonnant de fierté, leur chauffeur insistait, montrant les immeubles de brique en construction, à l'écart : Ankara serait bientôt une grande ville – la plus grande de Turquie !

Il fallait une terrible méfiance, ou de la haine à l'endroit de l'Occident, avait grommelé Shorty, pour que Kemal Atatürk, ignorant Constantinople après avoir détruit Smyrne, ait choisi de rebâtir son pays depuis ce trou perdu…

Table rase.

Ils étaient les bienvenus à Ankara, mais devaient renoncer à leur projet : le Kurdistan leur était interdit. Ismet Pasha, le ministre des Affaires étrangères, sans se départir d'une extrême courtoisie, s'était montré inflexible. Et il avait coupé net Cooper qui tentait d'argumenter : la Turquie, pays souverain, ne justifiait pas ses décisions.

Pris au piège. Ne restait plus qu'à fuir, et au plus vite. L'aubergiste les avait accueillis avec des airs navrés, comme s'il savait déjà. Et dans la rue, en chemin, il leur avait bien semblé être discrètement suivis, aussi est-ce à l'abri des regards, dans un coin du jardin, qu'ils avaient fait le point à voix basse. Schoedsack revenait à son idée première : retourner à Constantinople et de là gagner Beyrouth par bateau, pour retrouver les Kurdes en Irak. Cooper ronchonnait. Cet Ismet Pasha, décidément, ne lui revenait pas. Maggie, seule, refusait la défaite. Si seulement elle parvenait à approcher Yachar Kemal ! Mais Cooper avait cessé d'y croire. Ce fichu ministre ne reviendrait pas en arrière. N'était-ce pas lui, à Lausanne, qui avait rendu fous les Alliés par son intransigeance, jusqu'à les faire céder ? Sa petite moustache, ses airs pincés, le dénuement de son bureau, qu'on aurait dit l'installation de fortune d'un général en campagne, étaient des messages : ici des moines-soldats forgeaient un nouveau monde.

Maggie avait tenté une dernière manœuvre. Combien de journalistes avaient pu faire de vrais reportages sur le mystérieux quartier général de Yachar Kemal ?

— Nous y sommes, autant en profiter ! Au moins, ça nous remboursera une partie de nos frais… Trois-quatre jours. On placerait le sujet à coup sûr au retour. Shorty, vous pourriez même tourner une bobine ?

Cooper avait secoué la tête : non, cette fois, c'était décidé, ils rentraient.

Sortie la tête basse, Maggie était revenue requinquée l'après-midi. Au hasard d'une conversation dans le turc basique qu'elle avait déjà appris en ces quelques semaines, l'aubergiste, comprenant ce qu'ils auraient voulu filmer au Kurdistan, s'était étonné : pourquoi chercher si loin ? Vers le sud, après Konya, ils trouveraient ce qu'ils cherchaient : des nomades, des montagnes, des précipices, tout !

— Vers les monts Taurus. Je suis sortie, du coup, j'ai vu des gens. Un libraire, un professeur. Nos nomades sont bel et bien à chercher vers les monts Taurus. Des féroces. Dans des paysages terribles. Ça devrait vous aller, non ?

Cooper s'était plongé dans les cartes : par Konya, oui, puis en mettant le cap sur Adana, c'était jouable. En tout cas, ça valait la peine d'étudier la question.

Et ça me laissera le temps de rencontrer Kemal, avait ajouté Maggie d'un air innocent, en se levant.

— Dans trois jours il inaugure une exposition. À tout hasard j'ai demandé un entretien. Il a l'air d'accord...

Cette fille, décidément, était impayable.

Il semblait écrit que tout se liguerait contre eux. Le lendemain matin, Coop était arrivé en retard, les traits tirés. Rien de grave, avait-il assuré, mais chaque geste lui arrachait des grimaces. Comme il ne parvenait pas à s'asseoir, il avait fini par accepter la venue d'un médecin – qui était sorti de sa chambre effaré : le monsieur avait attendu trop longtemps, il fallait l'opérer d'urgence. À Constantinople. Mais il ne voulait rien entendre...

Depuis combien de temps couvait-il sa maladie ? Coop, le dur à cuire ! Il devait souffrir sans dire mot depuis des jours. Schoedsack s'était précipité : Coop, à plat ventre sur son lit, claquait des dents.

— Une saleté au cul, mon vieux. Un abcès, enfin un truc comme ça. Gros comme mon poing. Ça va bien finir par percer tout seul, non ?

— Le toubib dit que non. Coop, il va falloir te charcuter.

Charcuter ? Ils avaient perdu assez de temps comme ça ! Mais c'étaient ses dernières salves avant reddition. Maggie, entrée sur ces entrefaites, avait jugé la situation d'un œil critique : allait-il faire l'enfant encore longtemps ?

Coop, piqué au vif, s'était redressé en réprimant un cri de douleur : dans ce cas, qu'est-ce qu'on attendait ? Mais à la seule évocation de Constantinople et de son hôpital américain il s'était cabré :

— Pas question ! Ici même, et qu'on parte aussitôt après !

Le médecin avait tenté en vain de le ramener à la raison. Il n'y avait pas d'hôpital à Ankara. Enfin, pas encore d'hôpital. Juste un dispensaire. Sans équipement et sans morphine. Eh bien, ce sera sans morphine, avait tranché Cooper, sourd aux supplications de ses amis.

Et ça avait été sans morphine. Il n'y a pas si longtemps, on vous sciait une jambe à vif sur les champs de bataille sans faire tant d'histoires, avait commenté Coop, avant de tourner de l'œil. Dans les jours qui avaient suivi, on voyait bien qu'il souffrait le martyre. Sans calmants, et bientôt sans plus de pansements stériles, dans une pièce sans air, envahie par les mouches et les moustiques, où il risquait à chaque instant une infection. Maggie, prenant les choses en main, s'était mis en tête de le faire transporter à l'auberge, tout de même plus salubre. Qu'importait l'absence d'une infirmière ! Elle changerait elle-même les pansements. Cooper était devenu tout pâle, puis tout rouge, en quêtant un secours du côté de Schoedsack. Elle n'y pensait pas ! Il lui restait tout de même encore un peu de dignité. Elle l'avait quitté en haussant les épaules. Comme si, à son âge, elle n'en avait pas déjà vu, des postérieurs mâles ! Les hommes, décidément, plaçaient leur dignité en de drôles d'endroits. Et Coop et Shorty étaient restés seuls, philosophant sur l'impudeur des femmes, en ces matières sensibles, si loin de la délicatesse des hommes – enfin, de certains.

Les menaces de Maggie devaient avoir eu des vertus thérapeutiques car au bout d'une semaine Coop était debout. Un peu vacillant, mais debout. Et donc prêt au départ.

— Qu'est-ce qu'on attend, au juste ?

À chaque cahot, il serrait les mâchoires. Allongé au fond d'une *araba* sans la moindre suspension, il aurait préféré mourir là, tout de suite et sans phrase, plutôt que s'attendrir sur son sort. Le ciel était déjà blanc de chaleur, des rapaces tournoyaient au-dessus d'eux, aigles ou balbuzards, dans l'attente de quelque issue fatale, mais il entendait bien les décevoir. Le cul en compote, peut-être, mais le cœur solide. Shorty lui-même paraissait d'humeur légère. Pour la première fois depuis longtemps, le nuage sombre qui les suivait où qu'ils aillent paraissait s'éloigner.

L'*araba* peinte en vert vif, décorée de fleurs sauvages et tirée par deux haridelles, avait tout du chariot bâché des pionniers de l'Ouest, en réduction. Saladin, le conducteur conseillé par l'hôtelier, œil sombre, peau tannée, arborait un sourire de carnassier en caressant sa fine moustache. Tous étaient désormais sous la protection de Saladin, avait-il déclaré non sans emphase à l'instant de partir, en faisant jouer les deux poignards passés à sa ceinture. Une antique pétoire, sous son banc, complétait l'équipement.

— Beaucoup de bandits. Beaucoup. Tous bandits, là-bas.

Il avait considéré Cooper d'un air par avance navré, en passant son pouce sur sa gorge.

— Ils tuent tous les hommes. Jamais de rançon. Pas les femmes. Elles, juste violées. Et vendues comme esclaves.

Mais la lady était sous sa protection, avait-il répété en faisant coulisser ses poignards dans leurs gaines d'un air non dénué de lubricité, avait jugé Maggie.

— M'est avis que c'est surtout de lui qu'il faudra se méfier, souffla-t-elle.

Mais elle avait, caché dans sa ceinture, un Derringer de nature à calmer ses ardeurs. Avait-elle déjà eu à s'en servir ?

— Oh, tout juste trois fois, glissa-t-elle en se hissant sur le siège du conducteur. Deux se sont enfuis. Le troisième n'a pas cru qu'une faible femme... Il aurait dû.

Fettah Bey, leur jeune traducteur, dont le tour de taille suggérait une âme moins guerrière, se demandait déjà s'il avait bien fait de venir.

L'équipage s'était ébranlé dans un concert de bêlements de chèvres et d'aboiements, Cooper dans l'*araba*, Fettah à ses côtés et Maggie assise sur le seul siège, aux côtés de Saladin comme l'avait demandé Shorty avant de poster sa caméra au sommet de la dernière colline, au sortir d'Ankara, pour immortaliser le départ vers le grand inconnu de l'héroïne en quête de son « peuple oublié ».

Ils étaient déjà bien avancés dans la plaine quand un coup de feu leur avait fait rebrousser chemin. Shorty hors d'haleine dévalait la colline, caméra et trépied sur l'épaule, sautait à bord.

— C'était parfait. Et maintenant, à nous le désert !

Cooper s'était redressé. L'étendue devant eux était grise et vide. Sable, poussière, rocaille où que portât le regard. Au loin, la ligne bleue des montagnes se perdait dans la vibration de l'air.

Ici s'étaient succédé les civilisations, Hittites, Phrygiens, Cimmériens, avant que les supplantent les Grecs, puis les Arméniens, les Peuples de la mer, les Romains, les Byzantins, avant les Ottomans. Ici fut gravée dans la pierre la première langue indo-européenne. Et de tout cela il ne restait plus rien, que vent et poussière…

Le soleil était déjà haut dans le ciel quand s'annonça le premier village, au pli d'une colline – un troupeau de chèvres, des chiens errants, quelques maisons basses. Sur une petite place, une nuée de gamins pauvrement vêtus entourait un montreur d'ours et Shorty, aussitôt, tint à saisir l'instant. Bientôt il y eut foule autour d'eux, et un vieillard souriant leur apporta du thé. Fettah Bey se perdait en longues tirades qui suscitaient regards admiratifs et hochements de tête. Que diable pouvait-il leur raconter ? Les gosses, longtemps, coururent à leurs côtés tandis qu'ils s'éloignaient. Comme repaire de bandits, elle en avait connu de plus terribles, résuma Maggie. Saladin, fâché, haussa les épaules – ils ne perdaient rien pour attendre…

Les heures se succédèrent dans une désolation toujours semblable, à croire qu'ils restaient immobiles, par quelque sortilège. Puis le soleil descendit à l'horizon jusqu'à n'être plus qu'un disque rougeoyant et avec le soir vint un soupçon de fraîcheur. Quelques touffes sèches leur firent un feu clair et Fettah, qui avait grand faim, entreprit de réchauffer le contenu du gros panier remis par l'hôtelier à l'instant du départ, galettes *boreks* fourrées d'épinards et de tomates, rehaussées de piment, boulettes *kibbés* farcies de viande hachée, *köftes* aux lentilles rouges – demain serait plus austère, riz et mouton jusqu'à Konya, prévint-il. Un souffle léger venait des profondeurs silencieuses et Saladin s'émerveillait, dans la palpitation douce des ténèbres, tandis que le ciel se piquetait d'étoiles, qu'il fallût ainsi la nuit pour que l'immensité de l'univers se dévoile. Ils se roulèrent dans leurs sacs de couchage, Maggie dans l'*araba*, les hommes autour du feu. Ils étaient seuls au monde, dans un temps aboli, songea Cooper à demi endormi, et il se sentit à cet instant merveilleusement en paix.

Fettah, la voix lointaine, évoquait comme son père l'avait fait, et son grand-père avant lui, les temps immémoriaux des grandes caravanes, et la nuit autour d'eux se peuplait de fantômes, quand de l'Orient extrême, par les pistes seldjoukides, convergeaient les longues norias de chameaux chargés de soieries, d'épices, d'or pur et de pierres précieuses, et sans doute alors leurs guides pareillement éveillaient pour eux les temps légendaires des routes romaines et hittites, avant que déferlent les Peuples de la mer : ici, telle la proue d'un navire s'enfonçant dans les flots, était la fin de l'Orient, de ses mystères et de ses richesses…

Au soir du troisième jour, alors qu'ils désespéraient de croiser âme qui vive, homme ou animal, une construction apparut dans les lointains, massive, tremblant d'abord comme un mirage. Depuis le matin Saladin ne répondait aux impatiences de Cooper que par des sourires entendus – il exultait maintenant, ravi de leur surprise, et poussait ses haridelles. Une agitation se devinait devant les portes, quelques chameaux se dessinaient sur l'horizon, chargés de caisses et de ballots, se pressant vers les murailles. Tous se dressèrent : un caravansérail.

La cour sentait fort l'urine et le suint. Dans l'ombre, on devinait, immobile, la masse des chameaux accroupis qu'éclairaient par à-coups les feux épars. Autour d'eux, se serraient des groupes d'hommes affairés d'où montait le bourdonnement de conversations à mi-voix, traversées de brusques éclats de rire. On fit place aux nouveaux venus et comme le bruit se répandait, d'une Américaine arrivant du désert, tous se pressèrent autour d'elle pour lui faire fête. On lui tendait des galettes brûlantes, cuites sur des plaques de fonte, on voulait tout savoir de la balle dame. Fettah Bey se rengorgeait, conscient de son importance, et tel était son débit, si vives la surprise et l'admiration dans les yeux de son auditoire, que le coquin, à l'évidence, enjolivait les propos de sa maîtresse…

Depuis des siècles, les caravansérails étaient des lieux de paix où, le temps d'une nuit, s'échangeaient informations, contes et chansons des marchands arrivés des quatre horizons, d'Égypte ou d'Occident, des lointains de la Chine comme de la Russie – grâce aux Seldjoukides, expliquait Saladin, qui décidèrent de faire rembourser par les habitants proches tout vol dont aurait eu à souffrir un marchand. En sorte qu'il se dit bientôt que l'on pouvait, sans danger, porter un plat d'or sur la tête à travers le désert. Les visages qui se tendaient vers eux allaient du blond clair au brun cuivré, et témoignaient du croisement ici, siècle après siècle, des civilisations. Comment manquer pareil moment ? Shorty, silencieusement, avait disposé sa caméra sur un trépied, sorti les torches au magnésium ramenées de Paris, et tout s'éclaira d'un coup, révélant les blocs énormes des murailles, les box aux toits crevés où dormaient jadis les caravaniers, l'herbe rêche qui envahissait la cour. Le lieu, en ruine, prenait dans le vacillement des flammes une dimension fantastique. Et comme chacun s'émerveillait de ces lumières magiques, poussant son avantage, il fit rejouer à Saladin et Maggie l'arrivée de l'*araba*, accueillie sous le porche par un colosse au regard fier, brandissant une torche. Quelle scène cela ferait, dans le film !

Cooper, pendant ce temps, faisait le tour des lieux, une torche à la main. On ne trouvait alentour, à des milles à la ronde, que sable et rocaille : quelle race de titans avait déplacé jusqu'ici ces blocs colossaux ? Certains portaient des inscriptions grecques, ou romaines, parfois à l'envers comme si les constructeurs n'en avaient eu cure. L'un, nota-t-il, gardait encore les traces du portrait presque effacé de ce qui lui sembla un dieu grec. Ici, dans le temps suspendu du repos partagé à l'abri des murailles, l'épaisseur des siècles était partout palpable.

Tous étaient depuis longtemps assoupis, autour de lui. Peut-être était-ce cela qu'il était venu chercher, songeait-il, au cœur de la nuit : l'oubli du présent. Les feux s'éteignaient doucement, seuls troublaient le silence le reniflement des chameaux, le tintement de loin en loin d'une clochette. Il se sentit en ces instants très loin, plus loin qu'il ne l'avait jamais été, de Constantinople et d'Ankara, d'Amérique et d'Europe, des mondes qu'il avait quittés…

Konya, deux jours plus tard, leur parut triste et froide. Le seul hôtel ouvert à l'entrée de la ville était un baraquement en bois qui menaçait ruine, où l'on dormait à six par box, sur des lits de fortune, et le restaurant qu'ils dénichèrent deux blocs plus loin ne proposait ce soir-là, il est vrai sans grande conviction, que riz et mouton rance, ce qui ne les changea guère de leur quotidien. De toute manière, soupira Schoedsack en s'efforçant de mastiquer la vieille carne, ils n'étaient pas là pour faire du tourisme. Le temps d'obtenir un laissez-passer et ils filaient ! Sans jouer les coquettes, pas avant un bon bain chaud, objecta Maggie : elle était porteuse d'une lettre de recommandation pour un missionnaire américain, William Dodd, mais tout cela pouvait attendre. D'abord un bain !

Le lendemain, le soleil brillait clair, l'air était vif, et même Shorty dut reconnaître que la vieille ville n'était pas sans charme. Le missionnaire, un médecin submergé par les urgences au dispensaire qu'il dirigeait dans un quartier pauvre de la ville, leur donna l'adresse d'une logeuse grecque de ses amies, Anna, qui les recevrait certainement. La demeure était toute simple, mais propre, le loyer ridiculement bas, et Maggie eut droit, enfin, à son bain, en sus d'une chambre pour elle seule. La logeuse, portant draps, serviettes et brocs d'eau chaude, s'affairait en tous sens. Ces temps derniers, soupira-t-elle, et une ombre passa sur son visage, les affaires étaient rares pour les Grecs… Déjeuneraient-ils là ce midi ? Cela faisait si longtemps qu'elle n'avait pas eu le plaisir de cuisiner pour d'autres qu'elle !

Le *vali* de Konya était un homme charmant et dévoué, du moins à ce que l'on disait, mais aux ordres d'Ankara, aussi valait-il mieux ne pas se recommander de lui, prévint le docteur Dodd, quand ils se retrouvèrent le soir chez le pasteur – et Shorty, toujours sur ses gardes, nota qu'il s'était penché au-dehors en leur ouvrant la porte, comme pour s'assurer que nul ne les suivait.

— Depuis la guerre, les relations de l'ABCFM avec les autorités turques sont un peu tendues…

— L'American Board of Commissioners for Foreign Missions, expliqua sa femme. Un organisme bostonien qui depuis des décennies multiplie écoles, dispensaires, hôpitaux, pour toutes les populations du Moyen-Orient.

— Toutes, et d'abord les persécutées…

Elle était maigre, les traits diaphanes, le regard comme usé – presque transparente. Dans le salon aux murs gris, faiblement éclairé, sans bibelot, sans décoration, sans objet personnel, ils parlaient tous deux à voix basse. À bout de forces, se dit Cooper. Ou de peur.

Le pasteur voulait des nouvelles de sa sœur qui les avait si chaudement recommandés, mais la réponse de Maggie parut le surprendre – elle l'avait trouvée débordante d'énergie, très impliquée dans le projet, si cher au gouvernement, d'une émancipation des jeunes femmes. Le pasteur, le regard baissé, changea de conversation :

— Bien sûr, bien sûr…

Leur projet de s'aventurer dans les monts Taurus les laissa perplexes. C'était prendre de bien grands risques pour un but incertain. La Turquie avait connu de grands bouleversements, les blessures étaient à vif et le resteraient longtemps.

— Les Yörücks ? J'en ai entendu parler, oui. Mais tellement de légendes…

Mieux valait qu'ils restent vagues s'ils ne voulaient pas effrayer le *vali*.

Shorty, dans la rue, se retourna plusieurs fois, et se pencha encore à l'instant de refermer la porte de leur logeuse.

— Vous avez vu ? Quand nous sommes sortis… Sa femme surveillait la rue, derrière les rideaux. Je ne sais pas ce qu'ils ont vu ou vécu. Mais ces deux-là sont au bout du rouleau.

Le *vali*, tout en rondeur, débordait de cordialité. La visite d'Américains, au sortir de ces temps troublés, était un honneur pour Konya. Et ils pouvaient compter sur lui pour leur rendre le séjour agréable. Leurs laissez-passer ? De simples formalités. N'en avaient-ils pas obtenu déjà à Constantinople et Ankara ? Que Maggie ait pu s'entretenir avec Kemal Atatürk, le père de la nation, lui faisait monter les larmes aux yeux. Rares étaient les étrangers qui avaient eu cette chance ! Il allait et venait dans son vaste bureau, en agitant les mains. Le confort des lieux était rudimentaire, et il s'en excusait, cette partie de la ville, autour de la gare, était encore en construction. D'autres bâtiments administratifs s'ajouteraient bientôt. C'était une tâche exaltante, de faire naître un pays nouveau !

Un serviteur apporta le thé. En fait d'« inconfort », la pièce, sur laquelle un grand portrait de Yachar Kemal, visage sévère, semblait veiller, avait des allures de musée, miroirs en obsidienne aux murs, poignards de cérémonie finement ciselés, fragments de fresques à motifs géométriques, de modestes témoignages, s'excusait presque le *vali*, d'une histoire immense – sans compter la profusion de tapis partout, au sol comme sur les murs, tapis d'un rouge profond au velours épais, grande spécialité de Konya, *kilims* brodés aux couleurs vives, aux motifs propres à chaque village, qu'il détaillait, ravi, œillets de Karapinar, tulipes de Ladik, tapis de prière en soie de Kayseri… bâtir un pays nouveau ne signifiait pas faire table rase du passé.

Tel était l'enjeu : entrer dans la modernité sans oublier une histoire millénaire. Tout restait à faire ! Et l'Occident, par bien des aspects, leur était un modèle.

— Le cinéma ! Vous savez, j'ai vu des films, à Constantinople. Mary Pickford, Douglas Fairbanks… L'art du futur ! Vous, les Américains, vous inventez un nouveau monde, n'est-ce pas ?

Que des cinéastes américains viennent jusqu'à Konya le plongeait dans le ravissement. Quel film ils pouvaient faire, sur son pays en construction ! Déjà, il se proposait d'être leur guide.

— Eh bien, on n'est pas sorti de l'auberge, grogna Shorty, au sortir de l'entrevue. Il va nous coller au train. Pas besoin d'espions pour nous surveiller : il va s'en charger lui-même !

Et si Maggie restait silencieuse, sans doute enchantée à l'idée du reportage qu'elle en tirerait, Cooper n'était pas loin de penser comme son ami.

La meilleure solution était encore de s'éclipser un jour ou deux. Sous le meilleur des prétextes : manquait à leur traversée du désert le clou dramatique d'une tempête de sable. Aux jours secs de l'été, elles se levaient, terribles, racontait Saladin, jusqu'à cacher le ciel, ensevelir en quelques heures *arabas* et caravanes,

— À ceci près, se désolait Cooper, que nous sommes en hiver. Que le sol est détrempé. Et que le sable vous colle aux bottes…

— Il y aurait bien une solution, finit par dire Schoedsack. À Hollywood, dans ces cas-là, on allait chercher un avion. Des hélices à plein régime et tu avais ta tempête !

— Tu as un avion sous la main ?

— Non, mais on a le vent.

Depuis deux jours soufflait un vent à décorner des aurochs. Il augmenterait encore, à en croire leur logeuse.

— Et pour le sable ?

— De la balle d'avoine. De blé. Du son. Ça doit pouvoir se trouver, non ?

Restait bien sûr la question morale, pour qui s'était fixé de filmer au plus près du réel. Mais ce n'était qu'entorse légère. Ces tempêtes, en d'autres périodes, étaient réelles. Et nécessité faisait loi, finit par soupirer Cooper sous le regard narquois de Maggie.

— La mère des tempêtes ! exultait Cooper, cramponné à son chapeau.

Schoedsack disposait sa caméra, le trépied tenu par un gamin accroupi, faisait répéter une nouvelle fois aux aides recrutés par sa logeuse la manière de secouer à son signal les sacs dans les rafales, revenait à Saladin et Maggie pour s'assurer qu'ils avaient bien compris leurs mouvements, Saladin descendant de son siège dans la tempête, pour envelopper d'abord Maggie dans une couverture, puis la tête de ses haridelles, apparemment indifférentes à l'agitation autour d'elles. Le vent enfla encore. La mère des tempêtes !

Ils avaient quitté la ville au petit matin, l'*araba* chargée à ras bord de sacs de son, sur lesquels Saladin avait assis les quelques gamins engagés pour l'aventure, qui riaient, insouciants. Cooper s'était surpris à chanter à tue-tête, comme un écolier s'échappant en vacances, un refrain repris par Maggie. Libres, de nouveau ! Ils s'étaient éloignés d'une vingtaine de kilomètres avant que Schoedsack ne décrète brusquement que ce serait là. Cooper se demanda pourquoi là plutôt qu'un kilomètre avant, ou un kilomètre plus loin, mais s'abstint de tout commentaire. Si Shorty disait que c'était là, c'était là.

— Parfait ! C'était parfait ! Dis aux gamins qu'ils ont été très bien.

Maggie, toussait, lamentable, du son dans les cheveux, les yeux, la gorge, secouait la couverture dont Saladin l'avait enveloppée, défaisait les trois tours de l'écharpe supposée lui protéger la bouche. Saladin ne valait guère mieux. Même les deux chevaux clignaient des yeux en toussant.

— Mon Dieu, quelle horreur…

— Maggie, on fait une nouvelle prise ? Par précaution. Allez, tout le monde en place ! Juste le temps de changer d'angle…

Au moins, protesta Maggie, qu'on lui laisse le temps de se repeigner. Elle était affreuse ! Schoedsack ouvrit de grands yeux : au contraire, c'était d'autant mieux !

— Tu n'as jamais eu envie de l'étrangler ? s'enquit Maggie en se tournant vers Cooper.

— Parfait ! Maggie, c'était encore mieux.

— Tu veux dire : on recommence, c'est ça ?

Hérissée de paille et de son, sans plus d'yeux, elle avait des airs d'épouvantail.

— Il reste encore des sacs de son ? Oui ? Alors juste une dernière !

Maggie fusillait Schoedsack du regard en bougonnant qu'il lui faudrait une bonne semaine pour se débarrasser de toute cette saleté, mais le cinéaste n'en avait cure et souriait ravi. Enfin, une vraie séquence de cinéma !

Comme il était trop tard pour rentrer à Konya, ils gagnèrent une auberge que leur indiqua un des gamins. La bâtisse était rudimentaire, partagée entre les box d'une étable et un grand dortoir, le repas frugal – galettes et mouton rance –, mais quand Maggie put enfin s'allonger, elle se sentit envahie d'une paix étrange. L'air sentait fort le lait chaud, les corps en sueur, la paille et le fumier, le bétail s'agitait doucement dans l'étable, un cheval poussait de petits gémissements, des vaches soufflaient et les longues oreilles d'un âne dépassaient de la mince cloison, faiblement éclairées par les braises rougeoyantes du feu au centre du dortoir. Par un trou dans la toiture, au-dessus d'elle, elle pouvait voir une étoile briller. C'est alors qu'elle réalisa qu'ils étaient à la veille de Noël...

Elle chercha la main de Cooper étendu près d'elle. Les autres dormaient. Et peu lui importait d'être vue, en cet instant...

Les vagues des siècles étaient comme celles de la mer, répétait le *vali*, lyrique, qui s'était fait leur guide – déferlant depuis l'horizon, submergeant tout ce qui prétendait leur résister, battant récifs et falaises, les sculptant jusqu'au grain le plus dur, les détruisant parfois, mais créant des mondes.

— Et quand elles se retirent, reste l'éternité... avait-il conclu, théâtral, devant Konya déployée à leurs pieds, un matin qu'il les avait entraînés sur les hauteurs, à la mosquée Aladin. Avaient-ils jamais songé qu'une ville était du temps solidifié, un poème de pierre laissé par les lointains, quand ils se retiraient ?

En d'autres circonstances ils se seraient émerveillés – mais ils avaient en tête d'autres soucis, que leur guide balayait d'un geste de la main. Leurs laissez-passer ? Qu'ils ne s'inquiètent pas ! Les Américains, décidément, étaient des gens pressés.

— Une question de jours. La Turquie sort de grands tumultes, tout reste à faire, l'administration est débordée...

C'était bien ce qui les inquiétait. On leur avait déjà joué cette chanson. Mais il insistait, rassurant : la pièce manquante était partie d'Ankara. Ou elle allait partir. En tous les cas, elle était signée. Elle arriverait sans doute demain, pourquoi ne pas profiter d'ici là de la ville ? Tout ce qui faisait la Turquie était ici rassemblé.

Et d'abord au mausolée de Mevlana, où il se proposait de les conduire ce matin – Mevlana le guide, le sanctifié, le grand maître du soufisme, le derviche errant qui trouva ici le recueillement, le poète de génie dont on récitait toujours pieusement les odes, les *gharabs*, de son vrai nom Djalâl ad-Dîn Muhammad Rûmî.

Qui que tu sois, viens,
Même si tu es un infidèle, un païen,
Voire un adorateur du feu,
Viens,
Notre fraternité n'est pas celle
Du désespoir,
Quand bien même aurais-tu brisé
Cent fois tes vœux de repentir,
Viens.

Le *vali* avait récité le poème, les yeux mi-clos. Et dans le silence du mausolée, devant le sarcophage de marbre recouvert de brocart vert, cousu disait-on de 43 kilos d'or, même Schoedsack dut s'avouer impressionné.

— Konya est d'abord la ville de Rûmî. L'esprit de tolérance. Vous le direz, cela, n'est-ce pas ?

Revenu en ville, un peu plus tard, Schoedsack retrouva son mordant. Ne s'était-il pas laissé dire que Yachar Kemal avait interdit, ou allait interdire, l'ordre des derviches ?

Le visage du *vali* s'était crispé. La mesure était temporaire, avait-il murmuré en regardant ailleurs. Les derviches se plaçaient sur un plan d'existence étranger à tout pouvoir. De ce fait même, ils encourageaient la résistance aux oppresseurs. Mais dès lors que l'on rendait tout le pouvoir au peuple, comme le voulait Kemal, il fallait l'adhésion de tous, absolument tous, au projet commun.

Sans doute était-il sincère, plaidait Maggie, sur le chemin du retour. Il mettait tant de passion à défendre Konya ! Cooper ne disait mot, mais Schoedsack, le regard noir, haussa les épaules : sa religion à lui était faite.

— Il nous balade.

Mais pourquoi diable les Yörücks ?

Il y avait tellement de choses à montrer de la Turquie en train de naître ! insistait le *vali*. Pourquoi se focaliser sur des nomades presque disparus ? La plupart s'étaient fixés, ou se fixaient. C'était d'ailleurs le projet du nouveau gouvernement. Telle était la voie du progrès.

— Vous aussi, aux États-Unis, vous avez eu ces problèmes, non – avec vos Indiens ?

Les irréductibles s'étaient repliés vers les monts Taurus, là précisément où ils voulaient aller. Et vivaient surtout de brigandage. Il soupirait, navré de ne pas les avoir convaincus de changer leurs projets.

— Vous rendez-vous compte des risques que vous prenez ? Sans même parler des complications diplomatiques...

Mais ils auraient leurs laissez-passer. Parole d'honneur.

— En retour, vous me promettez de faire très attention, n'est-ce pas ?

— Il nous balade, répéta Schoedsack en rentrant. Jamais il ne nous laissera aller où nous voulons. Vous n'avez pas compris son jeu ?

La colère de Schoedsack avait éclaté, terrible, prenant ses amis de court – sous un prétexte futile, comme souvent. Maggie lui avait demandé de faire les photos d'un article que lui avait inspiré le mausolée de Rûmî, sur ce pays pris entre le poids de l'histoire et la nécessité d'un bond dans la modernité, et il avait explosé :

— Ma parole, Maggie, vous êtes devenue le perroquet du *vali*, de cet assassin de Kemal, de tous ces foutus modernistes !

Il n'était pas venu pour ça. D'ailleurs, il n'aurait jamais dû venir, après ce qu'il avait vu de ce pays à Smyrne. Il avait claqué la porte, les laissant atterrés.

Comme il ne revenait pas, Cooper et Maggie s'étaient décidés à faire les premiers pas. Ils l'avaient trouvé dans la cour, allant et venant nerveusement.

— J'ai parlé de la petite Alia, hier, à notre logeuse : elle est trop jeune, pour travailler ici ! Vous savez ce m'a dit Anna ? Que son mari a été assassiné, pendant la guerre, et qu'elle vit seule, depuis. Elle a recueilli le pauvre Icarius qui avait perdu toute sa famille. Grec lui aussi. Et puis un jour elle a trouvé Alia qui errait seule dans la rue, quasi muette. Il lui a fallu des mois pour qu'elle lui dise enfin que toute sa famille avait été assassinée sous ses yeux. Arménienne. La pauvre Anna a éclaté en sanglots : Grecs et Arméniens ne sont plus les bienvenus, ici. Mais elle ne sait que faire, ni où aller. Voilà la vérité, sous les sourires.

« Tous ces discours, ces visites, ces monuments, ces appels aux grands anciens : du vent ! On nous emberlificote depuis le début. Hier encore c'était la guerre, on s'entr'égorgeait un peu partout, on déportait, on massacrait et… rien. Bon Dieu, les images de Smyrne me reviennent, nuit après nuit, l'odeur, les hurlements. Tu peux me dire, toi, où sont les Grecs, où sont les Arméniens de Constantinople ? On te vend un pays sans plus de déchirures, uni dans le même élan, moderne, progressiste : il ne s'est rien passé. Personne ne sait rien, personne ne veut rien dire. On nous couvre de sourires, en nous poussant dehors ! Par Dieu, je veux en avoir le cœur net.

— On nous suit.

Cooper avait fait irruption dans la salle à manger. Il était sorti pour quelques courses quand tout à coup il s'était senti observé. Il s'était retourné : personne. Mais avec le temps il avait appris à se fier à certains picotements dans la nuque.

— Et deux fois encore, sur le chemin de retour. À chaque fois, personne.

Cooper avait trop d'expérience pour se tromper. Instinctivement, ils se rapprochèrent les uns des autres, en se parlant à voix basse.

— Ils ne vous laisseront jamais…

Le pasteur médecin secouait la tête, accablé.

— Vous ne comprenez pas ? Ils effacent tout…

Les trois amis avaient fait irruption à l'improviste chez les Dodd, et Cooper avait eu grand-peine à les rassurer – ils avaient été tous trois à l'école de la guerre, et avaient pris leurs précautions, ils n'avaient pas été suivis. Mais tandis qu'ils narraient leurs mésaventures, madame Dodd n'en revenait pas moins à la fenêtre en jetant, dissimulée derrière les rideaux, des regards furtifs dans la rue.

— Il s'est passé des choses, entre Konya et Adana…

Puis après un silence :

— Et des troubles encore vers les monts Taurus…

Le pays était loin d'être revenu au calme. Des régions s'agitaient et les Yörücks des monts Taurus étaient donnés comme des rebelles coriaces.

— Et voilà que vous demandez à y aller. Alors qu'ils vivent dans l'obsession des espions et des complots. Que voulez-vous qu'ils pensent ? Croyez-moi, n'attendez pas, partez !

Schoedsack revint à la charge : que s'était-il passé, à Konya ? Et comme Dodd hésitait :

— J'étais à Smyrne. Je l'ai vue mourir. Je l'ai même filmée. Depuis je m'attends au pire. Hier, Anna m'a dit, pour elle et la petite Alia…

C'était le pire. Au-delà de l'imaginable. Et pourtant ils avaient vécu tous trois bien des horreurs.

William Dodd, du regard, quêta l'approbation de sa femme, avant de revenir avec un dossier et ses mains tremblaient en dénouant les fils. Il y avait deux millions d'Arméniens, avant la guerre. Beaucoup de commerçants, d'artisans, bien intégrés. Certains, ministres, avaient participé à la révolution jeune-turque. Aujourd'hui…

— Aujourd'hui il n'y en a plus, ou si peu… Deux millions de personnes disparues, envolées, effacées. Ici, à Konya, nous étions un peu à l'écart. L'essentiel s'est joué à l'est. Mais il y avait cette ligne de chemin de fer en construction entre Constantinople et Bagdad. Stratégique, disaient les Turcs. Disaient les Allemands. Stratégique ! Ils étaient là, main dans la main. Franz Günther de la Deutsche Bank pour la conduite des travaux, le major Kübel, puis le lieutenant-colonel Böttrich qui dirigeait tout avec Talaat Pacha, le ministre de l'Intérieur. Et ils se sont servis des gares pour rassembler les malheureux dans des camps – *Konzentrationslager*, disait Günther, des « camps de concentration » – avant de les entasser dans des wagons. Quatre-vingt-huit par wagons sans compter les enfants, se vantait un employé tout fier, là où il n'y avait de place, en principe, que pour quarante-quatre personnes. Et j'étais là, impuissant…

Il tournait les pages du dossier, la voix blanche.

— Les premiers à arriver venaient de Zeitun. Seulement des femmes et des enfants. Ils marchaient le long des voies, tenant à peine debout, les yeux vides. Les hommes, eux, avaient été expédiés directement dans le désert syrien. Tenez, j'ai tout noté : du 9 au 10 octobre 1915, 15 000 Arméniens embarqués vers le sud, à Konya. Entre le 13 et le 16, 9 300. Dans les cinq jours suivant, 9 854. Le 23, 1 050. Et quand il n'y avait pas assez de wagons, on les faisait marcher le long des voies. Fin octobre, ils étaient 40 000 à Katma, près d'Alep. Et 50 000 avaient déjà été déportés en Syrie, vers des camps dans le désert. Un ingénieur, retour de Ras ul-Aïn, m'a dit avoir vu 400 femmes arriver nues au camp. Où neuf personnes sur dix étaient mortes. De faim, de maladie, ou assassinées. Un autre, que les ouvriers musulmans travaillant sur les lignes arrêtaient les wagons pour violer les femmes, emporter les enfants, ou les tuer. Tout était permis ! Les gens, dans les villages, entraient chez leurs voisins arméniens, les égorgeaient avant de piller leurs maisons.

Il poursuivait, mécanique, la litanie de l'épouvante, enfants méthodiquement éliminés, femmes violées, éventrées, ou vendues comme esclaves, hommes livrés aux villageois en chemin, décapités, enterrés vivants…

— Mais pourquoi ? Pourquoi ? dit Maggie la voix tremblante.

— Pour bâtir la Turquie nouvelle ! Oh ! Bien sûr, on a fait courir des rumeurs. Que les Arméniens, sur la ligne de front, à l'est, contre les Russes, avaient trahi, ou qu'ils étaient d'une fidélité incertaine. Mais non, tout était planifié, méthodiquement, dans le but de rayer les Arméniens de la carte. Pour une Turquie unie, d'un seul corps, débarrassée des facteurs potentiels de division. Le pire, quand je sors dans la rue, quand je soigne les malades, au dispensaire, c'est de se dire que ceux-là étaient peut-être parmi les assassins. Le pire est de me dire qu'ils savent et qu'ils parviennent à vivre comme si de rien n'était…

Il leva les bras, dans un geste d'impuissance :

— Parfois, oui, parfois je me demande si ce qui soude les groupes humains, plus qu'une foi commune, ce n'est pas la connivence dans le crime. Les Anglais ont coupé la tête de leur roi, les Français ont fait de même, vous Américains, en plus du péché de l'esclavage, vous avez exterminé les Indiens. Est-ce cela la règle ? Que nous vivons ensemble dans la connivence d'un meurtre initial ?

Il fallait fuir, gagner les monts Taurus par leurs propres moyens, permis ou pas. Et de là, Adana ou Alep. Schoedsack ne voulait plus rien entendre de cette « Turquie nouvelle ». Maggie restait comme sonnée. Cooper compulsait cartes et horaires des trains quand un messager s'était annoncé de la part de son excellence le *vali* : leurs laissez-passer, enfin ! Mais Cooper avait poussé un rugissement, en ouvrant le pli : ordre leur était donné de gagner directement Adana, sans halte en cours de route.

Cooper avait foncé chez le *vali* pour lui dire ses quatre vérités, mais s'était vu refouler à l'entrée. Le gouverneur était désolé, mais des affaires urgentes l'avaient appelé à Ankara, où il demeurerait pendant quinze jours.

— Eh bien, les choses sont claires ! On fonce ?

Schoedsack avait hoché la tête. Enfin, il retrouvait Cooper en action ! Et Maggie elle-même, comme réveillée du conte de fées où elle s'était laissé prendre, débordait d'une énergie nouvelle. Comment avaient-ils pu se laisser endormir ainsi ? Elle s'était même permis une bourrade dans les côtes de Schoedsack.

— Tu aurais dû piquer ta crise plus tôt !

Après tout, l'illégalité, ça les connaissait. Shorty était encore un peu innocent, mais Coop et elle, en vieux taulards, connaissaient tous les tours.

Départ donc demain matin, aux aurores, résuma Cooper. Fettah Bey, prévenu des risques, prit un air martial. Ce n'est pas dans ces situations qu'on abandonne ses amis.

Le lendemain, donc, un groupe apparemment respectueux des instructions du *vali* s'embarqua dans le train pour Adana en faisant son possible pour se faire remarquer. Chacun, du coin de l'œil, surveillait la foule qui prenait le train d'assaut, mais ils ne remarquèrent aucun possible espion. Ils auraient dû se réjouir, plaisanter : libres, enfin ! Pourtant, ils restaient silencieux, murés dans leurs pensées : combien de malheureux avaient été entassés dans ce wagon, il n'y avait pas si longtemps, combien de fois ? « La guerre, dit tout à coup Cooper comme s'il se parlait à lui-même, la guerre, nous suit partout... » L'ombre qui les accompagnait depuis des semaines ne se dissipait pas.

XII

Dans la splendeur et la colère des dieux Taurus

Turquie, janvier 1924

Les heures s'étaient succédé, monotones, dans un paysage morne. Rocaille et poussière, à l'infini. De halte en halte, le train s'était vidé. Ne resta plus, vers le milieu de l'après-midi, qu'une famille embarrassée de bambins turbulents et deux hommes somnolents, aux allures de paysans que confirmaient des mains calleuses aux ongles noirs, ébréchés. Profitant d'une halte, Cooper inspecta le train. Sauf à supposer aux agents du *vali* des talents achevés de transformistes, aucun d'entre eux n'était monté à leur suite dans le train. Et comme le froid se faisait vif, chacun, rasséréné, s'enroula dans ses couvertures sur une banquette, seul avec ses pensées.

Vers le milieu de l'après-midi, Fettah Bey, sortant le réchaud à pétrole, dissipa la torpeur générale en proposant de préparer du thé avant qu'ils ne meurent tous de pneumonie. Ils se serraient autour de la bouilloire fumante quand un gamin poussa un cri en se penchant à la fenêtre : au loin, sous un ciel bas où roulaient des nuages striés de lignes violâtres, se distinguait une barre sombre, crêtée çà et là de blanc. Cooper déplia la carte : les monts Taurus, dits encore « le pays des orages torrentiels ». Là-bas se terminaient les steppes d'Anatolie. Aux herbes rêches et rases du désert, succéderaient, au-delà des montagnes, la luxuriance des côtes méditerranéennes, au vent et à la poussière, les senteurs lourdes des cistes et des épicéas.

Les enfants, c'est ici que tout va se jouer, dit Cooper, retrouvant son ton militaire, en désignant un point sur la carte :

— Les Portes ciliciennes ! Alexandre le Grand est passé par

là. Et les légions romaines, et saint Paul, et les chevaliers de la première croisade. Je me suis renseigné : le train s'arrêtera à une petite gare juste avant, le temps de charger du bois et de l'eau. Il devrait faire nuit, il faudra descendre discrètement… Ensuite, à nous l'aventure !

Le soleil jeta ses derniers feux, éclairant les montagnes qui n'en finissaient pas de monter à l'horizon, hostiles, hérissées de pics abrupts, creusées de vallées sombres, tandis que le train amorçait sa lente montée. La nuit tomba presque d'un coup. Mais comme les heures passaient, leur vint une inquiétude – et si cette halte avait été annulée, ou ne valait que pour certains trains ? –, quand la locomotive toussa, cracha, et le convoi enfin s'arrêta dans un concert de grincements.

La gare, à peine éclairée par une lanterne fixée à un poteau, paraissait fermée. Des ombres s'agitaient à l'avant du train, autour de ce qui devait être un réservoir. Dans les ténèbres, en retrait de la gare, une lueur tremblante brillait à la fenêtre d'une longue baraque en bois. Ils descendirent sans bruit, chargés de sacs et de paquets, et le cœur de Maggie, bonne dernière, fit un bond quand les deux paysans qu'elle pensait endormis se précipitèrent vers elle – mais non, ce n'étaient pas des agents déguisés, ils voulaient juste aider la jolie dame et c'est en multipliant les sourires qu'ils descendirent sur le quai les dernières malles. Levant alors les yeux, les évadés virent toute la famille, parents et gamins collés à la vitre, qui leur faisait de grands signes d'adieu. Comme si cela ne suffisait pas, les gamins, échappant à leurs parents, descendirent en criant pour les embrasser tous. En matière de départ discret, c'était une réussite…

Ils restèrent tapis dans le noir à l'angle du pignon de la gare jusqu'au départ du train. Personne n'était descendu, aucun employé ne s'était manifesté, le train s'enveloppa une dernière fois de fumée, haleta, souffla, couina, avant de disparaître en sifflant à la courbe des voies.

— Ça y est, les enfants. À partir de maintenant nous sommes des hors-la-loi.

— Je me disais, aussi, que je me sentais mieux !

— C'est vrai, à moi aussi ça me manquait…

Même les hors-la-loi aiment dormir au chaud, risqua Fettah Bey en montrant timidement la bicoque où brillait la lumière. Nul, d'abord, ne répondit quand ils frappèrent à la porte, mais comme ils insistaient elle s'entrouvrit brusquement pour laisser passer une pétoire, surmontée d'une boule de poils hirsutes. On ne prend jamais assez de précautions avec ces chiens de voleurs qui rôdent dans la nuit, grommela le patibulaire, en les laissant entrer, après les avoir jaugés. Aziz, ancien soldat, borgne et édenté, aimait la solitude, aussi avait-il construit sa maison de planches à l'écart de tout – ce qui n'était pas nécessairement le meilleur choix quand on avait le projet, comme lui, d'en faire une épicerie. Depuis, il vivotait au rythme des rares passants et des voyageurs encore plus rares qui descendaient du train. Mais à la manière affamée dont il les regardait, chuchota Schoedsack, le gaillard commençait à songer qu'il allait se refaire d'un coup…

Voulaient-ils qu'il leur réchauffe un peu de mouton ? Avec des galettes et du riz. Et un peu de raki pour les hommes, en sus du thé ? Quant à dormir, non, il n'avait rien, mais les étrangers pouvaient s'étendre à même le sol de sa boutique. Plus compliqué avait été d'expliquer ce qu'ils faisaient là, et surtout espéraient de lui, attendu qu'ils n'en savaient trop rien eux-mêmes.

Les Yörücks ? Quels Yörücks ? Les Yörücks étaient partout, les Yörücks n'étaient nulle part. Et puis la saison était mal choisie, bientôt viendrait la neige. Mais il pouvait leur trouver dès demain des chevaux et des guides.

— Mais alors, vous savez où nous conduire ?

— Moi ? Non, pas du tout. Mais chevaux très, très bons. Et bons guides, aussi.

Ils tournaient en rond quand la porte s'ouvrit avant qu'Aziz puisse esquisser un geste, et un grand gaillard apparut, un fusil à l'épaule. Maigre, les yeux bleus, la barbe blonde, bouclée, il s'avançait avec la légèreté d'un danseur, et salua l'assemblée d'une voix grave, avant de s'asseoir à une petite table, à l'écart.

— Ce type ! Vous avez vu ? chuchota Maggie. Il a une classe folle !

Un chasseur. Ou un guerrier. Un nomade ? Fettah, devançant les désirs de ses amis, se leva pour lui offrir un thé, et les deux hommes engagèrent une conversation à voix basse, sous l'œil inquiet d'Aziz. Les deux hommes revinrent presque aussitôt vers eux. Halil Effendi, leur présenta Fettah :

— Un chasseur. D'un village dans la montagne, à une trentaine de milles d'ici. Il chassait les chèvres sauvages, dans le coin, et il rentre chez lui. Il serait très honoré si nous acceptions de l'accompagner demain. Nous serions les bienvenus, là-haut. Et il ajoute que si nous voulons chasser, personne ne connaît mieux que lui les endroits où trouver le gibier…

L'homme se redressa de toute sa hauteur quand Cooper s'enquit des conditions financières : ses services n'étaient pas à vendre. Ce serait un honneur, pour lui et les siens, qu'ils acceptent son hospitalité. Aziz baissa la tête, en marmonnant dans la broussaille qui lui servait de barbe.

Il faut croire que leur hôte improvisé avait peu dormi, car six chevaux et des mules les attendaient au réveil, entourés par ce qu'Aziz, non sans emphase, leur présenta comme « leurs guides » : autant dire un village entier. Un camp de Turkomans installé non loin acceptait de se séparer de quelques-unes de ses bêtes. Ce qui n'était pas étonnant, constata Cooper, car elles paraissaient à l'article de la mort, tenant à peine sur leurs pattes, les os saillants, le dos couvert de croûtes. De très bons chevaux, protesta Aziz, vivement approuvé par leurs propriétaires. Très résistants, même – ce qui n'était pas faux, convint Maggie, puisqu'ils avaient survécu jusque-là. La conversation prit un tour plus vif quand Aziz aborda la question financière – et plus vif encore quand l'aimable épicier ajouta à l'addition les repas, le coucher et le thé du matin. Fettah avait agrippé l'hôtelier par le col et l'abreuvait d'injures quand Halil s'en mêla, la voix tonnante. Après une bonne heure de récriminations, accord fut trouvé : juste une location des chevaux nécessaires pour les conduire au village d'Halil, où les Américains trouveraient de meilleures montures, et les services de deux guides pour ramener les bêtes à leur point de départ. De quoi se plaignaient-ils ? résuma Schoedsack : l'aventure commençait.

Ravins où les roches de la piste s'effritaient sous les pas des chevaux, falaises griffées de maigres conifères et de genévriers, éclats brefs de rivières, entrées de cavernes qu'Halil leur montrait en riant, ces montagnes étaient pour les étrangers un chaos inextricable où ils se perdaient, et, encore récemment pour les troupes venues y « rétablir l'ordre », notion à l'évidence étrangère aux cultures locales. La piste, au fil des heures, devint plus difficile, au point qu'ils en vinrent à craindre pour leurs montures. Puis la neige se mit de la partie, si drue bientôt que la piste disparut. Halil, exaspéré par les lamentations des guides, prit la tête en pressant le rythme, et c'est au soir tombant qu'ils distinguèrent enfin, à travers les tourbillons de flocons, un groupe de maisons de bois, au flanc de la montagne, entourées de jardins et de vignes.

Un feu clair brûlait dans la maison commune où Halil les conduisit, la *muzefin kané*, tenue par une jeune veuve vivant là avec ses trois enfants. Ainsi, dans chaque village, une maison accueillait les étrangers gratuitement – pas comme Aziz, ce fils de chien…

Grand seigneur jusqu'au bout, malgré ses nouveaux amis qui le pressaient de retrouver les siens, il mit un point d'honneur à leur préparer un dîner avec l'hôtesse, pilaf de mouton, lait frais de chèvre, figues séchées et raisin, qu'il disposa sur un tapis de cuir, au sol – comme il mit un point d'honneur à préparer le sac de couchage de Maggie, et c'est seulement après avoir ravivé le feu qu'il leur souhaita à tous une bonne nuit.

Un autre monde. Celui pour lequel ils étaient faits tous les trois, répétait Cooper avec l'impression, enfin, de respirer plus large. La neige était tombée deux jours durant, les enveloppant dans une blancheur ouatée, et c'était comme si le cours du temps se trouvait suspendu dans une éternité rêveuse tandis que les gamins riaient aux éclats dans de tumultueuses batailles de boules de neige, auxquelles Maggie et lui n'étaient pas les derniers à se mêler. Hors du monde ils étaient, confirma Halil : la piste, en bas, était bloquée pour un bon moment, s'il venait au *vali* d'envoyer des hommes à leur poursuite. C'était peut-être une raison suffisante, si Cooper et Maggie voulaient bien reprendre leurs esprits, de se souvenir qu'ils étaient là pour faire un film, finit par protester Schoedsack, qui s'était lui-même abandonné à façonner un bonhomme de neige pour les gamins, avec balai dans les bras et navet en guise de nez.

La neige : c'était l'occasion à ne pas manquer. De préférence si leur venait une belle tempête.

— Après la tempête de sable dans le désert, voici notre héroïne, toujours à la recherche du « peuple oublié », qui affronte la montagne, la neige…

— Elle pourrait se trouver abandonnée en pleine tempête par ses guides ? suggéra Cooper, se prenant au jeu – et être sauvée, à demi morte de froid, par Halil et ses compagnons, qui lui feraient traverser la montagne, une fois remise, toujours vers le « peuple oublié » ?

— C'est gentil à vous, les garçons ! Ou bien je pourrais glisser, rebondir de rocher en rocher, jusqu'au fond d'un précipice, où Halil me trouverait ?

— Ça ajouterait du piment, convint Schoedsack, pensif.

Maggie le regarda : il paraissait sérieux. Devenir une héroïne, au cinéma, n'allait pas sans sacrifice.

Expliquer ce qu'ils étaient venus faire à des villageois ignorant tout du cinéma ne fut pas des plus aisés, mais ces derniers prirent l'affaire comme un jeu, aux règles un peu étranges, auxquelles ils se plièrent de bon gré – et dans les jours qui suivirent Maggie eut droit au rituel des scènes certes déclarées parfaites par Schoedsack, mais qu'il fallait reprendre, juste par précaution, ou bien sous un autre angle, à cheval dans la neige jusqu'au poitrail, ou encore à pied, jusqu'à s'écrouler bleuie de froid, tandis que ses guides l'abandonnaient – ce que nos cinéastes eurent le plus grand mal à leur faire admettre : comment pouvaient-ils sans déshonneur laisser ainsi la jolie dame dans la neige ? Heureusement survenait Halil le sauveur, qui jouait son rôle avec le plus grand sérieux, la prenait dans ses bras, évanouie. Quel acteur ! Quelle carrière il ferait, à Hollywood, criait Schoedsack, tandis qu'Halil reprenait et reprenait encore la scène avec un enthousiasme croissant. Cooper, un rien agacé, ne fut pas sans noter que Maggie protestait moins à ces reprises-là…

Une chasse, dit Halil, un soir qu'ils s'attardaient autour du feu dans la *muzefin kané*. Un vieillard, s'accompagnant d'un *sâz*, sorte de luth à long manche sur lequel il marquait la mesure, avait psalmodié une très vieille chanson, récit des temps anciens, rempli de meurtres, de traîtrises et d'exploits surhumains, résumé par Fettah, et tous les villageois présents hochaient la tête au rythme syncopé du barde, revivant cette histoire. Les enfants, les yeux brillants, buvaient chaque parole, tandis que les plus petits somnolaient dans les bras de leurs parents.

N'était-ce pas un temps idéal pour une chasse ? reprit Halil. Les hommes approuvèrent. Il évoqua un lieu mystérieux, très loin dans la montagne, que dominaient les ruines d'une forteresse, domaine des aigles et des bouquetins. Les flammes, au centre de la pièce, éclairaient par instants son visage tandis qu'il évoquait, les yeux mi-clos, les temps millénaires qu'ils allaient retrouver. Certains disaient que le roi de Cappadoce y avait caché son trésor, d'autres, que le fort datait d'un royaume arménien, d'autres encore que les croisés d'Occident y tinrent garnison, mais les plus avisés tenaient qu'il s'agissait de l'œuvre des géants, du temps où les montagnes résonnaient de leurs combats avec les dieux, avant la naissance des hommes. Les villageois approuvaient bruyamment : une chasse, oui, demain ! Il faudrait partir avant le lever du jour, et dormir le soir dans les ruines du château…

Schoedsack et Cooper se redressèrent : oui, c'était l'idée ! Halil et ses hommes, après avoir sauvé Maggie dans la tempête, tueraient un bouquetin pour lui préparer un repas dans les ruines. Cooper se frotta les mains.

— Un château ! Ça fera très « peuple oublié », non ?

— Et une belle séquence, reconnut Schoedsack.

Plus encore qu'ils ne l'imaginaient. Au réveil, ils avaient eu la surprise de trouver les chasseurs de blanc vêtus : vestes et pantalons bouffants de lin blanc sur tricots et bas en laine également blancs. Tous, armés d'antiques pétoires, avaient fière allure. À pied d'œuvre dans l'après-midi, ils comprirent la raison de tout ce blanc, quand chacun avait déplié le paquetage qu'il portait en selle, placé des baguettes de bois pour le tendre en une sorte de bouclier lui aussi de lin blanc, sur lequel étaient peints des motifs gris et vert : un camouflage, percé de trois trous, l'un pour le fusil, les autres pour les yeux. Les hommes s'amusaient de la surprise de leurs hôtes : l'art du camouflage était vieux comme le monde, les animaux se camouflaient, même les plantes se camouflaient pour saisir leurs proies. Ces étrangers, décidément, ne savaient rien. Schoedsack, pris de court, dut les prier de recommencer leurs préparatifs, le temps qu'il mette en place sa caméra, et les chasseurs s'y prêtèrent de bonne grâce.

Casse-tête : comment filmer de près une chasse qui requérait silence et camouflage, d'autant que les hommes s'agitaient, pressés de passer à l'action ? Un jour, ces maudites caméras ne pèseraient pas une livre et tiendraient dans la main, s'énervait Schoedsack, mais pour l'heure elles étaient son cauchemar. Il filmerait donc les plans d'ensemble à quelque distance, le plus discrètement possible, et les gros plans seraient rejoués, la chasse terminée…

Ils glissaient entre les rochers, évitaient les broussailles sans un bruit, s'évanouissaient dans la blancheur scintillante de la neige, et Schoedsack suivait à distance, mais ne put retenir un cri de déception quand un homme tout à coup se figea, arma son fusil, tira. Très haut, à flanc de falaise, un bouquetin vacillait, tombait en rebondissant de rocher en rocher.

— Je l'ai loupé ! Crénom d'un chien, je l'ai loupé !

— Qu'importe, lança Cooper, jovial, la nature est un grand studio !

Le chasseur revenait déjà, portant sur le dos un animal presque aussi grand que lui. Il fallut toute la diplomatie de Cooper, l'autorité d'Halil, les yeux de velours de Maggie, pour que l'homme accepte de se séparer de son trophée afin de rejouer la scène. Halil, révélant des talents insoupçonnés, suggéra que l'on aille pour cela un peu plus loin. Après quelques minutes de marche, à un détour abrupt de la piste, il s'arrêta, sûr de son effet, et d'un geste du bras déploya devant lui le fabuleux spectacle : au sommet d'un piton, en pleine lumière, la forteresse se découpait sur le ciel. N'était-ce pas le lieu idéal ?

La nuit s'emplissait d'odeurs de viandes grillées, les flammes, à l'abri des murailles, montaient droit dans le ciel, et Schoedsack, pour filmer à son aise, avait apporté des torches au magnésium qui donnaient à la scène un aspect irréel. Quels hommes, songeait Cooper, quels titans avaient bâti ici pareille forteresse ? La mémoire des lieux s'était perdue, mais la densité du temps n'en était que plus forte. Dans le ressac des âges venant battre les murailles, il lui semblait entendre monter vers lui la rumeur des batailles, les cris, le cliquetis des armes, les hennissements des chevaux. Ici avait vécu un « peuple oublié » et peut-être même plusieurs – le cadeau des dieux Taurus pour leur film…

Cooper avait tenu à hisser lui-même le bouquetin jusqu'à la forteresse et depuis l'étroit terre-plein, au signal de Schoedsack, l'avait précipité dans le vide au bout d'une corde. Puis Shorty avait filmé de nouveau Halil portant Maggie à l'entrée du château. Celui-ci, très professionnel, avait suggéré qu'on refasse la prise, par précaution, mais les hommes avaient protesté : ils mouraient tous de faim !

— Bon, avait lancé Maggie, dévorant à pleines dents, un peu plus tard, la viande que lui tendait Halil, avoue, Shorty, pour une fois, que tu es content !

Et lui, haussant les épaules, sans cesser de filmer : Ça voulait dire quoi, content ? Ils ne tenaient pas encore leur film ! Et comme dans les yeux de Maggie brillait une pointe de moquerie, il bougonna, oui, bon, d'accord, ils avaient peut-être quelque chose de pas mal, comme introduction, mais…

— Si seulement on avait en plus une *vraie* tempête de neige !

Ne manquait plus guère, dit Schoedsack au retour, que quelques plans de coupe sur des paysages un peu spectaculaires. Maggie avait bien mérité une journée de repos.

Schoedsack et Cooper, accompagnés d'un guide, partirent à l'aube par les sentes escarpées. Le ciel était dégagé, la neige brillait, soyeuse, les lointains, dans l'air cristallin, paraissaient à portée de main. À chaque halte, tandis que Schoedsack tournait, le guide secouait la tête, plus loin, plus haut les attendait encore plus de beauté. La piste bientôt se fit plus raide, barrée d'éboulis, mais ils avançaient toujours, dans l'impatience de merveilles nouvelles, et chaque détour, à flanc de montagne, était comme une promesse.

Vers midi, une barre sombre apparut à l'horizon, qui gagnait rapidement et, comme le guide, inquiet, commençait à s'agiter, Schoedsack donna le signal du retour. Il avait mis en boîte assez d'images.

Ce fut d'abord comme un voile tamisant la lumière, précédant la course des nuages, puis vint des profondeurs de la vallée un souffle, un grondement, et tout à coup il fut là, dans un long hurlement : un vent furieux qui soulevait la neige en tourbillons au point qu'elle paraissait monter du sol, se mêlant à celle qui commençait à tomber, drue, glaciale. « Le pays des orages violents » méritait bien son nom.

En quelques minutes ils étouffaient dans un univers blanchâtre sans horizon, sans contours, sans repères – comme si le monde s'était refermé sur eux, les serrant dans son poing. Le guide implorait la miséricorde d'Allah, la neige arrivait à l'encolure des chevaux, bientôt il fallut descendre de monture pour avancer. Mais pour aller où ? Jamais, pas même surpris en mer dans un banc de brume, ils n'avaient vécu pareille sensation. Et ils surent alors, dominant leur panique, que commençait la lutte pour leur survie.

— Qu'est-ce que tu disais ? hurla Schoedsack, « Les enchantements de la neige » ? « Les royaumes d'enfance », c'est ça ?

Aucun abri nulle part. Quand Schoedsack se retourna, enfoncé dans la neige jusqu'à mi-torse, il buta dans Cooper. Le guide, à deux pas derrière, n'était pas en meilleure posture. Il se porta en avant, la caméra et son trépied sur l'épaule, pour leur ouvrir la voie. De loin en loin, quand se déchirait le tourbillon des flocons, il distinguait un arbre, qu'il s'efforçait d'atteindre, et il progressa ainsi, d'arbre en arbre, péniblement, avec le sentiment d'avoir un boulet à chaque cheville. Il se houspillait à mi-voix pour ne pas renoncer. De quoi se plaignait-il, lui, lecteur de Jack London ? Cette fois, il vivait un de ses récits. Bouger pour ne pas s'arrêter – il ne sentait plus ses pieds, ses jambes se raidissaient, derrière lui il entendait Cooper l'encourager et l'engueuler tour à tour.

— Jack London hein ? Eh bien tu y es ! T'es content ?

Schoedsack sentit tout à coup le sol se dérober sous lui, tout croulait en avalanche, Cooper l'agrippait par les épaules, un dernier roulé-boulé l'étala sur le dos dans une eau glaciale, et il s'aperçut qu'il tenait encore la caméra serrée contre sa poitrine. Près de lui Cooper s'ébrouait, éberlué.

— C'est une idée, ou j'ai le cul dans l'eau ?

D'un tas de neige monta un hymne au créateur quelque peu tremblé, vu qu'il claquait des dents, et la tête du guide apparut, clignant des yeux. Les chevaux se redressaient, sonnés eux aussi. Ils se trouvaient dans le lit d'une étroite rivière, au fond d'un vallon protégé du blizzard qui sifflait au-dessus d'eux.

Le guide agita les bras en montrant l'aval de la rivière et il prit les devants dans les eaux bouillonnantes. À l'évidence, il savait où il allait, mais une heure plus tard ce sont trois hommes à l'agonie qui frappèrent à la porte d'une modeste auberge, où quelques caravaniers exténués essayaient de se réchauffer. Ceux-ci venaient de manger leurs dernières provisions, et ne purent offrir aux arrivants que de l'eau chaude, où ils firent dissoudre un fragment de pain de sucre, mais les malheureux n'avaient plus la force que d'ôter leurs vêtements pour les sécher près du feu et ils s'endormirent comme une masse.

Le ciel, au réveil, était clair, l'air vif, la neige brillait dans un paysage rayonnant d'innocence, comme si la nature avait déjà oublié que quelques heures plus tôt elle se déchaînait dans une rage meurtrière. Le guide, convaincu d'avoir vécu un miracle, débordait d'une énergie nouvelle. En deux heures, une piste contournant la montagne les ramena au village, où une foule en liesse accourut à grands cris. Tous se pressaient autour d'eux, tandis que le guide se lançait dans un récit proche de l'épique en désignant Schoedsack. Des femmes baisaient les mains du géant, les gamins émerveillés s'accrochaient à ses jambes, Cooper serrait dans ses bras Maggie en pleurs, elle avait eu si peur ! Lui secouait la tête, incrédule, devant ce qu'ils venaient de vivre.

— Je te l'avais dit ! Ah, je le savais bien, qu'avec lui je pouvais aller au bout du monde ! Sacré Shorty, il nous a sauvé la vie !

Mais Shorty, embarrassé et presque fâché, en rougissant :

— Oh, c'était un peu plus égoïste que ça. Une coïncidence. Je me suis occupé un peu de moi, aussi !

— Ce n'est même pas vrai, coupa Cooper. C'est à sa caméra qu'il a pensé d'abord !

— Tu aurais préféré que je la laisse sur le dos de la mule ?

Halil, parti à leur recherche avec un groupe d'hommes et qui revenait abattu, poussa un cri de joie en les apercevant, les serra tour à tour dans ses bras, et le guide reprit son récit – en l'enjolivant de nouveau, expliqua Fettah, qui contenait ses larmes à grand-peine. D'ici une semaine ou un mois, l'aventure entrerait dans le grand cycle des mythes de la montagne, quand des hommes glorieux affrontaient les dieux Taurus…

— Dites donc, dit Schoedsack, le soir, alors qu'ils somnolaient tous autour du feu, à la *muzefin kané* où Halil avait décidé d'une fête en leur honneur. Vous vous rendez compte, si j'avais pu filmer ce qu'on vient de vivre ? Je l'avais, ma tempête, je l'avais !

Mais la nature ne se laissait pas capturer si aisément. C'est même peut-être pour cela, risqua Cooper, surpris par cette idée, qu'on invente des histoires, et qu'on tourne des films dans les studios ?

Brusquement, le temps changea. Les dieux des monts Taurus étaient capricieux, et brutaux : le ciel bas se déchira, la température monta d'un coup, et la neige s'évanouit en ruisseaux chuintants. Hommes, femmes, enfants, grimpés sur les toits faits de terre séchée les balayaient en hâte, avant que la fonte de la neige ne les emporte eux aussi. Fettah s'agitait : la piste dégagée, bientôt viendraient les hommes du *vali* lancés à leur poursuite. Ce fils de chien d'Aziz, à coup sûr, les avait dénoncés. Mais nul ne paraissait s'en soucier, comme s'ils se trouvaient protégés par quelque sortilège, pris dans la parenthèse d'un temps aboli. Chacun savait que leur aventure ici se terminait – à l'évidence, les Yörücks, du moins ceux qu'ils avaient imaginés, ne relevaient plus que de la légende, les temps de leurs transhumances héroïques n'étaient plus, mais tous s'ingéniaient à prolonger l'instant. Halil multipliait les prétextes pour les retenir et Maggie, devenue l'amie de son épouse, se laissait faire, ravie de découvrir à ses côtés la vie du village, sous le regard narquois de Schoedsack qui y trouvait confirmation de ses préventions initiales – les femmes ! Lui-même avait fort à faire avec la nuée de gamins accrochés à ses basques – Shorty, Shorty, tu nous prends sur tes épaules ? Jamais on n'avait vu homme d'une telle taille ! Cooper, plongé dans les cartes, relisait les notes prises à la bibliothèque de la Société de géographie, à New York, mais laissait fuir les heures, tout au plaisir de partager la vie simple du village. Le besoin, s'excusait-il, de se ressourcer, après les semaines précédentes. Mais demain, promis, ils partiraient.

— Les Kurdes ?

— À mon avis, c'est du même tonneau que les Yörücks. Plutôt les Bakhtiari !

Déployant ses cartes pour Schoedsack, il traçait les voies possibles :

— D'Adana…

— Si on ne nous jette pas en prison…

— … D'Adana, on prend le train pour Beyrouth. Et l'on descend à Alep, en Syrie.

— Alep ? J'ai lu que le bazar est magnifique. Et que la citadelle… s'écria Maggie en entrant dans la pièce, mais elle s'interrompit sous le regard noir de Schoedsack. On était là pour faire un film, pas du tourisme.

— Le temps de louer une voiture et on fonce à Bagdad, d'abord. Par la route qui longe l'Euphrate. Il paraît que c'est infesté de brigands, il faudra être armés jusqu'aux dents. Puis cap au sud-est à travers le désert, vers l'Irak. Le premier poste anglais est à Abu Kemal. De là, droit sur Bagdad. Il faudra faire attention. Dans la zone contrôlée par les Français, on roule à droite, mais en Irak, on conduit à gauche !

Autant dire qu'ils entraient, dès avant Alep, dans une poudrière. Toute la Syrie était en théorie sous mandat français depuis 1920, par le fer et par le feu. Après avoir été occupée par les Britanniques en 1918, avoir vécu la Grande Révolte arabe contre l'Empire ottoman, vu Damas libéré conjointement par l'émir Fayçal et le général Allenby, et le Congrès syrien proclamer l'indépendance de la Syrie – aussitôt balayée à la bataille de Maysaloun par les troupes françaises, sous le mandat de la Société des Nations.

— Un volcan en éruption ! Plus personne n'obéit à personne. Les Français contrôlent plus ou moins Damas et Alep, mais le reste est aux mains des chefs de guerre et des bandits, qui tirent à vue sur ceux qui se risquent sur notre route…

Ce n'était pas mieux du côté anglais, en Irak. Certes, les Anglais avaient agi plus finement en plaçant le roi Fayçal, qui avait fui la Syrie, à la tête du nouvel Irak, mais c'était tout relatif. Les Kurdes se rebellaient contre la domination arabe, les chiites du Sud se rebellaient contre les sunnites, et tout le monde contre les Anglais…

— Eh bien, ça promet du sport…

Mais bon, la guerre, ils savaient faire.

— Puis, de Bagdad, il faudra gagner le golfe Persique, Bassora, ou Mohammerah. Il paraît qu'un steamer descend le Tigre jusque là-bas. Ensuite… à Dieu vat !

Avant aussi, à l'évidence.

Les Bakhtiari ! Ils auraient dû commencer par là. Tandis que Maggie, abandonnant son manuel turc, se mettait à l'étude du farsi iranien, Schoedsack lisait et relisait les notes de son ami. Si la moitié de ce que racontaient les voyageurs – tous de grands menteurs, à son avis – était véridique, ceux-là étaient de vrais féroces. Peut-être, après tout, pouvaient-ils encore sauver leur film…

— Sauf que leur grande migration a l'air de commencer fin mars, début avril ? Bon sang, deux mois... Vous avez vu les distances ? Combien de milliers de kilomètres ? Et seulement deux mois pour les trouver. S'il nous reste un dollar en poche à l'arrivée, on aura de la chance...

Fettah avait raison de s'inquiéter : le *vali* ne les avait pas oubliés. Le jour même où, bagages arrimés sur le dos des mulets, ils faisaient leurs adieux au village rassemblé, un parti de gendarmes entra au grand galop, encerclant la maison d'hôte – avec ordre d'arrêter les étrangers qui se cachaient ici, avait lancé leur chef d'un ton rogue.

La foule gronda, les hommes déjà se redressaient, farouches. Depuis quand les envoyés de ceux qui se prétendaient les maîtres du pays faisaient-ils ici la loi ? Beaucoup l'avaient affirmé, qui n'avaient jamais revu les leurs. Le seul maître était celui capable de le prouver les armes à la main ! Les gendarmes se regardaient, inquiets, quand Fettah s'avança jusqu'au chef aux yeux féroces :

— Quel dommage, ami ! Quel dommage... Vois-tu, tu viens de nous manquer. Nous sommes déjà partis pour Adana. Trop loin pour que tu aies une chance de nous rattraper.

Tout en parlant il sortit une liasse de billets de sa ceinture. Le chef opina, le visage empli d'une soudaine mansuétude, tandis qu'il appréciait l'épaisseur de la liasse.

— Je comprends, *effendi*... Je comprends ! Vous êtes partis hier, très tôt.

Empochant les billets il tourna bride, suivi de ses hommes. Cooper et Schoedsack se regardèrent, interloqués, avant de partir d'un énorme éclat de rire, repris par la foule. Modeste sous les bourrades, Fettah baissait les yeux.

Chacun voulut leur offrir quelques vivres en cadeau et quand Cooper s'enquit d'un paiement en retour pour leur séjour, tous se récrièrent. Ils avaient été leurs invités et c'est le cœur brisé qu'ils les voyaient partir. Pour n'être pas en reste, il leur offrit leur seule richesse en dehors des vivres et du matériel : leurs cigarettes. Toutes leurs cigarettes, et même leur tabac pour la pipe, soupira Cooper, ce qui promettait des journées austères jusqu'à Adana.

Ou était donc Halil ? s'inquiétèrent-ils.

Droit sur son cheval, le fusil à l'épaule, il les attendait à la sortie du village. Ils avaient été sous sa protection tout ce temps. Et ils le seraient jusqu'à Adana, où il les conduirait sains et saufs. Et tournant son cheval il partit au galop, suivi de toute la troupe.

XIII

Aux rives du Karun, examen de passage

Iran, février-mai 1924

Son rugissement emplissait la nuit, éclatait en clameurs sauvages, et il y avait en lui de la joie – de la colère, aussi, et du défi. Des hommes s'activaient autour des radeaux, éclairés de loin en loin par les derniers feux, le bétail s'agitait, ombres mouvantes parmi les ombres, puis le grondement du fleuve montait, passait sur eux et il n'y avait plus rien, jusqu'au fond des ténèbres, que le vacarme de sa fureur... Cooper frissonna. Shorty et Maggie, près de lui, dormaient à poings fermés. Ces deux-là parviendraient-ils un jour à s'entendre ? Elle avait jusque-là tenu le choc sans trembler. Mais ce qui l'animait demeurait un mystère, même pour lui. Avait-elle vraiment conscience de ce qui se jouait ? La grande bataille commencerait aux premières lueurs du jour. Là, dehors, le Karun s'impatientait.

Il naissait, très loin, au plus secret des monts Zagros. D'abord, le bruissement de mille ruisseaux, les mêmes depuis des millénaires, traçant leurs voies à l'annonce du printemps, sous la chape de glace et de neige, pour se fondre en rivières qui s'engouffraient dans des gorges profondes, pressées de s'échapper, se retrouvaient plus bas, en bouillonnements furieux jusqu'à n'être plus qu'un fleuve unique dévalant les montagnes, toujours plus vite, toujours plus large, toujours plus fort, et il était la puissance même du monde, cognant sans relâche la roche qui prétendait le retenir, un jour il serait l'océan lui-même, vers lequel il se précipitait pour s'y fondre – puis les glaces le prendraient, de nouveau, et il redeviendrait les monts Zagros dont il s'était un temps échappé, puisque tel était le cycle du monde, il redeviendrait ce qu'il n'avait jamais cessé d'être, le plus terrible d'entre eux, dont il était la voix, la fureur, la démence : le Zard Kuh.

Ils s'étaient mis en marche cinq jours auparavant. Des hommes vêtus de longues robes noires, depuis quelque temps, se succédaient pour de longs conciliabules sous la tente d'Haidar Khan, leur chef à tous, *kalandar* des Baba Ahmedi, et repartaient au galop, sans un regard. La chaleur se faisait plus forte chaque jour, l'herbe commençait à roussir, bientôt les bêtes n'auraient plus à brouter que les cailloux. Un soir, enfin, Haidar avait annoncé que demain commencerait la grande migration, et le camp aussitôt avait bourdonné d'activité. Schoedsack avait repéré un point sur les hauteurs d'où filmer le départ et ils s'y étaient tous installés pour la nuit, avec l'équipe qui les assisterait désormais, interprète, muletiers et porteurs, ainsi qu'en avait décidé le khan redouté. Des poulains, dans la plaine au-dessous d'eux, hésitaient sur leurs jambes grêles, se heurtaient aux ânes tout juste nés, aux oreilles trop longues pour leur corps, en quête des mamelles de leurs mères. Comment, s'était étonnée Maggie, pourraient-ils surmonter l'épreuve de la migration, si elle était aussi difficile qu'on le disait, sans parler des vieillards, des femmes, de leurs bébés ?

Ils avaient dansé tard dans la nuit. Les femmes, seules à l'écart, en longues robes noires, agitaient en rythme des chiffons de couleur. Les hommes, au centre du campement, mimaient des combats sous le martèlement grêle des tambourins et des flûtes, chacun armé de deux bâtons, l'un pour l'offensive, l'autre pour la défense, avec, dans l'esquive et l'attaque, la souplesse et la fureur contenue des panthères.

Le jour n'était pas encore levé que les bergers rassemblaient déjà leurs troupeaux près du camp, à la lueur des derniers feux. Les hommes mettaient bas les tentes, qu'ils serraient dans des abris de pierre où ils les retrouveraient au retour. Désormais, seuls les chefs emporteraient leurs tentes, les autres dormiraient à la belle étoile. Les femmes serraient les derniers paquetages, qu'elles fixaient sur le dos des mules et des vaches. Et Maggie avait eu une première réponse, quand, au-dessus des paquets, avaient été ajoutés les enfants trop jeunes pour marcher, mêlés aux plus jeunes agneaux et aux chevreaux, les pattes liées, qui poussaient des clameurs de désespoir.

Le camp, lentement, s'était ébranlé. En tête, droits sur leurs chevaux, le fusil à l'épaule, venaient Haidar et ses hommes, suivis de leurs premières épouses en vêtements blancs, pareillement à cheval, portant leurs bébés sur le dos dans des berceaux de bois. La mère d'Haidar, sous une ombrelle rouge, fermait la marche des puissants, puis venaient les vaches ployant sous leurs charges, les mules encadrées par les femmes, avant les troupeaux des moutons et des chèvres conduits par les plus humbles, à pied. Mais où étaient les milliers d'hommes annoncés ? s'inquiétait Cooper, tandis que Shorty, aux jambes si longues qu'il donnait l'impression de courir, partait au galop de sa mule sous les éclats de rire, pour filmer le groupe depuis le haut des collines. Ils étaient là cent cinquante tout au plus, pour un millier de têtes ! Mais d'autres groupes s'étaient approchés au fil des heures pour se joindre à eux dans un tumulte de cris, de hennissements, de bêlements – et le long convoi avait grossi de jour en jour, jusqu'au fleuve…

Deux fleuves face à face, avait songé Cooper, au spectacle déployé devant lui, sur la plaine où ils avaient fait halte, à deux milles du Karun. Des hommes galopaient dans un nuage de poussière, des vaches, cornes contre cornes, déferlaient par milliers depuis les collines alentour, dans un concert de meuglements effarés, emplissaient tout l'espace, bousculant moutons et chèvres, et leur piétinement s'entendait de toutes parts, jamais elles ne tiendraient dans la plaine exiguë, des cavaliers tournoyaient, le fouet ou la pique à la main, pour les contenir ou les diriger, une soudaine poussée les bouscula, ils allaient disparaître dans le tumulte, broyés sous les sabots de cette puissance aveugle, mais non, d'une volte subite ils parvenaient à s'en extirper, et reprenaient la lutte, le piétinement s'accélérait encore – et ce fleuve, lui aussi, avait grossi de mille ruisselets, de vallée en vallée, rassemblant ses forces pour l'épreuve décisive. Puis une clameur montait, triomphante, sauvage, balayait l'étendue, dominant les clameurs du bétail et les cris, comme en défi, et même les bêtes, alors, se taisaient un instant, inquiètes, avant de reprendre leur élan. Deux fleuves, deux forces face à face, qui demain s'affronteraient.

Ce n'était pas un fleuve, mais un torrent furieux, large de plus d'un demi-mille, tout en tourbillons, courants, contre-courants, martelant sans répit des falaises escarpées, éclatant en des gerbes d'écume sur les récifs, blanc, jaune, vert, de tout ce qu'il avait arraché sur son passage. Ils avaient galopé vers lui, intrigués par cette clameur qu'ils entendaient depuis des heures, tandis qu'ils s'approchaient, et ils demeuraient là, incrédules. Jamais ils ne passeraient ! Il devait y avoir un gué quelque part, plus bas, ou plus haut ? risqua Maggie. Pourtant, c'était bien là que tout se jouerait, leur avait dit Haidar, et ce serait demain. Sans même un regard pour cette masse liquide qui les frôlait, les hommes envoyés en avant-garde s'affairaient un peu plus loin à confectionner des radeaux rudimentaires : des outres de chèvres cousues, gonflées comme des ballons, fixées sur des longues tiges de bois, liées les unes aux autres par des claies sur lesquelles ils attachaient des couvertures, faites également de peaux. C'était donc bien ici.

— Après tout, dit Schoedsack, un rien perplexe, ils franchissent le torrent chaque année et ils sont toujours en vie ?

— Ceux qui ne se sont pas noyés, tu veux dire ?

— … Même les vieux. Même les moutons et les chèvres.

— Tu as vu le regard d'Haidar, tout à l'heure ? Un rien moqueur, non ?

— L'examen de passage… résuma Schoedsack. Ils nous ont à peu près tolérés jusqu'à maintenant. Là, ils vont nous juger.

Ils entendirent derrière eux le trot léger d'un cheval et Haidar surgit, le regard lointain. Cooper se retourna :

— Eh bien, voilà qui nous promet du sport demain, non ?

Haider tourna bride, sans répondre.

Cooper revint au fleuve un peu plus tard, seul. Le soleil, noyé dans un océan sanglant, avait disparu d'un coup derrière la ligne bleue des montages. Les hommes d'Haidar, à l'écart, avaient allumé des feux pour construire toujours plus de radeaux, dans l'ombre qui gagnait, et ils chantaient une ritournelle joyeuse, reprise à l'infini. Cooper ferma les yeux pour ne plus entendre que la clameur du fleuve, se laisser traverser, envahir par elle. Cette voix, il l'avait déjà entendue ailleurs, c'était elle qu'il venait chercher. Il ne versait pas dans le mysticisme mais…

— La force obscure, c'est ça ?

Il sursauta. Shorty s'était glissé près de lui, et allumait sa pipe, assis sur les galets.

— Tu t'en souviens ? C'était à Londres. Et un peu à Vienne, déjà. On en aura fait un bout de chemin, depuis ! Mon vieux Coop, je crois bien que nous y sommes. Le film commence ici.

Les Bakhtiari. Sir Arnold Wilson, le président de la toute-puissante Anglo-Persian Oil Company et redouté ancien haut-commissaire à Bagdad, n'avait pas hésité une seconde. Plutôt étrange lui paraissait le projet de ces trois Américains surgis du désert, mais s'ils y tenaient absolument…

— Je veux dire : à surmonter des périls insensés, au prix d'atroces souffrances ? Si vous n'êtes pas égorgés et volés dès le premier contact, évidemment… Ah, ce sont de rudes gaillards, croyez-moi ! J'en ai affronté un certain nombre, ici, mais des comme ceux-là… Les derniers indomptés !

Mince, la quarantaine, portant moustache, il allait et venait en agitant une badine. Celui que ses ennemis avaient appelé le « despote de Mésopotamie » avait tout du colonel de l'armée des Indes – ce qu'il était d'ailleurs, fameux pour avoir conduit jusqu'en Iran un détachement de lanciers du Bengale. Il était revenu vers ces curieux Américains, intrigué. Ses mises en garde ne semblaient pas les avoir découragés. Au contraire.

— Et vous avez traversé la Syrie et l'Irak, comme ça, sans escorte ?

Rien qui méritait d'être noté, sinon que ça avait été une très, très longue route, avait confirmé Cooper, placide. Sir Arnold avait levé les yeux au ciel : eh bien, ils avaient eu une chance insensée ! Du côté anglais, cela pouvait encore se comprendre. Le Desert Corps du capitaine Buttolph avait fait du bon travail ces derniers mois, à ce que l'on disait. Mais du côté français !

— Comme d'habitude, ils ont réussi à se mettre tout le monde à dos. Cette prétention, chez eux, à se croire le centre du monde ! La Syrie, hors les villes, est en plein chaos. Je crois bien que vous êtes les premiers à avoir réussi la traversée sans escorte.

Telle était son exécration des Français qu'on devinait, dans sa voix, une pointe de déception…

Les Bakhtiari, avait répondu Gertrude Bell, qu'ils avaient vue dans la foulée, sur la recommandation du haut-commissaire Percy Cox – celle que la rumeur disait la véritable reine d'Irak, l'amie intime du roi Fayçal, qu'elle avait porté au trône. Archéologue, diplomate, espionne, la meilleure spécialiste du Moyen-Orient, la conseillère de Lawrence et de Philby, elle était déjà une légende.

Ils craignaient de trouver un monument statufié en sa gloire. Maggie s'attendait même au pire. Cette virago n'avait-elle pas été une farouche opposante au droit de vote des femmes ? Ils avaient découvert une femme d'une soixantaine d'années, vive et gaie, mise à la dernière mode parisienne, au milieu d'un désordre indescriptible d'objets, de livres, de manuscrits.

— Les Bakhtiari ! C'est exactement ce que vous cherchez. Mais ce n'est pas gagné…

Une mauvaise plaisanterie de la géographie les tenait prisonniers depuis des siècles, eux et leurs troupeaux, sur une terre trop pauvre pour la moindre agriculture. Las, dès le mois d'avril, l'herbe de leurs pâturages commençait à roussir et ils devaient monter, très haut, franchir un fleuve, escalader une chaîne de montagnes, pour trouver de l'autre côté, sur les plateaux d'Iran, l'herbe qui manquait à leurs troupeaux – et il leur fallait refaire le chemin inverse, dès que les premières neiges recouvraient leurs nouveaux pâturages. Il en allait ainsi, depuis des siècles…

Une vie terrible, une vie sauvage – et une vie libre. Mais à chaque fois une épopée, pour tout un peuple.

— Ce qu'on m'a raconté ! J'en ai rêvé, pendant des années. Faire moi aussi le grand voyage ! Vous imaginez, pour une archéologue, partager la vie d'un fragment des premiers âges de l'humanité, préservé jusqu'à nous ? Mais ça ne s'est pas trouvé, et maintenant il est trop tard.

Les Bakhtiari formaient une des dernières tribus nomades d'Iran et sans doute la plus puissante, du fait des revenus qu'elle tirait des champs de pétrole sur ses territoires. Du coup, elle était comme une épine dans le pied pour le pouvoir en place. Armée jusqu'aux dents et ne reconnaissant aucune autre autorité que la leur. Capable de faire tomber le régime, et l'ayant déjà fait.

— On les dit pillards, assassins, sans foi ni loi, mais c'est parce qu'on les craint. Remarquez, ce n'est pas tout à fait faux. Disons qu'ils ont leurs propres codes…

Elle les avait regardés. Pourquoi, après tout, ne réussiraient-ils pas ?

— Il faut juste obtenir leur accord, avant de vous risquer. Je connais un homme, à Ahvaz, qui a leur confiance… Mais ne perdez pas de temps !

À l'instant de la quitter, Maggie, sous le charme, n'avait pu s'empêcher de lui poser la question qui lui brûlait les lèvres. La reine d'Irak avait éclaté de rire :

— Mais non ! J'ai dit que j'étais contre le droit de vote aux femmes tant qu'elles se limiteront à la cuisine et au ménage.

Elle montra l'immense désordre autour d'elle :

— J'ai toujours détesté faire le ménage !

Cette fois ils touchaient au but, exultait Cooper. Plus encore qu'ils ne l'imaginaient, si la moitié de ce qu'on leur avait raconté était vraie – et Gertrude Bell n'était pas du genre à se payer de mots. Coop et Maggie, au sortir de l'entretien, s'étaient surpris à danser dans la rue.

— Sept mois ! Vous vous rendez compte ? Sept mois à faire des ronds. Et tout d'un coup… Les enfants, la roue tourne !

Seul Schoedsack paraissait en retrait de l'allégresse générale. Maggie, d'une bourrade, avait tenté de le dérider un peu. Oui, avait-il soupiré, c'était *exactement* ce qu'ils cherchaient depuis le départ. Les Bakhtiari accepteraient, et ce serait au-delà même de ce qu'ils attendaient. C'était ça le pire.

— Vous vous rendez compte ? Non seulement les fonds sont presque à sec, mais la pellicule ! Plus de la moitié de la pellicule gâchée pour ces histoires de « peuple oublié » ! Vous allez voir que je vais en manquer, juste au meilleur moment !

— On trouvera des solutions, avait tranché Cooper – mais peut-être était-ce lui-même qu'il voulait d'abord rassurer. On a toujours trouvé des solutions, non ?

Ils allaient quitter Bagdad quand sir Arnold Wilson était passé en coup de vent.

— « Rien qui mérite d'être noté » ? Il m'arrive de pratiquer moi-même l'art de l'ellipse, mais là, tout de même… J'ai reçu un rapport du capitaine Buttolph. Vous savez que vous l'avez fort impressionné ? D'autant plus, depuis qu'il a reçu un rapport de ses collègues français… Vous allez devenir une légende parmi les pillards du désert !

C'était un peu exagéré, tenta de nuancer Cooper, qui avait jugé plus prudent jusque-là de ne pas s'étendre sur le sujet. Les bruits qui couraient à Alep étaient si inquiétants qu'ils s'étaient armés jusqu'aux dents, et malgré cela ils avaient eu le plus grand mal à trouver un chauffeur-interprète. Nul, sans escorte, n'était revenu vivant, gémissait celui-ci, ce qui avait été interprété comme une manière classique d'obtenir une rallonge, du moins jusqu'à ce qu'ils se trouvent nez à nez avec des brigands parfaitement patibulaires. Le plus féroce s'était avancé en vociférant – juste quelques phrases, le temps que Cooper, sans se perdre en arguties, lui mette une balle entre les deux yeux, ce qu'à l'évidence l'aimable pillard n'avait pas prévu, tandis que Maggie et Shorty déclenchaient un feu nourri sur ses compères, qui déjà s'égaillaient dans la nature. Le chauffeur, épouvanté, tremblait si fort qu'il ne parvenait plus à conduire et c'est donc eux qui s'étaient relayés, appliquant la même recette : foncer dans le tas et tirer les premiers sans sommation. La scène s'était répétée, trois fois côté français, une fois côté anglais, avec quelques variantes. Et, lors d'une nuit agitée dans un caravansérail, un bandit imprudent avait pu vérifier que le Derringer de Maggie n'était pas un racontar…

— Bref, avait résumé sir Arnold, dans un soupir, vous avez laissé derrière vous une piste jonchée de cadavres ?

— Jonchée est un peu fort, avait protesté Maggie. Cinq ou six, pas plus.

— Cent, à en croire votre chauffeur ! Le pauvre, à demi fou de terreur, a fini par retrouver l'usage de la parole. Le bazar de Bagdad bruisse de ses récits. Enfin, tout de même, on ne peut pas, comme ça, tuer tous les Bédouins sur son passage !

L'Arab Corps ne s'en était pas tant offusqué. Pratique, le lieutenant Mohammed, rencontré en chemin avec son détachement, avait jugé que c'était autant de bandits en moins à éliminer. Et il les avait invités à prendre quelque repos à son cantonnement d'El Guiham. Une centaine d'hommes vivaient là, au milieu du désert, trompant l'ennui en jouant aux cartes, en dansant et chantant, mais quand était ordonnée une patrouille ces indolents se mobilisaient en un instant. Le capitaine Buttolph les avait bien entraînés, expliquait fièrement le lieutenant, et ils tenaient à lui faire honneur. À la différence des Français qui ne concevaient d'ordre que le leur et traitaient les Arabes en peuple à soumettre, les Anglais avaient fait le choix de l'indépendance de l'Irak, sous leur protection. C'était ainsi que lui, jeune lieutenant, avait la responsabilité de ce fort perdu au milieu du désert…

Chaque jour, Mohammed avait trouvé un prétexte pour les retenir. Telle avait été la tension de la traversée qu'ils s'étaient d'abord laissé faire. Schoedsack avait tourné quelques plans, les soldats s'étaient prêtés au jeu, Cooper avait même tenté de monter un chameau, et ils s'étaient quittés avec des serments d'amitié éternelle. Du coup, risqua Cooper, ces réserves leur paraissaient un peu sévères. Sir Arnold soupira :

— J'ai demandé à Londres des renseignements sur vous. Sur vous trois. Vous trois ! Sacré bon sang, vous êtes quand même de drôles de numéros…

Il n'en restait pas moins que cette aventure lui paraissait un peu folle.

— Nous nous efforçons de les convaincre des vertus de la civilisation et vous… Vous voulez chanter les splendeurs de la vie sauvage. Remarquez, moi aussi, parfois, quand je vois s'empiler les dossiers… Régler les problèmes d'un bon coup de sabre ! Je ne sais pas si vous reviendrez vivants, Gertrude Bell pense que oui, peut-être. Mais elle ne s'y est jamais risquée !

Il les regarda à tour de rôle, secoua la tête.

— Réflexion faite, ça peut coller, avec les Bakhtiari…

Ne plus perdre une seconde. De Bagdad, ils avaient pris un vapeur qui descendait le Tigre jusqu'à Bassora. De là, une vedette les avait menés à Khorramshahr, où la lettre de recommandation de sir Arnold avait fait merveille dans les bureaux de l'Anglo-Persian Oil Company. Un de leurs vraquiers pourrait les conduire sans délai à travers les eaux du Golfe, jusqu'à Ahvaz. Là, ils trouveraient à coup sûr le capitaine Peel, consul de Grande-Bretagne, auquel Gertrude Bell les avait recommandés.

Un seul mot de la « reine d'Irak » ouvrait toutes les portes. Peel s'était mis aussitôt en action. Les princes bakhtiari faisaient le tour annuel de leurs tribus pour percevoir l'impôt et rendre justice. Ils n'étaient pas trop loin, et faciles à trouver.

La course avait repris, à bord d'une vieille Ford cette fois, sur une piste pour chariots jusqu'à Schustar où le gouverneur général, déjà prévenu par câble, les attendait. L'idée que des êtres humains doués de raison puissent rêver de vivre les épreuves de la grande migration au milieu de pillards et d'assassins lui paraissait du plus haut comique, mais dès le lendemain un jeune homme s'était annoncé, vêtu d'un costume de cheval anglais du dernier chic, encadré par cinq hommes de haute taille, le visage de pierre et vêtus de longues robes noires : Rahim Khan, s'était-il présenté, le neveu d'Il-Kani, chef suprême des Bakhtiari. En réponse à un courrier de son ami Peel, il venait les conduire au campement de son oncle.

Trois chevaux les attendaient, et ils avaient suivi Rahim, superbe sur son cheval arabe. Mince, délicat, la peau claire, il n'évoquait que de très loin un féroce Bakhtiari. Il est vrai, leur avait-il confié en chemin, qu'il avait fait ses études à Beyrouth, au lycée américain. Depuis, il se sentait pris entre deux mondes – ou perdu, avait songé Cooper, tandis que le garçon lui disait son rêve de découvrir un jour l'Amérique, New York, les girls de Broadway. Le soleil était déjà bas dans le ciel quand, au détour d'une colline, au fond d'un vallon baignant dans une lumière dorée, s'était déployé devant eux le camp d'Il-Kani. Une cinquantaine de tentes multicolores se détachaient sur le vert sombre de l'herbe, une rivière coulait, rapide, auprès de laquelle paissaient des chevaux et des hommes vaquaient çà et là, tous en armes. Au soir venu, ils atteignirent le camp. Des feux brûlaient, hauts et clairs, autour desquels des ombres se rassemblaient dans un brouhaha traversé de rires tandis que s'allumaient, tremblantes, les lumières incertaines d'une multitude de chandelles, à l'intérieur des tentes. Le Camp du drap d'or, avait chuchoté Maggie, impressionnée, alors qu'ils s'avançaient à la suite de Rahim, et sur leur passage les hommes, faisant silence, les suivaient du regard…

Une tente de réception brillamment éclairée les attendait, près de la rivière, et Il-Kani Gholamhosain Khan Sardar Mohtasham, précédé de deux serviteurs, fit son apparition, maigre, hautain, le visage tanné barré d'une épaisse moustache blanche – l'homme du Grand Dehors, conscient de sa puissance, songea Cooper. Le suivait Il Begi Mohammad Taqi Kahn Amir Jang, le chef en second, tout en rondeur bonhomme, portant bijoux et chaîne en or à son gousset, d'allure citadine.

Les amis du capitaine Peel étaient les amis des Bakhtiari, et ce serait un honneur pour eux de leur être agréables, mais quand Rahim lui traduisit leur requête, il leva un sourcil incrédule : qui pouvait vouloir pareille chose ? Et il n'avait pas la moindre idée de ce qu'était un film. Amir Jang en avait vu un à Téhéran et à grands gestes il entreprit de l'expliquer à Il-Kani : ainsi le monde entier verrait la vie glorieuse des Bakhtiari, et les chiens au pouvoir en la capitale en crèveraient de jalousie. Ce dernier argument avait porté. Sur un hochement de tête d'Il-Kani, Amir avait fixé tour à tour les trois Américains, avant de glousser, ravi comme à une bonne plaisanterie :

— La voie la plus dure, n'est-ce pas ? Là où aucun étranger, jamais, n'est allé ? En vivant la vie de tout le monde ? En mangeant, en dormant comme eux, sans jamais les gêner ? Jamais se plaindre ? C'est entendu ! J'ai ça pour vous. Très, très dur. Tellement dur que personne de ma famille ne s'y risquerait. Grandes montagnes, grand fleuve, et puis encore grandes montagnes avec beaucoup, beaucoup de neige. Une de mes tribus. Tellement sauvages, qu'on les appelle les Ours. Ils boivent du lait aigre, ne mangent que des glands et du mouton !

Comme les visages de ses interlocuteurs s'éclairaient à mesure qu'il essayait de les terrifier, il avait levé les yeux au ciel : ces Américains étaient fous. Mais ils allaient être servis. Au-delà de leurs espérances, avait glissé Rahim, à la fin de l'audience :

— Nous échangerons nos places, d'accord ? Vous deviendrez des chefs bakhtiari. Et moi je vous remplacerai à Broadway – théâtres, plein de jolies filles, danse. D'accord ?

La tête d'Haidar Khan, le *kalandar* des Baba Ahmedi – les « Ours » d'Amir Jang –, s'était allongée quand, à peine arrivé au camp d'Il-Kani, quelques jours plus tard, lui avait été intimé l'ordre d'accueillir les étrangers. Comme s'il n'avait que ça à faire, d'avoir sur les bras des pieds-tendres ! Le visage brutal, le cou taurin, les mâchoires fortes, presque aussi large que haut tant son torse était puissant, il avait discuté pied à pied : ce qui les attendait n'était pas un jeu. Son regard allait de l'un à l'autre : d'abord, il faudrait qu'ils paient leur nourriture et mangent ce que ses hommes mangeaient. Cooper avait acquiescé. De son côté, il n'était pas resté inactif, même si au seul nom de Bakhtiari le réflexe de tous était de s'enfuir en courant. Le capitaine Peel lui avait envoyé un traducteur, Mohammed, qui traînait un peu des pieds, et il n'avait réussi à convaincre un conducteur de mules, Hadji, aux allures de vieux gangster retors, et ses deux assistants, Baran et Niz Ali, qu'avec la garantie donnée et répétée qu'ils seraient sous la protection d'Amir Jang. Haidar leur fournirait en sus deux hommes pour porter leur équipement et quatre femmes, l'une chargée de l'eau et du thé, les trois autres qui cuiraient le pain et prépareraient les repas. Le tout, contre une modeste contribution financière…

Ils avaient sursauté, tous trois, à l'énoncé du prix. À ce tarif, avait maugréé Schoedsack entre ses dents, on pourrait nourrir un régiment pendant un mois… Rahim se retenait pour ne pas éclater de rire. Mais comment ne pas accepter ?

— Les Bakhtiari sont des voleurs, c'est bien connu, avait conclu philosophiquement Maggie, en le quittant. C'est culturel.

— Et des assassins, aussi, à ce compte-là ?

— On n'a peut-être pas eu tort de sauver quelques armes…

À la frontière, ils avaient caché un fusil dans la caisse contenant le trépied de la caméra, et Maggie avait mis en lieu sûr trois pistolets, avec les munitions : les douaniers n'allaient tout de même pas fourrager sous sa jupe ! Aucun risque, dit Cooper, beaucoup plus préoccupé par l'état de leurs finances :

— Jamais ils n'iraient contre la volonté d'Il-Kani…

— Et nous contre notre destin, dit Schoedsack : mais quelle belle tête d'assassin ça fera, dans le film !

Un guide peu loquace était venu les chercher, le lendemain. Ils avaient chevauché pendant deux jours à travers des paysages désolés avant d'atteindre le camp d'Haidar. L'herbe était encore verte çà et là dans les vallons, mais elle commençait à roussir sur les hauteurs. Le moment du départ n'était pas éloigné.

Après les fastes d'Il-Kani, le camp d'Haidar paraissait misérable, réduit à sa plus simple expression : cinq tentes au large auvent frontal, quatre pour Haidar et ses frères, et une dressée pour leurs visiteurs. Autour d'elles, les bergers rassemblaient le bétail pour la nuit. Plus nombreuse était la tribu des Baba Ahmedi, disséminée dans toutes les vallées alentour pour cause d'herbe rare, dit Mohammed avec une grimace de mépris. Il avait dû apprendre la langue bakhtiari sur les champs pétrolifères et ne cachait pas le dégoût que lui inspiraient ces sauvages, mais il suivait Cooper partout, comme le seul homme capable de le protéger d'un sort funeste.

Un mouton avait été tué pour honorer les nouveaux protégés d'Il-Kani. Ils avaient dîné assis par terre, les jambes croisées, en plongeant tous la main dans le même plat – viande bouillie, riz cuit dans la graisse de la bête –, mais les visages restaient fermés, et les regards furtifs que leur jetaient les frères d'Haidar n'avaient rien d'amène.

Leurs hommes avaient accouru dès le lendemain, maigres, farouches, tout de violence contenue, voir de plus près ces invités forcés, leur accordant parfois un signe de tête, ou les défiant du regard avant de s'esquiver, mais ils crachaient au passage de Mohammed, toisaient Hadji et ses aides comme des proies à venir, parfois saisissaient les brides des mules et du cheval de Cooper, comme s'ils appréciaient la valeur d'un gain futur, et repartaient au galop. Les gamins rôdaient autour des tentes des trois aventuriers, tentaient de défaire les sangles des paquetages jusque sous leurs nez – le vol ici n'était pas tenu pour un crime, plutôt comme une manière d'être. Pour ces Baba Ahmedi, leur avait expliqué Rahim en guise de dernier conseil, chacun ne possédait que ce qu'il était capable de défendre. Ou de conquérir. Seules les femmes étaient sacrées. Le reste n'était que papotages de citadins avachis.

Prise dans le farniente des premiers jours, rassurée sur leur probable survie, Maggie s'était sentie merveilleusement détendue. Ils étaient là. Ils avaient atteint leur but. C'était comme si, mystérieusement, elle était revenue chez elle. Pourquoi apprenait-elle si vite le persan, et maintenant le bakhtiari, comme si les mots lui venaient tout seuls ? Un de ses ancêtres s'était peut-être battu, jadis, aux côtés de Darius et de Xerxès, avait traversé l'Asie avec la Horde d'or, ou avait été de ces Tatars mongols qui conquirent la Russie ? Elle se sentait très vieille, ce matin-là, et très jeune à la fois.

— Vieille à cause de tout ce dont je crois me souvenir. Et très jeune pour tout ce que j'ai oublié !

Schoedsack avait applaudi, un rien ironique : voilà qu'elle se prenait maintenant au jeu du « peuple oublié » ! Très digne, elle s'était retirée sous sa tente : il était des choses subtiles que certains se montraient incapables de comprendre.

Elle avait modéré ses élans quand elle avait pu approcher les femmes. Elles trimaient pire que des bêtes de somme, du matin jusque tard dans la nuit, pendant que les hommes flânaient, buvaient du thé en somnolant, tiraient sur leur pipe ou rendaient visite à un voisin. Elles acceptaient tout sans broncher, battues comme plâtre à la moindre lubie de leurs époux, portaient les plus lourdes charges – et n'avaient à manger que les restes des hommes.

— Même les chiens sont nourris avant elles !

C'est culturel, risqua Coop, en se demandant bien pourquoi il se sentait vaguement coupable. Et comme Maggie protestait, toutes griffes dehors :

— On ne peut pas changer comme ça une culture millénaire. Et de quel droit, d'ailleurs ?

Les Bakhtiari s'étaient forgés dans une lutte de tous les instants contre une nature hostile. La seule chose qu'eux, Occidentaux, pouvaient espérer était de se faire accepter, sans les juger.

— Et pour ça, être aussi dur au mal qu'eux, ne jamais se plaindre, gagner leur estime selon leurs propres codes. Ou sinon…

— Oui, mais tout de même en défendant nos bagages, dit Schoedsack, pratique. Sinon, un de ces matins, on va se retrouver à poil !

Pour toute richesse, leurs hôtes n'avaient que leur bétail et leurs armes. Comment n'auraient-ils pas rêvé devant les bagages de ces étrangers ? Pour s'encombrer ainsi, il fallait que ceux-ci recèlent des trésors – de l'or au moins, ou des bijoux ! Schoedsack vivait dans la crainte qu'un curieux, quelque jour, ouvre la boîte qui contenait les bobines de pellicule et c'en serait alors fini de leur voyage. À quoi s'ajoutait que trésor il y avait : les Bakhtiari ne voulant connaître de monnaie que les piécettes d'argent, ils en transportaient un plein sac… Il faudrait donc, conclurent-ils, et les regards se tournèrent vers Maggie, que quelqu'un se dévoue pour ne plus quitter leurs biens des yeux, dorme avec eux, vive avec eux. Sauf bien sûr dans les moments où les besoins du film l'appelleraient, et dans ce cas Cooper prendrait le relais…

L'ouverture vint des femmes. Un jour, la seconde épouse d'Haidar, traitée en esclave par la première parce que sans enfants, vint la voir, timide : la dame étrangère aurait-elle un remède pour tomber enceinte ? Puis une autre arriva sur ses talons, pour ce qui avait paru à Maggie une attaque de malaria. Elle lui avait donné un peu de quinine. Le lendemain, au réveil, douze femmes se pressaient devant sa tente. Comment faire ? Elle n'était pas médecin !

— Il va falloir que tu fasses comme si, constata Coop…

— Et si j'en envoie une six pieds sous terre ?

— Avec nos médicaments, il y a peu de chances…

En raisonnant un peu, essaya-t-elle de se persuader, elle limiterait la casse.

— Pour la malaria, et ils l'ont presque tous, j'ai la quinine. Pour les maladies vénériennes… ne faites pas cette tête ! Vous n'avez jamais eu de maladies vénériennes ? Ce n'est pas vrai, vous êtes de vrais gosses ! Pour les maladies vénériennes, j'ai du permanganate. Pour les yeux, tous les gosses ont des infections aux yeux, j'ai de l'acide borique. Pour l'estomac et l'intestin, de l'huile de ricin et des pilules. Sorti de là…

— C'est mieux que rien, non ?

C'était énorme, pour des Bakhtiari qui n'avaient jamais vu de médecin.

Un matin, une mère lui avait amené son fils. À l'état presque de squelette, le visage creusé d'un vieillard à l'article de la mort. Il y avait une telle confiance, une telle espérance dans le regard de la femme que, prise de panique, Maggie quêta du regard l'aide de Mohammed. Le gamin était ainsi, expliquait la femme, depuis qu'il avait bu dans une rivière infestée de sangsues… Mais qu'y pouvait-elle ? Puis l'idée lui vint de lui faire boire un grand bol d'eau, la plus salée possible. Le gamin, dans un hoquet, rendit tripes, boyaux, et sangsues. Dès le lendemain il se sentait mieux. Et le camp bruissa bientôt du miracle opéré par la « dame médecin ». Dès lors, tout le camp avait défilé, même les hommes, mettant à rude épreuve son ingéniosité, et ses réserves. Niz Ali et Mohammed, à ses côtés, jouaient les aides avec une solennité qui ajoutait à l'intensité du moment.

Haidar, de son côté, se prenait au jeu du cinéma. Pour tenter d'expliquer ce qu'ils étaient venus faire, tous les trois, Schoedsack lui avait montré quelques photos, tirées sur son matériel léger. Haidar, qui mettait un point d'honneur à rester impassible en toutes circonstances, avait sursauté. Il reconnaissait bien Lufta, son gamin, mais qui était cet homme, près de lui ? Ses frères, intrigués, s'étaient penchés.

— Mais c'est toi !

— Moi ? Vous avez perdu l'esprit !

Schoedsack, intrigué, avait montré quelques photos de ses frères : s'il reconnaissait les autres, aucun ne se reconnaissait. Haidar, plus prompt, avait fini par admettre l'impossible : mais si c'était bien lui, *où était le reste* ?

Schoedsack avait mis un moment à comprendre : quel reste ?

Mais enfin, le reste ! Ses jambes, un morceau de ses bras, où avaient-ils disparu ? Il n'était pas entier ! Schoedsack lui avait fait regarder par le viseur de son appareil, choisir une scène, appuyer sur le déclencheur : c'était juste comme une fenêtre, ou une porte, par laquelle on voyait un fragment du monde. Et le cinéma, c'était juste des images qui bougeaient. Haidar avait hoché la tête, puis, chose rare, chez lui, avait souri.

Il avait si bien compris qu'il lui était arrivé à deux ou trois reprises de venir chercher Cooper et Schoedsack pour leur montrer tel lieu ou telle scène qui pouvaient les intéresser. Tu vois, Coop, rigolait Schoedsack, ce n'est pas si compliqué : il a compris, lui !

Et c'est ainsi qu'ils se trouvaient ce soir-là devant le Karun qui les défiait dans son élan furieux.

Ils ne passeraient pas. Le grondement du fleuve, à l'instant de l'affronter, paraissait plus menaçant encore. Une lumière blafarde glissait au ras des eaux furieuses, le ciel était d'un gris de cendre, que barrait la montagne, masse noire, hostile, bloc de ténèbres d'où jaillissait le fleuve. Les hommes, comme indifférents au tumulte, s'activaient sur la rive. Beaucoup d'entre eux n'avaient probablement pas dormi, car les troupeaux continuaient d'arriver, vaches, moutons, chèvres, serrés les uns contre les autres, dans un piétinement continu, bientôt il n'y aurait de place pour personne, sur cette langue de terre. Ils travaillaient vite, à gestes précis, chacun depuis toujours savait exactement quoi faire, répétait les mêmes gestes année après année, et les répéterait jusqu'à ce que d'autres prennent la suite. Il vit, un peu plus bas, à un coude du fleuve, Schoedsack, parti au milieu de la nuit, qui agitait la main, déjà à son poste. « Je ne devrais pas le dire avant le premier tour de manivelle, mais c'est bien pour ça que nous avons bourlingué tant de mois, non ? Je file. Mieux vaut être en place avant que le bal commence. Mon vieux Coop, nous y sommes ! » avait-il griffonné sur un papier fiché à son sac de couchage.

Ils ne passeraient pas. Tous les atomes de son corps le répétaient tandis que les vagues se bousculaient, bondissaient vers lui pour l'engloutir. « Et pourtant ils passent, et nous passerons », entendit-il derrière lui et Maggie lui prit le bras. Mais à l'appréhension se mêlait une sourde exaltation – c'était bien ici que Shorty et lui s'étaient donné rendez-vous avec eux-mêmes, un soir lointain à Londres. Et il lui sembla que cette puissance, au-dehors, entrait en lui, le soulevait. Il aurait voulu embrasser Maggie, la serrer dans ses bras, se retint – n'était-ce pas le pacte, entre eux ? – mais une pression de la jeune femme sur son bras leur dit qu'elle partageait ce moment. Oui, ils passeraient.

Un chapelet d'injures éclata, dans un concert de bêlements et de coups de bâton. Coop et Maggie crurent à une bagarre et c'en était bien une, mais avec un contingent de chèvres épouvantées qui se débattaient en tous sens et ils se rappelèrent ce qu'Haidar leur avait dit, le soir précédent : ces imbéciles de chèvres ne nageaient pas. Déjà, des hommes s'extrayaient de la mêlée, tiraient brutalement les chèvres, qui par les cornes, qui par les pattes, au risque de leur briser ou déboîter un membre, d'autres les liaient les unes aux autres avant de les jeter sur les radeaux, empilés tels des sacs, tandis que d'autres encore chargeaient des femmes et des vieillards, avec leurs ballots sur lesquels ils ajoutaient des berceaux, tout cela allait chavirer, deux hommes, jambes et torse nus, se plaçaient à l'avant et sous les cris de la foule massée sur la berge commençaient à pagayer frénétiquement. Maggie serra le bras de Coop à lui faire mal, le radeau pris dans le courant tournoya malgré les pagayeurs, un tourbillon l'engloutit mais, miracle, le rejeta, aussitôt repris dans un autre tourbillon, ils s'éloignaient à une vitesse folle, de loin Coop vit un chevreau sans doute mal arrimé qui sautait à l'eau, se débattait, disparaissait dans le tumulte… le radeau, projeté sur la rive opposée, ricocha contre la roche dure, avant de se bloquer contre une pente moins rude. Sauvés.

Cooper se redressa, prit Maggie à témoin : ça y était, il avait compris ! Il sentit une présence derrière lui, se retourna. Haidar le fixait d'un œil ironique : oui, c'était bien ça. Le « S », répétait Cooper en secouant Maggie. Le fleuve dessinait un large S entre les falaises encaissées, en sorte que le courant qui heurtait de plein fouet leur côté rebondissait vers la rive opposée, qui le renvoyait sans doute un peu plus bas vers leur rive. Quel chef, parmi ceux qui peut-être déjà s'appelaient les Baba Ahmedi, tribu de la grande famille des Bakhtiari, des siècles auparavant, arpentant les rives de Karun qui les condamnait à périr de famine, avait deviné le jeu subtil des courants et trouvé le passage ? Ou bien les malheureux s'étaient-ils jetés au hasard, n'ayant plus d'autre choix, périssant par centaines jusqu'à ce que certains se retrouvent saufs sur l'autre rive ?

Les radeaux succédaient aux radeaux, aux bêlements des chèvres se mêlaient maintenant les meuglements des vaches, les braiments des ânes, tirés, poussés, jetés dans le fleuve, partant telles des balles dans le courant. Les hommes, un linge autour de la taille en guise de caleçon, se jetaient dans l'eau glacée, portés par deux outres qui leur laissaient les membres libres, et commençait alors une autre bataille, féroce, tout à la fois contre le fleuve et contre les bêtes en panique pour les récupérer, les guider, les tirer jusqu'au rivage, où les premiers arrivés déjà les hissaient pour qu'ils fassent place aux autres, tandis que les nageurs se jetaient de nouveau à l'eau pour recommencer et recommencer encore, jusqu'à épuisement. Le bétail se pressait, de plus en plus dense, en une coulée inarrêtable – cinquante mille têtes, avaient dit les bergers au campement, le soir. La voix d'Haidar, sauvage, dominait le tumulte et ils l'aperçurent alors, quasiment nu, énorme, colossal, qui à son tour se jetait à l'eau. Ce n'était pas seulement son troupeau qu'il entendait guider, c'était le fleuve lui-même en sa puissance qu'il affrontait, lui le khan redouté des Baba Ahmedi, pour le vaincre comme il l'avait vaincu, depuis tant d'années, et c'est au fleuve qu'il s'adressait, parvenu sur l'autre rive, dressé de toute sa hauteur, les bras levés, hurlant de toute sa force pour affirmer une fois encore qu'il serait le maître. Mohammed, terrorisé, secouait la tête, Hadji et ses assistants imploraient Allah : dans quelle folie s'étaient-ils engagés ? Cooper et Maggie le regardaient, fascinés. Haidar avait passé jusque-là ses journées dans un doux farniente, fumant la pipe, houspillant ses deux femmes qui s'épuisaient au labeur, les battant à l'occasion, mais là, bon sang, souffla Cooper, quel homme !

Il revenait vers eux, faune ruisselant, tout en force brutale, les yeux fous, à peine essoufflé :

— Vous traversez demain, avec vos affaires.

Et comme Hadji et Mohammed blêmissaient :

— En même temps que ma mère.

Transporté comme des chèvres ! Il ne pouvait rester ainsi, simple ballot à faire passer, se dit Cooper, emporté lui aussi dans cet élan. Laissant là ses vêtements, il se lança à la suite d'Haidar. Des hommes, surpris, lui tendirent des outres. L'eau était plus froide encore qu'il ne l'imaginait. Haidar plaçait Lufta, son fils de neuf ans, sur une outre. Ce qu'allait faire un gamin, il saurait bien le faire, se dit Cooper, en se lançant, happé par le courant, emporté, étouffé dans le bouillonnement. Il s'agrippa à son flotteur, se tordit en tous sens pour retrouver son équilibre, agita bras et jambes pour s'arracher au tumulte, but la tasse, s'étrangla, se retrouva sans trop comprendre dans un courant contraire, et vint s'échouer, épuisé, sur la rive opposée. C'est la main d'Haidar qui se tendit pour le tirer sur la terre ferme, Haidar, l'œil malicieux, qui ne dit rien mais eut un signe de tête approbateur.

Lufta, près de son père, gonflait sa poitrine, très fier : sa première traversée !

— C'était de la folie, non ? lui dit Maggie, quand il réussit à revenir à son point de départ.

Cooper, les bras et les cuisses tétanisées, des crampes dans le ventre, tenait à peine debout, mais il n'aurait échangé ce moment contre aucun autre.

— Nous voulions partager leur vie, non ? Bon Dieu, on dira ce qu'on voudra, mais ça valait la peine…

La nuit tomba d'un coup. Des feux s'allumèrent sur les deux rives. Schoedsack était revenu de ses prises de vues en état second. Jamais il n'avait vécu de pareilles scènes, après-demain il passerait sur l'autre rive, et ensuite ce serait une affaire de montage. Avec son objectif de 150 millimètres il aurait les gros plans nécessaires pour donner du rythme…

— Mais, par Dieu, c'est seulement quand les pauvres bêtes se sont trouvées dans le courant que j'ai compris à quel point il était rapide…

Après-demain, seulement : les films et le matériel étaient trop précieux, il ne traverserait qu'une fois.

— Mais vous vous rendez compte, devoir rationner la pellicule avec ça sous les yeux, en prévision de ce qui nous attend ?

Ils allaient tous se coucher, Maggie sous sa tente, eux dans leurs sacs de couchage à la belle étoile, quand Haidar et ses frères vinrent vers eux, et tandis qu'un des frères ravivait le feu, Haidar posa devant lui le *kalyan*, la pipe du conseil, et ils comprirent qu'on voulait leur signifier ainsi qu'ils avaient passé l'épreuve. Mohammed, clignant des yeux, se redressa pour traduire et la conversation se prolongea au cœur de la nuit. Ces diables de gaillards paraissaient ignorer la fatigue.

La Perse bruissait de rumeurs sur le possible retrait du shah et l'établissement d'une république, mais que diable pouvait être une république, demanda tout à coup Haidar – était-il exact que tous les pays du monde d'où ils venaient étaient aujourd'hui des républiques ?

— Non, le rassura Schoedsack, certains ont encore des rois.

— Il en est même un qui a une reine, ajouta Maggie. Un très, très grand pays. Très puissant.

Les hommes sursautèrent, se regardèrent, ne sachant trop quelle contenance prendre.

— Et que fait son mari ?

— Rien. Il n'a aucun pouvoir.

Haidar eut une moue apitoyée. La décadence des mœurs, en ces contrées lointaines, était pire qu'il n'imaginait.

Mais Maggie, toute d'innocence étonnée.

— Ce n'est pas le cas ici aussi ? Il m'a bien semblé, pourtant, que le très sage Haidar comme ses frères obéissent à leur mère, quand elle donne de la voix…

Le visage de la Vieille Dame s'ouvrit, malicieux, sur une bouche édentée d'où sortit un bruit de crécelle. Haidar tira sur sa pipe, sans répondre.

Cooper, prudemment, changea de conversation. Quelqu'un avait-il en tête une belle histoire ? Les Bakhtiari avaient-ils eux aussi des contes de fées ? De fées ? Haidar fronça les sourcils. Puis son visage s'éclaira : si, il en avait une, d'histoire, très bonne, très drôle : celle du pendu et de la veuve ! Les autres approuvèrent : oui, une bonne histoire ! Et Haidar se lança :

— Il était donc une fois, un homme et une femme…

La femme ayant juré fidélité à son mari par-delà la mort, comme il va de soi pour une épouse, s'était engagée à s'installer sur sa tombe s'il venait à trépasser avant elle, et à y attendre la mort à son tour. Il mourut, par accident. Or il se trouva, quelques jours plus tard, qu'un voleur fut pendu sur la place du marché et son cadavre confié à la garde d'un jeune soldat – trop jeune, et innocent, qui s'endormit. La famille du voleur en profita pour enlever le corps. À son réveil, effrayé, il ne vit d'autre solution que de dérober un corps au cimetière. Là, il trouva la jeune femme, tout juste installée sur la tombe de son époux. Que fais-tu là, jeune femme ? La femme lui dit son serment. Et lui : Aide-moi, je t'en supplie, toi seule peux me sauver ! Donne-moi le corps de ton mari ! Elle le regarda une deuxième fois : il était jeune et fort. Si tu jures de m'épouser, alors je ferai comme tu désires. Il lui jura donc, sur sa mère, sur ses sœurs, sur la barbe du Prophète, qu'il en irait ainsi. Le corps fut accroché en lieu et place du voleur – mais le jeune homme gémit : le voleur n'avait pas de barbe. Qu'à cela ne tienne, la jeune femme, décidée, remonta à l'échelle et rasa son époux. Au petit matin, pimpante, elle revint vers le soldat en chantonnant : Et maintenant, tiens ta promesse ! Mais celui-ci, pas si bête, se détourna : Regarde comme tu as tenu ton serment à ton mari, et comme tu l'as pendu ! Femme, qui me dit que tu ne feras pas la même chose avec moi ? Et il la chassa à coups de bâton…

Tous éclatèrent de rire. Voilà qui aurait même justifié une petite lapidation, glissa un des frères. Et puis, à quoi engagent les serments faits à une femme ?

— Un délicieux conte de fées, gloussa Cooper, tandis que Maggie se drapait dans sa couverture.

— Des hommes, oui, glissa Schoedsack un peu plus tard, en dépliant son sac de couchage. Souviens-toi de ce que je t'ai dit à Paris… Tu as vu comme ils la regardent, tous ? Bientôt ils lui mangeront dans la main.

XIV

Par-delà le Zard Kuh

Iran, mai 1924

Six jours et six nuits d'un combat furieux dans la ronde des corps titubant de fatigue, de bêtes meuglant, hennissant de terreur, emportées dans un bouillonnement d'écume, de noyés prélevés par le fleuve comme prix du passage. Et chacun, sans un pleur, sans un cri, l'acceptait comme ce qui était écrit depuis le fond des temps.

Au matin du septième jour, Haidar avait surgi, les pressant de venir avec leur caméra. Ils l'avaient suivi sur une piste qui serpentait entre les éboulis au flanc de la colline. Le khan avait choisi son heure : à l'instant où ils atteignaient la ligne de crête, le ciel pâlit à l'est, tandis que les profondeurs devant eux viraient à l'indigo. Le soleil perla en lisière d'horizon, et tout d'un coup un torrent de lumière déferla des montagnes, balaya les pénombres. Schoedsack, déjà, sautait à bas de sa monture, installait sa caméra. Devant eux, de tous côtés, se déployait un tumulte de pics anguleux, de précipices sans fond, de montagnes serrées comme vagues de la mer. Quel dieu fou avait pu pétrir pareil chaos ? Haidar tendit le bras vers l'horizon, où une masse enneigée se dressait, dominant tout le reste. Le Zard Kuh.

C'était cela, maintenant, qu'ils devraient traverser. Cooper chercha des yeux une trace, une piste. Haidar secoua la tête, ravi de son effet : pas de piste. Ils entraient dans le pays sans chemin. La traversée du Karun n'avait été qu'une mise en train…

Vingt-cinq, peut-être trente jours, dit Haidar. Il faudrait un mois pour traverser cette tempête de pierre. Avant d'affronter le dernier obstacle… Cooper frissonna, devant la masse du Zard Kuh pris encore dans la neige. Il lui parut encore plus grand, barrant tout l'horizon. Il entendit derrière lui le petit rire de Schoedsack.

— C'est bien pour ça que nous sommes venus, non ? Bon sang, quelles images !

Commençait une autre bataille. Avec pour enjeu l'herbe à trouver dans ce désert de rocaille, l'herbe sans laquelle le bétail mourrait en chemin. La chaleur se faisait chaque jour plus étouffante, contraignant les bêtes à faire halte vers midi, aussi les plus jeunes levaient-ils le camp vers le milieu de la nuit avec les chèvres et les moutons, plus lents, qui broutaient ce qu'ils trouvaient en avançant, suivis un peu plus tard par les femmes, avec les vaches et les mules lourdement chargées, puis, fermant la marche, les hommes à cheval et Maggie, qui houspillait Hadji et ses aides poussant, tirant les mules. Cooper et Schoedsack, eux, se levaient dès deux heures du matin, la lune brillait sur le camp encore endormi et ils se glissaient en silence sur la piste, avec Mohammed et un guide. Sous la clarté lunaire, les roches prenaient des allures fantastiques, surgissaient des replis de la nuit comme pour griffer et mordre, mais leur guide avançait d'un pas sûr, sautant de bloc en bloc, glissant derrière des buissons hérissés d'épines où nul n'aurait deviné un passage. Aux premières lueurs du jour, Schoedsack choisissait le meilleur poste d'observation depuis lequel filmer ceux qui arriveraient sur leurs pas, le long serpent multicolore qui lentement sortirait des profondeurs, au-dessous d'eux, et qu'annonçait le cri rythmé par des centaines de gosiers, « Yo, Ali ! Ali ! » tandis qu'hommes, femmes, enfants, tous, frappaient à tour de bras les flancs des bêtes exténuées. Eux-mêmes, images faites, prendraient la suite, pour s'écrouler et dormir enfin à la halte de midi. Avant de reprendre l'ascension au retour de la fraîcheur, en fin de journée, sauf s'ils avaient atteint un vallon, ou un espace assez herbeux pour y faire paître les bêtes, et même couper l'herbe en excédent, en prévision de pauses plus difficiles. La deuxième femme d'Haidar avait déjà trait ses chèvres, allumé un feu et balançait lentement au-dessus des flammes des outres emplies de lait pour en faire du fromage, mais ils étaient trop fatigués, à cette heure, pour manger.

Le soir, ils formaient un cercle avec Haidar, ses frères et leurs hommes, autour de leur bétail, par crainte des voleurs, expliquait le khan en roulant des yeux terribles, et tous dînaient d'un bol de riz cuit dans la graisse de mouton, de lait aigre et d'un peu de pain, s'ils parvenaient à le mâcher.

Bientôt vous verrez la puissance de mon peuple, dit Haidar, un soir qu'ils s'inquiétaient de la lenteur de leur progression. Dix jours déjà, soupirait Cooper en compulsant le journal qu'il s'efforçait de tenir, malgré la fatigue. Ces fichues montagnes paraissaient s'éloigner à mesure qu'ils avançaient. Hadji, chaque jour, renâclait un peu plus : il fallait être fou pour vivre ce cauchemar, ces Bakhtiari n'étaient que des sauvages. Schoedsack avait ouvert des yeux étonnés : de quoi se plaignait-il ? Les vraies difficultés commenceraient seulement demain.

Bientôt… reprit Haidar, la voix lointaine, comme pris dans un rêve. Elles arrivaient de toutes parts, Baba Ahmedi, Dinaruni, Duraki, Bakhtiarwand, toutes les familles de la grande nation bakhtiari, par toutes les vallées, traversant fleuves et montagnes, bientôt elles se retrouveraient dans la vallée du fleuve Shimbar, où l'herbe était verte encore – avant l'ultime assaut. Haidar fit le geste d'une ascension préalable, particulièrement rude :

— Demain nous attaquerons la montagne.

Ils n'avaient guère dormi. Très tôt, avait dit Haidar : une autre famille arrivait, qu'ils devraient devancer s'ils voulaient atteindre la vallée avant le soir. À minuit, ignorant les protestations de Mohammed, ils s'étaient lancés sur la piste. Un nuage cachait le mince quartier de lune, il n'y avait pas d'étoile. Leur guide pourtant se dirigeait d'un pas sûr dans les ténèbres, mais au bout d'une heure il avait fait halte, inquiet : une rumeur sourde venait des hauteurs. Les Beiderwand les avaient devancés et les Duraki étaient sur leurs talons. Ils pressèrent le pas, en trébuchant sur les roches aiguës. Ce n'était plus une rumeur, mais les bruits confus d'une bagarre, brutale, sauvage, d'une mêlée bientôt générale, où ils se trouvèrent emportés, bousculés sans y voir goutte. Apostrophes, injures, cris de détresse se croisaient, mêlés aux clameurs des animaux, des corps glissaient, chutaient, se poussaient, Cooper entendit au-dessus de lui Shorty crier : « La caméra ! Où est la caméra ? » et se cramponna à la laisse de la mule qui la portait. Mohammed et leur guide avaient disparu dans le long serpent qui escaladait la montagne. Il se cala dans une anfractuosité, serrant la mule contre la roche, le temps que le fleuve s'apaise, entendit un appel tout près, répondit, il y eut encore un bruit de glissade, ponctué d'un juron.

— Bon Dieu, Coop ! Tu m'as fait une de ces peurs. La caméra ?

Shorty était là, qui rebroussait chemin.

— C'est quoi, ce truc de fou ? J'ai dû distribuer quelques gnons pour me dégager. Les Duraki ont voulu passer les premiers, j'imagine. Dans la nuit noire ! Les dingues…

La lune, libérée de son nuage, éclairait la scène d'une lumière diffuse. Beiderwand et Duraki avaient disparu, le plus sage était d'attendre là le jour, ou l'arrivée des leurs.

Ils fumaient très philosophiquement une pipe, sur leur étroit terre-plein, quand un bruit de piétinement monta des profondeurs. Les leurs, qui arrivaient. Pour une fois, le hasard ne faisait pas trop mal les choses, dit Schoedsack. La nuit pâlissait, dévoilant un paysage de vertige, l'immensité au-dessous d'eux perdue encore dans les ténèbres, les flancs à pic de la montagne, dans une vapeur bleutée.

Tout à coup ils furent là, cohue de moutons et de chèvres menaçant de s'écrouler dans le vide à chaque instant qu'encadraient des gamins légers comme funambules, « Yo, Ali ! Ali ! » répétait l'écho. Mais un des gosses, découvrant Schoedsack occupé à mettre en place les pieds de sa caméra, lui fit un grand signe en lançant à tue-tête :

Yes, you have no bananas !

Et déjà, plus bas, des voix reprenaient dans des éclats de rire :

We have no bananas today

… le refrain du tube de Broadway que Schoedsack, quelques soirs plus tôt, s'était amusé à leur apprendre. Des voix de femmes se mêlèrent aux leurs, ponctuées de meuglements de vaches, et bientôt le refrain monta des profondeurs de la vallée, repris par mille gosiers.

La lumière déferla, illuminant la scène. Cooper tendit le bras : plus loin, une deuxième ligne, puis, plus loin encore, une troisième escaladaient le ciel, au flanc de la montagne. Il songea à ces images qui tant le fascinaient, enfant, de châteaux forts assiégés, attaqués de tous côtés. Des corps tombaient, des échelles étaient repoussées, des béliers martelaient les ponts-levis et la marée humaine, finalement, submergeait les plus hautes murailles – rien ne résistait à la volonté humaine. Les vaches, les mules passaient, chargées de ballots, de berceaux bringuebalants, de poules attachées par les pattes, une femme devant eux portait un veau sur ses épaules, les bêtes trébuchaient, se redressaient, mais passaient, tous passaient.

La montagne vaincue, vers le milieu de l'après-midi commença la descente.

No bananas today, chantaient les femmes en riant.

Devant eux se déployait, comme le rêve d'un livre d'images, une vallée verdoyante où se pressaient déjà des groupes arrivant de toutes parts, des feux s'allumaient. La vallée promise !

— Tu penses à la même chose que moi ?

Et sans attendre la réponse de Schoedsack, occupé à réviser un matériel soumis à rude épreuve :

— L'Ancien Testament ! Mince, regarde-les : rien n'a changé, depuis des siècles.

Après la frénésie des derniers jours venait un moment de paix. Ils s'installèrent un peu à l'écart, sur les hauteurs d'une colline. La nuit venant, les feux de camp se déployèrent devant eux, à l'infini, si nombreux qu'ils se confondaient avec les étoiles dans le ciel.

Les khans, sous leurs tentes, fumaient leur *kalyan* en d'interminables conciliabules, les jeunes s'affrontaient en courses de chevaux, ou dans la rivière, et comme un jeune garçon le défiait en riant, Cooper s'était jeté dans l'eau glacée pour un sprint frénétique – qu'il avait gagné. Cinq autres jeunes gens avaient accouru à grands cris, pressés de sauver l'honneur malmené des Baba Ahmedi, mais le crawl découvert par Cooper aux îles Salomon lors du périple du *Wisdom* avait démontré sa supériorité sur la brasse ordinaire. Il reprenait son souffle, sur la rive, quand la haute stature d'Haidar se dressa devant lui, les reins ceints d'un simple linge, prêt au combat. À son tour, maintenant ! Ils plongèrent épaule contre épaule, épaule contre épaule ils virèrent à la courbe de la rivière, mais Cooper au retour dut crier grâce. Ce diable d'Haidar aux bras de gorille paraissait indifférent à la fatigue. Le soir venu, ils se retrouvèrent tous invités sous la tente d'Haidar, à l'évidence ravi de se faire valoir aux yeux des autres khans. La nuit se prolongea par une joyeuse partie de cartes – étrangement semblable au poker américain, constata Maggie qui se révéla être une redoutable joueuse.

Trop de tabac, de pipes, de cigares, trop d'air vicié dans les rues des villes, trop de mollesse accumulée, d'une vie trop protégée, répétait Cooper – voilà qu'il se prenait à rêver à une vie au grand air, au plus près de la nature, renouant avec la simplicité des premiers âges.

— T'es-tu déjà demandé ce que ce serait, de vivre comme ça le reste de notre temps ? Quelques chevaux, un troupeau de moutons et de chèvres, une ou deux femmes… Et la liberté, en respirant à pleins poumons. La belle vie, non ?

Schoedsack regardait ailleurs en sifflotant.

Cette fois, ce serait vraiment difficile, prévint Haidar. Avec les autres khans, leurs premières femmes et tous ceux qui possédaient un cheval, il partirait par un autre chemin, plus facile mais plus long – trop long pour les troupeaux qui auraient besoin d'herbe en chemin. Comme ils allaient plus vite, ils se retrouveraient de l'autre côté de la montagne, où un autre danger les attendait…

Quel danger ? Haidar tourna bride sans répondre. Avant de revenir vers eux :

— Belles images. Difficiles.

Cooper et Schoedsack les regardèrent s'éloigner, avec Maggie et les mules en serre-file, conduites par Hadji. Seuls Mohammed et Niz Ali, le frère et son second, resteraient avec eux, ainsi que la mule portant les caméras.

— Elle s'éloigne du film…

— Tu dis ça parce qu'elle part, là ?

— C'est plus ancien. L'œil de la caméra ! Il voit des choses…

Elle se rend compte que ce n'est plus son film, poursuivit Shorty, à voix basse. Et comme Cooper allait protester : non, ce n'était pas ce qu'il croyait.

— Une sacrée bonne femme ! Je n'aurais jamais cru… Mais chapeau, elle a été impeccable. Pas une plainte. Et tu as vu comme elle a appris le persan ? Sans parler d'elle, au camp.

Mais depuis le Karun elle s'était rendu compte que le film qu'ils avaient en tête n'était pas le sien.

— La force obscure, ces choses-là… Elle pense en journaliste, elle *est* journaliste ! Cette histoire de « peuple perdu », tu te rends compte, tout de même, que ça ne tient plus debout, non ? En tous les cas, elle l'a compris, elle. Le problème, c'est que le vrai film commence maintenant et que je n'ai plus assez de pellicule.

Et puis, c'est vrai, elle était chiante.

— Mais à un point ! Le matin, il faut l'attendre des heures, parce que madame se maquille. Se maquille ! Tu imagines ce que ça va donner à l'image ? Elle s'en fout. « Même à la Loubianka, mon garçon, je me débrouillais pour être toujours présentable ! » Sa manière à elle de résister, qu'elle dit. Remarque, ça m'épate. Mais comment faire croire qu'elle vient de traverser des épreuves épouvantables quand elle a l'air de sortir d'un salon de coiffure ?

Le pire, c'est qu'il savait ce qu'il aurait dû faire : prendre Haidar et son fils Lufta comme personnages. Pas de film sans histoire pour tenir ensemble les images. Avec eux deux, il avait à la fois l'éternité de la lutte et la transmission. Sauf que…

— Il la suit partout ! Il l'attend tous les matins, il file des volées à ses femmes. Pas moyen de monter quelque chose avec lui. En plus, je n'ai pas assez de pellicule… Alors qu'on a tout le reste, là. Jamais on ne retrouvera une épopée pareille ! On va louper notre film…

Shorty, toujours anxieux, tendu vers un seul objectif, ne pensait que cinéma, mais trouverait une solution, bien sûr, tenta de se rassurer Cooper.

— Là, je ne vois pas comment…

Ils s'étaient effondrés, après avoir escaladé tout le jour les flancs de la montagne, sans jamais de pause, malgré la chaleur, faute de vallon. Pendant deux jours la pluie était tombée sans discontinuer. Ce diable d'Haidar n'avait pas exagéré : jamais ils n'avaient vécu ascension aussi dure, mais ce qu'ils avaient pensé être le sommet de la montagne n'était qu'un plateau dénudé où se pressait le bétail. Au-dessus d'eux se dressait un mur, une falaise, une muraille qui se perdait dans les nuages.

— Nom de Dieu…

— J'ai fait le tour du plateau. C'est pareil partout.

— Il y a forcément un passage ?

— Il n'y en a pas. J'ai demandé.

Les femmes – les femmes n° 2 comme disait Mohammed, les premières épouses étant parties avec les chefs –, les femmes chantaient, insouciantes, en préparant des semblants de repas sur de maigres feux de bouses séchées, d'autres, pendant ce temps, distribuaient l'herbe qu'elles avaient coupée les jours précédents. Où trouvaient-elles cette énergie ?

— Oh, dit Mohammed, c'est parce que les premières épouses sont parties, qui leur font vivre un enfer.

Radijah, la deuxième épouse d'Haidar, venait vers eux, radieuse, portant un bol de riz fumant.

— La première épouse a pris une volée avant-hier, avant son départ, pour avoir laissé une mule s'échapper, expliqua Mohammed quand elle se retira. À coups de fouet.

Schoedsack jeta un coup d'œil à Cooper.

— Le monde idéal, où il fait bon vivre, au grand air, c'est ça ?

— Parfois il est un peu vif…

— Pourquoi ? s'étonna Mohammed : elle avait tout de même perdu une mule !

Au matin, la muraille était toujours là. Plus inquiétante encore, à croire qu'elle avait grandi pendant la nuit, se dit Cooper. Schoedsack, du regard, chercha un rocher en surplomb où planter sa caméra, en vain.

— S'ils passent, et ils vont passer, forcément, ça va être grandiose ! Tu as déjà vu des vaches faire de l'alpinisme ?

Tout le plateau, déjà, était en effervescence. Ils cherchèrent Niz Ali dans la cohue. Enfui il y a une bonne heure, dit Mohammed. Depuis le départ d'Hadji, il gémissait que c'était trop dur, qu'il ne pourrait jamais, qu'il allait mourir là, et qu'il voulait revoir son frère avant. Le fou ! S'il réussissait à rejoindre Hadji et son frère, à pied, cela tiendrait du miracle…

— En somme, c'est moi qui vais me coltiner Rossinante, conclut Cooper, résigné. Si elle veut bien m'obéir…

Les premiers, hommes et femmes mêlés, s'étaient mis en route, sautaient de rocher en rocher, s'accrochaient à la moindre anfractuosité, tiraient, poussaient mules et vaches et les pauvres bêtes trébuchaient, glissaient, suivaient tant bien que mal en une longue diagonale au-dessus du vide. Une femme devant Cooper rattrapa un veau qui basculait, le hissa sur son dos, une deuxième retint une vache par son licou pendant qu'une autre la poussait, et dans un meuglement désespéré l'animal reprit son équilibre. Ces femmes étaient intrépides, se dit Cooper, bien en peine de les suivre. Pourquoi diable se laissaient-elles maltraiter par leurs hommes au quotidien ? Ainsi la longue file progressait-elle au flanc de la muraille, mètre après mètre – avant de bifurquer, au bout d'une heure, pour entamer une deuxième diagonale.

— Coop !

Schoedsack, quelque part plus haut, hurlait de toutes ses forces :

— Il faut qu'on passe ! Les images ! D'en haut !

Mais comment ? Un instant, il crut voir une ouverture, sauta, sentit Rossinante se cabrer de peur, s'agrippa de toutes ses forces à sa bride, tandis qu'elle roulait lentement vers le vide, et avec elle la caméra, son trépied, les films. Déjà Shorty bondissait à ses côtés, saisissait le harnais, tirait de toutes ses forces. La mule se débattit, chercha en vain un appui, les fixant tour à tour avec des yeux épouvantés. Une femme devant eux se retourna pour leur prêter main-forte, pendant que Schoedsack, se laissant glisser un peu plus bas, délaçait le paquetage. Un autre homme accourut, aida Cooper à hisser la bête, à demi étranglée, tandis que Schoedsack remontait avec son chargement récupéré, et c'est ainsi, Cooper portant le trépied sur l'épaule et lui la caméra, qu'ils réussirent à remonter le flot et se hisser jusqu'au sommet, avec l'impression qu'ils étaient en même temps poussés, passés de main en main jusqu'au milieu des nuages. Déjà Schoedsack lui arrachait le trépied des mains, calait sa caméra : devant eux, autour d'eux, ce n'était qu'une succession de pics escarpés, les plus hauts crêtés de neige, enveloppés de nuages. Et au-dessous, un long serpent montait à leur rencontre. Personne, non, personne, jamais, n'avait filmé pareille dinguerie !

Ils passaient, les uns après les autres, portant, tirant, soutenant des bêtes épuisées, affamées. Rien ne pouvait arrêter un fleuve humain en marche…

Sur l'autre versant, des roches luisantes, usées par des milliers de passages au fil des siècles et des transhumances, dessinaient comme une large piste vers un vallon déjà gagné par l'ombre. Cooper poussa un cri : là, devant eux, dans les déchirures des nuages, montait depuis les profondeurs une masse énorme, d'une blancheur qu'embrasait le soleil couchant, une masse qui n'en finissait pas de monter, toujours plus haut, jusqu'à barrer l'horizon et le ciel au-dessus : le Zard Kuh.

Il entendit Schoedsack qui toussait derrière lui :

— J'ai l'impression que tout ce qu'on a fait jusqu'ici n'était qu'un hors-d'œuvre.

Le groupe d'Haidar, avec Hadji et Niz Ali, les attendait au point de rendez-vous. Au premier regard, ils lurent sur le visage d'Haidar que quelque chose venait d'arriver. Maggie. Seule, sa tente était dressée dans le vallon, mais elle n'avait pas accouru à leur arrivée. Malade, dit Haidar, lui qui d'ordinaire ignorait ces tracas de la vie, pour lui comme pour les autres.

— Très malade.

Elle gisait, les traits tirés, grelottant sous ses couvertures. La femme d'Haidar lui épongeait le front. Elle ouvrit des yeux vagues, tenta de se redresser :

— La malaria. Elle s'est déclarée ce matin. Je… Je suis désolée.

Ils se regardèrent, consternés. Haidar n'attendrait pas, il n'attendait jamais, cinq mille personnes étaient lancées dans une course de survie, à la recherche de l'herbe. Cooper prit un ton rassurant : avec de la quinine, elle serait debout en quelques jours.

— Tu resteras avec elle, trancha Schoedsack. Je partirai seul avec les tribus. Vous aurez vite fait, tous les deux, de nous rattraper : on n'avance pas vite, avec les bêtes.

— Plus de quinine, dit alors Maggie d'une voix faible. Tout donné depuis longtemps…

Haidar les attendait devant la tente, le visage grave. Ils crurent d'abord mal comprendre ce qu'il leur annonçait, se tournèrent vers Mohammed.

— Il dit qu'ils resteront ici. Tous. Le temps que la dame se rétablisse.

Il allait tourner les talons – les Bakhtiari ne se perdaient pas en effusions –, mais Cooper le retint :

— Nous n'avons plus de quinine !

Haidar interrogea Mohammed du regard.

— Les petites pilules contre la fièvre. La dame a tout donné.

Le khan hocha la tête. Déjà, il aboyait des ordres, ses frères accouraient, repartaient aussi vite, un murmure passa sur la cohue – en quelques minutes une queue se forma devant la tente : tous les Bakhthiari, hommes comme femmes, qui avaient encore par-devers eux une ou plusieurs pilules venaient la rapporter à Hakim Khann, la dame médecine.

Pour un peu, Cooper et Schoedsack auraient versé une larme. Ces fichus Bakhtiari avaient bien caché leurs sentiments…

Cinq jours. Ils attendirent cinq jours, que Maggie, enfin, sorte de sa tente, pâle, un peu flageolante, mais guérie, avant de reprendre la route. Tout ce temps, l'immense rassemblement avait pris des allures de camp retranché. Il couvrait la vallée et les premiers contreforts jusqu'à la limite des forêts. Des hommes, dès l'annonce qu'ils faisaient halte, avaient galopé en tous sens, armés jusqu'aux dents pour monter la garde. Ils étaient sur les terres de ces chiens de Raki, race maudite de voleurs de bétail, expliqua Ali Agha, un des frères d'Haidar, en vérifiant l'amorce de son fusil. Leur herbe était grasse, mais il n'en resterait guère après le passage des troupeaux. Les Raki n'allaient pas tarder à exiger un loyer, ou à se payer en bétail, la nuit venue. Et dans ce cas, ils auraient à découvrir ce que valent les Bakhtiari…

Les Raki n'étaient pas loin, en effet. Déjà ils rôdaient autour du camp. Ils surgirent un matin devant un pont rudimentaire qui enjambait une rivière, exigeant un péage alors qu'un groupe conduisait une partie du troupeau un peu plus bas dans la vallée. Les Bakhtiari, hommes et femmes, certaines d'entre elles portant leur bébé sur le dos, éclatèrent de rire en s'avançant et ce fut bientôt une mêlée furieuse à coups de pied, de poing, de bâton, de fouet. Devant Cooper, un homme frappé en plein front s'effondra, proprement assommé, mais il n'avait pas touché le sol qu'une jeune femme se précipitait dans la mêlée en hurlant, malgré le bébé qu'elle portait, prenait à son tour un coup sur la tête, roulait sur elle-même et son bébé, se relevait le fouet brandi, pour se relancer dans la bagarre, suivie d'un groupe de femmes en furie. Les Raki, défaits, durent refluer.

Au soir, un parti de Raki s'annonça en grande pompe. Tels étaient les codes d'honneur entre tribus qu'ils furent accueillis avec révérence jusqu'au grand conseil. Le *kalyan* passa de bouche en bouche, celui qui devait être le chef, à la grande barbe grise, exposa qu'un grand dommage était causé à son peuple, et que les Baba Ahmedi et les Beiderwand devaient partir, ou payer leur herbe – il n'eut en retour que sourires méprisants.

— Partir ou payer, tu dis ? demanda Ali Agha.

Et comme l'autre acquiesçait.

— Va dire à ton peuple que nous avons un autre choix : celui-ci !

Et tous s'esclaffèrent tandis qu'il tapait sur la crosse de son fusil. Telle était la loi des Bakhtiari : chacune n'était propriétaire que de ce qu'il pouvait défendre, ou conquérir.

« Un autre danger », avait dit Haidar. Ce n'étaient pas les Raki, tenus pour négligeables, expliqua Mohammed alors qu'ils levaient le camp : devant eux, passé le vallon, s'étendaient des territoires sillonnés par une autre tribu, autrement plus guerrière, les Bawadi, qui avaient à régler un lourd contentieux avec les Beiderwand. Ceux-ci les avaient attaqués l'année passée, tuant nombre des leurs en leur volant au passage chevaux, bétails, tentes, couvertures – en réparation d'une autre offense, protestaient les accusés, ce que les Bawadi contestaient avec la dernière énergie. Bref, cela risquait de durer encore longtemps. Or, il se trouvait que les Beiderwand étaient, pour des raisons obscures, les protégés des Baba Ahmedi, qui pourtant les tenaient pour de fieffés coquins. L'énorme convoi des Bakhtiari s'était donc ébranlé prudemment, précédé, encadré par des hommes en armes. Mais les jours avaient passé sans attaque. Des hommes envoyés en éclaireurs étaient arrivés un soir, annonçant que les Bawadi étaient encore loin, à quarante bons milles, trop loin pour qu'ils arrivent avant l'attaque du Zard Kuh.

Le Zard Kuh. Pendant deux jours, il avait disparu sous les trombes d'eau et les bourrasques tandis qu'à ses pieds le camp se serrait misérablement. Au lever du troisième jour, sous le soleil revenu, il se déployait dans la plénitude de sa puissance, masse blanche écrasante, occupant tout l'espace. Un chaos de roches noir et jaune saillait çà et là entre les plaques gelées, mais plus haut il s'enveloppait d'une gangue neigeuse et il en irait ainsi jusqu'à son sommet perdu dans les nuages, à 4 500 mètres.

Partout ailleurs, on aurait considéré que pareille ascension exigeait des alpinistes aguerris, parfaitement équipés, chaudement vêtus. Ici, se pressaient des femmes, des enfants, des vieillards, pour la plupart trempés jusqu'aux os, avec pour seuls vêtements ceux qu'ils portaient sur le dos à l'instant du départ. Et 50 000 têtes de bétail affamées, épuisées, inquiètes… Tout cela, songeait Cooper, dépassait l'entendement.

Plus encore qu'il n'imaginait. Pendant un mille, ils avaient remonté le cours d'un torrent. Celui-ci bondissait, vif, entre les rochers et les arêtes de glace, sans doute vers le Karun, peut-être même en était-ce la source, mais bientôt un mur de glace les arrêta, d'où sourdait le torrent. Et là, posant pelles, pioches et les longues perches dont ils s'étaient munis, les hommes d'Haidar s'assirent pour ôter leurs chaussures. Schoedsack et Cooper se regardèrent : devenaient-ils fous ? Puis ils comprirent : faites de coton, guère plus résistantes que des chaussons, elles n'auraient pas tenu une demi-heure dans la neige. Et c'est donc pieds nus, leurs pantalons remontés jusqu'aux genoux, qu'ils poursuivirent l'ascension… À main gauche, presque invisible, mais sans doute l'empruntaient-ils chaque année, un étroit passage entre les blocs rocheux les conduisit jusqu'à une nouvelle muraille de glace, qu'ils mirent presque une heure à contourner. Et là, devant eux, au détour d'un dernier éperon de roches noires, se déploya d'un coup, balayée par un vent glacial, l'immensité du Zard Kuh : neige, à l'infini.

— C'est ici que tout commence, siffla Schoedsack entre ses dents. Bon Dieu, tu te rends compte ? Pieds nus !

Cooper, dans ses chaussures détrempées, ne sentait déjà plus ses propres pieds…

Haidar observa pendant quelques minutes l'étendue blanche sous le soleil, uniforme, tellement innocente d'apparence, avant de s'avancer une perche à la main, en sondant mètre par mètre. Il progressait lentement, l'oreille tendue. À chaque signe de sa part ses hommes creusaient la neige, et parfois montait la rumeur lointaine d'un torrent, au fond d'une crevasse. Puis, tous les quarante pas assurés, il s'arrêtait, les hommes le rejoignaient, les premiers brisaient la croûte gelée à coups de pioche, les autres suivaient avec leurs pelles pour dégager la voie en veillant à tasser la neige rejetée sur chaque côté pour en faire des talus.

Pendant des heures, jusqu'à la nuit, jour après jour, ils creusèrent. Et plus ils montaient, plus le froid se faisait mordant, le vent âpre. Quand la pente était trop raide, que sous la neige affleurait la glace vive, ils y taillaient des marches à la pioche. Pieds et jambes nues. Schoedsack filmait, en état second. Si seulement Jack London avait pu voir ça ! Et il détailla à Cooper, le soir, l'épopée du Klondike, que l'écrivain avait vécue, le Dead Horse Trail, par la White Pass, au-delà de Skagway, où les cadavres des hommes se mêlaient à ceux des chevaux. Et puis surtout la Chilkoot Pass…

— Mille mètres à pic ! Mille cinq cents marches taillées dans la glace, pour passer au Klondike ! Avec la fièvre de l'or qui les tenait tous, tandis qu'ils grimpaient aux flancs de la Chilkoot… Bon sang ! Pour lui, pour moi, pour le monde entier, rien ne surpasse dans la démesure l'épopée de la Chilkoot Pass. Juste mille mètres. Coop : ce qu'on est en train de filmer est fou !

Comment pouvaient-ils tenir, pieds nus, vêtus seulement de coton léger ? Haidar regarda Cooper, étonné.

— Les Bakhtiari ne se soucient pas de ce genre de détails. Bons pour les hommes des villes, ramollis.

Comptait surtout le temps : le bétail n'avait, pour tenir, que l'herbe coupée dans la vallée des Raki.

Puis, dans l'après-midi du quatrième jour, la nation bakhtiari se mit en marche, sur la piste tracée… Le matin, Cooper et Schoedsack avaient dû faire face à une rébellion : Hadji et son frère avaient fini par les rejoindre, mais terrifiés par le dernier obstacle, refusaient de poursuivre et Mohammed, pareillement, menaçait de faire grève. Cooper criait au bolchevisme, ce qui n'impressionnait guère les récalcitrants, peu au fait de la chose, mais Schoedsack les avait ramenés à la raison en leur faisant valoir qu'ils auraient à traverser seuls et sans armes les territoires des Raki et des Bawadi, qui ne leur laisseraient aucune chance, même s'ils représentaient un maigre butin, attendu qu'ils ne seraient pas payés.

Pour se calmer, victoire acquise, ils se baignaient dans l'eau glacée du torrent, étonnés de la supporter si bien, devenus peut-être un peu bakhtiari, s'amusaient-ils en s'éclaboussant, quand un concert de cris, de claquements de fouet, de meuglements s'éleva en provenance du camp. Le temps d'arriver, le groupe s'était déjà mis en marche. Schoedsack s'habilla en jurant. Où étaient les mules ? Ou étaient Hadji et ses aides ? Et Mohammed ? Il fallait remonter le flot à tout prix, les filmer montant vers eux ! Mais il était trop tard. Le soir tomba alors qu'ils n'étaient encore qu'au pied de la dernière falaise, avant les champs de neige et la piste ouverte à la pelle. Ils dormirent là, avec les premiers arrivés, autour de maigres feux de bouses séchées, allumés sur les rochers.

Il faisait encore nuit quand ils s'élancèrent sur la piste, soucieux de prendre les devants. La voie, étroite, ne laissait passer qu'un homme de front. La neige tassée des talus en bordure était aussi dure que la glace. C'était pourtant depuis là qu'il faudrait filmer, commença Schoedsack, qui s'avançait en plantant son trépied devant lui à chaque pas. Il ne termina pas sa phrase. Cooper, horrifié, le vit glisser, de plus en plus vite. La pente, à pic, plongeait droit dans une gorge hérissée de rochers. Il allait bondir à son tour, ce qui était une folie, mais il ne pouvait pas le laisser ainsi sans rien faire – la suite se déroula comme au ralenti, Schoedsack plantant son trépied de toutes ses forces dans la paroi, d'une torsion se redressant, assez pour attraper la main de son ami, et se hisser sur le rebord, sans lâcher la caméra. Cooper, choqué, claquait des dents, tandis que Schoedsack glissait, d'un ton badin :

— Eh bien, ça me paraît un signe, non ? M'a tout l'air de l'endroit idéal. On se cale ici ?

Ils arrivaient déjà, interminable serpent noir avançant en zigzag sur la blancheur de la montagne, pieds nus et bleus de froid, leurs chemises légères collées au corps par les bourrasques, sans un mot, les plus forts relevant, portant ceux qui tombaient, hommes et bêtes mêlés, tous tendus dans l'effort, et leur silence avait quelque chose de terrifiant.

Ils prirent tous deux la suite, avec leur mule de bât, les derniers dans la file, et s'arrêtèrent à mi-chemin. Les autres, devant, passeraient le sommet avant la nuit. Eux dormiraient là, suspendus dans les hauteurs de la montagne, pour de nouvelles images à la levée du jour.

Avec pour seul abri le talus de la piste, sans autre feu que le fourneau de leurs pipes où ils avaient tassé leurs derniers brins de tabac, tandis que le vent soufflait en rafales brèves au-dessus de leurs têtes, ils auraient dû s'inquiéter, rebrousser chemin – voilà qu'en ces instants ils se sentaient tous deux accordés à l'univers entier, comme si la nuit doucement les accueillait en son sein. Pour toute nourriture, ils avaient plongé les mains dans la poche d'avoine de leur mule. La lueur tremblante de leurs pipes éclairait par à-coups le bas de leurs visages, leurs lèvres gercées, saignantes.

— On est un peu cinglés, non ?

— Mon vieux, je crois que je n'ai jamais été aussi heureux.

Demain ils passeraient le sommet, attendraient pour les filmer en contre-plongée Haidar et Maggie qui viendraient en dernier. Pour la descente, s'ils calculaient bien, il leur resterait cinquante mètres de pellicule. Haidar leur avait dit que les premières fleurs de printemps avaient éclos sur l'autre versant, où les attendait l'herbe de leur été, et ce serait bien sûr liesse générale, sûrement une fête, quelques moutons seraient sacrifiés pour l'occasion, même s'il ne leur restait plus que la peau sur les os : tout un peuple touchant sa terre promise !

Mais, dans l'immensité de la nuit, à flanc de montagne, ce moment-là n'appartenait qu'à eux. Ils se regardaient, presque incrédules : ils l'avaient fait.

PARTIE IV

Au commencement était la jungle

XV

Le roman du réel

New York, décembre 1924-février 1925

— Explorateur ! J'aurais été plus jeune, je crois que moi aussi...

Cheveux courts, petites lunettes cerclées, col raide, Jesse L. Lasky faisait plus penser à un comptable ou à un clergyman qu'à un aventurier couturé de cicatrices, se dit Cooper. Mais tous, pourtant, le disaient impitoyable, traçant sa route dans une jungle sans autre règle que d'être chasseur ou gibier, devenu le maître tout-puissant de la Famous Players-Lasky et de la Paramount. Combien s'étaient laissé prendre à ses airs d'enfant sage ? De jeunes Chinoises glissaient, discrètes, dans la pénombre, préparaient le thé à gestes précis, selon les règles du Cha Shu, précisait une note à l'entrée – « tasses à sentir » distinctes des tasses de dégustation, pots intermédiaires obligés entre la théière et les tasses. La rumeur du monde s'arrêtait aux portes richement ornées du salon de thé de l'hôtel McAlpin, dérobées dans un très ancien palais de Chine, laissait-on entendre, et achetées une fortune à une triade récemment installée à New York, qui depuis aimait se donner là rendez-vous – le fastueux propriétaire des lieux ne reculait devant aucune extravagance. « Toutes affaires cessantes », disait la missive lui fixant rendez-vous. Il s'était précipité, mais Lasky paraissait hésitant, perdu dans ses pensées. Après un long silence :

— Ce que vous avez fait là... Ce que ces hommes, ces femmes, ont fait ! C'était... biblique ! La traversée des eaux noires. Et puis cette ascension, pieds nus jusqu'au ciel, avec au bout la terre promise...

Si seulement Schoedsack avait été là pour l'entendre ! Mais depuis leur retour il paraissait s'éloigner de son film, le laissant seul pour le défendre. Leur aventure avait été comme un miracle, un de ces moments qui suffisent à remplir une vie, avait-il fini par lui confier, mais le film… Pas à la hauteur, mon vieux Coop. Non, pas à la hauteur de ce qu'on a vécu. Pas à la hauteur ? À l'évidence, ce n'était pas le sentiment du grand homme de la Paramount.

— Il y a une force, en nous… Et rien ne lui résiste, quand elle s'éveille. L'Exode, bien sûr. C'est ainsi que naissent les nations. Ça doit vous paraître un peu mystique, non ?

Il rit, comme pour s'excuser, huma la première tasse, but à petites gorgées la suivante et Cooper l'imita. Le thé était incroyablement fort et parfumé.

— Mes grands-parents sont venus d'Allemagne, savez-vous ? Ils ont traversé la Prairie dans un convoi de chariots. Sur la piste de l'Oregon, où chaque tour de roue écrivait la légende… Toute mon enfance a été bercée par les histoires de mon grand-père. Le pauvre a dû passer plus de temps à raconter ses aventures qu'à les vivre ! Elles s'embellissaient avec l'âge, comme les bonnes bouteilles. Toutes les nuits, les Peaux-Rouges tournaient dans mes rêves, les cris de guerre, les scalps brandis. Pas étonnant si, moi aussi, j'ai gardé le besoin de savoir ce qu'il y a de l'autre côté de la montagne.

Ce n'était pas l'homme d'affaires qui parlait là – et d'ailleurs quelles affaires avec un si menu fretin que lui ? –, mais quelqu'un qui voulait lui dire, simplement, ce que le film avait éveillé en lui. Shorty, Shorty, pensa Cooper, avec le sentiment de vivre un moment irréel, que faudrait-il de plus pour te convaincre ?

— C'est pour cela, pour rejoindre mon grand-père, que j'ai mis en chantier *The Covered Wagon*[1], poursuivit Lasky, les yeux perdus dans les lointains. Quand j'ai lu le roman d'Emerson Hough… Ce livre était écrit pour moi ! Vous avez vu le film ? Non ? Un grand film, vraiment. Je suis allé sur le tournage, dans la vallée de la Snake, entre Utah et Nevada. Au ranch Baker. Et là, j'ai senti, physiquement senti, cette force qui avait dû pousser en avant mes grands-parents.

Des années après, ajouta-t-il, il y pensait souvent.

— Aussi, quand j'ai lu vos articles, vu les photos – et que j'ai su, pour l'Explorers' Club…

1. *La Caravane vers l'Ouest*, de James Cruze, 1923.

Il quêta le regard de Cooper, lui prit le bras :

— Jamais. Pas même *Nanouk* de Flaherty. Jamais, je n'ai vu un film qui la montre ainsi, cette force. Vous l'avez senti, n'est-ce pas, l'autre soir ? Que vous les avez touchés. Parce qu'au fond de chacun demeure une nostalgie… Dans ce film, ils se sont reconnus.

C'était quatre jours plus tôt, dans la salle des banquets du même hôtel McAlpin, où l'Explorers' Club tenait son dîner annuel. Lorsqu'en décembre, Louis D. Froelick, le volubile patron d'*Asia Magazine*, les avait pressés de poser leur candidature au Club, Schoedsack, comme on pouvait s'y attendre, avait esquissé une moue – ils n'avaient fait, somme toute, que mettre leurs pas dans ceux de femmes et d'enfants qui se risquaient ainsi deux fois par an. Sans parler des chèvres. Froelick, qui allait et venait, s'était arrêté net, avant d'éclater de rire.

— Dites donc, vous, comme vendeur, vous vous posez un peu là !

Puis, redevenu sérieux, pointant son cigare vers eux comme une épée :

— Vous rendez-vous compte du bruit qu'a fait votre papier dans le *New York Times* ? Et que va faire mon prochain numéro ? Alors, les enfants, fini de plaisanter. Le Club… mais enfin, bon sang, c'est le meilleur moyen de vous lancer ! Ça, même un gamin peut le comprendre. Et pas plus tard que tout de suite je vais vous faire rencontrer William Beebe. Vous savez qui est William Beebe, au moins ? Et puis James Pond. Lui, c'est la clé des grandes tournées de conférences… Un parrainage de Beebe, et l'affaire est dans la poche !

Schoedsack jetait à son compagnon des regards suppliants : qu'il se dévoue, lui ! C'est ainsi que quelques semaines plus tard, à la mi-décembre, Cooper avait reçu l'annonce de son élection et l'invitation à projeter le film, s'il était prêt, ou sinon, quelques extraits, à l'occasion du dîner annuel du Club, le 24 janvier au McAlpin Hotel…

Vilhjalmur Stefansson, le conquérant des Pôles, le Viking du Manitoba et l'actuel président du Club, au visage plissé de vieil Eskimo, l'avait accueilli à bras ouverts. Il était la vedette, on n'attendait que lui, l'article d'*Asia Magazine*, les photos du Zard Kuh, vrai, « ça vous soulevait le cul de votre siège » ! Le vieux baroudeur lui avait présenté tous les autres, les noms se croisaient, un véritable annuaire de l'aventure, Barnum Brown, le chasseur de dinosaures, les frères Sternberg, ses plus acharnés concurrents, Carl Akeley, retour d'un voyage au pays des gorilles, Henry Fairfield Osborn, le patron du Muséum d'histoire naturelle, d'autres noms encore qu'il avait saisis dans un semi-brouillard. William Beebe, le conquérant des mers, l'aventurier des tropiques, biologiste, ornithologue et bien des choses encore, avait fait son apparition, avec à son bras une somptueuse créature en longue robe du soir, corps de liane, cheveux courts, les yeux rieurs – un chien terrible, avec Osa Johnson la plus belle des exploratrices venues au Club, ce sacré William ne doit pas s'embêter, avait glissé Vilhjalmur en cliquant de l'œil –, les noms bruissaient, des quatre coins de la planète où les absents se trouvaient engagés dans de folles entreprises, mais tous les regards revenaient vers lui. Cela avait pris du temps, mesurait-il, un peu étourdi, mais il entrait enfin dans la cour des grands, comme disait Froelick, pour l'heure en grande conversation avec un homme que Vilhjalmur lui avait dit « le nabab du cinéma », et qui lui faisait signe depuis le bout de table. Où étaient Shorty et Maggie, en ces instants qu'il aurait tant voulu partager avec eux ? William Beebe, penché vers lui, évoquait sa propre guerre en France, dans l'aviation, ce n'était pas tous les jours qu'il était donné de dîner près du héros de l'escadrille Kosciuszko. Son cœur avait fait un bond quand Stefansson, à la fin du repas, l'avait appelé à la tribune…

Il n'était pas du genre à trembler devant le danger, mais à l'instant de prendre la parole, il avait senti monter en lui une angoisse – les réserves de Schoedsack étaient peut-être fondées, et le film un ratage…

Le silence, après la dernière image, s'était éternisé, écrasant, à vous liquéfier la moelle, avait-il confié au sortir de l'épreuve – et puis avait éclaté un tonnerre d'applaudissements, qui n'en finissaient pas, montaient vers lui telles les vagues de la mer, le submergeaient, des mains se tendaient, on l'étreignait, le tirait de toutes parts, le digne Edwin McAlpin lui-même, qui depuis la porte avait assisté à la projection, y était allé d'une larme, et, sur un geste de son maître d'hôtel, ses garçons avaient accouru, bouteilles de champagne à la main. Dans la rue balayée par un vent glacial, un peu plus tard, tous se pressaient encore autour de lui, Froelick l'avait pris dans ses bras, un triomphe, mon vieux, c'est un triomphe, et il lui avait présenté le fameux « nabab », mince, au visage d'enfant sérieux derrière ses lunettes fines, qui l'avait prié de venir le voir « toutes affaires cessantes » : Jesse L. Lasky lui-même…

Shorty, retrouvé peu après, et qui tout ce temps avait dû tourner en rond dans leur petit appartement, n'était pas parvenu à cacher son plaisir mais avait maintenu ses réserves : pas à la hauteur.

— Maintenant, je veux tout savoir.

C'était décidé : il annulait ses rendez-vous si Cooper voulait bien rester – le temps au moins d'un déjeuner. D'un geste il renvoya le secrétaire venu lui rappeler son agenda. Tout ? Il lui semblait avoir déjà tout raconté, risqua Cooper, entre film et articles, sans parler de l'autre soir. Mais Lasky sourit : non, le reste, tout le reste !

Il occupait, bien sûr, la plus belle suite du McAlpin. Où un maître d'hôtel les attendait, dans le salon privé. Mais Lasky, à l'évidence, se souciait peu de gastronomie, et tandis qu'un sommelier leur versait un vin blanc de Bourgogne – décidément, tout le monde à New York semblait se ficher éperdument de la prohibition, la ville flottait sur un océan de bulles, de vins, d'alcools en tous genres –, il se cala confortablement en attendant la suite.

— L'autre aventure !

Et comme Cooper le regardait, perplexe :

— Pas celle des Bakhtiari – la vôtre ! Celle du film. Cette femme, Marguerite Harrison, j'ai entendu des tas de choses sur elle. Un sacré cran, non ? Et Schoedsack, votre ami – quelles images ! Ça n'a pas dû être simple, j'imagine, de tout ramener à bon port ?

Une autre aventure, en effet… Et le décor du McAlpin Hotel s'estompa, Lasky dans la pénombre, le maître d'hôtel glissant, silencieux, dans la pièce, tandis que le Zard Kuh se dressait de nouveau devant lui.

Ils avaient dormi à son sommet, à demi gelés sous les rafales qui rabotaient la glace à vif. Mais nul ne se plaignait autour des feux de bouses séchées, pas même les enfants malgré leurs pieds en sang et leurs vêtements légers. Les premiers rayons du jour les avaient réveillés – comme une onde dorée qui glissait au flanc de la montagne, éveillait sur son passage un champ de neige enchâssé entre deux murailles de roches pourpres. Derrière eux, la vallée quittée trois jours plus tôt était encore dans l'ombre, bleue et froide, comme un monde effacé. Tous s'étaient élancés dans une joyeuse bousculade, courant, tombant, se laissant glisser sur la pente gelée, une vieille femme devant eux passa sur le dos, hurlant de rire, ses jupes relevées. Plus bas, des brins d'herbe perçaient la neige fine, dans les anfractuosités des rochers une fleur rouge pointait, fragile, puis deux, puis trois, une explosion de fleurs et c'était le printemps qui naissait devant eux, les accueillait tandis que la foule les bousculait, dans une cohue où se mêlaient en désordre mules, vaches, moutons, chèvres, tous pressés de toucher enfin la terre promise. Quelques milles plus loin, une vallée se déployait jusqu'à l'horizon, où l'herbe frissonnait dans le vent léger, des chevaux se roulaient sur le dos, ivres des senteurs de printemps, Les premiers arrivés déjà installaient le camp, déployaient les tentes laissées l'année passée dans leurs abris de pierre. Pendant deux jours encore ils avaient filmé le long flot des arrivants, la vie du camp d'été. Les femmes reprenaient leurs travaux quotidiens, les hommes fainéantaient comme à l'accoutumée, mollement allongés en buvant du thé et en fumant. Schoedsack, dernières prises faites, pellicule quasiment épuisée, s'inquiétait déjà du jour de leur départ.

La caméra posée, c'était comme si la beauté du monde s'était retirée, enclose dans ses boîtes – le dehors, pour lui, n'était plus que dangers à affronter, adversité à vaincre.

— J'aurais tellement voulu rester ! Cette vie sauvage, elle allait me manquer, je le savais. Et Maggie était à bout de forces. Mais lui, déjà, ne pensait qu'au film à rapporter. Avec, en tête, le souvenir du désastre qui avait conclu notre équipée en Abyssinie.

Il soupira.

— Je pensais vie, il pensait film.

Dès le lendemain de la dernière prise ils s'en étaient donc allés, et à chaque pas de leurs mules et chevaux qui les éloignait du camp, Mohammed, Hadji et ses aides reprenaient des couleurs. Haidar les accompagnait, pressé de les rendre aux princes bakhtiari qui les lui avaient confiés, deux mois plus tôt – au palais de Nusratallah Khan, le cousin de Rahim, à trois journées de là, où ils avaient pu goûter enfin à un bon bain, suivi d'un festin qui les avait changés de leur menu spartiate. Au palais du père de Rahim, le soir suivant, ils avaient retrouvé le jeune homme, curieux de voir en quel état étaient ses trois Américains et presque incrédule de les découvrir si pleins d'énergie, mais toujours aussi perplexe sur leurs motivations à fréquenter des brutes incultes quand ils avaient chez eux Broadway, sa musique et ses girls. Il mourait d'ennui en son palais digne des *Mille et une nuits* et, depuis son séjour à Beyrouth, ne rêvait plus que d'Occident et d'Amérique.

À leur réveil, des chevaux splendides les attendaient pour une chevauchée en sa compagnie, qu'ils n'avaient pu refuser, et tout le jour Rahim avait multiplié les prétextes pour les retenir – en vain. Schoedsack était têtu, et le lendemain ils avaient pris la route au lever du jour pour Dek Kurd, où, assurait Rahim, ils pourraient télégraphier à Ispahan pour que leur soit envoyée une voiture.

Après les jardins du palais, commençait le désert, sable et poussière à l'infini, sous une chaleur bientôt de plomb fondu, 40 degrés au moins, et encore à l'ombre, s'inquiétait Schoedsack. Il avait multiplié les précautions pour protéger les pellicules dans leurs boîtes, mais elles étaient passées trop souvent de grandes chaleurs à des froids extrêmes, l'air autour d'eux vibrait en vagues de chaleur, la poussière leur piquait la gorge, la réverbération les aveuglait et c'est seulement au soir tombé qu'ils touchèrent au but – où les attendait un envoyé du maire, sans doute prévenu par Rahim, qui avait organisé une réception en leur honneur. Mais pourquoi donc avaient-ils voulu partager la vie de ces brutes, s'était étonné leur hôte, un vieillard élancé, au maintien de seigneur – ils n'avaient ni jardins ni poésie ! Tout, chez lui, n'était que volupté, délicats raffinements. Payés en pressurant les brutes en question, avait grommelé Schoedsack, pour une fois approuvé par Marguerite.

— Et c'est là que nous avons connu nos premiers soucis. Qui auraient pu virer à la catastrophe. Par ma faute…

Ce soir-là, déjà, il s'était senti comme éteint, épuisé. Dans la nuit, il s'était réveillé, parcouru de frissons. Au matin, il grelottait de fièvre.

Schoedsack, aussitôt, avait télégraphié, obtenu la promesse d'une voiture, rendez-vous avait été donné pour le lendemain à une station de télégraphe à 20 milles de là, sur la route d'Ispahan. Mais Hadji s'était perdu en chemin, ils n'avaient trouvé la station qu'après dix heures d'errance dans la fournaise retrouvée. Lui, tout ce temps-là, vacillait sur sa selle, en assurant d'une voix chevrotante qu'il se sentait en pleine forme. Fort heureusement, le directeur avait pu les héberger, mais dans l'après-midi du lendemain quand la voiture avait fait son apparition, il n'était plus en état de feindre – assez lucide, malgré tout, pour constater qu'en fait de voiture ce n'était qu'une épave pilotée d'une main incertaine par un Arménien aussi ignare en matière de conduite que de mécanique. Une *petite* épave, avait ajouté Schoedsack, en ouvrant le coffre : pas de place pour eux trois plus les films et les bagages, dans cette guimbarde. Coop et toi avec les pellicules, avait proposé Maggie : c'est le plus important. Pas question de te laisser derrière toute seule, avait rétorqué Schoedsack.

— Et il a donc pris la décision la plus stupide. Avec l'entêtement qui les accompagne en général, celles-là – c'est même à ça qu'on les reconnaît ! Maggie et moi dans la voiture avec une partie des bagages, pendant que lui gagnerait Ispahan avec Hadji, Mohammed, Niz Ali, les mules... et la pellicule, puisqu'il entendait ne plus la quitter des yeux.

La pellicule, aux périls des routes, à dos de mule ! Il fallait qu'il fût au plus mal, à demi inconscient, pour ne pas protester.

Miracle : l'épave avait tenu le choc, malgré les embardées du conducteur, et le soir même Maggie et lui étaient reçus par le consul de Grande-Bretagne. Avait commencé une longue attente, chaque jour plus inquiète...

Deux jours avaient suffi pour qu'il se rétablisse. Assez, en tout cas, pour ne plus fermer l'œil. Comment avait-il pu laisser faire ? Shorty seul dans le désert, sans défense, avec leur trésor de guerre... Il mobilisait un détachement armé quand, au soir du cinquième jour, Schoedsack était réapparu, simplement retardé, à l'en croire, par « deux ou trois imprévus ». Aux visages marqués de son équipe tous devinèrent que l'affaire n'avait pas été si simple.

Le soin que Shorty mettait à surveiller ses bagages avait éveillé les convoitises et chaque soir ils avaient dû veiller sur eux, arme à la main, expliqua Mohammed, qui, de seulement l'évoquer, en tremblait encore. Aux caravansérails du désert avaient succédé des auberges de village, sans plus de sécurité. Plusieurs fois, des cavaliers les avaient suivis de loin, ou dépassés au galop en leur jetant des regards brûlants, Hadji se perdait en prières, avec ces damnés Américains, il ne connaîtrait donc jamais la paix ? La paix : elle ne tenait plus qu'à un fil, leur avait expliqué un aubergiste, les incidents se multipliaient avec les troupes du gouvernement, nul ne pouvait prédire quand la plaine s'embraserait mais ça ne tarderait pas – et le cabaretier, tout en parlant, jetait des regards féroces sur sa pétoire accrochée au mur. En début de soirée, ils allaient s'engager dans une passe étroite quand ils avaient essuyé un coup de feu…

Schoedsack avait haussé les épaules :

— Ces imbéciles se sont égaillés en hurlant dans le noir avec les animaux ! Comme j'avais deviné des uniformes derrière les rochers, j'ai tenté ton coup dans le train vers Varsovie, tu t'en souviens ? Ça avait déjà marché pour moi, à Dantzig, avec les Allemands. Bref, j'ai fondu sur eux en agitant les bras, Américain ! Américain ! Avec en prime le nom du shah. Ça les a calmés. Ils restaient là, devant moi, sans trop savoir que faire, les pauvres étaient à peine armés, un seul tenait un fusil. Alors j'ai pris tes accents de commandement… J'ai arraché le fusil des mains du gars comme si j'allais lui botter le train avec, les autres m'ont fait signe de passer. Le plus dur a été de retrouver mes hommes dans le noir. Et surtout – il gloussa – la mule qui s'était carapatée avec mes films. Une heure de recherches ! Et l'idiote qui nous fuyait comme si elle ne nous reconnaissait plus !

Ils avaient fait leurs comptes : 750 dollars. Avec ça en tout et pour tout, ils n'iraient plus très loin – en tout cas, pas aux États-Unis.

— Nous étions là, échafaudant des plans aussi nuls les uns que les autres, quand j'ai pensé au *New York Times*. Comment ne l'avais-je pas fait plus tôt ? J'y avais assez travaillé, au retour de la guerre, je devais y avoir encore des amis… Je leur ai télégraphié. Non seulement ils nous ont pris des articles, à Maggie et à moi, mais ils nous ont viré une avance. Insuffisante, mais c'était mieux que rien !

Après avoir payé Hadji, soulagé de voir disparaître avec eux les périls quotidiens, ils avaient foncé en voiture vers Téhéran.

Une affaire de deux jours à tombeau ouvert à travers le désert, malgré les protestations de Maggie qui aurait voulu rester à Qom. Là, le vice-consul américain, Robert Imbrie, avait authentifié l'attestation signée par Amir Jang, le grand chef des Bakhtiari, selon laquelle les trois Américains étaient bien les premiers Occidentaux à avoir franchi le Karun, puis le Zard Kuh, et suivi la migration de quarante-six jours des Baba Ahmedi. Document en poche, ils avaient gagné Bagdad, et de là Beyrouth, à travers le désert, selon la technique éprouvée lors de leur première équipée – pied au plancher, le doigt sur la gâchette et tir à vue sur les obstacles – sans incident, mais sous une chaleur dépassant les 50 degrés qui mettait Schoedsack au supplice.

Coup de chance, à Beyrouth, un paquebot levait l'ancre dès le lendemain pour Marseille – à Paris, assurait Schoedsack, ils trouveraient des facilités pour développer la pellicule. Ils se précipitaient pour prendre leurs billets, quand Maggie leur avait annoncé qu'elle les abandonnait. Juste une semaine, avait-elle ajouté : elle les rejoindrait plus tard à Paris. Dans les premiers temps elle ne leur serait d'aucune utilité, alors qu'il y avait ici tant de sujets de reportage ! La tension montait entre Juifs et Arabes à Haïfa. Elle comprenait le rêve sioniste, par bien des aspects le trouvait admirable, mais l'afflux de Juifs d'Europe et d'Amérique annonçait de grands troubles, d'autant plus que les Anglais, au sortir de la guerre, avaient promis la Palestine aux Arabes. Ces articles seraient une contribution supplémentaire à leur caisse commune. Derrière son flot de paroles il y avait autre chose, que Cooper se garda bien de confier à Lasky, mais qui lui avait pincé le cœur : depuis plus d'une année ils avaient tout partagé, et voilà, sans lui en avoir touché mot auparavant, qu'elle reprenait sa liberté – redevenait journaliste, avait pensé Schoedsack de son côté.

— Et c'est là que l'aventure a failli se terminer. Alors que nous pensions avoir touché au but…

Ils venaient de quitter le quai, dans la chaloupe qui devait les conduire avec une dizaine d'autres passagers au paquebot mouillé au large, à grands gestes du bras il répondait aux adieux de Maggie, quand une altercation avait éclaté dans son dos : Shorty, devant ses précieuses caisses, affrontait le capitaine entouré de ses matelots, tous l'air de parfaits bandits. Il s'était précipité, prêt à la bagarre.

— Ces salopards lorgnaient déjà dessus pendant le chargement, avait résumé Shorty. Maintenant ils réclament une fortune en supplément. Ou sinon ils balancent tout à l'eau !

Sans doute les marins pensaient-ils, devant les précautions prises, que les caisses contenaient un trésor, peut-être du haschich, toujours est-il qu'ils étaient à cinq contre deux. S'en était suivie une bataille homérique. Ils pliaient sous le nombre, un matelot saisissait une des caisses pour la passer par-dessus bord quand un passager s'était porté à leur secours, et le capitaine, quelque peu tuméfié et marmonnant un chapelet d'insultes, avait dû se résigner à les livrer à bon port.

À Paris, la logeuse de Schoedsack avait pris sa retraite. Ils s'étaient repliés vers la Goutte d'Or, où les chambres étaient réputées les moins chères de Paris – sans doute, avait-il constaté en retournant sa paillasse, parce qu'ils auraient à la partager avec des populations autochtones. Mais Schoedsack n'y prêtait qu'une attention distraite. Le réduit n'était pas si différent de celui qu'il avait connu à Londres, et dans les ruelles misérables se croisaient Algériens, Marocains, Polonais, Russes, Italiens – un Brick Lane parisien. Lui importait surtout de trouver un laboratoire, en commençant par celui de Pathé, maison à laquelle il avait jadis fourni quelques travaux. Mais il avait dû se rendre à l'évidence : le coût du développement dépassait de loin ce qu'il avait imaginé, les avances du *New York Times* n'y suffiraient pas.

— Nous n'avons pas le choix, avoir conclu Schoedsack, le visage fermé : faut qu'on s'y mette nous-mêmes.

— Tu y connais quelque chose ?

— Non, rien. Développer des photos, oui. Mais là…

— Et si tu rates ton coup ?

— Je peux commencer par la bobine la moins importante…

Le lendemain, il se plongeait dans un manuel technique – en français… Et le surlendemain, dans la chambre adjacente transformée tant bien que mal en laboratoire, il installait le matériel tout juste loué, les cuves et les produits. Cooper, qui allait et venait dans le couloir, au supplice, s'était jeté sur son ami quand celui-ci avait entrouvert la porte. Alors ?

— Ça n'a pas l'air trop mal…

— Comment ça, pas trop mal ? Il faut que ça soit bon ! Et même très bon. Enfin, parfait.

— Parfait, je ne sais pas. Bon, oui. Même très bon. Mon vieux Coop, ça marche !

Il leur avait fallu louer à bas prix les services de deux jeunes filles sans la moindre expérience, mais quel besoin d'expérience pour tourner des bobines ? Quand Maggie s'était annoncée, quinze jours plus tard, elle les avait trouvés au milieu d'un amas de pellicules, riant comme des gamins : à l'exception d'une bobine ratée, tout était développé, visionné, classé. Il ne leur restait plus qu'à rentrer à New York.

Les quelques jours passés seule en Palestine paraissaient avoir requinqué leur amie, redevenue la Marguerite Harrison rencontrée en Pologne, un soir de bal, sûre d'elle, très chic, familière des ambassades et des grands de ce monde. Elle avait rencontré le général Weygand, gouverneur français de Syrie, visité les colonies juives, rassemblé assez de matière pour une dizaine d'articles – et ils s'étaient dit, avec un petit pincement au cœur, que la journaliste, en elle, l'avait éloignée d'eux sans qu'elle s'en rende compte.

Début août, la tâche accomplie, ils se préparaient à quitter Paris, Maggie sautait à pieds joints sur sa malle pour tout faire rentrer, quand Shorty était arrivé, abattu : ils n'avaient plus assez d'argent pour rapatrier les films. Plus assez d'argent ? Ils s'étaient alimentés au lance-pierre, pendant toutes ces semaines ! Shorty avait secoué la tête : en sus du fret, les droits de douane étaient énormes. Il avait retourné la question sous tous les angles, il fallait jeter la moitié de la pellicule.

Jesse Lasky, jusque-là silencieux, sursauta : *jeter de la pellicule ?* Après tant de risques courus pour les ramener ?

— Shorty n'en avait pas dormi pendant deux nuits. À travers la cloison, je l'entendais râler pendant qu'il triait, coupait. Mais c'est peut-être moi qui en étais le plus malade, incapable de mesurer les conséquences. Shorty, lui, s'y faisait peu à peu : il savait tout de même distinguer une image réussie d'une image ratée !

Ils n'avaient guère parlé de leur aventure, pendant la traversée – comme si son sens n'apparaîtrait à chacun d'eux qu'une fois le film achevé. Le plus urgent, dès le pied posé à New York, serait de lancer une offensive éclair pour récupérer de l'argent. Ils arriveraient tous trois avec pour seule richesse leurs vêtements – et leur film. Maggie, dans sa cabine, écrivait une pluie d'articles sur la Turquie nouvelle, la Syrie et l'Irak, les enjeux du Moyen-Orient. Lui-même avait préparé quelques papiers, dont deux propres à enthousiasmer Louis Froelick d'*Asia Magazine*. Avant son départ, Maggie vivait de ses conférences, Pond, le grand imprésario, la reprendrait sûrement. Et ils avaient tellement de choses à raconter, se disaient-ils, qu'elle réussirait bien à placer Cooper.

Une offensive éclair couronnée de succès, d'autant plus facilement que le *New York World* avait annoncé leur retour à grand fracas. Froelick était resté bouche ouverte devant les clichés de Schoedsack : tout, il prenait tout ! Et ils avaient pu s'installer enfin, Maggie avec son fils retrouvé, eux dans un petit appartement à Manhattan.

Cooper eut un petit rire incrédule :

— Et c'est là que j'ai réalisé que je ne connaissais rien au cinéma. Rien à ce qu'était un film !

Deviner le potentiel dramatique d'une scène, d'un lieu, ça oui – et Shorty était le meilleur des maîtres. Mais un film, ce n'était pas le rendu d'un « réel » : c'était d'abord un montage, la recherche d'une forme abstraite qui, appliquée au réel, rendait celui-ci visible. Fasciné, il voyait Shorty avancer, une ligne narrative apparaître, s'effacer, revenir plus ramassée, plus suggestive encore, un rythme se dessiner dans l'alternance des plans et les mouvements de caméra. Mais Shorty, pourtant, paraissait chaque jour plus soucieux : quelque chose n'allait pas. Maggie elle-même se montrait critique, en des termes qui faisaient enrager son ami – à croire que chacun, à mesure que s'éloignait l'aventure vécue, revenait à ce qu'il était auparavant. Shorty et Maggie retrouvaient leurs irritations réciproques, elle en venait à penser que le sujet intéressant aurait été, à l'intérieur de la tribu des Bakhtiari, l'opposition entre ces Baba Ahmedi, inchangés depuis des siècles, et les chefs en leurs palais, tournés vers l'Occident, qui tiraient fortune de leur pétrole mais n'en continuaient pas moins à pressurer leurs sujets. Ou bien que le premier sujet aurait dû être les femmes, et le nomadisme qui les condamnait à l'esclavage. Ou encore elle s'agaçait des cartons, qu'elle jugeait racoleurs, demandés pourtant, sur les conseils de Froelick, au meilleur titreur de la place, Terry Ramsaye, qui venait de terminer les textes du dernier film de Martin Johnson – un film éducatif, sans cartons, ne serait-il pas préférable ? Journaliste ! fulminait Schoedsack.

— Demain, prédisait-il, elle finira par juger la migration elle-même une folie. Et pour nous un simple spectacle. Bon sang ! Elle l'a pourtant vécue…

Mais elle a raison, ajoutait-il dans un soupir : le film n'était pas à la hauteur.

— Cette connerie de « peuple oublié » ! Et Maggie comme fil conducteur… ça ne tient pas dix minutes. Nous manque juste l'histoire qui lierait tout ça !

Il aurait fallu, comme fil, un personnage, ou une famille bakhtiari : Haidar et Lufta, son fils. Mais Haidar était trop pris par la protection d'une Maggie toujours en retard, vu le temps qu'elle mettait chaque matin à se maquiller. Était-il le seul, finissait par se demander Cooper, à avoir été bouleversé par ce qu'ils venaient de vivre – le seul à avoir toujours la chair de poule au vu des images du Karun et du Zard Kuh ?

Il sursauta. Lasky le regardait en souriant.

— Ce n'est pas facile de revenir, n'est-ce pas ? Vous étiez perdu dans vos pensées…

Il allait s'excuser, mais l'autre le coupa :

— Moi aussi, parfois… Vous savez, j'ai été chercheur d'or, au Klondike…

Ce fut au tour de Cooper d'ouvrir de grands yeux.

— J'ai connu Skagway, où la vie des hommes ne valait pas cher, et les voleurs de « Soapy » Smith. Et puis j'ai gravi la Chilkoot Pass, comme les autres. Trois mois ! Trois mois pour hisser mon équipement au sommet. Avec une seule pensée : tenir… Ça ! Je n'ai pas fait fortune, non. J'ai même perdu tout l'argent que ma mère m'avait donné pour partir.

Ce fut à son tour de s'abîmer dans le silence.

— Le Klondike ! Il est toujours là. C'était… l'enfer, oui, bien sûr. Mais il y avait autre chose.

Quoi ? Depuis, malgré la Paramount, il avait monté des expéditions en Alaska, dans la Sierra, au Canada, descendu le Colorado et les rapides de la Balsa River dans la jungle mexicaine, sillonné l'Ouest américain avec Zane Grey, l'écrivain. Pour chercher une réponse, peut-être.

Et, changeant brusquement de sujet :

— Votre budget était de combien ?

Au chiffre donné par Cooper il sursauta : 10 000 dollars ? Pour une année entière ?

— Et vous comptez en faire quoi, de votre film ?

Face au patron de la Paramount, ce qu'ils avaient trouvé jusque-là lui parut tout à coup ridicule. Les Cosmopolitan Productions allaient prendre *Grass* comme film éducatif. Lui-même avait été engagé par Pond pour un circuit de conférences et Marguerite faisait de même, pour éponger leurs dettes. Schoedsack cherchait un engagement dans une autre expédition – les conférences n'étaient pas son fort.

Lasky hocha la tête. Tout cela était très bien, mais enfin…

— Par la faute d'un imbécile, chez nous, nous avons manqué le *Nanouk* de Flaherty. Pas question de manquer *Grass* ! Je veux vous diffuser. Dites-moi vos conditions ?

Pris de court, Cooper essaya de rassembler ses idées, mais Lasky, devinant son embarras, le devança :

— Cinquante pour cent des recettes, ça vous convient ?

Déjà, la machine Lasky se mettait en marche. Un autre homme, tout à coup – ce type était double, ou triple, au moins, songea Cooper.

— Le circuit des conférences, le réseau éducatif, très bien. Ça donne du sérieux. L'appui de l'Explorers' Club ? On jouera à fond là-dessus. Et puis, vos conférences… Vous allez découvrir le public, et ça, c'est sans prix. Au Klondike, j'ai survécu comme joueur de cornet dans un bouge pour mineurs. Et à Hawaii, dans un club miteux. J'ai été assistant dans un *medecine show*. J'ai monté un duo avec ma sœur dans un vaudeville. Si je suis ce que je suis, c'est parce que j'ai tout appris du public, dans ces années. Deviner ses attentes, apprendre à l'émouvoir, ne pas le mépriser : à la fin de votre tournée, vous vous souviendrez de ce que je vous ai dit ! Mais dans l'immédiat…

Dans l'immédiat il fallait foncer, avant que se dissipe l'effet Explorers' Club…

— Un lancement, ça se prépare des mois à l'avance. Là, nous n'avons que quelques semaines… La première chose, tout de suite : on ne vous voit pas dans le film. Mince ! Les stars, c'est vous ! Le public a envie de savoir à quoi vous ressemblez. Quoi ?

Pas d'images ? On en tournera ici, au studio. La deuxième chose… Je vais trop vite ?

— Non, non, aucun problème, dites-moi juste la date, balbutia Cooper qui se demandait comment il allait faire accepter ça à Schoedsack.

— Disons… après-demain ? La deuxième chose : prolonger l'écho de l'Explorers'. Ça, je m'en occupe. Il nous faut une avant-première, vite. Troisième semaine de février ? Plus tôt, je ne sais pas. Mais j'ai une ouverture, vers cette date-là, au Plaza. Pour viser une sortie fin mars à Broadway. Ça vous va ?

Si ça allait ! Il ne pouvait rien promettre, poursuivit Lasky, sinon qu'il ferait tout pour que ce soit un succès. Mais il y avait un os…

— Et un sérieux : la sortie du *Monde perdu*. Quasiment demain.

Et devant la mine ahurie de Cooper :

— Vous ne lisez pas la presse ? On ne parle que de ça depuis quinze jours. La sortie du *Monde perdu* à l'Astor ! Depuis le temps qu'on l'attendait ! Mais rien à voir avec vous. C'est même le contraire. Des trucages incroyables, à ce qu'il paraît. Vous savez que tout a commencé ici même ?

S'il savait ? Il lui raconta tout : son livre de chevet qui l'avait accompagné pendant la guerre, l'incroyable soirée avec Conan Doyle. Ce fut à Lasky d'ouvrir de grands yeux.

— Eh bien, prenons ça comme un signe !

— Pas question !

Cooper était rentré, la tête en feu. Et Shorty, qui l'attendait trépignant d'impatience, pressé de lui parler, était resté coi sous le flot de parole de son ami. Que la Paramount s'entiche de ce film le troublait, mais n'empêche : on ne lui ôterait pas de l'idée que le film était inabouti. Et à l'annonce qu'il aurait en plus à se montrer, en ouverture du film, il s'était cabré : il était l'homme derrière la caméra, pas devant !

Maggie, qui entrait sur ces entrefaites, vint au secours de Cooper. Shorty n'allait pas jouer les vierges effarouchées ? S'il fallait, Coop et elle le prendraient par bras et jambes pour le tirer jusqu'au studio. La chance de payer leurs dettes ! Peut-être même de gagner un peu d'argent…

— Tu ne vas pas tout gâcher pour des enfantillages !

Le prenant par le bras, elle le fit s'asseoir, puis, se glissant sur ses genoux, câline :

— Je ne t'ai jamais dit que je te trouvais rudement joli garçon ?

Cooper, tout au récit enflammé de son entrevue avec Lasky, s'arrêta au regard que lui lançait Shorty.

— Tu allais dire quelque chose, non, tout à l'heure ?

— Ah, tout de même ! William Beebe...

Froelick l'avait appelé le matin même pour lui faire rencontrer William Beebe. Tout allait très vite...

— Il trouve mes photos pas mal. Et même le film, à ce qu'il dit. Je ne sais pas ce qu'ils ont tous, mais enfin... Il monte une expédition aux Galapagos. Et il me propose un contrat. Six mois, bien payé. Ce sera ma part au pot commun. Je pars le 10 prochain.

Cooper resta interdit. Shorty ne verrait même pas l'avant-première au Plaza, ni le lancement de mars à Broadway. Autrement dit, il ne verrait pas son film sur grand écran. La roue tournait de plus en plus vite, le destin allait les éparpiller aux quatre coins de la planète. Il se sentit, dans l'instant, le cœur navré.

Maggie, elle, toujours sur ses genoux d'un Shorty au supplice, l'embrassait fougueusement : William Beebe ? Vrai, c'était génial !

Les studios Astoria flambant neufs, dans le Queens, dominaient de leur masse orgueilleuse les bâtiments de la 36e Rue. Évidemment, reconnut Schoedsack, ça changeait des granges et des hangars de Mack Sennett. Les plateaux que leur fit visiter un assistant de Lasky le laissèrent rêveur : en moins d'une décennie, on était passé à l'industrie. Oh ! Seulement des studios d'appoint, corrigea le jeune guide, ravi de ses effets, en se faufilant entre les gens qui se croisaient en tous sens, portant décors et accessoires. L'essentiel se tournait à Hollywood, où tout était moins cher, à commencer par le soleil. Certes, ils pouvaient tourner des films complets, ici, mais on y réalisait surtout des films courts, des scènes de raccord, des films publicitaires, sans compter la postproduction. Schoedsack hochait la tête, pensif, en se demandant s'il était encore dans le coup. Tout de même assez pour protester quand un chargé de production les conduisit dans une pièce encombrée de vêtements. Ils n'allaient pas enfiler *ça* ? Le costumier protesta :

— On m'a dit des costumes d'explorateur !

— Oui, mais pas ces conneries. On se croirait dans un film de Rudolph Valentino !

Seule Maggie s'amusait comme une folle en essayant casques coloniaux et voilettes. À la fin, l'homme leva les bras au ciel, qu'ils choisissent donc eux-mêmes ! Mais poussa un cri, à son retour :

— Mince ! Vous êtes habillés comme tout le monde !

— Mais nous *étions* habillés comme tout le monde !

— On pourrait peut-être trouver une voie médiane ? proposa le réalisateur en entrant dans la pièce.

C'est donc en *presque* explorateurs que quelques plans d'eux adossés au mur du studio furent tournés en extérieur, dans la cour. Cooper fumait la pipe, le regard perdu dans les lointains, puis se tournait vers Schoedsack et engageait la conversation – Schoedsack qui avait dû accepter que sa tignasse soit peignée, gominée… Maggie, elle, avait revêtu la tenue « aventurière de cinéma » et eut droit à un long plan de séductrice propre à embraser Valentino lui-même.

— Oublie un peu *Le Monde perdu* !

Pas si facile, avec la ronde autour d'eux des assoiffés tétant le « booze du dinosaure » à même le cruchon. Plus pour longtemps, estima Schoedsack, placide. Les premiers arrivés gisaient au fond de la salle, et Joe, le *bartender* aux manières toutes personnelles d'encourager la consommation, titubait quelque peu.

— Jess Lasky, lui, croit en *Grass*… Il n'est pas idiot, tout de même ?

Mais ce n'était pas cela, dans le fond, qui tourmentait Schoedsack.

— Tu sais ce que Lasky m'a répondu l'autre jour, quand je lui ai dit qu'à mon avis *Grass* est raté ?

— Quoi ? Tu lui as dit quoi ?

D'émotion, Coop avala son verre d'un trait.

— Enfin, bon, je ne lui ai pas dit ça exactement, mais « pas complètement abouti », un truc dans le genre…

Il rit.

— Eh bien, il m'a dit que c'était aussi son avis.

Et Shorty lui disait cela tranquillement ?

— Raté, oui, un peu. Mais il a ajouté que tous les grands films, tous les grands romans, le sont. Parce qu'ils essaient de dire quelque chose d'indicible. Oui, c'est bien ce qu'il a dit : « indicible ». Et que c'est ça, justement, qui l'intéresse. Bon Dieu ! C'est ce que j'ai entendu de plus intelligent, sur le film…

— Je n'arrête pas de penser à un truc, dit Cooper en s'absorbant dans la contemplation de son verre. La différence avec les films de fiction, c'est que pour nous l'imprévu est la règle. D'accord ? Mère Nature écrit le scénario. Tu ne crois pas qu'il faudrait retourner là-bas ? Abandonner le début, le « peuple oublié », tout ça. Filmer la vie du camp, avant le départ. Bâtir une histoire avec Haidar et son fils, comme tu voulais – la transmission, et que se poursuive la chaîne des siècles. Hein ? Qu'est-ce que tu en penses ?

— Qu'on ne se baigne pas deux fois dans la même eau. Tu nous vois, chercher de l'argent pour refaire un film ?

Il secoua la tête.

— Notre vrai sujet n'est pas les Bakhtiari. Rappelle-toi ce qu'on se disait à Londres… On choisit un autre lieu. Différent. Une autre histoire. Et on essaie de faire mieux.

— Il faudra qu'on en parle à Maggie, avant.

— Tu n'as pas compris ? Elle ne repartira pas avec nous…

Quelqu'un, d'une voix éraillée, entonna tout à coup *Rose of Tralee* et le tumulte s'apaisa dans le bouge, chacun, irlandais ou pas, oubliant tout le reste, seul dans la nuit d'un New York griffé par le froid, laissa monter la voix et avec elle les souvenirs du pays perdu.

— Je ne sais pas trop pourquoi, murmura Cooper, mais cette chanson me file à chaque fois la chair de poule.

— Le réel est plus fantastique que toutes les fantasmagories, reprit Schoedsack, la voix lointaine, comme s'il se parlait à lui-même.

— Oui, mais un metteur en scène sacrément capricieux, soupira Cooper.

Puis, d'une voix hésitante :

— Depuis le montage, j'ai ces drôles d'idées en tête… C'est bien toi qui m'as dit un jour que ce qui distinguait une photo réussie d'autres ratées, c'est qu'elle avait en plus une forme, qui révélait quelque chose du réel, resté dans les autres invisible ? Oui ? Dans ce cas, le montage c'est un peu pareil : une forme trouvée, qui révèle ce que l'on a cru voir, du réel.

— Tu comprends vite…

— Une forme qui vient de nous ?

— Ou qu'on met en évidence, mais qui était déjà là, ça se discute.

— Quelque chose déjà là, dans les plis du réel, mais invisible tant qu'on ne l'a pas trouvé d'abord en soi. Le point de coïncidence entre le dehors et le dedans.

Il faudrait un philosophe, pour mettre mieux ça en mots, soupira Shorty, mais, oui, c'est ainsi qu'il sentait les choses.

— Dans ce cas, il nous faudrait beaucoup plus de temps, poursuivit Cooper, les sourcils froncés, tout à son idée. Combien de fois je t'ai entendu râler, ta caméra trop lourde, des scènes trop brèves pour être saisies au vol, pas la bonne lumière…

— Mmm…

— Je me suis dit : il faudrait le temps de s'installer, d'observer, de vivre avec. De noter les moments, les scènes. Et quand on n'a pas pu les saisir au vol, ou qu'il n'y a pas la bonne lumière, ou je ne sais trop quoi – il y a toujours quelque chose qui ne colle pas –, eh bien on les note, puis on les reproduit.

— Et ça se distingue comment des films bidonnés par de faux explorateurs qui tournent avec des animaux pris dans des zoos ?

— Eh bien… la morale de celui qui filme, je suppose. Et puis… ce point de coïncidence… Quand il est trouvé, ça sonne forcément juste, non ? C'est pour ça que, bidonné, ça sonne toujours faux. Si je ne me trompe, c'est ce qu'on a bricolé avec notre tempête de sable ?

— Mmm…

— Et pareil avec les gens. Si l'on observe bien, si l'on prend notre temps avec eux, on pourrait leur faire jouer leur propre rôle. Et tu ne retrouverais pas à les filmer dans des lumières pourries, le sol qui glisse, ou quelqu'un qui entre dans le cadre juste au moment où il ne faut pas.

Schoedsack rit franchement.

— Tu ne serais pas de train de me parler d'un film de fiction, par hasard ?

— Hein ? Non, non ! Enfin, si. Mais alors d'une fiction au plus près du réel. De quelque chose qui révélerait… oui, c'est ça : *la dimension romanesque du réel*. Mince ! Ce n'est pas toi qui répètes que le monde, le réel, est plus fantastique que toutes les fantasmagories ? Si ce que tu dis d'une photo réussie est vrai, alors c'est pareil : c'est à nous de créer la forme qui le révèle, ce réel. J'ai raison, ou pas ?

— Le roman du réel… Remarque, ça sonne pas mal.

— En plus, poursuivit Coop s'échauffant à mesure, on ne l'a jamais fait, ça – ou je me trompe ?

Ils cherchèrent la bonne expression, drame de la nature, roman de la nature, non, roman du réel, ça sonnait mieux.

Et Coop, décidément en verve :

— Tiens, avec un slogan : Distant, Difficile, Dangereux. Les trois D ! Lasky m'a dit de venir le voir dès qu'on aura un autre projet. Il veut nous aider. Avec un titre comme ça, et nos trois D, ça devrait marcher ?

Schoedsack resta un moment silencieux.

— À condition, tout de même, qu'on ait une idée de l'endroit ?

Puis, le fixant, les sourcils froncés :

— Dis donc, c'est allé vite ! Hollywood ne serait pas en train de déteindre sur toi ?

Tout à coup, ils prirent conscience du silence autour d'eux, et du froid qui venait. Le chanteur, les yeux clos, paraissait retourné à sa verte Erin natale. Certains dormaient à poings fermés, une brute tatouée serrait dans ses bras son voisin, à demi étouffé, et les autres gisaient, en état d'hébétude. Le poêle lui-même, faute d'entretien, s'assoupissait et Cooper allait le relancer quand on frappa à la porte. Comme nul ne répondait, les coups se firent plus insistants, suggérant une urgence. On ne pouvait pas laisser quelqu'un dehors par une nuit pareille, dit Schoedsack en se levant – pour se retrouver, dès le loquet tiré, nez à nez avec une meute de policiers d'autant plus hargneux que gelés. Cris, menaces, ceci est une descente, vociférait un rougeaud à la tête du détachement, le sergent ricanait, triomphant : flagrant délit, qu'on embarque ce beau monde ! Cooper tenta de protester, mais enfin, son ami et lui étaient quasi à jeun, c'était facile à vérifier ! L'autre s'en fichait bien : la descente, c'était une idée du capitaine – par un temps pareil ! On voyait bien que lui restait au chaud – eh bien, il aurait son gibier vite fait, en une seule prise ! Les deux gardiens de la vertu civique venus quelques heures plus tôt, et à titre médical, se sauver d'une mort par le froid s'éveillèrent sur ces entrefaites, un rien pâteux, en s'indignant : une réunion amicale, vu les intempéries, d'ailleurs les gars, faites pas chier ou mon pote et moi on vous met tous en état d'arrestation, mais leurs menaces n'eurent pas les effets escomptés, et une heure plus tard ils se retrouvèrent au poste, derrière les barreaux – à travers lesquels, froidure oblige, ils purent contempler ceux qui venaient de les coffrer en train d'entamer les cruchons saisis.

— Avec un temps pareil c'est obligé, se justifia leur gardien, mais ne vous en faites pas, vous payez l'amende et vous serez chez vous demain matin. Joe, lui, il a l'habitude : si c'est le même juge, ça lui coûtera 2 ou 3 gallons de son meilleur.

C'est donc derrière les barreaux que Cooper et Schoedsack précisèrent leur projet. Ce n'était pas le tout, d'avoir l'idée, le slogan, il fallait trouver le lieu. Et une confrontation avec les forces de la nature au moins aussi intense qu'avec les Bakhtiari. Ce qui ne se trouvait pas tous les jours sous les sabots d'un cheval.

— Pas sous les sabots d'un cheval, mais sous les griffes d'un tigre ?

— Mangeur d'hommes.

— Au fond d'une jungle effrayante.

— Si en plus on a des éléphants…

Des éléphants, oui, bien sûr. Là-dessus, reconnut Schoedsack, il lui faisait confiance : il trouverait. Et saurait négocier, ce dont lui était incapable. Pour faciliter les choses, il lui laisserait ouvert le compte sur lequel William Beebe verserait sa paie.

— À mon retour, tout est calé et on repart ?

Le planton revint vers eux, et, dans un toussotement discret, hum, il avait parlé aux copains et…

— Deux dollars chacun, en liquide, de la main à la main, ça irait ? Et vous sortez…

Ils se récrièrent : pas de favoritisme, ils étaient tous solidaires ! Et à la seule idée de se retrouver dans le blizzard, dehors… Non, ils avaient quelque chose à fêter, là, tout de suite. Cinq dollars contre un, non, plutôt deux, des cruchons saisis ?

Billets et cruchons s'échangèrent sous les applaudissements :

— Tournée générale !

Rien n'avait bougé, au Vesuvio. Silvio les accueillit avec des cris de joie, il leur avait réservé la même table, en souvenir. La *ragazza* était toujours aussi belle, mais ce n'est pas bien, *signore*

Cooper, d'entraîner la dame dans des folies pareilles, au lieu de la cajoler, quelle peur ils lui avaient faite, tous les deux ! Une bouteille de leur Fiano di Avellino préféré apparut comme par magie, des *crostini* allaient suivre et des calamars frits, bien sûr, il devenait de plus en plus difficile de se procurer les bons produits, mais heureusement il avait encore quelques relations – déjà il repartait, glissant entre les tables avec des grâces de danseur, en chantant à mi-voix. *Odore di femina*, reconnut Cooper en souriant : Silvio n'avait rien oublié.

Vingt mois, déjà. Ou vingt mois seulement ? s'interrogea Maggie.

— Parfois je me réveille en me demandant si je n'ai pas rêvé. On ne revient pas seulement d'un autre monde : on revient d'un autre temps.

Elle respira longuement son verre de vin, sec et fruité, en but une gorgée, les yeux clos.

— En tout cas, lui, il est vrai. Autre chose que cette saleté de lait aigre. Tu étais bien le seul à aimer ça.

— Oh, ce n'était pas tellement le lait ! Mais sentir chaque atome de son corps au réveil, respirer plus large… Ici, tu n'étouffes pas, toi ?

— Moi, la première fois que la femme d'Haidar m'a donné une galette de son fichu pain, je me suis ébréché une dent.

Silvio revenait déjà, avec deux plats fumants – d'autorité, les mêmes que la fois précédente, *spaghetti alle vongole, seppie di nero*, à faire fondre le plus obstiné partisan d'un retour aux âges farouches.

Tous deux savaient, dans le fond, pourquoi ils étaient là, mais ils différaient le moment inévitable. Ils s'absorbèrent dans leur déjeuner, ce restaurant était décidément le meilleur italien de la ville, ils s'échangeaient les dernières nouvelles, détaillaient les conférences que Pond leur avait trouvées, Cooper avait moins de pratique que Maggie mais se prenait au jeu, Maggie, elle, s'agaçait des questions du public et, pire encore, des journalistes. Déjà, à son retour des geôles communistes, leurs seules préoccupations étaient de savoir si elle avait eu une liaison avec un commissaire bolchevique et combien de fois elle avait été violée par ses geôliers.

— Ce coup-ci, ils veulent savoir si je suis tombée amoureuse d'un cheikh quelconque. Ah, aussi, la marque de mon rouge à lèvres…

De rage, elle en avait discuté avec d'autres coureuses de monde comme elle, Blair Niles qui terminait un livre sur Haïti, Gertrude Emerson, d'*Asia Magazine*, Gertrude Shelby qui avait sillonné tout le Sud-Ouest américain, et elle allait de ce pas écrire à Gertrude Bell, à Osa Johnson qui se trouvait à Nairobi, à Yvette Bodrup, la femme de Roy Chapman Andrews, qu'elle savait à Pékin. Pour leur annoncer la création de la Société des femmes géographes. Ça commençait à suffire, d'avoir à se coltiner les remarques de mâles infantiles !

Elle s'échauffait, les yeux brillants :

— Bon sang ! J'ai accumulé plus d'expérience, pris plus de risques que tous ces politiciens qui m'écoutent avec des sourires entendus ! Qu'est-ce qu'ils savent du monde, le cul sur leur chaise ?

Elle leva son verre, et Cooper l'imita, dans un soupir. Sudiste ou pas, il savait bien qu'elle avait raison : ce qu'ils venaient de réussir, ils l'avaient réussi à trois.

— À notre Société nouvelle ! Et qu'on en finisse avec tous ces crétins…

J'ai compris une chose, reprit-elle après un silence, et à son changement de ton Cooper eut un pincement au cœur.

— Je n'oublierai jamais ce que nous venons de vivre. Vous êtes tous les deux les garçons les plus fous, les plus généreux, les plus authentiques que j'aie jamais rencontrés…

Ce « tous les deux » était pire que tout, songea Cooper – après, allait forcément venir un « mais »…

Elle poursuivit, fixant son verre, les sourcils froncés :

— Mais c'est Shorty qui a raison : je suis une journaliste. Un peu spéciale, peut-être, mais journaliste. Parce que c'est le monde tel qu'il va qui me passionne. Le monde qui naît.

Elle posa un doigt sur les lèvres de Coop qui brûlait de lui répondre.

— J'avais ce rêve, plus jeune : un internationalisme à venir. Dans chaque pays où m'entraînaient mes parents, je me sentais tellement plus riche de la culture que je découvrais !

La vie s'était chargée de balayer ses illusions.

— Quelle ironie ! La première mondialisation aura été celle de la guerre… Totale, absolue, d'une barbarie sans nom. Elle aura réussi à détruire tous nos idéaux. Comment disait je ne sais plus quel ancien Grec ?

— « Polemos père de tout. » Héraclite. Mon prof, à l'Académie navale, le répétait tout le temps. Au commencement il y a la guerre…

— L'histoire a le sens de la plaisanterie, tu ne trouves pas ? Nous nous sommes battus pour la liberté et la démocratie. Quelle victoire ! L'après-guerre les détruit, partout.

Le droit à l'autodétermination des peuples opprimés ? À peine libres, ils devenaient oppresseurs. Depuis la fin de la guerre tous les soulèvements n'avaient-ils pas été déclenchés au nom de la liberté ? Que les vainqueurs s'empressaient d'étouffer, arrivés au pouvoir. Les rois tombaient, mais pour être remplacés aussitôt par des dictateurs.

— Et hop, un nouveau tour de roue ! Les dieux là-haut se tordent de rire.

Elle but son verre d'un trait, resta songeuse un long moment puis, à mi-voix :

— J'essaie de m'y faire : tout ce dont j'ai rêvé, je ne le verrai pas. Ma génération ne le verra pas. Le seul vainqueur de la guerre, c'est la guerre. Elle a pris possession de tout. Pris possession de nous…

La vérité d'aujourd'hui, poursuivit-elle, était celle du chaos. L'idéal démocratique reculait partout. Partout, le fascisme et le bolchevisme étaient prêts à bondir. Ce qu'on imposait à l'Allemagne en faisait une bombe à retardement !

— Un monde est mort. Et l'autre n'a pas encore commencé. Tout ce que je peux faire, c'est observer, enquêter, témoigner…

Il y avait dans sa voix une telle tristesse qu'il lui prit la main. Mais à l'instant de se confier il hésitait, cherchait ses mots :

— Je ne sais pas ce que les philosophes en pensent. Rien sans doute d'intéressant, s'ils ne l'ont pas vécu. Ce que je sais au moins, c'est que la guerre a ouvert une porte sur… quelque chose. D'inconnu. Dans le monde. Mais aussi en chacun de nous. Je l'ai vécu… Je ne sais pas trop ce que c'est, mais je l'ai vécu. Shorty aussi. Et toi. C'est ce qui nous a réunis, non ? En avoir le cœur net. Ailleurs, sous d'autres formes. Ça a l'air de grands mots, mais pourtant c'est bien ça : comprendre ce qu'il y a derrière cette porte !

Et comme elle acquiesçait, il reprit :

— Les « gueules cassées » ne demandaient pas à être accueillies en héros. Mais pas non plus à être rejetés – parce que l'horreur de la guerre était inscrite sur leur visage. Nous, nous sommes rentrés intacts. Soi-disant. Mais incapables de reprendre comme si de rien n'était. Oh, je ne reproche rien à personne. Les autres dansent, boivent, s'étourdissent – vivre, de nouveau ! Mais je sais juste une chose, pour être revenu d'au-delà de cette porte : que si nous la refermons, juste pour n'en plus rien savoir... alors le monstre va grandir, derrière, de plus en plus fort, jusqu'à faire exploser serrures et verrous, déferler sur le monde. Ça, j'en suis sûr. On ne peut pas tricher, avec la franchise de la guerre. Si on regarde le monstre en face, je veux continuer à croire qu'on peut le maîtriser. Si on détourne la tête, il prendra possession du monde.

Il poursuivit, comme si tout, encore, pouvait se réparer, leurs chemins se rejoindre :

— C'est comme un rocher tombant dans une eau calme. Elle était lisse, cette eau, et voilà que tout se trouve bouleversé. Toi, on dirait que tu ne veux voir que les ondes concentriques. Mais ce qui importe, c'est le rocher. D'où il vient et ce qu'il révèle des profondeurs dans lesquelles il s'enfonce.

Elle hésita, comme si elle luttait une dernière fois contre elle-même.

— Tu vois, j'aime mon fils plus que tout. Je sais, je suis une mauvaise mère. Je l'ai abandonné pour courir le monde mais... je crois pourtant que nous avons développé une belle relation. Je suis très fière : il est devenu quelqu'un d'épatant. Quand je suis rentrée, il m'a proposé de vivre avec lui. Mais il sait, il comprend que j'ai besoin de partir. Que j'aurai toujours besoin de partir.

Puis, doucement :

— J'ai besoin de suivre ma propre voie, tu comprends ?

Elle avait compris, là-bas, qu'elle faisait fausse route. Elle bouillait, aurait voulu rester en Turquie. Tant de choses s'y jouaient ! Et en Palestine, au retour : personne ne semblait voir que c'était une poudrière...

— Shorty a raison, je suis une journaliste. Lui est un artiste, un grand artiste. Comme toi, même si tu ne le sais pas. Tu n'es pas seulement un guerrier, l'homme qui fonce dans l'inconnu, escalade les montagnes, saute dans les torrents, défie Haidar à la nage : ce sont les artistes, qui cherchent ce que tu cherches. Moi, je ne suis pas un artiste : juste une journaliste...

Elle se força à sourire, en vain.

— Tu vas me manquer...

Silvio arrivait rayonnant, une bouteille de Prosecco pétillant à la main, son meilleur, mais il s'arrêta en chemin, en voyant leurs visages, eut une moue désolée. Maggie, se levant, embrassa le garçon sur les deux joues : la vie en avait décidé autrement. Elle se pencha à son oreille :

— Trop proches. Trop différents...

Le ciel était clair, l'air vif encore sur Brooklyn, mais la vague de froid qui avait pétrifié New York pendant quinze jours était passée aussi soudainement qu'elle était arrivée, l'air venant de la baie était chargé d'odeurs marines. Soixante mètres de long, deux mille quatre cents tonneaux, l'*Arcturus* dominait le quai de toute sa masse. Cooper, près de Schoedsack, sentait la pulsation sourde des machines, la vibration légère du pont. Tout à l'heure, le navire ne serait plus qu'un point à l'horizon, une fumée sur le ciel de nuages. Comme il avait aimé ces instants, à chaque départ, le lent déhalement du navire, l'ébranlement de toutes les structures aux premiers tours d'hélice ! Mais cette fois il serait de ceux qui agitaient la main sur le quai. Schoedsack lui tapota l'épaule.

— Juste six mois...

— N'empêche, soupira Cooper...

Ils avaient passé l'essentiel de la nuit ensemble. Cooper venait de passer contrat avec Putnam's Sons pour un livre sur leurs aventures. Avec l'à-valoir, il s'était acheté une vieille Ford T afin d'assurer son circuit de conférences. Pour célébrer la chose, ils avaient essayé la voiture autour de quelques pâtés de maisons et Cooper, plus habitué aux pistes dans le désert, avait trouvé le moyen de heurter par deux fois le trottoir en serrant trop ses virages, sans parler de la poubelle qui avait fait les frais d'un essai de marche arrière. D'ici un jour ou deux il l'aurait à sa main, avait conclu Cooper, optimiste – il avait tout de même piloté des avions. Certes, avait acquiescé Schoedsack, plus réservé, mais il n'y avait ni feux rouges ni trottoirs dans le ciel, et pas plus de marche arrière. Et puis ne s'était-il pas déjà crashé trois fois ? À son avis, Coop avait plus à craindre des rues de New York que du Karun en folie. Qu'il essaie au moins de rester en vie pendant son absence !

Un appel joyeux leur fit tourner la tête. Maggie, essoufflée, mais vêtue au dernier chic new-yorkais, escaladait la coupée, les prenait tous deux par le bras : elle n'allait pas les laisser seuls un jour pareil !

William Beebe avait tenu à cette petite fête avant le départ fixé à 14 heures. Amis, sponsors, journalistes se pressaient donc, curieux de découvrir le puissant steamer mis à la disposition de l'explorateur par Henry D. Whiton, qui conduirait l'expédition dans la mer des Sargasses, aux îles Cocos et aux Galapagos – plus encore qu'au dîner de l'Explorers' Club, le « Tout-New York » de l'aventure faisait fête au « maître des grands fonds ».

Près de Beebe, Cooper reconnut la superbe à longue robe du dîner de l'Explorers' Club, mais cette fois en tenue de travail sans apprêt, aux airs de garçonne, jolie comme un cœur. Elle leur fit un signe dès qu'elle les aperçut et vint à leur rencontre :

— Vous voir tous les trois ensemble ! Vous savez, je suis toujours sous le choc de *Grass*. Et William aussi...

Elle se tourna vers Maggie.

— Vous êtes notre héroïne à toutes ! Il va falloir tout de même que les hommes s'y fassent. Vous avez fait comment, vous, pour les mater tous les deux ?

La jeune femme sourit à Schoedsack.

— On se demandait, au dîner... L'homme mystère ! Mais je vous ai reconnu tout de suite.

Elle pouffa en désignant sa tignasse et entraîna Maggie à l'écart.

— Bon, ça promet, grommela Schoedsack... Dis donc, elles se disent quoi, là ?

Elles avaient déjà l'air complices – et les femmes ne sont complices tout de suite, soupira Cooper, que lorsqu'il s'agit de débiner les hommes.

— Si tu me faisais visiter ton *Arcturus*, pendant qu'elles se font leurs griffes sur nous ?

Une merveille. George Eastman avait fait les choses en grand : le laboratoire de Schoedsack était équipé pour la photographie comme pour le cinéma, et la grande salle de travail des chercheurs n'avait rien à envier à un équipement à terre. À côté de cette armée en ordre de marche, leur équipée avait des allures d'escapade d'amateurs, se dit Cooper – mais aurait-il changé l'une pour l'autre ? Et comme des membres de l'équipe appelaient à eux Schoedsack, Cooper s'esquiva, remonta la coursive – d'où il entendit, derrière une cloison, le rire clair des filles :

— Un cœur d'or… Et un grand artiste. Qui ne voit le monde qu'à travers son objectif, mais bon… En plus il se croit misogyne.

— Se croit ?

— Oh ! C'est juste un sentimental. Et un timide.

— En général, ceux-là, on en fait ce qu'on veut, non ?

— Fidèle en amitié comme c'est pas permis. Et le plus brave garçon que j'aie jamais rencontré, vous verrez !

Il attendit qu'elles s'éloignent pour réapparaître sur le pont. Maggie accourut aussitôt.

— Tu sais que cette fille, Ruth Rose, est incroyable ? Elle était actrice, sur Broadway, quand elle a lu un livre de William Beebe. Elle a tout laissé tomber, elle est allée le voir et voilà, il l'a prise comme stagiaire. Maintenant elle est son assistante, et l'aide à écrire ses livres.

— Elle est même plus que ça, non ?

— Ah, c'est bien les hommes, ça ! Eh bien non, figure-toi. Par contre…

Elle se pencha vers lui.

— Ella a flashé sur Shorty ! Vrai, elle a été complètement retournée par *Grass*. Et elle le trouve à craquer, je crois… Tu viens ? Il faut qu'ils se rencontrent, ces deux-là.

Réflexion faite, c'était moins lui, à New York, qui se trouvait en danger que Shorty à bord de cet *Arcturus*.

XVI

Au commencement était la jungle

Siam, septembre 1925-octobre 1925

Derrière la barrière silencieuse des grands arbres – ou bien était-ce la fatigue accumulée, la fièvre qui le gagnait ? – partout, il lui semblait deviner le glissement de présences invisibles, elles se rapprochaient, l'encerclaient peu à peu, les banderoles suspendues aux poutres du temple tintaient comme en répons inquiets aux souffles venus des profondeurs de la nuit, mais rien, de son refuge, ne résisterait quand déferlerait ce qui s'amassait au-dehors. Depuis des jours il pataugeait sans répit dans une purée gluante, harcelé par les taons et les moustiques, les nerfs à vif de vains combats contre des sangsues qui s'insinuaient par toutes les échancrures, tombaient en pluie dans son cou depuis les branches basses, lui couvraient le corps de leur masse molle, visqueuse, déjà gorgées de sang, éclataient sous ses doigts à peine effleurées, de seulement y penser le faisait frissonner d'horreur, tout ce qui rampait, volait, suçait, piquait, déchirait, pourrissait, anophèles porteurs de malaria, tiques, fourmis rouges, moustiques, taons, lézards, vers blanchâtres, scorpions, serpents, s'était ligué, il en aurait juré, pour le happer, le dévorer, le dissoudre dans la moiteur de la jungle – il avait affronté bien des dangers, mais jamais il ne s'était senti aussi perdu qu'en ces instants…

Un peu plus tôt, son gros orteil, attaqué par un insecte qui s'y était enfoncé pour déposer ses œufs, avait éclaté. Il frissonna. Sous l'étau des ténèbres, le village se recroquevillait, et dans chaque cabane, ôtée l'échelle branlante qui permettait d'y accéder, des familles se terraient, épouvantées, en espérant le retour du matin – tandis qu'au-dehors s'éveillaient les démons et les fantômes, se déclenchait la sarabande infernale de la vie carnivore, qui un jour, ils le savaient, aurait raison d'eux.

— Pour eux, la jungle est un être unique, vivant, dit Douglas Collier, en sortant de son bagage une bouteille de whisky, certes peu en adéquation avec son sacerdoce mais dont il s'était convaincu au fil des mois qu'elle était seule à même de chasser les esprits mauvais.

Depuis leur arrivée à Nan, où la Mission les avait accueillis, Schoedsack et lui, Douglas, tout à la fois missionnaire et médecin, multipliait les prétextes pour accompagner Cooper dans sa tournée de village en village.

— Je veux dire : doté d'une conscience. Poursuivant un but. Un organisme unique, englobant la terre et les eaux, bêtes et plantes, où tout se répond. Et comme ils ne sont jamais sortis de ce lieu maudit, la jungle, pour eux, couvre le monde à l'infini, depuis les commencements des temps. Elle est le monde.

— Et eux ? Ils pensent en faire partie ?

Douglas esquissa un geste désabusé. La lampe Hickcocks éclairait par à-coups son visage, soulignant ses traits creusés, ses yeux inquiets. Il était arrivé trois ans plus tôt, armé de certitudes, avant-garde du progrès, croyait-il, mais nul ne sortait indemne de l'épreuve de la jungle.

— Au début, vous croyez… Et puis Dieu vous joue de ces tours, parfois ! Ils sourient – mais ils sont d'un autre monde. Ils se considèrent comme des êtres de la jungle, bien sûr. Elle est la puissance de vie, la force nourricière qu'ils cultivent. D'où ils tirent gibier et poisson. En même temps, ils luttent contre elle, sans cesse, pour survivre. Elle est aussi une puissance maléfique dont ils essaient de se protéger – tant bien que mal. Pas facile, dans ces conditions, de leur faire entendre le message de Dieu…

Il but son verre à petites gorgées, perdu dans ses pensées.

— Non, pas facile. Pour eux, il n'y a pas d'au-delà. Rien que la jungle.

Mais, trop jeune, envoyé là par méprise, peut-être n'était-il pas l'homme de la situation. Comment imaginer que le lieu où l'on vous expédie n'aura pas d'impact sur vous ? Parfois il lui semblait que la jungle prenait possession de lui.

— On dit que le monothéisme est né dans le désert. Alors, pensez, dans ce grouillement épouvantable…

Il resta silencieux, l'oreille tendue.

— Vous l'entendez, dehors ?

Venaient, avec le vent, des bruits légers, tout proches, coassements de crapauds-buffles, glissements furtifs dans les herbes, peut-être de cobras ou de pythons, feulements étouffés de panthères, effrois soudains dans les feuillages, galops précipités, suivis de cris d'agonie. Sans doute était-ce la fièvre, songea Cooper, mais il devinait, sous la rumeur des carnages, la sourde poussée de la houle végétale montant vers lui, l'obstinée rumination des mousses et des lichens rampant à l'assaut des troncs centenaires, l'étreinte féroce des lianes s'étouffant les unes les autres à l'assaut de la lumière, le grignotement des fourmis, des vers, des millions d'insectes rongeant les souches pourries où déjà croissaient plantes nouvelles et fleurs inconnues, les bruits obscènes de mastication, de déglutition dans l'énorme ventre où vie et mort s'échangeaient continûment – la folle dévoration de la jungle par elle-même, qui progressait en se mangeant. Elle enserrait le village, dissimulée dans les plis des ténèbres. Cette nuit, demain, un jour elle le submergerait et avec lui ses habitants.

— Tous ces gens ont peut-être raison, reprit Douglas. Au commencement et à la fin des temps il y a la jungle. Elle est ce qui les domine, les écrase. Elle est ce qui leur donne la vie. Et qui la leur reprend. Dieu et le diable en une seule entité. Qu'est-ce que vous en dites ?

— Que si vous remplacez « jungle » par « guerre » c'est à peu près ce que j'ai vécu...

— On résiste, bien sûr. On se cramponne à ce que l'on croit – son maigre bagage ! Dieu et le diable, ensemble... Comment accepter pareil scandale ?

Il s'interrompit :

— La guerre, vous dites ? La guerre au commencement et à la fin des temps ? Oui, cela se tiendrait...

Un grondement roula sur l'étendue, qui paraissait venir de partout à la fois. Tous deux tressaillirent : un tigre.

— Pour les gens, ici, il est la jungle. Celui qui l'incarne. La suprême perfection. Vous en avez déjà vu en action ? Et son regard ! Le Dieu-démon, disent-ils.

Et la confirmation que Schoedsack et lui avaient vu juste : n'était-ce pas le thème de leur film ? Le Tigre ! Et quand celui-ci se faisait mangeur d'hommes, toute la férocité de la nature concentrée, face aux hommes, en un seul animal.

Deux jours plus tôt, en ce même temple, le chef et le conseil des anciens du village de Chiang Klang l'entouraient, assis les jambes croisées, tandis que Kru, son interprète, faisait lecture d'une lettre du gouverneur de district intimant de porter aide à l'ami américain venu capturer les tigres mangeurs d'homme qui avaient déjà dévoré tant des leurs. Ils avaient écouté poliment, en échangeant quelques regards entendus – ces visiteurs si importants, à l'évidence, ne s'étaient jamais retrouvés nez à nez avec un tigre affamé. Les mangeurs d'hommes étaient en effet un gros problème dans tout le district de Nan, avait répondu prudemment le chef après un long silence, et ils seraient tous ravis que l'Américain les en débarrasse. Comme l'enthousiasme collectif restait des plus ténus, Cooper les avait quelque peu bousculés : rien ne serait possible sans leur aide ! Le chef avait soupiré. C'était un gros problème, oui.

— Mais si l'Américain dit apporter une solution, pourquoi a-t-il besoin de nous, qui n'en avons pas trouvé jusqu'ici ?

S'en était suivie une longue conversation avec Kru, ponctuée de force gestes, que ce dernier finit par résumer :

— Le problème est simple. Ils se disent que les tigres… eh bien que les tigres, c'est eux.

— Comment ça, « eux » ?

— Oui, eux. Voilà : les tigres, pour eux, sont des êtres surnaturels : des « chevaux du diable ». Chevauchés par des entités diaboliques. Si on tue un tigre, l'esprit qui le chevauche se venge et vous transforme en tigre vous aussi, pour être sa prochaine monture. Là, comme ça, à brûle-pourpoint, ils n'ont pas trop envie de prendre le risque…

Il désigna un jeune homme à la mine défaite, dans le cercle extérieur.

— Son père a été tué par un tigre, la semaine dernière, emporté dans la forêt et mangé. Si les villageois le capturent et le tuent, ils sont persuadés que l'esprit se vengera. Et qu'ils seront transformés en tigres.

On n'en sortira jamais, s'était dit Cooper, exaspéré. Ces gens vivaient dans la peur, écrasés par leurs superstitions. Puis une idée lui vint et, se levant, le dos plié, il mima un animal chevauché :

— Dis-leur qu'il ne s'agit pas de les tuer, mais de les capturer pour les mettre dans des cages. Et que si leurs foutus esprits ne sont pas contents, ils verront bien que c'est moi qui ai donné les ordres. C'est moi, alors, qu'ils chevaucheront.

Le chef et les anciens hochèrent la tête, ébranlés.

— Et ajoute, hum, que pour ce travail ils toucheront bien sûr une rétribution.

Le visage du chef s'éclaira. Eh bien, il en avait mis du temps, ce curieux Américain, à comprendre !

Les plus courageux du village creuseraient des trappes sur les pistes préférées de l'animal, pendant qu'une douzaine d'autres les protégeraient.

Et il allait poursuivre ainsi, de village en village, couvrir toute la région de trappes, jusqu'à ce qu'il tienne enfin ce tigre fantôme qu'il traquait depuis des semaines. Il l'entendait pourtant chaque nuit, tout proche, mais peut-être était-ce le Diable-démon qui le suivait, attendait son heure, quand la jungle l'aurait peu à peu vidé de son énergie, réduit à l'état d'une de ces souches vermoulues, couvertes de mousses, qui s'effritaient sous vos pas, révélant les armées de vers et de fourmis…

— L'abcès a percé, votre pied ira mieux demain, dit Douglas. Et pour le reste – on voit que vous êtes neuf ici, une chair encore fraîche et tendre pour ces fichues bestioles. Mon vieux, à vous voir, elles s'en sont donné à cœur joie !

Pour les sangsues, conseilla-t-il, le mieux était de les percer avec des allumettes enflammées. Pour les piqûres de moustiques, un peu de quinine :

— Les plus gros peuvent vous filer la dengue. Et les petits, les visiteurs du soir, la malaria. Pour le reste, passez sur votre mollet une solution de permanganate de potasse. Dans deux ou trois mois vous aurez le cuir épais, vous aussi !

Le grondement du tigre roula de nouveau du fond de la nuit.

— On dirait qu'il vous donne rendez-vous, n'est-ce pas ?

Il tiendrait le coup, se répétait Cooper, malgré les tremblements. Il avait toujours tenu le coup, même au camp de Wladykino quand les autres prisonniers tombaient comme des mouches. Juste le temps de s'habituer. L'ennemi, cette fois, devenait intérieur. Cette manière de s'insinuer en vous... Si Schoedsack le voyait, dans cet état ! À cette heure il devait encore être au travail, à Nan, fabriquant les cages où enfermer les bêtes capturées.

— Vous savez ce qu'il me dirait, mon vieux Shorty, s'il me voyait ? Il se frotterait les mains : « Le pire ce sera, meilleur sera le film ! »

Eh bien, c'était le pire.

Les mangeurs d'hommes. Au départ ce n'était qu'une idée, un mot propre à frapper l'esprit des spectateurs, et donc celui de Lasky. Puis Cooper s'était pris au jeu, dans les parenthèses de ses conférences, quand il retrouvait le calme de la Société de géographie. Au fond, ils restaient un mystère, entre superstitions locales et fantasmes occidentaux. Un mythe, où se disait surtout le rapport de soi à la nature, sans études sérieuses, résumait Isaiah Bowman, le maître des lieux. Ce qui ne voulait pas dire que ces tigres-là n'existaient pas. Le brave homme soupirait : n'était-ce pas une quête un peu vaine de spectacle ? Et il revenait à son projet d'une expédition de Cooper au Rub-al-Khali. Celui-ci se laissait faire – il en avait tellement rêvé lui-même ! Et ça pouvait être un plan de secours, si le premier venait à échouer. Mais il ne parvenait pas à y croire, l'esprit déjà ailleurs : Lasky lui avait laissé un message l'invitant à fêter la sortie de *Grass* au Criterion.

L'avant-première, au Plaza Hotel, une semaine après le départ de Schoedsack, lui avait laissé une impression mitigée. Pour trouver une salle dans les délais Lasky avait profité d'une soirée de charité, où sa programmation détonnait quelque peu, mais le nabab s'était débrouillé pour y inviter quelques-uns des critiques les plus influents de New York, qui tous, à l'en croire, avaient été impressionnés. Cette fois, en ces derniers jours de mars, c'était l'épreuve de vérité.

Lasky avait bien fait les choses, distribué massivement un dépliant publicitaire, mobilisé un orchestre symphonique pour lequel Hugo Riesenfeld avait composé la musique d'accompagnement, à partir de chants traditionnels persans, d'extraits de Borodine, de Moussorgski, de Rimski-Korsakov. *Le Monde perdu* était un énorme succès, mais deux mois déjà avaient passé, l'hiver n'était plus qu'un souvenir, avec les premiers frissons du printemps flottait dans l'air une gaieté nouvelle, le désir de tourner la page. Et Cooper lui-même, travaillant comme un fou, avait réussi l'impossible : le livre de leurs aventures, illustré des meilleures photos de Shorty, était en vitrine de toutes les librairies. Arrivé en avance au Criterion, il avait attendu le dernier moment pour rejoindre Lasky et son équipe, fasciné par la foule qui ne cessait de grossir sur Broadway. D'où sortaient-ils tous ?

Son cœur battait si fort pendant la projection qu'il n'en avait rien vu, sinon les défauts tout à coup évidents. Shorty avait eu raison de prédire un désastre, cette affaire de « peuple oublié » était ridicule, même s'il avait fait des prouesses, au montage, pour l'escamoter. D'ailleurs, pourquoi lui et Maggie l'avaient-ils laissé seul ce soir, face à la foule ? Aux dernières images, les vagues d'applaudissements s'étaient succédé, ponctuées de cris et de vivats, le sol tremblait sous les piétinements des spectateurs, mais il s'était senti très loin, étranger à cette effervescence, incapable de reprendre pied. Lasky l'avait pris par l'épaule.

— Gagné. Mon cher Coop, c'est gagné !

Au dîner qui avait suivi, le nabab avait lâché qu'il tenait enfin sa revanche. Il avait manqué *Nanouk* mais il avait *Grass* ! Suivrait bientôt, avait-il ajouté en se tournant vers le héros de la soirée, le prochain film, plus étonnant encore, de nos deux aventuriers…

« Une histoire extraordinaire, par des dramaturges du réel », « Le plus grand film que j'aie jamais vu », « Le plus beau de tous », « Un film d'une valeur exceptionnelle ». Si seulement Schoedsack avait été là, pour lire le flot de dithyrambes qui avaient suivi, dans la presse ! Mais les nouvelles de l'*Arcturus* étaient rares et laconiques. Et Schoedsack devait avoir fort à faire, en ces instants, pour résister aux assauts de cette Ruth Rose, qui allait tomber sur un os, il en aurait juré – le gaillard était un obstiné.

Surtout n'attendez pas, avait glissé Lasky au sortir du dîner. L'avenir devait se préparer tant qu'ils étaient portés par le succès. Mais Cooper s'était senti bien seul, à l'instant de bâtir un projet. Cette fois, il s'agissait de convaincre un des maîtres d'Hollywood, avec cartes, plans, calendrier, chiffres que décortiqueraient des comptables tatillons. Et s'il se trompait, s'il engageait Shorty sur une mauvaise voie ? À la Société de géographie, le lendemain, Bowman avait fait la moue, avant de se prêter au jeu, sortant cartes et atlas. Mais tout restait si vague ! Et c'est avec le sentiment d'un travail bâclé qu'il avait retrouvé Lasky au McAlpin. Une ébauche, avait-il prévenu : la lutte des hommes contre la nature hostile, mais cette fois au cœur de la pire des jungles. Avec, en point d'orgue, la lutte d'un groupe d'hommes contre des tigres mangeurs d'hommes.

— Il y aura aussi des éléphants. Avec – il avait repris sa respiration, dans le fond il n'avait pas la moindre idée de la manière de s'y prendre – la charge d'un troupeau… Deux cents bêtes, réduisant tout un village en miettes !

Lasky avait approuvé.

— Bien ! Très bien ! Et vous comptez procéder comment ?

C'est alors qu'il lui avait exposé sa théorie du « roman du réel », le temps de préparation nécessaire, la maîtrise de l'imprévu par la scénarisation, après étude, la capture nécessaire des animaux, pour les scènes jouées, y compris les tigres. L'œil de Lasky avait brillé – là, vraiment, il s'agissait de cinéma. Et même, avait-il commenté, d'une nouvelle forme de cinéma. Quelque chose qui était dans l'air du temps, jusque-là informulé.

— Surtout, n'en parlez à personne, c'est entendu ? Pas même à mon équipe. Il faut que ça éclate, quand le film sortira !

Raison de plus pour se presser, avait-il ajouté. L'air du temps était fugace, et les idées circulaient vite.

— Quand revient votre ami ? J'ai lu dans le *New York Times* que l'*Arcturus* avait des ennuis.

Tout était rentré dans l'ordre, le rassura Cooper : juste une panne de radio, qui avait duré près d'une semaine et mis la presse en ébullition. Si tout allait bien, Schoedsack serait de retour fin juillet. Et ils partiraient aussitôt…

— Vous pensez que ça va vous prendre combien de temps ?

Cooper hésita – deux années, peut-être ?

Lasky grimaça, déjà impatient. Une telle idée ! Il ne fallait pas la laisser traîner trop longtemps…

— Et vous avez besoin de combien, au juste ?

Tout cela allait trop vite. Lasky n'avait même pas jeté un œil sur le document qu'il avait pris tant de soin à rédiger. Il se lança, avec l'impression de se jeter dans le vide, s'entendit bredouiller :

— 75 000 dollars ?

— Eh bien c'est entendu, dit simplement Lasky. Je vous fais envoyer une proposition de contrat. De votre côté, ne perdez pas de temps ! Mais surtout dites à votre ami que je tiens à le voir dès son arrivée !

Il rit.

— Quelqu'un qui vous dit tout de go que son film, le film que vous allez vendre, auquel vous croyez, est raté, ça ne court pas les rues ! C'est à ça aussi qu'on reconnaît un artiste !

Et sur le pas de la porte :

— Des tigres et des éléphants !

Broadway dansait sur un fleuve de lumière, mille musiques se croisaient, ricochaient, se répondaient. Il marchait au hasard, ballotté par la foule. Quel film ça allait être, avait dit Lasky ! Oui, sans doute. Mais pour l'heure il n'avait pas la moindre idée de ce qu'il serait. Ni de la manière de s'y prendre. Une foule serrée barrait la rue devant lui. Levant les yeux, il reconnut le Criterion, et les lettres « Grass » qui scintillaient au-dessus d'eux. Il se surprit à rire tout seul – faire jouer à un tigre mangeur d'hommes son propre rôle, ça n'allait pas être triste.

Quel film ? Ça n'avait pas eu l'air de tracasser Schoedsack, quand Cooper l'avait retrouvé sur le quai de Brooklyn, où il l'avait quitté six mois plus tôt. On verrait sur place. Une chaleur poisseuse pesait sur New York exténuée. Le pire été depuis vingt ans, avait soupiré le chauffeur de taxi. Dans Central Park, les bassins asséchés laissaient voir leur fond craquelé, parsemé de rats crevés. L'Hudson lui-même, assommé de chaleur, avait renoncé à apporter un peu de fraîcheur. Seul, à quai, le battement sourd des machines de l'*Arcturus* troublaient le silence. Les eaux noires et grasses exhalaient des odeurs de graisse brûlée et de pourriture.

— Avec des tigres et des éléphants, ça devrait le faire, non ?

Il suffisait de trouver le bon endroit. Et de bien se préparer. Filmer dans la jungle ne serait sûrement pas une partie de plaisir. Humide, chaud, poisseux – tout ce que détestait la pellicule.

Mais Cooper le secouait, les mots se bousculaient, il avait tant à dire ! Le triomphe de *Grass*, trois mois au Criterion et maintenant dans les grandes villes, le livre publié, un nouveau tirage au bout d'un mois, les premiers comptes de la Paramount : non seulement ils allaient pouvoir payer leurs dettes, mais l'opération laisserait à chacun un petit pécule. Lasky s'était laissé dire que le film serait peut-être classé dans la liste du *New York Times* des dix meilleurs de l'année, Anglais, Français et même Russes venaient aux renseignements – Schoedsack avait levé la main pour se protéger de l'avalanche.

— On part quand, au juste ?

Il n'avait pas changé. C'était à cela qu'on reconnaissait les vrais amis : se retrouver comme si l'on s'était quittés la veille.

Et pourtant si, il avait changé. La créature de rêve du dîner de l'Explorers' Club, l'assistante préférée de William Beebe, arrivant sur ces entrefaites, lui avait pris le bras, une lueur moqueuse dans le regard. Schoedsack, virant au rouge brique sous son hâle, s'était raclé consciencieusement la gorge avant de bredouiller, Ruth Rose, son, sa, enfin, une amie.

— Sa manière à lui, avait complété Ruth Rose, rieuse, de dire que nous sommes ensemble. De vous à moi, ça n'a pas été sans mal. J'ai dû employer des méthodes… enfin, bref, ça y est. Et nous comptons bien nous marier, un de ces jours.

Comment avait-elle dit, déjà – « timides et sentimentaux, les plus faciles » ? Cooper quêta le regard de Schoedsack, qui fixait ses pieds avec intensité. Ruth se pencha vers lui.

— Ne vous inquiétez pas. Il m'a tout expliqué. Je peux attendre ! D'autant que moi aussi, il va falloir que je mette mon travail au net, et puis que j'écrive pour William l'aventure de l'*Arcturus*. Après tout, avec vous et en Asie, on risque moins de me le piquer qu'à New York, non ? J'aimerais juste que vous me le rameniez, après. J'y tiens, vous savez.

Décidément, cette fille avait du charme, même en bottes et pull ravaudé. Quelqu'un s'était glissé entre lui et Schoedsack, se dit Cooper avec un pincement au cœur, et plus rien jamais ne serait pareil. Peut-être était-ce ce que son ami avait ressenti à Paris, devant Maggie, essaya-t-il de se rassurer – mais non, cette fois, c'était différent. Ces deux-là étaient vraiment ensemble…

L'arrivée de l'équipage dissipa le moment de gêne. Tous s'embrassaient, multipliaient les adieux, à l'évidence ces six mois avaient été rudes. Schoedsack extirpa son double mètre de la mêlée – et s'ils se trouvaient un restaurant quelque part ?

En remontant la rue, Ruth, très simplement, se glissa entre eux deux, prit Cooper par le bras. C'était bien ce qu'il avait deviné : désormais leur duo aurait à se transformer en trio…

Les mangeurs d'hommes ? Un rêve, une chimère. Une légende née de la peur et des superstitions. S'ils avaient existé, c'était il y a longtemps. Tous semblaient s'être donné le mot pour les décourager. Dans les clubs de Bangkok, où des Anglais entretenaient vaille que vaille la flamme de l'empire, si semblables à eux-mêmes qu'ils en paraissaient des caricatures, même les plus hardis restaient évasifs. Oui, certes, il y en avait, mais en Inde, ou dans les montagnes entre Laos et Vietnam. Les compagnies d'exploitation forestière toujours les renvoyaient plus loin, ailleurs. À se demander s'il s'était jamais agi d'autre chose que d'histoires propres à effrayer les enfants… Un ex-major de l'armée des Indes plus vrai que nature les avait promenés dans Bangkok pendant plusieurs jours à la poursuite du plus grand, à l'en croire, des chasseurs de tigres d'Extrême-Orient, qui saurait les renseigner, peut-être même les guider, mais pour finir ce personnage de légende s'était révélé être un fantôme, moyen imaginé par le supposé major pour vivre un temps à leurs crochets. Les Siamois interrogés, officiels ou non, changeaient aussitôt de conversation : la ville entière paraissait prise d'une fièvre bâtisseuse, le roi Rama VI préparait une gigantesque exposition qui marquerait l'entrée du royaume dans la modernité, partout l'on ouvrait des rues doublant les canaux qui avaient valu à Bangkok la réputation d'une Venise de l'Orient, les ponts se multipliaient, comme des lignes de tramways – quelle place encore pour les tigres dans ce monde nouveau en gestation ?

Au bout d'une semaine, le temps de prendre leurs marques, ils avaient commencé à s'inquiéter. Tout était si neuf, et surprenant ! Debout sur le pont du *SS Insuline*, au dernier jour de mer, ils avaient guetté le moment où la terre apparaîtrait enfin à l'horizon. Le ciel devant eux s'était chargé de lourds nuages, tandis que le soleil se noyait dans un océan pourpre. Puis était venue une odeur lourde, douceâtre, tout à la fois de fleurs et de pourriture, avant que s'esquisse, au loin, une barre plus sombre. La mer s'était mise à bouillir, à leur rencontre, et la pluie s'était abattue, tiède, lourde, dans un grondement de tonnerre : devant eux, se déployait la Mae Nam, la mère-eau, l'embouchure du Chao Phraya qui les mènerait à leur destination, à 10 milles de là… Tous les passagers s'étaient réfugiés dans les cabines, les laissant seuls sous l'averse. Ici commençait un nouvel acte de leur aventure. Avec des moyens qu'ils n'auraient jamais osé imaginer deux ans auparavant. Pour rien au monde, ils ne voulaient manquer le moment du premier contact, le long serpent du fleuve, jaune de limon, qui s'avançait loin dans la mer, la danse des grandes jonques de plus en plus nombreuses à mesure que l'*Insuline* s'engageait dans le fleuve. Aux cris des coolies se mêlaient les coassements des crapauds-buffles venus des marécages de l'embouchure, infestés de moustiques, où brillaient des milliers de lucioles dans le soir qui tombait. Il leur avait fallu trois heures encore de lente remontée avant de toucher Bangkok, la « Ville des anges, Résidence du Bouddha d'émeraude, Ville imprenable du dieu India, Grande capitale du monde ciselée de neuf pierres précieuses... » – il y en avait comme cela pour cinq bonnes minutes encore en langue thaïe, à en croire le capitaine Jeffries, ce qui en faisait le nom de ville le plus long de la planète.

Le quai luisait sous les trombes d'eau, le tonnerre grondait sur la ville. Un *gharri*, sorte de carriole couverte à quatre roues tirée par une petite jument blanche, les avait précipités dans un dédale de ruelles à peine éclairées, à travers un chaos de voitures et de pousse-pousse lancés en tous sens, auquel se mêlait une foule bigarrée de Siamois et de Chinois bousculant cochons et canards – tous, hommes comme bêtes, indifférents à l'accident fatal qui leur semblait promis. Cooper commençait à s'inquiéter sur leur destination quand le *gharri-wallah* tira vigoureusement sur ses rênes : ils étaient arrivés.

Arrivés, la chose pouvait se discuter. L'hôtel n'avait que peu à voir avec la description donnée par l'agence, à New York. Mais le conducteur s'entêtait : l'Imperial Hotel, si, si – malgré le panneau délabré qui annonçait Oriental Hotel. Mais il pleuvait si fort, l'attente avait été si longue, qu'ils s'étaient résignés. Après tout, les hôtels miteux avaient l'avantage de vous rapprocher des simples gens. Un garçon somnolent, à l'entrée, leur avait tendu sans conviction deux clés, et deux vieux Chinois, plongés dans ce qui paraissait être un jeu d'échecs, leur avaient fait de petits gestes de bienvenue, en pouffant, comme s'il s'agissait d'une bonne blague. Ils s'étaient retrouvés dans des chambres sentant fort le moisi, où sur les murs luisants d'humidité quelques lézards brusquement dérangés les défiaient d'un œil mauvais...

Leur première visite, le lendemain, avait été pour le consul américain. La pluie avait cessé, mais la ville paraissait baigner dans une vapeur tiède, sous un ciel bas et gris. Les canaux bourdonnaient déjà d'activité, des femmes portant de grands chapeaux installaient leurs étals, herbes, légumes, fruits multicolores, sur leurs frêles embarcations en bois de teck serrées les unes contre les autres. Nul ne paraissait affecté par la moiteur oppressante qui leur collait la chemise à la peau, à l'exception notable du consul, déjà en nage.

— La mousson ! Elle ne nous laisse le choix qu'entre les trombes d'eau et le bain de vapeur…

Dans la pénombre, au plafond de son bureau, les pales d'un ventilateur à bout de souffle couinaient en s'efforçant de brasser l'air poisseux.

— Chaque jour, on attend, on espère le retour de la saison sèche.

On était à la mi-septembre, il allait falloir tenir encore un bon mois et demi. Sans illusions.

— Mais quand elle est là, on n'espère plus que le retour de la mousson qui nous délivrera de la fournaise.

Le malheureux, né dans le Montana, se consolait en rêvant aux montagnes enneigées de son enfance, dont les photos ornaient les murs de son bureau.

Aussi exténué qu'il pût être, le consul gardait l'esprit pratique. La première urgence était d'engager un interprète, il leur en fournirait un dans la matinée. La venue de cinéastes de leur dimension était pour le Siam un événement, n'étaient-ils pas les ambassadeurs d'Hollywood, incarnation des temps nouveaux ? Il ferait tout pour leur faciliter la tâche, mais il cachait mal que leur obsession des tigres lui paraissait naïve. Le Siam véritable était si loin de ça !

Un royaume, riche d'une culture millénaire ? Oui, certes. Comme d'autres, autour de lui, aujourd'hui des colonies ou des protectorats. S'il avait su se préserver des prédateurs français et anglais qui rôdaient aux portes et lui avaient imposé des traités iniques à la fin du XIXe siècle, c'était par un coup de génie du roi Rama VI…

— Figurez-vous qu'à la stupéfaction générale, il a déclaré la guerre à l'Allemagne, lui aussi. Pas à la France et à l'Angleterre :

à l'Allemagne ! En juin 1917. Il a envoyé un corps de volontaires de mille deux cents hommes sur le front, en France. Du coup, il est rentré dans le camp des Alliés, il a signé le traité de Versailles, et est devenu à ce titre le seul pays d'Extrême-Orient fondateur de la Société des Nations ! Qui, dès lors, pourrait lui contester sa pleine souveraineté ? Le Siam, sous la conduite du roi, est engagé dans une modernisation à marche forcée. Il a compris que c'est la condition de sa souveraineté. Il nous sait gré d'avoir été les premiers à jouer le jeu – vous savez que ses enfants font leurs études aux États-Unis ?

Son obsession à lui n'était pas les tigres, mais la grande exposition, en janvier prochain, qui marquerait la place du Siam dans le concert des nations.

Décidément, résuma Schoedsack, au sortir de l'entrevue, la guerre les poursuivait partout.

— Après la Turquie, le Siam... Tu imagines Maggie, avec nous, les bonds qu'elle ferait ?

Leur guide-interprète, Kamnan, partageait le peu d'enthousiasme du consul – ces histoires de tigres étaient d'un autre temps, l'avenir s'écrivait ici. Il avait flâné avec ses clients en ronchonnant, le long du fin écheveau de canaux qui était à la ville comme son système sanguin, avait dû s'attarder devant les splendeurs rêveuses du Bouddha d'émeraude du Wat Phra Kaeo. Pourquoi diable ignoraient-ils les ponts, les trams, l'aménagement en cours du site de l'exposition ? Au bout d'une semaine, ils avaient dû se rendre à l'évidence : la clé n'était pas à Bangkok.

Pas à Bangkok, mais dans la jungle elle-même, là où elle paraissait la plus sauvage, la plus lointaine, la plus dangereuse. Après tout, il leur avait fallu bien des errances, aussi, avant de trouver les Bakhtiari ! Depuis Saigon, ils pourraient gagner les montagnes de l'ouest du Vietnam, où abondaient les tigres, disait-on. Ou bien alors dans les montagnes siamoises du sud-est... Pour guides, ils avaient les notes glanées dans les archives de la Société de géographie, les récits d'innombrables voyageurs, chasseurs, explorateurs – datés, peut-être, mais le monde décrit ne pouvait s'être évanoui. De toute façon, avait décrété Cooper, chaque jour plus impatient, bouger un peu leur redonnerait de l'énergie avant que Bangkok ne les liquéfie dans sa moiteur de hammam. Pour gagner du temps, ils s'étaient séparés, Schoedsack vers Saigon, Cooper au sud-est.

— Des tigres. Des éléphants. Et une jungle terrifiante.

— Distant. Difficile. Dangereux !

Difficile, surtout. Toujours quelque chose clochait. Trop de campements de chasseurs, là où ils cherchaient des villages loin du monde. Trop d'entreprises forestières mettant en coupe réglée des régions entières. Ou bien des tigres, mais jamais de mangeurs d'hommes. Quelques semaines plus tard Schoedsack et Cooper s'étaient retrouvés, dépités, à l'Oriental Hotel. Rien n'y avait changé. Les lézards leur avaient jeté le regard qu'on réserve aux habitués, et dans le hall Li et Cheng, les vieux Chinois, jouaient au makruk, le jeu d'échecs thaï, comme s'ils poursuivaient la partie engagée le jour de leur départ. Leurs visages s'étaient plissés sur des sourires édentés, et ils s'étaient lancés dans un long discours. Kamnan, leur traducteur arrivé tout juste de consulat, avait sursauté.

— Qu'est-ce qu'ils disent ?

— Qu'ils sont ravis de vous revoir. Que vous êtes très gentils. Qu'ils seraient très heureux que vous appreniez le makruk, parce qu'à force de jouer tous les deux seuls, ils se connaissent par cœur. Ils vous demandent aussi si vous avez trouvé vos tigres.

« Vos » tigres ? Comment savaient-ils cela ? Kamnan avait haussé les épaules : qui ne le savait pas ? Eh bien non, ils n'en avaient pas trouvé. Li cligna de l'œil et se lança dans une nouvelle digression que traduisit Kamnan :

— Il vous demande si vous avez pensé aux missionnaires. Au révérend Tillman, de la Mission presbytérienne.

Bon sang ! Mais bien sûr : les missionnaires allaient là où personne n'allait.

— Et ils ont attendu tout ce temps pour nous le dire ?

Les deux vieux pouffèrent comme des polissons, ravis de leur plaisanterie.

Une surprise les attendait au consulat : un paquet de lettres qu'ils se partagèrent fébrilement, la plus grosse part pour

Shorty, toutes de la même écriture, à croire que cette Ruth Rose lui avait écrit au moins trois fois par semaine, quelques lettres aussi de Bowman, de Buck, des compagnons de l'escadrille, et deux enfin dont Cooper reconnut aussitôt l'écriture, sur l'enveloppe…

Si cher Coop,

Je t'imagine à cette heure, rongé par les fièvres, mais chevauchant malgré tout des tigres ou des éléphants, pendant que Shorty tourne la manivelle, trop occupés tous les deux pour penser encore à cette Maggie qui vous a causé tant de tracas, chez les Bakhtiari et ailleurs.

Je vous ai vus partir avec un pincement au cœur, mais je n'imaginais pas combien j'allais me sentir seule, vous – toi – loin de moi. Que ma voie diffère de la tienne n'empêche rien…

Ce soir, je me sens seule comme je ne l'ai jamais été, même aux pires moments en Russie ou en Asie. Sans doute ai-je vécu trop loin, trop longtemps : l'Amérique m'est devenue étrangère. Autour de moi les gens bavardent, se réfèrent à des événements connus de tous, sauf de moi. À des livres que je n'ai pas lus. À des débats que j'ignore, et qui me paraissent futiles. Mes amis sont morts, se sont mariés, ont divorcé, se sont remariés, vivent des idylles ou des tragédies domestiques, et ont accumulé des expériences et des souvenirs où je n'ai nulle place. Je peux bien les aimer, mais je sais qu'une barrière invisible s'est édifiée entre nous, que je ne pourrai lever, et ils ressentent la même chose, j'en suis certaine. Ma famille, mes amis ont de l'affection pour moi, mais n'ont pas besoin de moi. Quant à mon fils, il va bientôt se marier, son amie est charmante, et ils vont avoir à inventer leur vie commune.

Et me voilà, avec mes rêves, mes obsessions, parfaitement étrangère en mon propre pays.

Vous me manquez tous les deux.

Tu me manques, ce soir.

Ta Maggie

P-S. Mes tournées de conférences me tiennent encore debout, heureusement.

La Société des femmes géographes se monte peu à peu. J'ai revu plusieurs fois Ruth Rose, qui est une jeune fille épatante.

Elle travaille d'arrache-pied au livre que signera William Beebe. Elle me parle de Shorty. Je crois qu'il a trouvé la femme de sa vie. Mais cela il le sait, j'en suis sûre.

Comment de fois lui avait-elle répété « Trop semblables, et trop différents » ? Semblables, en tout cas, se dit-il, plus ému qu'il ne s'y attendait, en ouvrant la seconde missive :

Cher Coop,

Ça y est, j'ai réussi à m'échapper ! Ces quelques mots depuis... Paris, dans l'émotion de tant de souvenirs partagés. Le Comité de secours pour le Proche-Orient a établi des camps de réfugiés, des écoles, des orphelinats, en Géorgie, en Arménie, en Turquie, en Grèce et, afin de lever des fonds aux États-Unis, engage des journalistes et des écrivains pour multiplier les reportages. On me paie les frais de voyage et je garde pour moi le prix des articles que je réussirai à placer.

Le temps d'obtenir un visa, et je pars pour Constantinople. Après un crochet par la Société des Nations, à Genève. Après : Constantinople si tout va bien, Ankara, Smyrne, Beyrouth, Damas... je revis ! Entre l'Empire ottoman effondré et la révolution soviétique, c'est comme si des géants avaient concassé le sol, broyé les gens. Un monde naîtra-t-il de ces décombres ? Le monde ! Je veux le voir.

Les bords de Seine, le Quartier latin presque vide, les tables des bistrots tirées dans les rues, partout un air de fête : je repense à toi, je repense à nous, à tout ce que nous avons vécu ensemble, ici, et là où je vais.

Ta Maggie

Trois semaines après la première lettre – pour remettre ses pas dans les paysages de leurs aventures partagées. Les liens qui les unissaient étaient donc bien plus forts qu'elle n'avait imaginé, au retour...

Il chercha des yeux Schoedsack, le retrouva près d'une fenêtre, dans un couloir, mais se retint de l'appeler. Plongé dans ses lettres, son ami paraissait très loin de Bangkok, des tigres et des éléphants. Et Cooper eut un pincement au cœur. Pas une fois, depuis leur départ, malgré ses efforts discrets, Shorty n'avait dit mot de Ruth – elle allait être là, présente, comme une ombre, tout au long du voyage.

— L'image du tigre ! Elle est tellement complexe… Vous savez qu'ils n'osent même pas le nommer ? De peur que le tigre ne s'empare d'eux – qu'ils ne deviennent tigres à leur tour.

Le révérend Tillman, sur la question, était intarissable. Depuis plus de quinze ans, il arpentait les montagnes du Nord, avait patiemment appris la langue si singulière des Lao – un véritable casse-tête, où les mots, selon les tons (quatre au total) et les prononciations, au nombre de huit, pouvaient avoir jusqu'à trente-deux sens très différents, source de quiproquos assez ahurissants quand le mot « tigre » (*suar*) signifiait également « vêtement », par une subtile nuance, ou le même mot (*khai*) à la fois « proche » et « lointain » – et s'était pris d'affection pour ce peuple attachant. À force de patience, il avait peu à peu construit un réseau de missionnaires-médecins.

— Pour avoir accès à leurs âmes, croyez-moi, il faut se montrer à la hauteur ! Prouver qu'on est utile. Et dans la jungle, ça veut dire : les soigner. Le reste…

Tout en parlant, le révérend, un gaillard noueux, aux cheveux en broussaille, allait et venait à grandes enjambées comme s'il avait voulu traverser les murs de son pauvre bureau. Il s'arrêta devant une carte fixée au mur, où des petits drapeaux de couleur figuraient les missions installées dans la jungle, et les désigna d'un geste du bras découragé : il n'avait pas pensé, en montant ce réseau à force d'obstination, qu'il se chassait lui-même de ses montagnes, contraint à des tâches administratives à Bangkok, où il s'étiolait.

— La jungle ! C'est un monde en soi, vous verrez. L'homme n'y a aucune place. Je dis bien l'homme, pas seulement nous autres, Blancs. Un monde qui vous attaque, dès le premier contact, vous envahit. Et si vous baissez la garde…

Mais un monde qui lui manquait terriblement. Peut-être parce qu'il lui demeurait un mystère.

— Le règne absolu de la matière, dans ce qu'elle peut avoir de plus obscène, quand elle occupe tout l'espace, vous laisse l'impression d'être pris dans une gigantesque digestion. Pourtant, vous verrez, c'est aussi le monde de l'invisible. Des forces obscures, souterraines. Un mur autour de vous, opaque, et derrière… des présences. Des bruits, des souffles, des choses qui glissent, réelles ou pas. Et vous vous demandez alors si vous n'êtes pas au royaume du diable…

Le tigre, dit-il après un silence, en était la personnification…

— Quand il surgit, tout d'un coup, de l'obscurité, qu'il vous fait face ! Une splendeur. Enfin, vous vous dites ça après, parce que, sur le coup, vous ne pensez plus à grand-chose…

Presque timidement, comme s'il craignait que se rompe le fil, Cooper lui posa la question des mangeurs d'hommes.

— Ils épouvantent, n'est-ce pas ? Là, plus d'échappatoire : la figure même d'un monde entièrement occupé à vous détruire, vous dévorer. Difficile à accepter, quand vous voulez croire que la Création est l'œuvre de Dieu…

— Et vous en avez rencontré ?

Le révérend les avait regardés, étonné.

— Bien sûr ! Je les ai même chassés. Enfin, chassés…

C'était lors de son premier poste, à Nan, dans les montagnes du Nord. La bête avait déjà tué plus d'une vingtaine de personnes, et il s'était mis en tête d'en débarrasser le village, avait multiplié les veilles dans les arbres, au-dessus d'un appât, chèvre ou vieux buffle, en vain. Le fauve glissait comme un fantôme, surgissait là où nul ne l'attendait.

— Et puis il s'est mis à me traquer, lui. À croire qu'il m'avait deviné. Je le sentais derrière moi, autour de moi, qui me guettait dans les hautes herbes. Parfois il surgissait, avant de disparaître, rôdait autour de ma cahute. Une nuit, il s'en est pris à mon poney, qu'il a laissé mort sans l'emporter. C'est moi qui l'intéressais. Dès que je fermais les yeux, je voyais en rêve les siens qui me fixaient, énormes. Et un soir… Par chance, quand il m'a sauté dessus j'avais mon fusil chargé. Je ne sais pas comment j'ai fait, un pur réflexe, le tigre a roulé à mes pieds, foudroyé. Et là j'ai découvert que c'était une tigresse…

Il rit.

— Quand le *tek-wallah*, le responsable de la compagnie forestière installée dans la vallée, est venu me voir, il m'a regardé comme un demi-fou : avec cette pétoire ? Mais elle est tout juste bonne, et encore, à tirer un canard ! Il y a des miracles : j'avais tiré au hasard et la balle l'a frappée dans l'œil, la foudroyant net.

Dès lors, il s'était passionné pour cette énigme. Les tigres, en général, n'attaquaient pas les humains. Pourquoi certains le faisaient-ils ? Et pourquoi cela devenait-il dès lors obsessionnel, chez eux ? Diverses, et parfois délirantes, étaient les interprétations, mais il s'était peu à peu formé une opinion.

— Mais pourquoi cette réticence de tous à en parler ?

Les temps modernes ! s'écria le révérend en levant les yeux au ciel. Qui s'annoncent toujours en distillant la honte de ce que l'on était jusque-là.

— Ils en ont honte ! Et puis, là-haut, ce sont des Lao. Pour les Thaïs, des arriérés. Du coup, c'est comme si vous vouliez les ramener, eux, aux temps sauvages.

— Ils sont encore nombreux, aujourd'hui ? demanda Schoedsack, les yeux emplis d'espoir.

— Nombreux ? Pas forcément. Mais dès qu'il en apparaît un, il fait des dégâts énormes. Des dizaines, parfois des centaines de victimes par animal ! Les pauvres gens... Comment voulez-vous qu'ils se défendent ? Et personne pour les aider. Sans compter qu'ils sont écrasés par leurs superstitions...

— Nous pouvons peut-être le faire – les aider...

Le moment était venu, jugea, Cooper de lui résumer leur projet – qui laissa le pasteur interloqué. Si le consul ne lui avait pas touché deux mots sur ce qu'ils avaient déjà réalisé, tous deux, il les aurait pris pour des fous, mais, tout bien considéré, grommela-t-il, ils pouvaient y arriver. En tous les cas, ils pouvaient compter sur son aide et sur celle de la Mission.

— Je reviens tout juste d'une inspection dans le district de Nan ! Là-bas, un tigre a dévoré dix-neuf personnes, ces dernières semaines. Et il sévit toujours. Il y en a trois ou quatre autres, un peu plus au nord. À Nan, vous trouverez une belle équipe, dirigée par le pasteur Taylor et sa femme, Irene. Dont un jeune Lao, Kru, tout à fait étonnant. Plus un jeune pasteur, Douglas Collier, médecin lui aussi, que vous apprécierez sûrement. Je suis allé le soutenir un peu, moralement. Il est si jeune ! Plein d'énergie, et aussi de doutes – il me semble parfois me revoir à son âge... Kru et lui feront tout pour vous aider.

Nan ! C'était le lieu qu'ils cherchaient depuis longtemps. Et Tillman leur décrivit les montagnes escarpées, les fleuves et les rivières, au moins une soixantaine, qui coupaient les villages du reste du monde, les marécages, la jungle où les pauvres gens, pris au piège de la géographie, vivaient terrorisés. Les yeux des deux amis brillaient : si un tel lieu existait réellement, alors un dieu cinéaste l'avait créé pour eux.

Trop beau pour être vrai ? Par un dernier scrupule, craignant le Nord trop dur, le révérend avait conseillé trois autres lieux, au Sud, où sévissaient également des mangeurs d'hommes. Cooper s'y était rendu par acquit de conscience tandis que Schoedsack fonçait à Nan. Mais, par la faute sans doute des récits du pasteur, la jungle du Sud lui avait paru sans relief. Un missionnaire rencontré là frissonnait encore au souvenir de son calvaire du Nord.

— L'enfer, monsieur, l'enfer sur terre ! Surtout, ne vous y risquez pas.

L'homme tremblait de tous ses membres. Si seulement il pouvait dire vrai ! Le télégramme qui l'attendait au consulat, à son retour, l'avait ravi : « Jungle épouvantable, villageois terrorisés, ET MANGEUR D'HOMMES EN PLEINE FORME ! Prépare tout, j'arrive. Shorty. »

Dès le retour de Schoedsack, trépignant d'impatience – tout était aussi effrayant et merveilleux que promis par Tillman –, ils avaient complété leur équipement chez Whiteaway Laidlaw, acheté les armes et assez de munitions pour exterminer tous les tigres du Nord, empilé des vivres pour six mois chez un marchand chinois, sans compter des cartons de médicaments, obtenu les autorisations et recommandations nécessaires auprès du consul qui s'était pris au jeu. Le premier film tourné au Siam ! Tillman leur avait présenté le fameux Kru, qu'il avait fait descendre de Nan tout exprès et qui leur serait à la fois un guide et un interprète – par ailleurs pêcheur et chasseur de profession, entre autres nombreux talents, avait-il ajouté, mystérieux. Vingt-huit ans, l'œil vif, un corps souple d'adolescent, mais avec dans l'attitude une assurance naturelle, il les avait aussitôt séduits. Et plus encore lorsque, devant l'amas des équipements, il avait glissé dans un sourire que la moitié au moins ne servait à rien, mais que Whiteaway se ferait un plaisir de reprendre, au cinquième du prix, comme d'habitude, pour le revendre à un nouvel arrivant, qui à son tour… Li et Cheng, lancés dans leur interminable partie de makruk, tout à la fois pouffaient de rire sur leur passage en répétant « Tillman, Tillman » et soupiraient de les savoir sur le départ. Quand, le dernier jour, Schoedsack leur avait offert à chacun une bouteille de whisky, ils s'étaient dressés de saisissement pour se lancer dans un discours à deux voix pour leur dire, avait résumé Kru, qu'ils étaient des gentlemen d'un rare savoir-vivre, que c'était tout de même autre chose que de l'alcool de riz et qu'ils allaient prendre une belle cuite en leur honneur pas plus tard que tout de suite. Puis, après une embrassade générale, tous trois avaient sauté aux aurores dans le train qui allait les mener jusqu'à Nakhon, première ligne ouverte au royaume du Siam pour affirmer la gloire de Rama VI, et la promesse d'un triomphe à venir du progrès sur la sauvagerie…

Sauté était peut-être un bien grand mot, car le train avait une manière des plus méditatives de se lancer à l'assaut de l'inconnu, en sorte que, penchés à la fenêtre, ils purent converser avec leurs amis cinq bonnes minutes avant d'atteindre l'extrémité du quai, mais la gare finit par disparaître à une première courbe : l'aventure commençait.

Le plus urgent, expliquait Cooper à Kru, perplexe, était de capturer les animaux. Tous les animaux nécessaires, serpents, gibbons, léopards, mangoustes, crocodiles, ours. En commençant bien sûr par les mangeurs d'hommes.

— En mobilisant les villageois. Travailler avec les gens, se battre à leurs côtés, il n'y a rien de mieux pour les comprendre, se lier à eux. Non ?

Depuis des heures le train s'époumonait sous un ciel gris, au cœur d'une plaine interminable et morne, où les rizières se mêlaient aux marécages, à si petite vitesse qu'on l'aurait dit immobile, perdu dans une étendue sans limites.

Le visage de Kru s'était éclairé.

— Un zoo. C'est ce que vous appelez un zoo, n'est-ce pas ?

Schoedsack, qui somnolait sur la banquette, était parti d'un éclat de rire.

— Mais non ! Ça n'a rien à voir ! protesta Cooper.

— J'ai vu un Anglais, à Nakhon Lampang. C'est ce qu'il faisait. Capturer des animaux pour les montrer chez lui. Un zoo. Vous n'avez pas de zoo, chez vous ?

Cooper, piqué au vif, entreprit de lui exposer sa théorie d'un roman du réel – en recréant, pour mieux les filmer, des scènes déjà observées dans la réalité.

— Vous allez montrer des tigres mangeurs d'hommes ?

C'était même pour ça qu'ils se rendaient à Nan, oui.

— En train de manger des gens ?

Grands dieux non !

— Mais alors pourquoi des mangeurs d'hommes ? Autant prendre des tigres ordinaires, non ?

Schoedsack contenait de plus en plus mal un fou rire : décidément ce Kru lui plaisait.

— Parce que nous avons promis au révérend d'aider ces malheureux à se délivrer de leur cauchemar. Et puis, c'est comme ça qu'on les convaincra de construire des trappes, non ?

Kru avait hoché la tête. C'était un argument. Mais il n'empêche : il s'agissait bien de monter un zoo.

Un zoo dans la jungle.

Le deuxième jour, après une nuit brève à Phitsanulok, le paysage devant eux avait commencé à changer. Aux rizières succédaient les collines de hautes herbes et de broussailles qu'envahissait peu à peu, jusqu'à les engloutir, un foisonnement de grands arbres et de lianes emmêlées, et bientôt le tortillard se trouva à son tour enserré entre deux barrières végétales. De loin en loin, des échappées révélaient le bondissement argenté d'un torrent courant entre les blocs de rochers – le Mae Nam Nan, si majestueux quand il rejoignait la Chao Phraya pour donner vie à Bangkok, retrouvait ici sa sauvagerie première. Les haltes se multipliaient de hameau en hameau, à chaque fois une demi-douzaine de cabanes branlantes entourées de palmiers. Un jeune homme rencontré à l'hôtel le soir précédent – qui sentait à plein nez son ex-militaire britannique, avait jugé Cooper au premier coup d'œil – leur détaillait, penché à la fenêtre, la variété infinie des arbres, d'où jaillissaient çà et là les houppiers altiers de grands tecks. Plus haut dans la montagne, ils formaient des forêts entières que le jeune homme était impatient de retrouver, au QG de la compagnie forestière où il travaillait, à Nakhon Lampang.

Ils avaient sympathisé immédiatement quand il s'était avéré être, comme Cooper l'avait pressenti, un ancien de la Royal Navy, comptant sept années pleines de service dont quatre au Proche-Orient. Aux noms de Smyrne et Constantinople, Schoedsack jusque-là somnolent s'était redressé et la nuit avait passé en souvenirs de guerre autour d'une bouteille de whisky. Très important, le whisky, avait insisté le jeune Reginald en extirpant la bouteille de ses bagages.

— La jungle, là-haut... C'est d'un combat qu'il s'agit, vous verrez. Qui suppose de la comprendre. Peut-être même de l'aimer.

De se reconnaître en elle, aussi, avait-il ajouté à mi-voix. Et alors le whisky vous aidait à tenir...

— Parce que la jungle, vous verrez, est aussi un miroir. Un sacré miroir, oui...

Il prenait des notes dès qu'il pouvait. Avec l'idée d'en faire un livre, s'il en avait le talent, et même – il avait rosi, à cet aveu – un roman ou deux.

Le projet des deux Américains le souleva d'enthousiasme. Peut-être n'était-ce pas un hasard si la vie les avait conduits là, eux aussi !

— Je n'allais pas revenir à la vie « normale » comme si de rien n'était, n'est-ce pas. Ici... J'aurais bien du mal à l'expliquer, mais j'ai l'impression d'être au plus près du... oui, du mystère. Vous comprenez cela, vous autres, n'est-ce pas ?

Au mot d'« éléphant » il était sorti de sa songerie, et leur avait décrit le travail prodigieux de ces bêtes étranges, sans lesquelles l'exploitation du teck serait à peu près impossible. Quelle machine serait à même de transporter jusqu'au fleuve les troncs abattus, pour qu'en période de crue ils soient assemblés en trains flottants qui descendraient ensuite jusqu'à Bangkok ? Les éléphants, de caractère si complexe, qu'il n'en finissait pas d'étudier, très loin des clichés en usage, la férocité parfois des grands mâles, leurs périodes de folie et comment les repérer – il faudrait qu'ils viennent le voir un jour, là où sa compagnie l'aurait envoyé et il leur montrerait. Au QG de Nakhon, on saurait les renseigner.

— Jamais entendu un garçon décrire avec un tel luxe de détails l'enfer comme un paradis sur terre, lança Cooper ravi, quand chacun regagna sa chambre. Toutes ces bestioles, ces maladies... ma parole, il jubilait !

— Sûr, un pur bonheur, approuva Schoedsack, placide, la voix déjà endormie. On n'est pas les seuls à être cinglés.

Cooper s'émerveillait au spectacle devant lui :

— Cette jungle, c'est tout de même autre chose que celle que j'ai pu trouver dans le Sud !

Schoedsack avait ricané :

— Quelle jungle ? Attends un peu de voir…

À Den Chaï, à peine un hameau perdu aux rives du Mae Nam Yom, ils s'étaient séparés, après moult promesses de retrouvailles. Sur le quai, un jeune homme tout sourire agitait les bras. Merveille du télégraphe, Than était arrivé de Nan le jour précédent, avec porteurs et chevaux. La seule organisation efficace, en cette région oubliée du royaume, était bien celle des missionnaires. Vu l'heure déjà avancée, mieux valait camper sur place et partir aux aurores, proposa Shorty : les cinq journées de marche qui les attendaient ne seraient pas une partie de plaisir…

Et la jungle était venue à leur rencontre… Après avoir longé dans les premières heures un fleuve bordé de rizières, ils avaient obliqué vers une chaîne de collines escarpées, puis s'étaient engagés dans une vallée profonde. Les hauteurs se perdaient dans des nappes de brouillard d'où surgissaient de loin en loin des bras tendus vers le ciel, au-dessous d'eux, une vapeur blanchâtre montait d'une rivière invisible, ils avançaient dans une matière spongieuse étouffant tous les bruits, des fougères aux formes fantastiques les aspergeaient au passage, des broussailles jaillissaient au détour de la piste, toutes griffes dehors – un monde de silence, à la lumière rare, noyé dans une vapeur tiède dissolvant tout contour. Un autre monde, songeait Cooper, dont ils passaient les portes…

Ils avaient franchi à gué une rivière aux eaux bouillonnantes et Schoedsack, tout ce temps, n'avait pas quitté des yeux les caisses contenant ses caméras et les bobines de pellicule.

— Ce n'est pas le Karun, mais rassure-toi, il y en a tout de même soixante-six autres à franchir, j'ai eu le temps de les compter, la première fois…

Leur premier campement, pourtant, avait été comme un enchantement. La lune était montée, brillante, nimbant le paysage d'une lumière argentée soulignant chaque détail, sculptant dans les pénombres des présences fantastiques, d'où leur venaient, portées par le souffle du soir, des senteurs douces. Ils avaient installé leurs tentes au coude d'une rivière, l'eau, à leurs pieds, jouait dans les galets et ils avaient réussi à allumer un feu malgré le bois détrempé. Ils étaient en ces instants blottis par privilège au cœur d'un monde de féerie – et ils étaient restés là, longtemps, plongés dans leurs songes.

La deuxième nuit avait été tout autre, noyée sous un déluge menaçant de tout emporter dans un torrent de boue. Le vacarme d'un million d'insectes en folie les avait réveillés avant l'aube et il en était allé de même les jours suivants : pluie, boue, chaleur gluante. Schoedsack, seul, paraissait indifférent à la fatigue – il est vrai qu'il avait d'autres soucis. As-tu remarqué, lui avait-il demandé à brûle-pourpoint, alors que Cooper, écroulé dans l'herbe, s'efforçait d'arracher les sangsues lui collant à la peau, as-tu remarqué que cette jungle est un lieu sans lumière ?

— Montrer un enfer vert, c'est bien joli. Mais depuis mon premier voyage je me casse la tête là-dessus : comment filmer sans lumière ?

— Là, franchement, j'ai des préoccupations un peu plus immédiates, avait gémi Cooper en rejetant une bestiole qui venait d'éclater sous ses doigts.

— Et je ne parle même pas des caméras : rien ne dit qu'elles fonctionneront dans cette humidité…

Ils avaient fait un détour par Paris pour prendre livraison de la caméra en métal commandée tout exprès à Debrie, avant d'embarquer à bord du *SS Insuline* à Marseille. Ils avaient déjeuné en bord de Seine, flâné dans l'île Saint-Louis, retrouvé leurs lieux familiers – quelque peu incrédules, songeant qu'un an plus tôt, presque jour pour jour, ils quittaient la capitale sans un sou vaillant…

— La saison sèche va finir par arriver ?

— Oui, mais ce ne sera pas la même jungle. C'est celle-ci, que je veux fixer ! Et ça…

Frigorifié, trempé, ébouillanté, mort, vif : rien jamais ne faisait dévier Schoedsack. Pour lui le monde n'existait que dans l'œil de sa caméra. C'est probablement pour ça que les tiques et les sangsues le préféraient, lui, Cooper, à ce satané Shorty, qui paraissait invulnérable.

Puis, un soir, il entendit la jungle s'éveiller. Il s'était écroulé sur son lit de camp, épuisé, à peine avait-on franchi une rivière boueuse sous les assauts furieux des taons et des moustiques en s'agrippant aux herbes de la rive qu'il fallait recommencer. Il s'était mis à les compter, Shorty n'avait-il pas dit soixante-six rivières ? Pour tout arranger, la végétation se faisait plus dense encore, les arbres plus massifs, la prolifération des broussailles et des lianes plus étouffante. Décidément, ces mois de vie citadine l'avaient réduit à l'état de chiffe molle, mais il n'en irait pas cette fois comme avec les Bakhtiari : là-bas, la violence des efforts lui avait forgé des muscles d'acier, ici, la nature avait décidé de le liquéfier. Puis le lutteur en lui se réveillait – juste un coup de fatigue, le temps de s'habituer. La jungle ne l'aurait pas si aisément.

Les porteurs allumaient un feu quand une ondulation soudaine, dans les broussailles, interrompit leur conversation, il y eut un brusque élan, une course frénétique, un râle, puis plus rien, et ce fut comme si à ce signal tout s'animait, jusqu'aux profondeurs des sous-bois, où se mêlaient les gémissements des singes, les grognements rauques d'une panthère, des envols brusques, les reniflements d'une créature invisible, très proche. Tout un monde s'agitait sous l'épais manteau des ténèbres.

— Et encore ce n'est rien, souffla Schoedsack. Tu verras, plus loin : les heures du Grand Carnage ! Parce que j'oubliais de te dire, non seulement il n'y a pas de lumière, le jour, mais la vie sauvage… ça se passe la nuit.

La nature, parfois, avait le sens de la plaisanterie.

On l'aurait dite transposée directement de Nouvelle-Angleterre, avec pelouses, massifs de fleurs, terrain de jeux, comme indifférente à la furie végétale qui se pressait sur ses pourtours. La classe venait probablement de se terminer car des petits enfants s'égaillaient en riant, deux infirmières à la peau sombre se pressaient vers ce qui devait être une salle de soins. La Mission presbytérienne, à l'entrée de Nan, une grande bâtisse de brique rouge, tout à la fois chapelle, école et hôpital, se dressait au centre d'un vaste espace soigneusement entretenu. Le révérend Tillman pouvait être fier de son œuvre. Schoedsack avait beau l'avoir prévenu, Cooper en était resté bouche bée. Mais déjà deux hommes accouraient à leur rencontre, étreignaient Kru, « l'enfant de la Mission », tandis que Schoedsack faisait les présentations, Douglas Collier, au visage encore d'adolescent, dont Tillman se souciait tant, Hugh Taylor, gaillard taillé à coups de serpe, aux allures de vieux soldat, et son épouse Irene, strictement corsetée malgré la chaleur mais au sourire rayonnant. Un bon whisky leur ferait à tous le plus grand bien, décréta Taylor en détaillant de pied en cap les nouveaux arrivants, et particulièrement le visage constellé de piqûres de Cooper.

— Toujours un peu brutal, le premier contact, n'est-ce pas ? La jungle ! Et puis on s'y fait. Ou pas. Certains deviennent fous, mais ça n'a pas l'air d'être votre genre. Même si les moustiques, mon vieux, ont l'air de vous avoir rudement à la bonne ! Remarquez, si vous aviez vu Collier, la première fois, quand il est apparu, sur le sentier…

Tout en parlant, ils les avaient conduits jusqu'à une maison plus modeste, derrière un bosquet d'arbres, construite sur pilotis comme les maisons traditionnelles : leur demeure, si elle leur convenait, le temps de leur séjour.

Pas le grand luxe, s'était excusé Taylor, mais propre : Irene et Chingda, l'épouse de Kru, y avaient veillé. Quant à leur matériel fragile, caméras et pellicule, ils pourraient le protéger dans une pièce plus fraîche, où l'on stockait les médicaments.

Les pièces étaient spacieuses et nettes. Pouvaient-ils rêver meilleur QG pour les mois à venir ? Le temps de se rafraîchir, de se changer et ils seraient de nouveau des êtres humains… Ils entendirent la voix de Taylor, au-dehors.

— Prenez votre temps ! Mais n'oubliez pas qu'on vous attend pour un petit whisky.

À Nan, celui-ci paraissait être le remède universel – pour les corps mais plus encore pour les âmes.

Et c'est ainsi que trois semaines plus tard, avec Collier et Kru, Cooper se retrouvait, mal en point, dans le lointain village de Chiang Klang, vers les montagnes du Nord.

Il se réveilla en sursaut, ruisselant de sueur. Collier souriait, penché vers lui.

— Eh bien, mon vieux, vous avez eu un petit coup de fièvre ! je crois que c'est passé. Le contrecoup de votre abcès. Et puis, vous êtes épuisé. Il va falloir vous ménager.

Les banderoles du temple tintèrent légèrement dans le courant d'air. Sans doute pour saluer mon réveil, soupira-t-il.

— Il paraît qu'on les accroche pour ramener les âmes perdues en enfer. Je ne sais pas si c'était l'enfer, mais j'ai fait de drôles de rêves…

Kru lui avait préparé un bouillon de poulet, maintenant froid, qu'il but avec plaisir. Mais il renonça à mastiquer la cuisse posée à côté. Les poulets de montagne avaient le moelleux du caoutchouc, et il n'avait pas très faim.

— Il y avait quelque chose qui rampait vers moi, enveloppait mes jambes, montait, montait, j'allais étouffer. Et tout d'un coup, ces yeux fixés sur moi... Jamais été aussi content de me réveiller !

Un souffle rauque s'entendit au-dehors, si proche que l'animal devait s'être avancé à découvert, à moins que la jungle, pendant son sommeil, ne se soit encore rapprochée.

Il n'avait pas rêvé. Collier lui-même se figea. Le bruit, aussi léger qu'il fût, ne trompait pas.

Le tigre était là, dehors.

Il faisait le tour du temple, s'attardait devant la porte, ne se cachait plus. Un grondement retentit, qui se mua en une plainte irritée, la porte trembla, puis il y eut un comme un froissement furtif. Ils se regardèrent : les poneys ! Collier saisissait déjà son fusil, mais Cooper l'arrêta d'un geste de la main : les bêtes s'agitaient dans le corral, elles étaient sauves. Ce n'était pas elles qui l'intéressaient. Collier fixa Cooper, presque avec crainte :

— C'est lui qui vous cherche, maintenant.

XVII

Là où les tigres sont chez eux[1]

Siam, novembre 1925-décembre 1925

Il l'avait traqué de vallée en vallée, village après village, jusqu'aux frontières du Nord, et toujours la bête lui échappait, semblait mettre un malin plaisir à déjouer ses pièges, disparaissait dans les profondeurs ténébreuses pour réapparaître à des dizaines de kilomètres de là, avant de s'évanouir à nouveau, insaisissable. Puis l'écho lui revenait de quelque malheureux dévoré dans une autre vallée, un autre village, si éloignés qu'il ne pouvait s'agir du même mangeur d'hommes et pourtant, contre toute raison, il restait persuadé du contraire, ce tigre lui avait lancé un défi qui ne se terminerait que par la défaite de l'un ou de l'autre. Il paraissait grandir après chaque exaction, au point de se confondre avec la jungle qui de partout l'enserrait, il était l'incarnation du mal, se répétait Cooper quand, grelottant de fièvre, il luttait contre ses cauchemars, il était la puissance de destruction – et il était la beauté du monde.

Le grand fauve jaillissait en plein jour au plus près des champs, avant de s'esquiver. Le temps de se rassembler pour porter secours, on ne retrouvait de la victime que des lambeaux de chair et de vêtements. Plus tard, il réapparaissait au cœur de la nuit, là où Cooper se trouvait, aussi éloigné qu'il pût être de Nan, grondait derrière sa porte, griffait le sol en feulant, son

1. « Ce n'est pas impunément qu'on erre sous les palmiers et les idées changent nécessairement dans un pays où les éléphants et les tigres sont chez eux » (Goethe, *Les Affinités électives*). Le titre de ce chapitre en clin d'œil, bien sûr, au roman de mon ami Jean-Marie Blas de Roblès.

souffle irrité résonnait au ras du sol. Cooper avait pris l'habitude de garder un fusil chargé près de lui, il ouvrait la porte à la volée, mais il n'y avait rien alentour, que le vent agitant les feuillages, un froissement peut-être dans les taillis, il avait dû rêver. Ses hommes murmuraient – plus encore que les tigres, étaient à craindre les esprits invisibles qui les chevauchaient. Ceux-là, nul ne pouvait les défier sans en payer le prix, c'était désormais une lutte à mort où ils risquaient tous de se trouver emportés. Collier, qui à chaque occasion le rejoignait dans ses périples, ne cachait plus son inquiétude : il fallait que Cooper se repose, un seul tigre ne pouvait couvrir de telles distances…

Seul Kru se montrait aussi déterminé que Cooper, n'hésitant pas à bousculer les superstitions et les craintes. Au fil des jours il était devenu indispensable, guide, interprète, intermédiaire précieux avec les villageois et surtout conseiller : des tigres, malgré son jeune âge, il semblait tout connaître.

— *Ni*, tu entends les corbeaux ? Ils préviennent tous les autres qu'il y a un tigre, là-bas. Tu sais cela ? Que tous les tigres haïssent par-dessus tout les corbeaux ?

Et il se lançait dans une histoire, comment aux commencements du monde, quand la jungle couvrait la terre, le roi des tigres et le roi des corbeaux s'étaient fâchés, en sorte que depuis tous les corbeaux alertaient les autres animaux de l'approche du fauve…

— *Ni*, tu as vu, les excréments, là, l'empreinte plus loin ? C'est une piste de tigre. Chaque tigre a ses pistes, qu'il parcourt sans cesse, pour dire qu'il en est maître. Trouve ses pistes, et tu trouveras le tigre…

— *Ni*, bientôt ils s'en iront. Sauf le tien, peut-être. Et il en va ainsi, à chaque saison…

Ils remontaient vers le haut des collines, à la saison sèche, quand la jungle y était moins dense, et que le gibier, chassé lui aussi des vallées par l'herbe devenue rare, y était plus facile à capturer.

— *Ni*, sais-tu comment les tigres s'attaquent aux hommes ? Ils les saisissent entre leurs pattes avant, plantent leurs griffes dans leur poitrine, comme ça, avant de leur briser la nuque…

Cooper le taquinait. Comment savait-il cela ? L'avait-il déjà vu ? Kru alors s'esquivait, sans répondre. Il savait. Comme il savait, lui aussi, que c'était le même tigre qui défiait Cooper…

— Le même tigre, oui ! Demandez plutôt à Kru…

Ils étaient tous rassemblés à la Mission, ce soir-là, arrivés pour la plupart en fin d'après-midi, à l'heure du rituel whisky si cher au pasteur Taylor. Schoedsack, bon dernier, rentrait d'un village voisin où il avait filmé la mise en place d'un piège après avoir supervisé la construction d'une maison, dans une clairière, pour les tournages à venir. Derrière lui, les nuages étaient montés dans un ciel strié de lueurs sanglantes. Les orages se faisaient plus rares, depuis quelque temps, signe que bientôt viendrait la saison sèche, mais ce soir-là un frisson plus frais annonçait la pluie.

Monsieur Coop a raison, dit alors Kru. Tous les regards se tournèrent vers lui : trois fois, à des dizaines et des dizaines de kilomètres d'écart, il avait retrouvé des traces au matin devant la porte de leur refuge.

— Les mêmes : il a la patte avant droite déformée… Oui, Mister Crooked lui-même ! Mister Crooked qui défie Mister Coop !

— Ainsi donc, ce que Tillman m'avait raconté est vrai, murmura le révérend Taylor avec un tremblement dans la voix. Cette histoire du tigre qui le traquait… J'avais pensé que c'était la fièvre, la fatigue – la jungle vous donne de drôles d'idées, parfois. Mister Crooked ! N'ébruitez pas trop l'affaire, ou vous allez ficher une trouille de tous les diables autour de nous. « Crooked, le dieu de la jungle – ou le diable », vous voyez ça d'ici ?

Et comme Schoedsack tournait vers lui un visage interrogatif :

— Une figure d'épouvante, pour les gens d'ici ! Quelque chose comme un dieu. Plus de deux cents victimes en trois ans, dit-on. Et je crois bien que c'est vrai. On finirait par croire qu'il n'existe pas, que c'est une création de leur peur, à tous, s'il ne laissait pas à chaque fois cette signature : une patte déformée. D'où son nom…

Le ciel, d'un coup, parut se fendre en deux, au-dessus de leurs têtes, et le déluge s'abattit sur la Mission dans un chaos d'éclairs qui illuminèrent violemment la pièce. D'eux tous, Collier paraissait le plus impressionné.

— Les mystères de la jungle ! C'est étrange, vous ne trouvez pas ? murmura-t-il. On dirait qu'elle nous répond, là dehors…

— Kru, lui aussi, a une affaire personnelle avec les tigres, reprit le révérend Taylor après que le jeune homme, profitant d'un bref répit de l'orage, les eut quittés pour retrouver Chingda, son épouse. Il est peut-être le seul dans ce district à ne pas en avoir peur… Savez-vous qu'il a tué son premier tigre à l'âge de onze ans ?

Tous, intrigués, se penchèrent vers le révérend. Pourquoi Kru n'en avait-il jamais parlé ?

— Il se trouvait dans la jungle avec son père quand un tigre a jailli des broussailles. Déjà son père roulait au sol, le tigre allait lui briser la nuque, ses griffes plantées dans sa poitrine, quand le gamin, saisissant la machette paternelle, a bondi sur le tigre et l'a tué ! J'imagine qu'il a dû lui trancher la carotide, un coup chanceux, toujours est-il qu'il l'a tué. Il fallait un sacré courage !

— Et le père ?

— Kru a couru jusqu'ici chercher du secours. Son père était dans un état ! Il a survécu, finalement. Tout le temps de la convalescence, le gamin est resté à son chevet. Et dès son père debout, Kru s'est converti.

Dès lors, il était devenu l'enfant chéri de la Mission. Il avait commencé des études, appris l'anglais, fait des progrès extraordinaires, au point que ses amis lui avaient donné le surnom de Kru – « enseignant ». Enseignant, il l'avait été à sa manière.

— Pêcheur, trappeur, chasseur, il a mis un point d'honneur à se débrouiller seul – si jeune ! –, mais toujours il revenait vers nous, pour poursuivre ses études. Jusqu'à ce qu'il nous dise sa volonté de devenir missionnaire à son tour…

Missionnaire ? Taylor s'amusa de leur surprise à tous deux.

— Ça vous en bouche un coin, n'est-ce pas ? Le premier missionnaire lao ! Quand il a estimé qu'il était prêt, il est parti. En Chine, dans le nord du Yunnan. Où les neiges ne fondent jamais. Peut-être vous racontera-t-il cela un jour.

Là-bas, il avait voyagé de tribu en tribu, vivant auprès d'eux, chassant le daim, les sangliers, les léopards, avec un filet et une lance, comme eux, gagnant leur respect avant de prêcher le message du Christ…

— Un jour il est revenu, et s'est marié ici. Comme s'il lui avait fallu ce long périple pour retrouver la paix. Vous imaginez son importance pour nous ? Un missionnaire lao ! Ici, il est presque une légende, malgré son âge. En tout cas, une autorité morale…

Retrouver la paix… Enfin, ils le croyaient, jusqu'à leur arrivée, à tous deux.

— Je crois que vous réveillez beaucoup de choses en lui. Et que son combat avec les tigres n'a jamais cessé. Vous vous en êtes rendu compte, je pense, du savoir qu'il a accumulé, si jeune ? Il a comme un sixième sens. Pour lui, c'est un combat contre le diable.

Sauf qu'ils n'arrivaient à rien, soupira Cooper. Bientôt, dans tout le district, il n'y aurait plus de village sans piège installé – en vain. De grandes cages de son invention, aussi solides que possible, avec un appât à l'intérieur, dans une cage plus petite. Le fauve, en entrant dans la cage principale, posait le pied sur un mécanisme simple qui déclenchait la fermeture du piège, derrière lui. Schoedsack s'était un peu moqué, au début : « Des pièges à rats améliorés ! » N'empêche qu'ils s'étaient montrés efficaces. Léopards, chats sauvages, ours, mangoustes, lézards, gibbons, paresseux, ils ne savaient plus où les mettre.

— Notre zoo, comme dit Kru. Mais pas un tigre. On a essayé tous les appâts possibles, poulets, cochons, chiens, chèvre, vieux buffles, on a arrosé les cages de sang de poulet pour masquer l'odeur humaine – rien !

Le problème, marmonna Cooper, était peut-être moins les tigres que la peur.

— Nous, nous avançons dans l'inconnu avec des fusils, entourés d'hommes, de guides, de porteurs, mais si nous n'avions, comme les gens d'ici, que des couteaux en mauvais métal, si nous vivions depuis notre naissance dans des huttes branlantes en bambou, au cœur de la jungle, craignant chaque jour pour notre vie, nous ferions moins les fiers…

La peur. C'est elle qui, à deux reprises dans les villages lointains, leur avait fait tuer les tigres qu'ils venaient de capturer, avant que Kru et Cooper n'aient le temps d'arriver.

— Vous vous imaginez, pendant deux nuits et un jour, entendre à quelques pas de vous le rugissement d'une bête qui à chaque instant peut défoncer la cage ? Comment leur en vouloir ?

La peur. Combien de fois Cooper et Kru avaient-ils galopé, couru, remonté le cours d'une rivière, à l'annonce qu'un tigre gigantesque, « grand comme un cheval » venait d'être pris, pour découvrir à l'arrivée qu'il s'agissait d'un léopard ? Ou que les villageois, par crainte des esprits, ou, tout simplement, de s'approcher, avaient laissé s'échapper l'animal ?

L'orage avait repris de plus belle. Les éclairs se succédaient en rafales, la pluie giflait les vitres, ronflait sur la toiture, débordait des gouttières en rivières bouillonnantes, une odeur lourde montait, écœurante, de terre et de moisissure.

La peur était partout, s'insinuait comme une vapeur mauvaise, rampait dans les hautes herbes, pesait sur les esprits, dissolvait les énergies, jamais ne se laissait oublier. Elle était là le jour, dans le bruit de chaque pas, le frisson du vent, le murmure des feuillages, tenant chacun dans son étau, et c'était en vain qu'après avoir dressé des dragons protecteurs en bordure des champs quelques vieillards, autour des flammes dansantes, convoquaient à la nuit venue des légendes, quelques contes, un chant, ce n'étaient que hochets pour avoir moins peur dans le noir. Les ténèbres pesaient un peu plus fort, le rugissement d'un tigre balayait l'étendue et tout vacillait de nouveau. Les ruines des temples couvertes de mousses et de lianes rappelaient que rien ne résistait à l'engloutissement végétal.

Tout à coup, le tonnerre éclata dans une gerbe d'éclairs au-dessus de la Mission. Taylor alluma les lampes, ferma les rideaux en bougonnant que les esprits mauvais n'avaient qu'à se disputer tout seuls, au-dehors, et fit passer à nouveau la bouteille de whisky. L'atmosphère peu à peu se détendit.

— Ils se défendent, pourtant, dit Schoedsack resté jusque-là silencieux. Oh ! Pas comme des héros, pas comme des guerriers affrontant la mort, mais au quotidien. À preuve, ils sont toujours là. Bien des temples ont disparu – mais pas eux.

Depuis des semaines il travaillait avec les villageois, les observait, appréciait chaque jour un peu plus leur courage discret, leur sens de la beauté, aussi, leur manière de maîtriser vaille que vaille le chaos en le contenant dans un entrelacs de formes sophistiquées. Et aussi leur humour…

— Leur humour, ça oui, approuva Collier que l'intimité retrouvée du salon paraissait avoir rasséréné. Vous savez ce qu'un vieux chef nous a dit avant-hier ?

Deux hommes venaient d'être dévorés dans son village, aussi étaient-ils accourus pour vérifier l'installation des cages. Vides, sans le moindre appât. Cooper avait éclaté en reproches, relayé par Kru :

— Mais enfin, vous pourriez mettre au moins une chèvre, ou un chien !

— Pour quoi faire ? Le tigre n'aime que les êtres humains.

Au bout d'un quart d'heure de dialogue de sourds, Cooper, exaspéré :

— Mais dans ce cas vous pourriez au moins y mettre une femme, non ? Vous n'avez pas une vieille de disponible ?

— Oh, que si ! On en a même de très vieilles, toutes racornies, très maigres.

— Eh bien alors ?

— Hé, c'est que le tigre est comme vous et moi : il n'aime que les jeunes et jolies filles !

Tous s'esclaffèrent. Cooper lui-même sourit, en dépit de ses humeurs sombres. Je ne sais pas si c'est de l'humour, soupira-t-il, mais le sommet avait été atteint deux jours avant, dans un hameau où la question de l'appât avait été longuement débattue. Attendu que le mangeur d'hommes ne mangeait que des hommes, quoi mettre dans la cage pour l'attirer ?

Un animal, c'était inutile. Un homme ? Personne n'était très chaud. Un mort ? Ils n'en avaient pas. Leur idée l'avait laissé coi.

— Ils étaient si fiers de me montrer leur trouvaille : placer comme appât un panneau où ils avaient peint un homme !

— Et tu ne m'as pas appelé ? protesta Schoedsack. Coop, c'est un film qu'on tourne, pas un zoo qu'on monte ! Tigre ou pas, ça faisait une belle image, non ? Tu le leur as fait enlever, ou je peux encore le trouver ?

Cooper piqua du nez : pas un seul instant il n'y avait pensé.

— Le film. Il devient urgent d'en parler, dit Schoedsack quand ils se retrouvèrent seuls.

Cooper et lui, dès leur arrivée, s'étaient partagé le travail. Cooper, jamais aussi à son aise que lorsqu'il fonçait dans l'inconnu, s'était mis en tête, tout à son idée d'un réel recomposé, de capturer la jungle entière pour la mettre en cage. Schoedsack, certes, s'attachait à construire dans la nature ce qui serait comme son studio – une maison, spécialement aménagée pour y tourner, ainsi qu'un vaste espace dégagé au cœur de la jungle, où il avait imaginé l'équivalent de longs rails travelling – mais il tenait à capter, comme jadis, des scènes sur le vif. Chaque matin, au meilleur de la lumière, ou en fin d'après-midi, il passait de longues heures en des caches au fin fond de la jungle, pour saisir des moments de la vie animale. Recréer ce qui avait échappé en direct, grommelait-il, n'était pas une excuse pour cesser de traquer ces instants de grâce, quand il vous semble que le monde vient à votre rencontre…

Sauf que ça ne pouvait plus durer. Schoedsack scrutait le visage de son ami, ses traits tirés, ses yeux hagards. Ce n'était pas seulement la fièvre, la dysenterie, son corps en loques : ce Mister Crooked lui faisait oublier tout le reste. Certes il luttait, comme il avait toujours lutté, en guerrier, mais contre un adversaire insaisissable. Sans le savoir, il luttait de toute son âme inquiète contre lui-même.

— Mon vieux Coop, tu files un mauvais coton. Tu le sais, ça ?

Cooper eut un geste vague, découragé. De toute manière ce fichu tigre ne le lâcherait plus. Il se défendait, la voix lasse, non il n'avait pas perdu le fil, mais il s'était convaincu, peut-être à tort, que le mystère qu'ils traquaient tous deux se confondait avec celui de Crooked.

— Parfois, je me dis que je perds un peu les pédales. Et puis le lendemain il y a ces empreintes, sur le sol…

— Tout seul, tu n'y arriveras pas. Et moi non plus.

Il fallait qu'ils se retrouvent, renouent le fil de leur projet. C'était une question de semaines, peut-être de jours : tigre ou pas tigre, il fallait qu'ils tournent, dans cette parenthèse entre mousson et saison sèche, avant que tout ne soit à demi calciné.

— La bonne lumière, c'est maintenant. Et je ne peux pas tourner sans toi et Kru, c'est aussi simple que ça !

Et Schoedsack entreprit de lui détailler tout ce qu'il avait fait ces derniers temps, mille petites anecdotes, les scènes qu'il avait pu saisir, la manière dont les habitants de Nan se prenaient au jeu, les heures de longue attente dans la jungle, le génie que mettaient les animaux à l'éviter, mais aussi, malgré tout, les moments de magie. L'autre hochait la tête, par instants son regard s'éveillait, intéressé, avant de se perdre à nouveau dans le vague.

— Écoute, tes pièges sont en place, tu ne peux pas faire grand-chose de plus. Dès l'annonce d'une capture, on arrête tout et on fonce. D'accord ?

Cooper s'ébroua. D'accord. Après tout, ça lui ferait peut-être du bien, de se changer les idées. Et il devait avouer que son vieux complice lui avait manqué, ces temps derniers.

— Mais on tourne quoi ? Tu as réfléchi à une histoire ? Parce que là, à brûle-pourpoint, sorti de Mister Crooked…

— Kru, dit Schoedsack.

Et comme Cooper ne réagissait pas :

— Kru ! C'est l'idée. Tu as entendu sa vie ? L'homme en lutte contre la nature, c'est lui !

Depuis des semaines il se creusait la tête. Les Lao étaient des gens adorables, mais ils n'étaient pas des Bakhtiari. La nature était terrifiante, mais où trouver le peuple héroïque faisant face ? Le courage des Lao était de survivre, mais survivre, ça ne donnait pas des images saisissantes, ça ne faisait pas un film. Tandis que Kru…

— Le résistant ! Celui qui affronte l'horreur, refuse la peur ! Il suffit de se laisser porter par lui.

Schoedsack allait et venait à grandes enjambées. Il le voyait, ce film.

— Une jungle terrifiante, le danger partout, la peur. Là, j'ai des images, tu verras, des vapeurs méphitiques au-dessus des marécages, l'apparition d'un léopard, un daim qui fuit, le fouet de la queue d'un crocodile, soudain, dans une eau calme. Là-dessus, un tigre surgit, le village est terrorisé, mais voici qu'un homme refuse de céder et entame la lutte, seul, à l'écart. Peut-être entraînera-t-il le village ?

Du coup, la maison conçue pour disposer d'un intérieur facile à filmer changeait de nature. Ce serait la maison de Kru, le pionnier.

— Kru part dans la jungle avec sa famille, défriche une clairière, construit une demeure, des enclos, laboure son champ. Tout paraît calme, un coin de paradis. Et tout à coup la jungle attaque… Qu'est-ce que tu en dis ?

Cooper, pour le coup, paraissait éveillé. Oui, c'était l'idée.

Kru accepta sans hésiter de se prêter au jeu. Mais Chingda, sa douce épouse, sollicitée, disparut dans la pièce voisine en se cachant la face, et toute la persuasion de Cooper et de Schoedsack, ajoutée à celle de Kru, n'y changea rien : sans qu'elle pût l'expliquer, l'idée de jouer son propre rôle la terrorisait – même si la perspective de voir quelqu'un d'autre la remplacer ne l'enchantait pas non plus. Il fallut bien des ruses, d'infinies précautions oratoires, et l'intervention d'Irene Taylor, pour suggérer à l'un de leurs porteurs que son épouse, contre rétribution, pouvait être cette remplaçante. Mince, gracieuse, l'œil rieur, Chantui accepta avec un plaisir si spontané que Cooper s'en inquiéta.

— Tu as vu comme elle regarde Kru ? Le signal « danger » clignote.

— Les femmes sont toujours source d'embrouille, convint Schoedsack dans un soupir philosophique.

— C'est toi, futur homme marié, qui me dis ça ?

— Oh, Ruth, ce n'est pas pareil.

Cooper mesura la révolution culturelle en cours chez son ami quand celui-ci ajouta :

— Faut reconnaître que c'est souvent la faute des hommes… Tu as vu la tête que fait son mari ?

Un deuxième porteur, qui avait suivi avec intérêt le versement des *ticaux*, proposa spontanément ses deux enfants. Nah, le garçon, et Ladah, la fille, étaient adorables, vifs, intelligents, et Cooper eut bien du mal à expliquer aux autres, qui maintenant se pressaient, proposant grands-pères, grand-mères, oncles, tantes et voisins, que le casting était clos pour le moment, mais que le village serait plus tard invité à participer, lui aussi.

La clairière, dès le lendemain, se transforma en ruche. Le village entier, pour l'occasion, s'était déplacé, et personne, à l'exception de Kru, n'ayant la moindre idée de ce qu'était le cinéma, c'est à grand-peine que Cooper parvint à tenir les spectateurs à distance, ou à les contenir en arrière de la caméra – et d'ailleurs, pourquoi à distance ? protestèrent-ils lorsque Kru entreprit d'attaquer un arbre à la hache. Ils allaient lui prêter main-forte ! Les explications de ces étranges étrangers furent accueillies par des haussements d'épaules. Laisser un des leurs abattre seul des arbres pour construire sa maison ? Cela n'avait aucun sens, tous ici s'entraidaient, montrer le contraire était jeter sur eux le déshonneur. Kru, posant sa cognée, dut se lancer dans de longues explications pour ramener le calme, mais chacun, de toute évidence, n'en pensait pas moins.

Kru abattant des arbres, construisant sa maison sur pilotis, puis un enclos pour ses bêtes, Chantui, belle à ravir, décortiquant le riz au-dehors, aidée par Ladah, sous l'œil d'un petit veau, Kru labourant un champ, semant le riz avec Nah, rentrant le soir suivi du buffle portant les deux enfants : tout ce qui manquait à *Grass*, exultait Schoedsack, concentré à l'extrême, et il multipliait les angles de prise de vue, se payant même le luxe de longs travellings en faisant coulisser sa caméra sur des poutres disposées à une extrémité de la clairière. Ne manquait plus, nuançait Cooper, qu'ils aient aussi ce qui faisait la force de *Grass*. Car aucune nouvelle n'arrivait, du côté de ses pièges...

Un acteur supplémentaire s'était invité entre-temps, multipliant les pitreries, sautant sur les épaules de Schoedsack, prétendant tourner la manivelle à sa place, suivant les enfants à la trace sous les rires de la foule.

— Mais enfin, bon Dieu, il sort d'où, celui-là ?

Bimbo, leur gibbon apprivoisé, s'était excusé Kru, arrivé en courant. Il allait l'attacher à un pieu quand Cooper s'interposa :

— Non ! Il faut le garder !

Et à Schoedsack :

— Le contrepoint ! Un contrepoint comique, ça peut être précieux quand ça deviendra trop dramatique, non ?

Shorty opina. Coop avait raison, bien sûr. Ce qui voulait dire, aussi, qu'il chassait peu à peu ses fantômes, et retrouvait le film...

Le temps lui-même semblait s'accorder à leurs attentes. La pluie se faisait plus rare, généralement nocturne, le jour se levait sur des matins plus clairs. Chacun, comme libéré de l'étau des jours gris, se hâtait de profiter de cette parenthèse des saisons. Chantui avait des grâces d'actrice consommée, trouvait spontanément à se placer dans la bonne lumière, avec l'expression exacte requise par la scène, Nah et Ladah étaient parfaits de spontanéité, Bimbo, bien décidé à s'imposer comme la star du film, multipliait les pitreries, et Kru, non seulement jouait à la perfection, mais, s'impliquant totalement dans le projet de ses amis, n'hésitait pas à faire des suggestions, souvent heureuses. En quelques jours la plupart des scènes édéniques de nos Robinsons se trouvèrent mises en boîte...

— Et maintenant, dit Schoedsack un soir qu'ils se retrouvaient à la Mission autour de Taylor et de Collier, il s'agit de passer à la deuxième phase : l'entrée en scène des bêtes sauvages…

Cooper hochait la tête, impatient. N'était-ce pas pour cela qu'ils étaient venus ? Schoedsack, lui, restait circonspect. Ce qu'ils avaient en tête, personne, à ce jour, ne l'avait tenté. Il allait falloir tout scénariser au millimètre, bien circonscrire les aires d'action, limiter les risques en inventant pour chaque animal un dispositif spécifique… Le visage de Cooper s'assombrissait à mesure que son ami énumérait le nécessaire, caches pour les caméras, palissades assez hautes pour empêcher que les bêtes ne s'échappent. Taylor se tourna vers Schoedsack, intrigué : ça serait si difficile que ça ?

— Oh ! C'est *exactement* comme si nous nous trouvions en studio à devoir diriger des acteurs muets et sourds. Analphabètes, en plus. Sans la moindre idée du scénario et sans aucun moyen de communiquer. Avec, pour pimenter la chose, une seule obsession : s'enfuir du plateau – après t'avoir tué.

Le pasteur le fixa un instant, avant d'éclater de rire. Sourds-muets ! Vu comme ça, évidemment, ça douchait un peu l'enthousiasme…

— Tu lui as dit quoi au juste, à Lasky, de la manière dont tu allais t'y prendre ? reprit Schoedsack.

— Rien du tout ! Comment veux-tu ? Je n'en avais pas la moindre idée.

— Et maintenant ? interrogea Taylor.

— Non plus.

Cooper fronça les sourcils. Ils allaient trouver. Forcément trouver.

Le pasteur secoua la tête.

— Tillman m'avait prévenu que vous étiez un peu fêlés. Mais à ce point…

— On pourrait commencer par une ourse et son petit ? risqua Cooper. Imagine, sur les premières images du soir qui vient, Kru et les siens rentrent les animaux, remontent l'échelle de leur maison. La jungle s'éveille, on voit un ourson jouer, sa mère accourir – et crac ! on montre un tigre, ou une panthère qui surgit des fourrés. Un daim tressaille, aux aguets, s'enfuit.

Trop tard ! Le fauve est déjà sur lui. Agonie... Ça serait pas mal ?

Va pour l'ourse et son ourson. À ceci près que, poussés hors de leur cage, terrorisés, ils s'obstinaient à y retourner. Il fallut des trésors de patience, la palissade ôtée, du miel caché dans un tronc d'arbre creux, à terre, et l'aide inattendue de Bimbo narguant l'ourson depuis une branche basse pour que, le deuxième jour, avec mille précautions, l'ourse se risque au-dehors, et, se croyant seule, joue avec son petit. À ce rythme-là, calculait Schoedsack, ils en avaient encore pour deux bonnes années, mais Cooper, optimiste, voyait déjà la suite.

— Et si on passait à la panthère ? La première scène, avec les gosses...

Après tout, elle était des plus simples. Les deux gamins, en lisière de forêt, se hâtaient vers leur maison en jetant alentour des regards inquiets, ils se retournaient à mi-chemin, découvraient, horrifiés, une panthère sortant de la jungle, prête à bondir sur eux, et ils prenaient leurs jambes à leur cou. D'abord, bien sûr, Shorty filmerait les gosses. Puis, une fois ceux-ci à l'abri, le préposé aux cages, au signal convenu, libérerait le fauve qui foncerait entre deux palissades droit vers la jungle – et du même coup vers la caméra. Cooper, le fusil à la main près de Schoedsack, parerait à tout danger. Y avait-il plus simple ?

C'est alors que tout faillit basculer.

Schoedsack avait déjà filmé la course des deux enfants sous tous les angles. Kru, une nouvelle fois, leur commandait de prendre un air plus terrorisé et de s'enfuir, quand des cris éclatèrent à l'opposé de la clairière. Les gosses, pour le coup, poussèrent un vrai hurlement en courant à perdre haleine : la panthère fonçait droit sur eux. Schoedsack, levant les yeux, hurla à son tour. Elle était à quelques mètres des enfants ! Cooper, surpris, tira à la volée. La bête roula sur elle-même avant de disparaître dans les hautes herbes.

Kru accourait, hagard. Sans qu'il pût expliquer pourquoi, sans doute la terreur, l'homme qui commandait la porte de la cage l'avait ouverte avant le signal. Cooper, furieux contre lui-même – comment avait-il pu manquer à demi sa cible ? –, se lança aussitôt à la poursuite de l'animal.

Il n'y avait aucun bruit, que celui des herbes qu'il froissait, comme si la forêt entière retenait son souffle. La végétation était si dense, après quelques dizaines de mètres, que l'on n'y voyait goutte. Il rampait, pratiquement sur le ventre, quand à travers un taillis il vit deux yeux qui le fixaient, juste à l'instant où la bête bondissait. Il tira, par pur réflexe, en roulant sur le côté, une masse grondante croula sur lui, l'écrasant à demi. Trop tard, pensa-t-il en un éclair, avant de réaliser que le corps de la panthère était sans vie. Des gens accouraient, il entendit la voix de Shorty :

— Eh bien mon vieux, ce coup-ci c'était tout juste !

Il voulut bouger, le fauve avait le mufle posé contre sa poitrine, ses deux pattes encadrant sa tête. Ça allait faire une jolie photo, dit Shorty.

Alors seulement, une fois debout, Cooper fut pris de tremblements.

— Je l'ai loupé, Shorty, loupé ! S'il était arrivé quelque chose aux gosses… Ah, jamais je ne me le serais pardonné !

C'était assez d'émotions pour aujourd'hui, décréta Schoedsack. Comme ils traversaient la rivière, encore ébranlés, ils virent sur la rive opposée Kru entouré d'un groupe de leurs porteurs qui trépignaient en agitant les bras : *Suar ! Suar !* Un tigre. Un tigre avait dû être capturé quelque part. Un de plus, allait soupirer Cooper, dont les jambes flageolaient un peu, mais Kru, d'impatience, se jetait à l'eau pour le rejoindre, ça devait être sérieux. Un tigre énorme, féroce, dans un village plus haut sur le fleuve, criait Kru en s'approchant. Le message était de Than, le plus fiable de leur équipe, resté là-haut par précaution : le fauve secouait son piège en tous sens ! Un frisson parcourut l'échine de Cooper : cette fois serait peut-être la bonne.

— Où ?

— À Kamuk. Juste au-dessus de Pak Nam…

Kamuk, un petit village décati, au bord du fleuve, il s'en souvenait très bien. Pressé par le temps, tandis qu'il remontait le fleuve, il les avait laissés construire eux-mêmes leur trappe. Si ridicule qu'à son retour il avait eu une altercation avec le chef : elle était tout juste assez solide pour retenir un lapin ! S'ils avaient gardé la même, il comprenait l'inquiétude de Than…

Vite, disait le message. Vite, criaient les porteurs surexcités. Douglas arrivait déjà, pressé d'en être, et dans cette frénésie soudaine chacun trouvait à oublier la tragédie évitée de justesse. Cris, courses en tous sens, Schoedsack préparerait les grandes pirogues qui remonteraient la cage par le fleuve, seule voie possible. Le fleuve serait peut-être leur chance. Comment ramener à Nan pareille cage s'il fallait se frayer un passage dans la jungle, à travers la montagne ? Au mieux, résuma Cooper, retrouvant ses intonations de militaire, ils ne seraient pas là-haut avant le lendemain, dans l'après-midi, et Schoedsack, avec la cage, sans doute le lendemain.

— Parce que tu veux partir maintenant ? s'inquiéta Schoedsack. Il fera nuit dans deux heures ! Tu sais combien d'hommes ont disparu, sur cette piste ?

Mais Collier paraissait déterminé. S'il fallait, ils dormiraient en chemin dans un village. Et les tigres, *en général*, n'attaquaient que les hommes seuls.

— D'ailleurs, j'ai apporté de quoi engager la conversation : un Colt, plus mon fusil à double canon. Avec votre Mannlicher et le Springfield de Cooper, on aura de quoi voir venir, non ?

Ces yeux brillants, cette rougeur aux pommettes… Avait-il bu ? s'inquiéta Cooper, et le pasteur, devinant le regard de son ami, rougit. Pour lui aussi, murmura-t-il, confus, la quête avait trop duré, il fallait en finir…

Des nuées rougeâtres roulaient dans le ciel d'après-midi quand ils s'engagèrent sur la piste étroite, au trot de leurs poneys. À mesure que l'ombre gagnait, les hautes murailles de la forêt paraissaient envahir le ciel, peu à peu se rapprocher – quelques minutes encore et ils seraient engloutis, songeait Cooper, comme tant de civilisations, tant de monuments aujourd'hui la proie des mousses et des lianes, dont il ne restait rien, que des pierres disjointes. Puis le ciel disparut, et ils avancèrent à la lueur pâle d'une lanterne. C'était l'heure silencieuse, avant le déchaînement de la vie carnivore et, allant maintenant au pas, il leur sembla que la muraille ténébreuse de la forêt ne s'ouvrait à leur approche que pour se refermer derrière eux. Un temps, Collier et Cooper tentèrent de briser le silence en bavardant de tout et de rien, des voitures, des femmes, mais la nuit pesait sur eux de tout son poids et bientôt ils se turent.

— N'est-ce pas l'image même de l'humaine condition ? dit soudain Collier. Nous avons chu d'un royaume de lumière dans les ténèbres ici-bas…

— … Et il nous appartient, dans le chaos du monde, de retrouver la lumière perdue, poursuivit Cooper. J'ai eu un prof, jadis, qui nous l'a fait étudier, à nous aussi. *Le Voyage du pèlerin* de Bunyan ! Mais si on m'avait dit que quelqu'un me rappellerait ça, une nuit, en pleine jungle, où rôdaient des tigres…

— Pourquoi, ce n'est pas exactement la situation ?

Ils se turent. Le disque argenté de la lune déchira les nuées, baignant la scène d'une lumière irréelle, perça les cimes des grands arbres, traversa les feuillages et ce fut comme une pluie de gouttes argentées qui tombait autour d'eux – ils étaient entrés par privilège dans un monde de féerie. Puis les nuages couvrirent la lune et les ténèbres se refermèrent, écrasantes, la piste se fit plus étroite, la jungle les enserra un peu plus fort.

À 11 heures apparut un premier village, au détour de la piste. Un grand feu brûlait dans la clairière, sculptant sur le manteau de nuit des silhouettes fantastiques s'agitant furieusement. *Suar ! Suar !* criaient les femmes et les enfants en les entourant. La nouvelle leur était arrivée dès le matin, de la capture du fauve, celui, ils en étaient certains, qui les terrorisait depuis des mois. Un peu plus haut, la piste était mauvaise, les prévinrent-ils, et même de pire en pire le long du fleuve. Il avait plu à torrents les nuits précédentes, ce ne serait désormais qu'éboulis rocheux et marécages. Peut-être, suggéra Kru, valait-il mieux dormir au village et partir aux aurores ?

— Et si le tigre réussit à s'échapper pendant la nuit ? s'inquiéta Cooper.

— Pas question, trancha Collier. On continue !

Comme les nuages s'accumulaient, masquant la lune, quelques hommes se proposèrent comme guides, brandissant de longues torches, et ils reprirent la route. Les jeunes gens ouvraient et fermaient la marche, leurs torses cuivrés paraissaient danser dans la lumière des torches agitée par le vent et ils s'apostrophaient sans arrêt – sans doute pour se donner du cœur au ventre et avertir de leur approche les créatures de la forêt. Pourquoi la jungle restait-elle silencieuse ? s'étonna Cooper.

— La capture, répondit Kru : tous savent que le tigre est pris. Et tous sont dans l'attente…

À l'approche du fleuve, la piste devint glissante, encombrée d'amas de rochers, barrée de flots de boue. Les chevaux trébuchaient, à travers les échappées du feuillage, de loin en loin, on devinait les eaux luisantes, qui grondaient sourdement. Passé un coude soudain, ils butèrent sur une large étendue de boue et d'éboulis. À peine eurent-ils le temps de deviner une sente étroite sur l'autre rive que les porteurs de tête disparaissaient derrière un nouveau coude. Ceux qui fermaient la marche avaient pris du retard, et c'est dans le noir complet qu'ils se lancèrent à travers le marécage pour rattraper leur avant-garde, malgré les bêtes effrayées. Cooper, sentant que sa monture trouvait un sol plus assuré, la pressait de toutes ses forces ; la bête, s'arrachant à la boue, allait toucher au semblant de piste quand il poussa un cri et tomba à la renverse sur un amas de roches. Quelque chose venait de le frapper en travers de la poitrine avec la violence d'un coup de marteau. Il tenta de se relever – la douleur lui cisailla le torse. Une côte cassée, pensa-t-il. Mais pourquoi ? Les ténèbres étaient totales. Il entendit, un peu plus haut, les appels inquiets de Collier et de Kru, auxquels il essaya de répondre, mais à chaque inspiration la douleur était insupportable. Enfin, les porteurs en arrière-garde arrivèrent. Kru, depuis l'autre côté du marécage, accourait à son secours. Il vit alors qu'il avait heurté de plein fouet une branche basse lui barrant le chemin. Il se leva en grimaçant, se hissa avec précaution en selle, en se forçant à l'optimisme : avec un peu de chance ses côtes ne seraient que froissées.

Ils n'étaient plus très loin, répétait Kru, resté à ses côtés, mais cela faisait bien une heure que le brave garçon le répétait, après chaque glissade, après chaque trébuchement. Enfin, après un coude brusque, ils débouchèrent sur une clairière où brillaient une dizaine de feux autour desquels dansaient des hommes à demi nus. Le corps tatoué, ils brandissaient des lances, des machettes, des couteaux étincelants à la lumière de flammes qui, à chaque souffle de vent, montaient vers le ciel en gerbes d'étincelles. En s'approchant, ils virent que les hommes et les feux entouraient un grand cube sombre, au pied d'un arbre centenaire.

La trappe. La trappe surmontée d'un amas de rondins en désordre apparent mais liés les uns aux autres par des centaines de lianes ! Ils mirent un pied à terre, le cœur battant. Des femmes, des enfants trépignaient : *Suar ! Suar !* Le chef du village se tenait devant eux, partagé entre fierté et ironie. Sa trappe était peut-être la pire de toutes, bonne à capturer un lapin, n'empêche que c'est dans celle-là et pas dans une autre que se trouvait la bête. Se penchant au ras du sol, ils essayèrent de distinguer la créature captive, à la lumière d'une torche – en vain. Et soudain, du puits noir sous les rondins monta un grondement énorme, de colère et de défi. Il y eut comme un arrachement sauvage, qui fit trembler l'ensemble, et les hommes se précipitèrent en brandissant leurs lances, prêts à larder le fauve de coups.

— Il était temps que vous arriviez !

Than apparut, les traits tirés. Depuis le matin, il campait devant la trappe, craignant que le captif ne parvienne à s'échapper.

— *Ni*, tu ne peux pas imaginer sa force. Dix fois, j'ai cru qu'il allait s'échapper ! Je faisais empiler des rondins, les plus gros possible, mais tout tremblait.

Et il lui avait fallu presque se battre avec les hommes pour qu'ils ne le tuent pas – esprits chevaucheurs ou pas, ils avaient perdu tant des leurs qu'ils voulaient en finir…

Le brave garçon pleurait de soulagement. Demain matin, ce serait à eux de jouer. En espérant que Schoedsack arrive vite…

Les poneys dételés, Cooper et Collier s'apprêtaient à se glisser dans leurs sacs de couchage, près d'un feu, quand Kru accourut, les yeux brillants.

— Mister Crooked !

Pas de doute possible : en déplaçant des rondins, il avait pu voir que l'animal avait la patte droite déformée. Pour le coup, ce fut à Cooper de se trouver pris de tremblements. Ainsi donc, cette histoire avait un sens, et elle allait trouver sa conclusion ici.

Il se réveilla en sursaut. Des gens couraient en tous sens, dans la pénombre, des hommes arrivaient, lances brandies. Il se redressa en réprimant un cri de douleur, à demi endormi encore saisit son Springfield, mais ce n'était qu'une fausse alerte. Un gamin, dans un cauchemar, avait crié : « Le tigre s'échappe ! » Mais le tigre était toujours là. Le jour se leva, grisâtre, des femmes rallumèrent des feux, des hommes rassemblaient les buffles pour les conduire à leurs pâtures. Les bêtes, alertées par l'odeur âcre du fauve, s'agitaient, reniflaient, griffaient le sol de leurs sabots en passant à hauteur de la trappe et on dut appeler du renfort pour les ramener au calme. Six hommes furent nécessaires quand le grand mâle surgit prêt à charger, les cornes au ras du sol, devant la trappe close.

Kru, prenant le relais de Than, allait de groupe en groupe, calmant les impatiences, expliquant ce qu'ils comptaient faire, mais la tension devenait palpable.

— Il faut que Mister Shorty arrive très vite, maintenant. Sinon ils vont craquer. Mister Crooked les rend fous !

Peu après midi, des gamins accourent à grands cris : les pirogues arrivaient. Tous se précipitèrent et quelques minutes plus tard elles apparurent sous les vivats à la courbe du fleuve, la plus grande chargée de la cage attendue. Mais l'enthousiasme décrut à mesure qu'elles approchaient et c'est dans un silence consterné que Schoedsack et ses hommes la débarquèrent. Le chef du village, narquois, se tourna vers Cooper : était-ce un tigre, ou un lapin, qu'il s'agissait d'enfermer ?

Il est vrai que là, rendue au bord du fleuve, au cœur de la jungle, tandis que tonnait la voix insoumise du fauve, elle paraissait presque dérisoire. Mister Crooked ne mettrait pas longtemps à s'en faire des cure-dents. Kru, une nouvelle fois, sauva la mise en s'écriant que ce n'était que l'enveloppe de la cage, trop lourde, sinon, pour remonter le fleuve, et qu'elle allait être renforcée sur place ! Than, déjà, prenait les mesures, pressait les villageois de rassembler des rondins du bois le plus dur. Les pagayeurs, écroulés sur la rive, essayaient de reprendre leur souffle. Seul Schoedsack paraissait en pleine forme. Ils étaient partis au milieu de la nuit, et n'avaient pratiquement pas pris de repos. Remonter le fleuve en crue depuis les dernières pluies n'avait pas été une mince affaire, mais il ne retenait du périple que la magie du fleuve dans les vastitudes de la nuit, le murmure de ses eaux sous une lune couleur de liseron, la course des nuages et les bras tendus des grands arbres, au-dessous d'eux, la sensation de l'éveil d'un autre monde…

— À trop traîner dans ces coins-ci, on finirait par croire aux esprits…

Si seulement il était possible d'en garder la trace sous la pellicule ! Mais le plus urgent, dit-il en sortant avec précaution la Debrie et son trépied, était peut-être de rendre visite au gros chaton ?

Il se figea, quand Cooper, la voix nouée, lui annonça qu'à en croire Kru, il s'agissait de Mister Crooked, et secoua la tête comme pour en chasser les idées qui lui venaient.

— Si c'est vrai… on y est en plein, non ? Les esprits ! Ils vont finir par prendre possession de nous. Mais aussi, bon Dieu, quelle histoire !

Comme s'il sentait une présence nouvelle, le tigre gronda quand Schoedsack se pencha vers la trappe.

— Comparée à notre cage, sûr, c'est du solide.

Le fauve, furieux, se précipitait contre les parois de sa prison, la secouait, l'ébranlait, faisait trembler jusqu'à l'empilement des rondins au-dessus de lui. C'est seulement en installant sa caméra que Schoedsack s'avisa des mouvements ralentis de son ami.

— T'as l'air d'un petit vieux !

— Tu t'en aperçois, tout de même ? Oh, presque rien, une bricole. Je souffre juste le martyre…

Et Cooper lui expliqua sa mésaventure. Comme ils n'avaient pas de bandages, il faudrait de toute manière attendre le retour à Nan.

— D'après Collier, ce n'est pas bien méchant…

Laissant Schoedsack à son travail, il retrouva Kru, Than et leurs aides, non loin, occupés à doubler la cage à l'intérieur et à l'extérieur par de solides rondins. Deux jeunes glissés à l'intérieur, les pieds dépassant par la porte, s'activaient à serrer les cordages. Le soleil commençait à baisser quand la cage fut déclarée prête, et indestructible.

— Vous savez combien pèse votre chaton ? demanda Schoedsack, qui venait filmer leur travail. Trois cents livres ? Trois cent cinquante ? Avec ce que pèse votre cage maintenant, ça ne m'étonnerait pas que notre pirogue coule tout net. Non ?

Couler, peut-être pas, mais chavirer, ça oui, convint Cooper, et par précaution ils préparèrent de longs bambous qui, posés en travers de l'embarcation, serviraient de balanciers, à la manière des barques dans les mers du Sud.

Ne restait plus, avant la nuit, qu'à faire passer le tigre du piège dans la cage.

— Sans vouloir jouer les rabat-joie, s'inquiéta Schoedsack tout en choisissant l'angle de sa caméra, combien d'entre vous ont déjà fait entrer un tigre dans une boîte ?

Personne – et c'était bien l'opinion des villageois. Femmes et enfants à l'abri dans leurs maisons, les hommes, prudemment, s'étaient réfugiés dans les arbres alentour et observaient, silencieux. Il s'agissait maintenant de libérer la porte de la trappe, bloquée par de forts piquets plantés en terre, tout en évitant que l'animal ne s'échappe, de mettre au même niveau les deux portes en creusant le sol ici, en le surélevant là, puis de les réunir en multipliant les cordages. Tous travaillaient en hâte, transpirant d'abondance, pendant que Schoedsack filmait la scène. Ils s'étaient attendus à ce que le tigre se déchaîne, toutes griffes dehors, mais la bête restait invisible au fond de sa prison, et ce puits noir, devant eux, en paraissait plus menaçant encore. Kru grimpa sur la cage, Than sur la trappe, chacun commandant l'ouverture de sa porte, tandis que Cooper et Collier se plaçaient de chaque côté du sas. Au signal de Kru, Than ouvrit sa porte – rien. Le fauve restait tapi, sans bouger. Cooper, saisissant un bambou, tisonna l'intérieur par un interstice – dans un feulement de rage le fauve faillit le lui arracher des mains. Cooper allait récidiver quand Than, sautant de la trappe, le lui prit des mains, courut la plonger dans un feu proche, revint toujours courant pour planter le stick dans le postérieur du fauve – qui bondit dans la cage. Déjà, Kru refermait la porte. Mister Crooked était bel et bien pris.

Les hommes sautèrent des arbres, tous voulaient assister à son départ. Il fallut une trentaine d'hommes solides pour soulever la cage au moyen de longs bambous et la porter jusqu'au rivage. À la demande de Schoedsack, tout le reste du village brandissait des torches et ce long cortège entourant le roi vaincu dans les flammes dansantes avait quelque chose de fantastique tandis que Schoedsack tournait, tournait toujours. Parvenu au rivage, l'équipage de la pirogue se porta aux deux extrémités du grand balancier pour faire contrepoids tandis que les villageois calaient la cage.

Cooper serra longuement les mains du chef, et lui remit la récompense promise. Les gosses, fascinés par la taille à leurs yeux gigantesque de Schoedsack, l'entouraient, dans l'eau jusqu'à la poitrine, et après force adieux ils purent enfin s'abandonner au cours du fleuve. La lune se levait, les torches brûlaient haut et clair, immobiles, tandis que les embarcations s'éloignaient, la courbe du fleuve leur cacha bientôt le village. Schoedsack ouvrait la marche dans la plus petite pirogue, Cooper, Collier,

Kru et Than ainsi que quatre rameurs occupaient celle du tigre. Le fauve, tout ce temps, était resté silencieux, seule sa respiration forte, son odeur âcre rappelaient sa présence. Cooper et Collier déplièrent les petits sièges de toile qu'en manière de clin d'œil Schoedsack avait ramenés de Nan et ils s'installèrent confortablement. Tout était bien.

— Et voilà, dit Cooper, ce n'était pas plus compliqué que ça.

— On a juste oublié quelque chose, dit Collier. C'est en ces moments qu'on apprécie un petit whisky. Et même, tiens, un cigare…

Ils glissaient sans heurt dans l'ombre mouvante, sous la clarté protectrice de la lune, et Cooper, épuisé, s'abandonnait à la paix de l'instant lorsque Kru, toujours aux aguets, eut un geste d'alerte en montrant le ciel.

— L'orage, dit-il, l'orage vient !

À peine Cooper, la tête posée contre la cage, eut-il le temps de sentir quelques gouttes s'écraser sur son cou que déjà des profondeurs obscures un grondement s'éleva, de plus en plus fort, et le fleuve se mit à bouillir. La pluie s'abattit sur eux, torrentielle, le ciel explosait dans un fracas d'éclairs, le bateau roulait, tanguait dans les ténèbres, et c'est entre deux coups de tonnerre que Cooper, collé contre la cage, une couverture sur la tête, entendit un autre bruit derrière lui, comme d'une mastication entrecoupée de grognements. L'orage avait réveillé Mister Crooked.

Il pouvait s'agiter autant qu'il voulait, la cage était indestructible, se disait Cooper, quand le bruit d'une déchirure, le craquement net d'une cassure, le fit se redresser, toute douleur oubliée. Saisissant la lampe de Collier, il rampa sur le balancier, se pencha vers la cage. Son cœur sauta dans sa poitrine : un des rondins avait été rongé, ou brisé, un second était entamé. Il leva la lampe pour mieux mesurer les dégâts et bondit en arrière. Deux grands yeux verts le fixaient à travers le rideau de pluie, au-dessus d'une gueule ouverte sur des mâchoires formidables…

Collier et Kru se précipitèrent. Par précaution, ils avaient chargé quelques rondins d'appoint, et des tiges de bambou. Sans y voir goutte, aveuglés par la pluie, les jambes dans l'eau sur le balancier, Cooper et Collier se hâtèrent de boucher l'ouverture.

Mais Crooked ne s'avouait pas vaincu si aisément. Cinq minutes plus tard, le rondin de renfort cédait à son tour. Nouveau colmatage. Et le grognement reprit aussitôt. Tout l'équipage, inquiet, suivait le combat, debout dans la pirogue, sans plus regarder le cours du fleuve. Et au moment où la pièce de bois cédait de nouveau, ils culbutèrent tous sous un choc violent, tandis que le bateau manquait de chavirer avant de tourner sur lui-même – un banc de sable, au milieu du fleuve, que nul n'avait vu. Tous, en un éclair, sautèrent à l'eau sous les clameurs du tigre et poussant, tirant, pataugeant dans les eaux grasses, ils finirent par remettre la pirogue dans la bonne direction. Le ciel se déchaînait, les éclairs éclataient, tout proches, éclairant la scène. Kru et Coop se hissèrent les derniers sur les balanciers et reprirent leur route.

— Vous entendez ? Collier les fixait, épuisé, l'air halluciné. Les esprits de la jungle ! Ils réclament Crooked !

Crooked… Un craquement les ramena à la cage. Deux rondins avaient été arrachés, le troisième entamé. Le fauve, maintenant, rongeait, déchirait, arrachait les lambeaux de bois à toute vitesse, comme s'il jouait sa dernière chance.

— Dans cinq minutes il sera sur le pont ! cria Cooper entre les coups de tonnerre. Sortez les fusils !

Mais ce serait en dernier recours : ils s'étaient juré de le ramener vivant.

— Le chloroforme, dit alors Collier, en sortant la bouteille de son sac.

Cooper s'en était moqué à l'instant du départ, quand le pasteur avait insisté pour s'en munir. Ne disait-on pas qu'il avait sur les fauves l'effet inverse ?

— Vous avez une autre idée ?

— Et on le lui donne comment ?

Kru bondit sur un bambou, le tailla en deux coups de machette :

— Avec ça !

Il fit le geste de le lui enfoncer dans la gueule.

Eh bien, à Dieu vat ! À califourchon sur le balancier, ils constatèrent avec effroi l'étendue des dégâts. À l'instant où Kru, suspendu au-dessus de la cage tendait sa lanterne, le fauve se tourna vers eux en rugissant. Sa tête passait presque dans le trou, assez proche pour que Cooper lui enfonce le bambou dans la gorge. Vite ! Le fauve se débattait mais Cooper tint bon, et Collier réussit à lui administrer une bonne dose. L'autre cracha, toussa, d'une torsion arracha le bambou. Ils l'entendirent le mettre en pièces en feulant de rage.

— M'a pas l'air plus calmé que ça...

Déjà il secouait la cage, élargissait l'ouverture. Kru tendit un deuxième bambou, que Cooper réussit à tenir avec l'impression que les secousses lui arrachaient les dernières côtes valides. Collier parvint à faire boire au fauve de nouvelles rasades avant que celui-ci n'arrache la canule improvisée et commence à la mastiquer. Cette fois, les grondements s'apaisèrent puis se turent.

— Et maintenant, les enfants, on répare !

Un quart d'heure plus tard, Crooked réveillé attaquait avec une vigueur renouvelée sa cage, tandis que l'orage empirait encore. Une troisième fois, ils réussirent à lui faire avaler le chloroforme, une troisième fois il arracha le bambou et le mit en pièces avant de s'écrouler.

— Cette fois, c'est quitte ou double : la bouteille est vide...

Cooper armait le Springfield en soupirant lorsque Kru, pris d'une soudaine inspiration, tailla un autre bambou pour provoquer le tigre – qui, fou de rage, abandonna sa cage à demi disloquée pour arracher la tige et la réduire à l'état de bois d'allumette. Les heures se succédèrent ainsi, comme dans un cauchemar éveillé, Collier et Cooper à califourchon sur les balanciers, dans l'eau jusqu'à mi-cuisse, Kru au-dessus, taillant les bambous, provoquant le tigre qui paraissait avoir oublié ses derniers rondins à faire sauter. La pirogue filait, enfournait dans les rapides, tournoyait, repartait entre les éclairs. Combien de temps durerait leur réserve de bambous ?

Le jour enfin pointa, gris et triste. L'orage se retirait et avec lui le vent, la pluie n'était plus que bruine légère. Le tigre, sans doute épuisé, s'était tu. Collier et Kru dormaient et Cooper, allongé sur la cage, son fusil près de lui, écoutait la respiration tranquille de la bête. Aurait-il seulement la force de soulever son arme, si celle-ci se réveillait ? La tension retombée, sa douleur aux côtes lui sciait la poitrine.

Le fleuve amorça une large courbe, Cooper reconnut les hauts palmiers sur son rivage, les maisons de bambou perchées sur leurs pilotis. Des gens accouraient, gamins en tête, tandis que les porteurs hurlaient : *Suar ! Suar !* Crooked est là ! Il reconnut sur le rivage la haute taille de Schoedsack, voulut se lever pour saluer la foule qui s'amassait et retomba en gémissant, à demi inconscient. Quelqu'un montait à bord, le soulevait dans ses bras, il reconnut la voix gouailleuse de son ami.

C'était bien. Désormais, le film pouvait commencer.

XVIII

La porte des ténèbres

Siam, janvier-avril 1926

Ils sont plus mystérieux encore que les tigres, dit Reginald, les yeux fixés sur deux grands mâles qui se faisaient face, en lisière de forêt, sans qu'on sût s'ils dormaient ou allaient s'affronter. Les derniers *mahouts* arrivaient par la piste, ramenant leurs montures. Depuis l'arrière du temple venait le bruit lourd et lent des premières bêtes arrivées, mastiquant leur fourrage. D'autres surgissaient des sous-bois, pressées de les rejoindre. Des rires clairs d'enfants résonnaient dans l'air immobile – même les moustiques, en ces instants suspendus avant la nuit, observaient une pause.

— À les voir, comme ça, on les croirait dociles, n'est-ce pas ? Domestiqués. Détrompez-vous. Ici, ils restent sauvages. Splendidement, férocement sauvages. Ils travaillent pour nous, bien sûr, mais je me dis parfois que c'est parce qu'ils le veulent bien. Ou qu'ils s'en fichent. Ils nous tolèrent, tout juste…

Sven et Harold, les deux Danois venus du camp voisin, approuvèrent de la tête. Si ces damnées bestioles décidaient d'arrêter, tout d'un coup, rien ne pouvait les contraindre. Leur plus grand mâle, le mois dernier, avait tué son *mahout*, l'avait piétiné, réduit en bouillie, avant de s'enfoncer dans la jungle. Deux jours plus tard il était revenu, comme si de rien n'était.

— Peut-être même, malgré tout, aiment-ils notre compagnie ? Trois-quatre heures par jour. Et puis ils repartent. Ils obéissent à une logique que nous ne comprenons pas. Parce qu'ils pensent, vous savez ? Ils n'arrêtent pas de penser. Ou alors ils rêvent…

Les ombres s'allongeaient dans l'espace dégagé devant le temple et, assis sur les marches, entre deux hautes figures de Bouddha, ils les regardaient venir à leur rencontre, de plus en plus vite. Les derniers nuages, teintés de rouge, disparurent derrière la cime des grands arbres.

— Plus je les observe, reprit Reginald après un silence, et plus ils m'intriguent. Leur vie sociale... Elle est d'une subtilité incroyable ! Vous savez que c'est toujours une femelle, la plus âgée, qui commande le groupe ? Et puis leur masse, colossale, cette puissance... Avez-vous jamais pensé qu'il y a en eux la mémoire d'un temps d'avant celui des hommes, quand leurs ancêtres dominaient le monde ? Où se niche la mémoire des temps, pour chaque espèce ? Dans les chromosomes, nous dit-on, ces temps-ci. Ou dans l'inconscient – mais qu'en savons-nous ? Et s'ils avaient encore en eux la mémoire de ces millénaires, des images du temps où ils étaient mammouths, de leur vie gigantesque quand le monde naissait ? Peut-être est-ce pour cela qu'ils sont ainsi : ailleurs. Oui, je crois qu'il y a en eux des rêves immenses...

Il s'interrompit. Les deux mâles, là-bas, levaient leurs trompes, gonflaient les muscles de leur cou, griffaient le sol.

— Regardez-les ! Des guerriers. Il y a autant de différences entre eux et des animaux de cirque qu'entre Gengis Khan et... tenez ! Un domestique, ou une femme de ménage.

Chacun retint son souffle. Les deux mastodontes étaient maintenant front contre front, à se toucher. Puis ils commencèrent à tourner sur eux-mêmes, à pas chassés, dans un nuage de poussière, comme deux lutteurs refusant de donner prise à l'autre – jusqu'à ce que l'un d'eux rompe le cercle et recule d'une vingtaine de pas en secouant les oreilles, la trompe dressée dans une clameur sauvage, avant de charger tout à coup, de toute sa masse, de toute son énergie rassemblée. Il y eut un craquement sourd, défenses et trompes mêlées, l'animal chargé vacilla sur ses pattes arrière, se dégagea, chargea à son tour. La mêlée devint confuse, dans la poussière soulevée, rythmée par des coups à faire trembler le sol. Un instant, on les vit dressés sur les pattes arrière. « Amok », dit Sven, la voix tremblante, démenti par Reginald, non, les *mahouts* surveillaient leurs bêtes, elles n'étaient pas en rut. Ou, sinon, il ne restait plus qu'à prier...

Comme pour lui donner raison, l'une des bêtes, après une hésitation qui parut interminable, se recula, rompit l'assaut avant de s'enfoncer dans la forêt.

Quand les éléphants sont en rut, les plus paisibles peuvent devenir fous, et tout dévaster autour d'eux, expliqua Reginald.

— Mais leurs *mahouts* les devinent à temps, car ils deviennent nerveux quelques jours avant, et un liquide suinte d'un trou qu'ils ont à la tempe. Quand ils se battent, alors, c'est à mort, et ça peut durer des heures et des heures. Ou ils peuvent se tourner contre nous, tout détruire. Je ne l'ai vu qu'une fois, mais par Dieu ! c'était terrifiant. Et magnifique…

Le vainqueur restait seul, immobile sur le champ de bataille, comme s'il avait repris son rêve interrompu, masse énorme qui se confondait peu à peu, dans le jour qui mourait, avec la muraille ténébreuse des grands arbres.

Reginald leva son verre vers lui.

— Le roi de la jungle !

Il y avait là Reginald, préposé au marquage des troncs de teck qui partiraient par le fleuve à la prochaine mousson, Sven et Harald, ses collègues de la vallée voisine, venus tromper leur solitude en attendant la relève promise en fin de mois, Cooper et Schoedsack en route vers Bangkok où les attendaient les pellicules envoyées par la Paramount à l'adresse du consul – chacun, à des titres divers, perdu dans ses pensées. On ne s'arrachait pas si facilement à l'emprise de la jungle, qui se glissait en vous tel le lierre entre les pierres d'un mur. Les séquences imaginées avec les éléphants paraissant plus complexes à monter qu'ils n'avaient cru – impossibles même, selon le pasteur Taylor, ce qui n'avait fait que renforcer leur détermination –, les deux cinéastes avaient repensé au si volubile Reginald rencontré dans le train : les compagnies forestières géraient de vastes troupeaux de pachydermes, indispensables au transport du teck dans les collines. Les bureaux de sa compagnie, contactés par câble, avaient aussitôt répondu qu'ils le trouveraient au camp de Prae, sur le Nae Yome, soit presque sur leur chemin. Depuis la capture de Mister Crooked, ils avaient vécu leur lot d'aventures, fièvres, crises de dysenterie, et même début d'insolation pour Schoedsack, une pause leur ferait le plus grand bien, avait décidé Cooper, plus inquiet qu'il ne le laissait paraître sur l'état de santé de son ami. Shorty, à sa surprise, avait acquiescé : non seulement les réserves de pellicule s'épuisaient, mais il devenait urgent d'expédier les bobines déjà tournées à New York pour le développement. Les astuces qu'il multipliait pour protéger ses films de l'humidité et de la chaleur n'étaient que pis-aller. Autant savoir au plus vite si tous les films étaient foutus, avait-il commenté – qu'il ait le temps de recommencer !

Après trois semaines de relative fraîcheur, la chaleur avait crû de jour en jour. La jungle amaigrie laissait voir des clairières déjà roussies. Là où ils pataugeaient quelques mois auparavant dans une boue gluante, ils soulevaient maintenant des nuages de poussière. Le consul disait vrai, à leur première rencontre : ils avaient juste changé d'enfer.

À Prae, ils avaient d'abord cru s'être trompés. Là où ils s'attendaient à de pimpants bâtiments entourés de pelouses à l'anglaise, ils n'avaient trouvé près du temple, un peu à l'écart du village, qu'une grande tente surmontée d'un drapeau britannique, gardée par un roquet grincheux. Un poney, devant elle, était attaché à l'abri relatif d'un grand arbre. Ils allaient s'annoncer quand des éclats de voix les retinrent. Campbell n'était pas seul, engagé dans une conversation confuse et passionnée, aux horreurs d'un voyage jusqu'aux frontières du Nord, en pleine mousson, se mêlaient des apostrophes étranges évoquant Smyrne, les Dardanelles, ils brûlent, John, ils brûlent vifs et, nous, on ne fait rien, John, on entendra ça jusqu'à la fin de nos jours, attention, Smith ! Un cri terrible avait retenti, Smith, bon Dieu, les gars, faites quelque chose, il perd son sang ! Et Campbell avait jailli de la tente, hagard, comme s'il cherchait du secours, les avait regardés sans les voir. Et ils avaient compris qu'il était seul.

Le Reginald du train était méconnaissable : amaigri, les yeux brillants, le teint cireux. Il reprit ses esprits, les reconnut, un peu honteux. Un cauchemar, balbutia-t-il.

— La guerre, dit-il un peu plus tard. Je croyais qu'ici, au loin, elle me laisserait. Mais vous-mêmes – c'est un peu ça, aussi, ou je me trompe ? Au début, ici, c'était bien. Les moustiques, les sangsues, toute cette saloperie, il n'y a plus beaucoup de place pour les états d'âme, hein ? Et puis ils sont revenus. Tous morts. Et vous vous sentez coupable…

Il les regarda plus attentivement.

— Vous non plus, ça ne va pas fort, on dirait ?

Ils allaient rester, n'est-ce pas ? Ils dormiraient dans le temple. Son boy préparerait un bon repas. De poulet, bien sûr. Depuis son arrivée, il ne mangeait que du poulet – œufs, bouillon, rissoles, poulets rôtis dans la graisse de porc. Parfois, le boy lui faisait la surprise d'une crème caramel. Il marmonnait, comme s'il continuait à se parler à lui-même, sans attendre de réponse.

L'arrivée de Sven et de Harald, porteurs chacun d'une bouteille de whisky, avait interrompu un temps son monologue. Eux aussi paraissaient mal en point. Deux fois leur compagnie avait différé l'arrivée de remplaçants, mais en fin de mois, remplaçants ou pas, ils rentreraient à Bangkok. Personne ne pouvait tenir plus d'une saison dans leur vallée, des légions de bestioles innommables, là-bas, vous suçaient le sang, aspiraient jour après jour un peu de votre énergie, de votre chair, de votre esprit. S'ils ne filaient pas dare-dare, ils ne seraient bientôt plus que des coquilles vides.

Le boy leur servit le whisky, au pied des Bouddhas impassibles, avec la solennité d'un majordome anglais, conséquence de l'obsession aristocratique d'Orcival Orwell, le prédécesseur de Reginald. Au seul mot d'éléphant prononcé par Cooper il reprit son quasi-monologue, comme si tout le mystère du monde se trouvait pour lui résumé en ce mastodonte. Au fil de ses récits, l'animal prenait des proportions colossales, au point de se confondre avec la jungle elle-même et l'éternité des temps – jusqu'à ce que l'affrontement des deux grands mâles impose à tous le silence.

La nuit les enveloppa d'un coup, trouée çà et là des feux des villageois, et avec elle vint une fraîcheur bienfaisante, la nature brûlée le jour par la fournaise se détendait enfin. Le boy annonça que le dîner serait servi sous la tente, et Reginald leur fit les honneurs des lieux, après avoir tiré une moustiquaire et allumé une lampe Hickcocks. La table, au milieu de la tente, servait également de bureau et l'on prit malles et caisses pour s'en faire des sièges. Un lit de camp et une baignoire métallique surmontée d'un arrosoir à l'une des extrémités, ses quelques vêtements de rechange et une caisse contenant ses papiers à l'autre : la compagnie, à l'évidence, n'avait pas le goût des extravagances, mais cette simplicité convenait à l'occupant des lieux. « Comme à la guerre », dit-il, avec un sourire.

Le bouillon fut servi avec une gravité quelque peu exagérée, au regard de sa teneur. Suivraient des rissoles, prédit Reginald d'un ton las, avant le poulet cuit, pour cause de maigreur excessive, dans de la graisse de porc, puisque tel était le menu jadis ordonné par le digne Orcival, que le boy refusait de modifier. Leur resteraient le whisky, universelle médecine en ces contrées, lança Sven, joignant le geste à la parole, et le plaisir ce soir de la conversation, attendu qu'à force de vivre ensemble, Harald et lui, ils avaient atteint le stade ultime de la communication non verbale, à l'égal de certains moines cisterciens. Mais d'abord, ils voulaient tout savoir de leurs visiteurs :

— Vous savez que la jungle bruisse de vos exploits ? La capture de Mister Crooked, ça n'a pas été une mince affaire !

Schoedsack haussa les épaules. On exagérait toujours un peu. D'ailleurs, le « Mister » était une dame. Un peu irascible, certes, mais on pouvait la comprendre, vu qu'ils lui avaient trouvé une balle restée dans sa patte avant droite.

— Elle a fini en poudre chez les guérisseurs chinois. Et ses moustaches en charme contre le mauvais sort.

Cooper, qui n'avait pas son sens de l'ellipse, apporta quelques correctifs mieux à même de captiver son auditoire, avant d'aller à l'essentiel, objet de leur visite : les éléphants. Chacun y alla de ses anecdotes et conseils. Les projets des deux compères furent accueillis avec des moues sceptiques. Filmer une capture d'éléphants, oui, cela pouvait s'imaginer, et encore sous certaines conditions, mais leur vision grandiose de cent, de deux cents éléphants chargeant, dévastant un village, était de la folie.

— Nulle part vous ne trouverez pareil troupeau !

— Sauf dans le Sud, mais ils sont la propriété du roi et de sa famille.

Là-bas, des troupeaux indomptés vaquaient en liberté, détruisaient les récoltes, parfois des villages, sans que nul ose se plaindre : bon plaisir royal.

— Vous devez comprendre que nous ne sommes pas en Afrique. Ici, même s'ils travaillent pour nous, ce sont des animaux sacrés. Aussi, ne vous faites pas d'illusions : nul ne peut capturer, vendre, acheter et encore moins chasser des éléphants sans autorisation du roi. Si je viens à perdre un animal, par accident ou maladie, je dois le déclarer. Et le marchand par lequel je devrai passer ne peut lui-même en capturer qu'avec une autorisation. Croyez-moi, personne ne s'aviserait de braver l'interdit.

— Et venir filmer ici, vous louer quelques bêtes ? risqua Schoedsack.

Campbell eut une moue désolée :

— Demain, je vous montrerai leur travail. Quand reviendra la mousson, que les cours d'eau grossiront, il faudra que tous les troncs soient prêts, bien rangés sur leurs rives, pour que la crue les emporte jusqu'au Paknampoh et Bangkok. C'est un travail énorme ! J'ai tout juste le nombre de bêtes. Et il me manque des hommes…

Mais lorsque les éléphants arrêtaient de travailler ? Campbell eut un geste d'impuissance.

— Seuls, vous ne pourrez pas les approcher.

En somme, les forêts, les vallons alentour grouillaient d'éléphants, mais rien n'était possible.

— Si j'ai bien compris, résuma Cooper, la solution se trouve à Bangkok, chez le roi ?

— S'il accepte de mettre à votre disposition un de ses troupeaux. Ce qu'il n'a jamais fait. Pour personne.

Campbell les regarda tour à tour et ce qu'il lut dans leurs regards lui fit hocher la tête.

— Mais bon, s'il y a des gens capables de l'impossible, c'est bien vous deux ?

Un bruissement de voix traversé d'éclats réveilla Cooper. Une lune pâle baignait l'intérieur du temple d'un halo bleuté, l'ombre des Bouddhas se découpait, silencieuse, sur le ciel. Il tendit l'oreille, reconnut les voix de Campbell et de Schoedsack. Les deux hommes, au-dehors, conversaient à voix basse.

— Mon vieux, je crois bien que dans cette affaire nous sommes allés aux bords de l'humanité, disait Campbell. Au-delà, il n'y avait… Rien. Vous comprenez ? Rien !

La voix plus sourde de Schoedsack restait indistincte. Cooper allait se lever pour les rejoindre lorsque Campbell reprit, la voix tendue :

— Quand nous avons débarqué à Smyrne… les Turcs ne nous voyaient même plus, dans leur folie. La civilisation ! Pendant des siècles, nous avons dressé des murailles pour contenir la fureur de la bête primordiale. Mais il n'aura pas fallu grand-chose, n'est-ce pas, pour que tout vole en éclats ?

— Personne n'est sorti indemne de Smyrne. Mais…

— J'avais des camarades, coupa Campbell. Ils se moquaient de moi, au début. Pour eux, la guerre n'était que calculs des puissants et nous, de pauvres hères abusés, de la chair à canon. Et peut-être, après tout… Mais quand nous sommes vraiment entrés en enfer – ce n'était plus rien de tout ça, n'est-ce pas ? Un vertige, qui nous emportait tous. Et il venait du plus profond de chacun. Et ça…

Il eut un petit rire :

— C'est ce dont les hommes en paix ne veulent rien savoir. Et qu'on leur rappelle, quand ils nous voient…

Et comme Schoedsack restait silencieux, il reprit :

— Je croyais qu'ici, au moins… Mais je ne voyais pas que la jungle se refermait derrière moi. Quelle plaisanterie, n'est-ce pas ? Être ramené à ce qu'on veut fuir…

Encore un blessé de guerre, songea Cooper. Le pauvre garçon luttait jour après jour contre lui-même, avec pour seule aide ce qu'il lui restait de fidélité à ses compagnons…

Il l'entendit se lever, s'excuser d'infliger ses radotages aux amis, puis, dans un soupir :

— Au commencement. . À en croire la Bible, au commencement était le souffle, n'est-ce pas ? Cette blague ! Au commencement, il y a la guerre… La jungle !

Le maître des éléphants se tenait devant Cooper, les jambes croisées. Il avait glissé dans la pièce avec la légèreté d'un jeune homme, mais son visage fripé, son torse à demi nu disaient un âge déjà avancé. De la pièce voisine venaient, ponctuées de rires, les conversations des épouses. L'invité du prince aurait bientôt à sa disposition les éléphants qu'il désirait. Il s'exprimait avec déférence, en jetant des regards inquiets à Thanakit, l'officier-interprète. Ce serait l'affaire de quelques jours.

— Depuis une semaine mes hommes encerclent un troupeau, et le poussent vers le kraal. Pas un grand, seulement dix-huit bêtes.

Comme Cooper affichait une moue de déception :

— Mais j'ai d'autres hommes, qui essaient d'en trouver un plus grand. Beaucoup plus grand !

Tout allait trop vite, et trop aisément. Le consul, informé par le pasteur Taylor arrivé avant eux à Bangkok, avait pris les devants et sollicité une entrevue auprès du vice-roi, le prince Yugala, qui possédait en son nom propre de grands troupeaux vers Chawang, dans le Sud. Bien lui en avait pris : ce dernier avait fait ses études en Angleterre, se déclarait moderne, et excité au plus haut point de contribuer à un film américain. Il attendait impatiemment les cinéastes, en sa capitale de Songkhla.

Cooper avait sauté dans le premier train. Schoedsack, lui, avait d'abord à expédier ses films à New York, vérifier le nouvel arrivage de la Paramount – et surtout passer un examen médical sérieux.

Le prince avait reçu Cooper avec chaleur dans sa résidence, mélange disparate d'architecture occidentale et traditionnelle. Il allait s'absenter un bon mois mais avait donné les ordres nécessaires pour que son nouvel ami ait les éléphants à disposition. Thanakit, capitaine de sa garde, serait son interprète auprès du « maître des éléphants ». Et chassant d'un geste de la main cette affaire, pour lui réglée, il avait pressé Cooper de questions sur Hollywood, ses actrices, la Paramount, seuls sujets dignes d'intérêt. Mais aussi occidental que le prince se proclamât, il n'en restait pas moins que c'est en glissant sur le sol à genoux qu'un serviteur avait apporté les rafraîchissements...

Tout paraissait réglé, en effet. Un train spécial les avait déposés à Chawang, un village au bord du fleuve, où les attendaient quatre barques richement garnies de peaux, de tapis et de couvertures, conduites chacune par quatre hommes, et ils s'étaient enfoncés sur les eaux sombres dans les profondeurs de la jungle. L'après-midi était bien avancé quand ils avaient atteint un village où les attendaient neuf éléphants princiers, entourés de gens multipliant les signes de déférence. Les animaux, en un ensemble réglé, s'étaient agenouillés et Cooper s'était installé sur un siège luxueux avec l'impression de se retrouver acteur d'une pièce de théâtre. Irréel lui avait paru le reste du voyage : la nuit tombait, des lampes avaient été allumées, un homme brandissant une torche ouvrait la marche au-dessous de lui et bercé par le rythme lent du pachyderme il s'imaginait flottant dans une barque sur un océan ténébreux, éclairé depuis les grands fonds par un cercle de lumières, quand un concert de voix l'avait fait sursauter. Des dizaines de torches venaient à sa rencontre. L'éléphant déjà s'agenouillait devant une maison basse – préparée à son intention, précisa Thanakit. Le maître des éléphants n'allait pas tarder.

Sur la capture des éléphants, le maître était intarissable, mais son visage s'était crispé à l'idée saugrenue d'une charge de deux cents bêtes.

— Difficile, *Ni*. Très difficile, de capturer un grand troupeau. Ils sont comme les nuages que le vent déchire et reforme au gré de ses humeurs. Un jour, ils sont une multitude, le lendemain, ils se séparent.

L'herbe piétinée, fanée, disait un passage ancien. Juste foulée, un passage récent. Des crottes pas encore complètement sèches : ils étaient là moins de deux jours auparavant. Si l'herbe était bonne, l'eau abondante, ils avanceraient lentement. Sinon, le troupeau éclatait et pouvait parcourir 30 milles en une journée.

Plus il avançait en âge, plus le maître s'émerveillait de l'intelligence des pachydermes. Il avait fini par repérer certains troupeaux qui devinaient ses manœuvres, et toujours lui échappaient. Chaque véritable troupeau était une famille, qui pouvait s'associer à d'autres, mais suivait les ordres de sa matriarche, dont certaines lui paraissaient douées de quasi-prescience. D'autres pouvaient se révéler féroces.

— On dit que c'est impossible. Mais j'ai un grand âge, *Ni*, et j'ai vu des troupeaux s'affronter pour un point d'eau, ou pour de l'herbe. Des troupeaux entiers – et les dieux de la terre devaient trembler de peur…

Il regarda Cooper un long moment, hocha la tête. Deux cents éléphants chargeant…

— Il les faudrait tous amoks. Et alors… *Ni*, vous n'imaginez pas. Qui pourrait voir cela, et revenir vivant ?

Tôt levé, Cooper explora les alentours. Le village était entouré d'arbres si hauts qu'ils laissaient à peine passer le jour. À une cinquantaine de mètres de la maison, se dressait le kraal dont le maître était si fier : un enclos de forme ovale fait d'énormes rondins profondément enfoncés dans le sol, liés par des cordes serrées, renforcés par des poutres fixées en leur travers et consolidés encore par des rondins extérieurs bloqués à 45 degrés. Il s'approcha : deux palissades y conduisaient, formant un entonnoir. Une fois les animaux pris au piège, une porte épaisse tombait à l'intérieur, pour résister aux assauts des bêtes prisonnières. De la belle ouvrage, en vérité. Il passa sa matinée et le début de l'après-midi à prendre des notes et des mesures, au cas où il aurait plus tard à construire un enclos plus conséquent encore. Deux cents bêtes rassemblées devaient représenter une puissance énorme…

Dans l'après-midi, un messager arriva, hors d'haleine : les bêtes se rapprochaient. Le troupeau avançait lentement, car l'herbe était haute et grasse encore pour la saison. Cooper déjà se redressait, prêt au départ. Pouvait-on les voir, dès maintenant ? Le maître secoua la tête.

— Trop loin encore, *Ni*. Trop loin.

Tout l'art de ses hommes était de les conduire peu à peu où ils voulaient, sans se montrer. Cooper s'inquiéta. Les choses allaient trop vite. Comment prévenir Schoedsack ? L'officier sourit : il était prévenu. Il serait là ce soir. Ou demain.

Cooper s'enfonça dans la forêt pour tromper son impatience. Comment filmer l'approche des bêtes ? Leur entrée dans le kraal ? Le silence des sous-bois l'apaisa. Très loin, le cri aigu d'un gibbon retentit, répété de plus en plus vite, qui éveilla en écho ceux d'une multitude d'oiseaux brusquement dérangés : un bruit de branches froissées s'approchait, ponctué de pas lourds. Il se dissimulait derrière un tronc d'arbre quand un éléphant gigantesque surgit à pas lents, et le cœur de Cooper fit un bond – l'avant-garde du troupeau, si proche du village ? Puis il distingua, juchée sur le cou du pachyderme, la minuscule silhouette d'une gamine aux grands yeux noirs, ses longs cheveux rejetés en arrière, qui chantonnait en le guidant de ses talons. Déjà, ils s'éloignaient. Toute la puissance du monde accordée à la grâce d'une enfant…

Il arrive, répétait Thanakit tandis que Cooper, exaspéré, tournait en rond. Oui, mais quand ? Bientôt, il serait trop tard.

— Il arrive.

Une brusque agitation, des cris, des flambeaux brandis de tous côtés, le soir suivant – Shorty était là, qui descendait de son mastodonte avec un chic très britannique, *Merian C. Cooper, I presume ?*

— Dis donc, Coop, c'est quoi tout ce tralala ? Pas moyen de faire un geste sans qu'un serviteur se précipite à genoux. Je ne suis pas une vieille cocotte britannique en promenade !

À l'évidence, il préférait des manières plus rudes. Le minimum, quand on jouait aux explorateurs, était d'être dévoré par des bêtes innommables, rongé de fièvre, attaqué par des sauvages avant d'atteindre son but, ou sinon, bon sang, autant rester chez soi.

Rongé de fièvre, au moins, il en avait l'air. Était-ce de l'avoir perdu de vue pendant trois jours ? Shorty avait toujours été mince, pour ne pas dire maigre, mais ses chairs, cette fois, paraissaient avoir fondu. Rien de grave, grommela Schoedsack, devinant son regard : des petites crises de palu, comme tout le monde. Un peu de quinine et ce serait bon… Et comme Cooper restait dubitatif :

— J'ai vu le toubib, comme promis. T'es rassuré ?

Il l'aida à porter son matériel jusqu'à leur maison. Puis, dès qu'ils furent seuls :

— Il y a autre chose, n'est-ce pas ?

Shorty hocha la tête, sourcils froncés, puis explosa en montrant ses doigts tailladés :

— Ces cons de la Paramount ! Tu ne sais pas ce qu'ils ont fait ? Un quart au moins des nouvelles bobines est foutu ! Dix fois, je leur ai expliqué. Les bobines qu'on a emportées avec nous, je les ai montées devant eux. Mais non, ils n'en font qu'à leur tête !

Les films étaient préparés spécialement pour les caméras Debrie, émulsion côté extérieur, en bobines de 400 pieds placées dans des boîtes en étain fermées par des rubans adhésifs, puis les boîtes étaient elles-mêmes placées dans d'autres plus grandes, soigneusement soudées, elles, qu'on ne pouvait ouvrir qu'avec un fort ouvre-boîte. Il se laissa tomber sur le lit.

— Et là, ils ont cru malin de souder aussi les boîtes des bobines !

Et comme Cooper restait sans réaction :

— Tu ne comprends pas ? Pour ne pas voiler la pellicule, je dois les ouvrir à l'aveugle dans le manchon de chargement – tu sais bien, le sac spécial, à l'abri de la lumière ! Au lieu d'avoir juste à enlever le ruban adhésif pour sortir la pellicule, je dois les attaquer à l'ouvre-boîte… Tu as vu mes mains ?

Il se déchirait les doigts sur l'étain tailladé à l'aveugle, devait extraire les bobines avec les mains en sang, en rayant les couches extérieures, sans même parler de l'humidité, ou du sang qui pouvait souiller la pellicule. Sur les 400 pieds de chaque bobine, 100 au moins étaient fichus.

— Putain, je croyais avoir trouvé le moyen de garder les films à peu près au sec, mais je n'avais pas pensé que le danger viendrait de New York !

Et là, il avait beau chercher, il ne voyait pas de solution.

— On va devoir tourner comme ça le reste du film. En espérant que la pellicule n'a pas souffert au-delà du premier quart…

Que lui dire ? Mieux valait laisser passer l'orage. Schoedsack arpentait maintenant la chambre, fixait la fenêtre d'un air menaçant.

— Ça a intérêt à bien se passer avec tes éléphants. Autant te dire que je suis de méchante humeur…

— Ils sont où, au juste ? Et on a prévu quoi, pour les filmer ?

Ils n'étaient plus très loin, répétait le maître, un peu inquiet devant l'impatience de ce nouveau venu dont la taille lui paraissait tout à fait anormale. Quant aux prévisions…

— Pas moyen de lui arracher quoi que ce soit, soupira Cooper. Par précaution, j'ai fait construire une petite plateforme au-dessus du kraal. Pour le reste, va falloir improviser…

Le maître se pencha, et en confidence, comme s'il craignait que les esprits de la forêt ne l'entendent :

— Ils seront là ce soir, *Ni*. Ou la nuit prochaine.

— La nuit ? Et je fais comment, moi, pour filmer ?

Le vieil homme secoua la tête : non, c'était impossible.

S'approcher d'eux, au moins ?

— S'ils vous voient, *Ni*, s'ils vous sentent, ils s'enfuiront.

Les heures passèrent, en vaine attente. Shorty, exaspéré, se préparait à partir en quête du troupeau, avec ou sans l'accord du maître, quand celui-ci apparut, surexcité, un vieux tromblon se chargeant par le canon en travers du dos, un étui de bambou sur la poitrine, où ballottait une torche de résine.

— Pas de lumière, *Ni*. Pas de bruit ! Ils arrivent.

Schoedsack courut à sa chambre, revint les bras chargés de torches au magnésium.

— Encore heureux que j'en garde en réserve !

En les utilisant toutes d'un coup, ce pouvait être jouable. Mais il n'y aurait pas de deuxième fois. Une ligne d'hommes se glissa en silence dans la forêt, Thanakit désigna les hommes qui brandiraient les torches à son signal, Cooper et Schoedsack prirent position sur leur plate-forme, et commença pour tous la longue attente…

La forêt elle-même paraissait retenir son souffle. Une heure passa, interminable, puis ils distinguèrent comme un martèlement de tambours, au loin, des lueurs fugitives entre les arbres. Au bruit, on devinait une avancée prudente, des hésitations et des reculs. Quand les bêtes seraient à l'entrée de l'entonnoir, avait expliqué le maître avant de s'esquiver, on déclencherait un charivari de tous les diables, cris, tambours, pétards, décharges de fusils en agitant les torches, pour les précipiter en avant, affolées. À l'intérieur du kraal, le sol avait été jonché de bambous bien secs. Au bruit de leur piétinement, l'homme responsable de la porte couperait la corde qui la retenait, prenant le troupeau au piège.

Les tambours battaient, de plus en plus fort, un barrit irrité retentit tout près, puis un cri aigu et une vague énorme déferla, de piétinements sourds, d'arbres effondrés, la terre tremblait, tout croulait en avalanche. Attention, souffla Cooper, pas un geste maintenant, pas un bruit, pas une lumière ! Thanakit hocha la tête. Ses hommes étaient en place. Déjà les mastodontes arrivaient, rien ne pouvait les arrêter, pas même le kraal, se dit Cooper, fasciné, comme soulevé par cette puissance aveugle qui emplissait la nuit…

— Nom de Dieu, c'est quoi, ce bordel ?

Une lumière venait d'apparaître au-dessus de la porte du kraal, là même où se trouvait l'homme qui commandait sa fermeture. Et, dominant le grondement des animaux fonçant vers eux, monta la voix aiguë d'un chanteur, tandis que dans les ténèbres éclataient coups de feu, pétards, hurlements des rabatteurs. La course des éléphants ralentit, s'arrêta, reflua.

— Mais je vais le tuer, ce crétin !

Le maître des éléphants, entouré de ses hommes, affichait un visage fermé, devant la porte du kraal. Derrière lui se cachait à demi un homme dans un accoutrement bizarre, la poitrine couverte d'amulettes.

— Ce fou ! Il les a fait fuir !

— Impossible, *Ni*, dit alors le maître. Lui conjure les mauvais esprits. Il chantait pour chasser les esprits mauvais du kraal, et permettre aux éléphants d'entrer.

— Mais ils ont fui !

Le sorcier se lança dans un torrent de paroles que Thanakit traduisit.

— Il soutient que c'est votre faute, à vous. La « machine du géant », enfin, votre caméra sur la plate-forme a mis les esprits en colère, et c'est eux qui ont chassé les éléphants.

— Ça va, j'ai compris. Coop, on part. Rien à tirer de ces abrutis.

En vain, Cooper tenta au petit matin de recoller les morceaux. La « machine du géant » attirerait toujours les mauvais esprits et il n'y avait nul signe dans l'immédiat d'un nouveau troupeau. Le maître, prudemment, s'était esquivé en marmonnant des imprécations. Schoedsack remballa son matériel. Thanakit répétait que ce n'était que partie remise, mais au pli qui lui barrait le front on devinait que c'est d'abord lui qu'il cherchait à rassurer, avant de rendre des comptes au prince.

Partie remise ? Il le faudra bien, se répétait Cooper dans le train qui les ramenait, Schoedsack et lui, vers Bangkok. Plus il ressassait son échec, plus s'imposait à lui la nécessité des séquences imaginées avec les éléphants. Sauvages, effrayants de démesure dans le déploiement de leur puissance, mais aussi bien domestiqués, n'étaient-ils pas le trait d'union, fragile, toujours incertain, entre la Nature première et l'homme ? Au souvenir obsédant de l'affrontement titanesque entre les deux mâles, chez Campbell, se superposait celui de l'apparition de cette enfant gracile, juchée sur son mastodonte, le guidant d'une caresse. Quelle grâce avaient les enfants, de s'accorder ainsi à certains animaux ? Nah, pareillement, vaquait installé sur le cou de son buffle, le tirait par les naseaux en chantonnant, l'attachait à son gré – un mastodonte avec tout autre irritable et maussade, aux accès de rage terrifiants et aux cornes si prodigieuses que même les tigres les craignaient, mais qui posait son museau contre la joue du gamin, les yeux clos de tendresse. La grâce, s'accordant à la force brute, la contenant… Oui, il fallait que l'éléphant soit le pendant du tigre.

Il glissa un coup d'œil prudent à Schoedsack. Le visage fermé, celui-ci fixait le paysage sans dire mot. Mieux valait laisser passer l'orage…

— Tes éléphants… dit tout à coup Schoedsack, et Cooper en eut comme un pincement au cœur – dans ce « tes » s'entendait tellement « ton échec »…

— Tes éléphants… Vaut mieux tirer un trait, non ? Rentrer à Nan. Tourner tout ce qui peut être tourné là-bas. Sans eux.

Et comme Cooper ouvrait des yeux effarés.

— Au cas où. Au cas où on ne parviendrait pas à en trouver. Ensuite, si on peut, on passera à tes bestioles. Parce que ça va être une sacrée affaire à monter, non ?

Cooper se racla la gorge.

— Je crois bien, mon vieux, que j'ai tout foiré, sur ce coup. Bon Dieu, ce que je m'en veux !

Ce fut au tour de Schoedsack de s'étonner :

— De quoi ? Ça arrive. Ça nous est déjà arrivé. Et on s'en est toujours tiré, non ?

— Comme tu me fais la gueule, depuis ce matin…

— Mais non ! Je *me* fais la gueule ! Cette histoire de bobines… Ça peut tout foutre par terre.

Il se creusait toujours la tête, sans trouver de solution. Et s'il y avait plus encore qu'il n'imaginait, de film gâché ? Et s'ils étaient capables de pareille bêtise, à la Paramount, que fallait-il craindre quand ils passeraient au développement des bobines tout juste expédiées ?

Cooper affichait l'air préoccupé de qui partageait les soucis de son partenaire, mais surtout, allégé d'un grand poids, retrouvait un peu de son énergie.

— … Parce que, tu comprends, il nous faut des éléphants pour boucler la boucle. La liaison entre le sauvage et le civilisé. Et puis aussi, tu imagines la fin ? Une charge gigantesque, dévastant tout. Et la dernière image : Kru, malgré tout, reprenant sa lutte obstinée contre la jungle…

Schoedsack fronça les sourcils.

— Qu'est-ce qu'on vient de dire ?

Et Cooper, confus, précipitamment :

— À Nan. OK. Et on termine tout, à Nan.

Pour les éléphants, on verrait plus tard…

La ronde reprit, à Nan, comme s'ils n'étaient jamais partis. Collier s'échappait à la première occasion pour suivre le tournage. Le village, oubliant les travaux ordinaires, se pressait dans la clairière, s'esclaffait, commentait chaque scène, mais tous obéissaient aux injonctions de l'étrange géant qui, malgré son œil vissé à sa machine, paraissait tout voir mieux que tout le monde. Bimbo avait sauté dans les bras de Cooper dès son arrivée et depuis multipliait les facéties devant la caméra, Chantui gazouillait, virevoltait, reprenait possession de son intérieur comme s'il s'agissait de sa véritable maison, ce qu'Irene Taylor n'avait pas manqué de relever, en prévoyant quelques troubles familiaux à venir. N'était-ce pas le lot des stars à Hollywood ?

La ronde avait repris, mais sur un rythme si effréné que Cooper finissait par s'en inquiéter. Quelle mouche avait donc piqué son ami ? Levé à 4 heures, il s'enfonçait dans la forêt en des endroits soigneusement repérés par Kru, rivières, mares, passages de fauves ou de buffles, où il s'aménageait des caches, et il passait là des heures à guetter l'instant magique, quand telle ou telle bête sauvage surgissait sans le voir ni le sentir, s'abreuvait, jouait, luttait ou s'enfuyait. Il revenait en fin de matinée, rompu, les traits tirés, mais les yeux emplis de merveilles.

Question de morale, répétait-il. Parce que la jungle n'était pas seulement un monstre dévorant ses proies, elle était aussi la suprême beauté et qu'elle pût être les deux, parfois en même temps, était bien le mystère qu'il traquait…

Autant que les images, lui importaient, malgré les crampes, la fatigue, la chaleur qui montait d'heure en heure, ce sentiment de se dissoudre peu à peu dans le monde s'éveillant autour de lui, le frisson des eaux claires, un chant timide d'oiseau, la paix d'une tigresse venue boire avec ses petits et jouant avec eux – de sentir le monde venir à lui, l'envahir en une ondée très douce.

— Sinon, on verserait dans le spectacle. Le mensonge. Autant rester chez soi ! Ou faire carrière à Hollywood.

Il doute, avait pensé Cooper, navré, mon lamentable échec lui fait douter de notre projet lui-même. Mais le temps qu'il se change, se rafraîchisse, il retrouvait son ami de toujours, pressé de revoir avec lui le scénario, de le préciser, de l'ajuster aux scènes nouvelles mises en boîte. Non, rien ne paraissait changé, sinon ce sentiment d'urgence qui lui faisait forcer sans cesse l'allure.

À ce rythme, s'inquiéta Collier, Shorty ne tiendrait pas longtemps.

— Vous avez vu sa tête ? Il couve quelque chose…

Mais que faire ? soupira Cooper. À la moindre remarque son ami prenait un air étonné. « Mais non, qu'est-ce que tu vas chercher ? Un peu faiblard, d'accord, mais tu t'es vu, toi, les premières semaines ? »

Taylor et Irene s'étaient mêlés à la conversation :

— Si ça peut vous rassurer, Coop, plus que vos éléphants, c'est cette histoire de pellicule qui le tracasse. Depuis, il vit dans la crainte d'une catastrophe…

— Ou bien il sent qu'il s'épuise et il veut prendre de vitesse la maladie…

Entendant un bruit de pas, Taylor saisit verres et carafe. À temps. Déjà Schoedsack poussait la porte, s'affalait dans un fauteuil, épuisé. Enfin, il tenait sa grande scène avec Bimbo ! Le plus drôle, c'est qu'elle lui avait été suggérée par le gibbon lui-même…

Il filmait un plan de coupe quand il l'avait vu traverser, aérien, la clairière en tenant derrière lui, flottant dans les airs, la longue cordelette blanche qui parfois l'attachait.

— J'ai réussi à capter au vol son passage, presque une apparition. Du coup j'ai poursuivi dans la jungle avec lui. À chaque plan, ce sacré cabot jouait le jeu, avec des poses du genre « Tu veux que je la refasse, ou c'est bon comme ça ? ».

Prenant conscience du silence de ses amis, des regards tournés vers lui, il se força à sourire.

— Mais non, tout va bien, rassurez-vous !

Puis après un silence :

— Me manque juste un tigre. Ou deux.

Mais Mister Crooked ? C'était bien la peine de se donner tout ce mal !

— J'ai la construction du piège. J'ai Crooked dans le piège. Je l'ai dans la cage, embarqué sur le fleuve. Et même Crooked en liberté, un instant.

Pas assez, surtout s'ils devaient se passer d'éléphants. Cooper sursauta : il en trouverait !

— Sûr… Mais si tu n'y arrives pas, tout reposera sur les tigres. Et il faudra que ça finisse en apothéose. Même si tu trouves tes éléphants, il nous faudra bien une scène forte avec les tigres pour faire le pendant, non ?

Quelqu'un, là-haut, devait l'avoir entendu. Deux jours plus tard, en fin d'après-midi, Than, devenu leur rabatteur en chef depuis que Kru se consacrait à sa carrière naissante d'acteur, avait fait irruption à la Mission. Un tigre avait été capturé, non loin de Kamuk. Il serait là bientôt. À l'expression de son visage, on comprenait que cela n'avait pas été de tout repos. Les eaux de Mae Nam étaient si basses qu'ils avaient été contraints de débarquer à mi-chemin, et de trouver une charrette. Mais les buffles, irrités et inquiets, refusaient l'attelage et il avait dû engager des hommes pour porter la cage, fixée sur de longues perches. Schoedsack, entendant les voix de Than et de Cooper au pied du bungalow, s'était levé en hâte. Pris de vertiges et de crampes le matin, au beau milieu d'un tournage, il avait accepté de faire une pause – mais à pareille nouvelle on ne pouvait que se sentir mieux ! Et malgré les protestations de Coop il avait dévalé l'échelle, filé avec eux vers la clairière. Un tigre ! C'était un signe du destin…

Un grondement retentit, à leur approche. D'abord une note basse, rauque, qui enfla lentement, pour exploser en une clameur sauvage tandis que la cage tremblait sous les assauts du fauve prisonnier. Les porteurs, prudemment, se tenaient à l'écart. À travers les barreaux de la cage, il paraissait plus impressionnant encore que Mister Crooked, tandis qu'il les fixait à tour de rôle de ses yeux d'ambre, babines retroussées, les oreilles rabattues en arrière, sa queue fouettant nerveusement les parois. Ils sentirent son souffle brûlant, fétide – conséquence d'un régime exclusivement carné, dit Schoedsack, affectant le détachement.

— Quel dommage, soupira-t-il, d'avoir à mettre en cage pareille merveille.

— Raison de plus pour tourner au plus vite.

Cooper jeta un regard inquiet vers son ami. Malgré ses yeux creusés, ses pommettes rouges, celui-ci imaginait déjà deux scènes. L'une, dans ce qu'ils appelaient maintenant le kraal…

— Une plate-forme, là, à l'extrémité opposée. Pas trop haute. Avec une focale courte. Personne aux alentours. Juste un garçon depuis la palissade qui ouvre la porte avec une corde. Le fauve essaie de s'échapper, finit par revenir vers nous, nous charge…

— Hum. Et on se protège comment ?

— Oh ! J'ai vu les rouleaux de barbelés, dans les réserves de la Mission. Suffit d'en mettre assez autour de nous.

— Et tu as une idée de ce qu'est « assez » ?

— Pas la moindre. Mais j'ai pensé aux tranchées, sur le front. Personne ne passait au travers, non ?

— Et s'il passe ?

— Si je me souviens bien, tu ne tires pas trop mal ?

Restait la suite, dont ils discutèrent à la Mission. Le laisser s'échapper ? Après tout, ce n'était pas un mangeur d'hommes.

— Si les hommes font assez de charivari à l'autre bout du kraal pour qu'on ait le temps de se dégager de la plate-forme, risqua Schoedsack… On pourrait imaginer un deuxième poste au-dehors, pour le filmer s'enfuyant dans la jungle ?

Pour le coup, ce fut à Kru de sursauter. Comment Than expliquerait-il cela aux hommes qui en avaient tant bavé pour ramener le fauve ?

— Et si le tigre vous saute dessus quand vous serez descendu de la plate-forme ?

— Cooper le descendra.

— Il a déjà tué un tigre ?

— Non. Pourquoi ?

— Ça va aller ?

Schoedsack s'épongea le front. Bien sûr, que ça irait. Si seulement il n'y avait pas cette fichue chaleur… Monter les plates-formes, rouler les barbelés ne leur avaient pris qu'une journée. Avant de se mettre en place pour la grande scène, Schoedsack avait tenu à saluer le tigre. La bête n'avait ni bu ni mangé depuis sa capture, mais aussi affaiblie qu'elle pût être, elle n'en avait pas moins craché furieusement à son approche. Maintenant, installé sur sa plate-forme, derrière sa caméra, Schoedsack paraissait le détachement même, mais Cooper nota que ses mains tremblaient un peu – et ce n'était pas de peur.

— On y va ?

Cooper agita le bras, et la porte de la cage s'ouvrit. Rien n'en sortit, d'abord. Puis la tête du fauve apparut, et le corps ramassé. Il avança pas à pas le long de la palissade, cherchant une ouverture, sans un regard pour Cooper qui gesticulait pour l'attirer à eux. Il fit un tour complet du kraal avant de revenir vers eux, et peut-être sentit-il alors l'odeur de Schoedsack, car il cracha de nouveau.

— Tu as vu cette merveille, quand il se déplace ? chuchota Cooper.

Le tigre esquissa un saut, se recula, surpris, en se piquant aux barbelés, s'éloigna de quelques mètres, revint en chargeant, pour s'empêtrer dans les fils avec un cri de surprise et de colère. Il se dégagea, tourna lentement autour de la plate-forme, recula de nouveau, le ventre au ras du sol, jusqu'au milieu du kraal, se ramassa soudain.

— Attention !

Il chargeait cette fois, et chaque foulée était une explosion de puissance. Le jeu des muscles sous la peau, la coulée du corps : Cooper, fasciné, oublia tout le reste, Schoedsack près de lui, le bruit de la caméra en action – la bête avait la beauté prodigieuse d'un projectile.

— Attention !

Cette fois il s'enfonçait dans les barbelés, les emportait avec lui, les traversait dans une ondulation frénétique, rien ne l'arrêterait, Cooper arma son fusil, entendit Schoedsack crier, très loin : Ne tire pas ! Ne tire pas !

Il était sur eux, ses crocs à toucher la plate-forme, celle-ci vacillait sous le choc, Cooper fit feu dans la gueule ouverte.

— Mais tu l'as tué ! Tu l'as tué !

— Hé, sinon c'est lui qui nous bouffait !

Shorty jeta autour de lui un regard égaré.

— Bon Dieu, oui, c'était tout juste. Mais quelles images !

Il descendit péniblement de la plate-forme. Ces foutues crampes, s'excusa-t-il en vacillant. Et il s'écroula, en balbutiant :

— Il nous manque encore un tigre…

Il gisait dans la pénombre, à demi inconscient, balbutiant des mots sans suite. Une insolation, avait diagnostiqué Collier, une très grosse insolation. Le plus urgent était de faire tomber la température en l'enveloppant dans des draps humides, et de le faire boire. Mais il ne fallait pas un quart d'heure pour que les draps soient brûlants à leur tour, et le peu d'eau qu'on parvenait à lui faire ingérer était restitué aussitôt, en quelques hoquets saccadés. Son corps paraissait tétanisé, tous ses muscles raidis. Chingda glissait dans la pénombre de la pièce, apportait des draps nouveaux, tout à l'heure aiderait à le changer.

Pourquoi n'avait-il pas été plus attentif ? se reprochait Cooper. Le souci de la réussite l'avait rendu aveugle, ou insensible. Il le savait, pourtant, que son vieux Shorty pouvait être héroïque au-delà du possible. Combien de fois avait-il tourné en grelottant de fièvre ? La malaria et maintenant... Si seulement il reprenait conscience ! Collier, à sa dernière visite, s'était montré soucieux...

— Vous devriez vous allonger...

Cooper se réveilla en sursaut. Taylor se penchait vers lui. Avec Collier, ils venaient de changer les draps de son ami, après avoir réussi à le faire boire. Son pouls était encore à cent, sa température à 40 degrés mais il y avait du mieux. Irene allait venir, qui le veillerait. Cooper protesta, non c'était à lui d'être à ses côtés, tout cela était de sa faute, il aurait dû le freiner depuis longtemps :

— Freiner ? Vous êtes aussi fous l'un que l'autre ! Mais ce n'est peut-être pas la peine de tomber malade vous aussi. Vous vous souvenez, de l'état dans lequel vous étiez, les premiers mois ?

Dans les villages, plus au nord, on parlait d'une épidémie de choléra. Les malheureux buvaient n'importe quelle eau sans écouter les conseils, et à chaque période de sécheresse, ça recommençait. À la Mission, ils allaient avoir autre chose à faire que de soigner deux inconscients, dit Taylor, d'un ton sévère :

— Votre ami... Il se sent tellement responsable, vous comprenez ? Ne pas vous décevoir. Être à la hauteur. Et comme j'imagine qu'il en va de même pour vous, ça va finir par vous mener tous les deux à la catastrophe. Ça vous avancera à quoi, d'être portés morts au combat ? La guerre est finie, mon vieux. Finie !

Une semaine. Il avait réussi à tenir Shorty en cage une semaine. Ne pas s'exposer au soleil. Rester dans la pénombre. Éviter les grosses chaleurs. S'hydrater. Manger léger. Ne plus parler film, tournage, animaux. À chaque « le docteur a dit » de Cooper, Schoedsack s'exaspérait un peu plus. Qu'est-ce qui te prend ? En mère poule, tu es pitoyable ! D'ailleurs, pourquoi ne t'habilles-tu pas en infirmière, tant que tu y es ? Puis, un matin, Collier et Taylor le déclarèrent remis sur pied. À condition d'éviter les gros efforts et de se protéger du soleil. Entendre le bruit de ses chaînes tombant à ses pieds, résuma Schoedsack, était un plaisir rare...

— Bon. On peut reparler de mon tigre ? J'ai eu tout le temps d'y penser, pendant ma captivité...

Tout, il avait tout en tête, plan par plan.

— Attaque des chèvres de Kru par un léopard. Kru cherche du secours au village. Ses amis l'aident à fabriquer des pièges, les posent avec lui. Pour ça, j'ai ce qu'il faut. Et on peut placer là Mister Crooked, si nécessaire. On avait imaginé, plus loin, qu'ils tirent avec une vieille pétoire et abattent le léopard. Mais si en plus, ou à la place, ils tombaient nez à nez avec un tigre ? Terrorisés, ils courent, grimpent à un arbre. Le tigre saute, presque à les atteindre. Si proche qu'avec son vieux fusil Kru parvient à le tuer. Ça aurait de la gueule, non, pour finir la séquence en apothéose ?

— Tu vois ça comment ?

L'œil de Schoedsack s'alluma. Il avait réussi à s'échapper de sa prison, de loin en loin, quand Cooper piquait du nez. Histoire de discuter avec Kru – qui avait peut-être trouvé la solution.

— Tous les tigres ne sont pas montés dans les collines, on dirait. Kru en a repéré un – enfin, pas le tigre : les chemins qu'il emprunte – et propose une battue. Il a repéré deux arbres, pile sur son chemin. On s'installe dedans, on lui crie dessus, on lui lance des pierres, enfin, on attire son attention. Comme il est cerné de toutes parts il nous attaque, je le filme du haut de mon arbre, et quand j'ai ce qu'il me faut, on le laisse filer. Qu'est-ce que tu en dis ?

Qu'on ne tenait pas si aisément Schoedsack en cage...

Des bruits de gongs, de casseroles, de tambours résonnaient autour d'eux en un arc de cercle qui se rapprochait lentement. De répéter que le tigre, dans ces situations, s'enfuyait toujours n'empêchait pas chacun de se sentir sans défense. Dérangée, toute la jungle frémissait. Un daim détala en bonds effarés, passa à les frôler, de tous côtés les animaux fuyaient. Coop poussa un cri d'alerte : quelque chose agitait les herbes dans un ondoiement furtif – une panthère ? Schoedsack voulut déclencher sa caméra : trop tard. L'attente reprit. Le vacarme se rapprochait, sans que l'on vît encore les hommes de Kru, mais plus rien ne bougeait. Puis ils distinguèrent la ligne des villageois, du côté des hautes herbes. Cooper se disait que ce serait pour une autre fois quand il crut distinguer, en lisière de forêt, un éclair fauve entre les herbes, vite disparu. Schoedsack lui fit un signe : lui aussi l'avait vu. Le tigre ! Le vacarme venu des hautes futaies le força à bouger, ils le virent hésiter, repartir vers les herbes, hésiter de nouveau, passer à leurs pieds sans un regard, revenir encore, cerné. Une pierre lancée par Schoedsack l'atteignit à la tête. Il recula, surpris, leva enfin les yeux vers lui, cracha. À la deuxième pierre, oubliant tout le reste, il sauta. Cooper crispa ses mains sur son fusil. Ce tigre était énorme. Il retomba avec un feulement de dépit, reprit son élan, monta plus haut, en labourant le tronc de ses griffes. Aucun tigre jamais n'avait sauté à plus de 11 pieds de haut, assuraient les villageois. Du coup, Schoedsack avait demandé que l'on ne monte pas sa plate-forme à plus de 13 pieds.

— Une gueule grande ouverte occupant tout l'écran ! Ça aurait de l'allure, non ?

Onze pieds… L'animal, à l'évidence, n'était pas au courant. Dans un arrachement furieux, il effleura la plate-forme, retomba, revint à la charge. Ne tire pas ! hurla Schoedsack en transe. Cooper vit les griffes du fauve se planter entre ses pieds, sa gueule se refermer sur la caméra, – il allait presser la gâchette quand retentit un coup de feu : Schoedsack venait de tirer, en pleine gueule. Le tigre roula au pied de l'arbre, inerte.

— Tu as vu ? Non, mais, tu as vu ?

Cooper glissa à terre, suivi par Schoedsack, les jambes encore flageolantes.

— J'ai bien cru que j'y passais. Mais, bon Dieu, ça valait le coup…

Allongé dans l'herbe, le tigre paraissait plus imposant encore. On dirait qu'il dort, dit Schoedsack en lui caressant le cou. Les villageois accouraient en criant, Kru en tête, mais ils se turent, impressionnés, devant la dépouille. Schoedsack s'écarta, pris d'une brusque tristesse. Fichu métier, que d'avoir à abattre une bête pareille. Il dut s'agripper à l'épaule de Cooper pour ne pas tomber.

— Après ça, il ne te reste plus qu'à trouver tes éléphants…

XIX

Dans la colère des éléphants

Siam, mai 1926-novembre 1926

Fleuves sans eau, ciel de cuivre, terre irritée de sécheresse – la nature entière criait grâce sous la fournaise. Les arbres dénudés tendaient leurs bras maigres vers le ciel, la terre craquelée devenait le royaume des lézards et des serpents. Un matin, intrigué par les gémissements de Bimbo qui le tirait par la manche, Cooper, entrant dans la chambre de Schoedsack, était tombé sur un python qui se glissait vers le lit. D'un bond, il avait saisi le fusil de son ami, heureusement chargé, et le brave Shorty avait eu un réveil un peu soudain. Lui-même, qui avait en horreur lézards, araignées, crocodiles et serpents, rêvait depuis lors qu'une masse grouillante de pythons montait vers lui, des cobras se balançaient au-dessus de sa tête, des araignées venimeuses suspendues au plafond menaçaient de tomber sur son visage et à l'instant de hurler, il se réveillait en nage. Quand donc viendrait la mousson ? Le mois de mai avait passé en vaine attente. Les uns et les autres, épuisés de chaleur, devenaient irritables. Dans les villages, l'équipe de la Mission, chaque jour sur la brèche, tentait de contenir l'épidémie de choléra. Schoedsack avait tenté de reprendre ses séances de guet au petit matin, en rentrant avant les premières chaleurs, mais l'expérience avait tourné court après qu'il s'était trouvé pris à nouveau de vertiges. Cooper, du coup, s'était mis en tête de le remplacer, avec l'aide de Kru. N'avait-il pas souvent tenu la deuxième caméra, lors des scènes d'action ? Mais il avait cru très vite devenir fou, immobile pendant des heures dans les caches attitrées de son ami, à guetter des animaux fantômes.

Ceux-ci semblaient avoir tous migré vers des cieux plus cléments. Il retrouvait Shorty au bungalow pour reprendre, encore et encore, la liste des plans tournés, imaginer les montages possibles, repérer les manques, plus nombreux qu'ils ne l'avaient pensé. Ou bien était-ce le temps, débilitant, les accès de malaria revenus qui couchaient Cooper sur le flanc, la torture de nouvelles crises de dysenterie malgré les précautions, eau filtrée et riz ? Ce n'était pas seulement eux que la jungle tentait de dissoudre, c'était aussi leur film. Peut-être faisaient-ils fausse route depuis leur arrivée, ou s'étaient égarés en chemin, aussi perdus que Reginald Campbell en sa forêt de tecks ? Peut-être même faisaient-ils fausse route depuis leur rencontre, à Londres, ainsi que le pensait Maggie. Comme un signe, venu d'au-delà des mers, était arrivée une lettre d'elle, portée par le pasteur Taylor, retour de Bangkok.

Cher Coop,

Un monde s'est effondré ici. Et même plusieurs, laissant un paysage bouleversé, couvert de plaies sanglantes, sur lequel errent des foules égarées, sans plus d'espérance ni de repère. Un autre naît, et même plusieurs, inquiétants, mais fascinants aussi, entre Russie et Turquie nouvelles, et nul ne sait ce qu'il en adviendra. Partout on ressent physiquement ce surgissement : comme des continents inconnus, sortant devant nous des profondeurs. Dire l'inconnu de ce qui vient, lui donner forme et visage ! Je n'ai pas de responsabilité politique et je me garderai bien de porter un jugement moral : nous sommes au-delà et en deçà de toute morale. Juger serait le meilleur moyen de ne rien comprendre tant, ici, nos valeurs, nos codes moraux défaillent. Les forces à l'œuvre dépassent la volonté humaine, elles viennent d'ailleurs, de bien plus loin. D'où ? Je ne sais pas. Les Grecs anciens y auraient vu un champ de bataille des dieux, je suppose. Et je repense à cette « force obscure » dont vous me rebattiez les oreilles. Peut-être après tout aviez-vous raison… Quel film Shorty pourrait faire ici ! Je l'entends déjà protester : « Journaliste ! » Et pourtant… Chaque jour je ressens que votre vrai projet est ici, bien au-delà d'un journalisme attaché à l'écume des choses. D'écrire, cela me fait ressentir un peu plus à quel point vous me manquez.

Avec nos différences, nous ne formions pas une si mauvaise équipe ?

Ta Maggie

Troublé, il en avait fait part à Shorty, mais celui-ci avait hoché la tête sans répondre. Avait-il seulement écouté, tout à ce qu'il venait de lire de la jolie Ruth, dont il ne disait jamais mot ? Cooper s'était réfugié à son tour dans sa chambre, avec au cœur une pointe de jalousie. Se pouvait-il que Maggie ait vu juste, et qu'au bout du chemin, dans ce chaos confus, ils ne trouvent que le vide ?

Pour se rassurer plus que par nécessité, ils avaient repris les tournages des scènes domestiques, en s'inquiétant tout de même des crises de larmes de Chantui, jusque-là si enjouée. Pour les natifs non plus, ce climat ne valait rien.

Alors qu'ils désespéraient, un soupçon de fraîcheur vint avec le soir, des nuages apparurent, timides encore, portés par un vent de sud-ouest, et ce fut comme si Nan reprenait vie. Un crépitement sur le toit, une nuit, les précipita au-dehors : la pluie ! Elle arrivait, drue, en vagues successives portées par le vent grossissant, et avec elle venaient des senteurs oubliées de terre, d'herbe, de pourriture. Il en irait ainsi pendant deux mois, dans une alternance de pluies souvent nocturnes et de beau temps, expliqua Collier, ragaillardi. Les deux seuls mois où l'on respirait un peu ! Avant la grosse mousson du milieu de l'été qu'ils avaient déjà pu apprécier, dès leur arrivée. Le niveau des rivières et des fleuves allait grossir très vite, dans les forêts de tecks les éléphants devaient se hâter de pousser à l'eau les billes de bois massées sur les rives, ces derniers mois…

— Maggie a raison, dit brusquement Schoedsack, un matin que Cooper et lui s'interrogeaient sur la conduite à suivre. Sa lettre ! Elle m'a réveillé.

Peut-être l'avait-il jugée trop vite, bougonna-t-il. Elle au moins ne coupait pas les cheveux en quatre avant de se jeter dans l'inconnu. À force de ressasser l'échec de Chawang, eux avaient fini par perdre de vue l'essentiel.

Ils n'étaient pas si loin du but. Leur manquait juste ce qui tiendrait tout le reste, donnerait forme à l'ensemble : le pendant nécessaire à la splendeur féroce des tigres. L'autre incarnation, plus mystérieuse encore, de la jungle.

— Les éléphants ! Sans aller jusqu'à ton délire, il nous faut les éléphants.

L'évocation des billes de teck avait agi sur lui comme un déclic. Aux dernières nouvelles, rapportées de Bangkok par Collier, le prince paraissait avoir disparu et nul, au palais, ne savait la date de son retour. Mais en l'attendant, de changer d'air près de Campbell les familiariserait un peu plus avec ces étranges animaux. Et ce serait bien le diable si au passage ils ne parvenaient pas à glaner quelques images.

— Les éléphants ? Pouviez pas mieux tomber. C'est de la folie !

Campbell, épuisé mais radieux, les accueillit à bras ouverts. Ses premiers visiteurs, depuis le départ des Danois ! Il les entraîna à sa suite le long du fleuve en crue.

Toute la forêt, ou ce qu'il en restait, tremblait, craquait, vacillait, dans un vacarme de barrissements, d'appels, de cris, de branches brisées, d'arbres effondrés, de troncs entrechoqués. Les éléphants, d'un élan féroce, poussaient les billes de teck dans le tumulte des eaux jaunâtres. Campé sur un vieux mâle qui paraissait somnoler, très loin de cette agitation, Campbell dirigeait la manœuvre, allait, venait le long de la rivière, dans des gerbes d'eau, et sur près de 10 milles c'était le même spectacle d'une forêt secouée par un ballet furieux de géants.

— Et encore, ce n'est rien ! Vous allez voir, dans quelques jours, quand le fleuve va tout emporter !

Ici commençait le long voyage, s'échauffait-il, qui en trois ou quatre années conduirait au fil du fleuve jusqu'aux portes de Bangkok les billes de teck préparées, marquées, devenues de grands trains flottants – au prix d'un labeur harassant, sur des milles et des milles, pour rejeter dans le lit du courant les billes bloquées par les obstacles. Le soir venu, il leur livrait, tout à sa passion croissante, ce qu'il avait appris des mystérieux pachydermes. Ils avaient la peau si délicate que les piqûres de moustiques leur étaient un supplice, dont ils se protégeaient en s'enveloppant de poussière ou de boue. Ils supportaient si mal la chaleur qu'il leur fallait constamment s'asperger d'eau, ou, à défaut, de leur salive qu'ils pulvérisaient en fine buée. Ils avaient le cou trop raide pour tourner la tête, et se méfiaient en conséquence des animaux plus vifs, qui pouvaient les attaquer ou les mordiller par-derrière, comme les chiens. Ils ne pouvaient pas sauter, autrement dit décoller leurs quatre pattes en même temps, et un fossé pouvait donc les arrêter. À la naissance de chaque éléphanteau, la mère élisait une deuxième femelle qui veillerait avec elle sur lui. Ils exprimaient des sentiments, comme les humains, et parfois même pleuraient. Ils pouvaient développer des liens très forts et quasi fusionnels avec leur *mahout*, comme le colossal et grincheux Poo Toom, qui n'acceptait à ses côtés que son *mahout* Kalei, lui-même perdu dans un rêve étrange où ses frères humains, disait-on, avaient de moins en moins de place. Cooper avait peu à peu apprivoisé Poo Toom, en s'attardant chaque soir près de lui, tandis que Kalei lui donnait sa ration de tamarin. L'homme et la bête se parlaient, constatait-il, tant chacun paraissait prévenir les gestes de l'autre. Et peut-être parce qu'il ne disait rien, restant là simplement près d'eux, une sorte de complicité était née. Un soir, comme lui-même apportait du tamarin, il lui avait semblé que la bête le regardait avec une lueur dans le regard…

Du coup, Kalei s'était fait leur guide, pour les conduire avec mille précautions et toujours en silence, car les animaux étaient alors irritables et fuyants, au plus près des éléphants qui passaient librement en forêt, chaque après-midi. Schoedsack savait se montrer d'une patience infinie : précieuses, seraient plus tard ces secondes volées au troupeau vaquant librement dans les profondeurs de la forêt. Et le soir ils retrouvaient Campbell, intarissable conteur.

Une fin d'après-midi, tout faillit basculer. Kalei s'était éclipsé pour sa cueillette rituelle de tamarin, Cooper et Schoedsack rentraient à pied, caméra et trépied sur l'épaule, et Campbell, les voyant, avait sauté à bas de Poo Lorn, son éléphant, pour se porter à leur rencontre, quand un barrissement furieux avait troué l'espace derrière eux. Très loin, surgissant de la forêt, une femelle fonçait sur eux, la trompe levée. Schoedsack, à la volée, avait mis sa caméra en action, tandis que Campbell hurlait à pleins poumons, en agitant les bras. Cooper, comprenant le premier le danger, avait arraché la caméra des mains de son ami, et ils avaient pris leurs jambes à leur cou. Le martèlement sourd se rapprochait à toute vitesse, le barrit membraneux résonnait dans leur dos, Campbell, rebroussant chemin, fuyait lui aussi, vers Poo Lorn immobile – hors d'haleine, ils s'étaient abrités de justesse derrière le mastodonte, au moment où la femelle le heurtait de plein front. Le grand mâle s'ébroua dans une clameur courroucée, la repoussa violemment et la bête resta un moment face à lui, comme égarée, avant de repartir à fond de train vers la forêt.

Il se passe quelque chose, là-bas ! cria Campbell. Le temps de saisir leurs fusils, ils s'élancèrent sur les traces de l'éléphante, d'autant plus facile à suivre qu'elle avait tout fracassé sur son passage, et que retentissaient toujours ses cris, de désespoir plus que de colère.

Elle était là, au milieu d'une clairière, allant, venant, folle de douleur, essayant de relever son *butcha*, son éléphanteau mort, éventré. Un tigre, et même deux, dit Campbell, aux marques laissées dans le sol. L'un d'eux l'avait blessée, elle aussi, aux pattes de devant et à la trompe.

Dans un fracas de branches, une autre femelle surgit, et se précipita elle aussi vers le *butcha* – sans doute sa marraine. Et derrière elle, massifs et silencieux, arrivaient les mâles du troupeau. Cooper frissonna. Les deux éléphantes pleuraient, à petits gémissements, penchées sur le corps inerte. Les hommes se retirèrent, sur la pointe des pieds.

— Tu as pensé à la même chose que moi ?

Schoedsack hocha la tête. Il devait avoir filmé quinze bonnes secondes de la charge de l'éléphante.

— L'amorce ! Une femelle accourt, pour délivrer son petit capturé, et derrière elle arrive tout le troupeau, qui charge. Hein, qu'est-ce que tu en dis ?

Cooper allait, venait en agitant les bras. Pas n'importe quelle charge. Des dizaines, des centaines d'éléphants, si nombreux qu'ils envahissaient l'écran, accouraient depuis le fond de l'horizon comme les vagues de la mer, sans jamais de fin, dévastant tout sur leur passage. Toute la puissance du monde rassemblée ! Il fallait que le spectateur soit cloué sur son fauteuil !

— Qu'il se sente épouvanté, écrasé sous le martèlement des mastodontes. Mais pas seulement : soulevé, emporté ! Qu'il exulte de sentir vibrer en lui cette puissance. Et qu'il ressorte de là sonné. Le film s'achèvera sur Kru reprenant de nouveau sa lutte contre la jungle. Qui pèse. Qui attend. Où rôde le tigre. Hein, qu'est-ce que tu en dis ?

— Qu'il reste à les trouver, tes éléphants…

Mais Cooper, comme transfiguré par ce qu'il venait de vivre, se sentait habité par une force supérieure. Ils les trouveraient. D'une manière ou d'une autre, il les trouverait.

— Je mettrai la main sur le prince. Je mettrai la main sur le roi, s'il faut, mais par Dieu, je les aurai !

Sitôt rentré à Nan, il filerait à Bangkok, et ne reviendrait qu'affaire conclue. Pendant que Schoedsack se referait une santé. Parce qu'il aurait besoin de lui, ensuite… La fin du film, en apothéose !

— Il dort.

Cooper attaquait l'escalier quatre à quatre, pressé de porter la nouvelle, quand Collier, sur le pas de la porte, l'arrêta d'un geste. Un pressentiment affreux lui serra la poitrine. Une rechute ?

— La deuxième depuis votre départ. Il n'écoute rien ! La première, c'était après un tigre. La deuxième…

Il eut un geste fataliste de la main :

— Il vous racontera. À chaque fois, c'est « enfin, on ne pouvait pas manquer une occasion pareille ! ». Mais c'est sérieux, Coop. Il va y rester, s'il insiste.

Collier secoua la tête, navré, répéta à mi-voix : il va y rester.

— Enfin, vous êtes là, c'est l'essentiel. On désespérait de vous voir arriver…

Près de trois semaines, déjà. Depuis la gare de Den Chaï, Cooper avait poussé son cheval à sa limite, dormi à peine, repris la piste avant le jour, couvert le trajet en trois jours, malgré les rivières en crue. Collier le fixa plus attentivement.

— Dites donc, vous n'avez pas l'air gaillard non plus…

Cooper, haussant les épaules, contint les tremblements qui l'agitaient. La mousson ne lui valait rien, juste une crise de malaria. Mais avec en prime une dysenterie, comment dire ? ravageuse. Bref, les aléas de la vie sous ces latitudes…

— Coop ! C'est toi qui es là ? Bon Dieu, ils ont même piqué mes bottes…

La voix était faiblarde, mais c'était bien celle de Shorty, qui apparut, un peu vacillant, pieds nus et en caleçon.

— Il était temps ! Tu sais que dès que tu as eu le dos tourné, ils m'ont enfermé ici ?

Ils s'embrassèrent. Shorty paraissait n'avoir plus de chair sur les os.

— Tu pètes la forme, à ce qu'il paraît ?

— Presque. Et toi, tu as une chiasse d'enfer, à ce qu'on raconte ? Collier, c'est de lui que vous devriez vous occuper...

Pendant toutes ces journées de galopades à travers le Siam, Cooper n'avait eu en tête que ce moment où, après mille épreuves, il ferait irruption à Nan, et prendrait Schoedsack dans ses bras pour lui dire la nouvelle. Mais devant ses yeux creusés, ses traits livides, il se retint. Entre la vie de son ami et le film, il n'y avait pas à hésiter. Même si Schoedsack se fichait bien de sa santé.

— Si tu es là, c'est que tu as réussi ?

Et sans attendre la réponse de Cooper, qui tardait :

— Moi aussi ! Toi, tu le diras tout à l'heure, mais avant... Ah ! Il faut que je te montre !

Le temps d'enfiler un pantalon. Il remonta dans sa chambre, d'une démarche hésitante :

— Mes bottes ! Où sont mes bottes ?

D'abord, Cooper ne vit rien. Son ami riait sous cape, sûr de son effet. Puis, tout à coup :

— La maison ! Elle est où ?

Il n'y avait plus de maison.

— Détruite ! En miettes ! Réduite en petit-bois. Ah, si tu avais vu ça... Ta charge d'éléphants... J'ai tout ! Tout filmé, mon vieux !

Cooper se tourna vers Collier, qui haussa les épaules.

— C'est là qu'on l'a récupéré. Évanoui. Troisième insolation. Un miracle, qu'il n'ait pas été piétiné...

Un jour, Than était arrivé, surexcité. Des éléphants avaient été vus dans la forêt. Un petit troupeau. Le village déjà se rassemblait, craignant pour ses récoltes, prévoyait des battues à grand fracas, pour éloigner les pachydermes. C'est alors qu'il avait repensé à Campbell confiant que les éléphants ne pouvaient pas sauter. Une fosse, il fallait creuser une fosse sur la piste, juste en sortie de forêt. Un grand trou, caché par des planches et des broussailles. Avec un peu de chance, ils pourraient en capturer un. Pour en faire quoi ? avait demandé Than. Ça, on verrait après. En tout cas, de l'image.

— Trois jours après, Kru accourt au petit matin : un *butcha*, un *butcha* ! Un éléphanteau pris au piège. Tout le monde était déjà autour du trou, chacun donnant son avis. La pauvre bête, paniquée, poussait des cris de désespoir. Than est arrivé avec des cordes, mais comment le hisser sans le blesser ? Kru a eu la bonne idée : un filet de pêcheur. Il a sauté dans le trou et, crois-moi, il fallait du cran car le gros bébé s'agitait dans tous les sens. Il lui a passé le filet sous le ventre, l'a fixé aux cordes et ils ont dû se mettre à une bonne dizaine pour le sortir de là.

Ils n'étaient pas au bout de leur peine. Le *butcha*, retrouvant la terre ferme, se débattait comme un beau diable. Il avait fallu fixer le filet à une solide poutre pour le transporter à dos d'homme, les pattes ballantes, avant de l'attacher solidement à un des poteaux de la maison de Kru. Et bien sûr, il avait filmé toute la séquence.

Mais ce n'était rien encore.

Le *butcha*, lui, n'avait qu'une idée en tête : s'en aller. Il tirait de toutes ses forces sur les liens, criait à pleins poumons, avait envoyé valdinguer le seau d'eau que Kru lui tendait, croyant l'amadouer. Et c'est alors qu'avait retenti dans la forêt proche un barrit tranchant comme un coup de hache, qui se rapprochait à toute vitesse…

Le visage de Schoedsack se plissa dans un rire silencieux.

— Si tu les avais vus s'égailler en tous sens ! Sauf Kru. Pendant ce temps-là, j'avais fait déplacer près de la maison la plate-forme du kraal, pour filmer la suite. Kru a sauté près de moi au moment où la mère du petit déboulait dans la clairière. Oreilles au vent, trompe dressée, elle volait, littéralement ! D'abord, elle l'a serré contre elle, l'a rassuré. Puis elle a entrepris de le détacher. Et là… Le poteau, n'a pas résisté longtemps, crois-moi ! Quand elle a senti que la maison vacillait, elle l'a mise en pièces, méthodiquement. Un carnage ! Avant de repartir avec son *butcha* qui poussait toujours de petits cris. Et j'ai tout, figure-toi ! Et même plus…

Le gibbon Bimbo, en cadeau inespéré. Bimbo, toujours là à point nommé.

— Tout le monde avait oublié Bimbo. J'étais là, auprès de Kru qui regardait sa maison s'effondrer, d'accord, ce n'était pas sa vraie maison, juste un décor, sauf qu'à force c'était devenu sa maison, tout de même, et je ne te dis pas les cris de Chantui, plus tard, quand elle a su, mais ça c'est une autre histoire. Bref, j'étais en train de filmer, quand je vois la tête de Bimbo, effarée, sortir du toit en train de se défaire, Bimbo qui s'enfuit en tenant sa laisse à la main. Tu te souviens de la scène où il traverse la jungle pour rattraper Kru et sa famille fuyant les tigres ? On a le lien !

Il s'arrêta, le souffle court.

— J'avais espéré que tout le troupeau déboulerait derrière elle, mais non, aucun sens du spectacle, ils se sont tous évanouis dans la nature. Ensuite, j'ai un peu perdu le fil…

— Il veut dire, intervint Collier, qu'il avait oublié son casque et qu'il a attrapé une insolation. Une de plus…

Cooper sentit le bras de Shorty, sur son épaule, qui s'alourdissait, et il le rattrapa de justesse, alors qu'il s'effondrait.

Dès que revenu à lui, au bungalow, Schoedsack le pressa de questions. Comme Coop hésitait, on verra ça plus tard, l'important est que tu te remettes, il se redressa, en alerte.

— Tu les as, ou pas, tes éléphants ?

Il les avait. À quoi bon tergiverser ?

— Entre deux cents et deux cent cinquante ! À disposition. Avec une centaine d'hommes à notre service, si on veut.

Ça n'avait pas été simple. Le prince était invisible. Il lui avait fallu faire le tour de la famille royale pour que l'un de ses frères, le prince Damrong, accepte de jouer les Monsieur bons offices. Yugala avait réapparu, comme si de rien n'était, souriant et cordial : tout était à la disposition de ses amis américains. Son troupeau personnel et ses gens, à volonté.

— J'ai mieux compris ce qu'il voulait dire, en descendant à Chumphong avec Thanakit. Ses éléphants… Figure-toi qu'ils se baladent selon leur fantaisie, dévastent tout, piétinent les récoltes et nul n'a le droit de s'y opposer : le bon plaisir du prince ! Bon, en tant qu'Américain, j'ai des réserves sur ces méthodes – pour le film, avoue que c'est géant ! Mais on n'est pas à une ou deux semaines près, murmura-t-il, en voyant Schoedsack dodeliner de la tête. Le temps que tu sois sur pied…

— Tout de même, quand j'y repense, c'est culotté ce qu'elle fait, Maggie, dit Schoedsack quand il retrouva quelques forces.

Mais avec tes éléphants, on va lui démontrer qu'on n'a pas tort non plus. Tu as de ses nouvelles ?

— Oh, elle a échappé de justesse à la mort, comme d'habitude.

À Bangkok, il avait trouvé deux lettres d'elle.

Coop,

Tu ne reconnaîtrais pas Ankara. En trois années, une ville moderne est sortie de terre. Dans toutes les rues brille l'électricité. Mais partout ailleurs prolifèrent les camps de réfugiés : fermiers turcs chassés de Grèce, sans argent pour acheter des graines à semer sur les terres données par le gouvernement, musulmans chassés d'Europe parqués par centaines de milliers en Anatolie, réfugiés arméniens s'entassant en Syrie autour d'Alep et de Damas…

Dans le petit caboteur qui me conduisait de port en port, un représentant britannique en confitures et marmelades a décidé de me prendre sous sa protection. Comme tant de Britanniques, il déteste tous les étrangers. Il ne parle évidemment que sa langue, et le monde pour lui se partage en trois : les Britanniques, les étrangers et les nègres. Parce que américaine, il me place un peu à part. Et, protecteur – avec il est vrai un rien de lubricité dans le regard –, il me reproche, à moi si faible femme, de me risquer seule en des lieux si dangereux. Il ne vit plus depuis que je lui ai expliqué que j'allais descendre au prochain port, et de là gagner Alep en voiture, à travers un pays infesté de bandits. Je crois qu'il a décidé de m'accompagner, tout encombré de ses valises remplies de pots de confitures. D'ici à ce que j'aie à m'occuper de ce pauvre garçon…

Si tu n'as plus de nouvelles de moi, c'est que les bandits m'ont enlevée et vendue comme esclave dans un harem. Dont je m'échapperai, bien sûr : quel article ça fera à mon retour ! À moins que mon vendeur de marmelades ne se révèle être un affreux satyre, me laissant égorgée sur le bord du chemin.

Je t'embrasse,

Ta Maggie

Et, postée quinze jours plus tard :

Coop,

Il s'en est fallu de peu ! Avec son ridicule chapeau de paille, sa face rouge brique et ses échantillons, difficile de prendre mon vendeur de marmelades pour un chevalier protecteur. Mais il a tout de même réussi à me trouver une vieille Ford modèle 1917 grâce à un de ses clients épiciers, un certain Papadopoulos – sans doute la seule voiture à louer dans ce port presque à l'abandon. Avec comme chauffeur un Arménien au faciès de bandit si évident que ça en devenait presque rassurant. Nous nous sommes lancés sans tarder à l'assaut des montagnes qui nous séparaient d'Alep, lui devant, transpirant déjà d'angoisse, moi derrière avec les bagages. Virage en épingle à cheveux, ornières, blocs de rochers en travers de la voie, sol en tôle ondulée – la pire route de ma vie ! Il fallait s'arrêter tous les quarts d'heure pour laisser refroidir l'eau du radiateur. À chaque cahot répondait un hoquet de mon malheureux protecteur. À la fin, n'y tenant plus, il a pris sa valise d'échantillons sur ses genoux, en gémissant qu'ils allaient tous finir brisés par les cahots. Moi, je surveillais de plus en plus le chauffeur qui calait régulièrement et faisait tout pour ralentir la marche alors que le jour commençait à baisser. Hautes falaises, ravins vertigineux, passages de plus en plus étroits – le parfait coupe-gorge. Mon protecteur transpirait de plus en plus et même claquait des dents en me jetant des regards affolés, je commençais à fourrager sous mes jupes à la recherche de mon Derringer quand trois hommes ont bondi soudain en travers de la route, en brandissant leurs fusils. Le chauffeur a sauté à terre et pris ses jambes à son cou, le représentant bégayait, lamentable, écrasé de terreur et j'envisageais le pire quand l'un des bandits, se penchant dans la voiture, a entrepris d'arracher la valise d'échantillons que mon protecteur autoproclamé serrait sur sa poitrine. Et là… voilà que celui-ci flanque un coup de poing à son agresseur qui roule au sol, saute sur le volant, démarre en trombe en laissant nos bandits éberlués sur le bas-côté !

Il ne faut jamais s'en prendre aux pots de marmelades d'un Anglais…

Pour le reste, je suis sauve ! Du moins jusqu'à ce soir, car mon chevalier servant m'a invité à dîner, avec un air que je connais trop bien…

Ta Maggie

— Pas à dire, convint Schoedsack, c'est un sacré numéro. Si seulement elle n'avait pas cette manie de passer une heure chaque matin à se maquiller...

N'empêche qu'elle continuait à les accompagner, tous les deux. Les liens tissés chez les Bakhtiari étaient plus forts que Schoedsack n'avait cru – et à sa manière elle les mettait au défi.

— Ça me ferait plaisir, de la revoir, dit tout à coup Schoedsack. Tu sais que Ruth et elle sont devenues amies ?

La gueule ouverte avançait vers lui, l'absorbait lentement dans une marée visqueuse de glaires et de mousses, tandis que des grenades explosaient alentour. La bataille faisait rage, quelqu'un criait, très loin, dans les ténèbres, et rien, rien à quoi se raccrocher, il allait étouffer – Cooper se réveilla en sursaut. Shorty était penché vers lui.

— Tu dors ?

— Eh bien... Plus maintenant. Tu es arrivé à temps. Je ne sais pas quelle bestiole c'était, mais elle allait m'avaler.

— Je me demandais... Tes éléphants, tu vois ça comment ?

Cooper s'assit dans le lit, tenta de reprendre ses esprits. Il avait dormi comme une souche, sans rien entendre de la pluie, au-dehors, qui crépitait contre le toit.

— Un kraal, d'abord, pour avoir nos éléphants sous la main. Assez grand pour contenir deux cent cinquante bêtes. Et puis un village – celui qui doit être détruit.

— Ce n'est pas un vrai village, au moins ? Avec ton prince, je crains le pire.

Cooper hésita :

— Non. Enfin, je ne crois pas. J'ai laissé un plan à Thanakit, pour qu'il rajoute quelques maisons et que ça ressemble un peu à Nan. Plus une réplique de la maison de Kru, à l'écart. Elles devraient être prêtes à notre arrivée.

Deux ou trois idées me sont venues, ajouta-t-il timidement.

— Bien sûr, c'est à toi de décider, mais...

— Dis toujours...

Il se redressa, les yeux brillants.

— Trois séquences. Une grande battue pour rassembler les éléphants. Puis les animaux déferlant dans l'entonnoir, vers le kraal. De là, on les lancera ensuite vers le village à détruire. Et après, eh bien, on en aura terminé.

Shorty fit la moue.

— Ta battue… Tu te souviens de ce que disait le maître des éléphants ? Pas moyen d'approcher ! Et rappelle-toi, chez Campbell : un rien, et ils disparaissent.

— J'ai trouvé. Enfin, je crois. Tu as étudié *Macbeth* à l'école, non ?

— Mmmm…

— J'y ai pensé, tout d'un coup : Birnam Wood !

— Oui ?

— Rappelle-toi, la prophétie des sorcières à Macbeth : qu'il sera invincible tant que la forêt de Birnam Wood n'ira pas au château de Dunsinane !

— …

— Macbeth se rassure : comment cela se pourrait-il ? Et voilà pourtant que la forêt se met en marche. Les hommes du prince Malcom ont coupé de grands branchages et s'avancent, dissimulés derrière eux. Je suis sûr que ça marchera. On les encercle comme ça, tu filmes tout ce que tu peux, et seulement après on les met en branle en faisant le plus de bruit possible. Puis la ruée, le village détruit, clap de fin et on rentre à New York empocher les millions ! Qu'est-ce que tu en penses ?

— Que, nous autres, dans les plaines de l'Ouest, on mâchouille des navets en lisant la Bible, pas Shakespeare, comme vous autres de la haute, dans le Sud. Mais j'ai vu la même chose avec des Indiens. Dans *The Covered Wagon*…

Je n'ai pas encore eu le temps de te dire… commença Cooper, sur un ton qui mit aussitôt Schoedsack en alerte. Depuis combien de temps Coop était-il là, assis sur le rebord du lit ? Un jour gris et sale filtrait par la fenêtre où frissonnait une moustiquaire et les bruits de Nan s'éveillant leur parvenaient, lointains, meuglements de buffles, bêlements de chèvres. Shorty se frotta les yeux. Un plateau d'œufs brouillés, de thé, de pancakes, achevait de refroidir près de lui – sans doute Cooper avait-il eu l'intention de lui en faire la surprise, puis avait renoncé. Ce devait être grave.

Le prince Yugala… reprit Cooper après un long silence. Et soudain, volubile, comme s'il se jetait à l'eau :

— L'enfoiré ! Figure-toi, quand tout était calé, à l'instant de se quitter, qu'il me glisse, avec un large sourire : « Pour les derniers détails pratiques, vous verrez avec mon intendant. » Qui m'attendait, derrière la porte, et me conduit à son bureau. Là, toujours avec la politesse la plus exquise : « C'est une très grosse affaire, n'est-ce pas ? Oui, une très, très grosse affaire. Pour laquelle le prince aura des frais. Que vous aurez à cœur de couvrir, n'est-ce pas ? Il m'a chargé de vous dire que cela ne vous coûtera *que* 30 000 dollars. »

— Hein ? Et tu lui as dit quoi ? D'aller se faire, enfin bref, chez les Grecs ?

Cooper fixa ses pieds avec une intense attention.

— Je… Je lui ai dit oui.

— Mais, Coop, on ne les a pas ?

— Hmmm… En comptant notre retour au plus juste, nous avons encore une marge de 20 000 dollars. Ce qui fait qu'on déborderait de 10 000…

— Et on les trouve où ?

— J'ai négocié.

Il allait et venait dans la pièce, pour se donner une contenance, tandis que Schoedsack, sourcils froncés, s'habillait en hâte.

— À chaque fois il me répondait : 30 000 dollars. Si seulement j'avais pu lui effacer son sourire d'un coup de poing ! J'ai dû céder. Et j'ai câblé à Lasky. Il envoie l'argent.

— Bon sang, Coop… On ne pourra jamais le rembourser !

Comment faire autrement ? Sans cette apothéose, le film restait bancal. Tout convergeait vers elle.

— Shorty, tu sais bien qu'on en a besoin ! Et puis tu n'étais pas là, il fallait dire oui ou non…

Schoedsack, mâchoire serrée, secouait la tête. C'était de la folie – et s'ils loupaient leur coup ? Je paierai, dit Cooper, tête baissée.

— C'est moi qui ai dit oui. Alors, je paierai. Il n'y a pas de raison que je t'embringue là-dedans…

Sans doute était-ce trop pour Schoedsack, qui sortit à grandes enjambées, laissant Cooper désarçonné : la première vraie dispute, depuis qu'ils se connaissaient. Il devait y avoir autre chose, un silence creusé entre eux sans qu'ils y prennent garde. Jamais ils n'auraient dû s'éloigner ainsi, se répartir les tâches, cette jungle les avait rendus fous, tous deux. À moins que son obstination à capter coûte que coûte des scènes sur le vif se soit doublée d'une distance prise avec leur idée de « roman du réel ». Ta folie des grandeurs ! avait lancé Shorty en claquant la porte. C'était bien la première fois qu'une question d'argent les opposait. Une évidence s'imposa à lui : Ruth. Si Shorty s'en préoccupait c'est qu'il pensait à fonder une famille. Mais oui, c'était cela : ils allaient se marier. Et c'en serait fini de ce qu'ils avaient imaginé ensemble, Shorty et lui.

Il en était là, luttant contre ses idées folles, quand la porte s'ouvrit sur un Shorty aux sourcils toujours froncés.

— Parce que en plus, dans ta tête, on n'est plus partenaires ? Tu es plus buté qu'un âne, là-dessus, tu ne changeras pas, mais on va se les partager, tes foutus dollars. Quel con tu peux être, des fois…

Il le regarda en essayant de garder l'air courroucé, soupira :

— On n'a pas intérêt à louper notre coup…

De se savoir rendu au dernier acte du film, Schoedsack, déjà, se sentait mieux. Collier convenait presque à regret qu'il récupérait de jour en jour. Les embarras persistants de Cooper eux-mêmes devenaient sujets de plaisanterie. Mais à l'excitation des préparatifs de départ se mêlait une pointe de mélancolie : c'en serait donc bientôt fini, de Nan, où ils venaient de passer près d'une année, et ils se reprochaient déjà de ne pas avoir consacré assez de temps à ses habitants, de n'avoir fait qu'effleurer leur univers, leurs croyances, mais pouvait-il en aller autrement ? Ils avaient passé des soirées chez Kru, dont ils avaient ravivé sans le savoir les rêves d'ailleurs et qui cachait mal son désarroi. Les Taylor et Collier, non plus, ne se faisaient pas à l'idée de se retrouver seuls à nouveau, séparés du monde par soixante-trois rivières, répétait Taylor en soupirant.

Le village jusque-là si calme et uni devenait nerveux, agité de soubresauts. Un crêpage de chignons avait opposé la femme de Kru et Chantui après une scène de ménage entre Chantui et son mari, Irene avait dû jouer la Madame bons offices – il en ressortait que la belle Chantui avait fini par trouver sa vie au cinéma autrement plus palpitante que son quotidien, et Kru un époux plus intéressant que son lourdaud. Mais il n'était pas écrit que tout se terminerait si vite.

— Préparez-vous à une grande surprise ! dit un soir Taylor en riant sous cape, alors que Cooper et Schoedsack lui détaillaient leur programme.

— Ils vous aiment trop, renchérit Collier, ou alors, ils ont pris goût au film et veulent en voir la fin.

— Tenez-vous bien : ils ont décidé de vous accompagner. Tout Nan part avec vous !

Tous ? Les deux amis se regardèrent, interloqués. Mais enfin, ils n'étaient jamais sortis de Nan – sauf Kru. Ils n'avaient pas la moindre idée du voyage à entreprendre. Du train. Des voitures. De Bangkok. Et ils allaient les loger où, à Chumphong ? Puis ils voulurent croire, à certaine lueur dans le regard du pasteur, qu'il s'agissait d'une plaisanterie. Mais non, justement, ça n'en était pas une. Le chef souriait de toutes ses dents ébréchées, son épouse, malicieuse, pouffait derrière son dos, tous ceux qu'ils croisaient les saluaient, hilares : c'était dit, ils venaient. Cooper levait les bras au ciel. Comment les raisonner ? Schoedsack, lui, riait franchement. La plaisanterie était fameuse, au moins il n'aurait pas de problèmes de raccord, plus tard – et puisque son vieux Coop rassemblait une armée d'éléphants d'un claquement de doigts, il pouvait bien, aussi, prendre en charge un village ?

Cela valait la peine d'avoir attendu, pour vivre pareil moment. À quelques dizaines de mètres de la butte où ils se dissimulaient, deux cents, peut-être trois cents éléphants paissaient dans les hautes herbes, non loin d'une rivière aux eaux vives. Un moutonnement de dos gris et ocre occupait tout l'espace, que l'on aurait pu croire un chaos de rochers polis par les âges, s'il n'avait été traversé de frissons. Les éléphants s'arrêtaient parfois, tête contre tête, en de longues rêveries, se caressaient doucement de leurs trompes. D'autres, bougons, s'isolaient. De loin en loin une risée agitait l'océan des dos gris, un groupe de jeunes s'égaillait, jouait, se heurtait, se poursuivait, s'aspergeait d'eau ou de poussière. Puis ils reprenaient leur place, de cette démarche étrange, en traînant des pieds, qui faisait croire que leur arrière-train allait se détacher. Ils les avaient découverts le premier jour dans une forêt où les avait conduits un *mahout* de Chumphong, dans un vacarme d'arbres arrachés, effondrés, éclatés, de branches brisées, piétinées, de souffles rauques : une forêt agitée en tous sens par une danse de géants. Ils les avaient retrouvés le lendemain dans une vaste étendue de hautes herbes. Là, sous le regard étonné du *mahout*, ils avaient expérimenté la grande idée de Cooper, inspirée de *Macbeth* – et la forêt de Birnam Wood était allée à la rencontre du château de Dunsinane. Mètre par mètre ils s'étaient approchés, retenant leur souffle, à l'abri de leur rideau de feuillages. Un mâle avait dressé sa trompe, agité ses oreilles membraneuses, quand Schoedsack avait déclenché sa caméra, mais comme rien ne paraissait bouger et que le vent soufflait dans la bonne direction, l'animal avait repris sa rumination pensive. Cela faisait quatre jours qu'ils suivaient leur lente migration. Ils avaient traversé le fleuve, retrouvé une forêt et de nouveau les vastes prairies où poussait une herbe tendre sous les pluies bienfaisantes de la mousson. Ils avaient bien plus d'images qu'il ne leur en faudrait. D'ailleurs, Schoedsack filmait de moins en moins. Lui importait surtout ce sentiment de paix qu'il éprouvait à leur contact, de s'immerger dans leur immensité rêveuse.

Il faudrait bien se décider à les ramener vers le kraal avant qu'ils ne s'éloignent, finit par dire Cooper, presque à regret, tant cet instant de grâce près des mastodontes l'avait marqué. Thanakit rassemblait les hommes pour la battue, les gens de Nan s'étaient installés, ravis, et jouaient volontiers, vis-à-vis des villageois locaux, le rôle d'acteurs aguerris impatients d'en découdre.

Ils étaient tous arrivés, hilares, et Kru n'était pas le moins surpris. Ils avaient mis cinq jours à gagner la gare de Den Chaï, avec Schoedsack et le pasteur. Le train les avait étonnés, peut-être même effrayés, mais, à Bangkok, Tillman et les pasteurs de la Mission avaient pris le relais pour les héberger et éviter qu'ils ne s'égaillent en ville. Peut-être celle-ci était-elle trop grande, trop éloignée de leur cadre, car ils l'avaient découverte et traversée comme si de rien n'était. Leur plus grande stupéfaction avait été, descendant vers le sud, de découvrir la mer, et ils avaient exigé d'aller la voir de plus près. On imaginait déjà le pire, à Chumphong, quand ils étaient arrivés à bord du train suivant, toujours encadrés par leurs pasteurs, et précédés d'un Schoedsack rigolard. Cooper, entre-temps, s'était démené pour leur trouver des cabanes, dans un hameau abandonné, tout proche. Chantui avait découvert la nouvelle maison prévue pour le film, et son époux affichait meilleure mine depuis que Cooper l'avait désigné très diplomatiquement comme un des maîtres d'escouade pour la battue qui commencerait le lendemain. Sans doute était-ce leur force, philosophaient Cooper et Schoedsack, que cette présence aux choses, cette immédiateté qui les protégeait des angoisses de l'inconnu…

— Ne croyez pas cela, dit alors Kru. Ils ont un rapport à l'inconnu. Au retour, ils en feront une légende, des contes, inscriront ce qu'ils ont vécu dans leurs mythes.

Cooper le regarda, surpris. Ce Kru, devenu un ami, se révélait chaque jour d'une profondeur inattendue. Kru, au carrefour des deux mondes, si discret et toujours là, dans le fond un mystère…

Shakespeare dans la jungle… Than, Kru et leurs hommes avaient bien fait les choses, coupé assez de branches au feuillage fourni pour dissimuler une armée, et le ciel se trouvait dégagé quand la troupe se mit en branle. Trop nombreuse, avait songé Cooper. Comment imposer silence, tenir ensemble une centaine de personnes au bas mot ? Mais Thanakit avait mis un point d'honneur à ce que tout soit parfait. Pour lui aussi, l'échec lamentable du « maître des éléphants » avait été une humiliation, et il avait craint le pire, au retour : on disait le prince d'humeur parfois très vive. Schoedsack s'était placé sur une butte dominant légèrement la plaine et il avait filmé pendant une bonne heure les hommes rampant dans les herbes en poussant leur écran de branchages. Le troupeau, sans tumulte ni effroi, s'était ébranlé dans la direction espérée et, moisson d'images faite, Schoedsack avait couru vers le kraal. Là-bas allait se jouer la première des scènes finales – et il n'y aurait pas de deuxième prise possible.

Cooper allait, venait, la voix brève, redevenu chef de guerre. Le kraal, massif, triple au moins de celui du « maître », avait été construit selon ses plans. Trop vaste, trop massif, avait jugé Thanakit, mais qui pouvait savoir la puissance d'impact de trois cents éléphants s'engouffrant à pleine vitesse ? Schoedsack avait hoché la tête en découvrant les plates-formes prévues pour sa caméra – doubles pour s'adapter à la lumière du moment. Et il avait applaudi quand Coop lui avait dévoilé une idée qui ferait peut-être la différence, ajouterait des images propres à couper le souffle : une fosse creusée devant le kraal, au milieu de la piste, à l'endroit où les éléphants seraient à pleine vitesse.

— Une caméra placée sous leurs pieds ! C'est qu'il s'agit d'y aller à coups de massue ! Pas de quartier ! Que le spectateur, à la sortie, ne sache même plus où il est…

— Pas de doute, approuva Schoedsack, un rien moqueur, tu deviens cinéaste…

— Bien sûr, il va falloir du costaud pour ne pas être écrasé. Mais, bon, tu as vu la taille des troncs que j'ai prévus ? Avec juste l'ouverture pour une caméra. Et respirer un peu, tout de même.

Par précaution, il placerait dessus un rocher qui contraindrait les éléphants à dévier leur course.

Schoedsack avait balayé d'un haussement d'épaules sa prétention de s'y installer : c'était à lui, Shorty, que cela revenait. Et Cooper avait à diriger la manœuvre – il filmerait donc depuis la plate-forme… Quant à la question de savoir lequel des deux supporterait le mieux l'épreuve de la fosse, elle ne se posait pas, attendu que l'un comme l'autre, sur le chapitre de l'état physique, en étaient à peu près au même point.

Ils seraient là dans deux ou trois heures, si tout allait bien, annonça Schoedsack hors d'haleine. Kru, Than et Thanakit étaient restés avec les rabatteurs. Comme Coop s'inquiétait de voir Shorty ainsi en nage, celui-ci avait haussé les épaules. Une heure de course sous le soleil avec la caméra, il aurait voulu l'y voir !

Tout était en place, la vieille Debrie déjà installée. Shorty se glisserait dans le trou le plus tard possible, avant qu'on place le dernier tronc au-dessus de sa tête. Tout à coup, Coop se sentit moins sûr de lui. Et si rien ne se passait comme prévu ? Si les troncs ne tenaient pas ? Si Shorty étouffait, là-dessous ? Il s'y était placé lui-même, au petit matin, pour se rassurer – mais le soleil, depuis, tournait à la fournaise. Shorty se fâcha tout net lorsque Cooper, une nouvelle fois, tenta de le dissuader, et c'est tourmenté, inquiet, que ce dernier gagna la plate-forme, tandis que commençait la longue attente.

Tout avait été plus de dix fois répété. Les deux hommes préposés à la fermeture de la porte lui firent un signe de la main. Ceux, parmi les gens de Nan et de Chumphong, qui n'avaient pas été placés autour de la palissade se tenaient à l'écart et nul ne pipait mot. Que pouvait-il de plus ? Devant lui, en contrebas, Schoedsack bavardait tranquillement en fumant une cigarette. Au moins, nota-t-il, il s'était mis à l'ombre. L'air bourdonnait de chaleur, la jungle alentour était silencieuse. Quelle musique pourrait accompagner sur scène, à New York, cette attente, en rendre l'intensité ? Il sursauta. Le soleil était haut dans le ciel, il avait dû somnoler. Un homme accourait en agitant les bras : le troupeau serait bientôt là. Chacun confirma avec force gestes qu'il était en poste, attentif, Schoedsack se tourna vers lui en joignant les mains, avant de se glisser dans sa prison. Déjà les hommes s'empressaient de placer le tronc au-dessus de sa tête. Pris d'un dernier scrupule, Cooper descendit en courant jusqu'à son ami, vérifia lui-même si tout était en ordre. Par le trou ménagé pour la caméra lui parvint la voix étouffée de Shorty : et si tu t'occupais plutôt de toi ?

Le silence se creusa encore un peu plus. Puis vint comme une rumeur, un souffle, des craquements d'arbres se rapprochant et chacun retint son souffle : ils arrivaient. Ils étaient là, dans un vacarme de tous les diables, au milieu des cris, des rauquements de trompes, des coups de feu et de pétards, des battements de tambours déferlant, comme un raz de marée – un fleuve en crue, dans un grondement emplissant tout l'espace, ponctué de clameurs stridentes, paniquées et furieuses. Ils étaient là, renversant tout dans leur élan, pulvérisant les arbres les plus robustes, comme une avalanche qui n'en finissait pas, de roches grises et ocre, le sol vibrait sous le martèlement des mastodontes, leurs barrits déchiraient l'air poisseux. Cooper, l'œil à la caméra, se surprit à hurler, jamais le kraal ne contiendrait pareille folie, il vit le rocher placé sur la fosse de Schoedsack emporté, sans que le flot dévie un instant, tous passaient sur les troncs dans un nuage de poussière. Il lui sembla entendre des craquements, eut envie de vomir. Dans un brouillard affolé, il devina la masse s'engouffrant dans le kraal, entendit les murs de rondins craquer, trembler – déjà la porte se refermait sur la horde en tumulte.

Il se força à filmer la houle sauvage des corps entassés avant de sauter à terre et de courir vers la fosse. De loin, il vit les troncs d'arbre brisés, saillant du sol crevé, poussa un hurlement qui resta sans réponse. Des hommes autour de lui s'agitaient, l'aidaient à soulever les rondins. Enfin il vit Schoedsack, coincé tout au fond, inconscient, serrant la caméra sur sa poitrine. Il sauta près de lui, le souleva : il respirait, le souffle court. Shorty, dis quelque chose ! Enfin il ouvrit les yeux.

— Bon Dieu, j'aurais jamais cru que les éléphants puaient autant... Me faudra des dizaines de douches... Faut dire qu'il faisait un peu chaud, là-dessous. Et puis, je ne t'avais pas dit, pour que tu ne viennes pas m'emmerder...

Il fit signe à Cooper de se pencher.

— Je suis claustrophobe.

Et il s'évanouit.

Cooper tremblait de fièvre. Schoedsack, revenu à lui, convenait qu'il avait été, lui aussi, quelque peu secoué. Il faudrait faire le tri dans les images, mais ça en valait la peine. Malgré la poussière, les cailloux, les feuilles dégringolant en pluie sur la caméra, il en tirerait forcément une ou deux minutes. Cooper, se souvenant des nuits passées au chevet de son ami, penchait pour un répit, mais ce dernier emporta la décision : ils étaient tous deux trop mal en point, il fallait en finir.

Le premier mouvement de Kru avait été de protester, ils n'étaient pas en état. Puis, les fixant l'un après l'autre, il avait hoché la tête : il comprenait.

La nuit avait été lourde, traversée de pluies violentes, le tonnerre grondait à l'horizon, du kraal montaient des barrits inquiets, des bruits sourds, des craquements. Au milieu de la nuit, Cooper s'était réveillé, affolé, les éléphants mettaient à bas la clôture, s'échappaient en tous sens, mais non, ce n'était qu'un cauchemar. Se levant, il avait distingué une silhouette au-dehors, près de la porte. Kru, plongé dans ses pensées, veillait.

Le jour se leva, triste et gris. Dans le ciel roulaient d'épais nuages, l'air pesait, chargé d'odeurs entêtantes. Les bêtes, dans le kraal, paraissaient calmées. Au pied de leur cabane, autour de Kru, une foule silencieuse les attendait, gens de Nan et de Chumphong côte à côte.

— Ils savent que c'est le dernier acte, dit Kru, ému. Et ils veulent être près de vous...

Ensemble, ils se dirigèrent vers le kraal. Cooper et Schoedsack montèrent sur la plate-forme. À leurs pieds moutonnaient les dos gris des pachydermes immobiles.

— Deux cent quarante-trois, dit Kru en les rejoignant. Je les ai comptés hier soir.

— Dis donc, Coop, ajouta Schoedsack, tu l'as calculé large, ton kraal. Tu aurais pu en rajouter une bonne cinquantaine, non ?

Coop interrogea Kru du regard, qui hocha la tête. Tout était prêt. Shorty et lui pouvaient rejoindre leurs postes, du côté du village fantôme.

Placées en retrait, sur les côtés, afin que les axes caméra puissent se croiser, les plates-formes avaient été construites sur les indications de Schoedsack. Cooper y avait rajouté une protection d'énormes rondins inclinés, enfoncés en terre, arcboutés à des poutres à l'équerre. Ce ne serait peut-être pas de trop, s'étaient dit les deux amis après le spectacle des bêtes chargeant vers le kraal.

Une heure passa encore en préparatifs. Un soleil timide perça, dissolvant les nuages. Le silence serrait les poitrines, pesait sur l'étendue. Schoedsack siffla doucement. Il était prêt. Cooper, sortant son revolver, tira à trois reprises, auxquelles répondit le coup de feu de Kru. Et aussitôt éclatèrent les fusillades, le tintamarre des gongs et des tambours, les cris poussés par les hommes massés derrière la palissade. Certains, grimpés sur la porte massive, devaient jeter des pétards sous les pattes des animaux pour les affoler. Des barrissements transperçaient le tumulte. Quand l'affolement serait à son comble, Kru commanderait l'ouverture de la deuxième porte, qui donnait sur une piste, à l'autre extrémité du kraal, enserrée sur près de deux cents mètres entre deux palissades. Si tout se passait bien, elle conduirait les pachydermes, au terme d'une longue courbe, au village fantôme leur barrant le chemin…

Il y eut un long craquement, d'autres encore en rafales, un bruit de bois qui éclatait comme si le kraal s'effondrait sous la poussée, et le martèlement du troupeau lancé à fond de train monta vers eux, déjà il débouchait de la longue courbe avant le village et ce n'était plus de l'affolement désordonné, comme le jour précédent, mais un tourbillon furieux mené par les grands mâles, de front, trompes levées, défenses en avant, que tous suivaient, serrés dans un assaut frontal. La masse s'enfonça comme un coin dans le village, les cabanes sur pilotis s'effondraient une à une, volaient en morceaux, Cooper sentit la palissade de protection au-dessous de lui craquer, la plate-forme trembler, il allait être emporté, mais déjà le troupeau faisait volte-face, dans une rage froide, piétinait les demeures de ces hommes qui avaient voulu les tenir prisonniers, jusqu'à n'en rien laisser, pas une planche, pas un rondin. Puis le plus grand des mâles, se plantant au milieu de la dévastation, tourné vers le kraal comme en défi, dans l'exultation sauvage de sa puissance, lança un long barrissement de triomphe, clamant qu'il était le maître de la jungle, qu'il était la jungle, et le ciel, et le vent, qu'il était le monde, avant d'entraîner tous les autres vers les profondeurs de la forêt.

Cooper resta un moment prostré, écrasé par la grandeur de l'instant, avant de lever les yeux. Schoedsack, de l'autre côté du terrain dévasté, paraissait dans le même état. Ils se retrouvèrent au milieu des décombres, les jambes flageolantes, étreignirent tous deux Kru qui accourait, et Chantui, et Than, et tout le village se pressant autour d'eux. Ce qu'ils venaient de voir, personne, non personne avant eux n'avait vu chose pareille.

PARTIE V

Ce n'était pas ici…

XX

Chang

Avril 1927

Placés au dernier rang – pour s'enfuir plus vite, avait plaidé Shorty, tiré, poussé jusque-là par Ruth Rose mais sans doute avaient-ils besoin de se noyer ainsi dans la foule anonyme, de se retrouver seuls avec ce qui demain ne leur appartiendrait plus –, ils devinaient, montant vers eux, soulignant chaque image plus sûrement que la musique du digne Riesenfeld, les vibrations de la salle, le souffle retenu des respirations, les murmures d'étonnement ou d'effroi, et ce bruissement agitant le vaste puits noir, à leurs pieds, que seul trouait, très haut, le faisceau d'un projecteur était, songeait Cooper, comme le murmure du vent s'éveillant dans les branchages d'une forêt, annonciateur de temps changeant. Le public le plus difficile, avait prévenu Lasky, qui cachait mal sa nervosité, dans les jours précédant la première au Rivoli : le Tout-New York rassemblé, les jaloux, les mondains, les médiocres, les dépeceurs professionnels, les sales gosses du cercle de l'Algonquin, prompts à mettre en pièces ceux qu'ils percevaient étrangers à leur monde – et d'autant plus si les malheureux avaient du talent. La véritable jungle était ici.

— Vos tigres, mes enfants, sont des agneaux édentés comparés à ceux qui rôdent dans Broadway ! *Grass* a pris tout le monde par surprise, et puis je n'avais joué que la carte de l'Explorers' Club. Cette fois, c'est votre entrée dans le monde…

Et comme les visages des deux amis se creusaient, il leur avait tapoté l'épaule.

— Bon sang, les gars, gardez confiance : c'est tout de même un chef-d'œuvre !

Au moins, essayait de se rassurer Cooper dans les ténèbres bruissantes, il avait appris de ses tournées de conférences ce sur quoi Lasky insistait tant, pour l'avoir lui-même appris dans les bouges du Klondike : deviner l'humeur d'une salle. Celle-ci, pour l'instant, paraissait à l'unisson du film.

Il avait craint le pire quand l'orchestre s'était déployé dans la fosse du Rivoli, mais la musique imaginée par Hugo Riefenseld, son austère directeur, évitait la surcharge et il avait pu se concentrer sur les scènes cent fois vues au montage, puis en salle de projection, mais jamais sur un pareil écran, avec un tel faste, et en vérité c'était pour lui aussi comme une première fois, dans cet instant fragile où les images se détachaient de lui pour s'offrir au public – jamais leur beauté ne lui avait paru si vive que dans cette distance qui se creusait. Il tenta d'observer son ami à la dérobée, devina dans le noir son visage figé, comme absent. Où était-il, en ces instants ?

Ils revenaient de si loin… Dans le bateau de retour, déjà, les regards le disaient assez, de ceux qui s'écartaient à son approche comme s'ils craignaient quelque contagion – et les vivats des amis venus l'attendre sur les docks à New York s'étaient éteints, quand il était apparu à l'échelle de coupée. Une dernière attaque de malaria l'avait fauché à Bangkok, alors que Shorty partait en hâte, porteur des bobines à sauver, ce qui avait fait de lui ce quasi-revenant au teint blafard, aux yeux creusés, flottant dans des vêtements trop grands. Un vent glacial déboulait de l'Hudson en griffant les eaux grises et il avait vacillé sous les rafales, respiration coupée, tandis que Buck et ses complices de l'escadrille le prenaient dans leurs bras. Déjà Shorty fendait la foule, Ruth l'enveloppait dans un manteau apporté tout exprès, les journalistes exigeaient à grands cris une photo des deux héros secoués de quintes de toux, se soutenant l'un l'autre, « marqués par les épreuves » avait hurlé un photographe, ravi. Il s'était retrouvé dans une limousine, entre ses deux amis, sans trop savoir comment – une voiture de la production, avait expliqué Ruth. Buck et ses amis suivaient, qui s'occupaient des bagages, ils se retrouveraient tous un peu plus tard.

Entre hommes on ne se perdait pas en vaines effusions, c'est affaire entendue, mais enfin cela faisait rudement plaisir de se retrouver, finit par convenir Schoedsack.

— Je t'ai déjà vu avec une meilleure mine.

— On peut pas dire que tu aies l'air brillant non plus. Tu crois qu'on était mieux, la première fois, à Vienne ?

— « Marqués par les épreuves » ! Je vois d'ici l'article...

— Oh ! Il peut faire le fier comme ça, gloussa Ruth, mais si vous l'aviez vu à son arrivée... Une ruine ! Tiens, un peu comme vous.

Elle pouffa.

— En le voyant dans cet état, je me suis dit : « Il faut qu'on se marie. »

Cooper, de saisissement, s'était redressé sur son siège, et il avait vu alors les alliances aux doigts des tourtereaux. Elle marque son territoire, avait-il songé, tout en balbutiant un vague compliment. Shorty était venu à son secours en se raclant la gorge.

— Nos éléphants... Ils sont sauvés ! Enfin, presque...

Depuis des semaines, ils vivaient dans l'angoisse. Après la catastrophe des bobines scellées par mégarde, quelle confiance accorder aux labos de la Paramount ? Le protocole de développement des films de Shorty était particulier, accordé aux conditions de tournage, mais les équipes, à New York, avaient pu changer depuis un an. Ces dernières bobines du rush des éléphants étaient le clou du film, aussi n'avaient-ils pas hésité longtemps quand ils avaient découvert qu'un jeune cinéaste, récemment installé à Bangkok, disposait d'un laboratoire. Les tests menés par Shorty s'étaient révélés concluants, les films montrés par le jeune homme d'excellente qualité, mais quand ce dernier leur avait tendu, dans un sourire radieux, la pellicule développée, Shorty avait perdu son flegme légendaire. Noires. Les bobines étaient totalement noires. Sans doute le garçon avait-il manqué de glace pendant son travail, les bains avaient dû chauffer, toujours est-il qu'elles étaient noires. S'il restait une chance de récupérer quelques images, il lui fallait rentrer d'urgence à la Paramount – et il avait laissé là Cooper, bien que mal en point.

Sauvées ! Déjà, il se sentait mieux. Les explications techniques de Shorty lui parvenaient comme assourdies, dans les lointains, tandis que la rumeur de la ville venait vers lui, l'enveloppait. La voiture s'engageait à grands coups de trompe dans la cohue, une foule joyeuse, emmitouflée, les bras chargés de paquets, se pressait sur les trottoirs. Il prit conscience qu'on était presque à Noël. Dix-sept mois déjà ! Il était de retour. Mais de retour, vraiment ? Il repensa à Maggie perdue, à New York. Combien de mois avait-il passés en Amérique depuis son départ au front ? « Chez lui » devenait une terre étrangère…

La musique monta d'un cran, le rythme s'accéléra sous le martèlement des tambours et tout à coup il envahit la scène, féroce, splendide, la gueule ouverte, immense, comme s'il allait dévorer l'écran, planter ses crocs dans chaque spectateur. Ce ne fut qu'un cri dans la salle, un frisson d'épouvante passait sur l'étendue, une fureur sauvage s'emparait de la jungle, tout ce qui pouvait mordre, déchirer, engloutir, briser les vertèbres, sauter à la gorge s'éveillait. Ce paysage tout à l'heure d'une sublime beauté tombait le masque, se muait en menace, les lianes se balançaient dans le vent pour serrer, étouffer, prendre au piège, se muaient en serpents. Des eaux paisibles jaillissaient les gueules féroces de sauriens, au bord des fleuves des pierres s'animaient, roulaient, se muaient en crocodiles glissant vers leur proie, ce jardin d'Éden était un ventre, le lieu d'une universelle dévoration, sans échappée possible, Kru et les siens fuyaient, fuyaient à perdre haleine, tombaient, se relevaient, les branches tendaient leurs doigts maigres pour les retenir, les racines sortaient de terre pour les faire trébucher, tous fuyaient, éperdus. La salle gémissait, folle d'angoisse, l'apparition de Bimbo tel un funambule dansant, traînant sa longue laisse avait quelque chose d'irréel, les premières cabanes du village apparaissaient au loin, ils n'y arriveraient pas, la jungle se refermait sur eux, la salle retenait son souffle, un dernier arrachement, une dernière course : ils étaient saufs. La musique s'arrêta net, la salle comme pétrifiée resta silencieuse, pendant d'interminables secondes, tandis que chacun reprenait ses esprits, un applaudissement retentit, puis deux, puis la salle tout entière, les gens autour d'eux trépignaient d'enthousiasme, un voisin à la droite de Cooper se penchait vers lui, « Mince ! C'est génial. Génial ! Le mec qui a filmé ça… Il a des couilles ! ». Et c'est ainsi qu'il se retrouva debout, à applaudir son propre film. Ruth faisait de même. C'est vrai, c'était génial. Non seulement Shorty avait des couilles, mais il était un immense artiste. Le seul, dans la travée, à rester assis. À se dire sans doute qu'il aurait pu mieux faire.

Attends-toi à une belle bagarre, l'avait prévenu Shorty, devant les portes de la Paramount, et bagarre en effet il y avait eu. Contre le temps, contre la montagne d'images à ordonner, contre les vautours qui rôdaient dans les couloirs, déterminés à imposer leur loi. Emmanuel Cohen, patron de tout ce qui touchait à l'actualité, prétendait, en l'absence de Lasky, annexer ce film qui à l'évidence ne relevait pas de la fiction et il s'était mis en tête d'en contrôler le montage. Sidney Kent, le directeur commercial, revendiquait un droit de regard sur les agissements de cet olibrius sorti de la jungle : aucun film de la Paramount ne paraissait sans son imprimatur. Irrité par le silence de Shorty, il avait même suggéré qu'un « vrai réalisateur » prenne le relais. Les baroudeurs avaient joué avec leurs tigres et leurs éléphants, il s'agissait maintenant de passer aux choses sérieuses.

Les professionnels s'étaient heurtés jusque-là à l'impavide Shorty, et à sa capacité d'indifférence. Ils avaient eu à découvrir le commandant de l'escadrille Kosciuszko, l'homme qui avait fait reculer l'armée de Boudienny. Convalescent, affaibli, mais chef de guerre toujours, la voix brève, l'œil féroce. Au bout de quelques jours, les oiseaux de proie avaient jugé prudent de faire retraite.

Chaque matin les trouvait tous trois devant les grilles, à l'ouverture des studios, où ils s'étaient organisés militairement dans ce qui était devenu pour eux un camp retranché, avec une escouade de monteuses, et une autre de projectionnistes, pour classer, organiser, trier 25 000 mètres de pellicule, et en extraire les 1 500 que compterait le film. Ruth s'était vite rendue indispensable, attentive, sereine en toutes circonstances, douée d'une mémoire prodigieuse, et la plus habile à se mouvoir dans le labyrinthe des bobines quand tous, malgré leurs fiches, approchaient de la crise de nerfs. Et ils avaient vu sortir du magma quelque chose d'indistinct encore, une esquisse, une forme chaque jour un peu plus précise. Shorty en avait-il la claire conscience depuis le début ? Ils s'étaient tous retrouvés un soir dans un bar du Bronx, exténués. Bill Carruthers, un projectionniste, les interrogeait sur leurs aventures au Siam : avaient-ils suivi un plan, un scénario comme dans les films de fiction ? Louise, la chef monteuse, soutenait que cela se voyait, à la manière dont Shorty avançait. Cooper renchérissait : ils n'avaient tout de même pas filmé au hasard, leurs plans, certes, avaient évolué en fonction de ce qu'ils découvraient, mais pas leur visée, restée la même. Il y a tout de même un mystère des images, avait dit alors Shorty, resté jusque-là silencieux.

— Un mystère ! Une forme, devant vous, s'impose tout à coup. Qui dit quelque chose que vous n'aviez pas forcément vu quand vous filmiez. Avec un rythme, qui appelle une autre image – laquelle vous conduit à son tour vers quelque chose que vous n'aviez pas imaginé. Et vous vous retrouvez avec une scène qui n'a plus rien à voir avec ce que vous aviez prévu. Et pourtant vous savez que c'est *exactement* ce que vous étiez venu chercher dans ce trou perdu, que c'est ce qui vous guidait depuis le début, à votre insu. Comme si quelque chose se disait à travers vous, malgré vous, et qui est vous, pourtant. *Parce que c'est l'image qui a toujours raison.*

Il s'était tu, brusquement. Et Cooper était resté songeur, d'autant plus troublé que ce mystère était aussi le sien, révélé par quelqu'un d'autre.

Un soir, Shorty les avait retenus, Ruth et lui, alors que les équipes repartaient. Ils avaient visionné des dizaines de fois le film…

— C'est bien toi, Coop, qui as dit qu'il n'y avait pas une image en trop ?

— Et que toutes les images nécessaires y sont, oui. Pourquoi ?

Ruth avait acquiescé. Shorty s'était penché, comme s'il craignait des oreilles indiscrètes.

— Alors, on brûle tout. Tout le reste. Tous les rushes. Là, cette nuit.

Ils avaient protesté. Des dizaines de films éducatifs pouvaient être montés, à partir d'eux ! Et puis, au calme, plus tard, ils pouvaient avoir des regrets, vouloir un autre montage. Shorty avait tenu bon : les vautours revenaient.

— Ce faux-cul de Kent ! Rappelle-toi pour *Grass*, ils nous ont forcés à rajouter une bobine. Ils vont recommencer. Ils en ont le droit ! Dès qu'on aura le dos tourné, ils n'hésiteront pas.

Et ils l'avaient fait. Ensemble. Pour que nul ne puisse venir défigurer leur aventure. Qui s'appellerait *Chang – l'éléphant* – que les vautours agréent, ou pas.

Mais la vie reprenait, et la lutte, opiniâtre. Les jeunes autour de Kru creusaient des fosses, tendaient des pièges, l'énergie qui balayait tout à l'heure l'étendue dans un vertige de destruction soulevait ces jeunes gens qui redressaient la tête, dominaient leur peur – et la peur reculait, venait la vie. La salle, maintenant, épousait leur élan, gémissait avec eux, applaudissait. Le cœur de Cooper battait à tout rompre, cela avait donc valu la peine d'aller si loin ! « Si vous donnez tout, le public vous le rend », avait dit un jour Shorty. « Se livrer sans défense », « boxer en garde basse » – Lasky avait opiné, avec une nuance : « Parfois. » Mais Shorty avait secoué la tête : « Non, si le public ne répond pas, c'est qu'on n'a pas tout donné. » Ici, à l'évidence, il avait tout donné.

Lasky. Cet homme les étonnait de plus en plus. Dans la voiture qui les ramenait des docks, ils s'étaient inquiétés du plus urgent, après les éléphants : leur dette. Par chance, avait soupiré Shorty, Lasky était à Hollywood quand lui-même était arrivé, mais on le disait rentré depuis une semaine, il allait bien falloir lui rendre des comptes. Il devait déjà s'interroger sur leur silence.

Shorty avait résumé :

— Deux mille dollars chacun de droits à percevoir sur les entrées de *Grass*, 500 dollars que j'ai économisés sur mon salaire à bord de l'*Arcturus*, 500 dollars de photos pré-vendues à Froelick pour *Asia Magazine*.

Ça ne faisait jamais que 5 000 dollars. Il en restait autant à trouver.

— C'est déjà mieux que rien, avait lancé Cooper. Froelick me prendra bien deux papiers. Allons ! Disons pour 500 dollars. Et c'est bien le diable si Putnam's ne m'en doit pas 500 sur les ventes de *Grass* : quand nous sommes partis, ils prévoyaient un troisième tirage. Et j'arriverai bien à lui en arracher 1 000, en à-valoir sur un autre livre. Plus 500 d'avance, peut-être, sur une tournée de conférences…

Restait 2 500 dollars à trouver. Au moins, avait soupiré Shorty, si l'on considérait qu'il leur faudrait vivre, aussi, dans les mois à venir…

J'ai 600 dollars d'économie, avait risqué alors Ruth d'une voix timide – ce à quoi Cooper s'était opposé avec la dernière énergie. Parce que je suis une femme ? avait-elle protesté, et la discussion s'était emballée sous l'œil narquois de Shorty. Après tout, il n'avait pas fait tant de manières avec l'argent de Maggie ? Mais Cooper avait tenu bon : non, il trouverait.

Il avait trouvé. Ses compagnons de l'escadrille, aussi fauchés que lui, s'étaient mobilisés. Un soir, alors qu'il poussait la porte de Buck, un jeune homme mince s'était levé et ça avait été comme si un morceau de passé faisait irruption dans la pièce : John Hambleton, l'as des as, rencontré à Issoudun, en octobre 1917, devenu alors un ami, retrouvé au sortir de la guerre, perdu de vue ensuite... On le disait d'une famille richissime, et à l'appel de Buck il n'avait pas hésité. Ce n'était que de l'argent, avait-il dit en lui tendant un chèque de 10 000 dollars – il le rembourserait quand il pourrait.

Ils s'étaient précipités dès le lendemain chez Lasky.

— Ah, tout de même ! Je commençais à me poser des questions.

Ils se tenaient face à lui avec des mines si déconfites – de repris de justice, devait dire le nabab, plus tard – que, parti pour les accabler de reproches, il s'était arrêté net, intrigué. Il nous a fallu un peu de temps, avait balbutié Cooper en lui tendant une enveloppe qu'il avait prise, quelque peu étonné, tournée et retournée avant de les interroger du regard.

— Notre dette, avait dit Cooper.

Et comme Lasky ne paraissait toujours pas comprendre :

— On ne pouvait pas venir sans payer notre dette. Question d'honneur.

Sourcils froncés, il avait ouvert l'enveloppe. De quoi diable parlaient ces deux-là ?

— Vos dix mille dollars !

— Et puis, avait ajouté Cooper en lui tendant un épais carnet, le détail de toutes nos dépenses.

Lasky s'était renversé dans son fauteuil en partant d'un énorme éclat de rire, après avoir jeté, sans un regard, le carnet sur un coin de table.

— Vos... c'était combien déjà ? Soixante mille dollars ? Soixante-dix mille ? Mais vous étiez sur un compte ouvert, illimité. Je ne vous avais pas prévenus ? Le comptable avait pour instruction de vous payer sans discuter. Ah, c'est la meilleure !

Le chèque déchiré, il les avait dévisagés tour à tour.

— Dites, ça a été dur, on dirait ? En puis, cette histoire de boîtiers scellés... J'ai suivi ce que vous faisiez, vous savez, visionné de temps en temps les bobines développées. Ah, je suis impatient !

Maintenant qu'il les avait sous la main, pas question de les lâcher. Il avait une ribambelle de rendez-vous dans l'après-midi mais il les voulait absolument à dîner le soir même. Au Vesuvio, que Cooper lui avait fait découvrir. Ils devaient en avoir, des choses à raconter !

— Je ne serai pas beaucoup là dans les semaines qui viennent, mais s'il le faut, appelez-moi. Méfiez-vous des vautours, ici. Personne n'aime les francs-tireurs. Montez votre film et ne vous laissez pas marcher sur les pieds !

La maison avait retenti de clameurs du sous-sol au plafond quand avait été découvert le crime de Shorty – ne venait-il pas de détruire sciemment ce qui, par contrat, était la propriété de la compagnie ? L'affaire se terminerait devant les tribunaux ! Lasky, une fois encore, était intervenu, en présentant le coupable comme un marginal quelque peu innocent, ignorant les règles : l'important n'était-il pas maintenant de faire du film une réussite ? Savait-il seulement, avait-il soupiré, en recevant Schoedsack dans son bureau, qu'aucun réalisateur avant lui n'avait osé ? Encore heureux que Zukor, basé à Los Angeles, ait eu la tête à d'autres affaires... La tempête apaisée, il n'avait pu s'empêcher de s'avouer épaté par le geste – scandaleux peut-être, mais d'un artiste.

La caméra se fit légère, danse émerveillée, à suivre les éléphants vacants en liberté. Avec les pachydermes venait un temps de paix, la nature elle-même paraissait se détendre, une lumière douce caressait les herbes frissonnant dans le vent. Même l'approche les hommes dissimulés derrière les branchages ne rompait pas le charme du mouvement de ces montagnes en marche. Dans la salle passait un soupir de soulagement, après le tournoiement qui avait mis les nerfs à vif – la jungle, ça pouvait être cela, aussi...

Un grondement de tambour monta, tandis que les rideaux s'écartaient, découvrant un écran occupant la largeur de la scène, et soudain les mastodontes surgirent, lancés à pleine vitesse, envahirent tout l'espace, de plus en plus vite, droit sur la foule, la masse passait sur eux, les piétinait – et la caméra placée sous les pattes des bêtes accentuait la force du moment –, une femme hurla, puis le théâtre entier. Il y eut dans les ténèbres, vers les premiers rangs, les bruits d'une bousculade, la musique montait, sauvage, sur le martèlement obsédant des tambours. Le silence se fit d'un coup, comme une vague qui reflue pour revenir plus forte, tandis que le troupeau, le kraal effondré, déferlait sur le village, le piétinait, le mettait en pièces, et un frisson passa sur la salle muette, abasourdie, quand le chef du troupeau se dressa, trompe levée, au milieu de l'espace dévasté comme s'il fixait la salle, en un formidable défi.

« Magnascope », avait dit Lasky. Lui aussi s'était dressé sur son siège, quand la scène lui avait été projetée. Jamais on n'avait vu ça ! C'était l'occasion ou jamais d'utiliser cette découverte récente. Elle avait déjà été expérimentée début décembre au Rivoli pour un film de James Cruze, une histoire de pirates en Méditerranée. Mais là ! Là, ça allait être extraordinaire ! La technique consistait à équiper un deuxième projecteur d'un objectif grand angle et de projeter l'image sur un écran plus large pour un effet maximum. Shorty, de son côté, multipliait les essais avec un objectif anamorphique, mais le Magnascope, testé, se révélait bien supérieur. Cooper avait redoublé l'effet de surprise en travaillant avec le chef, jusqu'à le mettre en transe et, qu'abandonnant ses airs compassés de *maestro,* il ose enfin le gigantesque.

La salle, sous le choc, resta un long moment stupéfaite, puis les applaudissements crépitèrent, par vagues croissantes, jusqu'au délire. Tous tapaient des pieds, criaient, hurlaient, on voulait voir les réalisateurs, où étaient-ils passés ? Schoedsack et Cooper, déjà, s'étaient éclipsés, sous les regards outrés de leurs voisins. Fallait-il avoir le cœur sec pour s'esquiver ainsi ! Ils trouvèrent refuge dans le petit salon, à l'écart du hall. Ruth parlait doucement à l'oreille de Shorty, lui caressait la main pour le ramener au calme – la projection lui avait été une torture.

Il y eut des bruits de voix, des rires se détachant sur le brouhaha du hall, et Lasky fit irruption dans le salon, hilare, tenant par le bras celui qu'ils reconnurent aussitôt pour l'autre nabab de la Paramount, la légende vivante du cinéma, le terrible Adolph Zukor, qui, miracle, souriait. Derrière eux, entourant Walter Wanger et sa divine épouse Justine Johnstone, ex-étoile des Ziegfeld Follies, nouvelle star des écrans, se pressait le staff au grand complet de la Paramount avec en arrière-garde, regard fuyant, l'aimable Sidney Kent, qui, à leur arrivée aux studios, avait prétendu « prendre les choses en main ».

— Bon Dieu, vous étiez passés où, pendant la projection ? Vous entendez, là, dehors ? Ils vous réclament, ils vous attendent, ou ils vont mettre en pièces le théâtre !

Mais déjà, forçant la porte, entraient les journalistes et les photographes, ça y est, les gars, on les a trouvés, les questions fusaient, est-il vrai qu'il s'agissait d'animaux de cirque ? Où se passera leur prochain film ? Comment s'étaient-ils connus, tous les deux ? Lasky riait à gorge déployée, ils n'y échapperaient pas, c'était un triomphe ! À l'instant d'être emporté dans le tourbillon, Cooper entendit Zukor, radieux, qui se penchait vers Lasky.

— Tu leur donnes combien ?

— 40 %.

Le sourire de Zukor s'effaça d'un coup.

— Regardez-le ! Ils vont en faire une star !

Shorty, en vain, essayait de se dégager de la cohue. Des exploits ? Oh non, de la patience : il suffit de rester des heures à s'ennuyer dans une cache et il finit toujours par se passer quelque chose devant vous. Des dangers ? Non, la jungle n'est pas dangereuse, moins en tout cas que les rues de New York. Mais quand ce tigre aux crocs énormes se précipite vers vous ? Oh, j'ai juste pris mon fusil. Pauvre bête ! Elle était tellement proche que je ne pouvais pas la manquer. Il paraissait s'être juré de déprécier le film, s'inquiétait déjà Cooper – mais les journalistes, ravis, en redemandaient. Lasky, lui, riait sous cape devant la mine de Cooper.

— Vous l'entendez ? Et en plus, il ne s'en rend même pas compte.

À deux pas d'eux, Zukor, la voix ferme, expliquait comme il avait veillé personnellement au succès de l'aventure, qui, pour la Paramount, allait être l'événement de l'année et que, oui, les deux artistes préparaient déjà un nouveau projet, plus fou encore que *Chang*, sur lequel tous comprendraient qu'il ne pouvait rien dire. Lasky en avait profité pour attirer Cooper à l'écart.

— Cette fois, pas de blagues. Pas de tournée pédagogique, de conférences, ce genre de choses. Videz-vous la tête, oubliez

Chang et revenez avec un grand projet. Vous avez entendu Zukor ? Tant que vous serez portés par la vague, tous vos projets passeront. N'hésitez pas : rêvez large, rêvez énorme ! La fenêtre de tir est de deux à trois mois. Je vais vous ouvrir un compte, à tous les deux. Dès demain. 15 000 dollars chacun, ça ira ? À valoir sur le prochain film : il faut que vous vous sentiez à l'aise.

Mais les têtes déjà se tournaient vers eux. Zukor appelait à lui les deux héros pour une « photo de famille ». Famille ? Il faut que Lasky en soit, dit fermement Cooper. Il sentit le regard de Zukor se poser sur lui, sa main se crisper sur son épaule.

— Mais bien sûr, Jesse, viens près de moi ! Et puis toute la maison ! Allez, Walter, Justine, tous, venez. Derrière moi !

Ces deux-là, songea Cooper, étaient-ils vraiment les meilleurs amis du monde ? Et si tel n'était pas le cas, lequel des deux était le plus puissant ?

La cohue devint générale, dans le hall on scandait : « Chang, Chang. » On voulait voir les héros de la soirée. Les gardes du Rivoli entreprirent de leur ouvrir un chemin. Shorty protégeait Cooper de sa haute taille.

— Tu te souviens du blizzard, sur le mont Taurus ? Ce n'était pas pire.

Lasky se pencha une dernière fois sur Cooper, avant qu'il disparaisse, englouti dans la mêlée :

— N'oubliez pas : deux à trois mois !

XXI

Pensez énorme !

New York, avril-mai 1927

Vide. Pour la première fois, lui, si prompt à se lancer dans l'inconnu, il se sentait vide, et incertain. Il aurait dû chanter, danser, pousser des cris de joie – la photo de Schoedsack feignant de dormir aux côtés d'un tigre, tête contre tête sous une couverture, était reprise partout. Ces aventuriers, décidément, étaient un peu fous, mais leur film était bien le plus saisissant de l'année, s'émerveillait le *New York Times*. Jamais on n'avait filmé ainsi les bêtes sauvages, son sens de l'image et du rythme n'était égalé que par *La Grande Parade* et *Le Cuirassé Potemkine*, renchérissait le *Herald Tribune*. Le *New Yorker*, aux griffes d'ordinaire acérées, les saluait comme les T.E. Lawrence du cinéma – un vrai, un énorme événement, qui rejetait dans l'ombre les autres films d'exploration. D'où lui venaient alors ses humeurs noires, ce sentiment de perdre pied ? Voilà qu'à l'instant où les portes s'ouvraient, il se trouvait sans ressort ni idée. Après des mois de tension, rien de plus que la dépression connue par les mamans à la naissance de leur enfant, assurait Buck : *Chang* n'était-il pas le plus beau des bébés ? Sans doute Buck voyait-il juste, mais une inquiétude lui était venue, insidieuse : comment aller plus loin que *Chang*, ne pas simplement le répéter, en un autre lieu, dans d'autres situations ? Plus loin – parce que quelque chose manquait, qu'il ne savait dire…

— Mais qu'est-ce qui ne va pas, exactement ? s'était étonné Buck, un soir que Cooper restait silencieux au milieu de ses compagnons. Courir le monde, vivre la grande aventure… Mince, certains pourraient t'envier !

L'aventure, c'était si vite dit... Combien de fois avait-il songé à ne plus revenir, nomade parmi les nomades, devenant Bakhtiari dans un temps aboli ? Mais autant vouloir retenir le vent avec ses mains... Le monde et ses merveilles !

Et puis le monde, le même, gouffre noir sans visage, où se perdre – et de cette énigme, alors au plus extrême du dénuement, de se découvrir parfois plus grand que soi, comme si, en quelque repli de l'âme humaine, se faisaient face, s'affrontaient, peut-être s'échangeaient, l'horreur et la grandeur. La guerre – bien sûr. Mais la guerre, seulement ?

Si au moins il avait été un artiste ! Ceux-là avaient des lumières qu'il ne possédait pas, le don des mots ou des images. Shorty en était un, et sans doute était-ce cela qui l'avait attiré, en lui, dès la première rencontre, qui l'avait fait le retrouver, au sortir de la guerre, au point qu'il était devenu comme une moitié de lui. Mais Shorty était parti...

Il s'était plongé dans les livres, moins en quête de réponses que d'échos à ses questions. Les romans de guerre, et plus encore les témoignages, lui tombaient des mains, comme s'ils avaient trahi un pacte implicite. La plupart des récits de voyage ou d'exploration le faisaient bâiller d'ennui, et toujours il revenait vers Jack London au Klondike, vers Joseph Conrad, malgré son pessimisme, et depuis peu vers le curieux roman, aux résonances bibliques, que lui avait conseillé Buck, d'un marin qui avait chassé la baleine dans les mers du Sud : *Moby Dick*. Ceux-là, aussi différents qu'ils pussent être, étaient remontés à la source des eaux noires. « Appel de la force », « cœur des ténèbres », « baleine blanche », qu'importaient leurs mots ? Ils partageaient le même secret. Celui qu'ils avaient par moments approché, Shorty et lui – ou bien avait-ce été une illusion ? Lui venait le sentiment confus que ce « roman du réel » ne les conduirait pas au-delà de ce qu'ils avaient déjà réalisé. Et dès lors, à quoi bon ? C'était moins un sujet qu'une vision nouvelle qu'il lui fallait trouver...

Si seulement Shorty avait été là ! Mais il avait disparu après la première au Rivoli. Besoin de se changer les idées, avait-il griffonné sur un mot retrouvé au matin. Parti pour fuir les journalistes, avait pensé Cooper. Parti présenter Ruth à sa famille et lui faire découvrir les paysages de son enfance, croyait savoir Lasky. En tout cas, parti, le laissant seul...

Ruth Rose. Elle était directe, rieuse, intelligente, curieuse de tout, avait su se glisser dans leur duo avec aisance. C'était précisément cela qui l'inquiétait, et lui faisait envie : cette manière si simple, en tous lieux, en toutes circonstances, de faire du monde sa demeure, ce don de susciter la sympathie. Ma parole, je suis jaloux, avait-il fini par s'avouer un jour, en s'accablant aussitôt de reproches. Comment pouvait-il nourrir de telles pensées, lui qui avait imposé jadis Maggie ? Mais ce n'était pas la même chose, il le sentait bien.

Certes, Ruth avait le goût de l'aventure, un élan spontané qui n'était pas pour rien dans son charme, mais jamais elle ne pourrait partager ce qui les avait fait se trouver, Shorty et lui. « On n'en revient pas, d'un vrai voyage, aimait à dire son ami, c'est même pour ça qu'on en fait des films, après : essayer de savoir où diable on est allé, et pourquoi. » De la guerre, ils n'étaient jamais vraiment revenus et c'était toute leur histoire. Shorty était d'une fidélité qui confinait à l'héroïsme, mais cela valait aussi vis-à-vis de Ruth – et si quelqu'un pouvait le ramener dans le monde, songeait-il en se reprochant aussitôt d'accueillir pareilles pensées, c'était bien elle.

Maggie. Il remuait ces pensées sombres quand elle avait réapparu. Dans un premier mouvement, il avait voulu l'entraîner au Vesuvio, retrouver un peu de la chaleur de leurs moments là-bas, puis s'était ravisé. Quelque chose en elle avait changé, une moindre vivacité dans le regard – l'âge peut-être, pour la première fois, ou la fatigue d'un long voyage. Juste de passage, s'était-elle excusée, mais elle avait tenu à le revoir, et Buck lui avait donné sa nouvelle adresse. Tant de choses s'étaient passées depuis sa dernière lettre ! Après ses aventures avec le vendeur de marmelades, elle avait visité les camps de réfugiés arméniens, puis gagné la Syrie, où un général français s'était mis en tête de mater par la force les rebelles, ce qui n'avait évidemment eu pour effet que de les multiplier, avant de rebrousser chemin vers la Grèce. De là, elle avait gagné la Bulgarie, puis la Yougoslavie dont un morceau avait été donné à la Bulgarie par les puissances alliées afin que celle-ci ait un accès à la mer, ce qui serait sûrement plus tard une source de conflit. Elle s'animait, reprise déjà par sa passion, mais la flamme avait soudain vacillé, avant de s'éteindre, tandis qu'elle esquissait un geste d'impuissance.

— Et puis, un jour, je me suis aperçue que je m'en fichais un peu.

Elle avait piqué du nez.

— Tu te rends compte ? J'avais juste envie d'un chez-moi. Un chez-moi à embellir, où me blottir, et me passionner pour toutes ces petites choses sans le moindre intérêt que les autres appellent la vie…

La voix hésitante, elle lui avait annoncé qu'elle venait de se marier. À son retour, avec un homme rencontré avant de partir. Oh, pas un aventurier, non, un homme sans plus trop d'illusions, comme elle, après une carrière d'acteur sans éclat. Mais un homme stable, solide, et peut-être avait-ce été pour fuir cette tentation de se poser qu'elle avait entrepris ce long périple. En vain. Elle n'avait pu que constater, au fil des jours, un moindre goût d'ailleurs…

Que lui était-il arrivé ? Elle avait évoqué le mariage de son fils, avant son départ en Europe, leur entente retrouvée malgré sa vie d'aventurière. Quelque chose s'était-il rompu, de ce côté, pour qu'elle renonce ainsi ? Toujours est-il qu'elle ne l'avait retrouvé que pour lui dire – pour qu'ils se disent ? – adieu.

Elle aussi, avait-il songé, navré, en la prenant dans ses bras. Tous pouvaient donc se ranger. Bientôt ne lui resteraient plus que les anciens de l'escadrille, pour ressasser leurs souvenirs…

Cela avait déjà commencé, pendant le montage du film, mais avait pris au fil des semaines un tour inattendu, qui ne faisait qu'ajouter à son trouble. Shorty et Ruth ayant leur propre vie, il avait revu de plus en plus souvent, au sortir des studios, l'ami Buck et ses compagnons. Eux aussi hésitaient au bord de l'existence, comme s'ils pressentaient que le prix à payer, le pas franchi, serait l'oubli de ce qui leur était le plus précieux. Hambleton, le seul fortuné de la bande, pouvait bien se dissimuler en société derrière ses allures de dilettante nonchalant, il n'en était pas moins le plus assidu à leurs rencontres, redevenant le Hambleton de la 95e escadrille, qui n'évoquait jamais ses exploits et ses distinctions.

À l'an nouveau, une fête prodigieuse les avait réunis dans le petit appartement que Buck avait déniché pour Coop sur la 74e Rue. Comme la foule des amis des amis se faisait dense, vétérans de Pologne et rescapés du front de l'Ouest, il avait été jugé plus simple, portes et fenêtres ouvertes pour que tous profitent équitablement de l'excellente musique, d'envahir le couloir, l'escalier, puis la rue, sous les cris de protestation des voisins chagrins et les applaudissements des autres, tandis que, prohibition ou pas, sautaient gaillardement les bouchons. La fête avait atteint son paroxysme vers trois heures du matin quand s'était improvisée une course qui consistait à descendre et remonter les quatre étages sur les mains. Certaines filles présentes, arguant de la nouvelle égalité entre les sexes, avaient exigé d'y participer elles aussi, pour le plus vif intérêt des policiers alertés par les cris, qui n'avait pas eu le cœur d'interrompre de si gracieux ébats. Mais c'est seulement au petit jour que Buck, émergeant d'un amas de corps, avait émis l'idée que le meilleur moyen de n'avoir plus à se poser, comme disait Coop, serait de créer une compagnie d'aviation. Un grognement s'était fait entendre sous le canapé et la tête de John Hambleton était apparue entre les jambes d'une inconnue. Il avait quelque chose à leur dire à tous, sur la question, mais il fallait que Coop en soit – lequel Coop essayait au même moment, non sans tâtonnements, de préparer du café. Au mot « aviation », Robert Thach et Bill avaient émergé à leur tour du chaos et c'est sur une marche d'escalier que John leur en avait dit un peu plus...

Ce n'était pas la première fois. Déjà, en 1917, à Issoudun, John lui en avait parlé pendant des heures, alors qu'ils récupéraient tous deux à l'infirmerie d'un atterrissage hasardeux qui les avait vus terminer leur course cul par-dessus tête. La conquête des airs, au sortir de la guerre, allait être la grande aventure des temps modernes, comme l'avait été le train, jadis. Transportant courrier, marchandises, passagers par-dessus les océans, ignorant les frontières, rapprochant les continents, elle portait la promesse d'un nouveau monde. Peut-être même était-ce le seul bien qui sortirait de cette épouvantable boucherie : un saut technique prodigieux, des décennies gagnées. Et quelle révolution dans les esprits ce serait, d'ainsi rapprocher les civilisations, les cultures qui s'ignoraient !

Cette fois, il devenait urgent de passer aux choses sérieuses, avait commencé John, tandis que Robert et Bill s'efforçaient de retrouver leurs esprits, ainsi que leurs pantalons mystérieusement en allés. Le café de Coop avait été accueilli avec soulagement, et John avait poursuivi : très urgent, même. Un de ses amis créait une compagnie d'aviation et cherchait des partenaires, les Français avaient un temps d'avance, il fallait foncer. Rendez-vous avait été fixé dans trois semaines en la demeure familiale des Hambleton, à Greenspring Valley, près de Baltimore.

Cooper était resté longtemps pensif, dans son appartement sens dessus dessous, après leur départ. Et si Shorty venait à suivre une autre voie ? La conquête des airs pouvait être une belle aventure…

Tout, à Greenspring Valley, disait la fortune et la gloire de la dynastie des banquiers Hambleton, le parc planté d'essences rares, la demeure si vaste que nul, prétendait John avec un sourire las, n'en savait le nombre exact de pièces, pas plus que d'occupants. Maîtres d'hôtel et serviteurs glissaient, silencieux, acteurs solennels dans un théâtre d'ombres où leur hôte errait, mélancolique, jamais vraiment revenu des ciels d'Argonne, de Château-Thierry, de Saint-Mihiel. Cooper avait quitté Shorty et Ruth sous le prétexte vague d'une réunion de vétérans. Il y avait là Robert Thach, le baroudeur flegmatique qui s'esquivait dès que l'on évoquait ses victoires, ou le traitait en héros, et envisageait sans trop de conviction de se faire avocat. Juan Trippe, sec, nerveux et l'œil sombre, ne tenait pas en place. Cornelius Vanderbilt Whitney, dit « Sonny », ou « C.V. », le play-boy dilettante, amateur de chevaux, poloïste émérite, futur héritier d'une fortune colossale. Juan Trippe et C.V., seuls, n'avaient pas connu le front, avait expliqué Hambleton avant la rencontre. Engagés en 1917 dans l'Air Corps, à l'âge de dix-huit ans, jugés trop jeunes pour aller au combat, ils avaient rongé leur frein comme instructeurs au Texas, jusqu'à leur démobilisation, et sans doute leur passion pour l'aventure nouvelle se nourrissait-elle de leur frustration. Pour le reste, ils paraissaient aussi dissemblables que possible, C.V., grand, blond, séducteur aux multiples conquêtes, posant sur toute chose un regard amusé, Trippe, court, le cheveu brun, tout en énergie furieuse, ramassé sur lui-même. Ils s'étaient connus à dix ans, tous deux passionnés déjà par l'aviation naissante, avant de se retrouver à Yale, C.V., amateur de chevaux, pianiste élégant dans les salons, acteur de théâtre à ses heures, poète pareillement, qu'une danseuse des Ziegfeld Follies poursuivait en justice pour l'avoir abandonnée, ce qui accroissait son charme, Trippe, à peu près asocial, sans humour ni regard vers les femmes. Quand il ne pouvait pas échapper à une invitation, il s'y rendait toujours, pour ne pas détonner, accompagné par sa sœur. Son œil ne s'allumait qu'au seul mot aviation.

Réfugiés au fumoir, ils étaient entrés aussitôt dans le vif du sujet. Il en irait de la conquête des airs comme de celle de l'Ouest. Il n'était plus temps de tergiverser. Après avoir ouvert des lignes jusqu'au Sénégal, le Français Bouilloux-Lafont, à la suite de Latécoère, ouvrait une ligne Natal-Buenos Aires. Bientôt il tenterait une liaison entre Dakar et l'Amérique latine. Le propriétaire d'un hôtel à Paris, Raymond Orteig, offrait 25 000 dollars à qui réussirait le premier vol sans escale Paris-New York. Ce n'était plus qu'une question de mois. Déjà, Fonck, l'as français, s'était crashé au décollage en septembre. Il est vrai que, pour faire le malin, il avait chargé à bord un frigo et un sofa. Deux aviateurs de l'US Navy, renchérit Juan Trippe, commençaient la préparation d'un Pathfinder biplan. Et Richard Byrd, l'explorateur des Pôles, avait en projet de s'y essayer au printemps. Français ou américain, quelqu'un y parviendrait, sûr et certain. Un vent de folie passerait aussitôt sur le monde entier : qui serait le Colomb du XXe siècle, le symbole d'une nouvelle ère ?

La matinée s'était déroulée en discussions sur les routes à ouvrir. Pour John, l'avenir était aux liaisons intercontinentales par le pôle Nord. Quel gain de temps ce serait, de passer par le Pôle, une fois les problèmes techniques surmontés ! Il faudrait dès à présent acheter un terrain à Washington, avait suggéré C.V., pour y construire un aérodrome. Peut-être aussi ne fallait-il pas négliger les possibilités du dirigeable, sur lesquels les Allemands travaillaient pour le transport de passagers, risqua Bob Thach. Sans oublier la mise au point de parachutes. Et, ajouta Cooper, l'exploration du globe par voie aérienne, et sa cartographie. Bowman, le directeur de la Société de géographie, lui en avait assez détaillé les enjeux économiques, stratégiques, particulièrement en Amérique latine !

Au mot d'Amérique latine, Juan Trippe, qui depuis un moment trépignait d'impatience, intervint : le Pôle, c'était bien beau, et cela viendrait, le jour où l'on aurait des avions assez puissants. L'enjeu concret, immédiat, était là, devant eux :

Cuba, puis l'Amérique latine. S'ils tardaient, les Français allaient leur rafler le marché. Latécoère avait des pilotes hors pair. Avec eux, la traversée de l'Atlantique sud n'allait pas tarder. Or lui, Juan Trippe, avait un atout dans sa manche, peut-être même deux, pour un démarrage immédiat. Et il avait posé devant lui, non sans emphase, de mystérieux papiers.

— Le Kelly Bill Act, messieurs ! Depuis le 2 février 1925, l'US Postal peut passer contrat avec des compagnies aériennes privées pour le transport du courrier. Avec 3 dollars garantis par mille parcouru, qu'il s'agisse d'une enveloppe seule ou de cent paquets à transporter. Qui dit mieux ?

Mais encore fallait-il gagner les appels d'offres, s'inquiéta Bob Thach. Juan Trippe, négligemment, poussa ses papiers vers l'assemblée.

— Un contrat avec la United Fruit, au Honduras. Et puis un autre qui nous donnera la main sur Cuba, si nous la jouons fine… Messieurs, nous pouvons démarrer tout de suite !

Comment ce diable de Juan avait-il fait ?

— En se positionnant partout où il pouvait ! intervint Hambleton. Juan, tu as dit à nos amis qu'ils ont devant eux le PDG de l'Alaskan Air Transport ? Des Buffalo Airlines ? De l'Eastern Air Transport ? De la Colonial Air Transport – tu complètes si j'en oublie ? Coop, tu te préparais à peine pour ton voyage dans les mers du Sud que Juan multipliait déjà les compagnies d'aviation !

Petites, certes, minuscules même, et parfois un peu fantômes, mais compagnies néanmoins. Dans le joyeux brouhaha du déjeuner, Hambleton et C.V. entreprirent de narrer les débuts rocambolesques de leur ami. Ou comment, renonçant à suivre les pas de son banquier de père à Wall Street, il avait tapé ses copains, son oncle, bref tout le monde, pour fonder les Long Island Airways au capital plus que modeste de… 5 000 dollars. En débutant par un coup d'éclat : l'achat, d'un coup, de sept hydravions des surplus de la Navy, à Philadelphie, pour 500 dollars pièce. *Cinq cents dollars* ? Et pourquoi pas 50, tant qu'il y était ? Il s'était fait proprement jeter par les militaires. Mais aux enchères publiques, un mois plus tard, il avait récidivé – et sans autre candidat avait emporté le lot, à la fureur de la Navy. Les avions lui avaient été livrés par le rail, en caisses, à Rockaway Beach, où il les avait montés un à un, avec l'aide d'un mécano, dans un hangar. Mais sept hydravions pour quoi faire ?

— À la vue du moindre avion, les gens se précipitaient, des queues se formaient dès qu'un pilote proposait un baptême de l'air ! Je me suis dit que les foules qui s'entassent l'été sur les plages, de Coney Island à Fire Island, feraient des clients tout trouvés pour des hydravions postés tout le long dans les eaux abritées, derrière les dunes. Et comme les pilotes qui cherchent du travail ne manquent pas...

Il avait vu juste : les clients s'étaient bousculés. Mais ses avions ne pouvaient emporter qu'un passager – quel marché s'ouvrirait s'il pouvait passer à deux, et offrir aux couples fortunés une virée à Newport ou à Atlantic City, les lieux chics de la débauche ! À force d'obstination, il avait réussi à monter sur ses avions des moteurs Hispano-Suiza plus puissants, avec un tel succès qu'il avait pensé, un temps, augmenter sa flotte. Pour y renoncer presque aussitôt. L'affaire était trop évidente, la concurrence accourait, l'avenir était ailleurs.

Il était au transport du courrier, des marchandises, demain des hommes, là où l'avion offrait une supériorité immédiate. Là où l'on ne pouvait accéder que par voie maritime, comme à Cuba. Là où il n'y avait rien, ou à peu près : en Amérique latine, avec ses jungles, ses montagnes, l'absence souvent de routes carrossables. Il avait mis en sommeil les Long Island Airways, et vendu cinq de ses appareils à leurs pilotes « avec un bénéfice raisonnable ». Comment avait-il réussi à forcer la porte du directeur général pour le Honduras de la United Fruit ? Et qu'avait pu penser l'austère personnage, en écoutant ce garçon lui parler gravement, comme d'égal à égal ? Débarqué sur la côte par cargo, à Tela, le courrier leur arrivait au mieux au bout de quatre jours, par des routes dangereuses à travers les montagnes. Par hydravion, une heure et demie suffirait. Toujours est-il que l'immense trust et la microscopique compagnie aérienne avaient passé accord, le trust s'engageant au passage à leur obtenir, et à leur réserver, les droits aériens du pays.

— Et elle en est où, cette ligne ?

Juan avait pris son air le plus modeste : elle fonctionnait, à la satisfaction de tous, sans problème. C.V. avait éclaté de rire. Sans problème ? Juan avait dû convoyer lui-même l'avion en caisse dans un camion emprunté à un voisin, jusqu'au quai d'embarquement sur le Lower East Side, puis, avec le pilote et un mécanicien, le remonter à Tela. Sans problème, à la météo près, les trombes d'eau, les brouillards, les trous d'air entre les montagnes. Plus les bandits, les trafiquants, les jaloux mis sur la paille par l'arrivée de ce concurrent imprévu. Sans problème, à condition de garder ses armes à portée de main. À part ça, l'affaire roulait…

Il avait aussitôt créé de nouvelles compagnies. Une par ligne à ouvrir, presque des coquilles vides, mais le même avion pouvait si nécessaire servir à l'une ou l'autre : l'urgence était de se positionner sur tous les appels d'offres. La ligne New York-Boston, surtout, excitait les convoitises, à commencer par celles d'une Colonial Airlines fraîchement montée par des notables inspirant la confiance, puisque notables, même s'ils n'avaient aucune expérience des airs et pas d'avion. Le choix de l'US Postal risquant de se porter vers eux, Juan, après avoir changé le nom de sa société en Colonial Air Transport, avait proposé à ses concurrents une fusion. N'avait-il pas ce qui leur manquait, de l'expérience et un avion ?

— C'est là que Juan nous a appelés en renfort, John, Will Rockefeller et moi, dit C.V. Et les vieux barbons de la Colonial qui croyaient absorber Juan se sont retrouvés absorbés par lui !

L'urgence était d'atteindre la taille critique qui rendrait cette aventure rentable. Il fallait investir massivement, travailler avec des constructeurs, mettre au point des avions adaptés, gagner en rayon d'action et en charge utile. Demain, le transport des passagers supplanterait celui du courrier. Et il avait sans traîner passé commande de quatre trimoteurs à Fokker, malgré les cris d'effroi de ses partenaires, qui n'avaient rien imaginé de semblable, mais un placement de père de famille sur une ligne sans danger. Après des mois de guerre larvée, il avait fini par se trouver éjecté de son poste de directeur général – une bonne leçon, grommela-t-il.

— Mais libre pour de nouvelles aventures, conclut Hambleton. C'est pourquoi nous sommes ici…

Toutes ces compagnies faites et défaites, ça donnait le tournis, soupira Bob Thach. Où en était-on aujourd'hui ?

— Devant une nouvelle compagnie à créer, dit Juan, la voix soudain tendue. Dotée d'un capital sérieux. Avec un vrai atout : Cuba.

Et il poussa vers eux le deuxième contrat.

La ligne d'avenir. Qui allait être proposée sous peu par l'US Postal.

— Des compagnies affûtent déjà leurs armes. Mais personne ne sait que nous avons dans la manche les droits aériens exclusifs signés par le président Machado !

Et comme il restait silencieux sur la manière dont il les avait obtenus, c'est Hambleton à nouveau qui entreprit de raconter l'aventure : un vol privé de Juan depuis New York en décembre 1925, dès le Kelly Bill Act mis en application. Un vol d'essai du premier trimoteur avant sa livraison, avait-il demandé à Anthony Fokker.

— Avec Peg, ma femme, j'embarque à Baltimore. Un engin de sept places ! Impressionnant. À bord, il y avait déjà Juan, Fokker lui-même, un mécanicien, un navigateur, le pilote. Temps de chien après Atlanta, niveau de carburant en baisse, on a dû se poser en catastrophe dans un champ de coton et rejoindre Augusta en stop. Le temps de faire le plein de nouveau et nous voilà repartis le lendemain matin. Peg, qui avait eu son lot d'émotions, est descendue à Tampa. Moi à Miami. Avant le mécanicien, qui a refusé d'aller au-delà de Key West.

Juste un problème de carburant, expliqua Juan en haussant les épaules. Le carburant pour avion était difficile à trouver, aussi le pilote l'avait-il remplacé par un mélange de son cru : 50 % d'essence d'automobile et 50 % de benzène. La température de l'huile montait, les moteurs pétaradaient un peu, mais bon… Rien de grave, assurait Fokker. De la folie, répliquait le mécano. Pas question pour lui de se risquer sur 90 milles de mer !

Le voyage s'était pourtant déroulé sans encombre. Du moins à l'aller. L'avion s'était posé à Campo Colombia, un terrain militaire près de La Havane, où Juan avait organisé deux jours plus tard une démonstration des capacités de l'avion pour le président Machado et les membres de son gouvernement, tellement ravis que le surlendemain Trippe avait obtenu les droits aériens exclusifs sur l'île. Plus, ajouta Trippe, précis, les droits exclusifs d'utiliser le terrain de Campo Colombia, des formalités de douane simplifiées, et des exemptions de taxes.

Sans ces papiers, la concession délivrée par l'US Postal restait lettre morte…

— Ce qu'il oublie de dire, coupa Hambleton, c'est que les choses se sont un peu compliquées au retour…

Les pétarades étaient devenues explosions, un des moteurs avait rendu l'âme, les deux autres hoquetaient, l'avion vibrait de toutes ses membrures. Fort heureusement ils n'étaient plus très loin de Miami. Mais au-dessus des Keys, le Fokker avait commencé à perdre de l'altitude, sans lieu où atterrir. La forêt partout était trop dense, les marais paraissaient hérissés de mangroves, le pilote avait tenté sa chance sur ce qu'il pensait être un marécage boueux, et qui s'était avéré être une étendue de récifs à fleur d'eau. Un vieux pêcheur grognon les avait récupérés en barque alors que la marée montait dangereusement, et, revenus sur la terre ferme, ils avaient arrêté le train pour Miami en allumant un feu sur la voie.

Péripéties sans importance, avait grommelé Juan. Quelques jours avaient suffi au mécanicien pour réparer l'avion. La seule chose qui comptait était les papiers qui leur offraient Cuba et qu'il avait gardés contre lui…

Cooper, tout ce temps, observait Juan. Ce garçon-là était tendu vers un but dont rien ne le ferait dévier. Tout, comme chacun, devrait dans l'aventure se plier à sa volonté. Ce n'était pas le goût de l'aventure, non, et pas l'appât du gain : juste la volonté féroce de créer la plus grande compagnie aérienne du monde… Ceux qui se pressaient autour de lui, lui tapaient sur l'épaule, riaient, agitaient les idées les plus folles, seraient des comparses, au mieux des compagnons, lui seul finalement compterait. Avec Hambleton. Il n'était que de suivre leurs regards échangés pour s'en convaincre : John était à l'opposé de Juan, au physique comme au caractère, mais il portait lui aussi une vision. Sans la volonté de puissance de son ami. Et si Hambleton le voulait tant, lui, Cooper, à ses côtés, peut-être était-ce pour faire contrepoids à l'ambition de son partenaire.

Celui-là réussirait. Ses compagnies n'étaient rien pour l'instant, mais il réussirait. Tous se briseraient contre sa volonté têtue. Juan et John : leurs rêves à tous deux ouvriraient l'avenir. Il avait vécu assez longtemps en guerre pour juger les hommes.

Et c'est là, dans un fou rire général, que fut scellée la naissance de l'Aviation Corporation of America, au capital espéré de 300 000 dollars – dont 150 000 étaient déjà apportés par lui-même, C.V et Juan, plus Bill Rockefeller et Bill Vanderbilt, annonça Hambleton : chacun des autres présents verserait ce qu'il souhaitait ou pouvait. Et son « manque momentané de fonds » n'était pas un problème, avait-il glissé à l'oreille de Cooper : il lui en ferait l'avance. S'il préférait attendre, sa place serait toujours réservée : il avait besoin de lui.

Tout devait être acté, signé, annoncé dès le début du mois de juin, avait ajouté Juan, déjà projeté dans l'avenir – pour être en ordre de bataille quand l'appel d'offres pour la ligne Key West-La Havane serait annoncé...

À l'instant de se quitter, dans la bousculade des adieux, quelqu'un avait lancé :

— Nom de Dieu, les gars, ça a dû être comme ça, le lancement du Pony Express !

Chacun avait ressenti le frisson des pionniers.

— J'ai peut-être une idée...

Ils étaient là, revenus à New York comme si de rien n'était, Ruth et Shorty, un peu surpris de découvrir Cooper préoccupé. Ruth rayonnait. Shorty – ou plutôt Monty, avait demandé Ruth avec son sourire le plus séducteur, elle ne supportait pas ce Shorty digne d'un préau d'école, ils s'étaient mis d'accord tous deux pour Monty, de son deuxième prénom, Beaumont. Dites, Coop, ça ne vous embête pas ? Ça nous ferait tellement plaisir à tous les deux ! Ça y est, avait songé le pauvre Coop, elle a vraiment pris possession de lui, jusqu'à son nom, mais Monty ou Shorty, après tout, peu importait s'il était de retour. Monty, donc, paraissait requinqué. Les trois semaines d'escapade à Council Bluffs leur avaient fait le plus grand bien. Que n'avait-il suivi leur exemple, au lieu de s'enfermer à New York ? Elle virevoltait dans son appartement de poupée, encombré de dents de requin, de carapaces de tortue, d'oiseaux empaillés, de dents de poisson-scie, si modeste qu'à chaque mouvement de son géant de mari on s'attendait à la chute d'un objet. Elle avait insisté pour qu'ils cherchent un plus grand appartement, s'excusait-elle, mais l'entêté résistait. À quoi bon, puisqu'ils passeraient l'essentiel de leur temps ailleurs ? Shorty avait haussé les épaules, prenant Coop à témoin : un lit, une table, deux ou trois chaises et un réchaud, voilà qui suffisait. Plus une salle de bains tout de même ? avait protesté Ruth, depuis la cuisine, mais c'était bien les filles, ça, de toujours réclamer du luxe, suggéraient les mimiques de son époux.

Council Bluffs, sur les rives du Missouri, n'était plus la ville de sa jeunesse, expliquait Monty, tout juste un énorme nœud ferroviaire, une gare de triage, mais il suffisait de s'éloigner de quelques milles pour retrouver la Prairie, déployée sans plus rien pour l'arrêter jusqu'aux Rocheuses. Les hautes herbes ondoyaient sous le vent comme les vagues de la mer, dans le ciel tournoyaient des oiseaux inconnus et tout paraissait vibrer d'une énergie nouvelle, à la venue du printemps. Le Missouri roulait ses eaux puissantes, menaçant d'engloutir les îlots de saules et de sycomores. Sur ses berges, dans les plis des fossés, sur les talus, fleurissaient des bouquets de chèvrefeuille aux odeurs grisantes. Monty avait retrouvé sur la rive de la Platte un refuge qu'il s'était construit jadis en se rêvant le Robinson des Grandes Plaines, ou Huckleberry Finn en route vers le Mississippi. Ici, Lewis et Clarke, dans leur immense périple, avaient tenu conseil avec les Indiens Otto et Missouri, d'ici étaient partis vers l'Ouest les longs convois de chariots, puis les mormons qui allaient s'installer en Utah. Qui, né en pareil endroit, n'avait pas rêvé d'ailleurs ? Ruth allait, venait, s'affairait dans sa cuisine de poche, revenait sur le bonheur tout simple de ce trop bref séjour.

— Il n'en pouvait plus, vous comprenez ? Le Siam, le montage. Et puis ces journalistes… Non, il n'en pouvait plus. Mais tout est de ma faute. Nous sommes partis comme des voleurs, oui. Je savais bien que s'il vous voyait, avant, il n'aurait pas le courage, il resterait. Mais il était à bout. Vous me pardonnez ?

Elle avait eu raison, évidemment. Il aurait tout fait pour le retenir. À tort. C'est lui qui était un fieffé imbécile, de ne pas les avoir imités. Mais pour aller où ? Il n'était pas encore prêt pour faire retour « chez lui », dans le Sud – si c'était encore chez lui…

De la cuisine venaient des odeurs alléchantes, fruit de discussions secrètes avec la maman de Monty sur les goûts de son fils. Déjà elle arrivait avec un plat fumant. Le plus simple était encore de s'installer, qui sur le rebord du lit, qui par terre en repoussant table et tabourets. Quelques mètres carrés de plus, concéda Monty, n'auraient pas été de trop, mais de toute manière, ils étaient fauchés. Raides. Sans plus un sou.

Fauchés ? Coop éclata de rire.

— Mais vous êtes riches !

Et devant leur mine perplexe :

— Si vous étiez restés ne serait-ce que le lendemain, j'aurais pu vous l'annoncer ! Lasky vous a ouvert un compte à la Paramount. Avec 15 000 dollars dessus. Une avance sur le film à venir !

Le visage de Monty s'éclaira.

— Parce que tu as déjà un projet ?

De l'argent, Monty se fichait éperdument. Comme toujours, il ne pensait qu'à leur prochain film et de toute évidence n'avait jamais imaginé que leur aventure puisse s'arrêter là. Quelles idées s'était-il mises en tête, en leur absence ?

— Non, pas de projet sérieux, j'attendais que vous reveniez. Sauf, avança-t-il prudemment, ce projet d'exploration du Rub-al-Khali...

Quand ils étouffaient dans la moiteur de la jungle siamoise, Monty et lui s'étaient rêvés dans la chaleur sèche du désert.

— Bowman, dès mon retour, est revenu à la charge. Il m'a harcelé jusqu'à ce que je lui fournisse un budget ! Il s'est même mis en tête de lever des fonds...

Monty fit la moue.

— Et on filmerait quoi ? Des dunes de sable ?

Cooper piqua du nez sur son assiette. L'affaire, en vérité, était plus avancée qu'il ne le disait : Bowman remuait ciel et terre, John Hambleton s'en était déjà ouvert à Roosevelt – quelle belle publicité ce serait pour l'aviation américaine ! – et ils avaient, tous deux, repéré l'avion qui conviendrait, un Sikorsky...

— Non, rien de précis en tête, s'entendit-t-il répéter. Je t'attendais...

— J'ai peut-être une idée, dit alors Schoedsack.

Les grands singes.

— J'y pense, depuis Bimbo. Et depuis ce petit babouin qui t'avait pris en affection. On aurait dit un enfant, dans tes bras. Le regard des singes ! Ils nous sont tellement proches – et en même temps, un mystère. Des êtres qui viennent du plus profond de la nature, qui nous regardent – et ils sont presque nous. Quel sujet ça pourrait être, non ?

Cooper resta silencieux. Ce babouin qui le suivait partout, s'accrochait à lui en poussant des petits cris, l'avait exaspéré, d'abord.

Et puis, un jour, il l'avait regardé, ils s'étaient regardés, et dans le regard du petit animal, il y avait à la fois comme un puits sans fond et un miroir, tellement d'attente, aussi, qu'il avait craqué. C'est le cœur serré qu'il avait dû le confier à Kru en partant…

Les singes, oui. C'était le point de contact. Face à nous, ce qui nous interpellait sur notre animalité, nous forçait à voir dans la nature autre chose qu'un décor, un environnement, un réservoir de ressources à transformer.

— Le cinéma, dit doucement Monty, c'est d'abord quelqu'un qui nous regarde… Toujours, quelqu'un qui nous regarde. Et là…

Un puits sans fond, et un miroir. Mais comment ? Il faudrait tant d'études…

— J'ai pensé à *Chang*. Et aux tigres. Un triangle, dans la jungle : des hommes, une famille, un père et son fils ou quelque chose comme ça, la menace des tigres, ou d'un tigre, c'est à voir, et entre les deux, des singes. Des orangs-outans. Ça m'est venu en lisant *Asia Magazine*. À Sumatra, on trouve des tigres et des orangs-outans. Reste à construire une histoire, bien sûr.

Il repensa au livre de Paul Du Chaillu, qui l'avait accompagné pendant son enfance, à l'affiche dans la chambre de leur première nuit à Varsovie, éclairée par à-coups depuis la rue, et il vit que Monty souriait.

— « Exterminez cette brute »… Bien sûr, que j'y ai pensé !

Une vraie idée, oui. Monty allongea ses longues jambes, Ruth se blottit sur le lit et Cooper put aller et venir, trois pas aller, trois pas retour, tandis qu'ils jonglaient avec les idées.

— Un orang-outan et son petit, comme pendant du père et du fils – des orangs-outans au départ hostiles, aussi dangereux que les tigres. En tout cas, source d'autant de tracas, qui finissent par s'entendre avec les hommes… Non, peut-être juste le petit singe avec le gamin.

— Tandis que le mâle est tué.

— En défendant les deux petits contre les tigres ?

Bref, tout cela était à creuser. La première chose à faire, suggéra Ruth, était d'entrer en contact avec le Muséum. Les spécialistes des grands singes pullulaient, là-bas. Avec un peu de chance, ils auraient des foules d'anecdotes pour le film…

— Au juste, c'est comment Sumatra ? s'enquit Coop. Je suis passé au large de l'île, jadis, sur le *Wisdom*, et les bruits les plus terribles couraient…

— Une jungle épaisse, dangereuse, dit Ruth en prenant une voix de camelot. Des montagnes escarpées. Des nuages sombres qui roulent dans le ciel. Des vapeurs méphitiques. Des marécages où se perdre. Et le sentiment, à chaque pas, d'avoir abordé une île maudite, qui se referme sur vous en piège…

Elle éclata de rire. L'idéal pour un film, non ?

— Mais pas question que je lâche Monty dans cette horreur sans en être, moi aussi !

C'était clair, le duo devenait un trio. Cooper, tout d'un coup, se sentit soulagé. Pas un instant elle n'avait envisagé de retenir Shorty au port. Et à l'évidence elle n'avait pas froid aux yeux.

— Il faudra juste éviter de répéter *Chang*, dit Cooper à l'instant de les quitter. C'est un peu ce qui m'a bloqué, tous ces temps-ci.

Comme Monty l'interrogeait du regard, il lui confia ses inquiétudes. Vagues, incertaines, un sentiment diffus : la crainte d'un cul-de-sac avec cette histoire de « roman du réel ».

Là, il s'agissait *vraiment* de cinéma, dit Monty. Du coup, ils reprirent place, tandis que Ruth sortait d'un placard la dernière bouteille d'un « gin de baignoire » confectionné par son bootlegger personnel, et propre à réveiller les neurones. La conversation reprit, les échanges fusèrent, entrecoupés de silences méditatifs. Ça y est, sourit Ruth, la machine est lancée !

La nuit était légère, pleine de senteurs grisantes, quand Ruth et Monty raccompagnèrent Cooper jusque chez lui, bras dessus, bras dessous. Mille idées avaient dansé au milieu des étoiles, dont ils ne gardaient plus qu'un souvenir confus, tant le « booze du bootlegger » avait des vertus explosives, mais elles étaient brillantes, ça, ils en étaient certains, et reviendraient sûrement. New York au mois de mai était magique.

— Vous ne m'avez jamais raconté, risqua Cooper, comment, vous deux – enfin, vous voyez ce que je veux dire… Parce que Shorty, comme Don Juan…

— Comment ça ? protesta Ruth, mais j'ai craqué tout de suite ! Après… Ça, on peut dire que j'ai tout tenté. Si je vous disais… Oui, tenté tout ce qu'une femme honnête peut se permettre. Et même malhonnête, il faut bien avouer. Je finissais par désespérer. C'est vrai qu'il est un cas… Bref, j'en étais à envisager des solutions radicales, vous voyez ce que je veux dire, quand…

— Dis donc, Ruth, je suis là, grommela Monty.

Il y avait tout de même des choses qui ne se disaient pas…

— Mais toi, Shorty, enfin, Monty, bon Dieu, je n'y arriverai jamais, toi, le plus grand des misogynes ?

— Oh ! Moi, c'est simple. C'est aux Galapagos. On devait débarquer sur une côte de récifs coralliens, avec des rouleaux énormes, j'ai pris tout ce que je pouvais prendre avec moi, les rouleaux m'arrivaient à la poitrine, j'ai dû la laisser porter la caméra. Ma Debrie ! À une femme ! J'étais sûr de faire une bêtise, mais bon. Elle prend la caméra, on s'avance pas à pas dans les rouleaux, et tout d'un coup… Plouf ! Elle disparaît sous l'eau, dans un trou. J'ai pensé : ma caméra ! Et là, j'ai vu…

Il rit :

— Figure-toi que ses deux bras sortaient de l'eau, brandissant la Debrie au-dessus des rouleaux, tandis qu'elle, engloutie, se noyait gentiment. Je me suis dit : c'est la femme de ma vie.

Laquelle femme de sa vie se pencha pour lui filer un coup de poing dans les côtes :

— Salopiaud ! Et tu m'as laissée tout ce temps, après, me dessécher sur pied ?

Tout de même, suggérait le silence de Monty-Shorty, on avait sa fierté. Pas de doute, se dit Cooper le cœur plus léger, tandis que les mille feux des salles de Broadway venaient à leur rencontre, ils sont faits l'un pour l'autre. Et le duo pouvait devenir un trio.

La voix d'Hambleton grésillait au bout du fil :

— La radio. Mets la radio ! C'est incroyable !

Un inconnu de vingt-cinq ans avait quitté l'aéroport de Long Island le matin même, à 7 h 52, à bord d'un avion sorti d'on ne savait où, cap sur Paris.

— Bon Dieu, mais c'est qui, ce type ?

Depuis dix jours ils guettaient tous les nouvelles de Nungesser et de Coli, les deux aviateurs partis du Bourget sur leur *Oiseau blanc*. Leur dernier message radio avait été capté au-dessus des côtes d'Irlande – et depuis, plus rien. Certains disaient avoir aperçu leur avion au-dessus de Terre-Neuve. C'était un hydravion, il pouvait avoir réussi à se poser quelque part, sa radio était peut-être en panne, ou bien il s'était crashé dans une région perdue du Canada – mais les heures passaient, de plus en plus lourdes, ils savaient tous qu'il n'y avait plus d'espoir. Encore un échec, après ceux de René Fonck, en septembre de l'année passée, de Noel Davis et de Stanton Wooster, au décollage, en avril. Tous parfaitement entraînés, aux commandes d'avions soigneusement préparés. Clarence Chamberlin, un as lui aussi, mettait au point un Wright-Bellanca, pour une tentative prévue fin mai-début juin, en fonction de la météo. L'Atlantique ne se laissait pas vaincre si aisément…

D'où sortait ce type ? Dans la rue, les voitures se croisaient, phares allumés, dans des gerbes d'eau. Depuis deux jours il faisait un temps de chien, vent frais venu de l'Atlantique et brusques averses, pas vraiment un temps de mois de mai. Là-haut, s'il y était toujours, le garçon devait avoir le vent dans le nez, à cette heure. Cooper hâta le pas, se mit à courir – rendez-vous chez Buck, avait dit John avant de raccrocher.

Ils étaient tous là, serrés autour de sa radio. Pour Robert Thach, cette histoire avait des airs de canular. Juan Trippe était pendu au téléphone. C.V. Whitney arrivait tout juste du *New York Times* avec des bribes d'informations.

— Lindbergh. Il s'appellerait Charles Lindbergh. Pilote sur une ligne Saint Louis-Chicago pour une compagnie de Saint Louis. Deux crashs à son actif en dix mois. C'est tout ce qu'on sait de lui. Il a quitté sa boîte en février, sans nouvelles, depuis. Et elle n'a pas fourni d'avion.

Ça n'avait pas de sens. Ce garçon n'avait aucune expérience – mais son avion sortait bien de quelque part. Qui l'avait mis au point ? Où ?

Les annonces les plus folles circulaient sur les radios surexcitées. C'était à qui saurait tenir en haleine son public, tandis que la nuit enveloppait la ville. Combien étaient-ils, à cette heure, l'oreille vissée comme eux à leur poste ? La nuit s'annonçait blanche. Buck avait fait un saut chez son épicier pour se fournir en sandwichs, poulets frits à la manière du Kentucky et puissant remontant. Hambleton était revenu sur le coup de 10 heures, porteur de nouvelles en provenance du *Herald* : un de ses amis journalistes venait de joindre le constructeur de l'avion, un certain Donald Hall, de la Ryan Aircraft de Saint Diego – une obscure petite boîte. Hall assurait avoir dessiné l'avion selon les désirs de Lindbergh, un monoplace monomoteur, le plus léger possible. Pour 10 000 dollars, financés à ce qu'il savait par un emprunt. Pas d'US Navy, donc, ni de grand constructeur derrière lui. La folie d'un débutant et un ingénieur dont c'était le premier engin de ce type, livré fin avril. Avec pour seuls tests un vol jusqu'à Saint Louis le 10 mai, puis un autre de Saint Louis à Long Island, d'où il était parti.

Les heures s'égrenèrent. La rumeur de la ville s'estompait peu à peu, Broadway ruisselait toujours de lumières, mais dans la ville entière les fenêtres des immeubles restaient elles aussi allumées, de gens qui, comme eux, attendaient. Quoi ? S'il n'était pas au fond de l'eau, il était au-dessus, et sans liaison radio possible pour un bout de temps encore. Penchés sur les cartes, John et Juan estimaient la route suivie par le jeune homme, sa progression possible. Cooper, pensif, regardait la ville au-dehors. Que disaient des temps présents, et de ses espoirs, ces milliers de lumières tremblant dans la nuit ?

Le jour vint, la matinée avança, sans nouvelles. Mais fallait-il en attendre avant midi ? De toute façon, le pauvre garçon n'avait aucune chance d'arriver, soutenait Juan Trippe, quand le son de la radio fit un bond. Un speaker hurlait surexcité : un contact ! Lindbergh venait d'établir un premier contact radio à l'approche des côtes d'Irlande. Et l'attente, dès lors, devint insupportable. Rêvaient-ils, ou bien la rumeur, au-dehors, avait-elle changé elle aussi, comme si le cœur de la ville se mettait à battre très fort ? Aux litres de café succédèrent des bouteilles cherchées en urgence chez l'épicier de confiance de Buck. Dans cette échoppe aussi, comme dans toutes les boutiques alentour les gens se pressaient autour d'une radio. Les trottoirs se vidaient, tandis que s'égrenaient les nouvelles : le *Spirit of Saint Louis* au-dessus des côtes anglaises, le *Spirit of Saint Louis* à l'approche des côtes françaises, au-dessus de la Normandie, on l'avait vu remontant la Seine, mais le soir tombait, ce n'était pas certain. Et tout à coup, un cri, un cri qui n'en finissait pas, bientôt relayé par les klaxons des voitures, des milliers et des milliers de voitures du tréfonds de la ville, tandis que la nouvelle se répandait à toute vitesse : le *Spirit of Saint Louis* venait d'atterrir au Bourget, à la nuit tombée là-bas. Il était 16 h 22, heure de New York.

Ils s'étaient tous regardés, conscients de vivre un moment comme il en est peu dans une vie. Un nouveau monde commençait. Et pas du fait d'un vétéran de la guerre, se dit Cooper, mais d'un garçon qui ne l'avait pas vécue, pour signifier symboliquement que, oui, un trait était tiré, une autre génération arrivait…

— Les amis, c'est un signe qui nous est adressé ! dit alors Hambleton : la naissance des temps nouveaux !

Tandis que Buck proposait un festin digne de l'Empire romain au Vesuvio, Cooper put enfin glisser à son ami le chèque qu'il avait dans la poche depuis son arrivée : 10 000 des dollars versés par Lasky, à porter au capital de leur nouvelle compagnie.

Une tonne 200 de carburant ! L'avion avait failli manquer son décollage sur la piste détrempée par la pluie, où aucun pilote sérieux ne se serait risqué, avait rasé les fils téléphoniques en bout de piste avant d'affronter une météo épouvantable, tempête, givre, conduite à l'aveugle pendant des heures dans le brouillard, avec, pour se guider, seulement les étoiles quand les nuages voulaient bien se déchirer. Les journaux, jour après jour, débordaient d'anecdotes. L'aventure s'agrandissait jusqu'à l'épique, au dernier moment le jeune héros s'était aperçu que Le Bourget n'était pas mentionné sur sa carte, mais il s'était heureusement rappelé que l'aéroport devait se trouver à quelques milles de Paris, au nord-est, et il avait failli se poser sur ce qui, au dernier moment, s'était révélé être une grande usine éclairée, avant de remarquer les fleuves de lumières convergeant vers le nord : en réalité, des milliers de voitures tentant de rejoindre Le Bourget, bloquées dans un gigantesque embouteillage. Cent cinquante mille personnes l'attendaient, qui l'avaient arraché à son cockpit, et auraient mis en pièces son *Spirit of Saint Louis* pour se garder chacun un souvenir, si la police et l'armée n'étaient pas intervenues. Cooper, fasciné, empilait les journaux.

— Tu n'auras pas de regret ?

Hambleton, passé en coup de vent inviter Cooper à dîner, l'avait surpris le nez sur le tapis, entouré de magazines. Deux jours plus tôt, il avait fini par lui avouer que, Schoedsack étant revenu avec un magnifique projet, il devait renoncer à l'aventure du Rub-al-Khali, du moins dans les mois à venir.

Non, aucun regret. C'était peut-être moins l'exploit, probablement un invraisemblable coup de chance, qui l'interpellait que la légende, le mythe en train de naître sous leurs yeux.

— Tu te rends compte ? Ce gamin devient une légende. Un mythe en train de naître. À vingt-cinq ans !

Un mythe, reprit-il, surpris par ses propres pensées, en se demandant comment cela pouvait s'accorder à son souci tant de fois affirmé du réel. N'étaient-ce pas les mythes, dans le fond, qui menaient le monde, soudaient les hommes, les faisaient se sentir plus vastes qu'eux-mêmes, aussi vastes que l'univers ? N'étaient-ce pas eux qui les soutenaient dans le noir, les guidaient quand tout venait à manquer ?

Il hésita :

— Mènent ? Non : ils *disent* le monde.

XXII

Grand largue sur la *Lizzie Belle*

Rockport, mai 1927

Juste pour le plaisir, avait dit Walter Wanger. Le Maine au printemps ! Un week-end à la mer, pour la première sortie printanière de son ketch *Lizzie Belle*, et débuter en fanfare la saison des homards. Avec interdiction, promis, de parler travail, projet, ou quoi que ce soit de professionnel. Juste le bonheur de tirer des bords jusqu'aux îles, de jouer là-bas aux Robinsons et, si le sort leur était favorable, de se nourrir exclusivement de homards en ne pensant à rien. Depuis la sortie de *Chang*, parti pour être l'un des succès de l'année, le bras droit de Lasky, à New York, multipliait les marques d'attention envers ses « aventuriers préférés », Justine, son épouse, avait même redoublé son invitation par un petit mot à l'adresse de Ruth, et c'est ainsi qu'un vendredi soir, aux derniers jours de mai, le trio les avait retrouvés à Rockport avec l'équipement requis pour affronter vents, embruns, fraîcheur des bords de mer. Lasky, tout juste rentré d'Hollywood, les rejoindrait le lendemain matin.

La nuit tombait sur le port silencieux, que dominait la masse des collines plongeant à pic vers les wharfs. La mer luisait, paisible, à l'abri des jetées, sur laquelle se découpaient les silhouettes des voiliers, parmi celles, plus trapues, des bateaux de pêche. De plus loin venait le grondement des vagues sur les récifs, une odeur d'algues brassées par le ressac. Un peu à l'écart, l'hôtel Edward, vigie silencieuse, paraissait sortir de la mer houleuse. Ruth, portée au romanesque, imaginait déjà quelque réplique de l'auberge de l'amiral Benbow, repaire de contrebandiers ou même de naufrageurs. Du lobby venaient, quand ils poussèrent la porte, des *shanties* des temps anciens, mais les pirates serrés autour du bar n'évoquaient que fugacement les forbans dessinés par Howard Pyle. Nul n'arborait de jambe de bois, et le personnel stylé suggérait plutôt le confort douillet d'un hôtel de grand luxe. Tout cela n'était peut-être qu'habile camouflage, s'obstinait Ruth, l'atmosphère des lieux gardait quelque chose de singulier qui invitait à l'aventure. Malgré l'air vif, Cooper dormit la fenêtre grande ouverte, dans la respiration puissante du large.

Il se réveilla avec une sensation très nette de tangage. Ce n'était rien, de dire que l'hôtel « donnait » sur la mer : il paraissait posé sur sa masse mouvante, sombre encore, les roches à ses pieds s'ourlaient de fine écume comme l'étrave d'un paquebot s'avançant vers le large et rien n'arrêtait le regard jusqu'à l'horizon, où frissonnaient les premières lueurs du jour. Il dévala l'escalier, rejoint presque aussitôt par Ruth et Monty, comme lui pressés de découvrir le port. Le temps d'y arriver et le jour déferlait, triomphant, incendiait la houle des grands arbres dévalant les collines jusqu'au rivage, d'où émergeaient, taches blanches étincelantes, les grandes villas aux baies vitrées et, plus bas, le rouge vif des bâtiments du port. Wanger n'avait pas exagéré, ce havre minuscule, blotti dans son écrin, était une merveille. Les derniers bateaux de pêche levaient l'ancre, leurs ponts encombrés de piles de casiers, sur un wharf deux marins s'agitaient devant ce qu'ils reconnurent être la *Lizzie Belle*, la vie s'éveillait un peu partout, les canots sillonnaient la baie en tous sens. Qui ne se serait senti le cœur léger ?

— Interdiction de parler travail ! Vous y croyez, tous les deux ?

— Sûr ! Reste à savoir ce qu'il a derrière la tête…

Ils retrouvèrent les Wanger à l'hôtel, déjà habillés en presque loups de mer. Wanger, qu'ils n'avaient jamais vu autrement que tiré à quatre épingles, sévère, les cheveux gominés toujours séparés par une raie impeccable, paraissait quelque peu emprunté en conquérant des mers, Justine, elle, était aussi à l'aise en pantalon de marin et gros pull qu'en tenue de soirée, ou, imagina un instant Cooper, en meneuse de revue des Ziegfeld Follies, descendant demi-nue leur célèbre escalier – ne disait-on pas qu'elle avait inspiré, mineure encore, ce qu'ignorait Ziegfeld quand il l'avait engagée, le tableau d'un peintre français *Nu descendant l'escalier* ? L'hôtel bourdonnait d'activité, bondé comme chaque week-end depuis l'ouverture de la saison du homard, expliqua Wanger. Le lieu, bien que refait juste avant guerre, tenait du monument historique. Ici, David Thoreau invita jadis Ralph Waldo Emerson à le rejoindre, pour parcourir les côtes du Maine, et Emerson, sous le charme, y revint par la suite chaque été. Ici, pêcheurs et artistes aimaient se rencontrer en des nuits légendaires qui avaient valu au propriétaire de telles attaques des ligues vertueuses que le malheureux avait fini par s'acheter une conduite en transformant son repaire de bootleggers en lieu sélect de villégiature, ce qui n'avait guère eu de conséquence sur le volume de liquide écoulé.

Lasky fit son apparition avec à son bras Lottie, la femme d'Adolph Zukor, ravie d'échapper une journée à son infernal domaine. Son mari retenu à Hollywood, elle avait bien gagné le droit de souffler un peu ! Zukor dit « Chair de poule », chuchota Justine, tant il pouvait terroriser ses interlocuteurs en les fixant d'un air glacial, Zukor, donc, avait acheté dix ans auparavant, et sur ordre de son médecin, un somptueux domaine à une demi-heure à peine de voiture, qu'il avait aussitôt entrepris d'agrandir : 500 hectares, un golf de dix-huit trous, une piscine, un tennis, une maison pour les invités, un manoir en projet pour ses enfants…

— Pour se détendre ! Un chantier permanent, une armée d'employés, et bien sûr, tout cela repose sur Lottie…

— Sauf aujourd'hui, dit celle-ci en pouffant comme une gamine : la prisonnière s'évade !

— Ici, annonça gravement Wanger en se levant, après avoir rappelé qu'il s'appelait pour tous Walter, ici donc commence l'aventure. Ma *Lizzie Belle* frémit d'impatience !

Pour le plaisir, avait dit Walter. Le vent avait un peu forci, au sortir de la baie, la *Lizzie Belle* se couchait souplement sur la lame, la côte filait sur tribord, succession de criques au sable fin et de falaises contre lesquelles battaient les flots, dans des jaillissements d'écume, et derrière elles moutonnaient les collines couvertes de bois profonds, de pins, d'épicéas, de hêtres, d'érables, de chênes, royaume des daims et des orignals. Plus loin, au large, s'égrenaient les îles et parmi elles certain îlot désert vers lequel ils mettraient le cap, promit Walter, dès les premières protestations d'estomacs affamés. Cooper, depuis un moment, avait pris la barre sous le regard appréciateur du marin de Walter. Pour n'être pas en reste, Monty souquait sur les drisses en lieu et place du deuxième matelot, et les histoires roulèrent sur les mers du Sud, l'improbable voyage du *Wisdom II*, la terrible tempête essuyée dans le golfe du Bengale, quand le capitaine à genoux implorait le Seigneur, puis leurs aventures en mer Rouge et comment ils avaient échappé de justesse aux pirates de Mokha. Justine se tourna vers Schoedsack :

— Ça me trotte dans la tête depuis *Chang*... Comment pouvez-vous filmer avec tant de délicatesse la beauté des choses et avec tant de férocité le déferlement de la pire sauvagerie ?

Lasky et Walter se récrièrent aussitôt : pas de discussions de travail ! Mais Schoedsack, simplement, d'un geste de la main montra la nature devant eux, les giclées d'embruns sur les récifs, le large grand ouvert.

— Les deux faces du même mystère... Non ?

Pour le plaisir – mais peut-être pas seulement. C'est Justine, peut-être sans y penser, qui la première fit dévier la conversation.

Ils étaient là, repus et passablement étourdis, sirotant une liqueur ambrée en guise de conclusion à leur festin. Griller des homards sur un lit de braise, dans une crique abritée du vent, tandis que les vaguelettes viennent mourir à vos pieds, ça pourrait s'appeler le bonheur, soupirait Jesse allongé sur le sable et tous, en demi-cercle autour des braises, soûlés par l'air marin, approuvaient mollement. Leur robinsonnade dans cet îlot désert était un délice, et penser que pendant ce temps-là son Adolph trimait comme un fou, occupé à dicter du courrier à une malheureuse secrétaire retenue de force, ne faisait qu'ajouter au bonheur, gloussait Lottie, quand Justine se pencha vers Shorty, pour lui glisser à voix basse, mais Cooper l'entendit :

— Vous n'avez jamais dit, ni l'un ni l'autre, comment vous travaillez ensemble. C'est vous, n'est-ce pas, qui tenez la caméra et qui faites le montage, non ?

Ma parole, elle pense que je ne fais rien, se dit Cooper – et peut-être, après tout, n'avait-elle pas tort. Le vrai artiste était Shorty.

Mais celui-ci avait sursauté.

— Non ! On fait tout à deux ! Ce n'est pas une question de caméra. Même s'il l'a tenue dans bien des scènes. Ce n'est pas une question de scénario.

Et comme Justine fronçait les sourcils :

— Vous ne comprenez pas. C'est… bon sang, vous n'allez pas m'obliger à lui faire des compliments ! En plus, il est têtu comme une bourrique… Mais, bon, il m'a fait aller plus loin que je n'imaginais. Des fois – Coop, bouche-toi les oreilles –, je me dis que je suis l'outil et qu'il est – comment dire ? – le médium. C'est son film, réalisé à travers moi. Et le mien, bien sûr. Bref, faut croire qu'on se complète.

Ce n'était pas des choses que l'on fait entre durs à cuire, mais s'il avait osé, là, dans l'instant, songea Cooper, ému, il aurait pris son ami dans ses bras. Lasky chuchota dans son dos :

— Si ça n'est pas d'un ami, cela ! Vous avez de la chance, tous les deux, une sacrée chance, oui…

Et, avec un petit rire malicieux :

— Mais méfiez-vous, parce qu'il vient de définir ce qu'est un vrai producteur. Qui sait ? C'est peut-être votre destin.

Le regard de Walter allait de l'un à l'autre, pensif.

— Qu'est-ce qu'on s'était juré ? protesta Ruth en se levant, soucieuse de couper court. Allons, tous à l'eau !

Après manger ? s'inquiéta Lottie. Juste une superstition, d'après les médecins, assura Justine en se mettant en maillot de bain, imitée par Ruth puis enfin par Lottie – après tout, c'était pour elle le jour des interdits brisés –, et Monty poussa des cris désespérés, sans susciter la moindre solidarité, quand Ruth le tira de force jusqu'à l'eau.

— Pas à dire, soupira Jesse, un rien rêveur, en se relevant à demi, la libération des femmes n'a pas que des aspects négatifs. Quand je pense à ce qu'étaient les maillots de bain, il y a seulement cinq ans…

À Long Island, des *flappers* militantes avaient envahi la plage en masse et quasi nues, bref, en maillots de bain, poursuivies par une meute de policiers fébriles, mais au bout d'une heure de courses folles et de corps à corps dans le sable l'on ne savait plus trop s'il s'agissait encore de gardiens soucieux de ramener un peu de décence en ce bas monde, ou de fauves lubriques, pressés de plaquer au sol des femelles effervescentes se tordant sous leurs étreintes. C'est sûr, les temps changeaient, soupira Jesse…

Des goélands, eux aussi amateurs de homards, tournoyaient au-dessus d'eux, dansaient dans le vent, se laissaient porter par lui avant de plonger en piqué.

— Où se trouve Lindbergh à cette heure ? demanda Walter, qui rêvassait en les observant.

Une semaine déjà, jour pour jour, et la folie qui s'était emparée de l'Amérique dès l'annonce de sa traversée avait gagné le monde entier – Lindbergh recevant les 25 000 dollars du prix Orteig, Lindbergh demandant au président Doumergue de rencontrer la mère de Nungesser disparu, Lindbergh drainant des foules immenses à Bruxelles et à Londres, Lindbergh qui allait embarquer à bord du croiseur *USS Memphis* avec son avion en pièces détachées… l'Atlantique vaincu annonçait bel et bien une nouvelle ère de l'humanité. Née de la guerre, si l'on y songeait, dit Walter, qui avait été aviateur en Italie, en 1917.

— Si je ne faisais pas de cinéma, c'est dans cela que je me lancerais : la nouvelle frontière ! Hein, Cooper, qu'est-ce que vous en pensez ?

Cooper sursauta. Savait-il quelque chose ?

— Une fabuleuse aventure, certainement – tout comme le cinéma. Et pour le moment…

— Mais le cinéma va vivre sa révolution, lui aussi ! Demain, il sera parlant.

Movietone, Vitaphone, les inventions se multipliaient. Pas plus tard qu'en février, la Paramount, la MGM, Universal, la First National Pictures, la société de Cecil B. DeMille s'étaient associées pour ne retenir qu'un seul procédé et le perfectionner. Oui, les temps changeaient.

— La Fox vient d'annoncer que le mois prochain elle projettera au Roxy un film parlant. Sur Lindbergh. Les deux révolutions des temps modernes réunies !

Cooper se dressa. Un cinéma *parlant* ? Déjà, il en imaginait les conséquences, les films tournés devenant d'un coup obsolètes, pièces de musée. Jesse haussa les épaules.

— Oh, ce n'est pas demain la veille ! Il faudra du temps, avant que ça soit au point. Et des années, avant que les salles s'équipent.

L'aviation et le cinéma, les deux aventures des temps nouveaux. Lors d'une soirée à l'hôtel McAlpin, Lasky leur avait présenté les auteurs de *Wings*[1], que la Paramount annonçait comme l'événement de leur prochain automne.

— Le premier film sur l'aviation dans la Grande Guerre ! La bataille de Saint-Mihiel reconstituée ! Ça devrait vous passionner, tous les deux ? Huit mois de tournage à San Antonio, trois cents pilotes mobilisés, trois mille cinq cents figurants pour la bataille au sol, avec tous les moyens de l'US Air Force !

Ça lui avait été, surtout, un coup de poignard au cœur, comme si l'on venait de lui voler ce qu'il avait de plus précieux. Comment se pouvait-il qu'il n'en ait rien su ? Et d'ailleurs, qui pouvait se permettre d'en rendre compte, s'il ne l'avait pas vécu ? Leur premier mouvement, à Shorty et lui, avait été de refuser, mais Ruth leur avait forcé la main. Ce n'était pas le moment de froisser Lasky. De l'auteur de l'histoire originelle, Saunders, trop occupé à se soûler le plus vite possible, il gardait surtout le souvenir de sa jeune femme, Fay, spontanée et drôle, qui paraissait inconsciente de sa sidérante beauté, dont elle ne jouait pas. Elle avait aussitôt sympathisé avec Ruth, mais lui-même avait passé l'essentiel de la soirée en compagnie du réalisateur, William Wellman, quand il avait découvert que celui-ci avait été pilote. Et pas n'importe lequel : le « Wild Bill » des « Chats noirs » de la N87 de Lunéville, la légendaire escadrille La Fayette, avec cinq victoires à son tableau de chasse ! Lui aussi avait été abattu derrière les lignes et gardait de l'aventure une forte claudication.

— Une sacrée bagarre, avait bougonné Wellman. Ces crétins-là voulaient juste deux ou trois galipettes dans les airs pour une histoire d'amour, la connerie habituelle, une femme, deux hommes amoureux, tu vois le genre. Je leur ai foutu dedans un peu de la vraie guerre ! Trois cents pilotes, trois mille cinq cents fantassins, si Lasky n'avait pas été là pour me soutenir… Bon sang ! Ça leur a coûté deux millions de dollars. Si on se plante, soit dit en passant, j'ai bien peur que Zukor ait sa peau… Mais, sur la guerre, tu dis la vérité, ou tu la fermes. Tu n'es pas d'accord ?

Il était d'accord. Shorty et lui étaient restés songeurs tout le temps du retour. Dire la guerre, dans une fiction ? Ce William Wellman avait peut-être réussi ce qu'ils n'avaient pas su, ou osé.

1. *Les Ailes*, de William Wellman, 1927.

Mais tout décidément lui faisait signe du côté de l'aviation…

Les filles revenaient en riant, grelottantes, vite des serviettes ! Les maillots de bain, secs, étaient déjà à se damner, mais alors mouillés… murmura Jesse, décidément porté à la rêverie.

Alors qu'il se levait, Cooper surprit le regard de Walter posé sur lui. Savait-il quelque chose ? Ou alors il avait une idée en tête.

L'offensive vint après le dîner. La plupart des clients s'étaient couchés, épuisés par leur journée en mer. Les irréductibles se pressaient dans le bar, laissant libre le salon dont Walter prit aussitôt possession. Un feu clair brillait dans la cheminée et ils se blottirent autour de lui en cercle, dans les fauteuils profonds, encore engourdis de trop de mer, de trop d'embruns, les joues brûlantes du vent qui les avait fouettés tandis qu'ils rentraient grand largue de leur îlot. Du bar, leur parvenaient des bribes de chants virils. Le propriétaire, sur un signe de Jesse, leur apporta, avec la discrétion requise, et en médication contre la fraîcheur des nuits printanières, son plus pur malt, venu de la Rum Row par Atlantic City, où régnait sans partage « Nucky » Johnson, qu'il n'était pas loin de tenir pour un bienfaiteur de l'humanité – en tout cas le sien. Lottie avala d'un trait son premier verre en gloussant « si Adolph me voyait », Ruth, lovée contre Monty, constata, la voix lointaine, qu'ils étaient bien, simplement bien, Walter rajouta une bûche, tisonna le foyer, et tout à coup se tourna vers ses deux invités somnolents.

— Vous en êtes où, au juste, de vos projets ?

C'était donc cela, se dit Cooper, aussitôt en alerte. Du coin de l'œil, il vit que Shorty réagissait de même. Un instant, Jesse avait paru surpris, l'initiative n'était donc pas de lui. Ils exposèrent à grands traits leur idée, leur réflexion sur les grands singes, et cette frontière mystérieuse qui nous en sépare, leurs premiers contacts avec le Muséum. Sumatra paraissait un lieu prometteur. Walter hocha la tête :

— Et vous ne craignez pas de répéter *Chang* ? Je veux dire : dans le traitement ?

Cooper tressaillit. Il lisait dans ses pensées ? Jesse eut un geste d'agacement. Le traitement, c'était ce qui précisément définissait cette nouvelle école : « le roman du réel » !

Mais Walter poursuivait son idée.

— Je crois avoir compris ce que vous avez en tête. Enfin, ce que vous cherchez. Moi aussi, j'ai lu Jack London, Conrad. Votre souci du « réel », n'est-ce pas ? Et puis… j'ai fait la guerre, aussi.

Où voulait-il en venir ?

— *Chang*… Il vous a bien fallu organiser les séquences animales, non ? Et vos personnages jouent leur propre rôle…

— Pour recréer à l'écran le réel observé, oui, acquiesça Cooper.

— J'ai bien compris. Cependant une chose m'intrigue : quand vous expliquez ce que vous cherchez à exprimer, vous ne citez jamais de documents, mais à chaque fois des romans. Et pas des romans « réalistes », non : de vraies fictions.

Le regard de Lasky s'assombrissait – son bras droit était-il en train de défaire devant lui cette école, à peine lancée ?

— Vous n'avez jamais songé à sauter le pas ? continua Walter. À imaginer une fiction, avec de vrais acteurs ? Mais attention, en l'inscrivant dans un réel aussi puissant que celui de *Grass* ou de *Chang*. Ou alors, à adapter carrément un des romans que vous citez souvent ?

C'était donc ça. Walter Wanger avait fait des débuts fracassants à la Paramount en repérant le roman qui allait donner *Le Cheik*, avec Rudolph Valentino. New-yorkais jusqu'au bout des ongles, introduit dans le milieu du théâtre et des écrivains, il était le grand pourvoyeur d'idées d'adaptations romanesques.

— Réfléchissez-y. Quel film ça pourrait faire, une grande fiction dans la démesure de votre monde !

Ne l'écoutez pas trop, dit Lasky après que Walter se fut retiré. Il faut que cela reste votre idée jusqu'au bout. Suivez votre intuition ! Elle vous a menés jusqu'ici. Chacun avance en explorant sa part de mystère, pas en suivant la voie commune.

Il n'empêche, songeait Cooper, en regagnant sa chambre, Walter avait raison, au moins sur les romans. Et sans le savoir, il venait de poser la question qui le tourmentait, lui, depuis quelques semaines : ne pas répéter *Chang*. Peut-être y avait-il en effet quelque chose à trouver, entre fiction et réel – et l'image lui vint, des deux charbons d'un arc électrique qui, rapprochés, faisaient jaillir entre eux la lumière. Une mise en incandescence de l'un par l'autre, en quelque sorte. La fiction révélant la puissance tapie au cœur du monde. Le réel nettoyant la fiction de ses vaines conventions. Encore fallait-il trouver la bonne distance.

— Jack London, dit Schoedsack, quand ils se retrouvèrent au petit déjeuner.

Lui aussi, troublé, avait passé la nuit en cogitations. Une histoire mise au défi du réel, le réel mis au défi d'une fiction, ce pouvait être un bon challenge. Il avait passé des heures à imaginer des manières d'y parvenir. À partir, bien sûr, de ses romans préférés. Il soupira : ce n'était pas simple.

— Tu te vois diriger des acteurs ? demanda Cooper.

— Avec Mack Sennett, c'était assez rustique, il faut bien le reconnaître. Mais ça doit être moins dur que de diriger un tigre ou un éléphant ?

Cooper avait fait le chemin inverse : ils ne pouvaient pas abandonner ainsi leur idée de grands singes…

— Derrière, il y a quelque chose… Je le sens. J'en suis sûr !

— Et moi donc ! soupira Schoedsack.

Mais plus tard, peut-être ? Il leur faudrait du temps, pour ne pas rater leur affaire. Pas un spécialiste, au Muséum, ne disait la même chose que son voisin.

— C'est bien la preuve qu'on tient un vrai sujet, s'obstina Cooper.

Shorty hocha la tête. Le vrai problème était de trouver une histoire. Il ne voyait pas un roman à la hauteur, sur le sujet. Et lui-même se sentait bien incapable d'imaginer une histoire, d'écrire un scénario.

— Et moi donc, soupira Cooper.

Pourtant, l'idée de Walter était diablement séduisante.

— *Croc-Blanc* ? *Belliou la fumée* ?

Pas assez romanesque, risqua Ruth. Et difficile à tenir dans la durée. *Au cœur des ténèbres* ? Trop noir – pas un studio ne voudrait s'y risquer. *Les Mines du roi Salomon* ? L'Afrique de tous les sortilèges, une civilisation inconnue…

— Manque un personnage féminin, objecta Ruth – ça compte, ces choses-là… Peut-être *She*, toujours de Rider Haggard ?

Et comme Shorty avouait son ignorance :

— L'histoire d'une femme née dans l'ancienne Égypte qui depuis deux mille ans, au plus secret de l'Afrique noire, attend le retour de celui qu'elle aime et qu'elle reconnaîtra dans un explorateur arrivé jusqu'à elle au prix de mille périls. Amour fou, métempsychose et aventure ! Un livre sublime.

Hum, fit Monty, qui avait certes apporté des nuances à sa misogynie, mais n'en gardait pas moins, sur le sujet, quelques préventions.

— Comment ? Mais c'est ce que je ferais, moi, protesta Ruth. Et puis, toutes les femmes éclatent en sanglots, devant ce genre d'histoire !

— Hum, répéta Schoedsack.

Kipling, alors ? Il fallait bien avouer qu'en dehors de lui les romans exotiques étaient pour la plupart devenus illisibles.

— *Les Quatre Plumes blanches*, dit tout à coup Schoedsack.

Et à la houle des émotions qui le submergèrent, Cooper dans l'instant su que son ami avait vu juste. Ce livre était le sien.

— Si je suis encore en vie, c'est peut-être grâce à lui, parvint-il à bredouiller après s'être raclé la gorge, en réponse au regard intrigué de Ruth.

Le livre qui l'a fait tenir, dans un camp de la mort, en Russie, expliqua Monty.

— Il a pris comme un signe, de tomber sur lui au moment où il allait se laisser mourir, comme tous les autres autour de lui. Tu t'en souviens, Coop ? C'était au Blind Beggar, sur Whitechapel Road, avant que déboulent les lascars d'Odessa. Et tu me racontais ta capture et ta fuite. Tu vois, je n'ai pas oublié.

— Moi non plus, dit Cooper. C'est ce soir-là qu'a été scellé notre pacte, non ?

Un fantastique roman d'aventures au cœur du Soudan en guerre, résuma-t-il, à l'époque de Gordon et du siège de Khartoum. Une histoire de rédemption et d'héroïsme…

— Et, ajouta Monty précipitamment, une histoire d'amour.

Un jeune homme, par crainte de n'être pas à la hauteur de ses héroïques ancêtres, commet une faute qui lui vaut d'être accusé de lâcheté, expliqua Cooper puisque, aussi curieux que cela pût lui paraître, Ruth n'avait pas lu le livre. Recevant quatre plumes blanches, le héros, Feversham, comprend qu'il a non seulement perdu ses trois amis mais aussi celle qui lui était promise – et il n'aura de cesse, dès lors, de se racheter en les sauvant l'un après l'autre dans un Soudan à feu et à sang, au prix de terribles souffrances, et des mois d'agonie dans la prison de la Maison de Pierres, dont nul n'était revenu, avant lui.

— Bon, convint Cooper, le prétexte est un peu mélodramatique, mais quelles aventures ! La remontée du Nil déguisé en marchand et en joueur de cithare, les combats au sein des tribus révoltées, le désert du Sud, les tortures, la soif, l'évasion, la poursuite… C'est Feversham qui m'a sauvé, à Wladykino.

Les Quatre Plumes blanches – où tenir ensemble ce qui les avait réunis, Shorty et lui, depuis la guerre jusqu'à *Chang*. Oui, ce pouvait être une belle idée…

Et maintenant, plus un mot, dit brusquement Cooper, alors qu'ils commençaient à énumérer les lieux où se rendre, les grandes scènes possibles, un incendie de la savane, de grands fauves affrontés, une bataille peut-être. Walter et Justine, retour de promenade, pressaient le pas vers eux en agitant les bras.

— Plus un mot ! Je voudrais bien savoir quel jeu il joue, vis-à-vis de Lasky…

Trois semaines plus tard, l'affaire fut conclue dans le bureau new-yorkais de Jesse Lasky, après avoir vaincu une à une ses réticences. Peut-être, après tout, avait-il fini par concéder dans un soupir, était-ce la marque des chefs-d'œuvre que d'épuiser d'un coup les possibilités d'un genre. Et puis les financiers prévoyaient que *Chang* dégagerait au bas mot un demi-million de bénéfices : cela autorisait qu'on prenne quelques risques…

XXIII

Ce n'était pas ici…

Tanganyika-Soudan, août 1927-février 1928

— Wimbledon a sans doute gagné, à s'installer près de Church Road, mais – comment dire ? – pour moi quelque chose s'est brisé…

Blackley hésita :

— Ces damnés Français !

— De rudes joueurs tout de même, objecta le docteur. J'étais présent, il y a deux ans, et…

Deux ans. L'année de tous les cauchemars, disait assez la mimique de son interlocuteur : Lacoste, Borotra, Cochet, Suzanne Lengley, les cinq compétitions, hommes, femmes, double dames, double messieurs, double mixte, remportées par des Français. La mémoire des héros de Trafalgar et de Waterloo humiliée !

Les chandelles disposées sur la table éclairaient par à-coups le visage de Travers Robert Blackley, commissaire adjoint du district d'Abou Zahad, province de Kordofan, Soudan. Près de lui, dans la pénombre, Rupert Stevenson, le capitaine du Camel Corps arrivé en fin d'après-midi, approuvait de la tête : cette irruption des Français dans le temple de l'Angleterre était – comment dire ? – *choquante*. Le docteur Driscoll, agacé, quêta un soutien du côté des visiteurs américains, puis il renonça, en soupirant. À quoi bon ? Que l'Angleterre règne sans partage sur le monde était pour Blackley comme pour Stevenson dans l'ordre naturel des choses, et toute entorse à cette règle relevait pour eux d'un désordre incompréhensible, sinon d'un délit.

Derrière eux, on devinait, dans la clarté mouvante des lanternes suspendues aux branches d'un acacia, le modeste bâtiment de plain-pied qui servait à la fois de logement et de bureau au commissaire adjoint, et, plus à l'écart, l'annexe en brique, vide encore, où Cooper, Monty et Ruth, à son invitation, avaient installé leurs lits de camp. Les camions de leur expédition, rouges de la poussière des pistes, lui faisaient face, sous la surveillance sourcilleuse d'Ibrahim, le guide engagé à Khartoum sur la recommandation du consul. En ces contrées de fieffés voleurs, où trop de choses se glissaient dans les plis de la nuit, hommes ou démons, on n'était jamais trop prudent – originaire du port lointain de Suakin, Ibrahim n'avait que mépris pour ces pistes incertaines, qu'il n'avait, marmonnait-il, que déjà trop parcourues…

Du dehors, derrière le haut mur de la cour où ils dînaient, leur venaient le cliquetis des harnais des chameaux, le brouhaha entrecoupé de rires des hommes du capitaine, les odeurs aussi d'urine et d'excréments mêlées à la fumée âcre du crottin des feux de camp, qui, à chaque nouvelle brassée de branchages, projetaient des ombres fantastiques sur la demeure du commissaire. Ruth, tout à coup, poussa un cri en secouant ses jambes, pour en chasser un visiteur importun – la terre recroquevillée le jour sous la fournaise se détendait à la nuit venue, scorpions et lézards se hasardaient, furtifs, hors de ses craquelures, filaient entre les pieds des convives.

Sable, poussière, buissons maigres, arbres brûlés par la fournaise sur des milles et des milles, ils étaient là, perdus au milieu de nulle part, dînant sous les étoiles, servis par un maître d'hôtel en tenue et gants blancs. Blackley et Stevenson, minces, le visage étroit, portant fine moustache et tirés à quatre épingles, dissertaient des affaires anglaises comme s'ils se trouvaient dans la pénombre du salon de quelque club londonien sentant fort le vieux cuir et le tabac d'Égypte. La régate Oxford-Cambridge, pour cause de marée, aurait lieu cette année le 31 mars, depuis le naufrage du bateau d'Oxford en 1925, Cambridge avait pris le dessus, mais leurs temps restaient moyens, le Cricket Club du Derbyshire semblait avoir bien débuté le championnat. Leurs voix s'éloignaient comme aspirées dans l'immensité de la nuit. Ma parole, se dit Cooper, s'arrachant à sa somnolence, ils parlent comme si le monde alentour n'existait pas !

Depuis Khartoum, il luttait contre le sentiment de s'égarer dans une histoire qui n'était pas la sienne. Se pouvait-il qu'ils aient fait fausse route ? Le Tanganyika avait été une parenthèse, la poursuite de *Chang* en d'autres lieux, avec d'autres animaux, une manière de différer le véritable rendez-vous, ici, au Soudan. Mais, après la découverte éblouie de Suakin, la mer de cobalt battant la barrière de corail du port, les ruelles sombres du souk dans les odeurs mêlées de fleurs et de pourriture, la magie s'était estompée…

À Omdurman, il avait cherché longtemps la Maison de Pierres du roman. Le Nil roulait ses eaux jaunâtres, Khartoum, sur l'autre rive, se devinait dans un brouillard d'où émergeaient le minaret d'une mosquée et l'éclat blanc du palais du khédive, où Gordon trouva la mort. Quelques barques glissaient, fantômes, en ces heures incertaines du soir venant. À l'époque où le Mahdi en fit sa capitale, face à la ville infidèle, Omdurman n'était sans doute qu'un gros village. Des blocs d'herbes passaient dans le fleuve, arrachés plus haut à ses berges. Seule ne devait pas avoir changé la tristesse morne du lieu.

« À quelques centaines de mètres du fleuve », avait écrit Mason, l'auteur des *Quatre Plumes blanches* – mais était-il venu, seulement, à Omdurman ? Cooper avait cru trouver la Maison de Pierres parmi les ruines, murs de boue rabotés, dissous grain après grain par le vent, et il avait tressailli quand le guide, en clignant de l'œil, lui avait montré, déjà gagné par la végétation, grand corps décharné, un navire échoué, à demi éventré, laissant voir ses membrures comme les côtes de quelque squelette de dinosaure – une des canonnières envoyées au secours de Gordon.

Peut-être était-ce ici que le colonel Trench, dans le roman de Mason, avait, au fil de sa lente agonie, perdu tout espoir. Les jours succédaient aux jours, dans une hébétude traversée de crises de désespoir, ne restait plus que la volonté de survivre quand, le soir venu, les gardiens les serraient à coups de fouet dans leur geôle sans fenêtre, si nombreux qu'ils ne pouvaient se coucher. Il fallait faire le coup de poing pour préserver son espace, s'adosser à un mur. Des ténèbres gluantes les enveloppaient, traversées de bousculades, de supplications, de cris. Et il en était ainsi chaque nuit depuis… il ne savait plus depuis combien de temps.

— Ce n'est pas ici, dit Monty.

Et comme Cooper le regardait, surpris :

— Qu'on peut filmer quelque chose. Il faudra la construire au retour. Nous manquent les acteurs !

Cooper hocha la tête, l'esprit ailleurs.

— À Wladykino, je savais que je ne tiendrais pas longtemps. Une demi-livre de pain par jour, dehors dès l'aube par moins 20 degrés, à briser la glace sur les voies ferrées. Chaque matin ils enlevaient les morts. Si Maggie n'avait pas fini par me trouver et m'envoyer quelques colis…

Maggie et ces *Quatre Plumes blanches* sauvées d'un autre camp.

— Le soir je lisais sous ma couverture. Harry Feversham finissait par s'évader avec son ami. La première chose, le matin, c'était de se pisser sur les mains, tu sais ? Si tu oubliais, si tu ouvrais les doigts à demi gelés, la peau éclatait aux jointures. Fuir, il fallait fuir, quitte à mourir en route. On nous envoyait couper du bois, il n'y avait presque plus de gardes – à quoi bon ? Nous étions si faibles… Et tout ce temps je pensais à Feversham. Il avait tenu, lui !

Il regarda autour d'eux. Le soleil rouge incendiait le fleuve, disparaissait à toute vitesse, il ferait bientôt nuit. La terre sous ses pieds exhalait la chaleur accumulée le jour. Il frissonna.

— Il faisait tellement froid, à Wladykino !

Il les regarda les uns après les autres, s'ébroua.

— J'aurai donc été le seul à avoir eu froid, à Omdurman…

Sans qu'il comprît pourquoi, lui qui avait tant espéré de ce moment, ne lui venait qu'une sensation de vide. Shorty avait raison : ce n'était pas ici…

— Ces gens-là… Il faut bien se rendre à l'évidence : quoi que nous fassions, ils nous resteront – comment dire ? – incompréhensibles. Vous ne trouvez pas ?

Il surprit une moue de Ruth, entre hilarité et exaspération. Prenant l'accent traînant des paysans du Midwest, elle se pencha vers Monty et s'enquit à mi-voix, mais assez fort pour qu'on l'entende en dressant l'oreille, de la date de la fête de la courge de Chattanooga. Tous les habitants se déguisaient en courge, à Chattannooga, son frère avait gagné le premier prix l'année précédente, mais la concurrence s'annonçait rude. Monty, sur le même ton, chuchota que ce serait la fête du cochon ce dimanche-là, chez lui, laquelle ne pouvait être manquée. Nous autres gens de l'Ouest, s'excusa-t-il en souriant, nous somment restés des gens simples.

Le commissaire finit par dresser un sourcil, et prudemment revint vers ses hôtes en changeant de conversation. Ils arrivaient du Tanganyika, n'est-ce pas ? Un passionnant pays. Si... différent. Un de ses cousins y avait chassé le lion l'année dernière.

— Oh ! Nous, c'était l'hippopotame.

Chasser l'hippopotame ? Blackley contint sa perplexité. Oh, c'était intéressant. Un peu inattendu, certainement...

— Chasser ? Non, apprivoiser ! Pour les besoins d'un film.

— Vous savez comment ils marquent leur territoire ? coupa Ruth. Par leurs excréments. En faisant tourner leur queue quand ils défèquent pour les projeter le plus loin possible.

Intéressant, allait dire Stevenson, par réflexe, mais pour le coup il resta bouche ouverte.

— Et les pauvres femelles ! Vous savez qu'ils nagent très mal ? Et qu'ils ne peuvent rester longtemps au soleil, car leur peau est fragile. Aussi, ils doivent copuler dans l'eau. Si le mâle est un peu lent, la pauvre hippopotame meurt noyée... Un triste résumé de la condition féminine, vous ne croyez pas ?

Rupert Stevenson était arrivé d'El Obeid avec une trentaine de ses hommes, pour un trek de 500 milles tout à la fois d'inspection et d'entraînement, et le docteur Driscoll, aussi irlandais, trapu, le teint clair, les cheveux roux en bataille, que Stevenson était anglais, s'était joint à lui jusqu'au poste de Blackley, avant d'entreprendre sa traditionnelle tournée dans les tribus du Sud, jusqu'aux contreforts des montagnes nouba. Le reste du temps Blackley était le seul Blanc à 200 milles à la ronde, commandant une troupe d'autochtones dont les parents avaient probablement été de ceux qui, à la prise de Khartoum, avaient tué Gordon. Seul, environné de tribus de pillards, d'égorgeurs, de fous de Dieu, de trafiquants d'esclaves, sans autre protection que son autorité – ou son inconscience.

Qui aurait pu croire, installé à cette table, discutant d'Epsom et de Wimbledon, que, trente ans plus tôt, le Soudan tout entier était balayé par un vent furieux, un vertige de dévastation, à l'image de ce *haboub* venu du désert, annonciateur d'orage, qui soulève jusqu'au ciel une poussière couleur sang ?

Cela avait été d'abord un murmure, un bruissement porté par le vent, de village en village. Là-bas, dans le Sud, un homme était apparu qui affirmait être le Mahdi, le Sauveur, l'annonciateur d'un temps de jugement, l'élu annoncé depuis des siècles par des hadiths. On le décrivait un peu voûté, maigre et vêtu de haillons, certains le disaient très grand, les autres de taille moyenne, mais tous s'accordaient à le dire rayonnant de bonté, parlant d'une voix douce, et sur son passage se levaient les multitudes, gueux, vagabonds, hommes de peu, paysans, villageois et nomades, sans armes, ou presque. Oui, c'était bien celui-là qu'ils attendaient, dans son regard ils avaient lu la promesse de l'oumma, de la communauté enfin restaurée – et à son appel les fidèles couvraient l'espace comme une nuée. Trois ans avaient suffi au Mahdi pour régner en maître sur le Soudan, instaurer sa loi d'airain. Le devoir du *jihad*, désormais, remplaçait celui du *hadj* – du pèlerinage.

Le Soudan jugé par lui sans intérêt stratégique, le Premier ministre Gladstone avait décidé de l'abandonner, mais Gordon, au lieu de rapatrier les derniers Britanniques, s'était enfermé à Khartoum, bientôt assiégé par des mahdistes innombrables. La force de secours envoyée à contrecœur était arrivée deux jours trop tard : Gordon, sur les marches de son palais, avait été criblé de coups de lance, puis décapité, et sa tête suspendue à un arbre, sur les ordres du Mahdi, afin que chaque passant puisse le regarder avec mépris, les enfants lui lancer des pierres et les faucons du désert le déchiqueter.

Le Mahdi mort, son successeur, le calife, avait fait régner la terreur – guerre, famine, épidémie, mort ou mutilation pour ceux qui ne se pliaient pas aux règles des fous de Dieu. La riposte enfin était venue, en 1898, de l'armée surpuissante du général Kitchener – moins une bataille héroïque, comme on l'avait chanté, qu'une boucherie, sous le feu croisé des mitrailleuses : 10 000 morts, 13 000 blessés, 5 000 prisonniers pour 43 tués du côté britannique. Pour que nul culte ne puisse lui être rendu, les os du calife avaient été jetés dans le Nil…

C'était il y avait trente ans tout juste, aux temps des *Quatre Plumes blanches*. Comment un homme seul pouvait-il imposer la loi ici, à Abou Zahad ?

Une salve de rires, les notes grêles d'un instrument de musique venues du campement firent froncer les sourcils du digne commissaire. Une mélopée monta, reprise à plusieurs voix, et rythmée par des claquements de mains.

— Le *kerdoum* ! dit Driscoll, les yeux brillants : un chant traditionnel du Kordofan…

Il l'accompagna de la main, soulignant les inflexions tirant vers la musique arabe, apportées par les bergers nomades.

— C'est très beau, n'est-ce pas ? Écoutez leurs musiques et vous sentirez l'âme de ce pays…

Blackley eut un geste irrité : trop de bruit à son goût, pour prolonger plus avant le plaisir de la soirée.

— Ces gens-là ! Mais il est vain, n'est-ce pas, de vouloir les changer ? Leur besoin de bruit, toujours !

— Vous l'avez entendu ? chuchota O'Driscoll en se penchant vers Cooper à l'instant où ils quittaient la table. « Ces gens-là » ! Il ne les voit même pas. « Son devoir » – il ne connaît que son devoir. Prêt à mourir pour lui, il va sans dire. Mais les gens, ici… Les gens !

Héroïque ou idiot ? C'était la question que l'on se posait toujours, avec ces damnés Anglais, poursuivit-il, tandis que Blackley, raide comme la justice qu'il représentait, les saluait une dernière fois, depuis la porte de sa demeure.

— Et peut-être, allez savoir, se la posent-ils eux-mêmes, parfois…

— Trop de choses ne vont pas, soupira Schoedsack en jetant le scénario sur la table. J'ai cru que le dîner ne finirait pas ! Ce Blackley ! Vous l'avez entendu ? Même ici, il reste en Angleterre…

À leur arrivée à Khartoum, ils avaient trouvé, aux bons soins du consul, la nouvelle mouture supposée tenir compte de leurs indications. Et certes il y avait du mieux. Par endroits – ce qui faisait paraître les parties inchangées plus incongrues encore. Monty noircissait des pages de notes, sans trouver de solution.

Tout était allé trop vite, à New York. À se demander si Lasky n'avait pas voulu prendre Zukor de vitesse, ou, à tout le moins, garder la main. À peine le contrat signé, la machine s'était mise en route, une scénariste avait été trouvée – Hope Loring, celle de *Wings* –, avec mission de livrer une première esquisse avant leur départ.

Ils l'avaient imaginée pleine d'allant, au regard de ce qu'ils savaient du film de Wellman, ils l'avaient trouvée effacée et timide. Mais elle avait devant elle, déjà, le roman bourré de signets, dont elle allait dégager, assurait-elle, la structure profonde dans la semaine. Cooper et Schoedsack avaient développé leur projet, raconté *Grass* et *Chang*, dépeint avec lyrisme les séquences qu'ils imaginaient en Afrique, les bouges de Suakin, un marché aux esclaves, ils en trouveraient bien un quelque part, l'évasion de la Maison de Pierres, la poursuite, des scènes de bataille autour du fort. Il y avait là-bas des tribus d'une férocité légendaire, ils sauraient les amadouer. Elle prenait des notes, studieuse, sans dire mot. Mais peut-être lui fallait-il un temps de réflexion ?

Hambleton venait de donner à Cooper des nouvelles de la Pan Am en gestation, et celui-ci brassait livres et cartes dans la salle de la Société de géographie quand Monty avait fait irruption, quelque peu agité.

— Tu as lu le scénario ?

Coop, d'un geste, avait balayé la longue table couverte de documents.

— D'abord, j'ai ça à finir ! Tu tombes bien, j'arrive au bout… Les lieux. Les scènes chocs.

Schoedsack s'était laissé tomber dans un fauteuil.

— Ça dépend tout de même du scénario, non ?

Coop avait haussé les épaules – l'intendance suivrait !

— Il faudra bien qu'il s'adapte, non ?

Oui, mais alors tout de suite, avant la catastrophe. Ils s'étaient retrouvés tous les trois chez Monty, le nez sur le tapis. Dès la première page, Cooper avait grommelé. À la dixième, il bouillait. À la vingtième, il l'avait jeté en travers de la pièce. C'était quoi, cette bouillie ?

Un mélo larmoyant. Ce n'était pas pour eux, ce n'était pas eux !

Hope Loring s'était défendue avec la dernière énergie. C'était cela, le cinéma : *une histoire*. Autrement dit, une histoire d'amour. De la romance, des pleurs, des pâmoisons, des femmes dans le malheur qui retrouvent le bonheur à la fin. Mais enfin, plaidait Cooper, l'histoire, pour l'essentiel, se passait en Afrique, pas dans les salons londoniens ! Pas du tout, soutenait-elle : à Londres ! À Londres, l'idylle avec Ethne, la promesse de mariage, la faute de Feversham, les quatre plumes blanches, la rupture, le père mourant de chagrin. Et encore à Londres, le retour de Durrance, l'un des amis-accusateurs, devenu aveugle, Ethne se promettant à lui, bien qu'encore amoureuse de Feversham. À Londres toujours, le drame, au retour du héros réhabilité, l'impossible dilemme, le happy end : *l'histoire*. L'Afrique était juste une parenthèse. *Une parenthèse ?* Mais c'était le cœur de leur projet ! Et les scènes chocs ? Des scènes chocs ne faisaient pas une histoire, s'obstinait Hope : juste des ponctuations. À supposer qu'il soit possible de les lier aux scènes principales, tournées en Californie à leur retour – ce dont elle doutait, à l'évidence.

Erreur sur la personne, avait reconnu Lasky, appelé au secours : de *Wings*, enquête faite, elle n'avait écrit que les scènes sentimentales. Il allait leur trouver quelqu'un d'autre, et très vite.

Cooper, entre-temps, avait enfin pu exposer ses trouvailles. Et le moins qu'on pût dire, c'est qu'il avait su ménager ses effets. Tout bien réfléchi la saison s'y prêtait, et en plus, il fallait débuter par quatre mois au Tanganyika.

— Exactement sur la route de Livingstone ! Tenez. Depuis Dar es-Salaam ! Et puis Mikandani, la Ruvuma...

— Qu'est-ce que ça à voir le Soudan ?

— Hein ? Oh, rien ! Mais j'ai trouvé : au lieu de s'échapper de la Maison de Pierres, leurs geôliers les vendent comme esclaves très au sud, vers le haut Nil, d'où ils s'échappent. Hein ? Qu'est-ce que vous en dites ? Là-bas, il y a plein de lions, de rhinos, d'hippos, de paysages sublimes. Et puis l'automne y est la période des brûlis. Vous imaginez ? Feversham fuit, ses poursuivants incendient la savane, les animaux s'éparpillent, effrayés, se jettent à l'eau. Attaques de lions, ou de rhinos, on verra, débandade des babouins. Sauvés de justesse. Hein ? Qu'est-ce que vous en pensez ? Et en décembre, juste avant la saison des pluies, on remonte jusqu'à Port-Soudan, ou Suakin. On trouvera bien dans ces coins-là un marché aux esclaves. Khartoum, Omdurman, et puis de là on va filmer les guerriers Messeria dans le Kordofan, avant de finir par les Amarar vers Suakin – les Fuzzy-Wuzzies du poème de Kipling, qui terrorisaient tant les Anglais. Les pires.

Monty levait les mains pour se protéger de l'avalanche. Entendu, tout cela méritait étude. Étude ? Cooper avait haussé les épaules : il avait déjà tout étudié, noté, les dates, les bateaux. N'empêche, insistait Schoedsack, il fallait travailler avec le garçon que Lasky leur avait trouvé, et vite !

Howard Estabrook, le nouveau scénariste, un grand gaillard maigre, aux allures d'aventurier, avait roulé sa bosse dans le cinéma et au-dehors. Il avait vu *Grass* et *Chang*, paraissait comprendre leur projet, citait des références communes, Jack London, *The Covered Wagon*, la ruée vers l'Ouest. De fait, son premier jet leur avait paru plus vif, l'Afrique y était en bonne place, même si l'ensemble, à leur goût, gardait un ton un peu mélodramatique. Mais, promis, il intégrerait leurs notes envoyées d'Afrique…

Sauf que ça n'allait toujours pas.

Cooper resta un moment silencieux, mâchonnant sa pipe. Du dehors leur venaient, mélancoliques, les notes frêles d'un *tanbûr*, un chant psalmodié à mi-voix, sans doute inspiré du Coran, le marmonnement chuchoté du groupe entourant le chanteur. Parce qu'on fait fausse route, dit-il enfin, livrant le fond de sa pensée.

— Ça me trotte dans la tête depuis un moment. Mais c'est à Omdurman, allez savoir pourquoi, que ça m'est devenu évident. Alors que j'attendais tout le contraire, il faut dire…

Il allait et venait maintenant à grands pas, dans la pièce éclairée seulement en son centre par la faible lanterne, sortait brusquement de la pénombre pour se pencher à la fin de chaque phrase vers Schoedsack, silencieux.

— Avant, on cherchait à construire l'histoire du film à partir du réel qu'on filmait. Un peu comme si on la découvrait à mesure – le roman du réel, en somme. Non ? D'accord, on a rejoué des tas de scènes, au Siam, mais c'est parce qu'on les avait observées, et qu'elles étaient impossibles à saisir sur le vif. Mais là ! Là, on fait juste l'inverse : on s'échine à faire coller ce qu'on filme à une histoire complètement extérieure. De plus en plus bidon à mesure qu'on avance. Shorty, on est en train de s'enferrer…

Intégrer les séquences africaines dans les tournages à venir, avec les acteurs, relevait déjà de la haute voltige, mais les parties londoniennes…

— Elles ne vous paraissent pas de plus en plus insupportables, à mesure qu'on avance ?

Feversham épousera-t-il enfin Ethne ? Ou bien, héroïques tous les deux, prisonniers de leur parole, sacrifieront-ils leur bonheur à l'honneur ?

— Je dois avoir le cœur sec, mais ce genre de conneries, ça ne vous déprime pas ? Ou bien c'est encore un truc obligé pour femmes ?

Surtout, c'était cinématographiquement impossible, intervint Schoedsack.

— Tout est organisé en crescendo jusqu'à la dernière bataille, et la victoire. Comment, après ça, repartir pour vingt minutes de pleurnicheries ?

Ruth toussota.

— Je ne voudrais pas interrompre cette conversation entre vrais hommes, mais ces trucs de bonnes femmes, comme vous dites, c'était il y a cinquante ans. Et encore... Les femmes d'aujourd'hui, elles vont mourir de rire – ou d'ennui. Et Ethne, passer pour une idiote. Je sais bien que vous n'êtes pas très éveillés, sur ces choses-là, mais les femmes ont changé, vous savez ?

Schoedsack soupira : ça, pour le savoir... Coop avait raison : c'était l'histoire elle-même qui était bancale.

Il soupira de nouveau. Cooper soupira à son tour, et ils s'abîmèrent dans un silence perplexe.

— Pourquoi vous ne la coupez pas, cette fin ?

Ils regardèrent Ruth, interloqués.

— Bataille effrayante, héroïque victoire, et crac : scène suivante à Londres, Feversham reçoit sa décoration, Ethne est dans la foule, ils se retrouvent dans les bras l'un de l'autre, étreinte passionnée à la Valentino. Point final. Non ?

Elle avait raison, bien sûr. Pourquoi n'était-ce pas à elle que Lasky avait confié le scénario ?

Mais ça n'enlevait rien à la gêne de Cooper, qui touchait aux principes : l'histoire, de n'être pas déduite de leur aventure, resterait artificielle.

Il se réveilla au milieu de la nuit, vaguement inquiet, chercha à tâtons la lettre qu'il gardait dans la poche de sa veste depuis Suakin. Dans la pièce voisine il entendait la respiration tranquille de Monty, et c'est avec le sentiment de le tromper un peu qu'il la relut, une fois encore, à la lueur tremblante de son briquet.

Mon vieux Coop,

Juan, décidément, a hérité par des voies obscures des talents de Borgia et de Machiavel… D'accord, tu dois être en ce moment en train d'affronter une lionne en chaleur à mains nues, ou de conduire à la bataille des nomades hirsutes, mais ce n'est pas mal ici, non plus. Ton copain Shorty a raison, la vraie jungle est à New York.

J'ai craint le pire quand j'ai vu un concurrent se dresser devant nous pour notre projet cubain. Sans avion, sans expérience, mais avec des notables à gros cigares : la Pan American Airways. Et je l'ai craint encore plus quand un deuxième larron s'est invité, l'Atlantic, Gulf, and Caribbean Airways. Avec cette fois Eddie Rickenbacker, l'as des as – tu t'en souviens ? Un sacré bonhomme ! Et avec lui Richard Hoyt, un nom dans l'industrie des moteurs. Quand l'oncle de C.V. nous a appris « qu'au nom de l'expérience » le choix de l'US Postal irait à la Pan Am, j'ai cru que c'était fichu.

Pas Juan. Le fauve qui sort ses griffes ! Il a foncé chez Hoyt, pour « envisager un accord ». Pourquoi Hoyt, alors que c'est la Pan Am qui est choisie ? Il m'a regardé avec un sourire, sans répondre. Imagine la rencontre, Hoyt, quarante ans, arrogant, face à un jeunot inconnu de vingt-huit ans – à manger tout cru ! Mon garçon, je peux envisager de vous intégrer comme partenaire minoritaire, mais… Et Juan, la voix calme : non, je vous propose l'inverse : de vous absorber. L'autre s'étrangle de rire, le fiche dehors. Juan, impassible, répète son offre jour après jour. Hoyt a l'argent mais pas d'avion. Et pas de contrat signé avec Cuba. Un après-midi, Juan m'appelle, très calme :

— C'est fait. Jonas a avalé la baleine.

Pour que Hoyt ne perde pas la face, la compagnie nouvelle garde son nom mais c'est nous – toi – qui la contrôlons désormais.

— Mais, Juan, pourquoi Hoyt ? Le problème, c'est la Pan Am !

Juan, lui, se contentait de glousser, sans répondre.

Deuxième acte. Les frères Bevier, à la Pan Am, sont des coriaces. Qui rient au nez de Juan.

— Négocier quoi ? On a le contrat avec l'US Postal !

— Certes, mais on est en août. Et votre contrat est caduc si vous n'assurez pas le premier vol le 19 octobre. Vous n'avez pas d'avion.

— Nous en aurons.

— J'ai un contrat exclusif avec les Cubains.

— Une feuille de papier ! Nous sommes en train de négocier avec eux.

Le 8 septembre, les frères Bevier triomphent : ils ont arraché un contrat aux Cubains ! Et Juan :

— Il sera sans valeur devant les tribunaux. Et vous n'avez pas d'avion. Nous, si.

Sur ce dernier point, il s'avance un peu, mais bon. Palabres. Cris. Les Bevier demandent à l'US Postal un report. Refus. Plus que dix-neuf jours avant la date fatidique ! Les Bevier, au bord de la crise de nerfs – et de la ruine –, cèdent.

Tiens-toi bien : la nouvelle Pan Am est à nous ! Et depuis le 13, Juan est président des trois compagnies…

On s'est tous réunis, le soir, pour une petite fête. Lui :

— Pourquoi s'agiter ? Je savais l'issue, dès le départ.

M'est avis qu'une fois seul, chez lui, il a dû tout de même se lâcher, faire des bonds jusqu'au plafond.

Mais il ne nous reste plus que six jours pour réussir le premier vol !

Ton ami,

John

Six jours ! Tout devait être joué, à cette heure. Ils avaient réussi, il en était certain. Leur aventure, là-bas, commençait… Il replia la lettre, resta longtemps dans le noir, incertain. Non, son aventure à lui était ici. C'était juste cette attente, qui le rongeait.

Les Nouba et les Messeria auraient vite fait de lui remettre les idées à l'endroit…

Le jour pointait à peine quand ils se levèrent. Ibrahim avait déjà sellé les chevaux. Ils burent rapidement le thé que Ruth, première réveillée, avait préparé, avalèrent leurs galettes de pain. Ils sortaient de la cour quand ils entendirent des cris derrière eux et Driscoll les rejoignit au trot pressé de sa mule.

— Le seul moment où respirer ! Dans moins de trois heures ce sera la fournaise.

Les collines se crêtaient de rouge, à l'est. À leurs pieds, une barre sombre flottait, qu'ils prirent d'abord pour un lac, ou un fleuve – le Wadi al-Ghassan, disait la carte, mais du Wadi, si c'était lui, ne restait qu'une étendue boueuse, achevant de se dessécher. Monty grommela que, de toute manière, la lumière ne valait rien pour une image. Leur vrai but était ailleurs.

— Les guerriers messeria ! Blackley a envoyé un messager dès votre arrivée. Il ne devrait plus tarder…

Plus loin, dans la vallée, ils virent des formes se mouvoir, des lames de sabres et des lances miroiter : ils n'étaient pas les premiers levés. Stevenson faisait manœuvrer son détachement, comme chaque matin, déploiements, regroupements, mises en file, formation défensive en carré. Le légendaire « carré britannique », que seuls, à en croire le poème de Kipling, avaient brisé les Fuzzy-Wuzzies…

— L'essentiel est de tenir, n'est-ce pas ? Ne pas se dissoudre dans… tout cela, ce vide. Se cramponner à ce que l'on est. « Je maintiendrai ! » Les Anglais m'agacent un peu, parfois, comme ils agacent toujours les bons Irlandais. Mais il y a de l'héroïsme chez eux.

Tout le contraire des Français, poursuivit Driscoll, tandis qu'immobile il suivait de loin la manœuvre. Ceux-là se sentent tout de suite des missionnaires, des libérateurs, quand ils ne sont que des conquérants comme les autres.

Il éclata de rire. Avec les Anglais, au moins, les choses étaient claires – puisque aucun étranger, jamais, ne serait anglais. Les relations devenaient plus simples. Étrangers étaient les Soudanais et étrangers à ce pays resteraient pareillement les Anglais.

— Vous vous demandiez comment Blackley peut tenir tout seul ? Parce qu'il est seul. Quelle gloire, à l'assassiner ? Et puis les tribus ont pris un tel coup sur la tête, avec Kitchener… En fait, Blackley les arrange. Avant le Mahdi, elles étaient sans cesse en guerre les unes contre les autres. Pour que règne l'ordre, il faut bien un juge accepté par les parties, n'est-ce pas ? Il joue ce rôle. Et du coup nul ne perd la face. Lui, en retour, laisse les chefs des tribus régler leurs problèmes internes comme ils l'entendent. Et même s'ils le font d'une manière un peu barbare, après tout, juge-t-il, c'est leur culture…

Le carré britannique ! Il y avait peut-être quelques images à faire. Déjà Schoedsack partait au trot avec derrière lui Ibrahim portant son éternelle Debrie.

— La gloire de l'Empire... Ça ne vous donne pas l'impression d'être dans un roman de Kipling ?

Ils levèrent le camp à l'aurore – Ruth au volant de la voiture de tête, avec Monty, Cooper et Driscoll, ainsi que les caméras et les bobines, en des caissons spéciaux. Ibrahim, qui faisait également office de traducteur et ses deux aides, Mohammed et Ali, recrutés à Suakin sur les conseils du consul, suivaient dans le camion chargé de tout le reste. Le ciel était d'un bleu sombre, le jour s'annonçait gris, comme les jours précédents et sans doute comme demain, gris de poussière, gris de trop de chaleur, gris d'usure et d'ennui. Driscoll, d'humeur gaillarde, entonna un chant gaélique, *Thugamar fein an samhradh linn* (« L'été, partout, nous accompagne »), qu'essayèrent de reprendre ses compagnons. Libres ! Ils n'avaient que trop attendu. Le messager envoyé par Blackley jusqu'aux Messeria était revenu le matin d'avant, couvert de poussière : le *Nazir*, guide suprême des Messeria, leur donnait rendez-vous dans quatre jours, aux abords du premier village nouba, vers la montagne. Ils s'étaient empressés de faire leurs paquetages. Ruth chantonnait, Monty reprenait vie. Enfin ! Driscoll s'était joint à eux. Il récupérerait son cheval et sa mule au retour. Sur place, les Nouba le dépanneraient.

— À moins que les Messeria ne nous tranchent la gorge d'ici là !

Roches aiguës, éboulis, broussailles à l'infini, ils avançaient secoués en tous sens sur le semblant de piste.

— Ne vous plaignez pas, hoquetait Driscoll, hilare. À cheval, avec votre barda à dos de mule, vous en auriez pour une semaine !

Ce n'était rien de dire que les Irlandais étaient d'un naturel disert. Au bout d'une heure ils savaient tout de lui, son enfance à Killarney, ses études, ses erreurs de jeunesse qui l'avaient conduit en Palestine d'abord, puis au Soudan, et comment il s'était pris d'affection pour ses habitants, avait gagné peu à peu leur confiance. Après tout, ils n'étaient pas si différents des Irlandais ou des Écossais, bref des clans celtiques, par tout ce qui avait le don d'irriter les Anglais, l'art de la dispute, le génie des conteurs, et certaines manières de faire musique, chants et danses de tout. Le seul défaut qui les séparait encore de la civilisation, avait soupiré le bon docteur en s'épongeant, était d'ignorer le whisky. Dont seuls les Irlandais, dans cette fournaise, étaient à même d'apprécier les vertus désaltérantes.

Le ciel était maintenant d'un blanc incandescent, le sable s'embrasait devant eux jusqu'à blesser les yeux, des nappes de chaleur ondoyaient au ras du sol, brouillant tout repère. La parole se fit rare, au fil des heures, tandis que chacun tentait de s'accommoder de la fournaise. Par les vitres ouvertes, pour un peu d'air, s'engouffrait le sable soulevé par les roues, qui râpait la peau à vif.

Un bosquet d'acacias, aux plis d'un vallon, leur offrit vers une heure de l'après-midi un semblant d'ombre. Driscoll, allongé, le teint rouge vif, gémissait : ces températures n'étaient pas faites pour les natifs de Killarney.

— Au juste, vous ne m'avez toujours pas dit pourquoi vous voulez tant rencontrer les Messeria ?

Cooper et Monty échangèrent un bref regard. Au Tanganyika, Siggins, leur guide, les avait criblés de questions. Comme celui-ci se piquait de cinéma, avait déjà joué le guide pour *Blue Lagoon* et en avait même épousé une des actrices, ils avaient gardé un prudent silence. Avec Driscoll, ils ne risquaient rien, et d'autant moins que celui-ci n'avait jamais ouvert *Les Quatre Plumes blanches* – la gloire de l'Empire n'était pas son souci. Des conneries à la gloire de Gordon, c'est ça ? C'était un peu ça, oui. Et ils voulaient filmer sur le vif les guerriers messeria en action.

— Pouvez pas mieux tomber ! Avec les Fuzzy-Wuzzies, ils étaient les plus féroces aux côtés du Mahdi, à ce qu'on dit, et les premiers sur les marches du palais à trucider Gordon…

Il rit.

— De rudes gaillards, croyez-moi ! Et de fieffés coquins. Mais leur *Nazir* est un type intelligent.

Avec le sens de la plaisanterie, ajouta-t-il. À preuve, le choix du lieu de rendez-vous. Mais là-dessus il n'en dit pas plus. Il serait toujours temps demain.

Pour habiter de pareilles étendues, il fallait les peupler de ses songes, de ses visions, de ses récits. Tout, dans ce vide, tout imprévu, tout événement, l'envol d'un oiseau, la forme d'un nuage, devenait signe alors, vous faisait signe. Jusqu'au temps, qui se dissolvait en éternité dans l'espace sans limites : ces histoires qui couraient avec le vent étaient-elles vieilles de dix siècles ou de l'immédiat aujourd'hui ?

— Ici, le tic-tac des horloges n'a guère de sens…

Driscoll, songeur, soliloquait à voix haute, serré avec les autres autour du feu de camp. Un peu de fraîcheur venait avec la nuit – et d'autres présences, aussi, dont certaines amulettes pouvaient vous protéger, voulait croire Ibrahim. Même le feu réservait des surprises, qui certes faisait reculer les ténèbres, mais appelait à lui, parfois, des djinns maléfiques. Avec Mohammed et Ali, il dressait les tentes, préparait le repas, en sursautant au moindre souffle, aux craquements du feu, tandis que Ruth mettait à rôtir un quartier de chèvre sur un deuxième foyer.

Brisés de fatigue, ils avaient fait halte dès la venue du soir. Et le ciel s'était peu à peu agrandi au-dessus d'eux.

— Vous n'avez pas été sans remarquer que tous les mystiques sortent du désert ?

— Quand j'étais gosse, dit Cooper à mi-voix, l'histoire de Gordon m'enflammait l'esprit. Mais je me demande si ce n'est pas ce Mahdi qui est le plus extraordinaire des deux…

Un homme surgi de nulle part, sans autre force que lui-même, levant par la parole un peuple entier… Oui, cela n'était probablement possible qu'en cette terre, si étrange.

— Il osait dire ses visions, ses songes et pour chacun tout s'éveillait alors, faisait signe autour de lui. À commencer par soi-même. Comme si chacun, à son contact, se multipliait des autres… L'élu !

Driscoll resta un moment silencieux, puis reprit comme s'il se parlait à lui-même :

— Je l'ai compris ici : nous n'habitons jamais que nos rêves…

Cooper et Monty tressaillirent. Et comme Driscoll, surpris, les interrogeait du regard :

— Quelqu'un nous l'a dit, déjà. C'était il y a longtemps ! Un soldat, dans un train qui nous amenait à Varsovie. Nos rêves, oui, et nos effrois. On l'appelait le Rabbin. Et il ajoutait : « Pour donner un visage à l'inconnu »…

— Dites donc, le désert vous met d'humeur philosophique ?

Ruth arrivait, portant la viande odorante.

— Une semaine comme ça et vous finissez derviches tourneurs ou anachorètes. Ou alors, Driscoll, c'est l'effet d'un manque momentané de whisky ?

— Momentané, momentané… dit soudain Schoedsack. Si je ne m'abuse, il nous reste une petite réserve dans le camion ?

À titre médical, il allait sans dire. Mais ce serait sans glace. Le visage de Driscoll s'éclaira d'un coup, il s'en fichait bien, de la glace ! Et ce fut comme si les ténèbres reculaient, d'un coup, pour leur faire place.

— Ce que je ne comprends toujours pas, c'est ce que vous êtes allés faire au Tanganyika, si votre histoire tourne autour de Gordon ?

Ils somnolaient autour du feu de camp, dans la respiration lente de la nuit. Ibrahim et ses aides, un peu plus loin, dormaient sous un abri de fortune. Les yeux mi-clos, Cooper contemplait les étoiles, la longue écharpe de la Voie lactée. Il fallait que la nuit enveloppe la Terre, que l'on cesse, en somme, de se voir, pour que l'univers nous rappelle sa vastitude et son mystère.

— La fuite de Feversham ! Il nous fallait des scènes chocs. Des lions, la savane en feu, des rhinos, enfin, des dangers, quoi, du suspense ! Et ça, c'était forcément au Tanganyika…

Mais était-ce si vrai ? Lui revenait surtout, dans son demi-sommeil, le sentiment d'avoir vécu de grandes vacances, dans l'insouciance des commencements.

Après quinze jours à Dar es Salaam, où ils avaient engagé Siggins, leur guide, complété, empaqueté, chargé leur équipement à bord du steamer *Dumba*, ils avaient descendu la côte de port en port, avec le sentiment d'entrer dans un temps aboli. Les boutres aux voiles blanches dansaient sur les vagues, passaient, chargés de lourds ballots, une odeur épicée, entêtante, était venue vers eux quand s'était dessinée la côte sur l'indigo sombre de la mer, et le *Dumba* s'était engagé à vitesse réduite dans la passe du port de Mikandani.

Là, il leur avait fallu défaire leurs paquetages, les conditionner en lots de 50 livres, recruter des porteurs – pas moins de trois cents, dont quarante pour le seul matériel de Schoedsack, avant de s'ébranler vers le fleuve Ruvuma. Parvenus au sommet de la première colline, ils s'étaient retournés : la file s'allongeait sur plus d'un mille, semblable à celles qui accompagnèrent jadis sur la même piste Richard Burton et Livingstone. Ils ne pénétraient pas seulement dans un continent encore inconnu, ils entraient dans le bruissement des légendes de ceux qui les avaient précédés.

La mousson d'août rafraîchissait l'atmosphère, les points d'eau débordaient, la nourriture proposée dans chaque village était abondante, l'air embaumait. Ils traversaient des bois de cocotiers, de manguiers, d'anacardiers en fleurs, longeaient des jardins où poussaient le mil, des haricots, de la cassave. Le soir, on entendait des lions rugir dans les lointains.

— Et chaque matin Siggins, notre guide, nous montrait les traces de léopards.

De grandes vacances, oui, avec l'impression de jouer aux explorateurs. Avec d'autant plus de vraisemblance qu'ils s'étaient découvert un général imprévu.

Ruth. Elle réglait avec le sourire les moindres détails du quotidien, assistait Monty quand il fallait, apprenait le swahili à grande vitesse. Chaque soir, le camp se montait comme par miracle, tant les porteurs mettaient un point d'honneur à la satisfaire. À chaque halte dans un village, elle se transformait en médecin improvisé. En quelques jours, elle était devenue nécessaire. Auraient-ils su, sans elle, gérer pareille armée, eux qui jusque-là avaient fonctionné seuls ?

Une toux discrète le fit sursauter. Il avait dû s'assoupir, perdu dans ses pensées.

— Coop ! Et vos scènes chocs, alors ?

Cooper se frotta les yeux. Driscoll ne le lâcherait pas avant la fin de l'histoire.

— Oh ! Ça a été plus tard. Il nous a fallu remonter plus haut, bien plus haut sur le fleuve…

Les villages s'étaient espacés peu à peu, le fleuve s'élargissait en lacs où grouillaient les crocodiles, dans un tournoiement d'oiseaux de toutes les couleurs et de toutes les tailles, tandis que sous les eaux proliféraient les poissons aux gros yeux dont Ruth, en bon élève de William Beebe, dressait patiemment la nomenclature. Sur la terre ferme se croisaient, se chassaient, venaient boire ensemble des buffles, des antilopes, des léopards, des lions, des phacochères, dans les grognements, au-dessus d'eux, des babouins agrippés par milliers aux branches.

Ils étaient remontés à la naissance du monde. Et ils avaient su, alors, qu'ils avaient trouvé ce qu'ils étaient venus chercher.

— C'est là que nous avons eu, à peu près en même temps, nos trois idées : les hippos, les babouins, la savane en feu.

Tout le long du fleuve s'étendaient de larges étendues calcinées. Au loin, parfois, ils distinguaient de grands feux qui couraient dans la savane, d'épais nuages de fumée. C'était pour les villageois l'époque des brûlis, d'où sortiraient dans quelques mois légumes et fruits. Pourquoi ne pas imaginer que les hommes lancés à la poursuite de Trench et de Feversham tentaient de les débusquer par le feu ?

— On revenait le soir les cheveux et les sourcils roussis, le visage noir de fumée. Bon sang ! Il y a comme une drogue dans les incendies. Les arbres gigantesques s'embrasaient comme des torches, le vent tourbillonnait, Monty voulait filmer d'un peu plus près chaque jour, dans le rugissement des flammes. Combien en avons-nous filmés ? Je ne sais même plus.

— Et les hippos ?

— Un matin, on a vu un petit troupeau tomber dans le fleuve depuis une hauteur. C'était incroyable ! Sauf que pour le reproduire à grande échelle, ça a été une autre paire de manches. Ils ont l'air inertes, comme ça, pacifiques – tu parles ! Vifs comme la foudre, oui, entêtés à un point… Et dangereux ! Les tigres, à côté…

D'abord, il avait fallu construire un corral aussi large et solide que celui des éléphants, au Siam. Puis les forcer à y entrer, en mobilisant à chaque fois une centaine d'hommes brandissant des torches. La première fois où ils avaient cru réussir, ils avaient trouvé le corral vide au matin. Les bêtes avaient tout brisé et s'en étaient allées. Combien de fois avaient-ils dû recommencer ? Puis, enfin, tout avait été en place, le corral conçu comme un sas donnait à une extrémité sur une palissade retenue par des cordes qui pouvaient être, à un signal convenu, coupées afin que le troupeau, poussé, s'engouffre dans le passage, et ne puisse faire autrement que de se précipiter dans le fleuve.

— C'est là que j'ai failli y rester… Que nous avons failli y passer, à tour de rôle ! La première fois, j'étais sur la palissade, les bêtes commençaient à s'agiter. Le signal convenu, pour couper les cordes était… « Coupez ! ». Et voilà que Shorty, occupé à filmer, m'appelle pour que je sorte du champ : « Coop ! » Le gars, bon sang, il me voyait, pourtant, coupe la corde ! Je ne sais pas comment j'ai fait, un salto arrière, ou quelque chose comme ça, mais j'ai failli finir en bouillie. Une autre fois, ça a été Ruth : des rondins de la palissade mal fixés, c'est un miracle si elle n'est pas tombée au milieu des bêtes en furie. Une autre, Shorty, alors qu'il filmait depuis la palissade… Treize fois, il a fallu recommencer treize fois avant d'y arriver ! C'est Ruth, un jour, qui s'est posé la question : et si c'étaient les mêmes bêtes qu'on capturait encore et encore ? Qui avaient pris, elles aussi, l'habitude de se rendre au corral avant une petite galipette dans l'eau ? Mais quel spectacle, à l'arrivée !

Ruth… Il la regardait avec un pincement au cœur, tête contre tête avec Shorty, reprenant ses notes, visionnant ce qu'il venait de développer. Shorty était le même, exactement le même avec lui. Rien n'avait changé, mais il lui fallait bien admettre que parfois lui venait comme une pointe de jalousie. Sans doute Shorty et elle ne s'en rendaient-ils pas compte, mais ils ne faisaient littéralement plus qu'un. Ils n'ont pas besoin de moi, s'était-il dit un jour, et une tristesse affreuse l'avait envahi. Pour l'oublier, il avait pris le prétexte de lieux nouveaux à trouver et il s'était éloigné en des expéditions qui le tenaient à l'écart plusieurs jours. À Mikandani, où ils avaient fait un bref retour pour porter un courrier à l'intention d'Estabrook, il avait trouvé une lettre d'Hambleton. Pris d'une brusque impulsion, il lui avait répondu : « Je ne peux guère penser à l'aviation maintenant, mais dès que j'en aurai terminé ici, ça sera une autre chanson… » Il l'avait regretté aussitôt. Il fallait juste qu'il se fasse à l'idée qu'ils étaient trois, désormais.

Il s'arracha à ses rêveries. Driscoll, penché vers lui, semblait s'interroger sur ses silences. Il s'ébroua. Ça n'avait pas été facile non plus avec les babouins.

— L'idée était de montrer une colonne de babouins fuyant le feu sur les pas de Feversham, et empruntant un pont de corde au-dessus du fleuve, juste au moment où notre héros en coupait les attaches pour se mettre à l'abri. Les babouins tombaient à l'eau et devaient traverser à la nage. En essayant de se réfugier en grappes, d'abord, sur les quelques rochers du fleuve car ces fichus animaux détestent l'eau. Ça n'a l'air de rien ? Ça nous a presque pris un mois à mettre au point.

— Tu oublies ton idée stupide de traverser le fleuve en pirogue au milieu des hippos, dit la voix ensommeillée de Monty.

— Géniale, tu veux dire ?

— Si tu étais mort, elle aurait été idiote.

Non : géniale. Pourquoi ne pas imaginer que Feversham et Trench, un peu plus loin, s'emparaient d'une pirogue abandonnée sur la rive et s'enfuyaient ?

— Je m'étais déguisé en Feversham, à Shorty de se débrouiller pour que ce soit raccord, plus tard, et Ibrahim figurerait Trench, ce serait un lien génial, avec le tournage ensuite en Californie, le public ne saurait plus ce qui était d'Afrique ou d'Hollywood !

Ils s'étaient lancés sur le fleuve, mais les hippos arrivaient plus vite que prévu, nombreux et d'humeur chagrine, renversaient la pirogue, ce qui sur la rive avait fait pousser des cris de joie à Monty, jusqu'à ce qu'il se rende compte qu'Ibrahim se noyait proprement, lui qui avait assuré savoir nager. Il avait plongé sans hésiter pour le récupérer au milieu des bêtes irascibles. Oui, ça allait faire des images géniales !

— Et vous appelez ça des grandes vacances ?

Driscoll se roula dans son sac de couchage.

— Peut-être, après tout, que vous allez bien vous entendre avec les Messeria.

XXIV

Tremblez, quand s'annoncent les Fuzzy-Wuzzies !

Kordofan – Suakin, février 1928-juin 1928

Dans l'après-midi, le paysage commença à changer. La chaleur se fit moins forte, la plaine se plissa en collines de plus en plus marquées, des bosquets se multiplièrent dans les vallons. Tout à coup, au sortir d'une gorge plus profonde, ils virent devant eux le lieu du rendez-vous : s'étageant au versant d'une colline, une succession de huttes rondes en pisé, et, à leurs pieds, une vaste étendue plate, à l'ombre de mimosas et de grands acacias. Le terrain idéal pour s'installer, décidèrent-ils, et tandis que Cooper et Schoedsack préparaient le matériel de tournage, Ruth et Ibrahim, aidés de Driscoll et d'Ali, dressaient le camp, installaient la cuisine volante. Schoedsack soupira pour la forme : jadis, ils dormaient par terre sans faire autant d'histoires, en mâchonnant ce qu'ils avaient sous la main. Pas de doute, ils se ramollissaient.

— Par terre, ici, avec les scorpions et les serpents, ça demande réflexion, objecta Driscoll.

Mais Monty tenait à son idée : le luxe corrupteur ! Il leur avait fallu une armée, au Tanganyika, pour faire moins bien ce qu'ils faisaient tout seuls jusque-là. Mais c'était ça, Hollywood…

Dans le soir qui venait, ils virent des feux s'allumer dans les hauteurs, mais nul ne descendit à leur rencontre.

— Ils nous ont vus, dit Driscoll. Mais ils se méfient. S'ils savent que les Messeria arrivent, ils doivent être en panique…

Et comme Cooper et Monty, surpris, l'interrogeaient du regard :

— Pendant des décennies, sinon des siècles, les Messeria les ont attaqués, ont tué les hommes, emporté les femmes, réduit les survivants en esclavage. On ne vous l'avait pas dit ?

Immobile, drapé dans une tunique blanche, le vieillard gigantesque jetait autour de lui des regards méfiants. Ruth, sortant de sa tente encore ensommeillée, poussa un cri en se heurtant à lui. Une demi-douzaine de jeunes hommes de même taille, armés de courtes lances, le corps peint des pieds à la tête, se tenaient à ses côtés et cette masse silencieuse, sans la moindre expression, avait quelque chose d'inquiétant. Ils tressaillirent, pourtant, lorsque intrigué par un cri de Ruth, Monty surgit à son tour, cheveux ébouriffés. Celui-là n'était-il pas encore plus grand qu'eux, si fiers de se croire les hommes les plus grands sur cette terre ? Ruth multipliait les sourires, les gestes de bienvenue, sans réponse. L'apparition de Driscoll détendit l'atmosphère et il entama aussitôt avec le vieillard un long conciliabule. Volubile, il multipliait les gestes des mains et des bras, tandis que l'autre esquissait de loin en loin un frémissement de paupières, avant, sur un dernier hochement de tête en direction de Ruth et de ses compagnons, de tourner les talons et de s'en retourner à pas lents, suivi de ses jeunes guerriers impassibles.

— Vous avez vu ? souffla Ruth, ils sont nus. Intégralement nus ! Et pas très causants…

— Ils impressionnent toujours autant, n'est-ce pas ? Mais ils sont pacifiques. Juste méfiants vis-à-vis de l'extérieur. En tout cas vous êtes les bienvenus. Mais j'ai évité de leur annoncer l'arrivée des Messeria…

Nues pareillement allaient les jeunes filles, avec pour tout vêtement une fine ceinture de perles passée autour des hanches. Chacun de leurs gestes était d'une grâce infinie.

— Elles rendraient folle de jalousie n'importe quelle femme chez nous, dit Cooper, un rien songeur.

— Les hommes ne sont pas mal non plus, susurra Ruth. Et au moins on peut juger tout de suite sur pièces.

Dans le labyrinthe de vallées où ils s'étaient réfugiés pour fuir les razzias des nomades arabes, les Nouba rassemblaient de multiples ethnies, qui toutes vouaient un culte obsessionnel à leur beauté. Leurs corps étaient leur œuvre d'art.

— Dès l'âge de trois ans, les filles s'enduisent le corps d'huile et de terre ocre, expliqua Driscoll. Et vers dix ans, commencent les scarifications. Sur le visage, d'abord. Et puis sur le ventre, à la puberté. Ensuite, c'est à leur invention, à chacune.

Le peuple des collines, comme ils s'appelaient entre eux ! Le plus mystérieux, le plus fascinant qu'il lui avait été donné de rencontrer. Et encore n'avait-il percé que quelques-uns de leurs secrets…

— La peau… Elle est notre frontière à tous, n'est-ce pas ? Je veux dire, notre contact avec le monde extérieur. Pour eux, elle est comme un livre sur lequel ils dessinent, peignent, écrivent. Quoi ? Si je le savais…

Les scarifications qui lui avaient tant fait horreur étaient en fin de compte des hiéroglyphes.

— On soulève la peau avec une épine avant de l'inciser, et puis on recouvre l'entaille avec de la farine de millet, pour qu'elle gonfle, et se voie bien.

Du menton, il montra un groupe de filles autour d'une femme âgée qui officiait assise dans la poussière. La gamine opérée ne bronchait pas.

— Leur corps est comme un livre. Sur lequel chacun écrit son histoire, sa lignée, ses visions aussi, à quoi il se rattache. Une manière d'inscrire l'inconnu du monde dans un ordre.

Des femmes, devant leurs huttes, écrasaient les graines de millet entre des pierres, ou cuisaient leur bouillie dans des plats en terre posés sur des feux de bois. Poules et cochons vaquaient entre les habitations, des gamins faisaient rentrer des chèvres dans un enclos à grand renfort de coups de bâton. Les Noubas étaient avant tout agriculteurs, éleveurs aussi, et chasseurs, mais la totalité de leur temps libre était consacré au culte de leur corps. Et il est vrai qu'ils étaient magnifiques, grands, larges épaules et attaches fines.

— Ils ne conçoivent les vêtements que pour les personnes âgées. De plus de trente ans, disons. Quand leur corps devient laid. Je vous laisse deviner ce qu'ils doivent penser de nous…

Un vacarme soudain, de cris de colère ou de joie mêlés, leur fit rebrousser chemin vers l'entrée du village. Un groupe de jeunes gens vociféraient, dans un nuage de poussière. S'approchant, ils découvrirent au centre de leur cercle deux géants, aux corps blancs de chaux des chevilles jusqu'au cou, striés d'un entrelacs de lignes aux couleurs vives, s'affrontant à la lutte, tout en évitements et en chocs soudains, brutaux, dans des grondements furieux. L'un d'eux, un instant, parut prendre l'avantage, dans l'arrachement d'une ceinture arrière, qui fit voler son adversaire dans les airs, avant de retomber au sol sur le dos, avec un bruit sourd, mais déjà ce dernier se rattrapait par un fauchage de jambe, et les deux combattants se retrouvèrent face à face, yeux fous, l'écume aux lèvres.

— Pacifiques, hein ?

— Tout à fait ! C'est ritualisé, vous savez. Ils s'entraînent juste, pour la prochaine fête qui les opposera aux champions du village voisin.

Et ce n'était qu'une mise en bouche, suggérait la mine réjouie de Driscoll.

— Il y a aussi des affrontements à coups de bâton. Féroces ! Et des combats singuliers agrémentés de lames à double tranchant, passées aux poignets…

— Les jeux du cirque, en somme ? soupira Ruth.

— Mais non, protesta Driscoll, les combats s'arrêtent dès que l'un est blessé ! Et le soir les filles leur font fête, en choisissant chacune leur élu.

La vraie vie, en somme. Les *kaduntor*, dit-il, avec presque de la vénération – les champions. Le reste du temps, ils étaient la douceur même.

Cooper, qui avait pratiqué la lutte, jadis, à son Académie, se tourna vers ses amis, rayonnant.

— Bon Dieu, vous imaginez ces champions à New York ? Ils feraient un malheur !

Il fallait absolument filmer tout cela. Et puis cette fête, quand elle aurait lieu. C'était unique ! Revenu au camp, il pressa Monty, qui s'absorbait dans la contemplation du feu.

— Et on les met où, dans le scénario ?

On s'en fichait bien, du scénario ! On trouverait un moyen. Monty secouait la tête. Comment faire comprendre à Coop qu'ils ne tournaient plus les mêmes films qu'autrefois, que chaque séquence devait s'inscrire dans une logique dramatique ? Mais Coop le savait déjà. C'est bien ce qui le tourmentait, depuis le début – le sentiment de renoncer à quelque chose d'essentiel.

Mais il n'eut guère le temps d'agiter ses pensées sombres. Une rumeur lointaine, au petit jour, les précipita hors de leurs tentes, un grondement sourd rythmé par le martèlement d'un tambour ou d'un gong sur lequel se distinguaient des cliquetis de métal, des grincements d'essieux, des cris. Schoedsack bondit vers sa caméra, préparée depuis la veille. Déjà ils arrivaient au galop, l'air hautain, tout de blanc vêtus, longue robe et turban, traversaient le camp sans un regard, avant de faire volte-face comme pour les encercler, lance au poing, tandis que surgissait à pas lents un convoi improbable. D'abord, ils ne virent, dans le nuage de poussière, qu'une masse indistincte, aux formes fantastiques, d'où sortaient les cornes de bœufs massifs et irritables et, au-dessus, un empilement de couvertures, de tapis, de coussins, de vêtements, de pots et de plats sur lequel était perchée une femme au port de reine, couverte de plaques d'or et d'argent. Sans doute une des femmes, ou des filles, du chef de la tribu, et auprès d'elle, encadrant la bête reniflant de colère, quatre femmes à pied veillaient à ce que l'échafaudage ne s'effondre pas. Pas un espace de peau ou de vêtement laissé libre, ou nu : les cornes prodigieuses des bœufs étaient gainées de fourreaux de cuir damasquiné incrusté de pierreries, leurs fronts couverts de broderies et de tresses de cuir fin, tandis que les femmes étaient couvertes de bijoux d'or et d'argent, de colliers de perles et de bagues, de boucles d'oreilles, de bracelets d'argent aux chevilles et poignets, de casques ajourés en métal précieux. Le *Nazir* étalait sa richesse avec un faste barbare mais, nomade, n'avait-il pas à transporter partout ses possessions ? Puis vint, dans un nouveau tournoiement de guerriers brandissant leurs lances, un vieillard tout de blanc vêtu, les yeux vagues. Juché sur un bœuf gigantesque, à la robe noire, il donnait le rythme de l'extravagante procession en battant deux tambours. Sur un ordre bref, le tumulte s'apaisa d'un coup, les guerriers se rangèrent en deux lignes tandis que surgissait celui qui leur avait donné rendez-vous, vêtu d'une longue robe bleue brodée d'or et d'argent sur la poitrine, le turban tenu par un foulard de soie multicolore qui lui passait sous le menton, avec à la main une épée à la garde incrustée de pierreries : le *Nazir* des Messeria, le chef redouté d'une des plus formidables tribus du Soudan, assassin, pillard, trafiquant d'esclaves à l'occasion. Derrière lui, s'avançait sa garde rapprochée, sombre, menaçante, armée de fusils et vêtue de cottes de mailles. Cooper saisit le regard de Schoedsack, hocha la tête : ils étaient de retour aux temps de la cour d'Abyssinie, parmi les lointains héritiers des temps du roi Arthur. Mais il fallait espérer à leur retour, cette fois, une issue plus heureuse.

Le *Nazir* sauta à terre, son visage sévère s'éclaira d'un sourire et le guerrier sanguinaire disparut dans l'instant – un patriarche au regard malicieux leur souhaitait la bienvenue.

La nuit fut longue autour du feu. Cooper, aidé par Driscoll, avait entrepris d'expliquer, à l'aide de photos, ce qu'était le cinéma et ce qu'ils attendaient des Messeria, mais le chef sans se perdre en arguties avait signifié d'un geste de la main que ses hommes se plieraient à leurs désirs. Il est vrai qu'il n'avait d'yeux depuis un moment que pour la beauté blottie contre Schoedsack, qu'il aurait volontiers échangée contre une poignée de ses femmes, avait confié Driscoll, l'œil brillant. Un conteur à la voix de bronze convoquait les légendes que son père déjà, et avant lui son grand-père, et tant d'autres encore depuis que les hommes avaient foulé cette terre, répétaient pour se tenir ensemble, et les ténèbres alentour se peuplaient de présences invisibles – le roi de Tabarka que l'on disait le lion du Kordofan, telle était sa bravoure, Hassana ou comment son frère devint antilope… Le musicien avait troqué ses tambours contre une sorte de lyre dont les notes grêles s'élevaient vers le ciel, un guerrier entama un chant, repris à mi-voix par quelques autres, et la nuit doucement les enveloppa.

Passé le premier jour, le tournage était devenu pour eux comme un jeu, aux règles d'autant plus volontiers respectées qu'ils ne les comprenaient pas, édictées, disaient-ils en riant, par la grande boîte portée par le géant. Schoedsack multipliait les plans, les angles de prise de vues, tandis que Cooper tentait de modérer l'enthousiasme qui montait à proportion de la vigueur des coups assenés dans les combats, de moins en moins simulés. Lui-même revivait. Sur un cheval d'emprunt, il galopait dans la plaine, au flanc des vallons, jusqu'à tomber de fatigue, avec le sentiment de se retrouver. Était-il de plus belle vie que celle-là ? répétait-il le soir. Il avait dû être nomade en une vie antérieure. Schoedsack, sans répondre, se plongeait dans le scénario. Il ne s'agissait pas tant de vivre, grommelait-il, que de faire un film.

Ils se retrouvaient chaque soir autour des feux de camp, chez le *Nazir* une fois, chez eux le lendemain. Les femmes, d'abord intimidées, se pressaient elles aussi en jetant des regards intrigués à Ruth. Elles étaient jolies comme des cœurs, soupirait Driscoll. Il y avait là les filles du *Nazir*, ses belles-filles et ses épouses, toutes d'ailleurs du même âge. Le visage du *Nazir* se plissait. Il n'avait jamais plus de quatre ou cinq épouses à la fois – mais il en changeait souvent car, disait-il en clignant de l'œil, il aimait beaucoup divorcer et beaucoup se marier.

Un soir, comme Schoedsack et Cooper tentaient de lui expliquer l'histoire qu'ils mettaient en scène, et qu'il y aurait de grandes batailles à montrer, le *Nazir* avait levé un sourcil : fallait-il plus de guerriers ? Deux jours plus tard il en était arrivé une centaine, l'œil féroce et pressés d'en découdre – que leur avait-on promis pour qu'ils brandissent ainsi leurs lances en galopant en tous sens ? Le *Nazir* avait ri : de grandes batailles !

Jour après jour, d'autres affluaient, comme s'ils s'étaient passé le mot et le vallon bruissait tel un océan avant la tempête. La nuit, autour des feux de camp, éclataient des bagarres vite réprimées – de jeunes guerriers, disait le *Nazir*. Qui n'a pas le sang vif à cet âge ?

Un autre soir, ils rentraient épuisés d'un tournage, et Monty reconnaissait que, oui, peut-être, il tenait quelque chose – une grande charge des guerriers sur un terrain de roches éboulées, ponctuée de chutes, sans blessés heureusement, mais un cheval, la patte brisée, avait dû être abattu, demain il filmerait un corps à corps dans les rochers – quand ils trouvèrent le campement messeria en pleine effervescence. Une trentaine de femmes dans leurs plus beaux atours, couvertes de médailles, plaques, colliers, en cercle, chantaient en claquant des mains un air joyeux, teinté de raillerie. Autour d'elles se pressaient toutes les femmes du camp, qui s'écartèrent pour faire entrer dans le cercle les guerriers, rouges encore et ruisselants de leurs combats, en invitant de la main Cooper et Schoedsack à faire de même.

Dans le cercle, cinq jeunes femmes dansaient devant un homme immobile, feignant l'indifférence, s'approchaient en ondulant des hanches, le frôlaient, le provoquaient, avant de reculer, revenaient encore et encore, avant, soudain, de se tourner vers Cooper, de plus en plus lascives, moqueuses, provocantes. Coop, embarrassé, surprit le regard amusé du *Nazir* assis au milieu de ses femmes.

— D'abord la chasse, d'abord la guerre et puis la femme, dit le chef : la guerre, la mort, d'abord, puis l'amour !

Y a-t-il de plus grande extase ? souffla le *Nazir*, qui dévorait des yeux les danseuses – en se demandant peut-être de quelle femme il allait divorcer pour faire place à l'une de ces diablesses.

Cooper entendit Ruth dans son dos :

— La vraie vie, hein ? Avec deux ou trois petits viols pour pimenter sa journée ?

— Quand mes guerriers s'avançaient, aux temps glorieux, les vautours accouraient pour les accompagner ! soupira le *Nazir*. Ils savaient qu'ils auraient bientôt à se nourrir…

Cooper et lui, ce matin-là, s'étaient aventurés plus loin dans les collines, jusqu'à un village nouba accroché à flanc de paroi. Certains, à l'époque des razzias, s'étaient réfugiés dans des cavernes connues d'eux seuls, mais le village qu'ils venaient de découvrir, au-dessus d'eux, rappelait au *Nazir* de bons souvenirs. Lui et ses guerriers s'étaient glissés au cœur de la nuit pour se cacher dans les rochers et ils avaient attendu que les hommes sortent, au matin, pour les abattre tous.

— Ce jour-là, nous sommes repartis avec beaucoup, beaucoup de femmes !

Ses yeux en brillaient encore de joie innocente. C'était jadis, avant que ne commencent les temps de décadence…

Les attendaient au retour le chef des Nouba et sa garde de géants. Driscoll, près de lui, paraissait soucieux. Les Messeria étaient des gens sans aveu ni parole, leur chef avait tué des leurs, autrefois, vendu leurs femmes et leurs enfants ! Comment les hommes blancs pouvaient-ils parler à pareil égorgeur ? C'était autrefois, plaida Cooper – ils vivaient maintenant des temps de paix. De paix ? Mais c'était une armée qui se massait à leurs portes ! Une affaire de quelques jours, tenta à son tour d'argumenter Driscoll, ensuite, ils partiraient. Quelques jours ? Chaque jour au contraire augmentait le nombre de ces chiens.

Les jeunes Nouba serrés les uns contre les autres grondaient, sauvages. Un géant au visage convulsé s'arracha au groupe, et, ignorant son chef, se campa face au *Nazir*. Il était formidable, ainsi, le corps peint en blanc strié de noir, les muscles gonflés, tandis qu'il déversait sur le chef messeria et ses hommes un torrent d'insultes. Soudain, il s'interrompit et poussa un hurlement, interminable, en écartant les bras comme s'il les défiait tous au combat, là, dans l'instant, sans autre arme que sa fureur. Surpris, les gardes messeria reculèrent en portant la main à leur épée. Seul le *Nazir* ne bougea pas. Comme indifférent, il leva la main en signe de paix, et d'une voix douce jura sur ce qu'il avait de plus sacré que les temps anciens n'étaient plus – quelques jours encore et ils repartiraient. Les Nouba hésitèrent, puis reculèrent pas à pas.

Il ne faudra pas que ça dure trop longtemps, confirma Driscoll le lendemain. Des hauteurs du village venaient par à-coups, portées par le vent, des rumeurs de tambour.

— Vous entendez ? Les jeunes lutteurs se montent la tête. Ils n'ont pas connu les razzias anciennes et rêvent d'en découdre ! Et puis, ils sont vexés de n'être pas filmés, eux.

Ce n'est pas faute de l'avoir demandé à Monty, maugréa Cooper. Mais il y avait peut-être une solution…

Ce serait la dernière séquence, en forme d'apothéose. Pendant deux jours, ils l'avaient répétée, revue le soir avec le *Nazir* et ses lieutenants, après que Cooper avait renoncé à son grandiose projet : l'affrontement entre les Nouba et des Messeria montant à l'assaut de leur village. Il était même parvenu, dans un premier temps, à convaincre les deux chefs, il est vrai en échange d'une promesse de sucre et de vêtements, qu'ils avaient une autorité suffisante sur leurs hommes pour que cela reste un jeu. Schoedsack s'était cabré, quel lien avec le scénario ? S'en était suivie, pour la première fois depuis le Siam, une bouderie entre eux, heureusement interrompue par le renoncement des deux chefs, mesurant que jamais ils ne parviendraient à tenir leurs troupes, et, Cooper revenu à la raison, tous avaient pu travailler à leur scène finale.

Ils s'étaient regroupés à l'entrée de la plaine, masse confuse d'armes étincelantes dans le soleil naissant. À un signal convenu, Ruth, près d'eux, lancerait les guerriers, Schoedsack sur un échafaudage, Cooper sur un autre, capteraient le mouvement sous deux angles différents. Le soleil jaillit au-dessus des collines, inondant tout l'espace. Schoedsack tira deux coups de fusil, ils entendirent le coup de feu de Ruth en réponse et la masse des guerriers – cent cinquante au total, plus qu'ils n'auraient jamais espéré – se mit en branle, au pas d'abord, puis au trot et enfin au galop, lances et épées brandies. La plaine tremblait sous les sabots, l'air vibrait des clameurs guerrières et bientôt ils furent sur eux, à flanc de colline, rien, pas même les amas d'éboulis, ne les arrêterait – ils virent les chevaux trébucher contre les rochers, disparaître dans le tumulte, les visages des guerriers convulsés par la fureur...

— Parfait, cria Schoedsack dans son porte-voix, on la refait ?

Mais les lieutenants du *Nazir* renâclaient, frustrés. Comment se battre avec conviction quand il n'y a personne à pourfendre ?

On referait donc la scène, mais avec un quart des leurs à mi-hauteur, protégés par les blocs de roches saillant de la colline. Il fallut choisir en hâte de nouveaux angles pour les caméras, tandis que le soleil montait dans le ciel, et la charge recommença, avec une fureur accrue. Qu'importait maintenant le nombre, ils seraient filmés au plus près, en plans rapprochés, dans la seule escalade. Le flux déferlait sur eux, brutal, déjà le corps à corps s'engageait et il n'y avait plus de frères d'armes, juste deux camps opposés qui voulaient vaincre, bien incapables de faire en quoi que ce soit « semblant ». La mêlée devenait générale, les coups étaient donnés sans retenue, un guerrier s'effondra puis un autre, et il fallut que le *Nazir* donne du buccin pour qu'enfin s'arrête l'affrontement. Les deux camps se toisaient, vibrant encore de fureur, se défiaient en chapelets d'insultes. Cooper, les yeux brillants, le souffle court, serra le bras de Schoedsack. Quelle séquence ça allait faire !

— Tu te rends compte ? Si ça avait été contre les Nouba ! Bon Dieu...

Schoedsack le regarda, interloqué. Perdait-il la tête ? Mais Cooper éclata de rire.

— Je plaisante ! Bon sang, il y aurait eu des morts... Tu imagines, Blackley apprenant que le Kordofan est à feu et à sang ?

Il y aurait ce soir grand festin, annonça le *Nazir*, des chants et des danses jusqu'au cœur de la nuit. Et demain il lèverait le camp. Un peu plus tard, ce serait leur tour, songea Cooper avec un pincement au cœur. Une dernière étape, à la rencontre des Fuzzy-Wuzzies et c'en serait fini de leur aventure africaine.

Driscoll arriva hilare, sa trousse à la main.

— Je me suis dit que, jeu ou pas, il y aurait quelques plaies et bosses. Mais, bon Dieu, ils y sont allés fort !

Les blessés se relevaient, tenus par leurs frères d'armes, des bras, des jambes entaillés, quelques visages ensanglantés, mais pas de mort.

— Et, hum, risqua Driscoll en claquant la langue, qu'il avait sèche, j'aurai besoin d'un peu d'alcool pour soigner les plaies – si vous voyez ce que je veux dire ?

Ils voyaient. Sans un regard pour ses blessés qui n'avaient pas su parer les coups, le *Nazir* invita ses hôtes à le suivre. Après la bataille, la fête !

— Si j'ai bien compris, dit Ruth arrivant sur ces entrefaites, les femmes vont avoir à se dévouer sans compter, cette nuit !

La vraie vie, hein ? dit-elle en se penchant à l'oreille de Cooper.

Quand Feversham et Trench s'échappaient de la Maison de Pierres, ils se risquaient d'abord dans les hautes herbes d'une savane, auxquelles leurs poursuivants mettaient le feu. Les arbres transformés en torches, les flammes bondissant sur un ciel de suie, la fuite frénétique des animaux, la bousculade affolée des singes vers le fleuve et puis le surgissement des troupeaux d'hippopotames sautant du haut d'une falaise dans les eaux bouillonnantes – ils avaient là-dessus profusion d'images, même si Schoedsack restait prudent : le montage serait l'épreuve de vérité. Puis venaient la fuite et l'agonie dans le désert de sable, le sauvetage de justesse par une patrouille. Tout ceci serait tourné au retour, avec les acteurs. Ne restait donc plus que la fin héroïque, le fort Khar assiégé, au bord de la mutinerie, les rebelles venus de tous les horizons se rassemblant, et le combat final pour la gloire retrouvée de Feversham…

Messeria ou Fuzzy-Wuzzies, pour cette séquence ? Messeria, voulait la logique, si l'on considérait que le fort, à suivre le roman, se trouvait isolé au plus profond du Kordofan. Fuzzy-Wuzzies, soutenait Cooper. Pour Kipling et son poème à leur gloire – et qu'importait la géographie ?

— Entre elle et le poème, tu hésiterais, toi ?…

Il le déclamait avec un rien d'emphase. Reste, s'excusait-il, de son passé militaire.

Nous avons combattu bien des hommes, par-delà les mers
Et certains étaient braves, certains ne l'étaient pas
Les Paythan et les Zoulous et les Birmans,
Mais les meilleurs, de tous, étaient les Fuzzy[1].

— Tu te rends compte ? Les seuls à avoir brisé un carré britannique ! Toute la cavalerie du maréchal Ney n'y est pas parvenue, à Waterloo…

Il imaginait déjà le carton, quand ils surgissaient sur l'écran, avant l'assaut : « Car ils ont brisé un carré britannique ! » En plus, par chance, Monty avait filmé sous tous les angles le détachement de Stevenson formant le carré dans la plaine d'Abou Zahad. C'était un signe.

Monty, prudent, hochait la tête. Tout dépendrait des images. Parce que ça allait être de la dentelle, à monter, image par image. Personne avant eux ne l'avait fait.

— Je ne sais pas si vous vous rendez compte, tous les deux ? Les acteurs sont à Hollywood, le fort à défendre sera construit là-bas, et il va falloir mixer les images africaines et celles tournées au retour, montrer les acteurs au cœur de la mêlée, qu'on prenne les figurants pour des Fuzzy ou des Messeria…

Cooper opinait – mais voyait-il vraiment ? Son regard disait juste : « Monty trouvera », et Monty reprenait ses notes, ses croquis, dessinait chaque plan, décomposait une fois de plus l'action, en quêtant l'avis de son ami, moins peut-être pour ses lumières que pour le ramener au film à faire, et non à vivre.

Les Fuzzy-Wuzzies ? Vous n'y pensez pas ! s'était écrié le commissaire John Campbell Arbuthnott, six mois plus tôt, quand ils avaient débarqué à Suakin. Il l'avait répété le soir, au dîner donné en l'honneur de ses hôtes américains ! L'assemblée tout entière s'était récriée : qui, dans cette pièce, n'avait pas d'histoires terribles à raconter sur ces fous furieux chargeant

1. *We've fought with many men acrost the seas,*
An' some of 'em was brave an' some was not :
The Paythan an' the Zulu an' Burmese ;
But the Fuzzy was the finest o' the lot.

les mitrailleuses Maxim torse nu avec leurs seules épées, indifférents à la mort ? Un rien, un mot de travers, ou mal interprété, un infime accroc à leur code de l'honneur, dont nul jusqu'ici n'avait percé les subtilités, et tout pouvait s'embraser. Et, dans ce cas, que Dieu nous protège tous ! avait conclu le digne commissaire.

Les Fuzzy-Wuzzies ? À leur retour du Kordofan, Arbuthnott avait levé les bras dans un geste fataliste. Son collègue d'Abou Zahad lui avait envoyé un rapport élogieux, l'entente avec ces brigands de Messeria, à l'en croire, avait été totale. Peut-être après tout pouvait-il prendre le risque…

Par les vitres entrouvertes, derrière les volets tirés, leur parvenaient les rumeurs de la ville, les cris au loin du bazar d'El Kep, l'odeur de poisson venue de la barre de corail que battait doucement la houle de la mer Rouge. La place forte, hier encore, des troupes britanniques s'effaçait peu à peu au profit de Port-Soudan, depuis que le chemin de fer de Khartoum s'était détourné d'elle. Arbuthnott accompagnait cette lente décadence, dans l'attente probable d'un retour si des ennuis nouveaux ne venaient pas troubler la somnolence qui gagnait. Comment s'opposer à la demande de ces fichus cinéastes ? avait-il soupiré. Le cinéma ! C'était bien une invention d'Américains, ça, toujours à s'agiter dans tous les sens. Comme si un bon livre ne suffisait pas… Au-dessus de son bureau trônaient, sagement rangés, les quarante-huit volumes des romans de Walter Scott, dans l'édition Cadell de 1833, qu'il avait entrepris de relire pour la troisième fois, avant son grand projet, retraite prise : parcourir un à un tous les lieux des romans – l'âme de l'Écosse !

Cooper avait attendu de se retrouver seul pour ouvrir la lettre qui l'attendait depuis des semaines chez Arbuthnott. À cette heure, Pan Am et Aviation Corp n'étaient plus que coquilles vides, leurs rêves en allés, ou avaient triomphé…

Mon vieux Coop,

Six jours ! Il nous restait six jours pour réussir. Avec le Fokker commandé il y a dix-huit mois, toujours pas prêt. Et sans aérodrome à Key West. Course contre la montre d'une armée de terrassiers. Le 15, cri de victoire : le terrain est prêt !

Le 17, pluies torrentielles, le terrain n'est plus qu'un marécage. À force de nuits blanches Fokker livre son trimoteur, il décolle de New York, mais se retrouve bloqué à Miami. Juan court à Washington. Peine perdue : pas de report de la date butoir. Et là, l'illumination. Pas de terrain ? Reste l'hydravion ! Jacksonville, Cincinnati, Chicago, New York, Boston, on téléphone partout : pas un de disponible ! Alors que le train, déjà parti de New York, descend vers le sud, avec les sacs postaux... Arrivée prévue à Key West le 19 au matin. Et là, faute d'avion à l'accueil, les sacs seront chargés sur le ferry... Fin de l'aventure.

Le 18 dans l'après-midi, un ami de Juan apprend qu'un hydravion a atterri à Miami pour des problèmes d'huile. Réparation faite, le pilote, Cy Caldwell, s'apprête à décoller pour Haïti. On réussit à le joindre, mais il refuse : l'avion n'est pas à lui, il a son plan de vol. Combien ? hurle le copain de Juan.

— Vous me prenez pour qui ?

— 250 dollars !

— Euh... Non, non je n'ai pas le droit.

— 500 dollars !

— Oh, et puis on s'en fout, non ? Personne n'en saura rien. 500, c'est OK.

Caldwell fonce. Ça va être juste. Il arrive à Key West au crépuscule. À une heure près, sans feux, il n'aurait pas pu se poser.

Le lendemain à 7 heures, il embarquait trente mille lettres en sept sacs, décollait à 8 heures, se posait à La Havane à 9.

COOP, NOUS AVONS RÉUSSI ! Une immense partie commence : toute l'Amérique latine à conquérir. Juan est un négociateur hors pair – mais, pour ouvrir ces lignes, il faudra des meneurs d'hommes. On a besoin du commandant de l'escadrille Kosciuszko.

La grande aventure !

Ton ami,

John

Immense, oui, la partie : rien moins que l'ouverture de temps nouveaux. Aussi sûrement que les pèlerins du *Mayflower* ou les caravanes vers l'Ouest avaient créé des mondes. Et ils avaient des hommes, pour cela : les casse-cou, les baroudeurs des airs, restés au bord de la vie, retour de guerre, auxquels offrir de se projeter au-delà, de s'inventer un autre espace.

Il allait et venait dans sa chambre trop petite, ouvrit la fenêtre pour respirer plus large. Quel challenge !

Puis une tristesse soudaine l'envahit. Le sort en était jeté, ce ne serait pas son histoire. Bientôt ils seraient tous à Hollywood, pour une autre partie…

La pierre des maisons, taillée dans le corail, s'effritait en grandes plaques purulentes, des chiens errants disputaient aux chats sauvages et aux goélands les poissons crevés sur le rivage. Des vents de sable envahissaient le ciel, de loin en loin, venus du Kordofan ou de Nubie, et la ville alors se recroquevillait, écrasée de chaleur. Les temps n'étaient plus, de « l'entrepôt du Soudan » vers lequel convergeaient par milliers les caravanes, mais des pèlerins y débarquaient encore, jetant des regards furtifs, par les ruelles obscures, vers les bouges discrets où l'on pouvait boire du *bouza*, la bière de mil au goût acide. Les prostituées venues d'Abyssinie les attendaient près des étals où se vendaient les tapis de prière en feuilles de palmier. Pourquoi les lieux les plus riches d'humanité, s'étonnait Ruth, étaient-ils ceux où s'étalaient toutes les décrépitudes, dans la fraternité lasse des laissés-pour-compte ? Schoedsack, lui, filmait, en attendant que revienne l'homme de confiance d'Arbuthnott, parti négocier avec les Fuzzy-Wuzzies. Il n'aurait jamais assez de ces scènes de vie, de ces atmosphères de décomposition, quand viendrait le temps du montage.

Une centaine de guerriers, leur avait assuré Slimane, le messager et traducteur. Le chef des Amarar était un homme de parole. Quand ? Bientôt, répétait-il, avec une conviction que démentaient ses gestes vagues de la main. Ils guettaient leur venue depuis trois jours, des hauteurs dominant la grande plaine de l'Ouest. Quelques décennies plus tôt, des ingénieurs hydrographes y avaient construit une bâtisse de pierres, laissée à l'abandon, dont ils avaient fait leur entrepôt tandis qu'ils s'installaient aux alentours. Depuis lors, ils attendaient sous une chaleur suffocante où se dissolvait tout contour.

— Ce ne sera pas cette fois, soupira Cooper en s'épongeant le visage. Qui irait se risquer au plus fort de la fournaise ?

— Quelque chose vient, murmura Ruth en désignant un point à l'horizon.

Tous sautèrent sur leurs jumelles. Juste un point, tremblant dans la vibration de la chaleur. Puis deux, puis dix. C'était eux, avec ce mouvement si particulier des dromadaires.

Ils arrivaient, par les deux extrémités de la plaine, se regroupaient comme un fleuve en crue, envahissaient l'espace. Monty et Coop installaient fébrilement les caméras – ne rien manquer de cet instant ! On distinguait maintenant les premiers rangs, le métal miroitant des épées, les boucliers en peau de rhinocéros aux poings, mais ils continuaient à affluer, au loin.

— Shorty ! Bon sang, ils sont combien ?

Quatre ou cinq cents, au bas mot.

Le chef des Amarar tenait parole.

Ils étaient querelleurs, renfrognés, suspicieux et imprévisibles, aussi dangereux que des scorpions à en croire Arbuthnott, opinion partagée par Slimane, pressé de voir se terminer le séjour de ces Américains. Les Hadendoa ou les Beni-Amer, qui avec eux formaient le peuple des Fuzzy-Wuzzies, ne valaient pas mieux. Mais, intrigués peut-être par ces Américains, ils se montraient depuis leur arrivée d'humeur égale, disponibles. Quand le chef des Amarar avait sauté à terre devant eux, souple comme un chat sauvage, maigre et l'œil fiévreux, il était resté interloqué devant le géant Shorty, avant de lancer « Fuzzy ! ». Amarar il était, mais il savait leur surnom, donné par les Anglais pour leur chevelure hirsute, extravagante, qui les grandissait de dix bons centimètres. La chevelure de cet homme trop grand n'avait rien à leur envier – Fuzzy il était. Et Fuzzy s'était imposé aussi Cooper, au bout de quelques jours, malgré son crâne dégarni, car, guerrier, il l'était assurément, commandant le mouvement au porte-voix, donnant l'exemple quand il fallait, d'un ton d'homme de guerre. L'interprète, informé par Arbuthnott, leur avait confié des bribes de sa légende…

Monty s'amusait de cette frénésie qui lui laissait, à lui, le temps de tout calculer au plus juste. La lumière n'était bonne que pendant quelques heures au petit matin, il fallait se hâter. Et nul doute que Coop se serait voulu plutôt figurant, chargeant avec les autres, que derrière la deuxième caméra.

Ruth faisait livrer régulièrement de quoi nourrir la petite armée, chèvres, moutons, quartiers de bœuf et, chaque soir, des chants belliqueux montaient autour des feux de camp, manière selon Slimane de marquer leur joie : ces Américains savaient vivre. Le temps était venu, décréta Monty, de passer aux choses sérieuses.

— Il faudra découper les séquences, tourner par fragments pour éviter qu'ils ne s'échauffent. Avant la scène finale. Celle-là, on ne la recommencera pas dix fois, ou alors, il y aura des morts. Demain, Coop, il faut que tu veilles à la manœuvre…

En matière de distractions – ou alors était-ce de se trouver seulement entre hommes ? – les Amarar avaient des goûts simples : se battre. Chaque fois que Cooper et Monty s'étaient retrouvés invités à leur campement, le soir, les jeunes s'entraînaient à l'épée, virevoltaient au-dessus des flammes, frappaient sans retenue. Il n'était pas rare que cela se termine par de sérieuses entailles, qui faisaient rire les aînés : le métier rentrait. Et quand éclatait une dispute, les deux belligérants, à la grande joie de tous, s'expliquaient à coup de pierres, chacun dans un cercle à quelques mètres de l'autre, poitrine nue, le haut de sa tunique roulé à la taille, le bouclier dans un poing, et dans l'autre une pierre puisée dans un tas près lui. Honte à celui qui sortait de son cercle ! Ils esquivaient, détournaient les pierres avec leur bouclier, jusqu'à ce que l'un des deux soit touché sévèrement.

— Pourvu qu'il n'y ait pas de morts, dit Slimane, la voix tremblante. Ces fous sont capables de tuer un bouquetin d'un seul jet de pierre à distance !

Si morts il y avait, s'enclencherait un cycle qui pourrait durer des années, de vengeances et de contre-vengeances.

— Dans ce cas, s'était étonnée Ruth, au bout de quelques générations, chacun devrait se trouver impliqué dans une liste interminable de règlements de comptes ?

— C'est le cas, avait soupiré Slimane. Ainsi sont les Fuzzy-Wuzzies.

— Ça ne va pas du tout !

Ils n'étaient qu'une petite quarantaine, ce matin-là, à charger. Cinq fois il avait fallu tout reprendre. Certains de ceux qui chargeaient à pied, épée brandie, devaient s'effondrer comme si une balle les avait frappés.

— Tu as vu ? Ils ne s'effondrent pas, ils s'allongent ! C'est tout juste s'ils n'époussettent pas l'endroit avant de se coucher...

Mais les guerriers concernés renâclaient. Combattre l'épée à la main, oui, égorger son ennemi, tout de suite, mais tomber au sol pour rien, sans combattre...

— Mais enfin, bougres d'ânes, ce n'est pas compliqué !

Déjà Cooper saisissait une épée, se lançait à fond de train en hurlant, les yeux fous, feignait de recevoir une balle, avant de s'écrouler en un roulé-boulé spectaculaire, et restait au sol, immobile.

Les Fuzzy hochaient la tête, impressionnés. Ça, oui, c'était d'un vrai guerrier. Ruth se pencha sur Cooper, qui reprenait ses esprits en grimaçant.

— Je crois que je me suis un peu blessé à la jambe.

Il retint un cri en esquissant le geste de se lever. Son pantalon était poisseux de sang. Le médecin qu'ils avaient engagé à Port-Soudan arriva en courant, suivi de Schoedsack.

— Dis donc, Coop, tu devrais faire du cinéma !

Mais à l'expression du médecin, ils comprirent que c'était sérieux. Un miracle, dit celui-ci, en comprimant la cuisse, s'il ne s'est pas sectionné l'artère fémorale ! Il fallait l'évacuer d'urgence.

Les Fuzzy hochèrent la tête, gravement.

— Ils apprécient, traduisit Slimane. Surtout, de s'être jeté comme cela sans trembler sur un sol de lave : les arêtes tranchent comme des rasoirs.

Demain, ajouta-t-il, ils relèveraient le défi. Ce qu'un homme avait fait, n'importe quel Fuzzy le pouvait aussi.

Coop n'apparut que dix jours plus tard, en s'aidant d'une canne. Entre-temps, les Amarar avaient été exemplaires.

— Le problème, au début, c'est qu'ils voulaient tomber au sol comme toi, de préférence sur des lames de lave. J'ai vu le moment où ils allaient tous finir à l'hôpital.

Schoedsack se frotta les mains. Avec Cooper de retour, on allait pouvoir monter d'un cran !

Et d'un cran, on monta, en effet. Tous voulaient lui montrer, à son retour, qu'eux aussi se battaient sans réserve. Mais quelque chose manquait à leur élan. Où était l'ennemi ? Le malheureux Slimane essayait de leur expliquer que l'ennemi serait « ajouté après ». Pourquoi après, et pas tout de suite ? On ne pouvait pas se battre dans le vide ! Ou alors, pourquoi ne pas séparer les Fuzzy en deux camps et les faire s'affronter ? Un autre guerrier avait froncé les sourcils : qui, des deux, gagnerait ? Aucun, avait risqué prudemment Schoedsack, mais c'était bien sûr la pire réponse : il y avait toujours un vainqueur. Un des deux était tué, ou fait esclave. C'était ainsi depuis le fond des temps. Cooper avait approuvé : ce serait les Fuzzy, bien sûr. Il n'y avait pas de plus vaillants guerriers que les Fuzzy !

Mais on sentait bien que les esprits s'échauffaient. Un jour pourtant tranquille, où ils avaient filmé les cinq cents hommes se rassemblant, venant de tous les horizons, ils s'en revenaient au campement quand des éclats de voix les attirèrent dans une gorge voisine – là, une bonne centaine de Fuzzy se faisaient face, leurs poitrines déjà dénudées pour en découdre, qui avec des pierres, qui avec leur épée. Il avait fallu que Coop s'interpose pour les ramener à la raison.

Ils n'allaient pas pouvoir tenir longtemps ainsi…

— On y va ?

Le soleil parut hésiter à l'horizon, passa la crête des collines, avant d'inonder la plaine devant eux. Schoedsack, depuis l'une des plates-formes, lui adressa un signe de la main et Cooper tira deux coups de feu auxquels répondirent deux détonations, très loin. Et, au signal, ils arrivèrent, de toutes les vallées, en une poussée irrésistible. Pour eux aussi, ils le savaient tous, ce serait le grand jour, où montrer que rien ne résistait à la fureur des Fuzzy. Ils se mirent au trot puis enfin au galop, dans un tumulte de cris, d'épées, de lances brandies, un instant ils disparurent dans un nuage de poussière, la terre tremblait sous les sabots et soudain ils furent là, sautant à terre en voltige, le torse nu, l'épée au poing, le visage convulsé de fureur. Shorty filmait, filmait encore – c'était formidable ! Mais ils poursuivaient leur élan, encerclaient les plates-formes, ivres de sang et de gloire, faute d'ennemis ils se retournaient les uns contre les autres, s'affrontaient en écumant de rage. Tue ! Tue ! criaient les plus féroces. Cooper s'époumonait en vain dans son porte-voix, les plus agiles escaladaient déjà les poutres de sa plate-forme, il assomma le premier avec son porte-voix, réussit à s'emparer de son épée, du plat de la lame effondra un deuxième, au troisième il n'allait avoir d'autre choix que de dégainer son revolver, songea-t-il. Il aperçut Shorty, gigantesque, sur l'autre plate-forme, brandissant un pied de caméra au-dessus de sa tête comme une cognée, pour se défaire de la grappe de ses assaillants. On entendit une série, brève, de détonations, des cris, et la marée humaine reflua, comme si chacun reprenait ses esprits. Dans un nuage de poussière, campé sur son dromadaire, le chef amarar les fixait, les yeux brûlants, avant de les saluer d'un hochement de tête : non, rien ne résistait à la fureur des Fuzzy-Wuzzies.

XXV

Dans l'usine à rêves

Hollywood, août 1928-mai 1929

— Alors je lui ai dit : « Tu y vas, ou pas » ? Le gars faisait dans son froc – un cascadeur ! Je te l'ai sorti du cockpit par le paletot et j'ai pris sa place. Se crasher, merde, c'est pas sorcier !

« Wild Bill » Wellman s'engouffra dans le Beachwood Canyon, évita de justesse une camionnette chargée de légumes qui partit en zigzag, et prit le premier virage sur deux roues. L'as des Chats noirs conduisait comme il boxait, et menait sa vie, toujours à fond.

Au moutonnement des chênes dorés succédèrent des palmiers et des poivriers, et dans le foisonnement des mimosas, des bougainvilliers, des flamboyants, se devinaient en retrait, aussitôt évanouis, des maisons mauresques, mexicaines, chinoises, et même, leur sembla-t-il, un château moyenâgeux. Depuis quelque temps, les stars couvraient Beverly Hills de leurs extravagances immobilières, dans un jeu subtil de montré-caché.

Soudain la mer fut devant eux, d'un bleu sombre qu'incendiait le soleil déjà bas, tandis que la Duesenberg Model J 8 cylindres, double arbre à came, amorçait son piqué dans un rugissement triomphal. La différence d'avec un avion de chasse, risqua Ruth, la voix un rien nouée, c'est qu'il y avait tout de même une route, avec des gens dessus, et Wellman partit d'un vaste éclat de rire, en appuyant un peu plus sur l'accélérateur. Quelle route ?

— Je ne serais pas réalisateur, c'est ça que j'aurais aimé faire : cascadeur !

Une belle surprise les attendait vers Malibu, s'ils se pressaient un peu. L'ami Dionisio se couchait tôt…

Un assistant de Ben Schulberg, le maître des lieux après Dieu – lequel, à la Paramount, avait deux têtes, Lasky et Zukor, comme chacun savait –, leur faisait, le matin même, visiter les studios flambant neufs où ils auraient à tourner leurs scènes d'intérieur, quand un rugissement avait retenti dans leur dos :

— N'écoutez pas le gamin ! Tous des menteurs. Et des escrocs !

Déjà « Wild Bill » Wellman, fraternité des armes oblige, prenait Coop et Monty par le bras, après avoir salué Ruth Rose d'un regard appréciateur.

— Putain ! Enfin de vraies gens ! Lasky m'avait prévenu. Je ne vous lâche plus !

Et laissant là le garçon dépité, il les avait entraînés au-dehors. Il allait de ce pas les mettre au parfum : ici, il fallait savoir se défendre…

— La jungle, à côté, c'est de la foutaise !

Et il avait esquissé un *jab* dans les côtes de Coop.

Pas de doute, Hollywood avait changé, avait constaté Monty. Aux hangars au milieu des vergers avait succédé un cratère en éruption, dans un tohu-bohu de voitures se croisant en tous sens, d'enseignes tapageuses, d'immeubles montant à l'assaut du ciel. Les studios, MGM, Columbia, Warner, Fox, Universal, étaient devenus des usines. À rêves, bien sûr, mais des usines. À la demande de Coop et de Ruth, Monty avait retrouvé le carrefour préféré de Mack Sennett, où il avait lui-même versé, la nuit, de l'huile et du savon liquide pour quelques « effets spéciaux » gratuits au matin. L'un de ses réalisateurs, un jour, y avait jeté un lion au milieu de la foule « pour avoir un peu de mouvement à filmer », non loin de la banque où ils avaient tourné tant de faux hold-up que lorsqu'un vrai eut lieu, les caissiers hilares tendirent aux malfaiteurs les sacs pleins de billets en leur souhaitant bonne chance. Ce n'était plus qu'un carrefour, semblable à tous les autres, aussi embouteillé, mais Wellman avait hurlé de rire, puis soupiré. On arrivait toujours trop tard…

Lui n'était venu à Hollywood qu'après la guerre. Et encore : comme acteur. Médiocre, fallait pas se raconter d'histoires. Jusqu'à ce que Bernie Durning, un réalisateur dur à cuire, lui donne sa chance, derrière la caméra. Ses conditions : une loyauté absolue, qui lui était acquise, et ne jamais avoir d'aventure avec une fille pendant le tournage…

— Sur ce point-là, bon, j'ai déconné. Mais elle avait un de ces culs ! Bref, voilà qu'il vire fou furieux. C'était un costaud, mais j'étais en forme et, putain, je n'allais pas le laisser me casser la figure. Je lui ai fracassé des chaises sur le crâne, je l'ai cogné, mais il m'a plaqué au sol – tu penses, un colosse de près de deux mètres ! – et il m'a ramené à la réalité : « Écoute, espèce de salopard, tu te mets de la barbaque sur l'œil, mais demain tu es sur le plateau, j'ai besoin de toi ! » Il m'a expliqué sa maladie, et j'ai tourné à sa place quand il ne pouvait pas. Eh bien, le jour de la projection, alors que les producteurs le complimentaient, comme quoi c'étaient ses meilleures séquences, il s'est levé : « Au diable les compliments ! C'est Wellman qui a fait le boulot, nommez-le réalisateur ! » C'est comme ça que j'ai commencé. Des gars comme lui, surtout ici, on n'en trouve pas tous les jours…

Il était resté pensif, devant le carrefour de Mack Sennett, avait soupiré avant de se lancer, tout droit, dans la mêlée.

— Le bon vieux temps !

La maison de Wellman, dans les collines du Nord, au-delà de Mulholland Drive, disparaissait sous la végétation, au milieu des prairies et des vergers de citronniers, comme à Hollywood « au bon vieux temps ». Son refuge, loin des « rats » de Beverly, avait-il expliqué, en poussant la porte de ce qui avait été autrefois un corps de ferme. Un peu en désordre, avait-il admis, en surprenant le sursaut de Ruth – pour être plus précis, un monumental foutoir, suite au départ de son épouse, sur lequel veillait un siamois irascible qui avait craché à leur entrée avant de se réfugier à l'étage.

— Margery a tout de même tenu dix-huit mois ! Hélène, la première, juste un mois. Je progresse…

Ils s'étaient installés sous un tilleul, autour d'une bouteille de pur malt livrée par le bootlegger attitré d'Hollywood, Joseph Patrick Kennedy. Et quand il disait bootlegger, ce n'était pas une caisse par-ci par-là, mais un oléoduc, un fleuve irriguant toute la ville avec la bénédiction des autorités.

— Comme disait le pauvre Arbuckle : le meilleur endroit à L.A. pour boire un coup, c'est encore le poste de police…

Et Arbuckle, la star des stars à la Paramount, savait de quoi il parlait, ayant eu tout le loisir de le vérifier, accusé de viol et de meurtre pendant une partouze avant d'être acquitté. Et maintenant, avait ajouté Wellman en étirant ses longues jambes, sur lesquelles Attila, son siamois, avait bondi, je veux tout savoir !

Ils lui avaient donc tout raconté, ou presque, le Tanganyika, le Kordofan des Messeria et les Fuzzy-Wuzzies.

— Bref, les gars, vous ne vous emmerdez pas. La belle vie ! J'ai vu *Grass*. Et *Chang*, aussi, plusieurs fois. Mince, Shorty, il faudra que tu m'expliques comment tu as pu faire des images pareilles… L'école de la guerre, hein, c'est ça ?

Un silence avait suivi. Mimosas et chèvrefeuilles embaumaient, sur le chemin passait une charrette emplie de foin – un autre monde.

— On n'en revient jamais… Ça vous a fait ça, aussi, à tous les deux ?

Wild Bill chassa son émotion d'un raclement de gorge. Et s'ils poursuivaient cette conversation autour d'une petite graine à casser ? Il avait une adresse, en bord de mer – le meilleur poisson de L.A. !

À l'instant de reprendre son bolide, il se pencha vers Ruth en s'excusant : il n'y avait rien de pire que des vétérans échangeant leurs souvenirs. D'ailleurs, comment avait-elle tenu le choc avec deux numéros pareils ?

— Oh, je fais très attention. Les hommes sont tellement fragiles ! Leurs fusils, leurs voitures, leurs poings, leur…, enfin je me comprends, ils ont toujours besoin de se rassurer. Il suffit de leur laisser croire que c'est eux qui décident…

Les meilleurs poissons de L.A., sans conteste. Et dans le lieu le plus improbable de la côte, une simple cabane de pêcheur. Dionisio avait déblayé la table de bois, tiré deux bancs. Depuis la mort de sa femme, il ne quittait guère son refuge, dormait dans l'appentis, après avoir laissé à ses fils la maison dans la colline. Il était bien, ici, avec la mer pour compagne, et ses amis, de loin en loin. C'est pour ne pas les perdre qu'il avait poursuivi la cuisine que leur préparait Juanita, et tout était bien puisque l'ami Bill était là…

Il avait ranimé les braises. Frais pêché, aussitôt grillé avec quelques herbes du chaparral, y avait-il rien de meilleur ? La mer mourait à leurs pieds dans un soupir. Plus loin, on l'entendait gronder contre les falaises. Le soleil n'était plus qu'un disque énorme à l'horizon. Derrière eux, la montagne se retranchait déjà dans les ténèbres, seule la ligne de crête se teintait d'un liseré rouge sang.

Là-haut, il y avait un monde presque inconnu, dit à mi-voix Wellman, des canyons presque impénétrables, et puis le chaparral…

— Des buissons hérissés d'épines si serrés que les animaux se prennent dedans, sans pouvoir se dégager. On ne retrouve que leurs os blanchis. Les animaux, et même des hommes.

Tant d'histoires couraient, dans le chaparral, de hors-la-loi, de chercheurs d'or, de pirates…

— Ça m'a toujours frappé, que l'usine à rêves, ici, soit située entre les vergers et les fleurs d'un côté, bref, le jardin d'Éden, et de l'autre, cette sauvagerie…

Plus pour longtemps. Dionisio s'assit sans façons à leur côté, après avoir rempli leurs verres d'un blanc viognier bien frais venu de la vallée d'Ojal, au-dessus de Ventura, derrière Malibu. Les odeurs de poisson sur le gril mettaient l'eau à la bouche.

Plus pour longtemps, reprit-il : les gens d'Hollywood construisaient à tout-va dans les collines, Santa Monica gagnait un peu plus chaque jour, seule résistait à l'expansion dame May Rindge, l'héritière du Rancho Malibu, 6 500 hectares d'un seul tenant. Elle se battait depuis plus de vingt ans, les armes à la main – du moins, dans celles des hommes qu'elle recrutait – pour bloquer les projets de routes et de chemin de fer à travers sa propriété. Mais elle ne tiendrait pas longtemps contre l'État de Californie. Le grand procès aurait lieu l'année prochaine…

— Et si elle perd… adieu Dionisio ! On m'a déjà proposé une fortune, pour mon terrain. Mais j'en ferai quoi, de leur argent ? La beauté est un don de Dieu.

Il alluma les lampes, et la mer disparut derrière le rideau des ténèbres, on n'entendit plus que son souffle apaisé. Coop repoussa son assiette avec un soupir d'aise. Leur première détente, depuis le matin ! Un chauffeur de Ben Schulberg les avait kidnappés à leur descente du train pour les conduire d'urgence au bureau du maître. Personne, ici, ne paraissait avoir le temps de rien. À l'exception de Dionisio…

— Et vous comptez tourner où, en extérieur ?

Wellman non plus ne perdait pas le fil.

À Cathedral City, vers Palm Springs. C'était du moins ce qu'avait dit Schulberg. Dont ils ne savaient que penser, sinon que Walter Wanger, à New York, leur en avait dit grand bien.

— Il a plutôt une tête et des mains d'étrangleur, mais bon...

Wellman secoua la tête.

— Un homme de Zukor ! Pour que Lasky le choisisse, fallait qu'il soit bon. Mary Pickford, « la fiancée de l'Amérique », c'est lui. Et Clara Bow la « It girl », la reine des *flappers*. Pour 50 dollars la semaine ! Un bon. Autrement dit, un chien.

Cathedral City, oui, il connaissait.

— De la montagne, de la rocaille, des buissons d'épineux, des canyons, du sable, bref, le désert. Vous verrez, c'est parfait.

Il éclata de rire.

— Et puis, c'est à 200 milles de la Paramount ! Et ça, croyez-moi, ça n'a pas de prix. Plus vous êtes loin, plus ils vous foutent la paix...

Là-dessus, pas de problème, dit Cooper, c'est dans le contrat.

Et comme Wellman souriait, attendri par tant de naïveté :

— Et en plus, ni coupe ni ajout sans notre accord, ajouta Monty.

Wellman eut une moue étonnée. Lasky devait les avoir à la bonne. Pour le reste...

— Ils viendront ! Ils vous emmerderont par tous les moyens. C'est une maladie. Du haut en bas de la boutique, ils ne se sentent exister que s'ils mettent leur grain de sel.

Il les regarda tour à tour :

— Mais vous êtes de taille à les mettre dehors, non ? Amenez tout de même des fusils.

À propos de mettre dehors... Dionisio, qui depuis un moment montrait quelques signes d'inquiétude, se pencha à l'oreille de Wild Bill, qui approuva de la tête. Ils pouvaient rester toute la nuit s'ils voulaient.

— Mais il ne voudrait pas nous mettre dans l'embarras. Des amis à lui vont arriver à tout à l'heure par la mer pour... – enfin, une livraison. Il serait désolé si une descente de flics en mal de pourboires nous trouvait là.

— Si je comprends bien, ton ami pêcheur est aussi bootlegger ?

— Il rend service.

Bill Wellman fourra quelques billets dans un pot, sur une étagère, avant de serrer Dionisio dans ses bras.

— Chez lui tout est gratuit, y compris le repas. Chacun lui laisse juste ce qu'il veut. Pour que ça continue…

— Si l'on m'a donné *Wings* à tourner c'est surtout parce que, question combats aériens, j'étais le seul à y connaître quelque chose.

Sa frénésie automobile semblait l'avoir quitté, et à la manière dont il occupait la largeur de la chaussée, ils comprirent que leur nouvel ami était plongé dans ses pensées. La route longeait le rivage, le friselis des vaguelettes brillait sous la lune argentée, les lumières tremblantes, au loin, devaient être celles de Santa Monica.

— Et c'est comme ça que je me suis retrouvé avec une armée à piloter, d'acteurs, d'aviateurs, de cascadeurs, de détachements de l'armée. Bon sang ! Une sacrée bagarre. Neuf mois ! J'ai réussi à tenir les rats à distance pendant neuf mois. On était tous à l'hôtel, à San Antonio. Schulberg, à L.A., devenait cinglé ! Le budget était explosé depuis longtemps, il ne voyait rien venir, sinon des rumeurs… Faut dire que l'hôtel était devenu un bordel géant ! Imaginez, tous ces gars sous pression : c'est simple, à la fin du tournage, toutes les filles de l'hôtel étaient enceintes. En plus, question ambiance, il y avait Clara Bow… Pas une mijaurée élevée en couveuse : un chat sauvage, une fille de la rue. Belle, mais belle ! Et un tempérament – Ruth, bouchez-vous les oreilles –, le lendemain de ses fiançailles avec Victor Fleming, elle tombe en arrêt devant un jeune acteur, Gary, Gary Cooper – il faut dire qu'il a une gueule, le salopard. Liaison torride, à ne plus pouvoir fermer l'œil de la nuit, dans l'hôtel. Sans parler de tous ceux de l'équipe qu'elle s'est tapés, pendant le tournage.

Wild Bill appuyait ou relâchait l'accélérateur au rythme de ses humeurs.

— Neuf mois ! À la fin, Ben a envoyé Sam Jaffe, son beau-frère. Mais enfin, Bill, ça fait des semaines que tu attends, là, sans tourner ? Oui, et je continuerai : j'attends des nuages. Mais on s'en fout, des nuages ! Écoute, petit con, sans nuages dans le ciel comment tu fais pour donner l'impression de vitesse ? Sur un ciel bleu, t'as juste un essaim de mouches !

Il vira brutalement, entama la remontée, pleins phares, dans un long rugissement.

— Trente jours sans tourner ! Alors ils m'ont envoyé les trois gros financiers du film. Coup de bol, ils sont arrivés juste quand le ciel commençait à se couvrir. Là, j'ai fait décoller tous les avions – cent soixante-cinq ! Trois minutes et demie dans la boîte, superbes… C'était plié ! Je me prends une muflée le soir, dans ma chambre. Et voilà qu'on frappe à la porte. Mince, c'était eux. Je me suis dit : ça y est, je suis viré. Mais eux : « Nous voulions juste vous dire que vous pouvez demander ce que vous voulez. Vous êtes le boss ! » Ils sont partis. J'ai attendu que la porte se referme, je me suis assis par terre, et j'ai pleuré.

D'y repenser, il en avait encore la voix qui tremblait.

— Être le boss. Coop, Shorty, être le boss ! Ou bien, ici, tu n'es rien. Et s'il faut, virez-les tous !

Il les regarda tour à tour.

— Mais vous le ferez ! Je sais que, vous, vous le ferez…

Quelque chose avait changé pendant leur équipée au Soudan. Quoi ? Cooper ne le cernait pas encore. Les lumières, les couleurs, jusqu'aux expressions des visages dans la rue, différaient de celles de New York, mais le même sentiment le poursuivait, depuis son retour. Un an d'absence et le fond de l'air avait changé. Comme une ivresse légère, un élan plus vif, une insouciance. Ruth, Monty, eux aussi l'avaient perçu dès leur arrivée à New York. Peut-être était-ce cela, changer d'époque. Quelque chose d'imperceptible, en suspension dans l'air, soudain se cristallise en une figure nouvelle et au réveil, un matin, vous savez que le monde a changé, et vous aussi, peut-être.

Par les fenêtres de la suite que Schulberg lui avait réservée à la résidence Hillview, sur Hollywood Boulevard, venaient des rires par bouffées, des salves d'applaudissements, la rumeur d'une ville où les nuits n'étaient jamais que des écrans déployés sur lesquels elle se donnait à elle-même en spectacle. « Nous y sommes », songea-t-il, incapable de trouver le sommeil malgré la fatigue.

Jesse Lasky avait fait construire la résidence à l'angle de Hudson Avenue pour avoir plus sûrement à disposition ses artistes sous contrat. Tout, ici, le vaste hall, les salons, disait la puissance de la firme mais aussi qu'à Hollywood on ne sortait pas de l'emprise de la Paramount, que l'on y travaillait et que l'on y dormait. « Restez à l'écart ! » leur avait lancé Wellman en les quittant. À l'écart : c'était bien là qu'ils risquaient de se retrouver, dans ce monde qui n'était peut-être pas tout à fait le leur...

Les amis qui, une dizaine de jours plus tôt, l'attendaient à New York sur le quai de Greenock avaient dans les yeux, eux aussi, une lumière nouvelle. Hambleton, Thach, C.V. Whitney, tous se pressaient autour de lui. Pendant qu'il faisait des galipettes avec les hippopotames, eux non plus n'avaient pas chômé ! Chez Silvio, presque en larmes d'émotion, ils avaient brossé en forme d'épopée leurs récents exploits, ou comment ils avaient réussi à arracher les contrats de l'US Postal sur les « lignes 5 et 6 » qui leur ouvraient l'Amérique centrale, alors que tout paraissait perdu face à un concurrent déjà en place...

Basil Rowe, un pilote à l'ancienne, fort en gueule et leveur de coude, arrivé à Porto Rico avec deux avions Waco en pièces détachées, avait ouvert à la force du poignet une ligne Cuba-Saint-Domingue-Porto Rico, avant de créer la West Indian Aerial Express, avec l'appui des planteurs de Saint-Domingue. Pas de hangar, pas même de terrain : ceux de base-ball faisaient l'affaire. Et il entendait bien emporter le marché du courrier de l'US Postal sur « sa » ligne, dite « ligne 6 ». Mais son capital était essentiellement latin, quand l'offre était réservée aux compagnies américaines. Après avoir frappé à toutes les portes, à New York, Basil s'était tourné en désespoir de cause vers l'Aviation Corporation. Autant entrer à mains nues dans l'antre d'un tigre affamé ! Juan, très froid, lui avait proposé d'acheter sa compagnie. Et encore : pas en argent, mais en actions de l'Aviation Corp, sept mille actions valorisées à 15 dollars pièce. Rowe, furieux : mais si j'ai le contrat, elle vaudra beaucoup plus ! Juan : si vous ne l'avez pas, elle vaudra beaucoup moins. Il lui avait laissé trois jours. Rowe s'était démené et, victoire, avait trouvé 35 000 dollars, auprès d'investisseurs prêts à tripler la mise s'il arrachait le contrat. L'Aviation Corp pouvait aller se faire mettre ! C'est là que Juan avait dégainé son arme fatale : Lindbergh...

Et comme Cooper ouvrait des yeux étonnés : oui, Lindbergh en personne, « l'Aigle solitaire », le héros des temps nouveaux, pour le *Times* « l'homme de l'année » ! Rentré d'une tournée triomphale en Amérique latine, il avait accompagné Juan et

Hambleton à Washington. Et là, Juan avait fait merveille : que pesait Rowe face à un Lindbergh ouvrant en personne la ligne 6, rassurant les investisseurs, portant haut la gloire de l'US Postal ? Car l'enjeu, à terme, qui les dépassait tous, n'était rien moins que le contrôle par l'Amérique des routes aériennes de l'Amérique latine ! Rowe, sans contrat, avait dû revenir vers Juan, qui avait racheté sa compagnie pour la valeur estimée des avions, soit 5 000 dollars payés en actions.

Le contrat sur la route n° 5, qui prolongeait la n° 6 sur 2 000 milles à travers sept pays d'Amérique centrale jusqu'à Panama, leur avait été attribué dans la foulée, promesse d'un chiffre d'affaires de 2 millions de dollars par an – quand le revenu annuel de la ligne de La Havane n'était que de 160 000… Wall Street, convaincu que les deux contrats suivants pour l'Amérique latine leur reviendraient, imaginait déjà pour eux une perspective de 50 millions de dollars sur dix ans. Ils entraient dans la cour des grands, s'enthousiasmait Hambleton, le moment venait d'émettre des actions, pour une montée en capital de 6 millions de dollars… Et ils n'attendaient plus que lui, Cooper.

Dans le tourbillon de leur brève escale new-yorkaise, il avait pris le temps de voir *Wings,* avec Monty et Rose. Ils en étaient sortis époustouflés. L'intrigue sentimentale ne valait pas grand-chose, mais la guerre ! Jamais on n'avait rendu la guerre ainsi, sur un écran.

Pourtant, C.V. et Hambleton ne voulaient y voir qu'une confirmation de leur credo : l'aviation était le symbole des temps nouveaux. La guerre, pour eux, était très loin. Amelia Earhart avait traversé l'Atlantique, elle aussi, Byrd préparait une grande expédition aérienne au pôle Sud pour l'hiver, énumérait C.V. L'Aéropostale française projetait de relier, au printemps, Natal à Saint-Louis, en Afrique, ajoutait Hambleton : très vite ils allaient se retrouver face à elle, en Amérique latine… Et comme toujours, avait insisté Juan, en fixant Cooper, l'important était de ne pas manquer le coche.

Lindbergh était l'atout maître, avait insisté Hambleton, un soir qu'il dînait en tête à tête avec Cooper. Un personnage un peu étrange, qu'on pouvait juger froid, un solitaire, certainement, mais fidèle, et il n'avait pas fallu un quart d'heure à

Juan pour le comprendre. Au retour du héros à New York, il s'était précipité à son hôtel. Des gens l'assaillaient, multipliaient les projets mirifiques, lui proposaient de prendre la tête d'une énorme compagnie qui s'appellerait Lindbergh Airlines, Herbert Hoover, secrétaire d'État au Commerce, le pressait d'accepter, et Juan avait deviné que, cerné de toutes parts, le malheureux n'avait en tête que de s'échapper.

— Il avait des rêves, sur l'aviation de demain, et il cherchait des gens pour l'aider à les réaliser, sûrement pas à diriger un empire ! Et il a deviné en Juan celui qui serait capable de le porter…

Et c'est ainsi qu'il était devenu leur conseiller principal et leur ambassadeur.

Hambleton avait apporté un classeur empli de coupures de presse, pour que Coop, enfin revenu de la fréquentation exclusive de ses guerriers et de ses hippopotames, prenne la mesure de la « folie Lindbergh ». Les Mexicains, tenus par le département d'État américain pour des bolcheviks potentiels, portant le *Spirit of Saint Louis* à mains nues jusqu'à son hangar comme on porte des reliques sacrées, le président mexicain Calle l'embrassant sur les deux joues devant une foule immense, décrétant un jour férié pour sa venue, et partout la même liesse : Cozumel, Guatemala City, Panama, Carthagène, Bogota, à Caracas, aux Antilles, à Saint Thomas, Porto Rico, Saint-Domingue, Haïti, La Havane – deux mois d'équipée à l'initiative du département d'État, cent vingt-cinq heures de vol, treize pays survolés ! Plus qu'un héros : un dieu vivant. Et l'atout maître pour arracher à chaque pays les droits aériens nécessaires…

Un homme, à la table voisine, s'était penché, en s'excusant d'avoir entendu quelques-uns de leurs propos. Lui feraient-ils tous deux l'honneur d'accepter un verre ? Comme le regard d'Hambleton s'assombrissait, il s'était reculé confus, mais déjà des clients des tables voisines se levaient, un bruissement de murmures étouffés était passé dans la salle, la foule se rassemblait autour des deux hommes, réclamait d'en savoir plus, de voir les photos, les articles, de toucher, d'applaudir des amis de l'Aigle solitaire !

Ma parole, s'était dit Cooper en rentrant, ils sont tous ivres, ou drogués. Jamais l'Amérique n'avait eu devant elle de pareilles perspectives, expliquait Juan : seule des grandes puissances, elle était sortie sans dommages de la guerre, avec un appareil de production intact, et une capacité d'innovation sans égale. C.V. citait des chiffres à donner le tournis : la valeur d'une action de la General Motors achetée en 1919 s'était multipliée par cent cinquante en neuf ans ! Et ce n'était qu'un début, la classe moyenne, en croissance exponentielle, avait des demandes nouvelles, aspirateurs, réfrigérateurs, machines à laver, voyages, voitures, qui dopaient la production. Oui, c'était le moment ou jamais de foncer.

— La guerre est finie, avait résumé Monty, auquel Cooper confiait son trouble.

La porte s'était refermée sur le gouffre noir de la guerre.

— On va finir par passer pour des vieux cons avec nos histoires, tu ne crois pas ?

Peut-être était-on allé si loin dans le vertige de destruction que la volonté de vivre, en réaction, avait tout balayé et ce serait la « der des ders » comme tous semblaient le croire.

— Mais nous ? avait-il insisté.

— Oh, nous ! On saute dans le train, si on peut. Ou bien on reste sur le bord de la voie. Qu'est-ce que tu disais à Londres, déjà, ou bien c'était moi : « Blessés de guerre » ? Des emmerdeurs, en somme.

La der des ders ? Comme il aurait voulu que Marguerite Harrison soit là ! Tous deux avaient vu le monde fracassé dans l'énorme broyeuse, l'Allemagne mise à genoux qui demain se réveillerait, le péril communiste étendant son empire, la Chine en tumulte. Non, le monde n'était pas en paix.

— Mais nous ? répéta-t-il.

Schoedsack avait eu un geste fataliste.

— Il reste notre film, non ? On verra bien après.

Cooper avait repensé à Hambleton : après, il ne lui resterait peut-être qu'à prendre son parti, lui aussi, de ce Nouveau Monde.

Si seulement Lasky avait été à New York ! Mais il avait dû s'absenter pour un « voyage d'affaires » sur lequel il leur avait semblé qu'on faisait grand mystère, et c'est Walter Wanger qui les avait reçus – d'autant plus enthousiaste qu'il se considérait peu ou prou à l'origine du projet.

— Vous faire franchir le pas ! Ce n'était pas évident. Je sentais Jesse sur la défensive. Mais j'avais raison, n'est-ce pas ?

Après un après-midi de travail sur ce qui les attendait à Los Angeles, ils avaient passé chez lui une soirée délicieuse. L'appartement était d'un goût parfait, tout, livres, sculptures, tableaux, photos de théâtre, disait un couple cultivé, au cœur de la vie artistique de la ville. Justine et Ruth étaient tombées dans les bras l'une de l'autre, pour s'isoler après le repas en longs conciliabules, « pendant que les hommes causaient de choses sérieuses », et Walter, lui aussi, paraissait grisé par l'intensité des temps présents. La « décennie prodigieuse », répétait-il. Aux chiffres d'Hambleton et de Thach, il en ajoutait de nouveaux. Aux records déjà connus d'eux, il en ajoutait d'autres : plus vite, plus haut, plus fort, il n'y avait plus de limite. À peine la radio établissait-elle un pont entre les deux extrémités du continent que s'annonçait la télévision. Et dans quelques jours, à Paris, quinze pays allaient signer le pacte Kellogg-Briand qui déclarerait une bonne fois la guerre hors la loi.

— Et l'aviation est le symbole de tout ça ! Vous vous rendez compte ? Une arme de guerre qui devient outil de paix, rapproche les continents ! L'homme de l'année ? Non : Lindbergh est l'homme de la décennie !

Tous trois étaient sortis de leur dîner quelque peu étourdis. Une fraîcheur légère venue de l'Hudson apaisait la chaleur accablante de la journée. Deux jeunes *tap dancers* multipliaient les prouesses sous les applaudissements des badauds. À eux non plus rien ne paraissait impossible.

— Dis donc, qu'est-ce que vous complotiez, les filles ?

— Oh ! Justine m'interrogeait sur William Beebe. Comment j'ai réussi à me faire engager. Parce que cette fois, c'est décidé, elle reprend ses études. Biologie et médecine.

Et comme Coop soupirait que ce n'était pas à des études de médecine qu'on pensait en regardant l'ex-star des Follies, il se prit une bourrade dans les côtes.

— De belles jambes n'empêchent pas d'avoir aussi un cerveau ! Tu n'as pas entendu ce que disait Walter ? Une ère nouvelle. Hé ! vous deux, il va falloir vous y mettre !

À l'instant de monter dans le train pour Los Angeles, Wanger leur avait tendu à chacun une enveloppe, avec un sourire amusé : leur dû, sur les recettes de *Chang*. Et tandis qu'ils s'éloignaient dans un nuage de fumée, leurs bagages enfin rangés, les derniers adieux faits par les vitres entrouvertes, ils avaient pu déplier la lettre à l'en-tête de la Paramount, et sursauter à la lecture du chèque qui s'y trouvait glissé. Quatre-vingt mille dollars chacun – une petite fortune ! Qu'il enverrait à Hambleton dès son arrivée, se promit Cooper, sans qu'il sût très exactement si c'était pour lui un pari sur l'avenir ou la traduction d'une culpabilité dont il cernait mal les raisons.

Pourquoi, à peine arrivé à Los Angeles, lui revenaient, si vives, ses rencontres new-yorkaises ? Des cris, au-dessous de lui, le ramenèrent à la fenêtre. Un groupe titubant entrait au Hillview, portant en triomphe une femme à la poitrine nue. Y avait-il dans le lot quelques-uns des acteurs que Schulberg ou Wanger avaient prévus pour eux ? Le fleuve de lumière coulait toujours aussi dense dans les deux sens du boulevard, la même foule affluait sur les trottoirs. Un monde insouciant se grisait de sa propre légèreté, comme si le réel, avant que revienne le jour, devait à toute force disparaître, le film se poursuivre jusque dans la rue.

Quand Wild Bill, après leur dîner chez Dionisio, avait pris d'assaut la montée depuis Santa Monica, ils avaient cru avec un rien d'appréhension que leur nouvel ami tenait à les entraîner dans la nuit d'Hollywood. Sa rumeur était venue vers eux, les avait peu à peu enveloppés, dans un concert de trompes, de cris, de groupes éméchés envahissant les rues. Les enseignes flamboyaient dans un ruissellement de lumières, des musiques sortaient par bouffées des clubs, des cafés, des hôtels. La cohue était devenue si dense qu'il était presque impossible d'avancer. Le toit en pagode du Grauman's Chinese Theatre paraissait étendre ses bras illuminés sur la marée humaine. Un peu plus loin, dans une rue adjacente, les visages éclairés de deux pharaons dominaient la porte massive d'une pyramide – un nouveau temple à la gloire du dieu cinéma.

— Regardez-les ! Bientôt le boulevard ne sera plus assez large !

Le Montmartre Café, expliqua Bill, en fendant, fort heureusement au pas, les grappes humaines qui se pressaient devant un immeuble bas : le lieu chic où acteurs et actrices se donnaient chaque nuit en spectacle, venaient dîner, danser, boire, jouer dans les arrière-salles. Ici, la vie se voulait le prolongement de la scène, chacun n'appartenait plus qu'à sa légende, que le public voulait voir, toucher, adorer, sous le regard attentif du maître de cérémonie Étienne Pélissier Jacques de Bujac, l'élégance personnifiée, qui en son existence tumultueuse avait été marin, courtier en assurances, prospecteur sur les champs pétrolifères, lutteur, vendeur de voitures, patron d'un abattoir, agent immobilier, plus quelques autres activités sur lesquelles il restait discret. Ici Clara Bow, Joan Crawford, Mabel Normand, Marion Davies s'étaient disputé le titre de reine du charleston en dansant sur les tables. Ici John Barrymore, titubant, avait lancé ces mots historiques à un groupe de femmes prêchant la tempérance, pancartes à la main, avant de s'effondrer dans les bras de l'une d'elles : « Vous vous trompez ! On ne peut pas se noyer dans l'alcool. J'ai essayé : on flotte ! »

Mais ils attendent quoi ? s'était étonnée Ruth.

— Oh, aucun n'entrera ! Ils veulent juste voir entrer et sortir les stars. Deviner leurs liaisons. Les saluer. Quêter un autographe. Ou plus si l'on est jeune et belle.

Les flics avaient calculé que vingt mille filles prêtes à tout se bousculaient à Hollywood, dans l'espoir d'être remarquées.

— Bon. D'abord on se dit : l'embarras du choix. Et puis on se réveille et on a envie de pleurer. C'est ça aussi, le cinéma ! Loin de *Chang*, hein ?

Wellman s'était brusquement engagé dans une ruelle pour retrouver Sunset Boulevard – des échoppes grises, des bars aux volets clos, et dans la rue des fantômes aux vêtements froissés, qui avançaient les yeux vides, parfois traversés d'éclairs haineux quand ils croisaient votre regard. Venus pour le rêve, eux aussi, et qui mendiaient chaque matin aux portes des studios, n'importe quoi, un job, pour une heure, pour un jour.

— Le vrai sujet, il est là, dans la rue. La vérité d'Hollywood ! Mais personne ne le tournera…

Rendu au Hillview, il resta un moment silencieux, tandis que ses amis descendaient, avant de leur lancer, en démarrant sur les chapeaux de roue :

— Surtout, restez ce que vous êtes !

— On finira par y arriver…

— Ça reste mollasson.

Assis les jambes ballantes sur le toit de la passerelle qui tout à l'heure enjamberait la scène de bataille, Cooper et Schoedsack, les yeux mi-clos, se laissaient porter par la respiration de la nuit, dans l'attente de cet instant qui, une fois vécu, au Kordofan, près des Bakhtiari, ou à Cathedral City, vous rend amoureux à jamais du désert. Ils s'étaient retrouvés là sans se donner le mot, quand tous dormaient encore. Dans les dernières lueurs de la clarté lunaire, les buissons épineux, les roches aiguës, alentour, prenaient des formes fantastiques et pas un bruit ne venait briser ce temps suspendu. Puis le ciel pâlit, la plaine parut s'assombrir, sourdement s'agiter comme une mer profonde, tandis que la montagne se crêtait d'orange vif. D'un coup la lumière déferla, inondant l'étendue en un long frisson, et sous sa caresse s'exhalaient les odeurs grisantes du désert, fragrances de fleurs et de poussière mouillée, tandis que chaque roche, chaque épine s'irisait de perles de rosée. Devant eux, accroché à la montagne, le fort de Feversham sortit des ténèbres, un peu trop blanc, peut-être, pas assez décati, mais les équipes de la Paramount avaient fait des prouesses, respecté à la lettre leurs instructions, et tenu les délais. Ils restèrent ainsi un long moment, les yeux mi-clos. Cinq mois plus tôt, ils étaient sur les hauteurs dominant Suakin, aux portes du désert, dans l'attente des guerriers amarar, mais c'étaient les mêmes odeurs, les mêmes lumières. Puis des murmures étouffés, des cliquetis métalliques, annoncèrent l'arrivée des techniciens, qui déjà vérifiaient les caméras. Quelques minutes encore et la ruche commencerait à bourdonner…

Le soir précédent, les esprits s'étaient échauffés, des bagarres avaient éclaté entre les « Anglais » et les Fuzzy-Wuzzies. Monty avait voulu intervenir, mais Coop l'avait retenu : plus les gaillards se détesteraient, plus ils se taperaient dessus le lendemain.

— Tant qu'on y est, pourquoi pas un coup de gnôle au réveil, avant le casse-pipe ? avait suggéré Monty, un rien dubitatif.

L'idée méritait réflexion, avait commenté Coop. Si rien d'autre ne marchait.

Parqués au camp de Cathedral City depuis trois semaines, les garçons étaient tous sous pression, d'autant, grognaient-ils, que les deux fous à la manœuvre les avaient contraints à dormir sous la tente « pour se mettre dans l'ambiance » et sans femmes, pour tout arranger. Il en était pourtant accouru dès l'installation du camp, depuis Cathedral City et Palm Springs, pour des raisons non exclusivement artistiques, mais Coop leur avait interdit tout accès en plaçant des gardes à la porte. Un matin, les deux amis avaient eu la surprise de découvrir un grand panneau planté au-dessus de l'entrée, en geste de protestation : « Camp des Quatre Plumes blanches. Interdit aux dames et même aux femmes. » Ruth, hilare, avait exigé de les prendre tous deux en photo sous le panneau « pour les faire chanter plus tard ».

— Au juste, ils se sont bagarrés pour quoi, hier ?

— Oh ! Les Fuzzy-Wuzzies se prétendaient capables d'« enfoncer le carré britannique », ce matin.

C'était parfait ! Ils commençaient à se prendre au jeu, que pimentait pour les figurants noirs le plaisir de pouvoir cogner sur des Blancs sans se retrouver illico en prison.

Ils sautèrent au bas de leur échafaudage. Au fond, se dit Cooper, ce n'était pas si différent de l'armée. Des gens couraient en tous sens, mais chacun savait ce qu'il avait à faire. Et les sourires des uns et des autres disaient bien qu'équipe il y avait. Les premiers jours avaient été ceux d'un round d'observation. D'où sortaient ces deux aventuriers qui n'avaient jamais fonctionné qu'en solitaires – et qui, d'ailleurs, n'avaient jamais fait de « vrais » films ? Ici, disaient les regards comme les silences, ce serait une autre affaire. Avaient-ils seulement la moindre idée de tous les métiers rassemblés sur le site, et de la manière dont s'agençait un tournage ? Coop et Ruth non, mais Schoedsack si, à l'évidence. Tous l'avaient vite compris, et marchaient depuis au pas, subjugués. Même Coop en était resté stupéfait. D'où tirait-il cette sûreté ? Monty avait ri : l'expérience Mack Sennett !

— Pour les petits jeunes c'est de la préhistoire, mais à l'époque il fallait tout faire soi-même ! La meilleure école.

Sans compter qu'il n'y a rien de plus précis qu'une comédie, où tout s'enchaîne comme un mécanisme d'horlogerie…

— J'ai tout de même un peu réfléchi pendant le voyage !

Roméo DuBois, un géant maigre et hirsute, les nerfs à fleur de peau, et qui s'était imposé comme le chef des Fuzzy-Wuzzies, les attendait déjà au pied du camion, grognon comme d'habitude, pour les dernières mises au point. Et ce matin, peut-être la conséquence des bagarres du soir, il voulait savoir « ce qu'on attendait d'eux, à la fin ». On leur faisait répéter à l'infini les mêmes scènes, qu'est-ce qui n'allait pas ? Les gars commençaient à en avoir assez !

Schoedsack leva un sourcil.

— Mais que vous vous tapiez vraiment dessus ! Là, on dirait que vous dansez la valse, avec les Anglais !

— *Danser la valse ?*

Roméo se cabra sous l'insulte. Schoedsack avait exigé du chef du casting qu'on les recrute grands, maigres, l'air féroce et de préférence dans les gangs blacks de L.A. Avec Cooper, il avait passé des jours à les choisir. Les coiffeurs avaient fait des miracles pour leur donner une chevelure adéquate, mais, bon, même voyou, gangster, *mobster*, chat de gouttière, on ne s'improvisait pas Fuzzy-Wuzzy.

— Enfin, bon Dieu, vous ne savez pas vous battre ?

Coop, à l'évidence, avait une idée en tête, qui avait apporté deux battes de base-ball et lui en lançait une :

— Allez, bougez-vous !

Déjà, il lui assénait de toutes ses forces un coup en travers des côtes, que l'autre évita de justesse.

— Hé, ça va pas ?

— Mais, bordel, vous êtes une bande de fiottes, ou quoi ?

Il y avait des choses qu'un Fuzzy-Wuzzy, même de remplacement, ne pouvait supporter. La bagarre devint sérieuse, dans l'affolement général. Roméo, fou de rage, bondissait en tous sens, parait, distribuait de grands coups désordonnés, hurla de douleur et de colère à une attaque en biais de Coop, répliqua de toutes ses forces et chacun put entendre le bruit mat de la massue sur le crâne de son adversaire qui s'écroula dans la poussière, les bras en croix. Roméo, retrouvant ses esprits, regardait consterné son patron évanoui, le visage en sang, autour duquel tous se pressaient, avant de jeter sa batte, fataliste. En plus, il venait de perdre son job…

— Mais non, crétin ! C'était parfait.

Cooper se redressa, encore un peu sonné. Le sang ? Juste le cuir chevelu – ça pissait à flots pour un rien, tout le monde savait ça.

— Et je suis supposé faire quoi, dans cette histoire ?

Richard Arlen, alias Feversham, arrivé entre-temps, regardait tour à tour Schoedsack et Cooper, un rien perplexe. Toutes les scènes qui le concernaient, en extérieur, étaient dans la boîte. Ne restait plus que la bagarre généralisée, lui arrivant avec ses hommes d'un côté à la rescousse des renforts britanniques en carré, de l'autre les Fuzzy-Wuzzies chargeant furieusement. LA grande scène pour laquelle Schoedsack avait fait construire cette passerelle métallique dont les piliers reposaient sur les plates-formes de deux camions, qui allait permettre de filmer en surplomb, des deux côtés, tandis que des caméras au sol filmeraient la mêlée sous d'autres angles.

— Eh bien, vous vous jetez dans la mêlée, et vous y allez de bon cœur !

— Mais vous avez vu ! Et si je suis blessé ?

Oh, dit Schoedsack, l'œil angélique, ce serait parfait.

— Ça ajouterait du réalisme à la scène, sûr…

— L'idéal, ajouta Coop tandis qu'on lui épongeait le front, serait que la moitié d'entre vous terminent assommés.

Mais à ce régime-là, protesta l'acteur, d'un tempérament plus douillet, on risquait d'avoir des morts !

— C'est pour ça, susurra Ruth, arrivée sur ces entrefaites, qu'on les a choisis célibataires et marginaux. Quelques coups de pelle et hop ! Enterrés vite fait dans le désert. Personne ne s'en apercevra.

Arlen leva les yeux au ciel : ces fous furieux en étaient bien capables.

Coop, pour le coup aux allures de « gueule cassée », se frottait les mains. Quelque chose lui disait qu'on allait avoir une belle bagarre…

Tout se déroulait plus heureusement que ne l'avait laissé craindre Wellman – du moins, pour le moment. Le choix des acteurs s'était opéré sans heurt. Wellman, retrouvé dans une gargote italienne sur Sunset, leur avait suggéré quelques pistes. En premier lieu Richard Arlen, le héros de *Wings*.

— Vous aurez besoin d'une belle gueule. Et il a roulé sa bosse. En plus, il a été pilote pendant la guerre. Au Royal Flying Corps canadien…

Et puis, avait ajouté Wellman, William Powell :

— Lui, c'est une star. S'ils disent oui, c'est qu'ils croient en vous. Avec sa moustache, il fait déjà officier anglais. À ce que je sais, il va être libre.

Schoedsack approuva. Il l'avait vu plus qu'excellent dans *The Last Command*[1] de Sternberg, à New York. Pour la fille, soupira-t-il, c'est plus compliqué…

— On ne la verra pas beaucoup. Mais justement, il faut qu'elle frappe d'autant plus.

— Dans un genre qui n'est plus trop au goût du jour, si j'ai bien compris, ajouta Ruth. Amoureuse. Mais aussi, inflexible sur la question de l'honneur. Qui se sacrifie en rejetant celui qui sera le seul homme de sa vie. Ça paraît très con dit comme ça, non ?

Wellman avait éclaté de rire. Dit comme ça, évidemment… Mais il avait ça en magasin. Mieux, ils l'avaient rencontrée, tous les trois…

— À New York. Vous ne vous en souvenez pas ? Fay Wray ! La femme du scénariste de *Wings*, Saunders. Une vraie comédienne. Elle a déjà tourné avec Stroheim. La Paramount veut en faire une star, mais ça ne marchera pas. Parce que c'est une fille bien.

Il se lança dans une longue tirade. Sur les stars – des coquilles vides, des ectoplasmes qui devaient accepter d'être créées et dévorées par le public, d'incarner tous ses fantasmes, bref, de n'être rien par elles-mêmes. Sur son crétin de mari, qui buvait comme un trou. Un jour, parce qu'il se reprochait de n'avoir jamais été envoyé au feu quand il était pilote. Un autre, parce qu'il s'était mis en tête d'imiter Scott Fitzgerald.

— Bref, il a des états d'âme, ce qui l'autorise à emmerder tout le monde. Il trompe sa femme que c'en est une honte. Il trompe Lasky, qui a fait sa carrière – vous savez qu'il est l'amant de Besse, sa femme ? Fay encaisse. Amoureuse. Elle finira par divorcer, mais d'ici là… C'est pourtant pas les soupirants qui manquent. Bon Dieu, c'est une bombe, cette fille !

La longueur de son soupir indiquait qu'il se serait volontiers placé en premier sur la liste.

Ils s'en souvenaient, bien sûr. On ne voyait qu'elle, dans cette soirée ! Chic fille, ajouta Ruth qui avait passé une bonne heure en sa compagnie. Le visionnage de *Pilotes de la mort*, le dernier film du Wild Bill, sorte de suite de *Wings*, avait achevé de les convaincre. Fay était faite pour le rôle.

Ils s'étaient retrouvés deux jours plus tard dans le bureau de Schulberg, prêts à la bagarre. Celui-ci, amusé de les voir sur

1. *Crépuscule de gloire*, 1928.

leurs ergots, leur avait tendu ses propres suggestions : Arlen et Powell étaient dans les quatre premières, et Fay Wray, pour les actrices, en tête de liste. Pris de court, ils avaient accepté sans réserve les noms complémentaires.

Mais ils avaient sauté au plafond quand Schulberg, poussant son avantage, leur avait annoncé, presque comme une faveur, que pour leur faciliter la vie il leur avait choisi un producteur :

— David Selznick. Jeune, mais brillant, vous verrez. Son père reste une légende du cinéma. Vous le connaissez ?

Schoedsack avait hoché la tête, sans dire mot, mais l'œil noir. Il le connaissait, pour avoir crevé de faim par sa faute, à Londres.

— Sa chute a été brutale. Beaucoup lui en veulent encore. Mais David, c'est différent, vous verrez.

C'était tout vu. Déjà Cooper protestait. L'œil de la Paramount, sur le tournage ? Même pas la peine d'y penser !

— C'était notre condition, avec Lasky. Signée, claire et nette : qu'on nous fiche la paix sur le tournage !

Schulberg, prudemment, avait battu en retraite. Le petit serait là pour suggérer, si besoin était, aider, surtout, mais promis, il n'interviendrait pas.

Sur le pas de sa porte, comme il les reconduisait, il les avait fixés tour à tour.

— Vous, vous avez discuté avec Bill Wellman, c'est ça ?

Et levant les bras comme si celui-ci était tout à la fois l'enfant chéri triomphateur de *Wings* et une plaie vivante :

— Ah ! Wellman…

Schulberg avait tenu parole. Tout comme David Selznick, un jeune homme à lunettes, au visage poupin, qui leur avait paru quelque peu agité, menant dix chevaux de front – ou alors emporté par leur nombre sans plus de contrôle sur rien, cela restait à déterminer. Le garçon avait à gérer la production de quatre autres films tout en assurant le rôle de bras droit, autrement dit d'homme à tout faire, de Schulberg, aussi s'était-il limité à quelques remarques judicieuses sur le scénario. Pour le reste, il avait su se faire discret. En fin de compte, avait reconnu Schoedsack, pas un mauvais bougre.

Il est vrai qu'un problème plus grave les occupait.

Si grave que Cooper, laissant Ruth seconder seule Schoedsack, à Cathedral City, était revenu à L.A. toutes affaires cessantes.

Tout avait commencé quelques jours auparavant, un midi qu'ils se retrouvaient tous trois au Blue Front, le restaurant à la mode sur Hollywood Boulevard, tandis que l'équipe, épuisée, faisait relâche à Palm Springs. Wellman s'était joint à eux, la mine sombre, en grommelant : à quoi ça sert de se casser le cul, attendu que tout leur cinéma, dans trois ou quatre ans, serait oublié, comme un continent tout d'un coup englouti, aussi éloigné des gens que les pyramides d'Égypte ? Arrivait le temps des *talkies* – du cinéma parlant…

Cooper avait sursauté.

— Pour Lasky, c'est un serpent de mer…

Il lui avait raconté la scène, au large de Rockport, sur la *Lizzie Belle*, Wanger enthousiaste annonçant une révolution et les objections de Lasky, du simple bon sens. Il faudrait d'abord que toutes les salles s'équipent, et pour cela, qu'il y ait pléthore de films parlants, ce qui repoussait l'échéance à plusieurs années.

— Si échéance il y a, ce qui reste à prouver, avait ajouté Schoedsack.

Après tout, la photographie n'avait pas remplacé la peinture.

— Le parlant vaudra surtout pour les actualités, non ? Comme ce petit film sur Lindbergh, après son exploit.

Wellman balaya l'objection.

— Ils ne vous le diront jamais, là-haut ! Mais c'est un tremblement de terre qui se prépare. Et il va en laisser un paquet sur le carreau…

Un groupe de Vikings hirsutes, le casque encore sur la tête, fit irruption dans la salle, où se pressaient en désordre jouvencelles et comtesses en robe à crinoline, Indiens emplumés peints en guerre, spadassins aux yeux farouches, accourus des studios de la Paramount, à deux pas, pour avaler en hâte sandwichs et verres de lait, avant de reprendre le labeur.

— Ils ne se doutent encore de rien, mais d'ici… allez, on prend les paris ? D'ici deux ans tous les films seront parlants. Et les autres… à la trappe !

Et comme ses interlocuteurs se regardaient, perplexes :

— Vous avez vu *Le Chanteur de jazz* ? Non ? Bon sang, vous arrivez de la planète Mars. Eh bien, en octobre dernier, pendant que vous sodomisiez les chimpanzés, est sorti ce foutu film de la Warner. Le premier parlant ! Enfin, parlant… Juste six airs chantés par Al Jolson. Plus deux minutes de dialogues. Deux minutes ! Vous ne pouvez pas imaginer… La folie ! Pourtant le film n'est pas terrible ! Jusque-là Zukor, Lasky se taisaient. Il y avait quoi, à tout casser, cent cinquante salles équipées sur quatorze mille dans le pays ? Sauf que…

Sauf que les queues de spectateurs s'allongeaient sur plusieurs blocs. Jour après jour. Semaine après semaine. Mois après mois. Alors que d'ordinaire les films ne tenaient l'affiche que pendant trois ou quatre semaines. Tous les nababs de la place avaient commencé à faire les comptes.

— Quatre millions de dollars d'entrées en un an. Et autant, à ce qu'on dit, de ventes à l'étranger. Presque autant que *Wings* ! Plus que Greta Garbo dans *Anna Karénine* ! Plus que Cecil B. DeMille dans *Le Roi des rois* ! Pour un film à 400 000 dollars.

Les nababs avaient jadis deviné les attentes d'un public qui n'existait encore qu'à l'état potentiel, avaient joué leur vie sur cette intuition, tiré leur puissance de leur flair. Mais ils avaient pris du gras, avait résumé Wellman. Perdu la main. Cependant, les vieux lions se réveillaient. Un conseil de guerre, à la Paramount, avait décidé l'installation d'un studio insonorisé – « plus ou moins », avait ricané Wellman –, avec tous les pouvoirs donnés à un ingénieur du son, le seul en dehors des équipes de la Warner à y connaître quelque chose, pour opérer la transition.

— Roy Pomeroy. Un con ! Enfin, un ingénieur. Son obsession : pas de bruits parasites. Tu tousses, tu bouges les pieds, tu respires, et il t'arrache les yeux. Mais le film, il s'en fout.

— « Tu bouges les pieds » ?

— Ah, parce que vous croyez qu'on enregistre les acteurs pendant qu'ils jouent, sur le plateau ? Ils enregistrent debout devant un micro, à tour de rôle. Alors, vous imaginez, après, d'avoir à synchroniser les images et le son ?

Un cauchemar. Mais il fallait en être. Précéder les attentes du public ou disparaître, telle était la règle.

— Au printemps, Pomeroy s'est mis en tête de rajouter du son à un film de Richard Dix sur le monde du base-ball. La musique, les cris de la foule, OK. Mais, hé-hé, faire coïncider le bruit de la balle, quand elle est frappée, avec l'image… Il a cru devenir fou !

« Une vraie chierie », conclut Wellman. Il avait failli en venir aux mains avec Pomeroy quand Schulberg avait décidé de lui imposer le rajout d'un peu de son à son dernier film, *Les*

Mendiants de la vie. Le film s'ouvrait sur Wallace Berry qui vagabondait en chantant…

— Et ce con de Pomeroy voulait qu'on l'enregistre devant son fichu micro ! Et pourquoi pas en marchant, je lui dis, avec un micro au bout d'une perche ? Et lui : Je suis le maître chez moi ! Schulberg est arrivé à temps pour lui sauver la vie, je lui avais déjà pété le nez. Il a dû accepter ma perche !

Du bricolage, un gigantesque foutoir, n'empêche que les choses avançaient à toute vitesse. La Warner venait de réussir un premier film entièrement parlant, *Les Lumières de New York*.

— Pas terrible, mais bon, ça marche ! Du coup, Schulberg a décidé que coûte que coûte il fallait en sortir un, nous aussi. Le tournage vient de se terminer. À ce que je sais, ce n'est pas terrible non plus…

Mais Zukor équipait ses salles à toute vitesse, le public trépignait, la technique allait suivre, forcément. Ce n'était plus qu'une question de temps. Deux ans ? Un an ! s'écria-t-il soudain, en frappant violemment du poing sur la table. Le silence se fit dans la salle. Quelle mouche piquait Wild Bill ?

— Un an ! Et tout, tout aura disparu ! Fini pour nous ! Fini pour vous, les gars ! La grande lessive !

Troublé, le trio s'était réfugié au bar du Hillview. Des trois, Cooper était le plus agité. Ruth et Monty restaient sur la réserve.

— On est en train de tourner le dernier des films muets ! En plein boom des parlants. Autant dire, pour rien.

Et même si, par miracle, leur film sortait six mois avant le gros de la vague, cela ne changerait rien : demain, les muets seraient oubliés…

Monty avait fait la moue. Pour le moment, c'était du bricolage. Une curiosité qui attirait peut-être les foules, mais une curiosité…

— Il vaut mieux réussir le plus beau des films possibles, non, plutôt que de tout gâcher, avec ces trucs pas au point ? Tu as entendu, pour les dialogues ?

Et puis les voix, dit Ruth, restée jusque-là silencieuse. Elle avait été actrice pendant quelques années, avant de rejoindre William Beebe. C'était très mystérieux, les voix humaines. Rien ne disait que celles des acteurs actuels passeraient !

Elle hésita :

— Et puis, ça ne sera plus le même jeu, vous ne pensez pas ? Tous ces gestes appuyés – avec le son en plus ?

Monty approuva. La technique pouvait aller vite mais il resterait à inventer tout le reste. Et ça, ça prendrait plus de temps.

Cooper secouait la tête. Sa religion à lui, c'était le spectacle. Frapper les esprits, toujours plus fort, répondre aux attentes, les précéder. C'était le son, désormais, qu'attendait le public.

— OK peut-être pour les dialogues, finit-il par concéder. Mais le son des animaux, au moins, les bruits des hippos, les sons de la nature, de l'incendie ?

En tout cas, il fallait voir Schulberg ou Selznick d'urgence. Et Lasky finirait bien par rentrer. Il *fallait* qu'il y ait du son dans le film !

Rien, bientôt, ne sera pareil, confirma Selznick. Une révolution était en marche. Mais elle prendrait plus de temps que Wellman ne pensait.

— Notre premier essai – avec Lubitsch ! – a été un bide. *Le Patriote* ! C'était tellement grandiloquent qu'on a dû enlever les quelques dialogues enregistrés pour ne garder que la musique. Le deuxième, *Abie's Irish Rose*, au printemps, pareil. Je l'ai remis en production pour le sortir en muet, à Noël. Je suis sûr que ça marchera. La Warner garde un temps d'avance, d'accord, ça ne l'empêche pas de se planter. Les trois malheureuses séquences parlées de *Tenderloin*, leur mélo, étaient tellement ineptes qu'il leur a fallu les supprimer. Le film, depuis, est un succès.

Quel âge a-t-il – vingt-cinq ans au plus ? se demandait Cooper intrigué, tandis que Selznick parlait à toute vitesse, derrière son grand bureau envahi de dossiers. Malgré son costume strict, sa cravate, ses lunettes fines cerclées et son ton assuré, il gardait l'allure d'un gamin attardé, ou d'un étudiant tout juste sorti de Harvard. Schulberg en avait pourtant fait son bras droit, régnant presque sur un empire, décidant de la vie de dizaines de films. Le plus doué de tous, lui avait assuré Wellman. Et le seul en qui il avait confiance. Qui déboulait dans le métier avec une soif terrible de vengeance.

— Ils ne le savent pas encore, mais il les bouffera tous !

Wellman lui avait raconté la saga du roi déchu et de ses enfants – de Lewis Selznick, joueur invétéré, arrogant mégalo, qui avait bâti un empire avant de s'effondrer, et de ses deux fils qui partout avaient trouvé porte close mais s'étaient imposés malgré tout, Myron, l'aîné, comme agent redouté, et David, qu'il tenait pour un génie. Lindbergh – Selznick : une nouvelle génération arrivait, en prise directe avec le monde en train de naître.

Le téléphone sonnait toutes les cinq minutes. Réalisateurs, scénaristes, il répondait à tous, jonglant de film en film, les secrétaires lui glissaient des mémos sur lesquels il griffonnait ses observations sans perdre le fil de ses conversations.

Tourner *Les Quatre Plumes blanches* en *talkie* ? Non, cela ne lui semblait pas une bonne idée.

— Pour le moment, c'est la nouveauté qui les rend fous. Peu importe quoi : le son ! La qualité, les gens s'en fichent un peu.

C'était la radio qui avait tout déclenché.

— Vous savez combien de personnes ont écouté le match Dempsey-Tunney, l'année dernière, à la radio ? Cinquante millions ! Surexcités au point que sept ont fait des crises cardiaques pendant le décompte du K-O ! *Le Chanteur de jazz* est venu quinze jours plus tard...

Comme Cooper insistait, il l'invita à le suivre « dans l'antre de Pomeroy ».

— Un vrai *talkie* ! De bout en bout. Notre gros pari pour contrer la Warner. Et un putain de casse-tête, vous allez voir...

D'abord, Cooper crut qu'ils tombaient au beau milieu d'une bagarre généralisée. Une voix tonnait depuis les hauteurs, Bon Dieu, quelqu'un a toussé ! Freddy, José, tenez vos perches ! Le son flotte ! Tout en haut, gesticulant derrière sa baie vitrée, le casque sur la tête, ce devait être Pomeroy, fou furieux, que personne n'écoutait. Les acteurs énervés, une jolie rousse et un homme plus âgé aux allures de marlou, discutaient à grand renfort de gestes avec le réalisateur, ou son assistant. Devant trois énormes caisses montées sur roues, un autre groupe menaçait de tout laisser tomber si l'on s'obstinait à les traiter « pire que des animaux ». Tous paraissaient à bout de nerfs. Celui qui devait être le réalisateur – John Cromwell, un homme venu du théâtre, chuchota Selznick – revint s'asseoir. Des machinistes s'emparèrent des quasi-mutins pour les hisser *manu militari*, trois dans chaque boîte qu'ils refermèrent soigneusement. Une voix de stentor réclama le silence avant d'annoncer une cinquième prise et les acteurs déclamèrent leur texte sous des perches tendues à bout de bras, vite interrompus par un Cromwell exaspéré.

— Coupez ! Bon sang, ça ne va pas du tout ! Nancy, Hal, je vais devoir le répéter combien de fois ? Arrêtez de gesticuler en roulant des yeux !

Déjà Nancy et Hal – Nancy Carroll et Hal Shelly, souffla Selznick, qui paraissait s'amuser énormément – se cabraient sous l'insulte. Ils savaient leur métier et n'avaient pas de leçons à recevoir d'un inconnu ! Il avait fait quoi, déjà, au cinéma, pour la ramener ? Cromwell, fou de rage, jetait sa casquette au sol, sortait à grandes enjambées. Rien à en tirer ! hurla-t-il en se heurtant à Selznick.

— C'est pas possible ! Il va falloir trouver d'autres acteurs. Vous avez vu ces clowns ? Ils ne sauront jamais !

Les machinistes sortirent des boîtes les prisonniers, écarlates, vociférant des insultes, l'équipe technique déjà faisait bloc autour d'eux et Cromwell dut courir éteindre la révolte naissante.

Le seul moyen trouvé pour supprimer le bruit des caméras, expliqua Selznick :

— Des boîtes insonorisées, sans aération ni ouverture. On fourre dedans l'opérateur, un assistant, et le gars qui charge les pellicules. Les plus coriaces tiennent trois minutes. Quatre au maximum.

Mais ce n'est pas le pire, poursuivit-il, en s'amusant de la tête de Cooper :

— Le pire, ce sont les acteurs !

Ce qui était nécessaire en muet devenait grandiloquent dès qu'on ajoutait les voix. Un peu comme si des sourds-muets retrouvaient la parole tout en continuant à gesticuler. Il avait fallu une trentaine d'années d'expérimentations pour élaborer une syntaxe extraordinairement raffinée, des manières de jouer, d'écrire les histoires, qui allaient devenir obsolètes. Tout était à réinventer.

— Et puis il y a les voix… On leur fait passer des tests : un sur deux n'a pas la voix. Les appareils les font monter d'un ton ou deux. Les voix de ténor couinent dans l'aigu comme des colibris en folie !

C'était bien pour cela qu'il ne fallait pas tourner *Les Quatre Plumes* en parlant : ce serait le gâcher.

— Tout ce qu'on tourne, là, ce sont des films bâtards pour nourrir la machine, pousser les salles à s'équiper. On les oubliera vite, quand le parlant aura trouvé son langage !

De toute manière, la Paramount n'avait que ce studio équipé, bloqué sur plus de six mois par la production.

Cooper pourtant s'obstinait : si pas de dialogues, au moins, les bruits de la jungle ? Dans un zoo, on pouvait capter assez de son ! Et puis – il hésita, pris d'une idée soudaine :

— On pourrait utiliser les voix comme des cartons, aujourd'hui – les placer juste aux endroits dramatiques ?

Selznick ouvrit des yeux étonnés.

— Vous allez être vite dans le coup, vous. C'est juste ce que je veux essayer sur le prochain film de Wellman, *Les Nuits de Chinatown*.

Il regarda une nouvelle fois Cooper, secoua la tête. Ce serait un casse-tête pour le faire rentrer dans le planning de production…

— Quelque chose me dit que vous êtes faits pour les *talkies* ! Mais là, ça ne dépend plus de moi, mais de Schulberg, de Lasky, de Zukor.

Lasky était leur dernière chance, s'obstinait à croire Cooper, malgré Schoedsack qui en avait pris son parti depuis longtemps. Le passage au sonore exigeait de tels préparatifs ! Et rien n'était au point. Mais le renoncement était une vertu ignorée du bouillant Cooper. Où était Lasky ?

À Paris, en mission de prospection, disait Selznick. Lui et Zukor, après le coup d'éclat qu'avait été l'engagement du sulfureux Stroheim, s'étaient mis en tête d'amener à Hollywood les plus grands talents européens, à commencer, chuchotait-on, par Sergueï Eisenstein, alors en tournée en Europe. Sur le chemin du retour, pour la convention annuelle d'Atlantic City où il présenterait les nouvelles productions de la Paramount, devant un millier de vendeurs surchauffés venus de toute l'Amérique, du Canada et d'Europe, assurait Sidney Kent, le directeur commercial. Ou bien disparu sans crier gare dans la jungle amazonienne, en train de descendre un torrent dans les Rocheuses, s'il ne traquait pas les loups en compagnie d'un trappeur, dans le *barren* canadien, corrigeait Wellman – comme il le faisait de loin en loin, pour échapper aux mondanités qu'imposait la gloire de la Paramount. Bref, personne ne savait où il était, mais chacun affectait l'air entendu du privilégié dans le secret d'un dieu imprévisible.

Dieu était de retour. Juste après les journées épiques de tournage dans le désert ! Le miracle, l'intervention qui change le cours de la bataille quand tout paraît perdu, voulait croire Cooper, qui pour un peu aurait embrassé le groom de service. Un soir, rentrant du studio où se montait le décor du bouge de Suakin, ils avaient trouvé un message, au Hillview. Jesse Lasky, tout juste rentré, invitait ses très chers amis à passer le voir dès le lendemain, en matinée s'ils pouvaient, à Santa Monica. Mais Schoedsack avait une réunion de production qu'il ne pouvait différer, et il fut décidé que Cooper irait seul, dans le palais qu'on disait de toutes les extravagances, où se donnaient des fêtes dignes des pharaons. Mais qui, dans les couloirs, avait jamais vu cette demeure ? Les maîtres d'Hollywood dissimulaient leur Olympe aux regards du commun, afin de préserver la légende, où le réel devait se dissoudre en chatoiement d'images, pour que le film ne s'interrompe jamais.

Il avait d'abord manqué la villa. La route en front de mer avait amorcé une montée à flanc de colline, bordée de broussailles et d'arbres aux formes contournées – sans doute ce que Dionisio disait le *chaparral* –, et tout à coup, parvenu au sommet il n'y avait plus rien eu devant lui que la falaise plongeant à pic dans la mer. Rebroussant chemin, il avait fini par distinguer un embranchement discret, presque dissimulé par la végétation, puis une allée bordée de céanothes et d'eucalyptus, barrée par une haute grille : 609, Ocean Front.

Un décor. L'extravagant décor d'une superproduction, conçu par un décorateur pris de folie, songea-t-il, quand l'hacienda, d'un coup, se déploya devant lui. Tout était trop grand, trop massif, trop tout. Trois Rolls, dont un roadster Phantom, et, flamboyante, une Stutz Bearcat Blackhawk, la voiture la plus rapide du monde, qu'aucune autre à ce jour n'avait surpassée en compétition, étaient garées devant les dépendances, près desquelles sa Chevrolet se réduisit immédiatement aux dimensions d'une voiturette. Adossée à la falaise abrupte, séparée de la plage, évidemment privée, par un jardin luxuriant et une piscine de dimensions olympiques l'« hacienda Lasky », puisque ainsi la nommait le courrier d'invitation, paraissait plus imposante encore, mais le ballet réglé des majordomes, des femmes de ménage, des jardiniers, ne parvenait pas à donner l'illusion d'une demeure habitée. Il avait connu dans sa jeunesse sudiste de vastes demeures, de grands domaines, mais, pour le meilleur et pour le pire, on y habitait une histoire, dans la présence vivante des générations précédentes. Que pouvait-on habiter, ici ? Les tableaux du salon où on l'avait conduit, les bibelots, les meubles étaient assurément de prix, mais comme posés les uns auprès des autres. Seules quelques petites aquarelles au-dessus d'un secrétaire retinrent son attention par leur simplicité chaleureuse, qu'il eut la surprise de voir signées « Bessie Lasky ». Levant les yeux, il surprit par la fenêtre Lasky, dans une véranda adjacente, qui fixait l'océan. Il paraissait si seul, en cet instant, empli d'une telle mélancolie, que Cooper resta figé. Mais l'autre, devinant une présence, se retourna avec un large sourire avant d'accourir. Quel bonheur, enfin voir de vraies gens !

— À Cathedral City, vous les avez bluffés, j'ai l'impression ! Le pauvre Arlen a eu la peur de sa vie… Lui qui aime jouer les baroudeurs, ça lui a un peu dégonflé la tête ! Mais je ne me faisais pas de souci pour vous. Schulberg peut surprendre, au premier abord, mais il a un vrai sens artistique. Et c'est un fin lecteur. Quant au petit Selznick, je crois qu'il ira loin. Vous étiez en de bonnes mains !

Il parlait vite, sans s'arrêter, faillit inviter Cooper à s'asseoir, se ravisa. Que dirait-il d'une marche sur la plage ? Il regarda autour de lui, soupira : d'ordinaire, la maison était nettement plus encombrée. De gens, parfois, qu'il ne connaissait même pas, arrivés là dans le flot des fêtards, amis d'amis d'acteurs, de producteurs ou d'agents.

— Une fois, je découvre Jean de Limur, un réalisateur français qui était passé me voir, un mois auparavant, en train de déjeuner devant la piscine. « Jean ! Quel plaisir de vous retrouver ! » Et lui : « Mais, Jesse, je ne suis jamais parti ! Où ailleurs puis-je me faire servir des harengs britanniques par une sublime serveuse suédoise, tout en regardant Douglas Fairbanks marcher sur les mains dans les vagues ? »

Il soupira :

— Être chez soi !

Que fuyait-il, ou après quoi courait-il ? On disait que la nuit il roulait à tombeau ouvert dans les collines, au volant de sa Stutz Bearcat, et qu'il finirait par y laisser la vie.

Le matin était gris et frais, des mouettes criardes tournoyaient sous le ciel bas, où roulaient des nuages chargés de pluie. La mer couleur de plomb se crêtait d'écume, mais deux enfants jouaient à demi nus sur la plage en riant aux éclats, indifférents à la température. Ils accoururent vers eux, s'agrippèrent chacun à une jambe de leur père. William et Betty, sept ans et six ans, dit-il en les soulevant du sol. Lasky junior, lui, avait été expédié dans un collège du New Jersey, pour qu'il ait une chance, tout de même, de découvrir ce qu'était la réalité. À dix-huit ans, il commençait à faire les quatre cents coups avec le fils de Fairbanks, et il avait fallu y mettre le holà. Déjà les gamins repartaient, rieurs, et les deux hommes gagnèrent l'extrémité de la plage, où la falaise s'avançait loin dans la mer. À marée basse, les plus hardis y trouvaient des abalones, les paresseux des moules et des patelles. L'eau bruissait doucement, sous les longues algues brunes, derrière les roches bleues montait comme le grondement d'une respiration.

— Le spectacle ! dit Lasky, comme s'il voulait s'excuser. Vous savez que depuis notre première rencontre j'ai emménagé aussi à New York ? Vingt pièces, tout un étage sur la Ve Avenue ! Ce ne sont plus des maisons, mais des halls de gare. Paraître, toujours paraître, pour la gloire de la Paramount ! Bessie, au moins, a son atelier. Vous avez vu ses toiles, au salon ? Elle a déjà eu plusieurs expositions. Ici, quand je peux, je me réfugie pas loin, chez un vieux pêcheur que m'a fait rencontrer Wellman. On ne se dit presque rien, mais je respire…

Cet homme-là se mentait à lui-même, cherchait ce qu'il fuyait, se dit Cooper, en l'observant. Il y avait un Lasky qui peut-être s'était perdu en chemin et qu'il tentait de retrouver en des expéditions lointaines, ou en risquant sa vie en voiture, et un Lasky qui, pour exister, avait besoin des images de sa réussite…

Le nabab s'absorba dans la contemplation des eaux grondantes.

— Quand je pense que ça devait être notre petit refuge, ici, pour nos week-ends ! Hollywood nous dévorera tous.

Il s'ébroua en se tournant vers Cooper.

— Si l'on retient quelque chose de nous, plus tard, quand tout ceci se sera effondré, c'est que nous aurons été quelques-uns à avoir voulu faire du cinéma un art majeur… Vous vous rendez compte ? En même pas trente ans, à partir des malheureux bouts de films des *nickelodeons* !

Trente années pour élaborer une forme extraordinairement raffinée, des manières de jouer, d'écrire des histoires, un art de la pantomime, bref, un langage devenu familier au plus grand nombre, avec sa grammaire, sa syntaxe.

— Rien de naturel – au contraire ! J'ai toujours soutenu que l'art n'imite pas la vie. Il ne la révèle qu'en s'en écartant. Vous vous souvenez de ce que disait Schoedsack ? Que ce sont les photos ratées qui imitent la réalité. Que seules sont réussies celles qui lui rajoutent une forme. Qui montre quelque chose de plus, qu'on ne verrait pas sans elle. Et bien, c'est exactement ça…

Prenant quelques fragments de galets plats, il les fit ricocher au ras de l'eau. Où voulait-il en venir ?

— Si j'essaie d'attirer les meilleurs Européens c'est pour ça. Stroheim est un monstre, un foutu emmerdeur, mais quel talent ! On a besoin de lui, on a besoin de Lubitsch, on a besoin d'eux tous. Pour empêcher Hollywood de devenir juste une usine. Vous avez compris qu'ici le vrai créateur devient le producteur ? Tout converge vers lui dès qu'il lance son idée : scénaristes en bataillon, réalisateurs, et s'il le faut, il en change pour que son idée se trouve mieux servie. Il faut rétablir l'équilibre. Producteur-réalisateur : c'est la tension entre les deux qui portera le cinéma à sa perfection.

Il resta un moment silencieux.

— Et c'est ça qui vacille… Qui peut-être ne sera plus, demain.

Les frères Warner les avaient pris de vitesse. Maintenant, tous les autres faisaient l'impossible pour les rattraper. Sans être sûrs qu'ils ne fonçaient pas dans une impasse. L'illusion de la réalité ! Une fois passée l'excitation première, que resterait-il ?

— Selznick vous a montré où nous en sommes ? Du bricolage. Il nous faudra des années pour être au point. Il ne s'agit pas seulement de technique. Tout est à réinventer : le jeu des acteurs, les lumières, le découpage, une autre stylisation, une autre langue. Croyez-moi, tout ce que l'on bricole aujourd'hui sera oublié, plus vite que les chefs-d'œuvre du muet. Pensez à Chaplin : vous l'imaginez une seconde en train de parler ? Tout son jeu s'effondre. Eh bien, je fais le pari que, dans un siècle, on regardera encore Chaplin. Muet.

Il parlait face à la mer, la voix sourde, se tourna brusquement vers Cooper.

— Ne gâchez pas votre film pour une illusion ! Réussir déjà à mixer vos images d'Afrique avec celles tournées ici… Ça suffira à lancer le film ! Et laissez Shorty – je sais qu'il ne dira rien, mais je suis sûr de son sentiment –, laissez Shorty faire de votre film une œuvre d'art. Sans gadgets sonores qui paraîtront ridicules dans deux ou trois ans. C'est d'une œuvre d'art qu'il s'agit, pas d'un produit. Une œuvre d'art !

Cooper s'apprêtait à batailler pied à pied, à proposer des solutions, il s'attendait à tous les arguments mais pas à celui-là. Lui, « empêcher » Shorty ? Il chercha ses mots, en vain, tandis que Lasky le prenait par le bras pour rentrer.

— Shorty et vous, vous formez le plus rare : le couple parfait. Ne le rompez pas ! Vous savez, j'ai lu les livres dont vous me parliez tous les deux, Jack London, Conrad, Melville. Vous cherchez la même chose qu'eux, chacun à votre manière. Vous vous souvenez de ce que je vous ai dit un jour ? Que vous aviez le sens du spectacle. De ce qui arrache le client à son fauteuil. Que vous êtes un producteur dans l'âme. Regardez, comme vous bondissez sur la nouveauté à tout prix ! Shorty, lui, est un réalisateur, un vrai, à l'européenne. Le public lui importe moins que son exigence personnelle. Ensemble, vous irez très, très loin.

Comme Cooper, malgré tout, essayait de protester :

— Selznick a dû vous le dire, on ne peut plus bouleverser le plan de production. Notre seul studio équipé est pris pour les six mois qui viennent. Mais je peux vous promettre quelque chose : quand le film sera sorti, disons quelques mois après, on fera le point. Et s'il faut, on rajoutera du son sur vos scènes de jungle. Mais ne vous focalisez pas là-dessus !

Un vent aigre venait avec la marée, des bourrasques brèves qui soulevaient le sable en leur cinglant la peau, Betty et William bleus de froid, couverts de sable jusqu'aux cheveux, accouraient en criant famine.

Il se pencha de nouveau vers lui et, le fixant dans les yeux :

— Croyez-moi : laissez Shorty aller au bout de son film…

— On s'est trompés, tu ne crois pas ?

Cooper, depuis son entrevue avec Lasky, remuait des pensées sombres. Schoedsack restait silencieux, enfoncé dans son fauteuil. De toute manière, il était vain d'attendre de lui le moindre signe de satisfaction. Seule Ruth protesta tandis que les lumières se rallumaient.

— Arrêtez de ronchonner, les garçons, le film est superbe ! Vous en connaissez beaucoup, vous, des films d'aventures qui fassent le poids face à lui ?

Mais son enthousiasme ne trouva nul écho. Chacun de ses compagnons restait perdu dans ses pensées.

Ils venaient de visionner leur film une dernière fois avant la grande projection du lendemain, devant le staff de la Paramount. Seul Selznick en avait déjà vu de larges séquences, et il ne ménageait pas ses compliments. Schoedsack avait conduit plusieurs monteurs au bord de la crise de nerfs, mais les scènes tournées à Cathedral City et celles, en studio, de Feversham dans son bouge de Suakin se fondaient dans les séquences africaines d'une manière stupéfiante, au point que même Coop et Ruth en venaient à ne plus distinguer le moment où l'on passait des unes aux autres. Ruth gardait par-devers elle une réserve sur les scènes d'ouverture, à Londres, trop longues à son goût malgré les coupes de Schoedsack, mais Fay Wray, magnifique d'émotion, de fragilité et de force, sauvait la mise à elle seule et le rythme de la suite africaine emportait tout jusqu'à la scène finale. Que voulaient-ils de plus ? Shorty sortit enfin de son silence, la voix hésitante, à l'évidence déjà loin des *Plumes blanches* :

— Tu te souviens de ce projet à Sumatra, autour des grands singes ? Les orangs-outans… Ça te dirait ?

Il s'en souvenait, oui. C'était à New York, Ruth et Shorty rentraient de Council Bluffs, ils avaient tous les trois échafaudé des projets jusqu'au cœur de la nuit, avant qu'ils le raccompagnent chez lui, bras dessus, bras dessous. C'était… Mon Dieu, songea-t-il, c'était il y a si longtemps ! Mais Shorty, lui, n'avait pas perdu le fil. Un autre *Chang*, en somme, l'expérience en plus. En muet, bien sûr… Une aventure comme au bon vieux temps. Mais le bon vieux temps n'était plus.

— Non, pas comme *Chang*, reprit Schoedsack, devinant les pensées de Cooper. La frontière entre l'animalité et nous. La part d'animal en nous. D'humanité, en eux… Le regard des grands singes !

Il hésita, puis, à mi-voix, embarrassé :

— J'ai rendez-vous avec Lasky. Dès que ce film-ci sera terminé.

Ainsi donc ils se sont vus sans m'en parler, se dit Cooper, avec un petit pincement au cœur. « Laissez Schoedsack faire son film » – combien de fois avait-il ressassé cette phrase ? Puis il se reprocha sa réaction. Après tout, que lui avait-il confié, lui, de ses propres projets ? Sumatra ! En somme, Lasky les renvoyait, ou renvoyait Shorty, d'où ils venaient : d'ailleurs. En les priant de rester ce qu'ils étaient. Ils avaient intéressé Lasky comme explorateurs – une manière pour lui de vivre par procuration quelques frissons supplémentaires. Wanger n'avait-il pas avoué ses réticences initiales, à l'idée qu'ils franchissent le cap de la fiction ? Dans le moule d'Hollywood, ils les intéresseraient moins : des cinéastes parmi d'autres. Dans les lointains, ils étaient uniques. Peut-être même Lasky espérait-il l'échec des *Quatre Plumes blanches*.

— Tu ne crois pas qu'on s'est trompés ?

Ruth protesta une fois encore, inquiète de le sentir à ce point troublé.

— Un beau film, Coop, un si beau film !

Cooper eut un geste fataliste.

— D'un temps révolu…

Comme nous, faillit-il ajouter. Cette lutte pour en faire un *talkie*, les propos de Lasky, avaient brisé son élan. Ou lui avaient enfin ouvert les yeux, ravivant ce sentiment insidieux qui lui était venu en Afrique déjà, de faire fausse route.

— Oui, c'est un film, s'entendit-il dire. Juste un film.

Mais ce n'était pas « "faire juste" un film » qui les avait fait se retrouver au sortir du cataclysme… Il avait vécu trop longtemps dans un temps suspendu. Hambleton, Juan, C.V. Whitney, ses amis aviateurs avaient raison : il était temps de revenir au monde.

— J'ai rendez-vous avec Lasky, dit Schoedsack, à mi-voix, embarrassé. À New York, dans trois semaines.

Et lui avec ses amis de la Pan Am, dont il n'avait rien dit…

Il regarda tour à tour Schoedsack et Ruth. Avec ou sans lui, ils iraient au bout de leur projet : ceux-là étaient deux, maintenant.

Il se força à sourire.

— Oui, Ruth, tu as raison. Un sacré bon film…

— Tout va bien, *señor* Cooper ?

— Tout va bien, Antonio. J'en ai juste pour un moment.

Assis sur un rocher, au pied du fort, il ne l'avait pas entendu arriver. Quelque chose dans son attitude devait intriguer, car

Antonio, le gardien, hésita un moment, avant de s'éloigner. Que venait faire le patron, sans crier gare, dans ce camp déserté depuis des semaines ?

Perdu dans ses pensées, il gravit les marches taillées dans la roche, jusqu'au terre-plein où Feversham avait abattu le chef des mutins. Des bruits furtifs agitèrent la pénombre, des courses affolées dans les buissons accrochés à flanc de montagne. Les décorateurs avaient accompli un travail fantastique mais le désert déjà reprenait possession des lieux. Par les meurtrières, il pouvait voir le désert jusqu'à la barre bleue des montagnes, tremblante dans les vibrations de chaleur de fin d'après-midi. Du camp lui-même, à main droite, ne restait que la cabine du gardien, désormais au milieu de nulle part. Il se pencha par l'ouverture, respira à pleins poumons les odeurs du chaparral, chaleur et poussière mêlées, auxquelles s'ajoutaient les senteurs fragiles des fleurs printanières accrochées à la paroi.

Quelque chose se terminait ici.

Tout était allé de travers, après l'enthousiasme affiché lors de la projection. Schulberg, Selznick, tout comme Jesse Lasky qui avait retardé son départ à New York exprès, ne tarissaient pas d'éloges, épatés par ce qu'ils pensaient dans le fond impossible, la parfaite jonction des images africaines et californiennes. Le plus étonnant film d'aventures, depuis bien des années ! Monty et Ruth s'en étaient allés presque aussitôt après – une fuite, comme d'habitude. Et bien sûr ils se débrouilleraient pour se trouver à Sumatra quand la première du film serait donnée au Criterion, à New York, en juin... Cooper, lui, était resté quelques jours de plus. Besoin de faire le point, seul, avant le grand saut dans une nouvelle vie, autant que souci de s'assurer que tout était en ordre.

Un dîner, à l'invitation de Selznick, lui avait fait retrouver William Wellman et une partie de l'équipe dans un salon discret du Montmartre Café. Fay Wray, plus belle que jamais, et Richard Arlen étaient déjà plongés dans les préparatifs d'un film de Josef von Sternberg. Arlen, auparavant, serait Dum-Dum Brooks dans *The Man I Love*, le dernier film de Wellman, qui sortirait fin mai. William Powell tournait une aventure de Philo Vance, le héros imaginé par S.S. Van Dine, les anecdotes fusaient sur les incidents de tournage et les oreilles de Pomeroy devaient siffler. Celui-ci concentrait sur sa personne toutes les frustrations nées des contraintes du parlant. Les titres de films se croisaient, à donner le tournis, à croire que certains jouaient dans plusieurs films à la fois – des stars, sans doute, mais aussi les ouvriers d'une gigantesque usine aux cadences infernales. Pour eux, songeait Cooper, un rien dépité, *Les Quatre Plumes blanches* paraissaient déjà loin...

Comme Saunders, le mari de Fay Wray, d'humeur boudeuse et à l'évidence pompette, se moquait de ce nom de Dum-Dum Brooks – décidément on ne tournerait bientôt plus que des films de gangsters ! –, la conversation avait dévié sur le massacre perpétré à Chicago pendant la Saint-Valentin, deux mois plus tôt, et l'exécution par des policiers de sept des hommes du gang de Bugs Moran, le rival de Capone. Mais des policiers, vraiment ? Le nom de Capone revenait avec insistance. Les deux thèses s'affrontaient autour de la table sous le regard narquois de Wellman : comment ne pas voir qu'un système s'effondrait ? Les nababs, ici, n'avaient qu'à bien se tenir. Tout le monde savait que l'argent des bootleggers coulait à flots dans les studios, que l'auguste Louis Mayer était lié à Frank Orsatti, que Harry Cohn et John Rosselli, en signe d'amitié, portaient les mêmes bagues, et que Kennedy avait partie liée avec Frank Costello. L'arrivée théâtrale d'Al Capone à Hollywood, il n'y avait pas deux ans, était encore dans toutes les mémoires.

Des vagues de rires venaient jusqu'à eux depuis la grande salle, ponctuées de cris de plus en plus aigus. Selznick fit mine de rouler des yeux inquiets : les murs avaient des oreilles, certains sujets étaient à éviter. Et puis Wild Bill était malvenu de critiquer Hollywood, lui qui, dans moins d'un mois, avait de bonnes chances d'être le premier à recevoir l'Oscar du meilleur film ! Il leur avait livré les derniers potins qui agitaient les hautes sphères : si l'idée d'une distinction des meilleurs par la profession elle-même avait, dans son premier élan, suscité l'enthousiasme, les derniers préparatifs tournaient à la guerre de tranchées, dans le déchaînement furieux des ego de nababs prêts à s'entr'égorger. Mais *Wings* paraissait en bonne place. Wellman avait raison de se dire mauvais acteur, l'indifférence lasse qu'il affectait aux propos de son ami ne trompait personne. Fay Wray, pressée de questions sur la rupture entre Erich von Stroheim et la Paramount – n'avait-elle pas été, deux ans plus tôt, l'héroïne de cette *Symphonie nuptiale* qui faisait scandale ? –, avait fini, d'une voix innocente, par lâcher quelques confidences. Le tournage avait viré peu à peu à la folie, et Stroheim, un jour, l'avait envoyée au-dehors sous un vague prétexte, avant de verrouiller les portes du studio pour la plus scandaleuse scène d'orgie jamais tournée, qui à sa projection avait failli emporter Zukor, pris d'un malaise cardiaque. Mais personne ne verrait ces images, Zukor ayant veillé personnellement à leur destruction. À moins, évidemment, que Stroheim n'en ait gardé copie… Selznick avait ajouté quelques détails non dénués de pittoresque sur la manière dont ce pervers avait soûlé acteurs et actrices au gin et au champagne, puis les avait fait se déshabiller, avant de livrer une cohorte de prostitués à leur lubricité jusqu'à épuisement de leurs ardeurs « dans toutes les combinaisons imaginables ». Et comme les hommes considéraient Fay Wray avec un intérêt renouvelé, en imaginant ce à quoi elle aurait pu se trouver mêlée, Saunders avait essayé d'attirer l'attention en buvant trop et criant fort. Que lui trouvait donc la délicieuse ? L'agitation derrière la porte monta d'un cran, détournant l'attention, et le digne Étienne de Bujac était venu s'excuser pour l'exubérance de la soirée à côté : Clara Bow avait caché sa culotte quelque part dans la salle et promettait la récompense que chacun pouvait imaginer à qui, homme ou femme, la retrouverait. L'arrivée de Myron, le frère de Selznick, ivre mort et fou furieux, avait ajouté à la confusion et Wellman, exaspéré, avait entraîné Cooper à l'extérieur.

— C'est ça, Hollywood ! Bon Dieu, ça va s'écrouler un de ces jours ! Monty a bien fait de filer. Vous étiez mieux au Siam, non ?

Ils avaient fini tous deux la soirée au bar du Hillview, où Wild Bill avait détaillé à son ami le film qu'il s'apprêtait à tourner près du lac Sherwood, sur un héros de l'escadrille La Fayette. Ce qui n'était jamais que son troisième film de guerre en deux ans…

— L'aviation, mon vieux. « L'aventure des temps modernes ! » Des fois, je me dis : qu'est-ce que je suis venu foutre ici ?

Le lendemain, alors qu'il montait dans le train, Cooper avait eu la surprise de voir Fay Wray accourir sur le quai, pour le remercier des semaines vécues ensemble. D'un brusque élan, elle l'avait embrassé sur les deux joues.

À New York, le tourbillon l'avait emporté, le pied à peine posé sur le quai. Hambleton, Thach, C.V., ils étaient là qui l'attendaient pour le mener séance tenante à leurs locaux, où un bureau lui avait été préparé, « portant déjà son nom ». Un vaste éclat de rire l'avait accueilli, la porte poussée. En fait ce bureau, une simple table contre un mur, face à celle d'Hambleton. Le luxe des lieux était des plus succincts, et la place comptée : trois pièces, dans la 42e Rue, les locaux de Juan à ses débuts, qu'il ne parvenait pas à quitter. « Un foutoir », avait soupiré un petit homme chauve et grassouillet, à ce point tiré à quatre épingles que l'on s'attendait à voir craquer les coutures de son costume au premier geste brusque. André Priester, ingénieur en chef, lui avait présenté Hambleton – d'origine hollandaise, comme le suggérait son élocution surprenante. À la guerre comme à la guerre, avait résumé C.V. : Juan leur promettait depuis un an de « vrais locaux », mais chaque jour les urgences différaient le moment, et l'on se contentait, de loin en loin, de rajouter une table ou des chaises. Miss Swaggerty, chignon sévère et col serré, cumulait les fonctions de standardiste et de secrétaire particulière de Juan. Miss Ulrich s'efforçait de tenir les comptes. Le garçon qui bâillait, les yeux battus, était Vic Chenea, le chef des ventes, retour d'expédition, et le grand escogriffe aux allures de croque-mort était Hugo Leuteritz, le petit génie de la radio, arraché à RCA. Coop, on n'attendait plus que toi, répétait Hambleton, visiblement ravi. Juan déjà déployait une carte sur son bureau pour le mettre au parfum et le tourbillon avait repris, coups de fil depuis les quatre coins du continent, crépitement des machines et courses en tous sens. Une petite fête dans les salons d'un hôtel au bas de la rue avait scellé son entrée au conseil d'administration de leur Aviation Corporation, détentrice de 45 % des actions de la Pan Am et de l'Air Express Corporation. Hambleton lui avait présenté Lindbergh, dont les yeux pâles, l'air fragile, presque d'un gamin, l'avaient frappé. Lindbergh le conquérant de l'Atlantique, avec Cooper, le héros de l'escadrille Kosciuszko, n'était-ce pas le ticket gagnant, s'était écrié un des invités, en se présentant : Billy Rockefeller. Il y avait là, qui le félicitaient, quelques noms pesant des millions de dollars, tout un monde qu'il ignorait, lui, sudiste, de la haute finance new-yorkaise où les Vanderbilt et les Whitney baignaient depuis leur naissance.

Une autre jungle, un autre jeu, avait glissé C.V., moqueur, mais il saurait s'adapter vite.

Il saurait : déjà il retrouvait ses réflexes de temps de guerre. Ensemble, n'étaient-ils pas comme une escadrille partant au combat ? Tout était à inventer, tout était à construire. De nouveaux avions, des hangars, des terrains, un système de navigation pour voler autrement qu'à l'estime. Il fallait former des pilotes, ouvrir des lignes, croiser le fer avec des concurrents, la lutte était aussi impitoyable que dans l'Ouest sauvage, jadis. Il aimait cette fièvre, à grands jets d'adrénaline, qui ne lui laissait le temps de penser à rien d'autre, ce qui valait peut-être mieux. Ils déjeunaient et dînaient de sandwichs et de pizzas sur un coin de bureau, arrosés de litres de café. « Un foutoir », sans doute, mais il s'y sentait bien.

Tout juste avait-il eu le temps, la première semaine, d'appeler Ruth et Monty installés à l'hôtel Shelton. Monty ! Il avait fini par s'échapper pour le rejoindre, et avait trouvé Ruth en leur hôtel, au milieu d'un gigantesque capharnaüm. Cheveux ébouriffés, bloc et crayon à la main, elle lui avait sauté au cou. Monty était à la Société de géographie, où Bowman les laissait entreposer l'essentiel de leur équipement, ou bien il était encore à la Paramount, occupé à vérifier une dernière fois son matériel. Le cœur serré, il lui avait prêté main-forte en attendant le retour de son ami : pour la première fois il ne serait pas de l'aventure.

Le dîner, bien sûr chez Silvio, avait été très tendre, un moment d'amitié où il n'était pas besoin de se parler pour se sentir ensemble. C'est seulement deux jours plus tard, en tête à tête, qu'il avait pu se confier, dire enfin à Monty son trouble, son besoin de faire le point – et son impression de s'être perdu en chemin. Ou bien avait-il changé sans qu'ils s'en rendent compte ? Peut-être après tout la jeunesse avait-elle eu raison, au sortir de la guerre, de tout effacer pour réinventer la vie.

— Tu te souviens de ce qu'on se disait, à Londres ? La « force obscure », tous ces mots-là. C'est comme s'ils avaient fui. Du sable entre les doigts…

Schoedsack l'avait pris par l'épaule et ils avaient marché ainsi jusqu'à l'hôtel. Ils se retrouveraient, reprendraient l'aventure, de cela au moins ils étaient tous les deux convaincus.

Cooper partait inspecter l'aérodrome qu'ils construisaient à Washington et quelques-uns de leurs avions loués, quand Schoedsack avait fait irruption à son appartement, un câble de Selznick à la main. Rien n'allait plus. Les réactions du public aux tests de projection allaient toutes dans le même sens : la chute des hippopotames dans le fleuve, placée où elle était, déclenchait des fous rires et la tension retombait après les scènes africaines. Suivait le détail du nouveau montage qu'il proposait. Cooper avait bondi, leur contrat était clair, on ne toucherait à rien sans leur accord, il fallait sauter dans le premier train, mais Monty avait secoué la tête : pour lui, la page était tournée. Il partait dans quinze jours. Et puis Selznick avait peut-être raison…

Raison ? Un deuxième câble, début avril, était arrivé, triomphal. Le nouveau montage avait suscité l'adhésion du public, la scène des hippopotames, placée plus loin, clouait les gens sur leurs fauteuils, tout était au mieux. Les derniers à garder des réserves sur le film, à la Paramount – tiens, il y en avait donc des réserves, qu'on ne leur avait pas dites ? avait grincé Cooper –, étaient maintenant ses plus ardents défenseurs. Et, grande nouvelle, il avait pu, lui, Selznick, obtenir de Pomeroy qu'il rajoute sur quelques scènes de jungle des effets sonores tout à fait saisissants ! À l'évidence, le garçon a un talent certain pour faire passer la pilule, avait conclu Schoedsack, philosophe et l'esprit déjà à Sumatra, à ses orangs-outans et à ses tigres.

Le coup de grâce avait été porté par Lasky lui-même, le lendemain du départ de Monty et sans doute avait-il attendu que Cooper soit seul pour frapper. Ayant vu et revu le film, « ils » s'étaient accordés sur la nécessité de rajouter quelques scènes courtes, en ouverture et conclusion, qu'ils se proposaient de confier à Lothar Mendes. Que dire ? Monty était au loin, lui tout entier mobilisé par l'ouverture des lignes de la Pan Am – comment refuser son accord à Lasky, à qui il devait tant ? Mais s'ils acceptaient qu'un intrus se glisse dans leur film, entre Shorty et lui, ce ne serait plus leur film…

Il ne l'était plus. Pris d'une angoisse soudaine, à l'annonce que les scènes de Mendes « s'inséraient parfaitement » dans le film, il avait sauté dans un train. « S'inséraient » ? Elles dégoulinaient de bons sentiments, sans rythme ni forme. Pire, les cartons rajoutés tout au long, sans doute pour souligner les effets à l'usage d'attardés mentaux, brassaient les pires clichés. Les murs de la Paramount avaient tremblé sous l'orage : qu'on retire leurs noms du générique – en tout cas le sien, Monty n'étant pas joignable, au fin fond de sa jungle. Zukor, en l'absence de Schulberg et Lasky, avait fait front, les lettres d'accord de Cooper à la main. Son nom resterait, qu'il le veuille ou non. Et pour que les choses soient claires – son visage s'était crispé en un rictus –, Mendes et les cartons nouveaux, c'était lui, pas Lasky. Parce qu'il en avait décidé ainsi, et qu'il était le maître.

Un tournoiement dans le ciel arracha Cooper à ses rêveries. Quelque part, une proie devait se trouver prise dans les buissons du chaparral, ou était déjà morte, les vautours accouraient. Depuis combien de temps était-il là ? Le soleil était bas, la terre épuisée, en contrebas, rendait la chaleur accumulée le jour. Des suricates, furtifs, sortis à demi de leurs caches, debout sur leurs pattes arrière, l'observaient, intrigués, et disparurent dès qu'il tourna la tête. Il était de trop, se dit-il, dans le camp rendu à la vie du désert.

Un froissement lourd, au-dessus de lui, le fit sursauter. Un aigle venait de se poser sur le sommet du fort, de proportions énormes. Les pattes jaunes étaient couvertes de plumes jusqu'aux serres. Un aigle doré, capable d'enlever dans les airs un petit bouquetin ou une chèvre, se dit-il, fasciné. La vue de l'animal était beaucoup plus fine que la sienne, mais il ne paraissait pas l'avoir remarqué. Ou alors il lui était indifférent…

Il était sorti furieux de son entrevue avec Zukor. Wellman n'était pas là, déjà en route pour New York. Les Oscars, avait chuchoté la secrétaire de Selznick : *Wings* paraissait avoir ses chances. C'est en pensant à lui, à ce qu'il aurait fait, que l'idée lui était venue de sauver au moins ce qui pouvait l'être. Son monteur préféré, Roberto, avait joué le jeu, passé une nuit avec lui pour couper en douce les cartons superflus, ou les plus niais. Et il se retrouvait maintenant ici, à Cathedral City, pour le dernier acte.

C'était le moment. Le soleil mourait dans un océan pourpre strié de traînées sombres. Il se leva. L'aigle le fixa un instant, sans paraître effrayé, avant de s'envoler, d'un arrachement puissant, les ailes étendues. La bête dépassait les deux mètres d'envergure. Dans le ciel qui s'assombrissait, il lui sembla qu'elle embrassait dans son envol le désert tout entier.

Ce n'était pas Hollywood. C'était eux, aussi. C'était lui. Il s'était perdu en chemin. L'appel du sauvage, l'appel du *wilderness*, disait Jack London. Quand, lui, Cooper, avait-il cessé de l'entendre ? Il travaillait maintenant en hâte, arrachait à la base du fort des buissons secs, les empilait au pied de la paroi de planches. C'était une bêtise, bien sûr, mais une manière de tirer un trait. Le fort n'était pas un décor impersonnel qui, démonté, servirait à d'autres productions de Zukor ou Lasky, pas plus que lui et Monty n'étaient des rouages de la grande machine. Il descendit chercher dans sa voiture le bidon d'essence, arrosa les branchages, battit le briquet. Les flammèches dansèrent un instant, hésitantes, puis les buissons s'embrasèrent d'un coup, en crépitant.

Il entendit les cris d'Antonio au loin, remonta dans sa voiture. Les flammes couraient déjà le long des parois, bondissaient vers les étages, torche vive dans les ombres qui gagnaient. Il reviendrait. Retrouverait Schoedsack. Pour réussir le film qu'ils portaient en eux depuis si longtemps, dans le rugissement des villes incendiées, le fracas des bombes, les cris des malheureux, dans le monstrueux enfantement d'ils ne savaient trop quoi, qui était là encore, tapi, quelque part au plus secret d'eux-mêmes, au plus secret du monde. Et ce serait le plus grand film jamais tourné. Il reviendrait. Et personne, alors, ne pourrait lui dicter ce qu'il avait à faire.

Puisque telle était la loi d'Hollywood : être le boss, ou rien.

PARTIE VI

King of Komodo

Hurricane

Ils naissent chaque été au cœur chauffé à blanc du Sahara. Rien qu'une vapeur, d'abord, exhalée par le sable et les pierres, des volutes de poussière s'élevant en tourbillons légers, et la déflagration de leur rencontre avec les vents plus frais venus du Tibesti, pressés de gagner la côte et la mer, au-delà – plus de 3 000 kilomètres de course dans les foudroiements d'orage, où les plus faibles se perdent, et s'épuisent. Mais gare à ceux qui surgissent, triomphants, brûlants de soif, vers le golfe de Guinée, et enflent alors, s'embrasent, tourbillonnent, dans un corps à corps furieux avec les dieux de l'Océan, avant de prendre le large !

Cette année-là – 1926, mais on n'en sait pas le moment précis –, les prêtres qui les attendaient sur les côtes du Sénégal, pour quêter leur clémence par des sacrifices et des offrandes, notèrent que l'un d'eux passait en rugissant, creusant des vagues énormes, sous un ciel de cuivre annonciateur de grands malheurs. Au-dessus des îles du Cap-Vert, 600 kilomètres plus loin, il n'était encore qu'un orage tropical, même si d'une violence rare, qui se perdit à grand fracas dans l'immensité atlantique. Pas un navire ne croisa sa route avant qu'au matin du 14 septembre il réapparaisse au nord-est de l'île de Saint-Kitts, devenu un cyclone, et fonce droit sur les îles Vierges en grossissant sans cesse, frappe les îles Turks et Caicos, semant la désolation et la mort sur son passage, frôle Nassau le 17 au matin…

Le Miami Herald, *dès le 15, annonça sans plus de détails qu'un cyclone menaçait les Caraïbes, mais sans danger pour la Floride. Le matin du 17, le même journal revint en première page sur le cyclone – « hurricane » disaient les anciens Mayas, dieu du Vent, dieu de la*

Tempête et du Feu, un des trois dieux créateurs du monde – qui, cela se confirmait, passerait au large. À vrai dire, nul n'y prêta attention : le ciel de Miami était d'un bleu sans nuages, la brise légère, et l'humeur de tous allègre. Chacun n'avait en tête qu'un souci : faire fortune, là, maintenant, tout de suite.

« Go to Florida » : le mot d'ordre résonnait dans toute l'Amérique, vidait les villes du Nord-Est, pas moins de dix trains par jour amenaient à Miami et Palm Beach des foules pressées d'acheter un bout de terrain, n'importe quoi, n'importe où. Climat de rêve, terres vierges encore à proximité des grands centres du Nord-Est grâce à l'automobile, nouvel Hollywood déjà en construction à Hope Sound, Miami devenait une Bourse à ciel ouvert. Vingt-cinq mille agents immobiliers ne suffisaient plus à la tâche, le maire avait dû interdire les ventes directes dans les rues, partout résonnaient les bruits des marteaux et des scies, les chemins de fer ne parvenaient plus à répondre à la demande en matériaux de construction. Des chiffres fabuleux couraient de journaux en journaux, des lots vendus 800 dollars en 1920 s'étaient revendus 150 000 en 1924, un avocat new-yorkais qui s'était vu proposer 240 000 dollars au sortir de la guerre pour un terrain à Palm Beach avait fini par le céder pour 800 000 en 1923 – à son grand dépit car, transformé en lotissement, il s'était revendu 1 500 000 l'année suivante et, en 1925, était estimé à 4 000 000. La fortune promise à tous : ne suffisait-il pas de payer à l'achat 10 % de la somme et la suite à crédit, le premier règlement à trente jours ? Trente jours ! La plupart avaient depuis longtemps revendu leur lot avec une plus-value, assez pour doubler ou tripler la mise et racheter un autre terrain, aussitôt revendu, et ainsi de suite à l'infini, voulait-on croire. Un casino à ciel ouvert – où tous les coups étaient gagnants.

Pour inaugurer dignement l'entrée dans cette année 1926 qui promettait d'être royale, les maires de Miami, de Miami Beach, de Hialeah et de Coral Gables publièrent à grand renfort de majuscules l'annonce commune d'une gigantesque « Fiesta des Tropiques Américains, de la Communauté la plus Richement Bénie de l'État le plus Abondamment Doté de Personnes les Plus Entreprenantes de l'Univers ». Trois journées « d'Amour, d'Amitié et de Réjouissances en compagnie de Rayonnantes Terpsichores, de Sublimes Beautés et d'Effervescents Passionnés ». Tous se préparaient pareillement à célébrer la fin de l'été, quand, le 17 au matin, le Miami Herald *tint à rassurer la population : le cyclone passerait bien au large. Mais dans l'après-midi le* Miami News *changea de ton. Des vents violents étaient à craindre dans la nuit. Pendant ce temps, à la station météorologique de Miami, le chef des services, Richard W. Gray, tétanisé, suivait la chute accélérée du baromètre, plus bas qu'il ne lui avait jamais été donné de voir.*

Le cyclone fonçait droit sur Miami.

À 11 h 30 du soir, Gray hissa des drapeaux d'alerte qu'évidemment personne ne vit.

Le 18, à 5 heures du matin, le cyclone frappa avec une violence inouïe. Des vents mesurés à 233 kilomètres-heure avant que les anémomètres eux-mêmes soient emportés, effondrèrent les bâtiments en construction, emportèrent les toitures et les arbres, projetèrent les voitures contre les façades – un témoin devait évoquer un géant frappant à coups de masse dans des hurlements démentiels, le sol lui-même craquant jusque dans son tréfonds, les vagues griffant le ciel, la fin ou la naissance d'un monde. Les eaux de la baie de Biscayne submergèrent ce qui devait s'appeler la « nouvelle Venise », soulevèrent un cinq-mâts pour le précipiter sur les hauteurs de Coral Gables, la ville de Moore Haven disparut presque entière dans le lac Okeechobee.

Et puis, à 6 heures, d'un coup, le silence se fit.

Les rescapés se risquèrent au-dehors pour mesurer l'ampleur du désastre. Qu'avaient-ils vécu, au juste ? Des alentours, il ne restait rien. Richard Gray, enfin sorti de sa station, courait de groupe en groupe, en vain : « Ce n'est pas fini ! Ce n'est pas fini ! Nous ne sommes que dans l'œil du cyclone ! Le pire arrive ! Rentrez vite à l'abri ! Vite ! »

À 6 h 45, le cyclone, précédé par une immense clameur, frappa de nouveau. Plus fort, s'il était possible. Les malheureux surpris dans la rue furent emportés, assommés, transpercés par les débris volants, un rescapé vit une tôle décapiter une femme près de lui, une planche éventrer un homme, une voiture emportée dans les airs précipitée dans la mer, avant qu'une rafale ne le projette lui-même derrière une haie. Après son passage, Miami était un champ de ruines, 3 600 blessés, 50 000 sans-abri, 400 morts recensés, probablement le triple en vérité, mais on ne prit pas le temps de compter les Noirs, qu'il avait fallu enterrer en hâte, écrasés, engloutis sous les coulées de boue, corps flottants déjà gonflés.

Sans parler d'un autre cataclysme : la ruine en cascade des spéculateurs.

Quelques mois plus tard, les journalistes décrivaient une ville morte, des lotissements à l'abandon, des maisons effondrées envahies par les herbes, les agences immobilières fermées.

Fin du rêve ? La catastrophe aurait dû alerter l'opinion sur la violence d'un monde trop vite peint aux couleurs du paradis. Sur le retour du réel abattant les chimères. Mais tout pouvait recommencer, s'obstinèrent les optimistes, vaincre l'adversité, n'était-ce pas le propre du génie américain ? Le pays affichait une santé éclatante, Wall Street n'en finissait pas de monter, et pareil cataclysme, en Floride, ne se reproduirait pas de sitôt.

C'était pourtant les premiers craquements de l'édifice, que nul ne voulut voir, les premiers ratés de la « décennie prodigieuse ». Trente et une banques de Floride en faillite en 1928, cinquante-sept l'année suivante avec des passifs d'un montant vertigineux, les compensations interbancaires, reflets de l'activité, chutant d'un milliard de dollars en 1925 à cent quarante-deux millions en 1929. Comme si, à la dépression météorologique, succédait une autre dépression. Wall Street et l'Amérique tout entière fonctionnaient sur le principe même qui avait conduit la Floride à la ruine.

Un monde s'écroulait, sans que quiconque s'en avise. Pas même lorsqu'en septembre 1928 un autre cyclone, pire que le précédent, frappa de nouveau la Floride…

XXVI

Quand s'éveille la Bête…

New York, mai 1929-septembre 1929

Maîtres du monde ! C'était devenu leur plaisanterie, leur signe de ralliement quand ils se retrouvaient à leur bureau, sur la 42e Rue. Juan était déjà là, premier arrivé, penché sur ses dossiers ou pendu au téléphone, pressé d'ajouter sur la grande carte murale les drapeaux marquant l'ouverture d'une nouvelle ligne, auxquels Hambleton ajouterait aussitôt de petites croix, à la manière mexicaine, en mémoire des concurrents écartés, battus ou absorbés. Rien n'arrêterait Juan dans son rêve d'expansion, ses adversaires commençaient à le comprendre. Miss Swaggerty fronçait déjà les sourcils, prête à les empêcher de forcer la porte de son tortionnaire bien-aimé – ou bien était-ce d'avoir passé une nuit blanche à taper ce qu'il avait dicté sans relâche ? Maud poussait des soupirs appuyés, en quête d'un peu de compassion et peut-être d'autre chose dans le regard d'Hambleton. À quoi servait qu'elle gère les comptes si les uns et les autres s'empressaient de dépenser – d'investir, corrigeait Juan – dix dollars pour chaque dollar gagné ? Priester grognait derrière son bureau avec un accent impossible que « ce n'est plus possible un foutoir pareil, la discipline, John, il faut de la discipline ». « Ze n'est blu bozible », approuvait Hambleton en posant ses pieds sur la table : avait-on jamais vu bureaux aussi minables pour de si grandes ambitions ?

Le maître du monde passait le nez par la porte. Plus tard, plus tard, on avait d'autres chats à fouetter, des politiciens, des banquiers à séduire, des officiels de l'US Postal à convaincre, des dictateurs latinos à soudoyer, la bataille faisait rage avec X,

Y ou Z – pour Juan une bataille faisait toujours rage quelque part. Et après tout, si l'on manquait de place, on n'avait qu'à donner ses rendez-vous dans les salons du grand hôtel, un peu plus bas, où ils ne coûtaient que le prix des consommations.

Le conseil de guerre démarrait aussitôt. La Pan Am avait arraché les lignes 8 et 9, comme prévu, Lindbergh venait d'inaugurer la ligne 5, mais un nouveau concurrent se dressait devant eux, et ce serait une lutte à mort, pour laquelle il fallait de nouveaux avions. Que faisait Sikorsky ? Tout allait trop vite, tout n'allait pas assez vite. À peine arrivé, André Priester repartait mettre de l'ordre dans le chaos de chantiers menés de front par dizaines, Vic Chenea tenait à peine debout, entre les nuits passées dans le train New York-Miami pour placer des vols pour La Havane et celles qui suivaient dans les bars et les hôtels de la capitale cubaine pour harponner les riches Américains désireux de rentrer au plus vite. Une machine folle, qui tournait sans répit. Cooper s'y était aussitôt senti à l'aise, revenu au temps de l'escadrille Kosciuszko, quand le monde était simple, tous tendus vers un seul but.

Ils n'avaient pas le choix : au bout du bout ne resteraient que deux ou trois compagnies, celles qui, les premières, atteindraient la taille critique. En sachant que le transport du courrier n'était que l'amorce de l'aventure, qui se jouerait sur le transport de passagers. Avec des avions qui n'existaient pas encore, et que les ingénieurs disaient impossibles. Le Sikorsky S-38 transportait sept passagers, mais pour des sauts de puce de 300 ou 400 kilomètres. Lindbergh et Hambleton avaient dessiné l'avion nécessaire, un quadrimoteur pouvant emporter cinquante passagers. Sikorsky tentait de relever le défi. Qui ne serait qu'une étape, avant le vrai challenge : la traversée des océans.

Là était le pactole. Juan, semaine après semaine, répétait les chiffres magiques : 180 000 passagers chaque année en première classe sur les paquebots transatlantiques, 4 millions de tonnes de produits précieux et 40 de colis express, de lettres et d'imprimés, qui n'attendaient qu'eux. Ne manquaient que les avions. Des paquebots des airs, de 4 000 kilomètres d'autonomie, que Lindbergh et Hambleton, déjà, tentaient d'imaginer. En attendant, il fallait explorer la voie par le Groenland, suggérait Hambleton. Ou chercher dans l'Atlantique des îles où faire escale, même minuscules, s'obstinait Juan, tout n'avait peut-être pas été cartographié ? Et pourquoi pas en construire, flottantes, avec club-house et hôtel pour les passagers de luxe, glissait alors C.V., habitué à penser large. Ce qui supposait, pour les avions, une capacité à les trouver à coup sûr, et ce serait une autre révolution, entre les mains, celle-là, de Leuteritz, le génie des transmissions. La surchauffe était la règle, dans les bureaux de la 42e Rue.

Les ingénieurs de Sikorsky protestaient, aucun train d'atterrissage ne pourrait supporter le poids de pareils avions, de toute manière incapables de décoller, mais les pauvres ne recueillaient que des haussements d'épaules. Ils avaient déjà dit cela pour le S-38, qui volait. Non : comme toujours les blocages étaient dans les esprits. À commencer par ceux du personnel. Et les regards se tournaient alors vers Cooper.

Il n'avait pas mis une semaine à comprendre le problème. Hambleton, Lindbergh étaient des rêveurs d'avion, Juan un visionnaire et un négociateur hors pair – mais le personnel, les mécaniciens, les pilotes, ne les connaissaient pas. Pour eux, le patron au quotidien était Priester, l'homme le plus dénué d'humour sur terre. Qui n'avait jamais piloté, et s'épuisait à rédiger des règlements accueillis par des quolibets. Manquait un meneur d'hommes. Hambleton s'était mis en tête de le lui faire comprendre :

— André, tu as vu la presse sur Mermoz ?

Il lui glissait sous le nez la presse du jour. Qui n'en avait que pour l'as des as français. Alors qu'il repérait trous d'air et couloirs de la barrière des Andes, début mars, il avait réussi à poser en vol plané son Latécoère 25 en panne. Sur une plateforme en pente, à flanc de paroi, de 300 mètres de long sur 6 de large !

— Tu te rends compte ? Il a sauté en voltige de son cockpit, couru pour rattraper l'avion qui glissait et, le dos calé contre une roue, il a réussi à le bloquer !

Trois heures plus tard, réparation faite, il avait plongé dans le vide, réussi à relancer son moteur, pour se poser le soir à Santiago du Chili.

Priester hochait la tête. « Formidable », oui.

Cooper avait pris le relais la semaine suivante, les bras chargés de journaux aux manchettes géantes.

— Tu as vu ? Mermoz a réussi ! Les Andes vaincues ! Ah, quel homme !

Le visage de Priester s'était aussitôt assombri.

— Mais tu ne comprends pas ? C'est pour vivre des choses comme celles-là, qu'on est là !

Il lui avait résumé l'histoire, en forme d'épopée :

— Une semaine après son accident, le 9, il repart, avec un mécanicien, Collenot. Les sommets sont à 4600, son avion plafonne à 4200, mais il peut passer, s'il trouve des courants ascendants. Au troisième essai, il passe – mais un trou d'air de l'autre côté le précipite contre une paroi, il retombe sur une plate-forme étroite. Pas réparable, dit Collenot. Il fait moins 15 degrés, ils sont à 4200 mètres, sans vivres, sans vêtements chauds. Ou ils réparent, ou ils meurent. Collenot travaille la nuit à la lueur de la lune. De temps en temps, ils se serrent l'un contre l'autre pour se réchauffer, se pissent sur les mains pour empêcher qu'elles gèlent. Collenot saigne du nez, des oreilles, il est pris de vertige, une nouvelle journée passe, une autre nuit, et le matin Collenot annonce qu'il a peut-être réparé. Le moteur démarre. Sauvés ! Pas encore : des canalisations du radiateur éclatent. Nouvelle réparation. Mermoz n'a pas d'espace suffisant pour se lancer, et trois ravins en succession devant lui, mais il a repéré sur chacun une surface suffisante pour rebondir, et se donner un élan suffisant. Avec un peu de chance… C'est de la voltige, mais il réussit. À midi, ils sont à Copiapó. Les Andes vaincues. Tout comme les condors qui, tout ce temps, les surplombaient, attendant leurs proies…

— Formidable !

Mais le visage de Priester disait « catastrophe ». Et comme ses amis le fixaient, bouche bée, il s'était étonné :

— Aéropostale demain gros concurrent ! Non ?

Ce n'était pas cela, qu'ils voulaient lui dire ? Hambleton avait levé les bras au ciel.

— Mais nom d'un chien, tu as vu, au moins, pour Amelia Earhart ?

Depuis des mois sa tournée triomphale faisait la Une des journaux. « La reine des airs », disait *United Press*, ou « Miss Lindy », beauté diaphane quasi-sosie de Lindbergh, la première femme à avoir traversé l'Atlantique, la première aussi à traverser les États-Unis d'est en ouest.

— Les publicités Lucky Strike, c'est elle ! Macy's, la chaîne Macy's, lance une ligne de vêtements « Miss Lindy » ! Tu ne vois toujours pas ?

Il ne voyait pas, non.

— L'aventure ! Pourquoi crois-tu que les gens investissent dans des sociétés comme la nôtre ? L'aventure ! Les pilotes chevaliers des temps présents ! Et c'est comme ça qu'eux-mêmes se voient. Tu crois que tu vas les motiver avec tes règlements ?

Priester secouait la tête : de la poésie tout ça. La clé, pour progresser, était la sécurité. La régularité avant tout. Et pour cela, la discipline.

Cooper était revenu à la charge : la plupart des pilotes de la Pan Am avaient connu la guerre. Autrement dit, étaient revenus d'entre les morts. Chacun d'eux tentait, à sa manière, de prolonger ce qu'il avait vécu – ouvreur de ligne, ouvreur de voies, comme jadis les coureurs de piste dans le Grand Ouest.

— C'est de là qu'il faut partir, André. Ou tu vas te planter.

Comme le Hollandais grommelait, Cooper avait pris les choses en main.

Il les connaissait si bien – baroudeurs, nomades coureurs de filles, buveurs, joueurs, brûlant leur vie à toute allure. Et ce maudit Hollandais prétendait les transformer en conducteurs de trams en uniforme, avaient tempêté les premiers qu'il avait pu rassembler à La Concha, l'hôtel de Key West, où ils logeaient à chaque escale. Le patron appliquait avec d'autant plus de modération la loi sur la prohibition qu'il n'y avait rien d'autre à Key West pour les distraire que l'alcool, les cartes, et quelques lieux où dansaient les filles. Il y avait là les fortes têtes qui faisaient tourner en bourrique le pauvre Priester, et tous les reproches étaient passés en rafale, l'interdiction de fumer, l'interdiction de boire, même hors du service, le respect des horaires – comme si la météo ne comptait pas ! Pour eux, tout devenait provocation, à commencer par cette révolution que prétendait imposer son alter ego Hugo Leuteritz : une navigation guidée par radio depuis le sol. Depuis le sol ! On voulait faire d'eux des conducteurs de bus.

Cette fois ils avaient en face Cooper le héros, un des leurs, et un chef. Il leur avait fait entendre raison : n'était-ce pas une extraordinaire aventure, aussi, que de participer à la naissance de l'aviation civile ? Nul mieux qu'eux ne savait les difficultés à surmonter.

Il était reparti avec un crâne transformé en tambour après la fête qu'exigeait l'événement, de l'avis des pilotes, mais avec la certitude de les avoir derrière lui. Avec Hambleton, au retour, ils étaient convenus de les voir tous, sur toutes les lignes ouvertes, et d'en faire un seul corps. Comme Priester maugréait que « sans *dizibline* ce serait inutile », ils l'avaient amené avec eux, un jour, pour qu'il sache ce que c'était, d'ouvrir une ligne aérienne en Amérique centrale.

Bob Fatt, le pilote, avait déployé son savoir-faire. Il est vrai que le temps s'y prêtait, vent violent par le travers, trous d'air entre les montagnes, grains soudains, il s'agissait de repérer en rase-mottes le meilleur lieu possible pour un terrain intermédiaire, c'était le troisième repérage, un jeu de fillette, avait ricané Fatt en frôlant une jungle épaisse où miroitaient de loin en loin des étendues marécageuses infestées de crocodiles. Au deuxième passage, ils avaient distingué une série de points blancs : les sacs de farine balancés par le pilote précédent au lieu prévu pour l'aménagement. Cooper avait laissé à Priester, le cœur rendu au bord des lèvres par les cahots, l'honneur de jeter par-dessus bord les sacs complémentaires, à l'intention de ceux, en bas, qui viendraient du village voisin en pirogue, à dos de mulet, ou à pied, pour aménager la piste. C'était aussi cela qu'osaient ces pilotes, par tous les temps, pour étendre toujours plus loin les lignes de la Pan Am.

Depuis, Priester, renfrogné, laissait Cooper mener les hommes à sa guise – même s'il n'en pensait pas moins. Et Cooper s'étourdissait dans son travail, heureux de retrouver un peu de la frénésie qu'il avait connue jadis sur le front.

En somme, il était revenu à son point de départ. Avant Shorty, avant les mers du Sud, l'Abyssinie, les Bakhtiari, le Siam, le Soudan. Mais était-ce cela qu'il voulait vraiment ?

Hambleton et C.V., dès son arrivée, s'étaient ligués pour l'obliger à quitter son appartement, qui tenait de la boîte à chaussures. Professer que rien n'égalait la volupté de dormir à la belle étoile sur un lit de cailloux, parmi les guerriers nomades prêts à vous égorger, était tout à fait estimable, mais il fallait qu'il cesse de camper à New York, et retrouve une vie sociale. Son avenir, désormais, était parmi eux. Et comme il traînait les pieds, John lui avait trouvé un appartement près de Central Park, clair, spacieux, et C.V., d'autorité, lui avait adjoint l'excellente madame Williams, appelée à assumer le service de la maison – réduit à sa plus simple expression, puisqu'il n'y occupait guère que sa chambre et son bureau.

Tous, autour de lui, se rangeaient. Même Juan. Cooper était encore à Hollywood, quelques mois plus tôt, quand lui était parvenue l'annonce de son mariage. Juan, qui se faisait accompagner dans le monde par sa sœur pour qu'on lui fiche la paix, Juan, l'asocial coincé qui n'avait jamais regardé une femme ! Sauf une, avait corrigé John, encore incrédule : Betty. Betty Stettinius, fille d'un banquier partenaire de J.P. Morgan, brunette aux yeux bleus, rieuse, adorable, éminemment sociable… À en croire son frère, il était tombé amoureux dès le premier instant alors qu'ils jouaient tous deux au golf à Long Island. Il y avait fort à parier que c'était la première femme qu'il regardait, et qu'elle serait la dernière. La suite relevait du mystère, mais ils s'étaient bel et bien mariés dès après la conquête des lignes 5 et 6, signe de réussite jugé suffisant par le conseil familial Stettinius. Depuis, ils filaient le parfait amour.

De célibataire, bientôt, ne resterait plus que Cooper. Pour la raison, peut-être, qui le faisait camper dans son trop vaste appartement : qu'il restait hésitant, au bord de ce que tous les autres pensaient être la « vraie » vie. Shorty et Ruth, John et Margaret, Juan et Betty, ils savaient tous ce qu'ils voulaient bâtir ensemble quand ils s'étaient choisis, mais lui ? Comment pouvait-on s'engager, et engager quelqu'un sans être sûr de soi ? Ne lui étaient données que des aventures brèves, de loin en loin, qui lui laissaient un goût amer.

— C'est clair, avait jugé C.V., en plus de l'appartement, il va falloir qu'on te trouve une épouse, si on veut te garder ! Tremble : ma mère est une spécialiste…

Cooper avait vu l'avion d'Hambleton hésiter un instant, décrire un grand cercle autour du terrain, pour se remettre en position. Le temps était clair, le vent léger, un petit groupe au-dessous d'eux, sans doute Margaret et sa famille, agitait les bras en signe de bienvenue et il avait poussé un hurlement, un hurlement qui n'en finissait pas, un hurlement qui depuis le réveillait chaque nuit, quand l'avion s'était soudain cabré avant de s'écraser au sol. Il avait atterri en catastrophe, couru à perdre haleine. John gisait au sol, éjecté de l'appareil, le corps comme cassé. Cooper avait vu la mort assez souvent pour comprendre tout de suite, même si une part de lui s'y refusait. Margaret serrait John dans ses bras, le secouait doucement comme si elle voulait le réveiller, des hommes dégageaient du cockpit le corps sans vie du pilote, une ambulance arrivait sirène hurlante et Cooper entendit un gémissement dans la carlingue – l'épouse du pilote vivait. Il avait voulu prendre Margaret par l'épaule, mais elle avait eu un mouvement de recul si violent, avec dans le regard une telle colère, qu'il en était resté interdit.

— John était tellement pressé de la rejoindre ! Maggie était enceinte, il aurait dû être près d'elle depuis longtemps, mais les rendez-vous s'accumulaient en avalanche, il s'accablait de reproches – cette fois, promis, ce serait la bonne…

C.V. écoutait sans dire mot Cooper ressasser son chagrin. John Hambleton, le matin du drame, avait prévu de faire un saut dans son petit Fleet Aircraft jusqu'à sa maison de Wilmington, Caroline du Nord, en compagnie de Coop. Pourquoi, au dernier moment, John avait-il pris avec lui ce Van der Heyden flanqué de son épouse ? Ils arrivaient du Canada, le contrat en suspens était trop important, s'était excusé John, il trouverait bien un moment pour eux dans le week-end. Et comme ils avaient leur propre avion, il leur tiendrait compagnie à l'aller tandis que lui, Coop, suivrait seul dans le Fleet.

Ils avaient décollé sous un ciel bas. Le vent avait très vite forci, la pluie s'était mise de la partie, et ils avaient fait escale à Baltimore dans l'attente d'une éclaircie. John avait esquissé une moue narquoise – une chose au moins était sûre, Priester aurait recalé illico ce Heyden comme pilote. Fort heureusement, le ciel se dégageait, tout irait bien pour la dernière étape. Pourquoi John avait-il laissé à son invité les commandes de l'avion ? La question resterait sans réponse.

La Pan Am tout entière était présente aux obsèques, tous ceux qu'Hambleton avait entraînés à sa suite, officiels, financiers, pilotes d'aujourd'hui comme rescapés de son escadrille, Thach,

C.V., Juan, serrés contre Cooper, comme lui bouleversés, mais Margaret, farouche, bloc encore de colère et de douleur mêlées, se retranchait au sein de sa famille, refusant tout contact. Ce rêve de conquête des airs avait dévoré son mari, jusqu'à le lui prendre pour de bon, et elle englobait dans son rejet tous ses proches, à commencer par lui, Coop, son meilleur ami.

— Ce regard ! Tu l'as vu comme moi, n'est-ce pas ? Depuis…

Quelque chose s'était brisé, qui ne reviendrait pas. Chaque dossier à suivre le ramenait à John, à son absence, aux discussions qui les tenaient ensemble dans la nuit, aux projets fous qu'ils échafaudaient en riant. Au vide qui s'était creusé en lui, depuis, il mesurait à quel point le rêve qui l'avait conduit en ces bureaux était d'abord celui de John. Et dès lors, à quoi bon ?

C.V. hochait la tête. Il passait chaque jour, en quête lui aussi de réconfort, restait de plus en plus longtemps aux côtés de son ami. Puis il s'ébrouait. Le travail seul pouvait les tirer de leur abattement. Ils le devaient à John, répétait-il, peut-être pour s'en convaincre lui-même. Coop suivait, retrouvait un peu de vie dans l'action. Derrière le play-boy affectant de croire la vie un jeu, il découvrait un garçon attentif, passionné, qui n'avait pas hésité à mettre ses autres activités entre parenthèses pour remplacer John de son mieux.

Le plus urgent était de mener à bien les préparatifs du voyage de Lindbergh et de Juan en Amérique latine, à l'automne. Pour une fois Juan n'avait pas besoin de dramatiser. L'enjeu était vital, un nouveau concurrent se dressait devant eux, bien décidé à leur barrer la route du continent, la « New York, Rio et Buenos Aires Lines » – la NYRBA. Un adversaire d'autant plus redoutable que, derrière un pilote casse-cou, O'Neill, se tenaient quelques-uns des financiers que Juan avait piétinés dans son ascension.

Lindbergh, deux ans plus tôt, avait soulevé les foules au Mexique et dans toute l'Amérique centrale, comme messager de paix et de liens à créer entre les peuples. Prolonger cet élan, se poser vis-à-vis du département d'État comme le représentant et le défenseur des intérêts américains sur le continent, arracher en chaque pays les droits aériens, les facilités douanières, les autorisations nécessaires pour les infrastructures, tout cela renforcerait leur position dans la lutte qui s'engageait…

« Le plus glamour des voyages », tel devait être le message, avait décidé l'agence chargée de la communication : Juan et

Lindbergh accompagnés de leurs épouses, conjuguant l'aventure et la romance. Pour cela il fallait tout préparer en sous-main, trouver des lieux possibles d'atterrissage, parfois dans la jungle, préparer les étapes relais, acheminer en pirogue ou par porteur le carburant nécessaire – une opération quasi militaire à monter. Coop et C.V. s'étaient lancés à corps perdu dans l'aventure. Tout serait prêt à temps.

Pour chasser ses humeurs sombres, C.V. invitait Coop chaque week-end dans sa propriété familiale d'Old Westbury, à Long Island, qu'il voie du monde, des femmes, reprenne vie. Sa mère, Gertrude, qui avait pris Cooper en affection, s'était mis en tête de lui trouver un parti et s'ingéniait à « créer des situations » que C.V. suivait avec un sourire entendu. Il y avait là la fine fleur de la société new-yorkaise, dans un mélange d'artistes en vogue, de yachtmen et d'éleveurs de pur-sang, ainsi que de messieurs à cigare et gilet qui devaient à eux seuls peser aussi lourd que le budget des États-Unis. Était-ce sa calvitie naissante, ou le prestige de ses combats aériens ? Les fumeurs de cigares lui avaient fait un accueil chaleureux, et depuis il prenait grand soin de les éviter pour rejoindre les plus jeunes et ses dimanches passaient en parties de tennis, en baignades ou en sorties en mer. Son bonheur, alors, était de ne penser à rien.

L'immense maison de briques rouges s'adossait à une forêt profonde, les prairies devant elle descendaient en pente douce, parsemée de bosquets, la mer miroitait, au loin, où dansaient les voiliers. Plus qu'une propriété, c'était un monde où il aimait se perdre. Au détour d'une allée, on pouvait découvrir les box d'un haras qui rappelaient que Harry Payne Whitney était un des plus grands éleveurs du pays. Plus loin, derrière un petit bois, des vergers aux arbres ployant sous les fruits mûrs et un potager capable de nourrir une armée, on découvrait une ferme avec des vaches enfouies dans l'herbe grasse, des porcs en semi-liberté et des nuées de poules. Mais si l'on prenait à l'opposé, on trouvait des tennis, une piscine, et même un gymnase, avec bowling et courts de squash – si vaste le domaine, disait C.V., qu'il n'était pas certain d'en avoir fait le tour…

Peu importait, d'ailleurs : il s'y était aménagé un royaume. Et il avait fait découvrir à Cooper une cachette sous les combles, là où, enfant ignoré de ses parents, il se réfugiait avec pour seuls témoins le ciel par la lucarne et les îles, au loin – et puis les livres qu'il dévorait, le nez dans la poussière, d'aventures prodigieuses, d'explorations en des pays effrayants et splendides.

— Explorateur ! Je ne rêvais qu'à ça : fuir…

Fuir un père absent, qui ne se souvenait de lui que pour le houspiller. Fuir une mère, tout aussi absente, même s'il comprenait aujourd'hui combien elle avait souffert pour s'imposer comme artiste, au prix d'une quasi-séparation d'avec son mari.

— Mes Afriques à moi, mes Orients extrêmes, auront tenu dans cette tanière. Qui pour moi compte plus que le reste du domaine !

Il s'était excusé, avec un petit rire :

— Pauvre gosse de riche, n'est-ce pas ?

Le week-end suivant, C.V. lui présenta un cousin, maigre, au teint hâlé, les yeux intenses, « explorateur comme toi » : William Douglas Burden, « Un de tes admirateurs » ajouta-t-il, sans voir le recul de Cooper.

— Un vrai, lui ! Son père a tenu à ce qu'il connaisse la vie sauvage très tôt. Tous ses étés, il les a passés en forêt au Canada, parmi les Indiens. Dès l'âge de neuf ans ! Et après Harvard, il a couru le monde, Alaska, Mongolie, Indonésie, j'en oublie…

Et, se penchant vers Coop :

— Son père est un baron de l'acier. Si tu voyais sa propriété ! Le prince de Galles y vient de temps en temps…

Eh bien, c'était complet, se dit Cooper. Un de plus qui trompe son ennui en jouant à l'aventurier. « Comme toi », glissa C.V. Mais la guerre, pour lui, n'avait pas été un jeu.

Le malheureux garçon jetait des regards désespérés – et, dans un grand soupir, comme C.V. s'éloignait :

— Ça ne pouvait pas être pire, n'est-ce pas ? C.V. ! Il était tellement content… Que puis-je faire, pour me rattraper ?

Il hésita :

— J'ai dû voir dix fois *Grass*, vous savez. Et *Chang* au moins autant. Je vous ai écrit, au printemps dernier. Mais vous deviez être encore au Soudan. Je… Je voulais vous demander conseil.

Et, se lançant à l'eau :

— Je prépare un film, moi aussi. Sur les Indiens…

Coop soupira, pressé d'échapper au gêneur.

— Vous devriez voir ça plutôt avec Schoedsack, à son retour…

Il s'excusa :

— C'est tellement loin ! Une autre époque de ma vie.

Burden, troublé, s'étonna. Il avait vu *Les Quatre Plumes blanches*, à sa sortie, il y avait un mois.

— Une splendeur ! Et *Chang*…

Cooper coupa court.

— Non, non, une page tournée, vous dis-je.

Et il s'éloigna à grands pas.

Le lendemain, il se reprochait déjà son attitude. Après tout, trois semaines avant l'accident d'Hambleton, lui aussi s'était glissé au Criterion pour assister à la première des *Quatre Plumes blanches*. Zukor l'avait poursuivi de ses menaces après l'incendie du fort, Lasky s'était dit blessé, aussi est-ce après bien des hésitations qu'il s'était risqué dans la salle, en attendant l'obscurité, et il avait fui dès la dernière image, sans savoir qu'en penser. Le souvenir de son équipée clandestine à Hollywood était encore à vif. Tant de mois perdus ! Il n'en avait dit mot à personne, mais au bureau, le lundi suivant, toute l'équipe l'attendait, debout, en l'applaudissant. Tous avaient vu le film. Priester, très fier, brandissait l'article enthousiaste du *New York Times*, mais, pas plus qu'Hambleton, il n'était pas parvenu à chasser ses humeurs noires. Le film aurait-il été parlant, avait-il fini par s'avouer, aurait-il été une réussite selon les canons de l'aventure, que le film n'en aurait pas moins représenté pour lui une impasse : ce n'était pas cela qu'il visait.

Mais pourquoi avait-il réagi si vivement aux premiers mots de ce Burden ? C.V. avait ri de ses mines contrites. Non, c'était lui, C.V., qui avait été lourd. Mais son cousin était un brave garçon. Sincère. Et qui avait fait de belles choses.

Ils s'étaient revus le dimanche suivant. Burden, sans doute intimidé, se tenait un peu en retrait. Comme la plupart des jeunes se pressaient autour des filles s'affrontant sur les courts de tennis, C.V. avait proposé aux plus sages et aux moins jeunes d'étrenner quelques Beetle Cats tout juste livrés dans la semaine par une petite régate jusqu'à l'île Gardiner, au large. Cooper avait invité Burden à faire équipe avec lui. Copies en réduction des cat-boats des pêcheurs de Cape Cod, à voile unique gréée en houari, ces petites merveilles faisaient depuis deux ou trois ans fureur sur toute la côte Est et ce fut une ruée vers le ponton. Déjà, Burden hissait la voile, l'étarquait, tandis que C.V., la voix tonnante, donnait le signal de départ. Temps clair, mer belle, air vif, les Beetle Cats virevoltaient, légers, pour se dégager du port. Burden, rapide à la manœuvre, tenait ferme l'écoute – très loin du gamin timide de la première rencontre. À l'évidence, il se trouvait dans son élément, songea Cooper, tandis que, tribord amures, il passait sous le nez de C.V., dépité. Les pêcheurs de Cape Cod ! dit Burden en riant : il avait si souvent pêché avec eux ! À tout prendre, ils n'étaient pas si éloignés des Indiens Ojibwa. Aussi taiseux, une fois en mer.

— Enfin, pas seulement taiseux. Capables de faire le silence en eux. Et ça…

Décidément, ce garçon commençait à lui plaire. Un cri joyeux les surprit. C.V., cheveux au vent, arrivait tribord amures, décidé à lui couper la route, mais Cooper, aussitôt, abattit à raser son tableau arrière, manœuvra pour lui prendre son vent et chacun renonça, après quelques virements de bord, à jouer au plus malin, pour tirer un bord, qui vers le large, qui vers la terre.

— Ça va être juste ! cria Burden. C.V. est un as ! Vous savez que son père a disputé la coupe de l'America sur son *Vanitie* ?

L'île Gardiner se rapprochait, massive. Le vert des prairies se détachait déjà sur le moutonnement plus sombre des grands arbres, enserrant ce qui paraissait être un château.

— La première colonie anglaise dans le coin ! Qui depuis n'a pas changé de propriétaire, expliqua Burden. Et la plus grande île privée des États-Unis.

Il grommela :

— Achetée, volée aux Indiens Montaukett. En échange d'un chien noir, d'un peu de poudre et de couvertures…

Les deux autres cat-boats avaient pris du retard mais C.V., après avoir viré de bord, se rapprochait dangereusement, aussi, penchés sur le plat-bord, Coop et Burden s'absorbèrent-ils dans la manœuvre. En vain. C.V. leur passa sous le nez. La prime au meilleur connaisseur des courants, reconnut-il quand ils se retrouvèrent bord à bord. Les autres arrivèrent à leur tour et ils restèrent un long moment à l'ancre, affalés dans leurs embarcations à goûter le soleil, le bruit doux du clapot sous les coques, le battement des voiles. Un vin blanc frais et quelques victuailles manquaient cruellement, fit remarquer l'un des loups de mer d'une voix somnolente. Tout ça les attendait à leur point de départ, précisa C.V. en proposant un retour « à la paresseuse »...

— Mon cousin n'a pas eu une vie facile, vous savez, dit Burden, au moment de lever l'ancre. Son premier argent, il l'a eu à vingt-deux ans. Deux mille dollars, pour filer en France. Le temps d'étouffer cette histoire avec une fille des Ziegfeld Follies. À son retour, son père l'a envoyé à la mine, à Comstock, dans le Nevada.

Et comme Cooper esquissait un sourire :

— Pas dans les bureaux. Au fond de la mine, accroupi, la pioche à la main ! Dans des boyaux si chauds qu'il fallait remonter les gars de temps en temps pour les rafraîchir avant qu'ils reprennent le job. Il a tenu bon, pendant un an, jusqu'à ce que son père le rapatrie à New York. Et là, il a eu sa revanche...

Pourquoi Burden lui racontait-il tout cela ?

— Sa revanche, oui. Un jour, il apprend du chargé d'affaires de son père que celui-ci, agacé par le faible rendement d'un investissement minier dans le Sonora mexicain, a décidé de bazarder ses parts – sur un terrain d'un million d'acres ! Par chance, il le connaissait, ce terrain, et connaissait le gouverneur de l'État du Sonora qui, lui, était persuadé de sa richesse. Il a mobilisé tout l'argent qu'il avait sur son compte et... réussi à racheter les parts pour 3 000 dollars ! Le lendemain, il a télégraphié au gouverneur, et les lui a revendues... un demi-million ! Je crois que son père n'en a jamais rien su.

Burden gloussa, sûr de son effet :

— C'est comme ça qu'il a pu investir dans votre Pan Am !

Ils se laissèrent glisser grand largue sur le plan d'eau. Le vent avait molli, le soleil doré était comme une caresse et ils ne dirent mot pendant un long moment.

Ce fut Cooper, cette fois, qui rompit le silence. Ce garçon, décidément, l'intriguait. D'où lui venait cette passion pour les Indiens ?

— De mon père. On ne croirait pas à le voir – un banquier ! –, mais pour lui nous avons manqué quelque chose d'essentiel, avec eux. À ses yeux, notre devoir est non seulement de les protéger, mais d'apprendre d'eux tant qu'il est temps.

Chaque été, dès l'âge de neuf ans, Burden avait été confié à une tribu ojibwa, au Canada.

— Ils m'ont appris le monde ! L'éveil des matins clairs, la venue du froid aux premiers jours d'automne quand la lumière se fait tranchante comme une lame… Au début, je les criblais de questions. Et c'est quoi, cette plante ? Cette trace ? Et pourquoi as-tu posé un piège, là ? Ils ne répondaient pas. Ou alors, après un temps infini : « Tu parles trop. » Trop ? Mais ils ne parlaient jamais, eux ! Ou seulement s'ils avaient quelque chose d'important à dire – à mots brefs, toujours. Chaque Indien est à l'écoute de la forêt, du vent, de la course des nuages, des bruits ténus de la vie animale, chaque son, chaque odeur lui parle. Mais pour cela, il faut accepter de faire silence en soi, de laisser venir à soi le monde… Nous, les Blancs, nous transportons notre monde avec nous. Nous parlons fort, comme des envahisseurs. Et la forêt, alors, se retire, avec ses mystères.

Il s'excusa :

— Vous voyez ! Le chef ojibwa dirait : « Tu parles trop ! »

Non, se dit Cooper, troublé, il parle juste.

Du coup, il voulut en savoir plus sur son film.

— Tout est parti de *Chang*. Je suis sorti de la salle l'esprit comme… oui, électrisé ! Bien sûr, nous n'avions pas d'éléphants, de tigres, de léopards, de buffles ou de singes, mais nous avions des loups, des ours, des caribous, des rapides en furie et des hivers terribles. *Chang* et puis la transhumance des Bakhtiari dans *Grass*, bien sûr. Il fallait que je dise l'épopée des Ojibwa, leur course de vitesse contre le froid, le gibier rare – contre la famine, leur ennemi silencieux !

Il avait gagné les villages ojibwa, en canoë l'été, en traîneau l'hiver. Et puis le cercle s'était agrandi, les Indiens eux-mêmes s'étaient emparés du film. À l'embouchure de la Kippewa, ils s'étaient mis en tête de rassembler les costumes et les objets les plus authentiques de leurs traditions mises à mal.

— Vous verrez, en ouverture du film, le chef Yellow Robe qui dit, face à la caméra : « Ceci est l'histoire de mon peuple… » Il a tenu à écrire lui-même son texte. Je vous jure, ça vous donne des frissons.

Pour la première fois, une tribu indienne, comprenant qu'elle était en train de mourir, se mobilisait pour que demeure un témoignage de ce qu'elle avait été !

Pendant des mois, il s'était senti écrasé par cette responsabilité. Il n'avait pas le droit d'échouer. Mais quelle histoire filmer ? Comment raconter une histoire en restant authentique ? Il tournait en rond quand il avait découvert *Chang*.

— J'ai compris petit à petit. À partir aussi de mes échecs, pour être honnête. J'ai compris comment vous l'aviez tourné. Compris ce que Schoedsack et vous disiez du « roman du réel ». Ça a été comme une illumination. Mais il me fallait quelque chose comme votre charge d'éléphants. Et ça…

C'est alors qu'il avait rencontré le capitaine Thierry Mallet, assistant de Flaherty pour *Nanouk l'Esquimau*. Rien, selon lui, n'égalait en splendeur sauvage le torrent d'un troupeau de caribous traversant une rivière, dans le barren désolé du Grand Nord.

— Ne restait plus qu'à les trouver, et les filmer… Une rude équipée ! D'échec en échec jusqu'à ce que je sois parvenu à l'organiser. Il faudra que vous me disiez, pour vos éléphants… Parce que là, chapeau !

L'histoire, elle, était née en écoutant le récit ojibwa des amours de Baluk, le chasseur, et de Neewa, la fille du chef Chetoga, sauvée par lui des griffes d'une mère ourse. Baluk l'homme droit, en butte à la traîtrise de Dagwan « l'homme-médecine » quand, pour sauver son peuple de la famine, le chasseur entraînait celui-ci toujours plus loin vers le nord, Baluk, accusé d'avoir conduit les siens à la mort, faute de gibier, et prêt à être sacrifié quand l'irruption d'un troupeau de caribous le sauvait…

— Une fois le scénario terminé, je l'ai envoyé à Lasky avec une invitation à dîner. Chez moi, à New York. Miracle, il m'a répondu. J'ai découvert ce soir-là un homme étonnant. « Si vous arrivez à tourner ne serait-ce que la moitié de votre scénario, ça sera une performance ! » Il m'a signé un contrat de distribution. Mais à moi de financer le film.

En tapant tous ses proches, il avait réuni 100 000 dollars. Et pu engager des techniciens chevronnés, un cameraman qui avait tourné avec Griffith, et Illya Tolstoï, le petit-fils de l'écrivain… Le tournage avait été épique, moins par ses difficultés techniques que d'avoir à s'immerger dans la vie et l'imaginaire des Indiens. Toute l'équipe en resterait marquée longtemps.

S'il pouvait voir le film ? Burden, de surprise, faillit empanner brusquement. Ce serait un honneur, vraiment. Un grand honneur.

La foule avait envahi le terrain bien avant l'aube. Certains, pour ne pas manquer le spectacle, avaient gardé leurs habits de soirée au sortir des clubs et des salles de jeu. Des marchands ambulants circulaient déjà, proposant café et *donuts*. Le premier vol direct depuis les États-Unis jusqu'à l'Amérique latine ! Des bruits couraient, aussitôt contredits. Le président Hoover avait été vu dans la soirée, venu parrainer l'événement. « Lucky Lindy », l'Aigle solitaire, Charles Lindbergh, ne serait pas seul, cette fois. Sa jeune femme, Anne, serait à ses côtés, pilote elle aussi – le couple de l'année ! Non, il était seul, et avait dormi dans la carlingue de son avion. Il offrirait même, avant de s'envoler, quelques baptêmes de l'air aux plus chanceux.

Un frisson passa, quand s'ouvrirent les portes du hangar sur le Sikorsky S-38 flambant neuf, poussé par les mécaniciens. L'appareil était impressionnant, avec son fuselage aigu aux allures de squale, strié de bandes noires. Plus rien à voir avec le *Spirit of Saint Louis* ! Des ouvriers installèrent une passerelle, d'autres la décorèrent de brassées de roses, et un tonnerre d'applaudissements monta lorsque enfin il apparut, en combinaison grise de pilote, tenant Anne par la main, vêtue d'un costume de soie bleue. À ses côtés venaient non pas Hoover, mais le General Postmaster Brown, le gouverneur Carlton et C.H. Reeder, le maire de Miami, encadrés par un bataillon d'enfants tenant dans leurs bras des bouquets de roses. Suivaient l'équipage au complet et, vêtus de blanc, Betty et Juan Trippe. Juan n'avait pas ménagé sa peine : la Pan Am, ce matin, se présentait comme un prolongement du département d'État.

Tandis que se succédaient les discours, Cooper observait la foule, les regards extatiques posés sur le nouveau dieu de l'Amérique. La ville portait encore, béantes, les blessures du dernier ouragan, constructions laissées inachevées, ou toujours effondrées, terrains envahis d'herbes folles en plein centre de la ville, ruelles défoncées. Pour tous, en ces instants, l'événement signifiait que l'avenir pouvait se jouer encore ici, à Miami. Mais il y avait plus, songea-t-il. Comme si Lindbergh incarnait quelque chose de plus grand que lui-même, donnait un visage à l'esprit jusque-là informulé du temps.

Le Sikorsky roula en cahotant sur la piste, de plus en plus vite, disparut sous les vivats dans le flamboiement du soleil, décrivit un cercle au-dessus du terrain en balançant les ailes pour remercier les présents. Bientôt il ne fut plus qu'un point à l'horizon.

Ça y est, c'est parti, le grand jeu commence, résuma C.V. Tout avait été mis au point dans les moindres détails. Chaque message radio serait repris par un attaché de presse qui attendait devant sa machine à écrire, et transformé par lui en un article flamboyant, aussitôt transmis aux journalistes, dans la pièce voisine, qui en feraient les grands titres de la presse du lendemain à travers l'Amérique, et au-delà. Anne Lindbergh avait annoncé qu'elle écrirait des lettres tout le long du voyage. Betty Trippe tiendrait un journal au jour le jour. Quant à Juan, grâce à une installation révolutionnaire, il « continuerait à traiter ses affaires depuis les airs ». Pour corser le tout, l'agence engagée par la Pan Am avait suggéré que, cinq minutes avant l'atterrissage, la radio cesse d'émettre pour que le monde entier retienne son souffle. Tout était sous contrôle – sauf imprévu. C.V. resterait quelques jours à Miami par précaution, tandis que Cooper rentrerait à New York, avec sur les épaules la marche de l'entreprise, en l'absence de Juan. Qu'avait-il à craindre ? En cette fin de mois de septembre, l'action était cotée au plus haut à Wall Street, passée de 15 à 89 dollars. Et ce n'était qu'un début.

Mais, dans l'avion qui le ramenait aux bureaux, Cooper songeait moins à la partie qui se jouait pour la Pan Am et à sa propre fortune virtuelle multipliée par six, qu'à un certain Burden. Ce satané gamin avait réveillé une part de lui-même qu'il croyait pour longtemps enfouie. Sans qu'il voulût se l'avouer, il lui tardait de le revoir.

L'enveloppe toilée qui l'attendait à son appartement était froissée, tachée de graisse et de moisissures, mais il en reconnut tout de suite l'écriture – Monty. La première depuis tant de semaines ! Il l'ouvrit en tremblant, et ce fut comme si Ruth et lui entraient tout à coup dans la pièce.

> Tu te plairais, ici. Imagine des volcans en activité enveloppés de vapeurs méphitiques, une jungle étouffante à flanc de montagne, dans le nord-ouest de Sumatra, habitée par des natifs Arjehnese (je ne sais pas trop comment cela s'écrit) si féroces que nul ne se risque à s'y frotter. Le gouverneur hollandais ne

nous a laissés passer qu'après avoir été dégagé de toute responsabilité. Il était évident pour lui que nous y laisserions notre peau. Et que je suis un monstre, d'entraîner dans cette abomination une femme appelée à subir les pires sévices avant d'être cuite au court-bouillon, ou rôtie, va savoir. Sans parler de la mousson, des serpents, des insectes, et de toutes ces choses qui grouillent, vous sucent le sang, s'insinuent dans vos vêtements, ou sous votre peau. Il est même recommandé de ne pas pisser dans l'eau d'une mare, ou d'une rivière, car des bestioles microscopiques y rôdent, capables de remonter le jet pour se loger dans votre urètre. Le monde est plein de mystères.

C'est peut-être cela qui a refroidi l'enthousiasme de notre cameraman. Pour une fois que je voulais jouer au réalisateur ! Le pauvre avait déjà une manière assez directe de traiter préventivement ses fièvres inéluctables, mais à mesure que nous avancions ses pas devenaient incertains. Lorsque Ruth, en plus, a évoqué la construction de pièges pour attraper un ou deux tigres… Des tigres ! Il n'y avait pas pensé. Certains ont la phobie des araignées, ou des crapauds – lui, c'était des tigres. Du coup, il a augmenté ses doses préventives dans de telles proportions qu'il s'est trouvé pris d'hallucinations. *Delirium tremens*. Il nous a fallu le ramener en ville.

Bien nous en a pris. Cameraman je suis redevenu. En fait, ces montagnes ne sont pas si terribles. Les natifs vivent dans les hauteurs, où l'on respire un air plus frais, dégagé des moiteurs de la mousson. Des gens charmants, quand on prend le temps de lier connaissance avec eux. Et je crois qu'ils nous trouvent du dernier pittoresque, un peu demeurés, probablement, aux manières étranges, mais pas dangereux. Ruth s'est fait des copines auxquels elle essaie d'inculquer les valeurs libératrices de nos modernes *flappers*, et l'art du maquillage, qui les intéresse bien plus. Le film avance. J'ai imaginé une histoire mêlant tragique et comique que j'espère pouvoir mener à bien. Les tigres d'ici sont plus petits, et d'humeur ma foi accommodante. Quel dommage que tu ne sois pas là ! Dans six mois, si tout va bien, nous devrions être rentrés. Si Ruth ne cède pas aux avances discrètes d'un mastard hirsute qui roule des yeux épouvantables en lui offrant des fleurs.

Mon vieux Coop, tu avais raison plus encore que tu n'imaginais pour les singes. Si tu voyais nos orangs-outans ! Nous nous sommes liés d'amitié avec l'un d'eux. Dans son regard, il y a des mondes. Il y a le monde. Et nous-mêmes…

Ton Monty

Le lendemain, l'aventure de Lindbergh faisait déjà la Une des journaux. Comme le surlendemain, et les jours qui suivirent. Le téléphone de Miss Swaggerty sonnait sans discontinuer, à chaque contact radio Priester, oubliant ses manières compassées, piquait un drapeau sur la carte murale, San Juan, Georgetown, Paramaribo. Au Venezuela, le dictateur Gomez, qui jusque-là refusait toute concession aérienne par crainte de voir ses opposants s'enfuir, avait embrassé Lindbergh et pris la pose avec lui devant les photographes. Le soir même, Juan avait arraché le si précieux accord. À Barranquilla, Colombie, la foule était si dense qu'il n'avait pu se poser que sur un coude du fleuve, à quelques kilomètres de là, où des Indiens étaient venus les récupérer en pirogue. Panama, Nicaragua, San Salvator, Guatemala City, Belize, Cozumel, à chaque fois des nuits presque blanches pour Juan, arrachant pays après pays les droits aériens nécessaires. Tous, devant la grande carte, mesuraient le chantier qui s'ouvrait. Il fallait frapper fort, s'enthousiasmait C.V. rentré de Miami, se donner les moyens d'investir en masse en ce moment charnière. Jamais Wall Street n'avait été si favorable ! Cooper hochait la tête, s'absorbait dans le travail, les essais du S-40 qui prenaient du retard, les terrains en construction à surveiller, mais sans cesse lui revenaient les images de Monty et Ruth à Sumatra, mêlées aux récits de Burden. À la fin, n'y tenant plus, il avait invité le garçon et son épouse, qu'il ne connaissait pas encore, à dîner chez Silvio.

— Des dragons, dans une île lointaine, presque inconnue : Komodo. Pas des lézards, non, des dragons ! Venus de temps inimaginables – ceux qui ont inspiré les mythologies, ceux qui ornent le drapeau chinois ! Qui aurait pu résister ?

Les yeux du jeune homme brillaient encore du rêve qui l'avait porté à l'autre bout de la terre, et des visions qu'il en avait rapportées. Le hasard d'une conversation saisie au vol au Muséum d'histoire naturelle, la découverte d'un rapport du seul scientifique à s'y être aventuré, en 1912, sur la foi de récits de pêcheurs de perles terrorisés. Le chercheur en avait rapporté deux spécimens morts en chemin. L'article était vague, trop succinct, mais n'était-ce pas ce dont rêvaient tous les explorateurs : la découverte d'un monde oublié, d'un bloc préservé des premiers âges de la terre ? L'effroi qui sourdait du rapport, l'évocation de terribles épreuves ne faisaient qu'attiser le désir. Chapman Andrews, la star du Muséum, s'aventurait au plus secret du désert de Gobi en quête des origines de l'humanité – les dragons, eux, venaient de temps plus anciens, de soixante millions d'années au moins, quand apparaissaient les premiers mammifères. Les dragons ! À l'entrecroisement de l'histoire et de la légende…

Katherine « Babs » Burden avait gloussé.

— Le pauvre ! Il tournait en rond dans l'appartement. En affichant une mine d'enfant battu, comme d'habitude, dans ces cas-là. « Tu sais, chérie, j'ai découvert quelque chose d'extraordinaire. Mais ce serait de la folie. J'ai dit à Osborn que c'était impossible. » Au seul mot de « dragons », forcément, j'ai bondi. « Qu'est-ce qu'on attend ? On y va ! » Et lui, faux-jeton, de m'énumérer d'un air préoccupé les dangers que nous allions courir…

Cooper l'observait à la dérobée tandis qu'elle parlait, tout en vivacité. Elles étaient sur le même modèle, décidément : jeunes, jolies, les cheveux à la garçonne. Et casse-cou, comme si elles voulaient prouver et se prouver quelque chose, rattraper le temps perdu…

Silvio arrivait déjà, brûlant d'impatience. Il suivait au jour le jour l'aventure de « Lucky Lindy », sa deuxième idole après Cooper, et ce matin le *New York Times* racontait que, pour faire une belle photo d'oiseaux, Lindy était sorti de son cockpit en plein vol pour se risquer sur l'aile, au grand effroi de ses passagers. Cooper hocha la tête, confia une ou deux anecdotes inédites, qui dans le quart d'heure allaient être glissées par Silvio à l'oreille de chaque client.

Des dragons ! Comment Schoedsack et lui avaient-ils pu ignorer cette aventure ? Il fit un rapide calcul : en 1926, ils étaient encore en pleine jungle, au Siam. Et ils quittaient tout juste New York pour le Soudan en août 1927, quand Burden en avait publié le récit.

Komodo, l'île de tous les dangers, la plus hostile du chapelet des petites îles de la Sonde, entre Timor et Java, protégée par des courants violents, aux abords hérissés de récifs, qu'habitaient, s'ils vivaient encore, une poignée de convicts rendus aux derniers stades de la déchéance, énuméraient les deux jeunes gens, la mine gourmande.

Avec pour objectif d'en faire un film, bien sûr, mais aussi de ramener quelques spécimens au Muséum, si possible vivants. Un spécialiste des reptiles, le docteur Dunn, du Smith College, les accompagnerait. Plus un vieux baroudeur des jungles d'Indochine rencontré par Burden lors d'un précédent voyage, Jean-Marie Defosse, et un cameraman chinois, Lee Fai, fourni par Pathé Frères, qu'ils rejoindraient à Singapour, où ils recruteraient les autres hommes nécessaires, porteurs et matelots.

— Et à partir de là, quelle galère ! Chaque jour de pire en pire…

Babs pouffait, ravie, comme à une bonne plaisanterie. Ils s'étaient mis en tête de retrouver Chapman Andrews à Pékin, où il préparait sa troisième mission dans le désert de Gobi. Mais ils étaient tombés dans une Chine au bord de l'explosion, où les étrangers n'étaient pas les bienvenus. À Pékin, où ils avaient échappé de justesse à la mort, un message d'Andrews leur avait fixé rendez-vous à T'ien-tsin. Mais la guerre courait comme feu sur la plaine et leur voyage avait failli s'arrêter dès leur arrivée là-bas, où n'était plus Andrews.

La suite avait été tout aussi agitée, avec menace de pirates en haute mer.

— Mais tout a été oublié dès notre arrivée à Singapour. Enfin, à pied d'œuvre !

— Du moins, on le croyait…

Ma parole, ils sont tous les deux inconscients, songeait Cooper, interloqué, tandis que le couple dévidait en riant leurs mésaventures, ballottés de seigneur de guerre en seigneur de guerre, ricochant de danger en danger, à croire que tout cela n'avait été qu'un jeu… Mais après tout, sir Arnold avait dû penser la même chose de Shorty, de Maggie et de lui, à leur arrivée à Bagdad après leur traversée d'un désert peuplé de pillards. Jeunesse !

— À Batavia, mauvaises nouvelles : aucun bateau disponible…

— Et, dans l'île, interdiction de capturer des dragons.

Il leur avait fallu supplier, intriguer, en appeler aux bonnes relations nécessaires avec les États-Unis, pour qu'enfin les autorités hollandaises leur délivrent les autorisations nécessaires et mettent à leur disposition un petit vapeur, le *SS Dog*.

La voix des deux jeunes gens s'était faite plus grave, sans qu'ils s'en rendent compte, comme au seuil du mystère qu'ils avaient approché. Leur dernière halte avait été Bali, dans la douceur d'une beauté sans pareille, si intense, si fragile, qu'on craignait à chaque instant qu'elle ne s'évanouisse. Puis l'île s'était éloignée, mirage déjà au loin, la mer devant eux avait forci, l'horizon s'était chargé de nuages. Les marins échangeaient des regards inquiets : venait l'épreuve du détroit de Lintah, entre les îles Rinca et Komodo. Là, les eaux de l'océan Indien et celles de la mer de Flores se heurtaient en tumultes furieux, selon l'intensité des marées et des vents. Ici, Alfred Russel Wallace avait eu l'intuition de l'évolution, en même temps que Darwin à l'autre bout de la Terre, et placé sa fameuse « ligne de fracture » entre deux mondes, l'un asiatique, l'autre australien…

— C'est étrange, non ? Une énorme matrice, la plus riche peut-être du monde en plancton, en espèces marines, un trésor, où s'engendre la vie ! Et un gouffre meurtrier, creusé en tourbillons qui aspirent les navires, disent les légendes, aspirent les vies, aspirent les âmes.

Le capitaine avait su capter le moment de bascule de la marée pour passer sans trop d'encombres. Un grondement était monté derrière eux tandis qu'ils gagnaient des eaux plus calmes, et le but de leur voyage avait surgi sur la ligne d'horizon. Une ombre d'abord, puis une masse sombre, un tumulte de pics, d'abrupts rocheux, de volcans couronnés de fumerolles. Un lieu de malheur, menaçant, pour les marins serrés, silencieux, sur le pont du *SS Dog*, un monde par-delà la porte des ténèbres.

Les eaux noires avaient martelé toute la nuit la carcasse du navire, balayé le pont avec des grondements de torrent en crue, que dominait dans les rafales la plainte des haubans. Lee Fai, Defosse, hagards, avaient depuis longtemps quitté l'univers des vivants et ce ne fut qu'après avoir réussi à franchir les barrières de corail, à l'abri d'une baie paisible, le steamer solidement ancré, qu'ils consentirent à ouvrir un œil.

Un bruit, dans la nuit, les réveilla – le battement lent, sourd, de dizaines de tambours résonnant au ras des eaux. À Java, on leur avait dit que les seuls habitants de l'île étaient des bagnards déportés, et Defosse, par précaution, fit vérifier les fusils.

Au matin, tout paraissait oublié, ou bien était-ce le dernier piège de l'île, de se parer ainsi de ses plus beaux atours ? Une langue de sable bordait le rivage, où ils s'empressèrent de se dégourdir les jambes. Dans les eaux transparentes, des centaines de crabes s'affairaient entre les cailloux, des traces de gibier abondaient, daims et sangliers, dans l'air léger passaient des senteurs grisantes. Ils décidèrent de se séparer en deux groupes, à la recherche du meilleur lieu pour établir leur base, qui supposait de l'eau, des arbres proches pour se bâtir des huttes, et des traces de gibier abondantes.

Burden l'avait trouvé à mi-hauteur, après avoir déchiré ses semelles sur les arêtes aiguës des parois de lave. Un peu plus haut, au sommet de l'éperon rocheux, il avait découvert la mer immense qui scintillait sous le soleil et il s'était senti sur le toit du monde. En redescendant, il avait entendu tout à coup un vacarme et un buffle gigantesque avait surgi, fonçant sur lui. Il avait pris ses jambes à son cou, le sol résonnait de plus en plus fort sous les sabots du monstre, il sentait presque son souffle dans le dos quand il atteignit le plus épais de la jungle – où le buffle, chagrin, renonça à s'aventurer. Les jambes flageolantes, il retrouva un peu plus bas ses amis. Tous convinrent que c'était en effet le campement idéal. Defosse avait poussé jusqu'à l'extrémité de l'île, où il était tombé sur quelques huttes misérables, refuges d'une poignée de pauvres hères qui, à son approche, avaient fui dans les taillis. Mieux valait s'en tenir à l'écart, même s'ils paraissaient inoffensifs. En attendant la construction du camp, il fut décidé, en pleine inconscience, que Katherine et Douglas, Dunn et Defosse, malgré ses réticences, passeraient leur première nuit sous des tentes, tandis que les autres retourneraient au navire.

Ils ne dormirent pas beaucoup, malgré la fatigue. Tout un monde s'éveillait autour d'eux, aux ténèbres venues. L'île jusque-là silencieuse s'agitait de courses brusques, de râles, de souffles courts, les hautes herbes frissonnaient, des coulées souples les frôlaient, ils se trouvaient pris dans les remugles d'une énorme digestion, l'île tout entière était un dragon, figé le jour, reprenant vie la nuit pour des chasses monstrueuses, rêvait Burden, quand il se réveilla en sursaut. Katherine le secouait par l'épaule, l'invitant à la suivre. Là, sur la rive de la cuvette, dans les herbes foulées sur la terre humide encore, étaient imprimées des traces énormes. Point n'était besoin de grande science pour deviner qu'un dragon était venu boire là dans la nuit, peut-être même plusieurs. Ils restèrent longtemps devant la plus grande des empreintes. Quelle pouvait être la taille de la bête ?

Les dragons étaient là, quelque part, autour d'eux.

— Mon premier dragon... Au bout de trois jours, le campement était à peu près installé et je m'étais levé très tôt pour abattre un daim à la fraîche. J'avais exploré les alentours, croisé la route de plusieurs sangliers. Aux premières caresses du soleil des voix d'oiseaux bruissaient par centaines dans les feuillages, et tout à coup, à 9 h 30 précises, à mi-hauteur d'un éboulis rocheux envahi de broussailles, JE L'AI VU.

Un monstre. Énorme, il descendait lentement l'entassement de roches. La lumière du matin, par-dessus la crête, glissait vers les profondeurs de la ravine, en sorte qu'une ombre précédait le mastodonte, comme s'il voulait se fondre encore dans ce puits de ténèbres. Il avançait d'une coulée puissante, sa tête allait, venait, guettant les frémissements des herbes, à la recherche d'une proie. Dressée sur ses pattes arrière – ce qu'elle pouvait faire, il devait le constater plus tard –, la bête aurait pu passer pour un dinosaure des premiers âges. À la jumelle, il l'avait observée ainsi pendant un bon quart d'heure, ses yeux perçants en perpétuel mouvement, le jeu puissant de ses muscles sous ce qu'on aurait juré être sa cotte de mailles. Une machine à tuer toute en griffes et mâchoires, indestructible par d'autres animaux. Sa lenteur, seule, l'avait rassuré. Au moins il pourrait toujours lui échapper, se disait-il, quand il l'avait vu se figer à l'apparition d'un sanglier. L'animal avançait, inconscient du danger. Un éclair dans les hautes herbes, l'esquisse d'une fuite, déjà le monstre était sur sa proie, se dressait, comme défiant le monde alentour dans l'orgueil de sa puissance, la gueule dégoutant de bave et de sang. Puis, d'un seul mouvement, sa patte posée sur le corps du sanglier, il lui avait arraché une cuisse entière qu'il avait avalée, chair et os, en une déglutition formidable.

L'île entière, ils le découvraient un peu plus chaque jour, grouillait d'une vie intense, primitive, d'une violence qui les avait laissés effarés. Tout ce qui pouvait mordre, griffer, empoisonner, semblait s'y être rassemblé, araignées rampant sur les parois par colonies entières, scorpions, mille-pattes, crotales, vipères de Russell, les plus mortelles de toutes et les plus agressives, cobras, fourmis rouges. Un jour que Burden écartait les branchages à l'entrée de ce qui pouvait être l'abri d'un dragon, il avait vu son avant-bras tourner à l'écarlate, envahi d'une colonie serrée de fourmis rouges. Dunn n'avait pas tardé à constater, ravi, qu'il n'était nul besoin de s'aventurer bien loin pour enrichir leurs collections : la toiture des plates-formes de bambou sur lesquelles ils dormaient y suffisait, refuge pour toutes les espèces, à commencer par les crotales et les cobras. Katherine soupirait qu'elle en était venue à ne plus respirer librement que perchée dans un arbre ou au sommet d'un rocher dénudé. Rentrée en Amérique, elle en frissonnait encore.

— Il n'y a pas un mois, au Crockett Club, une dame m'a félicitée. Quel privilège c'est, d'être l'épouse d'un explorateur ! Sûrement, lui ai-je répondu. Chaque femme devrait vivre ça au moins une fois pour savoir si elle aime son mari, et vérifier au passage la solidité de sa foi en l'amour de toutes les créatures imaginées par Dieu ! Ne serait-ce que pour apprendre aussi à rire comme d'une bonne plaisanterie quand des mille-pattes urticants émergent de votre pantalon, que des cafards ont fait leur nid dans une de vos chaussures, ou que le bruit ténu de milliers de pattes signale l'avancée quelque part, sur vous, près de vous, sous votre lit, de fourmis, d'araignées, de coléoptères, de tiques, de puces géantes, que vous retrouvez dans votre nourriture, vos pots de crème, votre dentifrice. Pour être honnête, William et moi n'avons découvert que trois scorpions dans notre lit pendant notre séjour, mais dans mes cauchemars ils étaient chaque nuit des dizaines…

Pourtant, soupira-t-elle, la dame avait raison. C'était un privilège. Ils auraient dû haïr ce lieu diabolique. Mais, après chaque effroi, venaient des moments d'absolu émerveillement.

Burden approuva :

— Un soir, je me trouvais avec Defosse dans les hauteurs de l'île, sur la ligne de crête. Le soleil mourait à l'horizon, Komodo se découpait comme la proue d'un navire tourné vers le large. Defosse, qui faisait la moue, les premiers jours, en rapportant tout à ses forêts d'Indochine, avait fini par murmurer, alors que la lune montait, brillante : « On peut chercher dans bien des pays de par le monde mais on ne trouvera pas de spectacle aussi beau que celui-là. Je voudrais amener ma famille ici et m'y installer vivre pour ces instants-là… roi de Komodo ! » À notre retour, tous dormaient. Seuls deux coolies jouaient doucement de leurs flûtes de bambou devant le feu de camp. La lune luisait sur l'herbe humide, des milliers de voix ténues nous venaient de la jungle alentour, les bosquets de bambou s'agitaient légèrement, les clairières exhalaient des parfums d'orchidées et j'avais eu le sentiment de ne plus faire obstacle à la pure vibration du monde… En ces instants, oui, les rois de Komodo !

Les premiers dragons avaient été abattus pour être naturalisés et former au retour une des pièces maîtresses du grand hall des reptiles, au Muséum. Et, curieusement, à chaque fois ces corps si musculeux, si puissants, se vidaient pour pendre, flasques, comme des sacs de peau et d'écailles. Une autre paire de manche avait été d'en capturer vivants. Il avait fallu construire des pièges toujours plus renforcés, car les premiers avaient volé en éclats sous leurs assauts. La première bête qu'ils avaient pu maîtriser s'était débattue de toutes ses forces, vomissant dans de longs jets de glaires puantes tout ce qu'elle avait ingéré. Une fois ficelée, garrottée, ils avaient réussi à la ramener au camp suspendue à une perche, puis à la glisser dans une des cages métalliques. Ils l'avaient entendue se débattre pendant des heures, secouer sa cage en tous sens, puis renoncer, et ils avaient pu enfin fermer l'œil – pour trouver à leur réveil la cage défoncée, les barreaux mâchés, tordus, arrachés, et l'animal disparu. Il leur avait fallu une bonne semaine encore, et une cage renforcée, pour tenir enfin leur premier spécimen vivant.

— Il me fixait de ses yeux jaunes, féroces – comme un bloc venu droit de la préhistoire. Il me jugeait, peut-être. Et quand j'y repense, je me sens toujours aussi mal à l'aise…

Le deuxième dragon capturé, ils avaient levé l'ancre, fait escale un bref moment dans l'île de Wetan, plus sauvage encore, avant de regagner Singapour. Le docteur Dunn était resté derrière eux pour compléter ses collections, Defosse les avait quittés, pressé de retrouver ses forêts indochinoises, Lee Fai, pris de fièvre, avait dû être hospitalisé.

Qu'étaient devenus les deux dragons vivants – *Varanus komodoensis* ? Les deux jeunes gens avaient baissé les yeux.

— Donnés tous les deux au zoo du Bronx. Ils ont attiré jusqu'à trente mille personnes par jour. Mais ils ont vite dépéri. Maladie ? Peut-être. La SPA est intervenue pour interdire qu'on leur donne à manger des poulets vivants et les deux bêtes ont peu à peu renoncé à manger.

— Ils étaient la force, poursuivit Burden, la voix sourde. La force terrible et splendide au cœur du monde, depuis soixante millions d'années. Libres et sauvages ! Je me dis qu'ils ont juste refusé d'être autre chose.

Le restaurant avait disparu depuis longtemps, pour Cooper, et New York pareillement. La vraie vie était là-bas. Comment avait-il pu l'oublier ? Et quel film ce pourrait être, songeait-il, de montrer cette force à l'œuvre en l'homme lui-même. Ou peut-être en ce qui figurait comme le pont entre le monde et l'homme : un grand singe…

Un gorille, se surprit-t-il à murmurer. Un gorille, c'était peut-être l'idée.

XXVII

King of Komodo Kong

New York, octobre 1929-février 1930

Sa voix enfla en un rugissement de défi, tandis que, dressé de toute sa taille, il se frappait la poitrine pour signifier qu'il était le maître, qu'aucun être vivant, jamais, ne l'avait fait reculer. Le dragon, face à la bête verticale, restait immobile, étonné. Tous, depuis toujours, fuyaient devant lui en galopades effarées, un vent d'épouvante toujours le précédait, les moins vifs se retrouvaient en un éclair broyés dans ses mâchoires. Il cracha, en riposte aux clameurs de celui qui barrait sa route, darda sa langue aiguë, fouetta l'air d'un coup de queue irrité, et comme l'autre, d'un bond, se rapprochait au lieu de s'écarter, pour se dresser encore, le dragon frappa telle la foudre, comme il l'avait déjà fait tant de fois, mais ses mâchoires ne happèrent que le vide. L'autre, plus vif, avait esquivé d'un saut de côté, lui assenant un coup de poing qui le laissa étourdi un instant – mais déjà le saurien pivotait de toute sa vitesse et les bêtes se retrouvèrent de nouveau face à face, chacune plus consciente de la force de son adversaire. Ils commencèrent à décrire un cercle, en s'observant. Depuis deux jours, la montagne, à l'horizon, crachait des gerbes d'étincelles qui éclairaient un ciel de cendres, des fleuves de feu descendaient de ses flancs. Des bêtes en tourbillon dévalaient les pentes, jaillissaient des vallons, dans un tourbillon frénétique. Cette bête étrange, surgie des hautes herbes, devait venir des lointains en feu. Et comme tout ce qui arrivait du dehors, elle devait être détruite. Le dragon frappa à nouveau, dans le vide, vacilla sous le coup que l'autre lui avait assené au passage et, submergé par une vague de rage, se dressa lui aussi sur ses pattes arrière comme s'il voulait dominer son adversaire. Cette fois, il attaqua de biais et se tordit au dernier moment en coup de fouet. Un instant, il se crut victorieux, sentit dans sa bouche un fragment de chair et de poils mais le géant bipède voltigea dans les airs pour lui retomber sur le dos. Ce fut pendant un moment interminable un ballet de deux forces colossales s'opposant dans un nuage de poussière, tandis que le saurien fouettait l'air de sa queue pour se délivrer de l'étreinte. Soulevé de fureur, il se dressa de nouveau, la gueule ouverte sur ses mâchoires formidables. Et se produisit alors l'incroyable : la bête verticale s'emparant des mâchoires, les écartant peu à peu, tous ses muscles bandés, puis dans un arrachement furieux, tendu comme un arc, les disloquait en même temps que ses vertèbres. Le dragon s'écroula, pantelant, déjà envahi par les ténèbres tandis que son vainqueur, dressé sur sa victime, se frappait la poitrine en un cri de triomphe comme s'il voulait envahir tout l'espace alentour, affirmer que son règne, désormais, s'étendrait sur des temps innombrables. Le roi de Komodo !

Cooper, réveillé en sursaut, resta un moment immobile, assailli par une houle d'images. Un gorille. C'était bien sûr l'idée. Un combat de titans dans un Komodo des premiers âges, entre un dragon et un gorille !

Il s'ébroua. Ce satané Burden lui mettait de drôles d'idées en tête. Ou bien alors c'était d'avoir reçu le même jour le numéro du *National Geographic* avec le récit de l'équipée parmi les peuples guerriers du Soudan, illustré par les photographies de Schoedsack. Mais c'était du passé, tout cela. Pour l'heure, il avait des préoccupations plus urgentes : Juan et Lindbergh n'avaient guère eu le temps de souffler au retour de leur périple. La bataille avec la NYRBA pour les lignes du Sud s'engageait plus vite que prévu – et mal…

La symphonie d'or et de pourpre des arbres de Central Park se perlait de rosée, l'air pétillait de gaieté. Le mois de septembre avait été étouffant, mais octobre s'annonçait délicieux, cette année encore, comme une invite à la flânerie, mais l'image de son gorille le poursuivait encore, et il pressa le pas.

À l'invitation des Burden, le soir précédent, il avait vu leur film au Crockett Club, au milieu d'une assemblée d'explorateurs, de passionnés du *wilderness*, de naturalistes du zoo du Bronx qui avaient tenté de préserver les deux *Varanus komodoensis*. Sans doute était-il maladroit, ce film, pris entre la tentation d'images spectaculaires et le souci de didactisme, mais ce monstre jailli d'outre-monde… Bon sang ! Il vous embrasait l'imagination. Ils avaient passé le reste de la soirée à disserter sur leur goût pour cette vie sauvage que la civilisation s'acharnait à détruire. Burden feuilletait le *National Geographic*, s'émerveillait de la « splendeur barbare » des Messeria. Ils s'étaient découvert une commune passion pour *Le Monde perdu*. Celui qui avait conçu les animaux et les avait animés était un pur génie ! Douglas et Katherine avaient poussé des gémissements d'envie au récit de la conférence de Conan Doyle au McAlpin Hotel. Que n'auraient-ils pas donné pour être là ! Leurs dragons auraient eu leur place dans le film… De là, ils avaient dérivé vers ce qu'ils avaient appelé tous trois « leur projet », sans trop y croire : trouver d'autres animaux, aussi anciens que les dragons, puis recréer un monde perdu, le mettre en scène comme un opéra – mais quels animaux ? Ils avaient cherché en vain. À moins d'user de subterfuges, comme de grossir des insectes, eux aussi bardés d'armures, hérissés de piquants, de pinces, de mâchoires…

Mais non, se disait Cooper ce matin-là en se hâtant, le gorille était la réponse. Le face-à-face primordial entre l'homme et la nature des origines, le gorille comme point de contact entre le monde et nous. Toute la puissance, toute la fureur du monde, et déjà presque humain…

Mercurio, adossé à son taxi, finissait son café, comme chaque matin, à la même heure, à la minute près. C'était devenu un jeu, entre eux : ni l'un ni l'autre n'imaginait un autre chauffeur pour le conduire à la Pan Am. Mais cette fois Mercurio paraissait préoccupé.

Wall Street. À force d'entendre ses clients débattre de leurs investissements, il s'était risqué, trois ans auparavant. Du sûr, du solide, de la Bethlehem Steel, du General Electric, du Westinghouse. Et, depuis un an, de la Pan Am. Avec l'effet du voyage de Lindbergh, il n'avait qu'à s'en féliciter, l'action était au plus haut. Mais là, tout d'un coup, il se sentait moins assuré. Monsieur Cooper saurait lui expliquer ?

Les actions de la Bethlehem Steel avaient chuté sans crier gare le 3, la semaine précédente. Prise de bénéfices, lui avait dit un client banquier. Sauf que le vendredi 4, ça s'était aggravé : moins 20 % en deux jours, ce n'était pas normal. Le week-end était passé là-dessus, peut-être bien que tout rentrerait dans l'ordre, mais si ça n'était pas le cas ?

— Après le discours de Hoover sur la fortune pour tous, j'ai pas mal acheté, ces derniers temps. Mais si les courtiers lançaient un appel de marge ? Ça ne risque pas, bien sûr, mais tout de même…

« Appel de marge » ? Cooper prit son ton le plus sentencieux pour le rassurer : il n'avait pas trop suivi les choses ces derniers jours mais il se renseignerait.

Dès que la porte poussée, il tomba sur C.V.

— Dis donc, c'est quoi, un appel de marge ?

L'autre le regarda, surpris. Il jouait en Bourse, maintenant ?

— Non ! Mais mon chauffeur de taxi, oui.

Et C.V. avait intérêt à lui fournir des réponses, s'il ne voulait pas chuter dans son estime. Il allait devoir attendre un peu, glissa celui-ci, en désignant du menton le bureau de Juan. L'humeur du maître du monde était à l'orage. On n'attendait plus que Priester, qui à l'instant arrivait, la mine défaite, pour commencer la réunion.

Cette fois, c'était bel et bien la guerre avec la NYRBA. Qui avait un atout maître dans sa manche…

— Un avion, les amis. Écoutez bien : un hydravion Consolidated Commodore. Cent pieds d'envergure, 100 milles à l'heure, vingt-quatre passagers, trois membres d'équipage… Et tenez-vous bien, une autonomie de 650 milles !

Trois fois plus que les Sikorsky S-38.

— Je me demandais pourquoi la NYRBA se cantonnait au sud de l'Amérique latine. Leur projet affiché est d'ouvrir une ligne New York-Rio-Buenos Aires ! 7 800 milles, trente villes à desservir dans seize pays. Je finissais par croire qu'ils avaient vu trop grand. Mais non : ils attendaient le Commodore.

Et il n'était pas possible d'en acheter ? Juan secoua la tête.

— Priester en revient, justement. Reuben Fleet, le constructeur, les réserve à la NYRBA. Dont il est actionnaire. Nous sommes les derniers auxquels il en vendra !

Et le Sikorsky S-40 n'était pas pour demain…

— Un petit sabotage ? dit brusquement Priester.

Tous le regardèrent, interloqués. Il éclata d'un rire convulsif.

— Une plaisanterie ! Petite plaisanterie.

Mais dans sa voix on devinait des intonations de regret.

Juan hocha la tête.

— Quoique…

Oh ! Pas un sabotage, non. Mais si on pouvait les retarder, leur savonner la planche…

— O'Neill, leur patron, est un casse-cou, un impulsif, ça jouera contre lui un jour ou l'autre. Si par exemple Brown, le patron de l'US Postal, tarde, mais alors tarde vraiment à lancer l'appel d'offres sur la ligne .. Vu la masse d'argent en jeu, nos amis pourraient se trouver en mauvaise posture, non ? C.V., on se débrouille pour voir Brown ? Juste histoire de bavarder.

Le plus urgent était de faire le point avec Sikorsky. De le harceler, de presser ses ingénieurs, de voir avec lui les points de blocage. Là, c'était à Cooper et Lindbergh de jouer. Pour la première fois, un concurrent avait sur eux une avance technique. Et Juan n'aimait pas ça.

Mais avant de presser Sikorsky, rappela Cooper à C.V., tandis qu'ils descendaient se chercher des sandwichs, il avait son honneur à sauver devant Mercurio, qui se rongeait les sangs.

— L'appel de marge, c'est quoi ?

Un rouage de l'invention du siècle, résuma C.V., ou comment devenir millionnaire sans argent. Sur le papier.

— Imagine que tu veuilles acheter des actions sur un marché à la hausse. Tu ouvres un compte chez un courtier. Mais tu ne paies que 10 % des actions. Le reste ? Tu déposes des titres en garantie – pour, disons, 50 % de la somme. Et tu empruntes le reste à ton courtier. Lequel te l'avance au taux du marché, après l'avoir emprunté lui-même à une banque, à court terme. Bref, avec 10 dollars tu achètes une action à 100 dollars. Et si elle passe à 150, tu partages le bénéfice avec le courtier, intérêts du prêt déduits. Disons que tu en retires 30. Pour recommencer aussitôt.

— Si mais si le marché baisse ?

— Le simple fait d'acheter, par définition, le fait monter ! Et puis, pourquoi veux-tu que ça baisse ? L'économie est en plein essor, les gens ont de l'argent et veulent consommer.

— Mais si ça baisse ?

— Alors, ça s'effondre. Le courtier fait un « appel de marge » : il te demande de couvrir le solde de ton achat. Si tu ne peux pas payer, il vend les titres déposés en garantie. Et si ça ne couvre pas tout, il revend ton action. Et tu es ruiné.

— Je lui dis quoi, à Mercurio ?

— Qu'il peut y avoir des accalmies, quand les gens prennent leur bénéfice. Mais pour mon père « les fondamentaux sont bons ». Remarque, si ton Mercurio craint d'être titillé par son courtier, eh bien, qu'il vende au plus haut, maintenant...

— Ce n'est pas un peu le système qui a fichu Miami par terre ?

— Exactement. Mais il a fallu une catastrophe naturelle ! Sinon...

Il éclata de rire.

— Remarque... C'est surtout nous qui passerions un mauvais quart d'heure !

C'était peut-être plus grave qu'il n'avait cru, se répétait Cooper. Une semaine passée dans les ateliers de Sikorsky et quelque chose avait changé en son absence, à New York – une nervosité nouvelle dans la rue, des visages fermés. Les Unes des journaux se voulaient rassurantes mais toute la ville paraissait en attente.

Le visage de Mercurio s'éclaira en l'apercevant. Son sauveur !

— Un professeur de Harvard, un génie à ce qu'il paraît, Fisher ou quelque chose comme ça, assurait que tout allait bien, que la tendance restait à la hausse, mais je vous ai fait confiance ! Les cours baissaient, remontaient, repartaient à la baisse, je me suis dit : il y a un truc. Et puis, dans mon rétro, je voyais bien la tête des courtiers : ils n'étaient pas dans leur assiette.

Il déboîta brusquement, fit une queue-de-poisson à un somnolent, ponctuée par un coup de klaxon vengeur.

— Vendu ! J'ai tout vendu. Un joli bénéfice, oui. Moins que j'espérais, mais bon. Quand tout ça sera derrière nous, je retenterai ma chance !

Soucieux, les messieurs à cigare et gilet l'étaient tous, confirma C.V. Plusieurs avaient passé le week-end en longs conciliabules, chez ses parents...

— Officiellement, tout va bien. Un effet correcteur, pour purger la machine. En fait, je crois que personne ne sait trop ce qui se passe. Du coup, ils deviennent nerveux.

Y avait-il un danger pour la Pan Am ?

— Pas vraiment, coupa Juan, passant la tête par la porte. Le danger, pour nous, chacun le connaît !

Cooper se laissa tomber sur une chaise. Une semaine de réunions, de discussions pied à pied avec les ingénieurs, de pressions féroces sur un Sikorsky criant grâce, quêtant un soutien du côté de Lindbergh…

— On aura le S-40 au mieux dans un an. Et encore : en restant sur leur dos, jour après jour.

Juan fit la grimace. Un an, c'était trop. Le Commodore, certes, n'était pas prêt, et Grooch, leur pilote, exigeait des modifications, mais…

— Elles prendront un bon mois. Deux avec de la chance.

Une lueur dans le regard de son ami alerta Cooper. Juan y était-il pour quelque chose ?

— La seule chose à faire, conclut Juan, est de renforcer nos lignes, de prouver que les infrastructures de la Pan Am sont incontournables. Sans oublier de prier. Un an ! Sikorsky va m'entendre…

Et un peu plus tard, en confidence, à C.V. et Cooper, après avoir fermé la porte de son bureau :

— Il faut *absolument* convaincre le président Hoover et sa femme que ce qui est bon pour la Pan Am est bon pour l'Amérique. Brown ne va pas lancer tout de suite d'appel d'offres sur la ligne. Et tant que la NYRBA n'aura pas de contrat avec l'US Postal, elle ne pourra pas livrer de courrier chez nous. Pas même celui qu'elle négocierait avec l'Argentine, le Brésil ou un autre État latino.

Il baissa la voix :

— C'est ce qu'O'Neill craint par-dessus tout ! Il paraît, ce qui ne m'étonnerait qu'à moitié, qu'il a dénoncé Brown aux Argentins et aux Brésiliens, comme quoi il serait à nos ordres. Si jamais ça arrive à ses oreilles…

C'était donc ça, son plan, se dit Cooper en sortant. La loi du Wild West. Mais il n'était pas certain de l'apprécier vraiment.

Il paraissait écrit que les Burden et lui ne se quitteraient plus. Mais comment décliner une invitation à dîner du patron du *National Geographic*, quand le carton précisait « À l'occasion de la publication de votre si bel article » ? Il y avait là trois autres auteurs du numéro, retour de Mandchourie, d'Inde du Nord, du Bosphore, quelques membres du Muséum d'histoire naturelle, dont Fairfield Osborn, le patron… et les Burden. Depuis la soirée du Crockett Club, Cooper n'avait eu le temps que d'un bref échange téléphonique avec Douglas sur son rêve de gorille, et il brûlait de lui en parler. Un vent de folie passait dans les bureaux de la 42e. Il voyait bien que Juan, sous ses airs impassibles, était inquiet. Priester perdait pied face aux coups de tabac. Avec C.V., il lui avait donc fallu être partout à la fois. Ce soir, s'était-il dit, il avait bien gagné le droit d'oublier un peu la Pan Am.

Le dîner avait été un feu d'artifice d'anecdotes improbables, drolatiques, émouvantes, et lui-même ne s'était pas fait prier. Les Messeria et les Fuzzy-Wuzzies avaient sur certains aspects de l'existence des idées assez tranchées et il fallait croire que les invités avaient vu tous ses films, car les questions fusèrent tout autant sur les tigres mangeurs d'hommes que sur les Bakhtiari. Fairfield Osborn évoqua les expéditions en cours. Gilbert Hovey Grosvenor, leur hôte, dit GHG, fit hurler de rire l'assemblée en racontant ses débuts dans le magazine et comment le terrible Graham Bell l'avait recruté grâce à l'insistance d'Elsie May, sa fille, qu'il n'avait pas pu faire autrement, du coup, que d'épouser. Puis la conversation prit un tour qui devait le poursuivre longtemps…

Le couple était aussi dissemblable que possible. Elsie May, les cheveux rebelles, gardait quelque chose de la structure puissante de son père. Gilbert, fluet, de taille moyenne, tiré à quatre épingles et portant binocle, avait tout d'un modeste employé de bureau, à l'exception d'une formidable moustache, mais on devinait leur complicité à chaque geste, à chaque regard échangé. À peine nommé à la tête de la revue, Graham Bell, l'inventeur, s'était cherché un remplaçant pour continuer à se livrer à ses deux passions, la vie dans la nature et la recherche scientifique, dans sa propriété de Beinn Bhreagh sur l'île du Cap-Breton, Nouvelle-Écosse. Son ami, le docteur Edwin Grosvenor, lui avait proposé de choisir entre ses deux fils jumeaux, Gilbert et Edwin…

— Nous nous sommes retrouvés tous les deux invités à passer trois semaines à Beinn Bhreagh. Je n'en menais pas large ! Un colosse rugissant, la barbe mérovingienne, le tour de taille disons… conséquent, ouvre la porte, me toise : c'est quoi, cet avorton ? J'ai bafouillé que j'étais né à Constantinople, que ma nurse était arménienne, mes domestiques kurdes, mes copains d'école albanais, bulgares, grecs, que j'aimais la photo. Et puis

Elsie May est entrée dans la pièce et je suis resté bouche bée. Lui : « Vous avez perdu votre langue ? » J'ai hoché la tête, couiné un « oui » ridicule. « Eh bien, allez la retrouver dehors ! » Je suis sorti en cherchant un lieu adéquat pour me suicider, et comme je n'en trouvais pas, je suis rentré la tête basse, misérable. Et lui de me filer une tape sur l'épaule qui a failli m'expédier à plat ventre sur le tapis : « Bravo mon garçon, vous êtes engagé ! »

— Gilbert avait l'air tellement paniqué ! pouffa Elsie. Il m'a regardée quand je suis entrée… Et, hum, enfin, bref, dès que le pauvre est sorti j'ai dit à papa : « Tu sais, je crois *comme toi* qu'il est fait pour le job. En plus, il sera content de s'installer à Washington. » Pour le coup, c'est papa qui m'a regardée bouche bée : « Tu crois, *vraiment* ? » « … *Tout à fait*, papa. » Après ça, il ne nous restait plus qu'à nous marier, Gilbert et moi !

En fait de bureau, le *National Geographic* partageait une pièce à Washington, sur la 15e Rue, avec l'association des sylviculteurs d'Amérique – remplie de piles d'invendus des premiers numéros de la revue, avec sur une table des livres de comptes indiquant un découvert de 2 000 dollars.

— Mais son père avait en tête la voie à suivre ! J'ai pensé à vous, Merian, et à *Chang*, quand j'ai retrouvé une lettre de lui. Je crois que vous pourriez en signer chaque phrase. Écoutez bien, messieurs, elle date du 5 mars 1900 :

> Pense aux romans illustrés que tu as pu lire, et comment ta lecture a été stimulée par des illustrations soulignant les situations dramatiques, alors que les illustrations gnangnan de scènes sans action ne suscitent aucune envie de te plonger dans le texte. Et c'est vrai aussi des paysages, aussi beaux soient-ils, s'ils restent statiques. *C'est le mouvement qui intéresse.* On se demande aussitôt : « Qu'est-ce qui se passe après ? » Si le texte y répond, celui qui feuillette les illustrations deviendra un lecteur. Je crois que la ligne à suivre est : le plus possible de photos dynamiques, de photos de vie, d'action, d'illustrations qui se prolongent dans le texte !

Il replia la lettre doucement.

— C'est la voie que j'ai essayé de suivre. Mais ça n'a pas été sans mal. Mon cher Osborn, j'ai eu beaucoup de vos collègues contre moi – « quête de l'image choc », « vision non "scientifique" de la géographie »…

Osborn soupira : le débat faisait toujours rage. Mais il se déplaçait de la photographie au cinéma.

— Même Carl Akeley a dû se battre pour imposer Martin Johnson au conseil d'administration du Muséum !

Mais où tracer la frontière entre spectacle et authenticité ? demanda alors Douglas Burden. S'il avait privilégié la scène en gros plan où le dragon de Komodo broyait un sanglier dans ses mâchoires, c'était en référence au tyrannosaure du *Monde perdu* dévorant sa proie. Et celle où le monstre se dressait sur ses pattes arrière, parce qu'il faisait penser ainsi aux dinosaures.

— Elles n'étaient pas « truquées » mais *choisies*, vous comprenez ? Pour suggérer à quel point cet animal venait d'une lointaine préhistoire. Et puis, pour traduire notre émotion – partager avec le public le frisson qui avait été le nôtre. N'est-ce pas légitime ?

Cooper approuva :

— Chaque mois, je me précipitais sur votre magazine. Ces titres ! « Les cités perdues des Mayas », « Les mystères de l'ancienne Égypte », « Six mois parmi les cannibales d'Australie », « Au cœur des cyclones »... On ne me fera pas croire que même les plus endurcis de vos scientifiques n'ont pas rêvé devant ces articles !

Il poursuivit, pris d'une idée soudaine :

— Ces photos... Votre beau-père avait raison. Elles ne sont pas seulement le réel. Elles sont un regard porté sur lui. Une forme choisie, une *histoire*. Présente en creux. Schoedsack m'a dit un jour : « une photo, un film, c'est quelqu'un qui te regarde »... Sans histoire, les images resteraient mortes.

— J'aimerais vous voir l'expliquer à mes scientifiques ! soupira Osborn.

— Pourtant, ces histoires nous font voir ce que nous ne verrions pas sans elles !

Il s'échauffa, réfléchissant à voix haute :

— Elles nous font percevoir l'inconnu autour de nous. Et le monde alors paraît plus grand, plus riche – et nous avec lui.

— N'est-ce pas ouvrir la porte à la tricherie ? s'inquiéta Douglas.

Cooper secoua la tête :

— Elle est toujours possible. Mais alors, c'est que le photographe a choisi de montrer non plus les profondeurs de l'inconnu mais des *clichés*, des lieux communs. Au lieu d'enrichir le monde, il l'appauvrit, nous rapetisse, nous referme sur nous-mêmes. Et cela se sent tout de suite. Le fictif ne dit pas le vrai, certes. Mais il ne dit pas non plus le faux. *Il nous dit quelque chose qui ne peut pas être dit autrement.*

Il s'arrêta, confus, surpris aussi un peu par ce qu'il venait de formuler pour la première fois. Tous le regardaient, pensifs. Je comprends pourquoi *Chang* est aussi beau, dit à voix basse Osborn. Et Gilbert, après un long silence :

— Oui, mon beau-père aurait aimé vous rencontrer, Merian. Vous avez un autre projet ?

Non, pas de projet. Schoedsack tournait à Sumatra parmi les singes et les tigres. Mais lui se vouait désormais à une tout autre aventure : la conquête des airs.

Au moment où ils passaient au salon, un homme resté silencieux jusque-là se tourna vers Cooper.

— Douglas m'a dit que vous vous intéressez aux gorilles ? J'étais un ami de Carl Akeley, et…

James Lippitt Clark, lui présenta Burden :

— Le plus grand spécialiste des gorilles du Muséum. Il était des expéditions de Carl Akeley. Et c'est lui qui termine son grand Hall africain…

— Enfant, vous avez été marqué par le livre de Du Chaillu ? m'a dit Douglas. Moi aussi. On a dit beaucoup de mal de lui ! Carl lui-même… Du Chaillu a fait quantité d'observations justes, notez, mais il avait aussi les préjugés de son époque…

Ce que lui dit Clark, ce soir-là, de ce mystérieux Carl Akeley produisit sur Cooper si forte impression qu'ils convinrent de se retrouver au plus vite, cette fois au Muséum.

Sur quelle pente dangereuse se laissait-il glisser ? s'inquiétait Cooper, en rentrant. Il avait choisi une autre voie, une autre vie, sans regret et devait tenir le cap dans la tourmente. Pour lui. Pour tous ceux qui lui faisaient confiance. Mais il ne pouvait se déprendre du sentiment que ce soir, en cette assemblée, il s'était senti chez lui.

C.V. arriva, hagard, les vêtements en désordre, sur le coup de 14 heures : Wall Street était au bord de l'explosion, la galerie des visiteurs venait d'être fermée, la foule affluait dans la rue devant le bâtiment, les firmes de courtiers, partout dans la ville, étaient prises d'assaut.

— La police ne sait plus où donner de la tête ! J'ai dû faire le coup de poing pour me dégager.

Il restait là, répétant d'une voix hachée le récit des mêmes scènes de folie, dès l'ouverture, les ordres de vente fusant de toutes parts, si nombreux que personne ne pouvait suivre, le brouhaha se muant en hurlements hystériques, les donneurs d'ordre en venant aux mains et les cours tombant en chute libre, faute d'acheteurs, descendant toujours plus bas, descendant encore, au-delà de l'imaginable. Les courtiers affolés lançaient des appels de marge à tout-va. Vers 11 h 30, la Bourse n'était déjà plus qu'une mêlée de gens épouvantés ne comprenant plus rien à ce qui se passait. Des rumeurs traversaient le vacarme, les Bourses de Chicago et de Buffalo venaient de fermer – un spectacle de fin du monde ! répétait C.V. Ce jeudi 24 octobre resterait une date, dans l'histoire de Wall Street.

Tous se pressaient autour de lui : que se passait-il vraiment ? Tout cela n'avait aucun sens. Fallait-il craindre pour la Pan Am ? Miss Swaggerty, à la stupéfaction générale, sortit du fond d'un de ses tiroirs une bouteille de « gin de baignoire » de sa réserve personnelle, et en servit un grand verre à C.V. Celui-ci l'avala d'un trait, avant de la fixer, éberlué, pendant qu'elle s'en versait, elle aussi, une solide mesure. Son eau de feu devait bien titrer 70 degrés, dit Leuteritz d'une voix enrouée. Priester résuma l'inquiétude générale : *un risque pour nous ?* Juan secoua la tête : il ne voyait pas pourquoi. Mais une ombre dans son regard démentait ses propos.

Quelque chose était en train de se jouer dans les profondeurs du pays qui dépassait de loin la sphère des spéculateurs, commençait à se dire Cooper. Au départ, ce n'avait été qu'un jeu : pour ne pas perdre la face devant Mercurio, qui le croyait un génie de la finance, il s'était mis à lire les pages économiques du *New York Times* tandis que Mercurio, chaque matin, lui faisait le compte de ses « gains » : autrement dit, de ce qu'il aurait perdu s'il n'avait pas vendu à temps.

Tout avait vacillé le vendredi 18 octobre. L'action de la Bethlehem Steel avait baissé de sept points, celle de General Electric de six, et l'indice des actions industrielles du *New York Times* de sept, lui avait annoncé Mercurio, avec une satisfaction vengeresse. Les appels de marge se multipliaient, ce qui signifiait que la valeur de revente des actions données en garantie ne couvrait plus les sommes à recouvrer. Le lundi, la baisse avait repris, entretenue, disait le journal, par les difficultés des télétypes à transmettre rapidement les informations.

Les nuages avaient commencé à se dissiper le mardi. Cette fois, le pire était passé, « la baisse était allée trop loin », assurait Charles Mitchell, le président de la National City Bank, qu'on sentait soulagé. Fisher, l'oracle vénéré de Harvard, analysait l'événement comme une purge nécessaire, qui avait liquidé la « frange lunatique » des spéculateurs. Ce que C.V., après un week-end chez ses parents, avait résumé par : « Quand les petits se font plumer, les grands ne bougent pas, sauf à la fin du jeu, quand ils rachètent au plus bas : ça devrait remonter ! » Et ça avait remonté, effectivement, ce mardi-là.

Mais le mercredi, vers le milieu de la matinée, les cours avaient plongé de nouveau. Près de trois millions d'actions liquidées dans la dernière heure ! L'indice du *New York Times* avait chuté de vingt et un points. Mercurio avait fait le calcul : tous les gains de la Bourse depuis juin se trouvaient effacés. L'oncle de C.V., appelé par son neveu, l'expliquait par les retards du télétype, et une tempête de neige dans le Wisconsin qui avait coupé les transmissions. Ça irait mieux demain !

Mais ils étaient en plein dans ce « demain », en forme de catastrophe. Cela durait depuis trop longtemps, se dit Cooper. Ils étaient comme ces habitants de Miami refusant de croire à l'arrivée du cyclone, dont on lui avait fait tant de fois le récit, à Key West. Les Années folles dansaient sur les bords d'un volcan.

Mais peut-être se trompait-il. C.V., pendu au téléphone, lui adressait de grands signes, Juan, Priester, tous les autres, avaient l'oreille collée à la radio : les « gros » bougeaient, enfin ! Et ils allaient siffler la fin de la partie.

C.V. les rejoignit, surexcité. Les présidents des cinq plus grosses banques américaines sortaient d'une réunion tenue dans les locaux de la banque Morgan. Thomas Lamont, représentant Morgan, annonçait à l'instant même que si la Bourse avait connu « quelques ventes de panique » de la part de gens mal informés, les banques allaient y mettre bon ordre. Ils suivirent heure par heure à la radio le grand spectacle, Richard Whitney, l'oncle de C.V., et vice-président de la Bourse, jovial et rassurant, traversant la salle au milieu de la foule, sous un tonnerre d'applaudissements, plaçant des ordres d'achat énormes pour chacune des grosses valeurs cotées. Dans toute l'Amérique, à mesure que la nouvelle arrivait, portée par les télétypes, la chute des cours s'enrayait. Dans la salle de la Bourse, dans les rues autour de Wall Street, les gens s'embrassaient. À la radio, les journalistes saluaient le courage des banquiers et leur patriotisme. Seuls les « spéculateurs-joueurs », finalement, se trouvaient éliminés. Un pasteur, sur les ondes, invoquait une « punition divine » infligée aux Américains qui avaient oublié leurs valeurs spirituelles.

C'était fini. Pour le coup, C.V. suggéra à Miss Swaggerty, rosissante, que l'événement méritait bien une deuxième tournée. Oui, ce jeudi 24 octobre 1929 resterait historique.

On a évité le pire, dit Juan dans un long soupir, quand il se retrouva enfin avec Cooper dans son bureau. C.V. était reparti à Wall Street pour assister à la clôture, et soutirer quelques informations à son oncle.

— Nous avons vraiment risqué quelque chose ?

Juan fit une grimace.

— Il était temps que ça se termine ! Tant que les banques tiennent… Notre problème à nous est que nous vivons à crédit. Il ne faudrait pas qu'on nous coupe le robinet !

Les dettes de la Pan Am dépassaient le million de dollars et les premières espérances de bénéfices, si tout allait bien, seraient pour dans deux ans. C'était pour cela que la course à la taille critique était vitale. Le moindre raté avant d'y parvenir pouvait être fatal.

— Encore une semaine comme celle que nous venons de vivre et je ne pourrai plus répondre de rien. Si seulement ce fichu Commodore voulait bien ne pas voler !

Après les tensions de la semaine, la paix du Muséum d'histoire naturelle, ce samedi, avait quelque chose d'irréel. Cooper retrouva James Clark dans son atelier, se débattant, aidé par deux assistants, avec un jeune lion renversé sur le dos dont, lui sembla-t-il dans la clarté diffuse tombant des hautes fenêtres, les pattes s'agitaient encore. Une pièce qu'il préparait pour le Hall africain de Carl Akeley, expliqua Clark. Sa grande œuvre, laissée inachevée, qu'il se faisait un devoir de terminer.

— Voyez, c'est la technique qui l'a rendu célèbre : on sculpte les muscles de l'animal sur le squelette. Puis on coule sur eux une structure légère destinée à recevoir la peau tannée…

Il souleva un drap, découvrit un chimpanzé saisi à l'instant de sauter, étonnant de vie.

— C'était un complet autodidacte, vous savez ! Dans sa jeunesse, il naturalisait des animaux dans sa chambre pour des particuliers. L'institut Ward de Rochester a fini par le remarquer, et le recommander au cirque Barnum quand Jumbo, leur éléphant vedette, est mort dans un accident. Naturaliser un mastodonte d'une tonne et demie ! Impossible, pensait-on. Complète réussite – il avait su rendre l'illusion du jeu des muscles, les plis, les veines. Sa légende est partie de là. Le musée de Milwaukee l'a engagé, puis celui de Chicago l'a envoyé en Afrique à la recherche de spécimens. Et là, coup de foudre… Et nouvelle légende : l'homme qui avait réussi, tandis qu'un léopard lui mâchait un bras, à l'étrangler de l'autre ! De son deuxième voyage, il avait ramené dix-sept tonnes de peau, de squelettes, de têtes, dont les deux éléphants placés dans le hall d'entrée de leur musée. Si étonnants que le Muséum de New York a tout fait pour l'engager. Et nous ne nous sommes plus quittés…

Mais il fallait avant tout qu'il montre quelque chose à son visiteur… Il poussa la porte grinçante d'une sorte d'atelier et, théâtral :

— Chang !

Cooper resta bouche bée : il était là devant lui, cabré, le grand mâle qui avait mené la charge à Thanakit, ou alors son sosie.

— Carl et vous auriez eu beaucoup de choses à vous dire ! Si vous l'aviez entendu raconter sa poursuite du mastodonte ! Achab poursuivant sa baleine blanche. Et il s'en est fallu de peu qu'il ne connaisse le même sort que le capitaine.

La première passion d'Akeley. La seconde, plus dévorante encore, avait été les gorilles…

Clark poussa une tenture.

— C'est ici que tout le Hall africain a été conçu ! J'étais supposé m'y installer. Et puis… c'était impossible. Même Osborn l'a compris.

Un invraisemblable capharnaüm, envahi par la poussière, sentant la colle et les solvants, où s'entassaient paniers africains, tambours, masques, lances et boucliers, d'où émergeaient des reproductions de la *Vénus de Milo* et du *Discobole*, des statues de lions et d'éléphants. Cooper renifla une autre odeur qu'il connaissait bien. Clark eut un sourire de gamin, écarta une peau de lion suspendue à un fil : un *pot still*, lui sans la moindre poussière.

— Il est en état de marche ! Du temps de Carl, il fonctionnait sans discontinuer. Le *booze*, sur le marché, était tellement dangereux que nous nous sommes dit qu'après tout nous étions des scientifiques, les mieux à même de fabriquer de la qualité. Et que personne n'oserait faire une descente chez nous. Maintenant, on le fait plutôt marcher en souvenir, car il y en a d'autres un peu partout dans les services. La plus grande distillerie clandestine de New York ! Je ne dis pas que ses revenus n'ont pas servi, parfois, à compléter le financement d'expéditions…

Croquis et maquettes s'entassaient sur une table, un visage de gorille aux yeux vides était fixé au mur.

— Akeley restait souvent dormir ici. Vous avez compris que le rangement n'était pas son souci premier ! Mais voyez ces plans, ces esquisses : il avait déjà pensé tout son Hall africain. J'aurais dû les transférer dans mon bureau, mais non : ça me force à revenir les regarder ici. Comme cela, j'ai impression de dialoguer avec lui.

Il dégagea deux tabourets, invita Cooper à s'asseoir.

— Les grands singes… Cela tenait de la mystique, chez lui. Avec Mickie, sa première femme, il avait adopté un singe vervet, qui vivait chez eux comme leur enfant, jusqu'à ce qu'en grandissant il devienne agressif, jaloux de Carl, et de plus en plus possessif. Mickie se laissait faire, mais un jour le vervet a essayé de la tuer. Carl a dû le donner à un zoo et ça a brisé leur couple. Il n'en a jamais voulu au singe. En eux, selon lui, réside le mystère de ce qui nous relie au monde.

Clark s'éclipsa un instant, revint avec une grande aquarelle encadrée.

— Le diorama des gorilles, tel qu'il le voyait… Bien loin du frontispice du livre de Du Chaillu, n'est-ce pas ? Cette image l'exaspérait. Tout le contraire de ce qu'il avait pu observer. De ce que j'ai pu observer avec lui. Raven, mon collègue, est actuellement au Congo en train de compléter l'étude. Le gorille féroce, violeur de femmes, c'est idiot ! Ils sont timides, inoffensifs, dangereux seulement s'ils prennent peur… Un jour, après la guerre, Carl est revenu avec une image qu'il avait trouvée en France : « Tuez cette brute démente ! » Je ne sais pas si vous l'avez vue, un Allemand représenté en gorille écumant.

Cooper opina. Il l'avait vue, oui – à Varsovie, dans des circonstances singulières...

Sur l'aquarelle, un gorille gigantesque, qu'on aurait dit plongé dans un rêve, contemplant le spectacle des volcans au loin, émergeait des hautes herbes, des fougères et des fleurs, à l'abri d'un grand arbre.

— Le sage de Mikeno ! C'est comme cela que Carl le voyait. Osborn a exigé que je le représente debout. Pas agressif, non, mais se frappant la poitrine. Maître du monde !

Sa voix se noua.

— C'est sur les pentes du mont Mikeno, le troisième volcan, au fond à droite sur l'aquarelle, que Carl est enterré. Vous savez qu'il signait ses lettres, sur la fin, « le sage de Mikeno » ? Il faut que je vous montre...

Il revint avec quelques feuillets.

— C'est Martin Johnson qui nous en a donné une copie – des lettres qu'il leur envoyait, à lui et à Osa, pendant l'expédition.

Il se mit à lire, la voix tremblante :

> Quelque chose s'est brisé en moi, je le sens bien. L'enfant est mort dans mes bras. Le petit Clarence s'est réfugié dans mes bras pour mourir, en me regardant, et dans son regard noyé de larmes il y avait la détresse, l'étonnement, la douleur, la solitude, le besoin d'amour d'une créature de Dieu. Martin, Osa, je me suis vu dans son regard mourant, et c'était moi, que je tenais dans mes bras à cet instant.

De quel enfant parlait-il ? Mais Clark poursuivit :

— Écoutez bien !

> Enfin, j'ai la confirmation de mes théories : les gorilles sont bons, pacifiques, plutôt craintifs. Rien des monstres décrits par cet imbécile de Du Chaillu. Leur supposée sauvagerie n'était que le miroir de la sienne, comme toujours... De la nôtre.

— Pour le comprendre vraiment, pour comprendre sa vision, attendez la suite...

Je retrouvai un des jeunes gorilles dans une clairière, terrorisé. Un jeune gorille de quatre ans au plus. Avant que je puisse esquisser un geste, pousser un cri, un de mes guides l'avait déjà transpercé d'un coup de sagaie. Et comme je me penchais vers lui, il m'a regardé en gémissant, s'est serré dans mes bras pour ne pas mourir seul et je crois que jusqu'à la fin de mes jours je verrai ce regard qui allait jusqu'au fond de mon âme [...]. On applaudira le savant, mais moi, moi avec mes belles théories si peu mises en pratique sur la bonté des gorilles, moi qui vais rester avec ce regard planté en moi, quel Dieu clément me pardonnera jamais ?

— Quand il parlait d'« enfant », plus haut, c'était de ce jeune gorille... Il l'appelait « Clarence ». J'ai découvert, un jour, que c'était son deuxième prénom, celui que préférait sa mère...

Cooper s'attendait à des révélations surprenantes, des récits épiques d'exploration, des détails sur les mœurs sauvages et brutales des géants mystérieux, sûrement pas à cela. Timides ! Pourtant, il y avait dans les quelques lignes d'Akeley une telle souffrance, de tels accents de vérité, qu'il en avait frissonné d'émotion. Mais tout s'écroula d'un coup lorsque Clark lança, joyeux, comme s'il s'agissait d'un encouragement :

— Martin et Osa Johnson partent le mois prochain pour le mont Mikeno, Virunga !

Comme son visiteur se figeait.

— Dix tonnes de matériel, m'ont-ils dit, deux cents kilos de matériel son et une tonne et demie pour un générateur – à moins que ça ne soit l'inverse. Le premier film parlant sur les gorilles, au cœur de l'Afrique ! Merian, si vous faites quelque chose sur les gorilles, rendez-leur justice, vous aussi !

Il repartit, dépité, avec dans les bras une pile de livres sur le roi de la jungle. Le sage de Mikeno ! Une chose au moins était sûre : ce brave savant venait de ficher par terre sa vision de grand combat dans l'île de Komodo.

Pour l'heure, il avait d'autres chats à fouetter. Ce que redoutait Juan était en train de se produire, en pire. Le vendredi et le samedi, après la journée folle, avaient été paisibles – le temps pour chacun de reprendre ses esprits, avant la grande reprise, qui viendrait le lundi. Mais c'est tout le contraire qui s'était produit, sans que personne en saisisse la raison. Les ordres de vente avaient afflué dès l'ouverture et tout emporté. Le bruit avait couru vers 13 heures que Charles Mitchell rencontrait Morgan, mais aucune annonce n'était venue. Puis, vers 16 heures, que les banquiers se rassemblaient une nouvelle fois. Une fugace espérance avait ralenti la chute, jusqu'au coup de massue, à 18 heures : cette fois, les banques n'interviendraient pas. C.V. était revenu de la Bourse vers 19 heures après avoir échangé trois mots avec son oncle, décomposé. Le marché était devenu fou, personne ne contrôlait plus rien, les banques pour se protéger se retiraient.

Le *New York Times*, le lendemain, avait fait le bilan du désastre. Neuf millions d'actions échangées, des pertes abyssales – autant en une seule journée que celles de toute la semaine précédente. Soit une chute de quarante-neuf points de l'indice boursier du journal. Mais, plus inquiétant peut-être, à la différence du jeudi fou, il n'y avait pas eu de scènes d'émeutes, de crises de désespoir, de vagues de panique : rien qu'un effondrement général.

Le lendemain avait été pire encore. Tout était à vendre, à n'importe quel prix, même sans acheteur. Le soir venu, on ne parvenait plus à mesurer le désastre. Seize millions de ventes avaient été enregistrées et peut-être le même volume restait dans les corbeilles, non encore traité. Plus personne ne réagissait aux annonces de réunions à venir de banquiers ou d'administrateurs de la Bourse. Eux aussi étaient emportés dans la tempête. Quant aux oracles, ils étaient devenus tout à coup silencieux. L'annonce par Rockefeller qu'il croyait toujours au marché et allait acheter massivement n'avait suscité que ce mot d'un humoriste : « Pardi, c'est le seul qui a encore de l'argent ! »

La chute s'était poursuivie toute la semaine, puis la semaine suivante. Pouvait-on encore parler de chute ? Plutôt fallait-il parler, risquaient certains, de la fin d'un monde, et du surgissement d'un nouveau.

— La situation étant désespérée, envisageons résolument l'avenir ?

Tous éclatèrent de rire. Sauf Juan, qui fixait C.V. d'un œil sombre. Désespérée ? Pas tout à fait, puisque l'on gardait encore le sens de l'humour, dit Bill Rockefeller. Bill et Bob Thach étaient là, venus à la demande pressante de Juan, en sus de Cooper et de C.V., en cette troisième semaine de novembre grise et venteuse, accordée à l'humeur générale. Pas désespérée, non, mais sérieuse, commença Juan en distribuant quelques feuillets de synthèse sur la situation. Sans mesures résolues, ils risquaient fort de couler. Mais, à la différence de beaucoup, ils avaient encore la possibilité de réagir.

À cette heure, ils avaient en caisse 176 000 dollars. Les pertes accumulées sur les années précédentes étaient de 700 000 dollars – et le passif atteindrait fin décembre 1,1 million. Pour un chiffre d'affaires de 6,9 millions, en augmentation de 28 %. Mais les prévisions les plus raisonnables ne laissaient pas espérer de bénéfices avant deux ans. S'ils remportaient le marché de l'Amérique latine.

En quoi ces chiffres étaient-ils mauvais ? s'étonna Bill. Si une activité incarnait l'avenir, c'était bien l'aventure aérienne – et quelle compagnie pouvait faire valoir une croissance aussi rapide que la leur ? L'action, qui était à 75 dollars avant la crise, cotait encore 50, ce qui était plutôt exceptionnel, fit valoir Bob. La discussion devint générale : qui disait industrie d'avenir disait nécessairement investissements massifs !

— Tout cela était bel et bien vrai, trancha Juan, à la condition que les banques nous suivent. Elles risquent de ne plus le faire. J'en suis même certain : elles prennent peur… Et les cimetières sont pleins de pionniers indiquant la voie de l'avenir.

Bob, qui lançait son cabinet d'avocats, n'avait guère de liquidités. Cooper, depuis son arrivée, avait investi tout ce qu'il gagnait dans la compagnie. Quant à Bill, il avait besoin de faire le point sur sa situation, après le maelström. C.V., Jock Whitney et lui étaient des « fils de », futurs héritiers dont les noms certes rassuraient les banquiers et ouvraient bien des portes, mais ils avaient investi dans l'aventure une bonne part de leurs avoirs propres, souvent par défi envers leurs parents. Après une heure d'ardentes discussions, il fut arrêté que C.V. et Juan endosseraient à parts égales les plus grosses créances, à hauteur de 900 000 dollars – et Cooper comprit que son ami jouait très gros, dans l'affaire. Quant aux autres créanciers, qui tous couraient après le moindre dollar pour ne pas couler, la Pan Am leur proposerait de régler leurs factures tout de suite, sous réserve d'un rabais de 50 %. À ces conditions, la compagnie serait sauvée.

Restait la NYRBA. Elle devait souffrir, elle aussi, et jouait son va-tout, en attendant la livraison des Commodore. Depuis un mois, les Ford trimoteurs d'O'Neill traversaient les Andes sur la ligne Buenos Aires-Montevideo dans des conditions dantesques.

— Les Andes à 6000 mètres, la glace, les tempêtes de neige, les trous d'air, avec des Ford qui ne dépassent pas les 4600 mètres, au maximum ! Mais les pilotes ont découvert un couloir où ils passent tout juste, avec des bouteilles d'oxygène. Le plus fort, c'est qu'ils trouvent des passagers ! Ballottés en tous sens, avec chacun un tuyau pour téter l'oxygène s'ils viennent à manquer d'air.

Pendant ce temps, sous le drapeau de Panagra, la Pan Am descendait étape par étape la côte Ouest, toujours plus vers le sud – bientôt jusqu'à Santiago. Et la ligne n° 6 de Porto Rico à la Guyane hollandaise était en service, elle aussi. La suite était suspendue à la livraison des Commodore à la NYRBA.

— O'Neill, le patron, est à Buffalo pour mettre le holà aux aménagements de Grooch, dit alors Juan. Une inauguration en grande pompe avec le président Hoover, et que l'avion tienne jusqu'à Buenos Aires, c'est tout ce qu'il demande. « On a besoin de publicité, pas d'essais supplémentaires ! » – s'il a vraiment dit ça, c'est qu'il est aux abois…

Il est décidément bien informé, songeait Cooper, tandis que Juan énumérait les déboires qu'avait connus l'appareil, et ceux à venir, attendu que son envergure trop grande obligeait à le transporter en pièces détachées jusqu'au plan d'eau du Niagara d'où il décollerait pour être baptisé à Washington. « Ce qui n'est pas encore fait », avait conclu Juan d'un air qui avait paru à Cooper un peu trop entendu.

La coque du Commodore, arrivé à Staten Island en soirée, par une mer mauvaise, avait cogné toute la nuit contre un ponton. Les équipes, harcelées par O'Neill, avaient dû travailler toute la journée pour une réparation de fortune. Qu'importait son état, il devait foncer à la base navale d'Anacostia, Washington, pour l'inauguration !

Le jour de gloire d'O'Neill… Journalistes, photographes se pressaient sous les flonflons. L'avion, en vérité, était impressionnant, avec chacun de ses flotteurs de la taille d'une grosse vedette de la Navy. Une musique altière avait annoncé l'arrivée des officiels, et Cooper, dans la foule, n'en avait pas cru ses yeux : avec à son bras madame Hoover, première dame du pays, s'avançait… Juan Trippe. Grave et solennel, il montait à la tribune sous les vivats, tandis qu'une bagarre éclatait au premier rang de la foule : le service de sécurité évacuait un colosse agité – O'Neill fou de rage…

— Un message à ses financiers, avait expliqué Juan quand Cooper l'avait retrouvé à l'hôtel. Pour leur rappeler que la Pan Am est incontournable.

Plutôt une déclaration de guerre. Suivie, pour la NYRBA, par une cascade de contretemps à vous faire croire au mauvais œil. Dix jours de réparations sur le Commodore avant qu'il puisse repartir – si lourdement chargé par un O'Neill impatient qu'il lui avait fallu 5 milles sur le fleuve avant de décoller. Trois tentatives à Miami pour s'arracher, dont l'une avait failli se terminer en catastrophe. Un vol de prestige avec des officiels de La Havane trop nombreux terminé en mer, le plancher défoncé par les vagues obligeant les invités à se mouiller jusqu'aux genoux. Tout cela pour constater à Buenos Aires que le personnel y croyait si peu que rien n'était prêt. Ni courrier ni passager.

Mauvais œil, sûrement : lors de son vol de livraison, le deuxième Commodore, avec aux commandes O'Neill devenu méfiant, avait perdu un de ses moteurs, arraché par une vague au décollage. Son hélice avait failli couper la carlingue en deux. Le troisième Commodore, lui, avait perdu une aile en Guyane, par la faute d'une conduite de carburant qui s'était soudain embrasée.

Une guerre ouverte avait éclaté après le « scandale O'Neill » : la révélation, allez savoir par qui, de ses propos injurieux à l'endroit de Brown, le patron de l'US Postal, propos que démentait leur auteur, écumant de fureur, en dénonçant en retour un complot du « Coyote » – entendez de Juan.

Tout cela allait trop loin, se disait Cooper. Il ne s'était pas lancé dans cette aventure pour finir en voyou. La NYRBA fonçait à un train d'enfer sans infrastructures dignes de ce nom, et Cooper, lors d'une tournée d'inspection des équipements de la Pan Am, avait pris la mesure des risques courus par son concurrent. Les agents de la NYRBA récupéraient les passagers au large dans des canots, le carburant était transporté de même en bidons de 20 litres passés au-dessus des moteurs jusque sur l'aile et versé dans un grand entonnoir dansant au rythme des vagues. Révisions et réparations devaient se faire de même, dans des numéros répétés d'équilibristes. L'esprit des pionniers avait des limites.

La Pan Am avait tout à gagner, en termes d'image, à mettre ses installations à disposition de son concurrent, avait-il fait valoir à un Juan acquiesçant à contrecœur – à charge de réciprocité plus tard, s'il y avait lieu. Mais les tensions sur place étaient si vives que Cooper avait fini par les croire attisées en sous-main par Juan. Jusqu'à ce qu'éclate « la bataille de Monténégro »...

Il rentrait d'une nouvelle visite aux ateliers Sikorsky lorsque, ouvrant son journal, il était tombé sur ce titre, au-dessus d'une photo. Une bataille ? Sous la plume du journaliste l'affaire prenait des dimensions de conflit mondial. Ou comment un pilote de la Pan Am en difficulté au-dessus d'un petit lac à Monténégro, Brésil, s'était posé en catastrophe sur une base toute nouvelle de la NYRBA, pour se retrouver nez à nez avec le canon d'un fusil, brandi par le chef de poste. Il avait dû redécoller, pour se poser en pleine mer – où la Pan Am avait dépêché en secours un deuxième avion.

Juan se frottait les mains, le journal ouvert devant lui :

— O'Neill est dans la nasse !

Dans la nasse, en effet. Certes, les lignes locales tournaient à plein régime, mais tout se jouerait à l'ouverture des appels à candidature sur la ligne New York-Buenos Aires – sans cesse reportée par l'US Postal, on ne savait pourquoi.

— Trop impulsif, avait commenté Juan à la réception d'une lettre d'injures d'O'Neill : il suffira de le pousser à la faute.

À la faute, en effet. Un matin, Juan avait glissé à Cooper :

— Ça y est, le piège se referme !

De qui tenait-il ces informations ? Sans doute entretenait-il autour de son bouillant adversaire une armée d'espions car, pendu au téléphone, il lui annonça le lendemain qu'O'Neill venait de quitter Buenos Aires.

Poussé peut-être par ses financiers – on disait que Rand, son principal actionnaire, patron de Remington, avait perdu une fortune à la Bourse –, O'Neill tentait de forcer le destin, autorisation postale ou non. Chargé de courrier argentin, il venait de décoller ce 19 février de Buenos Aires, direction New York.

Au coup de fil suivant, le visage de Juan s'était épanoui : au moment de décoller, à l'escale de Porto Alegre, O'Neill venait de heurter une balise et de rompre une conduite d'huile. Il appelait à la rescousse Grooch, sur un Sikorsky S-38.

Deuxième coup de fil, le soir : les deux hommes avaient failli se crasher à l'amerrissage à Santos. Un de leurs passagers, prenant peur, avait sorti une arme et il avait fallu l'assommer par-derrière à coups de bouteille. Les ailes inférieures étaient hors d'usage, les sacs de courrier flottaient dans l'eau. Ils les avaient séchés tant bien que mal dans leur hôtel pendant qu'on leur acheminait un nouveau S-38.

Grooch devait être l'espion, s'était dit Cooper. De qui d'autre Juan aurait-il pu tenir l'information ? Par un coup du sort, le Sikorsky de renfort s'était trouvé bloqué par la police à Rio, suite à une mystérieuse plainte d'une mystérieuse compagnie. Mais O'Neill était un dur à cuire. Louant une voiture, il avait chargé le courrier et roulé à tombeau ouvert toute la nuit jusqu'à Rio où il avait appelé un autre S-38 en le faisant se poser de l'autre côté de la ville, loin de la police. Et il avait pu enfin décoller pour Bahia. Où, malchance, le pilote avait cassé l'avion au décollage, le lendemain.

À entendre Juan, tout allait de mieux en mieux.

Le lendemain rien n'allait plus. O'Neill, à force d'obstination, avait trouvé un autre avion et prenait le risque de voler par l'intérieur des terres, au-dessus de la jungle, pour rattraper un peu du temps perdu. Mais Juan n'était pas resté longtemps sans nouvelles. Au milieu de l'après-midi du 25 août il avait fait irruption dans le bureau de Cooper.

— Ça y est ! Il vient de se poser à Miami.

Il s'était frotté les mains.

— Fin de l'histoire !

Et comme Cooper, surpris par sa jubilation, l'interrogeait du regard :

— L'US Postal l'attend ! Pour saisir son chargement. Non seulement il n'a pas de contrat avec elle, mais, je ne sais pas s'il est au courant : sans son autorisation, il n'a pas le droit de délivrer de courrier étranger sur le territoire.

À l'instant de sortir de la pièce il avait jeté négligemment :

— À l'heure qu'il est, il doit avoir un autre souci en tête.

— Oui ?

— D'apprendre qu'il ne dirige plus la NYRBA.

— C'est vrai ?

— Oh ! Pas tout à fait. Mais, à Miami, son personnel, lui, en est persuadé. Tu sais, des bruits qui courent…

Il n'était pas besoin de se demander qui les répandait.

— Actuellement la NYRBA perd 400 000 dollars par mois ! J'ai commencé à discuter avec les actionnaires. Je les connais bien : Bevier et Montgomery étaient là, au début de la Pan

Am. S'ils pouvaient, ils m'égorgeraient, mais je sais à partir de quand ils craquent. Et puis, Rand est en mauvaise posture.

Cooper était rentré chez lui d'humeur sombre. Il en était venu à se sentir en sympathie avec ce baroudeur d'O Neill, brouillon, impatient, soupe au lait, mais héroïque d'entêtement. Et il devinait comment se déroulerait la mise à mort.

Les actionnaires aux abois allaient lâcher O'Neill, ses visions, ses perspectives de croissance : « L'herbe pousse, mais en attendant le cheval meurt de faim », avait grommelé l'un d'eux, lors de sa dernière rencontre avec Juan, ce qui revenait à siffler la fin de la partie. Juan, comme à son habitude, allait racheter la NYRBA à un tiers ou un quart de son prix. Et le lendemain, ou la semaine suivante, l'US Postal attribuerait à la Pan Am la concession New York-Buenos Aires. Cela prendrait un mois, deux mois, trois mois, mais il en irait ainsi.

Juan avait gagné. Mais était-ce pour ce genre d'aventure qu'il avait renoncé au cinéma ? s'interrogeait Cooper. Juan, de mois en mois, avait changé, devenait plus dur, froid, cultivait le secret, tissait depuis son bureau une toile dont il n'entendait rien partager.

Cooper repensa à Mermoz affrontant la cordillère des Andes. Demain, disait-on, au plus tard au mois de mai, le Français tenterait la traversée directe de Saint-Louis du Sénégal à Natal. La première liaison postale transatlantique ! La vraie, la belle aventure d'hommes portés par un rêve assez grand pour lui sacrifier leur vie. Il repensa à Hambleton, son bon, son cher John, à leurs interminables causeries, et sa poitrine se serra à l'étouffer, tandis qu'un sentiment de vide, de vide immense, le submergeait.

XXVIII

Gorille, mon amour[1]

New York, juin 1930-juin 1931

La voix tremblait un peu, au bout du fil, ou bien était-ce le grésillement sur la ligne qui donnait l'impression qu'elle venait de très loin ? Il répéta un « allô » étranglé mais il savait déjà.

— Coop ! C'est toi, Coop ?

Monty.

— Où es-tu ?

— Ici ! À l'appartement. À essayer d'y faire rentrer ces fichues valises…

Il avait tout laissé en plan, le cœur prêt à éclater, presque bousculé Miss Swaggerty. Enfin !

Ils n'avaient pas changé. Monty et lui se regardaient, un peu intimidés. Ruth éclata de rire, mais on la sentait tout aussi émue.

— Allez, embrassez-vous ! On dirait un vieux couple qui se retrouve. Si quelqu'un est en droit d'être jalouse, c'est moi, non ? « Qu'est-ce qu'aurait fait Coop ? » « Si Coop était là ! » « Coop aurait sûrement dit… » Tous les jours ! Heureusement, pas la nuit…

Monty fila un coup de savate dans une valise rétive. Pas possible, la quantité de choses inutiles qu'on pouvait trimballer avec soi. Et si on cherchait un endroit où se poser ?

Silvio, de saisissement, faillit laissait choir ses assiettes. Sans même solliciter leur avis, les ordres fusèrent en direction de la cuisine. Il s'était fait tellement de soucis ! Mais aussi, quelle idée

1. En hommage amical à Toni Cade Bambara (1939-1995), auteur de *Gorilla, my love* (1972).

de se risquer dans des pays pareils… Surtout avec une si belle dame !

Monty reprit la discussion là où ils en étaient restés, à leur départ – à savoir que, tout bien pesé, les rues de New York étaient plus dangereuses que la jungle la plus sauvage. Et les tigres, finalement, de plaisants compagnons. D'ailleurs, il avait lu sur la route du retour, à Singapour, que New York avait connu des journées bien plus agitées que les leurs. L'arrivée de Silvio apportant des *vongole in umido* ralentit la conversation, mais après le service, promis, Ruth et le *signor* Monty lui raconteraient tout de leurs aventures. Dans la jungle ! Avec serpents, araignées, sangsues, crocodiles : rien que d'y penser, il en avait des frissons. Et comme les visages des clients se tournaient vers eux au rythme des virevoltes de Silvio entre les tables, il n'était pas difficile d'imaginer que le garçon leur brossait un récit épique de leurs exploits.

Ils se perdaient en anecdotes, les hallucinations de leur cameraman jusqu'à ce que Ruth, en quête de son alcool à brûler, découvre le pot aux roses, les facéties des loustics orangs-outans, plus cabots qu'un acteur d'Hollywood, la résistance farouche des pilotes à la « discipline » de Priester. Ils se rapprochaient par petites touches, l'important était d'être là, ensemble. Monty haussait les épaules à l'évocation de leurs aventures malaises. Rien de spécial, tout avait été calme, le climat dans la montagne un pur bonheur, même les tigres s'étaient presque laissé faire.

— Dis plutôt, toi, tes avions ? Te voilà un grand patron, si j'ai bien compris ?

Coop, à son tour, haussait les épaules : c'était moins aventureux qu'on ne pouvait le croire, il passait plus de temps derrière un bureau que dans les airs. Les vrais aventuriers étaient des pilotes comme Mermoz, pas lui. Est-ce qu'ils avaient su que le Français avait réussi en mai la première traversée aérienne Saint-Louis du Sénégal-Natal ? Il était parti le 12 mai à 11 heures avec 130 kilos de courrier, l'air chaud africain était peu porteur, la mer agitée, mais il avait réussi à soulever les 5,5 tonnes de son *Comte de la Vaux*. Devant lui, loin devant, l'attendait le Pot-au-Noir que nul avion n'avait traversé, et que les navires contournaient. Un aviso l'avait vu passer à 1 000 kilomètres des côtes d'Afrique, puis plus rien. L'avion s'était englouti dans les ténèbres mystérieuses. C'est seulement le lendemain qu'était arrivée la nouvelle, il avait été vu par l'aviso *Brentivy à* 1 000 kilomètres des côtes brésiliennes. Et vingt et une heures après son départ, Mermoz se posait sur le fleuve Potingui, devant Natal.

— Ça, c'est un homme !

Monty et Ruth échangèrent un regard : il n'était pas heureux…

Mais Coop, déjà, changeait de conversation. Savaient-ils que leur ami le ras Tafari avait été couronné empereur d'Éthiopie, en novembre dernier ?

— Haïlé Sélassié Ier ! Le roi des rois, seigneur des seigneurs, lion de Juda, lumière du monde, élu de Dieu ! On était en pleine tourmente, ici, et je tombe sur la couverture de *Time Magazine*. Il avait un peu vieilli, mais c'était lui. On dit que la fête a coûté trois millions de dollars. Le monde entier était représenté. Tu sais qu'un temps j'ai rêvé d'y retourner, de vivre à ses côtés ? Quelle aventure ça aurait été ! Le descendant de la reine de Saba, phare de l'Afrique d'aujourd'hui…

Il soupira, s'excusa d'un sourire auprès de Ruth.

— La nostalgie, à nos âges ! C'est mauvais signe. Mais Monty a dû te raconter ce que nous avons vécu là-bas ?

Ruth le gronda : voilà qu'il en parlait comme si c'était une période close de sa vie. À qui ferait-il croire qu'il avait dit adieu à l'aventure ?

La salle peu à peu se vidait. Gare devant, chuchota Monty, Silvio arrive. Je suis bon pour le récit complet.

Coop sortit sa pipe, la bourra, se carra sur son siège.

— Eh bien, *signor* Monty, vous allez me raconter !

L'après-midi était bien avancé quand ils sortirent enfin, bras dessus, bras dessous, du Vesuvio. Une lumière dorée inondait la rue, passait sur eux comme une caresse et ils décidèrent de poursuivre à pied. Le printemps, pour Cooper, s'était écoulé sans qu'il s'en aperçoive, trop pris par le combat de la Pan Am pour sa survie, dans un monde toujours en état de choc. L'été arrivait, avec ses amis de retour.

— Quelque chose a changé, en ville, dit Ruth.

La dernière fois, retour du Soudan, ils avaient senti une allégresse dans les rues – elle avait disparu. Ou bien ce n'était qu'une impression ?

— La fin de l'insouciance, dit Coop. Tous veulent croire à une crise, qui passera. Mais c'est peut-être plus que ça – la fin d'une époque.

En rentrant chez lui, pourtant, il ne pouvait se déprendre d'une gêne : pourquoi, au plus fort de leurs effusions, s'était-il retenu d'évoquer les projets esquissés avec les Burden, leur découverte des dragons de Komodo ? Comme s'il avait craint d'avouer une liaison coupable, s'irritait-il, vaguement honteux. Et il n'avait pas plus avoué son intérêt croissant pour les gorilles, lors même que Ruth et Monty revenaient sur leur trouble devant le « mystère » des orangs-outans... Mais qu'aurait-il pu en dire, sinon qu'il se trouvait pris dans un tumulte d'impulsions contradictoires ? Il se rassura à l'idée que leur venue l'aiderait à voir plus clair en lui.

Les gorilles ! Même au plus intense de la mobilisation contre la NYRBA, quand il rentrait, abruti de fatigue, dans son appartement trop grand, ou se retrouvait dans un hôtel perdu en Amérique latine, il s'était préservé quelques instants pour se plonger dans les livres et articles prêtés par James Clark. Il s'y était d'abord risqué à pas prudents, comme un explorateur en terre hostile – et il s'était trouvé pris. « Un jour, en regardant un gorille dans les yeux, je me suis vu jusqu'au tréfonds de mon âme »... La phrase d'Akeley lui revenait sans cesse. Sans doute était-il un grand savant, mais d'abord mû par une vision, si puissante qu'elle pouvait avoir plié le réel à sa loi. Une vision, autrement dit, pour Akeley lui-même, un mystère – *son* mystère. Aussi Cooper, l'explorant, gardait-il l'espoir d'y trouver malgré tout sa propre voie.

Sans espoir, avait tranché Harry Raven, rentré du Congo en début de printemps. Ses observations se trouvaient confirmées, et il en avait ajouté quelques autres allant dans le même sens. Cooper avait découvert un personnage sévère, mais brûlant de passion. Les singes, pour lui, étaient comme un continent presque inconnu, qui ouvrirait demain sur le mystère de l'être humain. De son voyage, il avait ramené un jeune chimpanzé, Meshie, qui déjà prenait ses marques dans la maison. De le voir si vif, sautant sur ses genoux, Cooper avait repensé au petit frère de Bimbo le gibbon, qui vivait accroché à lui, au regard qu'ils avaient échangé à l'instant de se séparer. « Jusqu'au tréfonds de mon âme... » Mais mystérieuse était l'âme humaine, voulait-il encore croire – plus peut-être que ne l'imaginait Akeley.

Ses notes à portée de main, il compulsait des cartes pour oublier un peu les soucis de la Pan Am quand Douglas Burden l'avait appelé, dans un tel état d'agitation qu'il n'avait d'abord rien compris. Dans un flot de paroles désordonnées revenait le cri « Ingagi ! » – ou quelque chose d'approchant. Ils s'étaient moins vus ces dernières semaines. Le jeune homme terminait dans la fièvre le montage de *L'Ennemi silencieux*, son film indien, prévu au Criterion dans moins de trois semaines, et Cooper avait imaginé une catastrophe, au studio. Mais à l'évidence ce n'était pas cela – un film, réussit à articuler un Burden bouleversé, un film venait de sortir à Chicago…

— *Ingagi* ! Il paraît que ça veut dire « gorille ». Clark cherche en quelle langue africaine, mais il ne trouve pas…

En tout cas, le théâtre Garrick, là-bas, ne désemplissait pas. Un ami l'avait appelé, scandalisé, au sortir d'une séance.

— Écoutez bien, ça va vous plaire : « A-t-on découvert l'homme-singe ? Gorilles ! Femmes sauvages ! À moitié singe, à moitié homme ! » Il paraît qu'à la fin un gorille viole une femme. Nue, bien sûr…

Eh bien, c'était complet, se dit Cooper. Après Akeley, Raven, demain les Johnson, versant aimable, voici qu'un film allait rafler la mise, versant cauchemar. Il ne lui restait plus qu'à tirer un trait sur ses rêveries. Mais qu'avaient-ils tous, tout d'un coup, avec les gorilles ?

Ingagi ! Parti de rien, s'étranglait Burden, le film allait exploser le box-office. Il avait aussitôt appelé Osborn, Clark, Raven, eux aussi effondrés. Comment, après cela, convaincre le public de la nécessité de préserver l'espèce ? Par Osborn, il venait même d'en apprendre un peu plus…

— Un certain William Campbell l'aurait tourné sur les pas de l'expédition d'un « sir Hubert Winstead » et d'un « capitaine Daniel Swayne » à la recherche, tenez-vous bien, d'une tribu supposée offrir des sacrifices humains à un groupe de gorilles. Pour faire bonne mesure, ils vivraient avec un harem de jeunes femmes !

Quatre mille dollars d'entrées à sa première à San Diego, vingt-trois mille dollars dans la semaine, sans grand distributeur, c'était exceptionnel. « Un film d'une authenticité incontestable sur le sacrifice d'une jeune femme à un gorille géant », s'enthousiasmait le *Los Angeles Times*, près d'une publicité montrant un gorille, les yeux brillants, caressant une jeune captive. De San Diego, le film avait gagné San Francisco où il avait été présenté par la toute nouvelle RKO. Les coupures de presse envoyées par des amis naturalistes de San Francisco décrivaient des scènes de folie, les files d'attente dans la rue. Darwin avait-il raison ? On voulait voir les femmes nues offertes à la lubricité des gorilles ! Et le viol ? Voyait-on vraiment tout, du viol ? Le hall de l'Orpheum était décoré de scènes de jungle, de zèbres et de hyènes, de lions attaquant des gazelles, la billetterie était bien sûr une hutte au toit de paille, le personnel d'accueil masculin portait molletières et casques coloniaux. Le journaliste regrettait simplement que les hôtesses n'aient pas repris l'appareil délicieusement succinct des jeunes créatures du film. La RKO, flairant le bon coup, avait aussitôt acheté les droits du film, et multipliait les copies, toutes les villes le réclamaient – une déferlante, emportant tout sur son passage…

Et un faux, ce n'était pas possible autrement. D'abord, qui était ce « sir » dont le Muséum ne trouvait nulle trace ? Qui était derrière la société productrice du film, la Congo Picture Limited ? Ils s'étaient tous bousculés au Crockett Club, quinze jours plus tard, pour une séance spéciale de projection en prélude à une journée entière, au Muséum, consacrée aux gorilles.

Un faux. Un faux grossier. Les murs du club avaient tremblé sous les protestations. Les Pygmées faisaient plus penser à une bande de gamins passés au brou de noix, le « sir » londonien, en ouverture, parlait avec un accent américain prononcé. Le film, dans sa première heure, se réduisait à une succession de troupeaux d'hippopotames et d'éléphants, d'images de pythons, pimentée par la soi-disant découverte d'une espèce inconnue, la « Tortadilla », qui avait suscité des éclats de rire quand un spécialiste avait reconnu une tortue-panthère affublée d'une queue et de deux ailes factices. Il avait fallu attendre les dix dernières minutes pour que l'on passe aux choses sérieuses : des femmes, poitrines nues, farfouillaient dans les buissons, un gorille capturé s'échappait, un autre emportait une jeune femme, mais le « capitaine Swayne », ce héros, parvenait à l'abattre. Une autre femme pleurait son amant gorille abattu, d'autres encore tenaient dans leurs bras des bébés plus proches du singe que de l'homme, grossièrement grimés, d'ailleurs ces gorilles n'en étaient pas, mais à l'évidence des hommes déguisés. Il fallait arrêter cette ignominie, pourquoi pas l'interdire !

Cooper avait entraîné dans un bar les Burden effondrés. Comment, après cela, faire valoir encore les films authentiques ? La flatterie des bas instincts, le souci du spectacle avaient tué les vrais films de découverte, ressassait Douglas. Comment *L'Ennemi invisible* pouvait-il faire le poids face à *Ingagi* ?

Le ban et l'arrière-ban des proches du Muséum s'étaient pressés, le 19 mai, à la première de *L'Ennemi silencieux*. Burden avait fait monter sur scène les Indiens présents, et le long discours de Buffalo Child Long Lance, le chef ojibwa, dans les premières minutes du film, avait bouleversé l'assistance. Le flot impétueux des caribous traversant les eaux gelées, la longue errance des Indiens affamés dans des paysages d'une incroyable dureté : c'était un beau film, fort, porté par un vrai souffle. La salle, debout, avait longuement applaudi. Le *New York Times*, le lendemain, avait salué une « œuvre magistrale », évoquant même sa filiation avec *Chang*. Mais au bout de quinze jours il était devenu évident que *L'Ennemi silencieux* courait droit à l'échec.

Shackelford, le cameraman de Chapman Andrews, avait sans doute vu juste en refusant d'être de l'aventure. Les bois canadiens et ses habitants, avait-il argué, étaient trop proches du public américain pour que jouent les séductions de l'exotisme, sans compter la culpabilité de se savoir responsables de la tragédie vécue par les Indiens. Mais que « l'affaire *Ingagi* » occupât toute la presse n'y était pas pour rien. Chaque jour apportait une révélation nouvelle sur la supercherie. Les scènes animalières avaient été tournées dans un zoo, à San Diego. Celle du lion chargeant avait été tournée avec le fauve du sigle de la MGM. Le « sir » londonien n'existait pas, non plus que le capitaine Swayne. Des images avaient été volées à d'autres films d'exploration, notamment à *Heart of Africa* de Lady Mackenzie. Les bébés supposés « mi-gorilles, mi-humains » avaient été affublés de fourrures collées. Le naturaliste du Muséum avait vu juste sur la tortue-panthère. La jeune femme enlevée était une actrice d'Hollywood, et l'on cherchait encore le nom de l'acteur qui s'était déguisé en gorille. Du coup, *L'Ennemi silencieux* n'était plus regardé qu'à l'aune de sa véracité, chacun y allant de son opinion.

La toute nouvelle commission présidée par le sénateur Hays, chargée par l'ensemble des grands producteurs d'élaborer un code de bonne conduite, en contre-feu aux scandales répétés qui risquaient d'emporter Hollywood, s'était emparée de l'affaire et entendait interdire le film, mais les salles alléchées par le succès refusaient d'obtempérer, la société de production en appelait au peuple, « la bataille est engagée ! ». La presse soulignait qu'en treize semaines *Ingagi* avait engrangé un million de dollars…

Bien des films truqués s'étaient déjà donnés comme des récits d'exploration sans déclencher ce tumulte, et s'étaient évanouis devant les œuvres véritables. *Ingagi* marquait peut-être un tournant. Comment, s'interrogeait Cooper, faire entendre les subtilités du « roman du réel » dans le déchaînement de pareilles vulgarités ? Lasky paraissait tout mettre en œuvre pour lancer *Rango* à grande échelle. Pourvu qu'il ne connaisse pas le même sort que le film de Burden !

Monty, au retour d'une semaine dans sa famille, l'avait appelé : Ruth et lui allaient retrouver les studios Astoria, et Ruth, fétichiste, avait obtenu les mêmes salles que pour le montage de *Chang*, voulait-il les accompagner, avant le début de leurs travaux forcés, pour un petit coup de nostalgie ? Il s'était étonné, aussi : qu'était-ce donc que cette affaire d'*Ingagi* dont la presse n'arrêtait pas de parler ? Était-ce sérieux ? Avait-il vu le film ?

Sans intérêt, avait répondu Cooper. Pas la peine de perdre une soirée pour ça !

— Hier soir, pour se changer les idées après le voyage, Ruth et moi nous sommes allés au cinéma. Mon vieux, si tu ne l'as pas vu, fonce ! *L'Ennemi silencieux*. Il faudrait qu'on le rencontre, le garçon qui a fait ça.

Cooper avait bredouillé que oui, bien sûr. Il les retrouverait le lendemain aux portes des studios avant de filer à la Pan Am. Il s'était bien gardé de lui livrer le fond de sa pensée : le « roman du réel » était fini. Tué par le spectacle. Tué par Hollywood.

Ce n'avait donc été qu'un répit. Quatre mois à peine, le temps pour les professeurs d'avenirs radieux de redresser la tête, à les en croire « le pire était passé », l'année 1930 s'annonçait par « un retour à la raison ». Mais la dégringolade avait repris début juin, plus angoissante encore car sans espérance, comme si elle ne devait plus avoir de fin. Les sociétés d'investissement s'effondraient les unes après les autres, bientôt peut-être viendrait le tour des banques. Et il ne fallait pas être grand clerc pour deviner dans la rue une angoisse nouvelle : jamais l'avenir n'avait paru aussi opaque, dans la ruine de toutes les certitudes…

Le seul à ne pas en paraître affecté – avec Mercurio, riche de tout ce qu'il n'avait pas perdu – était Juan. « C'est bon pour nous ! » répétait-il, avec un large sourire. Certes, la Pan Am souffrait, mais moins que ses concurrents directs, grâce aux mesures prises au bon moment. Les discussions avec la NYRBA traînaient, O'Neill terrorisait son conseil d'administration pour différer l'échéance, mais « ils pleureraient bientôt des larmes de sang ». Chaque jour qui passait creusait un peu plus leur tombe…

— Jim Rand ne résistera pas à une deuxième chute de Wall Street. Bevier et Montgomery ne sont pas mieux : leur compagnie perd des fortunes chaque mois. Coop, on les tient !

Les mâchoires serrées, le regard « luciférien », ironisait C.V., oui, Juan avait changé.

À la mi-juillet, alors que Cooper revenait d'une nouvelle visite aux ateliers de Sikorsky – les ingénieurs avaient enfin trouvé un train d'atterrissage capable de supporter le poids énorme du S-40, en lui adjoignant des amortisseurs de chemin de fer –, Juan avait fait irruption dans son bureau, l'œil féroce. Il venait de passer le dimanche à Long Island sur le yacht de Lewis Pearson, le banquier de la NYRBA, pour affiner un protocole d'accord de cession. O'Neill avait tenté le tout pour le tout la semaine précédente, en vain :

— Figure-toi que j'avais arrangé une rencontre dans les bureaux de Brown, à l'US Postal, avec McCracken, le président de la NYRBA, pour qu'il comprenne qu'il n'aurait pas la ligne. Je prenais un petit déjeuner avec lui à l'hôtel quand O'Neill arrive, fou furieux, soulève McCracken de la table, le colle au mur. J'ai cru qu'il allait nous casser la figure à tous les deux. Le pauvre fou ! Au moins, il a simplifié les choses…

— Ôte-moi d'un doute : comment l'a-t-il appris ?

— Oh ! Il se peut que j'en aie parlé, autour de moi…

C'était réglé : une question de jours. Mais, avait ajouté Juan avec une joie mauvaise, « ils finiraient tous en caleçon ». Ce n'était pas seulement gagner qu'il voulait, mais les écraser, les piétiner pour s'être opposés à lui. Ce baroudeur d'O'Neill lui devenait de plus en plus sympathique, songea Cooper, mais il risquait fort de terminer à la rue. Et la Pan Am qui se dessinait lui devenait quelque peu étrangère…

Ce n'était pas seulement une crise financière. Quelque chose s'était brisé dans les profondeurs de la société. Les cours agricoles s'effondraient, une sécheresse terrible détruisait les récoltes des grandes plaines, jetant les paysans sur les routes. Aux caravanes des conquérants de l'Ouest répondaient les files des paysans chassés par la misère. Aux caravanes de la faim répondaient, dans les cités industrielles, les files de plus en plus longues de chômeurs devant les soupes populaires, dont l'initiative, ironie de l'histoire, revenait à Al Capone, à Chicago. Un monde s'effondrait, se répétait Cooper, et cela avait peut-être commencé dans la boue des tranchées, s'était propagé depuis de proche en proche, sapant silencieusement les fondations que l'on croyait les plus assurées. Quelque chose venait, dans les ruines effondrées, avec la force brutale d'un séisme dont nul ne pouvait dire le visage.

Coop ne s'était jamais aventuré si loin dans Greenwich Village, quartier général des *flappers*, mais il n'avait pas hésité à l'annonce d'une conférence sur la « Renaissance de l'Asie » donnée chez Jo's par « l'éminente spécialiste Marguerite Harrison ». Son cœur avait fait un bond à la lecture de son nom, tandis que les souvenirs le submergeaient, si proches, si vifs encore. Que s'était-il passé pour qu'il se retrouve ainsi, exilé de ses plus belles années ? Les jeunes gens à l'entrée, garçons et filles aux ongles peints et aux visages fardés, portant dentelles à jabot, capes aux couleurs criardes, l'avaient dévisagé, perplexes, et il s'était glissé dans un coin sombre de la salle. On n'y voyait goutte, dans l'épaisse fumée de tabac, mais c'était bien Maggie, altière et passionnée. Était-ce vraiment pour cette Asie-là que les jeunes étaient venus si nombreux ? Devant lui, deux filles s'embrassaient fougueusement et il lui semblait bien que, non loin, d'autres passaient aux choses sérieuses. Les mystiques orientales étaient fort à la mode chez les jeunes du Village, mais un peu moins, à l'évidence, un cours de géopolitique sur les fractures entre Orient et Occident. Malgré cela, Maggie était allée bravement au bout de son exposé.

Il était resté, dans la salle vide, et elle avait pâli en le reconnaissant. Ses mains à lui tremblaient tandis qu'il s'approchait, ils s'étaient regardés longuement avant de tomber dans les bras l'un de l'autre.

— Merian, oh, Merian, balbutiait-elle en lui caressant le visage…

Ils avaient voulu se réfugier dans une gargote toute proche, mais les regards des occupants les en avaient dissuadés et ils s'étaient retrouvés chez Silvio, qui en avait bégayé d'émotion. À une mimique de Cooper, pourtant, il avait su se faire discret…

Des pattes-d'oie légères au coin des yeux, une moindre vivacité, peut-être, un voile de tristesse dans le regard – mais toujours le même charme. C'était plutôt lui, se disait-il, qui se sentait vieux devant elle, avec ses cheveux plus rares, en train de devenir un homme de bureau…

Ils avaient tant à se dire qu'ils restaient silencieux, se tenant la main, ou se réfugiaient dans leurs souvenirs communs. Que valait l'aventure de la Pan Am, au regard des années passées à courir le monde ? Elle ne regrettait pas sa vie d'aujourd'hui, puisqu'elle l'avait choisie, assurait-elle sans trop de conviction. Elle avait failli lui écrire quand elle l'avait su à Hollywood avec Shorty, mais elle n'avait pas osé. Bref, avait-il dit brusquement en lui servant son vin blanc préféré – Fiano di Avellino, Silvio n'avait rien oublié –, ils crevaient tous deux d'envie de repartir ! Elle avait éclaté de rire. Ah oui, elle en crevait ! Et si elle avait été plus jeune…

— Le monde s'est mis en branle de nouveau, Coop. Et ce qui s'annonce sera terrible, je crois. Mais passionnant !

Ils s'étaient retrouvés chez lui, pour un dernier verre avant qu'il la raccompagne à son hôtel. La conversation les avait menés jusqu'au cœur de la nuit, ils ne parvenaient pas à se quitter, pour prolonger encore un peu le fil renoué d'années qui furent belles. Pourquoi ne pas rester ? Je suis une vieille femme maintenant, avait-elle murmuré, tandis qu'il la prenait dans ses bras. Mais ils étaient jeunes, en ces instants, dans une parenthèse du temps qui n'appartenait qu'à eux. Demain ils reprendraient le cours de leur existence, elle avait un train pour Washington, puisque c'était sa vie, désormais, de donner des conférences.

Et ils étaient jeunes, au matin, reprenant leurs conversations comme si le temps n'avait pas passé, se chamaillant en riant, « Sudiste ! », « Journaliste ! ». Avec Maggie, vibrante, c'était comme si le monde en son entier faisait irruption dans un appartement jusque-là sans vie.

L'Amérique n'était pas seule à entrer dans la tourmente. Un bouleversement général s'amorçait, dont nul ne pouvait prévoir l'issue. Blottie dans les couvertures – comment, sans trousse de maquillage, mettre le nez à l'air ? Même à la Loubianka elle avait réussi à rester présentable ! –, elle ne perdait pourtant pas le fil.

— « Plus jamais ça ! », « Le temps venu de la paix universelle ! ». Tu les as entendus comme moi ? Le pacte Briand-Kellogg signé par toutes les puissances, ou presque, a déclaré la guerre hors la loi ! Tiens, je ne sais pas si tu es au courant, mais il est entré en vigueur, chez nous. À peu près en même temps que la chute de Wall Street... Mais déjà, cette année, à la conférence de Londres, l'Italie a pris ses distances, suivie par le Japon. Stimson, le secrétaire d'État, a refusé de reconnaître l'Union soviétique, ce qui est la meilleure manière de préparer la guerre, demain. La paix ! La vérité est que ça craque de partout.

D'indignation, elle s'était redressée, oubliant ses couvertures. Belle à vous serrer le cœur, se dit Cooper, ému, plus vivante qu'eux tous, plus vivante que lui, qui avait cru se lancer dans une nouvelle aventure et commençait à s'y sentir prisonnier.

— Tu crois qu'ils ouvriront un jour les yeux ? Où que je me tourne, je ne vois que tentation de repli sur soi, montée des nationalismes. Est-ce que l'on comprend seulement ce qui naît et gronde en Orient ?

Elle se lança dans une furieuse énumération.

— Le réveil de l'islam, en haine de l'Occident. Longtemps humilié par lui, pense-t-il. Agressé en ses manières d'être par nous, matérialistes sans morale. Enfermé dans des frontières artificielles. Et puis la prise de pouvoir des militaires japonais qui s'inquiètent de la Chine de Tchang Kaï-chek. Je prends le pari qu'ils ne vont pas tarder à l'attaquer, avant qu'elle devienne trop puissante ! La Russie, communiste ou pas, qui renoue avec ses ambitions impérialistes. Les empires coloniaux qui s'agitent – croyait-on pouvoir les impliquer dans une guerre, s'en servir comme chair à canon, sans avoir à en payer le prix, un jour ?

Ajoute à cela que plus la crise progresse en Occident, plus les démunis s'interrogeront sur les bienfaits du communisme… Et il y en a encore pour nous jouer la musique de la paix universelle ?

Elle avait raison, bien sûr, depuis tellement longtemps ! Mais condamnée à prêcher dans le vide parce que femme. L'écoutant, il mesurait à quel point il s'était replié sur lui-même, pendant toutes ces années, inapte à épouser la marche du temps. « Blessé de guerre », aurait dit Shorty.

À l'entendre, on courait de nouveau à la guerre. Mais où, cette fois ?

— En Europe !

Il sursauta. Qui en Europe pouvait encore vouloir la guerre, après la boucherie dont elle sortait à peine ?

Ce fut à son Maggie de s'étonner :

— Mais… les vaincus ! L'Allemagne. Sans compter l'Italie, entre les mains des fascistes de Mussolini depuis 1923. Les ruines de l'ex-Empire austro-hongrois. La Croatie et la Serbie, réunies depuis l'année dernière en une nouvelle Yougoslavie par la seule poigne d'un dictateur, mais qui se haïssent. L'Allemagne, surtout. Je n'ai pas cessé de l'écrire, que la dette de guerre était une folie ! Tu te souviens de ces jeunes Allemands qui refusaient de déposer les armes, après l'armistice ? Qui brûlaient, dévastaient tout, et, vaincus pour vaincus, voulaient périr dans une apocalypse générale ? Tu te souviens de l'assassinat du ministre Rathenau par les milices d'extrême droite ? Personne n'a l'air de voir ce qui est en train de naître là-bas de la misère, du chômage, du ressentiment. Personne ne voit le monstre qui naît, et qui appelle déjà là la guerre universelle, voue un culte à la mort ! Personne ne voit que déjà se lèvent des multitudes, ivres de sentir la haine qui les traverse, les soulève, les soude ! Les nazis d'Hitler… Ils étaient à peine 3 % il y a deux ans. Là, ils sont au bord de la prise du pouvoir. Cent sept sièges au Reichstag depuis septembre alors qu'ils n'étaient que douze il y a deux ans !

Il y avait dans sa voix une telle intensité que Coop lui prit la main. Il était temps qu'il se réveille…

— C'est toi qui avais raison, commença-t-il. J'ai traversé toutes ces années comme un somnambule…

Un temps, avec Shorty, il avait su, ou cru savoir, ce qu'il cherchait. Mais tout cela s'était éloigné sans qu'il comprenne pourquoi. Les mots eux-mêmes s'étaient usés, effilochés… Elle secoua la tête.

— Non, Coop, c'est toi qui avais raison.

Et comme il la regardait, sans comprendre :

— Cet Hitler… Ça dépasse l'imaginable. On dirait qu'il est… habité. Un médium. Comme si le diable parlait à travers lui.

Ce n'était pas le langage de Marguerite, cela.

— Son livre, *Mein Kampf, Mon combat*… Une amie allemande me l'a envoyé. Il faut d'urgence le traduire, que tout le monde sache ! Un cri de haine. L'exaltation de sentir la Force passer à travers soi, de n'être plus rien qu'un atome dans un Grand Tout, pris dans l'immense vibration de la foule rassemblée !

Elle agrippa son bras.

— Tu te souviens ? Tu me disais que la guerre avait ouvert un puits sans fond, un puits tout noir au cœur du monde, et en nous. Et qu'il ne servait à rien d'essayer de s'étourdir, de faire comme si l'on n'avait rien vu, rien su, que si on l'oubliait, la Bête reviendrait ? Eh bien c'est exactement ce qui se passe. Je le sens, je le sais : ce n'est pas une crise, c'est le retour de la Bête…

— Je te sens loin, Coop…

La voix d'Ethel Merman, triomphante, domina dans un dernier élan le tourbillon de l'orchestre, portée, prolongée par les roulements d'un Gene Krupa survolté, tandis que la salle éclatait en applaudissements.

I got starlight
I got sweet dreams
I got my man
Who could ask anything more ?

Qui, en effet, aurait pu demander plus ? Juan Trippe, en ce soir de décembre, donnait une grande fête dans les salles du Pierre, l'hôtel le plus chic de New York, pour clore l'année en célébrant les succès de la Pan Am. Le Tout-New York s'y pressait dans une ronde continue de limousines. On n'avait pas pour rien des Whitney, des Vanderbilt, des Rockefeller dans ses actionnaires et il n'était pas si fréquent, en ces temps chagrins, de saluer une réussite… Le Pierre, l'hôtel aux sept cent quarante pièces, lancé un an plus tôt par le plus Parisien des Corses,

Charles Pierre, ruisselait de lumière depuis l'extravagante rotonde jusqu'à la salle d'apparat et les salons qui la jouxtaient. On disait le dôme construit à l'imitation de la chapelle royale de Versailles, et la cuisine y était assurée, Paris oblige, par Auguste Escoffier. Le *chic* français demeurait inimitable…

Comme l'était la musique de Broadway. Juan avait fait la surprise à ses invités, profitant du jour de relâche de l'Alvin Theatre, de leur offrir les plus brillants musiciens de la comédie musicale du moment, *Girl Crazy*, de George et Ira Gershwin, avec en vedette la révélation Ethel Merman, et rien moins pour l'accompagner que Benny Goodman, Gene Krupa, Glenn Miller, Red Nichols.

I fetch his slippers
Fill up the pipe he smokes

La clarinette de Benny Goodman s'enroulait autour de la voix souple et tendre d'Ethel pour ce deuxième *hit, Boy ! What Loves Has Done to Me*, à la retenue plus sentimentale, accueilli par des murmures appréciateurs.

— Je te sens très loin, ce soir…

Cooper, réfugié dans une encoignure d'où lui parvenait la rumeur de la grande salle bondée, s'excusa d'un sourire.

— *I Got Rhythm* ! C'est un peu rapide pour un danseur comme moi…

— Et tu es trop jeune pour les salons des gilets à cigare ?

— J'ai réussi à m'échapper quand ils ont commencé à discuter des cours de la Bourse. Quant au buffet…

Les moins mélomanes se bousculaient sans ménagement devant des étalages de mets que n'auraient pas reniés Louis XIV ou Néron, tandis que les garçons, plateaux à la main, assuraient en une ronde incessante la bonne marche des salons discrets.

— Dis donc, la Pan Am a de quoi payer tout ça ?

— Oh ! Aux dernières nouvelles, nos pertes cumulées n'atteignent que le million et demi de dollars…

— *Quoi ?*

La suite logique de cette affaire, conclut C.V., allait probablement être l'annonce d'une levée massive de fonds. Pour financer, il allait sans dire, la nouvelle et prodigieuse étape de développement de la Pan Am, la première compagnie d'Amérique et bientôt du monde. La Grande-Bretagne régnait sur les mers, l'Amérique, demain, régnerait sur les airs.

Le discours de Juan s'était conclu sous des tonnerres d'applaudissements. Quarante mille personnes transportées dans l'année pour l'Amérique latine, 35 000 kilomètres de lignes ouvertes, cent avions et hydravions en service, mille six cents employés, l'époque vivait une mutation majeure, mais l'avenir était là, à inventer. Demain, dans quelques mois, la Pan Am lancerait un avion révolutionnaire, capable de transporter dans un confort inégalé, à 185 kilomètres-heure, cinquante personnes sur une distance de 750 milles sans escale. Et un autre allait suivre, de plus longue portée, car la grande aventure serait la traversée de l'Atlantique, suivie par celle du Pacifique !

Juan avait laissé passer un silence, pour faire sa grande annonce : la Pan Am, toujours tournée vers l'avant-garde, venait de signer le mois précédent, ici, à New York, une entente historique pour l'exploitation de l'Atlantique avec l'Aéropostale pour la France et l'Imperial Airways pour la Grande-Bretagne, sur les lignes à créer depuis New York vers Paris, Londres et Lisbonne. L'histoire était en marche !

— Je me demande quelle tête fait le patron de l'US Postal, dit Cooper. J'étais aux rencontres « secrètes » chez Juan, avec les Anglais et les Français. Oh ! Comme traducteur : le français de Juan date du temps de sa nurse. Mais ce culot ! Les deux autres avaient en poche les droits aériens de leurs pays. Lui, rien. Et il a mené les débats comme s'il représentait les États-Unis. Il ne doute de rien. La règle, pour lui ? Ce qui est bon pour la Pan Am est bon pour l'Amérique.

— Tu ne m'as pas répondu. Tu as l'air loin…

— Oh ! Non, ce n'est rien. Juste d'avoir retrouvé une vieille amie.

Il soupira.

— Nostalgie ! Des années d'aventures, qui me reviennent, avec elle…

— Marguerite Harrison ?

Et comme Coop sursautait :

— Je t'ai lu, figure-toi, j'ai vu *Grass* ! Une sacrée femme. Mais je te connais : il y a autre chose, n'est-ce pas ?

— Non ! Enfin… Une époque se termine. Ça y est, on a gagné. On a ouvert des routes. Vient la phase « passagers » :

horaires fixes, sécurité maximum, hôtesses à bord, uniformes. C'est à Priester de jouer, maintenant.

— Priester ? Il te vénère ! Tu as vu comment il t'a présenté à sa femme, tout à l'heure ? « Un vrai héros » !

— Peut-être parce qu'il sent que le temps des héros se termine.

C.V. resta un moment silencieux, puis :

— Tu ne trouves pas que Juan a changé ?

— Personne n'aurait mieux piloté la compagnie. Tu te rends compte du nombre de fois où l'on a frôlé la catastrophe ? À chaque fois, il a gagné.

Cooper hésita, sous le regard pensif de son ami :

— Mais il s'est durci. Ces derniers temps, il était prêt à tout. Peut-être parce qu'il a eu très peur. Mais ce O'Neill... il l'a exterminé. Tous les moyens ont été bons. Le pauvre n'a pas été battu à la loyale. Je suppose que Grooch a été intégré, promu ?

— Intégré oui, comme à peu près tous ceux de la NYRBA. Il a même pris du galon. Tu crois que... ?

— Qui d'autre pouvait renseigner Juan ? Et leurs accidents en cascade, ces derniers temps. Un hasard, tu crois ?

C.V. secoua la tête comme s'il se refusait à l'idée, puis, à mi-voix :

— Tu es en train de me dire, là, que tu penses arrêter ? Parce que la Pan Am sans toi...

— Non ! Le S-40 reste à mettre au point.

Mais ils n'avaient jamais été très habiles à dissimuler leurs sentiments, et encore moins à se mentir. C.V. reprit sa respiration, et lâcha ce qu'il avait sur le cœur depuis un moment :

— Douglas m'a dit que vous aviez des projets en commun.

C'était donc cela... Cooper regarda autour de lui, comme s'il craignait d'être entendu ou cherchait à s'enfuir. Mais le spectacle se poursuivait, ponctué de vivats, et les combattants, devant le buffet, avaient d'autres soucis en tête.

— Ton cousin est un peu trop enthousiaste. Mince, c'est toi qui me l'as présenté ! Mais, c'est vrai, il fait tout pour m'arracher à la Pan Am...

Des projets ? Non, ils s'étaient amusés à imaginer des aventures possibles. Capturer un gorille et le transporter à Komodo, des choses comme cela. Sans y croire vraiment. Ça l'avait forcé à étudier les gorilles, pour découvrir qu'ils étaient timides. Et qu'il n'y avait rien à espérer, du coup, d'un affrontement avec un varan géant de Komodo...

— Par contre, je crois que tu ne vas pas tarder à être mis à contribution. Selon lui, il n'y a d'avenir que dans les circuits pédagogiques. Il veut créer une société pour ça, avec nous deux au conseil d'administration…

C.V. poussa un long soupir : il savait, et n'avait pas pu dire non.

— Mais attention : il croit dur comme fer que tu vas partir avec lui au Congo…

Coop piqua du nez. Oui, ils en avaient discuté avec le Muséum. Deux ou trois mois autour du lac Kivu. Pour étudier les mœurs des gorilles en suivant des familles au jour le jour. Puis clôturer un vaste espace dans un coin de jungle moins dense, et y placer des gorilles. Raven, au Muséum, lui avait même indiqué la manière de les capturer, en les endormant avec un gaz. On ne changerait rien à leur alimentation et à leur organisation sociale, il ne s'agissait que de les photographier, et même de les filmer…

— Si jamais ça se concrétisait… Je me dis pourquoi pas, en prenant un congé de trois mois à la Pan Am ? C'est vrai : j'ai de temps en temps des petits coups de nostalgie.

Mais ça n'était probablement qu'un rêve.

— Avec Hambleton, nous imaginions que Pan Am ou pas, on se prendrait trois ou quatre mois pour une expédition qui nous faisait rêver depuis des années : l'exploration du Rub-al-Khali, le plus grand désert de sable au monde ! Encore inconnu… Avec Schoedsack nous l'avions longé, en remontant la mer Rouge. En avion, oui, c'est jouable. Mais John n'est plus là…

C.V. opina.

— Moi aussi, gamin, j'ai rêvé de voyages. Et puis c'est Douglas qui a été fidèle à nos rêveries. L'ombre de mon père, sur moi ! Je n'ai pas osé.

Trois mois plus tôt, Harry Payne Whitney, son père, était décédé d'une pneumonie foudroyante. Chacun savait leurs relations difficiles, combien C.V. avait attendu de lui un signe de reconnaissance, en vain. Il avait tenu à ce que les choses se poursuivent comme si de rien n'était, refusant même d'en parler.

— Et si, en mémoire de John, nous tentions le coup tous les deux ? Trois mois, loin de tout, avec toi. C'est juste ce qu'il me faut, je crois…

Cooper acquiesça. Lui aussi avait besoin de faire le point.

— Et puis on reviendra. Je vais avoir dix mille choses sur le dos, au retour, avec le décès de mon père. La Pan Am c'est mon histoire, tu comprends ? Mais, sans toi, c'est le sens de l'aventure qui s'en irait. Trois mois pour le Rub-al-Khali, c'est d'accord ?

C.V. prit Coop par l'épaule, il fallait qu'ils rejoignent l'équipe, elle allait sinon se poser des questions. Et puis, Juan lui avait glissé une autre nouvelle, qu'il n'allait pas tarder à annoncer : le temps était venu de cesser de s'empiler les uns sur les autres. Demain, dans trois ou quatre mois, dès la fin des travaux, la Pan Am s'installerait dans de nouveaux bureaux : tout un étage de la tour que construisait Chrysler !

L'orchestre se déchaînait sous le fracas de tonnerre d'un Gene Krupa aux mille bras. La foule avait reflué sur les côtés pour faire place aux danseurs qui voltigeaient en tous sens, et C.V. retint un cri d'étonnement : au milieu des jeunes en délire, la chemise sortie du pantalon, l'austère Priester, en nage, s'agitait en un frénétique *jitterbug*, scandé par les applaudissements de ses voisins.

Même Priester ! Peut-être, se dit Cooper, parce qu'il savait que c'était à lui de jouer, désormais.

Il fallait être un grand artiste pour atteindre pareille simplicité, conjuguer avec une telle aisance la force du réalisme et la fluidité d'un conte immémorial. À croire que la nature avait suscité séquence après séquence, littéralement mis en scène ce récit jouant de tout le clavier des émotions. Le « roman du réel » à son point de perfection, se dit Cooper, sous le charme des aventures des deux héros, de leur approche des orangs-outans dans une jungle bruissant de songes et de mystères. On était loin des querelles minables autour d'*Ingagi* !

Il fallait qu'il soit le premier à voir *Rango* achevé, avait insisté Monty au téléphone, et le cœur de Cooper avait battu un peu plus vite en retrouvant la petite salle des studios Astoria, ses odeurs de tabac froid et de renfermé, le fauteuil grinçant depuis lequel il avait suivi l'avancée de *Chang*. Mais cette fois Ruth et Monty, au lieu de l'encadrer, s'étaient glissés en retrait, silencieux…

Aucun effet facile, aucun tour de bateleur pour capter le public, pris par la main dès la première image. Un jeune garçon, quelque part en Amérique, accroupi près de l'âtre, s'amuse à tirer sur un tigre en carton avec son pistolet à bouchon, quand son oncle, tout juste rentré de l'Orient lointain, entreprend de lui raconter une histoire d'orangs-outans et d'hommes au cœur de la jungle malaise. Car l'orang-outan est le singe le plus proche de l'homme, celui que les Malais appellent « l'homme des grands arbres »... Il était une fois – et la caméra, survolant plaines et montagnes, s'enfonçait toujours plus loin dans les profondeurs de la jungle, dans un autre temps, un autre espace, jusqu'à rejoindre Ali et son jeune fils Bin, chasseurs de tigres pour les villageois des montagnes alentour. Par ce simple contraste entre le prologue parlé et la suite malaise, Monty réinstallait le muet dans sa pleine dimension onirique, tout à la fois réaliste et merveilleux. Ali, Bin, et un monde qu'on aurait dit enchanté – jusqu'à ce que le grondement d'un tigre balaie l'étendue, et chaque chose alors paraissait se retourner en son contraire, tandis que les singes se précipitaient en hordes affolées au sommet des grands arbres pour assister, tremblants, aux heures de grande chasse. Ali, Bin, et l'histoire de leur amitié avec Rango l'orang-outan, surpris alors qu'un groupe des siens s'affairait à piller la maison des deux chasseurs, la lente découverte du monde des grands singes, la lutte de chacun contre la mort qui rôde, Rango périssant sous les griffes du tigre avant qu'un buffle, dans une torsion furieuse, n'éventre le fauve qui croyait déjà s'emparer du petit Bin... Oui, c'était du Monty à son meilleur.

Il n'a pas besoin de moi, songea Cooper, tandis que les lumières se rallumaient. Il devinait derrière lui les regards de Ruth et de Monty, dans l'attente, se racla la gorge. Formidable, oui, formidable, s'entendit-il bredouiller.

— Ce n'est pas bien, Shorty. Tu te rends compte de tout ce à quoi tu me ramènes, là ?

— Tu m'as manqué...

Il se retourna. Discrète, Ruth s'éclipsait, les laissant seuls.

— Manqué ? On ne dirait pas.

Seul, enfin, il avait pu exprimer ce qu'il portait en lui.

— Non : tu m'as manqué.

Puis, d'une voix hésitante :

— Tu ne comprends pas ? Cette puissance, énorme. Qui déferle. Cogne. Explose les murailles, les barrières. On en a assez parlé, non ? Tu as ça en toi. C'est toi. Et elle m'oblige à sortir de moi. *Rango*, oui, je crois que c'est pas mal. Mais l'appel de la Force ! La charge finale de *Chang* ! Sans toi...

Et après un silence :

— Merde ! Tu ne vas pas m'obliger à une déclaration ?

Dans le fond, ils ne s'étaient jamais quittés. Coop remonta les travées pour s'asseoir près de lui, et après une bourrade façon amitié virile ils restèrent ainsi un long moment, sans dire mot.

— Tu sais que les petits jeunes nous prennent déjà pour des croulants ? L'autre jour un garçon est venu me voir, pour un film qu'il prépare sur les chasseurs de phoques de Terre-Neuve... Il a eu l'air surpris que je ne me déplace pas avec une canne. Monsieur Cooper, *Chang* pour nous est un classique ! Hé, mon garçon, il est sorti il y a quatre ans ! *Quatre ans* !

— Ça ne te donne pas envie de t'y remettre ?

— Si, bien sûr. Il ne se passe pas de jour...

Mais il faudrait un vrai projet, se hâta-t-il d'ajouter. Qu'il n'avait pas. Et puis il avait avec la Pan Am un contrat moral qu'il ne pouvait rompre du jour au lendemain. Dans quelques mois, peut-être...

— Lasky aimerait te voir.

Quelque chose dans la voix de Shorty l'alerta.

— Lasky ? Nous sommes fâchés, non ?

— Ça ! Ta réaction aux *Quatre Plumes blanches* l'a... surpris, c'est sûr. Et Wild Bill Wellman ne s'est pas privé d'enfoncer le clou : « Le seul mec, ici, à avoir des couilles ! » Zukor écumait de rage. Mais c'est oublié. Lasky est prêt à signer n'importe lequel de tes projets.

Il hésita :

— Ou, sinon, il en a un à te proposer. Enfin, à nous proposer. Un parlant, avec tous les moyens, au Bengale. L'adaptation des *Trois Lanciers du Bengale*. Ça te dirait ? Il a insisté : carte blanche. On signe tout de suite et on part quand tu es prêt.

Les Quatre Plumes blanches, en mieux, grommela Cooper en sortant sa bouffarde. Il connaissait le roman, oui. D'un ancien du Royal Air Corps. Il y avait là matière à un beau film, sûr. Il s'absorba dans la contemplation de ses ronds de fumée, secoua la tête.

— Mais ce ne serait pas mon film.

Et comme le visage de Shorty s'allongeait :

— Je ne ferai pas de film avec un autre que toi. Enfin, si tu veux bien. Mais... il faut que ce soit *mon* film, *notre* film, tu comprends ?

Tant qu'il n'aurait pas trouvé l'idée après laquelle il courait, il préférait à tout prendre s'offrir une simple expédition. Pour le plaisir. Retrouver le bonheur de la vie dans le Grand Dehors.

Ici, quand il levait les yeux, il n'avait au-dessus de lui, le plus souvent, que le plafond d'une pièce.

— Tu te souviens de ce projet d'une expédition avec Hambleton dans le Rub-al-Khali ? Eh bien C.V. Whitney m'a proposé l'autre jour qu'on la fasse tous les deux, en souvenir de John.

C'était peut-être de cela qu'il avait besoin pour que l'idée tant cherchée lui vienne : de grand air, et du ciel au-dessus de lui. Le plus agaçant était cette impression qu'il n'en était pas loin…

— J'ai revu Maggie, dit-il tout à coup.

— Ton amour fantôme ? Moi qui croyais qu'entre Fay Wray et toi…

Mais voyant que Coop piquait du nez, comme toujours, sur ce chapitre :

— Maggie ! On s'est pas mal frictionnés, tous les deux, mais j'avais tort. Quand j'y repense… Comment va-t-elle ?

— Elle m'a réveillé, je crois bien.

Elle devait repartir de lendemain de leurs retrouvailles, mais elle était restée deux jours de plus. Pour la nostalgie, un peu. Pour le présent aussi.

— C'était comme si quelqu'un surgissait du passé pour me rappeler ce qui nous avait réunis, toi et moi… Et elle m'a dit des choses… L'Allemagne, qui vacille. Ce type, là-bas, Hitler… Elle m'a envoyé des pages de lui. Shorty, je crois qu'elle a raison : la Bête revient…

— Tu as vu ? Dès que j'arrive, Bob accourt !

Bob, un rien solennel, s'assit face à Monty, celui-ci fit de même et ils demeurèrent ainsi un moment, seulement séparés par le grillage de protection.

— Oh ! On ne fait pas grand-chose, tous les deux. On se regarde juste. Il s'amuse à m'imiter un peu. Je lui rends la pareille, et il rigole. Tu connais l'histoire des deux premiers locataires, Baldy et Susie ? Baldy, un colosse, adorait serrer les mains – il a serré celle du président Taft. Susie, elle, reconnaissait les couleurs à leur nom…

On était à la veille du lancement du film, Lasky mettait la presse en feu, à cette heure une meute de journalistes devait le chercher un peu partout dans New York, et lui, réfugié au zoo du Bronx, faisait un brin de causette avec un orang-outan.

— Coop, ce n'est pas la Bête, dit soudain Monty, en s'arrachant au silence. C'est nous. Le pire de nous, qui revient. Ça n'arrête pas de me trotter dans la tête depuis l'autre jour.

Ainsi donc, c'était pour reprendre cette conversation que Monty lui avait donné ce rendez-vous au zoo. Un vent de gueux soufflait sur Brooklyn, la ville se recroquevillait, pétrifiée, sous le ciel gris. Le parc était vide, à l'exception de quelques écoliers bleuis de froid, serrés autour de la fontaine de Rockefeller. Les animaux qui le pouvaient s'étaient réfugiés à l'abri. Seuls quelques bisons, le front bas, restaient immobiles, rêvant peut-être à de vastes plaines balayées par le blizzard. La maison des singes, par comparaison, paraissait tropicale.

— Les mots... C'est tout de même étrange, les mots. Non ? « Inhumain »... Mais qui est capable de l'inhumain, en dehors de nous ?

Il se leva, adressa à Bob un salut militaire que celui-ci lui rendit gravement. Au bout du couloir, Coop se retourna : la pauvre bête les suivait du regard, agrippée au grillage, puis elle se recroquevilla, comme si elle se retranchait du monde.

— Ça déchire le cœur, hein ? Au début du siècle, un explorateur a ramené ici... un Pygmée. Ota Benga ! *Et le zoo l'a mis en cage*. Il est devenu très copain avec un orang-outan, comme moi. Les pasteurs protestants se sont mobilisés pour le sortir de là. Comment pouvait-on aller les christianiser en Afrique si c'était pour les brutaliser ici ? Le pauvre, après, est devenu méfiant et il a fini par se suicider. Mais ce n'est pas seulement lui qu'il aurait fallu sortir des cages, ce sont tous les autres ! Si tu avais vécu à Sumatra avec nos orangs-outans...

Tout le bâtiment, des grands singes à l'abri des rochers aux plus petits voltigeant dans les hautes branches, s'agitait maintenant à leur passage dans un vacarme de grognements, de cris aigus, comme s'ils voulaient les retenir. C'était ici, soupira Monty, qu'il était venu souffler, tout le temps du montage.

— Tu regardes un singe dans les yeux, et c'est foutu, tu es pris. Ruth me dit qu'à continuer comme ça, je vais finir par préférer leur compagnie à celle des gens. Elle n'a pas tort.

Le blizzard, au-dehors, leur coupa la respiration. Ils gagnèrent en hâte le salon de thé, non loin, où un garçon somnolant derrière son comptoir leva un sourcil étonné. Qui était assez fou pour mettre le nez dehors ? Avant, jaugeant ses visiteurs, de leur glisser qu'à titre exceptionnel, un grog peut-être… Il est vrai que le rapport tout frais remis au président sur les conséquences fâcheuses de la prohibition faisait grand bruit en ville. Tous s'accordaient à dire qu'un retour à la liberté n'étant plus qu'une question de semaines, on pouvait l'anticiper.

— Les bêtes, elles ont bon dos, tu ne trouves pas ?

Coop opina en silence. Sous pression depuis des semaines, Monty avait besoin de se confier, et l'angoisse de la première au Rivoli, le lendemain, ne devait pas y être étrangère.

— Tu te rappelles, ces gravures à la Société de géographie, Théodore de Bry, les géants-cyclopes, les acéphales, les centaures, les griffons soi-disant vus au Nouveau Monde ? On n'arrête pas de peupler l'inconnu de monstres, mais les seuls que j'aie jamais vus, moi, ce sont les hommes.

Ils s'absorbèrent dans la contemplation du parc, tandis que gagnaient les ombres. Le passage de Maggie avait déclenché un séisme, et ils restaient là, silencieux, chacun perdu dans ses pensées, leur rencontre à Vienne, la nuit à Varsovie, leurs retrouvailles à Londres – le grand puits noir de la guerre qui peut-être revenait.

Les lumières s'allumèrent le long des allées. Ne manquait plus qu'une tempête de neige pour tout gâcher, grommela Monty.

— Pourquoi gâcher ? Tu te souviens du *Monde perdu* ? Le pôle Nord à New York ! Ça n'avait fait reculer personne. Bon Dieu, c'était dément. Notre nuit dans ce bouge, encore plus. Salopiaud ! Tu t'es enfui avant la sortie de *Grass*. Cette fois, tu ne pourras pas te défiler…

Sur un signe de Coop le garçon apporta deux nouveaux verres fumants.

— L'imagination ! dit tout à coup Monty, comme s'il poursuivait à voix haute une rumination intérieure. C'est elle qui nous distingue des bêtes, non ? Et du monde, aussi bien. Un tremblement de terre, ça n'est pas méchant : juste indifférent. Mais la guerre ! Faut de l'imagination, pour ça. Souviens-toi de Smyrne. Ce que nous sommes capables d'imaginer pour faire souffrir les autres ! Notre histoire : un fleuve de sang, sous les cris des suppliciés.

Un groupe de naufragés fit brusquement irruption, réclamant à grands cris de quoi revenir à la vie, des employés du parc à demi gelés, qui s'arrêtèrent net, passé la porte : la salle embaumait le plus odorant des rhums ici-bas. Le garçon qui pâlissait déjà, craignant le pire, retrouva son sourire sous les applaudissements – grogs pour tout le monde et triple dose !

— En même temps, reprit Monty alors qu'autour du bar la température montait rapidement, va-t'en comprendre, l'imagination est capable aussi de la plus extraordinaire beauté, nous conduit au bord du silence, à pleurer d'émerveillement. Et c'est elle aussi qui nous tient tous ensemble, si tu penses musique, poésie, chant. (Il soupira.) La vraie guerre est celle-là. Intérieure à chacun. Mais les deux camps ne jouent pas avec les mêmes armes.

Comme les chants commençaient à monter et que d'autres employés arrivaient, ils s'esquivèrent, courbés sous les rafales. Monty s'arrêta tout à coup, souffla dans ses mains.

— Les silencieux font les plus grands bavards, c'est ça ? Bon sang, je n'ai fait que parler. Sans te laisser en placer une.

— Ne crois pas ça ! Shorty, c'est la plus chouette conversation que j'aie eue depuis longtemps.

Et il lui plaça dans les côtes un *jab* que l'autre esquiva et ils se retrouvèrent en garde, face à face, avant d'éclater de rire.

— Tu m'as fait penser tout à l'heure au *Monde perdu*, dit Monty dans le taxi qui les ramenait chez eux. Tu vois, si on veut approcher le cœur des ténèbres, ce n'est pas avec des animaux, c'est avec des hommes. J'ai lu je ne sais combien de fois le livre de Conrad…

— Des hommes en guerre ? dit Coop, dubitatif.

— Non ! Surtout pas. Il faut que ça touche quelque chose en chacun, qu'il s'y reconnaisse.

Les eaux de la Harlem River dansaient une furieuse sarabande quand ils s'engouffrèrent sur le pont. Le Yankee Stadium, derrière eux, étincelait comme un arbre de Noël.

— Non, pas d'animal, reprit Monty. Ou alors, quelque chose de fou comme ces gravures dont on parlait, et qu'on le comprenne comme une projection de nos peurs. Un animal mi-réel, mi-fantastique, mais qu'on y croie, en même temps, comme dans *Le Monde perdu*. Ça doit pouvoir se faire, non ?

Une piste à creuser, en tout cas.

Lasky avait souhaité revoir Cooper en tête à tête. Au McAlpin Hotel, en souvenir de leur première rencontre.

Le lancement de *Rango*, au Rivoli, avait été un triomphe. Mordaunt Hall, le critique du *New York Times*, s'émerveillait de la fluidité du récit, si adroitement tissé, si « naturel » dans son mouvement qu'on ne mesurait qu'après coup l'extrême subtilité de la construction : « Un conte si pur, si miraculeusement simple et si universel qu'il aurait pu trouver sa place dans la Bible. » Le « chant du cygne du muet », ajoutait le critique du *Daily News*, puisque les grandes compagnies avaient annoncé quelques mois plus tôt qu'elles n'en produiraient plus. La salle, debout, avait ovationné le pauvre Monty qui ne savait où se cacher, sans autre secours que le bras de Ruth. Avait-ce été une malice de Lasky ? L'animateur de la soirée avait, dans la foulée, demandé d'applaudir Merian Cooper, son ami, l'immortel créateur de *Chang*, présent dans la salle. Dans l'effervescence du cocktail qui avait suivi, c'est à peine si Lasky et Cooper avaient pu se dire quelques mots, mais les regards échangés avaient suffi pour comprendre que leur fâcherie était loin d'eux.

Lasky avait réservé la même table que la première fois, dans le salon de thé. Le personnel avait changé, mais les règles du Cha Shu étaient toujours aussi scrupuleusement respectées : ici, le temps suspendait son cours. Cooper observa Lasky tandis que celui-ci suivait des yeux les gestes précis de la jeune serveuse. Derrière ses fines lunettes, c'était le même mélange d'autorité et d'expressions presque enfantines – un peu moins flamboyant, peut-être.

— C'était il y a sept ans seulement, n'est-ce pas ? Le temps pour chacun de nous de plusieurs vies, dit Lasky à mi-voix. Bon sang ! Vous pouvez dire que vous avez mis la maison sens dessus dessous…

Un temps de transition, reprit-il après un silence.

— Nous n'étions pas prêts…

Il regarda autour de lui la pièce, vide encore, s'attarda sur les estampes du maître japonais Utogawa Kuniyoshi, aux couleurs vives – avec sa manière de rendre le mouvement, de découper les scènes, le cinéma aurait été fait pour lui, il s'en était juste fallu d'un demi-siècle…

— J'aime me réfugier ici, quand je suis seul. Mon appartement est si grand que je m'y perds. J'ai suivi vos aventures à la Pan Am. C'est… impressionnant, oui. En si peu de temps…

Mais Schoedsack m'a dit que vous songiez à une pause ? Il ne désespère pas de retravailler avec vous.

Cooper opina, embarrassé. L'époque des pionniers se terminait, sans doute. Venaient des temps plus sages où il faudrait surtout administrer, réguler.

— L'homme de l'Est, n'est-ce pas ? dit Lasky. Mon père ressassait que c'est toute l'histoire du Far West – le dialogue impossible entre l'homme de l'Ouest et l'homme de l'Est.

Celui-là arrivait toujours avec la loi, l'ordre, la civilisation et bien sûr il fallait au bout du compte, pour qu'il y ait société, qu'il triomphe, et que force reste à la loi.

— Mais, ajoutait mon père : *qui a donné à la loi sa force, au préalable, sinon l'homme de l'Ouest ?* Les pionniers, je le crains, sont condamnés à s'effacer. Les ouvreurs de pistes ! C'est peut-être ce que nous vivons, nous aussi…

Le passage au parlant n'avait pas été qu'une révolution technique et esthétique. Il était en train de bouleverser la manière même de produire.

— Je me demande parfois si notre temps n'est pas passé, quand il fallait tout inventer à partir de rien. Une autre génération arrive. David Selznick a des idées, là-dessus.

Le mariage de ce dernier, l'année précédente, avec Irene Mayer, la fille du maître de la MGM, avait été un coup de tonnerre dans la profession et lui-même avait craint le pire. Mais il se trompait.

— David pense que le temps des dieux tout-puissants, impulsant tout, contrôlant tout, est terminé. Le travail sur chaque film devient trop complexe. Celui des unités de production plus légères commence. Je me dis qu'il a peut-être raison…

Il se pencha vers Cooper.

— Coop, rejoignez-nous ! Une nouvelle aventure, faite pour vous. Ouvreur d'avenir ! Quand je vois de quoi vous avez été capable, ici… Je vous ai dit un jour que vous aviez l'âme d'un producteur. Vous pourriez faire vos propres films. Schoedsack et vous ensemble – c'est la plus fantastique centrale d'énergie que j'aie jamais rencontrée !

Cooper eut un geste de défense. C'était trop tôt, il avait des responsabilités vis-à-vis d'amis très chers, mais Lasky insistait :

— Schoedsack m'a laissé entendre votre envie de changer d'air, d'une expédition…

Le Grand Dehors ! À peine entrouverte, la porte s'était refermée. Trois jours plus tôt, C.V. avait fait irruption au bureau, la mine défaite, et s'était effondré sur une chaise en réclamant un prélèvement exceptionnel sur la réserve de Miss Swaggerty. Pour fêter quoi ? s'était-elle inquiétée, prête à se joindre à eux. « La fin d'un rêve. Juste la fin d'un rêve... », avait-il soupiré : un certain Bertram Thomas, Anglais ministre des Finances du sultan de Mascate et d'Oman, venait de réussir la traversée du Rub-al-Khali. Du coup, ils s'étaient servi tous les trois une « rasade de mammouth ».

Ils avaient terminé leur soirée dans un *grog shop* miteux, devant une bouteille de « gin de baignoire ». C.V. essayait d'en prendre son parti. Lui qui rêvait de s'évader, ne serait-ce qu'un moment ! Le sort en était jeté, le piège se refermait sur eux. Sur lui. L'empire paternel à gérer, la succession à régler avec ses frères et sœurs, leurs parts du haras paternel à racheter... C'était trop, tout d'un coup.

— Mon vieux Coop, c'est moi qui vais être moins présent. Et même plus présent du tout. Maintenant que je suis riche, je crois que Juan ne sera pas contre. Sa crainte sera que j'essaie de prendre le pouvoir. Il me préférera dehors. Mon père a réussi, dit-il avec un petit rire : il m'a enchaîné à sa fortune...

Un vent glacial soufflait en rafales brèves, mais il avait marché longtemps pour tenter d'ordonner ses pensées. Le Sikorsky S-40 débuterait ses essais en vol d'ici un mois, les rumeurs se précisaient, d'une faillite de l'Aéropostale qui laisserait la Pan Am sans concurrent. D'ici deux mois, ils s'installeraient au 58ᵉ étage de l'immeuble Chrysler, à l'angle de Lexington et de la 42ᵉ. Juan leur avait fait visiter les lieux en cours d'aménagement et ils y avaient improvisé un pique-nique : tout l'étage, rien qu'à eux, et un « Cloud Club » d'un luxe digne de la Rome antique, au 60ᵉ étage... Un changement de monde – ils auraient moins besoin de lui. Il avait remonté le col de son manteau, pressé le pas. Sitôt rentré, il allait rédiger un article de félicitations pour ce Bertram Thomas qui venait de lui fermer la porte de ses rêves.

Il sursauta, prit conscience de ce que Lasky le regardait, intrigué. Il avait dû s'absorber dans ses pensées. Non, le temps n'était pas venu d'un retour au cinéma – s'il venait.

Des icebergs tout à coup jaillissaient des nappes de brouillard, l'océan de glace se soulevait en vagues lourdes qui éclataient en de brusques explosions, se fragmentaient en plaques mouvantes laissant voir des eaux sales et grises, avant de se heurter. Un monstre, là, sous eux, secouait ses chaînes, voulait à toute force crever la gangue qui le tenait captif. « Le grand silence blanc », disait un livre de son enfance. Ici, ce n'était que mouvements, craquements, grondements, si violents qu'ils couvraient le bruit des moteurs.

Ils passèrent une fois encore au ras des plaques de glace. Le vent secouait la structure du Boeing en rafales brèves. Bernt Balchen hurla que c'était fini, qu'il n'y avait plus d'espoir – plus personne sur ce chaos dément, aucun survivant possible, après tant de jours sans secours. Cooper voulut protester, refuser l'évidence, mais il savait que Bernt avait raison.

— Monsieur Cooper ! On ne peut pas continuer !

Il s'ébroua, d'un geste du bras indiqua le chemin du retour, l'île Sainte-Barbe hérissée de récifs, et derrière elle la ligne sombre de Terre-Neuve. Il ne leur restait plus qu'à rentrer et annoncer la nouvelle aux parents qui l'avaient appelé à leur secours : leur fils était mort.

Quelques semaines plus tôt, le garçon était dans son bureau, venu solliciter quelques conseils. Un jeune homme grand, athlétique, aux yeux d'enfant, avec dans les gestes une aisance qui suggérait un fils de bonne famille. À croire que toutes, à New York, avaient un rejeton bien décidé à courir le monde plutôt que de poursuivre la course familiale au dollar. Varick Frissell parlait du Grand Nord avec une telle simplicité, de ceux qui y vivaient, de la splendeur tranchante de ses paysages, que Cooper, pour un peu plus de calme, l'avait entraîné au bar de l'hôtel proche où il avait l'habitude de rencontrer ses clients. Varick Frissell, quatre ans plus tôt, avait fait une campagne de chasse au phoque sur le *Bioethic*, capitaine George Barbour – un géant hirsute qui ne lui avait laissé d'autre choix que rester à quai ou s'engager comme marin, avec liberté de filmer en dehors de ses heures de travail. Il en avait ramené un petit film, trop court bien sûr, mais qui avait retenu l'attention de Jesse Lasky. Assez pour que la Paramount engage 100 000 dollars afin qu'il poursuive l'aventure, à la condition de la filmer en sonore et – Varick avait fait une grimace – d'y ajouter une intrigue sentimentale.

Il avait donc repris la mer avec une équipe venue droit d'Hollywood. Leur navire, le *Viking*, labourait les mers de Terre-Neuve depuis un demi-siècle, mais il s'était bien comporté dans la tempête qui les avait cueillis à la sortie de Saint-Jean. Les hommes, à son exemple, avaient tenu le choc tout au long du tournage, malgré la cruauté des scènes d'abattage, le blizzard, le gel qui bloquait les caméras. Frissell avait baissé les yeux, timide, puis s'était lancé : un premier montage mêlant images anciennes et nouvelles venait d'être terminé, accepterait-il de le visionner, un jour prochain, au studio ?

Lasky ! À son nom, Cooper avait tressailli. Était-ce Lasky qui avait suggéré à Frissell cette visite ? Une semaine plus tôt, lors de leur rencontre au McAlpin Hotel, il avait évoqué un « deuxième Douglas Burden », qui avait ramené des images « stupéfiantes » du Grand Nord. Stupéfiantes, assurément, mais, dans la salle des studios Victoria, Cooper comprenait mieux le tourment du jeune homme. Si les images étaient sidérantes de beauté et de violence, l'intrigue, elle, était idiote – la sempiternelle jalousie de deux hommes amoureux d'une même femme. Les chasseurs se lançaient sur les plaques incertaines, qui, à chaque instant, pouvaient se dérober sous leurs pieds, se heurter, se briser, et ils devaient sauter de bloc en bloc jusqu'à leurs proies. Quand les plaques s'écartaient trop, ils ôtaient leurs manteaux malgré le froid pour s'en faire des voiles et s'approcher d'un autre bloc. Saisis en plans larges, ils n'étaient que des points noirs, insignifiants, dans l'immensité, pris dans un déchaînement de forces trop grandes pour eux, puis, en plans serrés, ils surgissaient, féroces, chevauchant une vague de glace, leurs harpons à la main comme s'ils commandaient à la tempête. Un opéra sauvage, dans l'échange de la vie et de la mort. Par contraste, l'intrigue amoureuse paraissait presque obscène.

Comment Lasky avait-il pu laisser passer une intrigue aussi inepte ? La seule solution pour en atténuer les effets était de rajouter des scènes réelles dans l'esprit de son premier film, de reprendre la mer pour une campagne de chasse et d'accumuler les images chocs.

Ils s'étaient revus plusieurs fois. Cooper s'enchantait au récit des aventures du jeune homme, où il lui semblait trouver un écho des romans de James Oliver Curwood et de Jack London. Petit-fils de banquier, fils de grand chirurgien, champion de water-polo à Yale, Varick était tombé, un été, amoureux des paysages du Labrador, au point d'y rester, l'hiver venu, livrant des médicaments en traîneau jusque dans les endroits les plus reculés. Au printemps suivant, il avait travaillé comme assistant sur un navire-hôpital avant de remonter la rivière Hamilton, seul, en canoë, sur 300 milles. Ça avait été pour lui une révélation, un moment de paix étrange, la sensation d'être accordé à la beauté du monde.

— J'aurais dû me méfier, avait-il dit un jour, alors qu'ils revenaient sur son exécrable scénario. En fait, c'est la deuxième fois.

Au retour de son expédition sur le *Bioethic*, il avait réussi à se faire engager comme assistant de Flaherty, au Nouveau-Mexique, pour un film sur les Indiens Pueblos qui aurait dû s'appeler *Acoma, la cité dans le ciel*. Mais la production de la Fox s'était mis en tête d'y plaquer une intrigue sentimentale, et Flaherty avait claqué la porte.

— Les rushes ont été détruits, paraît-il. J'ai beaucoup appris avec Flaherty. Mais pas assez, apparemment. Deux fois piégé par ces intrigues idiotes ! Je suis maudit, non ? Ou idiot ?

Début mars, Cooper quittait son bureau pour une nouvelle mission aux ateliers de Sikorsky quand Varick lui avait téléphoné, enthousiaste. Il était sur le départ, à Saint-Jean, avec une équipe complète. Toujours sur le *Viking*, pour une campagne dont il ramènerait « mort ou vif » des brassées d'images chocs.

C'est en rentrant de sa mission, peu après, que Cooper avait reçu l'appel de ses parents. Pour des raisons inexpliquées, sans doute en tentant de se dégager de la banquise à la dynamite, le *Viking*, pris dans les glaces, avait explosé. Depuis, ils étaient sans nouvelles de leur fils. Quelques rescapés avaient réussi à atteindre la terre ferme, sur l'île Sainte-Barbe. D'autres se trouvaient perdus sur la mer de glace, sans vivres. Certains d'entre eux en des zones inaccessibles aux navires de secours.

— Notre fils nous a tellement parlé de vous ! Seul un avion pourrait les sauver…

Chaque heure comptait. Cooper avait foncé, mobilisé C.V. et son cousin Jock, trouvé un hydravion, appelé Terry Fokker pour qu'il libère Bernt Balchen, le « pilote des glaces », le premier à avoir survolé le pôle Sud avec Byrd. Tandis que Bernt gagnait Long Island, il avait recruté deux autres as dans leur domaine, Roy Gates et Randy Eslow, réuni médicaments, vêtements, couvertures et provisions, tout le nécessaire pour décoller au plus vite sous un ciel où roulaient ces nuages noirs. À Terre-Neuve et autour des îles Saint-Barbe, ils avaient découvert un spectacle d'apocalypse. Deux navires étaient déjà là, *Foundation Franklin* et un vapeur, *Sagona*, qui faisaient leur possible. Quelques dizaines de malheureux, épuisés, gelés, blessés, avaient été récupérés et l'avion avait commencé ses rondes dans les bourrasques. Bernt se faufilait entre les icebergs, repérait les chasseurs en détresse, leur jetait des vivres et des vêtements. Il n'y avait aucun survivant à bord du *Viking* entièrement brûlé. Au bout de quatre jours il avait fallu se rendre à l'évidence, il ne restait personne sur la banquise : Varick Frissell était au nombre des disparus.

Il avait échoué. Depuis, Cooper vivait comme en suspens, s'accablait de reproches. Les parents de Varick lui avaient répété leur gratitude. Combien d'hommes, laissant tout dans l'instant, auraient-ils tenté ainsi l'impossible, au péril de leur vie ? Il essayait de se raisonner : Varick avait choisi d'aller jusqu'au bout de ses rêves, mais une part de lui, confusément, se jugeait coupable – de l'y avoir encouragé, par son exemple, ses films, ses conseils.

C.V., le seul à qui il aurait pu se confier, n'était pas là, trop vite mis en demeure de s'emparer des rênes de l'empire familial. Monty et Ruth étaient pris par les préparatifs de leur tournage au Bengale. Frappé par son expédition à Terre-Neuve, un journaliste du *New Yorker* – Gilbert Seldes, un grand critique, lui avait dit Ann Lindbergh –, s'était mis en tête de le rencontrer pour le camper en « soldat, en explorateur, en pionnier de la conquête des airs et en grand cinéaste américain » et il avait pris grand soin de l'éviter. Seuls les préparatifs du premier essai en vol du S-40 l'avaient distrait un temps de ses humeurs moroses.

Fussent-ils tous condamnés à ne plus dormir d'ici-là, le début du mois d'avril serait leur date limite, avait-il annoncé aux équipes, affolées. Et d'ailleurs elle avait déjà été annoncée à la presse…

La découverte du monstre, le jour fatidique, avait fait passer un frisson dans la foule. Pareille masse ne pourrait jamais décoller ! Mais ses quatre moteurs Hornet de 575 chevaux propulsant des hélices de 3,20 mètres de diamètre l'avaient arraché sans effort apparent des eaux du Long Island Sound, et l'appareil avait disparu derrière le tapis de nuages. La voix nasillarde du pilote avait égrené les chiffres, 3 000, 3 500, 4 000 mètres d'altitude, jusqu'au cri annonçant que le S-40 venait d'atteindre les 200, non, 210 kilomètres par heure. Déjà le S-40 réapparaissait, pour se poser sous les vivats. Ils étaient tous là, autour de Cooper, qui le félicitaient, Lindbergh, d'ordinaire réservé, le serrait dans ses bras, Priester arborait exceptionnellement un large sourire, Juan exultait, ils le tenaient enfin, leur paquebot des airs ! Sikorsky, entouré de ses ingénieurs, avait remis à Cooper un modèle réduit du S-40. Pendant ces mois de course folle ils l'avaient tous maudit, aujourd'hui ils voulaient lui dire bravo et merci : il faut toujours croire à l'impossible. Le journaliste du *New Yorker*, profitant du tumulte, lui avait arraché un rendez-vous, mais, passé le premier temps de l'émotion, Cooper s'était senti étranger à l'allégresse générale. Contrat rempli, lui avait dit Juan, en l'étreignant, il fallait d'ores et déjà penser à l'étape suivante. Contrat rempli, oui, vis-à-vis de ses compagnons, mais lui se sentait rendu au bout d'un long chemin.

Sorti plus tôt que prévu, cet après-midi-là, il se surprit à fredonner *I Got Rhythm* sur le trottoir. Étonné, il leva les yeux : une lumière dorée réveillait devant lui le rouge sombre des façades, soulignait le vert tendre des feuillages. Des gosses jouaient sur les pelouses piquetées de bourgeons de pissenlits jouxtant la Public Library, il flottait dans l'air une légèreté nouvelle. Un vent mutin, à peine un souffle, caressait les jupes des filles, un couple devant lui se mit à danser avant de s'embrasser, et l'envie lui prit de marcher un peu, de goûter lui aussi le simple plaisir du moment. L'hiver était passé sans qu'il y prenne garde, le printemps, à ce rythme, allait lui échapper, qu'au moins il retienne un peu de ce moment ! Il esquissa lui aussi un pas de danse, et il lui sembla qu'une jeune femme, en passant, lui avait souri.

Tout allait trop vite, il ne pourrait pas différer éternellement l'heure du choix. Une semaine plus tôt, il avait assisté à la première de *Trader Horn*, l'adaptation par W.S. Van Dyke du best-seller d'Aloysius Horn, le chasseur d'ivoire. La première grande fiction tournée en sonore dans la jungle, sept mois d'une équipée en Afrique qu'on disait épique, un homme dévoré par un crocodile, un autre tué par un rhino, une épidémie de malaria qui avait laissé sur le flanc l'héroïne du film, et pour quel résultat ? Pas une des séquences désormais obligées ne manquait, avec en prime une « déesse blanche » enlevée enfant à ses missionnaires de parents, qu'il s'agissait de sauver des griffes des sauvages. Il en était sorti déprimé. Film après film, Hollywood transformait en clichés ce qui lui avait fait courir le monde avec Shorty, et c'était, quoi qu'en pensât Lasky, une porte de plus qui se fermait. Tout allait très vite, là-bas aussi, un autre cinéma s'inventait, où il risquait, à trop tarder, de trouver les places prises. Comme si cela ne suffisait pas, Martin et Osa Johnson s'apprêtaient à rentrer, leur film réussi « au-delà des espérances » à en croire Osborn, du Muséum, avec en prime trois gorilles vivants. Sans compter que la tour Chrysler venait d'être inaugurée avec faste : « Autrefois, on construisait des cathédrales pour dire sa foi en Dieu, aujourd'hui ce sont des tours, pour dire sa foi – ou donner foi – en l'avenir », avait lancé l'orateur. Pour Cooper, présent aux côtés de Juan, cela signifiait surtout que leur grand déménagement n'allait pas tarder, qui rassemblerait autour de la Pan Am la myriade de compagnies de l'Aviation Corp. S'il s'y laissait prendre, il risquait fort de ne plus pouvoir s'en dégager.

Le défi de l'Atlantique demain, du Pacifique après-demain : chacun savait qu'une nouvelle aventure commençait, et qu'elle serait exaltante, mais pour qui ? Pour un Lindbergh ouvrant la voie aux commandes d'avion, sans doute, moins pour lui, promis à diriger depuis des bureaux. Lors d'un dîner chez les Trippe, avec les Lindbergh, les promesses faites à Betty de ne pas parler travail n'avaient pas tenu le temps d'un verre. Au vu des cinq premiers mois, malgré un contexte de marasme général, cette année 1931 serait pour eux, comme prévu, la première à dégager des bénéfices, exultait Juan. Il fallait tout penser à neuf, plaidait Lindbergh, presque diaphane à force de maigreur, et toujours vibrant de passion. Le S-40 était un monstre, l'extrême limite d'une formule obsolète, le temps des biplans était révolu. Il fallait oser des monoplans aux lignes épurées, plus aérodynamiques. Juan opinait : il venait de demander aux six plus gros constructeurs d'Amérique d'imaginer un appareil d'une autonomie de 4 000 kilomètres. Quatre avaient aussitôt déclaré la chose impossible, mais Sikorsky et Glenn Martin de Baltimore se disaient prêts à relever le gant.

Déjà Charles et Ann, saisissants de ressemblance, détaillaient leur prochaine expédition, qui ouvrirait les portes de l'Orient – pas plus tard que dans deux mois, en juillet, sur un monomoteur monoplan Lockheed Sirius. Long Island, Ottawa, Moose Factory, Churchill, Baker Lake, Aklavik puis, tout au nord, Point Barrow, et de là à travers la mer de Béring, l'île Karaguinski, Petropavlovsk, au Kamtchatka, les îles Kouriles, Tokyo, Osaka puis Nankin, en Chine. Ensuite – ensuite on verrait bien. Juan approuvait, les yeux brillants. Par précaution, il avait déjà créé une compagnie pour obtenir des droits aériens au Canada et conclu le contrat postal pour une ligne Boston-Halifax. L'Orient ouvert, mais aussi, s'était-il pris à rêver à voix haute, la Russie ouverte, du même coup. Dès leur retour, il approcherait l'agence commerciale soviétique pour envisager une ligne jusqu'à Moscou. Après tout, il suffisait au pilote de suivre la voie du Transsibérien !

Sans doute Juan avait-il noté que Cooper, d'ordinaire si disert, restait silencieux. Profitant de ce qu'Ann faisait rire Betty aux éclats sur la manière dont Leuteritz lui avait appris le morse et le maniement de la radio, il lui avait glissé à l'oreille qu'il ne restait plus aux commandes qu'eux deux, désormais, et qu'il leur fallait faite le point au plus vite. Cooper avait hoché la tête sans répondre. Que lui dire ?

Des rêves confus l'agitaient, qui s'évanouissaient au réveil. Certains jours, il se sentait envahi par une puissance surhumaine, elle allait enfin briser la cage qui le tenait captif. Oui, c'était bien l'appel de cette puissance qu'il voulait dire, mettre en scène, mettre en œuvre, monstre et merveille d'un même élan, et puis sur le papier l'élan se muait en un amas de lieux communs, tout cela n'avait été que chimères.

Qu'en restait-il à ce jour ? Poussant la porte de son appartement, au retour de Terre-Neuve, il avait reçu un coup au cœur : ses notes, la masse des notes accumulées au fil des mois, les centaines de pages empilées sur son bureau ou laissées au pied de son fauteuil, avaient disparu, jetées à la poubelle par madame Williams. La pauvre s'en était trouvée tellement désespérée qu'il n'avait pas eu le cœur de le lui reprocher. Peut-être, après tout, était-ce le signe qu'il faisait fausse route.

La sortie du *New Yorker*, le matin même, lui avait été un rayon de soleil. Ses mains tremblaient un peu en l'ouvrant – son portrait y était, comme annoncé. Il avait craint le pire, mais ce Gilbert Seldes lui avait dédié sur cinq pages un véritable chant de gloire. Son implication dans l'industrie aéronautique naissante était donnée comme une parenthèse, héroïque certes mais une parenthèse, dans une destinée de cinéaste nourrie par ses années de guerre. Seldes laissait même deviner un « immense projet » en gestation. Immense ? Vide, plutôt. Mais il avait reçu l'article comme un appel du pied. Un signe ? Voilà qu'il devenait superstitieux.

Miracle de la marche, le tourbillon de ses pensées s'était peu à peu apaisé. L'esprit en suspens, il s'abandonnait à la caresse du soleil quand une ombre lui fit lever la tête. La masse du New York Life Building couvrait tout l'espace d'un pâté de maisons, pour culminer, quarante étages plus haut, à 188 mètres. Il n'avait pas réalisé qu'il marchait depuis si longtemps. Le Pierre, la tour Chrysler, maintenant le Life Building, demain un autre que l'on annonçait comme le plus haut du monde, tous d'un luxe extravagant tandis que le pays se défaisait, s'enfonçait dans une crise sans fin : inconscience ou défi ?

Un ronronnement dans les airs le fit sursauter. Un avion se détachait sur le ciel comme s'il fonçait droit sur le bâtiment. Le soleil incendiait les vingt-cinq mille feuilles d'or du dôme orgueilleux au point qu'on aurait dit un phare allumé en plein jour. L'avion se rapprocha plus encore, le soleil se prit dans ses ailes, et tout à coup il vit. Avec une précision qui lui coupa bras et jambes : là, au sommet de la tour, se dressait un gorille gigantesque défiant l'avion du poing.

Il essaya de contenir ses tremblements. Les gens autour de lui le regardaient, étonnés. Le soleil se cacha un instant derrière un nuage, l'avion déjà s'éloignait, le gorille avait disparu.

Qu'importe : *il l'avait vu*. Il héla un taxi pour rentrer au plus vite, se précipita à son bureau. Ce fut comme si tout ce qui lui filait jusque-là comme poussière entre les doigts, cristallisait enfin en une figure unique. Comment avait-il pu rester aveugle si longtemps ? Pas de vrais gorilles, Shorty avait raison. *Surtout pas* un vrai, mais la matérialisation de la Force, surgie du cœur des ténèbres, semant autour d'elle l'épouvante. Un gorille, mais un gorille-Dieu, un gorille impossible, gigantesque, le concentré de toutes nos peurs, bloc de nuit où grondait toute la puissance, toute la démesure du monde. Et pour cela, pas un acteur déguisé, non, pas *Ingagi*, un vrai gorille peut-être mais agrandi au moins dix fois. Le Magnascope devait pouvoir permettre cela, la charge des éléphants, dans *Chang*, avait terrifié la salle. Ou bien alors comme les dinosaures du *Monde perdu*, un pur trucage en jouant sur sa puissance onirique ? Le génie qui les avait conçus ne devait pas être difficile à retrouver.

Ce bloc de nuit, ce mystère, n'était-ce pas ce que cherchait tout explorateur ? C'était en tout cas ce qu'ils avaient traqué, Shorty et lui. Oui, il fallait que ce soit cela, la trame initiale : une expédition, au cœur de la jungle. Non, pas la jungle, mais la quintessence de l'Inconnu. Un lieu ignoré des cartes, protégé par une mer traîtresse, des récifs, peut-être aussi des récits épouvantés. Un lieu de malédiction séparé du monde, comme si, le découvrant, on pénétrait en un autre monde. Une île, bloc sombre montant sur l'horizon, entourée de vapeurs maléfiques – Komodo, en pire. Mais cette bête monstrueuse, comment la capturer ? Une trappe ? Des cordes ? Des chaînes ? Le gaz, bien sûr ! Le gaz qu'avait suggéré le professeur Clark, au Muséum. Pour la ramener à New York, bien sûr, où l'exhiber comme la huitième merveille du monde, mais pas seulement : pour que les gens s'y reconnaissent. Comment ? Ça restait à trouver.

Il écrivait en hâte, dans la crainte que l'idée ne lui échappe et ne revienne plus. Il avisa une bouteille de whisky, sur un guéridon, s'en servit une rasade qu'il avala d'un trait. Ah ! Ne pas oublier le plus important : il fallait qu'il soit terrible, ce monstre, et fascinant aussi, monstre et merveille, un film d'épouvante et un conte de fées… Il repensa aux varans se laissant mourir au zoo du Bronx. Son singe à lui devait rompre ses chaînes, faire irruption, immense, dans la jungle de la ville, et semer la panique, pour finir sur le dôme doré de cette tour, vaincu seulement par le symbole de la modernité : des avions de chasse. Mais il fallait que dans sa chute ce soit lui que l'on pleure.

Il se servit un autre verre. Comment faire aimer son monstre ? Il allait et venait dans la pièce, revenait vers les fenêtres. La rumeur de la ville montait jusqu'à lui, assourdie, bouffées de musique venues on ne savait d'où, éclats de voix et rires mêlés au bruit des voitures – la ville, comme un fauve les yeux mi-clos, toujours prêt à bondir, jungle d'asphalte et d'acier… Pourquoi Monty et lui s'étaient-ils lancés tous les deux dans l'inconnu ? Pour ce qu'ils avaient entrevu au fond du puits noir de la guerre. Il s'arrêta, frappé par une idée soudaine – *parce qu'au plus profond ils y avaient vu leur propre visage*. Une phrase lui revint tout à coup de Conrad dans *Au cœur des ténèbres* : « Voyez-vous, c'était le pire de tout – ce soupçon qu'ils n'étaient pas inhumains. » Il feuilleta fébrilement le volume maintes fois coché et annoté : « Mais ce qui faisait frissonner c'était bien la pensée de leur humanité – pareille à la nôtre – la pensée de notre parenté lointaine avec ce tumulte sauvage et passionné. » Conrad parlait de sauvages, mais cela pouvait valoir encore plus pour le monstre. Il sauta plusieurs pages : « le *wilderness* l'avait trouvé de bonne heure […] et lui avait murmuré je crois des choses sur lui-même qu'il ne savait pas – et le murmure s'était montré d'une fascination irrésistible ». C'était exactement cela qu'il fallait suggérer, que chacun voie, en tout cas ressente confusément en ce monstre quelque chose de lui-même. Comment ? Il trouverait.

Et puis, il fallait une femme. Un film ne se concevait plus sans une histoire d'amour… La nièce de l'explorateur ? Dans *Le Monde perdu*, c'était Paula, partie à la recherche de son père disparu, qui le premier avait découvert cette enclave de préhistoire. Disons cette fois la nièce. Enlevée par les sauvages, sauvée par les explorateurs. C'est dans cette quête qu'ils se trouveraient face au monstre. Il biffa ce qu'il venait d'écrire. Voilà qu'il tombait lui aussi dans les clichés en vogue. Mais pourquoi pas, après tout ? Ce n'était pas le réel qu'il s'agissait de rendre, mais des images, des fantasmes, des peurs. Il soupira, laissa un grand blanc sur sa feuille. Il n'avait jamais été très à l'aise avec les histoires d'amour, ce serait aux scénaristes de jouer, ils adoraient ça, les histoires d'amour. D'ailleurs, de qui au juste devrait-elle tomber amoureuse ? D'un bellâtre, assistant de l'explorateur ? Ou plutôt – il s'arrêta, troublé : *qui tombait amoureux d'elle* ? Qui, d'abord intrigué, l'enlevait avant d'en tomber amoureux ? Le chef des sauvages ? Sans plus d'intérêt que le bellâtre. Le gorille. Il se ravisa aussitôt : trop grand, personne n'y croirait. Et puis ça ferait scandale. Mais il s'agissait bien du réel ! On était dans un conte. *La Belle et la Bête*. Oui, bien sûr, c'était l'idée ! Mais que racontait au juste cette histoire ? Il faudrait qu'il la lise. La Belle et la Bête : on était bien dans l'espace du mythe. Un mythe pour les temps modernes ! Ne restait plus qu'à l'écrire.

Il se versa un nouveau verre, se retrouva assis sur le tapis, hoquetant de rire. Un mythe ! Quand il raconterait ça à Shorty… « Non Coop, pas de fiction. Comment faire des fictions de ce qu'on vient de vivre ? » : rien que le réel, le cœur mystérieux du réel. Comment disaient-ils, déjà ? « Le roman du réel ». Et voilà que pour le dire, ce foutu réel, il en venait à une fiction. Et quelle fiction ! Il lui avait fallu dix ans depuis le pacte de Londres ! Le mythe, seul capable de rendre compte du réel. Et dix années pour y arriver…

Il revint à sa table. Il tenait l'essentiel, il en était certain : un film d'horreur, un conte de fées. De même que *L'Île au trésor* était la quintessence du roman de pirates, puisant une bonne part de ses scènes mythiques dans les livres qui avaient fait rêver Stevenson enfant, ce film devait être comme la quintessence, l'épure du film d'exploration. L'appel de la force, disait Jack London ? Il fallait que cet appel-là résonne en chaque image du film.

Il se versa encore un verre. Un nom, il fallait un nom à son personnage ! Un nom qui serait comme son acte de naissance. Un nom pour qu'on puisse commencer à l'aimer. Lui revint alors, comme en un éblouissement, une très ancienne conversation avec Burden, quand ils jouaient avec les sons de Komodo. King of Komodo, ces sons en « K » sonnaient magnifiquement, comme le martèlement d'un gong annonçant l'incroyable. King of Komodo, avait répété Burden. Kong, avait enchaîné Cooper : King of Komodo Kong. King Kong.

Kong. Ce nom était là, tapi en sa mémoire, attendant son heure. Il se mit à la fenêtre, cria de toutes ses forces en direction de la ville : KONG ! Puis il leva son verre.

— Bienvenue à New York, Kong !

Kong. Il descendit de son appartement, la tête en feu. Quelques pas dans Central Park lui feraient grand bien. La nuit était douce, déjà annonciatrice de l'été, la pénombre exhalait des odeurs fraîches de seringa, plus lourdes de lilas et de lys. Il aurait voulu embrasser la terre entière, danser, voler, esquissa des entrechats quelque peu hésitants, sous les regards curieux d'un groupe de noctambules. Ils ne savaient pas, tous ceux-là, que l'ombre de Kong allait bientôt se dresser sur la ville. Un peu plus loin, les rougeoiements d'un feu, derrière les grands arbres l'intriguèrent. Une masse humaine s'agitait devant le brasier dont les flammes projetaient sur les arbres des ombres fantastiques. Il s'approcha. Les visages qui se tournèrent vers lui n'étaient pas amicaux mais hirsutes, les yeux furieux ou vides – le premier campement de sans-abri qui s'installait en plein cœur de New York.

XXIX

Être le boss, ou rien

Hollywood, novembre-décembre 1931

— Coop ! Vieux forban !

Wild Bill Wellman, tel qu'en lui-même, au pied de la passerelle, flamboyant, fort en gueule – peut-être un peu moins, avec un rien de lassitude dans le regard… Que fichait-il là ? Cooper prit le temps de respirer à pleins poumons. Les odeurs, les lumières de L.A. ! Mais déjà Wild Bill lui filait une tape à lui démettre l'épaule, à laquelle il répliqua par un crochet au foie. Où était Myron ?

— Réunion de crise, ou quelque chose comme ça, dans la famille Selznick. M'a demandé de le remplacer. Un problème avec Howard, son frère…

Un débile léger, expliqua-t-il en rejoignant sa voiture. Couvé par sa famille et multipliant d'autant plus les conneries. Mais là, ça avait l'air sérieux.

— Quelle famille ! Une caricature de mamma juive. Un père mytho – je le laisse gagner au poker, ça le requinque –, David et Myron inséparables, qui se tapent dessus depuis l'enfance. Tous joueurs, tu peux pas imaginer. Et tous, en prime, des frénétiques des galipettes. Même le vieux ! Il ne peut plus, mais c'est panique à bord quand il arrive dans les bureaux de Myron.

La Duesenberg s'arracha du parking dans un feulement de fauve. Cooper baissa la vitre, le soleil déjà bas dans le ciel nimbait le paysage d'un halo doré.

— Cette lumière ! Tu te souviens, du jour où tu nous as descendus chez Dionisio ? Tu conduisais plus vite, à l'époque…

— On vieillit ! Non, je déconne. C'était… Bon Dieu, il y a trois ans !

Le monde avait changé. L'ancien s'en était allé presque du jour au lendemain.

— Dionisio ? Fini. Liquidée, sa cabane. Le pauvre vit avec son fils, maintenant. Mais il n'a plus de goût à rien. May Rindge a perdu son procès contre l'État de Californie, les travaux commencent, par là-bas.

Wellman répéta :

— Le monde a changé. Hollywood a changé. Tu vas être surpris ! Mais toi, tu ne te fais pas chier, on dirait ? Myron m'a dit... Ton avion. Enfin la compagnie Western je sais plus quoi, elle est à toi ?

— Oh ! Juste actionnaire.

— Et directeur, m'a dit Myron. En plus de la Pan Am. Mince, la Pan Am... J'ai tout suivi. Paraît qu'à New York tu ne fréquentes plus que les gens de la haute ? Là, tu les as bluffés, les Selznick. Et tu as tout laissé tomber pour revenir ici ?

Il se pencha vers Cooper.

— T'as un projet, c'est ça ?

Trop tôt pour en parler, marmonna Cooper. Non, il rejoignait juste Selznick à la RKO.

Wellman siffla entre ses dents.

— La RKO ! Vous n'allez pas rigoler. Mais après tout... Tu es capable de tout, non ? Mince ! Tu te souviens de ce que tu m'as dit, il y a trois ans ? Tu voulais étrangler Zukor, Lasky, mettre le feu à la Paramount. Tu m'as dit : « Si t'es pas le boss, ici, tu n'es rien. » Tout juste trois ans et tu reviens. Le boss !

La Duesenberg rugit de tous ses cylindres en plongeant sur la ville comme si elle voulait la dévorer. Attention, les gars, Cooper arrive !

Le boss, ou presque. Les événements s'étaient enchaînés à toute allure, depuis l'été. Comme s'il avait suffi de trouver l'idée de son film pour que vienne l'embellie.

La réponse enthousiaste de Myron à sa lettre, d'abord. Il avait failli demander à Lasky son sentiment, puis s'était ravisé : « Le temps est venu d'une nouvelle génération, lui avait dit le nabab, lors de leur dernière rencontre, avec d'autres manières de faire. » David O. Selznick ! Ou plutôt son frère, Myron. Un tigre, avait dit Wellman, le plus terrible des agents. Il aurait besoin de quelqu'un comme lui, pour défendre ses intérêts...

Avait suivi presque aussitôt un courrier de David. Qui lui confirmait une rumeur insistante : en juin, il aurait quitté la Paramount. Avec l'ambition de créer sa propre unité de production. Moins de films, mais de meilleure qualité. Le primat donné aux créateurs, non à « l'usine ». Et des accords de distribution avec les majors. Lasky avait vu juste, une révolution s'amorçait. Mais surtout, David annonçait sa venue à New York. Avec Myron. Pas pour son *Kong*, qu'il n'évoquait pas, mais pour trouver des investisseurs. Il avait suivi son aventure à la Pan Am, et surtout repéré dans ses actionnaires un Rockefeller, deux Vanderbilt, un David Bruce, entre autres. Pouvait-il lui faciliter un premier contact ?

L'arrivée de David et de Myron avait été des plus cinématographiques. Bruyante, extravagante, dans un amoncellement de valises et de malles. Au Pierre, évidemment, l'hôtel le plus cher de la ville, où ils avaient exigé une suite. Walter et Justine Wanger s'étaient mobilisés pour leur faire découvrir les derniers musts du monde du spectacle, qui demain dicteraient les modes du continent. Et Cooper, entraîné à leur suite, avait retrouvé Fay Wray qui jouait au Cogan Theatre dans *Nikki*, une comédie musicale écrite par John Monk Saunders, son mari.

Il l'avait revue peu après, à l'occasion d'un cocktail. Saunders, à l'écart, buvait fort, la mine dégoûtée, tout à son imitation obligée de Scott Fitzgerald. Un jeune homme élancé, cheveux noirs, yeux de velours, suprêmement élégant, en qui Cooper reconnut son partenaire à la scène, paraissait aux petits soins pour Fay. Elle jetait des regards inquiets en direction de son mari, mais quand elle avait vu Coop, son visage s'était éclairé et, laissant là sa cour, elle était venue vers lui, rieuse, exigeant des nouvelles de Ruth et de Monty. Et puis elle avait lu son portrait dans le *New Yorker* – Cooper le héros ! Elle voulait en savoir plus, Monty et lui étaient bien les deux personnes les plus cinglées qu'elle avait rencontrées, mais les plus adorables. Leur conversation, malheureusement, avait été interrompue par Saunders, titubant, bien décidé à chercher querelle. Comment pouvait-elle supporter un type pareil ?

On était à la mi-juillet, la chaleur dans la ville était accablante. Cooper s'était fait le mentor des deux frères, au fil de longs week-ends chez les uns et les autres. À Rockport d'abord, pour une virée à bord de la *Lizzie Belle*, le temps d'apprendre de

Walter les derniers échos d'une Paramount encore sous le choc du départ de David, que Lasky vivait comme un abandon au moment où il fallait unir ses forces contre les conseils d'administration new-yorkais. Les messieurs à cigares et gilets ! Leurs inquiétudes s'augmentaient de la distance, bien sûr. Les nababs de la Babylone californienne étaient hors de contrôle, mais c'était dans la bourse des banquiers qu'ils puisaient à pleines brassées pour leurs extravagances.

— Ils sont tellement pas du même monde ! avait glissé Walter à Cooper, tandis que les autres s'ébattaient autour du ketch à l'ancre dans une crique. Tant que l'argent coulait à flots, ils faisaient mine de l'oublier, mais dès que ça se crispe… Les bourgeois et les voyous ! Mayer, Fox, les frères Warner, Harry Cohn – pour New York, ils ne seront jamais que des Juifs sortis du ruisseau. Et l'art, ici, c'est le théâtre, pas le cinéma…

Il y avait là Jenny Dove, une jeune actrice de leurs amies, brunette timide, Fred et Adele Astaire, les danseurs rois de Broadway, frère et sœur qui triomphaient dans *The Band Wagon* à l'Amsterdam Theatre, et allaient tourner un bout d'essai pour la Paramount, mais David et Myron n'avaient d'yeux que pour Justine Wanger, apparue en maillot de bain. Myron avait coassé un « vous n'avez jamais pensé à faire du cinéma ? » du meilleur goût, ce qui lui avait valu en retour un éclat de rire de l'intéressée.

— Non, pas vraiment. Coop, vous mettrez un mot à Ruth ? Je reprends mes études en septembre à la Columbia. D'endocrinologie.

Pas du même monde… David et Myron s'y étaient pourtant taillé un beau succès, lors des week-ends de Long Island, chez C.V., David Bruce, ou Bill Rockefeller. N'étaient-ils pas les amis de Coop ? Et puis les jeunes filles de la bonne société rêvaient comme toutes les autres à Hollywood, à ses extravagances, à sa magie, à ses effluves de péché. Myron s'était remis à boire et en rajoutait, mettant Cooper au supplice. Un soir où C.V. racontait comment, aux courses de Saratoga, il avait rencontré Al Capone venu s'excuser d'avoir truqué une course pour faire perdre *Équinoxe*, son yearling – « un charmant garçon, en vérité, juste un peu… voyant ? » –, Cooper avait surpris son regard allant de Myron à David. Et c'est vrai qu'ils avaient quelque chose d'Al Capone, comme s'ils avançaient dans le monde en boxant. Cooper avait mesuré, pour la première fois, à quel point ils ne savaient rien des codes des familles de New York et de Boston. Et ils avaient tout faux, bien sûr, en jetant l'argent par les fenêtres, ou en affichant un luxe ostentatoire…

Fort heureusement, du moins pour leurs projets, Myron était tombé malade. Le médecin ayant diagnostiqué une péritonite, Irene, l'épouse de David, était arrivée en hâte de Los Angeles. En parfaite femme du monde, elle avait rétabli l'équilibre.

C.V., d'abord hésitant – il était englouti dans les problèmes de succession et pour tout simplifier venait de créer une nouvelle compagnie minière –, s'était montré intéressé. Le cinéma était un domaine nouveau pour lui, mais il avait la passion du théâtre, avait même joué en amateur, et David Selznick pouvait se montrer convaincant : sa vision des mutations en cours, ses projets, tout cela paraissait prometteur. Selznick était jeune, vingt-neuf ans à peine, mais il avait un atout maître dans sa manche : Lewis Milestone, un des grands réalisateurs du moment, serait son partenaire.

— Mais enfin, s'étonnait C.V., s'ils croient tant à ce projet, pourquoi n'y investissent-ils pas leur propre argent ?

— Parce qu'ils n'en ont pas !

— Pas d'argent ? Ils sont au Pierre ! Et ils m'ont l'air de dépenser sans compter, non ?

Cooper, patiemment, lui avait expliqué Hollywood : l'argent coulant à flots faisait partie du spectacle, tout n'était que paraître. C.V. avait grimacé, puis en avait ri. Les choses paraissaient bien engagées, finissait par croire Cooper. Avec Myron d'abord, puis avec David, il avait pu enfin aborder son projet de film, ses idées de traitement. David s'effrayait un peu à l'idée d'un monstre en images animées, Myron penchait pour un homme habillé en gorille, ce qui montrait qu'ils n'avaient pas bien compris son idée, mais peu importait : l'accord implicite était qu'en cas de succès, David mettrait son film en production.

Début août, les vents avaient commencé à tourner. Un soir, à Long Island, C.V. avait pris Cooper à part. Les nouvelles n'étaient pas bonnes. Un de ses amis, actionnaire à la Metro Goldwyn Mayer, lui avait dévoilé le pot aux roses, que soupçonnait déjà Irene.

— Lasky a assuré à David que la Paramount distribuerait ses films ? Ça ne sera pas le cas. Mayer monte les majors contre son propre gendre !

— Mais enfin, pourquoi ?

— Parce qu'il tient son idée pour un danger mortel. Si demain les créateurs montent leurs propres unités, les majors se retrouveront de simples distributeurs, et ce sera la fin des « usines à rêves ». David a raison, pour l'avenir. Mais là, il va dans le mur…

Selznick avait accusé le coup, puis s'était ressaisi. Cette mobilisation contre lui, au moins, montrait qu'on le prenait au sérieux. Autrement dit, qu'il voyait juste. Mais tout était à recommencer. Et les semaines filaient. Irene ne cachait plus son inquiétude, l'hôtel coûtait une fortune qu'ils n'avaient pas. David, pour défier le sort, dépensait encore plus dans des soirées extravagantes. L'équation était simple : ou David imaginait comment contourner le boycott des majors, ou il ne trouverait pas de financier.

L'éclaircie était venue un week-end, à la mi-août, chez un ami de Cooper, David Bruce, en son domaine de Long Island. Du lourd, avait commenté Myron, découvrant qu'Ailsa, la maîtresse de maison, était la fille du secrétaire d'État au Trésor, Andrew Mellon. David se reposait sur une chaise longue, victime d'un coup de soleil après avoir voulu se faire passer pour un joueur de golf, Irene et Cooper, au bord de la piscine, sirotaient une citronnade avec Bruce quand ce dernier avait glissé :

— J'ai peut-être une idée.

Cooper, le soir précédent, lui avait exposé le projet de Selznick, et la nasse dans laquelle celui-ci se trouvait pris.

David et Irene se redressèrent d'un même mouvement.

— Je ne sais pas ce qu'elle vaut. Mais il vous faut un réseau de distribution, c'est ça ? J'ai un ami… David Sarnoff, le patron de la RCA. Mais attention, David : si ça marche, c'est donnant-donnant, vous faites le film de Coop, OK ?

Cooper comprit dans l'instant qu'il s'agissait de la RKO : la RCA, déjà actionnaire à 20 %, allait en prendre le contrôle. David Sarnoff était l'homme de la révolution de la radio, qui inquiétait tant Hollywood. Et il y avait de quoi : la radio, elle, portait ses programmes gratuitement dans la moitié des foyers américains. Sarnoff avait une vision, expliqua Bruce : qu'il en irait bientôt de même pour les images. La télévision n'en était qu'au stade expérimental, mais tout allait vite ! Et la clé, quand elle serait dans chaque foyer, serait d'avoir assez d'images à lui fournir. La RKO avait trois ans à peine, la plus petite des grandes compagnies mais pas la moins ambitieuse ! Avec, pour le moment, un réseau de deux cent cinquante salles.

— Et à ce que je sais, reprit Bruce, Sarnoff n'est pas satisfait de son directeur en charge de la production. Qui accumule les pertes.

Selznick et Sarnoff s'étaient vus et revus. Le visage rasséréné d'Irene semblait indiquer que l'affaire se présentait bien, ils se congratulaient déjà quand le sort avait frappé : Lewis Milestone, lassé d'attendre, avait cédé aux avances des United Artists.

Cette fois, c'était fichu. Le mois de septembre avait passé en vaines recherches. Myron, rétabli, buvait au-delà de toute raison, David rentrait de plus en plus tard, ou ne rentrait pas, perdu dans des tripots où il jouait ses derniers dollars.

— On dit que l'argent n'a pas d'odeur, explosa-t-il un matin. Si, il en a ! L'argent des grandes familles, ici, n'a pas la même odeur que celui d'Hollywood. Le nôtre sent mauvais. Il sent la sueur, la crasse et le sang. Il sent la misère à laquelle les pionniers se sont arrachés. Il sent encore le ghetto, il sent l'alcool des bootleggers. Ah ça, ils s'entendent à nous le faire sentir, qu'on n'est pas de leur monde !

Tout partait à vau-l'eau, se désolait Cooper. Y compris pour lui. On ne parlait plus que du retour des Johnson avec leurs gorilles, de leur tournée à venir et c'était comme si *Kong* s'éloignait. Les Lindbergh avaient atteint Nankin, la route vers l'Orient pouvait donc être ouverte, les essais en vol du S-40 étaient terminés, madame Hoover le baptiserait officiellement le 12 octobre – la Pan Am allait se refermer sur lui comme un piège.

David Bruce et lui avaient tenté une dernière approche de Sarnoff, balayé ses doutes : le génie qui tenait les clés du futur n'était pas Milestone, mais Selznick. Sarnoff ne s'était pas engagé ce jour-là, mais fin octobre il était revenu vers le jeune homme quand celui-ci, découragé, s'imaginait déjà contraint de quémander une place à son beau-père. Tout était allé très vite : début novembre, l'affaire était bouclée, Selznick nommé vice-président en charge de la production de la RKO à 2 000 dollars par semaine, plus 20 % sur les bénéfices. Le Pierre se souviendrait longtemps de la fête qui suivit.

Une promesse est une promesse. Selznick n'était pas de retour depuis quinze jours que déjà il appelait Cooper. Il avait besoin d'un bras droit, d'un vrai chef d'entreprise. Pouvait-il être celui-là ? La tâche n'allait pas être simple. Les pertes pour l'année frôleraient les 5 millions de dollars, le cours de l'action, de 50 dollars, avait chuté à 75 cents. Mais au moins ils seraient libres. Et ils débordaient de projets.

— Dont mon gorille ?

— Dont ton gorille.

Après des adieux qui lui avaient arraché des larmes – mais toute l'équipe de la Pan Am était persuadée, avec Juan, qu'il reviendrait, passé le tournage de son film, la vraie vie, la vraie aventure était à leurs côtés –, Cooper avait sauté dans un vol New York-Los Angeles de la Western Air Express. « Sa compagnie », comme disait Wellman.

Lancé, Wild Bill avait des accents prophétiques et, solidement arrimé au bar du Wilshire, n'envisageait pas de laisser quelque répit à son ami dont la tête dodelinait.

— Je te dis : tout va péter ! Tout *est en train* de péter.

Ses yeux brillaient d'excitation comme à l'annonce d'une bonne nouvelle. Les majors s'étaient ruinées pour équiper leur salle en sonore, juste au moment où la crise frappait. La fréquentation, de quatre-vingt-dix millions par semaine était passée à soixante-quinze, six mille des vingt mille salles du pays avaient fermé. Il détaillait la catastrophe avec des airs gourmands. La First National Bank, sur Hollywood Boulevard, avait fait faillite. Fait faillite, un peu plus loin, la Bank of Hollywood. Fait faillite, la banque d'investissement de Beesemyer, la plus grosse d'Hollywood – avec un aller direct de Beesemyer à la prison de San Quentin. Le Chinese Theater avait été vendu à la Fox. Neuf figurants sur dix n'avaient pas travaillé plus de trois jours dans l'année écoulée. Les villas des stars du muet passaient de main en main ou restaient à l'abandon. Hollywood s'entendait à tisser un rideau d'illusions, après tout, c'était même sa fonction, mais la tempête venait. Elle était déjà là.

— Ils continuent à frimer, les Zukor, les Mayer, mais c'est la panique ! Ils avaient oublié que les vrais patrons sont à New York. Ils rappliquent et ça va saigner !

Conseil d'administration tournant au pugilat, la Paramount sur le fil du rasoir, les contrats suspendus, les salaires en berne, l'humeur n'était plus à la fête, grondait Bill, comme s'il tenait là sa revanche.

— Et toi qui arrives en plein merdier ! Putain, tu ne vas pas te marrer…

Il éclata de rire à cette bonne blague du destin.

— Mais je vais te dire…, poursuivit-il. C'est pas plus mal, la crise ! D'ailleurs, la crise… Quand ça dure des années, c'est plus une crise, c'est qu'on change de monde. Non ?

Je vais te dire, répéta-t-il, en contemplant le fond de son verre.

— Ces trucs à la con, les stars, les paillettes, les plumes dans le cul, la magie, qu'ils disent : rien à foutre. Tu te souviens ? Je te disais que personne n'oserait montrer la vérité d'Hollywood, les crève-la-dalle, les filles qui finissent putes… Eh bien, ça vient.

Finis, les millions de dollars pour des girls emplumées, les comédies dans le beau monde. La crise allait obliger à des films à petit budget. Sur le monde réel. Avait-il vu les films de la Warner ?

— Du brutal ! Les gars des rues, la misère, la jungle urbaine, et plus de filles en fourrure, non : des filles qui se vendent pour *manger*. Tu sais combien j'ai fait de films pour eux, cette année ? Cinq. Et les acteurs… C'est pas du Valentino, ou de la Gloria Swanson, crois-moi. Des méchants, des voyous, des gueules !

Il citait des noms inconnus, James Cagney, Edward G. Robinson, Bette Davis, d'autres encore : le cinéma de demain. Déjà d'aujourd'hui.

— Le réel, mon vieux, il n'y a que ça de vrai ! Et ça va cogner. *The Star Witness, Public Enemy, The Night Nurse, Other Men's Women, Safe in Hell*… Faut que tu les voies ! Je vais t'arranger ça. Va falloir t'y mettre, mon vieux, si tu ne veux pas te planter.

Eh bien, songeait Cooper un rien sonné, ça donnait le moral, comme entrée en matière.

Il les avait trouvés tête-bêche, à plat ventre sur la moquette, au milieu de piles de dossiers : Selznick ébouriffé, la chemise sortie du pantalon, et un jeune homme trapu, au teint mat, les cheveux noirs, qui devait être Pandro Berman, son « autre bras droit ». Ils étaient déjà comme ça quand elle les avait quittés, sur le coup de minuit, avait soupiré la secrétaire, fataliste, en l'introduisant dans le saint des saints – d'ici qu'ils installent des lits de camp…

Wellman avait raison au moins sur un point : ça n'allait pas être une partie de plaisir. Contrats signés avec on ne savait trop qui, ni pourquoi, fusion avec les studios Pathé de Culver City laissés à l'abandon depuis leur rachat, mise en production de films sans vrais scénarios, budgets fantaisistes, de chaque placard dégringolaient des problèmes en cascade, cachés là par William LeBaron – on ne pouvait imaginer pire. Depuis son arrivée, gémit Selznick en se redressant, Pandro et lui ne travaillaient qu'à ça : différer les tournages qui allaient à la catastrophe, reprendre les scénarios, tailler, réécrire, trouver des auteurs, bref, limiter la casse. Il ne restait plus à Cooper qu'à tomber la veste, retrousser ses manches, et à se joindre à eux. Ils feraient le tour du propriétaire plus tard.

La secrétaire les interrompit, apportant un verre de jus d'orange. Elle attendit que Selznick le termine comme on vérifie qu'un enfant a bien pris sa potion, et chacun la suivit des yeux, un rien rêveur, tandis qu'elle quittait la pièce. Brune élancée aux yeux mauves, d'un calme olympien, cette fille avait une classe folle.

— Marcella ! N'y pensez même pas : j'ai essayé. Une sainte ! Et parfaite, avec ça. Elle organise tout, elle pense à tout. Même à mon manque de sucre.

Horatio, le comptable, les rejoignit sur le coup de midi. Ils déjeunèrent de sandwichs arrosés de bière sur un coin de bureau. L'homme des chiffres, lunettes cerclées, lèvres pincées et costume strict, avait le ricanement rentré des Cassandres trop longtemps ignorées tandis qu'il assenait en rafales les mauvaises nouvelles.

— En clair, coupa Selznick, chaque film est plombé dès le départ. À un bout, par 30 % de frais généraux affectés d'office. À l'autre, par le rapport des salles de projection : 20 % des entrées. Alors que les majors, elles, encaissent entre 30 ou 40 %...

Pour les salles, il ne fallait pas trop rêver, avertit Horatio. 20 % était probablement le maximum pour rester à l'équilibre, vu les sommes investies par Sarnoff dans la création du réseau.

D'autant que les salles, en plein marasme, ne savaient plus quoi inventer pour attirer le client : des tombolas, avec des paniers en osier à gagner, des services à thé, des jambons, des aspirateurs.

— Et même, à New York, des séances gratuites de psychanalyse, soupira Selznick. Si, si, je l'ai vu. Avec en prime des ice-creams.

Sur les frais généraux, risqua Cooper, il n'y avait que trois moyens de changer la donne : augmenter le nombre de films…

— L'usine à films ? Jamais ! Sinon, autant rester à la Paramount, protesta Selznick.

— … Ou tailler à la machette dans les charges.

Les narines d'Horacio frémirent à la promesse du sang.

— Tu saurais faire ça ? Un regard neuf. Et puis tu as dirigé une grosse boîte…

Cooper fit la grimace. Comme cadeau d'arrivée… Avec la suspension des contrats dans moins de soixante jours décidée dès la prise de fonction de Selznick, le climat devait être à la débandade. Il fallait arrêter ça au plus vite. Tailler dans le vif, ne garder qu'un noyau dur, mais en le soudant dans un projet commun, ou sinon tout partirait à vau-l'eau.

— Avec ta réputation, tu es l'homme de la situation, non ?

Il ne savait pas quelle réputation il avait, mais bon, il pouvait essayer.

— Le héros, le guerrier, le baroudeur, l'homme qui affronte les tigres à mains nues, qui a fait la Pan Am à la force du poignet… Ils n'oseront pas moufter !

Quelque chose dans le regard de Cooper incita son laudateur à ne pas en rajouter.

— Coop a dit trois moyens, risqua Pandro pour changer la conversation.

— Oh ! Et, bien sûr, faire des films géniaux.

Ils allaient faire des films géniaux. Qui pouvait en douter ? s'étonna Selznick. Il se lança dans l'exposé d'un film que personne n'avait osé, qui allait « secouer le cocotier », mais Cooper n'écoutait plus. Soixante jours : il n'avait que soixante jours pour réussir.

L'annonce de son arrivée avait fait passer un vent de panique dans les bureaux – le tueur de coûts, le guerrier, l'aventurier casse-cou ne laisserait rien debout, chacun devait se préparer au pire. Puis le vent avait tourné, timidement. Certains essayaient de se rassurer : nul ne pouvait ignorer l'insolente réussite de la Pan Am. À la différence de certains, lui au moins sortait de son bureau, jouait apparemment franc-jeu, écoutait avant de trancher et même, chose impensable dans cet univers de faux-semblant, paraissait être un homme de parole. Un peu direct parfois. On se racontait comment il avait mis le holà au chaos où s'enlisait un film lancé par LeBaron, *The Lost Squadron*[1]. Selznick, l'œil candide, lui avait passé la patate chaude – une histoire d'aviateurs, s'il pouvait y jeter un œil ? Il avait d'abord cru qu'il s'agissait d'un scénario bancal, à reprendre, et certes il l'était : l'histoire d'un réalisateur mégalomaniaque, joué par Erich von Stroheim, qui, pour pimenter son film, tentait d'envoyer ses cascadeurs volants à la mort – mais tout allait aussi de travers sur les lieux de tournage, dans la San Fernando Valley. Archainbaud, le réalisateur, ne contrôlait plus rien, et les aviateurs en révolte troublaient le tournage. L'un d'eux, Bill Clothier, avait eu la surprise, quand il s'apprêtait à piquer sur l'équipe de tournage pour perturber une scène au sol, de voir surgir de nulle part un autre avion, qui l'avait contraint à se redresser, puis à se poser. S'en était suivie une explication à coups de poing. Le cul dans la poussière, Clothier avait réalisé que l'homme rouge de fureur qui lui brandissait son poing sous le nez était son patron, Merian Cooper lui-même. Qui avait viré Archainbaud illico, mobilisé les troupes, terminé le film. Et Bill Clothier répétait à l'envi : « Je me disais, bon, je suis viré. Et lui qui me file une tape sur l'épaule : "Une sacrée bonne bagarre ! Putain, t'as failli me casser une dent !" avant de me donner un rôle. Bon Dieu, ça a filé droit… »

Depuis, les « busards » de l'« escadrille de la mort » qui, après la guerre, avaient trouvé refuge à Hollywood pour des cascades de plus en plus risquées ne juraient que par Cooper, « resté un des leurs ».

Pas assez fort, pas assez grand, plus vite ! Il déboulait sans crier gare sur les plateaux, bousculait les scénaristes, qu'ils pensent en images, coupent leurs bavardages ! Son bureau prenait des allures de Q.G. de campagne. Quand on le voyait passer les bras chargés de paquets de crackers et de fromages, chacun savait que le tocsin allait sonner, et que longue serait la nuit. Zoe Porter, sa secrétaire, soupirait bien un peu, mais qui pouvait résister au cyclone Cooper ? D'ailleurs, ne s'amusait-on pas plus à créer quelque chose ensemble à grands jets d'adrénaline qu'à s'ennuyer tout seul chez soi ?

Faute d'argent, ils avaient dû renoncer à l'idée d'une équipe de producteurs délégués. Ils n'étaient donc que trois, David,

1. *Les Quatre de l'aviation.*

Pandro et lui, pour assurer la production d'une cinquantaine de films. Dont *Kong*, évidemment…

— À propos de films géniaux…

— Ton gorille ? C'est promis, on va le faire.

Selznick, épuisé, se frottait les yeux. Irene allait finir par se demander si elle avait un mari, répéta-t-il pour la troisième fois. Il fallait tout de même qu'ils dorment un peu – ce que Pandro faisait sans s'en apercevoir. Ils avaient trouvé tous trois refuge au Montmartre Café, mais la tension accumulée était telle qu'ils ne parvenaient pas à s'en libérer et ils restaient là, incapables de se séparer. Étienne Pélissier Jacques de Bujac régnait toujours sur les lieux avec une élégance distante, mais la foule au-dehors était moins dense, et nulle vamp ne dansait plus le charleston sur les tables, en souvenir des *good old days*…

Il s'agissait bien de *Kong* ! Non. Wellman l'avait juste un peu bousculé, avec ses films de la Warner. Il lui en avait fait découvrir trois, coup sur coup.

— C'est vraiment ça qui est à la mode ?

Selznick poussa un long soupir. C'était la mode, oui.

— À peu près 15 % des films, cette année. Peut-être 20 %, l'année prochaine. Tu en penses quoi ?

Cooper fit la grimace. Bill Wellman l'avait prévenu : ça cognait fort.

— Si c'est l'Amérique d'aujourd'hui…

Plus de rêve : une jungle où chacun était tout à la fois chasseur et proie. Le seul moyen de s'en tirer, pour les déshérités, était de se faire gangsters. La morale ? Un moyen trouvé par les puissants pour les tenir en laisse. Aucune différence entre la loi du marché et celle des gangsters : les loups se mangeaient entre eux.

— L'autre jour, dit Berman d'une voix ensommeillée, j'ai vu dans un journal une pleine page sur Capone. Eh bien, elle titrait : « La biographie d'un self-made-man » !

— Et les femmes… reprit Cooper : je ne sais plus dans lequel des films de Bill, ce type, James Cagney, écrase un pamplemousse sur la joue de sa « copine ». Comme ça, par méchanceté.

— Faut s'y faire, soupira Selznick. L'Amérique c'est ça aussi.

Quelque chose s'était brisé dans le tréfonds et bien malin qui pouvait dire où ça les mènerait. Le succès de l'année était le petit bouquin d'un journaliste : *Oh Yeah ?* – juste des extraits de discours de politiques et d'experts, de 1929 à aujourd'hui. À pleurer de rire. Aux actualités, dans les salles, les gens sifflaient au seul nom de Hoover, applaudissaient aux déclarations pro-communistes de George Bernard Shaw !

— Même Cecil B. DeMille… Il revient de Russie et ne parle que d'y retourner. Tu sais ce qu'il veut filmer, là-bas ? Une fresque épique sur leur plan quinquennal.

Là, pour le coup, Cooper se redressa. Le communisme, il avait payé pour savoir ce qu'il était, et ses camps de concentration…

— Tu as envie de faire des films comme ça ?

— Écoute, pas chers, vite tournés, avec un public pour…

Et devant la tête de Cooper :

— Mais non ! Je rigole. C'est la spécialité des frères Warner. Ceux-là… Ils ne sont jamais sortis du ghetto de leur jeunesse. Des teigneux. En guerre contre tous. Et en guerre entre eux. M'étonnerait pas que Jack, un de ces jours, dessoude Harry, ou l'inverse. N'empêche : ils disent quelque chose de l'Amérique.

Son *Kong*, songeait Cooper, n'était décidément pas à la mode… Un ronflement léger l'arracha à ses pensées. Berman, la tête calée entre les poings, s'était endormi pour de bon.

— Ce n'est pas mon Amérique, sûr…

— Ni la mienne, dit Selznick. Mais il faut entendre ce qui se passe. On ne peut pas continuer à faire des films à l'ancienne.

Il écarta les bras, théâtral.

— Ne nous reste plus qu'à être géniaux !

— Oui, mais alors demain, gémit le pauvre Berman.

— Justement j'ai deux ou trois idées qui pourraient… commença Selznick, retrouvant son énergie.

— Demain !

« Il n'y a pas que les films de gangsters », dit gravement un jeune homme au visage d'adolescent. Depuis un moment, il écoutait en silence Seton Miller, un scénariste de la Warner, livrer au petit groupe autour de Selznick et Cooper quelques anecdotes du tournage d'un film à la gloire d'Al Capone qui, à l'en croire, allait faire date. « Scarface » Capone, condamné trois semaines plus tôt à onze ans de prison, avait mis Hollywood sens dessus dessous, et pareillement la police, quelques mois plus tôt, quand il était venu vérifier par lui-même l'état de ses investissements – n'était-il pas juste qu'Hollywood, en retour, lui rende hommage ? Après tout, ricanait Miller, ignorant quelques timides protestations, sans l'argent des bootleggers, la Mecque du cinéma n'aurait pas vu le jour. Bientôt la prohibition ne serait plus qu'un souvenir. À peine les gangsters qui avaient régné sur ces Années folles étaient-ils arrêtés, que déjà ils passaient du monde réel aux écrans de cinéma. N'était-ce pas cela, la légende américaine ? Le plus drôle de l'affaire, lança-t-il en s'étouffant de rire, était que la nouvelle génération de malfrats commençait à imiter les expressions et les modes vestimentaires des acteurs supposés incarner leurs aînés, chaussures bicolores et cravates blanches sur chemises noires…

— Ils ne font qu'effleurer la surface des choses, reprit l'inconnu, d'un ton quelque peu sentencieux, tandis que Miller fronçait les sourcils.

Selznick éclata de rire.

— Coop, il faut que je te présente Junior ! Carl Laemmle Jr, le patron d'Universal depuis que son père a passé la main.

Et à voix basse, mais assez fort pour que Junior l'entende :

— Il boit le sang de ses acteurs, dort dans les cimetières, séquestre de jeunes vierges dans des souterrains. *Dracula*, *Frankenstein*, c'est lui ! Tu ne les as pas vus ? Ah, il faut !

Ce gamin d'un mètre soixante à peine, qui rosissait aux paroles de Selznick ? Cooper, intrigué, le prit par le bras, l'entraîna à l'écart – pas que les films de gangsters ?

Pour fêter l'installation de Cooper au Château Élysée, le palace aménagé par sa propriétaire, Elinor Ince, en vastes appartements pour gloires du cinéma, le patron de la RKO donnait ce soir une fête en son honneur, où se pressait une telle foule que son ami aurait été bien en peine de mettre un nom sur le dixième de l'assemblée. Mais peu importait dans le fond, l'essentiel était de se faire voir.

Ils étaient tous venus. Harry Cohn, le tyran de la Columbia, admirateur de Mussolini, yeux noirs, larges épaules, bloc de violence contenue – « je n'ai pas d'ulcères, je leur en donne ! » –, toisait ses voisins en permanent défi, mais s'était forcé à un sourire en serrant la main de Cooper. Jack Warner, veste criarde, tout en esbroufe et en provocation, au débit saccadé de petit gars du Lower East Side qu'il était resté, jetait des regards furieux sur Harry, son frère sérieux et réservé – il se disait qu'une semaine auparavant, Jack avait essayé de le tuer à coups de tuyau en plomb, et tous savaient qu'ils se haïssaient depuis l'enfance. William Fox, le roi des braillards selon Selznick, paraissait éteint, soucieux, avait-il des soucis ? Irving Thalberg, aux airs d'oiseau blessé, presque diaphane, prince romantique et lointain de la MGM, était sorti à la surprise de tous de sa retraite pour dire à quel point il avait aimé *Chang*. Zukor et Lasky étant à New York, Schulberg représentait la Paramount. Louis B. Mayer, enfin, avait fait son apparition, massif, aux allures d'empereur romain, pour inviter ce Cooper dont tout le monde parlait à une petite fête qu'il donnerait le week-end prochain, en sa propriété.

— Tu as vu comme ils s'observent ? Prêts à s'entre-tuer. Mais ils veulent tous te voir, avait chuchoté Selznick. Pour eux, tu es l'homme de l'Est. Ils savent de qui tu es l'ami, là-bas : tous ceux qu'ils craignent ! Ils hésitent entre te savonner la planche ou t'attirer chez eux...

King Vidor sorti du montage de son film, La Cava revigoré d'avoir mené le sien à bien, Rouben Mamoulian en plein tournage pour la Warner, Frank Capra, qui jetait des regards furieux à Harry Cohn, pourtant son patron, George Cukor en passe de rejoindre la RKO, et Wellman plus « Wild Bill » que jamais, ils étaient tous venus, au milieu d'un tourbillon d'acteurs et d'actrices, stars et demi-stars, débutants et starlettes, pressés de voir le nouvel homme fort et surtout de se faire voir. Dolores del Rio et Joel McCrae, inséparables depuis Hawaii, avaient fait une apparition remarquée, et une bousculade vers l'entrée avait signalé l'arrivée du nouveau « sex-symbol » Jean Harlow, la blonde explosive, au bras de Paul Bern, son mari. Un rire de gorge monta d'un petit groupe et Cooper reconnut Constance Bennett, dont la RKO voulait faire sa star – elle s'y entendait pour capter l'attention, appuyée sur le bras de Selznick avec une autorité de propriétaire qui ne devait pas être sans fondement, vu comment il les avait surpris un jour, en poussant brusquement la porte de son bureau, ce qui expliquait peut-être l'absence d'Irene Selznick, déclarée souffrante. D'avoir récemment épousé Henry le Bailly de La Falaise, marquis de la Coudraye, lui-même fraîchement divorcé de Gloria Swanson, ne paraissait pas avoir affecté l'effervescence de sa vie sentimentale. Dans la salle de réception bondée, les couples s'enlaçaient aux rythmes langoureux d'un orchestre latino, des rires étouffés fusaient des bosquets du parc, quelques jeunes filles éméchées, ou en attente de chevaliers servants, s'étaient jetées tout habillées dans la piscine, sous le regard impassible des serveurs. La soirée restait incroyablement douce pour un mois de décembre. À cette heure, songea Cooper, New York devait se trouver sous la neige…

Il chercha du regard Ted Curtis, Buckley, Holden, Moseley, ses nouveaux amis de l'« escadrille de la mort », les vit dans le jardin buvant et riant fort, autour d'une petite comédienne, jolie comme un cœur, déjà remarquée sur le tournage de *The Lost Squadron*, Dorothy Jordan – pour la protéger du fou furieux qui la harcèle, glissa Wellman, en désignant un jeune homme élancé, aux allures de play-boy, dissimulé derrière une colonne, à l'en croire un cinglé : Howard Hughes. Cooper allait les rejoindre, laissant le scénariste de la Warner à son admiration pour les gangsters bienfaiteurs d'Hollywood et de l'humanité, quand la remarque de ce gamin, patron de fait d'Universal, l'avait fait sursauter.

— Pas que les films de gangsters ?

Lancé, le gamin était intarissable, avec de brusques silences embarrassés, comme s'il se reprochait son enthousiasme. Qui se souvenait des livres sur les conditions de vie sous la Révolution française ? Mais on n'avait pas oublié les romans gothiques, *Les Mystères d'Udolpho* d'Ann Radcliffe, *Le Vathek* de Beckford, Le *Moine* de Lewis…

— Et vous en connaissez, vous, des grands films sur la dernière guerre ? *Wings* ?

Laemmle Jr eut une moue de dédain, puis rougit, consterné : il avait oublié à qui il parlait… Cooper rit franchement. Il était du même avis. Mais comment dire la guerre ? Parce que lui cherchait toujours la réponse.

— Vous avez vu *Le Golem* ? *Le Cabinet du docteur Caligari* ? *Nosferatu le vampire* ? *M. le Maudit* ?

Cooper secoua la tête. Schoedsack, lui semblait-il, avait cité certains de ces titres, mais il y avait longtemps.

— Mon père est né en Allemagne, vous savez. Il me les a montrés très tôt. Des films d'horreur, soi-disant. « Expressionnistes » serait plus juste. Si vous voulez les voir, ce sera avec plaisir, vraiment. Et puis mon père a ramené d'un de ses voyages Ulmer, Edgar Ulmer. Il a travaillé avec Murnau et Fritz Lang !

Aucun film « réaliste », pour lui, n'avait dit avec une force comparable le séisme qui avait emporté l'Europe, le mélange de désespoir et de colère, le vertige aussi des abîmes où chacun s'était vu.

— Le début de *Nosferatu*… Ça vous file des frissons. Le titreur français a changé un carton, aux portes du domaine du comte Dracula : « Et quand il eut dépassé le pont, les fantômes vinrent à sa rencontre. » Un coup de génie ! Les fantômes ont à nous dire plus de choses qu'on ne croit… Et les monstres, dirait Tod Browning. Celui-là, je suis sûr que vous aimeriez le rencontrer…

Quand il s'était lancé avec lui dans le projet *Dracula*, il n'en menait pas large. Son père devenait fou d'angoisse, le budget avait grimpé à 400 000 dollars, tous, autour de lui, étaient au bord de la folie, mais le public avait répondu en masse. *Frankenstein*, dans la foulée, avait eu le même succès. *Le Double Assassinat de la rue Morgue* allait bientôt suivre.

— Edgar me le répète tout le temps : ce sont les mythes qui disent la réalité ! Ils donnent un visage à nos peurs, aux forces qui s'éveillent, aux monstres qui viennent…

Ce gamin ne sachant rien de la guerre lui faisait presque la leçon…

La silhouette d'une femme traquée jaillissait de la nuit pour s'y perdre à nouveau, des pneus crissaient au loin sur l'asphalte, les phares d'une voiture balayaient les ténèbres et puis plus rien, que le halètement de quelqu'un qui fuyait – lui, peut-être… Où qu'il aille, tout se refermait en piège, nul ne sortirait jamais de cette jungle de pierre et d'acier. Elle se faisait sous ses pas forêt, lianes, taillis où rôdaient des ombres formidables, territoire d'une chasse à l'homme, à la femme, à l'argent, se creusait devant lui en escaliers obscurs, en trappes, en cachots. La lumière vacillait aux carrefours, des visages se tournaient vers lui, menaçants, les bouches se tordaient en rictus quand les démons ôtaient leurs masques. Des rafales éclataient, très loin, on entendait des cris, et puis, dans le tréfonds, la rumeur de la ville digérant ses proies. Il n'y avait pas d'issue.

Il courait à perdre haleine mais restait immobile, les voitures se croisaient dans des bruits de trompes et des sifflets, là-bas des gens couraient qu'il ne connaissait pas, il aurait voulu crier mais nul son ne sortait de sa gorge, des pinceaux lumineux balayaient le ciel, et il le vit alors, silhouette impossible, bête d'apocalypse envahissant le ciel de ténèbres, étendant son ombre sur la ville, jungle de pierres ou jungle des premiers âges, qu'importe, il était le maître, la force primordiale, il était Kong !

Cooper se réveilla en sursaut, s'efforça de retenir les images qui déjà vacillaient. Il n'y avait pas que les films de gangsters. *Kong*, après tout, était peut-être aussi actuel.

— Horatio ! Qu'est-ce qui vous arrive ?

Il l'avait croisé dans un couloir, sur le coup de midi, et si l'homme des chiffres avançait de biais, ce n'était sûrement pas pour faire valoir son meilleur profil. Pas de doute : le malheureux, penaud, essayait de cacher un magnifique coquard. Après leur déjeuner, la semaine précédente, et l'esprit embrasé par les perspectives ouvertes de grand ménage, il s'était risqué seul dans la « zone interdite » où depuis deux ans se préparait le « film secret ». Il s'était fait proprement éjecter, et comme il revenait à la charge Obie, le patron de l'équipe, l'avait, disons, défié à la boxe.

Un film secret ? Une zone interdite ? Horatio avait pris des airs de conspirateur en l'entraînant dans son bureau : le grand projet de William LeBaron. Celui qui devait porter la RKO au sommet. Si révolutionnaire, que personne hors l'équipe de tournage n'en devait rien savoir. La « production 359 » avait donc débuté dans un bâtiment à l'écart, deux ans plus tôt, avec un budget estimé à 650 000 dollars.

— Sauf que le tournage était prévu sur vingt semaines. Et qu'ils y sont encore. Enfin, je pense…

Le budget prévisionnel, entre-temps, avait doublé.

— Je me suis inquiété, bien sûr, des sommes qui filaient, monsieur Cooper. Je connais mon travail, mais monsieur LeBaron m'avait interdit de m'en occuper. Avec tous ses soucis, ces derniers temps, je crois qu'il a oublié. Mais l'argent file toujours. (Il compulsa ses dossiers.) 200 000 dollars au jour d'aujourd'hui pour quelque chose que personne n'a vu. D'autant qu'on risque gros, en s'approchant…

Selznick allait sauter au plafond, en découvrant cette histoire de fou.

— Mais enfin, c'est quoi, ce film ?

Horatio eut un geste d'impuissance. Le dossier devait se trouver dans les papiers laissés par LeBaron. La production 359. Peut-être sous le titre *Creation* – il avait entendu LeBaron, une fois, l'appeler par ce nom. Lui ne faisait que tenir la comptabilité. Tout ce qu'il savait, c'est que c'était l'équipe du *Monde perdu*, autour d'Harry Hoyt, le réalisateur, et de Willis O'Brien pour les animations.

Willis O'Brien ? Cooper faillit tomber à la renverse. Willis O'Brien, le magicien, le seul sans doute capable de donner vie à Kong, était ici même, à la RKO ! Alors que personne jusque-là n'avait été en mesure de lui dire ce qu'il était devenu.

Si ce n'était pas un signe…

Mais où était passé O'Brien ? Trop sûr de la sentence, il avait fui la projection du peu qu'il avait tourné de *Creation*. Nul, depuis, ne l'avait revu. Occupé à tringler une pute, avait hurlé sa femme, les yeux fous, en claquant la porte au nez de Cooper. Mais l'adresse de Westwood Hills, donnée par Horatio, n'était plus la bonne. Obie, comme l'appelaient ses amis, vivait depuis un an séparé d'Hazel. Tous s'y étaient mis, après une réunion où Cooper les avait rassurés : *Creation* s'arrêtait, Hoyt serait dédommagé, mais leur travail ne serait pas perdu, il avait un autre projet, à lancer sans tarder. À condition de retrouver O'Brien. Bootleggers, piliers de bars, prostituées, joueurs, Myron, appelé à la rescousse, connaissait du monde, « du côté de la vraie vie » comme il disait, et le téléphone avait vite sonné. Cooper et lui avaient trouvé Obie écroulé dans son vomi, soûl, malade, à demi inconscient, dans l'arrière-salle d'un bouge. Pas trop tôt, avait grommelé la brute balafrée derrière le comptoir.

— M'en allais le foutre aux ordures, moi. Il a chié partout, le salaud, dégueulé sur mes pieds ! Qui c'est qui va me payer ?

À en juger par l'odeur, sûr, ça n'était pas brillant. Myron avait ramassé de vieux journaux pour protéger ses sièges.

— Le salopard, finit par bégayer Obie, écroulé à l'arrière, si je le trouve, j'lui file un coup de latte dans les couilles…

— Qu'est-ce qu'il dit ? s'inquiéta Cooper.

— M'étonnerait pas que le salopard, ce soit toi, dit Myron, en sifflotant.

Heureusement, Obie avait ses clés dans une poche, et ils le portèrent jusqu'à sa salle de bains. C'est pas possible de puer autant, gémit Myron, tandis que Cooper faisait couler un bain. Le barman n'avait pas exagéré le constat du désastre. Myron, découragé, avait appelé sa femme au secours, et une infirmière, du genre dure à cuire, était arrivée dans l'heure, qui les avait renvoyés chez eux. Elle veillerait sur l'épave, qu'ils reviennent demain !

— Il en tient une sévère, commenta le dragon en leur ouvrant la porte le lendemain. M'est avis que deux-trois jours à l'hosto ne lui feraient pas de mal.

Ils l'avaient trouvé le lendemain sous sa couette, les yeux mi-clos.

— Vous êtes qui, vous ?

— Moi, c'est Myron. Je vous ai ramené ici, hier. Avec lui.

— Et lui, là, qui ne dit rien ?

— Lui ? C'est le salopard dont vous vouliez éclater les couilles.

— *Cooper* ?

Obie essaya de se lever en titubant, se mit en garde, et retomba sur son lit.

— Et puis merde…

L'infirmière arriva avec un pot de café fumant et des œufs brouillés, mais son estomac, encore en état de rébellion, l'expédia illico dans les toilettes.

Et c'est ainsi, tandis qu'Obie étreignait convulsivement la cuvette des waters, que Cooper lui tint le même discours qu'à son équipe. Pour s'attirer, en réponse, dans un hoquet :

— Putain, connard, tu pouvais pas le dire plus tôt ?

Avec un peu de chance, se dit Cooper, ils risquaient de bien s'entendre.

Ainsi donc, c'était là le saint des saints, que nul n'approchait sans dommage : un capharnaüm que chacun des hurluberlus devait juger parfaitement rangé, selon des critères personnels. Tricératops, brontosaures, allosaures, dinosaures de toutes tailles, sauriens convulsés de rage, collés au mur, suspendus au plafond, ou jetés en vrac sur des tables, accueillaient les visiteurs imprudents. Des têtes à demi écorchées fichées sur des tiges, des squelettes recouverts de caoutchouc et de peaux de lapin se dressaient, mélancoliques, au milieu de mécanismes qui n'étaient pas sans évoquer l'attirail d'un chirurgien fou égaré dans un atelier de bricolage. Depuis quand avaient-ils aéré les lieux ? Aux odeurs de moisi et de colle de poisson, se mêlaient celle, plus fine, d'orge fraîchement maltée, et d'autres encore de nature plus virile, mais ils paraissaient si contents de lui faire l'honneur des lieux qu'il se garda de toute remarque. À force de vivre avec leurs dinosaures, peut-être avaient-ils perdu tout contact avec le monde réel.

Ils s'assirent où ils pouvaient. Il y avait là Marcel Delgado, le sculpteur-maquettiste, fine moustache d'hidalgo, regard intense, qui trébuchait sur chaque mot comme s'il commençait juste à apprendre l'anglais, et les peintres-illustrateurs, Byron Crabbe, ébouriffé discret, Mario Larrinaga tiré à quatre épingles, cravate, gilet et crâne dégarni, mais le plus fou de la bande selon les autres, tous serrés autour d'Obie, le teint frais, l'œil pétillant, qu'on avait quelque peine à imaginer en pleine débâcle peu avant.

Kong ! La force primordiale, le chaos premier. Cooper allait et venait, enjambant machinalement les bestioles à demi terminées ou cassées traînant à terre, tandis qu'il leur livrait ce qu'il savait de son projet. Il avait imaginé, un temps, de combiner figures animées et prises de vues en Afrique ou ailleurs, mais en visionnant *Creation*, il s'était dit que tout pouvait être tourné ici. Se trompait-il ? Le pire, pour eux tous, serait de se payer de mots.

Il ne se trompait pas, assurèrent-ils en chœur. Ils avaient tâtonné longtemps, au début tout était à inventer, ou à perfectionner, mais à présent ils étaient au point.

Enfin, *presque* au point, corrigea Willis, et c'est ce « presque » qui convainquit Cooper : il y aurait forcément des situations imprévues, des techniques à imaginer, tout dépendait du scénario. Mais il était où, au juste, ce scénario ?

Non, il n'avait pas encore un scénario achevé, dut avouer Cooper, celui-ci dépendait trop des possibilités de l'animation, du choix entre Afrique et studio, mais les scènes chocs, oui, il les tenait. Le surgissement de Kong, Kong enlevant la jeune fille, la traque et l'affrontement dans la jungle, un combat de Kong contre un autre animal, Kong exhibé à New York, Kong s'échappant, Kong au sommet d'un gratte-ciel, attaqué par des avions… Il fallait toujours des scènes chocs, qui concentreraient l'énergie du film, resteraient gravées dans les mémoires – « Nos courses de char », répéta-t-il en référence au *Ben Hur* de Fred Niblo.

— Mais pas une, non : cinq, dix, que les spectateurs sortent sonnés !

Il leva les bras.

— Quelque chose d'énorme, les gars ! Quelque chose qui jamais n'a été vu ! Sinon, ce n'est pas la peine…

Mais il fallait aller vite. Bientôt, les choses se figeraient de nouveau, budgets, équipes, projets, et tout serait plus difficile…

Sur un signe discret d'Obie, Byron Crabbe retourna une toile posée contre le mur.

— Trois fois rien, juste ce qu'on a imaginé, à partir du peu qu'on savait. Mais tout ce qui est dans l'image, on peut le faire.

Peint à l'huile, en grand format, un chasseur vu de dos s'interposait, fusil à l'épaule, entre un monstre mi-singe mi-homme, écumant de fureur ou de lubricité, et une jeune sauvage à demi nue, tenant un poignard à la main. C'était assez loin de ce que lui-même avait en tête, mais peu importait, à ce stade, se dit Cooper : au moins ils étaient mobilisés.

Restait à lever quelques inquiétudes. Sans rentrer dans les détails techniques, était-on sûr qu'en cas d'images superposées, on ne distinguerait pas l'une de l'autre ? Il lui avait bien semblé dans *Creation* que l'image du décor sur laquelle venait se plaquer celle des acteurs restait plus grise…

Le visage d'Obie s'éclaira : problème réglé ! Sidney, du service décoration, venait de mettre au point un nouveau type d'écran, en cellulose et acétate, sur lequel projeter l'image première.

— Jusqu'ici on travaillait sur des plaques de verre passées au jet de sable. Avec une tache lumineuse au centre et une baisse de luminosité sur les pourtours. Terminé ! Maintenant, on peut avoir de vrais blancs, des noirs profonds. Plus de différence entre les plans !

Et si l'on voulait mêler vraiment les figures animées et les acteurs ? Parce que la clé était là : que les animaux ne soient pas un élément du décor mais des acteurs.

On pouvait, assura Obie, approuvé par les autres. Ils n'attendaient même que ça. Personne à ce jour n'avait vu tout ce que la technique permettait – avec un peu d'imagination.

— Sans y passer dix ans, ajouta-t-il, devinant l'inquiétude de son interlocuteur.

Eh bien c'est entendu, conclut Cooper, on fonce. Et d'abord, par une démonstration à clouer Selznick dans son fauteuil.

— Un combat entre dinosaures. Le plus spectaculaire de *Création*. Et vous y insérez deux hommes qui observent la scène, *puis qui y pénètrent*. C'est possible ?

C'était possible.

— Il faudrait aussi une dizaine de grands dessins sur les scènes chocs. Mais attention ! Tout ce qui sera montré doit être réalisable. Vous pourrez me faire ça ? On travaillera ensemble au monstre, qu'il ressemble plus à un gorille...

Pendant ce temps-là il lancerait aussi l'écriture du scénario. Avec une star. Il attendit quelques secondes, sûr de son effet.

— Edgar Wallace. Il vient d'arriver. À la RKO, pour trois mois au moins.

Edgar Wallace ! Ils se mirent tous à parler en même temps. Qui n'avait pas lu un Edgar Wallace ? Le génie du roman policier. Dont chaque livre était immédiatement un best-seller. Venu tout exprès d'Angleterre... Décidément, ça devenait sérieux.

Selznick avait gémi, protesté, tenté en vain de différer. La promesse de Sarnoff d'une liberté de choix n'avait pas tenu longtemps devant l'énormité des pertes. Ils vivaient tous avec un fusil sur la tempe et une meute de financiers au conseil d'administration, à New York, pressés d'appuyer sur la détente. Il avait déjà lancé deux films à hauts risques, Cooper voulait-il sa mort, en y ajoutant *Kong* tout de suite ? La grande lessive commençait là-bas, et menaçait ici. D'ailleurs, tout le monde voulait sa mort, son beau-père voulait sa mort, les nababs voulaient sa mort, Myron s'était mis en tête de le saigner à blanc en devenant l'agent de tous ses acteurs, et maintenant Merian Cooper, qu'il croyait son ami, s'y mettait ?

— Tu as lu ce qu'ils écrivent ? « Les ruses incroyables de ces colporteurs de fourrure, ces fripiers, ces bijoutiers de seconde zone, de ces Juifs qui s'empressent d'embaucher tous les leurs, traitent leurs affaires dans des bouges, la nuit, autour de tables de poker et discutent de cinéma avec des borborygmes de *comic strips*. » Dans *Time Magazine* ! Et sur moi : « Un membre de la plus haute, de la plus petite et de la plus ridicule des castes, un rejeton de cette singulière oligarchie qui contrôle depuis toujours l'industrie du cinéma et semble bien décidée à continuer. » Bon sang, je le ferai, mon film !

La chasse aux Juifs faisait rage, et plus encore en ces temps de crise. L'article de *Time Magazine* que Selznick brandissait avait été raturé, souligné, cerclé de rouge. *Symphony of Six Million*[1] serait sa réponse : le premier grand film sur la communauté juive de New York. À travers les aventures d'un jeune Juif de ghetto du Lower East Side devenu chirurgien, et dont l'ascension sociale lui faisait oublier les siens, jusqu'à ce que le destin le ramène à eux et à lui-même.

— Toutes les chances de me planter ! Avec en plus un réalisateur alcoolique, mais, bon, je garde un œil sur lui. Je ne pourrai pas me regarder dans une glace si je ne le réussis pas.

Et encore, ce n'était rien ! Il leva les bras au ciel : King Vidor avait juré de le faire tourner en bourrique. Avec lui, il jouait gros, mais comment rater l'occasion ? Le nouveau chef-d'œuvre de Vidor, la star des réalisateurs, piqué au nez et à la barbe de la MGM, autrement dit, de son beau-père, annoncerait à tous que la RKO et lui, Selznick, avec, entraient dans la cour des grands.

— *Bird of Paradise*[2] ! Sauf que Vidor a filé à Honolulu avec sa scripte, Elizabeth, soi-disant pour réécrire le scénario, qu'il a en tête de tourner là-bas. Sauf que l'équipe et les acteurs l'ont suivi, tous à l'hôtel le plus cher de Waikiki. Sauf que je n'ai plus de nouvelles, sinon qu'il pleut à torrents. Sauf que Vidor et sa scripte ne décollent pas de leur chambre, d'où sortent plus de râles d'extase que de bruits de machine à écrire. 3 000 dollars par jour ! Et toi aussi, tu veux ma mort ?

Mais Coop avait tenu bon. Il avait bourré sa pipe avec soin, le temps que l'autre décompresse, avant de prendre son ton le plus calme, comme on rassure un enfant. Ils venaient de boucler le budget prévisionnel de la nouvelle année : quarante-sept films pour onze millions de dollars contre quarante-huit l'année passée pour seize millions. Cinq millions de dollars, soit 30 % du budget d'économies, le nettoyage du personnel fait dans les soixante jours, comme promis. Il allait être accueilli en sauveur à New York ! Alors, s'il glissait son projet à lui, mine de rien, avec les siens…

— Mince, David, j'ai fait le job, non ?

1. *L'Âme du ghetto*, de Gregory La Cava, 1932.
2. *L'Oiseau de paradis*, 1932.

Selznick avait hoché la tête. Fait le job, ça oui ! Le séisme s'apaisait tout juste. Bon, d'accord, il voulait bien essayer. Mais il aurait quoi, à leur montrer, à New York ?

Déjà il affectait un intérêt poli, tandis que Cooper ouvrait son grand carton, mais dès la première planche de Byron Crabbe, d'un Kong au sommet d'un gratte-ciel, défiant une nuée d'avions de chasse, il avait tressailli. C'était faisable, une chose pareille ? Ça l'était – du moins, songeait Cooper, malgré son ton péremptoire, Obie le lui avait assuré. Comment ? Il n' en avait pas la moindre idée. Avaient suivi dix autres planches, toutes si spectaculaires que l'étonnement avait cédé la place au scepticisme.

— Admettons que ce soit *vraiment* faisable... Tu veux faire ton film *entièrement* comme ça ?

— Faudrait savoir ! Tu gémissais que ce serait trop cher d'aller filmer en Afrique. Là, tu as tout sur place.

— Tu n'es pas en train de me vendre un deuxième *Creation*, par hasard ? Deux-trois ans de tournage jusqu'à notre ruine ?

Ça n'avait *rien* à voir. Parce que cette fois ils avaient une histoire. Et que les techniques étaient au point. On n'allait pas lâcher quand le plus dur était fait !

Cooper avait placé alors sa botte secrète : son test. Ça ne prendrait que quelques minutes ! Selznick était resté un moment silencieux après la projection, puis, comme à regret, avait reconnu que, sûr, c'était bluffant. Mais suffisant ? Il en doutait. Si encore Cooper avait un script à montrer, quelque chose de plus consistant que ce qu'il avait pu lire à New York ?

— Un scénario ? C'est en route ! Mais je ne te demande pas de feu vert pour un film – juste pour un vrai test, sur une dizaine de minutes. Et là, je te garantis qu'ils resteront sans voix. Dix minutes ! Ça ne leur coûtera que 10 000 dollars !

Et comme il le sentait hésitant :

— S'il faut, j'en mettrai 5 000 de ma poche. Ça t'ira, comme ça ?

L'autre, vexé, se cabra : de sa poche ? Il le prenait pour qui ? C'est bon, il leur arracherait le morceau.

— Je leur balancerai d'abord le plan d'économies en leur disant qu'il est surtout de toi. Puis je leur glisserai tes planches et ton test, en douce. Pour financer dix minutes d'essai, ils ne devraient pas tomber en syncope...

Il regarda Coop.

— Je n'ai pas intérêt à louper mon coup, c'est ça ?

C'était exactement ça. D'autant plus qu'à peine le dos de Selznick tourné, songeait Cooper, il prendrait sur lui de donner le feu vert à ses hurluberlus.

Selznick pouffa.

— Quand je pense qu'ils croient que c'est toi le gars sérieux et moi l'irresponsable !

PARTIE 7

La puissance obscure du désir

XXX

Le maître du mystère

Hollywood, décembre 1931-février 1932

Dès le premier regard, il avait craint le pire. À l'évidence, un douillet. D'un parfait chic anglais, tenant à la main un fume-cigarette interminable et imbu de lui-même à un point qui frôlait le ridicule, suivi d'un épagneul docile qui répondait au nom de Robert – son secrétaire particulier, lunettes rondes, visage rond, et jetant alentour des regards apeurés.

— Ma main à couper, avait grommelé Pandro Berman venu avec Cooper l'accueillir à la gare, qu'il s'est jeté à terre sur le quai pour lui servir de marchepied…

Peut-être, avait voulu se rassurer Cooper, était-ce une attitude, la réaction de défense d'un homme arrivant dans un territoire inconnu, et il s'était efforcé de lui être agréable. Mais Edgar Wallace, le maître du mystère, le génie ultime du roman policier venu tout exprès d'Angleterre, attendu par Selznick comme le Messie, avait fait la moue devant sa suite au Wilshire, pourtant la plus belle, jugeant les alentours un peu « primitifs ». Pour tout arranger, le porteur avait réussi à laisser tomber sa machine à écrire sur le trottoir, la brisant net. La promesse qu'on lui trouverait la même dès le lendemain ne lui avait arraché qu'un sourire sceptique, avant de couper court, souhaitant se reposer.

Il n'avait quitté son air distrait, le lendemain, au terme de sa visite des studios, qu'en apprenant la mise à disposition d'une voiture de la production, avec chauffeur. Quant à son bureau, dans le département des scénaristes, tous avaient vite compris qu'il n'en voyait pas l'utilité. Il ne travaillait que dans « son » environnement avec « son » fidèle Robert à ses côtés.

Son environnement, c'était sa grande, son unique préoccupation, il lui fallait une maison pour pouvoir travailler « comme chez lui ». Et pas n'importe laquelle : Berman avait dû écumer Beverly Hills avant qu'enfin le choix du maître se porte sur une petite merveille à deux étages, enfouie dans la végétation, sur North Maple Drive.

— Et encore vous ne savez pas la meilleure, avait gémi le malheureux, en quête d'un réconfort, dans le bureau de Selznick. Comme aventurier, il se pose là ! Figurez-vous qu'il a amené avec lui un bout d'Angleterre : une carte de la Grande-Bretagne, sur un petit tapis qu'il lui faut sous les pieds pour pouvoir écrire, « et garder le sens de la terre ferme de son pays natal »...

— Bon, maintenant que c'est réglé, il va se mettre au travail ? finit par s'inquiéter Selznick.

À leur premier dîner de bienvenue, comme Selznick en boutade glissait que deux chefs-d'œuvre de sa part lui suffiraient dans les premiers mois de sa présence, Wallace l'avait coupé, hautain :

— Monsieur, je n'écris pas de chefs-d'œuvre. J'écris des best-sellers.

Ce qui avait laissé son interlocuteur sans voix.

— Il s'y est mis ?

Pour le moment, il s'installe, résuma Cooper, alors qu'Horatio faisait part à Selznick de ses inquiétudes :

— Il réclame une voiture tous les jours. Et il s'est enquis auprès du directeur financier de la prolongation de son contrat. Il harcèle Perry, au service publicité, s'il n'a pas une interview par jour. Ah ! J'oubliais, il réclame une caisse de whisky, plus une autre de gin. Et depuis que je l'ai invité à dîner au Château Élysée, il veut être présenté à toutes les stars de la place. Il aimerait aussi qu'on le conduise aux courses d'Agua Caliente. Bref, il a l'air de s'amuser comme un petit fou. Je lui ai bien glissé qu'on attendait de lui un scénario de film d'horreur... Du coup, il a demandé à voir *Dracula*. Rien depuis...

Agua Caliente ! Un lupanar installé par la Mafia à la sortie de Tijuana, en Basse-Californie mexicaine, avec la complicité du président Rodríguez. À six heures de route de là, si l'on avait de la chance, vu l'état de la chaussée. Un champ de courses, un golf, des tennis, des bains d'eau chaude, des courses de lévriers, un casino, une armée de gigolos et de putes. Où producteurs, acteurs, actrices buvaient, jouaient, baisaient jusqu'à s'écrouler, inconscients.

— Enfin, tu l'imagines là-bas ? Sans gardes du corps, il finit en caleçon !

— Qu'est-ce que tu crois ? Son œil a juste brillé un peu plus. Agua Caliente ! Il veut voir ce que c'est, d'un « point de vue de romancier »...

La mine de Selznick s'assombrit.

— Tu ne pourrais pas le bousculer un peu ?

À la question de Cooper, le lendemain, Wallace haussa un sourcil étonné. Mais il en avait écrit deux, déjà ! *Deux scénarios* ?

— Trois ou quatre jours pour les peaufiner, et ce sera réglé, oui. Une histoire d'horreur. Classique mais excellente. Et une autre, *100 minutes*, dont l'action se déroule sur la longueur exacte du film. L'idée est superbe, vous ne trouvez pas ?

Manifestement, il n'imaginait pas que ses histoires, pas plus que ses idées, puissent susciter des réserves.

Et réserves il y avait. Selznick, comme Cooper, avait fait la grimace. Ses histoires tenaient plus du synopsis que du scénario. Et encore : de romans, ou de longues nouvelles, pas de films – Wallace ne pensait pas en images. C'est à Cooper, désigné comme son producteur, qu'était échue la tâche de dénouer la situation. En gros, de le couvrir de compliments avant de risquer quelques remarques. Le maître avait froncé les sourcils, mais trois jours plus tard il avait terminé au dictaphone deux nouvelles moutures des scénarios. Peut-être, après tout, essayait de se rassurer Cooper, serait-il possible de travailler avec lui...

— À la condition de lui cirer les chaussures chaque matin au réveil, avait grommelé Zoe, la secrétaire de Cooper.

On pouvait dire ce qu'on voulait de Wallace, mais il avait l'imagination fertile et travaillait à la vitesse de la lumière, condamnant le pauvre Robert à vivre enchaîné à sa machine à écrire. Peut-être était-il temps de l'amener à l'essentiel, l'écriture de *Kong* – pendant que Selznick serait à New York pour défendre leur plan d'économies.

Le Monde perdu, résuma Wallace, après que Cooper lui eut brossé à grands traits son projet. Comment ça, *Le Monde perdu* ?

Ça n'a rien à voir ! Enfin, si, un peu – en apparence. Quelques animaux préhistoriques, mais ça s'arrêtait là. Non seulement l'histoire était nouvelle, mais sa réalisation serait un événement : jamais on n'avait vu pareilles choses ! Et comme Wallace restait dubitatif, une visite au saint des saints s'imposait d'urgence, pour une démonstration.

De terre de désolation, le « bâtiment interdit » était passé à l'état de ruche affairée. Cooper aimait s'y réfugier, dans les moments que lui laissait la marche de la maison, malgré un Obie grommelant qu'il les encombrait plus qu'autre chose. Il voulait tout apprendre, tout comprendre, avec le sentiment d'entrer dans un monde de féerie appartenant en propre au cinéma. Par quel miracle ces minuscules créatures de latex et de métal pouvaient-elles à ce point prendre vie sur un écran ? « La matérialisation des pouvoirs psychiques de l'être humain », avait dit Conan Doyle, au McAlpin Hotel. Ici prenaient chair les passants de la nuit, trouvaient forme et visage les puissances qui s'agitaient au plus secret de la psyché humaine, peut-être aussi de la société, et Cooper se prenait à rêver chaque image de son film comme une déflagration de puissance onirique.

Il n'avait pas mis longtemps à se faire des amis dans la garde rapprochée de l'irascible Obie. Marcel Delgado, quand il s'arrachait aux mondes fabuleux qui naissaient sous ses doigts, évoquait les jours insouciants de son enfance villageoise à la Parista, la fuite devant la révolution mexicaine quand il avait neuf ans, la mort de son père l'année suivante et comment il avait dû renoncer à l'école et se mettre au travail. Il n'avait appris l'anglais qu'à dix-sept ans et il lui avait fallu travailler le jour dans un garage pour suivre des cours du soir dans un institut d'art, où Obie l'avait remarqué… Je ne voulais pas, *señor* Cooper, je voulais être artiste, et puis il m'a montré son atelier ! Le jeune garçon s'était retrouvé à fabriquer les dinosaures du *Monde perdu* – quarante en deux ans pour 75 dollars la semaine. Mario Larrinaga, lui, venait de Las Flores, Basse-Californie, avec une trajectoire semblable, misère et petits boulots. Son frère Juan, devenu peintre d'images naïves, s'étant brûlé les mains, il avait dû terminer les tableaux à sa place – jusqu'à être engagé au studio Universal, où il avait été remarqué par Obie. Non, monsieur Cooper, personne ne connaît la Basse-Californie !

Après Las Flores commençait le désert, une forêt de cactus sur des centaines de kilomètres, de *cirios* loups-garous, d'arbres-éléphants, de cactus porte-couteaux, et puis, très loin, cachées dans des lagunes de sel, toutes les baleines grises du monde… Les paysages de vertige de Gustave Doré que Cooper lui avait confiés comme modèles pour *Kong* lui paraissaient presque familiers : la Baja aussi était d'un outre-monde. Obie, presque apprivoisé, se laissait même aller de loin en loin à quelques confidences sur sa vie chaotique. « Ça me rappelle quand Bertie, un fieffé salopard, avait voulu me voler mon stock de *booze* – après, il a pu faire un collier de ses ratiches », « Comme boxeur, j'étais pas mauvais », « Pariez pas aux courses ! J'ai été jockey, je connais la combine », « *Gold digger* ? Y a pas plus con – j'en ai été un ». Quel métier n'avait-il pas exercé, quelles aventures n'avait-il pas courues ? Mais il balayait tout cela d'un revers de main : sa vie avait commencé le jour où pour la première fois il s'était risqué à modeler un petit personnage en le faisant bouger image par image, mais il raconterait ça un autre jour. Ils avaient autre chose à faire, même si, grommelait-il, Cooper, lui, pouvait se payer le luxe de bayer aux corneilles.

Wallace avait ouvert des yeux effarés. Delgado, penché sur un squelette de Kong, lui ajoutait délicatement des muscles en caoutchouc. Puis il le bourrerait de coton pour combler les vides, expliqua-t-il, avant de le recouvrir d'une fine peau de lapin, et d'injecter du latex liquide pour parfaire la forme du corps. Il y en avait déjà deux terminés, et il en faudrait probablement d'autres, au fil du tournage. Si petits, pour des effets pareils ? s'était étonné Wallace en désignant les tableaux accrochés au mur montrant Kong en action. Si petits, oui. De quarante-cinq centimètres de haut, exactement, confirma Delgado, en lui détaillant les subtilités du squelette en duralumin, les articulations de chacun de ses membres – un vrai travail de précision.

— Hé, en dessous, vous m'oubliez !

Larrinaga, du haut d'un échafaudage masqué par une tenture, agitait les bras au risque de chuter. S'avançant, ils découvrirent la tête du monstre, énorme, sur des épaules en construction.

— Il y aura une main articulée, aussi. Et un pied !

À taille réelle, au complet, le gaillard ferait dans les neuf mètres, dit son créateur en sautant à terre.

Wallace, devant l'apparition, n'avait pu retenir un geste de défense – la gueule était effrayante, ouverte sur un hurlement silencieux.

— Elle en jette, non ? dit Larrinaga, ravi. Tout ce à quoi on a pu rêver, gamin ! Si mon pauvre père me voyait…

Il détailla les leviers et les gonds de métal qui lui donneraient vie, les vérins à air comprimé qui actionneraient sa bouche et ses pommettes, le mécanisme faisant tourner ses yeux.

— Quarante-trois peaux d'ours pour couvrir toute la tête ! Et six hommes à l'intérieur pour actionner les mécanismes…

Sa main, son pied auraient des articulations aussi fines que celles d'un être humain, l'illusion serait parfaite. Wallace revint devant la tête énorme, d'autant plus effrayante qu'elle n'était pas terminée, laissant voir l'orbite d'un œil vide, le bas de la mâchoire pendante. Avec la meilleure volonté du monde, comment imaginer qu'on puisse passer de ce monstre à une poupée sans qu'on le voie ?

— Ça fait peur, hein ? J'ai beau lui dire que ça fera fuir les spectateurs, il ne m'écoute pas. Il n'écoute personne !

Obie, arrivé sans bruit, ricanait, quêtant l'approbation. S'il avait fini par se plier aux ordres de Cooper, il n'en restait pas moins convaincu d'avoir raison : le plus fou, dans cette pièce, n'était pas celui qu'on croyait.

Il faut dire que l'atelier avait tremblé sur ses fondations pendant deux bonnes semaines.

— Pas un homme-gorille, tempêtait Cooper, furieux de constater qu'Obie s'obstinait à lui donner des traits humains. Pas un gorille humain ! Un Sur-gorille, un gorille-Dieu ! Dix mètres de haut, la force d'une centaine d'hommes !

— Mais qui peut s'identifier à un gorille ? répondait Obie, sur le même ton. Le public s'enfuira, purement et simplement !

Il fallait être idiot pour croire que les femmes s'attendriraient au spectacle de sa mise à mort.

— Plus les femmes hurleront de terreur au début, plus elles pleureront à la fin, vociférait Cooper en retroussant ses manches.

Pour en finir, il avait télégraphié à son ami Raven du Muséum de New York, qui lui avait répondu aussitôt : « Dimension grand gorille mâle : taille 1,68 mètre, envergure des bras 2,50 mètres, tour de poitrine 1,50 mètre, tour de taille 1,80 mètre. Et pour le squelette, voir Ernst Haeckel, *Anthropogénie*, édition 1903, volume 2, page 798. »

— Et maintenant vous gardez les proportions pour une bestiole de 9 ou 10 mètres !

Obie avait claqué la porte. Et Coop l'avait retrouvé au sixième bar sur la liste des probabilités établie par l'équipe, avec pour conséquence une soirée passée à boire en sa compagnie avant de le rapatrier. À ce rythme-là de disputes, s'était dit Cooper, le lascar serait dans la tombe avant la fin du film… Mais le lendemain Obie avait réapparu, en pleine forme.

— Alors, on le lui fait, son foutu gorille ?

Wallace jetait autour de lui des regards inquiets, reniflait avec un enthousiasme mitigé les odeurs puissantes qu'exhalait l'atelier. La visite d'une pièce voisine l'avait rasséréné. Là, plusieurs aides travaillaient, accroupis, à la jungle miniature où s'ébattrait le modèle réduit de Kong. Byron Crabbe et Ernest Smyrne y avaient placé, à distance l'un de l'autre pour donner l'illusion d'une profondeur, trois décors peints sur verre à l'imitation d'une illustration par Gustave Doré du *Paradis perdu* de Milton.

— C'est ce qui me reste des journées dans la jungle, expliqua Cooper : le sentiment d'une féerie. Un mélange de merveilles et de menaces, que je n'ai retrouvé que dans les gravures de Doré. C'est le plus important : que tout le film baigne dans une atmosphère de conte de fées.

— Vous m'aviez dit un film d'horreur ?

— Exactement : les deux à la fois.

Wallace esquissa une moue dubitative : féerie ou horreur, il faudrait bien choisir…

Une dernière surprise attendait le maître du mystère : une démonstration des possibilités de la technique Dunning de superposition de deux images. La première, développée selon un procédé spécial qui lui donnait une teinte orange, était placée dans une caméra, synchronisée avec une bobine vierge filmant en transparence une scène tournée devant un écran baignant dans une lumière bleue – le résultat était stupéfiant. Obie n'avait pas exagéré : avec ses derniers perfectionnements, la densité lumineuse des deux images était identique et l'illusion, parfaite. La projection du test emporté à New York par Selznick, en conclusion, laissa l'écrivain sans voix. Et encore, assurait Obie, ce n'était que l'exemple le plus simple de ce dont ils étaient capables. Wallace resta un long moment silencieux, tassé dans son fauteuil. Sans doute l'écrivain, qui se vantait d'avoir écrit chacun de ses livres en moins de neuf jours, mesurait-il en cet instant qu'il lui faudrait quitter le territoire des mots où il régnait en maître, pour s'aventurer en des terres inconnues.

Il sortit de l'antre d'Obie le front soucieux. Et peut-être espérait-il en cet instant que les financiers de la RKO, à New York, au vu de l'essai apporté par Selznick, viendraient à son secours en ramenant tout le monde à la raison.

Depuis le marchepied du train, avant même que celui-ci ne s'arrête dans les crissements de freins et les jets de fumée, Selznick leur faisait de grands signes de victoire. Mais ses premiers mots sur le quai avaient été pour dire combien l'épreuve avait été difficile. Autour d'eux se bousculaient les voyageurs pressés, s'enlaçaient les familles réunies, hurlaient les porteurs poussant malles et valises sans égard pour les pieds imprudents, et il restait là, immobile, clignant des yeux comme si quelque chose de lui restait absent, tandis que Cooper et Berman l'étreignaient tour à tour. Leur plan d'économies ne pouvait mieux tomber, finit-il par dire, de toute évidence, au siège, ils étaient aux abois. Gagné, on a gagné, répétait-il, comme s'il cherchait à s'en convaincre lui-même. Quelque chose dans son ton, un tremblement contenu de la voix, alerta Cooper. La fatigue du voyage, seule, n'expliquait pas l'hésitation du regard, ses traits tirés. Où était l'exubérance du conquérant parti quinze jours plus tôt à l'assaut de la forteresse ? Les bulletins de victoire envoyés par télégramme ? Quelque chose avait dû se passer avant son départ de New York. Selznick dut deviner la perplexité de son ami, se força à sourire.

— Tu sais que tu les as bluffés, toi, avec ton bout d'essai ? Mission accomplie ! Et pourtant, crois-moi, ils serrent les fesses, question finances.

— Eh bien, c'est heureux. Parce qu'à peine tu as eu le dos tourné, j'ai tout lancé.

Selznick fronça les sourcils, hésita, avant de sourire.

— Dis donc, t'es un rien gonflé !

— Oh ! J'aurais tout payé de ma poche, si ça avait été non.

— Fais attention ! Les banquiers pourraient t'entendre…

Selznick hocha la tête, tout de même impressionné par le détachement avec lequel Cooper évoquait la chose. Il fallait croire que l'aviation payait mieux que le cinéma…

Leur plan d'économies ne pouvait mieux tomber, répétait-il, dans le brouhaha.

— Il y en a bien eu un ou deux à juger que 30 % de réduction était un minimum. Les autres… Ils ont sauté dessus comme des naufragés sur une bouée !

Il profita de la ronde des porteurs empilant ses bagages pour couper court aux questions de Cooper et, changeant de conversation, s'inquiéta de la marche du studio, en son absence. Pourquoi ne lui disait-on rien ?

Deux télégrammes par jour, protesta Pandro Berman, que voulait-il de plus ?

— La pluie tous les jours à Hawaii, l'hôtel devenu un lupanar, on rapatrie le tournage du King Vidor à Hollywood. Celui de *Symphony of Six Million* débute comme prévu… Mais ça, tu le sais !

Le regard de Selznick allait de l'un à l'autre. Non, quelque chose n'allait pas. On ne la lui faisait pas. Qu'ils parlent !

Cooper lui livra la nouvelle apprise le matin même :

— Lasky vient d'être viré.

Selznick se figea. *Lasky* ? Si c'était vrai, alors c'était la fin de la Paramount.

— J'ai appelé son bureau. Il est chez lui, en principe.

Les bagages chargés en hâte, ils foncèrent à Santa Monica. Pas Lasky, répétait Selznick, la mine défaite. Combien de millions de dollars avait-il fait gagner à la Paramount ? Pas l'âme d'Hollywood ! Ou alors, tout le monde était menacé…

L'exécution avait eu lieu une semaine auparavant, expliqua Cooper, mais il ne parvenait pas à y croire.

— À l'hôtel Astor, à New York, où était réuni tout le conseil d'administration. L'attaque est venue de Sam Katz, qui dirige le réseau de salles du groupe : « La compagnie est en train de s'effondrer, Jesse, et tu en es directement responsable, tes idées sont d'un autre temps. » De la part d'un ancien pianiste de boxon, à

Chicago ! C'était tellement gros que Lasky l'a pris de haut : « Tu veux que je démissionne ? » Et Katz : « Tu *es* démissionné, Jesse : le conseil est derrière moi. » En clair, Wall Street reprenait la main. Lasky s'est levé, est sorti. Et Zukor n'a pas bronché ! Pour sauver sa peau, probablement. C'est Schulberg qui m'a tout raconté.

— Nous aussi, nous sommes en danger, dit Selznick, après un long silence.

La plupart, au conseil de la RKO, ignoraient tout du cinéma. Et les échos qu'il avait eus de ce qui se tramait, avant de quitter New York, n'étaient pas rassurants.

Cooper et Berman échangèrent un regard. Il y avait bien anguille sous roche.

La porte d'entrée battait, mélancolique. Le palais d'Ocean Front paraissait abandonné, gagné déjà par le silence qui suit les catastrophes. Ils trouvèrent Bessie prostrée dans un salon. Lasky était rentré de New York, hagard, pour s'enfermer dans son bureau et elle l'avait trouvé le lendemain, toujours silencieux, qui contemplait la mer, debout à la fenêtre. Le temps d'aller lui chercher un thé, de quoi manger, et il avait disparu. Elle l'avait vu, au-dehors, marcher vers la mer, ôter ses vêtements sans s'arrêter, s'engager dans l'eau comme un automate…

— J'ai eu comme un pressentiment affreux, j'ai couru réveiller Junior. On ne voyait déjà presque plus la tête de Jesse, qui continuait à nager vers le large. Mon Dieu ! Junior a dû foncer pour le rattraper. Son père était déjà si loin ! Et il a eu tellement de mal à le ramener…

Elle pleurait, à petits bruits.

— Il a voulu se suicider, vous comprenez ? Se suicider ! Et ce matin, il n'est plus là. Il a pris la Bearcat. Vous savez comme il conduit… Coop, David, vous le retrouverez, n'est-ce pas ? Il faut lui dire, lui dire…

Elle eut un geste d'impuissance : que lui dire ?

Ils avaient essayé de la réconforter, cette affaire était une folie, la Paramount s'en rendrait vite compte, demain Jesse, croulerait sous les propositions, Hollywood avait besoin de son génie – mais leurs mots sonnaient creux, dans cette maison trop vaste déjà désertée et ils s'étaient retirés, embarrassés.

— Et Zukor qui n'a pas bougé ! gronda Selznick, tandis qu'ils rentraient à la RKO. Ils vont mettre Jesse en pièces. La revanche des nuls ! J'ai connu ça, le souffle de la meute, quand ils se sont unis pour dévorer mon père vivant…

Ils rentrèrent en silence. Chacun se remémorait ce qu'il devait à Jesse, ses coups d'éclat, ses coups de génie. Hollywood sans Lasky le flamboyant !

— L'histoire débute sur le pont d'un navire. Près du capitaine Englehorn, un aventurier retour d'un voyage de collecte d'animaux, Danby Denham, se plaint : tigres, lions, jaguars, singes, ça devient d'un banal ! Il lui faudrait quelque chose d'autre. Du jamais vu ! Je connais une île, dit alors Englehorn, après une hésitation, une île portée sur aucune carte. Là-bas, j'ai vu… un serpent de mer ! Gigantesque. Ça débute bien, non ?

— Mmmm, dit prudemment Cooper.

Cent dix pages. Il tenait entre ses mains le script que Wallace, pressé de recevoir des louanges, lui résumait. Écrit en cinq jours. Après avoir livré la version définitive d'un scénario pour Constance Bennett, un premier jet de son idée d'un film dont la durée serait celle de l'action, plus une nouvelle pour *Collier's Magazine*. Tout en affolant la maison par ses exigences pour les fêtes de fin d'année. S'en était suivie une lamentable expédition à Agua Caliente sous des trombes d'eau, terminée dans un bouge effroyable d'où son chauffeur l'avait extrait *in extremis* et en piteux état. Quand trouvait-il le temps de travailler ? Pandro Berman en venait à se demander si Edgar Wallace n'était pas un paravent, un avatar publicitaire, et Robert, le secrétaire, le véritable auteur, toujours penché sur sa machine à écrire.

— Pendant ce temps, un autre bateau s'approche d'une île sombre, surmontée de fumerolles. Vapour Island, c'est joliment trouvé, non ? À bord, des bagnards évadés et une femme prise en otage, Shirley ou Zena, c'est à voir. Larky, un Noir, roule des yeux inquiets : une île maudite, où règne l'esprit du mal : mauvais Juju ! Personne ne l'écoute. Soudain (Wallace leva son fume-cigarette pour souligner l'effet) le serpent de mer, un brontosaure, jaillit des profondeurs, fracasse le navire ! Les forbans, par miracle, réussissent à gagner la terre ferme à la nage…

« Là, je saute un peu, ils se battent contre toute une ménagerie préhistorique, certains sont tués par un tricératops, j'ai même ajouté une bataille entre lui et un dinosaure qui le met en pièces (Wallace mit un doigt sur ses lèvres), et c'est alors qu'on entend un tambour au loin, qui se rapproche, menaçant : Kong ! John et Tricks, les chefs des bagnards, ont monté entre-temps un abri pour Shirley, qu'ils veulent protéger de la lubricité de leurs hommes, lesquels, je l'avais oublié, ont découvert en chemin une cache d'armes sous des os empilés. De retour au camp, les brutes s'emparent des deux hommes et le plus affreux de la bande pénètre dans la tente de la jeune femme :

« — La mort règne dans l'île, ma poulette – mais l'amour aussi.

« — Laissez-moi, bête ignoble !

« — Demain je serai peut-être mort, mais ce soir je serai une bête d'amour !

« Et à ce moment-là…

— Oui ?

— Surgit Kong ! Qui écrase la canaille, s'empare de Shirley, assomme plusieurs bandits avant de s'enfuir. Ceux qui sont saufs se lancent à sa poursuite, se risquent sur un tronc d'arbre jeté au-dessus d'un gouffre… Mais Kong se retourne, soulève le tronc et les précipite dans le vide ! Bataille de nouveau entre Kong et des bestioles qui lui disputent la fille, tandis que d'autres, encore plus épouvantables, dévorent les bandits tombés dans le ravin. Hein, c'est assez horrible ?

— Sans doute, mais…

— Oui, je crois que c'est très, très fort. Restés en arrière, les deux anciens chefs des ex-bagnards fuient Kong après avoir récupéré Shirley et débouchent sur la plage au moment où débarquent Denham et Englehorn. Qui a la présence d'esprit de neutraliser Kong avec votre bonbonne de gaz. Il va abattre le monstre d'un coup de fusil, quand Denham s'interpose : Malheureux ! Il vaut un million de dollars !

Wallace se dressa, transporté par l'intensité de l'action, l'habileté de l'intrigue.

— Et là… On passe directement à New York et à l'affiche : « Le plus fantastique, le plus terrifiant des êtres produits par la nature, la super-bête, Kong ! » Kong en cage au Madison Square Garden, où la foule se presse pour voir la belle Shirley nourrir le monstre ! Et c'est là que j'ai eu une idée…

Il rit tout seul, ménageant la surprise.

— Une rivale ! Sentira Delvirez, une dompteuse de tigres jalouse de se voir voler la vedette, s'empare de Shirley, la jette à ses fauves ! Mais voilà que Kong, fou de rage, pulvérise les barreaux de sa cage, se lance à la recherche de Shirley, la retrouve et s'enfuit, poursuivi par la police, avec sa proie dans la gueule. Là je place votre idée du gratte-ciel et des avions. Un orage éclate, tonnerre, éclairs. La fille est aux pieds de Kong lorsqu'il agrippe la rampe fichée au sommet du toit, juste au moment où frappe la foudre ! Il s'écroule électrocuté. Dernière image, Kong entrouvre les yeux, s'empare de nouveau de Shirley, la serre sur sa poitrine et meurt. C'est enlevé, non ?

Ce n'est pas possible, songeait Cooper, consterné, cet imbécile n'a rien compris. Ce n'était pas faute de lui avoir expliqué ce qu'il souhaitait ! Où était le conte de fées ? C'était à peine mieux que le scénario de *Creation*…

— Je dois dire que je suis assez content de moi.

— Oui, c'est réussi, vraiment réussi, s'entendit répondre Cooper. Il faudra juste montrer le texte à Obie, pour voir s'il peut réaliser tout ce que vous avez imaginé.

Il avait craint le pire en découvrant Wallace à la gare, le premier jour, et il avait le pire. Avec un problème diplomatique sur les bras.

Tout « maître du mystère » qu'il pût être, il n'y arriverait pas, mesurait chaque jour un peu plus Cooper. Il avait tout tenté, multiplié les explications, entrepris de raconter sa vie, qu'enfin il comprenne le chemin qu'ils avaient dû parcourir, Schoedsack et lui, pour que vienne un jour l'image de Kong. En vain. Ce n'était pas une question de talent. Il lui avait bien fallu admettre que le scénario pour le film de Constance Bennett était adroitement tourné, et, si Wallace pensait difficilement en images, il n'en restait pas moins un virtuose des intrigues – dans son domaine, qui n'était pas celui de *Kong*. À ses remarques, Wallace hochait la tête, et dès le lendemain proposait des retouches qui ne changeaient rien à l'affaire. Il ne comprenait tout simplement pas.

— Ça avance, ton affaire avec Wallace ?

Quelque chose, dans la voix de Selznick, alerta Cooper. Ils venaient de faire le tour des projets en cours, Pandro passait ses journées à tenter de limiter la casse sur *Bird of Paradise*, King Vidor, après avoir épuisé les charmes de sa scripte, avait enfin la tête au travail, et un village de sauvages était en construction pour lui derrière les studios de Culver City. Horatio avait fait un point financier, il allait sans dire catastrophique. Après le départ du grincheux, Pandro avait détendu l'atmosphère par quelques anecdotes, Vidor, pendant la construction du village, profitait d'un réservoir de la First National pour y filmer Dolores del Rio, la princesse sauvage nageant, nue, avant sa rencontre avec un bel Américain. À en juger par l'état dans lequel se trouvaient les techniciens, ça serait le clou du film. Vidor lui-même n'avait jamais manifesté un souci aussi maniaque de multiplier les prises, *par précaution*. Par ailleurs, William Wellman avait entamé des manœuvres d'approche, et George Cukor, en bisbille avec Schulberg à la Paramount pour n'avoir pas été crédité au générique d'un film de Lubitsch pour deux semaines de tournage, songeait lui aussi à les rejoindre. Ils allaient se montrer plus géniaux encore qu'ils n'imaginaient, à New York ! C'est seulement après le départ de Berman que Selznick, resté seul avec Cooper, s'était inquiété de son « affaire avec Wallace ». Wallace ? Non, tout allait bien. Le visage de Selznick s'était éclairé.

— Toi, tu as le sens de l'image choc. Lui, de l'intrigue. Vous formez le tandem idéal !

— C'est un peu plus compliqué que pour un film ordinaire, mais ça avance. Pour l'encourager, je lui ai proposé qu'il publie l'histoire sous son nom. Avant la sortie du film. Ça peut être bon pour le lancement, non ?

Selznick se récria :

— Tu es fou ! *Kong*, c'est toi !

— Trop tard, c'est une promesse. Mais Wallace a exigé qu'il y ait nos deux noms.

Selznick hocha la tête. Ça le rassurait. Car Wallace était venu le voir, un soir.

— Pour lui, tu es l'être le plus délicieux qu'il lui ait été donné de rencontrer, mais… tu lui fais un peu peur. Ta vie… Il a fini par me demander si tu n'étais pas mythomane. « Personne ne peut avoir vécu tout cela ! » Je crois qu'il aurait préféré que je le rassure. Parce que maintenant, il doit te prendre pour un fou furieux. Ne le bouscule pas trop, c'est un douillet…

Le seul rayon de soleil lui était arrivé dans les derniers jours de décembre, par la poste : des nouvelles de Monty et de Rose. Les premières lignes lui avaient sauté au visage :

> Coop, c'est dit, on rentre. Cette lettre t'arrivera peut-être après nous. Le film était une erreur : un scénario bâclé et des disputes à n'en plus finir, au siège. En plus on m'a collé un deuxième réalisateur jamais sorti d'un studio, qui a peur de tout. J'ai alerté Lasky, mais il ne répond pas. D'ailleurs, plus personne ne répond, à la Paramount. On rentre ! J'ai quelques idées à te soumettre.

Wallace, retrouvé peu après, s'était étonné de sa soudaine allégresse. Un cadeau tombé du ciel, lui avait-il expliqué : avec Shorty à ses côtés, il serait indestructible.

Du coup, plein d'une ardeur nouvelle, il avait pressé le mouvement. Les dix minutes d'essais à tourner sans attendre supposaient des acteurs... Deux au moins, ou trois, qui devaient être du choix final, pour les rôles de Carl Denham, de Shirley et peut-être d'un jeune premier que Wallace n'avait pas encore réussi à camper. La Belle et la Bête ! Shirley était la clé. Un visage lui était aussitôt apparu : Fay Wray. Mais elle était brune, alors qu'il lui fallait une blonde, pour trancher sur la noirceur de Kong. Jean Harlow ? Ginger Rogers ? Une deuxième Fay Wray. Mais il n'y avait qu'une Fay Wray. Un matin, l'idée s'était imposée : et si elle se teignait les cheveux, ou portait une perruque ?

Blonde ? Fay avait ri. Décidément, ça tournait à l'obsession, dans les studios. Blonde elle était, dans son dernier film – *The Unholy Garden*, avec Ronald Colman. Pas un film destiné à rester dans les mémoires, mais bon, elle y était blonde.

Elle rentrait tout juste de New York après le semi-échec de *Nikki*, et avait accouru au premier appel – à chaque rencontre plus belle, d'une beauté à vous serrer le cœur, songeait Cooper tandis qu'il lui faisait l'article. Le grand film de la nouvelle RKO, avec, pour lui donner la réplique, le plus grand, le plus ténébreux des personnages d'Hollywood ! Intriguée, elle s'était penchée sur les planches qu'il étalait sur son bureau, un singe gigantesque dressé au sommet de l'Empire State Building, le même, soulevant un tronc d'arbre, d'où tombait une grappe d'hommes, le même encore tenant dans sa main une minuscule poupée.

— Pas une poupée, rit Cooper, vous, Fay !

Elle sursauta : mais alors, il devait mesurer au moins…

— Neuf mètres de haut, oui. Le plus grand, je vous dis !

Jouer avec un singe ? Elle fit la grimace. Elle qui avait cru, pendant une seconde, que par « plus grand », plus « ténébreux », il lui annonçait Clark Gable… Aucun animal n'atteignait pareille taille ! L'œil de Cooper brilla – celui-là n'était pas réel, c'était toute la magie. Qu'il allait lui montrer.

Il lui en dit plus long en chemin sur l'idée de *Kong*. Un mythe moderne, *La Belle et la Bête* réinventé. Elle s'amusait du nom, King Kong, cela sonnait comme un gong. Mais elle ouvrit de grands yeux en découvrant l'antre des magiciens d'Obie, et plus encore devant son futur partenaire. Était-ce exprès qu'ils l'avaient fait si effrayant ? Obie ouvrait déjà la bouche pour livrer ses réflexions, Coop le devança : c'est pour cela qu'il fallait une héroïne blonde et fragile. Plus elle serait blonde, plus elle paraîtrait fragile, plus fort serait le contraste avec la force brute déchaînée !

— Je n'y comprends trop rien, à ce film, avoua-t-elle en sortant du bâtiment. Et je ne suis pas sûre que d'autres que vous y comprendront quelque chose avant qu'il soit tourné. Mais pour ce qui me concerne…

Le tournage des *Quatre Plumes blanches* avait été pour elle un moment rare. Avec Monty, Rose et lui, elle s'était sentie en complicité. C'était rare, sur un tournage.

— Je vivais un moment… enfin, difficile sur le plan personnel. Avec vous trois, j'ai eu l'impression de n'être pas qu'une actrice : d'abord un être humain. Alors, en toute confiance, mille fois oui !

Et puis, ajouta-t-elle en lui prenant le bras, ils étaient tout de même les seuls réalisateurs à lui avoir fait livrer chaque matin des orchidées.

Cela, songea Cooper qui se sentit rougir, il fallait surtout éviter que Monty et Rose l'apprennent un jour.

Pour Carl Denham, il avait pensé à Robert Armstrong, court, trapu, aux airs de dur à cuire. Il l'avait vu dans *Paid*[1], un film noir de la MGM, et depuis il était devenu une des petites stars de la RKO – pas étonnant, avait glissé Pandro, il te ressemble à s'y méprendre ! Avec quelques cheveux en plus…

Pour le jeune premier, mieux valait peut-être attendre que le scénario se précise.

Avis de gros temps, affichait le visage de Selznick ce matin-là, alors que Cooper passait la porte en sifflotant, avec l'annonce du oui de Fay Wray. Schnitzer, le fantomatique directeur des studios qui s'était replié sur New York à son arrivée, déjà démissionnait, et il ne serait pas le dernier. Cooper se laissa tomber dans un fauteuil. C'était si grave ? Il avait plutôt joué les fantômes, dans ses derniers mois à Hollywood. Selznick fit la grimace : c'était moins son départ que ce qu'il préfigurait. Ils entraient tous dans la zone de tempête.

— Il est venu me voir, le dernier soir à New York, avant mon retour. L'atmosphère est tellement irrespirable, au siège, qu'à peine arrivé il pensait à fuir. Il voulait me prévenir : certains veulent nos têtes…

— On sait qui le remplace ?

— Justement. Il craint que ce soit Benjamin Kahane, le trésorier et « conseiller spécial » de Sarnoff. Eh bien ! ce sera lui. Avec les pleins pouvoirs.

Aucun film en production sans son aval. Chaque budget serré au dollar près, visé par lui au préalable. L'autonomie artistique promise par Sarnoff risquait d'être un vain mot.

Sûr, ce n'était pas pour vivre ça qu'il était venu, grinça Selznick.

D'ici que sur un coup de tête il claque lui aussi la porte, songea Cooper… Le petit jeu de l'amour-haine avec son beau-père avait commencé dès avant le mariage, mais en fin de compte une place était toute prête pour lui à la MGM. Seule le tenait la volonté de réussir par lui-même.

— Et il arrive quand, ton Attila ?

— Schnitzer part en mai. Kahane sera ici en juillet.

— Eh bien, ça nous laisse encore cinq mois…

1. *Il faut payer*, de Sam Wood, 1930.

— Mais ce n'est pas tout, ajouta Selznick : Hiram Young, le président… Il va sauter, lui aussi. La RCA reprend la main. Et là, tout peut arriver…

La guerre de succession faisait déjà rage, lui avait dit Schnitzer. Et le favori, malheureusement, était celui qui s'était montré le plus hostile à leurs projets – particulièrement à *Kong*.

— Merlin Aylesworth. Il ne connaît rien au cinéma. Ne voit que des colonnes de chiffres. Si c'est lui, on peut trembler.

— Défense stratégique et offensives tactiques, dit Cooper.

Et devant le regard perplexe de Selznick :

— Clausewitz. Le penseur de la guerre.

En clair, les prendre de vitesse. Les bousculer sans cesse. Mettre le plus possible de films en production, tout de suite… Et rester en même temps sur la défensive, jouer les édredons, marquer le souci des grands équilibres.

Bien sûr, soupira-t-il, ça marcherait mieux si *Symphony of Six Million* était un succès.

Aux mots de *six million* les yeux de Selznick avaient brillé. Quitte ou double : il fallait un triomphe.

Et tourner le pilote de *Kong* au plus vite, se dit Cooper. Coûte que coûte. Si seulement Monty et Rose voulaient bien arriver !

Enfin, ils étaient là. La nuit entière n'avait pas suffi pour qu'ils se racontent tout, les Selznick à New York, pendant l'été, l'affaire RKO, les déboires du Bengale, le renvoi de Lasky et sa disparition, l'état de leurs projets. Ils s'étaient retrouvés chez Cooper, à l'Élysée, avec le sentiment étrange de s'être quittés tout à la fois hier et il y avait longtemps. D'ailleurs, comment avaient-ils pu se quitter ? La rencontre s'était prolongée jusqu'à l'aube.

L'annonce sans plus d'explications de la chute de Lasky, à leur arrivée à New York, avait laissé Ruth et Monty anéantis. Et ils ne parvenaient toujours pas à y croire. Un jour prochain, tel un phénix, il réapparaîtrait, roi de nouveau en son royaume. Les bruits couraient qu'il avait perdu près de deux millions de dollars dans le krach de Wall Street, qu'Harry Warner lui avait fait un prêt de 250 000 dollars pour couvrir les premiers appels de marge des courtiers avec en garantie le palais de Santa Monica, qu'il venait de perdre, du coup. Cukor, passé prendre des nouvelles de Bessie, était tombé sur des camions chargeant les Rolls-Royce, et Bessie, avait-il appris, était partie rejoindre son mari en un lieu inconnu, avec les enfants.

Tout Hollywood prenait le choc de plein fouet : nul, désormais, n'était à l'abri. Le monde de merveilles, de glamour et de rêves tendu à l'Amérique comme son miroir vacillait sous les coups de boutoir de la réalité. En cette nuit de retrouvailles, Shorty et Coop, quant à eux, se remémoraient simplement tout ce qu'ils devaient au nabab déchu. La fêlure au sein de la Paramount devait être ancienne, et expliquait que les pauvres lanciers de Monty, au Bengale, se soient trouvés ballottés entre des bureaucrates sans envergure. Sauf à imaginer une reprise en main par quelque sauveur, avait conclu Monty, il n'allait pas tarder à se retrouver libéré de la Paramount.

— Et s'ils continuent à se chamailler, c'est simple, je démissionne.

— J'espère bien ! Tu imagines *Kong* sans toi ?

Monty hocha la tête.

— Si j'ai bien compris tes démêlés avec Wallace, ce n'est pas pour tout de suite ?

S'il fallait lui trouver un film à tourner en attendant, ça ne serait pas un problème, assura Cooper. À trois semaines près, il aurait pu embrayer sur un film tiré d'une idée à lui : un groupe d'Occidentaux, coincés à l'hôtel dans une ville assiégée, en Chine, vont devoir confier leur sort à un capitaine alcoolique – *The Roar of the Dragon*.

— Oh ! Mais j'ai un projet à moi...

Cooper resta interdit. L'idée que Monty puisse avoir ses propres projets ne l'avait pas effleuré. *Rango*, *Les Trois Lanciers du Bengale* – peut-être avait-il choisi de suivre sa propre voie, et qui pourrait le lui reprocher ? Lui-même l'avait fait, en quittant tout pour la Pan Am... Ils avaient travaillé en osmose si longtemps, si intensément, qu'il en était venu à penser qu'ils ne faisaient qu'un. Mais ce « un », en fait, était lui. Il bredouilla :

— Formidable ! Mais oui, bien sûr. C'est quoi ?

Shorty, assis sur un tapis, se cala contre un fauteuil, prit le temps d'allumer sa pipe – et dans le regard qu'il lui lança, Coop devina que son ami avait compris les pensées qui l'agitaient.

— Tu te souviens de notre discussion sur les bêtes, au zoo du Bronx ? Qu'elles ont bon dos, car les seuls monstres, ce sont les hommes ?

— Si je m'en souviens ! J'avais les roubignolles gelées. Et surtout, ça m'a conduit à *Kong*.

— Et moi, à une autre idée. Je tournais et retournais ça dans ma tête, au Bengale, quand je suis tombé sur une nouvelle, dans un paquet de *Collier's Magazine* que j'avais emporté. Ils ont publié autrefois Jack London, Upton Sinclair, des gens comme ça. Enfin, bref, je tombe sur cette nouvelle, *The Most Dangerous Game*. Et là…

« Voilà. Imagine un obsédé de la chasse, Rainsford, qu'accompagne un ami, en route pour l'Amérique du Sud, où ils veulent traquer le jaguar. Ils rêvassent sur le pont de leur yacht, un soir, en échangeant des propos sur le partage du monde entre "chasseurs" et "chassés", puis l'ami, fatigué, descend se coucher. Rainsford s'attarde un peu, et, entendant des coups de feu au loin, se penche, tombe à l'eau. Déjà, le bateau s'éloigne, il ne lui reste plus qu'à nager jusqu'à une île proche, où il trouve secours dans un château étrange habité par deux Cosaques : le général Zaroff et Ivan, un géant sourd-muet, son domestique…

« Au nom de Rainsford, le visage de Zaroff s'éclaire. Il a lu ses articles sur une chasse au léopard des neiges au Tibet. Enfin, un égal, qui pourra le comprendre ! Après dîner, Zaroff lui confie qu'ayant épuisé toutes les séductions de la chasse, il s'est retiré dans cette île solitaire, où il a retrouvé goût à l'existence par une nouvelle chasse, la plus excitante de toutes, la seule vraie dans le fond : la chasse à l'homme. Je te passe les détails – vient l'explication : les eaux alentour sont très dangereuses, les naufrages fréquents, aussi s'amuse-t-il à faire des marins recueillis, dès que rétablis, son gibier.

« Hein ? Qu'est-ce que tu en penses ? Le cœur de la guerre, débarrassée de tout prétexte, explication, grandes causes. La guerre réduite à sa plus simple expression. Plus besoin d'animaux, l'homme contre l'homme !

— Hmmm, et la suite ?

— Oh ! Zaroff, ravi de s'être trouvé un compagnon, l'invite fort courtoisement à participer à la prochaine chasse, mais Rainsford, va-t'en savoir pourquoi, un reste de préjugés bourgeois, refuse. Dès lors, décrète Zaroff, vexé, il sera le gibier. Je saute à la fin : Rainsford gagne, tue Ivan, jette Zaroff à ses chiens…

— Et ?

— Et se couche dans le lit de Zaroff. « Le meilleur dans lequel il se soit jamais couché », annonce-t-il.

— Et ?

— Rien : il a pris la place de Zaroff, simplement. La plus excitante des chasses, le jeu le plus dangereux, ça ne se refuse pas. Ce n'est pas génial ?

— Plutôt terrifiant, non ?

— Plus que *Kong* ?

Non, ce n'était pas pareil. Là, c'était… glaçant. Cooper secoua la tête.

— Trop terrible. L'homme se chassant lui-même. Quel producteur se risquera dans un pareil film ?

— Universal vient bien de faire un *Dracula*, un *Frankenstein*. L'horreur, ça plaît, non, ces temps-ci ?

Cooper secoua la tête.

— Oui, mais cette horreur-là…

— Tu veux dire sans colifichets, sans vampire, sans croix brandie, sans pieu planté dans le cœur et toutes ces conneries ?

Il a trouvé, songeait en même temps Cooper désorienté : je patauge avec mon gorille sans trouver de scénario, et lui arrive avec une histoire toute prête. Parfaite, en plus, sans artifice. À un détail près.

— Shorty, sans femme ni happy end, personne ne marchera.

— Le *Nazir* des Messeria, au Kordofan, dit Ruth, restée jusque-là silencieuse.

Et, mimant la voix de Driscoll traduisant le *Nazir* :

— « D'abord la chasse, d'abord la guerre, et puis la femme. La guerre, la mort, et puis l'amour ! »

Cooper partit d'un éclat de rire. S'il s'en souvenait ! Mais il ne voyait toujours pas le rapport.

— Je l'ai déjà dit et répété à Monty : il lui faut une femme, dans son histoire.

— Oui ? Mais comment ?

Décidément, il fallait tout leur dire.

— Il suffit de la placer dans le navire ! Qu'elle ne connaisse pas vraiment Rainsford. Que le navire fasse naufrage. Ils sont recueillis. Elle devient l'enjeu. Rainsford et elle sont chassés.

Rainsford gagne. La fille tombe dans ses bras. Lui, délivré grâce à elle de ses fantasmes imbéciles de chasseur, peut retrouver le monde normal à ses côtés. Ça ne marcherait pas, comme ça ? Dis-lui, Coop, qu'il faut une femme !

Il fallait une femme, oui. Comme il en fallait une dans leur équipe et celle-là, c'était Ruth.

— Tu es fou ?

Selznick posa sur la nouvelle, reléguée en bout de table, un regard méfiant, comme s'il craignait d'elle quelque maléfice. Cette histoire était à vous glacer les sangs !

— C'est ce qu'on attend d'une histoire d'épouvante, non ?

— D'accord, mais celle-là ! Il y a dedans quelque chose de... satanique, non ? Avec une femme, encore, une histoire d'amour, un happy end, je ne dis pas. Mais là...

Cooper rit : c'était exactement ce que Ruth et Monty avaient en tête d'ajouter. Il lui résuma leur idée.

Le talent de Selznick était de juger vite. Tourné comme ça, évidemment...

— Tu y crois, toi ? Oui ? Eh bien, on y va ! Pour quand ? Juste après *Kong* ?

— Hum... Non, avant. Maintenant. Ne serait-ce que pour le garder avec nous jusqu'à *Kong*.

Selznick gémit :

— Et bien sûr, tu sais que le planning est bouclé pour les six mois qui viennent ?

— À ce propos – Coop se racla longuement la gorge –, j'ai l'impression que le scénario de *Westward Passage* est, hum, à revoir. Et puis, on y a besoin de Laurence Olivier, non ? Je me suis laissé dire qu'il sera libre plus tard que prévu. En poussant un peu des épaules, à gauche, à droite...

— Et puis les plannings sont faits pour être bousculés, c'est ça que tu vas me dire ?

Une autre idée, surtout, était venue à Cooper, que celui-ci garda par-devers lui.

— Ne reste plus qu'à espérer que les ronds-de-cuir de la Paramount me fournissent un bon motif de démission...

Schoedsack, comme d'habitude, accueillait les bonnes nouvelles avec sang-froid.

— S'il faut, la RKO paiera un dédit, insista Cooper, qui s'attendait à un peu plus d'enthousiasme. Shorty, tu ne peux pas manquer une occasion pareille !

Il égrena son compte à rebours :

— Je te préviens, j'ai dû jouer des coudes, alors c'est le seul créneau ! Début du tournage mi-mai. Fin, mi-juin. OK ?

Ce qui voulait dire mise en préproduction début avril, et laissait deux mois pour le casting, les décors, le scénario.

— Bref, on démarre demain ?

Schoedsack n'était pas un expansif, mais une lueur dans son regard disait assez son contentement.

D'abord, trouver un scénariste. Il en avait un sous la main, risqua Cooper, recommandé par Selznick. Pas un perdreau de l'année, mais un professionnel. Le meilleur, selon Pandro Berman. Et comme Schoedsack le fixait, l'œil narquois.

— D'accord, je n'ai rien dit. C'est toi qui décides.

Scénariste, race maudite, devait-il penser, après *Les Quatre Plumes blanches* et *Les Lanciers*. Et les déboires de Cooper sur *Kong* ne plaidaient pas pour sa clairvoyance… Mais Ruth n'avait pas les embarras de son compagnon. Quand ces deux-là allaient-ils arrêter de se tourner autour, au lieu de tomber dans les bras l'un de l'autre ? Elle étreignit Coop, en retenant ses larmes.

— Coop, tu nous as manqué ! Tellement manqué…

Il les avait retrouvés dans un petit hôtel sur Sunset, après avoir enjambé dans l'escalier deux clochards somnolents. Sur le boulevard de moins en moins éclairé à mesure qu'il avançait, il avait croisé de pauvres hères, des ruelles adjacentes venaient des odeurs d'urine et de graillon – où étaient-ils encore allés se fourrer ? Le luxe, il est vrai, n'avait jamais été leur obsession…

— Ça nous rappelle un peu le Bengale, avait commenté Monty en lui ouvrant la porte. Et puis, regarde, deux pièces ! C'est presque propre.

Cooper avait jeté autour de lui un regard dubitatif. C'était d'un luxe byzantin comparé à certaine chambre de Londres où jadis ils avaient eu des échanges fructueux, mais enfin…

— Ruth, toi qui es la sagesse même, peux-tu le raisonner un peu ? Je sais bien qu'à l'écouter, un sac de couchage dans la rue, en bas, ce serait déjà bien, mais la RKO vous a réservé une suite au Wilshire. Vous n'allez pas la laisser vide ?

La RKO n'avait rien fait de tel, mais il allait la réserver sur ses deniers, se dit Cooper, dès qu'il aurait le pied dehors.

— Cette histoire de Rainsford qui tombe à l'eau... Coop, tu t'en souviens, sur les côtes du Yémen ?

— Quand le *Wisdom*, oui, s'est pris un banc de sable, de nuit.

— Bon Dieu ! Ils étaient une bonne centaine au matin, assis sur le rivage, qui nous fixaient en affûtant leurs lames. Ça a été moins une...

Un naufrage, ça avait une autre gueule que de tomber à l'eau, non ?

— Dites, James, vous en pensez quoi, vous ? Des lumières, la nuit – rappelle-toi, Coop, on cherchait la lumière du phare de Moka...

Oui, ça serait logique, que Zaroff ait déplacé les feux pour précipiter les navires sur les récifs.

— Sinon, s'il doit attendre que des gens tombent à l'eau...

— Hein, qu'est-ce que vous en pensez ? Des feux déplacés, un naufrage, et pour les survivants, le refuge du château ?

James Creelman hocha la tête, un peu dépassé par la conversation. Sûr, oui, c'était plus enlevé.

— Pour la jungle, James, ne vous inquiétez pas. Au Siam, je crois bien qu'on a expérimenté toutes les techniques possibles pour capturer les fauves.

— Il nous faudra au moins un marécage, une trappe malaise, comme pour Mister Crooked !

— Une caverne, un ravin, un tronc d'arbre pour l'enjamber, un gouffre au-dessous...

— Une chute d'eau. Des rapides. Et surtout, que la jungle paraisse toujours différente.

Cooper opina. L'important était la jungle.

— Je vais mettre Obie et Larrinaga sur le coup : une jungle miniature, pour les plans d'ensemble. Vous verrez, ils font des merveilles !

Et puis, songea-t-il, mais il se garda bien de le dire, elle pourrait servir pour *Kong*, dans la foulée...

Creelman écoutait, prenait fébrilement des notes, noyé sous l'avalanche. Ces deux gaillards réinventaient le film en dévidant leurs souvenirs, mais que n'avaient-ils pas vécu ? Ruth se porta à son secours.

— Laissez-le respirer ! On dirait deux petits vieux en train de radoter. Comment voulez-vous qu'il écrive si vous êtes sur son dos du matin au soir ?

Creelman tourna vers Ruth un regard reconnaissant : une alliée, enfin !

Si tout allait bien, leur avait expliqué Cooper, *Kong* suivrait juste après. Et il leur fallait rencontrer au plus vite les fabricants de rêve de Willis O'Brien – tous dérangés, à force de vivre dans l'illusion, mais géniaux. Ruth et Monty étaient sortis de leur grotte aux merveilles en état de lévitation. Les sept nains du conte de Grimm dans leur mine, avait gloussé Schoedsack, avec Kong à la place de Blanche-Neige !

Et c'est là, dans la cour, qu'il s'était longuement raclé la gorge.

— Pour ton scénario… Tu es sûr d'avoir fait le bon choix ?

Avec Ruth, il l'avait lu et relu. Mais, pardon de le dire tout net, le Kong de Wallace restait juste un gros singe. Et cette histoire de bagnards était tirée par les cheveux, la femme, juste un prétexte…

— Si j'ai bien compris, la belle est aussi nécessaire que la bête, non ? Elle ne peut pas être là par hasard ! Et elle doit être comme une fée. Un ange. Pas une fille à la coule.

Tout paraissait plaqué, faux.

— Tu es vraiment sûr de ton gars ?

— Pas sûr du tout, soupira Coop. Et même de moins en moins.

Revenu à son bureau, sur lequel, l'œil sévère, veillait la belle Zoe, il leur dit tout. Ses efforts pour faire comprendre son idée à Wallace, ses conversations vaines…

— Si seulement j'avais le talent d'écrire des histoires ! Pourtant, je la sens, elle est là, toute proche. Mais vous avez vu le regard noir de Zoe, à l'entrée ? Tous ces dossiers qui ne peuvent pas attendre ! Des fois, c'est à devenir fou. Pourquoi Wallace ne comprend-il rien à rien ?

Il lui faisait des suggestions, et le lendemain il trouvait le scénario déjà modifié. Tout y était, de ce qu'il avait suggéré, mais sans plus d'intérêt qu'une coquille vide.

Le coup de la carte de Grande-Bretagne sous ses pieds fit se tordre de rire les Schoedsack.

— En somme, tu viens de nous dire que tu as choisi quelqu'un dont toutes les fibres refusent d'entendre quoi que ce soit à ce que tu lui racontes ? Balance-le ! Change ! Sinon, tu n'y arriveras jamais.

Dit comme ça, évidemment…

— Mais je suis coincé ! Wallace est notre star…

Le pire était que l'information avait fuité. La vipère d'Hollywood, l'infâme Louella Parsons, venait d'annoncer qu'un grand film d'horreur du tandem Wallace-Cooper était en préparation.

— Précédé d'un roman sous le même titre, ajouta Coop, penaud. J'ai lancé ça, un jour, pour lui donner un peu d'énergie. Tu parles s'il a sauté dessus ! Une ânerie, OK. Mais, bon, c'est fait.

Schoedsack avait secoué sa tignasse toujours aussi rebelle. On ne lui ôterait pas de l'idée que cette voie était sans issue.

— Vous ne croyez pas qu'il faudrait imaginer quelque chose dès l'ouverture ? Au générique, quelque chose d'inquiétant qui résume le film ? Même si on ne le comprend qu'un peu plus tard. Ça serait plus fort.

Du côté de *Zaroff*, en tout cas, ils ne perdaient pas de temps. Dès qu'il pouvait, Cooper s'échappait du bureau pour filer droit au Wilshire, où il retrouvait Ruth et Creelman, le nez sur la moquette, parmi les papiers et des livres éparpillés, tellement plongés dans leurs spéculations qu'ils l'oubliaient presque aussitôt.

— Hum, oui, dit Creelman, prudent, et un peu dérouté de travailler ainsi, « à la bonne franquette ».

Ruth rampa sur le sol jusqu'à un gros album.

— Tenez, le Centaure… Vous voyez ? Mi-homme, mi-bête. L'idée m'est venue en vous écoutant sur la dualité des êtres. Sur cette force obscure que chacun doit découvrir en lui et qu'il devra éprouver, épouser même, pour pouvoir la surmonter.

Le visage de Creelman passa par tous les stades de la perplexité. Il avait vraiment dit ça ?

— Euh, oui, Ruth, tout à fait. La force obscure…

— C'est la théorie que Coop ressasse tout le temps, lui aussi…

Pour le coup, Creelman hocha la tête, convaincu et radieux.

— La force obscure, bien sûr !

— Eh bien, vous ne trouvez pas – remarquez, c'est juste une idée, je ne suis pas une professionnelle – qu'on pourrait faire le générique sur une figure de Centaure qui servirait de heurtoir à la porte d'entrée du château ? On la retrouverait ensuite à l'arrivée des naufragés puis sur une tapisserie ou dans un tableau du salon de Zaroff ?

— Très, très bien. Oui, je pensais à quelque chose comme ça. La force obscure ! La part animale de l'homme…

— J'ai fait un petit gribouillis, tenez. Je me suis dit qu'il lui faudrait un visage convulsé, et puis, pour inquiéter vraiment, une flèche plantée en pleine poitrine. Tandis qu'il porte une femme évanouie dans ses bras. On entendrait un cor de chasse, au loin, et une main de femme apparaîtrait, frappant au heurtoir…

Cooper se retint de sourire. Il n'avait pas fallu longtemps pour que Ruth l'ait à sa main. Mais, bon sang, c'était une vraie idée de cinéma ! Il croisa son regard qui était tout de juvénile candeur.

La conversation reprit, sur le naufrage. Trop de monde inutile, trop de fracas, dit Schoedsack passant le nez par la porte de la chambre-bureau. Il le voyait plus stylisé. Que l'on reste dans un climat d'angoisse sourde.

— Vous voyez, James, la mise en marche implacable de la mécanique du destin qui va les mener à la porte du château. Le spectacle, ce sera quand viendra le temps de la chasse.

Creelman se renfrogna. *Son* naufrage ! Qu'il voyait comme un moment de grand spectacle ! Un ombre passait déjà sur le visage de Schoedsack, peu porté à la diplomatie. Mais Ruth dévia la conversation. Elle saurait y faire, se dit Cooper amusé, pour amener Creelman à l'idée. Demain, après-demain, il se convaincrait d'en avoir été à l'origine.

D'abord, le casting. Les délais étaient courts. Monty, tout comme Ruth, n'imaginait pas quelqu'un d'autre que Fay. Celle-ci avait battu des mains, d'abord, puis son visage s'était assombri. *Mi-mai* ? Elle venait tout juste de terminer *Stowaway*, pour Universal, qui sortirait en avril, mais elle allait commencer dans la foulée le tournage d'un *Docteur X* pour la Warner – l'enquête d'un beau journaliste sur une sombre histoire de meurtres cannibales perpétrés par les nuits de pleine lune, qui le conduisait à une clinique de docteurs fous.

— Je n'ai rien compris à l'histoire. Moi, je suis la fille du directeur dont le journaliste va tomber amoureux…

Ça allait être très, très juste. Si jamais *Docteur X* prenait du retard… Mais elle était prête à tout, à n'importe quel prix, pour travailler avec eux. La mi-mai, donc ?

Ils l'avaient invitée à déjeuner au Montmartre Café, devenu un lieu apprécié pour son calme – ce que le propriétaire vivait, lui, comme l'antichambre de la mort. C'était comme si de vieux amis se retrouvaient après une longue absence, s'étonnait Fay, alors que dans le fond ils n'avaient travaillé ensemble qu'une quinzaine de jours, il y avait trois ans de cela. Elle avait même versé une larme sur l'épaule de Ruth. Avec eux, elle se sentait bien. Jacques de Bujac, désœuvré, avait fini par s'inviter à leur table. Le maître de cérémonie-aventurier avait un peu perdu de sa superbe. Le bon vieux temps s'en était allé et ne reviendrait pas, lui-même ne comptait pas s'éterniser. Ils n'auraient pas un rôle pour lui ? L'aventure, au moins, il connaissait, pas comme ces freluquets qui tournaient de l'œil à l'idée de se lancer dans le vide ou de sauter d'un cheval au galop. Et il avait une belle gueule d'aventurier, songea Cooper. Pourquoi pas tenter un bout d'essai ? Mais un peu plus tard, pas pour *Zaroff*.

— Dommage, soupira Fay en le suivant des yeux, tandis qu'il s'éloignait. Il a de l'allure.

— Pour faire plaisir à Selznick, expliqua Cooper, la mine un peu contrite, il faudrait que Rainsford soit joué par Joel McCrae.

— Pourquoi « faire plaisir » ? s'étonna Fay. C'est un bon acteur. Et il a la gueule de l'emploi, lui aussi. Non ?

— Si, si reconnut Cooper.

Et comme Ruth s'étonnait de sa réticence :

— C'est juste qu'il est un peu… Bon, il ne veut pas se jeter à l'eau, il ne veut pas nager, il refuse la scène où le méchant lui lance un couteau. Un douillet, qui doit prendre sa camomille tous les soirs. On le doublera.

Pour le frère de Fay, dans le film, il pensait à Robert Armstrong, déjà engagé pour *Kong*. Comme ça il l'aurait sous la main. Mais le vrai problème…

— Le vrai problème, dont tout le film dépend, c'est Zaroff. Et là, je ne trouve personne. J'ai cherché partout, regardé du côté des films fantastiques de Laemmle, des films noirs de la Warner : rien.

La discussion devint générale. Il fallait un aristocrate. Élégant, raffiné, enjoué. Un homme du monde capable de passer en une seconde à la sauvagerie la plus totale. Les ténèbres et la lumière en un seul personnage.

— Avec un jeu distancié, dit Schoedsack, resté jusque-là silencieux. Surtout pas « naturel » : comme quelqu'un qui joue un rôle. Un acteur de théâtre ?

— J'en connais un.

Tous se tournèrent vers Fay.

— Je l'ai vu dans *Springtime for Henry*, sur Broadway. C'est exactement ça ! Il a été grièvement blessé à la guerre. D'un côté, il a le visage avenant d'un délicat gentleman. De l'autre, une joue paralysée avec une balafre, qui lui donne l'air diabolique. C'était dans une comédie, mais il en jouait à merveille. Son nom ? Leslie quelque chose… Leslie Banks !

Leslie Banks. Avec un peu de chance, ils tenaient leur homme. S'il était libre.

Cooper en aurait presque ressenti une pointe de jalousie : pour *Zaroff*, tout paraissait s'imbriquer sans heurt, le scénario était quasiment bouclé – à quelques scories près, grommelait Schoedsack, mais ils auraient le temps de voir. Si lui ne tranchait pas dans le vif, par contre, *Kong* manquerait le coche.

Casse ou pas, et tant pis si Selznick tiquait, le temps venait d'une explication.

— Un film d'horreur ou un conte de fées ? Je vous le répète, Coop, c'est l'un ou l'autre ! Mais, les deux à la fois, ce n'est pas possible…

Ils se trouvaient tous deux, une fois encore, et peut-être la dernière, se dit Cooper, dans le salon cossu de Wallace. Un peu en retrait, dans la pénombre, Robert, son dévoué secrétaire, prenait des notes, ou somnolait. Les nuits, ces derniers temps, devenaient plus fraîches, un vent capricieux faisait danser les flammes dans la cheminée. Comment le convaincre ? Le temps n'était plus à la flatterie, il fallait avancer…

— Le monde ! On croit le voir tel qu'il est, tout comme on croit savoir qui on est. Mais comment le voit un fauve en chasse ? Une antilope qui fuit ? Cette pluie si douce, dehors, doit être une grêle de pierres pour les insectes en quête d'abri ! On ne voit jamais qu'avec ses yeux. Avec ce qu'on croit être…

Une bourrasque cingla les vitres, au-dehors, les flammes crépitèrent dans la cheminée, Cooper semblait perdu dans ses pensées, fixant le foyer de sa pipe depuis longtemps éteinte. Wallace s'agita, mal à l'aise.

— On croit savoir qui on est. Avant... J'ai souvent pensé à cela. La guerre, bien sûr, qui murmure en nous d'étranges choses. Mais pas seulement. Tenez, les pionniers, ici, à travers la Prairie... Cette certitude, cette idée de soi qui fait que le sol ne se dérobe pas sous nos pieds, elle nous est donnée par des tas de choses qui ne sont pas nous, si l'on y réfléchit, mais par notre famille, notre épouse, nos enfants, notre métier, le regard des autres. Tenez : ce tapis que vous aimez tant, sous vos pieds. Et notre histoire va ainsi, de jour en jour...

Cooper se dressa, la voix vibrante. La lampe projetait son ombre dansante contre le mur au rythme des flammes de la cheminée et Wallace s'enfonça un peu plus dans son fauteuil.

— Mais voici que le vent se lève ! Ride la surface des eaux lisses qui vous étaient comme un miroir, agite les branches – tout change ! On part, un jour, rêvant d'ailleurs, ou bien poussé par la misère, ou bien encore persécuté, et nous voici en Amérique, dans les chariots, perdu dans l'immensité. Et ce qui nous tenait debout, notre identité comme on dit, vacille. En allés, vos proches, peut-être votre famille, sûrement votre métier, votre position sociale, la route vous enlève tout ce que vous pensiez être vous-même, pan après pan, comme on ôte les pelures d'un oignon. Mais dites-moi, qu'est-ce qui reste, quand tombe le dernier pan ?

Wallace eut comme un geste de défense.

— Coop, là, vous voulez m'inquiéter...

Cooper hésita un instant à poursuivre, mais à ce compte-là il n'y arriverait jamais.

— Ce que j'essaie de vous dire... « Civilisé », pensons-nous. Et puis la faim vous dévore les entrailles, le froid vous transperce jusqu'aux os, fait éclater les chairs, vous vous retrouvez à vous hisser pieds nus dans la glace à flanc de montagne, la vie en vous n'est plus qu'une pulsation qui s'éteint peu à peu et vous vous accrochez – oui, j'ai vécu cela au flanc du Zard Kuh ! Et tout s'efface de ce que vous étiez, de ce que vous pensiez, ne reste plus que cette vibration et il vous semble être mis à nu – l'expérience de l'âme entièrement dénudée ! Quand le monde vous traverse, quand il ne reste rien de vos garde-fous, alors, c'est là qu'il vient, qu'il se dresse devant vous, énorme, et c'est peut-être vous, aussi : Kong !

Il criait presque :

— Kong ! Ce n'est pas un gorille, c'est le cœur du monde ! La puissance de création au cœur du monde ! La force de destruction aussi immense, incompréhensible, effrayante : Kong. Voilà ce que je voudrais montrer, faire sentir à chacun !

Wallace secouait la tête, mais Cooper, lancé, ne le voyait plus.

— Et puis, le conte de fées… Au Zard Kuh, j'ai touché en même temps à la beauté absolue. Je me suis débattu longtemps avec cela : la beauté de Kong ou, plutôt, la beauté face à Kong. C'est Schoedsack, un jour, qui m'a fait comprendre… La première fois, quand il m'a dit cette chose simple : *ce sont les photos ratées qui reproduisent le réel.* Si, devant une vingtaine de photos du même paysage posées devant moi, une se détache comme une évidence, c'est qu'elle a ajouté quelque chose au réel. Qu'elle le révèle, nous montre de lui quelque chose jusque-là invisible : une forme. Et cette forme, pourtant, c'est nous qui l'avons apposée au réel, comme s'il fallait cela pour le voir, vraiment. Vous comprenez ? Nous ne sommes pas juste Kong, il y a aussi en nous une autre force : l'imagination. Vous comprenez ?

Il s'absorba dans la contemplation des vitres battues par les bourrasques de pluie.

— Habiter le monde, ce n'est pas juste se retrouver dedans, quelque part. Nous projetons tellement de choses sur lui ! À preuve, quand il nous devient étranger… Cela ne vous est jamais arrivé ? Vous vous promenez dans un bois que vous croyez connaître, tenez, en cherchant des champignons, la tête baissée. Et tout d'un coup vous levez les yeux et vous ne reconnaissez plus rien – perdu ! Tout ce qui jusque-là vous paraissait aimable devient hostile, vous saute au visage, devenu étranger. Ça ne vous est jamais arrivé ?

« L'imagination ! C'est par elle que nous ne sommes pas condamnés à errer dans les forêts obscures. Oui, nous avons la capacité d'enchanter le monde, pour le rendre habitable. La beauté de Kong ! Ou la beauté face à Kong, je ne sais pas encore. Pour moi, c'est ça, le conte de fées. Terreur et conte de fées ! Vous comprenez ?

Il allait et venait à travers la pièce en agitant sa pipe, se tourna vers Wallace, quêtant sa réaction, et resta consterné : Robert, à genoux auprès de son maître, lui tapotait la main.

— Je, je crois qu'il a un malaise, monsieur Cooper. Si vous pouviez m'aider...

Il avait beaucoup travaillé ces jours derniers, expliqua le secrétaire, tandis qu'ils unissaient leurs forces pour le porter jusqu'à sa chambre.

— Je crains qu'il n'ait pris froid, cet après-midi, pendant sa promenade.

Mais Wallace ouvrit les yeux, encore dans le vague, une tisane et tout irait bien, ils reprendraient demain cette conversation instructive, oui, très instructive...

Mais Cooper savait bien qu'il n'avait réussi qu'à l'inquiéter. Le ridicule de la situation lui apparut soudain : le surgissement de Kong dans un salon douillet. Shorty avait raison, si un homme sur terre était incapable de l'entendre, c'était bien Wallace.

Cooper se réveilla le lendemain, toussant et fiévreux – sans doute d'avoir marché trop longtemps sous la pluie pour retrouver son calme, avant de héler un taxi. Il voulut appeler Wallace pour prendre de ses nouvelles et s'excuser de ses emportements, mais ce fut Robert qui lui répondit : monsieur Wallace était souffrant, très certainement des suites de son refroidissement. Vers midi, Cooper grelottant de fièvre fit appeler un médecin et une heure plus tard il était à l'hôpital : début de pneumonie. Même diagnostic pour le maître, lui dit Robert au téléphone un peu plus tard, mais comme il était très hostile aux médicaments, il se soignait à coup de grogs bouillants dans sa chambre surchauffée. De la folie, jugea le médecin qui passait dans la chambre de Cooper à cet instant, dites-lui de venir ici de toute urgence ! Rien n'y fit : le maître se sentait déjà mieux... Et encore mieux le lendemain, assura le secrétaire. Cooper, malgré tout inquiet, appela Selznick, fort occupé, sur le tournage de *Symphony of Six Million,* à détourner Gregory La Cava de ses penchants alcooliques. Il avait foncé chez l'écrivain, mais l'animal, buté, avait une terreur panique des hôpitaux et prétendait contre toute évidence aller « de mieux en mieux ». Robert, à son chevet, se tordait les mains d'inquiétude.

Comme Cooper enfin revenait à la vie, Monty et Ruth étaient venus le chercher, à l'hôpital, Monty, rigolard, évoquait l'épisode du furoncle de son ami, en Turquie, on voyait bien qu'il s'était sérieusement ramolli, quand arriva la nouvelle que, devant l'état de quasi-inconscience de Wallace, Selznick l'avait fait transférer d'autorité aux urgences.

Ruth et Monty installaient leur ami de force dans son lit à l'Élysée quand le téléphone sonna, de nouveau. Au ton de la voix de Selznick, au bout du fil, Cooper comprit tout de suite.

Edgar Wallace venait de mourir, ce 10 février, à l'hôpital.

Tout était à reprendre. Pourtant, ce n'est pas à cela que Cooper pensait, en cet instant, mais à leur dernier soir, à la fureur qui l'avait un moment soulevé. Les mots ne déclenchaient pas de pneumonie, mais ils pouvaient tuer, à leur manière.

XXXI

Chasses dangereuses

Hollywood, mars-juin 1932

— Mais enfin, tu comprends, toi, ce que j'essaie de faire ?

Ruth hocha la tête. Depuis le temps, avec Monty sur le dos, le contraire aurait été inquiétant.

— Tu te sentirais capable de reprendre le scénario ? Je veux dire… de l'écrire ?

— Je crois, oui.

Cette fille était impayable. Elle vous disait cela, tranquille, comme une évidence. D'ailleurs, ça l'était. Comment n'y avait-il pas pensé plus tôt ? Les bonnes idées des *Quatre Plumes blanches*, c'était elle. Et le meilleur de *Zaroff*, à ce qu'il avait vu.

— Mais il devient quoi, Creelman ?

— Oh ! Il a jeté l'éponge. J'avais cru, au début… Mais non, lui non plus ne comprend pas.

La mort de Wallace les avait tous dévastés. Le silence qui se faisait à son approche, dans les couloirs d'une RKO frappée de stupeur, lui était vite devenu insupportable, aussi se réfugiait-il dès que possible près d'Obie et, de plus en plus, chez les Schoedsack – bien des choses restaient à fignoler, du *Zaroff*. Et c'est Shorty qui l'avait secoué, un soir, en le prenant à part. Bon, le pauvre homme était mort, c'était bien triste, mais ça réglait la question. De quoi se plaignait-il ? Il pouvait reprendre *Kong* à zéro !

Cooper avait sursauté, comme à un sacrilège, mais le lendemain il avait entamé une longue conversation avec Creelman.

— Je me suis dit : cette fois, il me faut un pro. Qui nous connaît déjà. Et c'est vrai, Creelman a balayé pas mal de scories, toute cette histoire de bagnards évadés, recentré l'intrigue. Un film d'exploration, Merian, rien que d'exploration ! Au début j'ai pensé : c'est ça, élaguons ! Mais tout d'un coup j'ai compris – qu'il ne comprenait pas. Le jour où il m'a dit : « Merian, conte de fées ou film d'horreur, il faut choisir »... Lui aussi ! C'était fichu.

Une pluie froide était tombée, le ciel roulait des nuages gris et lourds, autour d'eux montaient des gémissements, ici, des bruits de coups, mais ce n'était qu'une porte qui battait au vent, là, des grincements de décors disjoints menaçant de s'effondrer. Des dieux africains faisaient face à une baleine éventrée, ce qui avait dû être une jonque dressait sa proue sur les restes d'un chariot de l'Ouest... Sur l'immense zone de stockage à l'arrière des studios s'entassaient, pêle-mêle, les décombres mélancoliques de dizaines de films qui s'animaient à leur approche. Le cimetière des rêves perdus, murmura Ruth, en frissonnant.

— Voilà. Ça s'est passé ici, dit Cooper.

Devant eux, un peu à l'écart, se déployait un village – africain ? Enfin, de huttes de « sauvages », du moins dans l'esprit du décorateur.

— C'était le soir, déjà presque la nuit, j'entends un boucan de tous les diables dans ce coin où il ne se passe jamais rien, je m'avance, et là...

Des lumières partout, des flammes dansantes, des silhouettes gigantesques projetées sur les murs, des hommes à demi nus s'agitant sur une musique hypnotique diffusée par des haut-parleurs : King Vidor tournait une scène de *Bird of Paradise*.

— Un choc. Oh ! pas tellement la danse – un truc genre Broadway, réglé par Busby Berkeley, rien d'africain. Mais l'idée, l'idée ! Je suis revenu le lendemain matin pour le voir vide, ce village. Et là, en me retournant, je tombe sur ça !

Il tendit le bras, un rien mélodramatique.

— Le temple de Jérusalem !

Ou ce qu'il restait du *Roi des rois*, de Cecil B. DeMille, colonnes déjà s'effritant, pans de mur disjoints, et l'entrée, massive.

— Ça te fait penser à quoi ?

Ruth fronça les sourcils. C'était donc cela, l'épreuve de vérité, pour laquelle ils étaient à Culver City.

La porte. Oui, bien sûr, c'était l'idée. Et derrière elle, un autre monde. D'épouvante, vu sa taille.

— La porte des ténèbres ! Derrière laquelle règne Kong, le maître du monde ! Dont tentent de se protéger des sauvages terrorisés. L'entrée dans un autre monde. Un autre temps.

Cooper la prit dans ses bras, l'embrassa sur les deux joues. Enfin !

— C'est *exactement* ça que j'ai pensé ! Ah, on va faire de grandes choses ensemble !

— Un battement sourd de tambour, poursuivit Ruth, l'expédition s'avance, découvre la foule dans une fête barbare, un sacrifice se prépare… La porte s'ouvre, surgit Kong ! Le Dieu Kong !

Cooper la reprit dans ses bras.

— Tu sais ce qu'il m'a dit, lui ? « Merian, ce n'est pas possible. Vous ajoutez trop de choses ! » Le lendemain j'ai eu droit à une longue lettre. Bref, il calait. Bon sang ! Pourquoi n'ai-je pas pensé à toi plus tôt ?

— Nous autres, pauvres femmes, nous avons l'habitude, risqua Ruth quand elle eut repris sa respiration.

— Quoi ? Qu'est-ce que tu vas chercher ! protesta-t-il, tandis qu'ils rejoignaient leur voiture. Non, j'avais juste en tête qu'il fallait un professionnel. Selznick me le répète assez : « Scénariste, ça ne s'improvise pas ! » Il m'avait conseillé un jeune, McCoy. Horace McCoy. Pas mieux… Alors je me suis dit : non, il me faut quelqu'un qui me comprenne. Qui a vécu nos aventures. Toi !

— Un sacrifice humain, dit tout à coup Ruth.

— Quoi ?

— Denham et sa troupe arrivent en pleine fête sauvage. Une jeune fille est attachée, prête au sacrifice. Denham commence à filmer la scène. Les sauvages les voient, découvrent la femme blanche, ils s'en emparent. C'est elle, qu'ils vont offrir en sacrifice !

Cooper fit une embardée, freina brusquement. Oui, c'était ça !

— La suite s'enchaîne : Kong emporte sa proie, le groupe de Denham passe la porte, se lance à leur poursuite…

Cooper marcha de long en large sur le bas-côté en respirant à pleins poumons, revint à la voiture, resta un long moment penché sur son volant, avant, presque incrédule, de se tourner vers Ruth.

— Ruth, on le tient, notre film ! Ça y est, je le sens, on le tient !

Il risqua un entrechat en poussant la porte de Selznick, et s'arrêta net devant la mine de son ami.

— Hé ! Ça ne va pas ?

L'autre lui fit signe de fermer la porte, lui tendit un courrier.

— On n'a pas que des amis, au siège...

Dès les premières lignes, Cooper fit la grimace : la dégringolade s'aggravait. Les pertes au 31 mars dépasseraient les deux millions de dollars. La baisse des entrées augmentait. Le risque d'une faillite de la RKO devenait sérieux.

— C'est qui, le gars qui envoie ça ?

— Merlin Hall Aylesworth. L'homme qui monte ! C'est la copie d'une note à Sarnoff.

Leur plan d'économies volait déjà en éclats. Mais qu'est-ce qui était stable, par les temps actuels ?

— David, ce ne sont pas des méchancetés, là. Ce sont des faits...

— Lis la suite !

Aylesworth conseillait de supprimer Pathé comme marque, sauf pour les actualités. De fermer les studios de Culver City avant l'été, pour les louer, une fois aménagés, à des producteurs indépendants. À raisonner ainsi, pourquoi ne pas arrêter carrément la production ?

— Regarde, en bas, la petite vacherie. Sur nos budgets « non contrôlés malgré les engagements » et les « cachets exorbitants des stars ».

— Il parle de quoi, là ?

— Oh ! Des fantaisies de Vidor. Qui vont nous coûter 750 000 dollars. Quelqu'un a laissé fuiter dans la presse qu'on dépassait le million ! Ma main au feu que c'est Aylesworth.

Symphony for Six Million, lui, avait tenu dans les clous, essayait de se rassurer Selznick : 250 000 dollars tout ronds – et s'il pouvait être un *hit* en avril, avant la réunion des vendeurs de la RKO...

Un succès à lui seul ne renverserait pas la tendance, se dit Cooper. Les nuages se rapprochaient, il fallait accélérer, encore accélérer, avant que des messieurs très graves décident, dans leurs bureaux de Wall Street, d'une industrie à laquelle ils ne connaissaient rien.

— Au juste, ton numéro de petit rat de l'Opéra, tout à l'heure, c'était pour quoi ?

— *Kong* ! Ça y est, j'ai trouvé le scénariste. Enfin LA scénariste.

Il lui raconta sa matinée, les idées en rafale de Ruth.

— Tu es sûr de toi ?

— Écoute. J'ai cru en Wallace. Rien. Tu m'as dit : Creelman. Pas mieux. Puis tu m'as parlé de ce petit jeune, McCoy… Bof. Ils ne me comprennent pas ! Ruth, si.

Selznick hésita, ils ne pouvaient plus se payer le luxe de se tromper, puis eut un geste résigné.

— Et ton *Zaroff* ?

— Mise en production le 1er avril. Tournage le 16 mai. Monty a envoyé sa démission à la Paramount. Ne reste plus que l'acteur pour Zaroff à confirmer. Sur photo, c'est parfait. Il sera là dans trois jours.

— Et *Kong* ? reprit Selznick. Tu fais peur à certains – les mêmes. Pour eux, c'est un saut dans l'inconnu. Dépêche-toi !

— C'est en route, dit Coop d'un ton un peu trop assuré.

— Je ne l'ai pas vu sur les plannings…

— Chez Obie, pour une part. Le reste, dans la jungle de *Zaroff*, entre les prises de Monty.

— Tu veux dire la nuit ?

— La nuit, s'il le faut.

La même jungle, les mêmes plateaux et pour une part les mêmes acteurs. Plus la porte du *Roi des rois*, et le village de King Vidor. Qui disait mieux ?

— Tu en as discuté avec Monty ?

— Pas encore…

Quelqu'un, là-bas, peut-être encouragé en sous-main par cet Aylesworth aux dents longues, paraissait décidé à lui pourrir l'existence. « Certains » au conseil d'administration s'inquiétaient du coût de l'aventure. Intéressante, sans doute, mais était-ce le moment de se lancer dans l'inconnu ? Plus sage serait de revenir à l'idée d'un homme déguisé en gorille. Et puis, le titre : *King Kong*, cela ne risquait-il pas de faire passer le film pour une « fantaisie chinoise » ? La réponse n'avait pas traîné, furibarde : à la vue de Kong sur l'affiche, même les plus débiles comprendraient !

Le répit avait été de courte durée, les mémos s'étaient succédé, *Kong, King of the Beasts*, *Kong, the Jungle King*, *Kong, the*

Jungle Beast, ne seraient-ils pas plus explicites ? Mais, bon sang, c'était juste ce qu'il fallait éviter, ou le film passerait pour un animalier de plus ! Comment ne pas voir que le nom de Kong, à lui seul, suggérait un monde de mystères, de merveilles et d'effroi, comme les noms de Frankenstein et de Dracula ? Si l'auteur des mémos manifestait dans la gestion de l'entreprise, supposée être son travail, le même génie que dans ses choix du titre, le pire était à craindre.

Hiram Young avait ri de la réponse, d'après Selznick, mais mieux valait se garder de répliques trop cinglantes. Kong n'avait rien à gagner à devenir l'enjeu de luttes internes.

Le coup suivant était venu d'un Joseph Nolan, du département juridique new-yorkais. Il fallait tout suspendre, on courait droit au procès pour plagiat. Du *Monde perdu*, le film comme le roman.

Cooper avait fait irruption dans le bureau de Selznick.

— David, bon Dieu, c'est quoi ces conneries ?

À suivre ce Nolan, il fallait éliminer les animaux préhistoriques, se contenter d'animaux réels, vivants. Et revenir au scénario de Wallace, mais en éliminant le capitaine Englehorn et Denham, trop proches des personnages de Conan Doyle, pour ne garder que le naufrage des bagnards et la jeune femme.

— Je file à New York lui casser la figure ? À ce jeu-là, on n'a plus de film. C'est ça qu'ils cherchent ?

Selznick, la mine renfrognée, avait poussé vers lui un pli froissé. Il avait reçu la missive, lui aussi. Et réagi aussitôt. La réponse venait d'arriver.

— Ils s'obstinent. Skull Island chez toi, le Monde perdu chez Conan Doyle, l'animal préhistorique ramené à New York chez toi, ramené à Londres chez lui : vos deux histoires sont différentes, OK, mais eux ne voient que les ressemblances. Et avec O'Brien en plus dans les deux films…

Cooper se laissa tomber dans un fauteuil. On faisait quoi, du coup ?

— Je pourrais supprimer la séquence new-yorkaise, risqua-t-il, sans conviction. Le film sera moins bon, mais s'il faut en passer par là…

— Tu déconnes ? C'est ton idée centrale ! Non, on va régler ça vite fait.

— Comment ?

— On rachète les droits. Du roman, aux héritiers de Conan Doyle. Du film, à la Warner. J'ai eu Hiram Young, il est d'accord.

Ne restait plus qu'à croiser les doigts. Mais Kong n'était peut-être qu'un prétexte. D'où viendrait la prochaine attaque ? Une course de vitesse était bel et bien engagée.

— Tu n'y es pas allée un peu fort ?

Cooper, perplexe, tournait les pages du scénario, hachurées de ratures. Pour un peu, il l'aurait défendu – il y avait tout de même pas mal de ses idées, dedans, et des mois de travail !

— C'était tellement bavard… Et puis, tu m'as dit d'y mettre beaucoup de vos expéditions, à Monty et à toi, non ? J'ai fait de la place.

Assise de l'autre côté de la petite table, ses crayons rangés devant elle, Ruth avait l'air sérieux d'une écolière rendant quelque devoir, mais le pli du front annonçait qu'elle vendrait cher sa peau, même si la voix, un peu tremblante, démentait son assurance.

— J'ai pensé qu'il fallait aller vite. Se limiter à l'essentiel. Installer un climat, dès le départ, et que chaque détail y concoure. Ce n'est pas ce que tu voulais ?

Sans doute. Mais dix pages rayées d'un coup…

— Écoute… Pour dire que nous sommes sur les quais, à New York, une image suffit, non ? La ville en arrière-plan, la nuit, la ligne des gratte-ciel, les docks d'Hoboken et un vapeur fendant les eaux du fleuve. Là-dessus – elle se leva pour mimer la scène – un homme s'avance sur le quai, remonte le col de son manteau, hésite devant un navire à quai. Arrive un vieux gardien, une lanterne à la main. Le premier homme lance : « Hé ! C'est bien le bateau du film ? » Ça ne suffit pas, comme démarrage ?

Cooper hocha la tête, épaté. *Le bateau du film*. Tout était dit, l'histoire installée *en sept mots*.

Encouragée, Ruth saisit la première page de sa propre mouture.

— Et là, je me suis dit qu'on pouvait livrer l'essentiel en quelques phrases. Le gardien : « Vous en êtes, vous aussi, de ce voyage de cinglés ? » L'autre : « Pourquoi cinglés ? » Le gardien : « Le gars qui le dirige, Carl Denham… Paraît que pour filmer un lion il va vers lui et lui dit de prendre la pose. » L'autre : « Dur à cuire, d'accord. Mais pourquoi cinglé ? » Le gardien : « Ça cause, sur les quais… Sa cargaison. Et puis, il y a trois fois trop de marins à bord. Pourquoi ? » Là, on entend une voix, depuis le pont du navire : « Hé, en bas, qu'est-ce que vous voulez ? » L'autre : « Je suis Weston, l'agent de Denham. » La voix : « Ça tombe bien, il vous attend ! » Au passage, ça permet de découvrir le second, Driscoll, qui sera un des héros du film, et de savoir qui est l'homme, sur le quai.

Elle s'arrêta, quêtant une réaction de Cooper, puis risqua :

— J'ai chronométré. Ça peut tenir en moins d'une minute.

Une minute. Il tenta d'imaginer la tête qu'aurait faite Wallace en cet instant.

— Bien, Ruth. Très bien... La suite ?

— On passe à la cabine du capitaine Englehorn. Soucieux, face à Denham : « Il va falloir filer avant l'aube : on a découvert que le cargo est bourré d'explosifs, un inspecteur sera là demain matin. On en aura pour des mois de formalités. » Denham : « Pas question, on doit être là-bas avant la mousson ! »

— Et là, ça dure ?

— Oh ! quarante-cinq secondes maximum. Là-dessus, arrivent Driscoll et Weston. Weston : « Je n'ai pas trouvé l'actrice demandée : trop de mystères, autour du voyage ! Personne, pas même Englehorn ne sait où on va, ni pour combien de temps, ni pourquoi ! » Denham : « Pourquoi ? Parce que les producteurs exigent une femme, une idylle, dans le film ! » On sent qu'il est coincé. Trouver une femme, dès ce soir ! Eh bien, il la trouvera lui-même ! Denham, furieux, claque la porte et sort. Ça te va toujours ?

Si ça allait ? Des semaines de discussions et d'essais d'entrées en matière, des dizaines de scènes passées à la poubelle, d'un coup. Ça, pour aller...

— Bon, tout ça n'est rien, reprit Ruth. Je me suis cassé la tête un bon moment, sur la manière d'amener la fille dans le récit. C'était tellement tiré par les cheveux, ton truc ! Et puis, pour un conte de fées, il faut une fille presque innocente, pas une danseuse de cabaret ! C'est Esteban, un figurant du *Zaroff*, qui m'a donné l'idée. Il cherchait une assistante pour un spectacle de lancer de couteaux, et c'est comme ça qu'il l'a trouvée...

Elle avala un bol d'air avant de se lancer.

— Alors, voilà... Denham va et vient dans les rues, observe une file d'attente, devant un foyer pour jeunes filles, renonce.

Non loin, une fille hésite devant un étal. À peine a-t-elle posé la main sur une pomme que l'épicier lui tombe dessus, l'accuse de vol. Denham s'interpose, paie et la fille s'évanouit dans ses bras – de faim. Il réalise alors qu'elle est d'une rare beauté, l'emmène dîner. Elle est actrice, lui explique-t-elle, une fois rassasiée, s'appelle Ann Darrow mais les studios ferment, avec la crise. Il lui propose de l'engager, mais refuse de lui donner d'autres détails. Juste qu'ils partent à 6 heures du matin, le lendemain. Elle s'inquiète, mais le nom de Denham la rassure – au passage, ça montre qu'il est célèbre – et elle accepte… J'imagine que la scène suivante devra se dérouler à bord, quand le bateau lève l'ancre. Voilà, c'est tout pour le moment. J'ai pensé que la pomme suffisait, pour montrer la crise.

La simplicité de l'évidence. Encore fallait-il la trouver. Cette fille était géniale. À ce rythme-là, songea Cooper, Wallace et lui allaient passer pour des lourdauds…

— Quatre minutes en tout, dit-elle, la voix hésitante comme si elle craignait un refus.

— J'ai lu il y a longtemps, mais il m'a marqué, un article de Stevenson… C'était dans un vieux magazine. *Scribner*, je crois. Il expliquait ce qu'était pour lui un « événement » – et qu'il ne se confondait pas avec l'action. Pas plus qu'avec la vie. Qu'il est « événement », justement, parce qu'il se *distingue* du flux de la vie, comme s'il avait en lui-même un sens singulier qui paraissait valoir pour la vie entière. Qu'il était comme une « forme » s'imposant à l'informe du temps qui fuit…

Elle s'interrompit, craignant de paraître sentencieuse. Ils s'étaient retrouvés au Montmartre cette fois pour y déjeuner. Les rares clients ne paraissaient pas être du monde du cinéma. Un couple de Texans, à quelques tables de là, disait à haute voix sa déception : où était passé Hollywood, la capitale du péché ? Monty, après une réunion de son équipe, devait enchaîner par une séance de travail avec les acteurs. S'il pouvait, il ferait un saut, le temps d'un café. Autant dire qu'ils ne le verraient pas. Cooper avait tenu quatre jours avant de rappeler Ruth. Avait-elle avancé ? Il lui semblait, en l'écoutant poursuivre sa réflexion, le front baissé, découvrir une autre Ruth que la femme d'action au Soudan.

— Stevenson ? C'est un peu ce que dit Monty sur les photos réussies. Qu'elles ajoutent quelque chose au réel. Une forme particulière, qui fait voir du réel ce qu'on ne voyait pas jusque-là.

Ce fut au tour de Ruth d'ouvrir de grands yeux. Il avait dit ça, Monty ?

— Stevenson ajoutait autre chose, reprit-elle : que l'événement est un moment énigmatique, où paraissent s'unir dans une même courbe deux choses pourtant opposées : la marche du destin et la liberté humaine.

Que l'auteur de *L'Île au trésor* ait pu énoncer cela, et non un de ces philosophes qu'il fuyait comme la peste, songea Cooper, lui plaisait plus que tout. Une forme, oui, et il pressentit que cette idée avait d'infinies résonances. L'image lui vint, il ne sut trop pourquoi, de la *Lizzie Belle* appuyée contre la lame, ses voiles gonflées : deux forces opposées, matérialisées par la forme de la voile, qui, la barre tenue ferme, permettaient de se diriger où l'on voulait.

— Un conte de fées *et* un film d'horreur… s'entendit-il murmurer.

Comment disait Stevenson, déjà ? « L'énigmatique unité de deux contraires » – il faudrait qu'il s'en souvienne.

Il prit conscience d'une ombre derrière lui, se retourna. Jacques de Bujac se dandinait d'un pied sur l'autre.

— Toujours pas de rôle pour moi, monsieur Cooper ?

Il ne voyait donc pas qu'ils travaillaient ? Le regard de Cooper devait être glacial, car le maître de cérémonie se recula précipitamment.

— Une légende, dit Ruth, qui, tout à ses pensées, n'avait rien remarqué.

Ça ne pouvait pas être une expédition parmi d'autres. Il fallait que ce soit l'Expédition Ultime, la quintessence de toutes les expéditions. Avec, comme but, l'essence même de ce que l'on cherche à travers toutes les expéditions – que l'on cherche sa vie durant. Elle s'échauffait, le rouge aux joues.

— Si je prends *Chang*… Ce n'était peut-être pas tel ou tel tigre que vous traquiez, mais le mystère de ce qui lie la beauté et la violence, non ? Pas un éléphant, mais la puissance et la mémoire des premiers âges ? Alors, dans ton film, je me suis dit que ce n'est pas un animal, même inconnu, qui est traqué – *c'est l'inconnu lui-même*. Quelque chose qui outrepasse toute chose existante, tout être, quelque chose d'indicible au cœur du monde – quelque chose, simplement, *d'au-delà*. Kong ! C'est comme ça que je le vois. C'est bien pour ça que tu as placé ce faux proverbe arabe en ouverture, n'est-ce pas ?

Non seulement elle avait tout compris, mais elle mettait des mots sur ce qu'il n'avait pas su formuler jusque-là.

Inconsciente du chaos d'émotions qui agitait son interlocuteur, elle poursuivait, la voix incertaine, comme si elle voulait s'excuser des ratures qui barraient le texte de Creelman.

— C'est pour ça que j'ai presque tout enlevé. Pas d'anecdotes, pas de pittoresque, juste l'essentiel. Un climat de tension, de mystère, à créer dès les premiers mots. Le cadre de l'histoire à planter le plus vite possible, et pour cela, que chaque phrase soit une information. Tu penses que ça ira ?

Si ça allait ? Il chercha du regard Jacques de Bujac, qui accourut. Du champagne. Une coupe de champagne s'imposait ! Il avait été un peu brusque tout à l'heure, s'excusa-t-il : qu'il passe à son bureau à la première heure demain, ils discuteraient de ses projets.

— Pour les séquences sur le *Venture*...

— Oui ?

— J'ai un peu simplifié.

— Tu en as laissé, tout de même ?

— Eh bien... Je me suis dit que si on se limite à l'essentiel...

Décidément, elle s'entendait à tailler dans le gras.

— Voilà, dit Ruth, en reprenant son air sérieux de candidate à un examen, je n'ai gardé que les éléments nécessaires. Pour n'avoir plus à y revenir. Quelques petites touches pour accroître le mystère...

« La vie à bord, l'équipage sur le pont, dans la salle des machines, enfin, le pittoresque habituel, on s'en fiche un peu, non ? L'équipage, on le verra plus tard, quand il débarquera sur l'île. Ou alors, au départ, juste Driscoll qui donne l'ordre de lever l'ancre sur les premières images. Et peut-être, pour montrer qu'elle ne trouve pas trop sa place, à bord, Ann Darrow qui se réfugie près d'un Chinois en train d'éplucher une montagne de pommes de terre.

— Pourquoi un Chinois ?

— À bord de l'*Arcturus* avec Beebe, on avait un Chinois aux cuisines. Il avait un petit singe au bout d'une laisse. On pourrait voir Ann Darrow jouer avec. Et Denham, en passant, qui dit d'un air entendu, à deux reprises : « La Belle et la Bête ! » On s'en souviendra plus tard. Mais surtout...

— Oui ?

— Il faut une histoire d'amour. Ça ne peut pas être avec Denham : lui n'a qu'un but, il ne voit rien ni personne, en dehors de ce but : le spectacle, l'incroyable à affronter, l'incroyable à montrer, devant une foule en délire.

— Parce que tu l'imagines comme ça ?

— C'est comme ça qu'il est ! Non, l'histoire d'amour, ça ne peut être qu'avec Driscoll. Et elle doit se nouer à bord. Avant Kong. Comme c'est un marin, je me suis dit qu'il la rejette, d'abord. Le genre : « les femmes, dans les expéditions, n'apportent que des ennuis ». Si tu vois ce que je veux dire...

Il voyait très bien.

— Ils vont se rapprocher, bien sûr, poursuivit Ann, malgré ce grand flandrin qui s'obstine à résister.

Il voyait de mieux en mieux.

— La deuxième chose importante, Coop, c'est le film de Denham. Le bout d'essai qu'il n'a pas pu faire à terre, il le tourne à bord. Il habille Ann de la plus belle des robes emportées. Blanche, longue, il faut qu'Ann soit une apparition, quand elle sort de sa cabine. Non : plus Ann, mais le personnage qu'elle va jouer.

Ruth rit.

— Je n'y avais pas pensé, mais du coup une partie de *King Kong* devient un film sur un film – celui que tourne Denham. Un film sur les films d'exploration. Il faut voir si l'on ne peut pas creuser l'idée...

Elle reprit :

— On peut montrer trois ou quatre marins dans les gréements qui la regardent, bouche bée. Et Driscoll cloué sur place. Denham commence à tourner, il lui fait prendre des pauses, puis lui demande de regarder, de plus en plus haut, avec un air stupéfait, d'abord, puis épouvanté, en mettant ses bras devant ses yeux avant de hurler, de hurler comme jamais personne n'a hurlé !

« Là, Driscoll, qu'on sentait hostile à l'expédition depuis le début, s'interroge à haute voix : à la rencontre de quoi vont-ils, pour qu'Ann ait à hurler si fort – *et à lever les yeux si haut* ?

« Puis j'ai imaginé une dernière scène, dans la cabine du capitaine. Ils ne sont plus très loin du but, Denham déplie une carte de l'île où ils se rendent – transmise par un marin, qui la tenait lui-même d'un autre marin, comme il se doit…

Cooper tiqua : là, elle exagérait un peu…

— Mais non ! On est dans le film de Denham, qui doit résumer tous les films d'exploration. Jusqu'aux clichés, justement… Ils ne peuvent jeter l'ancre que dans une crique à une extrémité de l'île, près d'un village. Le reste n'est que récifs, tourbillons, falaises abruptes. Ce village est séparé par une muraille gigantesque sans doute édifiée par une civilisation depuis longtemps disparue – pour se protéger de ce qui se trouve au-delà et que nul ne connaît, que l'on dit formidable… Comme ça, tout est en place, non ?

Tout était en place. Elle avait même picoré ici et là des éléments du premier scénario mais si habilement réorchestrés qu'ils prenaient un nouvel éclat.

— Je n'ai encore rien écrit de la suite, s'excusa-t-elle, mais je vais faire de mon mieux. Si tu penses que ça va, jusque-là. Déjà, je me dis que le plus simple serait qu'ils entendent, en s'approchant, battre des tam-tams inquiétants, de plus en plus fort, comme ce que raconte Burden dans *Les Dragons de Komodo*, dominant le ressac des vagues sur les récifs. Menace de l'île, menace des habitants… Ils descendent à terre et tombent sur une fête sauvage, une cérémonie barbare, la préparation d'un sacrifice. Une jeune femme, attachée, tremble de terreur – ce qu'on évoquait, l'autre jour. Denham demande à ses hommes de faire silence, met en place la caméra, filme. Soudain, le chef les découvre, tend le bras vers la pauvre Ann, les sauvages s'emparent d'elle, tiennent l'équipage en respect tandis que Denham continue à filmer malgré les cris de la malheureuse. Quelle scène ça fera ! jubile-t-il. On doit sentir qu'il est prêt à tout pour une image. La voilà attachée, la porte s'ouvre, se referme derrière elle, les tam-tams montent dans un crescendo frénétique. Et tout à coup, il est là. Immense, terrifiant, au-delà de l'imaginable : Kong !

Elle s'interrompit, prise d'une idée soudaine. Non, ça n'allait pas. Pour que l'histoire d'amour fonctionne entre Ann et Driscoll, il fallait un moment supplémentaire.

— Driscoll grogne, d'abord : pas de femme à bord ! Puis il la voit en robe, tombe raide amoureux, s'inquiète. On garde la scène où les sauvages réclament Ann, mais l'équipage, prèt à se défendre, reflue en bon ordre avec elle saine et sauve. Commence une nuit de veille sur le navire. Et c'est là, ayant compris ce que Denham a en tête pour Ann, que Driscoll finit par faire sa déclaration à la pauvre fille. Les deux tourtereaux s'étreignent, mais à un appel d'Englehorn, Driscoll, homme de devoir, remonte sur le pont. Juste un instant, dit-il – celui où surgissent les sauvages arrivés en pirogues, qui se glissent en silence et emportent Ann. On la cherche, en vain. Et c'est alors que retentissent les tam-tams, au loin. Ils mettent les chaloupes à l'eau, découvrent Ann attachée, les bras en croix. Qu'est-ce que tu en penses ? Ensuite on reprend comme avant : Driscoll et Denham passent la porte, suivis par l'équipage, et un autre monde, affolant, des premiers âges de la création, les agresse aussitôt...

Comme tout paraissait simple, évident – quand on avait trouvé ! Et Ruth trouvait à la vitesse de l'éclair. Il pouvait commencer à tourner les pilotes, le scénario suivrait, songeait Cooper, tout à coup euphorique.

Rien ne paraissait pouvoir arrêter Ruth. Le lendemain aux aurores, elle l'avait appelé : pour la fin, elle avait peut-être une idée.

Ils s'étaient retrouvés au bar du Wilshire, lui intrigué par le ton d'urgence de son appel, elle embarrassée. Peut-être s'était-elle emballée trop vite, c'était juste une esquisse, mais elle avait besoin d'en parler, et puis une histoire, ça s'imagine aussi à reculons, à partir de la fin. N'est-ce pas la courbe de l'ensemble, qui donne son sens aux détails ? La courbe, répéta-t-elle, confuse de trop parler. Cooper lui prit la main : et si elle reprenait, tranquillement ?

— La fin... Celle de Wallace est un peu bizarre, non ?

Du grand n'importe quoi, oui, elle pouvait le dire.

— Mais bon, je n'ai jamais réussi à m'en dépêtrer. J'ai bien quelques images...

— Oh, ce n'est pas très clair pour moi non plus... Je me suis toujours demandé si les écrivains, enfin, les grands, avaient une idée très claire de ce qu'ils entreprenaient...

Elle se lança :

— Tu as des images fortes. New York, les lettres de feu, Kong au fronton de Broadway ! Et puis la fin : Kong au sommet de l'Empire State Building, tenant Ann dans sa main, les avions autour de lui le mitraillant, avant sa chute. C'est ça ?

Il lui raconta sa première vision, le sommet du New York Life Building étincelant sous le soleil, l'avion dans le ciel et l'image de Kong qui s'était imposée, tout à coup.

— Quand je suis revenu à New York, un nouveau gratte-ciel avait poussé qui gâchait la perspective. Je me suis rabattu sur le building Chrysler – jusqu'à ce que je voie l'Empire State sortir de terre : le plus grand gratte-ciel pour le plus grand primate ! Quant à savoir pourquoi cette image a surgi, un jour…

— Les images disent plus qu'on ne croit, dit Ruth. Le tout est de trouver l'histoire qu'elles contiennent en creux.

Et comme Cooper la regardait, surpris :

— Stevenson assure qu'il écrivait de cette manière. À partir d'images qui s'imposaient à lui, comme si elles contenaient en creux des histoires à la recherche desquelles il partait ensuite.

Elle rosit, comme si elle s'excusait par avance.

— C'est dans un autre texte de lui. Quand j'ai découvert le premier, j'ai voulu voir s'il y en avait d'autres. Il y en a un, où il soutient que ce n'est pas lui mais des lutins, en lui, qui tricotent ses histoires pendant la nuit. Et que l'art, au réveil, consiste à sauter sur du papier et un crayon pour les rattraper avant qu'elles ne s'évanouissent. C'est une image, mais les images disent plus qu'on ne croit…

C'était bien vu. Lui manquait juste, à lui, un peu de dextérité pour les capter au vol. À elle non, à l'évidence.

— Ça ne résout pas la question de l'histoire, de ce qui se joue entre Kong et Ann, mais *je crois que New York doit répondre à Skull Island*. Qu'aux scènes de l'île répondent celles de New York. À la cérémonie sauvage de Skull, les spectateurs en habit de spectacle de Broadway. À la porte massive de Skull, les rideaux de la scène du théâtre. À Ann offerte les bras en croix, Kong enchaîné. Pour montrer que face à l'inconnu, face à cette puissance obscure, soi-disant « sauvages » et soi-disant « civilisés » se comportent de la même manière. C'est ce que Monty dit toujours, à propos de la guerre.

On peut aller encore plus loin, l'interrompit Cooper : essayer que *tout* corresponde !

— Lorsque Kong, à Broadway, voit Ann monter sur scène, appelée par Denham qui présente le spectacle – on peut imaginer, tiens, que ce sont les flashs des photographes qui l'arrachent à sa torpeur –, il brise ses chaînes, la foule épouvantée s'enfuit, il la piétine, avec une seule idée en tête : retrouver Ann, qui s'est enfuie avec Driscoll. Panique sur la ville : Kong déchaîné ! Comme un écho à une scène sur Skull Island, lorsque Ann échappe à Kong qui l'avait entraînée jusqu'au sommet de sa montagne – reste à voir comment Driscoll arriva à la rescousse. Il faut tout de même qu'il la mérite, le garçon ! – et qu'une fois au village, on lui ouvre la porte et la referme aussitôt. Déboule Kong, ivre de rage, qui enfonce la porte… On peut imaginer que, dans sa fureur, il dévaste le village. Comme il dévastera New York. Non ?

— Oui, acquiesça Ruth. En faisant attention : on doit pleurer Kong, quelques minutes plus tard, quand il meurt…

— Ce qui serait complet, dit Cooper, tout à son idée, comme on a prévu sur Skull des combats titanesques entre Kong et les pires monstres de la création, qu'il y ait un combat de même type à New York…

Quel combat ? Il n'en avait pas la moindre idée. Mais peut-être les lutins chers à Stevenson viendraient-ils à son aide…

— C'est quoi, ce coup-ci ?

À la tête de Selznick, ça devait être sérieux.

— Nolan. Il jubile, le saligaud !

Le titre de Kong était déjà pris.

— Par un Anglais, Harold Kingsley. Un roman, publié en 1927. Un truc de piraterie dans les mers du Sud.

— Mais Kong, enfin ! C'est quoi ? C'est qui ?

— Dans le bouquin ? Un pirate javanais. Un colosse, paraît-il.

Sous le choc Cooper vacilla. Kong, c'était à lui. C'était sa création, son œuvre, sa vie. Kong, c'était lui ! Une coïncidence pareille, ça relevait de l'impensable. Mais pas question de lâcher prise, gronda Selznick. Le film s'appellerait *King Kong*. Point. Ça devenait même une question de principe. Les hyènes new-yorkaises n'auraient pas leurs peaux.

— Ne reste plus qu'à s'entendre avec ce Kingsley. Et vite. Ça doit pouvoir se faire. Elle va finir par nous coûter cher, ton histoire…

Mais le visage de Selznick restait sombre. Une autre catastrophe ? Il hocha la tête.

— Un rapport d'Aylesworth. Qui sonne le tocsin : avec le coût du King Vidor, il joue sur du velours. Du coup il exige une coupe de 100 000 dollars dans le budget de *Zaroff*, pour qu'il respecte lui aussi le budget standard – ou bien alors, à quoi bon en fixer ?

— Dis donc, c'est lui le patron maintenant ?

Ça en avait l'air. Depuis quelques jours les télégrammes adressés à Young restaient sans réponse.

— Là, on n'a pas le choix. Tu l'annonces à Monty, ou c'est moi ?

Non, c'était à lui, Cooper, que cela revenait. Mais il fallait s'attendre à une réaction explosive. C'était bien tout, pour la journée ?

— Ah, j'allais oublier, dit Selznick d'un air faussement détaché, les « certains » se réveillent… « Certains », donc, après lecture du script, demandent des modifications, comment ils disent, déjà ? Ah oui, « substantielles » : le monstre apparaît trop tard, plus judicieux serait de démarrer par lui, « afin qu'il frappe les esprits ».

Supprimer le climat de mystère, d'angoisse sourde, qui prépare l'apparition de Kong ? Ils étaient fous, ou quoi ?

— Mieux vaut ne pas répondre, risqua Selznick, en considérant les sourcils de son ami, qui se fronçaient – ou alors gentiment, sur le ton que tu prendrais pour expliquer les choses à un demeuré ? Avec copie à Sarnoff…

Il fallait tenir jusqu'à la fin avril. Là, si *Symphony of Six Million* était un vrai, un grand succès, ils auraient une fenêtre de tir pour placer *Kong* – et puis aussi certain projet de George Cukor dont il allait lui dire deux mots. Un répit de quelques mois. Après ? Quelques mois de répit encore, si *Bird of Paradise*, en septembre, couvrait ce qu'il avait coûté. Et ainsi de suite, jusqu'à…

— Tous les joueurs le savent, non, qu'à la fin on perd ? Mais personne ne sait quand c'est la fin…

Le tout, conclut Selznick d'une voix songeuse, en raccompagnant Cooper, est de faire de sa chute une œuvre d'art. Pour devenir une légende…

Il lui serra le bras, très fort.

— Surtout, fonce, Coop, fonce !

Monty se tenait seul au centre du plateau, perdu dans ses pensées. Des machinistes allaient et venaient autour de lui en un ballet réglé, des bâches, dans la pénombre, dissimulaient le fond du grand espace, derrière elles se devinait ce qui devait être des décors. Cooper, après avoir tourné en rond pendant quelques jours à la vaine recherche d'une solution, s'était résolu à tout dire à Monty, qu'il avait trouvé chez Pathé, à Culver City, où s'installaient les décors.

C'était à lui et à personne d'autre de lui annoncer la mauvaise nouvelle – mais, le découvrant là, il avait hésité. C'était le moment précieux où Monty s'imprégnait de ce qui allait être sa demeure pendant des semaines, la chambre de ses rêves, à partir de laquelle il aurait à créer des mondes. Il devait se réciter chaque scène, chaque plan du tournage comme un pilote dévidant sa check-list avant le décollage, et Coop allait se retirer lorsque son ami, levant la tête, lui fit signe de le rejoindre.

— Si on nous avait dit, à Londres, qu'on se retrouverait ici... Rien que le réel ! Tu t'en souviens ?

— Et pourtant, c'est bien de ça qu'il s'agit, non ? Du réel – vu d'une autre manière.

Des ouvriers, houspillés par un jeune homme aux allures étudiées d'artiste, arrachaient les broussailles fixées sur les rebords en pente d'un grand bassin – qui pouvait y croire, fixées ainsi ? Ils n'avaient jamais vu de marais, jamais vu de jungle ? Il fallait tout leur dire ! Le marais, expliqua Monty. Dix-huit mètres de long sur dix de large et quatre de profondeur, où Fay et McCrea allaient bientôt patauger.

— D'ailleurs, dit-il en regardant sa montre, Fay ne va pas tarder. J'ai envoyé une voiture la prendre. Elle aussi veut respirer un peu l'arène, avant d'être jetée aux lions !

— Ça va être assez grand ?

— Bien sûr ! En variant les angles et les décors en arrière-plan.

Presque toutes les scènes de jungle seraient tournées là. Et il commencerait par elles.

Il montra à Cooper les cartons posés sur une table : un ravin qu'enjambait un tronc d'arbre, une piste avec un piège malais, une grotte, des falaises en carton-pâte, une corniche, et une partie du château du comte Zaroff dominant une pente en broussaille. Un système ingénieux permettrait de déplacer les éléments de la jungle pour la démultiplier presque à l'infini, les transparents de Larrinaga leur donneraient des arrière-plans à chaque fois différents, des ciels changeants. Tout avait été répété.

Sur le plateau voisin, ils installaient une chute d'eau et des rapides, grandeur nature et miniature. Avec, dans quelques jours, tout l'équipement Dunning pour passer de l'un à l'autre.

— « Il y a un chant endormi en toutes choses qui rêvent sans fin, dit Monty d'une voix songeuse, et le monde se mettra à chanter si tu trouves le maître mot[1]... »

Un poète romantique, il avait oublié lequel, s'excusa-t-il comme Cooper le regardait, surpris – trouvé dans un bouquin, autrefois, en Allemagne...

— Fascinant, non ? Tous ces mondes qui prennent vie, à partir d'un bric-à-brac de panneaux, de bouts de planches, d'un peu de bois et de métal. De presque rien.

On ne réfléchissait pas assez à ce qui *fait image*, poursuivit-il. Quel gosse n'avait pas rêvé à l'infini sur le mystère d'un kaléidoscope, et pourquoi celui-ci, secoué, forme tout à coup une image, puis, secoué encore, en forme une nouvelle – *qu'est-ce qui fait image, en nous ?* On s'émerveillait des techniques de la photographie, mais que savait-on de cette autre chambre obscure ?

— J'avais un pantin, quand j'étais gosse... Un vieux machin, déniché dans le grenier. Moche ! Un Pinocchio. Je l'ai réparé tant bien que mal. Et puis j'ai commencé à imaginer des histoires, à lui parler. Et il m'a répondu. Mon confident ! Bon, j'étais tout petit, mais... Tout d'un coup, ici, j'ai l'impression d'être de retour dans mon grenier.

Il s'ébroua, fixa Cooper.

— Toi, je te connais par cœur, tu as quelque chose à me dire... Vas-y !

Cooper soupira : dans ces cas-là, c'était toujours au pire moment. Mais il trouverait une solution, ajouta-t-il, surpris que son ami reste impassible tandis qu'il lui annonçait les coupes dans son budget.

— Comme on débordera, sur *Kong*, j'avais, hum, glissé le tournage de quelques séquences pilotes, mêmes décors, mêmes acteurs, dans le budget de *Zaroff*. Mais on va faire le contraire. Pas question que tu tournes un film au rabais.

1. Joseph von Eichendorff.

Pas de souci, dit Monty avec un petit sourire. On y arriverait.

— Tu sais, toutes ces coupes envisagées au début, qui faisaient bondir Creelman ? Plus de navire, plus de scènes de naufrage à grand spectacle ? Du coup, j'ai supprimé aussi les membres de l'équipage. Le chargé de production a fait ses calculs : 60 000 dollars d'économies. On rogne encore un petit peu ici et là et ça passera.

À la Paramount, avant sa démission, on lui avait demandé un jour de tourner quelques plans de dépannage, une scène sur un pont en bord de mer, pour un film mal fichu.

— J'aurais pu les faire tout seul avec une caméra, en une demi-journée. Mais non, il a fallu toute une armée, sur deux jours pleins.

Non, répétait Cooper, c'était à lui de trouver les solutions.

Il n'en restait pas moins, et Monty l'avait très bien compris, qu'il avait glissé au départ, sans lui en parler, un bout de *Kong* dans son budget… Voilà que je commence à ressembler à Denham, se dit Cooper, vaguement honteux.

— Je ne sais pas ce que vous avez tous, soupira Fay, autour de moi les gens se battent pour trouver du travail et moi… C'est l'avalanche !

Si *Docteur X* prenait ne serait-ce qu'un peu de retard, on allait à la catastrophe. Michael Curtiz, pas précisément un rigolo, tenait jusqu'ici son plan de tournage mais le moindre incident pouvait tout compromettre. Quinze jours de battement entre la fin du film et celui de Monty, c'était peu, très peu…

— On a un autre problème, dit Cooper.

Au sortir des studios de Culver City, il avait proposé à Fay de passer à l'antre d'O'Brien. Parce qu'il y avait *Kong*, aussi, qui attendait, *Kong* qui s'impatientait…

— Ce pilote de dix minutes, il va falloir le tourner vite. En fait, d'ici la mi-juin.

— Mi-juin ? Mais, Coop, *Zaroff*… La fin de *Zaroff* est prévue le 20 !

Cooper hocha la tête. Il le savait bien. C'était même pour cela que plusieurs décors vaudraient pour les deux films, jungle, marécages, chutes d'eau, précipice.

— Alors, la seule solution, si tu veux bien, la seule solution…

Les yeux de Fay s'agrandirent. Ce n'était pas ce qu'elle imaginait ? Cooper baissa la tête. Si.

— Et c'est pour ça aussi que tu as choisi Armstrong dans les deux ?

Mais il organiserait tout, promis, pour limiter la fatigue, ne pas perdre de temps. Elle fronça les sourcils, en s'absorbant dans la contemplation du paysage avant d'éclater de rire. Tourner *Zaroff*, le jour, et *Kong*, la nuit. Il allait les faire travailler nuit et jour !

— Monty est au courant ?

Ce fut au tour de Cooper d'observer le paysage par la vitre de la limousine.

— Oui. Enfin, pas dans le détail...

Bref, pas du tout, résuma Fay, tandis que la limousine du studio s'engouffrait dans Gower Street, longeait la RKO, s'engageait dans la « zone interdite ».

— Et comment va ta bande de gentils cinglés ? Ils sortent de leur tanière, des fois ? Juste pour s'aérer un peu, tu vois, faire pipi ailleurs que dans des bouteilles, vérifier que le dehors existe...

Pas trop, ces temps-ci, concéda Coop. Non seulement ils équipaient les plateaux de Culver City, et trois plus petits à la RKO, mais il fallait qu'ils tournent chez O'Brien ce qui était possible. Dès maintenant.

— Oh, deux ou trois bricoles, de-ci, de-là. Une voiture pourrait passer sur ton tournage pour te ramener ici, et puis on te conduirait chez toi. Quelques heures à chaque fois, de temps en temps ?

— Une voiture ? Si Curtiz la voit, il me tue...

Elle s'arrêta devant le panneau « Interdit à tout le monde », cloué à la porte. Elle avait rêvé, ou elle venait de lui céder ?

Un cyclone paraissait avoir dévasté les lieux. La ruche bourdonnait toujours, mais des caisses s'amoncelaient un peu partout, en partance pour les plateaux de *Zaroff*. Et de *Kong*, bien sûr. Delgado enveloppait un de ses gorilles miniatures avec des gestes de nurse langeant un nourrisson.

— Le pauvre, expliqua-t-il, c'est la première fois qu'il sort !

— Et vous ne lui mettez pas un cache-nez ? s'inquiéta Fay.

— Oh ! C'est plus la chaleur qu'il craint, que le froid, commença-t-il, avant de découvrir son regard moqueur, et il rougit comme un gamin surpris à jouer à la poupée.

Où était Obie ? Crabbe eut un geste du menton : barricadé dans son bureau. Dont rien ne devait sortir. Le génie de l'animation, aussi impatient qu'il pût être de passer à l'action, n'en appréhendait pas moins d'avoir à sortir de sa tanière. Il ouvrit sa porte en maugréant – qu'est-ce qu'on lui voulait *encore* ? Il s'adoucit en découvrant Fay Wray, fit l'effort de libérer une chaise.

— Juste besoin de faire le point avec Fay, Obie. Lui expliquer un peu…

— Lui expliquer quoi ? Les choses impossibles que tu me demandes ?

— C'est toi qui m'as dit : rien n'est impossible. Tout ce que l'esprit humain peut concevoir, une caméra peut le rendre !

— J'avais bu ! Mais bon, fais pas cette tête, on les réalisera, tes délires !

Il farfouilla dans son désordre, revint avec une brassée de dessins, dont une douzaine de grande taille.

— Les douze scènes retenues pour ce fichu pilote. Les petits, c'est le détail de chacune, plan par plan. Cent trente-huit plans, mine de rien. Et chacun un casse-tête. Le salaud ! Il a juré de me rendre chèvre.

Il prit un dessin, où Kong soulevait un tronc d'arbre auquel s'agrippaient des hommes fous de terreur, au-dessus d'un précipice.

— Vous la voyez, cette scène ? Je vais vous la décrire, moi.

Il entreprit de détailler chacun des plans.

— Là, un homme court, poursuivi par un tricératops, qui le tue. On l'avait déjà en boîte, du projet de film précédent, donc pas de problème. Mais devant lui courent neuf autres hommes, dont Driscoll et Denham. Ils poursuivent Kong, qui vous a enlevée et vous tient dans une de ses mains. Ils arrivent à un tronc d'arbre jeté en travers d'un précipice. Kong les a entendus, il vous dépose sur la branche d'un autre arbre et revient régler leurs comptes à ses poursuivants. De l'autre côté du tronc, on a aussi un monstre préhistorique qui se précipite vers eux. Coincés ! Driscoll agrippe une liane, saute dans le vide, trouve une grotte à flanc de précipice. Denham, lui, plonge dans les broussailles. Les autres, pris sur le tronc entre deux menaces, hurlent d'épouvante. Kong, furieux, soulève le tronc, le secoue, les hommes dégringolent dans le gouffre. Des crevasses surgissent alors des lézards et des araignées géantes qui dévorent les malheureux – faut vous méfier de Cooper, ma jolie, il m'a tout l'air d'un sadique. Il torturerait les femmes dans la vraie vie, déguisé en gorille, que ça ne m'étonnerait pas.

Fay secoua la tête, perplexe. Quelque chose lui échappait.

— Mais *qui* m'emporte ? *Qui* me dépose sur l'arbre ?

— Les petites bestioles que Delgado est en train d'emballer ! Ne vous inquiétez pas, je vous montrerai, tout à l'heure…

Il reprit, de plus en plus vite, comme s'il vivait la scène :

— L'une des araignées géantes grimpe le long de la liane de Driscoll. Celui-ci va-t-il être dévoré, lui aussi ? Non ! Il réussit à couper la liane. La bestiole tombe, tandis que Kong, penché sur le rebord, essaie de l'attraper. Driscoll se défend, lui plante son couteau dans la main. N'empêche, il va être pris, quand retentit un cri de terreur : vous, sur votre arbre, menacée par un tyrannosaure ! Kong ne fait qu'un bond. Combat de titans. Kong, projeté contre l'arbre, le renverse, et vous avec lui. Vous vous retrouvez coincée. Kong, dans un arrachement furieux, démantibule la mâchoire du monstre avant de lui briser la nuque, puis vous dégage avant de vous emporter comme un jouet précieux. Denham, pendant ce temps, a rebroussé chemin pour chercher des secours. Driscoll s'élance seul sur les traces de Kong, passe devant le corps du monstre qui palpite encore… Hein ? Qu'est-ce que vous en dites ? Il faut le cerveau malade d'un sudiste pervers pour imaginer ça.

— Et la cervelle en ébullition d'un ivrogne irlandais pour trouver les solutions…

— Ivrogne ? Irlandais. On trouvera. Je ne sais foutre pas comment, mais on trouvera.

Est-ce que quelqu'un se rendait compte de ce que voulaient dire vingt-quatre images par seconde, quand on avançait image après image, en bougeant les modèles réduits demi-millimètre par demi-millimètre ? Avec la densité de la lumière qui devait rester constante ? Quant aux acteurs réels…

— Là, ma petite dame, ça va être une révolution : *les acteurs réels vont rentrer dans les scènes tournées image par image.* Vous verrez, ce n'est pas si compliqué, dans le principe. Mais – il éclata d'un rire nerveux – un cauchemar pour le réussir. Et pourtant, putain, on l'a sacrément perfectionné !

Mais chaque avancée butait sur un nouveau problème. L'homogénéité de la lumière sur toute la surface de l'écran ? Résolue, ou presque. Mais le grain ! Ah, le grain… Parce que si on agrandissait l'image des modèles réduits, on grossissait le grain, fatalement, par rapport à celui des images grandeur nature. Mais ils trouveraient toujours, si on leur fichait un peu la paix, au lieu de les harceler, comme certain malotru. Il se tourna vers Cooper.

— La matière dont on fait les gants de chirurgien ! Elle n'a pas de grain du tout.

Fay le regardait comment on regarde un aliéné.

— Vingt-quatre prises pour une seconde ? Mais ça va vous prendre un temps fou !

Il eut un rire convulsif.

— Fou, ma petite, ici on le devient – ou on dégage ! Vingt-quatre fichues images pour une seconde à l'arrivée ! Kong, ça va nous prendre six bons mois. Si on est géniaux. Et si l'autre, là, est gentil avec nous. Paraît qu'il a quasiment cassé la mâchoire d'un récalcitrant sur un film, pour les faire tous marcher droit. Mais, moi, j'ai du répondant.

Il saisit une batte de base-ball sous son bureau.

— Qu'il vienne s'y frotter, seulement !

Il hocha la tête.

— Remarquez, il n'a pas que des mauvais côtés. Mais vous, au moins, ne vous laissez pas embobiner par lui ! Si je vous disais comment on s'est rencontrés…

Il hésita :

— Euh, non. Il vaut mieux pas.

— Mais, les acteurs sur le tronc, là, ils jouent face à qui ?

Coop et Obie se regardèrent.

— À rien, Fay. C'est la difficulté de la chose. On va vous montrer…

Dans la grande salle, ils poussèrent la tenture derrière laquelle la tête énorme de Kong les défiait, féroce, et se tendait une main velue, monstrueuse. Fay retint un cri.

— C'est avec ça que je vais vivre une histoire d'amour contrarié ?

Sûr, ça n'était pas Clark Gable.

Mais elle ne voyait toujours pas comment on pouvait passer des plans de la jungle miniature aux gros plans. Et, *a fortiori*, comment on les mixait en une seule image. Obie lui montra un des Kong en modèle réduit qui tenait dans une main quelque chose comme une poupée minuscule en bois :

— C'est vous, là. Comme vous êtes évanouie, le plus clair du temps, ce n'est pas un problème, qu'elle ne soit pas animée.

— Et pour moi, en vrai, ça se passera comment ?

Coop lui montra la main géante.

— Tu vas vivre un certain temps là-dedans. Pour pas mal de séquences. Et puis aussi perchée sur un arbre, au début.

— Et j'aurai quoi, en face de moi ?

— Rien. Enfin, juste un écran. On projette dessus l'image animée sur laquelle s'incrustera la tienne. Sauf que toi tu ne verras pas grand-chose. Mais je serai là, Fay. Je te dirai quoi faire. Ce qu'il y aura finalement sur l'image. Les expressions à prendre. Tout.

Fay resta un moment indécise. Jouer dans le vide, c'était prendre le risque de paraître ridicule, en forçant l'expression : on n'était plus au temps du cinéma muet. Pensive, elle fixa Cooper.

— Il faut décidément que je te fasse confiance…

— Et voilà ! râla Obie. Il vous a embobinée, vous aussi. Bon Dieu, comment il fait ? Fallait dire non, ma p'tite. Maintenant, quelque chose me dit que c'est trop tard.

Elle s'avança vers la main de Kong, l'étudia avec circonspection.

— Mais ça se passera *comment* ?

— À chaque fois qu'une scène animée est prête, on vous appelle. Mais essayez-la, pour voir ?

Elle se tourna vers Coop, qui la prit dans ses bras pour escalader l'échelle et la déposer dans la paume du monstre. Leurs regards se croisèrent une fraction de seconde, ses joues rosirent. Lui-même vacilla. Était-ce son total abandon quand il l'avait portée ? Comme une décharge électrique qui lui avait coupé un instant bras et jambes. Et le plus troublant était qu'il avait senti, en cet instant, qu'il en allait de même pour elle.

Le chauffeur les attendait dans la cour, près de la limousine de service. Ils ne dirent mot tandis que Coop la raccompagnait chez elle, mais à l'instant de se quitter, elle se pencha vers lui en lui serrant le bras, l'embrassa légèrement avant de s'esquiver.

Les semaines qui suivirent passèrent pour Cooper à toute vitesse, dans un tumulte de sentiments contradictoires et cela paraissait valoir pour tous, comme si, à l'annonce de l'été, venait pour chacun le temps d'un rendez-vous avec lui-même.

Selznick ne tenait plus en place, tandis que se rapprochait la date de la première, à New York, de *Symphony of Six Million*. Il disparaissait sans crier gare, paraissait fuir le domicile conjugal et Myron ou Irene, disait la rumeur, le récupérait au milieu de la nuit dans les cercles clandestins où il jouait gros, de plus en plus gros, peut-être pour évacuer une trop forte pression, plus sûrement dans l'espoir d'apprivoiser la chance.

Un soir que Cooper s'en inquiétait auprès d'un Myron trouvé titubant au Montmartre Café, celui-ci avait ricané que tout cela n'était que foutaise, prétexte, excuse facile. Personne ne connaissait mieux David que lui. Même pas David, qui se mentait à lui-même, depuis toujours. La vérité était que dans quelques semaines il allait avoir trente ans, date à laquelle, pour lui, il en était persuadé depuis toujours, l'on devient adulte – ce qu'il refusait absolument.

— Tu as vu, le gros bébé à sa maman qu'il est ? Irene, c'est sa femme, OK, mais c'est d'abord sa mère. Sa deuxième mère.

Pour tout arranger, personne ne s'en doutait, car son frère exigeait qu'elle le cache par tous les moyens, Irene attendait un enfant pour le début d'août.

— C'est qu'il en est jaloux, le saligaud – un concurrent qui se pointe. Oh ! Il le veut. En théorie. Pour, comment dit papa, déjà ? « Perpétuer la dynastie » ! Mais il se sent pris au piège. Parce qu'il fuit la réalité. Toujours. Trente ans et en plus un enfant. Les responsabilités, les soucis, la réalité. D'un coup ! Alors il fuit.

Et lui, Myron, dans quoi fuyait-il ? Dans l'alcool ? Dans la guerre qu'il menait, agent, contre toutes les compagnies ? Dans la légende créée autour de son père, qu'il entendait venger ? Myron lui agrippa le bras.

— À mon avis, ne compte plus trop sur David, ces temps-ci.

Il partit d'un fou rire qui se termina en quinte de toux.

— Même le cinéma… Tu as compris que ça ne l'intéresse pas, j'espère ? Juste les projets. Comme Don Juan avec ses nanas : une fois conquises, c'est fini, elles deviennent réelles. Sans intérêt. Les films, c'est pareil pour lui.

Si l'on ne comprenait pas ça, on ne comprenait rien à son frère, avait-il balbutié avant de s'écrouler.

Myron avait raison, bien sûr. Toute la RKO avait retenu son souffle avant la première à New York. David avait tant répété que leur sort à tous était suspendu à la réussite de *Symphony* ! Un télégramme enfin leur était arrivé : « Immense succès. Public debout. Croisons les doigts ! » Puis un second, le jour suivant : « Presse enthousiaste. Mordaunt Hall dans *New York Times* dithyrambique. » Mais, à son retour, quelques jours plus tard (sur l'insistance de Cooper, il avait accepté de prendre l'avion pour gagner du temps), il n'en parlait déjà plus, et c'est Pandro Berman qui avait assuré le suivi. Très gros succès, triomphait ce dernier, ils l'avaient gagné, leur répit !

Le seul à paraître s'en désintéresser était Selznick. Le tournage de *Symphony for Six Million* à peine terminé, il n'avait déjà plus en tête que le projet suivant, SON projet, dans lequel Cukor allait donner sa pleine mesure. Celui-là, il le portait depuis si longtemps ! Depuis sa jeunesse, dans la gloire et la chute de son père, avait compris Cooper : le grand film qui dirait enfin Hollywood, sa démesure, sa grandeur et ses bassesses, l'ascension et la chute des idoles, les flamboiements de la création et la foire aux vanités : Hollywood ! Il le portait depuis 1927, lui avait-il confié un jour, mais la MGM n'en avait pas voulu, pas plus que Schulberg, à la Paramount : les films sur Hollywood n'avaient jamais marché. Ce qui était vrai, mais celui-là, ah celui-là était différent ! L'époque avait changé, ses rêves avaient changé, et avec eux Hollywood. Le pauvre Berman, en sus du destin de *Symphony for Six Million*, s'était trouvé en charge du nouveau film. L'histoire initiale était bancale, il fallait tout reprendre, chaque matin Pandro trouvait sur son bureau des mémos de Selznick jetés sur des napperons de restaurants, des dessous de verre, des pages de journaux griffonnées dans les marges et même, un matin, un rouleau de papier hygiénique, mais de Selznick, point. En vadrouille avec Cukor, ou trompant ses angoisses la nuit aux tables du Clover Club.

L'atmosphère dans les couloirs devenait électrique, des querelles éclataient à tout propos qui se terminaient en pleurs et embrassades, Pandro Berman, exaspéré, se barricadait dans son bureau, et bien des fois Zoe était revenue en larmes de l'atelier d'Obie.

Même Monty s'irritait d'un rien, ce Creelman qui geignait à tout propos sur ses dialogues, coupés sans ménagement, commençait sérieusement à l'agacer, McCrae voulait vérifier scène par scène qu'on ne lui ferait pas courir le moindre risque, pour le doubler il avait fallu engager un nageur qui s'était révélé être un champion sélectionné dans l'équipe américaine pour les jeux Olympiques. Lesquels, pour tout arranger, se dérouleraient en juillet à Los Angeles, ce qui risquait fort de leur compliquer la vie à tous, s'inquiétait Berman. Et comme si cela ne suffisait pas, « certains », au siège, s'étaient avisés que ce Schoedsack qui tutoyait les singes et les tigres n'avait jamais vraiment (ou si peu !) dirigé d'acteurs en studio et n'avait pas plus d'expérience des effets spéciaux à la O'Brien – aussi exigeaient-ils qu'un « véritable professionnel » prenne les choses en main, avec « éventuellement » ce Schoedsack comme second. Ce qui avait valu aux « certains messieurs », en retour, une salve furieuse de Cooper, puis une crise de nerfs de Selznick. Après l'arbitrage de Sarnoff, accord avait été conclu : Schoedsack dirigerait bien le film, mais assisté d'Irving Pichel – ce qui, avait expliqué Selznick à un Monty prêt à claquer la porte, se résumerait à ce qu'il « colle le Pichel sur une chaise au fond du studio, avec interdiction de bouger, ou d'ouvrir la bouche ».

Du coup, tous se tournaient vers Cooper, réputé d'humeur égale, bloc d'énergie positive, qui masquait à grand-peine qu'il se trouvait lui-même en plein désarroi, pris entre la conduite de la compagnie au quotidien et son film, à l'évidence infaisable... Comment avait-il pu suivre si aveuglément les lubies d'un Irlandais fou, ayant depuis longtemps perdu tout contact avec la réalité ? Ils progressaient à l'aveuglette, pariant qu'ils parviendraient à résoudre les problèmes quand ils se présenteraient, et le soupçon lui venait qu'il en était allé ainsi, déjà, pour *Creation*. Sans parler des acteurs, tout à coup sans repères.

Une lueur d'espoir était venue, quand un technicien avait eu l'idée d'installer à portée de main une tireuse optique, en sorte que chaque prise pouvait être visionnée aussitôt, et rectifiée. Présente dès qu'elle pouvait échapper à *Doctor X* et à l'œil implacable de Curtiz, Fay, stoïque, supportait tout jusqu'à la limite de ses forces. Robert Armstrong, des deux, était le plus difficile, dérouté par l'absence d'interlocuteur, rétif à l'idée d'être guidé dans chacun de ses gestes – on n'allait pas lui apprendre son métier ! Mais de métier, dans le monde d'Obie, il n'en avait pas. Jacques de Bujac était la bonne surprise. Engagé comme doublure de McCrae pour les scènes saisies à mi-distance, il se déplaçait avec une telle aisance que Cooper s'interrogeait : ne ferait-il pas mieux l'affaire ? Avec Fay Wray, un soir au Montmartre, ils lui avaient trouvé un nom de scène : Bruce Cabot. Et pour Fay, il était d'ores et déjà le Driscoll idéal, belle gueule d'aventurier, misogyne, buté et dur à cuire.

Fay. La nuque de Fay. La peau de Fay et son parfum léger. Cette courbe si douce sous l'oreille et cette manière qu'elle avait de se renverser en arrière dans la paume de Kong, la lumière qui s'allumait dans son regard quand elle se tournait vers lui, le froncement de son nez, parfois, quand elle reprenait une scène, bien décidée cette fois à la réussir, et son cœur à lui qui chavirait quand elle le frôlait – et puis l'humour de Fay, la tristesse en elle qu'il devinait, pourtant, la vaillance de Fay, le mélange irrésistible de force et de faiblesse… Il s'accablait de reproches, elle était mariée, fidèle à son exécrable mari, mais c'est en vain qu'il s'efforçait de chasser son image – chaque jour qui passait aggravait son état. Et il en allait de même pour elle, croyait-il deviner, en lutte contre elle-même, qui se portait vers lui sans même s'en rendre compte, s'effarouchait tout à coup pour revenir l'instant d'après. Malgré leurs efforts, ils ne pouvaient s'empêcher de se chercher l'un l'autre.

Ils avaient commencé par la féroce bataille entre Kong et le tyrannosaure, projetée sur un écran devant Fay juchée au premier plan sur l'arbre où l'avait déposée le grand singe – les deux images superposées, lui avait expliqué Cooper, donneraient l'illusion qu'elle assistait à la bataille. D'où elle se trouvait, elle n'apercevait guère que des ombres vagues sur l'écran. Seul Coop, derrière la caméra, pouvait juger de l'effet créé, aussi la pauvre devait-elle s'agiter, mimer l'effroi, feindre de suivre des yeux les deux monstres qu'elle ne voyait pas, seulement guidée par lui qui lui criait : « Hurle ! Hurle comme si ta vie en dépendait ! » Mais ça n'allait jamais, les projecteurs avaient été mal réglés, ou bien c'était la tension de l'écran de cellulose, la lumière n'était pas uniforme sur toute sa surface, ou le fond restait plus pâle que le premier plan, ou les gestes de Fay n'avaient pas épousé ceux des bêtes en lutte et il fallait reprendre, développer la scène de nouveau dans la chambre noire, la reprendre et la reprendre encore. Cooper avait fait demander des sandwichs et des bières, il avait placé face à face deux sièges dans le bureau d'Obie afin que Fay puisse se reposer, mais comment l'aurait-elle pu, ne serait-ce que dix minutes, au milieu de cette agitation ? Il y a des limites à la résistance humaine, avait gémi Delgado, si épuisé qu'il ne voyait plus rien, Fay avait failli tomber de son arbre, endormie, lorsque Obie et Coop, partis visionner la dernière prise, étaient revenus hilares : « Ça y est, les enfants, on la tient, c'est la bonne ! » Malgré ses courbatures, les yeux qui lui brûlaient de trop peu de sommeil, elle s'était précipitée pour voir enfin le résultat – stupéfiant. Cooper avait regardé sa montre : « Les enfants, on vient d'y passer vingt-deux heures d'affilée ! »

Vingt-deux heures pour une seule scène ! Et une inconnue : ce que serait le tournage dans les décors du *Zaroff*, quand Monty investirait les lieux... Jamais ce pilote ne serait tourné dans les temps, s'inquiétait Cooper, il aurait tout à porter à bout de bras, cela il le savait depuis le début, équipes comme acteurs, mais était-ce de s'engluer ainsi dans une course contre le temps, qui lui donnait le sentiment que tout, à l'extérieur, s'accélérait ?

Explorateurs, savants, aventuriers, écrivains, cinéastes, il n'était pas de mois, pas de semaine, sans qu'un nouveau projet impliquant des gorilles ne soit lancé à grand fracas. On annonçait le film de Johnson, *Congorilla*, comme une œuvre d'exception : la belle Osa au milieu des gorilles, le premier documentaire sonore réalisé au cœur de la jungle ! La tournée du couple drainait déjà les foules. Et quel était ce film de Josef von Sternberg dont la Paramount annonçait le tournage, avec une rencontre sur laquelle on faisait grand secret « entre Marlene Dietrich et un gorille » ? L'époque le rattrapait à toute vitesse, bientôt elle le dépasserait, il avait perdu trop de temps en chemin.

Il était sorti de la projection du *Tarzan* de Van Dyke littéralement sonné. Le film n'était pas loin du chef-d'œuvre et s'annonçait comme un succès. Qu'allait accroître, il en était certain, la mobilisation de toutes les ligues de vertu. Une fille de bonne famille tombant amoureuse d'un homme sauvage, vivant quasiment nue à ses côtés et de toute évidence dans le péché, sans le moindre remords, tous les ingrédients étaient rassemblés pour un triomphe !

— Sûr, avait constaté Ruth, un rien rêveuse, les hommes vont se précipiter pour fantasmer sur cette fille perdue.

Il était vrai que Maureen O'Sullivan avait de quoi affoler tous les mâles.

— … Et toutes les femmes vont se précipiter aussi, en se rêvant à sa place dans les bras de Tarzan. Non mais, les garçons, vous avez vu le gaillard ?

Johnny Weissmuller, la star de la natation, vingt-deux records du monde, cinquante-deux titres de champion US, le premier homme sous la minute aux 100 mètres, jamais battu en compétition, était d'une plastique exceptionnelle – et dégageait une sensualité de bête fauve, avait ajouté Ruth un rien narquoise. Déjà, dans *Glorifying the American Girl*, les femmes en folie avaient pu le voir en adonis, seulement vêtu d'une feuille de vigne. Mais là…

C'était couru d'avance, *Tarzan* allait devenir la bible des *flappers*, avait poursuivi Ruth, dans la voiture de Coop qui les ramenait Monty et elle à leur hôtel : Jane, la fille révélée à elle-même au contact de la nature, libre de ses désirs, sans les contraintes ridicules de la civilisation !

Et comme la mine de Coop s'allongeait, que Monty grommelait qu'il n'était pas besoin de la jungle pour ça, que les rues en étaient pleines, autour d'eux :

— C'est ce que je vous dis ! Jane n'est amoureuse que d'un homme, bien pourvu ça c'est sûr, mais dans une nature-paradis. La jungle de Kong, elle, est un peu plus coriace ! Et puis les rapports entre Ann Darrow et Kong, c'est tout de même autre chose…

Tellement autre chose, songeait Cooper, qu'il ne savait pas comment s'en dépêtrer. Mais Ruth était inarrêtable.

— Vous me l'avez assez ressassé, tous les deux, que vous n'étiez pas des Années folles ! « Divertissement », « poudre aux yeux », distraction pour ne plus rien savoir de la guerre – vous vous en souvenez ? Alors que, vous, vous vouliez un film sur le cœur noir du monde, je ne l'ai pas rêvé ? Eh bien, Van Dyke a réussi le film idéal des années vingt, voilà tout. Peut-être parce qu'elles sont révolues. Vous, vous êtes en train de faire le film

– non, les films : *Zaroff* et *Kong* – des gouffres obscurs. De tout ce qui a été refoulé. De quoi vous vous plaignez ? Tarzan vous met juste au défi. Kong contre Tarzan !

Cette fille, décidément, avait raison. C'était un mythe qu'ils tournaient, une histoire universelle qui renvoyait au mystère du monde. Qu'avaient-ils à faire de Tarzan ?

Aux images de Kong qui lui venaient se mêlaient de plus en plus celles de Fay, à croire que les unes appelaient les autres, le laissant en pleine confusion. Fort heureusement, Ruth était là, qui le ramenait à l'essentiel. Elle avait pu l'aider jusqu'à l'apparition de Kong, au plus fort de la cérémonie de sacrifice, mais il fallait qu'il prenne les choses en main pour la suite, où, disait-elle, « il avait rendez-vous avec lui-même ». Quand s'ouvrait la porte géante, que surgissait Kong, s'arrêtait le « film dans le film » : Kong devait crever l'écran, exploser tous les cadres, envahir tout l'espace, et là, c'était à lui, Coop, de jouer. Il fallait qu'il pense Kong, se pense Kong, soit Kong. C'était son rêve, ce qu'il portait en lui depuis si longtemps, *c'était lui* – en des profondeurs où nul autre que lui ne pouvait aller.

Il fallait qu'il soit Denham, aussi, pareillement, mais peut-être Kong était-il dans le film comme son double, la matérialisation de ce qu'il traquait, de ce qu'il était…

— Parce que je suis Denham, dans ton scénario ? C'est comme ça que tu me vois ?

À sa tête, Ruth comprit qu'elle venait de gaffer.

— Oh ! Une part de toi seulement. Monty m'a raconté au Siam, quand tu as mobilisé les éléphants. Un peu Denham, non ? Mais c'est surtout le résumé de tous les réalisateurs-aventuriers capables d'aller au bout de leur folie.

Elle surprit un peu plus tard son regard pensif posé sur elle. Alors comme ça, il était Denham ? Peut-être, après tout, avait-elle raison. Et il allait falloir qu'il se risque, enfin, dans les ténèbres…

Elle ne le tenait pas quitte pour autant. Elle avait bien noté toutes les scènes chocs qu'il avait imaginées, et certes elles étaient nécessaires, elles feraient battre plus vite le cœur des spectateurs, les arracheraient à coup sûr à leur fauteuil, hurlant d'épouvante, mais…

Mais ? Cooper piqué au vif avait sursauté. Ruth, têtue, avait insisté : *mais* il fallait une histoire.

— Une histoire ? Il n'y en a pas une, déjà ?

Non : une vraie histoire entre Ann et Kong. Pour cela, il fallait saisir au plus intime ce qui pouvait se passer dans le cœur du monstre, comprendre ce qui allait peu à peu troubler Ann.

— Coop, c'est une histoire d'amour entre Ann et Kong !

C'était bien là que le bât blessait, avait grommelé Coop. Sur le chapitre des histoires d'amour, il n'avait jamais été très à l'aise. Et il s'était fait à l'idée que *Kong* différerait de *La Belle et la Bête* sur ce point : Ann ne *pouvait pas* l'aimer, et l'aimant, le ramener à l'humanité. Monstre il était, amoureux il tombait et d'amour il mourait, sans possible retour.

— D'amour ? Lui, oui. Mais elle… Comment peut-elle être autre chose que terrorisée ?

Ce que les hommes, parfois, pouvaient être obtus ! avait soupiré Ruth.

— Il y a de la terreur bien sûr, en elle, mais autre chose, aussi, qui naît… C'est cet « autre chose », qui fera le film. Qui *est* le film !

Kong amoureux d'Ann, et elle troublée par lui… Était-ce son imagination, ou dans le regard de Ruth était passé un éclair de malice ?

« Autre chose », c'était vite dit. Encore fallait-il, pour la mettre en images, en avoir une idée claire…

L'illumination vint d'une rencontre imprévue, à l'occasion d'un dîner auquel il n'avait pu échapper, chez Louis B. Mayer. Il y avait là quelques stars du moment, Jean Harlow et son compagnon Paul Bern, amis tous deux d'Irene, Dolores del Rio, dont tous attendaient de voir enfin LA scène de baignade promise à devenir culte, Loretta Young, Bessie Love, et puis Irving Thalberg entre Frank Capra et Howard Hawks. Y avait-il anguille sous roche ? On disait l'entêté Frank en froid avec Harry Cohn, et le *Scarface* de Hawks à la gloire d'Al Capone ne sortait toujours pas, en butte à la censure. Tallulah Bankhead, la ravageuse, menait grand bruit. David Selznick paraissait pressé de s'enfuir, Irene ne parvenait plus à cacher ses rondeurs, mais l'invité vedette était sans conteste le rabbin Edgar Magnin, dont les conférences attiraient les foules, au point qu'il lançait sa propre émission de radio. Grand, massif, tout en muscles, il paraissait bien loin de l'idée que l'on pouvait se faire d'un homme consacrant sa vie à l'étude, mais on était à Hollywood, où la plupart des producteurs étaient juifs, si tous ne pratiquaient pas, et il fallait quelqu'un à leur démesure. Magnin racontait son arrivée à L.A., comment le rabbin de l'époque, Sigmund Hecht, en charge du B'nai B'rith, la congrégation juive la plus importante de la ville, était venu assister à sa première conférence sur « l'étoffe des rêves » avant de lui proposer de le rejoindre. Tous buvaient ses paroles, quand un jeune homme maigre, au teint hâlé – un ethnologue en discussion avec Thalberg pour un projet de film –, l'avait interpellé sur un ton qui suggérait une furieuse envie d'en découdre. Qu'avait apporté de si important le monothéisme, en dehors de la destruction des Indiens, et au-delà, de tous ceux qui vivaient accordés à la Nature ? S'en étaient suivis des échanges passionnés sur la Terre mère et les vertus du paganisme, la fusion dans le Grand Tout cosmique – oui, qu'avait apporté le monothéisme, sinon le malheur ?

— La liberté, répondit Magnin.

— Belle liberté, ricana l'ethnologue : la rupture avec la Nature !

Le rabbin se pencha vers lui, feignant l'étonnement :

— Ah bon ? Parce que vous voyez une liberté dans la Nature, vous ? Jusqu'à preuve du contraire, les savants la disent déterminée de part en part. Vous vous revendiquez déterminé de part en part et vous en êtes heureux ? Parce que ce sont les choses, qui sont mues par des causes – vous pensez sérieusement que nous ne sommes mus que par des causes, et pas aussi, tout de même, par des buts ? Si buts il y a, alors nous ne sommes pas des êtres seulement « naturels »...

Cela prenait un tour diablement philosophique, s'écria Tallulah, tandis que l'ethnologue, sous l'avalanche, essayait de rassembler ses arguments. Elle se sentait, elle, une furieuse envie de s'abandonner à sa nature, si l'on voyait ce qu'elle voulait dire, et de goûter au frisson du Grand Tout cosmique. Un regard furieux de Louis Mayer trônant en tête de table, moderne *imperator*, la coupa net dans son élan. Il était des sujets sur lesquels le maître des lieux ne plaisantait pas, et le brouhaha des conversations et des rires couvrit bien vite les échanges entre les deux hommes, mais les derniers mots du rabbin avaient frappé Cooper, qui un peu plus tard au salon l'attira à l'écart.

— Mes émotions les plus fortes, risqua Cooper, troublé, je les ai pourtant ressenties au cœur de la Nature la plus sauvage, quand il me semblait que je ne lui faisais plus obstacle. Et comme je me suis senti libre, alors, merveilleusement libre !

Mayer s'étant retiré en son fumoir avec Thalberg et Hawks, ce qui renforçait les soupçons de négociations, un chahut éclata, ponctué de cris, Tallulah, folle de jalousie pour une raison inconnue s'en prenait à Jean Harlow, qui la traitait par le mépris, Dolores del Rio, exaspérée, la giflait bruyamment, Capra et Selznick s'interposaient sans conviction, tandis qu'Irene réclamait un peu de musique pour ramener le calme. Magnin entraîna Cooper au-dehors. La nuit, dans le jardin, était d'une douceur enivrante, roses, héliotropes, céanothes mêlaient autour d'eux leurs parfums dans la pénombre, le bruit sourd de la mer leur parvenait, paisible.

— Pourquoi objecterais-je à une expérience sensible ? dit Magnin, la tête levée vers la voûte céleste. Vous sentez comme moi la respiration de la nuit ? La beauté du monde ! Mais si nous pouvons le trouver beau, le monde, c'est bien parce que nous en sommes séparés…

Et comme Cooper, déjà, esquissait une protestation :

— Si nous coïncidions avec le monde, comment en aurions-nous l'idée ? Pour le sentir beau, il faut qu'il nous attire, que nous ressentions un écart, un manque, une distance. Une distance que nous parvenons parfois à combler – nous semble-t-il. Par tout ce que nous projetons sur lui, en imagination. Ne nous paraît beau que ce qui est séparé de nous. Pensez au désir. Pensez à l'amour…

Il poursuivit, comme pour lui-même :

— Je sais que certains, chez nous, disent juste leur horreur du monde, la peur d'être englouti par lui. C'est le brave Sigmund, mon prédécesseur, qui m'a ouvert les yeux : nous avons le pouvoir de réenchanter le monde, pour le rendre habitable. Et c'est cet écart qui est l'espace de notre liberté.

Cooper tressaillit. C'étaient les mêmes mots, il n'y avait pas si longtemps, qu'il avait prononcés, face au pauvre Wallace. Mais ils prenaient ici une autre résonance…

Pour le paganisme, continua Magnin, chacun se définissait par son insertion dans un ensemble, Nature, clan, groupe, race, qui en retour lui donnait sens et identité. La révolution du monothéisme était d'affirmer chaque être irréductible à ce qui prétendait le contraindre ou le déterminer : libre, absolument.

Dans quelle discussion se trouvait-il embarqué, songeait Cooper, plus troublé qu'il ne se l'avouait, lui que les questions religieuses jusque-là laissaient indifférent et qui fuyait les philosophes ? Mais peut-être n'étaient-ce que des mots. Seule en fin de compte restait, têtue, l'expérience sensible.

— Pas seulement, dit doucement Magnin. Il y a un au-delà. Perceptible ici-bas. Inscrit dans chaque visage.

Il le fixa droit dans les yeux.

— Que voyez-vous, dites-moi, quand vous regardez quelqu'un dans les yeux, que vous le regardez *vraiment* ? Ceci : *qu'il y a des mondes, derrière ces yeux, dans lesquels vous ne rentrerez jamais*. Et c'est immense, si l'on y pense. Car ce visage qui vous fait face n'est plus une simple masse de viande et de nerfs : il est comme une trouée, une immensité, un infini inscrit dans le fini de la matière ! Parfois je me prends à penser que Dieu est juste un mot, une fiction, un poème imaginé pour dire le mystère de cet infini…

Cooper frissonna, comme au seuil d'une révélation.

— Coop, avez-vous songé à ceci : que dire Dieu unique et inconnaissable revient à affirmer que chaque être humain est unique et inconnaissable ?

Comment un corps si massif pouvait-il s'accorder à des pensées si fines ?

— Et ce regard qui vous fait face vous intime quelque chose, qui vous arrache à la barbarie pour vous faire entrer en humanité : « Tu n'iras pas au-delà du visage d'autrui. » Autrement dit : « Tu ne tueras point. » Ce faisant il vous libère, car il vous révèle votre propre transcendance. Irréductible à tout ce qui prétend nous déterminer ou contraindre.

Le rabbin se redressa, sourit, comme s'il s'excusait de s'être laissé entraîner par sa passion, et il n'y avait plus rien autour d'eux que la respiration profonde de la nuit.

— Ce sont des pensées qui donnent le vertige, n'est-ce pas ?

Le vertige, oui. Avait-il songé à cela, Monty, quand il disait qu'une photo, un film réussis, c'était toujours *quelqu'un qui vous regardait* ? Que la photo, le film, ne sont pas seulement regardés, qu'ils sont regardés parce qu'ils vous regardent d'abord, vous conduisent au mystère de cet infini enclos dans le fini d'une image ? Tout s'imbriquait, d'un coup, comme il n'y avait jamais pensé.

Cooper était rentré l'esprit en feu, pressé de se confier. Kong était la nature elle-même dans l'expansion sans limites de sa puissance – puissance indifféremment de destruction et de création. Mais voilà qu'il croisait le regard d'Ann Darrow – pour la première fois croisait un regard, lisait en celui-ci une limite infranchissable. *Il y avait un autre monde que le sien, face à lui.* Qui lui disait quelque chose, dans son retrait même. De là naissait le trouble. Chez l'un comme chez l'autre…

XXXII

Juste du cinéma

New York-Hollywood, juillet-août 1932

C.V. et David Bruce avaient bien fait les choses. Toute la bande de la Pan Am était là, qui se pressait autour de lui, Priester n'avait guère fait de progrès en anglais, Miss Swaggerty essuyait discrètement quelques larmes en lorgnant les cocktails, Juan Trippe, chose exceptionnelle, s'était déplacé avec Betty qui l'avait embrassé sur les deux joues : il manquait tellement à son mari ! Douglas Burden était tombé dans ses bras, réclamant des nouvelles de *Kong*, tout comme Osborn, James Clark et Raven, venus du Muséum, Froelick évoquait devant un petit groupe dans lequel il reconnut Walter Wanger et sa femme Justine, toujours plus belle, les temps où, avec Schoedsack, il narrait leurs équipées en des lieux insensés. Cooper allait rejoindre Leuteritz, plus croque-mort que jamais, quand Bill Rockefeller, C.V. Whitney et David Bruce vinrent à sa rencontre et il reconnut à leurs côtés Sarnoff, souriant, qui lui présenta « l'équipe de la RKO », ce Kahane dont Selznick craignait tant l'arrivée à Los Angeles, et Aylesworth, sur la réserve : ceux qui, demain, décideraient de sa vie…

Un vent de nord-est apportait une fraîcheur bienvenue après la chaleur étouffante de New York. Le ciel était sans nuages, la mer brillait, couverte de voiles blanches et, depuis les tennis du domaine, parvenaient les rires des jeunes, filles et garçons, affairés à en découdre. Les enfants se roulaient dans l'herbe, c'était juste un dimanche par un temps de rêve dans le royaume enchanté de C.V., et il sembla un instant à Cooper que rien n'avait changé, il était de retour aux temps où ses amis et lui se rêvaient en conquérants des airs.

Des serveurs finissaient d'installer buffets et tables sous des tentes légères. « Le camp du drap d'or », songea Cooper, un peu étourdi de retrouver là tant d'amis – et une autre image lui vint, qui fit battre son cœur, du camp d'Il-Kani, grand chef des Bakhtiari, quand avait surgi Haidar Khan, *kalandar* des Baba Ahmedi. Mais déjà C.V. réclamait le silence, invitant les uns et les autres à le rejoindre près des tables dressées, pour porter un toast à leur ami à tous, qui leur avait tellement manqué. Bill salua la présence de quelques anciens de l'escadrille Kosciuszko, évoqua sa vie héroïque et surtout l'incroyable aventure qu'avait été la création de la Pan Am, aujourd'hui la plus grande compagnie aérienne d'Amérique. David embraya sur le cinéaste génial, livra quelques anecdotes sur *Chang*, et, à la surprise générale, Juan demanda la parole, lui si emprunté d'ordinaire, pour dire simplement, et sa voix tremblait un peu d'émotion, que l'aviation avait besoin des casse-cou, des gens d'aventures et de rêves dont le plus brillant, peut-être, était Cooper, mais qu'il voulait, lui, saluer le grand patron qui aurait toujours sa place à la Pan Am.

Cela commençait à faire beaucoup, se dit Cooper, embarrassé. « Tu ne t'occupes de rien, on va les chauffer à blanc », lui avait glissé David à son arrivée à New York. La petite bande d'amis avait suivi l'aventure du pilote de *Kong*, et compris que tout se jouerait lors de sa projection devant une RKO obsédée par son impossible équilibre. Aussi C.V. et David avaient-ils approché Sarnoff quelques jours plus tôt, et lui avaient fait rencontrer Andrew Mellon et Bill Rockefeller, en suggérant de possibles investissements. Aussi grand seigneur que pût être le patron de la RCA, il était aux abois, avaient compris David et ses amis : ses yeux brillaient à la perspective d'investisseurs liés à ce Cooper que Kahane et Aylesworth découvraient. David avait insisté :

— Ne les braque pas ! Discute avec eux comme un artiste, d'accord, mais surtout comme un patron. Rassure-les !

Ses amis de la Pan Am ne le lâchaient plus, lui disaient leur quotidien, moins gai, évidemment, depuis son départ – Juan n'avait jamais été un expansif. Et le drame tout récent qu'avaient vécu les Lindbergh, l'enlèvement de leur bébé. La découverte, il y avait deux mois à peine, de son petit cadavre, les avait secoués. Depuis, l'aviateur n'était plus lui-même, ne voulait voir personne, aussi Juan avait-il dû faire face seul. Malgré tout, le S-42 serait prêt dans les délais, la route de l'Atlantique restait leur premier objectif, mais les rires de Cooper et de C.V. leur manquaient.

— Vous avez beaucoup d'amis, lui dit un peu plus tard Sarnoff, à la table de C.V. Beaucoup d'amis…

— Rien de grand ne se fait qui ne soit pas une aventure humaine. Et rien, alors, ne peut défaire les liens…

Sarnoff avait hoché la tête, pensif.

Les plus jeunes du groupe avaient filé vers le port en se promettant une belle régate, d'autres avaient accompagné C.V. jusqu'à ses écuries pour une promenade dans les bois, les plus âgés s'étaient retrouvés au fumoir, où Cooper avait pu faire la connaissance de Kahane, très loin, lui avait-il semblé, de l'Attila craint par Selznick. Grand, un peu voûté, et la courtoisie même, il prévoyait son installation à Los Angeles pour le début août, pendant les jeux Olympiques, et il venait aux renseignements : où en étaient les films en cours – et leurs budgets, bien sûr ? Aylesworth s'était joint à eux. Pourquoi ne viendraient-ils pas tous les deux à L.A. ? avait suggéré Cooper. Par la Western Airlines, cela ne leur prendrait que deux jours. Les incompréhensions naissaient souvent de la distance.

— N'importe quel groupe peut accepter des sacrifices – sauf s'ils sont vécus sans perspectives. Venez !

Kahane approuvait déjà, mais Aylesworth avait froncé les sourcils. Se comprendre était presque toujours une invite à céder. Lui ne voulait voir que la réalité des chiffres. Comment mobiliser les gens si le prix, pour survivre, était de leur couper un bras ou une jambe ?

— L'art ! Là-bas, vous n'avez que ce mot à la bouche. Je lis les comptes : l'art perd de l'argent, les films de série B en gagnent. Faites des films B !

Il baissait la tête en parlant, raide, le front plissé, comme s'il refusait de donner quoi que ce soit de lui. Cet homme-là ne connaît rien au cinéma, se dit Cooper. S'il jouait à ce point l'homme-machine, c'est qu'il ne se sentait pas sûr de lui.

— Coop, si tous, dans les studios, vous vous mettiez une bonne fois dans la tête que le cinéma, ce n'est pas de l'art mais une industrie, les choses iraient nettement mieux ! Vous ne croyez pas ?

Il ne croyait pas. Le monde avait changé, on entrait sans retour dans l'ère de la technique, qui allait bouleverser toutes leurs coordonnées mentales. Ce n'était pas une « crise » qu'ils vivaient, mais une mutation. Dont la manifestation la plus éclatante, avec l'aviation, était le cinéma.

— Et c'est prodigieux, de voir naître le nouveau ! Parce que c'est l'enjeu : comprendre que le cinéma est une industrie *et* un art. L'art du XXe siècle ! Croyez-moi, il bouleversera le monde.

Aylesworth avait fait la moue. Le danger, se dit Cooper, viendrait de lui, non de Kahane.

Gagné. Il avait gagné. Dans l'avion de la Western qui le ramenait à Los Angeles il mesurait, incrédule encore, quelle tension folle l'avait fait tenir jusque-là, se repassait les images de la projection à la RKO, des visages fermés du staff, à son arrivée, la feinte jovialité de quelques-uns. Dans le nombre étaient ceux qui l'avaient criblé de remarques absurdes, de choix de titres idiots, Nolan lui avait serré la main en se félicitant, comme s'il s'en attribuait le mérite, que les problèmes de droits aient pu être réglés. Kahane paraissait détendu, Aylesworth toujours aussi fermé. Une brusque agitation avait annoncé l'arrivée imprévue du grand maître lui-même, Sarnoff.

Cooper s'était limité à quelques mots de présentation : ce qu'ils allaient voir n'avait jamais été réalisé à l'écran. De même que la Warner avait pris un temps d'avance en lançant la révolution du parlant, de même la RKO pouvait ouvrir par ces procédés une autre ère du cinéma – s'ils jugeaient le résultat concluant.

Il les avait tellement vues et revues, ces images, qu'il n'en retenait plus que les défauts. Devant lui, qu'il devinait dans la pénombre, il n'y avait que des blasés peu portés aux rêveries. Les cris de surprise, aux premières images, lui avaient fait battre le cœur, et plus que les images, il avait alors suivi les réactions de la salle. Rejet ou adhésion ? Un long silence avait suivi la dernière image, puis avait retenti un « bravo ! » et, dans la lumière revenue, il avait vu Sarnoff, debout, qui applaudissait. Tous avaient suivi. Même Aylesworth, qu'il surveillait du coin de l'œil, hochait la tête. Les compliments fusaient. C'était gagné.

Plus tard, en petit comité, on était passé aux choses sérieuses, durée du tournage – six mois en continu pour O'Brien, et mobilisation épisodique des acteurs, dès qu'une scène animée serait au point –, budget de 600 000 dollars sur la base du coût du pilote et dans les limites assignées au départ, soit le double du budget standard, ce qui dans la conjoncture actuelle n'allait pas de soi.

Tout restait à affiner, mais c'était gagné.

Gagné ! À cette heure, tous, là-bas, avaient dû recevoir son télégramme de victoire. Lui-même en avait-il douté ? Jamais il n'avait envisagé l'échec mais la menace avait été là, à chaque instant, il le mesurait maintenant que venait le relâchement. À moins d'un cataclysme, *Kong* verrait le jour.

Par le hublot, il suivit pendant un long moment, brillante, la ligne serpentine de ce qui devait être le Missouri, puis, mornes et grises, les Grandes Plaines, sans rivière, sans arbre, rien qu'une étendue rase, éteinte, l'océan immobile de la Prairie. Il imagina l'ancêtre de Lasky dans une longue caravane. Qu'avaient éprouvé les pionniers perdus dans cet espace sans bord ni fin, chaque jour identique et vide, désespérément vide ? Plus loin, bien plus loin, il y aurait les Black Hills, le désert du Wyoming, avant les premiers contreforts des Rocheuses… Il s'arracha à sa somnolence, s'amusa à observer le steward jouer au steward avec une gravité pompeuse pour la trentaine de passagers, le garçon se doutait-il de la bataille que Priester avait dû mener pour imposer des uniformes aux casse-cou des débuts ? Priester avait eu raison d'eux, pour finir – mais, sans casse-cou, il n'y aurait pas eu de Pan Am, ni de Western Air Express…

1926 ! C'était hier à peine, et personne n'y croyait, quand la minuscule Western avait réussi le premier vol Los Angeles-Salt Lake City, avec 256 livres de courrier. Déserts, canyons, brouillards soudains, pics enneigés, trous d'air – un vol trop risqué, disait-on. Un an plus tard, la Western embarquait déjà un passager. En colis postal, il est vrai : Will Rogers était un obstiné, et comme on le refusait à bord, faute de place autre que pour les sacs postaux, il avait acheté des timbres pour son poids et s'était expédié… en paquet. Le steward le savait-il, au moins ? Tant de héros s'étaient perdus corps et biens au cœur des Rocheuses, pour qu'il puisse proposer un thé, cinq ans plus tard, à ses passagers ! La Western avait fusionné avec deux autres compagnies pour former la TWA, Transcontinental and Western Air, et ils étaient tous là, dans le confort d'un Fokker F-32 quadrimoteur qui traverserait le continent en vingt-deux heures de vol et seulement une escale. Ma parole, se reprocha-t-il, voilà que je commence à radoter comme un vétéran. L'aventure n'était pas derrière eux, elle commençait à peine. Juan avait raison, les nouvelles frontières, désormais, avaient nom Atlantique et Pacifique. Et *Kong*, au cinéma, essaya-t-il de se convaincre.

Le soir de la réception, il avait longuement bavardé avec Juan. Il était fatal que celui-ci se retrouve un jour seul aux commandes. N'était-ce pas ce qu'il avait toujours voulu ? Mais, Lindbergh enfermé dans une indifférence glacée, C.V. absorbé dans ses affaires, la solitude lui pesait un peu, aussi Juan avait-il insisté : y avait-il une chance pour que lui, Coop, revienne, si les choses tournaient mal à Hollywood ? Il n'avait pas répondu dans l'instant, mais là, y repensant dans l'avion, il se dit avec un petit pincement au cœur que non : c'était une histoire close. Quoi qu'il arrive, le monde à découvrir serait son avenir. Peut-être refaire avec Monty un film sur les Bakhtiari ? C'étaient des seigneurs – des voleurs, aussi, et même un peu des assassins à l'occasion, mais à leurs côtés le monde lui avait paru plus grand.

C.V. et David... Le retour de bâton pouvait être violent, si tout cela n'avait été que comédie. Mais, non, c'était sérieux, avait assuré C.V., Sarnoff ne leur avait pas caché que la RKO traversait une mauvaise passe, l'action était au plus bas, ça pouvait être une bonne affaire. Le cinéma, comme l'aviation, incarnait les temps nouveaux, ils comptaient bien poursuivre les discussions. Que lui, Cooper, apparaisse comme le lien entre eux relevait de l'évidence. Combien de sociétés pouvaient se vanter, comme la Pan Am, d'avoir vu ses actions grimper en pleine crise ?

C.V. avait sans doute raison : quoi qu'il laissât paraître, le regard d'Aylesworth sur lui devait avoir changé, et c'est de chef d'entreprise à chef d'entreprise qu'il avait tenu à lui parler, le matin du départ, comme s'il voulait lui faire partager la gravité de la situation. La RKO était en état de quasi-faillite. Avec une bombe à retardement : deux salles gigantesques à New York, qui à l'époque de leur conception devaient porter haut la gloire de la nouvelle major, mais s'annonçaient avant même leur inauguration comme des gouffres financiers. Que pouvait-il faire d'autre que tailler, tailler encore dans les coûts, en attendant une possible reprise ? Où qu'il se tournât, il n'avait plus de marges de manœuvre. À moins d'apports massifs de capitaux, avait compris Cooper – il fallait qu'Aylesworth soit réellement angoissé pour se livrer ainsi. Était-ce Sarnoff qui l'y avait poussé ? Il faudrait veiller à maintenir le contact, rentrer dans sa logique, lui suggérer une autre stratégie. La seule possible, en l'état, était de parier sur le génie créatif de Selznick tout en naviguant financièrement au près serré – après tout, n'avait-il pas été engagé pour cela ? Mais Selznick en serait-il capable, le voudrait-il, seulement ? Chaque semaine un peu plus, celui-ci se sentait les ailes coupées. Jusqu'à quand ? Tenir. L'aider à tenir un an au moins. Se faire un allié de Kahane. S'il le fallait, porter soi-même sur les épaules la marche de la RKO. Tout en menant à bien *Kong*…

Kong ! Et pour cela, d'abord, réparer les dégâts du tournage, retrouver le contact avec Monty…

Quand avait-il dérapé ? On ne s'en aperçoit qu'après – de ce moment où le « un peu plus », juste un soupçon de plus, devient la goutte de trop. Il n'était pas possible qu'une ombre s'installe entre eux…

Il est vrai que Monty, les premiers temps, avait eu d'autres soucis. Il ne tournait pas depuis deux jours qu'Irving Pichel faisait déjà le siège de Cooper : on allait au-devant de sérieux problèmes. Armstrong avait suivi, hors de lui : après plus de trente films, on n'allait pas lui apprendre son métier, d'où sortait ce Schoedsack ? Personne n'y comprenait plus rien, à en croire McCrae…

Monty, interrogé, avait levé un sourcil.

— C'est juste qu'ils ne jouent pas assez vite.

Il avait développé sa théorie : *objectivement*, les acteurs jouaient à peu près à la même vitesse que dans les films muets, mais *subjectivement*, parce que la parole sollicitait l'attention d'une autre manière, ils paraissaient jouer un rien plus lentement. À quoi s'ajoutait que les parlants étaient en général insupportablement bavards, ce qui, accroissant l'illusion réaliste, ôtait un peu plus encore de la magie des films.

— Retrouver la fluidité, la magie du muet dans un film parlant… Coop, c'est juste ça que je veux ! J'y pense depuis un bout de temps, j'ai visionné des tas de films, je suis sûr de mon affaire…

Pour aggraver son cas, Ruth et lui avaient taillé et retaillé le scénario, au point que Creelman frôlait la dépression.

— L'idée : ne garder que l'absolu nécessaire. Le penser en rythme, comme des ponctuations, à la manière des cartons du muet. Ça marche, tu verras.

Bon, d'accord, il fallait juste tordre un peu les bras des acteurs – sauf de Fay, bien sûr. Elle avait compris, elle, et jouait le jeu. Leur expliquer ? Inutile. Ils n'avaient qu'à faire ce qu'il leur demandait.

— C'est simple, je chronomètre les scènes. Quand elles durent 30 secondes, je leur demande de les jouer en 20 secondes. Et je ne les lâche pas avant qu'ils aient réussi. Ils s'y feront.

— Rassure-moi, dit Selznick croisant Cooper dans un couloir, il est fou, ton copain ?

Fou ? Sûrement pas.

— Alors, c'est qu'il est génial.

Il avait dû s'endormir, s'ébroua. Un rougeaud aux poings comme des jambons se penchait vers lui – et lui, qu'en pensait-il ? Et devant son air absent : mais des New York Yankees, bien sûr ! Depuis que Babe Ruth était passé sans crier gare des Red Sox aux Yankees, les Sox avaient perdu la grâce. Il y eut un soupir général de nostalgie, suivi d'un long silence. Mais le rubicond paraissait décidé à se lier d'amitié avec son vis-à-vis et, comme Cooper restait sans réaction – le base-ball lui était à peu près étranger –, il se pencha un peu plus en entrouvrant sa veste, d'où dépassait le bouchon d'une flasque prometteuse, avant de se redresser, vexé : quel honnête homme pouvait refuser une rasade ? Cooper perdu dans ses pensées ne s'aperçut de rien.

Il ne l'avait compris qu'après coup : c'est délibérément que Monty poussait ses acteurs à bout – pour les arracher à eux-mêmes, à leurs tics, à leur confort, briser leurs résistances et qu'ils se laissent posséder par leur rôle jusqu'à ce que passe sur le plateau un vent de folie. Il les voyait sortir chaque jour épuisés, hagards, Pichel depuis longtemps avait décroché, n'y comprenant plus rien, c'était un rituel diabolique, marmonnait-il, que ce Schoedsack recréait chaque jour, à ce jeu personne n'irait au bout. McCrae se plaignait de « tortures mentales », Leslie Banks, heureusement, se révélait être un Zaroff maléfique à souhait, glacial, raffiné et brutal. Précis, déterminé, Monty tenait le cap, malgré les signes menaçants de tempête. Celle-ci avait failli se déclencher quand, cédant pour une fois à un Creelman exaspéré, il avait accepté de remplacer les chiens de chasse de Zaroff par un léopard. Affolé par les lumières et l'agitation sur le plateau, l'animal avait échappé à son dompteur, chargé l'équipe des techniciens qui s'était hissée sur tout ce qui ressemblait à un câble ou à une échelle, tandis que la pauvre bête renversait les décors. Il avait fallu deux bonnes heures pour la récupérer, plus le reste de la journée pour remettre le studio en état. Une vingtaine de dogues danois l'avaient remplacée, en principe dressés tout spécialement pour Hollywood, dont cinq appartenant à Harold Lloyd – qui avait poussé des hurlements quand il les avait découverts peints en noir pour paraître plus effrayants encore, hurlements redoublés dès la première scène par ceux d'un Leslie Banks jaillissant du brouillard en se tenant le postérieur : un de ces foutus monstres lui avait mordu les fesses. Impossible, avait tranché la dompteuse, au visage avenant de Boris Karloff dans *Frankenstein*, ils avaient la douceur d'agneaux nouveau-nés. Dans ce cas, avait grincé Banks qui saignait d'abondance, ça devait être un cameraman... À quoi il fallait ajouter au quotidien les récriminations de McCrae, la mauvaise tête d'Armstrong qui prenait à témoin les techniciens quand Monty, d'une voix calme, ordonnait de reprendre, une fois de plus : « Vingt-six secondes, les gars, on remet ça... Vingt-quatre, c'est déjà mieux, plus que quatre à gagner ! Vingt-deux, on y est presque. Vingt ! C'est bon. Encore une, par précaution. » Où ce chasseur d'éléphants avait-il appris la direction d'acteurs ? Nulle part en vérité, aurait-il répondu, s'il avait daigné le faire, mais il savait ce qu'il voulait et rien ni personne ne le ferait dévier.

Chaque soir de la première semaine, Cooper avait été là pour conduire Fay jusqu'à l'antre d'Obie, ou discuter avec elle de leur prochain tournage. Comme Monty avait choisi de débuter par le plus difficile – c'est du moins ce qu'avaient imaginé les acteurs, pour se rassurer –, il la récupérait épuisée, après des heures passées à patauger dans un marécage, livrée aux chiens, ballottée en tous sens. Un résumé, certes, du sort réservé aux femmes ici-bas, mais tout de même un peu brutal, plaisantait-elle bravement, avant de s'abandonner chez Obie dans les bras de Kong, d'être enlevée par un ptérodactyle, ou assaillie par un serpent monstrueux à la gueule dégouttant de bave. Elle devinait ce qu'attendait d'eux Monty, disait retrouver chez lui l'exigence folle de Stroheim, mais s'inquiétait de l'extrême tension régnant sur le plateau. Une étincelle pouvait tout faire exploser.

Le Fokker, d'un coup, plongea. Il y eut comme un énorme hoquet, chacun se raccrocha à ce qu'il pouvait, le plateau du steward vola dans le couloir, tandis que le malheureux heurtait violemment un accoudoir. L'avion plongeait toujours, dans un concert de cris et de supplications, vibrait de toutes ses membrures, rien ne paraissait pouvoir ralentir sa chute. Les yeux clos, le voisin de Cooper balbutiait des mots incohérents, peut-être une prière. Ce n'est rien, lui dit Cooper d'une voix calme, juste un trou d'air. L'autre le regarda, la bouche ouverte, l'air halluciné. Déjà l'avion retrouvait son équilibre, amorçait une remontée. Le tout n'avait duré que quelques secondes. Vous êtes aviateur ? balbutia l'homme. Et comme Cooper hochait la tête, affirmatif, l'autre lui jeta un regard haineux.

— Bon Dieu, c'est bien la dernière fois que je monte à bord de cette saloperie !

Cooper, sans répondre, s'absorba dans la contemplation du paysage. Une rivière scintillait au-dessous de lui, qu'il lui sembla reconnaître : ils ne devaient plus être très loin de l'aéroport de Kansas City, leur escale…

L'étincelle… Pouvait-il en aller autrement ? Quand était venue l'heure de quitter le capharnaüm d'Obie pour les décors du *Zaroff*, l'équipe s'y était glissée avec mille précautions, attendant le départ des derniers techniciens. Avec une consigne impérative : que Monty retrouve au matin des lieux en leur état primitif. Mais les mises en place pour *Kong* devenaient de plus en plus complexes, on prenait du retard, bientôt on n'avait eu d'autre choix que d'allonger les temps de tournage, au point de peser sur le film de Monty. L'investissement que celui-ci exigeait des acteurs les laissait épuisés, quand celui exigé par *Kong* ne l'était pas moins. Fay n'avait plus que le temps d'une douche avant de changer de haillons, d'enfiler sa perruque blonde, de passer au maquillage, et de tenter, malgré la fatigue, de se concentrer de nouveau, seule à l'écart avec Cooper, tête contre tête, en se tenant les mains – était-ce elle ou lui qui en avait eu l'initiative ? Armstrong lui-même commençait à fléchir, et Schoedsack s'exaspérait de retrouver au matin des acteurs aux traits tirés, qui avaient grand-peine à reprendre le fil. Au-delà des horaires, l'enjeu devenait, sans que Cooper s'en rende compte, de savoir qui garderait son emprise sur Fay et sur Armstrong – sur Fay, surtout.

… Jusqu'au jour où Monty, dans un accès de colère qui avait laissé le studio tremblant, avait interdit à Coop ne serait-ce que de passer la tête par la porte du studio en sa présence. À compter de ce jour, il avait tout simplement refusé de lui parler, claquant la porte dès qu'il l'apercevait. Malgré les mises en garde de Ruth, Cooper n'avait pas compris que, pour Monty, rien ne comptait plus que son *Zaroff*, et qu'au rythme de leurs irritations réciproques *Kong* lui devenait même étranger – le film de Merian C. Cooper et non plus leur projet commun.

Il n'y avait pas si longtemps hangar ouvert à tous les vents, l'aéroport de Kansas City proposait maintenant salons, restaurants et hôtels de luxe. Cooper tenta de s'isoler dans un recoin du bar. Libéré de la folle pression des dernières semaines, il prenait peu à peu la mesure des dégâts. Qu'une ombre ait pu se glisser entre lui et Monty était insupportable.

Les conversations des passagers lui parvenaient, lointaines, dans un brouhaha traversé d'éclats. Heureux hommes qui n'avaient pas de soucis plus graves que la finale des Word Series cet automne ! Des noms qui ne lui disaient rien passaient dans le tumulte, avec les accents que l'on réserve à la célébration de divinités. Il faut que je sorte de ma bulle, se dit-il alors. Il avait vécu à ce point concentré sur son projet qu'il en était venu à oublier le monde extérieur. Dans une dizaine de jours se disputerait à Roland-Garros la finale de la coupe Davis, intervint un jeune homme tiré à quatre épingles, aux manières hautaines. Ellsworth Vines ferait-il oublier le retrait de Tilden ? Sinon les Américains n'auraient aucune chance contre ces damnés Français, Borotra et Cochet. Rien n'avait donc changé, depuis cette soirée irréelle à la table d'un commissaire adjoint du district d'Abou Zahad, province du Kordofan, qui s'inquiétait de l'issue d'un tournoi de Wimbledon : les deux Français étaient toujours au sommet de l'affiche. Le groupe se divisa, les plus virils, dont le rougeaud, haussaient les épaules : un sport de gonzesses ! La boxe, ça c'était du sérieux – la finale des lourds, bientôt, entre Jack Sharkey et Primo Carnera.

L'élégant se renfrogna, la conversation s'éteignit un moment, le temps pour les consommations de se renouveler, et dévia brusquement quand un des passagers prononça les mots d'« armée du Bonus ». En quelques secondes la mêlée devint générale. Cooper sursauta : il n'y avait pas longtemps, sur Hollywood Boulevard, une musique aux accents militaires l'avait fait s'arrêter : un groupe de manifestants, pour beaucoup en uniforme, brandissant drapeaux et pancartes, avançait au pas, encadré par des voitures. Quelqu'un près de lui avait craché par terre en grommelant que c'était encore ces feignants de vétérans, qui, plutôt que de travailler, prétendaient vivre aux crochets de la nation. Déjà, Cooper se préparait à faire le coup de poing, mais l'autre s'était esquivé, aussi, intrigué, s'était-il joint aux manifestants jusqu'à la fin de leur marche.

Après chaque guerre, lui expliqua celui qui paraissait être leur chef, il était de coutume que ceux qui avaient combattu reçoivent, en dédommagement, un « bonus ». Mais son versement, cette fois, avait été repoussé à 1945. Dans treize ans, alors que la crise les mettait à genoux ! À leur demande d'un versement plus prompt, Hoover avait répondu par le mépris.

L'homme, le visage marqué, avait été de la bataille de Saint-Mihiel. Blessé, il avait mis des mois à s'en remettre. À son retour, il avait juste essayé de retrouver une vie normale, mais aux regards jetés par ses voisins il avait compris qu'il gênait. D'ailleurs, ils gênaient tous, ses amis revenus du front, et pourtant ils ne la ramenaient pas, mais c'était comme si leur seule présence rappelait une dette.

— Vous vous rendez compte ? Avoir honte d'avoir fait la guerre ! En être presque à se cacher ! Alors, quand la Garde nationale a bloqué à Saint Louis les copains de l'Oregon en marche sur Washington, on s'est dit : « Ça suffit ! Ils ont besoin d'un coup de main. Montrons-nous, à tous ! » Ce n'est même pas une question d'argent – mais d'estime de soi, vous comprenez ?

S'il comprenait ? Il lui avait dit les enfers dont il était revenu, et ils s'étaient serré la main.

Il avait appelé Wellman le soir même pour en savoir plus. Wild Bill, au bout du fil, avait rugi :

— Putain, tu étais où, en 1924 ? Avec tes Bakhtiari ? C'est en 1924 que le président Coolidge, ce fils de pute, a mis son veto au « bonus » des vétérans. Les couilles molles de la Chambre des représentants ont tout de même eu le cran de le contrer deux jours plus tard : il serait de 1 dollar par jour de service au pays, et de 1,25 par jour à l'étranger, mais tiens-toi bien : payable dans vingt ans ! Et tu t'étonnes que ça bouge ? Putain, si j'avais pas un film à finir…

L'affaire de Saint Louis avait mis le feu aux poudres, ces derniers mois. De partout, les vétérans de ce qui se proclamait désormais l'« armée du Bonus » convergeaient vers Washington. Après la manifestation de Los Angeles, Cooper avait suivi leur progression, les polémiques qui s'amorçaient, les contorsions des politiques. À la mi-juin, ils étaient onze mille sur les rives de l'Anacostia River, en face de Washington, dans un camp de fortune baptisé Hooverville. Le 15, la Chambre des représentants, effrayée, avait voté le paiement immédiat du bonus, mais le 17 le Sénat, bien qu'encerclé par vingt mille vétérans, avait rejeté le projet. Les pauvres gens, amers, avaient chanté par dérision *America* avant de regagner leur camp. Puis, trop pris par *Kong*, Cooper avait perdu le fil…

Le bar de l'aéroport avait tangué, soudain. C'était à qui couvrirait la voix de tous les autres, personne n'écoutait plus personne, ce ramassis de communistes était à exterminer, non, à expédier par cargo à la frontière de la Russie comme on l'avait fait avec John Reed, l'Amérique partait en morceaux, seule une dictature raisonnable pouvait ramener l'ordre ancien, les femmes, les Juifs, les nègres, tout ça appelait un bon coup de balai, la place des femmes était à la maison. Mais qu'est-ce que ça avait à voir avec les vétérans ? protestait le fan de Primo Carnera. Tout ! C'était le même complot. Quand même, protesta un escogriffe resté jusque-là silencieux, ils ont risqué leur vie pour défendre le pays, ça mérite le respect ! Le respect ? C'est Coolidge qui avait eu le mot juste : « Le patriotisme contre de l'argent n'est pas le patriotisme ! » Le jeune homme bien mis, amateur de tennis, était intervenu sur le ton entendu de qui était dans le secret des dieux : de toute manière l'affaire serait réglée avant la fin du mois. Et dans le silence étonné :

— J'ai des informations : la police va recevoir l'ordre de les sortir de Washington, de gré ou de force. Et l'armée, dans la foulée, détruira le camp. Qu'il soit vide ou pas.

La salle applaudit : enfin ! Seuls quelques-uns s'abstinrent, tête baissée. Cooper regardait, effaré. Se rendaient-ils compte de ce qu'ils disaient, tous ? Donner l'armée contre ceux qui avaient risqué leur vie au front ? Une décennie plus tôt, le pays rassemblé les couvrait de fleurs et de baisers, jamais, non jamais on n'oublierait – les soldats de la liberté ! Et aujourd'hui, la troupe...

Que valait un pays capable de cela ? La Bête n'avait pas été vaincue, elle ne l'était jamais, seulement plus ou moins contenue. À vouloir l'ignorer, à vouloir ne rien entendre de ce qu'avait révélé d'elle la guerre, allaient revenir les Âges noirs. Combien de fois se l'étaient-ils répété, Shorty et lui ? Eh bien, ils y étaient. La Bête travaillait dans le tréfonds, se renforçait jour après jour, défaisait les défenses jadis dressées contre elle. La crise n'était pas économique, elle était morale. Et *Kong*, pour lui, devenait de plus en plus urgent.

Monty ne viendrait pas. Ruth les avait rejoint sur le tard, embarrassée : il ne pouvait pas quitter la salle de montage. Arrivé dans la grotte aux merveilles d'Obie avec deux caisses de champagne – plus ses foutus crackers au fromage, avait fulminé l'irascible Irlandais, mais on voyait bien qu'il était ravi –, et comme acteurs et techniciens affluaient de partout, Cooper avait appelé Zoe à son secours, pour qu'elle fasse livrer en urgence le complément de bulles nécessaire et la meilleure charcuterie de Mauricio, le traiteur sur Sunset. Son cœur avait battu plus fort quand Fay avait fait irruption, accourue depuis la Warner, le rose aux joues et essoufflée, et une fête s'était improvisée sur les tables encore encombrées d'un bric-à-brac de fragments d'animaux. Dinosaures et iguanodons en création s'étaient trouvés contraints sans ménagement de partager leur espace avec des barquettes de poivrons grillés, des plateaux de *bresaola* des vallées de Lombardie et autres douceurs italiennes, tandis que sautaient les bouchons avec un enthousiasme communicatif. Faute de sièges en nombre suffisant, les arrivants se calaient où ils pouvaient, dans les bras d'un orang-outan, ou sur le dos d'une tortue géante, et Zoe, dès son apparition avec les premiers secours, s'était trouvée déposée par un géant hirsute dans la main ouverte de Kong. Le monstre gigantesque avait paru du coup plus affable, ou bien était-ce déjà l'effet du champagne ? Il surgissait toujours plus de convives, que Cooper ne connaissait pas, à croire que la RKO entière s'était donné le mot, ou que le besoin d'une détente était à proportion de l'inquiétude des derniers jours. Obie avait essayé de les présenter à mesure de leur arrivée, Walter Daniels, le régisseur de plateau qui avait abandonné son ranch dans le Colorado, Buzz Gibson, une armoire à glace génie de la bricole, P.O. Taylor, qui jadis avait accompagné Pancho Villa, directeur de la photographie, Van Nest Polglasse et son « armée de décorateurs », Thomas Little et son « armée d'accessoiristes », Edwin Eddie Linden, le chef-opérateur et « l'armée » sous ses ordres, Carroll Sheppird, le roi des trucages photographiques – ça faisait du monde. Plus d'ailleurs qu'il n'imaginait, avait constaté Cooper, un rien perplexe, ou alors les habitants du coin commençaient à flairer le bon coup, tandis que des machinistes se mettaient à la recherche de tréteaux et de planches pour s'étendre au-dehors. Zoe et son hirsute énamouré était déjà repartis, mais cette fois en camion, en quête de *combustible*.

Ruth était arrivée sur ces entrefaites, le front soucieux. De toutes parts on pressait Cooper d'en dire plus : comment avaient réagi les messieurs à gilet ? À quoi ? Alors c'était vrai, *vraiment vrai* ? On y allait ? Après les mois perdus de *Creation*, les échecs, les espoirs déçus, ils ne parvenaient pas à y croire. Des hourras avaient accompagné les mots de Cooper : c'était sûr et certain, ils débuteraient dans un peu plus de trois semaines, la course commençait dès demain. Obie avait entonné un chant irlandais :

I have been a wild rover for many a year
And I spent all my money in whiskey and beer
And now I'm returning with gold in great store[1]...

1. Longtemps j'ai été un rude vagabond
Et tout mon argent passait en whisky et en bière
Mais cette fois je reviens les poches pleines d'or.
Et plus jamais je ne serai un rude vagabond...

Delgado avait furtivement essuyé une larme. De joie, il allait sans dire : la lumière, enfin ! Mais Fay se serra contre Coop, lui prit la main.

— Tout le monde est heureux ce soir. Sauf toi.

Il secoua la tête, soupira. Cela se voyait donc tant ?

— Shorty me manque, oui…

— Laisse-lui un peu de temps !

Mais du temps, c'était précisément ce qu'ils n'avaient pas.

Selznick non plus n'était pas venu. Disparu avec Cukor sans plus d'explications, comme cela lui arrivait de plus en plus souvent, avait soupiré Pandro Berman arrivé sur les pas de Zoe. D'ailleurs, il fallait qu'ils en parlent avant que tout ne parte à vau-l'eau… Mais le lendemain matin ils avaient retrouvé le lascar en pleine forme, à son bureau, et de la meilleure humeur, pressé de féliciter Cooper.

— Tu avais raison, j'avais tort ! Tu sais que George ne jure plus que par elle ? On va en faire une star !

De qui parlait-il ? Selznick avait ouvert de grands yeux : mais de la petite Hepburn ! D'accord, elle avait une drôle d'allure, mais elle crevait l'écran.

Katharine Hepburn. Cooper, au printemps, l'avait remarquée dans une pièce à Broadway, qu'elle portait à elle seule, dans un rôle d'amazone. Une quasi-débutante, un physique improbable de garçon manqué, un visage pas précisément d'héroïne glamour, mais quelle personnalité ! Il lui avait fait faire un bout d'essai, formidable à ses yeux, désastreux de l'avis général. « Hommasse », « mocheté », « cheval », « lesbienne »… Il s'était obstiné, avait montré l'essai à Cukor, réticent puis intrigué, et franchement exaspéré, à leur première rencontre, quand elle s'était permis de critiquer quelques-uns de ses choix.

— Je croyais qu'ils en étaient venus aux mains ?

— Quasiment ! Du coup, ça l'a titillé. Deuxième essai, à reculons. Et là… Il ne jure plus que par elle. Elle va faire un malheur !

Il se frotta les mains, ravi.

— Du coup, je vais mieux regarder le bout d'essai de ton autre poulain, le danseur, là… Fred Astaire, c'est ça ?

Dénicher de futures stars puisqu'ils n'avaient pas les moyens d'engager celles qui étaient déjà confirmées, oui, c'était leur seule voie. Selznick allait et venait, volubile, quand il avait senti les regards de Cooper et de Berman, posés sur lui, leur silence, et il revint sur terre.

— À part ça, tu les as tous bluffés, à New York. J'ai reçu un câble de Sarnoff, juste après le tien : ma parole, ce n'est plus le même homme. Ton pilote, d'accord, mais tu lui as fait quoi, en plus ?

Cooper entreprit de lui raconter le coup de main de David Bruce et de C.V. Whitney, Kahane qu'il pensait ne pas être forcément un ennemi, la stratégie qu'il suggérait vis-à-vis d'Aylesworth... Il s'interrompit : Selznick n'écoutait plus. Sans doute parce qu'il n'y croyait pas : ils étaient d'un autre monde, là-bas, avec une autre logique et d'autres rêves, s'ils en avaient. Tout cela finira mal, suggéraient ses mimiques. La seule question était de savoir quand. Puis son regard avait dévié, comme s'il s'éloignait. À croire que tout cela ne le concerne plus, s'était dit Cooper, inquiet.

— Tu l'as entendu ? explosa Pandro Berman quand ils se retrouvèrent seuls dans le bureau de Cooper. Il s'en fout ! Un nouveau film avec Cukor, il n'y a plus que ça qui l'intéresse. *Symphony of Six Million* ? Oublié ! *What Price Hollywood* ? Là, au moins, je me disais... Mais non, à peine sorti, oublié. Bon sang, je me démène pour les pousser partout, on fait des scores formidables et il s'en fout.

La preuve ? Ses mémos, griffonnés sur ce qui lui tombait sous la main, et dont il les inondait jadis – quasiment disparus.

Don Juan, avait dit Myron. Peut-être, après tout, avait-il raison...

Pendant des mois, poursuivit Berman décidé à déverser ce qu'il avait sur le cœur, ils avaient subi les films initiés par LeBaron, arrivaient maintenant leurs films, sur lesquels ils seraient jugés. Et ils avaient une cadence à maintenir, quarante films l'an...

— Il décroche. Je sais qu'il joue. De plus en plus. Au Clover Club, sur Sunset. Et il perd, forcément. De plus en plus. Son contrat est d'un an renouvelable. Qu'est-ce que tu paries ? Il n'ira pas au-delà. C'est un artiste, il ne supporte pas qu'on le mette en cage. Sans ailes, un oiseau ne peut pas voler... Et en attendant, on fait quoi ? Déjà, à trois, on avait du mal. Mais à deux ? Et toi, en plus, avec *Kong*...

Eh bien, ils feraient à deux. Malgré *Kong*. Et s'il le fallait, il gérerait seul les relations avec le siège. Au moins jusqu'à la fin de *Kong*.

Tout porter sur ses épaules, ça il savait, essayait de se rassurer Cooper. Il saurait. À condition que Monty revienne à ses côtés…

— Il veut aller au bout de *son* film, tu comprends ?

La voix de Ruth tremblait un peu, tandis qu'elle insistait : *son* film. Monty avait mis dans *Zaroff* plus de lui qu'il n'avait mis nulle part ailleurs. Il ne le lâcherait pas, quoi qu'il pût en coûter. Mais ce n'était pas de cela qu'il s'agissait, ils le savaient l'un et l'autre. Elle avait rappelé Cooper le soir même de la petite fête. Son expression, quand il l'avait vue arriver seule, lui avait serré le cœur. Il fallait en finir avec ce silence entre Monty et lui.

Cooper et Ruth s'étaient retrouvés le lendemain au Montmartre, presque vide à cette heure. Un nouveau venu, au-dehors, aurait eu quelque peine à imaginer qu'il se trouvait bel et bien sur le boulevard de tous les rêves : Hollywood peinait de plus en plus à entretenir sa légende. Si seulement je pouvais lui expliquer, commença Cooper…

Ruth fronça les sourcils. Il n'avait donc rien compris ? Elle avait vu Monty rentrer préoccupé, puis contrarié, et sur la fin humilié, blême de fureur. Il savait par avance ses explications – pas le choix –, le succès à la fin n'y changerait rien. Un pacte, entre eux, avait été rompu. Par lui, Coop.

Et comme celui-ci allait protester :

— Bon Dieu, Coop, tu sais bien, pourtant, que tu peux tout obtenir de lui…

Il avait glissé en douce son pilote dans le budget de *Zaroff*, pourtant serré. Et puis dans son tournage. De plus en plus, comme si le film de Monty, au fond, ne comptait plus – était juste un obstacle. Ça avait été la goutte de trop. C'était donc devenu si difficile, d'en discuter avec lui ? En partenaires ? En complices ?

Une colère noire. Et le problème était que Monty l'entretenait, depuis, s'y enfermait. Peut-être s'en servait-il pour se couper du reste du monde, aller au bout de lui-même, et au-delà, finir *son* film.

Ruth hésita, reprit sa respiration. Après tout, il fallait que les choses soient dites :

— Un soir, il est rentré : « Ça y est, Ruth, je l'ai perdu. Il est devenu Carl Denham. » Carl Denham !

Coop se tassa, voulut protester. Elle avait raison, bien sûr. Monty avait raison. Tendu vers un seul but, il avait été prêt à tout piétiner – même Monty, sans s'en rendre compte. Pas un instant il n'avait pris en compte l'importance de *Zaroff* aux yeux de son ami. Mais, dans la nuit précédente, il avait appelé Archie Marshek, le monteur de Monty. « Un chef-d'œuvre, monsieur Cooper, ce sera un chef-d'œuvre. Un film comme celui-là, on n'en a jamais fait ! » Intrigué, il l'avait sorti du lit, ne serait-ce que pour savoir où ils en étaient. Et là, visionnant ce qui était déjà monté, il avait compris. Un grand film, avec dans le jeu des lumières quelque chose des meilleurs films allemands. Que lui était-il arrivé, pour ignorer à ce point tout ce qui n'était pas son projet à lui ?

Il eut un geste d'impuissance.

— J'ai beaucoup de choses à rattraper, n'est-ce pas ?

— Fais-le, Coop. Fais-le vite !

Et dans un murmure :

— Parce que, moi, je ne peux plus. J'ai essayé. Je ne peux plus – continuer *Kong*.

Il fallait qu'ils se parlent en tête à tête. Rien qu'eux deux, loin d'ici. Et Cooper avait alors pensé à Dionisio – une partie de pêche, s'il avait conservé son bateau ? La soirée passée dans sa cabane, avec Wild Bill, avait marqué leur retour à Hollywood. Tout reprendre au commencement…

Il l'avait retrouvé – qui, dans le coin, ne connaissait pas Dionisio ? Le cuir plus tanné encore, s'il était possible, le dos un peu voûté, peut-être, mais gaillard. Il avait fini par se construire une petite cabane, dans le fond du jardin de son fils. Pour bricoler un peu, ranger ses rames, ses gréements. De là, il pouvait voir la mer. Alors il avait agrandi son refuge pour y faire la sieste sans avoir un mioche ou deux qui lui grimpaient sur la poitrine, ou le tiraient par sa chemise, et il avait fini par y dormir pour de bon. Il regrettait juste les amis qui venaient dîner sans façons. Mais il pêchait toujours, oui. Par habitude. Pour être en mer. Et puis ça lui payait son tabac, des bricoles. Il n'avait jamais eu de grands besoins.

Ruth avait joué les intermédiaires, et miracle, Monty avait accepté. Archie avait assez de travail devant lui pour avancer seul. Et c'est ainsi que Cooper, pas plus rassuré que cela, s'était retrouvé sur une jetée, un petit matin, à l'attendre avec Dionisio. Monty était apparu enfin, plus grand, plus maigre encore, lui avait-il semblé, et la tignasse toujours aussi rebelle, qui l'avait salué d'un signe de tête, sans dire mot, avant d'étreindre le vieux pêcheur.

Le jour pointait à peine. Le meilleur moment, dit Dionisio en lançant le moteur de son antique *signorina*, ils seraient au large avant le plein soleil. Un peu plus loin, dans la pénombre, quelques barques se hâtaient, des voix résonnaient au ras des eaux. La brise de terre, légère, portait vers eux des odeurs de broussailles et de pins. La mer était lisse, à peine ridée ici et là par le courant. Ils étaient déjà loin quand une lumière pâle hésita à la crête des collines mauves, avant d'inonder, d'un coup, l'étendue, la mer parut s'éveiller dans un long frisson, une odeur fraîche monta, grisante, qui donnait envie de gonfler ses poumons, d'étreindre l'horizon.

Juste à temps pour pêcher les maquereaux à la traîne, dit Dionisio en sortant ses lignes lovées dans un panier. Chacune portait cinq ou six hameçons, et il leur montra, très fier, le système qu'il avait imaginé avec une planchette pour que la ligne remonte à la surface dès la première prise. Il rit : maquereaux du matin, grillés à midi ! Ils commençaient à désespérer, lorsque enfin une ligne, puis une deuxième, puis la dernière jaillirent à la surface, des éclairs blancs scintillaient dans le clapot – ils ne reviendraient pas les mains vides.

Des heures passèrent encore, sans autre prise. La réverbération du soleil, maintenant, blessait les yeux, incendiait la mer en multiples éclats mouvants. Cooper soupirait en guettant du coin de l'œil Monty, absorbé dans sa tâche. Il s'engourdissait, dans la vibration de la chaleur, quand Dionisio poussa un cri : un oiseau tournoyait, haut dans le ciel, plus au large.

— Il pêche ! Et il a de meilleurs yeux que nous.

Plus près, la mer paraissait bouillir. Des dorades qui arrivaient à la remontante, exulta Dionisio. Ils les pêcheraient au « baou » expliqua-t-il : des lignes boëttées de petites sardines, fixées à des plots de liège, qu'ils jetteraient à la mer et reviendraient lever quand ils auraient mis à l'eau le dernier plot, avant de recommencer le circuit, encore et encore.

— La chance. Vous avez apporté la chance avec vous !

Quand ils en eurent fini, épuisés, trempés, couverts d'écailles, ils firent le compte en riant : trente-deux dorades, une douzaine de maquereaux, ce n'était pas si mal !

Se découvrant soudain une faim de loup, ils nettoyèrent le banc de nage, sortirent les victuailles. Cooper et Monty avaient apporté chacun un panier de charcuterie, l'un basque, l'autre italien, jambons et saucissons, du pain et quelques bouteilles qu'en marin averti Dionisio avait mis à fraîchir au bout d'une ligne depuis un moment. Ils mangèrent en silence, les yeux mi-clos, soûlés de fatigue et de soleil. Cooper sortit sa pipe, la bourra en silence, imité par Monty, et après s'être raclé la gorge :

— Marshek m'a dit que tu faisais un sacré bon film…

— Hmm…

Silence.

— Monty, j'ai déconné.

— Je sais, oui.

— Mais vraiment déconné.

— Ça oui.

— Écoute, prends le temps qu'il te faudra pour terminer. Je me débrouillerai.

— Hmm…

Il était temps de rentrer. Une petite sieste, après ça, et la journée pourrait être dite réussie, décréta Dionisio. Et chacun s'absorba dans ses pensées jusqu'à la jetée, où les attendait une nuée de gamins. Et tandis qu'ils sortaient les cageots de poissons :

— Tu sais, on va le faire, dit Monty.

— Quoi ?

— Ton film. On a combien de temps ?

— Quinze jours…

— On va le faire. Demain matin ?

La sonnerie insistait, hargneuse. Cooper émergea péniblement. Quelle heure pouvait-il être ? Il ralluma, à tâtons. Trois heures. Monty, se dit-il, ce devait être Monty. Ils avaient travaillé jusque tard dans la nuit, une idée avait dû lui venir.

Au bout du fil, Wellman paraissait hors de lui, bégayait de colère.

— Bon Dieu, Coop, ils l'ont fait ! Ils ont osé !

De quoi parlait-il ?

— L'armée du Bonus ! Ça y est : liquidée, dézinguée. Ah, ça n'a pas traîné !

Après le refus du Sénat, et comme Hoover restait sourd à leurs appels, les malheureux avaient commencé à rentrer chez eux. Il n'en restait plus que deux mille, souvent avec leurs femmes et leurs enfants, qui espéraient encore, quand l'attorney général avait cru malin d'ordonner qu'ils quittent la ville et regagnent leur camp… Que s'était-il passé ensuite ? Ils obtempéraient sans faire d'histoires quand un policier nerveux avait tiré dans le tas.

— Deux coups, deux morts ! Un Lituanien, à ce que m'a dit un pote du *New York Times*, un gars qui avait vendu sa boucherie, à Saint Louis, pour s'engager et défendre son nouveau pays. Et puis un autre, d'Oakland, qui avait connu les tranchées. Eh bien, Hoover… Ce fils de pute, quand il a su, n'a rien trouvé de mieux que de faire donner l'armée !

Prête, comme par hasard. On ne lui ôterait pas l'idée que c'était préparé.

Cooper repensa à son escale, à Kansas City, à l'élégant au bar, si fier de son secret. C'était donc bien un coup monté.

— Hier dans l'après-midi ! Des dizaines de morts, peut-être une centaine, le double d'arrestations, le camp incendié sous leurs yeux !

La voix de Wild Bill s'étrangla, Cooper crut un instant qu'il pleurait.

— Dis, on ne s'est pas battus pour ce pays-là ? On ne s'est pas battus pour ces ordures ? Dis-moi…

Ni l'un ni l'autre ne fermerait plus l'œil, mieux valait se donner quelque part rendez-vous – ne pas être seuls. Ils se retrouvèrent sur le port, dans une gargote où Wellman avait ses habitudes. Pas d'enseigne, rien qui la distinguât des autres bâtisses, mais Fernando ne traquait pas la clientèle, les amis lui suffisaient, et le bouche-à-oreille. Des matelots venus de nulle part, qui repartiraient, peut-être tout à l'heure, somnolaient à leurs tables, engoncés dans leurs vareuses. D'autres fixaient leur verre en marmonnant dans des langues indistinctes. De nulle part ils étaient tous, dans la nuit finissante, au comptoir de Fernando…

Comment avait-on pu en arriver là ? La guerre avait rongé le pays comme un cancer. Au point qu'il se retournait contre lui-même, ne se reconnaissait plus. Wellman égrenait la liste des grèves, faillites, émeutes qui secouaient le pays, les paysans chassés des plaines du Midwest qui affluaient en Californie, réduits à la misère, les expéditions punitives des grands fermiers contre ceux qui se rebellaient. Ici se déchaînaient les chantres du fascisme, là ceux du communisme, tandis que le pays faisait eau de toutes parts. Wellman allait bientôt commencer le tournage de son premier film pour la RKO, une épopée familiale de 1873 jusqu'aux temps présents, pour dire à travers crises, guerres, déceptions, la permanence du rêve américain. Le rêve américain ! Il venait de prendre un sacré coup.

Cooper hochait la tête : c'était venu si vite ! Hier encore, partout, on chantait et dansait…

Une odeur de friture lui fit lever les yeux. Un jour gris filtrait par les fenêtres sales. Déjà Fernando arrivait de l'arrière-salle, suivi de Juanita, son épouse, les mains emplies d'assiettes et de pots de café brûlant. *Huevos con frijoles*, grommela-t-il en les posant d'autorité devant eux. Les marins avalèrent leurs portions à toute vitesse, s'esquivèrent sans un mot.

Ne pas rester seuls cette nuit, s'étaient-ils dit. Mais seuls ils restaient, plongés dans leurs pensées.

Un livreur déposait des piles de journaux devant l'entrée de l'Élysée. De gros titres barraient la Une du *Los Angeles Times*. Les journalistes avaient dû travailler jusque tard dans la nuit : soixante blessés sérieux, cent cinquante arrestations, une femme victime d'une fausse couche, un gamin hospitalisé. Hoover avait fait donner le 12e d'infanterie du Maryland commandé par le général Douglas MacArthur, et le 3e de cavalerie du major Patton, appuyés par six véhicules blindés. Ils s'étaient mis en place sur Pennsylvania Avenue, racontait le journaliste. Les badauds intrigués se massaient sur les trottoirs. En les voyant s'avancer, les vétérans de l'armée du Bonus, croyant qu'ils défilaient en leur honneur, les avaient applaudis et ils applaudissaient encore quand Patton avait donné à ses cavaliers l'ordre de charger. La foule, comprenant, s'était mise à hurler « Honte ! Honte sur vous ! », mais l'infanterie avait suivi, baïonnette au canon, précédée de tirs de grenades lacrymogènes. Les malheureux vétérans s'étaient éparpillés, pour regagner comme ils pouvaient leur camp, de l'autre côté du fleuve, pendant que les soldats y mettaient le feu…

Tout cela relevait du cauchemar. Il allait se réveiller, l'Amérique allait se réveiller. Le groom, devant l'ascenseur, l'accueillit avec un sourire radieux, le journal à la main.

— Vous avez vu, monsieur Cooper ? Ah, ils ont su nous en débarrasser une bonne fois, de cette racaille !

Il fit irruption dans le bureau de Selznick, le journal à la main, mais comprit au premier regard que ce ne serait pas le jour : il était écroulé dans son fauteuil, les yeux injectés de sang, la cravate défaite et les vêtements froissés. Les chances étaient minces pour que celui-ci se sente concerné par l'armée du Bonus ou la marche du pays. Marcella, penchée sur lui, passait à gestes doux une lingette sur son visage, et elle fronça les sourcils en voyant surgir Cooper. Ces moments-là étaient à elle, et à elle seule, comprit-il : là, son maître enfin lui appartenait. Il se retirait, quand la masse effondrée émit un gargouillis où il crut distinguer un « Reste ! ». Selznick avait dû passer la nuit dehors, au Clover Club, à jouer. Et, à l'évidence, à perdre. Marcella lui fit boire son verre de jus d'orange, comme on fait boire un enfant, puis revint presque aussitôt avec un café noir fumant, qu'il but en grimaçant avant de se précipiter, plié en deux, vers son cabinet de toilette. D'où il sortit torse nu pour enfiler, avant de s'écrouler à nouveau dans son fauteuil, la chemise fraîche et repassée que Marcella avait disposée sur une chaise.

— Bon Dieu… Pas un mot, hein ?

Pas un mot.

Il souffla bruyamment, comme s'il essayait de retrouver sa respiration, poussa quelques feuillets vers Cooper.

— Tiens, de tes nouveaux amis. Des relations nouvelles, c'est pas ce que tu me disais, avant-hier ? Le plan d'économies supplémentaires proposé par Kahane à Aylesworth. J'en ai reçu la copie hier, mais il date du 11, quand tu étais là-bas. Il t'en a parlé ? Non.

Il ricana.

— Reçu avec ses amitiés. Lis bien ! « Cher David, sachez à quel point je suis désolé que pour notre première année, à vous et moi, nous ayons à affronter ces difficultés externes. » Et lis la suite !

Un million et demi de dollars de réduction supplémentaire sur les frais généraux. Trois mille dollars de moins par semaine pour le pool des scénaristes. Quarante mille dollars par an sur le personnel de production…

— Et 6868 dollars – admire le 68, c'est à ça qu'on reconnaît l'expert ! – sur le budget promo par film. Et puis, j'oubliais, la cerise sur le gâteau : une seule prise par scène pourra être développée. Pour en obtenir une deuxième, il faudra que le réalisateur en fasse la demande écrite… à Kahane.

Il s'amusa de la mine consternée de son ami, avant de lui tendre un deuxième courrier, toujours de Kahane.

— Celui-là, je l'ai reçu hier. Il date du 25, adressé à Aylesworth, en réponse à sa demande qu'on baisse le cachet de nos stars. Bon, pour Constance Bennett, il reconnaît que si l'on s'amuse à ça, elle file ailleurs. Mais, pour Ann Harding, Ricardo Cortez, Robert Armstrong, j'en passe, ou ils acceptent une baisse ou ils dégagent. Armstrong ! Son contrat se termine fin octobre. Tu as intérêt à boucler toutes ses scènes dans *Kong*, d'ici là…

Et ce n'est pas tout, gronda-t-il.

— Sam. Sam Jaffe…

Cooper sursauta : Jaffe, le roi des chargés de production, le beau-frère de Schulberg, qu'ils avaient dû travailler au corps pendant un mois pour qu'il les rejoigne comme producteur exécutif. L'homme qui leur manquait.

— J'ai reçu la réponse d'Aylesworth hier après-midi ! Refus catégorique. Pour cause de salaire « exorbitant ».

On comprenait mieux son état ce matin, se dit Cooper. Il fallait arrêter au plus vite ce qui s'enclenchait là-bas. Mais l'autre, retrouvant des forces, se dressait, rouge de colère. L'oiseau de malheur avait dû tomber raide en recevant sa réponse, ce matin. Ce ne devait pas être tous les jours qu'Aylesworth se faisait traiter de crétin incompétent ! Ce Sam Jaffe, qui pouvait ignorer dans le métier qu'il était capable d'économiser sur un seul film le montant de son salaire de l'année ?

— Ça sent le roussi, Coop. Ou bien on réussit deux-trois gros coups, ou on court à la catastrophe. Concentre-toi sur *Kong* avant qu'il soit trop tard !

L'agent immobilier Archibald Tennant, perplexe, suivait Cooper des yeux. Il ne voulait vraiment pas faire une visite plus complète ?

— Complète ? J'ai vu. Je prends.

L'autre insistait, certes ravi de boucler une affaire en ces temps difficiles, mais frustré de ne pouvoir en attribuer les mérites à ses talents hors pair. Pandro Berman et Zoe suivaient Cooper, fonçant au pas de charge.

— La condition : que tout soit réglé pour lundi.

L'agent s'étrangla. On était vendredi, les jeux Olympiques démarraient tout juste, la ville était sens dessus dessous, son office désorganisé. Et puis il y avait tout de même des formalités administratives…

— Lundi.

La propriété, sans être gigantesque, avait un charme fou, noyée dans les fleurs, avec tennis, piscine, dans un parc en pente douce sur les hauteurs de Beverly Hills. Seul le chiffonnait un peu son style néoclassique, les colonnades qui lui rappelaient par trop les grandes maisons du Sud, mais, bon, il ferait avec. Et comme Zoe risquait timidement que c'était là son charme, Cooper, en souriant, lui baisa la main : une histoire familiale compliquée, mais oui, c'est vrai, la maison était charmante.

— David me l'avait déjà montrée, à mon arrivée. Je m'en fichais un peu à l'époque. Le Château Élysée me paraissait déjà trop ! Mais là, comme elle est toujours à louer…

Ex-stars du muet, acteurs victimes de la crise, l'époque était surtout à la vente. Les acquéreurs, ou même les locataires, se raréfiaient. Mais pourquoi cette lubie, tout d'un coup, disaient les mimiques de Berman resté silencieux. Et que faisait-il là, *lui* ? Comme s'ils n'avaient pas déjà assez de travail…

— Si on laisse David seul face à la maison mère, on va droit dans le mur, lui glissa Cooper, en confidence. Ça, je l'ai compris ce matin. Il y a urgence. La maison, pour moi, je m'en fiche : un lit de camp m'a toujours suffi. Mais Kahane sera là dans deux ou trois jours. Si on le braque, c'est fichu.

Il fallait sortir de l'affrontement, si possible pactiser.

— Et puis j'ai des amis qui arrivent dans une semaine pour les Jeux. Bill Rockefeller, Jock et C.V. Whitney. Je crois que C.V. a un ou deux chevaux engagés dans les compétitions.

Il lui raconta la fête montée pour lui à New York. Le cinéma les fascinait, mais ils en avaient un peu peur. Prolonger cette fête ici, amener New York à Hollywood, pouvait être utile dans la situation présente. Un lieu de rencontre apaisé ! Au moins, il aurait essayé…

Des coups de trompe pressés les ramenèrent vers l'entrée. Theo Perkins, le chef des décorateurs de la RKO, avait fait au plus vite, à l'appel de Cooper. Pour quelle urgence ? D'un geste large, celui-ci balaya le parc, et la maison.

— Il y aura une fête ici. Samedi en huit. Urgence absolue. Mot d'ordre : luxe, calme, volupté. Visite la maison. D'ici là, il me faut tout : des meubles chics, s'il le faut, tableaux, vrais ou faux je m'en fous, enfin, la grande classe. Tu vois ? Pas tape-à-l'œil pour un sou. Il sera toujours temps pour du permanent plus tard, mais là, tu mobilises tes troupes.

— Coop, c'est dans une semaine…

— Et alors ? Tu es un génie, ou non ? Une fête, ici, qui restera dans les mémoires.

L'excellent Archibald toussota, quelque peu dépassé par les événements. Il restait deux-trois détails à régler…

— Deux ou trois ?

— Hum. William, le maître d'hôtel. Le propriétaire l'a maintenu en poste pour entretenir la maison et le parc. Je dois vous dire : il est noir…

Ce devait être lui qui leur avait ouvert la grille. Grand, impassible, les cheveux grisonnants, l'allure princière et la mine un rien solennelle. Le vrai maître des lieux, avait songé Cooper en le voyant, et l'idée lui avait plu.

— Si William veut bien de moi, pas de souci, je l'engage.

On le fit chercher, et il apparut à pas mesurés, impénétrable. À l'annonce d'Archibald, il jaugea Cooper d'un coup d'œil, où brilla une lueur moqueuse.

— Avec dix pour cent d'augmentation ?

Le sourire de Cooper s'élargit. Décidément, ce William lui convenait tout à fait.

— Mais y a aussi Buck… risqua l'agent, en toussotant.

— Buck ?

— Oui, enfin, le chien des derniers occupants. Ils l'ont abandonné. William s'en est occupé… Mais si vous n'en voulez pas, il ira à la fourrière.

— La fourrière ? Non, non : va pour Buck…

À l'appel de William déboula une montagne de poils qui n'attendait que cela, jugea d'un coup d'œil de qui son sort dépendait, et lui posa ses pattes sur les épaules, avant de lui couvrir le visage d'un coup de langue enthousiaste. Coop vacilla sous le choc. C'était quoi, ce monstre ?

— Un terre-neuve, dit William, d'une voix impassible. Un peu grand pour sa race, mais gentil...

Un terre-neuve qui dévisageait Cooper d'un œil appréciateur, et déjà avait compris que le canapé du salon serait son territoire le jour, et, en insistant un peu, le lit du nouveau maître celui de la nuit.

Décidément, se dit Cooper, cette maison lui plaisait.

« La puissance obscure du désir », dit Ruth, et il sembla à Cooper que Fay rougissait, en baissant les yeux. Elle avait souhaité les voir pour parler de son rôle, peut-être aussi pour se sentir moins seule, avait glissé Ruth, en raccrochant. Demain était la première de son *Docteur X*, et son crétin de mari s'était de nouveau évanoui pour une de ses virées dont il revenait au bout d'une semaine en coma éthylique.

— Une si chic fille ! avait explosé Ruth. Qui fait fondre tous les mâles d'Hollywood. Ce qui me rend folle, c'est qu'elle se sent fautive ! De n'avoir pas réussi à le guérir de sa folie. S'il couche à droite à gauche, s'il picole, c'est de sa faute à elle. Quelque chose manquerait, à ce salopard, qu'elle n'a pas su lui donner. Il la tient comme ça. Ah, je te jure, les femmes !

Ils avaient travaillé tous les trois le reste de l'après-midi. Dans la pièce voisine, Monty, revenu d'une réunion technique, précisait son plan de tournage, si rapide, si précis – « Pourquoi vous énervez-vous ? On sera dans les temps » –, que Cooper s'était demandé s'il n'y avait pas travaillé bien avant, en secret. En colère, mais ami fidèle.

Ruth avait insisté : il fallait que Coop continue à la relayer, elle, qu'il aille toujours plus loin en lui, fasse Kong, *soit Kong*. Il y avait un point au-delà duquel lui seul pouvait aller. Et c'était dans cet au-delà que se jouerait le film. Dans un vertige, une folie, une démesure, un excès qui étaient les siens, qui étaient son propre mystère. À quoi Cooper avait répondu dans un soupir : si seulement on lui en laissait le temps ! Mais c'était entendu, il y passerait ses nuits, puisque Selznick, Aylesworth, Kahane, tous s'étaient donné le mot pour lui pourrir ses journées. Fay, elle, s'inquiétait pour l'état de ses cordes vocales, à la fin du tournage.

Parce que enfin on ne lui demandait guère, passé les premières scènes, que de gigoter en hurlant de terreur. Il y avait forcément quelque chose en plus, qu'elle ne saisissait pas…

C'était un petit peu plus compliqué que cela, avait confirmé Ruth.

— Le film repose sur toi. Tu l'as compris, ça ? *Quelque chose se passe entre Kong et toi.* C'est à toi de le rendre crédible.

Quelque chose ? Cooper entreprit de raconter sa rencontre avec le rabbin, et son idée qu'on naissait à soi dans le regard de l'autre : Kong jusque-là était le monde même, sans distance – en somme, il était innocent. Mais le voici tout à coup surpris par un être qu'il ne connaît pas, il s'arrête, *croise son regard*. Un monde autre fait irruption dans le sien, un monde dont il perçoit confusément qu'il n'y rentrera pas.

— Et aussitôt c'est comme un trou qui se creuse dans son monde, jusque-là lisse et plein. Un manque, et plus rien ne compte dès lors pour lui.

— Kong amoureux, en somme… résuma Ruth.

— Oui, mais Ann Darrow ? Vous n'arriverez jamais à rendre crédible qu'elle y réponde ? Si ?

Ruth éclata de rire.

— Là, Fay, c'est à toi de jouer ! Bon sang, tu rendrais amoureux un caillou ! Qu'on sente que, malgré ton effroi, tu as senti ce trouble en lui. Et, hum… qu'un trouble naît en toi, face à ce gouffre noir, à ce maelström de puissance, à ce vertige.

Fay fit la moue, incertaine.

— Un trouble ?

Et Ruth, dans un sourire :

— La puissance obscure du désir…

— À l'entrée du ranch, au pied d'un des piliers, mon père avait gravé « Wrayland » sur une grosse pierre… Wrayland ! Sans doute pour dire que là commençait son histoire.

Leur premier ranch, près de Cardston, province d'Alberta, au Canada. Lui venait d'Angleterre, elle de Salt Lake City, d'une famille de quatorze enfants. Mormons tous les deux, bien sûr.

— Ils ont vécu d'abord dans une petite cabane en rondins. Peut-être se sont-ils aimés, alors… Il a tout construit de ses mains, un moulin sur la rivière, la maison, à un étage, avec une véranda tout le long de la façade, qui ouvrait sur la Prairie et les

Rocheuses au loin. Et tout devant, pour nous, une balançoire et une bascule. Protégés des pumas par une clôture.

Fay eut une hésitation.

— Mais la première image qui me revient, c'est moi à genoux essayant de faire boire ma mère évanouie… Ma mère ! Elle m'appelait « Forget me not[1] »…

Un souffle plus frais leur vint de l'océan. Elle frissonna.

— Et puis l'hiver est venu…

Cooper l'avait raccompagnée chez elle – avant, une fois rentré chez lui, d'essayer d'être Kong comme l'exigeait Ruth, plaisanta-t-il. Ils avaient bavardé gaiement en chemin. Fay s'amusait de la déclaration d'amour de Driscoll imaginée par Ruth – reprise, lui avait-elle confié, de celle de Monty. Lequel avait sauté au plafond en le découvrant. Un couple pour la vie, avait murmuré Fay, songeuse. Cooper avait chassé sa pointe de mélancolie en lui racontant comment Schoedsack était tombé amoureux, quand Ruth avait disparu tout entière sous l'eau, en tenant toujours à bout de bras, au sec, sa précieuse caméra. Mais de là à ce qu'il ose se déclarer… La pauvre Ruth envisageait une solution radicale, lorsque enfin il s'était jeté à l'eau – pour le texte, voir *Zaroff*.

Ils avaient dépassé la maison de Fay, sur Selma Avenue, sans même s'en rendre compte. Comme, rebroussant chemin, ils la manquaient une nouvelle fois, Cooper lui avait proposé, si elle n'avait pas d'autres obligations, de poursuivre en dînant. Si Driscoll était Schoedsack – et à bien y réfléchir, c'était tout lui –, qui était Denham ? En réponse à la question de Fay, Cooper avait poussé un soupir, puis un deuxième : c'était lui, de toute évidence. Enfin, juste pour une part, du moins il l'espérait. Mais il fallait bien qu'il y en ait un qui porte le monde sur ses épaules – ce qui n'excusait rien. Il lui raconta la brouille qui avait failli mal tourner, et qu'elle avait devinée, évidemment. Elle avait posé sa main sur la sienne : non, il n'était pas Denham. Denham, lui, n'aurait pas dit ce qu'il venait de lui confier.

— Tous les deux, vous êtes les deux meilleures personnes que j'aie jamais rencontrées…

Ils avaient dîné sur la côte, dans un petit restaurant de poissons. Elle riait, libérée, semblait-il, des ombres qu'il avait senties dans son regard parfois, au cours de l'après-midi, elle s'amusait

1. Myosotis.

de leurs mésaventures à Monty et à lui. Avait-on jamais vu des aventuriers prendre de tels risques ?

Comment se pouvait-il que, lui, Cooper, n'ait jamais rencontré sa Ruth ? Les femmes, elles aussi, se lançaient de plus en plus nombreuses dans l'inconnu, battaient des records dans les airs, en mer, partout. Ce fut au tour de Cooper d'avoir un petit coup de vague à l'âme. Ça ne s'était pas trouvé. Ou plutôt si, une fois – et il lui raconta sa rencontre avec Marguerite. Trop semblables et trop différents, s'étaient-ils dit au moment décisif. Mais il n'en était plus si sûr. Les êtres humains étaient bien compliqués. Depuis, à chaque fois que quelque chose aurait pu se nouer, un sentiment vague de culpabilité l'arrêtait, comme s'il la trompait…

— Et elle ?

— Oh ! Elle s'est mariée. Mais pour se protéger d'elle-même, je crois. Trouver un point d'ancrage. Je ne suis pas certain qu'elle soit très heureuse.

Il s'ébroua. De quoi se retrouvaient-ils en train de parler ? Ils prirent conscience du silence autour d'eux. La salle était vide, sans doute depuis un moment. Derrière le comptoir, le garçon les fixait, pressé de fermer boutique. Ils s'excusèrent, confus. Le garçon sourit, non, c'était un plaisir. Il s'en serait voulu d'interrompre un si joli dîner d'amoureux…

En tout cas, ce n'est pas ce soir que je me transformerai en Kong pour Ruth, constata Cooper. Fay proposa qu'ils fassent quelques pas sur la plage avant de rentrer, comme si elle non plus ne voulait pas rompre ce moment de grâce. Après la fournaise de l'après-midi, la marée montante apportait des senteurs fraîches, les enveloppait dans sa respiration ample et calme.

Après quelques pas, elle s'assit sur la plage, imitée par Cooper, et resta un moment silencieuse en laissant filer du sable entre ses doigts, puis d'une voix timide demanda si elle pouvait « se mettre comme ça » en se blottissant contre lui. Lui, doucement, passa son bras sur ses épaules, tremblant de paraître insistant, de rompre le fil qui en cet instant, dans le creux de la nuit, les reliait l'un à l'autre.

— À l'entrée du ranch, au pied d'un des piliers…

Il y eut un hiver… L'hiver de tous les hivers. La neige tomba sans discontinuer pendant des jours et des jours, la température descendit à moins 15 degrés et ils se retrouvèrent prisonniers derrière les murs de neige.

— Ma sœur aînée a eu une pneumonie. Elle était à demi morte de froid quand mon père a réussi à la transporter à l'hôpital. Puis ma mère a fait une fausse couche, et aussitôt après une dépression. Cinq mois à l'hôpital !

Les enfants avaient été placés dans des familles. Et plus rien n'avait été pareil…

— Ma mère ! Je ne sais toujours rien d'elle. Un bloc de silence, derrière de hautes murailles. Je peux dire que je l'ai vue bouger, agir, travailler, mais sans qu'elle ait jamais rien livré. Parler, pour elle, c'était énoncer des interdits. C'est simple, tout était interdit. Pas seulement de rire, de jouer. Le monde en son entier était interdit. Et interdit par-dessus tout de vivre…

Elle parlait à mots pressés, d'une voix presque enfantine, comme s'il lui fallait, là, tout lui dire, de qui elle était, d'où, de quelle histoire elle venait, en cet instant qui peut-être ne reviendrait pas. Tout lui dire de ce qui dans l'enfance vous fait, ou de ce que l'enfance vous a fait, dont vous ne guérirez jamais vraiment.

— À se demander comment nous venons au monde. Quand un homme et une femme dorment l'un près de l'autre, m'avait dit ma tante Myra, un jour. Je n'en ai pas su plus jusqu'à… mon Dieu ! Personne ne le croirait…

Leur départ pour l'Arizona chez un oncle maternel, l'échec comme fermier de leur père, de nouveau, leur retraite à Salt Lake City, et le travail de nuit paternel qui avait ajouté un nouvel interdit : ne pas respirer le jour tandis qu'il dormait. Et la vie s'était encore un peu plus rétrécie.

— Et puis il a cessé de venir. J'ai mis du temps à comprendre qu'il nous avait quittés. « Un ange dans la rue, un démon à la maison » avait été la seule réponse de ma mère à nos questions.

Ils avaient laissé leur demeure pour une plus petite, puis une plus petite encore. Enfin était venu un rayon de soleil : Willow, sa sœur aînée, s'était fiancée à un jeune garçon, William, qui allait travailler comme photographe à Los Angeles.

— Ma mère, à bout de ressources, a eu l'idée qui a changé ma vie : me placer chez sa cousine Rose, qui s'installait à Los Angeles. William, inoffensif à ses yeux puisque fiancé, ferait le voyage avec moi.

Elle rit, d'un rire plein de tendresse et de mélancolie.

— À peine le train sorti de la gare, voilà que le fiancé me saute dessus ! C'est de moi qu'il était amoureux, pas de Willow, et ce depuis le premier jour. Et moi, innocente à un point qu'on n'imagine pas, qui reste pétrifiée, en me sentant très âgée tout d'un coup. Coupable, bien sûr, mais flattée, aussi, un peu. La première fois que quelqu'un me disait quelque chose de gentil !

Si sa mère avait soupçonné la suite ! La cousine Rose n'était pas à Los Angeles. Des amis de William, militants de l'Église scientiste, lui avaient trouvé une chambre – *leur* avait trouvé une chambre, car au réveil elle avait découvert William dormant à même le sol. Elle avait alors vécu de familles d'amis scientistes en autres familles scientistes, et des petits boulots que lui trouvait William. Le reste du temps, il passait la prendre pour la photographier dans les vêtements et les pauses les plus diverses.

— Le pauvre ! Au réveil de cette première nuit, il s'est allongé près de moi, m'a caressé les seins en balbutiant des mots doux. Je suis restée là, raide comme une pierre, ne comprenant rien. Il s'est relevé, confus, et n'a plus jamais recommencé. Moi, je me suis demandé quelles étaient les taches qu'il avait laissées sur ma chemise de nuit…

Les photos de William ! « Artistiques », comme on dit. Elle s'était découverte, stupéfaite, comme s'il s'agissait de quelqu'un d'autre qu'elle. C'était donc ainsi que quelqu'un la voyait, tellement plus âgée qu'elle ne le vivait ?

— Artistiques ! Un jour il m'a emmenée en bord de mer, dans une crique discrète, et m'a fait jouer avec un voile de taffetas dans le vent et les vagues. La police est arrivée : des gens s'étaient plaints qu'on faisait des photos de nus, en bas, les voitures s'agglutinaient sur la corniche. Ils ont pu constater qu'il ne s'agissait pas de nus, mais n'empêche, nous ont-ils dit, il fallait qu'on arrête, ou sinon il y aurait bientôt une émeute. Moi, je les trouvais si belles, ces photos, que je les ai envoyées à ma mère. À ma mère !

Elle était arrivée presque séance tenante. Et de la manière dont elle marchait, on devinait qu'elle arrivait encadrée d'une horde d'anges vengeurs. Honte ! Honte ! Il fallait tout détruire, tout de suite – ce qu'elle avait fait elle-même, négatif après négatif, au désespoir de William. Honte ! Elle allait s'installer à Los Angeles et sa fille, désormais, vivrait avec elle.

— « Honte sur toi », « Est-ce que le pire est arrivé ? ». De quel pire parlait-elle ? « Est-ce qu'il… a fait des choses avec toi ? » Que voulait-elle dire ? « Que tu puisses avoir un enfant avec lui. » Avoir un enfant ? J'avais seize ans. Seize ans martelés par ces mots : le mal, le mal, le mal ! Il m'a fallu deux ans encore pour comprendre ce qu'elle imaginait – que nous avions couché ensemble, lui et moi.

La suite ? La suite avait été celle de tous les acteurs. Avec un peu plus de chance peut-être. Protégée parce que oie blanche. Mais son enfance ne l'avait jamais quittée. On n'avait pas le droit de blesser des enfants ainsi, d'éteindre la joie, d'éteindre à toute force la vie en eux. Depuis, elle vivait avec ce sentiment de culpabilité…

— Coupable ! Ça me collera toujours à la peau. Comme un voile, qui me sépare de la vraie vie.

Un groupe de jeunes s'annonçait un peu plus loin en chantant et dansant et vint vers eux, rompant le charme. Ils reconnurent les paroles de *Who Cares ?*, le dernier *hit* de George Gershwin.

I love you and you love me
And that's how it will always be
And nothing else can ever mean a thing
Who cares what the public chatters
Love's the only thing that matters

Elle parlait à un professionnel de la culpabilité, soupira Cooper en se levant et, tandis qu'il la raccompagnait, il entreprit de lui dire ce qu'il n'avait confié à personne, son père en statue du Commandeur, ce sentiment, face à lui, d'avoir failli… Il avait passé sa vie à essayer de lui démontrer que, malgré ses fautes, il était à la hauteur de ses espérances. Il n'avait pas rompu le lien, lui écrivait régulièrement, même s'il recevait peu de réponses, et toujours laconiques, ce qui expliquait peut-être qu'il ne parvenait pas à rentrer le voir là-bas, dans ce qui avait été jadis son « chez-lui ».

— Je l'ai déçu quand j'étais jeune, tu comprends ? Terriblement déçu. Et depuis…

Arrivés devant la demeure de Fay, ils restèrent dans la voiture un long moment, silencieux, incapables de se séparer, comme s'ils craignaient tous deux que ce moment ne revienne plus. Puis

Fay lui prit le visage entre ses mains en le fixant si intensément, jusqu'au fond des yeux, qu'il en eut le souffle coupé, et il y avait dans son regard une attente, un élan, comme si elle se donnait entièrement à lui en cet instant, et sans doute son regard à lui disait-il la même chose. La seconde d'après, elle n'était plus là, frisson léger de vêtements absorbé par la nuit…

— New York à Hollywood ! Coop, il faudra le refaire…

Benjamin B. Kahane, radieux, s'assit un instant près de Cooper qui reprenait sa respiration après un set acharné, disputé contre une Katharine Hepburn survoltée, mais déjà C.V. Whitney hélait le nouveau président de la RKO, « exigeant une revanche ». À quel jeu C.V. avait-il pu se laisser battre, pour l'amadouer ? Cooper n'eut pas le temps de lui poser la question : un tourbillon de créatures en furie l'empoignait par surprise, qui par les jambes, qui par les bras, qui par le reste, l'emportait en courant dans un tumulte de cris et de rires, et après deux ou trois balancements énergiques, l'expédiait au milieu de la piscine. Il n'eut que le temps de penser à sa pipe qui volait avec lui dans les airs : une masse gigantesque, enthousiaste et dévouée trouait la foule agglutinée autour de la piscine, précipitait à l'eau ceux qui lui faisaient obstacle et d'un arrachement titanesque bondissait à son tour, si lourde qu'elle aspergea toute l'assemblée en retombant, vidant, eut-on l'impression, la moitié de la piscine : Buck, sorti d'on ne sait où, qui arrivait au secours de son maître – à moins que ce ne fût pour partager un moment d'allégresse. La pipe de Coop ! Une dizaine d'invités sautaient à leur tour, en maillot de bain ou tout habillés, à la recherche de l'objet devenu culte dans les couloirs de la RKO. En vain. Ruth, restée sauve sur le bord, poussa un cri : Buck ! Buck tenait dans sa gueule l'objet convoité, l'apportait à son maître, ce qui, décréta Harold Lloyd, était d'un gentleman : ce chien avait de la classe. Un groupe de jeunes gens entreprit de hisser le mastodonte hors de l'eau tandis que William, tendant un peignoir à Cooper, informait les derniers arrivés de ce que serviettes et nécessaires de bain étaient à leur disposition près de la salle de sport.

Tout, jusqu'ici, se déroulait au mieux, se dit Cooper, une fois séché et habillé de frais. Depuis les portes grandes ouvertes du salon, il considéra les groupes qui s'ébattaient dans le parc, le ballet des serveurs réglé de main de maître par un William aux allures d'empereur romain veillant sur les multitudes. Tallulah Bankhead et Constance Bennett se fusillaient du regard, comme d'habitude, William Wellman serrait de près Dolores del Rio, qui n'avait d'yeux que pour un double mètre dégingandé aux yeux de biche, Gary Cooper, mais elle allait avoir fort à faire avec Clara Bow, qui arrivait toutes griffes dehors. Il y avait là Robert Armstrong, Bruce Cabot enfin rassuré – il tenait son grand rôle, ne serait pas la doublure de McCrae, comme il le craignait –, le délicieux Noble Johnson, qui allait être le chef des sauvages de Skull Island après avoir été l'épouvantable Igor au service de Zaroff, Leslie Banks, qui continuait à jouer le rôle du comte, fume-cigarette à la main, et puis l'équipe d'Obie presque au complet, mais sans le maître, un peu souffrant, qu'il fallait ménager : tous étaient « prêts au combat », avait lancé Larrinaga.

Theo Perkins avait bien fait les choses. Non seulement il avait donné des allures de palais aux bâtiments, et aménagé le parc avec recoins discrets, tonnelles, surprises et « folies » enfouies dans le feuillage, mais il avait aussi mobilisé un *gagman* formé par Mack Sennett pour écrire la journée comme une histoire à rebondissements. Le sénateur Stuart Symington se rengorgeait déjà de la victoire trop facile qui s'annonçait face au jeune athlète qu'on lui avait opposé, quand ce dernier, malgré des gestes de plus en plus gauches, comme s'il s'agissait à chaque fois d'un pur hasard, s'était mis à aligner les *aces*, les *passing-shots* le long des lignes, les *smashes* qu'on aurait jurée ratés mais qui s'écrasaient sur la ligne de fond de court. Le brave sénateur était un bord de la crise de nerfs quand son adversaire s'était présenté comme Harvey Snodgrass, tennisman professionnel. Un éléphant était apparu sur ces entrefaites sans personne, apparemment, pour le guider, avait vagué dans le parc d'un air surpris, comme s'il cherchait quelqu'un, puis avait paru se convaincre qu'il s'était trompé d'endroit et s'en était allé. Mais nul n'avait prévenu Cooper qu'il allait être lui aussi l'acteur d'une innocente saynète.

Katharine Hepburn, encadrée par son amie Laura Harding et George Cukor qui la couvait des yeux, l'appela en exigeant un deuxième set, sans une poussière dans l'œil elle lui aurait « fichu une branlée », il lui devait ça ! Cette fille avait un aplomb incroyable, et un charme fou dans son invraisemblable jean. Cukor ne jurait que par elle au point qu'on le disait amoureux, lui l'homosexuel notoire, mais après tout ne l'était-elle pas elle aussi, à voir la manière dont elle s'affichait avec Laura Harding ? Qui pourtant ne l'était pas, assurait Selznick pour avoir quelque peu « tâté le terrain », comme il disait. Cooper allait lui répondre quand il entendit le rire clair de Fay, tout près, entourée de jeunes gens aux yeux brillants. Elle était arrivée avec la surprise de deux de ses meilleures amies, Maureen O'Sullivan, l'héroïne de *Tarzan*, si légèrement vêtue « pour cause de canicule » que l'on avait frôlé l'émeute, et la jolie et fraîche Dorothy Jordan, libérée semblait-il des griffes de Howard Hughes. La garde féminine désormais de Merian C. Cooper, avait annoncé Maureen, et la foule avait poussé un long « Wooooooowh ! » en forme de gémissement amoureux. Oui, c'est ça, avait lancé Maureen : nous sommes les « Woooos » ! Elle paraissait s'être mis en tête de rendre fous tous les mâles alentour – mais où est Tarzan ? protestaient les femmes, choquées par l'injustice qui leur était faite. Et Tarzan à la surprise générale était apparu, Johnny Weissmuller lui-même, très élégant dans un costume de lin blanc, arrivant des jeux Olympiques où, avait-il annoncé, Buster Crabbe venait de se qualifier pour la finale du 400 mètres nage libre – il en faisait même son favori. Crabbe, ce nom lui disait quelque chose, songeait Cooper, quand Ruth se pencha vers lui : oui, bien sûr, c'était la doublure de Joel McCrae dans *Zaroff* pour les scènes nautiques…

Mais les femmes s'en fichaient bien, de Crabbe ! Ce qu'elles voulaient voir, toucher, c'était Weissmuller, ou plutôt Tarzan.

— Tu crois qu'il va rester habillé ? avait glissé Ruth, narquoise – parce que les filles vont finir par lui sauter dessus ! Elles veulent voir la bête, enfin, la toucher, si tu vois ce que je veux dire…

Cooper aperçut Kahane qui discutait ferme avec Jock Whitney, David Bruce et Bill Rockefeller à l'ombre d'un grand érable du Japon. Ce n'était plus le même homme que celui, informé du courrier vengeur de Selznick à Aylesworth, qu'il avait accueilli à l'aéroport trois jours auparavant. Tenter d'expliquer cette lettre par les nerfs à fleur de peau d'un père dans l'imminence d'une naissance ne changeait rien à l'affaire. Aussi sensés que pussent paraître ses arguments dans l'affaire Jaffe, c'était devenu, pour un Aylesworth insulté, une question de principe. Aussi Kahane avait-il tiqué à l'idée d'une fête. N'avaient-ils pas plus urgent à faire, par exemple remettre la RKO à flot ? Mais Cooper lui avait glissé les noms des New-Yorkais présents, et son visage s'était aussitôt éclairé : il y en avait peut-être un, ici, à Los Angeles, qui gardait à l'esprit les intérêts de la maison.

Sur le rebord de la piscine, C.V. exposait à Norman Chandler, le prince héritier de l'empire Chandler, propriétaire du *Los Angeles Times*, le vaste projet d'extension vers l'ouest de la Pan Am, jusqu'en Alaska et, au-delà, du Pacifique à traverser, projet auquel il pensait judicieux d'associer les Chandler. Mission accomplie pour ce qui le concernait, se dit Cooper : Juan Trippe lui avait demandé son aide sur ce dossier, c'était sa manière de lui renvoyer l'ascenseur.

Dans le tumulte, il entendit Fay raconter « ses » Jeux. Invitée par Douglas Fairbanks et Mary Pickford dans leur loge – la plus belle du stade, où ils trônaient, roi et reine assurément d'Hollywood –, elle avait pu suivre, presque à toucher les concurrents, l'épreuve de javelot qu'avait survolée « Babe » Didrikson. La ferveur de la foule, la beauté, l'intensité des gestes des athlètes avaient été pour elle une découverte, elle mimait un lancer de javelot, comme elle aurait aimé, gamine, avoir le droit, elle aussi ! Vrai, elle comptait bien y retourner, ne serait-ce que pour suivre cette « Babe » Didrikson dans les deux autres épreuves où elle était engagée…

Tout allait pour le mieux – à l'exception de Selznick. Où diable avait-il disparu ? Irene avait accouché trois jours auparavant d'un Jeffrey Mayer Selznick en pleine santé. Sitôt averti, Cooper avait foncé à l'hôpital, où il avait trouvé Irène couvant des yeux son bébé – mais seule. David, chose rare, avait assisté à la naissance tandis que les deux familles attendaient au-dehors, mais aussitôt après il avait filé avec Myron. Depuis, il n'avait pas réapparu. Parti fêter l'événement, avait commenté Irene, philosophe. La chambre et le couloir au-dehors débordaient de fleurs, « plus que pour l'enterrement d'un gangster », avait-elle ajouté, ironique.

— Mais tout de même, si tu le croises, tu me le ramènes ?

Le ton avait changé, le lendemain, au téléphone. David avait fait irruption dans la chambre, sorti droit d'une gigantesque soûlerie, en larmes et poussant de grands cris : le bébé qu'il avait devant lui n'était pas celui qu'il avait vu naître. Le bracelet portant son nom n'était pas une preuve, son père lui avait dit que les erreurs étaient fréquentes. Pire : on l'avait enlevé, comme l'enfant des Lindbergh. Il fallait une enquête, porter plainte contre l'hôpital, engager des détectives, convoquer la presse, comment ne voyait-elle pas, elle, sa mère, ce que lui avait décelé au premier coup d'œil ? Hôpital sens dessus dessous, crises de larmes, crise de nerfs, menaces, il s'était enfui hors de lui. Coop pouvait-il le trouver avant qu'il ne devienne la risée de tout Hollywood ?

Depuis, Berman le cherchait, avec mission de le ramener à Irene d'abord, puis de le remettre en état pour la réception. Ce serait l'occasion rêvée de lui faire rencontrer Kahane dans un autre contexte. Mais les heures passaient, Berman ne donnait pas signe de vie…

Il se fit un grand tumulte du côté de l'entrée. Bruce Cabot revenait en courant : l'éléphant était de retour ! On se précipita : ce n'était pas le même. Celui-ci était plus petit, aux oreilles différentes – une éléphante, cria quelqu'un. Une éléphante qui entreprit une visite complète du parc, sans rien casser ni bousculer, à pas pressés. Une épouse jalouse à la recherche de son mâle en vadrouille, suggéra le joueur de tennis et l'idée plut : va pour l'épouse ! Qui sortit, toujours à pas pressés, sous les applaudissements.

Fay… Elle s'abritait derrière ses deux amies comme si elle voulait se protéger. De lui ? L'idée avait effleuré Cooper, lui pinçant le cœur. Mais non : plutôt d'elle-même. Comme il l'observait, toute grâce légère, dans le groupe qui se pressait autour des trois « Wooos », il avait croisé son regard, encore et encore. Quoi qu'ils fissent, ils ne pouvaient s'empêcher de se chercher des yeux l'un l'autre. Un mouvement de foule vers l'éléphante les mit face à face, et comme les autres se précipitaient, les laissant seuls, ils s'éloignèrent vers une tonnelle. Après tout, dit Fay, ils avaient fait tout ce qu'ils avaient pu…

— C'était important, pour toi, n'est-ce pas ?

— Plus que ça. Un peu de paix à gagner pour le tournage de *Kong*.

— Tout va bien ?

— Tout va bien. Sauf que *Kong* démarre dans cinq jours. Que Monty y passe ses nuits. Et Ruth. Et moi. Qu'Obie est fiévreux depuis deux jours. Qu'il reste encore à mettre au point la musique de *Zaroff*. Que j'ai la maison à faire tourner avec un

Selznick en quasi-dépression. Et que Kahane vient de débouler pour tout contrôler.

Elle rit, en lui prenant la main.

— Mais c'est comme ça que tu aimes vivre ! Avec le monde à soulever.

Ils restèrent un moment côte à côte sans rien dire. La lumière, plus rase, nimbait d'or les bosquets du parc, la mer luisait au loin. Un froissement de branches derrière eux les fit sursauter, la tête malicieuse de Maureen O'Sullivan apparut, qui clignait de l'œil :

— Alors, les amoureux, vous venez ?

Fay rougit, mais non, ils bavardaient. *Kong* était dans cinq jours…

— Ma pauvre fille, gloussa Maureen, si tu crois tromper quelqu'un…

Mais nul ne les remarqua. Un personnage venait d'apparaître, à l'évidence un dompteur, le fouet dans une main, une pique dans l'autre et passablement affolé. Ses bêtes ! Avaient-ils vu ses bêtes ? Elles s'étaient échappées. Et elles étaient dangereuses. Terriblement dangereuses !

On le rassura, elles ne devaient pas être loin. La première était passée il y avait deux heures à peine, mais l'autre venait de repartir et elle paraissait de la meilleure humeur. Le dompteur souffla, à demi rassuré. Puis il sursauta.

— Deux heures ? Mais mon camion vient tout juste de verser dans le virage en bas !

Il secoua la tête, perdu : et pourquoi des éléphants ?

— Ce sont deux tigres qui m'ont échappé. Un mâle et une femelle. Des mangeurs d'hommes !

Des tigres ? Les paroles s'éteignirent sur les lèvres, on se serra les uns contre les autres. *Tous à l'abri !* lança un courageux et ce fut une ruée – qui s'arrêta devant Theo Perkins barrant l'entrée. Une plaisanterie, une innocente plaisanterie…

— Juste un peu de cinéma ! Avant les choses sérieuses…

Et les lumières s'allumèrent à l'arrière de la maison, tandis que résonnaient les premières notes d'un orchestre.

Kahane, dont les couleurs annonçaient un sérieux coup de soleil, prit Cooper par le bras, enchanté : demain, il ferait visiter les studios à C.V. et à ses amis, de plus en plus intéressés.

— Une riche idée, Coop. Une riche idée. Il faudra nous refaire ça !

Comme la brume se dissipait, sur le coup de minuit, on fit porter des torches au sommet du haut mur, et les hommes, exaspérés par la trop longue attente, se ruèrent sur les échelles, au risque de se rompre le cou, dans un tintamarre de boucliers et de lances entrechoquées, tandis que résonnaient les appels rauques des buccins. Ils étaient trois cents depuis l'après-midi, noirs ou passés au brou de noix, vêtus de plumes, de peaux de bêtes, le visage peint en guerre et il avait suffi de ces déguisements pour que les plus calmes se sentent, devenus sauvages, des instincts meurtriers, au point qu'il avait fallu en séparer qui commençaient à s'affronter, brandissant casse-tête et lances. Autour d'eux, sans un regard pour les trublions, s'agitaient une soixantaine d'électriciens, vérifiant une dernière fois les trois cent cinquante lampes qui éclairaient la scène.

Fay, qui commencerait à tourner le lendemain la scène de l'autel, avait tenu à être présente pour s'imprégner de l'ambiance dans laquelle elle serait livrée en sacrifice. Elle revenait avec Cooper d'une visite à l'autre décor, sur lequel avaient travaillé une armée d'ouvriers et de techniciens, guidés au porte-voix par Al Herman, pas peu fier du résultat. Du *Roi des rois* de Cecil B. DeMille, il avait récupéré la muraille, d'un peu plus de vingt-deux mètres de haut, augmentée d'un escalier à plusieurs niveaux pour le déplacement des figurants et d'inscriptions mystérieuses à demi envahies de broussailles « pour suggérer une civilisation disparue ». Un échafaudage rudimentaire, sur une partie du mur, suggérerait une lutte des sauvages contre la poussée de la jungle, et le dallage des pierres, les colonnes massives du *Roi des rois*, menaçant ruine, envahies de ronces et de mousses, ajouteraient à l'effet recherché. Mais là où DeMille avait clos d'une tenture l'ouverture de dix-huit mètres de haut sur six de large, Herman avait placé une porte à deux battants faite de poutres verticales solidement liées, et fermées par des loquets énormes dans lesquels passaient deux poutres horizontales. Ouverte, pour le moment, elle donnait sur l'autel sacrificiel, sur lequel, demain, serait attachée Fay, les bras en croix, offerte à la lubricité ou à la sauvagerie du monstre. Et vrai, avait-elle murmuré, l'autel faisait déjà peur, avec ses deux piliers creusés des figures brutales, de sigles obscurs…

Dans les clameurs sauvages et le martèlement des tambours, demain, la porte se refermerait sur elle, seule face à la jungle avec derrière elle, au sommet de la muraille, les hommes brandissant des torches – ce qui allait être tourné cette nuit. Mais la scène des torches se déroulerait au-dehors, au sommet du studio 10 qui donnait sur West Avenue. En fin de compte, on ne verrait pas le mur du studio, seulement les hommes alignés et les torches : l'image tournée serait superposée à celle, en modèle réduit, de ce qui était supposé être le « vrai » extérieur de la muraille de Skull Island, faite de colle, de sable et de farine de maïs.

Fay, incrédule, avait longuement regardé la maquette. Comment était-ce possible ? Un jeu d'enfant, avait assuré Delgado. Une autre paire de manches serait l'arrivée de Kong, énorme, face à la « vraie » Ann Darrow dans le même plan, et Kong l'emportant avec lui, car il faudrait conjuguer dans une coulée unique des Kong de tailles différentes et passer de Fay à sa poupée pour rester à l'échelle.

— On l'a répété dix fois au moins. Ça devrait aller. Vu que Coop nous arrachera la tête si ça foire…

Le soleil avait disparu derrière les immeubles. Le ciel s'était strié de rouge, avant de s'éteindre. La nuit venait vite, dans une heure, une heure et demie, ce serait bon, avait annoncé l'assistant, et le silence s'était fait, chacun prêt à son rôle. La police avait barré l'avenue à la circulation, les équipes de pompiers et de sécurité étaient sur le qui-vive, quelques personnes s'arrêtaient derrière les barrières, curieuses du tournage qui allait débuter, quand était apparu à l'ouest, sur le fond des ténèbres, un brouillard froid, presque glacial après la fournaise de l'après-midi, qui glissait silencieusement, noyant tout sur son passage. On n'y voyait pas à vingt mètres. L'affaire d'une heure, avait assuré la station météo consultée par téléphone. Mais au bout d'une heure rien n'avait changé. Ni même après deux heures. Les troupes s'agitaient, les costumiers reprenaient tant bien que mal les tuniques qui partaient de guingois, les plus hardis, lassés de trépigner, réclamaient à manger et à boire. Et aussi des femmes, avait ajouté un plaisantin, repris en chœur. On fit venir des sandwichs et des sodas, mais pas d'alcool, à la colère de certains qui se sentaient la gorge sèche. À 23 heures, tous envisageaient le pire, ce que refusait Monty, le seul à garder son sang-froid dans le concert des lamentations : débuter un film par un report était comme se lever du mauvais pied.

Puis, alors que tous désespéraient, la brume s'était déchirée en écharpes de plus en plus fines. Le ciel enfin dégagé, d'un noir profond, sans étoiles, Monty avait pu ordonner que tous se mettent en place une nouvelle fois.

Buccins et tambours avaient attiré les curieux. Une torche était apparue, vacillante, puis une autre encore et le mur s'était comme embrasé sur toute sa longueur. Ça y est, se dit Cooper, la gorge serrée, c'est parti. Monty et lui s'étaient donné rendez-vous avec eux-mêmes il y avait plus de douze ans, commençait l'épreuve de vérité qui dirait si ce n'avait été que vaines chimères. Fay, devinant l'émotion de son ami, lui prit le bras. Le jeu des flammes haut dans le ciel, le battement obsédant des tambours, les clameurs rauques des buccins, les cris des sauvages agitant lances et boucliers : l'effet était saisissant. Des lumières s'allumaient dans les profondeurs de Culver City, des gens accouraient, croyant à un incendie, les pompiers étaient là – pourquoi ne bougeaient-ils pas ? Le chef s'était alors avancé dans le rougeoiement des torches, vêtu avec un faste extravagant, la lance à la main – brave Noble Johnson, il était parfait ! – pour lancer d'une voix de stentor son appel, ponctué par le martèlement d'un gong de près de quatre mètres de haut :

Kara Ta ni, Kong, o Taro Vey, Rama
Kong
Wa saba ani mako, o Taro Vey, Rama
Kong

— Ce qui est supposé vouloir dire, glissa Cooper à l'oreille de Fay :

Nous t'appelons, Kong, ô Tout-Puissant,
Très grand Kong
Ton épouse est ici, ô Tout-Puissant,
Très grand Kong

Les cris s'arrêtèrent net.

— Là, chuchota Cooper, Kong est supposé apparaître, regarder les hommes au sommet de la muraille, frapper sa poitrine et te découvrir, tout à coup. Les hommes, là-haut, paraissent terrifiés.

Viendrait ensuite la séquence où Kong observait Ann, surpris, et la détachait doucement, avant de l'emporter. Le monstre se retournerait une dernière fois vers les flammes, de sorte qu'on la voie bien dans une de ses mains. La foule gronderait, éclaterait en clameurs effrayées ponctuées par le gong et les tambours, les flammes danseraient sur le ciel de ténèbres. Mais ça, ce serait le tournage du lendemain soir.

Derrière lui, Cooper sentait la foule qui s'agitait. Une femme inquiète cria en direction de son mari :

— Un incendie, Charles, c'est un incendie ! Et ils ne font rien !

— Mais non, chérie, c'est du cinéma. Juste du cinéma.

XXXIII

La huitième merveille

Hollywood, août-octobre 1932

Ils pataugeaient dans une boue visqueuse, trébuchaient contre des fougères hérissées de dards, les algues autour d'eux se gonflaient en pustules. Des bruits de succion, de brusques frissons dans les hautes herbes disaient la fuite à leur approche de bêtes invisibles, des arbres maigres tendaient vers eux leurs branches décharnées d'où pendaient des rideaux de mousses. Ce n'était pas de l'eau, ni de la vase dans laquelle ils s'enfonçaient mais une purée obscène de glaires et de sanies, noire comme bitume, qui les serrait, bientôt les aspirerait. En ce monde de démence les eaux elles-mêmes devaient être carnivores – leurs bras cachés sous les roseaux étaient des tentacules qui les tiendraient captifs. Arrivés à mi-mollet, il fallut se rendre à l'évidence, devant eux, de tous côtés, se déployait un marécage qui se perdait dans les ténèbres. Ce n'était pas ici, décida un marin : il n'irait pas plus loin. Ils prirent tout à coup conscience du silence autour d'eux : les bruits de la jungle s'étaient tus, tout paraissait figé, en attente, l'étendue des eaux noires, le ciel pesant comme un couvercle. Ils allaient rebrousser chemin quand un bruit retentit, de pas lourds, d'éclaboussures, et Driscoll montra des branches brisées. Kong était devant eux, avec sa proie.

Les lianes brûlaient les mains, mais des troncs effondrés sur la rive ils se firent en hâte un radeau et ils poursuivirent en s'aidant de perches. Le ciel était noir, il n'y avait pas d'étoiles, des vapeurs blanchâtres s'effilochaient au-dessus des eaux torpides. Les bruits devant eux cessèrent. Kong, là-bas, avait dû toucher une terre ferme. Encouragés, les marins poussèrent plus fort sur leurs perches de fortune. Dans quoi s'enfonçaient-ils ainsi ? Des glissements, sous eux, indiquaient des présences silencieuses, les eaux grasses s'animaient d'étranges ondulations, était-ce vraiment un marécage ? Un courant les portait maintenant, peut-être, chuchota un marin, allaient-ils vers quelque précipice, un immense gosier qui les avalerait ? Le passage vers le royaume des morts, chuchota un autre, et s'il n'y avait pas eu là Driscoll et Denham, leurs armes à la main, nul doute que les hommes auraient rebroussé chemin.

Une lueur chagrine filtra à l'horizon, le ciel prit une couleur de cendre. Depuis combien de temps étaient-ils perdus sur ce cauchemar liquide ? Driscoll leva la main : quelque chose avait bougé sous la surface de l'eau. Un marin se retourna et ses traits se convulsèrent en un long hurlement. Derrière eux se dressait une chose impossible, le cou interminable d'une bête prodigieuse, serpent ou dinosaure, surmonté d'une tête aux yeux féroces qui les fixaient. Denham, par réflexe, tira, visant la tête, et la bête disparut sous les eaux. L'instant d'après le radeau se trouvait soulevé dans les airs, disloqué, tandis qu'ils se débattaient dans les remous. Combien d'entre eux étaient saufs ? Des plantes, sur le rivage, leur enserraient bras et jambes, déjà la bête était sur eux, dans un bouillonnement effarant, quand, se dégageant, ils réussirent à prendre leurs jambes à leur cou. La jungle se dressait face à eux, des lianes se tordaient pour les retenir, tout ce qui pouvait griffer, mordre, serrer, s'éveillait sous leurs pas, et le martèlement de la bête derrière eux se rapprochait, faisant trembler le sol. Du coin de l'œil, Cooper l'aperçut, le corps à proportion du cou, ils n'avaient aucune chance, à moins peut-être… Un ravin barrait la jungle, avec pour seul passage un tronc jeté en son travers. Ils allaient l'atteindre quand une masse gigantesque se dressa de l'autre côté : Kong !

Cooper se réveilla, tremblant de tous ses membres, chercha à reprendre sa respiration, son cœur battant la chamade. Des clameurs de colère, de haine jaillissaient de chaque arbre, de chaque plante, pour chasser les intrus, en finir avec eux, les exterminer. Ils n'étaient pas de ce monde oublié de Dieu. Tout, ici, n'était que dévastation, dévoration, extermination, dans un vertige halluciné.

Les noms lui revinrent, souvenirs de cours anciens à l'Académie, auxquels il se raccrocha pour tenter d'ordonner le tourbillon où il se perdait. Érèbe, né de Chaos, frère et époux de Nyx, la Nuit, transformé en fleuve pour avoir pris le parti des Titans contre les dieux, passage vers les Enfers. Styx, fille d'Érèbe, et fleuve séparant la terre des vivants des Enfers, affluent des fleuves de la haine, des flammes, du chagrin, des lamentations et de l'oubli, convergeant sous la terre en un marais abominable. Il venait d'affronter le Styx, à la poursuite de Kong et d'Ann Darrow…

Il avait déjà vécu cela, qui ne l'avait jamais quitté, sa fuite de Wladykino, avec ses deux compagnons polonais, leur marche les pieds en sang à travers les marécages et les rivières, jusqu'à cette rencontre avec un soldat qu'il avait dû égorger. Longtemps, il avait affecté de n'en être pas marqué, eh quoi c'était la guerre, mais il n'avait pas oublié le regard de l'homme, le crissement du couteau dans les chairs, l'odeur du sang… Et puis la course à travers les marais, les eaux luisantes dans la nuit, les branches des arbres tels des fantômes, les cris, les lumières derrière eux des Russes les traquant, les rouleaux de barbelés à traverser sur des dizaines de mètres avant la frontière, en sang des pieds à la tête : lui aussi avait traversé les eaux noires.

Il se leva. Le parc, sous la lune, avait des airs féeriques. La respiration ample de Buck au pied du lit avait quelque chose d'apaisant. Il se retint d'appeler Ruth, si tôt. Cette séquence, il fallait qu'elle vienne juste avant celle des marins précipités du tronc d'arbre dans le gouffre : l'entrée dans un autre monde, un autre temps.

N'y tenant plus, Cooper les saisit au saut du lit. Les yeux de Ruth papillotaient quelque peu d'avoir passé une partie de la nuit à revoir les dialogues des scènes qu'allait tourner Monty. Encore un peu bavards, concéda-t-elle, en bâillant désespérément. Mais elle se réveilla dès les premiers mots de Coop.

— Le Styx ! C'est ça ? Après commence un autre monde, s'ouvre l'espace du mythe. Ça vient avant la scène du ravin, non ? Coop, c'est l'idée !

— Idée, c'est beaucoup dire. Juste un rêve.

— Encore mieux !

Les mythes ne viennent jamais mieux à nous que dans nos rêves, poursuivit-elle. Et, paraphrasant l'ouverture de *Nosferatu le Vampire* : « Passé le Styx, les mythes vinrent à leur rencontre… »

Monty sortit de la douche. En plus, tout pouvait se jouer dans les décors de *Zaroff*. Sauf cette fichue bestiole…

Coop fit la grimace. Sa bestiole, oui. Restait à annoncer le « petit ajout » à Obie. Mais, bon, ses accès de fureur devenaient presque un jeu.

Il se sentit soudain une faim de loup. Au grand dam de William – et de Buck, grand amateur de réveil pâtissier –, il avait filé sans rien avaler. Restait un temps mort, dit Monty, tandis qu'un garçon leur apportait œufs brouillés et café brûlant. Il fallait pimenter la fuite du groupe devant le gros lézard. Ne serait-ce que pour justifier qu'ils aient eu le temps de se hisser sur la berge.

— La bête pourrait saisir dans sa gueule un des marins quand le radeau se brise ? risqua Coop. Oui, c'est ça : il le broie. Il faudra qu'on entende ses os se briser, avant qu'il l'avale. Et puis, sur la berge, pareil. Un homme a la mauvaise idée de grimper à un arbre – tu as un vrai arbre, non, dans le décor de *Zaroff* ? Mais il a mal jugé la taille du monstre, qui essaie de l'attraper. Le marin esquive en hurlant, esquive encore, puis l'autre l'attrape, le mastique, l'engloutit. Et la poursuite reprend !

Coop s'était levé, allait et venait en agitant les bras.

— Et là… Autant la séquence sur l'eau se déroule en silence, autant maintenant, la jungle se déchaîne pour les éliminer ! Les cris des marins, les clameurs des animaux, il faut que ça hurle, que ça grogne, que ça crache dans un crescendo démentiel jusqu'au gouffre ! Avec la musique et les bruitages pour porter tout ça ! Là, troisième phase : le cauchemar. Driscoll est passé, il a réussi à se cacher au flanc du gouffre, Denham, bon dernier, se cache lui aussi, mais de l'autre côté. Les marins coincés sur le tronc, entre la bête et Kong, sont précipités, tous, dans le tréfonds. D'où sortent araignées géantes et gros lézards pour les dévorer vivants ! Ça tient, non ? Pour les spectateurs, il faut que ce soit comme un cauchemar éveillé : la nature, dans sa sauvagerie !

— En espérant que dans la salle les survivants seront plus nombreux, risqua Ruth.

Ils s'étaient partagé le travail. Monty tournerait les scènes d'action n'impliquant pas les « bestioles » d'Obie, Cooper les autres. Par précaution, et pour ne plus se marcher sur les pieds. Et parce que Cooper était le seul à maîtriser les techniques d'animation. Sans compter que la rencontre entre Obie et Monty avait fait des étincelles. Hein ? On ne croirait pas un vrai gorille ? s'était extasié l'Irlandais en lui projetant les dix minutes du pilote. Si on ne fait plus la différence, pourquoi ne pas tourner avec un vrai ? avait demandé Monty après un silence, et l'autre avait failli s'étrangler tandis qu'il poursuivait : à son idée, il fallait justement que ça ne soit pas *trop* parfait. Que ça reste *un peu* saccadé, pour que l'on sache que ce n'était pas vrai, qu'on était dans un conte de fées. Le spectateur compléterait par sa propre rêverie. Le brave Irlandais avait ouvert deux ou trois fois la bouche sans parvenir à parler, avant de partir en claquant la porte.

Cooper l'avait retrouvé dans le troisième bar de la liste de Delgado. Là, l'Irlandais avait explosé :

— On en a chié comme des Turcs – pourquoi des Turcs ? La chose restait obscure – pour y arriver et un connard vient nous dire : Ah non c'était mieux avant ! Il est fou, ton mec, ou quoi ? S'il se pointe, je tire à vue !

Deux-trois verres plus tard, il s'était calmé, et Cooper avait pu le ramener chez lui – non sans se demander en chemin, songeant aux gamins qui se faisaient peur en s'inventant des histoires avec trois bouts de bois et de la ficelle, si Monty n'avait pas raison. Obie et lui n'en avaient plus reparlé, mais il était clair qu'un partage des tâches s'imposait.

Il s'imposait de toute façon. Ce qu'il avait pu voir de *Zaroff* dans sa continuité, bien que sans musique ni bruitage, était sidérant : jeux des lumières, rythme, caméra constamment en mouvement qui suivait les personnages, variait sans jamais d'effet gratuit les angles de prise de vues jusqu'à oser saisir la course des chiens de chasse *au-dessous* du niveau du sol comme les éléphants de *Chang*, tout manifestait une totale maîtrise.

Bien sûr, le lui disant, il n'avait recueilli, comme il s'y attendait, qu'un haussement d'épaules embarrassé. Mais ce Schoedsack-là devait être laissé libre…

Pour l'heure, tout se passait au mieux. Les scènes de nuit au village de Skull Island avaient été tournées, ainsi que l'arrivée de l'équipage. Tout à l'heure, commencerait la scène où l'on découvrait les préparatifs du sacrifice d'une jeune fille. Puis Monty émigrerait à San Pedro Harbor pour les scènes de bateau pendant que lui, Cooper, prendrait le relais à Culver City.

— Et ça se passe comment, avec Selznick et ton gars de New York ?

— Je les ai aperçus hier, qui travaillaient ensemble sur le budget du Cukor. Ça avait l'air d'aller. Tant qu'ils nous fichent la paix…

Selznick était arrivé au bureau, après sa crise, comme si de rien n'était, détendu, plein d'ardeur. Il ne jurait plus que par Jeffrey, la chair de sa chair, celui qui continuerait la dynastie des Selznick, s'inquiétait trois fois par jour de sa santé, faisait porter des fleurs et des mots doux à Irene, inondait de nouveau les scénaristes de ses petites notes, travaillait avec Berman sur cinq ou six films de front, tout en passant des heures chaque jour sur le tournage du Cukor – d'autant plus assidûment, avait glissé Berman, épuisé par le rythme imposé, qu'il paraissait amoureux fou de Laura Harding, la compagne d'Hepburn. C'était assez pour occuper la vie de deux ou trois hommes, ce qui signifiait, soupirait Berman, qui avait appris à connaître l'animal, que tout cela se terminerait bientôt par une nouvelle crise. C'était probable, avait acquiescé Cooper, en priant le ciel qu'il attende quelques semaines.

— Finalement, tu n'avais peut-être pas tort, pour Kahane, lui avait lancé Selznick, dans un couloir. Il est coriace, le bougre ! Mais il m'a l'air honnête. Lui, au moins, il discute, il écoute.

Et puis c'était Kahane, maintenant, qui se trouvait pris entre le marteau et l'enclume…

Mais les problèmes ne s'étaient pas envolés par miracle. Là aussi le réveil était inéluctable.

Les jeux Olympiques terminés, Cooper avait dîné une dernière fois avec C.V. et Jock Whitney. Tous deux arboraient un visage rouge brique pour avoir passé trop de temps sur les stades, mais ils repartaient ravis. C.V. pourrait rapporter à Juan Trippe que les Chandler étaient plus qu'intéressés par son projet d'extension de la Pan Am. Et ils verraient Sarnoff à New York. Mais… C.V. hésita :

— Les chiffres ne sont pas bons. La RKO est en quasi-faillite. Même en séparant les studios du réseau de salles… Les films ont besoin d'être distribués, non ? Pour se lancer, il faudrait un projet positif.

« Jock et moi, on y croit. Mais sur un projet, pas pour boucher les trous. Regarde la Warner : le parlant les a sauvés parce qu'ils avaient un temps d'avance. Tes effets spéciaux, maintenant ? Mais pour combien de films ? Quand on voit le temps que prend *Kong*... Non, il faudrait une autre révolution technique à accompagner.

Cooper hocha la tête.

— Il y en a une. Sarnoff voit juste, là-dessus : la télévision. Demain, après-demain, les gens regarderont les films chez eux, comme ils écoutent la radio aujourd'hui. Mais là où Sarnoff se trompe, c'est que ça sera seulement pour après-demain, soupira-t-il.

Et devant les mines dépitées de ses amis :

— Mais il y en a une autre. Toute proche. La couleur. Demain, les films seront en couleurs.

— C'est au point ?

— Non. Mais ça va l'être. Très vite.

— Et Sarnoff marcherait ?

Ce n'est peut-être pas la bonne méthode, dit Cooper.

— On ferait mieux de créer une société ayant vocation à produire des films en couleurs. Sans le passif de la RKO. Quitte à proposer à Sarnoff d'y mettre quelques dollars. Ou de passer avec la RKO un *deal* de diffusion ou de coproduction.

La nuit venait comme une caresse, dans les senteurs de roses et de chèvrefeuille. On était à la mi-août et Cooper avait noté, le matin au réveil, un subtil changement de la lumière, comme un halo doré annonciateur de l'automne. Les mois s'étaient enchaînés sans qu'il y prenne garde, la course, demain, se ferait plus frénétique encore. Monty, depuis cinq jours, tournait à Culver City, il allait falloir lui ménager un peu de temps pour qu'il suive la musique de *Zaroff*, la sortie de son film était dans un mois. Il savait tout cela, mais ce soir il avait envie de retenir un peu le temps, s'abandonner à la douceur du moment avec ses amis.

C.V. proposa, en guise d'au revoir à Hollywood, de piquer une tête dans la piscine – à condition que Buck n'en fasse pas autant. Buck poussa un soupir qui valait promesse.

— Tu te souviens de la première fois ? dit C.V. sortant ruisselant de la piscine après quelques longueurs à la paresseuse.

— Chez Hambleton ?

— Non ! Dans ton appartement, sur la 74e. Cordelia et Winnie s'étaient mis en tête de descendre les escaliers sur les mains. Vous vous souvenez de la culotte de Cordelia ? Pour Winnie, je ne sais plus si elle en portait. Hambleton, lui, s'était réveillé la tête entre les jambes d'une inconnue. Robert Thach et Bill ne retrouvaient plus leurs pantalons. Et toi, Coop, homme d'action et vertu incarnée, tu essayais de préparer du café. C'est là que tout est né, sur le palier...

— Pas de doute, dit Jock, non sans une pointe de mélancolie, nous étions jeunes. Enfin, un peu plus jeunes.

— Dis donc, c'est vrai, nous sommes devenus des gens sérieux ?

Mais c'était juré : ils allaient la créer, cette affaire. Sitôt *Kong* terminé.

— Si le château de cartes ne s'effondre pas avant, dit C.V., tandis qu'ils regagnaient le salon.

C'était à ce point ?

— Hoover est fichu.

Les conventions des démocrates et des républicains, en juin, à Chicago, avaient donné le ton. Un président en exercice, Hoover, que tous avaient vu exténué, incapable de rassembler son parti – pourquoi réussirait-il là où il avait échoué pendant son premier mandat ? Un challenger démocrate dynamique, Roosevelt, avec derrière lui un parti rassemblé sentant la victoire proche...

— Roosevelt est à Albany, entend à la radio qu'il est désigné par son parti, téléphone à la convention qu'il arrive, saute dans un avion et le lendemain prononce un discours-fleuve, lance un slogan, le « New Deal », et tout se termine par une chanson en train de venir un *hit* : *Les beaux jours sont de retour*. Face à un Hoover essoufflé – « Chapon grassouillet », a lancé Roosevelt, ça va lui rester –, un slogan, une chanson, la radio, l'avion : un candidat des temps présents ! Pour moi, c'est joué.

L'affaire de l'armée du Bonus, le mois dernier, avait scellé le sort de Hoover. Comment avait-il pu commettre cette folie ? Devant les photos du *New York Times*, Roosevelt avait eu ces mots : « Il est fini. » Et fini il était. Des poids lourds républicains lui retiraient leur soutien, d'autres – du jamais vu ! – laissaient entendre qu'ils porteraient leur vote sur Roosevelt. Hearst, le magnat de la presse, le soutenait ouvertement…

Cooper le regarda, surpris. La campagne faisait rage, les insultes pleuvaient, ne disait-on pas Roosevelt proche des communistes, quasiment socialiste, ennemi de la finance et de la libre entreprise ? C.V. haussa les épaules : cela ne pouvait continuer ainsi, avec 20 % de chômeurs, des millions de laissés-pour-compte dans les rues.

— Tout ce qu'Hoover a trouvé, c'est de nommer mon cousin Richard Whitney à la tête de Wall Street pour la défendre des attaques ! Tu sais ce qu'il a répondu à une commission sénatoriale ? Que le responsable du marasme était le gouvernement, qu'il suffisait de supprimer les pensions des anciens combattants n'ayant pas d'infirmités et de réduire les traitements des fonctionnaires pour que la machine redémarre. En commençant par votre salaire ? demande un sénateur. Oh non ! qu'il répond, le mien reste très modeste. Combien ? Oh ! À peine 60 000 dollars. Effarement de la commission : vous savez que c'est six fois la rémunération d'un sénateur ? Le pauvre Richard a eu l'air étonné.

— Le danger est moins Roosevelt, dit Jock – après tout, il n'a pas si mal réussi comme gouverneur de New York –, que l'effondrement du pays. Ou son explosion. Retrouver un élan, une confiance, tel est l'enjeu. Socialiste, Roosevelt ? C'est de la foutaise : il s'entoure aussi de conservateurs. Et puis, que l'on soit pour ou contre, soyons réalistes : on y va. Le 8 novembre, on saura.

L'effondrement ou l'explosion, songea Cooper. Il y avait dans l'air, perceptible jusque dans la bulle hors le monde d'Hollywood, une tension croissante, une exaspération mêlée de lassitude, la tentation d'une montée aux extrêmes, partout l'on cherchait des boucs émissaires, et l'on en trouvait à foison, les Juifs, les communistes, les immigrés, la finance, la dépravation des Années folles, Hollywood. Des rumeurs d'attentats couraient, invérifiables. Louis B. Mayer, soutien inconditionnel d'Hoover, ne comprenant pas qu'à la MGM certains ingrats puissent ne pas voter comme lui, leur père à tous, multipliait les réunions « d'information ». Dans les couloirs de la RKO, le ton des discussions montait, quand certains n'en venaient pas aux mains. Des amis de toujours se retrouvaient front contre front, vociférant « fascistes ! », « communistes ! ». C.V. et Jock avaient raison, là était le vrai danger : l'effondrement ou l'explosion. Hollywood n'était pas à abri du monde, non plus que l'Amérique.

Décidément, le Montmartre devenait leur bureau, à Ruth et lui. Le lieu paraissait encore plus vide depuis qu'Étienne de Bujac n'y officiait plus, et son remplaçant peinait à trouver ses marques. Trop de fantômes, avait-il murmuré, un jour de confidence. Et c'était peut-être cela qui les faisait s'y sentir bien, tous les deux : d'y être entourés de fantômes encore pleins de leurs légendes.

Ruth venait d'écrire la scène du Styx, lui ruminait, troublé.

— On a tous les éléments en boîte, ou presque. Enfin, les combats de Kong. Là-dessus, rien à redire. Mais c'est l'esprit, qui me chiffonne… Passé le pont, on entre dans la légende, non ? Le conte de fées. On change d'angle. Ils sont trois : Kong, Ann et Driscoll. Et encore : Driscoll est juste un regard. Ce qui compte, c'est Kong et Ann. Ann dans le regard de Kong. Kong dans le regard d'Ann. Non ?

Ruth acquiesça.

— Kong est toute la puissance du monde, d'accord ? Et elle explose, cette puissance, elle rayonne, elle exulte dans ses deux combats. Nul, ici-bas, ne peut le vaincre ! Il se frappe la poitrine, rugit, pour dire qu'il est le maître, qu'il est le monde même. Mais on a négligé qu'il a pour la première fois une faille, une faiblesse : Fay. Enfin, Ann. Pour la première fois, quelque chose qui lui est étranger a fait irruption dans son monde – quelque chose qui l'intrigue, l'étonne, le trouble. Quelque chose qu'il veut garder, qu'il protège parce qu'elle suscite aussitôt la convoitise des autres.

« Kong face à Ann… Ce n'est pas la fureur d'une prise de possession, mais de l'étonnement, d'abord. De la curiosité. Quelque part, de l'émerveillement. Comme un enfant devant un jouet qu'il ne comprend pas. C'est de la douceur, aussi, quand il la libère de l'arbre tombé sur elle, dans le combat contre le *Tyrannosaurus Rex*, puis quand il la reprend dans sa paume et l'emporte loin de ce monde, dans son royaume secret, au plus près du ciel.

Ruth hocha la tête. Oui, peut-être faudrait-il quelques plans supplémentaires…

— Ou tout reprendre, dit Cooper. Tout reprendre de ce qui n'est pas les combats. C'est là que ça se joue, que le film se joue. Ann comprend, au fond de son épouvante, elle comprend, elle devine – les femmes, elles doivent sentir ça, non ? – qu'elle n'a peut-être pas à le craindre. Qu'il la protège. En tout cas, *elle commence à le regarder*.

Oui, c'était bien là que se jouait la suite du film. Ruth rit.

— Tu commences à te penser Kong !

— Il faudra reprendre quelques-unes de ses mimiques. Mais surtout, tout tiendra au jeu de Fay, poursuivit-il. C'est la fée du conte. Et sa baguette magique, c'est son regard, qui fait naître quelque chose de neuf en lui, qui le bouleverse.

— Si toi tu te penses comme Kong, ça ne devrait pas être trop difficile pour Fay…

Dans les yeux de Ruth, il crut deviner une lueur moqueuse.

Où cela allait-il les mener, Fay et lui ? Cooper était rentré de leur soirée l'esprit en désordre, tremblant qu'à leur prochaine rencontre le fil ne se brise. Il n'en avait rien été, mais chacun, s'approchant, paraissait retenir son souffle. Cooper s'était juré de ne pas troubler les tournages de Monty, aussi ne se voyaient-ils qu'en des instants volés, de loin en loin, presque incrédules de se sentir si proches et c'était comme s'ils entraient alors par privilège dans un temps suspendu qui n'était qu'à eux seuls. Mais une ombre restait, dans les lointains, ils le savaient bien, s'ils n'en parlaient jamais. Le monde réel à chaque instant pouvait faire irruption, et les séparer. Parfois, elle paraissait s'effaroucher, moins de leur proximité que d'une part d'elle-même, un éclair de panique passait dans son regard, avant qu'un sourire timide la ramène à lui. Qu'adviendrait-il d'eux lorsqu'ils en auraient fini avec *Kong* ? Car l'ombre avait nom, il le savait, John Monk Saunders.

Fay ne se livrait guère sur le sujet, mais entre femmes, dans les périodes grises, se chuchotaient des bribes de confidences que Ruth lui rapportait, exaspérée. Il y avait un mystère, chez cette femme. Quels liens la tenaient ainsi enchaînée à Saunders ? Comment pouvait-elle encore supporter cet homme, quand tout disait qu'elle ne l'aimait plus ? Après lui avoir promis qu'il l'aimerait jusqu'à ce qu'elle soit une délicieuse vieille dame sentant la lavande, il lui avait annoncé, le soir même de leur mariage, sa liaison nécessaire avec Bessie, l'épouse de Lasky, ses besoins sexuels aussi impérieux que celui de boire. John Saunders, trop ivre pour conduire, qui lui demandait de venir le chercher en voiture chez Bessie avec des vêtements frais. Qui lui demandait un jour d'adopter la voix de Tallulah Bankhead, un autre, de se faire une poitrine à la Lili Damita, un autre encore d'avoir le grain de peau de Dolores del Rio, mais qui se pardonnait tout parce qu'il était, clamait-il, un artiste, un vrai, de la « génération perdue », ami de Scott Fitzgerald et de sa femme Zelda depuis qu'ils avaient fait un concours, fin soûls et nus comme des vers, pour savoir qui des trois pissait le plus loin. John Saunders, qui disparaissait pour réapparaître à Paris, au Portugal ou en Espagne avec Nikki, une fille rencontrée au bar du Ritz, quand il ne la logeait pas subrepticement dans leur maison de vacances de Las Tunas – Nikki, le personnage qu'il avait eu la délicatesse de faire jouer à Fay dans sa comédie musicale à New York.

À chaque retour du volage, de plus en plus rare, Ruth enrageait : qu'attendait Fay pour s'en débarrasser ? Et surtout, disait son regard noir, qu'attendait-il, lui, Cooper, pour briser la cage de verre qui la tenait captive ?

Il avait poursuivi ses petites fêtes de fin de semaine, chez lui, moyen le plus pratique d'entretenir autour de la RKO une vie sociale que Selznick n'assurait plus, et de rattraper ses propres absences au bureau, en rencontrant les scénaristes et les réalisateurs qui avaient trouvé porte close en semaine. Du moins étaient-ce les raisons qu'il se donnait. Auxquelles s'ajoutait le besoin de maintenir le lien entre les équipes qui concouraient à *Kong*, créateurs, techniciens, acteurs. Jamais peut-être un film n'avait impliqué des compétences si diverses sur une aussi longue durée, au risque permanent de voir l'élan se perdre. Ces après-midi étaient l'occasion de garder les troupes mobilisées. Certains y venaient même avec femmes et enfants, peut-être pour se faire pardonner leurs nuits d'absence et montrer le visage du responsable de leur vie bousculée, en sorte qu'il avait fait aménager la partie du parc à l'arrière de la maison en aire de jeux pour les petits. Mais la véritable raison qui l'animait, bien sûr, était d'y retrouver ses « Wooooos » à chaque fois que possible, et Fay au milieu d'elles… Les vagues de rires montaient jusqu'à lui, des deux côtés du parc, et quand il levait les yeux il croisait à tout coup son regard qui cherchait le sien, pour s'y perdre un instant et quelque chose de très doux, alors, lui dilatait le cœur.

Seul, nota-t-il vers la fin du mois d'août, Obie se tenait à l'écart, les traits tirés. Il avait pensé à des soucis avec Hazel, ou au regret d'être séparé de ses enfants, mais non, lui avait soufflé Delgado, Obie était réellement fatigué, au point que tous, dans son équipe, commençaient à s'inquiéter.

Gangrène. Dès la confirmation du diagnostic, Cooper avait foncé à l'hôpital. Sous les draps blancs de son lit, Obie paraissait encore plus frêle et mal en point que dans son foutoir de la RKO. D'abord, il avait cherché à cacher son mal au reste de l'équipe : pas le temps de s'attarder à ces babioles, on prenait du retard. Tous peinaient, sous la chaleur étouffante du mois d'août. Sans air, l'atelier dégageait une odeur nauséabonde, mais la proposition de Cooper d'un apport en urgence de grands ventilateurs n'avait recueilli qu'un concert de protestations. Le moindre courant d'air ferait tout s'envoler ! Les colles, les cires fondaient, ils transpiraient tant et plus, mais tout valait mieux pour eux qu'un souffle de vent. Obie avait bien remarqué, un jour, un soupçon de raideur dans une de ses mains, une perte de sensibilité, un rien de fatigue qui ne méritait pas de s'y attarder, mais bientôt il avait été incapable de se servir de cette main dont la peau, d'abord pâle, avait viré au rouge puis au marron. Quand des cloques étaient apparues, dégageant une odeur pestilentielle et qu'il avait commencé à grelotter de fièvre, il avait été entraîné de force à l'hôpital, où les médecins avaient poussé des cris horrifiés. Delgado, au téléphone, évoquait une possible amputation.

Les médecins, à l'arrivée de Cooper, paraissaient un peu plus optimistes. N'empêche que l'affaire était sérieuse, il allait falloir lui enlever les chairs nécrosées et arrêter l'infection. Mais aussi, avait-on idée de tripoter tant de produits chimiques à mains nues ? La moindre écorchure irritée par la transpiration, et l'infection était inéluctable. Combien de temps pour se remettre ? Trois semaines au moins, avait répondu le chirurgien. D'autant qu'il n'est pas en grande forme, avait ajouté un médecin.

— Le foie me paraît nettement fatigué. Un Irlandais, n'est-ce pas ?

Il avait une manière de réclamer un « remontant » qui ne trompait pas...

Trois semaines ! Cela ne pouvait pas être pire. Sur les marches de l'hôpital, Cooper avait fait le point avec Delgado et Larrinaga. Il prendrait le relais d'Obie, en sus du reste. Mais tandis qu'il raccompagnait ses amis à leur atelier il se demandait comment diable il allait s'y prendre, avec un Selznick l'esprit ailleurs, et un Pandro déjà débordé. Tant pis, il se débrouillerait, si New York le laissait un peu souffler.

Le répit avait été de courte durée. Un appel de Marcella l'avait fait accourir – pour trouver Ben Kahane et Selznick affichant leur mine des mauvais jours. Ils avaient eu une alerte dont ils ne lui avaient même pas parlé début août, avait résumé Selznick, mais cette fois Aylesworth y allait à l'arme lourde. Cooper se laissa tomber dans un fauteuil, interrogeant Kahane du regard. Aylesworth s'était trouvé un nouveau conseiller.

— Frank O'Heron. Il a passé l'été dans les comptes, à tout décortiquer.

Il tendit à Cooper le résultat de ses calculs. En résumé, les pertes sur les six premiers mois s'établissaient à 1 375 170 dollars, ils avaient réalisé à ce jour onze films pour un coût moyen de 354 000 dollars, le non-respect des délais annoncés avait entraîné le report d'un film avec Constance Bennett, et d'un autre avec Ann Harding et les dix films à venir coûteraient en moyenne 336 000 dollars, ce qui en clair signifiait que la perspective annoncée par Kahane de compenser les dépassements constatés par des budgets moindres sur les films à venir relevait de la plaisanterie. Sans même parler de *Kong*, qui risquait d'atteindre ou de dépasser le million de dollars. Et tout cela alors que les recettes du box-office avaient baissé de 50 %.

— Dit comme ça, sûr, ça ne pousse pas à l'optimisme, dit Cooper. Dix jours de tournage tranquille, je me disais aussi...

— Le plus remarquable, dit Selznick, est que jamais il n'évoque la qualité des films. Que les dépenses étaient peut-être justifiées. Pour générer cette chose qu'on appelle des recettes. Si l'on suit sa logique, la seule solution pour retrouver l'équilibre me paraît d'arrêter.

Kahane paraissait avoir vieilli de dix ans.

— Il faut le comprendre, dit-il, Aylesworth est aux abois. Le gouffre se creuse chaque jour devant lui…

À ce rythme, les deux gigantesques salles qui devaient être inaugurées pendant l'hiver à Broadway pour dire la gloire de la jeune RKO risquaient d'être son tombeau, mais je ne serai peut-être plus là pour écouter l'oraison funèbre, ajouta Kahane en tendant à Cooper la petite note reçue avec le télégramme, où Aylesworth lui rappelait que « comme président de la branche cinéma, il devait défendre en toute circonstance les positions de la direction new-yorkaise ».

Tenir compte des réalités pour faire le meilleur choix, aux yeux d'Aylesworth pris à la gorge, était pactiser avec l'ennemi – en l'occurrence Selznick. Avec une pareille logique, on n'irait pas loin.

Mais le plus inquiétant était le ton presque enjoué de Selznick, que démentait son regard noir. Il a renoncé, se dit Cooper, quelque part il pense la situation sans issue. Pandro Berman avait raison : il n'irait pas au-delà du terme de son contrat. Et *Kong* à cette date ne serait pas terminé.

— Tu m'as l'air bien calme, dit Cooper après le départ de Kahane.

Les yeux de Selznick lancèrent des éclairs.

— Calme ? Oui, je suis calme. Je suis *très* calme. Je n'ai jamais été aussi calme.

Il fit signe à Cooper de refermer la porte.

— Calme… je suis FOU FURIEUX !

Il envoya valser les dossiers sur son bureau, chiffonna le télégramme, le déchiqueta avec ses dents, avant de l'avaler.

— Fou de rage ! Envie de meurtre ! Les cons ! Les sinistres crétins ! Pas un mot sur *Symphony of Six Million*. Pas un mot sur *What Price Hollywood ?* Ce n'est pas un chef-d'œuvre ? Le grand film de Cukor ! Même si ça a fait grincer les dents dans le milieu, même si ça a secoué la presse, c'est un grand film, et la naissance d'un grand : Cukor. Il perdra de l'argent ? Peut-être. C'est possible. Mais sur deux ou trois films Cukor sera pour nous une mine d'or. Je le sais. Tu le sais. Ils ne le savent pas parce qu'ils sont incompétents. Ah, je les hais tous ! Je leur vomis dessus ! Je leur chie dessus ! Qu'ils crèvent !

Comment Cooper avait-il pu croire, ne serait-ce que pendant dix jours, qu'il pourrait tourner en paix ? Il se sentit comme le personnage d'un dessin animé que Delgado lui avait montré, dégringolant une pente à toute vitesse, poursuivi par une énorme boule de neige grandissant à chaque seconde…

Kahane avait joué le jeu, écouté, discuté, tranché s'il fallait, mais jamais avant d'avoir compris. Il devait, songea Cooper, se sentir bien seul en cet instant. Il le retrouva à son bureau, passablement abattu. On ne pouvait rester dans cette logique d'extinction progressive, il fallait trouver une issue. Kahane soupira, en se palpant machinalement le haut du crâne, reprenant sans s'en rendre compte le tic de Cooper qui faisait rire les « Woooos ».

— Une issue… vous en voyez, vous ?

Et là, l'idée lui vint tout à coup, d'une aveuglante évidence, en songeant à sa dernière soirée avec C.V. et Jock.

— Des unités indépendantes.

— C'était déjà l'idée de David, mais…

— Non ! Pas seulement internes à la maison : des accords avec des producteurs indépendants. Qui apporteraient le financement d'une partie du projet, ainsi que leurs idées, et nous, nous apporterions le reste, dont les studios de Culver City, les équipes et la diffusion. On pourrait diviser ça en unités de production, ensuite. Avec Berman, King Vidor, moi, d'autres à leur tête. Sous la direction de David. Vous voyez les économies ? L'apport d'idées neuves ?

L'autre resta interdit. Puis son visage s'éclaira. Mais oui, c'était l'idée ! Et une manière de reprendre la main.

— Coop ! On en parle très vite tous les trois ?

Bon, se dit Cooper, une charge de travail en plus pour moi – mais aussi, une issue. Et peut-être une manière de retenir Selznick.

Il revint sur ses pas.

— Ben, j'oubliais. J'ai préparé un petit mémo sur *Kong*. Je vais vous le faire porter. J'ai déjà réduit le budget de 75 000 dollars en expliquant comment. Ça vous fournira peut-être quelques éléments de réponse ?

Obie n'avait pas tardé à devenir la vedette de son étage, où infirmières et médecins appréciaient de passer un moment en sa compagnie. Cet Irlandais était un inépuisable conteur, chanteur à l'occasion s'il fallait retourner son auditoire, et sa vie d'aventures aurait permis de remplir des magazines, mais son œil s'allumait quand il voyait arriver, selon l'humeur, son « damné sudiste », « l'esclavagiste », ou « le gorille en folie », qui voulait tout savoir du miracle par lequel un homme à des années-lumière du cinéma avait pu s'affirmer comme le génie de l'animation, en inventant pratiquement son domaine.

Il se calait contre ses oreillers, claquait la langue tant il avait la gorge sèche, Coop lui passait alors une flasque discrète ne contenant que deux ou trois gorgées, santé oblige, et après un soupir, il commençait ses histoires.

… Ou comment, un jour, après un boulot improbable de serre-frein à la Southern Pacific, il avait trouvé un job à San Francisco chez un décorateur spécialisé dans le travail du marbre et s'était un jour amusé à modeler dans l'argile un lutteur en action. Pourquoi s'était-il mis en tête de l'animer ? Il n'en savait rien, et ce n'était pas ces rations pour anachorètes qui allaient réveiller sa mémoire un rien déshydratée. Bref, il avait mobilisé un copain photographe qui tournait à l'occasion des sujets d'actualité et ils avaient mis en boîte un essai d'une minute sur le toit de la Banque d'Italie. La banque des bootleggers, c'était déjà un signe de bonne étoile.

— Un rien, une connerie, juste un dinosaure et un homme des cavernes avec quelques cailloux derrière comme décor. Photo après photo, en bougeant les membres de quelques millimètres à chaque fois ! Une vraie galère, il fallait remodeler les personnages entre chaque prise.

Pourtant, un producteur l'avait remarqué, et mis sur la table 5 000 dollars pour que l'on « passe aux choses sérieuses » : *Le Dinosaure et le Chaînon manquant*.

— On était là en 1915, je crois bien. Le scénario, bon, passons… Deux crétins cherchent à éblouir une donzelle qui réservera, annonce-t-elle, ses avantages à celui qui lui ramènera le plat le plus délicieux. Les voilà partis à la chasse, avec arc et flèches… Pendant ce temps, autour d'un point d'eau, Wild Willie, le chaînon manquant chevelu, affronte un dinosaure. Victoire du dinosaure, qui s'enfuit à l'arrivée d'un des prétendants, Theophilus Ivoryhead, va savoir pourquoi j'ai choisi un nom aussi débile, qui, voyant son concurrent et la donzelle arriver, donne Wild Bill pour son trophée – et la belle, bien sûr, se jette dans ses bras. Encore plus idiot que *Creation*. Mais quel boulot ! J'ai dû imaginer des squelettes métalliques enveloppés de feuilles de caoutchouc pour ne pas avoir à les remodeler entre chaque image. Et puis apprendre à faire bouger les décors pour donner une impression de mouvement. Deux mois d'un boulot de dingue ! Le genre de truc qui devient vite une drogue…

Il avait fallu insister près d'un an pour qu'Edison daigne enfin y jeter un œil et l'inclue dans un de ses programmes éducatifs. Du coup, Obie s'était installé dans le Bronx, près de ses studios, pour travailler à leurs programmes : 165 mètres de pellicule par sujet, à 3 dollars le mètre. Hélas pour lui, en 1917, la Cour suprême, sous la pression des indépendants, avait cassé le monopole d'Edison, qui avait fermé boutique.

— Et c'est là que j'ai fait l'erreur de ma vie : me marier ! En acceptant de retourner vivre avec Hazel, à Oakland.

Il avait glissé rapidement sur le sujet, avec une grimace.

Oakland commençait à lui peser lorsqu'un producteur l'avait contacté : 3 000 dollars pour réaliser dans les trois mois, à New York, un film de seize minutes, sur un scénario qu'il venait d'écrire, *Le Fantôme de Slumber Mountain*. À New York ! Il avait foncé.

Quant à comprendre pourquoi, gamin déjà, il dessinait frénétiquement des animaux préhistoriques, il n'en savait foutre rien.

— L'histoire ? Bof… Un gars qui trouve chez un vieil ermite une lunette qui le projette dans la préhistoire, en pleine bagarre entre un tyrannosaure et un tricératops. *Le Monde perdu*, en quelque sorte ! Et à l'arrivée 100 000 dollars d'entrées pour une mise de 3 000. Ça m'a fait gamberger, forcément. J'ai trouvé l'adresse du gars qui avait acheté les droits du bouquin de Conan Doyle. Tu sais la suite. Mais, putain, quel boulot ! Là, tout, vraiment tout, à inventer…

« Des lectures ? Même pas. Des fois je me dis qu'il y a en nous, enfouie, une mémoire des âges anciens. Je veux dire : d'avant notre apparition sur Terre. Parce qu'on ne m'ôtera pas de l'idée que je les ai vues, mes bestioles, en une autre existence.

L'esprit humain était un continent bien plus mystérieux que l'infini des galaxies.

Obie, après une lampée de son remontant, lui détaillait, l'œil gourmand, ses plus belles inventions – enfin, inventions, c'était vite dit, peut-être bien étaient-ce ses animaux qui lui chuchotaient les voies à suivre –, multipliait les anecdotes pour retenir un peu plus son ami, tout en suggérant de poursuivre cela chez lui, le temps de sa convalescence, pourquoi pas avec une infirmière dévouée à ses caprices ? Sans se douter que Cooper, convaincu qu'à peine rentré il recommencerait à boire, s'était discrètement entendu avec l'hôpital pour le tenir captif jusqu'à complète guérison. Et c'est donc « cloué sur son lit de douleur » que Coop le retrouvait pour la suite des aventures de l'homme auquel parlaient les dinosaures.

De l'avoir rencontré, il le mesurait un peu mieux chaque jour, était un privilège. Cet homme-là, si timide, écorché vif, avait un monde en lui, qui l'avait porté, poussé, contraint à avancer malgré les obstacles, ce qui était sans doute la meilleure définition du génie.

Mais était-ce un hasard si un jeune journaliste du *New York Times*, un soir, l'avait entraîné au McAlpin Hotel, lui Cooper, alors qu'il n'avait l'esprit qu'aux mers du Sud, pour assister à une conférence de Conan Doyle ? Voilà que les idées folles d'Obie venaient à déteindre sur lui…

Un mot de Zoe l'attendait au bureau, posé sur la pile laissée des travaux pour la nuit : Ben Kahane souhaitait le voir au plus vite. De nouveaux ennuis ? Il l'avait trouvé chez Selznick aux aurores, fixant d'un air sombre un télégramme. Marcella glissait, silencieuse, portant jus de fruits et cafés, mais son patron bien-aimé, mal rasé, débraillé, ne paraissait pas au meilleur de sa forme, probablement rincé une fois de plus au Clover Club.

— Alors, ça réagit, là-haut ?

— Silence radio. Mais tenez, regardez…

— Silence radio, glousса Selznick, comme à une bonne plaisanterie. Ben, tu fais de l'humour !

— Aylesworth a eu une idée.

Cooper parcourut le télégramme

— Il n'aurait pas pu nous prévenir avant ?

Kahane eut un geste d'impuissance. À compter du 26 août, c'est-à-dire dans deux jours, et jusqu'au 7 octobre, la NBC, leur radio, diffuserait quotidiennement une adaptation d'un film en production à la RKO, *Le Fantôme de Crestwood*.

— C'est le dada de Sarnoff, non ? Trouver des synergies entre la RKO et sa radio…

— Lis la suite.

Le dernier épisode ne serait pas enregistré. Les auditeurs étaient invités à l'imaginer. Six mille dollars étaient en jeu, le gagnant recevrait mille cinq cents.

— Le film sort le 14 octobre, non ? Il imagine qu'on peut tourner la fin gagnante en une semaine ?

Pas de tournage. C'était là où le bât blessait : si l'on se donnait le temps de tourner cette fin-là, l'effet d'annonce de la radio serait évaporé avant la première.

— Tu en penses quoi ?

— Que ça revient à écoper une voie d'eau avec un dé à coudre.

À quoi jouait New York ? Coproduire avec des indépendants était LA solution. Kahane avait-il su la défendre ? Même pas un mois de présence et déjà il paraissait usé. Quant à Selznick, il essayait surtout de récupérer de sa nuit agitée, et de toute manière pensait à autre chose. Au prochain Cukor – qui sortait dans un mois. Pour le reste, songea Coop soudain pressé de retrouver l'énergie du studio, il n'y croyait probablement plus. Et lui n'avait que le temps de *Kong*. Dont les deux autres paraissaient se ficher.

— Et Willis, il se remet ?

Il avait médit : Selznick gardait un œil, peut-être lointain mais un œil tout de même, sur les films en cours.

— On évite l'amputation. On le récupère normalement à la mi-septembre. D'ici là je le remplace. Tout roule.

Les petits matins à Hollywood étaient comme une caresse, dans la lumière dorée de cette fin du mois d'août, mais l'humeur restait grise, dans le bureau de Selznick. Une envie folle lui vint de s'enfuir, de retrouver au plus vite les autres, qui l'attendaient. Un jeu radio ! Alors que le bateau faisait eau de toutes parts.

Tout allait bien, répétait Monty, et même plus vite que prévu, ce qui n'était pas plus mal, attendu que Fay, au milieu de septembre, commencerait à tourner un nouveau film pour la Warner. Mais, depuis le temps, Cooper savait déchiffrer le moindre nuage passant sur son front, la moindre crispation de son visage, ou sa manière de mordre parfois le tuyau de sa pipe éteinte : quelque chose n'allait pas. Ce connard de Cabot, avait-il fini par grommeler. Depuis un moment il le trouvait, lui si vif au début, un peu absent, et comme le lascar tardait à apparaître, un jour, il avait fini par le dénicher dans un placard, en train de picoler.

— Picoler ? Mais je vais lui casser la gueule, à cet enfoiré !

Cooper n'était pas à prendre avec des pincettes, ce matin-là, la faute à un scénario qu'il avait passé la nuit à annoter.

— Oh ! Ce n'est pas la peine, c'est fait. Pas pu me retenir.

Lui, Monty ? Le géant avait haussé les épaules, il n'en était pas fier.

— Bon, ça faisait un moment que je jouais avec les lumières pour le cacher, mais j'avais beau le prévenir, cet abruti, il continuait à grossir. Maintenant, je sais pourquoi.

Il y avait autre chose, il en était certain. Archie Marshek, son assistant et monteur, avait fini par « manger le morceau ».

— Monty le cache, parce qu'il sait que vous bossez jour et nuit. Et puis, il ne veut pas perturber votre film, mais il s'inquiète pour la musique de *Zaroff*. Elle fiche tout par terre, à ce qu'il dit. Et il a beau faire, ça ne bouge pas...

La musique de *Zaroff* ? Pourquoi n'avait-il rien dit ? S'il fallait, on arrêtait tout le reste. Tout de suite. La musique de *Zaroff* serait géniale, ou il y aurait des morts.

On arrêtait tout, on reprenait à zéro. « Maxie » Steiner tremblait de tous ses membres. Mais, Coop, c'est impossible ! La première de *Zaroff* est dans trois semaines. Et puis – sa voix tremblait un peu, tandis qu'il baissait les yeux.

— Et puis elle est très bien, Coop, cette musique !

— Bien ? Pour un show à Broadway, oui. Mais là : tu te fiches de moi ?

Ça n'allait pas, tout le monde pouvait le voir. Où était le climat d'angoisse, de mystère, le frisson de l'inconnu, le souffle luciférien, le déchaînement de la sauvagerie lors de la poursuite ?

Cooper et Monty avaient laissé là l'orchestre, son chef, et Harling, le compositeur, sans un mot, entraînant avec eux Max Steiner, le patron de la musique à la RKO. Le malheureux leva la main, vaincu : OK, il s'était trompé. Selznick le harcelait pour la musique du Cukor et, pris par le temps, il avait confié *Zaroff* à Franke Harling. Un bon. Mais peut-être pas pour ce film-là...

— Coop, tu le sais, on est tous débordés…

Eh bien, il allait l'être encore plus.

— Le Cukor attendra. J'arrangerai le coup avec Selznick. Et tu te colles, toi et personne d'autre, sur *Zaroff*. Dès demain. Non, aujourd'hui. Cet après-midi.

— Mais, Coop, trois semaines ! Pour composer la musique, écrire l'orchestration, répéter, enregistrer, mixer…

— Trois semaines. On t'installera un lit de camp dans ton bureau, si tu veux.

Le regard de Steiner allait de Cooper à Monty : l'impossible, en trois semaines. Mais ce diable de Coop savait-il seulement le sens du mot ?

— Ce n'est pas faute d'avoir essayé, Coop. Mais Harling ne comprenait rien. Ne m'écoutait pas. « Vous verrez, Monty, une fois orchestré. » On a vu…

Ils marchèrent un moment sans dire mot. Puis Schoedsack lui tapa sur l'épaule. On n'est pas des gonzesses, aurait dit Wild Bill en pareille circonstance, ce que Monty n'aurait jamais fait, mais il sembla à Coop l'avoir entendu grommeler un « merci » et il eut envie de danser, là, dans la rue. Ils n'étaient peut-être pas des gonzesses, mais ça n'empêchait pas les sentiments.

Max Steiner était le meilleur, tous le savaient. Le seul bel héritage laissé par LeBaron, engagé sur un coup de tête mais jamais utilisé et redécouvert par Selznick, intrigué par son histoire, livrée par bribes à l'occasion d'une partie de poker… Né à Vienne, auteur à treize ans d'un petit opéra, il n'avait pas hésité, pour fuir son père, à émigrer à Londres, encore adolescent, puis aux États-Unis où il avait failli être interné comme espion à la déclaration de guerre. Il avait galéré ensuite pendant des années, pianiste de bar le plus souvent, de comédie musicale parfois, auteur à l'occasion. Petit, rondouillard, il ne payait pas de mine mais devenait magique quand il évoquait Wagner, Strauss, Mahler. Un jour, oui, il aurait sa chance – n'était-il pas en Amérique ? Sa chance, Selznick la lui avait donnée et le résultat avait été si rapide, si ébouriffant, qu'il n'avait pas hésité à lui confier la musique de *Symphony of Six Million*. Non seulement une musique qui vous restait dans l'oreille, avait salué la critique, mais une nouvelle époque ouverte. Jamais on n'avait usé de la musique ainsi – pas seulement une « illustration » mais un élément dramatique à part entière. Depuis, la RKO ne jurait que par lui.

— Alors, Maxie, t'en es où ?

Du menton, Steiner montra un coin de son bureau, où trônait un lit de camp aux draps défaits. Ce n'était donc pas une blague, il l'avait trouvé, au retour de leurs discussions, en poussant la porte. Un garçon était passé peu après : il pouvait appeler à n'importe quelle heure du jour, et même de la nuit, pour un plateau-repas, un sandwich, ou des remontants. Une innocente plaisanterie, avait dit Cooper à son premier passage – tellement une plaisanterie que c'était devenu son quotidien.

Il se frotta les yeux, soupira avant de s'installer au piano qu'il avait peut-être « trouvé quelque chose ».

— Trois notes. Vous les entendez ? Les trois notes d'un cor de chasse. Si je développe, ça peut donner ça, que j'ai appelé « La porte de fer », juste avant que la main saisisse le heurtoir. Si je développe encore, ça donne la valse composée par Zaroff, qu'il joue pour ses « invités ».

Monty, rentré tout juste d'un tournage pour *Kong* à San Pedro Harbor, échangea un regard complice avec Coop : c'était ce qu'il attendait. Infiniment mieux, même.

— Un sacré grand film, Monty ! dit Steiner, retrouvant son énergie. Je l'ai vu… Oh, je n'ai pas compté les fois. (Il déroula de longues feuilles.) Regardez, j'ai le déroulé de chaque scène à la seconde près, la place des dialogues, tout. D'abord, je travaille sur le climat d'une scène. Et quand j'ai trouvé quelque chose, je reprends le chronomètre et j'ajuste.

« C'est facile, dit-il dans un long soupir. Votre film est… exact. À la seconde près. Comme une pièce de musique. Une symphonie ! Il suffit de l'entendre et de s'installer dedans. Si votre ami, là, me laissait un peu plus de temps…

Chaque soir, Bernhard Kaun, son compositeur, passait prendre ses feuilles pour écrire l'orchestration.

— L'orchestre est déjà réservé. Au piano, il y aura une grande pianiste : Norma Drury. Et son mari dirigera : Richard Boleslavski. Le meilleur !

S'il ne finissait pas à l'hôpital, il serait peut-être dans les temps.

— J'ai noté quatre-vingt-trois entrées à écrire. Quatre-vingt-trois ! Et quatorze compositions pour coller au climat. Quatorze !

Il jeta à Cooper, absorbé dans la contemplation de ses chaussures, un regard qu'il essaya de rendre furieux mais n'y parvint pas, trop content de ce qu'il avait déjà composé.

— Vous voulez écouter ce que je viens d'écrire ? La poursuite dans les marais…

Sous ses doigts s'éveillèrent la chasse, la morsure de l'impatience, l'appel du sang, l'exultation de se lancer sur les traces de sa proie, la montée de l'angoisse, aussi, la course précipitée, la fatigue, le découragement avant le sursaut de révolte.

Monty et Coop s'étaient dressés, le prenaient dans leurs bras. Et lui, rosissant de plaisir :

— Un chef-d'œuvre, Monty. Et mon déshonneur si ce n'est pas aussi la plus grande des musiques de Max Steiner !

— Les enfants, ce n'est pas pour vous bousculer, mais on n'a plus trop le temps de traîner en route…

Traîner ? Monty en avait de bonnes. Ils ne se souvenaient même plus de la dernière fois où ils avaient dormi.

— Si vous avez des modifications à faire sur la fuite de Driscoll et d'Ann, ou sur le village avant que Kong le détruise, c'est le moment.

Ruth reprit scénario et crayon d'un air qui inquiéta Cooper.

— Hé ! Qu'est-ce que tu fais ?

— J'enlève tout. Il faut bien récupérer le temps passé sur le Styx et après, non ?

Cooper fit la grimace. Ils avaient passé assez de temps sur ce retour *in extremis* des deux héros. Sans jamais en être tout à fait contents, mais tout de même !

— Ils ne peuvent pas revenir par un coup de baguette magique, alors qu'à l'aller c'était un enfer ?

— Mais si, justement, dit Ruth. On est dans un conte de fées. Comme lorsque les gosses transforment un seau à charbon en château fort ou un balai en lance de tournoi. Ann et Driscoll rentrent, c'est tout. On s'en fout, de savoir comment. On les voit courir, gros plan de face, Fay tombe, Driscoll la porte. Plan suivant, l'équipe de Dunham, côté village, qui n'y croit plus trop. Seul Dunham insiste. Pour Ann et Driscoll, un peu. Mais surtout il veut Kong ! Se rendent-ils compte, tous autant qu'ils sont, de la fortune que représenterait Kong montré à New York ? Appel, à ce moment-là, d'un guetteur : Driscoll ! Ils ouvrent la porte en hâte, la referment dès qu'ils sont passés. Et déjà Kong est sur leurs talons…

Dit comme ça, ça paraissait évident.

— Pareil pour Kong, après sa capture ! Wallace avait raison : on s'en fiche, de le voir dans le bateau, enchaîné. On passe directement à Kong exhibé à New York. Denham, avant de s'embarquer s'écrie : « Dans quelques mois Kong, la huitième merveille du monde, sera en lettres lumineuses ! » Et l'on passe directement à Broadway.

— Mais tout ça ne me dit pas où je tourne ton Kong enchaîné, dit Monty. Vous savez que ça existe, des films dont le réalisateur, avant de commencer, a en main le scénario ?

En attendant que Coop se décide, ils avaient devant eux un sacré morceau. Kong fou de rage déboulant sur les pas d'Ann, défonçant la porte, mettant en pièces le village. À réussir du premier coup, du moins pour les ensembles, car ils n'allaient pas reconstruire ces foutues huttes pour une deuxième prise. Et il ne se voyait pas retenir ses trois cents figurants pour une semaine de plus. D'autant que, par des voies inconnues, l'alcool avait fait son apparition, si bien qu'ils entendaient, pour mieux s'imprégner de leur rôle, passer leurs nuits en « orgies primitives ».

— Al Herman et ses hommes t'ont tellement écouté, « plus fort ! », « plus grand ! », qu'ils ont fabriqué une porte indestructible. Deux tractopelles hier après-midi, à la place de Kong, pendant que je filmais mes gars essayant de résister, de l'autre côté ! Tu parles : chou blanc. Je recommence tout à l'heure : quatre tractopelles, ce coup-ci. Après…

Juste après, l'emboîtement des images animées et des images réelles était si délicat qu'il leur faudrait tourner ensemble. Ils avaient passé des heures à tout décortiquer plan par plan, axes caméras, lumières, trucages. La seule inconnue restait les figurants : eux n'auraient pas pour s'égailler épouvantés, la vision de Kong se découpant, monstrueux, dans l'embrasure de la porte, mais une simple lumière bleue.

— Tu as bien réfléchi ? J'en ai parlé avec Ruth, et avec Obie. Franchement, tu vas trop loin. Déjà, la séquence des araignées, au fond du précipice, secoue pas mal, mais là…

Ils avaient raison, bien sûr. Pour des gens raisonnables, c'était assurément trop cruel, féroce même. Mais il n'était pas raisonnable : il était Kong.

— Écoute, *je l'ai vue*. Je l'ai rêvée, cette scène ! Au réveil, elle était là, précise, avec la netteté d'un pur cauchemar. J'étais Kong ! Frissonnant de fureur. Ça, on peut dire que Ruth m'a fichu un drôle de truc en tête ! Pas une nuit, où je ne fasse pas des cauchemars épouvantables…

Tout ressortait, son avion en flammes, la Pologne, les camps, sa fuite, à croire que ce film était en train de le retourner comme un gant. Restait juste à savoir ce qu'il subsisterait de lui, au bout.

— Tout est là ! Kong fou de colère, fou de douleur, dévalant sa montagne comme une avalanche grossissant continûment, emportant tout sur son passage, la montagne entière, rocs et jungle mêlés, effondrant les arbres, piétinant les animaux qui hier encore se dressaient face à lui, tous culbutés, écrabouillés. Rien n'arrête Kong dans sa colère, le ciel tremble, le ciel se fend sous ses clameurs, ce mur ridicule, cette porte derrière laquelle ces nains croyaient se protéger, balayés, explosés, c'est la création elle-même, le monde, son monde à lui qu'il est prêt à dévaster pour retrouver l'autre, cet autre deviné dans un regard ! Qu'on lui rende ce regard ! Ou il ne restera plus rien de Skull Island, et d'abord pas ces nains qui s'opposent à lui ! Il les balaie, il les piétine, il les écrase. Ann ! Il veut Ann ! Et que tout le reste disparaisse…

Il se rassit, épuisé.

— Voilà. C'est ce que j'ai vu.

Monty savait être bref, devant l'évidence.

— Bon. On y va ?

— Je ne serais pas absolument contre un coup de raide, énonça Eddie Linden, le chef-opérateur, affalé sur un siège pliant. Et même deux ou trois…

Après la dévastation du village, ils venaient de mettre en boîte la capture de Kong, asphyxié par les fameuses bonbonnes de Denham. On en était à l'évocation émue des premiers temps de la prohibition, mais les meilleures choses ont une fin, soupirait Bruce Cabot, elle allait être officiellement abolie et avec elle le piment qu'elle apportait. Sans compter que les bootleggers cesseraient d'investir dans le cinéma, ajouta

Linden. Il n'y aurait plus que les culs serrés de financiers de New York…

Culs serrés, il ne croyait pas si bien dire. Pandro Berman apparut sur ces entrefaites, l'œil sombre, qui paraissait avoir lui aussi grand besoin d'un remontant. Et après une solide rasade :

— J'ai du nouveau.

Du regard, il invita Cooper à le suivre à l'écart. Qu'y avait-il de si urgent ?

— C'est non, Coop. Pour le City Music Hall.

Du coup, c'est Coop qui eut besoin d'un verre.

— Comment ça, non ?

Pandro lui tendit le télégramme.

— Parce que ça ne correspond pas à l'image qu'ils souhaitent donner du lieu – voué à la culture haut de gamme, pas au cinéma. *A fortiori* pour y exhiber un singe.

Le Radio City Music Hall, le vaisseau amiral de la RKO, la plus grande salle de spectacle du monde, devait être inauguré à la fin de décembre dans le tout récent Rockefeller Center… La plus grande salle pour présenter le plus grand monstre jamais découvert. Quelle publicité ça aurait fait ! À la salle et au film. Mais non : ils pensaient petit, s'ils pensaient.

— Ne reste plus qu'à tourner la scène ici, on gagnera du temps, dit Monty qui les avait rejoints.

Cooper fronça les sourcils.

— Le Polo Ground, s'il est libre ? J'y avais pensé, d'abord. Un stade immense, avec au centre Kong enchaîné. Oui, ça peut le faire…

— Même si tu le grandis de vingt mètres, il paraîtra minuscule dans le stade…

Monty avait une autre idée.

— Le Shrine Auditorium, sur Jefferson. Une grande scène, six mille places, ça a de la gueule ! Pour les rues, on tournera des images à New York. Au cas où, j'ai fait des repérages, avec Linden. On est prêts. On le loue et je te boucle ça en une journée. Ou deux.

S'il le disait, c'est qu'il le pouvait…

La pire soirée de ma vie, grogna Schoedsack, en lançant des regards de noyé à Ruth qui, cruelle, regardait ailleurs, tandis que ses amis se pressaient autour de lui, l'embrassaient, lui serraient la main. Il avait fallu une mobilisation des « Wooos » le tirant, le poussant, pour le conduire jusqu'au Chinese Theater où se donnait, en même temps qu'à New York, la première de son film – qui finalement s'appelait *The Most Dangerous Game*[1], en jouant sur le double sens de « game », tout à la fois chasse et jeu. La tension, la gêne, la peur, la stupéfaction avaient été perceptibles tout au long de la projection. Le « Impossible », dernier mot de Zaroff, avait été suivi d'un long silence, puis de raclements de gorge, comme si le public, abasourdi, avait quelque peine à s'en remettre. La vague des applaudissements était venue enfin, comme un défoulement. Selznick, Kahane, Cooper encadraient Monty sous le crépitement des flashs, puis les acteurs, avec Fay qui avait réclamé une ovation pour Leslie Banks. Norma Drury et son mari étaient venus, timides, remercier tout à la fois un Steiner rayonnant et un Monty embarrassé. Puis le malheureux avait été abandonné aux journalistes qui voulaient tout savoir, tout comprendre – et comment le réalisateur de *Chang*, si soucieux du réel, avait pu passer à ce film fantastique. Fantastique ? Non : juste la suite de *Chang* et de *Rango*. On dit « sauvages » les bêtes qui tuent par nécessité pour se nourrir et « civilisés » ceux qui tuent pour le plaisir. Ils ne trouvaient pas ça étrange ? Ne serait-il pas plus « civilisé » que ceux-là se chassent entre eux, plutôt que de persécuter des bêtes innocentes ? Mais, avait-il conclu, ils avaient sûrement leur propre réponse, différente… Coop et Ruth riaient sous cape : Schoedsack, le désespoir des journalistes !

Kahane était venu serrer la main de Monty. Il n'était pas un grand connaisseur, mais, ce film-là, bon sang, crevait l'écran ! Et tout ça pour à peine 200 000 dollars, ajouta-t-il, rêveur, en prenant à témoin Selznick qui balaya ces détails d'un revers de main.

— Écoutez-moi bien, les amis, écoutez-moi tous ! Je ne sais pas si le film fera un triomphe dès sa sortie, mais je vous dis que dans un siècle on le projettera encore et qu'il n'aura pas pris une ride. Un classique du cinéma !

1. Traduit en français par : *Les Chasses du comte Zaroff*.

Qu'est-ce que tu penserais de cette idée ? dit un soir Monty, en lui tendant une revue en lambeaux, tachée de moisissures, et Cooper sut que son ami rêvait déjà de fuir, de retrouver sa liberté, et le dehors. *Zaroff* vivait sa vie, désormais, ses tournages pour *Kong* tiraient à leur fin, même Ruth ne parviendrait pas à le retenir. Le voudrait-elle seulement ?

— Mais, Monty, j'ai besoin… J'ai besoin de toi, juste maintenant !

L'autre secoua la tête : il fallait qu'il soit seul, au contraire, maintenant, qu'il aille au bout de lui-même, et même au-delà, qu'il soit Kong !

— Je l'ai trouvée à Singapour. Dans *New York World*. Bon, je sais bien qu'ils font dans le sensationnel mais, vrai ou faux, Coop, c'est une histoire. Une rudement belle histoire.

Un héros de guerre, acclamé par la nation entière, devenu une idole, efface une à une ses traces, s'efface lui-même en changeant de nom avant de disparaître. Nul ne le reconnaîtrait sous les traits du terne et gris Mister Shaw, magasinier et gratte-papier d'un poste de l'armée britannique perdu à dix kilomètres de la frontière afghane : Miranshah, cinq officiers, vingt subalternes affectés au minuscule aérodrome, et sept cents soldats indiens. Mais voilà qu'apparaît un homme étrange, dont on ne sait rien, un saint, dit-on, qui prêche dans toute la zone pachtoune la rébellion contre le roi Amanullah d'Afghanistan. Comme jadis se leva le Mahdi, en d'autres lieux, contre Gordon…

— T.E. Lawrence, c'est ça ? Oui, j'ai lu cette histoire. Toute la presse en a parlé, après cet article. Même les Soviétiques. On le donnait comme un espion britannique. La seule explication « rationnelle » à son effacement, disait-on.

Dès sa parution, *Révolte dans le désert*, son premier livre, était devenu pour tous deux comme un livre de chevet. Il y avait un mystère chez cet homme. Quel film il y aurait à faire !

Plus belle serait l'histoire de Miranshah, dit Cooper, songeur, si Lawrence était bien ce saint homme, mais à l'insu des Britanniques et du Foreign Office, pour une autre cause, mystérieuse…

Sur la guerre, le seul film possible après *Kong*, avait conclu Monty.

— Pour New York, j'ai une idée.

— Coop, Obie va t'arracher les yeux. Ou autre chose. Et moi aussi...

— Oui, mais c'est comme si le film se dévoilait à moi à mesure qu'il se fait, tu comprends ? Eh bien là, tout d'un coup, c'est devenu clair.

Il avait attendu que Monty soit à Culver City pour rejoindre Ruth au Wilshire où, réfugiée au bar devant un jus d'orange et un *ruffle cake* enfoui sous une montagne de crème, elle travaillait au scénario new-yorkais. Le détail plan par plan de ce qu'aurait à tourner là-bas Monty. Tout avait été discuté et rediscuté. Une équipe travaillait à la reconstitution en modèle réduit de plusieurs gratte-ciel. Une autre recréait à partir de photos une portion de Broadway et les rues adjacentes, Taylor avait rassemblé des *stockshots* de scènes de rue, voitures de police en action, camions de pompiers sortant sirènes hurlantes, etc., pour éviter d'avoir à les refaire. Bref, il était trop tard : Monty et Daniels, son assistant, partaient dans quatre jours.

— Écoute, au moins !

— Non, Coop, cette fois, tu ne m'auras pas.

Les traits tirés, le regard incertain, quelque chose en elle paraissait éteint. Elle aussi était à bout de forces.

— Couper, ça devrait pourtant te plaire ? J'ai compris un truc : il faut aller plus vite. New York, c'est le dénouement. On a remonté un ressort, et maintenant il se détend. Une course à l'abîme, la fatalité en marche. Il y a des choses à enlever.

Au mot « couper », Ruth, malgré elle, avait tendu l'oreille.

— Par contre, à la place, j'ai mieux. Non, écoute-moi ! Tu t'en souviens, on cherchait l'équivalent du combat contre les monstres. Eh bien j'ai trouvé : le métro !

Pour le coup, elle ouvrit de grands yeux.

— Bon Dieu ! Ce foutu métro aérien ! Mon premier appartement, à New York, était tout près d'une ligne. Pas moyen de fermer l'œil ! Si j'avais été Kong, alors, je sais ce que j'aurais fait. Ça m'est venu cette nuit : c'est comme le combat contre le gros serpent, dans Skull Island. Qu'est-ce que tu en dis ? Quelle scène d'épouvante ça va faire ! Mieux que des voitures qui se bigornent, non ?

Ruth poussa un soupir. Sûr, c'était une idée. Mais tellement trop tard...

— Écoute ! Scène de panique dans la rue, on passe tout de suite au métro mis en pièces avec leurs occupants. Ann et Driscoll s'engouffrent dans leur hôtel, une voiture s'encastre dans l'entrée. Déjà Kong arrive, escalade la façade. Ça se tient, non ?

— Ça se tient, mais…

— Et là, on taille aussi. On avait prévu qu'en grimpant, il interrompait une partie de poker, dans une chambre. On vire. On garde peut-être la femme au téléphone, à un autre étage, qu'il prend pour Ann…

Ruth se redressa tout à coup, comme si une idée venait de la traverser. Non, pas au téléphone !

— Au lit. Une femme au lit, en déshabillé. Et son mari assiste impuissant à la scène. Elle gloussa : impuissant, c'est toute l'histoire du film, non ? Pauvre Driscoll ! Juste un pis-aller, quand Kong ne sera plus là…

Qu'est-ce qui lui prenait, tout d'un coup ? Coop sortit sa pipe, mal à l'aise. Elle poursuivit, parlant de plus en plus vite, les yeux fixés sur son verre :

— Oui, c'est ça… Elle est au lit, rêvant vaguement à ce qu'elle va faire avec son mari, si tu vois ce que je veux dire, quand à la fenêtre, face à elle, surgit un visage énorme, qui la dévore des yeux, la *transperce*, littéralement. Deux yeux gigantesques, à la fenêtre ! Une ombre noire. Hum. Ce ne sont pas des choses que dit une femme honnête. Surtout à un homme. Bon, personne ne nous écoute, ça reste entre nous.

Elle vida son verre, cul sec, d'un geste au garçon renouvela sa commande.

— … Ce visage, ces yeux : l'image à l'état pur du désir ! De celui de la femme, bien sûr, pas de Kong. De ce qui attire et effraie. Bref, la vision que les vraies jeunes filles, jadis, se faisaient de l'arrivée de leur mari, après qu'elles s'étaient préparées, lors de leur nuit de noces. Enfin, j'imagine. Ce visage : l'image de son désir ! Énorme, sauvage, forcément illimité. Dont on ne veut rien savoir, dans le fond, dont on ne veut rien voir. Qu'on habille de mille histoires, de mille prétextes, de mille rituels, pour n'en rien savoir, pour le dissimuler, pour le civiliser, pour ne pas être détruit par lui. Et la panique, du coup, pour cette femme, quand elle le voit matérialisé devant elle. Tu comprends ?

Il la regardait, stupéfait. Était-ce exactement du jus d'orange qu'elle avait consommé ?

Elle s'excusa.

— Ne me regarde pas comme ça ! Crois-moi sur parole.

Ça, il voulait bien la croire. « Les garçons, vous êtes comme tous les hommes, vous ne comprenez rien à l'érotisme, laissez-moi faire ! » leur avait-elle lancé un jour, à Monty et à lui, avant de réécrire la scène d'Ann dans la main de Kong, en son repaire de la montagne. Mais, là, elle y allait un peu fort.

— Tu vois, il la prend, la regarde, la hume, mais ce n'est pas Ann : il la laisse tomber dans le vide, et elle s'écrase la tête la première sur le trottoir. Puis il trouve Ann, quand Driscoll croyait l'avoir enfin à lui, il la lui prend, l'emporte – et on passe directement à l'ascension de l'Empire State. On vire toute la séquence où il escaladait d'autres immeubles, sautait de l'un à l'autre. Bon Dieu, ça va hurler chez Obie…

Elle se plongea dans ses pensées. Puis, la voix lointaine :

— Oui, c'est ça qu'il faut faire. Parce que, pris comme ça, ça mène droit à l'Empire State. Ce qu'il y a de mystérieux dans le film, du repaire de Kong en haut de la montagne à l'Empire State, ce qui en fait le prix, est là, dans cette scène, comme en creux.

Et, après une hésitation :

— Tu dis toujours « guerre », « force obscure », et c'est vrai, je crois, mais jamais « désir » ? Sauf que là, pour Ann, remplace Kong par ce mot-là…

Elle eut un petit rire moqueur.

— Ne te reste plus qu'à les tourner, ces deux scènes. En commençant par le strip-tease dans la montagne. Tu sais, celle que tu repousses toujours ?

— À propos du Lawrence, dit Monty…

La semaine avait été pour les équipes d'Obie une course à ce point folle, dans le vain espoir de rattraper un peu de leur retard, qu'ils n'avaient pas vu le temps passer, en sorte que l'apparition de Monty, mission accomplie, quand ils le croyaient à peine arrivé à New York, les avait pris de court. Eh quoi, s'amusait le géant, ils auraient voulu qu'ils y passent un mois, Linden et lui ? À deux, tout devenait plus simple, pas besoin des armadas hollywoodiennes ! Des vues du port de New York au petit matin, le soir, la nuit, les quais d'Hoboken, l'Empire State Building sous tous les angles et quelques scènes de rue, ce n'était pas bien sorcier, juste une question de bonne lumière. Et pour les images aériennes, pas besoin d'en faire tout un plat : contre un don de 100 dollars au fonds de solidarité du mess des officiers, plus 10 dollars glissés en douce à chaque pilote, la Navy avait mis à sa disposition quatre biplans d'entraînement. Il s'était procuré de même un avion pour les filmer en vol et le tour avait été joué. Décollage des avions, vol en formation sous tous les angles possibles, attaques en piqué sur le monstre au sommet de l'Empire State, loopings au ras du gratte-ciel, ils en avaient dix fois plus que nécessaire !

Il voudrait nous humilier en nous rappelant notre condition d'escargots grabataires qu'il ne s'y prendrait pas autrement, avait soufflé Larrinaga, bluffé par les quelques images qu'il venait de leur montrer. Eh bien, ça va me simplifier la vie, gémit Bill, un des animateurs. Depuis une semaine, à la demande de Coop, il travaillait à la meilleure manière de filmer en piqué des avions miniatures, il y était presque, grâce à un système de fils et de poulies, et voilà que Monty leur ramenait des images de piqués réels. Bref, il en avait bavé pour rien. La conversation était devenue générale, il y avait là les équipes d'Obie qui travaillaient depuis des jours à la préparation de cette séquence essentielle, l'apothéose du film, celle qui clouerait les spectateurs dans leurs fauteuils, resterait dans les mémoires, entrerait dans la légende, serait vue et revue dans les siècles à venir. Cooper leur en avait assez rebattu les oreilles pour qu'ils ne mégotent pas sur leurs nuits blanches, aussi étaient-ils tous dans un état second, oscillant entre euphorie, ébriété et crises de nerfs, état, comme chacun sait, propice à la création. Le pervers qui avait imaginé cette séquence avait-il mesuré que les avions miniatures étant dans un même plan, mais à des distances différentes, il fallait multiplier les tailles des modèles, de dix à quarante centimètres d'envergure ? Que les modèles se déplaçant dans le même plan à des vitesses différentes, il fallait donc, et de manière coordonnée, qu'une maquette de dix centimètres avance demi-centimètre par demi-centimètre quand celle de quarante centimètres avançait, elle, de deux centimètres par deux centimètres ? Que ces avions devaient être suspendus à des fils invisibles de type corde de piano, tendus par un système de poulies ? Et que la résolution de ces seuls problèmes, sans parler des autres, était de nature à envoyer n'importe qui à l'asile ? Mais bon, ils devaient bien ça à Obie, et comptaient lui en faire la surprise à sa sortie de l'hôpital.

L'apothéose, la gloire ou le déshonneur, résuma Byron Crabbe en faisant passer un cruchon de « gin de baignoire » qu'il fallait bien finir « pour ne pas gâcher » avant que la prohibition ne soit officiellement morte et enterrée.

— Pour le Lawrence, dit Monty, entraînant Coop à l'écart, on dirait que ça bouge du côté de la Syrie, ces temps-ci. Il y a peut-être quelque chose à faire. Et puis, retrouver nos Bédouins, cette fois à leurs côtés, avoue que ça serait pas mal. Un repérage, en équipe légère. C'est bien le diable si je ne ramène pas de belles scènes.

Gertrude Bell n'était plus de ce monde. Morte à Bagdad d'une trop forte dose de somnifères, avaient-ils appris quand ils rentraient du Siam, et elle avait eu droit à des funérailles grandioses, en présence du roi d'Irak. Le consul Robert W. Imbrie avait été assassiné peu de temps après leur retour du Zard Kuh, mais ils avaient gardé quelques relations là-bas, et un certain cheikh Fawaz se faisait un plaisir d'accueillir monsieur Schoedsack, dont l'équipée chez ces chiens galeux de Bakhtiari était parvenue jusqu'à lui.

Un film inspiré par Lawrence ! Ça pouvait être grandiose. Cooper sentit ce picotement qu'il connaissait trop bien lui parcourir l'échine. Il essaya d'imaginer la tête de Kahane à cette idée d'une équipe de tournage dans la Syrie en guerre… Mieux valait glisser sur les risques de guerre. Kahane avait une confiance totale en Monty, depuis la réussite des *Chasses du comte Zaroff*, toujours citées en exemple de la plus grande qualité au moindre coût, il fallait en profiter.

— OK Monty, mais il nous faut achever *Kong* avant…

Achever ? Mais il avait terminé ce sur quoi ils s'étaient entendus ! Et Ruth restait, pour la suite…

— Non, Monty, *vraiment* achever. Tu me fais confiance ? J'ai quelque chose à te montrer. À Culver City.

Monty n'avait pu lui arracher plus qu'un sourire entendu dans la voiture qui les conduisait aux studios. Qu'avait donc en tête ce diable de Cooper ? Un coup à la manière des éléphants du Siam ? Il ne se ferait pas avoir deux fois…

Dans un coin d'un plateau, un groupe s'activait sur une carcasse d'avion.

— Un Curtiss O2C. Pas mal, hein ? On croirait que c'est un vrai.

Dans trois jours il serait prêt, confirma le chef d'équipe. Monté sur ses vérins hydrauliques. Et comme Monty comprenait de moins en moins :

— Écoute, je me suis dit : d'accord, Kong doit tomber sous les balles des avions. Mais personne n'a le droit de l'abattre, personne d'autre que nous. Tous les deux, à bord du Curtiss, quand il sera prêt. D'accord ?

— Eh bien, Monty, c'est terminé…

Une journée de tournage avait suffi. Une fois les images du duo en piqué mixées avec celles tournées dans les airs à New York, l'illusion serait parfaite. Mais ils restaient là, dans leur faux cockpit, plongés dans leurs pensées, et bien trop émus pour le laisser voir. Monty, tapant sur l'épaule de Coop, eut même l'impression que celui-ci pleurait.

Incapables de rentrer comme de se séparer, ils traînèrent sur le port de San Pedro, tandis que le soleil mourait derrière les collines. Avant de tenter sa chance chez Mack Sennett, il avait travaillé là comme docker, dit Monty, d'une voix lointaine. Le front de mer, depuis, n'avait guère changé. Les mêmes immeubles de brique, un peu plus fatigués peut-être. La même succession de shipchandlers sentant le coaltar et la poix, débordants de suroîts, de vareuses, de sacs de marin et de vestes de grosse toile, parmi les pièces d'accastillage, les pots de peinture, les filets et casiers. Les mêmes salons de tatouage derrière leurs vitres teintées. Et les mêmes bouges d'où sortaient des accents criards d'accordéons. Dans les renfoncements se devinaient les salles de jeu discrètes, où des brutes, échouées là, jouaient le reste de leur paie aux cartes, aux dés, à la roulette avant de s'embarquer pour un autre port, toujours semblable, où s'abrutir à nouveau de mauvais alcool. Dans la rue se mêlaient Japonais, Tchèques, Yougoslaves, Italiens, Portugais, Mexicains, Scandinaves… Il avait aimé San Pedro, où l'on ne vous demandait jamais d'où vous veniez, le seul lieu au monde où l'étranger était chez lui.

Les lumières s'allumèrent de l'autre côté du chenal, sur les docks de Terminal Island, comme pour un décor de théâtre fait de grues aux bras gigantesques, de ponts roulants, de coques ventrues. Plus bas, au sud du dépôt de la Pacific Electric, commençaient les jetées du port de pêche, d'où le vent portait les odeurs âcres de poisson, avant le Hollywood mexicain, chaos dangereux de taudis où les laissés-pour-compte jouaient vite du couteau pour un oui, pour un non, pour un regard.

Des miséreux, peut-être, dit Monty, nostalgique – mais les ports n'étaient-ils pas des lieux par essence nostalgiques ? –, avec leur lot de voyous, sans doute, mais il avait trouvé là plus d'humanité que nulle part ailleurs.

Ils se réfugièrent sur un quai, jambes ballantes au-dessus des eaux grasses. La rumeur de la rue, un peu plus haut, s'était estompée. Ils allumèrent leurs pipes en silence. Avaient-ils échangé plus de dix phrases depuis leur départ de Culver City ? Ils laissèrent la nuit les envelopper.

— Tu t'en souviens ? La première nuit...

— À Vienne, oui.

— Tu fumais la pipe, sur ton grabat. Bon Dieu, quelle dégaine tu avais !

— Tu as dit : « Si la paix revient... »

— Et tu as répondu : « Elle ne reviendra pas. »

Était-elle revenue ? La guerre avait toujours été là, tapie, qui poursuivait son œuvre. Et elle revenait, de plus en plus impérieuse.

— Tu as dit, aussi : « La guerre qui vient sera celle de la conquête des esprits. » Ou quelque chose d'approchant...

— Ça y ressemble de plus en plus, non ?

Communisme, fascisme, nazisme, en fait de promesses d'un « nouveau monde » ils lui paraissaient plutôt les enfants monstrueux de la guerre.

Après, il y avait eu cette autre nuit, à Varsovie.

— L'affiche sur le mur, l'Allemand en gorille...

— Quelqu'un s'était mis à chanter *Wionia*, « Le printemps »...

— Mais, nous, nous avons tenu notre promesse, non ? Tant de choses se disent dans ces moments-là, qu'efface le temps ! Mais j'étais sûr... Bon Dieu, que tu étais maigre, quand je t'ai retrouvé, avec ton foutu chat ! Tu sais que je vois encore ses yeux, dans le noir, quand il m'a sauté dessus ?

Il était des nuits magiques, parfois – celle de Londres l'avait été : le pacte scellé ! Et douze ans après ils se retrouvaient dans un autre port, une autre nuit, à l'autre bout du monde, pari tenu.

— J'ai un peu peur, dit Monty, après un long silence. Se dire qu'on est rendus au bout du chemin… Ça n'arrive jamais, ça ! Pourtant, on y est.

— Et encore, toi tu tourneras d'autres films : tu fais des images comme tu respires. Mais moi ! Je sais que *Kong* sera le dernier, pour moi. Il n'y a rien au-delà… Rien ! Je n'ai pas peur : je suis terrifié.

Toute sa vie avait pris peu à peu le visage de Kong. De Kong qu'ils venaient, ensemble, d'abattre aujourd'hui.

Bien sûr, Monty parti, il lui resterait encore à mener à bien les parties animées, le montage, la musique, ce qui lui prendrait des mois, jusqu'au printemps, mais le tourbillon des urgences, d'avoir, toujours, à tout porter sur les épaules, l'avait protégé de ce qu'il avait refoulé jusque-là et lui sautait maintenant au visage : il n'y aurait rien, pour lui, au-delà… Quelque chose de plus grand que lui l'avait porté, quelque chose qu'il n'était pas sûr de comprendre, mais qui prenait la force de l'évidence. Qu'allait-il advenir de lui quand elle se retirerait, le laissant sur la rive ?

À la seule idée de la vie ordinaire il frissonna. Monty avait choisi de ne pas attendre, de fuir, très loin, sans doute pour se retrouver. Croyait-il seulement à ce film sur Lawrence ? Se retrouver… Mais il devait rester, lui, assurer jusqu'au bout.

— Oui, Monty, moi aussi, j'ai peur.

XXXIV

La puissance obscure du désir

Hollywood, octobre-décembre 1932

Des visages aux yeux immenses le fixaient, leurs mâchoires ouvertes sur un cri silencieux, ils marchaient vers lui, allaient le submerger, se retournaient les uns contre les autres pour s'entre-déchirer, des démons ricanants galopaient vers un village en feu, l'un d'eux saisissait par les cheveux un enfant qui fuyait pour le clouer à la porte d'une église avant de lui crever les yeux et c'était le même gosse pourtant qui s'échappait, jouait avec un chat dans une ruelle sombre, luisante de brume, avant de lui briser les pattes, de lui arracher les entrailles, le même qui se dressait, le défiant du regard. Nul, ici-bas, ne serait pardonné, les morts s'arrachaient à la glaise avec des rots obscènes, d'où sortaient des chiens, des rats aux yeux hallucinés – il se réveilla en sursaut dans son avion qui descendait en flammes, de plus en plus vite, ses mains à leur tour prenaient feu, cette fois c'était la fin.

Il restait là, en nage, allongé dans le noir. La respiration de Buck, au pied du lit, l'aidait à s'apaiser et il laissait s'égrener les heures, des images tournoyaient, confuses, qui fuyaient à l'instant de les saisir – elles tentaient de lui dire quelque chose, essayait-il de se convaincre, peut-être pour se rassurer. Le souvenir revint, d'Isy le Rabbin dans le train de Varsovie : « Nous habitons nos rêves » – lesquels en retour, pensait le pauvre garçon, nous permettaient d'habiter l'inconnu du monde. Où était Isy, aujourd'hui ? Mort, sans doute, comme la plupart. Mort comme cette jeune fille venue de Chicago pour défendre Lvov assiégée. Mort comme ce gamin, la poitrine fracassée, qui répétait « pourquoi ? ». Mort comme ce soldat russe dont il avait tranché la gorge et qui l'avait fixé tout ce temps dans les yeux. Pourquoi ? Il glissait malgré lui dans le sommeil pour se réveiller en sursaut, hagard – ainsi passaient ses nuits, jouet de ses fantômes. Ceux-là ne le laisseraient plus, comme s'ils revenaient pour exiger leur dû, pour être Kong, peut-être – ou l'empêcher de l'être.

Monty parti, mission accomplie, retrouver la vie nomade des Bédouins, ne restait plus à tourner que des scènes d'animations. Cinq mois de labeur, dans le meilleur des cas, ce qui paraissait très long, ou trop court selon les humeurs et les difficultés, dont les moindres n'étaient pas les disponibilités des comédiens. Fay, depuis la mi-septembre, tournait sous la direction de Michael Curtiz une sombre histoire de masques de cire et de meurtriers fous, où elle jouait une intrépide journaliste. Robert Armstrong et Bruce Cabot, eux, allaient tourner pour la RKO, ce qui pouvait faciliter les choses mais les assistants de Cooper et d'Obie s'arrachaient les cheveux pour les saisir au vol dans leurs moments de liberté, ou durant les week-ends. Il était le lien, le seul en vérité, mesurait Cooper, le seul à pouvoir insuffler une âme, une vision, à ce kaléidoscope aux mille éclats. Par moments l'évidence s'imposait à lui que c'était course vaine, qu'il n'y parviendrait pas. D'ailleurs, à quoi rimait toute cette histoire ? Le temps avait passé, ne restait que sable filant entre les doigts. Ses rêves, à l'instant de toucher au but, paraissaient se refermer en pièges, sans rien à quoi se raccrocher. Ce n'était pas seulement la RKO qui se trouvait prise dans une zone de tempête, Hollywood en entier entrait en crise, une Amérique inquiète semblait en péril de se défaire. Si seulement Monty avait été là, pour l'aider à y voir clair !

Mais dans ces moments de doute, ou de fatigue, venait toujours le visage de Fay, et avec lui, la conviction qu'au-delà de Kong et d'Ann Darrow, par des voies qui lui restaient obscures, cette histoire se jouait entre elle et lui.

Obie, heureusement, était de retour. Guéri et, réduit par ses médecins à une relative abstinence, plutôt en bonne forme. Tous s'attendaient à quelques accès de fureur irlandaise.

Comment, c'était tout ce qu'ils avaient été fichus de faire en son absence ? Tout était à reprendre, ou presque, il suffisait qu'il parte pour que ça se barre en quenouille ? Et c'était avec ces pauvres choses qu'ils croyaient lui faire plaisir ? Bref, son cinéma habituel, dont il ne pensait évidemment pas un mot. Mais non, arrivé en sifflotant, il s'était déclaré épaté, avait félicité ses équipes et, surprise, avait encensé Cooper : jamais il n'avait vu quelqu'un apprendre aussi vite ! On leur avait changé Obie.

Ceux qui attendaient son retour pour ramener Cooper à la raison sur l'effroyable complexité des scènes new-yorkaises en avaient été pour leurs frais. Gibson enrageait : toutes ses maquettes d'immeubles bonnes à jeter, dans la dernière mouture du scénario, le coup était rude ! Et la scène du métro, compte tenu des délais, relevait de la folie, protestait l'équipe au bord de l'insurrection. Mais Obie avait soutenu Coop. C'était bien mieux ainsi, plus vif, enlevé, plus inquiétant aussi. Qu'est-ce qu'ils attendaient, pour retrousser leurs manches ? Sûr, ce serait un exploit – mais ils étaient là pour ça, non ? Gibson, désespéré, avait levé les bras au ciel.

Pour la scène de Kong surprenant la jeune femme au lit, mieux valait recourir à une maquette de Kong de quarante-cinq centimètres, soutenait Coop contre l'avis des autres, partisans de la tête géante, pour rester à l'échelle. Sinon, faisait valoir Gibson, il faudrait réduire les images réelles pour les mixer avec le visage de la maquette, puis revenir à la main géante dans le plan suivant, lui à l'échelle réelle. Certes, avait tranché Obie, mais le visage de Kong en réduction serait plus expressif.

— D'accord, mais le métro ?

Là, ça tournait à la démence. Tous se bousculaient autour de l'Irlandais. Pas moins de trente plans ! Ils avaient envisagé toutes les solutions, Coop, à chaque fois, avait retenu la plus compliquée – la meilleure, avait-il rectifié.

— Une échelle au 1/16 du métro aérien…

— Avec les voies, les rames, le quartier tout autour. Avec les éclairages de nuit, les publicités, les affiches, des voitures en mouvement…

— Des personnes qui fuient. Ou qui regardent aux fenêtres…

— Et ceux qui reçoivent la rame du métro sur la tête, tant qu'à faire.

— Et tous ceux qui sont *dans* la rame. Vous y avez pensé ? Ce qui, au passage, suppose une maquette de la rame grandeur réelle…

Là, Obie avait accusé le coup. Sûr, c'était de la haute voltige et l'on n'avait plus trop le temps. Puis il croisa le regard de Coop – quelle performance ce serait ! Ce fichu esclavagiste avait raison, pour une fois.

— Eh bien, qu'est-ce qu'on attend pour s'y mettre ?

La scène de la jeune femme saisie dans son sommeil avait fait sensation. Ruth était arrivée un matin avec la reproduction d'un tableau de Johann Füssli, *Le Cauchemar*. Une jeune femme allongée, la tête renversée et les bras en arrière, comme offerte dans son sommeil, vêtue d'une longue robe de satin blanc, sur laquelle un incube, assis, fixait le spectateur, tandis qu'une tête de cheval, les yeux couleur d'argent, sortait de l'arrière-plan. Juste à la frontière incertaine entre cauchemar et désir, avait-elle glissé à Cooper – pour prolonger leur dernière conversation au Wilshire. Et tous avaient travaillé d'arrache-pied à recréer une atmosphère comparable.

Mais le choc avait été la découverte, une quinzaine de jours plus tard, des maquettes achevées pour la scène du métro – la maquette à l'échelle de la rame elle-même, et celle, au 1/16, du métro aérien et du quartier. Le détail avait été poussé jusqu'au rendu des poubelles sur les trottoirs. Gibson, très fier, expliquait comment, par superposition d'images réelles, réduites, on ferait voir des gens suivant, effarés, la scène de destruction depuis les fenêtres, et d'autres fuyant dans les rues. Delgado, rigolard, avait ajouté qu'était même prévu un vieillard avec des béquilles, qui s'écartait pour laisser passer le gorille en furie. Gibson insistait sur les éclairages de rue, les voitures qu'on verrait en mouvement. Comme ses compagnons riaient sous cape, Cooper, soupçonnant une farce, s'était penché plus avant, jusqu'à lire les enseignes au fronton des immeubles : *Delgado Building, Goldner's Chocolates, Gibson and Co* et avait eu un cri de surprise en découvrant de minuscules affiches de publicité pour *Chang* et *Le Monstre de Denham*. Avec pareille équipe on pouvait aller au bout du monde.

Il reconnut tout de suite l'écriture fine et droite, sur l'enveloppe froissée. La lettre avait été postée à Berlin. Maggie n'avait pas résisté longtemps à son besoin de témoigner des fractures du monde. Et des pires, à l'évidence…

Berlin, le 16 août

Mon si cher Coop,

Hier, j'ai vu le Diable. Je sais désormais d'où viendra la guerre. Et cette guerre sera totale, elle touchera à l'idée même que nous nous faisons de l'être humain. Comment un personnage d'apparence aussi médiocre, à la moustache ridicule, peut-il rassembler ainsi des foules immenses, se transfigurer à leur contact, les soulever par la seule puissance de son verbe, les précipiter vers le pire ? Peut-être parce que le pire est déjà en eux. L'ambassadeur de France a eu une remarque très juste : « Il recueille ce qui est en suspension dans l'air, comme les détecteurs de sons dont les pavillons scrutent l'espace. » Un médium. Je l'ai vu capter le grondement de la foule, se laisser traverser par sa puissance, puis la renvoyer, démultipliée, vers chacun. Je l'ai vu, et c'était effrayant…

Le cri de haine de *Mein Kampf* m'a poursuivi si longtemps que j'ai voulu voir par moi-même. Me voici donc à Berlin, d'où viendra la guerre. Partout règne le silence, dans les rues que j'ai connues jadis si bruyantes, un silence traversé de cris de haine, de sourde colère, et de frissons de peur. J'ai retrouvé des amis juifs, qui veulent croire que tout s'arrangera, pour peu qu'ils fassent le dos rond. Avant-hier, les vitrines de leur magasin ont été brisées. La semaine précédente, elles avaient été barbouillées d'insultes et de menaces. Comment leur faire comprendre ? Ils se sentent d'ici…

Après les dernières élections en juillet, à Potempa, Haute-Silésie, cinq jeunes nazis ont poignardé à vingt-huit reprises un ouvrier devant les siens. Le tribunal les a condamnés à mort, mais Hitler leur a envoyé un message de sympathie. Cela n'a pas empêché son parti, responsable de soixante-dix meurtres pendant la campagne m'a-t-on dit à l'ambassade de France, d'arriver en tête aux élections : 230 sièges sur les 603 du Reichstag… Hermann Goering a été élu sans coup férir à la présidence du Reichstag, et tout va bien : dans cette République pourrissante, ce ne sont que calculs dérisoires et petites trahisons. Les catholiques votent avec les nazis par crainte des communistes, les hommes d'affaires se persuadent qu'ils ne feront qu'une bouchée, quand il le faudra, du petit homme à la moustache. Pendant ce temps-là le Diable tisse sa toile, le monde court à l'abîme.

Son programme ? *Mein Kampf*. La mort. Des Juifs, d'abord, mais aussi d'un monde – le nôtre. Et la naissance d'un autre, à la dureté de l'acier.

Le pire, avec son antisémitisme délirant – mais il faut un bouc émissaire vers lequel concentrer toute la rage, toute la frustration d'une population défaite, pour la transformer en une force –, est ce qu'il fait à la jeunesse. En jouant sur son besoin d'une cause, d'un idéal qui la dépasse, son besoin d'être ensemble, aussi. Et voilà des enfants, devenus des juges, qui terrorisent leurs parents, les tiennent pour responsables de la défaite et de leur humiliation, les contraignent à répéter les slogans nazis. Demain, ils les dénonceront aux futurs « commissaires politiques », ils occupent déjà la rue, obligent les passants à saluer Hitler, s'en prennent à ceux qu'à leurs habits ils jugent être des ennemis. Un cancer qui ronge les âmes de toute une génération. Comment s'en remettra-t-elle ? Il ne la tiendra que s'il la projette, très vite, dans une guerre contre le reste de l'Europe. Le Diable, te dis-je.

L'ambassadeur de France nouvellement nommé, monsieur François-Poncet, en parle avec beaucoup de pénétration. Très chic, petite moustache finement taillée, nœud papillon, jouant de sa canne avec une suprême élégance, il est l'image même du « grand bourgeois » à la française. Il analyse très bien la situation, a parfaitement compris la course à l'abîme qui s'enclenche, mais a un geste précieux de la main, avec un sourire amusé, quand je lui demande si son gouvernement en est conscient et compte agir. Ne croire à rien a toujours été du dernier chic parisien. Comment disent-ils déjà ? La « profondeur de la légèreté »…

Personne ne se rend compte de rien, dirait-on. On disserte sur la paix universelle, on déclare la guerre hors la loi, pendant qu'à l'autre bout du monde le Japon attaque la Chine, occupe la Mandchourie, que ses militaires assassinent leur Premier ministre hostile à l'aventure, et la SDN se contente de réprimandes !

Sommes-nous devenus aveugles ou fous ? Le monde est malade…

Ta fidèle amie,

Cela fait longtemps, n'est-ce pas ? Mais je garde comme un trésor le souvenir de nos dernières retrouvailles : il me donne une énergie qui m'avait un peu abandonnée. J'ai su ton arrivée à la RKO, d'où j'ai déduit que tu allais réaliser ton rêve, mais je n'ai pas voulu te joindre avant mon départ. Je tenais d'abord à faire le point sur moi-même… Je repense beaucoup à toi, et à ma descente d'un train, ici, jadis, qui me ramenait d'une prison soviétique, à toi sur le quai de la gare, alors, qui m'attendais, après avoir monté le projet d'enlèvement le plus héroïque et le plus farfelu qui se puisse imaginer… Don Quichotte existe, puisque je l'ai rencontré sur un quai de gare.

Il devait paraître si perturbé, sa lettre à la main, que Kahane, passant la tête par la porte pour un salut rapide, s'arrêta : une mauvaise nouvelle ?

Une très chère amie surgie du passé, et avec elle beaucoup de souvenirs – mais aussi de mauvaises nouvelles d'Allemagne. Il lui résuma la lettre de Maggie.

— Ce doit être *Kong* : je repense sans cesse à la guerre, ces temps-ci. J'ai toujours été convaincu qu'elle reviendrait, à force de l'ignorer. Eh bien, elle revient. Plus vite que je n'imaginais…

Kahane avait plus à l'esprit la prochaine élection et la victoire possible, sinon certaine, d'un Roosevelt, qu'il n'était pas loin de tenir pour un suppôt du socialisme, en tout cas une catastrophe pour les affaires. Elle n'exagérait tout de même pas un peu, cette amie, à propos de l'Allemagne ?

— La plus grande experte en relations internationales, Ben. En dix ans je ne l'ai jamais vue se tromper…

— Dans ce cas-là on n'en a pas fini, nous non plus, avec l'Allemagne…

Il se pencha, en confidence.

— Elle est déjà à Hollywood. Et elle commence à nous pourrir l'existence.

L'Allemagne ? Kahane hocha la tête.

— Ça a commencé avec *À l'Ouest, rien de nouveau* de Milestone. À rendre fou Universal ! Ils considèrent que c'est une offense à leur pays. Non seulement ils veulent l'interdire chez eux, mais partout ailleurs.

De jeunes lycéens allemands galvanisés par leur professeur s'engagent en 14, découvrent les mensonges de l'embrigadement et les horreurs de la guerre. Anti-allemand ? Pacifiste, plutôt.

— Oui, eh bien, va leur expliquer ça. Surtout que là-dessus sortent *Les Anges de l'enfer* d'Howard Hughes... La fierté allemande ! Bon sang, ils l'ont perdue, la guerre, que ça leur plaise ou non !

— Et ils veulent quoi ?

La mine de Kahane s'allongea.

— Des quotas. Pas plus de films importés que de films produits en Allemagne, par exemple. Et des mesures de rétorsion vis-à-vis des pays programmant des films interdits par eux. Sur le film d'Hughes quinze pays ont suivi l'Allemagne.

— On ne leur rentre pas dans le lard ?

Kahane eut un geste d'impuissance.

— Frederick Herron, un type très bien qui nous représente tous, négocie depuis des mois ! Début juin, il croyait avoir gagné. Tu parles ! Trois semaines après, les Allemands ont sorti une nouvelle loi. Qui lie le nombre de licences d'importation au nombre de films qu'on produira chez eux. Et en juillet ils ont rajouté un article. Personne n'y a fait attention, sur le coup : on peut continuer à tourner des films anti-allemands, enfin, qu'ils jugent tels, mais si on le fait, on perdra nos licences en Allemagne pour nos autres films.

Il regarda autour de lui, comme s'il craignait d'être entendu.

— Depuis janvier ils ont un émissaire, un « agent spécial », *Herr Doktor* Martin Freudenthal, qui traîne dans les studios, s'informe sur les productions en cours, distille ses « conseils ». D'ici qu'il exige de lire les scénarios afin de les « corriger »...

Avec les nazis maintenant en position de force, se dit Cooper, c'est très exactement ce qu'ils allaient faire.

— D'ailleurs, poursuivit Kahane, ils nous ont dans le collimateur, nous aussi. Aylesworth essaie de s'en dépêtrer. Ça concerne... tiens, c'est vous qui aviez pris la suite de Selznick, sur celui-là... *The Lost Squadron* !

Une histoire de pilotes américains devenus cascadeurs à Hollywood. Qu'est-ce que ça avait à voir avec les Allemands ?

— Stroheim ! Il joue le rôle d'un réalisateur sadique, prêt à risquer la vie de ses cascadeurs. Avec un accent germanique qui les rend fous. Qui insulte, paraît-il, la « fierté allemande », les fait passer pour des bouchers.

Ce n'était qu'un début. Comment allaient-ils régir à *Kong* ? Une Aryenne blonde livrée à la lubricité d'un singe, autrement dit, dans leur esprit, d'un nègre…

Kahane devint tout pâle : il n'y avait pas songé. À chaque jour son problème. Pour le moment, c'était Selznick qui le tracassait. Le pauvre avait eu des moments très difficiles, certes, mais il fallait d'urgence pacifier ses relations avec Aylesworth. Son contrat arrivait bientôt à échéance et on avait besoin de lui. Où était Selznick ?

L'annonce était arrivée deux jours avant son départ et sans doute n'était-ce pas un hasard : les parties en présence disposaient leurs batteries. On allait vers la fin du mois d'octobre, et les pertes de l'année seraient à coup sûr de près de trois millions de dollars. Une rumeur insistante laissait craindre pour la compagnie une dette cumulée de dix millions. L'opération radio voulue par les messieurs de New York autour du *Fantôme de Crestwood* s'était révélée une sottise, comme prévu, et la proposition d'accords de coproduction avec des indépendants restait inexplicablement sans suite. La maison courait à la faillite et Selznick partait à New York négocier son contrat.

Et comme si cela ne suffisait pas, non par train ou par avion comme Cooper avait essayé de le convaincre, mais sur le *President Coolidge,* par le canal de Panama, loin des studios pour deux bons mois. Avec Irene, plus l'indispensable Marcella doublée d'une assistante, ainsi que George Cukor et la scénariste Jane Murfin, afin de travailler, assurait-il, à leur prochain film. À cette petite troupe, il fallait ajouter Pop et Flossie Selznick, ses parents, qui les rejoindraient par train dès que Pop, un peu fatigué, se sentirait d'attaque. Et nul doute que Myron, avec femme et enfant, s'y serait ajouté s'il ne s'était pas trouvé en France.

La foule massée sur le quai avait reflué devant le ballet des limousines et des porteurs chargés de valises. Les journalistes, les photographes jouaient des coudes pour se trouver au premier rang et Selznick s'était avancé sous le crépitement des flashs comme un empereur ou un roi, dans le faste de sa cour. Les rumeurs se croisaient fiévreusement : le nouveau nabab ! Celui qui prenait la relève des ancêtres, annonçait des temps nouveaux pour Hollywood. Il avait loué, assurait-on, un étage entier du plus grand hôtel de New York. Et comme Irene s'inquiétait pour son petit Jeffrey, un cameraman de la RKO avait été réquisitionné pour filmer chaque jour le gamin et leur expédier les bobines par avion sans retard. Rien n'était trop beau pour entretenir la légende d'Hollywood !

Des salves d'applaudissements avaient éclaté quand il avait salué la foule depuis la coupée. Comédien ! enrageait Berman. Mais, après tout, il faisait bien ce qu'il savait faire : du cinéma. *Son* cinéma. Pas par vaine gloriole, ou pas seulement, songeait Cooper, mais pour une opération de communication parfaitement maîtrisée, en direction de Sarnoff, d'Aylesworth, de toute la profession. Ce n'était pas un vaincu ou un producteur en difficulté qui se rendait à New York, mais un prince. Il se garda de livrer à Berman le fond de sa pensée : Selznick ne reviendrait pas.

De retour au studio, il avait trouvé Obie grelottant de fièvre au milieu de ses troupes inquiètes. Grosse grippe, avait diagnostiqué le médecin. Il avait fallu toute la persuasion de Cooper, de Delgado, de Larrinaga, pour que l'entêté Irlandais accepte de retrouver sa chambre à l'hôpital – la seule solution, il le savait bien, pour être au plus vite sur pied.

Le plus difficile était devant eux, songeait Cooper tandis que s'éloignait l'ambulance, le laissant seul de nouveau.

Pas seul, complètement. Une nouvelle lettre de Maggie était arrivée, un matin. Et c'était comme si une voix se faisait entendre qui le ramenait à son histoire, au moment où il en avait le plus besoin. S'en doutait-elle seulement ? Il aurait voulu lui écrire, lui raconter son film émergeant peu à peu, mais elle n'indiquait jamais d'adresse où la joindre, trop vagabonde pour cela.

Paris, le 10 septembre

Coop,

Après les jours gris de Berlin, Paris paraît toujours une fête. Tant de souvenirs m'assaillent, ici… J'ai fait le pèlerinage que tu peux imaginer aux lieux qui nous sont chers. L'automne qui vient est d'une douceur extrême, les arbres du Luxembourg tapissent les allées de leurs feuilles dorées, *et les bistrots* ! Il faut un peu de temps pour comprendre qu'ici aussi le monde ancien vacille, même si l'on répugne à se réveiller de l'euphorie pacifiste. La crise est là, soudaine, brutale, si nouvelle que Paris reste incrédule. Une crise économique jusque-là différée, mais qui pouvait sérieusement croire que l'Europe et la France se trouveraient épargnées ? Une crise politique, et une crise intellectuelle, morale. Que la démocratie paraît vieillie, d'un coup ! Rumeurs de scandale, tentation des « tous pourris », voici que les ligues fascistes redressent la tête, les communistes se renforcent, on devine dans l'air un mélange de fatigue et d'exaspération, tandis que montent les extrémismes. Un intellectuel, ici, parle d'une « année tournant » que l'on espère, que l'on craint, que l'on subit. Dans les salons, on dirait qu'un coup d'éponge magique efface ceux qui menaient le bal : Gide, Barrès, Montherlant, Cocteau. Voici que les surréalistes, si j'ai bien compris, passent aux communistes. Les temps sont-ils venus, ici aussi, de l'homme de masse ? Il se dit que le prix Goncourt, en décembre, ira à un roman terrible, hanté par la guerre, d'un inconnu, Louis-Ferdinand Céline : *Voyage au bout de la nuit*.

Pourtant je n'en ai pas trouvé un seul, parmi ces brillants esprits, pas plus que chez les politiques, conscient de ce qui se trame à deux pas en Allemagne, de la guerre dont rêvent Hitler et les siens, de la montée partout des dictatures. Pour tous, la Grande Guerre était bel et bien la dernière. Je passe pour une folle, ou une Cassandre, ce qui revient au même, quand j'essaie de leur raconter ce que j'ai vu.

Je crains qu'ils n'aient à vivre des réveils amers.

Ta Maggie

P-S. Je ne sais si l'on en parle beaucoup à Hollywood, mais l'URSS paraît sombrer dans l'abîme à son tour. La collectivisation tournerait au désastre, on parle de déportations en masse de paysans ukrainiens, d'une famine ayant déjà fait des millions de morts. Tandis que le Portugal depuis juillet est devenu à son tour une dictature… *L'homme de masse*, toujours.

Le séisme avait secoué la RKO – et Los Angeles. Les téléphones sonnaient sans interruption, des groupes se formaient dans les couloirs, et il était illusoire de prétendre faire travailler qui que ce soit. Le 8 novembre 1932 resterait donc dans l'histoire – pour le meilleur ou pour le pire, l'avenir le dirait : Roosevelt venait d'être élu avec un score historique, 57,4 % des voix contre 39,7 à Hoover et 89 % des grands électeurs. Le premier président démocrate depuis 1916 ! Une catastrophe pour Kahane, pour la plupart des nababs d'Hollywood, pour Mayer dont les clameurs de désespoir s'entendaient d'un bout à l'autre de L.A. et, au-delà, pour les gros fermiers qui avaient mobilisé des milices, depuis des mois, afin de mater les ouvriers agricoles arrivés des Grandes Plaines, chassés par la sécheresse. Certains voyaient des soviets se créer partout dans les usines, les anarchistes faire bientôt la loi, des bruits couraient, de menaces de soulèvements, de prises du palais d'Hiver rejouées, d'attentats anarchistes, de coups de main de milices fascistes, le Ku Klux Klan redressait la tête. Mais la passation des pouvoirs se ferait dans cinq mois, en mars, bien des choses pouvaient arriver, ajoutaient certains avec des airs entendus. David Bruce, passé en coup de vent, en avait bien ri : nul, dans son entourage, n'envisageait la fuite ou le suicide, les affaires resteraient les affaires. L'Amérique avait besoin de la puissance publique pour relancer la machine, l'enjeu était de recréer une espérance, le sentiment, de nouveau, d'une destinée commune, chose dont le pauvre Hoover était bien incapable. Pour le reste, Roosevelt s'était entouré de pointures conservatrices propres à rassurer. La question, pour lui, serait de savoir conjuguer le réalisme et les discours mobilisateurs. Cooper s'était laissé convaincre. Conservateur il était, par culture familiale, et anticommuniste de conviction pour en avoir expérimenté dans sa chair à quoi il conduisait, mais l'affaire de l'armée du Bonus avait marqué pour lui un point de non-retour : jamais il ne pourrait voter pour l'homme qui avait osé cela.

Et puis il s'en fichait un peu : Fay était là, de nouveau. Curtiz l'avait tenue quasiment prisonnière, le temps de son tournage, puis elle avait disparu. Son mari ! fulminait Ruth, allée aux renseignements – son mari, retrouvé en coma éthylique ou peu s'en fallait, prétendait la garder à son chevet « pour le sauver de lui-même », le temps de se trouver assez gaillard pour fuir de nouveau avec quelque starlette.

Elle avait réapparu, timide, comme une gamine en faute et tous, sentant son désarroi, s'étaient précipités pour la réconforter. Tourner était encore le meilleur moyen de la remettre d'aplomb et elle s'y était employée bravement. Au bout de quelques heures, les nuages s'étaient éloignés, son sourire était revenu, mais lorsque Cooper s'était isolé avec elle, elle lui avait serré les mains très fort.

Ils avaient commencé par quelques plans d'elle tandis que Kong combattait la créature surgie des eaux, dans un décor inspiré de Gustave Doré. Delgado avait fait des merveilles. L'enjeu était de faire deviner le trouble naissant d'Ann Darrow, le sentiment qu'elle n'avait peut-être pas à craindre Kong, sa fascination aussi pour la puissance dégagée par le grand singe. Tout cela mêlé, tu vois, tout en nuances, insistait Coop, si sérieux qu'elle avait fini par sourire : tous les réalisateurs étaient décidément les mêmes, seul l'impossible les intéressait. Stroheim lui avait dit un jour que dans ces cas-là le plus simple était de garder le regard vide, en sorte que chacun pouvait y mettre ce qu'il voulait. Mais elle avait fait de son mieux – qui était parfait, avait fini par juger Cooper après une dizaine de prises.

Le soir, comme il la raccompagnait, c'est elle qui lui avait proposé de pousser jusqu'à ce petit restaurant en bord de mer où ils avaient passé un si bon moment, et il avait compris qu'elle craignait de se retrouver seule chez elle.

Le soleil déjà se noyait dans un tumulte pourpre, la mer elle-même, plus sombre, se crêtait d'écume çà et là. La cité des Anges, depuis quelques jours, se blottissait dans son manteau d'automne. Le visage de Luigi, le garçon, s'éclaira quand ils poussèrent la porte. Trois mois ! Il avait fini par se dire qu'ils avaient oublié le meilleur restaurant de poissons de la côte. Comme ils protestaient, il avait compté sur ses doigts, cela faisait bien trois mois. Il leur dégagea une table, un peu à l'écart, près d'une fenêtre. Le vent avait soufflé fort ces derniers temps, c'était jour de grande marée, de l'océan venaient des odeurs de goémons brassés. Luigi leur ouvrit une bouteille d'un viognier de la vallée d'Oja que Cooper reconnut aussitôt, pour l'avoir découvert avec Wild Bill Wellman chez Dionisio. Ils restèrent silencieux tandis que le garçon leur apportait quelques bricoles à grignoter. Trois mois déjà ! Le temps fuyait trop vite.

— Tu parais fatigué. Tellement fatigué…

Il aurait voulu lui dire combien elle lui avait manqué, s'inquiéter de cette tristesse dans son regard, mais elle avait pris les devants. Il avait dévié sur l'avancement du film, des anecdotes de tournage. Le studio qui aurait pris feu, suite à l'explosion d'un réservoir à acétylène, si Larrinaga n'avait réussi à jeter dans le brasier une bonbonne d'eau aussi grosse que lui. L'animateur qui en avait bavé pendant deux jours sur une scène compliquée, pour s'apercevoir à la projection qu'il avait oublié dans le décor une paire de pinces, au premier plan, et comment il l'avait transformée en serpent pour ne pas avoir à tout recommencer. Bref, ils avaient parlé de tout et de rien, juste pour le plaisir d'être ensemble. Puis elle lui avait pris la main, en fronçant les sourcils, et répété :

— Tu es fatigué, n'est-ce pas ?

Il avait biaisé. Obie encore convalescent, Selznick à New York, ses nuits devenaient courtes. Même si Pandro Berman se démenait sans compter. Mais elle secouait la tête : non, ce n'était pas de cela qu'elle parlait. Il y avait autre chose.

— Nous avons vécu, commença-t-il, des choses qu'aucun être humain…

Mais sa voix buta sur le silence. La guerre ! Aussi fort qu'on pût se croire, il y avait toujours un point où cédaient tous les repères, les mots, les garde-fous.

— On se débat dans l'incompréhensible. Un puits sans fond, qui épouvante et vous aspire. Un vertige – ou le Diable, va savoir. Il vous envahit, celui-là, il vous possède, il est la séduction même. Il y a bien des manières de mourir. Mais celle-là. Celle-là !

L'âme souillée, murmura-t-il, en s'excusant d'user de bien grands mots.

— Et pourtant… j'ai vu aussi, face à ça, le meilleur de l'homme.

Il eut un sourire timide. C'était ce qui les avait réunis, Monty et lui. Leur projet, qui les avait amenés à *Kong*.

— Quand je tâtonnais, à la recherche de ce fichu Kong, j'ai cru que la guerre s'en était allée de moi. Et puis les fantômes sont revenus. Comme si je devais tout revivre, nuit après nuit.

Il se demandait où cela le mènerait. Fay fronçait les sourcils. Elle n'était pas certaine de tout comprendre, mais elle l'avait deviné si tourmenté, ces derniers jours ! Il s'excusa encore, il avait trop parlé, juste un peu de fatigue, il fallait passer d'urgence à quelque chose d'un peu plus gai…

Elle hésita. Au tremblement de sa main sur la sienne, il sentit qu'elle allait parler, confier ce qui lui pesait tant, et tout alors serait différent, entre eux, puis un éclair de panique passa dans son regard, et elle se retint.

— Tu parles si peu de toi, lui reprocha-t-elle, d'une voix douce.

Et c'était à elle, bien sûr, qu'elle faisait ce reproche.

— Nous bâtissons notre propre prison, au fil du temps, finit-il par répondre, à mi-voix. Souvent sans nous en rendre compte. Pour nous protéger, pensons-nous. Quand un mot suffirait, parfois.

Mais Merian Cooper il était, pour tout le monde, depuis si longtemps… Coop, qui prenait toujours les choses en main, portait ses équipes à bout de bras, consolait les uns, mobilisant les autres, Coop qui n'avait pas le temps d'avoir ses failles, Coop qui se sentait responsable de tout, toujours. Et qui se retrouvait perdu quand il devait s'avouer qu'il avait, lui aussi, ses états d'âme, besoin de se confier…

— Nous sommes à nous-mêmes notre prison, répéta-t-il.

Elle hocha la tête sans répondre.

Ils voulurent faire quelques pas sur la plage, avant de rentrer. La mer amorçait son repli, la lune brillait, froide, entre les nuages. Fay se blottit contre lui en frissonnant.

— Il nous arrive une drôle de chose, n'est-ce pas ?

Et à l'instant de se quitter, devant sa porte, après qu'elle l'avait embrassé, il vit qu'elle avait les yeux emplis de larmes :

— Notre éducation, qui nous a faits ainsi, balbutia-t-elle en s'enfuyant.

De retour à Berlin
22 octobre

Coop,

J'ai fait une autre rencontre, à l'occasion d'une réception, et j'aurais tellement aimé que tu sois là ! Un écrivain dont on parle beaucoup. Son dernier livre, *Le Travailleur*, est donné comme un chef-d'œuvre. Son parcours est pour le moins singulier, fugueur à dix-sept ans pour s'enrôler dans la Légion étrangère française, engagé volontaire dès 1914 dans les troupes allemandes, très vite officier dans les troupes commandos, quatorze fois blessé, salué comme un héros. Son nom ? Ernst Jünger. Un visage mince d'aristocrate, des yeux pâles, lointains, qui ne s'adoucissent qu'à l'évocation de la nature et des animaux. Mais quand il parle, tous se rassemblent autour de lui. Intriguée, je l'ai revu, après avoir lu deux de ses livres, *Orages d'acier* et un petit livre, foudroyant, *De la guerre comme expérience intérieure*. Si proches de ce que tu dis ! « La franchise de la guerre », « la guerre comme révélation », « expérience fondatrice » : tu t'y serais retrouvé. À une différence près : là où tu parles de « fraternité », dimension d'une grandeur éprouvée par chacun dans la lutte contre la barbarie, lui parle d'« élection », propre d'une caste, je suppose. Ce qui explique qu'il puisse se revendiquer d'une droite extrême.

Une drôle de droite, tout de même : nationaliste, conservatrice, mais ne cachant pas son mépris pour Hitler et les siens, leur « vulgarité crasse ». Il ne tarit pas d'éloges sur un de ses amis, Ernst Niekisch, tenant du « national-bolchevisme ». En bref, et ça te plairait, toi qui te veux sans illusions sur le communisme, ils seraient partisans de faire de l'« entrisme » dans le parti communiste et les syndicats rouges, « parce qu'ils ne se rendent pas compte qu'ils sont les seuls à même de réaliser notre idéal de "l'homme de fer" ».

Ça m'est revenu avec la force de l'évidence. T'en souviens-tu ? Tu m'as dit, un jour à New York qu'on se disputait sur les soviets, que ce communisme qui te fait horreur était « un enfant de la guerre ». Pas seulement une conséquence, mais qu'il en exprimait l'essence. J'avais protesté, bien sûr. Mais aujourd'hui, en écoutant Ernst Jünger…

Était-ce une boutade, ou y avais-tu réfléchi ? Avec toi, on ne sait jamais. Communisme, fascisme, nazisme, qu'ont-ils en commun avec la guerre ? Je n'efface pas, moi, leurs différences. Le communisme, malgré ses errements, est né d'un rêve de libération des opprimés, non d'une volonté d'asservissement général, même si je t'entends déjà ricaner que ça ne change pas le point d'arrivée, dont tu as pu goûter dans les camps. Ils ont au moins ceci en commun, je n'y avais pas pensé avant, que la guerre supprime les barrières sociales, la propriété privée, à l'exception, et encore, de son lit et de sa gamelle, réalise l'égalité de tous devant la mort, exige un groupe soudé, homogène, sans plus de divisions, marchant d'un seul pas, tous unis sous l'autorité d'un même chef pour une même cause, chacun n'ayant plus, désormais, d'intériorité exprimée. Sans compter la quasi-disparition dans l'effort de guerre des moyens privés de production. Bref, leur idéal. Ça fait réfléchir, non ? Communisme et nazisme, l'esprit de la guerre…

Ta Maggie, à qui tu manques…

Mes amis juifs s'obstinent à croire que celle folie va bientôt s'arrêter. Et puis, me disent-ils, où aller ? Comme nous discutions du communisme, ils m'ont donné à lire le petit livre d'un auteur d'Odessa : *Cavalerie rouge*. Mon cœur a fait un bond : les Cosaques de Boudienny, pendant la guerre de Pologne ! Lisant, j'avais l'impression de t'entendre. Et c'est alors que j'ai réalisé qu'il avait été correspondant de guerre auprès de ce Boudienny. Son nom : Isaac Babel. Se pourrait-il qu'il s'agisse du jeune homme qui t'a sauvé ? Dans ce cas, toi qui t'inquiétais de son sort, sache qu'il est devenu l'écrivain qu'il rêvait d'être. Et, crois-moi, un très grand.

Parce qu'elles étaient les deux scènes clés où tout se jouait, de ce que l'on retiendrait, ou pas, de l'impossible rencontre entre Ann Darrow et Kong, il les avait toutes les deux repoussées à la fin. Où tout commençait, et s'achevait. Fay, le comprenant, avait tenu à être le plus possible présente à chaque étape de leur préparation. Buzz Gibson avait fait un travail exceptionnel sur l'Empire State Building en modèle réduit. À partir des plans et des images de Monty, la flèche du gratte-ciel avait été reconstituée en studio à l'échelle. La photo panoramique de la ville en arrière-plan du sommet du building se révélant terne et plate, Crabbe et Mario Larrinaga avaient peint, sur trois plaques de verre de près de quatre mètres de large pour un effet de profondeur, une ville prodigieuse, plus saisissante que le document original. Obie, retour d'hôpital, amaigri, et sobre avait-il assuré avec des airs qui ne trompaient personne, s'était laissé convaincre, après un bref baroud d'honneur, d'abandonner toute prétention à une cohérence d'échelle dans l'ascension de l'Empire State. Même grossi trois fois, le grand singe paraîtrait un moucheron, rapporté à la masse de l'immeuble. Il fallait de l'énorme ! Et ils avaient visionné une bonne dizaine de fois les images tournées, dans lesquelles viendraient s'incruster les images d'Ann réelle, en sus de celles où sa poupée était déjà. Ann grandeur nature dans la main géante de Kong, au-dessus du vide. Ann poupée, que le géant déposait doucement sur le rebord de la flèche avant de défier la ville-monde et les avions qui piquaient vers lui, réplique du ptéranodon qui avait attaqué Ann en son repaire de Skull Island. Ann poupée, qui devenait en gros plan Ann réelle au-dessus du vide. Et puis Ann de nouveau poupée quand, frappé en pleine poitrine par les mitrailleuses des chasseurs Curtiss, Kong la prenait dans sa main pour la contempler, avant de la reposer en la caressant avec une infinie douceur, comme la première fois, et de basculer dans le vide…

Le montage des scènes aériennes avait été un casse-tête, mais le résultat était impressionnant. On ne distinguait plus les prises de vues aériennes de celles des modèles réduits, et de celles enfin de Cooper et Schoedsack dans leur cockpit, pour ne plus voir que la ronde infernale des engins plongeant et replongeant sur Kong criblé de balles, toujours debout, saisissant même au vol un avion pour le précipiter contre la paroi de l'immeuble, Kong finalement impuissant face aux machines et que l'on plaignait déjà, héros tragique mourant après une dernière caresse à la Belle, tombant dans le vide, tombant à n'en plus finir.

Ils préparaient la dernière scène de cette séquence, réglant les lumières sur ce que Monty aurait appelé une formalité – Driscoll sortait d'une porte juste sous la flèche de l'Empire, escaladait en courant les quelques marches d'une échelle métallique pour prendre Ann dans ses bras –, quand une altercation avait éclaté hors plateau. Bruce Cabot, les yeux brillants, reprochait à Ruth « cette scène de merde qui n'allait pas du tout ».

Le vrai héros, le sauveteur, celui qui dans le film avait l'idée d'*appeler l'aviation,* le premier sur les lieux, c'était lui, non le monstre ! D'ailleurs, il n'y en avait que pour ce foutu Kong, dans le film. Il fallait qu'Ann l'embrasse, lui, l'étreigne en sanglotant.

— Au lieu de ça, je lis dans la marge : « Elle regarde au-dessous d'elle, cherchant Kong, avec dans les yeux une lueur rêveuse. » Une lueur rêveuse ! Non mais, tu te fous de moi ? Parce que ça, c'est toi, avoue ! Nom de Dieu, je suis le héros et tu me fais passer pour un cocu !

— Si même toi tu t'en rends compte, ça veut dire que c'est réussi : le public le pensera aussi…

Cooper n'était pas du genre à craindre une bagarre et la rougeur qui gagnait son front annonçait une prochaine tempête.

— Bon sang, tu as encore picolé ?

— Juste un gargarisme contre la toux, protesta Cabot.

— Tu files aux chiottes dégobiller, tu te bourres de café, tu te plonges la tête dans l'eau froide, mais dans une heure je te veux sur le plateau, ou, crénom, je te casse la gueule !

Cabot recula, tête baissée.

— Il n'a même pas de quéquette, Kong. Rien !

Ma parole, il était jaloux de Kong. Ce qui, à l'évidence, plongeait Ruth dans le ravissement : ça marchait.

— Pas de sexe ? Mon pauvre, tu n'as pas compris qu'à la fin il en est une, tout entier, de quéquette ? Une énorme quéquette ! T'inquiète, ricana Ruth, vacharde, les femmes auront compris depuis longtemps, elles.

Pour le coup, c'est Coop qui resta bouche bée. Le film avait changé Ruth, aussi.

Ça allait être de la dentelle, expliquait Obie. Il fallait que l'on voie Kong en son entier, tandis qu'il déshabillait Fay. Mais, de Kong en entier, on ne pouvait animer que les modèles de quarante-cinq centimètres. Delgado et Gibson avaient réussi l'impossible : une poupée de Fay plus vraie que nature si finement animée que le modèle réduit de Kong pouvait commencer à la dévêtir, lui enlever un vêtement, puis un autre, caresser son corps du bout des doigts, l'air intrigué, renifler son odeur. Et ensuite…

— On enchaîne avec toi, Fay, dans la main géante.

La solution ? Animer le modèle réduit en lui cachant le bras droit. Puis lui greffer la main et le bras géants. En réduisant leur image et celle de Fay à la taille adéquate – au millimètre près.

Fay considéra la main géante avec circonspection. Combien de temps avait-elle passé dans cette main à hurler et gigoter ? D'y penser suffisait à réveiller ses côtes meurtries. Le réglage des phalanges se desserrait dès qu'elle commençait à bouger, et elle glissait petit à petit contre l'armature métallique jusqu'à ce qu'elle crie au secours, qu'on la descende de là. Avant, les réglages refaits, d'être hissée de nouveau et que recommence le cauchemar d'avoir à jouer dans une scène dont elle ne voyait rien.

— Pour les vêtements qu'arrache Kong, reprit Obie, on les attachera chacun à un fil à pêche invisible, numéroté. Quand Coop dira le numéro, le gars au bout du fil tirera. Et attention, bande de lubriques, je vous connais : avec doigté. OK ?

Fay, apprenant qu'elle était supposée terminer nue son effeuillage par Kong, avait protesté : ça, jamais ! Ruth avait bien tenté de la convaincre, pareille scène entrerait dans la légende du cinéma, rien n'y avait fait : nue, elle ne se montrerait jamais. Coop, appelé au secours, avait tranché : elle garderait un vêtement. Le plus léger possible, mais un vêtement tout de même.

À l'instant de rejoindre sa main-nacelle, elle se tourna vers Coop. Pour cette scène-là, comme la première fois, il fallait que ce soit lui qui la porte là-haut. Puis, l'œil collé au Movieola, qui permettait de visionner le film à travers un objectif, il la guiderait dans l'image déjà existante, tandis qu'Obie serait derrière la caméra. Sa dernière scène ! Elle lui prit la main. Cette scène-là, elle voulait qu'elle soit à eux deux…

Des profondeurs de la grotte souterraine où gisait le corps sans vie du serpent monstrueux, Kong, tenant dans sa main le corps inerte d'Ann Darrow, gravissait à pas lents une sente escarpée, jusqu'à la lumière de son lieu d'élection, une plateforme à flanc de montagne. Ici, il était pleinement Kong, le roi de la création, avec le ciel au-dessus de lui, la jungle à ses pieds, jusqu'à la mer. Ici l'immensité résonnait si fort en lui qu'il se frappait la poitrine, comme un énorme gong. Et, près de lui, pour la première fois, cette créature étrange, si délicate…

Pourquoi criait-elle ainsi ? Intrigué, il la caressait pour l'appeler à lui, la rassurer, jouer peut-être. Elle sentait bon – une fleur ? Elle n'était pas d'ici, elle n'était pas de Skull, elle n'était pas de son monde. Pourquoi avait-elle peur ? Sa peau était si douce, pourquoi la cachait-elle ? Il voulait la toucher, la toucher tout entière, elle saurait ainsi qu'elle n'avait rien à craindre. Enfin, elle s'apaisait. Et c'est alors qu'elle l'avait regardé. Comme aucun animal, aucun des êtres derrière la muraille ne l'avait regardé, et quelque chose s'était déchiré en lui, s'était ouvert. Regarde-moi encore, petite femme-fleur, je me suis vu en toi. Et j'y ai vu une immensité qui n'était pas moi.

Il avait vécu jusque-là sans distance d'avec le monde, aussi ne s'était-il jamais senti seul. N'était-il pas le monde en son entier, rassemblé en Kong ? Mais quelque chose s'était éveillé dans le regard de sa captive, une douceur, un trouble, il ne savait trop : elle l'avait vu, elle l'avait regardé et un instant, un bref instant, il n'y avait plus eu de crainte en elle. Elle l'avait regardé et son monde à lui, fait de tumulte, de chaos, s'était trouvé bouleversé, une exaltation l'avait soulevé, aussitôt balayée par une tristesse affreuse. Pour la première fois, au contact d'un autre, il découvrait tout à la fois sa solitude, et que seule sa captive pouvait combler le manque creusé en lui. Sans elle, désormais, il ne pouvait plus vivre.

Puis une roche avait roulé, descellée par Driscoll qui les avait suivis. Kong, furieux, se tournait, qui avait osé ? Posant Ann, il se penchait au-dessus du gouffre qu'ils venaient de quitter. Déjà, dans son dos, un oiseau gigantesque emportait Ann, le grand singe le rattrapait au vol, s'attardait, tout à sa colère, à le mettre en pièces. Le temps pour Driscoll, emportant Ann, de saisir une liane qui pendait hors de la plate-forme et de se laisser glisser vers un escarpement, en contrebas. Las, Kong, vainqueur, poussait un cri de rage, remontait la liane, et les fuyards n'avaient d'autre choix que de lâcher prise et de tomber, à n'en plus finir, dans le grand fleuve au pied de la montagne.

Elle n'y arrivait pas. Trop crispée, elle surjouait, paraissait perdue dès qu'elle cessait de se débattre, comme si elle ne parvenait pas à briser une résistance en elle. À chaque fois il fallait tout reprendre, jusqu'à l'épuisement. Cooper désespérait. Mieux valait peut-être reprendre le lendemain. Non, là, tout de suite, intervint Ruth, qui entraîna son amie à l'écart. Il les vit discuter vivement, puis Ruth, un bras passé autour de ses épaules, lui chuchota quelque chose à l'oreille et Fay hocha la tête en rougissant, avant, les yeux baissés, de regagner sa main-prison.

Dès la première prise, Obie et Coop eurent le même cri : c'était parfait. Qu'avait donc pu lui dire Ruth ? Celle-ci, pressée par Coop, sourit, moqueuse : de ces choses que les femmes se disent parfois, et qui ne regardent pas les hommes. Puis, dans un souffle, quand tous se bousculaient au sortir du studio : « ... juste d'imaginer que c'était toi qui la déshabillais » – et, avec une bourrade, avant de disparaître en courant : « Sois Kong ! »

Fay lui prit la main sans dire mot, la tête toujours baissée, et elle resta ainsi tandis qu'il la raccompagnait. Comme son silence se prolongeait devant chez elle, il lui proposa, timide, de fêter par un verre sa dernière scène dans le film, ou, si elle n'était pas épuisée, un dîner chez Luigi, mais elle secoua la tête, avant de se blottir contre son épaule pour murmurer, la voix rauque :

— Non, chez toi...

Il se réveilla en sursaut, la poitrine serrée par un pressentiment : elle avait disparu. Les draps, la salle de bains, la chambre gardaient encore son odeur, légère, mais elle n'était plus là. Le cœur battant, il tenta d'ordonner le chaos de ses émotions, pas encore sorti d'une nuit irréelle, d'une infinie douceur traversée de brusques accès de passion, comme si une sorte de rage la possédait alors, ou qu'elle se raccrochait à lui. L'instant d'après ils se perdaient dans les yeux l'un de l'autre, elle balbutiait des mots sans suite sous ses caresses, et quand il s'inquiétait de la sentir au bord des larmes elle posait un doigt sur ses lèvres, mais non, idiot, c'est d'être si bien...

Elle avait disparu. Elle s'en était allée, juste un songe déjà évanoui, une parenthèse dans la prison du temps. Peut-être n'avait-ce été qu'un rêve – puis il vit ses vêtements jetés sur un sofa, ses chaussures sagement posées au-dessous, et, se penchant à la fenêtre, il la découvrit assise sur un banc, au fond du parc. Il chercha sa robe de chambre, en vain, s'enveloppa dans un manteau et dévala les escaliers.

Elle était là, rêveuse, qui lui souriait, pressée de se blottir avec lui sous son manteau, elle nue sous la robe de chambre qui traînait sur un fauteuil et qu'elle avait saisie pour prendre l'air. À quoi pensait-elle, la tête penchée, immobile, avec Buck à ses pieds ? À rien, murmura-t-elle, et il sentit son corps parcouru d'un long frisson. À rien qu'eux deux. Et à cette nuit qui ne devrait jamais finir…

William s'était fait invisible, mais un petit déjeuner fumant les attendait dans la véranda et ils bêtifièrent comme des gosses jouant à la dînette, chacun donnant à l'autre la becquée, pour le plus grand profit de Buck. Avec la fin de la grande marée venait une douceur nouvelle, le ciel rosissait au-dessus de la mer, le parc devant eux s'éveillait sous le soleil, des taches de lumière dansaient sur la pelouse. C'était l'heure des fées, chuchota Fay, et tout à coup, près du banc où ils se trouvaient peu avant, apparut un chevreuil. Hésitant, tout en muscles frémissants, prêt à la fuite, il jetait autour de lui des regards apeurés en grignotant les branches basses d'un arbre. Buck, ouvrant un œil, poussa un grognement, plus par principe que par fureur chasseresse, et la bête disparut en un éclair. Par où était-elle passée ? Peu importait, après tout. Ils demeurèrent là, songeurs, dans la paix du moment. Le monde pouvait attendre, décida Coop, et *Kong*, de gré ou de force, rester à la porte : il téléphonerait tout à l'heure à Ben et à Zoe, pour leur dire qu'il prenait quelques jours et serait injoignable. William accompagnerait chez elle Fay qui avait besoin de quelques vêtements, et, enfermés ici avec le nécessaire, ils se prépareraient à résister au monde, là, dehors, qui, à n'en pas douter, s'acharnerait contre eux.

Leurs journées, pour l'essentiel, s'étaient déroulées en peignoir, entre chambre et salon, parc et piscine. Par défi, évoquant un matin ses courses avec Haidar dans les flots glacés du Karun, Cooper s'était jeté à l'eau, suivi dans la seconde par une Fay héroïque, qui en était ressortie dans un long cri, pour courir ruisselante vers le salon, exigeant qu'il la réchauffe dans l'instant, et c'était devenu depuis lors un jeu, auquel Buck se joignait avec enthousiasme, frustré cependant de trouver porte close pour la suite. Le reste du temps, trop pressés de s'étreindre, de somnoler côte à côte, de bavarder de tout et de rien, pour s'encombrer de toilettes et de formalités, ils grignotaient des plateaux-repas discrètement déposés par William. Leur seule escapade avait été chez Luigi, où nul ne savait qui ils étaient, mais au premier regard du brave garçon, aux chuchotements des clients, ils avaient compris qu'ils étaient percés à jour et qu'il allait être difficile, revenus dans le monde, de se dissimuler. Zoe et William faisaient le nécessaire pour dresser autour de Cooper une muraille que rien n'avait réussi à percer jusque-là, mais ce monde, là, dehors, il allait bien falloir l'affronter. S'il ne le craignait pas, lui, il devinait aux silences de Fay, au voile de tristesse, parfois, qui troublait son regard, qu'il n'en allait pas de même pour elle. Et il savait bien que le monde pour Fay avait nom John Saunders.

Elle avait toujours pensé que le bonheur n'était pas pour elle, ni même ce que la plupart estiment être la simple vie, répétait-elle. Cooper avait un jour parlé d'« âme blessée », eh bien, c'était exactement cela qu'elle avait subi, hérité de son éducation, de la folie mormone. Qui ne l'avait pas vécu ne pouvait pas comprendre. Et elle se blottissait un peu plus fort contre Cooper. Elle le répétait, le chuchotait, pour se rassurer, se donner du courage, et lui suivait, inquiet, ce combat en elle. Puis tout basculait, tout s'oubliait, le monde, une fois de plus, s'éloignait d'eux…

Elle était si belle, ainsi abandonnée, qu'il retint sa respiration pour ne pas rompre le charme. Elle s'agita, ouvrit les yeux, lui sourit – et l'évidence lui serra cœur : que n'est beau que ce dont on est en même temps exilé, que les instants d'émerveillement où il vous semble effleurer le mystère portent en eux, en creux, la douleur de l'infranchissable distance. Il chercha ses mots, si maladroits. Seule la musique, peut-être, ou la poésie… Il pensa à ce que le rabbin disait du regard : le surgissement d'un autre monde face à vous, dans lequel vous ne rentrerez jamais. N'était-ce pas la condition de l'amour ? La perception de cette distance et l'élan alors de tout l'être, parfois de la part de deux êtres, pour franchir le cercle de feu, appeler l'autre à soi, lui manifester qu'on l'avait *reconnu*. Il fallait cette distance – sinon, pas d'autre monde accepté, pas d'autre, pas d'autrui, la condamnation à la solitude. La révélation de la beauté n'était jamais aussi bouleversante que lorsqu'elle se nouait à la perception d'un manque essentiel. Et l'idée qu'il pouvait la perdre, qu'il allait la perdre, le traversa avec une telle violence qu'il crut défaillir.

Il prit conscience qu'elle le regardait, intriguée. Pourquoi avait-il les yeux humides ? Il hésita, la serra contre lui. N'avait-elle jamais eu envie de pleurer devant la beauté du monde ? Il balbutia ce qu'il venait de découvrir : trop vive, la beauté peut vous briser le cœur.

Et il comprit pourquoi la Belle ne pouvait que tuer la Bête. D'un seul regard.

Un matin, William le prit à part : monsieur O'Brien était au bout du fil, il insistait, et à son ton il lui avait semblé que c'était assez grave pour le déranger. Grave ? Et comment ! Ils étaient dans la merde.

— La chute de Kong du haut de l'Empire ! Ça a l'air simple… Putain ! C'est un sac de nœuds pas possible. Coop, là c'est sérieux, il faut que tu viennes…

Le visage de Fay s'était crispé quand il lui avait annoncé son saut obligé au studio. Il ne la laisserait pas seule longtemps, n'est-ce pas ?

— Reviens vite, Coop. Promets-le-moi ! Ne me laisse pas…

Personne ne lui fit de remarque. Même Obie se garda d'une de ses plaisanteries.

Alors, cette chute ? L'idée de départ était de filmer Kong en plongée, 380 mètres de chute avant de s'écraser, rebondissant sur l'étage juste au-dessous de la flèche, puis frôlant le reste de l'immeuble, avec la ville de New York, sous lui, tourbillonnant. Au Movieola, l'effet était extraordinaire. Mais sur grand écran, soupira Obie, c'était une autre affaire. Plus extraordinaire encore, allait dire Cooper, perplexe, en visionnant la scène, quand un détail le fit sursauter. C'était quoi, ce qu'il venait de voir ?

— Une image fantôme. On voit un reflet de l'Empire à travers le corps de Kong. Et rien à faire : on a eu beau la reprendre, toujours le même problème.

— Et en modèle réduit, depuis la maquette de la tour ?

Le visage d'Obie se crispa.

— Tu as déjà réfléchi à ce petit détail ? Pour que la vitesse de chute paraisse normale, si on fonctionne sur une maquette, mettons quarante fois plus petite, il faut que l'on ralentisse la chute quarante fois. Ce qui veut dire qu'il faudrait une caméra capable de filmer quarante fois plus vite que la normale. Et ça n'existe pas.

— Mais vous avez trouvé quelque chose ?

Obie baissa la tête.

— Eh bien… Peut-être. Mais il faut ton feu vert.

— Une caméra Bell et Howell, expliqua Gibson. La plus rapide. Couplée avec un moteur extérieur d'entraînement. Plus un super-éclairage pour permettre la vitesse d'obturation la plus rapide. Ça peut marcher. Sauf que…

Ça n'avait pas marché, le premier coup. Tout s'était mis à couiner, à fumer, le film s'était entortillé partout, ils avaient passé la nuit à tout récupérer, mais la caméra était fichue. Ils en avaient préparé une deuxième, tout était en position pour tourner, mais elle risquait le même sort…

— Vous voyez une autre solution ? Non ? Alors on y va.

Il regarda furtivement sa montre, faillit appeler pour prévenir Fay que ce serait un peu plus long que prévu, renonça : ce pouvait être aussi bien l'affaire d'une heure ou deux.

L'affaire d'une journée. La deuxième caméra avait rendu l'âme à son tour, mais assez tard pour qu'ils aient leur chute spectaculaire. Gibson avait réussi à faire rebondir son modèle réduit de grand singe sur le rebord du premier étage, sous la flèche. Un physicien consulté aurait sans doute reproché une vitesse de chute excessive mais, prise par l'action, la salle n'y verrait que du feu.

À l'instant de filer, Obie avait encore retenu Cooper. Restait la dernière prise, celle qu'il avait voulu aussi la dernière dans le film : Kong au sol avec la foule autour de lui et les derniers mots de Denham. Tout était prêt, ou à peu près, les figurants engagés. On pouvait reculer le tournage encore de deux jours, trois au grand maximum : il avait épuisé les prétextes pour retenir le studio. Sans parler de la suite, montage, musique qu'il allait falloir conduire au galop.

Trois jours. Le temps pour lui de préparer Fay au retour du monde extérieur.

À l'expression de William, la grille poussée, il sut que le pire venait d'arriver. Dans l'après-midi Fay avait demandé, en pleurant, à être raccompagnée chez elle.

Il n'y fit qu'un bond, mais trouva porte close. Nul, alentour, ne put le renseigner. Rentré chez lui, il attendit un appel toute la nuit, une nuit interminable, traversée de brusques angoisses, dans un tourbillon de pensées qui le laissèrent l'esprit en déroute. La maison de Fay, le lendemain, était toujours fermée. Un voisin lui dit l'avoir vue le jour précédent, charger des bagages dans une voiture, avant de s'en aller, en hâte. La pauvre dame était en larmes, ajouta-t-il, une si jolie dame, c'était pitié de voir cela !

L'appel vint le lendemain, entrecoupé de sanglots : elle arrivait.

Très pâle, tremblante, désemparée. Ses yeux immenses lui mangeaient le visage.

— Il est revenu, Coop. Il est revenu ! Et il a besoin de moi…

Saunders, bien sûr. Il l'aurait tué dans l'instant, s'il avait pu. Qu'avait inventé cette fripouille pour la retenir, cette fois ? Probablement rien de plus que d'habitude.

— Je n'avais pas le droit. Je n'ai pas le droit ! J'ai essayé, tu sais, tellement essayé. Mais je ne peux pas…

Elle se calma peu à peu quand il lui prit les mains. Elle avait lutté de tout son être, jour après jour, contre cette voix en elle de plus en plus impérieuse, qui l'avait écrasée : « Coupable ! » Comme une ombre en elle, qui était elle, quoi qu'elle fasse, et qu'elle ne parviendrait jamais à chasser, elle le savait maintenant. Elle lui avait caressé le visage en ravalant ses larmes. Pourrait-il jamais lui pardonner, lui son premier, son seul amour ?

La retenir de force, le temps de la ramener à lui, affronter son mari, provoquer une rupture ? Il savait que leur aventure finirait ainsi, il l'avait su dès le départ, sans se l'avouer. Parce qu'il était Merian C. Cooper, qui ne s'appartenait pas. Il faillit lui dire, le cœur navré, qu'au moins ils resteraient bons amis, ces mots dérisoires, tellement convenus. Il se retint : amis bien sûr ils le resteraient, comme de vieux amants protégeant leur bref instant d'éternité, ils se chercheraient toujours des yeux, mais derrière les sourires affichés demeurerait la souffrance.

À l'instant de s'en aller, par la vitre baissée, elle le dévora une dernière fois des yeux, caressa son visage, puis la voiture l'emporta.

Kong lui aurait donc tout pris. Leur belle histoire, à Fay et à lui, resterait enclose dans le film.

Ils n'attendaient plus que lui. Les figurants se pressaient devant une place vide où viendrait s'incruster la tête géante de Kong. Des policiers en uniforme contiendraient à grand-peine une foule partagée entre épouvante et fascination. De vrais flics, lui dit Obie, ça leur fera un petit extra et puis on gagnera en naturel quand il s'agira de retenir les plus excités.

Un assistant, au porte-voix, mit les gens en place. Coop serra le bras d'Obie. Eh bien, c'était la fin. Les dernières images, corrigea Obie. Une autre course allait commencer dès le lendemain, qui n'était pas gagnée. Mais au tremblement dans sa voix on le devinait pareillement ému. Comme toute l'équipe rassemblée. Après tant d'années ! Après, pour certains, le désastre de *Creation*. Delgado avait apporté des bouteilles de champagne pour fêter cela, entre eux et eux seuls. Avec Coop, qui les avait menés à bon port.

Une voix cria : « Moteur. » La foule poussait, reculait, effrayée, s'agitait en tous sens, mal contenue par les policiers qui sortaient les matraques. Carl Denham apparaissait, hagard, se nommait, mais un policier faisait barrage. Une femme cria « C'est l'homme qui l'a capturé ! » et le lieutenant appelé à la rescousse le laissa passer.

Cooper retint son souffle, et murmura à voix basse les mots de Denham, qui valaient désormais pour lui :

— Ce ne sont pas les avions. C'est la Beauté qui a tué la Bête.

XXXV

Être Kong, ou pas

Hollywood-New York-Hollywood, décembre 1932-mars 1933

Il avait erré pendant des jours sur les quais de San Pedro, incapable de rentrer chez lui, où tout gardait le souvenir de Fay. Ici, l'on ne demandait à personne de montrer patte blanche et peut-être y cherchait-il encore l'ombre de Monty, qui ne donnait guère de nouvelles de son escapade chez les Bédouins. Le Silver Dollar Saloon, le Whispering Joe's, le Shanghai Red's, le Scuttle Butt Inn l'avaient tour à tour recueilli et il s'était retrouvé au Goodfellow's dansant avec des géants scandinaves qui pleuraient d'abondance aux sons plaintifs d'un accordéon. Il n'était plus personne dans la grande foule des anonymes, mais la solidarité n'y était pas un vain mot, et il s'y sentait bien. Des Polonais en manque de bras l'avaient entraîné sur Terminal Island, où il s'était retrouvé déchargeant des sacs de blé pour deux dollars, et l'envie lui était venue, violente, de tout abandonner, pour s'embarquer sur le premier cargo venu.

Un soir que le port s'enveloppait de brume froide, un clapot sous ses pieds le fit tressaillir – une otarie, sans doute en quête de compagnie, et il se retrouva à Londres, onze ans plus tôt, sur les docks Sainte-Katharine et, plus loin encore, sur un quai d'Annapolis, aux temps de l'Académie navale, quand il rêvait d'Indes fabuleuses, une nuit de Noël, en tenant par la main sa petite amie. Allons, il fallait finir d'une manière ou d'une autre ce qui s'était noué là. Il était Merian C. Cooper : une vie à soi, c'était pour les autres, il aurait dû le savoir, depuis le temps.

Nul ne l'interrogea sur les raisons de son absence. Zoe poussait des soupirs en le suivant des yeux, Ben Kahane lui avait juste glissé un « content de te revoir » en lui serrant le bras comme on marque son soutien à un ami dans la détresse, et il faillit s'enfuir, mais déjà Archie Marshek et son équipe de monteurs accouraient, brandissant un compte à rebours évidemment impossible à tenir, tandis que Pandro Berman posait sur son bureau une pile de scénarios en souffrance. Selznick ne donnant plus signe de vie, le malheureux ne pouvait tout assurer seul, et Coop, cerné, tomba la veste en feignant d'ignorer les regards qui le suivaient dans les couloirs.

Voilà, il était de retour, officiellement après un gros coup de fatigue. Kahane enfin pouvait confier ses tourments à quelqu'un : les prévisions d'Aylesworth, en octobre, s'avéraient en dessous de la réalité, mais il ne voyait plus sur quoi rogner. Ce mois de décembre allait être celui de tous les dangers.

— Ces deux salles, à New York ! Elles vont nous couler…

Sans compter les nouveaux locaux de la RKO au Rockefeller Center, trop grands, trop chers.

— Bill Rockefeller joue les Monsieur bons offices entre son oncle et Aylesworth, mais on a la corde au cou.

La question était de savoir qui leur filerait le coup de pied fatal…

Il eut un geste désabusé : on pouvait s'inquiéter de la prise de fonction de Roosevelt, en mars, mais rien ne disait qu'on irait jusque-là…

— Hé ! Attention : Kong, c'est en mars ?

Il le savait bien. Mais ce n'était pas seulement la RKO, ce n'était pas seulement Hollywood (la valeur cumulée des actions des cinq majors était passée en trois ans de 2 milliards de dollars à 200 millions, seule la MGM faisait encore de maigres bénéfices), c'était l'Amérique qui se trouvait au bord du gouffre.

— Je suis peut-être pessimiste, mais enfin, depuis 1929 on a essuyé, plus ou moins bien, trois vagues de panique bancaire. Eh bien, la quatrième arrive, Coop, et elle risque d'être pire…

Inquiets, de plus en plus de gens retiraient leurs dépôts, ou exigeaient leur conversion en or. Hoover, qu'on disait partisan du laisser-faire, avait, pressé par le secrétaire d'État au Trésor et le président de la FED, donné dans l'automne 1931 son feu vert à une National Credit Corporation, dans l'espoir que les grandes banques s'unissent pour venir en aide aux banques solvables en difficulté.

— Mais ça n'a pas suffi. Depuis un an c'est l'État fédéral qui prête directement, non seulement aux banques, mais aux compagnies de chemins de fer et aux collectivités locales. J'ai des amis dans la banque : même ça, ça ne va pas suffire.

Gare au torrent, quand les digues cèdent… 1929 n'avait peut-être pas été le cataclysme ultime, juste un signe avant-coureur.

À moins que la déflagration vienne d'ailleurs, songea Cooper, en reconnaissant, dans la pile de courriers en souffrance, une écriture familière :

Berlin, le 5 novembre 1932

Oui, j'aimerais que tu sois là, près de moi… J'ignore où tu en es de ton *Kong*. Obstiné comme je te connais, tu ne dois pas être loin du but. Dépêche-toi.

J'ai repensé à Kong, devant Hitler électrisant les foules… La force obscure, la puissance au cœur du monde, il sait cela. Il la vit, en lui, comme personne peut-être. Elle le traverse, le soulève, l'électrise et à travers lui elle électrise les foules. Ce sont moins des discours que des rituels de possession ! *Mais il n'est pas Kong*. Je l'ai compris tout d'un coup : il est le Diable. Que des fous irresponsables, ici, vont nommer chancelier un jour ou l'autre. Le Diable, qui *utilise* Kong, mais n'est pas lui. Tu me dis toujours : une force « destructrice-créatrice ». Lui s'empare mieux que personne de cette face noire. À toi d'en manifester le versant lumineux !

Ton amie

Maggie ne disait rien d'elle. Que faisait-elle ? Comment allait-elle ? Dès réception de la première lettre, il avait cherché des articles d'elle, dans la presse où d'ordinaire elle publiait. En vain. Refusés parce que jugés trop sombres ? Les journaux s'obstinaient à croire en la paix, en la Société des Nations, en la guerre à jamais interdite. Quels risques prenait-elle là-bas ? Elle non plus n'avait pas renoncé – et cette voix venue des lointains disait la permanence des rêves qui les avaient un jour réunis.

Une course contre la montre, disait-elle. Mais lui n'avait qu'un pauvre film, l'autre accumulait des forces qu'il lancerait demain à la conquête du monde.

Un désastre. Un désastre sans précédent dans l'histoire du show-business. Terry Ramsaye, le chroniqueur le plus craint du milieu, attaquait au lance-flammes : « Si la capacité du Radio City Music Hall est de 6200 places, alors 6199 personnes ont pu assister à quelque chose de plus extraordinaire que l'ouverture du plus grand théâtre du monde : l'évidence du plus grand bide de l'histoire. » Merlin Aylesworth en était donné comme le grand responsable : « Ce qu'il a réussi en prenant la direction de la RKO est aussi gigantesque que le Grand Canyon, avec la même contenance de néant. » Depuis, Sarnoff, Aylesworth et le staff de la RKO multipliaient les réunions pour se sortir du guêpier. En vain.

Ils croyaient pourtant avoir pris toutes les garanties pour faire de cette inauguration du 27 décembre l'événement mondain de l'année. Six mille deux cents places, une prouesse architecturale, plus qu'un théâtre, une cathédrale dédiée au spectacle, dieu des temps modernes, et afin que ce moment fasse date, marque la fin des années sombres, la direction en avait été confiée au prince de Broadway, l'immense, l'extravagant Sammy « Roxy » Rothafel qui avait déjà fait briller en lettres de feu le Regent, le Strand, le Rialto, le Rivoli, le Capitol. Le Tout-New York était au rendez-vous, énumérait le speaker de la NBC retransmettant en direct le moment historique : la famille Rockefeller au complet autour de John D., le patriarche, William Randolph Hearst, Charlie Chaplin, Amelia Earhart, Leopold Stokowski, Noël Coward, Irving Berlin, le gratin de la finance et celui des arts, cinéma, musique, théâtre mêlés – mais le lancement en fanfare s'était éteint au fil des heures. À la clôture, vers 2 h 30 du matin, le théâtre était vide.

Il avait fallu se rendre à l'évidence : le Radio City Music Hall, outre son coût de départ exorbitant, perdait 85000 dollars par semaine.

Le RKO Roxy, de 3700 places « seulement », lancé comme le « temple du cinéma », qui proposait *The Animal Kingdom* d'Edward Griffith et de George Cukor, s'en était tiré de manière honorable, mais personne n'y prêtait attention.

Ben Kahane était rentré, livide, par le premier avion, avec à la main le *New York Times* du jour précédent.

Celui-ci annonçait : « Selznick out. »

Qui pouvait sonner, à cette heure ? Cooper entendit un brouhaha de voix, au pied du lit Buck remua la queue, ce devait être un ami.

— Coop, tu dors ?

Il sauta du lit, se heurta sur le palier à William qui accourait. Selznick, dans le hall, avait les traits tirés mais dans le regard, une énergie nouvelle.

— Coop ! J'ai voulu que tu sois le premier. En tête à tête…

Installé au salon, il avala d'un trait le whisky que lui proposait William, reprit sa respiration, et prononça les mots que prévoyait Cooper :

— Coop, je pars.

L'information du *New York Times* était donc juste. Et le démenti de Sarnoff, du vent.

Selznick allait et venait, s'échauffant à mesure qu'il parlait.

— Je ne l'ai dit à personne, mais quand j'ai quitté L.A., j'avais en main une proposition de mon beau-père : que je le rejoigne à la MGM. Seul responsable d'une unité, chargé de dix à douze films par an. Tu te rends compte ? On en a déjà discuté, c'est la taille idéale. Oui, mais… C'était me mettre sous l'autorité de mon beau-père, tu comprends ? Et ça plaisait encore moins à Irene. Elle a eu assez de mal à échapper à son père ! Et c'était peut-être un moyen, pour lui – il ne fait jamais rien gratuitement – de limiter l'autorité de Thalberg. Et ça, pas question ! Je n'avais aucune certitude du côté de la RKO, mais j'ai refusé. Sarnoff m'a fait confiance, il y a un an, j'aurais été le dernier des ingrats.

Il serait resté, insistait-il, peut-être pour s'en convaincre lui-même, mais pas à n'importe quelles conditions. Trop de choses n'allaient pas. À commencer par cette guérilla avec Aylesworth. Mais il tombait mal : la RKO était en plein tumulte, Sarnoff avait dix négociations sur les bras, l'inauguration des deux théâtres prenait des airs de roulette russe, bref, ses demandes étaient restées sans réponse.

— Sarnoff me dit : le 15 au plus tard. Le 15 : rien. Le 16, je lui envoie un télégramme : je démissionne, avec effet immédiat. Puis je propose un nouvel arrangement à Aylesworth : je crée une autre compagnie, qui passera des accords de coproduction et de distribution avec la RKO. J'ai même appelé David Bruce pour savoir s'il m'aiderait à démarcher des partenaires. Refus d'Aylesworth, preuve que ce n'était pas une question d'argent, mais de pouvoir. Sur moi. Sur nous. Mais, en même temps, réaction de Sarnoff : soyez patient, on croule sous les urgences ! Et très vite, sa proposition : 2 500 dollars par semaine plus 20 % des recettes. Mieux que je n'espérais. Plus la liberté de choix des sujets et de leur traitement. Je signe tout de suite ?

Il se servit un nouveau verre, l'avala d'un trait.

— Tu parles ! Réaction aussitôt d'Aylesworth : « Il doit être clairement entendu que l'accord final sur les sujets, leurs développements et les budgets doit être approuvé par écrit par Kahane, et confirmé par un télégramme de ma part. En d'autres termes, nous gardons un pouvoir de veto. » Ça ne s'arrangera jamais. Je me tourne une dernière fois vers Sarnoff : j'avais votre parole. Depuis, silence… Du coup c'est clair, je m'en vais.

Pour aller où ? Selznick, face à la grande baie vitrée, s'absorba un instant dans la contemplation du parc au clair de lune. Et Cooper sut ce qu'il allait dire.

— J'ai donné mon accord à Mayer. 4 000 dollars par semaine, une unité indépendante, un immeuble séparé, pour huit à dix films par an. Irene est furieuse. Pour elle aussi, c'était important, de ne plus être sous la coupe de son père. Mais j'ai compris qu'il est encore trop tôt pour voler de mes propres ailes.

Il hésita :

— Coop, est-ce que tu viendrais avec moi ?

Cooper ouvrit de grands yeux : il y avait *Kong* !

— Je peux leur proposer de l'acheter ? Son coût de réalisation plus 200 000 ou 300 000 dollars. Comme ça, s'ils t'emmerdent sur le budget, tu peux les envoyer balader. Et s'ils refusent de me le vendre, ils sont coincés : ils doivent aller au bout !

Il était déjà en effervescence, comme aux premiers jours de son arrivée, plongé, les yeux lointains, dans son royaume d'images, le seul lieu où il se sentait chez lui, songeait Cooper en le raccompagnant jusqu'à sa voiture, et il lui promit le secret, le temps que son ami s'en explique avec Kahane. S'annonçait, décidément, un temps de grand remue-ménage.

— C'est encore plus grave que ça, dit Kahane, la mine défaite.

La RKO avait fini l'année 1932 sur la catastrophe de ses théâtres. Elle inaugurait 1933 par un défaut de paiement.

— Sur le remboursement au 1er janvier de 3,5 millions de dollars de prêts à court terme…

L'un comme l'autre savaient ce que cela signifiait : le dernier stade avant la faillite.

— Et la RCA laisse faire ?

— La RCA ! (Kahane leva les bras au ciel.) Elle est en caleçon ! Ratiboisée !

Elle avait été une machine à profit si prodigieuse qu'à peu près personne ne prenait la mesure de la situation.

— Sarnoff se bat depuis deux ans contre le département de la Justice. Il vient juste de s'en sortir – en novembre. Mais si on s'en sort, avec ces gens-là, c'est en caleçon.

Poursuivi depuis 1930 au nom de la loi antitrust, avec General Electric, Westinghouse et quelques autres, Sarnoff s'était battu de toutes ses forces, et la RCA, depuis novembre, était sauvée. Mais au prix fort, ses finances à sec, l'action tombée en deux ans de 572 à 10 dollars.

— Il va remonter, c'est une question de temps. Mais là, il ne peut rien. Rien !

— Et il va se passer quoi ?

— Trois demandes de désignation d'un administrateur judiciaire ont été déposées à New York, Newark, Baltimore… D'ici la fin du mois, un juge va en désigner un.

Et le nœud coulant se resserrerait.

À ce qu'il savait, la situation des autres compagnies n'était guère meilleure, soupira Kahane. On parlait d'un déficit de 20 millions pour la Paramount, sous la menace elle aussi d'un administrateur judiciaire. La Warner et la Fox y échappaient pour le moment, mais avec un déficit pour la première de 14 millions et pour l'autre de 17. La chute de Lasky n'avait été que le signe avant-coureur de la catastrophe. Seule la MGM paraissait tenir. Pour combien de temps ?

L'annonce, partout répétée, du recul des nazis aux dernières élections lui avait fait penser que le pire n'était peut-être pas inéluctable, mais selon Maggie plus dure serait la suite…

Berlin, décembre

Coop,

Ils avaient 230 députés. Aux élections de novembre ils n'en ont plus que 196. Et déjà on veut croire que vient le temps de la décrue. Les caisses du parti sont vides, dit-on. Les milieux d'affaires, du coup, s'imaginent, à terme, l'avoir à leur main. Mais Goering, avec la complicité des catholiques, préside toujours le Reichstag. De nouveau autorisées, les Chemises brunes des S.A. tiennent la rue, et Hitler reste l'arbitre. Ballet des petits calculateurs ! Je tiens de l'ambassadeur de France que le chancelier von Papen avait imaginé de démissionner, afin que le président Hindenburg propose à Hitler de former un gouvernement de coalition, en prévoyant qu'il n'y parviendrait pas, ce qui permettrait à von Papen de revenir. Mais Hitler a refusé. Comment ne pas voir qu'il joue avec eux au chat et à la souris, jusqu'au moment où il raflera la mise ? Il a déjà gagné la bataille des idées et des mots. Que l'on soit pour ou que l'on soit contre, tous les débats tournent autour de lui. Dans un mois, dans deux mois, il sera au pouvoir. Et alors ne nous restera plus que nos yeux pour pleurer…

Ta Maggie

— David… Vous l'avez vu, ce matin ?

— Hier soir.

— Alors vous savez.

Cooper acquiesça. À quoi bon lui mentir ?

— Je ne désespère pas, vous savez, de le faire changer d'avis…

Kahane y croyait-il seulement ? Le problème n'était pas Selznick, mais Aylesworth – la détestation viscérale d'un homme de chiffres pour les artistes.

— C'est une énorme connerie, Ben. Ils ne sont pas si nombreux dans la profession, ceux qu'on peut dire des génies. J'en ai connu un : Jesse Lasky. Il y a Thalberg. Et puis il y a David. Vous pleurerez des larmes de sang de l'avoir laissé partir !

— Hé ! Je peux savoir ce que vous fabriquez ?

Murray Spivack, grand maître du son à la RKO, frappait à coups redoublés la poitrine nue de Walter, son assistant, avec des mailloches de grosse caisse, tandis qu'un autre tenait un microphone collé à son dos. Le tortionnaire eut un geste exaspéré, se tourna vers la cabine.

— Ça donne quoi ?

Le technicien, derrière la vitre, fit un geste du pouce et un battement sourd, énorme, sortit des haut-parleurs.

— Ouais ! Je crois que c'est bon. Walter, tu peux te rhabiller. Le prochain coup, on recommence en passant le film, pour coller au rythme. On a trouvé le truc !

— Et c'est quoi, ce coup-ci ?

Murray jeta un regard furieux à Cooper, entré à l'improviste. Il n'avait pas vu la lumière, au-dessus de la porte ? Si on le dérangeait *à tout bout de champ*, il n'y arriverait jamais. Ça ne faisait jamais qu'une semaine, depuis la dernière fois, protesta Cooper. Et il n'y avait pas de lumière, au-dessus de la porte. Mais pour Murray le monde extérieur se réduisait à une jungle peuplée de bruits, et d'ennemis acharnés à contrarier ses prises de son.

— Kong se frappant la poitrine ! C'est ça, non ?

Ça pouvait être ça, oui. C'était même épatant. Mais il n'aurait pas pu frapper des tambours, plutôt que de maltraiter Walter ?

Il croyait peut-être qu'ils n'avaient pas *tout* essayé, avant ?

— Putain, Coop, depuis que je suis arrivé ici, je n'ai pas arrêté d'enregistrer des bruits, dehors – une bibliothèque de sons ! Dès qu'Obie m'a expliqué le film, j'ai essayé de prendre de l'avance : 150 kilomètres de bandes sur tous les bruits des animaux connus ! Vous vous rendez compte que pour votre foutu film il n'y en a pas un qui colle ?

Son visage se plissa.

— J'ai peut-être le rugissement de votre bestiole… Joe, tu nous le mets ?

Après quelques secondes retentit une clameur énorme, qui enfla, triomphante, à faire trembler les murs, avant de décroître. Cooper sursauta – on pouvait la remettre ?

— Bon sang, Walter, comment vous avez fait ?

— Une semaine ! J'y ai passé une semaine, avec mes gars.

Le rugissement de Kong durait jusqu'à trente secondes, dans une séquence. Aucun animal ne produisait un tel son ! Le barrissement d'un éléphant durait tout juste huit secondes.

— J'ai envoyé un gars au zoo de Selig, à San Diego. Je m'étais dit qu'en amplifiant le rugissement d'un gorille... Mais ces cons-là ne font que bouffer des bananes et roter. Restaient les lions et les tigres. Un de leurs gardiens a eu l'idée de leur retirer leur viande juste quand ils sautaient dessus. Je ne vous dis pas le déchaînement !

Mais le résultat n'évoquait ni lion ni tigre ?

— Quand on les a mis bout à bout, au studio... Bof. Puis on a eu l'idée de les passer à l'envers. Ah ! C'était mieux. Puis de les ralentir, jusqu'à les baisser d'une octave. Ça commençait à ressembler à quelque chose. Là, on a mis les meilleurs moments bout à bout, avec un decrescendo à la fin. Et voilà le résultat.

Restait encore à imaginer les grognements du monstre.

— J'en ai répertorié plusieurs : l'étonnement, le plaisir mêlé de surprise quand il essaie de jouer un peu avec sa poupée, de la faire réagir en la touchant du doigt, la douceur, enfin, ce que ça peut être, pour lui, la douceur – l'affection, et puis la douleur, la séparation, l'élan vers elle, le tragique, quand il la pose à terre pour la protéger, avant de mourir. Max Steiner m'a expliqué. J'ai bien tout noté ?

Il avait bien noté. Comment comptait-il faire ?

Il n'en savait fichtre rien.

— Pour les pas de Kong, on a trouvé. Avec des débouche-éviers enveloppés de caoutchouc mousse qu'on fait marcher sur du gravier.

Il avait encore à imaginer les cris des dinosaures, du tyrannosaure, du brontosaure, du ptérodactyle, leur respiration quand ils couraient, leurs râles quand ils se battaient.

— J'ai écrit au conservateur du zoo de Chicago pour savoir quels bruits ils émettaient.

— On s'en fout un peu, non ? Imagine-les les plus horribles possible !

— Il m'a répondu qu'ils n'avaient pas de cordes vocales.

— Raison de plus : invente !

— Un paléontologue du musée de L.A. m'a dit d'aller plutôt vers des sifflements, comme les serpents. Avec des croassements pour le brontosaure, vu qu'il est amphibie.

Ils avaient procédé à deux essais. Pour le ptérodactyle, l'effet était saisissant. Murray eut un sourire malicieux.

— Un petit oiseau de rien du tout. On ne sait plus lequel, l'étiquette s'est décollée de la boîte. On l'a juste baissé de deux octaves, et un peu tripatouillé…

Mais le clou était le tyrannosaure. Là, Murray se rengorgea : c'était lui.

— Avec la bouche collée au micro, puis le son passé au ralenti. Ça en jette, hein ?

Il se renfrogna :

— Je voulais vous dire, Coop… J'ai bien détaillé le script, maintenant. On n'y arrivera pas. Dans des délais pareils, c'est impossible.

Cooper haussa les épaules, lui tapota l'épaule. Mais non ! Parce que c'était impossible, ils réussiraient.

Qui avait eu l'idée de prévenir Kahane ? Cette première projection, Cooper l'avait souhaitée pour le cercle restreint, Ruth, Steiner, Spivack, Obie. Juste une séance de travail sur un squelette, pour juger de son mouvement, des manques ou des coupes nécessaires, un premier montage, guère mieux qu'un bout à bout, sans musique ni bruitage. Quelques petites scènes restaient à tourner, mais Steiner et Spivack ne pouvaient plus attendre. Tel avait été l'émiettement des tournages, au fil des semaines, que tous réclamaient de faire le point. Mais qu'en pouvait saisir Kahane ? Avant d'avoir pu lui parler, Cooper l'avait vu s'esquiver, le visage fermé. Depuis son retour de New York, il traînait une tête d'enterrement. Jusqu'à quand tiendrait-il ? Le conseil à New York paraissait en panique, décidait un jour la fermeture du Roxy, le lendemain penchait pour celle du City Music Hall. Pour tout arranger, à Hollywood, la RKO perdait au pire moment celui qui en avait été l'âme, tandis que se profilait la perspective prochaine d'une mise sous tutelle. S'il était venu avec l'idée de se remonter le moral, il risquait fort d'être déçu.

En rentrant à son bureau dans l'après-midi, après un détour par Culver City, il avait reçu un appel affolé de Steiner : Kahane venait de lui enjoindre d'arrêter tout. Plus de musique pour *Kong*, qu'il puise dans celles déjà enregistrées !

— Ben, vous perdez la tête ?

Il avait ouvert la porte à la volée, mais le visage défait de son vis-à-vis l'arrêta net : le malheureux tendait déjà les mains devant lui pour se protéger de l'ouragan en approche.

— On a mis tellement d'argent sur le projet, Coop, tellement d'argent ! On m'interroge, on me harcèle, on s'inquiète chaque jour : où en est *Kong* ? Tellement d'argent sur… ça ! Coop, vous nous avez amenés où, là ?

Argumenter, faire valoir qu'il ne pouvait juger sur cet état du film, ne servirait à rien.

— Ben, calmez-vous : je paie tout.

L'autre ouvrit des yeux incrédules.

— La musique, le bruitage, je paie tout. De ma poche. Mais qu'on nous fiche la paix !

— Mais enfin, Coop… Vous vous rendez compte du coût ?

— Comme c'est moi qui ai visé le budget : oui. Je suis sûr de mon coup, Ben. Vous n'auriez pas dû voir ce brouillon, sans même connaître ce qui va venir en plus. Mais puisque c'est fait, je ne veux pas perdre de temps.

Le soir même il lui avait envoyé une lettre confirmant son engagement.

— Plus fort, Maxie, plus grand ! FÉROCE ! Bon sang, ce n'est pas un danseur mondain, ce n'est pas un singe, c'est une montagne, c'est un cyclone ! C'est… KONG !

Steiner piquait du nez. Il n'avait pas dételé depuis *Zaroff*, il avait lu et relu le script, visionné les séquences au fur et à mesure, travaillé des thèmes, au point qu'il finissait par oublier qu'il avait eu une autre vie, jadis, après le travail. À quoi bon ? Vers la fin de l'après-midi, après avoir mis l'équipe d'Obie sur les rotules, Cooper surgissait dans son bureau et ne le lâchait pas avant minuit.

— Plus fort, Maxie, plus sauvage ! On n'est pas à Broadway. Il nous faut du brutal, là, que ça hurle, que ça cogne ! C'est si difficile à comprendre ?

À comprendre, non, mais à faire sentir, c'était une autre paire de manches. Coop se rendait-il seulement compte que ce qu'il cherchait était impossible ? Oui, sans doute, à quoi il répondait avec un haussement d'épaules qu'il y avait de la littérature, qu'il y avait de la musique, parce qu'il y avait de l'indicible – et de la peinture, de la photographie, du cinéma, pour montrer l'invisible. Maxie, dans un soupir, collait son œil au Movieola, visionnait de nouveau la scène avant de se précipiter à son piano. Cooper reprenait :

— Oublie tout, Maxie, oublie tout ! Ce n'est pas notre monde, c'est... avant. Avant nous. Avant toute chose. Dans le cratère des premiers âges ! Mais c'est en nous, je le sais, je l'ai vécu, au plus profond de notre cerveau, de nos cellules, un hurlement, qui n'en finit pas, toute la mémoire du monde ! Tu ne le sens pas, monter en toi ? L'exultation de la force, du meurtre, du sang versé ! Quand tes ancêtres s'entre-tuaient pour survivre, les massues qui roulaient sur les crânes, déchiraient les entrailles, brisaient les os, et la clameur qui te soulevait, alors ! Oui, voilà, recommence, c'est ça ! Plus fort, bon sang ! Féroce !

Maxie retombait, épuisé. Non, il n'y arriverait pas. Et Cooper, en transe, habité par sa vision, reprenait, le portait, le soulevait, le précipitait hors de lui-même.

— Pas ça, Maxie, pas de mélodie ! Un rythme, d'abord. Une pulsation, qu'on sent venir des entrailles de la création, un grondement, qui prend forme, un martèlement... Et puis des cris. Comment vous dites, les musiciens ? Des dissonances, c'est ça. La guerre, ce n'est pas une mélodie, pas des chants militaires, pas la marche au pas. C'est le chaos, c'est des heurts, c'est tout le contraire d'une belle harmonie. Il faut que quelque chose vienne, comme le souffle d'une tempête à faire trembler les murailles, un grondement énorme, et, dessus, des clameurs de plus en plus fortes, un tintamarre : la guerre. J'ai écouté la musique de tes compositeurs viennois. C'est plein de ça, de dissonances. Parce qu'ils ont vécu la guerre, sûr et certain. Putain, tu vas me la jouer comme ça, oui ?

— Mais, Coop, ce n'est pas pour des films ; c'est de la grande musique !

— Eh bien, fais-moi de la grande musique ! L'opéra féroce de Kong ! Le reste, on verra après...

— Le plus délicat, Maxie : il est la beauté, aussi, ce monde, la plus sublime des beautés ! Une eau lisse où se mirer, caressée par une lumière dorée et chaque seconde alors est une offrande. Une eau lisse qu'une risée de vent mauvais peut à chaque instant troubler, et vient alors la menace. Rappelle-toi ton enfance, Maxie, les contes qu'on te racontait, et toi tremblant, fasciné : l'effroi et la merveille ! Rappelle-toi : les contes n'éclairent jamais qu'en projetant de l'ombre. Fais-nous pénétrer dans le royaume des ombres !

— Mais Kong lui-même… Tout repose sur toi, Maxie. Sur toi et sur Murray. Il me le faut troublé, étonné, tendre, il me le faut meurtri, il me le faut tragique ! Il faut qu'on pleure quand il tombe et meurt. Tu comprends ? Qu'on tremble, qu'on le déteste, qu'il terrifie, et puis qu'on le pleure, condamné à la mort par un simple regard… Tu crois que tu peux y arriver ? Il faut qu'on y arrive !

Steiner, arraché à lui-même par un Coop possédé, martelait son piano, le caressait, écrivait dans la fièvre, déchirait, reprenait. Coop, on n'a jamais osé des musiques pareilles, tu crois que ça passera ? Osé ? Mais c'est la musique, qui portera le film. On s'en fout, des autres films, de ce qui se fait ou ne se fait pas ! Ose, bon sang ! Plus fort ! Plus grand !

Et Cooper se précipitait chez Spivack qu'il savait trouver éveillé. Son univers à lui était la nuit. Quand la ville s'endormait, que le monde devenait un univers de sons – jamais ils n'étaient plus beaux que saisis dans l'écrin des ténèbres, quand venaient les fantômes, sur les ailes du silence. Et tandis que Spivack passait et repassait les séquences, Coop reprenait, infatigable. Plus fort, Murray, plus grand !

Ils lui avaient interdit tout le jour de pousser la porte du studio. Trop de réglages exigeaient le calme, les techniciens n'entendaient rien à la balance subtile entre les instruments d'un grand orchestre, aussi Murray Spivack avait-il pris les choses en main : tout serait prêt demain.

Les premières musiques de *Kong* dans leur plénitude ! Steiner avait réservé un orchestre classique de trente-cinq membres qu'il allait diriger lui-même, Spivack était dans la cabine aux côtés des techniciens et Cooper, un peu tendu, songeait aux bruits d'une mer s'agitant au jusant tandis que les musiciens s'accordaient. Le son énorme de l'orchestre, sans la distance d'une salle de concert, le frappa au creux de l'estomac. Il reconnut, sous le grondement des percussions, le thème sur trois notes descendantes qui serait comme la signature de Kong, l'éclat dissonant des cuivres annonçant sa venue. Nul besoin des images, pour lui, la musique les appelait à elle, les soulignait, les commentait. Combien de fois l'avait-il entendue au piano ? Ici, elle emplissait l'espace, le scherzo haletant de la poursuite jusqu'au précipice, la splendeur barbare de la cérémonie du sacrifice, multipliée par un chœur d'hommes. Son cœur fit un bond à la mélodie qui naissait, fragile, douloureuse, pour dire l'élan de Kong vers Ann, la morsure du manque, son désarroi aussi, la déchirure de la solitude. Steiner avait réussi.

Il se retint d'applaudir jusqu'à la fin de l'enregistrement. La musique s'éteignit dans un soupir. Murray Spivack sortit de la cabine en hochant la tête. C'était bon. Mais une deuxième prise ne serait pas de trop, le temps de modifier certains réglages. Le premier violon se tourna vers eux. Une belle musique, mais – il hésita – vraiment pour un film ?

Pour un film, oui, mais comme on n'en avait jamais vu…

— Et encore ce n'est rien, dit Spivack. Laissez-nous un peu de temps.

Du temps ? Est-ce qu'ils se rendaient compte de ce qu'ils demandaient, à quinze jours d'une projection test à San Bernardino ?

Le lendemain, ils l'avaient appelé : c'était bon, qu'il passe.

Et il avait pu écouter le premier mixage de la musique et des bruitages : le scherzo de la poursuite mêlé aux bruits de jungle, aux hurlements, aux halètements des monstres carnivores, au martèlement de leurs pas, de plus en plus proches, aux claquements des dents pressées de mordre, de déchirer. Il les regarda l'un après l'autre, les traits tirés, ils avaient dû y passer la nuit, mais c'était magistral, si intimement entrelacé qu'on aurait été bien en peine de savoir où s'arrêtait la musique et commençaient les bruitages.

— Un travail de dingue, soupira Spivack. Parce que ça ne peut marcher qu'en les harmonisant, bref, en faisant que les bruits soient dans la même tonalité que la musique. Et ça, c'est une première au cinéma.

— Pas la peine, Murray, il ne sait même pas ce que ça veut dire…

Assez tout de même pour savoir que c'était réussi. Ne restait plus qu'à tout boucler. Déjà Cooper repartait – un problème à régler chez Obie. Il se retourna.

— Maxie, hum, juste… Tu ne crois pas qu'un peu plus de densité de l'orchestre, ici et là ? Je ne sais pas, à toi de voir, si une dizaine de musiciens de plus…

Steiner s'assit, incrédule : cet homme était fou.

Fou. Mais avec quarante-deux musiciens au lieu de 35, plus, de loin en loin, cinq ou six percussionnistes, l'effet était si fort qu'ils avaient failli détruire les appareils d'enregistrement. Il avait fallu enregistrer séparément certaines sections de l'orchestre pour les mixer ensuite. Une démesure à la hauteur du film, jubilait Cooper : ou les spectateurs s'enfuyaient, effrayés par le vacarme, ou ils se laissaient porter par lui. De toute manière, il fallait briser leurs résistances, pour que, toute pensée en suspens, ils croient à cette histoire !

Il avait fini par céder aux pressions de Ruth. S'engloutir dans le travail n'était qu'une manière de s'isoler un peu plus. Il fallait qu'il retrouve les gens, revienne à la vie. Pourquoi pas en reprenant ses petites fêtes de fin de semaine ? Il avait protesté, surtout pas ça, enfin, Ruth, tu me vois faire des sourires aux invités ? Et elle : c'est curieux, tout de même, cette manie qu'ont les hommes de pleurnicher sur eux-mêmes… Bref, il avait cédé et le regrettait déjà, à mesure qu'arrivaient les invités. Coop ! Tout ce temps sans te voir, qu'étais-tu devenu ? Avec le sourire de circonstance – comme si tout le monde n'était pas au courant. De marieuse entêtée, Ruth se transformait en infirmière des cœurs brisés, et sans doute était-ce une manière pour elle de compenser l'absence de Monty. Que fabriquait-il, celui-là, pour donner si peu de nouvelles ? Coop allait des uns aux autres, jouant son rôle, risquant quelques traits d'esprit, William était toujours là où il fallait, Buck assurait sa part d'animation, mais le pire, assurément, était les regards douloureux que les femmes posaient sur lui. Sauf Dorothy Jordan, qu'il avait eu l'impression de découvrir, fraîche, joyeuse, soit elle n'était pas au courant, ce qui paraissait improbable, étant des trois « Woooos », soit elle s'en fichait, à moins qu'elle ne fût seulement discrète. Il s'était retrouvé à bavarder avec elle de leurs origines sudistes. « Nous autres gens du Sud », dit avec l'accent traînant des culs-terreux – du Tennessee ? Elle avait applaudi : du Tennessee, oui ! De Clarksville, exactement. La cinquième plus grande ville de l'État, après Chattanooga, ce qui voulait dire qu'elle revenait de loin. Il fallait bien que des gens y naissent, après tout. Était-il vrai que, dans certains coins reculés, on croisait des demeurés, pieds nus, en salopette, qui mastiquaient des navets crus ? Sûr, pour mieux tromper la police quand elle rôdait trop près d'une distillerie clandestine… En plus, elle avait de la repartie.

Il l'avait revue avec plaisir la semaine suivante. Elle lui en avait dit un peu plus sur elle, sa famille venue de Virginie, et ses études. Son visage s'éclairait dès qu'elle évoquait sa passion pour la danse. Elle venait de tourner dans un film de Michael Curtiz, pour la Warner, avec Bette Davis et Richard Barthelmess – un rôle de brave fille du Sud, *sweetheart* du héros, qu'elle finissait par conquérir. Son nez s'était retroussé quand elle s'était mise à parler le *drawl* du Sud – « Ah'd love t'kiss ya, but ah jes washed ma hayuk ». Elle aurait tout donné pour devenir ballerine, mais elle avait dû revoir ses ambitions à la baisse et s'était retrouvée à Broadway. L'oreille de Cooper s'était dressée quand elle lui avait dit avoir dansé avec Fred Astaire dans *Drôle de frimousse*. Et puis une amie lui ayant glissé que l'avenir de la comédie musicale était à Hollywood, avec l'arrivée du parlant, elle avait pris son courage à deux mains et y avait débuté dans *Gay Madrid*, avec Novarro, le héros de *Ben Hur*.

Et lui, qui n'en parlait jamais, s'était retrouvé à évoquer sa famille, leur grande plantation, depuis longtemps perdue, sur la Saint Mary's River, sa sensation d'être prisonnier, à travers elle, d'une histoire avec ses silences, sa culpabilité, sa fierté, ses codes aussi dont on ne se débarrassait pas si aisément, et puis Mary, sa mère – très loin assurément des *flappers* d'aujourd'hui. Ils avaient dérivé sur les femmes du Sud, leur force de caractère. Ils étaient tous les deux les témoins d'un monde englouti, qu'on pouvait décrier autant qu'on voulait mais qui vous collait à la peau…

La troisième fois, il l'avait trouvée chez lui en rentrant, occupée en cuisine avec William à préparer un « maque choux » et un « jambalaya de crevettes ». Comme elle avait cru, à l'expression de son visage, qu'il en était contrarié, elle s'était décomposée, les lèvres tremblantes, au bord des larmes. Elle n'avait pas voulu s'imposer, elle comptait partir avant son arrivée. William lui avait dit qu'il rentrait tard, et elle lui avait promis, la dernière fois, de lui montrer comment préparer les deux plats, mais elle allait partir. Lui : surtout pas ! C'est juste qu'il avait eu une journée pas possible et ne s'y attendait pas. Au contraire, qu'elle reste ! Et que William se joigne à eux : lui aussi était de Louisiane. Elle l'avait regardé, avec un sourire timide, c'est sûr ? Ce n'est pas juste de la politesse ?

Ah non ! Juste une amie, avait-il protesté, quelques jours plus tard, devant l'air entendu de Ruth, soucieuse de son rétablissement. Pour le reste, il avait déjà donné, et n'était pas du genre à cicatriser vite. Mais cela lui faisait tellement de bien, d'avoir trouvé quelqu'un avec qui évoquer le pays commun ! D'ailleurs, elle ne demandait rien, ce qui était reposant. Elle avait juste des accès de nostalgie de son Tennessee natal. Le regard de Ruth s'était allumé, narquois. Le pauvre garçon ne savait décidément rien des ruses des filles, mais, bon, il revivait un peu, c'était déjà ça. En plus, cette Dorothy était très bien. Très, très bien. Si elle pouvait ramener Coop à la vie…

Myron, très droit, près de sa mère, lançait à l'assemblée des regards de défi, suivi par son frère Howard, l'air absent. Louis Mayer et Irene soutenaient David pleurant toutes les larmes de son corps. Et derrière la garde rapprochée des amis à laquelle Irene et Myron avaient prié Cooper de se joindre, ainsi que Pandro Berman, se pressait tout Hollywood, Joe Schenck, les frères Warner, Harry Cohn, Zukor, William Fox, Carl Laemmle, Zanuck, tous les ennemis d'autrefois, tous ceux qui avaient précipité la ruine de Pop quand ils auraient pu le sauver. Tous ceux, grondait Myron, qu'il s'était juré de faire payer, et payer encore, jusqu'à son dernier souffle.

Une semaine plus tôt, Selznick l'avait appelé, euphorique. Il avait craint le pire, à son retour, au point de presser Myron, parti à Paris, de rentrer au plus vite : Pop était à l'article de la mort.

— Une fausse alerte, Coop, le docteur ne parle plus d'« hémorragie », juste de spasmes. Bon sang, que j'ai eu peur. J'aurais dû m'en douter : il est coriace !

Diabétique au dernier degré, Pop avait décidé de continuer à vivre comme il l'avait toujours fait, de manger et de boire à sa guise, et Flossie avait renoncé à contenir son diable de mari, qui avait toujours vécu sans contrainte, *bigger than life*, convaincu qu'il était immortel, ce que David avait fini par croire.

Puis, le lundi matin, Irene avait appelé. David, dévasté, en était incapable. Pop venait de mourir, entouré par les siens. Et ils se retrouvaient tous là, pour d'étranges funérailles. Il faisait gris et froid, des nuages lourds de pluie roulaient dans le ciel bas, aussi le rabbin Magnin pressait-il la cérémonie. Hollywood ce jour-là enterrait un mythe, un des premiers géants de son histoire. Joueur, flambeur, hâbleur, peut-être un peu escroc, mais génial, aussi, dont la légende se multipliait d'anecdotes un peu folles. Profitant des guerres intestines à Universal entre Carl Laemmle, Patrick Powers et quelques autres, chacun agissant dans son coin avec sa propre équipe, s'était-il réellement, au culot, attribué un bureau au Q.G. avec le titre de « directeur général », s'était-il lui-même salarié et avait-il travaillé ainsi plusieurs mois, à la satisfaction générale, chacun imaginant qu'il avait été nommé par les autres ? C'était une belle histoire, et aussi tellement lui…

Il l'aimait bien. Même Monty, que Pop avait un peu escroqué, à Londres, après la guerre, n'avait pas réussi à lui en vouloir. Escroquer était pour lui comme apporter du rêve dans la vie, la sienne et celle des autres. Le tout, bien sûr, était de retarder autant que possible le heurt avec la réalité.

Il l'aimait bien. À son arrivée à la RKO, dans l'automne 1931, il avait dîné chez lui, à l'invitation de David. À la fin du repas, le vieux loustic lui avait brossé une fresque grandiose de certain projet qu'il avait dans l'industrie pétrolière – Coop pouvait-il user de ses relations pour lui obtenir un rendez-vous avec le président de la Standard Oil ? David Bruce avait arrangé cela, et dans le train qui les menait, Pop et lui, au bureau de la compagnie, à San Francisco, la fresque avait pris des couleurs supplémentaires. Plus vives encore, pour une fresque plus vaste, dans le bureau de l'austère président, et Cooper avait alors compris que le loustic improvisait. Le président, séduit, les avait gardés deux heures et promis une réponse rapide. Plus rapide encore avait été Pop. Trois jours plus tard, il l'appelait. Finalement, il avait changé d'avis. Pour une idée encore meilleure : l'installation de studios de cinéma en Floride, plus proche de New York que la Californie. Pouvait-il l'excuser auprès du président de la Standard, qui l'avait si aimablement reçu ?

Tel était Lewis J. Selznick, dit « Pop ». Séducteur, brillantissime, volage, si débordant d'idées qu'il ne les appliquait pas : le réel, pour lui, était une perte de temps.

Flossie, immobile, les yeux lointains, ne laissait rien filtrer de ses émotions. Faire face : elle avait passé sa vie à cela, avec ce tourbillon à ses côtés. N'était-elle pas le seul point stable de cette famille de fous ? Et une joueuse redoutable à ses heures. Un soir que Joe Schenck, Darryl Zanuck et Myron évoquaient chez elle l'idée d'une petite partie de poker, Joe Schenck l'avait aimablement invitée à se joindre à eux, si elle le désirait. Zanuck avait toussoté : « Je ne sais pas trop... Je n'ai jamais joué avec une femme. » Et elle, l'œil froid, battant déjà les cartes à la vitesse de la lumière : « T'inquiète pas, mon poussin, moi non plus... » Et elle les avait rincés, aussi sec.

Cooper s'arracha à ses pensées, regarda derrière lui. Myron avait raison. Tous ceux qui avaient précipité Pop aux enfers étaient là. La dernière fois qu'il les avait vus réunis, du moins certains d'entre eux, c'était au Château Élysée, à son invitation, et ils se fusillaient du regard. Ce n'était plus le cas. Mais sans doute était-ce moins la solennité du moment que de se savoir tous au bord du gouffre, à leur tour, sans personne pour leur tendre la main. Ces funérailles étaient aussi celles d'une époque d'Hollywood. Et David, soutenu par Louis Mayer et sa fille, s'annonçait comme l'héritier, l'ouvreur peut-être de temps nouveaux. Sans eux.

Le rabbin Magnin dit le « Tsidouk Hadin » tandis que l'on descendait le cercueil. Cooper chercha des yeux Lasky, fendit la foule à sa recherche. Il avait disparu.

On allait enfin savoir. Toutes les équipes s'étaient retrouvées là, dans la salle de San Bernardino, en ce dernier samedi du mois de janvier, deux jours seulement après les obsèques de Pop, pour le premier et dernier test avant le grand saut. Un vent froid griffait les passants en rafales, mais la salle était pleine. Leur resterait ensuite une quinzaine de jours pour les derniers ajustements, avant le tirage des copies de lancement. La date de la première était fixée : le 2 mars, au Roxy Theatre, à New York.

Selznick, venu tout exprès, ne passait plus guère à la RKO, même s'il avait donné son accord pour ne la quitter qu'à la mi-février. La mort de son père l'avait anéanti. La tribu Selznick au grand complet s'était installée au Wilshire avec Flossie, mais il avait tenu à être présent. Kahane, silencieux, front plissé, à l'évidence embarrassé, était venu avec King Vidor à ses côtés – comme conseiller ? On allait enfin découvrir ce film mystère, sur lequel tant de bruits couraient à Hollywood. Les tournages avaient été à ce point fractionnés, le travail d'Obie si singulier, que personne ne savait au juste ce qu'il était, pas même les acteurs. Sauf Fay, qui était venue avec Armstrong et Bruce Cabot, et qui se tenait un peu en retrait, intimidée. Cooper était allé vers elle, rien ne devait gâcher ce moment qui appartenait à tous, et il avait senti qu'elle tremblait, ou bien était-ce lui, tandis qu'il l'embrassait. Par Ruth il avait su l'enfer qu'elle vivait, les effroyables soûleries de son mari, ponctuées de déclarations d'amour à Hitler et d'appels à chasser tous les Juifs d'Hollywood. Quand romprait-elle enfin ? Jamais, probablement. Ruth s'était rapprochée de Cooper, comme si elle voulait le soutenir. Il était si pâle, amaigri, depuis combien de temps n'avait-il pas dormi ? Il était temps que ça s'arrête, avait-elle résumé : on ne devenait pas Kong impunément. Quand elle lui avait dit qu'il lui faudrait aller au-delà de lui-même, que le film se jouerait dans cet au-delà, elle ne croyait pas si bien dire. Carl Denham, en lui, avait cédé la place.

Les lumières s'éteignirent sur la foule intriguée et Ruth lui prit la main, comme pour l'aider à revenir parmi eux.

Un ouragan était passé sur le cinéma. Ce n'était pas tant les applaudissements qui importaient, que le silence après le mot fin, la sensation d'un public anéanti, tous repères perdus, écrasé par l'énormité de ce qu'il venait de voir, et qui essayait de reprendre ses esprits, conscient d'avoir vécu quelque chose d'unique.

— Tu as entendu ? dit Selznick quand revinrent les lumières. Quel silence ! Il vaut plus qu'une heure d'applaudissements, on entendait battre leurs cœurs !

Et, se penchant vers lui, à l'oreille :

— J'ai appris, pour la musique. T'inquiète, j'ai tenu parole.

Parole ? De quoi parlait-il ? Déjà Kahane prenait Cooper par l'épaule.

— J'avais tort, Coop. Tellement tort ! Mais comment savoir ? On n'a jamais fait un film pareil.

Et très vite :

— Pour la musique… Cela fait déjà un moment que j'ai déchiré votre lettre. Ah, je vais leur dire, là-haut !

Ils se retrouvèrent tous dans la grande salle de l'hôtel voisin. Les équipes rassemblées l'applaudirent, debout, certains pleuraient, Zoe l'embrassa en rosissant et il s'aperçut qu'il tremblait si fort de tous ses membres qu'il ne pouvait tenir le verre qu'on lui tendait. Obie, encore incrédule, évoquait l'aventure de *Creation*, le choc de leur premier contact avec Cooper, et les mesures qu'ils avaient envisagées dès son dos tourné, bloc de ciment frais, ou chute accidentelle du haut d'un escalier – il devait reconnaître que ça aurait été dommage. King Vidor, pensif, jetait des coups d'œil furtifs sur Cooper, c'était tout de même un drôle de film qui ne ressemblait à rien, il ne savait toujours pas si c'était un rêve ou un cauchemar éveillé, mais, pas de doute, ça marchait. Selznick se penchait de nouveau vers lui mais sa voix lui parvenait comme à travers un filtre, le brouhaha autour de lui s'éloignait. Un coup de coude de Ruth le ramena sur terre et il comprit qu'il s'était endormi pendant quelques secondes. Ce n'est qu'un peu plus tard, devant l'équipe réduite, qu'il risqua ce qui le tracassait :

— Il y a juste quelque chose…

Sans se donner le mot Obie, Maxie et Murray s'écrièrent d'une seule voix : NON ! Mais il poursuivit à mi-voix, comme pour lui-même :

— Peut-être… Oh ! Une question de rythme… J'ai senti à un moment que le public renâclait. La scène des araignées, dans le gouffre…

Il se retint d'en dire plus. Obie, debout sur ses ergots, fulminait déjà. Leur chef-d'œuvre !

— Si on y touche, nom de Dieu, il y aura des morts…

Coop, prudemment, hocha la tête.

— Bien sûr, bien sûr…

N'empêche qu'il allait falloir la couper.

« Hitler chancelier. » Le titre barrait la Une de tous les journaux. Le 30 janvier, dans la matinée, le président Hindenburg venait de nommer Adolf Hitler chancelier. Depuis des semaines, le pays était devenu ingouvernable. Grands propriétaires terriens, banquiers, industriels, paysans, nationaux allemands, monarchistes, tous tiraient à boulets rouges sur le gouvernement. Le 29, des bruits avaient couru d'un possible coup d'État, la garnison de Potsdam marchait sur Berlin, la foule se rassemblait, inquiète. Dans la matinée du 30, Hindenburg avait convoqué Hitler, et dès midi les éditions spéciales se multipliaient, annonçant sa nomination. Dans la soirée, les nazis avaient organisé une retraite aux flambeaux. En colonnes serrées, sur des airs militaires martelés par des grosses caisses, ils étaient sortis de la nuit pour passer la porte de Brandebourg – comme un fleuve de feu qui ne cessait de grossir d'heure en heure, une marée submergeant la ville, encadrée par des hommes en uniforme de S.A. Un spectacle d'une puissance grisante, jugeait un journaliste : un peuple uni, soulevé d'enthousiasme. Comme la presse et les photographes n'avaient pas été prévenus, la même manifestation avait été organisée le lendemain, avec la même ferveur. « L'Allemagne est de retour ! » concluait le journaliste.

Maggie, une fois de plus, avait vu juste.

Kahane avait insisté. Ils ne se voyaient plus, qu'au moins ils trouvent le temps d'un déjeuner ! Ils s'étaient retrouvés au Brown Derby, le restaurant en forme de chapeau de l'ex-mari de Gloria Swanson, sur Wilshire. En entrant, il repéra Louella Parsons, la vipère d'Hollywood, à son inamovible table, et Kahane à une autre qu'il lui fit quitter aussitôt. Un effet d'acoustique connu des initiés renvoyait le son des conversations depuis cette table jusqu'à celle de Louella, dont elle tirait grand bénéfice pour ses potins. Que Ted, le garçon réputé à ses ordres et aux grandes oreilles, l'ait placé à cette table, et pas à une autre, signifiait qu'elle guettait quelque chose de Kahane. Il vit le froncement de sourcils de Louella, lui répondit par un petit salut moqueur et s'écroula sur sa chaise. Kahane lui jeta un regard inquiet : il ne tiendrait pas longtemps, à ce rythme. Cooper eut un geste fataliste : avait-il le choix ? Tellement de petites choses restaient à affiner ! On était le 5 février, dans dix jours il livrerait la copie nettoyée, mort ou vif.

Kahane hocha la tête et commanda deux coupes de champagne. Il avait une bonne nouvelle.

— Voilà. Nous avions reçu une offre de la MGM. Un peu… surprenante. Ils proposent de racheter *Kong*. Pour son coût de production. Plus 300 000 dollars. David dit que ce n'est pas lui, mais, bon… La rumeur de San Bernardino ! J'en ai parlé à Aylesworth. Il est d'accord avec moi : pas question. Vous voyez qu'on y croit, à votre film !

C'était donc cela que Selznick voulait dire, parlant de sa « parole tenue ». La RKO se trouvait maintenant contrainte à un lancement en grande pompe.

Mais il y avait plus, poursuivit Kahane.

— David et nous allons annoncer son départ le 14. Et le 16 il débutera à la MGM. Mais il faut également que nous annoncions le 14 son remplaçant à la tête de la production. Et… nous n'avons pas eu besoin de réfléchir longtemps pour arrêter notre choix.

Quelle décision catastrophique avaient-ils encore prise ? Les créateurs capables de prendre la suite n'étaient pas légion. Il n'en voyait même aucun. Et New York avait dû choisir une carpette aux ordres d'Aylesworth…

— Coop, notre choix, c'est vous. Acceptez-vous de prendre la suite ?

Piégé. Il aurait dû sauter de joie, manifester sa gratitude. Passé le premier temps de stupéfaction, une tristesse affreuse lui serra le cœur. Comment pouvait-il refuser ? Il leur devait *Kong*, le rêve de sa vie. Qui serait son dernier film, il le sentait bien, s'il acceptait. Et ce serait aussi la fin d'une vie d'aventures.

— Ben, je travaille nuit et jour sur *Kong* ! Nommez plutôt Pandro…

— *Kong* n'est plus qu'une question de jours, Coop. Il nous faut un patron capable de tenir dans les pires tempêtes. Qui sont peut-être devant nous.

Il se pencha et, à voix basse, en lançant des coups d'œil furtifs autour de lui :

— Ça y est, un juge de New York a nommé un administrateur : l'Irving trust Company. Le jour du test à San Bernardino… Sarnoff fait des pieds et des mains pour qu'il ne puisse intervenir que sur le réseau de salles. Mais il faut s'attendre à des secousses.

Par contre, Bill Rockefeller avait tenu parole, et joué les intermédiaires auprès de John, le patriarche. Celui-ci récupérait une partie des locaux initialement prévus pour la RKO dans le Rockefeller Center et s'impliquait dans les deux salles. Kahane fit la grimace.

— Contre cent mille actions de la RKO. Il est dur en affaires, le bougre ! Mais, bon, ce n'est jamais une mauvaise chose d'avoir des Rockefeller comme actionnaires.

Restait des points à éclaircir. À commencer par celui qui avait poussé Selznick au départ. Le droit de veto d'Aylesworth sur les choix artistiques. Aucun créateur ne pouvait l'accepter. Kahane hocha la tête. Ce n'était plus un obstacle.

— Il faut que l'idée d'unités de coproduction avec des indépendants soit véritablement étudiée – là, ça commence à bien faire…

— C'est d'accord.

En clair, cela signifiait qu'Aylesworth, ayant pris en grippe Selznick, s'était employé à le contraindre au départ…

Restait un dernier point : que Selznick, qui l'avait attiré à la RKO, et auquel il entendait rester loyal, donne son accord.

— Il le donne, coupa Kahane, radieux. On vient d'en parler, tous les deux, il n'y a pas une heure. Pour lui aussi, il n'y a pas de meilleur choix que vous.

Cooper reprit sa respiration. Décidément, tout allait très vite, ces temps-ci. Il avait jusque-là évité de se projeter au-delà de *Kong* – quelques rêveries vagues, le désir de retrouver les frissons du Grand Dehors, auprès des Bakhtiari, ou alors du ras Tafari, devenu Haïlé Sélassié Ier, et depuis peu ce projet, peut-être, d'un film sur T.E. Lawrence… Autant de portes qui se fermaient, s'il acceptait. Piégé. Il se surprit à acquiescer à l'interrogation muette de Kahane.

Levant les yeux, il vit Louella Parsons qui le fixait intensément. Se doutait-elle déjà de quelque chose ? Rien ne restait longtemps secret, à Hollywood, et la MGM devait bruisser de rumeurs sur l'arrivée du gendre du grand chef. Qui serait son successeur, à la RKO ? Elle lui adressa un signe moqueur : elle tenait sa réponse.

Merian C. Cooper, patron de la production de la RKO. Laquelle pouvait d'autant moins se permettre de rater le lancement de *Kong*. Il allait falloir d'urgence qu'il redevienne – un peu – Carl Denham.

Mais d'abord, terminer *Kong*. Ce n'était pas seulement la scène des araignées. Trop de choses n'allaient pas. Si seulement Monty avait été là ! Lui avait le sens du rythme. Il avait enfin donné de ses nouvelles, sans guère de détails. Il rentrait. Mais trop tard. Le rythme ! C'était la clé. Trop de petites longueurs. Il fallait se refuser à la tentation de l'esbroufe, si naturelle dans les scènes animées, subordonner chaque effet à la narration. Le visage de Marshek s'était allongé. Qu'allait dire Obie ? Rien, pour la simple raison qu'il ne le découvrirait qu'à la fin. Désormais, ils allaient vivre en vase clos tous les deux, ne communiquer avec personne, en dehors de Steiner et de Spivack, afin qu'ils ajustent encore sons et musiques – et qu'ils réenregistrent, si nécessaire. Il avait quinze jours pour réussir. Seul, contre l'avis de tous s'il fallait…

Une musique, oui, le film devait être une musique, que rien jamais n'en vienne briser le rythme. De n'avoir, tout ce temps, à penser à rien d'autre lui était comme une délivrance.

Ils étaient tous inquiets. La passation de pouvoir devant le personnel de la RKO s'était déroulée dans un silence pesant. Selznick, plus ému qu'il ne voulait le laisser paraître, avait fait un vibrant éloge de Cooper, avant de lui souhaiter bonne chance, Cooper, qu'on avait arraché à sa salle de montage, avait dit tout ce qu'il devait à son ami et décrété la mobilisation générale, mais les visages restaient fermés. Ils savaient trop les conflits avec New York qui avaient poussé Selznick au départ, comme ils savaient tous le bide retentissant du lancement de leurs grandes salles, et la mise sous tutelle du réseau de la RKO. Chacun se doutait bien que l'étape suivante serait pour eux. Tant de bruits couraient à Hollywood, les réductions de postes partout, les salaires en berne, les grandes compagnies au bord de la faillite… Que pouvait Cooper de plus que ce qui avait déjà été fait ?

— Ils sont inquiets, avait répété Kahane, soucieux. Vous en êtes où, de *Kong* ?

— Un jour. Deux, au plus.

Il fallait remotiver les équipes. Lancer une initiative. Laquelle ? Kahane avait haussé les épaules. Il n'en savait rien, mais il fallait.

— Et puis, se montrer. Recommencer vos fêtes, en grand. Il faut faire passer à l'extérieur que la RKO est toujours debout !

Car Mayer, lui, ne va pas se priver de nous enfoncer en saluant l'arrivée de Selznick…

— L'escadrille Kosciuszko ! Fais la même chose de la RKO !

Selznick l'avait pris dans ses bras à l'instant de le quitter.

— Tu sais qu'ils ont refusé mon offre de racheter *Kong* ? Alors n'hésite pas : s'ils t'emmerdent, laisse-les tomber et rejoins-moi ! Bon sang, j'aurais aimé être là pour le lancement. Mais je sais qu'on se retrouvera.

Et, prenant la voix de Cooper :

— Plus grand ! Plus fort ! Pensez énorme !

— Les enfants, on n'a plus les yeux en face des trous, on a mal partout, on a vieilli de dix ans, mais je crois pouvoir annoncer solennellement que ce mercredi 15 février 1933 nous voici rendus au bout : *King Kong*, en sa version ultime !

Tel était l'épuisement général que les hourras ressemblèrent à des couinements de cochons d'Inde. On avait quelques bouteilles de champagne au bureau et des biscuits au fromage, risqua Cooper, ça méritait qu'on célèbre l'événement en petit comité, avant de rassembler tout le monde. « Tout le monde », ce serait quand il se serait expliqué avec Obie. Il lui devait bien ça. Marshek fit la grimace, ça avait été pour eux tous un crève-cœur de laisser tant de scènes, ou de bouts de scènes, sur le carreau, mais il devait reconnaître que le film y avait gagné. Et même, que le travail d'Obie et de son équipe s'en trouvait magnifié. Ne restait plus qu'à l'en convaincre. Depuis quelque temps, ils rôdaient autour de la salle de montage, flairant le mauvais coup. C'était bien pour ça que le projet de *Creation* n'avait jamais pu aboutir, expliquait Cooper – une succession de numéros, mais pas d'histoire –, quand un brouhaha, des bruits de course emplirent le couloir.

— Le président Roosevelt, cria un homme, sans s'arrêter. Le président !

Le président Roosevelt venait d'échapper à un attentat en Floride. Il était blessé. Peut-être mort. Un attentat anarchiste, à ce que l'on savait. Ils coururent jusqu'au bureau de Cooper. Il y avait déjà foule autour du poste de radio. Les stations suspendaient leurs programmes, mais elles non plus n'avaient à répercuter que des bruits contradictoires.

L'Amérique entière retenait son souffle. Les détails arrivaient peu à peu. Cela s'était passé au Bayfront Park de Miami. Le président improvisait un discours, debout à l'arrière de sa voiture, quand avaient éclaté les coups de feu. Six au total. Cinq personnes avaient été blessées dont le maire de Chicago, Anton Cermak, conduit d'urgence à l'hôpital. On craignait pour sa vie, mais le président était sauf. Le coupable avait été arrêté, maîtrisé par la foule. Une femme médecin donnait des détails : l'homme était si petit qu'il avait dû grimper sur une chaise métallique juste derrière elle, et il avait tiré à l'aveuglette par-dessus son chapeau. Le temps de maîtriser le forcené, il avait déchargé son pistolet au hasard. Giuseppe Zangara se disait anarchiste, assurait avoir agi seul et expliquait son geste par des douleurs abdominales dont il attribuait la responsabilité au président, tous les présidents, ainsi qu'aux « rois capitalistes », et il regrettait d'avoir manqué celui-là.

Un acte isolé, répétaient les journalistes. Mais un acte qui venait après l'assassinat du président Doumer, en France, tombé en mai de l'année passée sous les balles d'un fasciste russe. Et l'assassinat, le même mois, du Premier ministre japonais par un commando d'officiers de marine « patriotes ». Tandis que le pire s'annonçait en Allemagne. Le monde entier brûlait de fièvre, quelque chose remuait dans son tréfonds, une montée partout aux extrêmes, l'envie irrépressible d'en découdre.

Quinze jours pour terminer le montage, et quinze jours maintenant pour s'assurer des derniers détails du lancement. Kahane y travaillait depuis un moment déjà, il avait fait un saut à New York afin de coordonner les équipes. Pour une fois Aylesworth jouait le jeu à fond. Histoire de montrer que, malgré le départ de Selznick, la RKO était toujours à la pointe de l'innovation, conquérante malgré les difficultés : elle sortait le film le plus stupéfiant de l'histoire du cinéma, une révolution technique et une histoire époustouflante ! Pour quelqu'un qui en avait été l'adversaire le plus résolu, depuis des mois, la conversion avait quelque chose d'admirable, s'amusait Cooper.

Kahane était revenu enchanté de son voyage. Le lancement se ferait simultanément dans leurs deux salles du Radio City Music Hall et du Roxy, en y mettant tous les moyens nécessaires. Dix mille places au total, avait-on jamais vu ça ? Tard dans la nuit, dès qu'il pouvait s'échapper de la salle de montage, Cooper revoyait les textes de présentation, sabrait les titres. Ils n'avaient donc rien compris ? Autant qu'ils s'y fassent tout de suite, pas une ligne, pas un slogan, pas une affiche ne sortirait qui n'ait reçu son aval. Et, miracle, Aylesworth approuvait.

Cette fois, il y avait foule. On voulait voir le nouveau patron de la RKO. Comment saurait-il prendre la suite de Selznick ? David Bruce, Jock Whitney et sa femme s'étaient déplacés pour l'occasion – et ils avaient passé le soir de leur arrivée à discuter de leur projet de société, à créer avec ou sans Sarnoff dès après le lancement du film. Wild Bill Wellman lui avait allongé une bourrade : le boss ! C'était donc à lui qu'il casserait la gueule, désormais, quand il aurait à se plaindre. Les frères Warner se jetaient toujours des regards furieux. Le fils Laemmle, au visage d'enfant égaré, était sorti pour l'occasion de son cimetière de vampires. Harry Cohn avait testé Coop du regard avant de lui serrer la main, il fallait avoir de sacrées couilles ou être totalement con pour se risquer dans le business aujourd'hui. Nababs intrigués, venant observer le dernier venu, acteurs et réalisateurs pressés de se faire voir, Cooper allait de groupe en groupe, souhaitant à chacun la bienvenue, un peu surpris par le nombre, se demandant d'où pouvaient sortir tous ceux-là, qui pour la plupart lui étaient inconnus.

Il chercha Obie. Il l'avait veillé toute une nuit après une crise violente de désespoir, quand le brave Irlandais avait compris que sa scène des araignées n'était pas dans le film. Il pensait l'avoir apaisé, mais il tenait d'autant plus à l'avoir près de lui. Berman était en retard, devenu son bras droit avec un contrat en or que Cooper avait arraché de haute lutte. Une tignasse hirsute apparut, dominant la houle des présents et Cooper perça la foule pour tomber dans les bras de Monty, contre qui se serrait Ruth, radieuse. Le géant bougonna pour le principe, un patron, il ne savait pas trop, on allait jaser, le prendre pour un fayot. Rentré trois jours plus tôt, le géant avait tout juste marmonné que les Bédouins étaient de fieffés coquins, mais qu'il ramenait des tas d'images comme à la belle époque. Sauf que… Ils avaient passé la soirée à débattre de ce « sauf que » – sauf que la belle époque était finie, pour lui. *Zaroff* puis *Kong* l'avaient conduit au bout de quelque chose. « Il n'y a rien, au-delà » : n'était-ce pas lui,

Cooper, qui l'avait dit ? Eh bien c'était vrai pour lui, aussi. Vidé, rincé : des petits boulots de temps en temps à la RKO, histoire de se remettre, ça lui suffirait… Juste un mauvais moment à passer, avait voulu se convaincre Coop, mais il y avait une telle lassitude dans les yeux de son ami qu'il n'en était pas si sûr…

Un cri lui fit tourner la tête, et il vit Berman au milieu de la cohue, tenant Obie. Il les appela à lui, avec Monty et Ruth, et réclama l'attention. Pour remercier les présents, il allait de soi, dire aussi tout ce qu'il devait à David Selznick et annoncer la prochaine sortie de son film, sur lequel couraient tant de rumeurs. Celui-ci avait été tour à tour *Production 601*, *The Beast*, *La Huitième Merveille*, *Kong*, pour brouiller les pistes, tant ce qu'ils mettaient en place était neuf, différent, mais son titre avait toujours été *King Kong*. À défaut de pouvoir leur présenter le film dès aujourd'hui, et à défaut hélas du personnage principal, qui avait décidé de n'apparaître qu'à l'écran, il tenait à présenter son ami, son frère, son quasi-jumeau, même si physiquement ça pouvait paraître surprenant. Ernest Schoedsack avait réalisé avec lui ce qui n'était pas qu'un film, mais une aventure humaine commencée au sortir de la guerre. Et puis Ruth, sa femme, si précieuse dans la transfiguration du scénario. Et enfin le plus fichu caractère d'Hollywood, un pur génie, qui pouvait être dit l'inventeur de l'animation cinématographique : Willis O'Brien. Ceux qui avaient vu *Le Monde perdu* jadis savaient à quoi il faisait allusion, mais cette fois ils en resteraient bouche bée : rien moins que l'invention d'un nouveau cinéma !

À la surprise de Cooper, Obie demanda la parole.

— Tout cela était bien joli, messieurs-dames, mais c'est juste parce qu'il a beaucoup à se faire pardonner. Jamais travaillé avec un tyran pareil ! Pour tirer le meilleur de chacun, qu'il dira. C'est pas faux, remarquez, mais qu'est-ce qu'il reste de chacun quand on lui a enlevé le meilleur de lui-même ? Le pire, c'est que ce sacré salopard m'a fait chier comme un Turc sur une scène pas possible et il me l'a sucrée, en me disant qu'elle est géniale, mais en trop ! Eh bien je vais t'étonner, Merian Cooper. Pour le film terminé, je vais quand même te dire merci : tu as été génial. Mais pour la scène coupée, tu ne t'étonneras pas si un soir, au coin d'une ruelle, tu prends un coup de batte entre les oreilles…

Ils s'étreignirent, sous les applaudissements. La foule bourdonnait. Qui était ce type ? Il était incroyable ! Les premières notes d'un orchestre retentirent.

— Et maintenant, mesdames, messieurs, place à la danse ! Avec l'orchestre choisi par Max Steiner, qui a composé la musique de *King Kong*. Et un invité surprise, amené par mes amis David Bruce et Jock Whitney : le roi de Broadway, le plus grand danseur de tous les temps, la future star de la RKO, où il vient de signer, j'ai nommé Fred Astaire !

Sur une valse de Strauss, évidemment. Il apparut, de taille moyenne, frêle, presque diaphane, les traits émaciés, il paraissait glisser sur le parquet, et déjà invitait une des actrices présentes, passait à une autre, et une autre encore, tout de grâce aérienne, jusqu'à ce qu'il aperçoive Dorothy Jordan, restée discrètement dans un coin, craignant trop les ragots. Comme elle hésitait, il glissa jusqu'à elle pour l'emporter dans son tourbillon. Puis l'orchestre enchaîna sur un air de jazz et il ne la lâcha plus, le rythme s'accélérait, il la lançait de plus en plus haut, ils escaladaient tous deux le ciel, les colonnades, volaient par-dessus fauteuils et sofas, s'enfuyaient par la salle à manger, réapparaissaient par une autre porte, dans une euphorie communicative.

Kahane exultait.

— Génial ! Il est génial, ce type !

Cooper, lui, n'avait d'yeux que pour Dorothy, resplendissante, tout entière à sa passion, et il eut le sentiment de la voir pour la première fois.

Le plan se déroulait comme prévu. Le service communication avait édité un fastueux dossier en couleurs, qui ne lésinait pas sur le superlatif.

— « Un cadeau tombé du paradis des *showmen*. Énorme ! Original ! Fascinant ! Un bloc de dynamite qui va pulvériser la léthargie qui s'est emparée du show-business. Pour la première fois depuis longtemps, un film de *showman* ! » Ils n'y vont pas un peu fort ?

— Attends ! Les grosses pubs démarrent aujourd'hui dans les journaux. À l'image, deux pieds gigantesques supposés flanquer un coup gigantesque dans notre quotidien, « avec la puissance d'une bataille navale et la fureur d'une centaine de démons ! ». Et à la radio, des petits spots où l'on entend les grognements, les rugissements d'un gorille suivis du hurlement terrifié d'une femme. Avec un seul message : « Le film qui va secouer le monde ! »

— Et deux jours avant la sortie du film, enfin, en pub et en affiche géante, Kong au sommet de l'Empire State avec un avion dans une main et Fay dans l'autre !

— Les journaux ne parlent plus que de ça.

— De ça et des banques qui ferment, dit Kahane, passant la tête par la porte du bureau où Cooper et Berman faisaient le point sur le lancement. Ça y est, la boule de neige s'amorce !

Il se laissa tomber dans un fauteuil, un journal à la main, comme assommé par la nouvelle.

— L'attentat contre Roosevelt, le 15, a tout éclipsé, mais le 14, le gouverneur du Michigan, craignant des faillites en cascade, a fermé les banques de l'État pour huit jours. Comme les banques de Baltimore l'appelaient à l'aide, le gouverneur du Maryland vient de l'imiter. Et je peux vous dire que ça s'agite, du haut en bas ! On parle d'une dizaine d'États qui vont faire de même. À partir du 2…

— Le 2 ? Mais c'est la sortie du film ! On a quelque chose à craindre, à New York ?

— Je ne sais pas, mais ça bouge vite. Et si ça touche New York, tout le pays suivra.

Rien ne se propageait plus vite que la panique. Pour tout arranger, la commission d'enquête sénatoriale sur les responsabilités dans la crise de 1929 passait Wall Street à la mitrailleuse. Les turpitudes de Mitchell, le flamboyant directeur de la National City Bank, s'étalaient dans la presse. Il s'était versé plus d'un million de dollars de dividendes en pleine crise de 1929, et, pour ne pas payer d'impôt, avait vendu en parallèle le gros de ses actions à sa femme en déclarant deux millions de pertes – avant de les lui racheter au même prix, l'année suivante.

— Tout ça pendant que Roosevelt annonce qu'il va chasser les marchands du temple ! Vous imaginez la panique de ceux qui ont un peu d'argent en banque ?

Les conséquences ? Elles étaient simples : plus d'argent pour la paie, les studios fermés et les salles vides.

Kahane les regarda l'un après l'autre, esquissa un geste d'impuissance :

— Ne nous reste plus qu'à prier, les enfants…

— Eh bien, c'est la totale, dit Berman, le visage fermé, en jetant les journaux sur une table basse. New York est dans les dix ! Fermeture dès demain, 2 mars. Pile pour nous ! Ah, et puis ce ne sont plus dix États, mais trente-trois…

La passation de pouvoir Hoover-Roosevelt, prévue le 4, allait se dérouler dans un climat de panique. L'armée, la police se préparaient à toute éventualité.

Ils étaient tous là. À l'exception de Fay, prise par un tournage, qui arriverait le lendemain : Monty et Ruth, Pandro Berman et Kahane, Obie et son équipe, Steiner, Spivack, Marshek, ainsi que les acteurs, arrivés dans l'après-midi sur un avion de la Continental affrété tout spécialement par Cooper et à ses frais. Accueillis par un Aylesworth au sourire crispé. Il est vrai, avait glissé Kahane, qu'il sortait d'une réunion avec le représentant de l'Irving trust Company, la banque chargée par le tribunal du contrôle de la RKO, mais avait-il eu jamais un sourire non crispé ? Ils venaient de visiter les nouveaux locaux de la Compagnie et allaient regagner leur hôtel, quand l'annonce de Berman avait jeté un froid. Que pouvait-il arriver de pire ? Qui aurait le cœur à aller au spectacle ? Le sourire d'Aylesworth, pour le coup, avait disparu et Kahane essaya, au téléphone, d'en savoir un peu plus. Cooper se garda de leur dire les rêves qui lui venaient depuis quelque temps, sans doute par la faute d'une lettre de Maggie sur certaine course contre la montre : il courait sur un pont suspendu au-dessus du vide, les planches se brisaient sous ses pas, il allait tomber, ou bien il tentait de fuir dans une boue épaisse qui lui serrait les jambes, puis la taille… Le monde semblait avoir une furieuse envie de s'écrouler – si seulement il voulait bien attendre quelques semaines !

Feuilletant distraitement le *New York Times*, qui annonçait la probable inculpation de Mitchell tout en invitant ses lecteurs à garder leur calme, il tomba sur un article en bas de page : le 27 février, le Reichstag allemand avait été incendié.

Marinus van der Lubbe, un jeune chômeur d'origine hollandaise connu pour ses engagements communistes, avait été arrêté. Mais le journaliste émettait des doutes : quel intérêt auraient eu les communistes à commettre un tel acte ? Était-il crédible qu'il ait pu agir seul ? Il n'était pas si facile de détruire ce bâtiment par le feu ! On parlait de plus en plus ouvertement d'un souterrain menant des appartements de Goering au Reichstag. L'hypothèse d'une provocation des nazis permettant de décréter l'état d'exception n'était pas à exclure. De nouvelles élections auraient lieu le 5 mars. On prévoyait cette fois un raz de marée des partisans d'Hitler.

Un article en bas de page ! Quand les événements s'enchaînaient, implacables, vers une issue fatale…

Le dîner, à l'hôtel, s'était déroulé dans une ambiance pesante. Chacun s'inquiétait pour le lendemain. Un invraisemblable concours de circonstances allait-il tout faire rater ? David Bruce, Jock et C.V. Whitney étaient passés saluer l'équipe, sans parvenir à détendre l'atmosphère. Obie marmonnait que ce n'était jamais que la deuxième fois. Comment, demain, réagirait le public, avec les banques fermées ? D'expérience, avait murmuré Aylesworth, toujours boute-en-train, chacun se barricadait chez soi en évitant les dépenses inutiles…

— Dis donc, je rêve, ou ça commence à arriver ?

Deux heures avant l'ouverture ? Non, ce devait être pour une autre raison. Une banque ouverte, dans le coin ? Cooper se pencha un peu plus à la fenêtre de la RKO. Des gens paraissaient bel et bien se masser devant le Radio City Music Hall. Berman arriva, essoufflé : une queue se formait devant le Roxy, dans la 50e Rue.

Au bout d'une heure, la foule était si dense, sur l'avenue, qu'elle s'était organisée en rangs de quatre. Sur la 50e, elle débordait du trottoir trop étroit. Aylesworth, près de Cooper, hochait la tête. Un miracle, il n'y avait pas d'autres explication. Ils descendirent en procession au Radio City Music Hall, par l'entrée des artistes. Aucun, à l'exception de Kahane, n'avait vu la salle. En vérité c'était une merveille, une cathédrale, dit Ruth, pourtant peu portée aux élans religieux, d'un style Art déco qui tranchait avec les décors rococo habituels. La foule affluait déjà par toutes les portes, mais l'espace était si vaste qu'il paraissait impossible à remplir. Cooper et Schoedsack montèrent sur la scène de cent bons mètres de large, tout ici était démesuré, tandis que la marée humaine grossissait, emplissait les balcons qui se perdaient sur trois niveaux dans la pénombre des hauteurs. La puissance d'impact de la foule était palpable, on en percevait chaque souffle, chaque vibration. Voilà pourquoi je ne pourrai jamais faire du théâtre, dit Monty, c'est effrayant ! Et grisant : elle peut vous assassiner mais aussi vous transporter, dit Armstrong, qui avait entendu.

Il leur fallut admettre l'incroyable. Le Radio City Music Hall, pour la première fois dans sa brève existence commerciale, était plein à craquer. Et plein pareillement le Roxy, lança Kahane, les yeux brillants. Il venait d'avoir son directeur au téléphone. L'équipe et tout le staff de la RKO s'installèrent aux premiers rangs avec les invités de prestige mobilisés pour l'occasion : les amis de David Bruce, de Bill Rockefeller, de Jock et de C.V. Whitney, toute la bande de la Pan Am, le « Tout-New York » et le « Tout-Broadway » réunis. Cooper et Monty échangèrent un regard et s'esquivèrent, malgré les froncements de sourcils de Ruth. C'était trop pour eux. Ils avaient besoin d'être seuls.

Ils revinrent en coulisses, après l'entracte. Seuls, à quelques pas de l'écran qui les protégeait de la salle, dont ils percevaient l'excitation contenue. L'obscurité se fit, puis le silence. La musique les frappa au plexus, leur coupant le souffle. C'était parti. Les yeux mi-clos, Cooper se laissa porter, oui, cette phrase venait en rythme, il devinait la succession des images, il avait eu raison de tailler dans telle scène, ça respirait, et ne laissait pourtant pas de répit. Quel travail avait accompli Steiner ! Steiner et Spivack : les sons venaient se poser dans la partition comme des notes. Il se récitait à mi-voix les répliques et son cœur s'arrêta de battre quand retentit la voix de Denham : « C'est la Belle qui a tué la Bête[1]. » Fini, c'était déjà fini.

Monty le serra brusquement dans ses bras, de toutes ses forces, et Cooper s'aperçut que le taciturne pleurait à chaudes larmes. Et il se retrouva à sangloter, lui aussi, pleurer toutes les larmes de son corps à ce qu'ils avaient porté en eux depuis si longtemps.

La densité du silence dans la salle était impressionnante. Les gens revenaient de très loin, se remettaient du choc, essayaient de comprendre le cyclone qui les avait emportés. Et tout à coup déferla la lame de fond, énorme, se multipliant d'elle-même à l'infini. On appelait les réalisateurs, les acteurs, l'équipe du film sur scène.

1. En v.o. : *It was Beauty killed the Beast.*

— On ne va pas continuer à chialer, si ?
— Non, mais ça fait du bien.
— Dis donc, si on était maquillés, on n'aurait pas l'air frais…
— T'as pas un mouchoir, quelque chose ? Parce que là, maquillés ou pas…
— Monty, il faut qu'on y aille.

Les appareils crépitèrent quand ils apparurent, éblouis par la lumière crue, sous une ovation à faire trembler les murs. Toute l'équipe était là, qui les attendait. Monty fronça les sourcils en direction des photographes, tandis qu'ils montaient sur scène.

— Dis, ça ne te rappelle rien ?
— Si : Kong, et les photographes.
— Tu te sens Kong, là, ou Carl Denham ?
— Oh ! Kong. Tellement Kong…

Zoe les accueillit au pied de l'avion. Le voyage de retour s'était déroulé comme dans un songe. D'ailleurs, tout paraissait irréel depuis le début de cette affaire. La foule, surexcitée par les rumeurs, paraissait plus dense encore le lendemain et Rothafel avait dû augmenter le nombre des séances pour absorber l'afflux. Mais ils n'avaient guère eu le temps de s'attarder, photographes et journalistes les avaient happés, pressés d'en avoir le cœur net sur les stupéfiants trucages, chacun y allant de sa théorie, évidemment péremptoire. Pour la plupart, se souvenant de l'affaire d'*Ingagi*, il s'agissait bien sûr d'un homme déguisé. Le seul « dont on voulait tout savoir » mais dont personne n'écoutait les explications était bien entendu Obie. Quand Delgado avait tenté d'expliquer que le Kong qui escaladait l'Empire State mesurait quarante-cinq centimètres de haut, les protestations avaient été générales, vous n'êtes pas chics, les gars, allez, dites-nous son nom ! Pas un, bien sûr, ne s'intéressait au propos du film. C'est normal, essayait de se consoler Coop, ils sont encore sous le choc du spectacle. Fay Wray, photographiée sous tous les angles, se taillait le plus beau succès, malgré son refus de répéter ses hurlements, destinés à l'évidence à entrer dans l'histoire du cinéma. Elle avait pris la pose aux bras de Coop et de Monty, puis de Coop seul, qui n'en menait pas large, mais elle, actrice, ne laissait rien paraître, et il se reculait pour céder la place à d'autres quand il avait croisé son regard, un bref instant, où se lisaient une telle tendresse, une telle tristesse, que ses jambes avaient failli se dérober sous lui. Rothafel était arrivé sur ces entrefaites : le succès, le gros, l'énorme succès ! Ça se pressait de tous côtés, la foule était au bord de la folie. C'était l'apothéose, après ça il n'avait plus qu'à se retirer, personne, jamais, ne ferait mieux ! Si l'équipe pouvait seulement rester un jour de plus… Journaux, radios n'arrêtaient pas d'appeler ! Mais le lendemain ils seraient dans l'avion. Pas trop tôt, grommelait Obie, vu la connerie de leurs questions : un homme, dans une peau de singe ! C'était bien la peine de se décarcasser.

Le sentiment de flotter dans la parenthèse d'un temps suspendu s'était prolongé tout au long du voyage. Que s'était-il passé ? Que venaient-ils de vivre ? Dans les premières heures du vol chacun avait répété mille anecdotes, comme s'il voulait vérifier au contact des autres que ça n'avait pas été un rêve. Mais si, c'en était un, et c'était bien le problème. Puis chacun s'était blotti dans une bulle songeuse, pour retarder encore le moment où le réel allait le réveiller.

Les yeux de Zoe brillaient tandis qu'elle tendait à Cooper une enveloppe. Un télégramme de Rothafel.

— Les enfants, écoutez ça ! C'est de Rothafel :

> Le plus fabuleux lancement de tous les temps ! En quatre jours, 89 931 dollars au Radio City Music Hall, 53 000 au Roxy, 180 000 entrées ! Il a fallu passer à dix séances par jour dans les deux salles. Coop, jamais on n'a connu ça dans l'histoire du spectacle ! RECORD DU MONDE !!!!

Une autre enveloppe contenait un message confidentiel d'Aylesworth, qu'il se garda de leur communiquer. Mais dans la limousine qui le ramenait aux studios, après les embrassades et la promesse d'une grande fête pour l'équipe, entre eux tous et rien qu'eux, il le relut, incrédule :

> Dimanche, le président Roosevelt a annoncé la fermeture des banques dans tout le pays jusqu'à vendredi, la convocation d'une session extraordinaire du Congrès, l'interdiction de tout retrait d'or, d'argent, de devises, et d'exportation de pièces ou de lingots. Impossible donc pour la RKO d'assurer les paiements. Une réunion des principaux studios, à New York, a pris cette nuit une décision qui s'impose à tous : des baisses de salaire de 25 à 50 % pendant

huit semaines pour éviter la fermeture pure et simple. La décision est effective immédiatement.

Huit semaines ! La fermeture des banques était un prétexte : la crise était là, qui frappait Hollywood. Des financiers aveugles, depuis New York, venaient de prendre la décision la plus stupide, qui allait mettre le feu aux poudres.

Zoe bavardait, radieuse : tous dans la maison avaient vécu l'oreille collée à la radio, hurlé de joie à l'annonce du succès !

— Ils vont vous faire un triomphe, tout à l'heure !

Surtout, songea Cooper, si je leur lis le courrier d'Aylesworth…

Le répit avait été de courte durée.

Comme il feuilletait le journal pour se donner une contenance, son regard tomba sur un article en bas de page : suite à l'incendie du Reichstag, l'Allemagne avait voté ce dimanche 5 mars, trop tard pour qu'on puisse en donner les résultats avant mardi. Mais on prévoyait une victoire écrasante du parti du chancelier Hitler.

Oui, de courte durée…

Cooper avait été accueilli par de solides poignées de main, et de larges sourires. Le nouveau venu entrait dans le cercle des grands, auréolé d'un triomphe à faire pâlir d'envie la profession, qui sait, annonciateur peut-être d'une embellie générale, mais ils le dévisageaient maintenant, sourcils froncés : à quoi jouait-il ? Mayer, le roi Mayer, l'empereur d'Hollywood, avait ouvert la séance de sa voix de bronze. Il les avait tous invités, Harry Cohn, Jack et Harry Warner, B.P. Schulberg, Merian Cooper, soit la Columbia, la Warner, la Paramount, la RKO, au vu de la gravité du moment. La décision du président Roosevelt avait pour eux des conséquences catastrophiques. Il répéta, la voix nouée, « catastrophiques ». Le salon du dernier étage de l'hôtel Roosevelt était des plus spartiates, juste une vaste table ronde, et le nombre exact de sièges. Jack Warner avait ironisé sur le choix d'un hôtel portant le nom du président, on reconnaissait là l'humour de Mayer – lequel n'en avait pas –, Harry Cohn avait renchéri sur la table ronde, le roi et les preux chevaliers – qui, ici, se prenait pour le roi ? – et Harry Warner sur le lourd coffre-fort monté sur roues trônant dans un coin – pour mettre leurs rapines à l'abri ? Mayer avait froncé les sourcils : on était au bord du gouffre, était-ce le moment de plaisanter ? Dans la nuit du dimanche, à New York, la Motion Picture Producers dont ils faisaient partie avait émis les recommandations qu'ils savaient tous et qu'il ne pouvait qu'approuver. On était le lundi 6 mars, il fallait sortir de cette salle avec une annonce ferme. Faute de quoi, et sa voix se brisa, ce serait la fin de l'industrie du cinéma à Hollywood.

Aussitôt la mêlée était devenue générale. Pourquoi huit semaines de réduction, alors que les banques fermaient pendant quatre jours ? Comment éviter la fermeture des studios si demain on ne pouvait plus payer les salaires ? Faudrait-il rembourser la baisse après les huit semaines ? Et les autres compagnies, qui n'étaient pas là, elles feraient quoi ? Ce n'était pas une histoire de paie, mais de quasi-faillite, moins 50 %, ça paraissait un minimum. Un silence consterné avait suivi l'intervention de Cooper, lorsque, d'une voix calme, il avait signifié son désaccord. Le personnel de la RKO avait déjà accepté une baisse de 10 % quelques mois auparavant, et puis, ça n'était pas la solution, le monde changeait, s'adapter à celui qui venait ne pouvait se réduire à raboter ici et là les coûts pour prolonger l'ancien. Le ton avait monté. Mais enfin, Coop, grognait Jack Warner, tu sais bien qu'on est tous dans la merde. Toi autant que nous, non ?

Dans la merde, oui. Mais certains plus que d'autres. Comment pensaient-ils que les ouvriers de plateau, les techniciens, les mal payés, allaient prendre la nouvelle, avec devant les yeux le faste mis partout en spectacle ? Les studios risquaient de se retrouver fermés, oui – mais par des grèves.

Harry Warner s'était mis de la partie. Cooper avait tourné communiste, ou quoi ? Communiste ? Coop, rouge de colère, tombait déjà la veste. Il était le seul, ici, à avoir expérimenté ce qu'était réellement le communisme, mais être anticommuniste ça ne voulait pas dire exploiter les plus faibles.

Mayer le foudroyait du regard. Quand lui, Mayer, avait parlé, nul ne le contredisait. Pas étonnant que le si respectable Louis B. Mayer soit resté l'ami du gangster Rosetti, songeait Cooper : ils venaient du même monde, ils étaient toujours du même monde. Dans la bagarre, ils redevenaient les chats sauvages de la rue…

Seul Harry Cohn, en sortant, avait eu un clin d'œil.

— Tu dis peut-être des conneries, mon gars, mais voir Mayer se faire contrer, putain, ça fait du bien.

Ils hurlaient tous en même temps. Jack Warner, pour avoir agrippé le veston de Cooper, s'était retrouvé allongé sur la table dans un fracas de verres brisés, après un crochet au menton, Harry Cohn traitait Mayer de gros con, Harry Warner brandissait une chaise au-dessus de Zukor qui devait regretter de s'être invité à la réunion. Le garçon du Roosevelt avait accouru, affolé par les cris, avant de refermer bien vite la porte. Ces messieurs du cinéma étaient juste en réunion. La cinquième en cinq jours, et elle risquait de ne pas être la dernière, vu le niveau d'entente.

Tous, à Hollywood, devenaient fous, comme si les rages, les frustrations accumulées depuis des mois explosaient d'un coup. Le personnel des grands studios tenait aussi réunion sur réunion. Un meeting de masse l'avait réuni dès le mercredi, des rumeurs de grève générale couraient de studio en studio. L'avantage d'avoir pu empêcher jusque-là qu'il se regroupe en syndicat se retournait en son contraire : avec qui discuter pour éviter le déchaînement prévisible de violence ?

En milieu de semaine, Mayer avait tenté le tout pour le tout, et rassemblé dans la plus grande salle de la MGM réalisateurs, acteurs, scénaristes et producteurs maison. Les yeux rouges, pas rasé, au bord des larmes, il avait annoncé la fin des temps, l'apocalypse. Il ne parviendrait pas à faire accepter des sacrifices aux plus modestes si les plus favorisés ne montraient pas l'exemple. Un scénariste avait juste demandé, sous les applaudissements, pourquoi de telles coupes puisque la MGM faisait encore des bénéfices ? Et comme Mayer s'inquiétait de savoir en sortant « s'il avait été bon », il s'était attiré la remarque que oui, sûr : il était meilleur que Marx pour fabriquer des communistes. Pour Cooper, c'était devenu le combat qui marquerait son territoire : Aylesworth hurlait, lui restait de marbre. Pour les plus démunis, il avait même signé des chèques sur son compte personnel, et puisqu'il fallait finalement un accord, il avait proposé que la baisse de 50 % se limite à ceux qui gagnaient plus de 50 dollars. Surtout pas de réduction pour les autres ! Joe Schenck, Sidney Kent à la Fox, Sam Goldwyn s'étaient peu à peu rapprochés de sa position. Cette réunion du vendredi était supposée être celle de la dernière chance, car les employés avaient décidé un jour de grève générale, le lundi. Si elle se déclenchait, nul ne savait vers quoi on risquait d'aller.

— Le résultat pratique de votre obstination, avait lancé Cooper, c'est que les scénaristes, les techniciens, les réalisateurs discutent de la création de leurs propres syndicats. Et là, pour vous, pour nous, fini de rire…

La suite se perdit dans un concert de cris. Mayer hurlait « Messieurs, nous sommes sur un volcan » quand une explosion violente les fit sursauter, le sol se mit à onduler comme un tapis qu'on leur retirait soudain sous les pieds, les murs à trembler comme des feuilles de papier. Le temps s'étirait dans un ralenti irréel, les uns et les autres s'éparpillaient en une danse suspendue aux quatre coins de la pièce, le lourd coffre à roulettes traversa la pièce comme un boulet, frôla Mayer et Jack Warner avant de s'encastrer dans le mur en face.

Un tremblement de terre.

Par la fenêtre, Cooper vit les palmiers danser, se courber jusqu'au sol, un voile sombre de poussière et de fumée obscurcir l'horizon, tandis que des lointains montait le cri immense de dizaines de milliers de voix. Des flammes apparurent au loin. Ils dévalèrent les escaliers, se retrouvèrent hors d'haleine sur le trottoir. Dehors, dedans, que valait-il mieux faire ? Nul ne le savait. Des voitures s'étaient encastrées les unes dans les autres, d'où sortaient des conducteurs hébétés. Et c'est assis sur le trottoir, passablement secoué, que Harry Cohn lança :

— Et si on arrêtait les conneries ?

Les autres s'assirent autour de lui.

— Je suis un fils de pute, d'accord, mais je ne fais pas les poches des pauvres. Moi je vote pour l'idée de Cooper.

Tous se tournèrent vers Mayer resté silencieux, qui finit par opiner de la tête sans dire mot.

Le temps s'était comme arrêté, des gens avaient abandonné leurs voitures en pleine rue, d'autres restaient assis sur les trottoirs, incapables d'aller plus loin. Çà et là une façade lézardée, des piliers effondrés, des éclats de vitres au sol témoignaient que quelque chose avait eu lieu. Des bruits couraient, contradictoires, l'épicentre du séisme se situait plus au sud, vers Long Beach et San Pedro, il y avait des morts, des centaines de morts…

Sur Hollywood Boulevard, le Chinese Theater désert brillait de tous ses feux, mais Cooper sursauta en découvrant la tête gigantesque de Kong, dans le hall, qui le fixait, et à ses pieds le flamboyant Sid Grauman, sonné. La première pour le public était fixée au vendredi 24, mais l'avant-première pour le Tout-Hollywood, dans une semaine pile, le 16.

— Tu sais qu'il m'a regardé ? Les ouvriers étaient là, en train d'installer le petit marécage autour de lui, avec ses buissons, un de mes gars apportait le système pneumatique qui fait bouger ses yeux et sa bouche, et juste à ce moment-là, je te jure, voilà que ton Kong se redresse, se soulève de son bassin et me *regarde*. Mieux que ça : il me parle ! Il n'y a pas d'autre mot. Ses yeux, sa bouche, parole, se mettent à bouger tout seuls. Et tout de suite après, tout bouge, tout dégringole, les deux statues de lions, à l'entrée, les vitrines, tout ! C'est dingue, non ? Kong se dresse, et la terre tremble…

Déjà Grauman se redressait, l'œil brillant.

— Mais, oui, c'est ça ! Quelle publicité ça va faire !

On ne changerait pas la date. Surtout pas !

— « Kong surgit, la terre tremble ! »

Les locaux de la RKO n'avaient pas souffert, mais le personnel dans la cour était sous le choc. Il distingua Zoe dans un petit groupe, avec Kahane. Culver City ? Le téléphone était coupé. Un technicien venait d'arriver : les dégâts étaient minimes. Des décors écroulés, mais pas de victimes. Il trouva William et Buck saufs eux aussi, la maison intacte à l'exception de quelques lampes et vases brisés. Buck s'était mis à aboyer dix bonnes minutes avant le tremblement de terre. Dorothy Jordan, inquiète, venait d'appeler. Rassuré, il reprit sa voiture pour gagner San Pedro. Là-bas, ils avaient besoin d'aide.

La nuit était venue sans qu'il y prenne garde, le nuage de poussière s'était dissipé, le ciel brillait, empli d'étoiles. La douceur, tandis qu'il roulait, était extraordinaire. Quelle puissance, de combien de milliers de bombes, pouvait dégager un pareil séisme ? Il évita de justesse un bloc de rocher au milieu de la chaussée. Un homme aux yeux hallucinés se pencha à sa portière, qui parlait à mots incohérents d'hôtels en bord de mer précipités dans l'océan, de toitures éventrées. Des morts ? Oui, il avait vu beaucoup de morts. Maisons, un peu plus loin, écoles, immeubles effondrés : la lumière des phares révélait un spectacle de cauchemar. Des marines verrouillaient déjà les zones sensibles, mais sous les tentes de fortune où les uns et les autres se serraient, les yeux vides, régnait un calme étrange. Il avait dû rebrousser chemin avant San Pedro, demain il verrait mieux quels secours apporter. Un homme debout, à l'endroit où il faisait demi-tour, entonnait *a cappella* un negro spiritual, les gens sortis des tentes se regroupaient autour de lui et sa voix dans la nuit résonnait avec majesté :

Nobody knows the trouble I've seen

Il rentra de San Pedro le lundi matin, brisé de fatigue, où il avait pu finalement se joindre aux sauveteurs. Il n'y avait rien d'autre à faire que de s'ajouter à la foule des anonymes déblayant les décombres, à la recherche des survivants. Il serait temps, passé le week-end, de voir quelle aide apporter aux sans-abri que marines et Croix-Rouge installaient dans des camps de fortune. Il avait trouvé, au bureau, une lettre de Maggie. Là-bas aussi s'annonçait un autre séisme. Au moment où elle avait posté sa lettre sans doute ne savait-elle pas le résultat du vote : 43, 91 % pour les nazis. Autrement dit, les pleins pouvoirs…

Aujourd'hui les Chemises brunes occupent comme jamais la rue, agressent les passants, les rançonnent, arrêtent qui leur plaît, font irruption dans les immeubles, s'en prennent aux étrangers, aux fonctionnaires de l'ordre ancien, aux communistes, aux socialistes, aux Juifs. Ce n'est partout que bagarres, agressions, menaces, meurtres. Un chaos terrifiant qui paraît orchestré de main de maître par Hitler et Goering, et qu'accompagnent des purges incessantes dans la police et l'armée. « Quand on rabote, il est fatal que des copeaux volent », explique Goering. Et Hindenburg se couche, accepte de voir la presse muselée, les réunions publiques autres que celles des nazis interdites.

Je suis allée au bout de ce que je pouvais, Coop, et j'espère te trouver toujours empli de ton inépuisable ardeur. J'avoue en manquer au sortir de ces semaines allemandes. J'ai vu le monde soviétique se mettre en place. Je me demande si ce n'est pas ici, surtout, que j'ai vu pointer les temps modernes.

En priant que non, je t'embrasse, mon si cher Coop. Peut-être à mon retour trouverai-je ton *Kong* à la Une de Broadway.

Maggie

Un poème du *Mariage du ciel et de l'enfer* de William Blake lui était revenu, un tableau d'un peintre anglais, probablement du XVIIIe, sur les « forges infernales ». Dans les entrailles de la terre, dans le cratère furieux où bouillonnait une lave en fusion, des géants aveugles s'en emparaient, la pliaient à leur loi, la martelaient sur des enclumes monstrueuses jusqu'à en faire des armes du plus terrible acier. Celui-là, à Berlin, devant une Europe inconsciente, appelait à lui toutes les forces du chaos, les suscitait, distillait en chacun les poisons de la puissance, la jouissance obscène de la force, orchestrait ce vertige en cérémonies grandioses, messes d'une nouvelle religion. Mais il n'était pas une créature du chaos, non, c'était au contraire un homme d'ordre qui ne descendait ainsi dans le tréfonds que pour le transmuer en un ordre implacable : en faire une masse aveugle, marchant au pas, d'hommes sans plus d'intériorité, sans plus d'âme, trempés comme les lames de leurs épées… Son entreprise ne tiendrait qu'en lançant cette masse contre un ennemi : la guerre venait.

— C'est qui, le type que je viens de croiser ? Il m'a jeté un de ces regards…

— Ce n'est pas un de nos amis, ça c'est sûr.

Kahane paraissait hors de lui.

— Non, mais ils se croient tout permis !

— Tu me dis, à la fin ?

— Le nouveau représentant de l'Allemagne. Le précédent la jouait en souplesse. Celui-ci pense qu'au fouet, ça ira plus vite. Enfin, bref, à New York il a eu vent de ton *King Kong*, qu'il juge de nature à « blesser la sensibilité allemande ». Qu'un gros singe viole une blonde aryenne, ça ne passe pas. Il voulait me prévenir que le film sera très certainement interdit en Allemagne. Et qu'il va suggérer à notre endroit des mesures de rétorsion : le boycott de tous les films de la RKO. Je viens de le virer.

Si l'homme était aussi arrogant, c'est que de plus en plus de producteurs se couchaient.

— Tu veux dire que des producteurs pour la plupart Juifs, Allemands, Polonais, Russes d'origine, cèdent à des forcenés antisémites ?

Kahane eut un geste fataliste.

— Une vieille habitude ou une vieille sagesse, chez nous. Pour survivre dans un monde de ténèbres mieux vaut ruser, faire le dos rond.

Ce n'était que le début. En tout cas, *Kong* ne serait pas allemand.

Cooper avait assez vécu pour discerner les frémissements annonciateurs des guerres. Elles arrivaient toujours dans l'indifférence ou l'aveuglement général. Qui a envie de penser au pire, de s'armer contre lui, en des temps que l'on veut croire de paix ? Il avait trop connu l'Allemagne de l'armistice, la fureur des jeunes nationalistes, leur haine, pour ne pas les reconnaître, aujourd'hui portées à incandescence. La guerre s'annonçait et elle ne serait plus simplement contre une puissance ennemie, mais serait une guerre de l'Esprit – de l'Esprit contre lui-même, le combat en chacun contre les forces obscures. Nazisme, communisme : le temps venait d'une guerre universelle pour la domination des esprits. Que pourrait contre eux la croyance dans la liberté ? Tout convergeait en ce mois de mars. Ce ne pouvait être l'effet du hasard.

— Cette fois, Ruth, Monty, c'est la fin.

Dans cette affaire, ils étaient allés tous deux au-delà d'eux-mêmes… Où ? Il n'en savait rien, ou ne le savait plus. Que lui restait-il, de ses certitudes initiales ? Sans doute tous les artistes devaient-ils éprouver un sentiment semblable. Cette œuvre achevée, là, devant eux, était leur, certes, mais venue de profondeurs insoupçonnées, peut-être même d'ailleurs, avec leur grain de voix, pourtant, leur souffle. Mais œuvre il n'y avait, il le mesurait maintenant, que lorsqu'elle vous échappait, une fois achevée. Pouvait-il soutenir que tout, en elle, chaque mot, chaque scène, avait été voulu, calculé, ajusté au plus près ? Oui, bien sûr, il y avait passé assez de temps, s'était disputé avec assez de monde pour imposer son rythme, sa musique, sa vision. Mais peut-être, aussi bien, s'était-elle jouée de lui : quelque chose était venu à sa rencontre, du fin fond du chaos, né en des temps très anciens, avait frayé sa voie jusqu'à le trouver, s'emparer de lui, et maintenant n'avait plus besoin de lui.

Qu'avait éprouvé Conrad, en écrivant, puis en mettant le mot « fin » au *Cœur des ténèbres* ? Il avait vu l'inimaginable, dans sa lente descente des côtes africaines, les atrocités des Belges, au Congo, il avait eu la sensation d'entrer dans un territoire maudit tandis qu'il remontait le fleuve, mais cela aurait pu donner un émouvant reportage, un pamphlet indigné. Lui était allé *au-delà* – dans le pressentiment du monde qui venait, par une plongée dans le tréfonds de l'âme humaine, jusqu'à… *autre chose.* Un bloc de nuit. L'incompréhensible. « Le *wilderness* l'avait trouvé de bonne heure et avait tiré de lui une terrible vengeance après sa fantastique invasion, lui avait murmuré, je crois, des choses sur lui-même qu'il ne savait pas – et le murmure s'était montré d'une fascination irrésistible. » Combien de fois avait-il relu cette phrase ? Conrad parlait de lui-même, bien sûr, de ce qui avait envahi son âme tandis qu'il écrivait. On la sentait bien, cette Chose qui poussait, tâtonnait contre les barreaux de sa conscience, les brisait peu à peu pour se déployer, triomphante. On la percevait dans les mots qui se bousculaient, pressés par une force supérieure. Oui, qu'avait pensé Conrad, l'œuvre close ? Bien malin, ou très sot, celui qui pouvait s'en croire à l'arrivée le seul auteur. Bien malin, ou très sot, celui qui pouvait s'imaginer avoir le fin mot de ce qu'il avait écrit.

Bancals. Ils l'étaient tous, plus ou moins, les grands livres qui l'avaient touché. Parce qu'il y avait un excès, en eux, quelque chose qui toujours débordait. Une mise en forme, oui, bien sûr, c'était le combat des artistes pour manifester l'inconnu, approcher l'indicible, faire affleurer l'invisible – et ce combat était peut-être perdu d'avance, mais c'est ce qui en faisait la grandeur. De quel intérêt, ces œuvrettes habiles à agencer les formes convenues, à brasser les idées toutes faites, « au goût du jour » ? Stylées, oui, sans doute, mais stylées comme on le dit d'un homme du monde maîtrisant les bonnes manières, ou bien *ayant un style*, un souffle, un rythme proprement unique ? En fin de compte, la question était toujours celle des forces auxquelles ces formes s'affrontaient, et qu'elles tentaient de maîtriser. De contenir le flux d'un robinet n'était pas bien sorcier, les robinets étaient faits pour cela. Une tout autre affaire était de contenir l'immensité de l'océan. Et l'océan seul lui importait.

Il fallait que ce film s'en aille, le libère. Pour dire et se dire qu'il y aurait un après, « une vie après la mort » comme avait glissé un jour Monty, en plaisantant, mais plaisantait-il vraiment ? Ils s'étaient amusés à l'idée que *King Kong*, comme *Zaroff*, avait des allures de testaments, appelait des oraisons funèbres – de là, soupirait Schoedsack, que les premières leur laissaient un goût étrange.

— Plaignez-vous, avait protesté Ruth. Si le film est réussi, les gens l'emporteront avec eux ! Et vous en serez libérés. Imaginez que ce soit un bide et qu'il vous reste sur les bras ! Qu'est-ce que je n'entendrais pas comme gémissements, pendant des mois…

Elle avait raison, comme toujours.

En *showman* accompli – Carl Denham, c'est moi ! – Sid Grauman leur avait imaginé une arrivée de superstars, encadrées par les acteurs et toute l'équipe du film. Kong, à l'entrée, s'était même animé à leur approche, sous les applaudissements d'une foule chauffée à blanc, difficilement contenue par des barrières. Il est vrai qu'il n'avait pas lésiné sur l'hyperbole : le *Hollywood Reporter* annonçait l'événement par un cahier spécial couleur de vingt-huit pages sur parchemin, avec une couverture en feuilles de cuivre ultralégères, chef-d'œuvre du maquettiste chinois Keye Luke, l'illustrateur de *Charlie Chan*. Tout Hollywood se bousculait, à l'invitation de la RKO, actrices rivalisant de toilettes extravagantes, couvertes de bijoux, acteurs, réalisateurs, producteurs intrigués par le phénoménal succès new-yorkais, voulant croire qu'Hollywood était encore debout, peut-être renaissait avec ce film, malgré les rumeurs de faillites et de grèves, malgré les ruines fumantes encore d'un Los Angeles dévasté.

Pris d'une impulsion soudaine, Cooper avait demandé à Dorothy de l'accompagner, et Fay Wray et Maureen O'Sullivan, en « Woooos » attitrées, les avait embrassés tous les deux. Fay avait croisé le regard de Cooper avec un signe d'approbation, lui avait pris le bras, tendrement. Leur histoire resterait un rêve, devenu un film.

— Une seule personne manque, dit soudain Monty. Et, crénom, jamais je n'aurais pensé que je prononcerais des mots pareils…

Maggie, bien sûr. Elle aussi avait été de l'aventure.

— Elle est rentrée, je pense, dit Cooper. Mais elle ne m'a pas laissé d'adresse. Je lui ai écrit à la dernière que je connais d'elle, en Californie. J'ai donné des instructions à Zoe au cas où elle appellerait à la RKO. Je m'étais dit qu'elle se mêlerait peut-être à la foule dehors – Grauman a fait assez de raffut. Si elle est à L.A., elle doit être au courant. J'ai mis un planton dehors avec un panneau portant son nom. Mais il faudrait un miracle…

Il parlait encore quand il vit le visage de Monty se figer.

Maggie.

Maggie, toujours aussi superbe, mais qui parvenait mal à contenir son émotion, Maggie, la voix nouée : comment avaient-ils pu croire qu'elle allait manquer ça ?

— Mais je vous préviens, les garçons : à mon âge, il me faut une bonne heure pour me maquiller. Alors ne vous avisez pas de me faire pleurer !

Elle esquissa un coup de pied dans les tibias de Coop – sudiste ! – tandis que Monty haussait les épaules – journaliste ! –, et ils se retrouvèrent blottis les uns contre les autres.

— Ce que nous avons vécu, ça en valait la peine, non ?

Tout était bien.

Kergaradec, Plouezoc'h, juillet 2009-Le Pré Heulin, octobre 2016

Ce qui s'ensuivit

Les mythes sont cruels. À peine nés, portés par la ferveur d'un public qui s'y reconnaît, ou reconnaît en eux des figures de l'inconnu jusque-là informulé des temps nouveaux, voilà qu'ils se détachent déjà de leurs auteurs, les précipitent dans l'oubli. Qui connaît aujourd'hui la vie hors du commun de Daniel Defoe, l'auteur de *Robinson*, de Conan Doyle, le créateur presque malgré lui de Sherlock Holmes, ou de Bram Stoker qui réinventa Dracula ? La foule des lecteurs s'agrandit de proche en proche, s'approprie l'objet de leur ferveur, lui rajoute tel ou tel trait, le transforme, et l'on attribue cet engouement à ce que le mythe incarnerait « l'esprit du temps ». La plupart des analystes se satisfont de cette explication, où ils veulent voir la confirmation de ce que répètent si volontiers nos maîtres penseurs : *que tout texte est le produit de ses contextes*.

Sans doute n'est-ce pas tout à fait faux – mais le mythe, aussi bien, démontre le contraire : *est texte ce qui, précisément, échappe à ses contextes*. Ce n'est pas le moindre de ses paradoxes : voici que notre personnage, après avoir échappé à son créateur, paraît, devenu mythe, n'avoir rien de plus pressé que de se dégager de l'époque qu'il était supposé incarner, bref, de se libérer de ses « contextes » pour courir le monde, sauter les siècles et la barrière des cultures. À peine le croit-on oublié, englouti avec l'époque qui le vit naître, qu'il se réincarne sous de nouveaux visages, avec une plasticité d'autant plus étonnante qu'il demeure inchangé sous ses travestissements. En sorte que, dans chacune des figures mythiques qui nous parlent aujourd'hui, on peut voir tout à la fois un visage du monde qui vient, et une dimension immémoriale reconduisant, dans le fatras des réponses toutes faites qui caractérisent également chaque époque, à une permanence oubliée des questions essentielles posées à l'humanité, les mêmes depuis les commencements des temps. Où importent moins les réponses que la perception des questions – d'un mystère.

C'est bien ce qui tout à la fois dérange et fascine les maniaques de la « démystification » : *le mythe échappe à toute interprétation*. Ce qui ne signifie pas qu'il n'y a rien à en dire.

Sociologues, psychologues, ethnologues, psychanalystes, linguistes, historiens, analystes subtils : tous s'acharnent à lui faire rendre raison. Et certes leurs analyses peuvent apporter d'utiles lumières, mais dans un jeu de « montré-caché » propre à les désespérer – car ils le savent tous, que *le mythe n'éclaire qu'en projetant de l'ombre*. Veut-on le soumettre à la lumière crue du concept qu'il disparaît, s'éclipse avec cette part d'ombre, dans le monde et en nous, qu'il nous permettait d'habiter.

Autrement énoncé : dans le mythe se trouve porté à incandescence ce qui fait la puissance énigmatique de la fiction, *de dire quelque chose qui ne peut pas se dire autrement* – irréductible, donc, à l'ordre du concept. S'il n'en était pas ainsi, pourquoi, depuis l'origine des temps, nous obstinerions-nous à nous raconter des histoires ?

Mythe, *King Kong* le devint presque aussitôt. Bien des films, en ces débuts des années trente, avaient approché le thème du gorille, de *Congorilla* de Martin et Osa Johnson à *Blonde Venus* de Josef von Sternberg en passant par *Ingagi*. Ils se trouvèrent comme effacés par l'irruption de *King Kong*. L'engouement fut extraordinaire, prenant de court la plupart des critiques, bien en peine de savoir quelle grille de lecture lui appliquer. Si le film ne sauva pas seul la RKO de la faillite, il y contribua plus que tout autre, engrangeant plus de 2 millions de dollars[1] de bénéfices dans sa première période de diffusion, pour un coût réel de production de 432 000 dollars[2].

1. Soit plus de 36 millions de dollars actuels.

2. Auxquels la direction de la RKO ajouta 240 000 dollars de « frais généraux » incluant les sommes déjà engagées dans *Creation*.

Le propre du mythe est de résister à tout. Y compris à la réalisation, sauvetage de la RKO oblige, d'une suite, *Le Fils de Kong*, confiée par Cooper au trio Schoedsack-Ruth Rose-Willis O'Brien. Comme s'il pouvait y avoir un « après » à *King Kong* ! Personne, évidemment, n'y croyait, et Schoedsack, toujours aussi caustique, prit le parti d'en rire – par une fable poétique où il s'ingénia à « défaire » *King Kong*. Le film, réalisé dans des délais record (il est vrai que les animateurs étaient maintenant rodés à leurs techniques nouvelles), n'était pas négligeable : il n'eut qu'un succès d'estime et fut aussitôt oublié.

... De résister à la censure, aussi, qui dicta sa loi à Hollywood à partir de 1934. La crise de 1929 avait vu naître une littérature noire, pessimiste, au style brutal, *hard boiled*, incarnée par Dashiell Hammett et W.R. Burnett, ainsi qu'un cinéma nouveau, films noirs de la Warner avec des acteurs comme Bette Davis et James Cagney, films fantastiques des studios Universal sous l'impulsion de Carl Laemmle Jr (*Dracula*, *Frankenstein*, *Freaks*), tous dressant un portrait sans concession de l'Amérique, jungle urbaine livrée à la corruption, au vice, au crime, où les codes moraux volaient en éclats dans des films à la sexualité crue, contestant les barrières raciales, dénonçant l'injustice tandis que s'éveillaient les monstres. Cette période dite de « Pré-code », tenue par les cinéphiles pour un âge d'or, devait se trouver interrompue dès 1934 par l'application stricte du code Hays[1]. *King Kong* n'échappa pas à l'œil sévère des censeurs.

1. Beaucoup d'approximations courent sur ce code, qu'on imagine parfois comme une intervention de la puissance publique dans la création artistique. Il n'en est rien. Censure il y eut au début du XXe siècle, ici et là, sous la pression de lobbies religieux, notamment à Chicago et à New York, où la police fut autorisée à interdire la projection de films. Plusieurs États risquant de faire de même, l'industrie, dès 1916, prit les devants en créant son propre organisme de régulation, qui se révéla sans grande efficacité. Scandales à répétition, scènes publiques de débauche, meurtres, viols, morts par overdose : l'explosion des *roaring twenties* à Hollywood menaçant de tout emporter, les studios réagirent par la création en 1922 d'une Motion Picture Producers and Distributors, dont ils confièrent la présidence à un défenseur réputé de l'ordre et de la morale, William Hays, ministre presbytérien, ancien président du bureau national du parti républicain. Son rôle fut d'élaborer des « recommandations » pour l'industrie du cinéma et de protéger celle-ci des attaques extérieures, tentation de censure par des villes ou des États, ou menaces allemandes de boycott. Les « recommandations », sous

Dans la version que réédita alors la RKO, vingt-neuf plans furent coupés, du brontosaure mâchant ses victimes, de Kong ôtant les vêtements d'Ann Darrow et les reniflant, du village écrabouillé, de Kong laissant tomber dans la rue, au-dessous de lui, la femme qu'il avait prise pour Ann – entre autres. Réédité en 1942, puis en 1952 et en 1956, il connut à chaque fois le même succès, et fit un triomphe lorsqu'il fut enfin montré à la télévision. Mais il fallut attendre 1971 pour restaurer le film dans son montage d'origine, quand les scènes coupées, que l'on croyait perdues, furent retrouvées dans un grenier à Philadelphie.

King Kong aura résisté à tout, et d'abord à ses multiples adaptations, transpositions, mutilations, parodies, variations, du dessin animé *King Klunk* dès 1933 aux inénarrables *King Kong s'est échappé* et *King Kong contre Godzilla*, imaginés par les Japonais, devenus cultes à force de crétinisme baroque. Guère plus notable, le médiocre *King Kong* de John Guillermin, produit en 1976 par Dino De Laurentiis, déclencha une furieuse bataille juridique sur la propriété du personnage de Kong. De tous, en fin de compte, le *King Kong* de Peter Jackson (2005) aura été le seul à marquer une véritable intelligence de ce que *King Kong* mettait en jeu, mais sans approcher la force de son modèle[1]. De nouvelles adaptations se multiplient, sans doute parce que l'époque fait inconsciemment retour à bien des thèmes et des situations des années trente. Le plus étonnant, et réconfortant, est qu'à la sortie de chaque nouveauté le *King Kong* originel revient, et triomphe, pur diamant de nuit, déflagration onirique proprement unique dans l'histoire du cinéma.

la pression de l'extérieur, se transformèrent en un code plus précis, à visées contraignantes, élaboré en 1930 avec les autorités religieuses – ce que l'on a appelé le « code Hays ». Il était si strict que les studios n'en tinrent d'abord aucun compte. Mais les orientations du cinéma après la crise de 1929, et les exigences de plus en plus affirmées d'un « retour à la morale », de la part surtout des catholiques, conduisirent les studios, en 1934, à accepter de se conformer strictement à ses règles.

1. Netflix a proposé une série d'animation, *Kong, King of the Apes* (12 épisodes de trente minutes), précédée d'un long-métrage, où le pauvre Kong aura à lutter contre une armée de robots-dinosaures. Est sorti au printemps 2017 un *Kong : Skull Island* donné comme un « préquel » de *King Kong*, réalisé par Jordan Vogt-Roberts.

King Kong eut un admirateur imprévu. On ne donnait pas cher du destin du film en Allemagne, quand le professeur Zeiss rendit son jugement devant la commission de la censure allemande, réunie à Berlin en septembre 1933 sous l'autorité du docteur Seeger. L'œuvre était nuisible, expliqua-t-il, pour la santé mentale des citoyens allemands, en ce qu'elle « provoquait nos instincts raciaux en montrant une femme blonde, de type germanique, prisonnière d'un singe ». Mais quand l'aval du ministère de la Propagande fut sollicité, il y eut comme un étrange flottement, dont on eut l'explication plus tard. Grand amateur de cinéma américain, avec une préférence marquée pour les films de Walt Disney, de Laurel et Hardy, ainsi que pour les westerns[1], Hitler avait demandé à voir le film. Surprise, il en était tombé amoureux dans l'instant. Au point, pendant des années, d'arriver à des réunions en se frappant la poitrine : « Je suis Kong ! »

Le film fut donc autorisé, laissant la critique plus que perplexe, sauf dans *Der Angriff*, le journal contrôlé par Goebbels, qui s'interrogea : « La civilisation triomphe-t-elle à la fin ? Pas du tout ! En réalité King Kong est le héros tragique du film[2]. »

Comment survivre à *King Kong* ? Aucun des protagonistes ne s'en remit vraiment. Cooper s'absorba dans son rôle de directeur de la production de la RKO, mais, comme il le pressentait, ne parvint jamais à refaire un film. Ernest Schoedsack réalisa quelques œuvres estimables, mais la flamme paraissait l'avoir déserté. Et il devait quasiment perdre la vue pendant la Seconde Guerre mondiale, à la suite d'un test en avion. Fay Wray resta très proche de Merian Cooper et de Dorothy. Elle multiplia les films, mais dut constater qu'elle serait à jamais la jeune femme au sommet de l'Empire State Building. Willis O'Brien réalisa des prouesses qui le confirmèrent comme un génie de l'animation,

1. En toutes circonstances, et quasiment jusqu'à la fin, il interrompait ses activités à 21 h 30 pour regarder un film.

2. Citations extraites de l'essai de Ben Urwand : *Collaboration, le pacte entre Hollywood et Hitler*, Bayard, 2014, p. 10 et 16. Ce livre d'indignation, très polémique, venant après l'essai de Thomas Doherty (*Hollywood and Hitler, 1933-1939*, Columbia University Press, 2013), s'est vu opposer de sérieuses nuances par Neal Gabler, auteur d'un remarquable *Le Royaume de leurs rêves* (Calmann-Lévy, 2005).

mais ne retrouva jamais un film d'une aussi folle ambition. Il vécut une tragédie, lorsque le 6 octobre 1933 sa femme Hazel, de plus en plus dépressive, fut trouvée par la police encore consciente, baignant dans son sang à son domicile, un calibre 38 près d'elle. Dans les pièces voisines, les policiers découvrirent William Jr, son fils aîné, tué de deux balles en pleine poitrine, et le cadet, Willis, grièvement blessé – il devait décéder pendant son trajet à l'hôpital. Hazel venait d'assassiner ses deux fils. Conduite à l'hôpital de Santa Monica, elle se rétablit mais décéda avant la date de son procès. « Je n'arrivais pas à dormir » fut sa seule explication.

Merian Cooper, jusqu'au bout, resta un personnage *bigger than life*. Il mit dans le sauvetage de la RKO l'énergie d'un chef de guerre – et c'est bien d'une bataille qu'il s'agissait. Augmentation du nombre de films, jusqu'à cinquante-deux par an pour répartir sur chacun le poids des frais fixes, autonomie donnée aux producteurs associés, sous la direction de Pandro Berman – « Je n'ai pu faire de bons films que lorsqu'on me fichait la paix », professait Cooper –, attention extrême à la préproduction pour diminuer les coûts de tournage, accent mis sur les comédies musicales avec Fred Astaire : au terme de sa première année, il pouvait se targuer de proposer le meilleur bilan depuis la création de l'entreprise.

Un tourbillon frénétique, dont il réussit à s'extraire fin mai pour filer à Williams, Arizona. Là, le 27, il épousa secrètement Dorothy Jordan, avec pour seul témoin la mère de son épouse. La raison de ces mystères ? Dorothy étant la partenaire prévue de Fred Astaire dans le film *Flying down to Rio* (*Carioca*), dont la RKO attendait beaucoup, l'annonce du mariage aurait rendu les choses difficiles. Las, dès le 8 juillet, le *Los Angeles Examiner* vendait la mèche. Ce fut donc une débutante, repérée également par Cooper, qui prit la place de Dorothy : Ginger Rogers. Dorothy devait abandonner sa carrière pour se consacrer à sa famille. Un premier enfant, Mary Carolyn, naquit en 1934, suivi de Richard en 1936 et de Theresa en 1943. Le couple resta très soudé jusqu'à la fin. Cooper, près d'elle, avait trouvé la stabilité qui lui manquait, peut-être aussi la réconciliation avec sa part « sudiste ».

Il n'avait pas pour autant oublié ses projets. L'avenir, de toute évidence, était à la couleur. « Redonnez ses couleurs au monde ! » devint son mot d'ordre. Le procédé était encore très coûteux, mais là était l'avenir, il en était certain. Dans le même mois de mai que son mariage, comme C.V., Jock Whitney et lui se l'étaient promis au lendemain des jeux Olympiques, naissaient les Pioneer Pictures dont il fut nommé vice-président. Ils proposèrent à la RKO une association que celle-ci refusa : trop risquée et trop chère. Qu'à cela ne tienne, ils feraient sans elle.

Puis tout s'arrêta d'un coup.

Cooper l'indestructible était allé au-delà de ses forces. Le bruit courut d'un coup de fatigue, d'une dépression même, mais malgré ses démentis il s'agissait bel et bien d'un infarctus. Des années plus tard – légende oblige ? –, il niait encore la réalité de sa maladie, donnant comme motif de son absence le désir d'un très long voyage de noces en Europe. Voyage il y eut, mais surtout convalescence[1].

Il mit plus de temps que prévu à récupérer, tenta de reprendre ses activités à la RKO et finit en 1934 par démissionner de toutes ses responsabilités annexes, à l'exception de son siège au conseil d'administration de la Pan Am, qu'il dut se résoudre à quitter l'année suivante[2].

Toute son énergie, dès lors, alla aux Pioneer Pictures, pour lesquelles il parvint à négocier avec la RKO un accord de diffusion de leurs trois premiers films en Technicolor. Il se dégagea par la même occasion du reste de ses obligations envers cette dernière en produisant pour elle deux films : *Les Derniers Jours de Pompéi*, dont il confia la réalisation à Schoedsack, et *She*, adapté d'un roman de Rider Haggard.

La nouvelle aventure paraissait s'amorcer sous les meilleurs auspices. Succès de leur premier film, *La Cucaracha* – le premier film véritablement en couleurs –, couronné en 1935 par un Academy Award, et retrouvailles inattendues avec un revenant :

1. Les notes internes de la RKO, notamment de Kahane, ne laissent pas place au doute (« Cela prendra du temps avant qu'il récupère le muscle cause de la crise cardiaque », lettre datée du 5 octobre 1933). En 1934 encore, il craignait tellement les résultats d'une visite médicale exigée par les assurances qu'il appela à l'aide son camarade de combat Edmond Léonard, l'homme qu'il avait sauvé de son avion en flammes, reconverti dans les assurances, pour le tirer d'affaire.

2. Son frère John intégra la compagnie en 1936 comme expert en droit international.

Selznick. Malheureux à la MGM, celui-ci venait de franchir le pas en créant sa propre société, International Pictures. Pourquoi pas la fusionner avec Pioneer Pictures ? suggéra Cooper. Ce fut fait en juin 1936. Et chacun se prenait à rêver à ce que pareilles forces créatrices, enfin libres, allaient pouvoir produire ensemble.

Cooper arrivait avec son ami et protégé John Ford. Il l'avait sauvé de lui-même alors que tous, dans la profession, le tenaient pour un immense espoir hélas perdu, caractériel, autodestructeur, alcoolique hyperbolique. Il avait été le seul à lui faire confiance – pour deux films à la RKO, *The Lost Patrol* (*La Patrouille perdue*) en 1934 et *The Informer* (*Le Mouchard*, adapté du roman d'O'Flaherty) en 1935. Était née une amitié qui ne devait jamais se démentir. Le projet des deux amis pour la nouvelle société était un western dont le jeune John Wayne devait être le héros : *Stagecoach* (*La Chevauchée fantastique*). Ils y croyaient dur comme fer, persuadés qu'ils tenaient le scénario d'un futur classique du cinéma – et, là, Selznick commit une énorme erreur : il n'y crut pas. Par méfiance envers John Ford, et par mépris pour le « western », selon lui passé de mode. Ou bien alors, dit-il, le lendemain, pris de remords, avec Gary Cooper et Marlene Dietrich ? Trop tard : Cooper et John Ford étaient déjà partis, Pioneer Pictures devint une coquille vide, et les deux hommes fondèrent leur propre compagnie, Argosy Films.

Qu'aurait pu donner cette association retrouvée et aussitôt gâchée ? On peut rêver, en songeant que l'année 1939 fut marquée par deux films majeurs : *La Chevauchée fantastique*, avec Ford s'affirmant comme un réalisateur de génie et le jeune John Wayne comme une nouvelle star, et *Autant en emporte le vent*, le chef-d'œuvre en Technicolor de Victor Fleming, ou plutôt, devrait-on dire, de David Selznick, tant ce dernier s'y était investi, allant au bout de ce qu'il portait en lui, grâce à l'aide financière de l'ami de Cooper, Jock Whitney.

Mais Cooper, de nouveau effervescent, et hanté par un sentiment d'extrême urgence, avait entre-temps rejoint la MGM avec un grand projet personnel : *War Eagles*. L'Italie, en 1935, avait envahi l'Éthiopie, la guerre sino-japonaise venait d'éclater et les visées d'Hitler devenaient de plus en plus inquiétantes. Le conflit lui paraissait inévitable. Il s'était déjà décidé à s'engager, s'il le fallait, et malgré son âge, dans une unité aérienne combattante.

Mais d'abord, voulait-il se convaincre, il devait prolonger *King Kong*, imaginer une fiction où l'ennemi serait nommément les nazis, et ceci à un moment où l'Allemagne pesait de plus en plus fort sur les choix d'Hollywood : ce devait être *War Eagles*…

Déjà, il battait le rappel des anciens de *King Kong*, Willis O'Brien, bien sûr, marqué par ses épreuves, mais qui, depuis peu remarié, reprenait vie, Delgado, tous les autres – à l'exception de Schoedsack, pris par la préparation de *Docteur Cyclope*, un film de science-fiction et de terreur[1]. Et chacun voulut croire, un temps, que la magie pouvait renaître…

War Eagles ne fut jamais tourné et du coup est entré dans la légende. Qu'aurait pu donner ce film ? Un roman de Carel Macek a été tiré en 2008 du scénario initial, quand Ray Harryhausen, le grand disciple de Willis O'Brien, se mit en tête de le tourner. On peut donc s'en faire une idée. Un jeune pilote d'essai injustement chassé de l'armée découvre un monde ignoré, volcanique et chaud, au-delà du cercle polaire[2], constitué d'un plateau paradisiaque habité par de quasi-Vikings se déplaçant sur des aigles géants, et d'une vallée préhistorique peuplée de créatures abominables qu'une race brutale traque et capture pour les voir s'entre-déchirer dans d'abjects jeux du cirque. Las, les habitants du Paradis ne peuvent trouver de subsistance que dans cet Enfer, au risque d'être capturés, particulièrement les femmes, offertes en sacrifice aux bêtes monstrueuses. Passons sur les aventures intermédiaires : le jeune pilote, apprenant que les nazis vont attaquer New York par les airs avec une arme terrifiante, un rayon capable de détruire tous les circuits électriques qui leur livrera l'Amérique sans défense, réussit à entraîner ses amis vikings sur leurs aigles pour livrer bataille à une flotte de zeppelins dans le ciel de la ville, le tout se terminant par la vision du jeune héros triomphant, sur son aigle, au sommet de l'Empire State building. Chacun jugera du génie, ou pas, du scénario. Il porte la marque de son époque, avec quelque chose

1. *Dr Cyclops* est aujourd'hui tenu pour un classique du genre, le premier véritablement tourné en Technicolor, dans la mesure où *Mystery of the Wax Museum* (*Masques de cire*) n'utilisait pas toutes les ressources du procédé. Mais il reste loin du génie des *Chasses du comte Zaroff*.

2. Cette croyance en un espace libre de glaces près du pôle Nord devait courir jusqu'au XIXe siècle, développée notamment par August Petermann (1822-1878).

de l'atmosphère des *pulp magazines*, alors que s'inventaient les superhéros, et d'abord Superman, apparu en 1938.

Hitler, après avoir annexé l'Autriche, venait d'envahir la Pologne, déclenchant la guerre. Et Cooper, du coup, renonça à son projet.

Il proposa dans le même temps au général Arnold, commandant en chef de l'US Air Force, la réalisation d'un film glorifiant l'aviation américaine, mais il y renonça rapidement pour s'engager le 16 juin 1941 dans le service actif, à Washington, près de l'état-major, qui le chargea de missions de renseignement, notamment à Londres. L'attaque de Pearl Harbor changea la donne : il s'agissait maintenant de se battre. Prenant tous les risques, il intégra le projet « Aquila », une opération secrète qui visait, en représailles, à bombarder Tokyo. Une entreprise folle : passer par le Brésil pour traverser l'Atlantique sud jusqu'en Afrique puis de là gagner l'Arabie et enfin Karachi. Pour tous les participants il s'agissait d'une opération suicide. Tokyo bombardé, il ne resterait plus assez de carburant pour rentrer. Ce fut un miracle s'ils parvinrent à se poser en Chine, dans les environs de Chuchow, où les paysans les cachèrent des Japonais. La plupart des hommes furent exfiltrés, mais quelques-uns tombèrent aux mains de l'occupant. Cooper entreprit aussitôt de monter une opération pour les récupérer « personnellement », mais l'opération, à sa grande colère, fut annulée. Après plusieurs entreprises périlleuses en Birmanie, on devait le retrouver chef d'état-major du général Claire Lee Chennault dans les *Flying Tigers*, ces Tigres volants entrés depuis dans la légende[1]. Après une suite d'aventures qu'il serait trop long d'énumérer ici, la fin de la guerre le vit, à bord de l'*USS Missouri*, dans la baie de Tokyo, devenu brigadier général de l'US Air Force, être le témoin de la reddition des Japonais le 2 septembre 1945.

1. David Miller devait réaliser un film sur eux en 1942, avec John Wayne dans le rôle principal (*Les Tigres volants*) et Henry Hathaway, la même année, plaça l'action de *China Girl* dans le milieu de l'escadrille, qui sera celle, à ses débuts, du héros de BD Buck Danny, imaginé dans *Spirou* par Jean-Michel Charlier et Victor Hubinon (*La Revanche des fils du ciel, Les Tigres volants, Dans les griffes du dragon noir, Attaque en Birmanie*).

Rendu à la vie civile, il retrouva Schoedsack, qui s'était lui aussi engagé. Son ami avait presque perdu la vue alors qu'il testait un nouveau type de caméra lors d'une mission en haute altitude, suite, semble-t-il, à une défection de son masque à oxygène. Il retrouva aussi John Ford, devenu chef du département photographique de l'OSS avec le grade de lieutenant commandant dans la Navy. Les deux baroudeurs partageaient la même vision, romantique, idéalisée, du rêve américain, de la démocratie du « monde libre », et la conviction que le combat de l'époque qui s'ouvrait serait celui contre cet autre totalitarisme : le communisme. Ils relancèrent aussitôt *Argosy Films*, produisant *The Fugitive* (*Dieu est mort*) en 1947, adapté du roman de Graham Greene, *La puissance et la gloire*, *Le massacre de Fort Apache* en 1948, *Le fils du désert* en 1948, *La charge héroïque* en 1949, *Le convoi des braves* en 1950, *Rio Grande* en 1950, avant le film que Ford et Cooper portaient depuis des années, auquel personne ne croyait, à l'exception de Maureen O'Hara et de John Wayne, mais qui fit un triomphe : *L'homme tranquille*. La grande époque de John Ford…

Lui revenait de loin en loin une nostalgie des temps enfuis, le souvenir ébloui du Zard Kuh et du Karun, la tentation de reprendre *Grass*. Mais le pays avait changé, un chemin de fer le traversait maintenant, on y construisait partout, les migrations se faisaient pour l'essentiel en camions et, pire que tout, un pont enjambait le Karun… À Cooper qui lui demandait de conseiller la jeune équipe qu'il souhaitait malgré tout envoyer là-bas pour un *remake*, Schoedsack devait répondre : « Mon seul conseil : surtout n'y allez pas ! »

Restait *King Kong*, bien sûr, comme un mystère, le mystère de ce qui l'avait porté, traversé tout au long du tournage, le mystère auquel il aurait tant aimé revenir. Ce fut *Mighty Joe Young*, avec Ruth Rose pour scénariste, Willis O'Brien aux animations, Armstrong en nouveau Denham, et tous bien sûr savaient que ce ne serait plus qu'un théâtre d'ombres. Schoedsack, quasi aveugle, dirigea du mieux qu'il put, sans trop y croire, cette histoire d'un bébé gorille capturé puis élevé par une jeune femme. À oublier…

Mais Cooper n'était pas homme à s'enfermer dans le passé. La foi en l'avenir était son antidote. Comme il avait été le pionnier de la couleur, il fut celui du Cinérama, ancêtre du Cinémascope, tout en envisageant la production de films pour la télévision, sous forme de « séries » : *Les Aventures d'Allan Quatermain* (le héros des *Mines du roi Salomon*) ou *The Golden Palace* (pendant l'« âge d'or » de la Barbary Coast à San Francisco). Le Cinérama, visant à recréer la sensation d'une projection en trois dimensions, avait été expérimenté pendant la guerre pour entraîner les pilotes au combat. Il supposait, pour son application au cinéma, la mise au point de trois caméras filmant simultanément, et des salles spécialement aménagées avec trois projecteurs, un écran incurvé trois fois plus large que haut, et le recours à un son stéréophonique. *This is Cinerama*, conçu comme un hymne à la beauté de l'Amérique, fit sensation sur écran géant, le 30 septembre 1952 à New York, et Cooper, l'année suivante, se vit décerner un Oscar « pour sa contribution exceptionnelle à l'industrie du cinéma ».

Fin de partie, en forme d'apothéose, pour un Cooper de plus en plus Carl Denham ? C'était mal le connaître. Déjà il montait une nouvelle compagnie avec son ami C.V. Whitney, afin de produire des films célébrant sur grand écran l'histoire de l'Amérique et les splendeurs du *wilderness*. Le premier fut *Les Pionniers* de John Ford, dès novembre 1954.

L'aventure de l'espace débutait avec le vol de John Glenn – pourquoi pas un film en Cinérama sur la conquête de l'espace ? Pourquoi ne pas créer une chaîne de salles conçues à la manière des parcs de Disney, des « Cineramalands » ? Et pourquoi pas en installer dans toutes les grandes villes du monde ? Et d'ailleurs, pourquoi ne pas aller plus loin : expérimenter une immersion totale, entouré par un écran à 360 degrés, surmonté par un autre écran, à 180 degrés ? Et imaginer ce que pourrait être une télévision proposant des images en trois dimensions ?

Schoedsack et Ruth s'étaient retirés en leur maison de Santa Monica. Ils restaient pour Cooper comme l'esprit même de la jeunesse. Auprès d'eux il lui semblait, à chaque visite, se ressourcer[1]. Pourtant, il lui fallait reconnaître qu'il vieillissait, même s'il éprouvait quelque peine à le croire. Ne serait-ce que par

1. Ruth devait décéder le 8 juin 1978, et Schoedsack l'année suivante, le 23 décembre 1979, à Los Angeles.

les amis qui disparaissaient les uns après les autres, d'abord, et dont il devait barrer les noms dans son carnet d'adresses : ses compagnons de combat avec lesquels il n'avait jamais rompu les liens, Obie, décédé en novembre 1962, Selznick en juin 1965. Et Marguerite Harrison, le 16 juillet 1967…

À la mort de son mari, en 1949, Maggie était retournée vivre à Baltimore, sa ville natale, pour se rapprocher de son fils. Mais les retrouvailles avaient été rendues difficiles par sa belle-fille[1]. Elle reprit alors ses voyages, Amérique du Sud, Andes, Afrique, Australie. La publication, en 1935, du récit de leurs aventures communes, dans *There's Always Tomorrow : The Story of a Checkered Life*, avait piqué Cooper au vif, par la manière dont elle avait mis en avant son côté Carl Denham. Mais toujours avec humour et tendresse, avait-il reconnu, et il ne lui marchanda jamais son affection, ni son soutien financier quand il apprit ses difficultés, prenant fait et cause pour elle à chaque fois que revenait le soupçon qu'elle avait été une espionne communiste.

Un bel esprit qui, lors d'une soirée mondaine, défendait cette thèse s'était vu sommé par un Cooper rouge de colère de s'excuser publiquement dans l'instant ou de venir s'expliquer au-dehors. La fidélité, pour lui, n'était pas un vain mot.

Il n'était pas un saint. Au fil des années, son obsession d'une lutte radicale à mener contre le totalitarisme communiste vira à l'obsession. Le monde libre avait été aveugle à la montée du nazisme, il lui paraissait l'être tout autant devant la montée du communisme. Telle était son obsession qu'il approuva peu ou prou la chasse aux sorcières qui commençait à Hollywood, et flirta avec le maccarthysme, même si, parallèlement, il protesta vigoureusement contre le fait que des accusés puissent se trouver privés du droit de se défendre, par un télégramme cosigné par George Stevens, John Ford, John Huston, George Sidney et William Wyler : « S'il est des traîtres à Hollywood ou ailleurs, laissez le FBI les mettre à jour […] mais, en tant que citoyens, laissez-les avoir un procès honnête, protégés par les garanties de la Constitution[2]. »

1. Par détestation, celle-ci devait même, après la mort de Maggie, brûler tous ses papiers.

2. Daté du 20 octobre 1947.

Il n'était pas un saint. Il se fit jour que Cooper avait eu un enfant, Maciej, d'une brève liaison en Pologne, à son retour des camps soviétiques, avec une certaine Marjorie Slomczynska, enfant qu'il refusa de reconnaître. Une correspondance de Cooper avec Marjorie a été retrouvée, qui transitait via Zoe Porter, chargée de lui apporter toute l'aide possible, mais ce refus de reconnaissance resta une blessure pour Maciej, devenu un écrivain connu en son pays, et décédé en 1998.

Il vieillissait, aussi. Fin 1969 fut diagnostiqué un cancer de la prostate. Le spécialiste informa Dorothy que son mari n'avait que deux semaines à vivre. Mais c'était un dur à cuire : deux ans plus tard, son cancer avait disparu et il recommença à se passionner pour la création d'une télévision couleur en 3D. Mais ce ne fut qu'un répit. Le 21 avril 1973, le « vieil indestructible », comme l'appelait Schoedsack, décéda au Mercy Hospital de San Diego. Le 16 mai, les cendres du général Merian C. Cooper furent dispersées en mer, avec les honneurs militaires.

Robert Armstrong, qui avait joué Carl Denham, l'avait précédé d'une journée dans la tombe.

Comment survivre à *King Kong* ? Fay Wray devait découvrir qu'elle en était à jamais la captive. Actrice complète, dont Erich von Stroheim avait très tôt mesuré l'étendue du talent, elle se retrouva cantonnée à des rôles fantastiques, proie offerte idéale, dans sa fragilité rayonnante, son mélange de sensualité et d'innocence, aux fantasmes des pires monstres. Elle tenta une deuxième carrière, un temps, en Grande-Bretagne, en vain : Ann Darrow elle était, et resterait.

Il est vrai qu'elle avait à se battre contre d'autres démons. La vie avec John Saunders tournait au cauchemar, qu'elle fuyait en tournant des films à la chaîne, trente-trois estimait-elle, dans les seules années 1932 et 1933. Mais elle tiendrait bon, se répétait-elle, quoi qu'il pût lui en coûter. Pourquoi ? Elle ne commença à se poser la question que lorsqu'elle se découvrit enceinte. Pour toute réponse de John à cette annonce, elle eut droit à : « Qu'est-ce que j'en ai à foutre ? » Oui, pourquoi un enfant avec *lui* ? demanda un jour Dolores del Rio, devenue son amie.

« Parce que je me refuse à quitter John pour quelqu'un d'autre, mais que j'ai besoin de quelqu'un à aimer. »

Pour la première fois, elle se sentit libérée de l'emprise de John. Pour sa petite Susan, née en 1936, elle était prête à se battre contre tout, y compris son mari. Il le sentit et entama dès lors une guerre larvée contre celle qui lui échappait. Quand John commença à évoquer ses envies de départ pour rejoindre Hitler, elle remarqua que certains de ses bijoux avaient disparu, avant qu'il se mette à lui faire endosser des chèques sans lui en montrer le montant. Puis, entérinant une séparation de fait, il se loua une maison à Malibu. Il y entraîna Susan et drogua Fay un jour qu'elle était venue la chercher. Il disparut peu après, emportant Susan. Commença pour Fay une longue quête, jusqu'à ce qu'elle découvre qu'il avait tout vendu, la laissant sans un sou, leur maison à un producteur de la Paramount contre un paiement cash, tout le mobilier et ses objets les plus précieux à un antiquaire, après avoir hypothéqué la maison de sa propre mère, à Seattle. Elle finit par le retrouver et récupérer Susan. Le divorce, devenu inévitable, fut prononcé en 1939.

La descente aux enfers de John Monk Saunders se poursuivit jusqu'à ce qu'il se suicide par pendaison, à Fort Myers, Floride, le 11 mars 1940. Fay, quant à elle, épousa Robert Riskin, le scénariste de Frank Capra, en 1942. Ce dernier, dont elle eut deux enfants, Robert Riskin Jr en 1943 et Victoria en 1946, adopta Susan en 1942. Ils vécurent ensemble jusqu'au décès de Riskin, en 1955. Elle devait épouser plus tard le neurochirurgien qui avait soigné son mari : Sanford Rothenberg. Elle-même, devenue veuve de nouveau en 1991, décéda le 8 août 2004 dans son appartement de Manhattan, à l'âge de quatre-vingt-seize ans. Son autobiographie, *On the Other Hand*, modèle d'élégance, fut publiée en 1989.

Deux jours après sa mort, les lumières de l'Empire State furent éteintes pendant quinze minutes.

Ann Darrow pour l'éternité.

Bibliographie

L'histoire et la littérature entretiennent depuis toujours des rapports difficiles, dont ce qu'il est convenu d'appeler « romans historiques » ne présente qu'un aspect dégradé, quand il n'a d'autre ambition que d'agrémenter l'histoire de quelque pittoresque. Il n'en est pas toujours allé ainsi : les chroniques du Moyen Âge nous paraissent à la jonction des deux. Le problème commence avec l'apparition du *roman*, à travers la « matière de Bretagne », quand s'affirme l'idée d'une transcendance de la *personne,* cherchant sa voie dans le chaos du monde, se perdant, se trompant, se mentant à elle-même, mais malgré tout éprouvant sa liberté face à tout ce qui prétend la déterminer et la contraindre.

L'historien s'attache à l'exactitude des « faits » – non sans s'illusionner, parfois –, qu'il s'efforce de lier en des séries causales, qui elles-mêmes s'articuleront en une synthèse : un récit. En somme, il vise, même s'il est devenu prudent sur le sujet, tant ces synthèses varient, le vrai. Ce à quoi ne peut ni ne veut prétendre le romancier. *Mais si le fictif n'est pas le vrai il n'est pas non plus le faux*. Et c'est là que l'affaire devient passionnante…

Le fictif et le vrai : l'un affirme la verticalité de l'être humain, sa singularité, l'autre, son inscription dans des séries causales qui le déterminent. *Mais qu'est-ce qu'un événement* ? Qu'est-ce qui meut l'histoire ? Sommes-nous des êtres historiques, historicisables de part en part ? Ou bien est-il en nous *quelque chose* d'autre qui résiste, qui casse parfois le cours de l'histoire, et, le cassant, fait l'Histoire ? C'est ce « quelque chose d'autre » que cherche le romancier. Ce quelque chose d'autre que figure ici le surgissement de *Kong*.

… Ce qui ne signifie pas, bien au contraire, une moindre attention de l'auteur à l'histoire : car ses personnages vivent, luttent, se débattent, rêvent, dans les trames complexes de leur époque. Les huit années de recherche et d'écriture qui ont abouti à ce roman s'ajoutent à celles qui m'ont fait écrire *La Beauté du monde*. Le plaisir aura été immense de m'engloutir ainsi dans une époque en tous points fascinante, et par bien des aspects, proche de nous. Sans rentrer dans le détail d'une documentation qui couvre les murs de mon bureau, déborde dans les couloirs, menace, me semble-t-il parfois, de me submerger, voici quelques indications pour le lecteur qui désirerait s'aventurer, lui aussi, sur les chemins explorés par mes personnages…

M.L.B.

La source première, la mine d'or, se trouve à la Harold B. Lee Library de l'université Brigham Young, à Provo, dans l'Utah, où se trouvent rassemblées les archives de Merian C. Cooper, de Zoe Porter son assistante, et de l'Argosy Pictures Corporation, que Merian Cooper créa avec son ami John Ford.

On consultera avec profit : D'Arc, James V. : *Register to the Merian C. Cooper Papers*, Brigham Young University, Provo, Utah, 2000 (avec un beau texte de Rudy Behlmer : « The Adventures of Merian C. Cooper »).

J'ai également trouvé une aide précieuse à l'université de Californie du Sud, à Los Angeles, où sont conservées les archives de la RKO.

Aura été passionnante la lecture du *New York Times*, ainsi que du *Los Angeles Times*, depuis les débuts de la crise de 1929 jusqu'à la fin de l'année 1933 : les études rétrospectives ont parfois le ton assuré que pourrait adopter un chroniqueur hippique prédisant un tiercé *après* l'arrivée des chevaux, plus intéressant est de savoir comment les événements furent vécus, avec quels mots, au jour le jour.

Nombreuses sont les biographies ou essais sur l'histoire de la réalisation de *King Kong*. Parmi les plus notables :

Archer, Steve, *Willis O'Brien : Maître des effets spéciaux*, Dreamland, Paris, 1996.

Goldner, Orville et George E. Turner, *The Making of King Kong : The Story Behind a Film Classic*, A.S. Barnes & Co, Cranbury, 1975.

Gottesman, Ronald et Harry Geduld (éd.), *The Girl in the Hairy Paw : King Kong as Myth, Movie and Monster*, Avon Books, New York, 1976.

Haver, Ronald, *David O. Selznick's Hollywood*, Bonanza Books, New York, 1980. Sublime album, avec le récit le plus détaillé de la réalisation de *King Kong*.

Morton, Ray, *King Kong, the History of a Movie Icon, from Fay Wray to Peter Jackson*, Applause Theatre & Cinema Books, New York, 2005.

Olson, Lynne et Stanley Cloud, *A Question of Honor, the Kosciuszko Squadron, Forgotten Heroes of World War II*, Alfred A. Knopf, New York, 2003.

Rovin, Jeff, *From the Land Beyond-Beyond, the Making of the Movie Monsters you've Known and Loved (The Films of Willis O' Brien and Ray Harryhausen)*, Berkley Publishing Corporation, New York, 1977.

Shay, Don, « Willis O'Brien, Creator of the Impossible », in *Focus on Film*, n° 16, automne 1973.

Siggins, A. J., *Shooting with Rifle and Camera, filming « The Four Feathers », a Big-Games Thiller*, Wright & Brown, Fleet Street, Londres, s.d. Par le guide de Cooper et Schoedsack, le récit de leur expédition au Tanganyika.

Turner, George E. (avec Orville Goldner, revu et augmenté par Mickael H. Price et Douglas Turner), *Spawn of Skull Island, the Making of « King Kong »*, Luminary Press, Baltimore, 2002.

Vaz, Mark Cotta, *Living Dangerously : The Adventures of Merian C. Cooper*, Villard Books, New York, 2005. La biographie de référence.

À quoi il faut ajouter, sur *Les Chasses du comte Zaroff* :

Avant-Scène Cinéma, « La Chasse du comte Zaroff », n° 295-296, novembre 1982.

Midi-Minuit fantastique, « La Chasse du comte Zaroff », n° 6, juin 1963.

Price Michael H. et George E. Turner, *Hounds of Zaroff, The Most Dangerous Game*, Cremo Studios, Lower Klopstokia, 2014.

Turner George E., *Adventure, Romance and Terror* (from the archive of American Cinematographer), The ASC Press, Hollywood, Californie, 1989.

Prioritaires, bien sûr, sont les écrits de nos héros :

Babel, Isaac, *Cavalerie rouge*, suivi de : *Journal de 1920*, Babel-Actes Sud, Arles, 1997. Où l'on découvre que Babel sauva, sans le savoir, la vie de Merian Cooper.

Beebe, William, *The Arcturus Adventure*, G.P. Putnam's Sons, New York-Londres, 1926 (largement écrit par Ruth Rose).

Burden Douglas W., *Dragon Lizards of Komodo : Expedition to the Lost World of the Dutch East Indies*, G.P. Putnam's Sons, New York-Londres, 1927.

Cooper, Merian et Ernest B. Schoedsack, « From King Salomon to Ras Tafari », *Asia Magazine*, octobre 1923.

Cooper, Merian et Ernest B. Schoedsack, « Guardians of the Lion of Judah », *Asia Magazine*, novembre, 1923.

Cooper, Merian et Ernest B. Schoedsack, « As in Salomon Days », *Asia Magazine*, décembre 1923.

Cooper, Merian et Ernest B. Schoedsack, « Grass, a Persian Epic of Migration », *Asia Magazine*, décembre 1924, janvier 1925, février 1925.

Cooper, Merian et Edward A. Salisbury, *The Sea Gypsy*, Putnam's Sons, New York-Londres, 1924.

Cooper, Merian C., *Grass*, Putnam's Sons, New York-Londres, 1925.

Cooper, Merian C, *Things Men Die For*, Putnam's Sons, The Knickerbocker Press, New York-Londres, 1927.

Cooper, Merian et Ernest B. Schoedsack, « The Warfare of the Jungle Folk », *The National Geographic Magazine*, février 1928.

Cooper, Merian et Ernest B. Schoedsack, « Two Fighting Tribes of the Sudan », *The National Geographic Magazine*, octobre 1929.

Harrison, Marguerite E., *Marooned in Moscow*, George H. Doran Company, New York, 1921.
Harrison, Marguerite E., *Unfinished Tales from a Russian Prison*, George H. Doran Company, New York, 1923.
Harrison, Marguerite E., *Asia Reborn*, Harper & Brothers, New York-Londres, 1928.
Harrison, Marguerite E., *There's Always Tomorrow : The Story of a Checkered Life*, Farrar & Rinehart, New York, 1935.
Lasky, Jesse L. (avec Don Weldon), *I Blow my Own Horn*, Victor Gollancz Ltd, Londres, 1957.

En contrepoint au récit de Cooper dans *Grass* et à celui de Marguerite Harrison dans *There's Always Tomorrow*, on lira avec intérêt :

Maghsoudlou, Bahman, *Grass, Untold Stories*, Mazda Publishers, Costa Mesa, Californie, 2009.
Rose, Ruth, « A Day in a Jungle Laboratory », *The Atlantic Monthly*, décembre 1922.
Schoedsack Ernest B., « Grass : the Making of an Epic (as told by…) », *American Cinematographer*, vol. 64, n° 2, février 1983.
Wallace, Edgar, *My Hollywood Diary*, Hutchinson & Co, Londres, s.d.
Whitney, C.V., *High Peaks*, University Press of Kentucky, 1977.
À compléter par : Rodengen, Jeffrey L., *The Legend of Cornelius Vanderbilt Whitney*, Write Stuff Enterprise, Fort Lauderdale, 2000.
Wray, Fay, *On the Other Hand : A Life Story*, St Martin's Press, New York, 1989.

Les films *Grass : A Nation's Battle For Life* (The Milestone Collection), *Chang* (Les films du Paradoxe) et *The Four Feathers* (Paramount) sont disponibles en DVD, ainsi que *Les Chasses du comte Zaroff* et *King Kong*, bien sûr, sous de multiples présentations, avec différents bonus.

Indispensables sur la période :

Adler, Tim, *La Mafia à Hollywood*, Nouveau Monde éd., Paris, 2009.

Allen, Frederick Lewis, *Only Yesterday : An informal History of the 1920's*, Harper and Row Publishers, New York, 1931.

Allen, Frederick Lewis, *Since Yesterday : The 1930's in America*, Harper and Row Publishers, New York, 1939.

Brownlow, Kevin, *The War, the West, and the Wilderness*, Alfred A. Knopf, New York, 1978.

Brownlow, Kevin, *The Parade's Gone by*, University of California Press, Berkeley, 1968 (en France : *La Parade est passée…* Institut Lumière-Actes Sud, Lyon-Arles, 2011).

Browlow, Kevin, *Hollywood, End of an Era (a Celebration of the American Silent Film)*, Thames TV video collection (13 VHS), 1980.

Brownlow, Kevin, *Hollywood. Les pionniers*, Calmann-Lévy, 1981.

Brownlow, Kevin, *Behind the Mask of Innocence, Sex, Violence, Prejudice, Crime : Films and Social Conscience in the Silent Era*, Jonathan Cape, Londres, 1990.

Calistro, Paddy et Fred E. Basten, *The Hollywood Archive, the Hidden History of the Hollywood in the Golden Age*, Angel City Press, New York, 2000.

Doherty, Thomas, *Pre-Code Hollywood, Sex, Immorality, and Insurrection in American Cinema 1930-1934*, Columbia University Press, New York, 1999.

Gabler, Neal, *Le Royaume de leurs rêves. La saga des juifs qui ont fondé Hollywood*, Calmann-Lévy, Paris, 2005.

Higshi, Sumiko, *Virgins, Vamps, and the Flappers : The American Silent Movie Heroine*, Eden Press, Montréal, 1978.

LaSalle, Mick, *Complicated Women, Sex and Power in the Pre-Code Hollywood*, Thomas Dunne Books, New York, 2000.

Ramsaye, Terry, *A Million and One Nights : A History of the Motion Picture through 1925*, Simon & Schuster, New York, 1926.

Sann, Paul, *The Lawless Decade*, Crown Publishers, New York, 1957.

Starr, Kevin, *Americans and the California Dream, 1850-1915*, Oxford University Press, New York, 1973.

Starr, Kevin, *Inventing the Dream : California through the Progressive Era*, Oxford University Press, New York, 1985.

Starr, Kevin, *Material Dreams : Southern California through the 1920*, Oxford University Press, New York, 1990.

Starr, Kevin, *Endangered Dreams : The Great Depression in California*, Oxford University Press, New York, 1996.

Tavernier, Bertrand, *Amis américains,* Actes Sud-Institut Lumière, Arles-Lyon, 1993, 2008.
Urwand, Ben, *Collaboration, le pacte entre Hollywood et Hitler,* Bayard, Paris, 2014.

Sur les lieux de légendes à Hollywood :

Bailey, Mark, *Of all the Gin Joints,* Algonquin Books of Chapel Hill, North Carolina, 2014.
California in the 1930s : The WPA guide to the Golden State, (1939, rééd. 2013), Los Angeles, 2013.
Los Angeles in the 1930s, The WPA guide to the City of Angels, (1939, rééd. 2011), Los Angeles, 2011.
Pennington Lucinda, *A Past to Remember, the History of Culver City,* Culver City, 1976.
Williams, Gregory Paul, *The Story of Hollywood, an Illustrated History,* BL Press LCC., 2005. Indispensable !

Sur les « nababs » d'Hollywood :

Altman, Diana, *Hollywood East, Louis B. Mayer and the Origins of the Studio System,* A Birch Lane Press Book, New York, 1992.
Beauchamp, Cari, *Adventures of a Hollywood Secretary (her private letters from inside the studios of the 1920s),* University of California Press, 2006.
Behlmer, Rudy, *Memo from David O. Selznick* (éd.), The Modern Library, New York, 2000.
Brown, Karl (préface de Kevin Brownlow), *Adventures with D.W. Griffith,* A Da Capo paperback, New York, 1973.
Capra, Frank, *The Name Above the Title,* Macmillan, New York, 1971.
Carey, Gary, *All the Stars in Heaven : Louis B. Mayer and M.G.M.,* Robson Books, Londres, 1981.
Crowther, Bosley, *Hollywood Rajah : The Life and Times of Louis B. Mayer,* Holt, Rinehart and Winston, New York, 1960.
Eames, John Douglas, *La Fabuleuse Histoire de la Paramount,* Octopus Books, Londres, 1985.
Eyman Scott, *Lion of Hollywood : The Life and Legend of Louis B. Mayer,* Simon & Schuster, New York, 2005.

Higham, Charles, *Merchant of Dreams, Louis B. Mayer : M.G.M. and the Secret Hollywood*, Sidwick & Jackson, New York, 1993.

Jewell Richard B. et Vernon Harbin, *The RKO Story*, Octopus Books, Londres, 1982.

Lasky, Betty, *RKO : The Biggest Little Major Of Them All*, Prentice-Hall International, Londres, 1984.

Lasky, Jesse L. Junior, *Whatever Happened to Hollywwod ?*, Funk & Wagnalls, New York, 1975.

Mayer Selznick, Irene, *A Private View*, Weidenfeld and Nicolson, Londres, 1983.

Schulberg, Budd, *Moving Pictures*, Penguin Books, Londres, 1981.

Thomas, Bob, *Selznick*, Doubleday & Company-Garden City, New York, 1970.

Thomson, David, *Showman : The Life of David O. Selznick*, Alfred A. Knopf, New York, 1992.

M'ont été particulièrement utiles :

Chaliand Gérard et Yves Trénon, *Le Génocide des Arméniens*, Éditions Complexe, Bruxelles, 1980.

Christopher, Robert Jr., *Robert and Frances Flaherty, A Documentary Life, 1883-1922*, McGill-Queen's University, Montréal-Londres, 2005.

Daley, Robert, *An American Saga : Juan Trippe and his Pan Am Empire*, Random House, New York, 2010.

Dickson, Paul et Thomas B. Allen, *The Bonus Army : An American Epic*, Walker & Company, New York, 2004.

Doherty, Thomas, *Hollywood and Hitler, 1933-1939*, Columbia University Press, New York, 2013.

François-Poncet, André, *Souvenirs d'une ambassade à Berlin, septembre 1931-octobre 1938*, Perrin, Paris, 2016.

Jewell, Richard B., *RKO Radio Pictures : A Titan is Born*, University of California Press, Berkeley-Los Angeles, 2012.

Kessner, Thomas, *The Flight of the Century : Charles Lindbergh and the Rise of American Aviation*, Oxford University Press, New York, 2010.

Kinnard, Roy et Crnkovich, Tony, *The Films of Fay Wray*, McFarland & Company, Jefferson (NC), 2005.

Kleinberg, Eliot, *Black Cloud : The Deadly Hurricane of 1928*, Carroll & Graf Publishers, New York, 2003.

Layard, Sir Austen Henry, *Early Adventures in Persia, Susiana, and Babylonia*, Gregg International, Farnborough, Grande-Bretagne, 1971.

Love, Bessy, *From Hollywood with Love, an autobiography* (préface de Kevin Brownlow), Hamish Hamilton, Londres, 1977.

McBride, Joseph, *Searching for John Ford*, St Martin's Press, New York, 2003.

Milton, Giles, *Le Paradis perdu. 1922, la destruction de Smyrne la tolérante*, Noir sur blanc, Paris, 2010.

Mitman, Gregg, *Reel Nature, America's Romance with Wildlife on film*, Harvard University Press, Cambridge (MA), 1999 (riche d'informations sur Douglas Burden).

Perisic, Zoran, *Special Optical Effects*, Focal, Londres, 1980.

Rickitt, Richard, *Special Effects, the History and Techniques*, Virgin Books, Londres, 2000.

Rotha, Paul, *Robert J. Flaherty, a Biography*, University of Pennsylvania Press, Philadelphie, 1983.

Watson, Paul, *The Man who Made Pan Am*, New York City, New York, 2015.

Zolo, Paul, *Hollywood Remembered, an Oral History of its Golden Age*, Taylor Trade Publishing, New York, 2002.

Réflexions sur la guerre :

Gray, Jesse Glenn, *Au combat. Réflexions sur les hommes à la guerre* (préface d'Hannah Arendt), Tallandier, Paris, 2012.

Haffner, Sebastian, *Histoire d'un Allemand (1914-1933)*, Babel-Actes Sud, Arles, 2003.

Jünger, Ernst, *Journaux de guerre (1914-1918)*, Tome 1, Gallimard, Pléiade, Paris, 2008.

Jünger, Ernst, *La Guerre comme expérience intérieure* (préface d'André Glucksmann), Christian Bourgois éditeur, Paris, 1917.

Prost, Antoine et Jay Winter, *Penser la Grande Guerre*, Seuil, Paris, 2004.

Salomon, Ernst von, *Les Réprouvés* (préface de Michel Tournier), Bartillat, Paris, 2011.

Teilhard de Chardin, Pierre, *Écrits du temps de guerre (1916-1919)*, Grasset, coll. « Cahiers rouges », Paris, 1992.

Conversion en dollars actuels

J'ai pris le parti de conserver, dans le roman, les montants en dollars de l'époque.

Pour une meilleure lecture voici un tableau de conversion en dollars actuels :

1920 : 12,51
1921 : 12,19
1922 : 13,67
1923 : 14,00
1924 : 13,67
1925 : 13,67
1926 : 13,21
1927 : 13,36
1928 : 13,67
1929 : 13,83
1930 : 13,75
1931 : 14,69
1932 : 16,20
1933 : 18,06

Remerciements

Très nombreux ont été ceux qui, au fil de ces années, m'ont accompagné ou aidé dans mes recherches. Mes remerciements vont tout particulièrement à Kevin Brownlow, qui porte la mémoire de cette époque avec une élégance rare, pour toute son aide.

Et mes remerciements aussi à Olivier Nora, qui a cru à ce projet, pour sa passion et sa patience. Ainsi qu'à Christophe Bataille et Georges-Olivier Châteaureynaud, pour leur généreuse attention.

Remerciements

Très nombreux ont été ceux qui, au fil de ces années, m'ont accompagné ou aidé dans mes recherches. Mes remerciements vont tout particulièrement à Kevin Brownlow, qui porte la mémoire de cette époque avec une élégance rare, pour toute son aide.

Et mes remerciements aussi à Olivier Nora, qui a cru à ce projet, pour sa passion et sa patience. Ainsi qu'à Christophe Bataille et Georges-Olivier Châteaureynaud, pour leur généreuse attention.

Remerciements

Table des matières

DU MÊME AUTEUR *(suite)*

Pour saluer Stevenson

La Porte d'Or, Paris, Grasset, Paris, 1986. Rééd. Points-Seuil, Paris, 2000.

Une amitié littéraire : Henry James – Robert Louis Stevenson (correspondance et textes), Paris, Verdier, 1987. Nouvelle éd. revue et augmentée, Payot, Paris, 1994, coll. Petite Bibliothèque Payot/Documents.

Robert Louis Stevenson : Les années bohémiennes (biographie, tome I), NiL éditions, Paris, 1994.

Robert Louis Stevenson, Cahiers de l'Herne (direction), Paris, 1995.

Pour saluer Stevenson, Flammarion, Paris, 2000.

Ce qui s'ensuivit (roman prolongeant *La malle en cuir* de Robert Louis Stevenson), Gallimard, 2011.

Entretiens

Fragments du Royaume (entretiens avec Yvon Le Men), Paroles d'Aube, 1995. Nouvelle éd., revue et corrigée, La Passe du Vent, 2000.

Voyages

Dublin, Autrement, Paris, 1986. Nouvelle édition 1997.

La Porte d'Or, Paris, Grasset, Paris, 1986. Rééd. Points-Seuil, Paris, 2000.

Un hiver en Bretagne, NiL éditions, Paris, 1996. Rééd. Points-Seuil, Paris, 1997.

Écosse, Highlands & Islands (photographies de Jean Hervoche, Hervé Glot et Pietr-Paul Koster), Artus, La Gacilly, 1998.

L'Ouest américain, territoire sauvage (photographies d'Olivier Grunewald), Le Chêne, Paris, 1999. Rééd. Le Chêne, Paris, 2005.

Bretagne du monde entier, National Geographic, Paris, 2001, 2002, 2003.

Récits

Ys, dans la rumeur des vagues, Artus, La Gacilly, 1985.

Les années « jungle » (avec Patrice Blanc-Francard), Naïve, 2010.

Récits-essais

Nous ne sommes pas d'ici, Grasset, Paris, 2009.

Rêveur de confins, André Versaille éditeur, Bruxelles, 2011.

Essai

Lévi-Strauss, Éditions universitaires (sous le pseudonyme de Pierre Cressant), Paris, 1970.

Albums

Au vent des royaumes, Artus, La Gacilly, 1991.

L'Ouest américain, territoire sauvage (photographies d'Olivier Grunewald), Le Chêne, Paris, 1999. Rééd. Le Chêne, Paris, 2005.

Bretagne, entre vents et amers (photographies de Jean Hervoche), Apogée, Rennes, 1996.

Africa, images d'un monde perdu (photographies de Martin et Osa Johnson), Arthaud, Paris, 1999.

Yeun Elez, un autre monde (photographies de Yann Champeau), SIMEP, Brest, 2003.

N.C. Wyeth, l'esprit d'aventure (album), Hoebeke, Paris, 2008.

Collectif

Les treize morts d'Albert Ayler, Gallimard, Série noire, 1996.

Hôtel Puerto (avec Alvaro Mutis, Jean Rolin, Jose Manuel Fajardo, sur des photographies de Philippe Séclier), Image En Manœuvres éditions, Marseille, 2001.

Haïti parmi les vivants (collectif, avec Dany Laferrière et Lyonel Trouillot), Actes Sud, 2010.

Haïti Raising (collectif, Martin Munro ed.), Liverpool University Press, 2010.

Albert Ayler : témoignages sur un Holy Ghost (sous la direction de Frank Medioni), Le mot et le reste, 2010.

Nouvelles du bout du monde (sous la direction de Jean-Pierre Perrin), Hoebeke, 2011.

Collectif (direction)

Robert Louis Stevenson, Cahiers de l'Herne, 1995.

Pour une littérature voyageuse, Complexe, Bruxelles, 1992. Rééd. 1999.

Étonnants voyageurs, anthologie Gulliver de la littérature voyageuse, Flammarion, Paris, 1999.

Les Indiens des plaines (catalogue, direction), Abbaye de Daoulas-Hoebeke, Paris, 2000.

Utopies S.F., Hoebeke, 2000.

Pirates et flibustiers des Caraïbes (catalogue, direction), Abbaye de Daoulas-Musée de la Marine, Hoebeke, Paris, 2001.

L'aventure de la flibuste (colloque), Abbaye de Daoulas, Hoebeke, Paris, 2002.

Les mondes Dogon (catalogue, direction avec Moussa Konaté), Abbaye de Daoulas, Hoebeke, Paris, 2002.

Fées, elfes, dragons et autres créatures des mondes de féerie (catalogue, direction avec Claudine Glot), Abbaye de Daoulas, Hoebeke, Paris, 2002.

Vaudou, le nom du monde est magie (catalogue, direction), Abbaye de Daoulas, Hoebeke, Paris, 2003.

L'Europe des Vikings (catalogue, avec Claudine Glot), Abbaye de Daoulas, Hoebeke, Paris, 2004.

Rêves d'Amazonie (catalogue, avec Pascal Dibie), Abbaye de Daoulas, Hoebeke, Paris, 2005.

Visages des Dieux, visages des hommes : masques d'Asie (catalogue, avec Jacques et Sylvie Pimpaneau), Abbaye de Daoulas, Hoebeke, Paris, 2006.

Pour une « littérature-monde » (collectif, direction avec Jean Rouaud), NRF, Gallimard, 2007.

« Je est un autre » : pour une identité-monde (collectif, direction avec Jean Rouaud), Gallimard, 2010.

Étonnants Voyageurs : 25 années d'une aventure littéraire (collectif, direction), Hoebeke, Paris, 2015.

Cet ouvrage a été imprimé par
Grafica Veneta S.p.A.
en septembre 2017

Mise en pages PCA
44400 Rezé

PAPIER À BASE DE FIBRES CERTIFIÉES

Grasset s'engage pour l'environnement en réduisant l'empreinte carbone de ses livres. Celle de cet exemplaire est de :
1.1 kg éq. CO_2
Rendez-vous sur www.grasset-durable.fr

N° d'édition : 20063
Dépôt légal : août 2017
Nouveau tirage dépôt légal : septembre 2017
Imprimé en Italie